क्राइम एंड पनिशमेंट

फ़्योदोर दोस्तोयेव्स्की

PAGES PLANET PUBLISHING

Published by

PAGES PLANET PUBLISHING

Email: pagesplanetpublishing@gmail.com

Copyright © 2024 Pages Planet Publishing.

All rights reserved.

For details or inquiries, please reach out to the publisher at the email above.

First published by Pages Planet Publishing in 2024

अपराध और दंड : (अध्याय 1-भाग 1)

शुरू जुलाई का एक दिन, शाम का समय जब उमसभरी गर्मी पड़ रही थी, एक नौजवान अपनी दुछत्ती में से निकला, जिसमें वह गली स. में रहता था। पुल क. की ओर वह इस तरह धीरे-धीरे बढ़ा जैसे उसे कोई संकोच हो रहा हो।

सीढ़ियों पर मकान-मालकिन से मुठभेड़ नहीं हुई। इससे वह साफ बच कर निकल आया था। उसकी दुछत्ती एक पाँच-मंजिला, ऊँचे मकान की एकदम ऊपरवाली छत के नीचे थी। कमरा क्या था, गोया एक अलमारी थी। मकान-मालकिन, जिसने उसे यह दुछत्ती दे रखी थी, उसके ठीक नीचेवाली मंजिल पर रहती थी। वही उसे दोपहर का खाना देती थी। उसे कुछ और भी सुविधाएँ देती थी, लेकिन जब भी वह बाहर जाता था, उसे उसकी रसोई के सामने से हो कर जाना पड़ता था, जिसका दरवाजा हमेशा खुला रहता था। और उधर से गुजरते हुए हर बार उस नौजवान को झिझक भी होती थी और डर भी लगता था, जिसकी वजह से उसकी त्योरियों पर शिकन पड़ जाती थी और शर्म महसूस होती थी। उसके ऊपर मकान-मालकिन का इतना किराया बाकी चढ़ा हुआ था कि वह उससे मिलते डरता था।

इसकी वजह यह नहीं थी कि वह कायर और दब्बू था। बात बल्कि उल्टी ही थी। पर इधर कुछ समय से उसके दिमाग पर कुछ ज्यादा ही बोझ रहा और वह इतना चिड़चिड़ा हो गया था कि उसे अपने बीमार होने का भ्रम होने लगा था। वह अपने आपमें इस कदर खोया रहने लगा था और अपने साथियों से इस कदर कट चुका था कि उसे मकान-मालकिन से ही नहीं, किसी से भी मिलते हुए डर लगता था। गरीबी ने उसे बिलकुल कुचल कर रख दिया था। तो भी इधर कुछ समय से उसे अपनी हालत पर कोई चिंता नहीं रह गई थी। उसने रोजमर्रा की बातों की ओर ध्यान देना छोड़ दिया था; इसमें उसकी कोई इच्छा भी नहीं रह गई थी। वह मकान-मालकिन से, जो उसके खिलाफ कुछ भी कर सकती थी, कतई डरता नहीं था लेकिन सीढ़ियों पर रोका जाना, उसकी छोटी-मोटी, बेसर-पैर की गप, पैसों की अदायगी के तकाजे, धमकियाँ और शिकायतें सुनने की मजबूरी और बहाने खोजने के लिए अपने दिमाग पर जोर देना, टालमटोल, झूठ बोलना-नहीं, इससे अच्छा तो वह यही समझता था कि दबे पाँव सीढ़ियों से नीचे खिसक जाए और किसी के देखे बिना वहाँ से चलता बने।

लेकिन इस बार जब वह बाहर निकला तो उसे अपनी मकान-मालकिन से सामना होने के डर का गहरा एहसास हुआ।

'मैं ऐसा काम करने की कोशिश करना चाहता हूँ और फिर भी छोटी-छोटी बातों से डरता हूँ,' उसने एक अजीब-सी मुस्कराहट के साथ सोचा। 'हुँह! ...सब कुछ होता आदमी के अपने हाथ में है और फिर भी वह बुजदिली की वजह से सब कुछ गँवा देता है। यह तो एक मानी हुई बात है। यह जानना भी कितना दिलचस्प होता है कि आदमी किस चीज से सबसे ज्यादा डरता है। सबसे ज्यादा वह डरता है कुछ नया करने से, कोई नई बात कहने से... लेकिन मैं बकबक बहुत करता हूँ और बकबक बहुत करता हूँ, इसीलिए कुछ करता नहीं। या शायद ऐसा न हो कि कुछ करता नहीं, इसलिए बकबक करता हूँ। यूँ बकबक करना मैंने इधर एक महीने में ही सीखा है... अपनी माँद में कई-कई दिन पड़े रह कर सोचते हुए... तमाम बकवास चीजों के बारे में। मैं इस वक्त वहाँ जा क्यों रहा हूँ मैं क्या वह काम कर पाऊँगा क्या मैं संजीदा भी हूँ यह तो महज अपना दिल बहलाने के लिए मेरी कोरी कल्पनाएँ हैं; खिलौने! हाँ शायद ये खिलौने ही हों।'

सड़क पर बेपनाह गर्मी थी। फिर यह दमघोंटू हवा, शोर-गुल और पलस्तर, पाड़, ईंटें, धूल और पीतर्सबर्ग की वह खास गर्मी वाली बदबू, जिससे वे सभी लोग अच्छी तरह परिचित हैं, जो गर्मियों में वहाँ से कहीं बाहर नहीं निकल पाते। इन सब चीजों ने उस नौजवान के मानसिक तनाव को और भी असहनीय बना दिया था। उन शराबखानों से आनेवाली असहनीय

दुर्गंध ने, जिनकी संख्या शहर के इस हिस्से में औरों से कहीं ज्यादा ही थी, और नशे में चूर उन लोगों ने, जो उसे लगातार आते-जाते मिल रहे थे, बावजूद इसके आज काम का दिन था, इस तस्वीर के दुखद घिनौनेपन की रही-सही कमी भी पूरी कर दी थी। उस नौजवान के सुसंस्कृत चेहरे पर एक पल के लिए बेहद गहरी विरक्ति की झलक नजर आई। लगे हाथ हम यह बता दें कि वह बेहद खूबसूरत था। औसत से अधिक लंबा कद, गठा हुआ छरहरा बदन, सुंदर काली आँखें और गहरे सुनहरे बाल। जल्द ही वह गहरे विचारों में डूब गया, बल्कि यह कहना कहीं ज्यादा सही होगा कि उसका दिमाग किसी भी तरह के विचार से बिलकुल खाली था। यह देखे बिना कि उसके चारों ओर क्या हो रहा है, वह चलता रहता और उसे वह सब देखने की कोई फिक्र भी नहीं थी। अपने आपसे बातें करने की आदत की वजह से, जिसे उसने अभी-अभी अपने आपसे स्वीकार किया था, वह बीच-बीच में कुछ बुदबुदाने लगता था। इन पलों में उसे इस बात का एहसास होने लगता था कि उसके विचार कभी-कभी उलझ जाते थे। वह बहुत कमजोर हो चुका था; दो दिन से उसने शायद ही कुछ खाया होगा।

वह इतने गंदे कपड़े पहने था कि जिस आदमी को मैले-कुचैले रहने की आदत हो, उसे भी ऐसे चीथड़े पहन कर सड़क पर निकलने में शर्म आए। लेकिन शहर के उस हिस्से में कपड़ों की किसी भी कमी पर शायद ही किसी को हैरानी होती होगी। भूसामंडी की नजदीकी, बदनाम अड्डों की बहुतायत, और पीतर्सबर्ग के बीचोंबीच की इन सड़कों पर और इन गलियों में कारीगरों और दस्तकारों की धक्का-मुक्की की वजह से सड़कों पर ऐसे तरह-तरह के लोग दिखाई देते थे कि कोई आदमी कितना ही अजीब क्यों न हो, उस पर किसी को हैरानी नहीं होती थी। लेकिन नौजवान के दिल में इतनी तल्खी और इतनी धुतकार भरी थी कि उसे सड़क पर अपने फटे-पुराने कपड़ों की वजह से, नौजवानी की तमाम नाजुकमिजाजी के बावजूद, उलझन तो नहीं ही हो रही थी। जब किसी जान-पहचान के आदमी से या अपने किसी पिछले यार से उसकी मुलाकात हो जाती, जिससे मिलना उसे दरअसल किसी वक्त भी अच्छा नहीं लगता, तो बात दूसरी होती... फिर भी जब शराब के नशे में चूर एक आदमी, जिसे न जाने क्यों एक बड़ी-सी और एक तगड़े घोड़े से खींची जा रही गाड़ी में कहीं ले जाया जा रहा था, अचानक उसके पास से गुजरते समय उसकी ओर उँगली उठा कर और अपने गले का पूरा जोर लगा कर चिल्लाया 'अरे ओ, जर्मन हैटवाले!' तो वह नौजवान ठिठक गया। काँपते हुए हाथ से उसने अपनी हैट पकड़ ली। यह जिमरमान की बनी हुई ऊँची-सी गोल हैट थी, लेकिन बिलकुल घिस चुकी थी, इतनी पुरानी थी कि लगता था उसमें जंग लगी हो, बिलकुल फट गई थी और उस पर जगह-जगह मैल के चकते दिखाई पड़ रहे थे। उसकी कगार एक सिरे से गायब थी और वह एक तरफ बहुत बेढंगी झुकी हुई थी। लेकिन शर्म ने नहीं बल्कि एक बिलकुल ही दूसरी भावना ने, जो भय से मिलती-जुलती थी, उसे आ दबोचा।

'मैं जानता था,' वह बुदबुदाया। 'पहले ही सोचा था मैंने! सबसे बुरी बात यही है! ऐसी ही जरा-सी नादानी से, इतनी छोटी-सी बात से बना-बनाया सारा खेल बिगड़ सकता है! देखा न, सभी का ध्यान मेरी हैट की ओर जा रहा है... यह देखने में लगता ही इतना बेतुका है कि किसी का भी ध्यान उसकी ओर जाए... अपने इन चीथड़ों पर मुझे पहननी चाहिए टोपी, किसी भी किस्म की पुरानी, चपटी, नान जैसी टोपी, न कि यह बेहूदा चीज। ऐसा हैट तो किसी को भी नहीं पहनना चाहिए। जो मील भर दूर से नजर आए, जो याद रहे... असल बात यह है कि यह लोगों को याद रहेगी, और इससे उन्हें सुराग भी मिलेगा। इस काम के लिए तो होना यह चाहिए कि आदमी नजर में जितना आए, उतना ही अच्छा... यही छोटी-छोटी बातें तो असल चीज होती हैं! ऐसी ही छोटी-छोटी बातों से हमेशा सब कुछ तबाह होता है...'

उसे बहुत दूर नहीं जाना था; उसे बल्कि यह भी पता था कि उस मकान के दरवाजे से वह जगह कितने कदम की दूरी पर है। ठीक सात सौ तीस। एक बार जब वह अपने खयालों में खोया हुआ था, तब उसने ये कदम गिने भी थे। उस समय उसे इन सपनों पर कोई भरोसा नहीं था; वह तो उनकी भयानक और मनमोहक ढिठाई से बस अपने मन को उकसा रहा था। अब, एक महीने बाद, वह उन्हें बिलकुल दूसरे ढंग से देखने लगा था, और अपने आपसे, अपनी दुर्बलता और दुलमुलपन के बारे में की गई बहुत-सी कड़वाहट भरी बातों के बावजूद उस सपने को एक व्यावहारिक योजना समझने लगा था, हालाँकि उसे अभी तक भरोसा नहीं था कि वह कभी इस काम को पूरा कर पाएगा। अब वह निश्चित रूप से इस योजना के रिहर्सल के लिए जा रहा था, और हर कदम के साथ उसका जोश अधिक तेज होता जा रहा था।

जब वह उस बड़े से मकान के पास पहुँचा, जिसके सामने एक ओर नहर थी और दूसरी ओर सड़क, तो उसका दिल डूब रहा था। वह घबराहट के मारे काँप रहा था। इस घर के छोटे-छोटे हिस्से किराए पर उठा दिए गए थे और उनमें हर तरह के मेहनत-मजदूरी करनेवाले लोग बसे हुए थे - दर्जी, ताले बनानेवाले, बावर्ची, कुछ जर्मन मूल के लोग, जिस तरह भी बने अपनी रोजी कमानेवाली लड़कियाँ, छोटे-मोटे किरानी, वगैरह। घर के दोनों दरवाजों से और उसके दोनों दालानों में लगातार आवाजाही रहती थी। तीन-चार दरबान भी पहरा देने के लिए थे। नौजवान बहुत खुश था कि उनमें से किसी से भी उसकी मुठभेड़ नहीं हुई। सबकी नजरें बचा कर वह फौरन दाहिनी तरफवाले दरवाजे में घुसा और ऊपर सीढ़ियों पर चला गया। यह पिछेवाली सीढ़ी थी, अँधेरी और सँकरी। वह उससे परिचित हो चुका था, और उसे अपना रास्ता मालूम भी था। उसे यहाँ का पूरा-का-पूरा वातावरण अच्छा लगा। ऐसे अँधेरे में तो खोजी से खोजी नजर से भी डरने की कोई आवश्यकता न थी। 'अगर मुझे अभी इतना डर लग रहा है, तो तब भला क्या होगा जब मान लो मैं सचमुच वह काम करने पर उतर आया' चौथी मंजिल तक पहुँचते-पहुँचते वह अपने आपसे यह सवाल किए बिना न रह सका। यहाँ पर कुछ कुलियों ने उसका रास्ता रोका हुआ था, जो एक फ्लैट से सामान बाहर निकाल रहे थे। वह जानता था कि उस फ्लैट में सरकारी नौकरी से लगा एक जर्मन क्लर्क और उसका परिवार रहता था। 'तो यह जर्मन यहाँ से जा रहा है; अब इस सीढ़ी की तरफ से चौथी मंजिल पर उस बुढ़िया के अलावा कोई नहीं रह जाएगा। खूब, यह भी अच्छी बात है,' उसने बुढ़िया के फ्लैट की घंटी बजाते हुए अपने मन में सोचा। घंटी में फुसफुसी-सी टनटनाहट हुई, गोया वह ताँबे नहीं, टीन की बनी हो। इस तरह के छोटे-छोटे फ्लैटों की घंटियाँ हमेशा इसी तरह की आवाज करती हैं। वह उस घंटी की आवाज भूल चुका था। सो उसकी अजीब-सी टनटनाहट सुन कर अब उसे ऐसा लगा जैसे उसे कोई चीज याद आ गई हो और वही चीज साफ तौर पर उसके सामने आ गई हो। ...वह चौंका। उसकी रग-रग में बेहद तनाव पैदा हो चुका था। थोड़ी ही देर बाद दरवाजा जरा-सा खुला। बुढ़िया ने दरार में से अजनबी को स्पष्ट अविश्वास के साथ देखा, अँधेरे में उसकी चमकती हुई, छोटी-छोटी आँखों के अलावा कुछ भी दिखाई नहीं दे रहा था। लेकिन गलियारे में बहुत-से लोगों को देख कर उसका साहस बढ़ा और उसने दरवाजा पूरा खोल दिया। नौजवान ने अँधेरी ड्योढ़ी में कदम रखा, जिसे एक पर्दा लगा कर छोटी-सी रसोई से अलग कर दिया गया था। बुढ़िया उसके सामने चुप खड़ी थी और उसे सवालिया नजरों से देख रही थी। वह बहुत छोटे-से दुबले-पतले, सूखे शरीर की साठसाला बूढ़ी औरत थी। उसकी तीखी नजरों में कीना भरा हुआ था, और नाक बहुत छोटी-सी और नुकीली थी। बेरंग कुछ-कुछ भूरे बालों में ढेरों तेल चुपड़ा हुआ था, और वह अपने सिर पर रूमाल भी नहीं बाँधे हुए थी। लंबी पतली गर्दन के चारों ओर, जो देखने में मुर्गी की टाँग जैसी लगती थी, फलालैन का एक चीथड़ा-सा लिपटा हुआ था, और गर्मी के बावजूद कंधों पर फर का एक सड़ियल लबादा झूल रहा था, जो बहुत पुराना होने के कारण पीला

पड़ चुका था। बुढ़िया हर साँस के साथ खाँसती और कराहती थी। नौजवान ने उसे कुछ अजीब से ही भाव से देखा होगा क्योंकि उसकी आँखों में फिर अविश्वास की चमक पैदा हो गई थी।

'मैं रस्कोलनिकोव हूँ; पढ़ता हूँ, यहाँ मैं एक महीना पहले ही आया था,' नौजवान जल्दी-जल्दी बुदबुदाया, फिर थोड़ा-सा झुका। उसे खयाल आ गया था कि उसे कुछ अधिक शिष्टता बरतनी चाहिए।

'मुझे याद है, जनाब, मुझे आपका यहाँ आना अच्छी तरह याद है,' बुढ़िया ने एक-एक शब्द का साफ उच्चारण करते हुए कहा। वह अपनी खोजी नजरें अभी तक उसके चेहरे पर जमाए हुए थी।

'और अब... अब मैं फिर उसी काम से आया हूँ,' रस्कोलनिकोव ने अपनी बात जारी रखते हुए कहा। बुढ़िया का अविश्वास देख कर वह कुछ बेचैन हो उठा था और उसे कुछ उलझन हो रही थी।

'शायद वह हमेशा ऐसी ही रहती हो, मैंने पिछली बार गौर नहीं किया होगा,' उसने एक चिढ़भरी बेजारी से सोचा।

बुढ़िया कुछ देर रुकी, जैसे उसे संकोच हो रहा हो, फिर एक ओर हट कर, कमरे के दरवाजे की ओर इशारा करते हुए, मेहमान को अपने सामने से हो कर गुजरने का मौका देते हुए बोली, 'अंदर आइए, जनाब।'

उस छोटे-से कमरे में, जिसमें नौजवान ने कदम रखा, दीवारों पर पीला कागज मढ़ा हुआ था, खिड़कियों पर मलमल के पर्दे पड़े थे और जेरेनियम के फूल रखे हुए थे। डूबते हुए सूरज की वजह से उस समय वहाँ काफी रौशनी थी।

'तो उस समय भी सूरज चमक रहा होगा।' रस्कोलनिकोव के दिमाग में यह विचार बिजली की तरह कौंधा और उसने तेजी से नजरें दौड़ा कर कमरे की हर चीज को एक बार देखा। जहाँ तक हो सका, उसकी कोशिश यही थी कि हर चीज की जगह को अच्छी तरह देख कर याद कर ले। सारा ही फर्नीचर बहुत पुराना, किसी पीली-सी लकड़ी का था। उसमें एक सोफा था जिसकी पीछे की बड़ी-सी लकड़ी की टेक कुछ झुकी हुई थी; उसके सामने एक अंडाकार मेज थी; खिड़कियों के बीच एक सिंगार-मेज थी, जिस पर आईना लगा हुआ था; दीवार से कुर्सियाँ लगी हुई रखी थीं, पीले रंग के फ्रेमों में दो-तीन बहुत सस्ती किस्म की तस्वीरें थीं, जिनमें जर्मन सुंदरियाँ हाथों में चिड़ियाँ लिए खड़ी थीं। बस, और कुछ नहीं। कोने में एक छोटी-सी मूरत के सामने रौशनी जल रही थी। हर चीज बहुत साफ-सुथरी थी। फर्श और फर्नीचर पर चमकदार पालिश थी; हर चीज दमक रही थी। 'यह सब काम लिजावेता का होगा,' नौजवान ने सोचा। पूरे फ्लैट में धूल का एक कण भी कहीं नहीं था। 'ऐसी सफाई तो सबसे चिढ़नेवाली बूढ़ी विधवाओं के घरों में ही देखने को मिलती है,' रस्कोलनिकोव ने फिर सोचा, और नजरें बचा कर दूसरे, छोटे-से कमरे में जानेवाले दरवाजे पर पड़े सूती पर्दे को देखा। उस कमरे में बुढ़िया का पलँग था और दराजोंवाली अलमारी थी। उसने इससे पहले उस कमरे पर कभी नजर नहीं डाली थी। पूरे फ्लैट में बस यही दो कमरे थे।

'क्या चाहिए?' बुढ़िया ने कमरे में आते हुए कठोर स्वर में कहा। वह पहले की तरह ही ठीक उसके सामने खड़ी हो गई ताकि सीधे उसकी नजरों में नजरें डाल कर देख सके।

'मैं कुछ गिरवी रखने लाया हूँ,' और यह कह कर उसने अपनी जेब से पुराने ढंग की, चाँदी की एक चपटी-सी घड़ी निकाली, जिसके पीछे दुनिया का गोल नक्शा खुदा हुआ था। घड़ी की जंजीर फौलाद की थी।

'लेकिन पिछली गिरवी की मीयाद पूरी हो चुकी। परसों एक महीना पूरा हो गया।'

'मैं आपको एक महीने का सूद और दे दूँगा। बस थोड़ी-सी मोहलत और दीजिए।'

'वो तो मैं वही करूँगी जनाब, जो मेरा जी चाहेगा, कि मोहलत दूँ या फौरन आपकी गिरवी रखी चीज बेच दूँ।'

'आप मुझे इस घड़ी का कितना देंगी अल्योना इवानोव्ना?'

'आप ऐसी छोटी-छोटी चीजें ले कर आते हैं जनाब कि कोई उनकी कीमत लगाए भी तो क्या लगाए। मैंने पिछली बार आपको आपकी अँगूठी के दो रूबल दिए थे और जौहरी की दुकान में वैसी ही बिलकुल नई अँगूठी डेढ़ रूबल में मिल सकती है।'

'आप मुझे इसके चार रूबल दे दीजिए। मैं इसे जरूर छुड़ा लूँगा क्योंकि यह मेरे बाप की थी। जल्द ही मुझे कुछ पैसा मिलनेवाला है।'

'डेढ़ रूबल, और सूद पेशगी। अगर आपका जी चाहे!'

'डेढ़ रूबल!' नौजवान चीख पड़ा।

'आपकी मर्जी,' यह कह कर बुढ़िया ने घड़ी उसे वापस कर दी। नौजवान ने घड़ी वापस ले ली। उसे इतना गुस्सा आ रहा था कि वह वहाँ से उठ कर शायद चला भी जाता। पर उसने फौरन अपने आपको रोका। उसे याद आया कि उसके पास जाने के लिए कोई और जगह नहीं थी, और फिर यहाँ आने के पीछे उसका एक और मकसद भी तो था।

'लाइए, दीजिए,' उसने बड़े कड़ेपन से कहा।

बुढ़िया ने अपनी जेब में चाभियाँ टटोलीं, और पर्दे के पीछे जा कर दूसरे कमरे में गायब हो गई। नौजवान कमरे के बीचोंबीच अकेला रह गया। वह बड़ी जिज्ञासा से कान लगा कर सुनने लगा, और कुछ सोचता रहा। दराजोंवाली अलमारी का ताला खुलने की आवाज उसे सुनाई पड़ी। 'सबसे ऊपरवाली दराज होगी,' उसने सोचा। 'तो चाभियाँ वह अपनी दाहिनी जेब में रखती है... सारी की सारी एक गुच्छे में, लोहे के छल्ले में पिरोई हुई... और उनमें एक चाभी बाकी से तीन गुनी बड़ी है, गहरे खाँचोंवाली। वह तो दराजोंवाली अलमारी की चाभी हो नहीं सकती... यानी कि कोई दूसरा बड़ा संदूक भी होगा या तिजोरी होगी... यह बात जाननी ही होगी। तिजोरी की चाभियाँ हमेशा ऐसी ही होती हैं... लेकिन यह सब कितना बड़ा कमीनापन है...'

बुढ़िया वापस आई।

'यह लीजिए साहब। जैसा कि हम लोगों में कहा जाता है, रूबल पीछे दस कोपेक महीना, इसलिए मैं डेढ़ रूबल में से एक महीने के पंद्रह कोपेक पेशगी काट रही हूँ। लेकिन जो दो रूबल मैंने आपको पहले दिए थे, उनके भी इस हिसाब से मेरे बीस कोपेक आपके जिम्मे पेशगी के निकलते हैं। इस तरह कुल मिला कर हुए पैंतीस कोपेक। अब मुझे आपको घड़ी के एक रूबल पंद्रह कोपेक देने हैं। सो ये रहे।'

'क्या कहा! कुल एक रूबल और पंद्रह कोपेक!'

'जी हाँ।'

नौजवान ने रकम कोई बहस किए बिना ले ली। उसने बुढ़िया को गौर से देखा। उसे वहाँ से जाने की कोई जल्दी नहीं थी, गोया वह अभी कुछ और कहना या करना चहता हो, लेकिन उसे खुद ठीक से पता न हो कि वह क्या कहना या करना चाहता है।

'एक-दो दिन में शायद मैं आपके पास कोई और चीज ले कर आऊँ अल्योना इवानोव्ना... कीमती चीज... चाँदी की... सिगरेट-केस, जैसे ही वह मुझे अपने दोस्त से वापस मिल जाएगा...' - उसने बौखला कर, अटकते हुए कहा।

'खैर, उसकी बात उसी वक्त होगी जनाब।'

'अच्छा, चलता हूँ... आप घर पर हमेशा अकेली रहती हैं, आपकी बहन यहाँ नहीं रहती क्या?' उसने ड्योढ़ी में निकलते हुए, जहाँ तक हो सका इस तरह पूछा जैसे कोई खास बात न हो।

'उससे आपको क्या लेना-देना?'

'नहीं, कोई खास बात नहीं, मैंने तो यों ही पूछा। आप तो बहुत जल्दी... अच्छा चलता हूँ, अल्योना इवानोव्ना।'

रस्कोलनिकोव बौखलाया हुआ, बाहर चला आया। उसकी यह बौखलाहट लगातार और गहराती गई, सीढ़ियाँ उतरते हुए वह बीच में दो-तीन बार ठिठका, गोया, अचानक उसे कुछ खयाल आ गया हो। जब वह बाहर सड़क पर निकल आया तो वह चिल्ला उठा :

'हे भगवान, यह सब कितनी घिनौनी बात है! और क्या मैं ऐसा कर सकता हूँ, क्या यह मेरे लिए मुमकिन है... नहीं, यह सब बकवास है, सरासर बकवास है!' उसने जी कड़ा करके कहा। 'ऐसी बेहूदा बात मेरे दिमाग में आई कैसे? मेरा दिल भी कैसी गंदी-गंदी बातें सोचता है! सरासर गंदी, ऐसी कि नफरत होने लगे, घिनौनी, घिनौनी! ...और पूरे एक महीने से मैं...'

उसके अंदर जो तूफान उठ रहा था, उसे कोई भी शब्द, कोई भी चीख व्यक्त नहीं कर सकती थी। बुढ़िया के घर जाते समय नफरत की जिस भावना ने उसके दिल को लताड़ना और तकलीफें देना शुरू किया था, वह अब ऐसी सतह तक पहुँच गई और उसने ऐसा स्पष्ट रूप ले लिया कि उसकी समझ में नहीं आ रहा था कि अपने आपको इस मुसीबत से छुटकारा दिलाने के लिए वह क्या करे। वह शराब के नशे में चूर किसी शख्स की तरह सड़क की पटरी पर चला जा रहा था; उसे कोई खबर न थी कि कौन उसके पास से हो कर निकला और कौन उससे टकराता हुआ आगे बढ़ गया। उसे तब जा कर होश आया जब वह अगली सड़क पर पहुँच चुका था। उसने चारों ओर नजर दौड़ा कर देखा। मालूम हुआ कि वह एक शराबखाने के पास खड़ा हुआ है जिसमें जाने के लिए सड़क की पटरी से तहखाने तक सीढ़ियाँ चली गई थीं। उसी समय दो शराबी बाहर निकल कर दरवाजे पर आए और एक-दूसरे को गालियाँ बकते हुए एक-दूसरे को सहारा देते हुए सीढ़ियाँ चढ़ने लगे। रुक कर कुछ सोचे बिना रस्कोलनिकोव फौरन सीढ़ियों से नीचे उतर गया। उस समय तक वह कभी किसी शराबखाने में नहीं गया था, लेकिन इस समय उसका सर चकरा रहा था और प्यास के मारे उसका गला सूखा जा रहा था। ठंडी बियर पीने को उसका जी बहुत चाह रहा था; उसने सोचा कि उसकी कमजोरी खाने की कमी की वजह से है। वह अँधेरे और

गंदे कोने में छोटी-सी चिपचिपी मेज के सामने जा कर बैठ गया, बियर मँगाई और पहला गिलास एक साँस में गटक गया। फौरन उसे कुछ राहत मिली और वह साफ-साफ सोचने लगा।

'बकवास है वह सब कुछ,' उसने आशापूर्वक कहा, 'इस सबमें चिंता की कोई बात नहीं! यह बस शरीर की कमजोरी के सबब है! बस एक गिलास बियर, सूखी रोटी का एक टुकड़ा और एक पल में दिमाग में ताकत आ गई, खयाल पहले से ज्यादा साफ हो गए, और इरादा पक्का हो गया! छिः, ये सब कैसी टुच्ची बातें हैं!'

लेकिन इस सारे तिरस्कार भरे उद्गारों के बावजूद वह अब खुश दिखाई दे रहा था, गोया किसी भयानक बोझ से अचानक उसे छुटकारा मिल गया हो। बड़ी मित्रता के भाव से उसने कमरे में बैठे लोगों पर नजर डाली। लेकिन उस पल भी उसके मन में धुँधली-सी आशंका बनी हुई थी कि शायद उसके दिमाग की यह अधिक सुखमय स्थिति भी सामान्य तो नहीं ही है।

शराबखाने में उस समय बहुत थोड़े-से लोग थे। उन दो शराबियों के अलावा, जो उसे सीढ़ियों पर मिले थे, एक और टोली उसी वक्त बाहर गई थी, जिसमें अकार्दियन लिए पाँच आदमी थे और एक लड़की थी। उनके जाते ही कमरे में शांति छा गई थी और वह कुछ खाली-खाली लगने लगा था। जो लोग शराबखाने में रह गए थे उनमें एक आदमी था जो देखने से दस्तकार लगता था। उसने शराब जरूर पी रखी थी, लेकिन हद से कुछ ज्यादा भी नहीं। वह सामने एक बड़ा-सा बियर का मग रखे बैठा था। साथ में लंबे-चौड़े डीलडौलवाला, सफेद दाढ़ीवाला एक तगड़ा-सा आदमी था, जिसने एक छोटा-सा चुन्नटदार कोट पहन रखा था। वह बहुत पिए हुए था और बेंच पर ही सो गया था; थोड़ी-थोड़ी देर बाद वह गोया सोते-सोते ही अपनी उँगलियाँ चटकाने लगता था। उसकी बाँहें पूरी फैली हुई थीं और जब वह कोई बेसर-पैर की धुन गुनगुनाने की कोशिश करता तो धड़ बेंच पर इधर-उधर हिलने-डुलने लगता था। वह कुछ इस तरह की पंक्तियाँ याद करने की कोशिश कर रहा था :

दिल से प्यार किया बीवी को पूरा-पूरा साल,

पूरा साल किया बीवी को दिल से मैंने प्यार...

फिर अचानक जाग कर वह गाने लगा,

फिर इक दिन वह राह में चलते मिली मुझे इक बार

वही पुरानी जाने-मन, जो कभी थी मेरी नार...

लेकिन इस मस्ती में कोई उसका साथ नहीं दे रहा था। उसका साथी खामोश, इन सब उद्गारों को विरोध और अविश्वास के भाव से देख रहा था। कमरे में एक और आदमी था जो देखने में मानो एक रिटायर्ड सरकारी क्लर्क लगता था। वह सबसे अलग बैठा, बीच-बीच में अपने मग में से एक चुस्की लगा लेता था और एक नजर वहाँ बैठे लोगों पर डाल लेता था। ऐसा लगता था कि वह भी किसी बात पर तिलमिलाया हुआ है।

अपराध और दंड : (अध्याय 1-भाग 2)

रस्कोलनिकोव भीड़ का आदी नहीं था और जैसा कि हम कह चुके हैं, वह हर तरह की संगत से कतराता था, खास तौर पर इधर कुछ समय से। लेकिन इस वक्त अचानक उसे दूसरे लोगों की संगत की इच्छा हुई। लगता था उसके अंदर कोई नई बात पैदा हो रही है, और उसके साथ ही उसमें किसी के साथ होने की प्यास-सी जाग रही है। घोर उलझनों और उदासी भरी बेचैनी में पूरे एक महीने फँसे रहने के बाद वह इतना थक गया था कि वह किसी दूसरी दुनिया में चाहे कोई भी हो, एक पल के लिए सही, आराम करने के लिए तड़प रहा था। इस समय अपने चारों ओर की गंदगी के बावजूद, शराबखाने में बैठे रह कर उसे खुशी हो रही थी।

शराबखाने का मालिक किसी दूसरे कमरे में रहा होगा। लेकिन थोड़ी-थोड़ी देर बाद वह कुछ सीढ़ियाँ उतर कर बड़े कमरे में आता, और हर बार उसके बाकी शरीर से पहले उसके भड़कीले काले रंग के चमकदार लंबे जूते दिखाई देते जिनका ऊपरवाला लाल रंग का सिरा उसने पलट रखा था। उसने लंबा कोट और बुरी तरह चीकटदार काले रंग की साटन की वास्कट पहन रखी थी। उसने गुलूबंद नहीं पहना था, और पूरे चेहरे पर इतना तेल चुपड़ा हुआ था जैसे लोहे के ताले पर चुपड़ते हैं। काउंटर पर लगभग चौदह बरस का एक लड़का खड़ा था। उससे कुछ छोटा, एक और लड़का था जो जरूरत की चीजें ला कर देता था। काउंटर पर कुछ कटा हुआ खीरा था, सूखी काली डबल रोटी के कुछ टुकड़े थे और मछली के कुछ छोटे-छोटे कतले पड़े हुए थे, जिनसे बहुत बुरी बू आ रही थी। वहाँ बेहद घुटन थी और शराब के भभकों से हवा इस कदर बोझल थी कि ऐसे वातावरण में पाँच मिनट रहने से ही आदमी को नशा हो जाए।

कभी-कभी हमारी कुछ ऐसे अजनबियों से मुलाकात हो जाती है जिनमें हमें एक शब्द बातचीत के बिना भी पहले पल से ही दिलचस्पी पैदा हो जाती है। रस्कोलनिकोव पर उस आदमी ने भी कुछ ऐसा ही असर डाला जो उससे थोड़ी दूर बैठा हुआ था और देखने में रिटायर्ड क्लर्क लगता था। उस नौजवान ने बाद में अपने इस अनुभव की अकसर चर्चा की, और यहाँ तक कहता रहा कि वह मुलाकात किसी पूर्वबोध का परिणाम थी। वह बार-बार उस क्लर्क की ओर देखता रहा, कुछ तो यकीनन इसलिए कि वह क्लर्क लगातार उसे घूरे जा रहा था। स्पष्ट है कि वह उससे बातचीत करने के लिए उत्सुक था। वह क्लर्क कमरे के दूसरे लोगों को, शराबखाने के मालिक तक को, इस तरह देख रहा था, मानो वह उनके साथ का आदी हो चुका हो और उनसे उकता चुका हो। हैसियत और तहजीब के एतबार से उन्हें अपने से घटिया लोग समझने के कारण उसके मन में उनके प्रति कुछ तिरस्कार का भाव भी था, जिनके साथ बातचीत करना उसे बेकार लगता था। उस आदमी की उम्र पचास से ऊपर थी। गंजा सर, खिचड़ी बाल, दरमियाना कद, और गठा हुआ बदन। लगातार शराब पीने की वजह से उसका चेहरा फूल गया था और रंग कुछ पीला, कहीं-कहीं हरा भी पड़ गया था। पपोटे सूजे हुए थे जिनके अंदर से उसकी पैनी, गुलाबी आँखें ऐसे चमकती थीं जैसे छोटी-छोटी दरारों में से झाँक रही हों। लेकिन उसमें कोई बहुत अजीब बात भी थी। उसकी आँखों में ऐसी चमक थी जैसे वह किसी बात को बहुत गहराई से महसूस कर रहा हो। उनमें शायद चिंतन तथा प्रखर बुद्धि की झलक भी थी, लेकिन साथ ही उनमें पागलपन जैसी किसी चीज की चमक भी थी। वह एक बहुत पुराना, बेहद फटा हुआ, काले रंग का सूट के साथ का कोट पहने हुए था, जिसके एक को छोड़ कर सारे बटन टूटे हुए थे, और वह एक बटन उसने यूँ लगा रखा था; गोया इज्जतदार आदमी होने की इस आखिरी निशानी को सीने से लगाए रखना चाहता हो। मुड़ी-तुड़ी धब्बों और मैल के निशानों से भरी हुई कमीज का सामने का हिस्सा उसकी जीन की वास्कट के बाहर उभरा हुआ था। क्लर्कों की तरह उसकी भी दाढ़ी-मूँछें सफाचट थीं, लेकिन उसने इतने दिन से दाढ़ी नहीं

बनाई थी कि ठोड़ी भूरे रंग के कड़े ब्रश जैसी लग रही थी। उसकी चाल-ढाल में भी कुछ ऐसी बात थी जिससे उसके इज्जतदार और अफसर समान होने का पता चलता था। लेकिन वह बेचैन था, बार-बार अपने बाल बिखेर लेता था और थोड़ी-थोड़ी देर बाद, कोट की फटी हुई कुहनियों को धब्बेदार और चिपचिपी मेज पर टिका कर, अपना सर हाथों से पकड़ कर बेहद मायूसी से बैठ जाता था। आखिरकार उसने रस्कोलनिकोव की आँखों में आँखें डाल कर देखा, और ऊँची आवाज में सधे ढंग से बोला, 'जनाब, क्या मैं आपसे कुछ रस्मी बातचीत करने की जुरअत कर सकता हूँ आप अपने रखरखाव से बाइज्जत तो नहीं मालूम होते, लेकिन मेरा तजर्बा कहता है कि आप पढ़े-लिखे आदमी हैं और आपको शराब पीने की आदत नहीं है। मैंने तालीम को हमेशा इज्जत की नजर से देखा है, अगर उसके साथ सच्चे जज्बात भी हों, और इसके अलावा ओहदे के एतबार से मैं **टाइटुलर कौंसिलर हूँ।1 मार्मेलादोव-मेरा यही नाम है; टाइटुलर कौंसिलर। मैं क्या आपसे यह पूछने की गुस्ताखी कर सकता हूँ कि आप किसी सरकारी नौकरी में रह चुके हैं?'

- (रूसी सरकारी सेवा की 14 श्रेणियों में से 9वीं श्रेणी का एक पद, इस तरह यह बहुत निचली श्रेणी का पद हुआ करता था। ये श्रेणियाँ 1722 में प्योत्र महान के काल में बनाई गई थीं।)

'जी नहीं, मैं पढ़ता हूँ,' नौजवान ने जवाब दिया; उसे बोलनेवाले की गढ़ी हुई शैली पर भी कुछ हैरत हो रही थी और कुछ इस बात पर भी कि उसे इस तरह सीधे-सीधे संबोधित किया गया था। अभी वह किसी इनसान की संगत की क्षणिक इच्छा महसूस कर रहा था, उसके बावजूद जब उससे बात की गई तो उसे फौरन अपनी आदत के मुताबिक अपने करीब आनेवाले या करीब आने की कोशिश करनेवाले एक अजनबी के प्रति वही चिड़चिड़ाहट और बेचैनी भरी अरुचि पैदा हुई।

'तो आप छात्र हैं, या पहले छात्र रह चुके हैं,' उस क्लर्क ने ऊँची आवाज में कहा, 'मैंने भी यही सोचा था! तजर्बा जनाब, यह सब तजर्बे की बात है,' यह कह कर उसने अपने आपको शाबाशी देते हुए माथे पर एक उँगली रख कर दबाई। 'आप छात्र रह चुके हैं या तालीम के किसी इदारे में जाते रहे हैं! अगर आप इजाजत दें...' - वह उठ कर खड़ा हो गया, लड़खड़ाया, अपना जग और गिलास उठाया, और नौजवान के पास आ कर बैठ गया, कुछ इस तरह कि उसके सामने नौजवान के चेहरे का बगली हिस्सा पड़ता था। वह शराब के नशे में चूर था, लेकिन बिना अटके हुए, बड़े भरोसे के साथ बोल रहा था। बस बीच-बीच में उसकी बात का तार टूट जाता था और उसे अपने शब्दों को खींच कर बोलना पड़ता था। वह रस्कोलनिकोव पर ऐसे नदीदों की तरह टूटा जैसे किसी आदमी से महीने भर से बात न की हो।

'जनाब,' उसने ऐसे दिखावे के भाव से बोलना शुरू किया, गोया प्रवचन कर रहा हो, 'गरीबी कोई बुराई नहीं है, यही सच बात है। लेकिन मैं यह भी जानता हूँ कि शराबी होना भी कोई अच्छी बात नहीं है, और यह बात उससे भी ज्यादा सच है। लेकिन कंगाल होना, जनाबे आली, कंगाल होना जरूर बुराई है। गरीबी में आप अपनी आत्मा की पैदाइशी बुनियादी नेकी बनाए रख सकते हैं, लेकिन कंगाली में कभी नहीं। कंगाल आदमी को डंडा ले कर समाज से खदेड़ा नहीं जाता, झाड़ू से बुहार कर बाहर फेंक दिया जाता है ताकि जितना ज्यादा हो सके, उसका अपमान हो। और यही ठीक भी है क्योंकि कंगाली में तो मैं खुद ही सबसे पहले अपना अपमान करने को तैयार रहूँगा। इसलिए जनाब, दारू की दुकान! जनाबे-आली, अभी एक महीना हुआ मिस्टर लेबेजियातनिकोव ने मेरी बीवी को पीटा, और मेरी बीवी मुझसे बिलकुल अलग ही किस्म की चीज है! आप समझ रहे हैं न! अच्छा, मैं महज अपनी जानकारी के लिए आपसे एक सवाल पूछना चाहता हूँ; आपने कभी नेवा नदी पर भूसे की नाव पर रात बसर की है?'

'जी नहीं, कभी नहीं,' रस्कोलनिकोव ने जवाब दिया। 'इसका क्या मतलब है?'

'बात बस यह है कि वहाँ इस तरह सोते हुए मुझे पाँच रातें हो गईं...'

उसने अपना गिलास भरा, गटक गया, और सोच में डूब गया। सचमुच उसके कपड़ों से भूसे के टुकड़े चिपके हुए थे, और उसके बालों में भी उलझे हुए थे। लगता था पाँच दिन से उसने कपड़े नहीं बदले थे और न मुँह-हाथ धोया था। खास तौर पर उसके हाथ तो बहुत ही गंदे थे। हाथ मोटे और लाल रंग के थे और नाखून बिलकुल काले हो रहे थे।

लगता था उसकी बातचीत आम तौर पर दिलचस्पी तो जगा रही थी, लेकिन बहुत जोश वाली नहीं। काउंटर पर काम करनेवाले लड़के खी-खी करके हँसने लगे। शराबखाने का मालिक खास इस 'मसखरे बंदे' की बातें सुनने के इरादे से ऊपरवाले कमरे से उतर कर नीचे आ गया, और थोड़ी दूर बैठ कर अलसाए ढंग से लेकिन गरिमा के साथ जम्हाई लेने लगा। साफ लगता था कि मार्मेलादोव यहाँ की एक जानी-पहचानी हस्ती था, और बहुत मुमकिन था कि उसमें लच्छेदार भाषण की कमजोरी इस वजह से पैदा हुई हो कि उसे शराबखाने में अकसर, तरह-तरह के अजनबियों से बातचीत करने की आदत थी। कुछ शराबियों में यह आदत बढ़ते-बढ़ते एक जरूरत बन जाती है, खास तौर पर उन लोगों में जिन पर घर में कड़ी नजर रखी जाती है और जिनकी बहुत बेकद्री की जाती है। इसलिए दूसरे पीनेवालों के बीच बैठ कर वे अपनी हरकतों को सही ठहराने की और मुमकिन हो तो उनकी हमदर्दी हासिल करने की भी कोशिश करते हैं।

'मसखरा बंदा है यह भी!' शराबखाने के मालिक ने अपना फरमान सुनाया। 'आखिर तुम काम क्यों नहीं करते या अगर तुम किसी नौकरी से लगे हो तो अपनी ड्यूटी पर क्यों नहीं हो?'

'जनाब, मैं अपनी ड्यूटी पर क्यों नहीं हूँ!' मार्मेलादोव ने सिर्फ रस्कोलनिकोव को संबोधित करते हुए अपनी बात जारी रखी, मानो वह सवाल उसी ने पूछा हो। 'मैं अपनी ड्यूटी पर क्यों नहीं हूँ? क्या यह सोच कर मेरा दिल नहीं दुखता कि मैं एक बेकार कीड़ा हूँ? एक महीना हुआ, मेरी बीवी को मिस्टर लेबेजियातनिकोव ने अपने हाथों से पीटा था, और मैं शराब के नशे में धुत पड़ा था। तब क्या मुझे तकलीफ नहीं हुई थी? माफ करना, नौजवान, क्या तुम्हारे साथ कभी ऐसा हुआ है... हुँह... मेरा मतलब है, तुम्हें कोई उम्मीद न होते हुए भी किसी से कर्ज के लिए फरियाद करनी पड़ी हो?'

'हाँ, हुआ है... लेकिन "कोई उम्मीद न होते हुए भी" से आपका क्या मतलब है?'

'हर मानी में कोई उम्मीद न होते हुए, जब तुम्हें पहले से मालूम हो कि तुम्हें कुछ मिलनेवाला नहीं है। गोया यूँ समझ लो, तुम्हें पूरे यकीन के साथ पहले से मालूम है कि यह आदमी, यह नामी-गिरामी शहरी, जिसकी लोग मिसाल देते हैं, किसी भी कीमत पर तुम्हें पैसा देनेवाला नहीं है। और सच तो यह है कि, मैं पूछता हूँ, वह क्यों पैसा दे। जाहिर है, वह जानता है कि मैं पैसा वापस नहीं करूँगा। तरस खा कर मिस्टर लेबेजियातनिकोव ने, जो हर नए से नए विचार की खबर रखते हैं, अभी उसी दिन समझाया था कि आजकल साइंस तक ने तरस खाने पर पाबंदी लगा दी है, और यह कि अब इंग्लैंड में यही होता है, जहाँ राजनीतिक अर्थशास्त्र का बोलबाला है। आखिर क्यों, मैं पूछता हूँ, वह मुझे पैसा क्यों दे फिर भी मैं उसके पास जाने के लिए चल पड़ता हूँ हालाँकि मैं पहले से जानता हूँ कि वह देनेवाला नहीं है, और...'

'क्यों जाते हैं आप?' रस्कोलनिकोव ने बात काट कर पूछा।

'लेकिन जब किसी का कोई न हो, जब उसके पास जाने को कोई दूसरा ठिकाना न हो तो! इसलिए कि हर आदमी के पास जाने के लिए कोई ठिकाना तो होना चाहिए। इसलिए कि ऐसे वक्त भी आते हैं जब आदमी को कहीं न कहीं जाना पड़ता है! जब मेरी बेटी पहली बार पीला टिकट (बेश्यावृत्ति का लाइसेंस) ले कर बाहर निकली थी तो मुझे जाना पड़ा था... (क्योंकि मेरी बेटी सड़कगर्दी से रोजी कमाती है),' उसने यह आखिरी बात नौजवान की ओर कुछ बेचैनी से देखते हुए दबी जबान से जोड़ी। 'कोई बात नहीं जनाब, कोई बात नहीं!' जब काउंटर पर बैठे हुए दोनों लड़के ठहाका मार कर हँस पड़े और शराबखाने का मालिक भी मुस्कराने लगा तो जल्दी-जल्दी और अपने आपको जाहिर तौर पर सँभालते हुए उसने अपनी बात जारी रखी। 'कोई बात नहीं, मुझे उनके सर हिलाने से जरा भी उलझन नहीं होती; क्योंकि इसके बारे में हर आदमी सब कुछ जानता है, और जो कुछ अब तक ढका-छिपा था, वह भी खुल कर सामने आ चुका है। और मैं यह सब कुछ तिरस्कार के साथ नहीं, बल्कि विनम्रता से मानता हूँ। ऐसा ही सही! ऐसा ही सही! इनसान को देखो!' माफ करना, नौजवान तुम क्या ऐसा कर सकते हो... नहीं, मैं अपनी बात ज्यादा जोरदार तरीके से और ज्यादा साफ-साफ कहूँगा : क्या तुम ऐसा कर सकते हो नहीं, बल्कि क्या तुममें ऐसा करने की हिम्मत है कि मुझे देख कर दावे के साथ कह सको कि मैं सुअर नहीं हूँ?'

जवाब में नौजवान ने एक शब्द भी नहीं कहा।

'खैर,' भाषण करनेवाले ने कमरे में खी-खी की आवाज के दबने की राह देखने के बाद एक बार फिर ज्यादा सधी आवाज में पहले से भी ज्यादा मर्यादा के साथ अपनी बात शुरू की। 'खैर, ऐसा ही सही, मैं तो सुअर हूँ लेकिन वह रईसजादी है! मैं तो जानवर हूँ लेकिन कतेरीना इवोनाव्ना, मेरी धर्मपत्नी, पढ़ी-लिखी औरत है और एक अफसर की बेटी है। माना, मान लिया कि मैं लफंगा हूँ, लेकिन वह दिल की हीरा औरत है, उसके दिल में भावनाएँ हैं, पढ़ाई-लिखाई ने उसकी आत्मा को निखार दिया है! लेकिन फिर भी... काश, उसके दिल में मेरे लिए भी कुछ दर्द होता! जनाब... जनाबे-आली, आप जानते हैं कि हर आदमी के पास कम-से-कम एक ठिकाना तो ऐसा होना ही चाहिए जहाँ लोगों के दिल में उसके लिए भी कुछ दर्द हो! लेकिन कतेरीना इवानोव्ना... हालाँकि वह बड़े दिल की औरत है, लेकिन उसमें इन्साफ नहीं है... लेकिन फिर भी मैं जानता हूँ कि जब वह मेरे बाल पकड़ कर घसीटती है तो तरस खा कर ही ऐसा करती है - क्योंकि नौजवान, मुझे एक बार फिर यह बात कहने में जरा भी शर्म नहीं आती, कि वह मेरे बाल पकड़ कर भी घसीटती है,' उसने एक बार फिर लोगों को खी-खी करके हँसते सुन कर फिर गरिमा के साथ ऐलान किया - 'लेकिन, हे मेरे भगवान, अगर वह एक बार भी... लेकिन नहीं! बेकार है यह सब कुछ और इसकी बात करने का भी कोई फायदा नहीं! इसलिए कि एक बार नहीं, कई बार मेरी तमन्ना पूरी हुई और कितनी ही बार उसके दिल में मेरा दर्द पैदा हुआ लेकिन... मेरा स्वभाव ही ऐसा है और मैं हूँ एक जन्मजात जानवर!'

'ठीक कहते हो!' शराबखाने के मालिक ने जम्हाई लेते हुए कहा।

मार्मेलादोव ने जोर से मेज पर मुक्का मारा।

'मेरा स्वभाव ही ऐसा है! आप जानते हैं जनाब, आपको मालूम है क्या कि शराब के लिए मैंने उसकी लंबी जुराबें तक बेच दीं उसके जूते नहीं - वह तो खैर कमोबेश इतनी बेजा बात न होती, लेकिन उसकी लंबी जुराबें मैंने शराब के लिए बेच दीं, उसकी जुराबें! उसकी पशमीने की शाल भी मैंने शराब के लिए बेच दी। वह उसे बहुत पहले तोहफे में मिली थी,

उसकी अपनी चीज थी, मेरी नहीं थी। हम लोग ठिठुरते हुए एक ठंडे कमरे में रहते हैं और वह इस बार जाड़े में सर्दी खा गई और उसे खाँसी आने लगी है, साथ में खून भी आता है। हमारे तीन छोटे-छोटे बच्चे हैं और कतेरीना इवानोव्ना सबेरे से रात तक काम में जुती रहती है, झाड़ू-बुहारू करती है, सारे कपड़े वगैरह धोती है और बच्चों को नहलाती-धुलाती है, क्योंकि उसे बचपन से सफाई की आदत रही है। लेकिन उसका सीना कमजोर है और तपेदिक हो जाने का डर लगा रहता है, और मैं इस बात को महसूस करता हूँ। क्या आप यह सोचते हैं कि मैं इस बात का महसूस नहीं करता? मैं जितनी ज्यादा पीता हूँ, उतना ही ज्यादा इस बात को महसूस करता हूँ। पीता भी मैं इसीलिए हूँ। शराब में मैं हमदर्दी खोजता हूँ और चाहता हूँ कि मुझ पर कोई तरस खाए... मैं पीता इसलिए हूँ कि मुझे दोगुनी तकलीफ हो!' यह कह कर, गोया निराश हो कर उसने अपना सिर मेज पर टिका लिया।

'नौजवान,' उसने सर उठा कर फिर कहना शुरू किया, 'तुम्हारे चेहरे में मुझे अपनी तकलीफ की कुछ झलक दिखाई देती है। जब तुम अंदर आए, तभी मैंने इसकी झलक पा ली थी, और इसीलिए मैंने फौरन तुमसे बातें करने का सिलसिला छेड़ा था। तुम्हारे सामने अगर मैं अपनी जिंदगी की दास्तान खोल कर रखना चाहता हूँ तो इसलिए नहीं कि इन निठल्ले सुननेवालों के सामने अपनी हँसी उड़वाऊँ, जिन्हें यूँ भी सब कुछ मालूम है, बल्कि इसलिए कि मुझे ऐसे आदमी की तलाश है जिसके दिल में दूसरों का दर्द हो और जो पढ़ा-लिखा हो। तो मैं बता रहा था कि मेरी बीवी रईसों की बेटियों के उम्दा स्कूल की पढ़ी हुई है, और स्कूल छोड़ते वक्त उसने गवर्नर साहब के और दूसरी बड़ी-बड़ी हस्तियों के सामने शालवाला नाच पेश किया था, और उसे इनाम में सोने का एक मेडल और प्रशंसापत्र दिया गया था। मेडल... खैर, मेडल तो जाहिर है, बेच दिया गया था - बहुत पहले ही, हुँह... लेकिन वह प्रशंसापत्र अभी तक उसके संदूक में रखा है और अभी, बहुत दिन नहीं हुए, उसने मकान-मालकिन को वह दिखाया था। यूँ तो मकान-मालकिन से उसकी कभी नहीं बनी, लेकिन वह किसी न किसी को अपने पिछले कमालों के बारे में और बीते हुए सुख के दिनों के बारे में बताना चाहती है। इसके लिए मैं उसे बुरा नहीं कहता, उसे कोई दोष नहीं देता, क्योंकि उसके पास बीते हुए दिनों की इन यादों के अलावा बचा ही क्या है, बाकी सब तो मिट्टी में मिल चुका! जी हाँ, जी हाँ, बड़े दिल-गुर्दे वाली खानदानी औरत है, कभी किसी के आगे सर नहीं झुकाया, और जो जी में ठान लिया उसे पूरा करके छोड़ा। अपने हाथ से झाड़ू देती है और खाने को काली रोटी के अलावा कुछ होती भी नहीं, लेकिन मजाल है कि कोई उसके साथ बेइज्जती का सलूक कर दे। इसीलिए तो मिस्टर लेबेजियातनिकोव ने उसके साथ जो बदतमीजी की, उसे वह अनदेखा करने को तैयार नहीं थी, और यही वजह है कि उन्होंने जब इस बात पर उसकी पिटाई की तो उसने चारपाई पकड़ ली... जो चोट लगी थी उसकी वजह से इतना नहीं, जितना इस वजह से कि उसकी भावनाओं को ठेस पहुँची थी। जब मैंने उससे शादी की थी, उस वक्त वह विधवा थी, तीन बच्चों की माँ और सभी नन्हे-मुन्ने। उसने अपने पति से, जो पैदल सेना में अफसर था, प्रेम करके शादी की थी, और बाप के घर से उसके साथ भागी थी। उसे बेहद लगाव था अपने पति से, लेकिन वह जुआ खेलने लगा, मुकद्मे में फँस गया और उसी हालत में मरा भी। आखिर में वह उसे मारने-पीटने लगा था। हालाँकि वह भी जवाब में उसकी पिटाई करती थी, जिसका मेरे पास पक्का, लिखित सबूत है, लेकिन आज भी वह जब उसकी बात करती है तो उसकी आँखों में आँसू भर आते हैं और वह हमेशा उसका हवाला दे कर मुझे ताने देती रहती है। और मुझे खुशी है, इस बात की खुशी है कि कल्पना में ही सही, वह अपने बारे में सोचती तो है कि वह कभी सुखी थी... तो उसके मरने के बाद वह दूर-दराज के एक बीहड़ इलाके में तीन बच्चों के साथ अकेली रह गई। इत्तफाक से उन दिनों मैं भी वहीं था, और वह ऐसी घोर गरीबी की हालत में थी कि मैं हर तरह के बहुत-से उतार-चढ़ाव देखने के बावजूद अपने आपको इस लायक नहीं पाता कि उसका बयान कर सकूँ। उसके सभी

रिश्तेदारों ने उससे एकदम नाता तोड़ लिया था। पर वह अपनी आन की पक्की थी, बेहद पक्की... और तब, जनाब तब मैंने... उस वक्त मेरी पहली बीवी मर चुकी थी और उससे एक चौदह साल की बेटी थी तो मैंने उसके सामने सुझाव रखा कि मुझसे शादी कर ले, क्योंकि मुझसे उसकी ऐसी दर्दनाक हालत नहीं देखी जाती थी। आप उसकी मुसीबतों का अंदाजा इस बात से लगा सकते हैं कि वह, इतनी पढ़ी-लिखी, इतनी सलीकेमंद, सचमुच ऐसे ऊँचे खानदान की औरत, मेरी बीवी बनने को राजी हो गई! सचमुच राजी हो गई! रोते और सिसकते हुए, अपने हाथ मलते हुए उसने मुझसे शादी कर ली। क्योंकि उसके पास कोई और ठिकाना नहीं था! आप समझते हैं, जनाब, आप समझते हैं न कि क्या मतलब होता है इसका, जब आपके पास एकदम कोई ठिकाना न हो नहीं आप अभी यह बात नहीं समझते... तो पूरे एक साल तक मैं अपने सारे फर्ज ईमानदारी और वफादारी के साथ पूरे करता रहा, और इसे छुआ तक नहीं' (यह कह कर उसने उँगली से अपने जग को टिकटिकाया), 'क्योंकि मेरे दिल में भी दर्द है, भावनाएँ हैं। लेकिन यह सब करके भी मैं उसे खुश नहीं कर सका। और फिर मेरी नौकरी भी छूट गई, पर उसमें मेरा कोई कुसूर नहीं था बल्कि दफ्तर में ही कुछ हेर-फेर हो गए थे; और तब मैंने इसे छुआ! ...कुछ ही दिनों में डेढ़ साल हो जाएँगे उस बात को जब हम कई जगह भटकने के बाद, कितनी ही मुसीबतें झेलने के बाद अनगिनत स्मारकों से सजी इस शानदार राजधानी में पहुँचे थे। यहाँ मुझे एक नौकरी मिल भी गई। ...मिल भी गई और छूट भी गई। आप समझ रहे हैं इस बार नौकरी मेरी अपनी गलती से गई क्योंकि मेरी यह कमजोरी उभर आई थी... अब हमारे पास अमालिया फ्योदोरोव्ना लिप्पेवेख्सेल के यहाँ एक कमरे का एक हिस्सा है; पर मैं यह नहीं बता सकता कि कहाँ से हम अपनी गुजर-बसर करते हैं और कहाँ से अपना किराया भरते हैं। वहाँ हमारे अलावा और भी बहुत से लोग रहते हैं। गंदगी और बेतरतीबी, बिल्कुल भटियारखाने जैसा... जी हाँ... और इस बीच पहली बीवी से मेरी जो बेटी थी वह बड़ी हो गई, और जिस जमाने में मेरी बेटी बड़ी हो रही थी उस दौरान उसे अपनी सौतेली माँ के हाथों क्या-क्या सहना पड़ा, इसके बारे में मैं कुछ भी नहीं कहूँगा। कतेरीना इवानोव्ना दिल की बहुत बड़ी तो है, लेकिन उसका मिजाज बहुत तेज है, बेहद चिड़चिड़ा, और गुस्सा जैसे उसकी नाक पर रखा रहता है... जी हाँ! लेकिन कोई फायदा नहीं! इन सब बातों की चर्चा से! सोन्या को, जैसा कि आप सोच सकते हैं, कभी पढ़ना-लिखना नसीब नहीं हुआ। चार साल पहले मैंने उसे भूगोल और दुनिया का इतिहास पढ़ाने की कोशिश की थी लेकिन ये विषय मुझे खुद अच्छी तरह नहीं आते थे, हमारे पास ढंग की किताबें भी नहीं थीं, और जो थोड़ी-बहुत किताबें थीं भी... हुँह, बहरहाल अब तो वे भी नहीं रह गईं हमारे पास। सो हमारा पढ़ने-लिखने का सारा सिलसिला खत्म हो गया। हम फारस के बादशाह साइरस तक पहुँच कर उससे आगे नहीं बढ़ सके। जबसे वह जवान हो चली, उसने कुछ और रोमांटिक किस्म की किताबें पढ़ी हैं, और भी इधर हाल में उसने बड़ी दिलचस्पी से एक किताब पढ़ी है जो उसे मिस्टर लेबेजियातनिकोव के जरिए मिली थी, जार्ज लेबिस की 'शरीरक्रिया' - आप जानते तो होंगे इस किताब को ...उसने हमें उसके कुछ हिस्से सुनाए भी थे, तो बस यही है उसकी कुल पढ़ाई। और अब क्या मैं आपसे, जनाबे-आली, अपनी खातिर एक निजी किस्म का सवाल पूछने की हिम्मत कर सकता हूँ क्या आप सोचते हैं कि कोई गरीब इज्जतदार लड़की ईमानदारी से काम करके काफी पैसा कमा सकती है अगर वह इज्जतदार है और उसमें कोई खास हुनर नहीं है, दिन-भर में पंद्रह टके नहीं कमा सकती, और इतना भी कमाएगी तब, जब वह अपने काम में पल भर को दम न ले! और बात इतनी ही नहीं है; इवान इवानोविच क्लापस्टाक ने, वही जो सिविल कौंसिलर हैं - आपने उनका नाम सुना तो होगा - उससे लिनेन की जो आधा दर्जन कमीजें बनवाई थीं, उनके पैसे आज तक उसे नहीं दिए, बल्कि उल्टे उसे झिड़क कर भगा दिया। उन्होंने बहुत पाँव पटके और उसे बहुत बुरा-भला कहा; बहाना यह बनाया कि कमीजों के कालर वैसे नहीं थे जैसे नमूने की कमीज में थे, और टेढ़े लगे थे। इधर छोटे-छोटे बच्चे

भूखे थे... कतेरीना इवानोव्ना हाथ मलते हुए इधर से उधर टहल रही थी, गाल तमतमाए हुए, जैसा कि इस बीमारी में हमेशा हो जाता है। बोली, 'यहाँ हमारे मत्थे रहती है, खाती है, पीती है और गर्म कमरे का मजा भी लेती है; काम करते छाती फटती है।' और क्या मिलता है उसे खाने-पीने को जब कि नन्हे बच्चों को तीन-तीन दिन एक कौर नसीब नहीं होता! और उस वक्त मैं पड़ा हुआ था... उससे क्या होता है! मैं शराब के नशे में धुत था और मैंने सोन्या को बोलते सुना (बहुत फूल-सी बच्ची है, बहुत कोमल और धीमी आवाज है उसकी... सुनहरे बाल और चेहरा ऐसा पीला और दुबला-पतला कि पूछिए नहीं)। वह बोली, 'कतेरीना इवानोव्ना, क्या आप सचमुच मुझसे वही काम करवाना चाहती हैं और दार्या फ्रांत्सोव्ना जैसी बदचलन औरत, जिसे पुलिस अच्छी तरह जानती है, दो-तीन बार मकान-मालकिन के जरिए उसे घेरने की कोशिश कर चुकी थी। 'क्यों, हर्ज ही क्या है कतेरीना इवानोव्ना ने ताने से कहा, 'तुम कहाँ की ऐसी अनमोल रतन लिए हुए हो कि तुम्हें सहेज कर रखा जाए!' लेकिन उसे दोष न दीजिए, साहब, उसे दोष न दीजिए! जिस वक्त उसने यह बात कही थी उस वक्त वह आपे में नहीं थी। अपनी बीमारी की वजह से और भूखे बच्चों के रोने-बिलखने की वजह से उसके होश उस वक्त ठिकाने नहीं थे; उसने वह बात किसी और वजह से नहीं, बस उसे चोट पहुँचाने के लिए कही थी... क्योंकि कतेरीना इवोनाव्ना का ऐसा ही स्वभाव है और जब बच्चे रोने लगते हैं, चाहे वे भूख से क्यों न रो रहे हों, वह फौरन उन्हें धुन कर रख देती है। कोई छह बजे मैंने देखा कि सोन्या उठी, सर पर रूमाल बाँधा, कंधे पर बिना आस्तीन का कोट डाला और कमरे के बाहर चली गई। वह लगभग नौ बजे लौटी। सीधे कतेरीना इवानोव्ना के पास गई और चुपचाप उनके सामने मेज पर तीस रूबल रख दिए। उसने एक बात भी नहीं कही, उनकी ओर देखा तक नहीं, बस हमारी बड़ी-सी हरे रंग की जनाना शाल उठाई (हम लोगों के पास बस एक शाल है, जनाना) और उसे सिर तक ओढ़ कर, दीवार की तरफ मुँह करके चारपाई पर लेट गई। उसके छोटे-छोटे कंधे और उसका सारा शरीर काँपता रहा... और मैं वहीं पड़ा रहा, बिलकुल वैसे ही जैसे पहले पड़ा था... और तब मैंने देखा, ऐ नौजवान, कि कतेरीना इवानोव्ना उसी तरह चुपचाप सोन्या की छोटी-सी चारपाई के पास गई; सारी रात घुटनों के बल बैठी सोन्या के पाँव चूमती रही, किसी तरह वहाँ से उठने का नाम न लिया, और फिर दोनों एक-दूसरे की बाँहों में लिपट कर सो गईं... एक साथ... जी हाँ... और मैं... मैं शराब के नशे में धुत पड़ा रहा'

मार्मेलादोव अचानक चुप हो गया, गोया उसकी आवाज जवाब दे गई हो। फिर उसने जल्दी-जल्दी अपना गिलास भरा, गटका और अपना गला साफ किया।

'तो उसी वक्त से साहब,' कुछ देर रुक कर उसने फिर कहना शुरू किया, 'उसी वक्त से, कुछ तो बदनसीबी के हालात पैदा हो जाने की वजह से और कुछ बुरा चाहनेवाले लोगों के कान भरने की वजह से - जिसमें दार्या फ्रांत्सोव्ना ने, इस बहाने की आड़ ले कर कि उसके साथ इज्जत का सलूक नहीं किया गया था, बहुत बढ़-चढ़ कर हिस्सा लिया - उसी वक्त से मेरी बेटी सोन्या सेम्योनोव्ना को मजबूर हो कर पीला टिकट लेना पड़ा और इस वजह से वह अब हमारे साथ नहीं रह सकती। हमारी मकान-मालकिन अमालिया फ्योदोनोव्ना इस बात को सुनने तक को तैयार नहीं है (हालाँकि पहले उसी ने दार्या फ्रांत्सोव्ना को बढ़ावा दिया था) और मिस्टर लेबेजियातनिकोव भी... हुँह... उनके और कतेरीना इवानोव्ना के बीच जो बखेड़ा हुआ था वह सारा सोन्या को ले कर हुआ। पहले तो वह खुद सोन्या पर डोरे डाल रहे थे पर फिर अचानक उन्हें अपनी मान-मर्यादा का बहुत खयाल पैदा हो गया। बोले, 'मेरे जैसा इतना पढ़ा-लिखा आदमी उस जैसी लड़की के साथ उसी घर में कैसे रह सकता है?' तो कतेरीना इवानोव्ना भला कब ऐसी बात बर्दाश्त करनेवाली थी; उसने डट कर उसकी

तरफदारी की... तो सारा किस्सा यह था। सो अब सोन्या हमारे यहाँ आती भी है तो ज्यादातर अँधेरा हो जाने के बाद; कतेरीना इवानोव्ना को तसल्ली देती है और जो कुछ बन पड़ता है, दे जाती है... उसने कापरनाउमोव के यहाँ एक कमरा ले रखा है; उसी के यहाँ किराए पर रहती है। कापरनाउमोव एक दर्जी है, लँगड़ा है और हकलाता है, उसके परिवार के सभी लोग हकलाते हैं, और उसकी बीवी भी हकलाती है... वे सभी एक कमरे में रहते हैं, लेकिन सोन्या के पास अपना कमरा है, जो आड़ लगा कर अलग कर दिया गया है... हुँह... वे सब बहुत गरीब लोग हैं और सभी हकलाते हैं... जी हाँ। तो मैं सबेरे उठा, अपने फटे-पुराने कपड़े पहने, दोनों हाथ आसमान की तरफ उठा कर दुआ माँगी, और महामहिम इवान अफानासिविच के यहाँ जाने के लिए चल पड़ा। महामहिम इवान अफानासिविच, उन्हें तो आप जानते होंगे नहीं जानते फिर तो आप सचमुच एक बहुत ही अच्छे आदमी को नहीं जानते। वे मोम हैं... भगवान जानता है, बिलकुल मोम; मोम की ही तरह पिघल भी जाते हैं! मेरी कहानी सुन कर उनकी आँखें डबडबा आईं। कहा, 'मार्मेलादोव, तुम पहले एक बार मेरी उम्मीदों पर पानी फेर चुके हो... मैं एक बार फिर तुम्हें रख लूँगा, खुद अपनी जिम्मेदारी पर' - यही शब्द थे उनके, 'याद रखना', उन्होंने कहा, 'और अब तुम जा सकते हो।' मैंने उनके पाँव की धूल को चूमा - मेरा मतलब है मन ही मन, क्योंकि सचमुच तो वे मुझे कभी ऐसा नहीं करने देते, क्योंकि वे राजनेता हैं और आधुनिक राजनीतिक और प्रगतिशील विचारों के आदमी हैं। मैं घर लौट आया और जब मैंने सबको बताया कि मैं नौकरी पर फिर बहाल कर दिया गया हूँ और मुझे तनख्वाह मिला करेगी, तो कसम से, कैसा जश्न हुआ...'

मार्मेलादोव एक बार फिर बहुत उत्तेजित हो कर रुक गया। उसी वक्त पहले से ही शराब पिए हुए लोगों की पूरी टोली सड़क पर से हंगामा मचाती हुई अंदर आ गई। शराबखाने के दरवाजे पर सात साल का एक लड़का किराए के आर्केरियन पर अपनी महीन आवाज में 'छोटा-छोटा झोंपड़ा' गा रहा था। सारा कमरा शोर से भर गया। शराबखाने का मालिक और छोकरे नए गाहकों में उलझ गए। मार्मेलादोव ने नए आनेवालों की ओर कोई ध्यान दिए बिना अपना किस्सा जारी रखा। लगता था अब तक वह बेहद कमजोर हो चुका है, लेकिन उस पर शराब का नशा जितना ही ज्यादा चढ़ता गया, वह उतनी ही ज्यादा बातें करने लगा। लगता था नौकरी पाने में उसे हाल ही में जो सफलता मिली थी, उसकी याद करके उसमें नई जान आ गई थी, और यह बात निश्चित रूप से उसके चेहरे पर एक तरह की चमक में झलक रही थी। रस्कोलनिकोव ध्यान से सुनता रहा।

'यह बात पाँच हफ्ते पहले की है, जनाब। जी हाँ... तो जैसे ही कतेरीना इवानोव्ना और सोन्या ने इसके बारे में सुना, दया हो ऊपरवाले की हम पर, ऐसा लगा कि मैं स्वर्ग में पहुँच गया हूँ। पहले होता यह था कि जानवर की तरह पड़े रहो, कुछ भी गालियों के अलावा नहीं मिलता था। अब वे दबे पाँव चलती थीं, बच्चों से चुप रहने को कहती थीं। उन्हें समझाती थीं : 'सेम्योन जखारोविच दफ्तर में काम करते-करते थक गए हैं, आराम कर रहे हैं, शि:!' मेरे काम पर जाने से पहले वे मेरे लिए कॉफी बनाती थीं और उसमें क्रीम डाल कर देती थीं! अब वे मेरे लिए कहीं से असली क्रीम लाने लगीं, सुन रहे हैं न आप और मेरी समझ में यह भी नहीं आता कि कहाँ से उन्होंने मेरे पहनने के लिए ढंग के कपड़ों के पैसे जुटाए - पूरे ग्यारह रूबल पचास कोपेक। जूते, बेहतरीन सूती कमीज का सामना, कोट-पतलून। उन्होंने हर चीज बहुत ठाठदार जुटाई थी, महज साढ़े ग्यारह रूबल में। पहले दिन मैं शाम को जरा जल्दी लौटा तो क्या देखता हूँ कि कतेरीना इवानोव्ना ने दो कोर्स का डिनर तैयार कर रखा है - सूप और मसालेदार गोश्त, और मूली की चटनी -हमने कभी ऐसे खाने की कल्पना भी उस वक्त तक नहीं की थी। उसके पास ढंग के कपड़े नहीं हैं... हैं ही नहीं, लेकिन वह ऐसी सजी-सँवरी जैसे किसी से

मिलने जा रही हो। और ऐसा भी नहीं कि उसके पास इसका साज-सामान रहा हो, वह तो बिना किसी चीज के सज गई। उसने सलीके से अपने बाल बनाए, जैसा भी बन पड़ा एक साफ कालर लगाया, आस्तीनों के सिरे पर कफ लगाए, और आप देखते कि कैसी कायापलट हो गई थी उसकी। पहले से ज्यादा जवान, और ज्यादा खूबसूरत। मेरी प्यारी बच्ची सोन्या ने तो सिर्फ पैसे से मदद की थी। उसने कहा था, 'अभी मेरे लिए यहाँ बहुत ज्यादा आना-जाना और आप लोगों से मिलना ठीक नहीं रहेगा। बस कभी-कभी अँधेरा हो जाने के बाद, जब कोई देख न सके।' सुना आपने खाना खा कर मैं एक झपकी लेने के लिए लेटा, और फिर क्या हुआ जानते हैं आप अभी पिछले ही हफ्ते कतेरीना इवानोव्ना का हमारी मकान-मालकिन अमालिया फ्योदोरोव्ना से भयानक झगड़ा हुआ था, लेकिन उस वक्त वह उसे कॉफी पीने के लिए बुलाए बिना न रह सकी। दो घंटे तक वे दोनों बैठी आपस में खुसर-पुसर करती रहीं। 'अब सेम्योन जखारोविच की फिर नौकरी लग गई है और तनख्वाह मिलने लगी,' वह बोली, 'वह खुद महामहिम के पास गए थे और महामहिम खुद इनसे मिलने बाहर आए; बाकी सब लोगों को वहीं बाहर बिठाए रख कर वह सेम्योन जखारोविच का हाथ पकड़ कर सबके सामने, उन्हें अपने कमरे में ले गए।' सुनते हैं, कुछ सुना आपने 'यकीनन', वे बोले, 'सेम्योन जखारोविच, तुम्हारी पिछली खिदमतों को देखते हुए, वे बोले, और उस नादानी की कमजोरी की तरफ तुम्हारे झुकाव के बावजूद, चूँकि तुम अब वादा करते हो और इसके अलावा चूँकि तुम्हारे बिना हमारा काम भी ठीक से नहीं चल रहा है' (सुना आपने, कुछ सुना!) 'इसलिए', वे बोले, 'एक शरीफ आदमी की तरह तुम जो वादा कर रहे हो, उस पर मैं यकीन करता हूँ।' और मैं, आपको यकीन दिलाता हूँ कि ये सारी बातें उसने अपने मन से गढ़ी थीं। सिर्फ मन की मौज में आ कर नहीं या सिर्फ डींग मारने के लिए नहीं। जी नहीं, उसे इन सारी बातों पर खुद यकीन है, उसे अपने हवाई महल बनाने में मजा आता है, मेरी बात मानिए, उसे सचमुच मजा आता है। तो मैं इसके लिए उसे दोष भी नहीं देता। जी नहीं, मैं उसे बिलकुल दोष नहीं देता! ...छह दिन हुए मैंने अपनी पहली तनख्वाह पूरी की पूरी ला कर उसे दी - पूरे तेईस रूबल चालीस कोपेक - तो उसने मुझे बड़े लाड़ से अपना गुड्डा कहा था। 'गुड्डू', उसने कहा था, 'मेरे अच्छे गुड्डू।' और जब हम दोनों अकेले थे तो आप समझते हैं न आप मुझे बहुत खूबसूरत नहीं कहेंगे, शौहर की हैसियत से भी आप मुझमें कोई खास खूबी नहीं सोचते होंगे, क्यों है, न यही बात खैर, उसने मेरे गाल पर चुटकी भरी और बोली, 'मेरे अच्छे गुड्डू!'

मार्मेलादोव बातें करते-करते रुक गया और मुस्कराने की कोशिश की, पर अचानक उसकी ठोड़ी फड़कने लगी। लेकिन उसने अपने को किसी तरह सँभाला। यह शराबखाना, उस आदमी की फटीचर हालत, भूसे की नाव पर पाँच रातें काटना, और शराब की बोतल गटक जाना, फिर भी अपनी बीवी और बच्चों के लिए ऐसा दर्द भरा प्यार कि सुननेवाला दंग रह जाए! रस्कोलनिकोव उसकी बातें बड़े ध्यान से सुन रहा था लेकिन साथ ही उसे बेचैनी भी हो रही थी। उसे उलझन हो रही थी कि यहाँ आया ही क्यों।

'जनाब, आली जनाब,' मार्मेलादोव ने अपने आपको पूरी तरह सँभाल कर ऊँची आवाज में कहा। 'अरे, जनाब, यह सब शायद आपको भी हँसी की बात लगती हो, जैसे दूसरों को लगती है, और शायद आपको मेरी घरेलू जिंदगी की इन छोटी-छोटी, बेवकूफी भरी बातों की वजह से उलझन हो रही हो, लेकिन मेरे लिए यह हँसी की बात नहीं है। क्योंकि इन सारी बातों को मैं महसूस करता हूँ... तो अपनी जिंदगी का वह पूरा सुनहरा दिन जब मेरी जिंदगी स्वर्ग बन गई थी, और वह पूरी शाम मैंने यही सपने बुनने में काट दी थी कि किस तरह मैं हर चीज का बंदोबस्त करूँगा, किस तरह सब बच्चों को अच्छे कपड़े पहनाऊँगा, किस तरह अपनी बीवी को कुछ आराम का मौका दूँगा और किस तरह अपनी बेटी को बेइज्जती

की जिंदगी से छुटकारा दिला कर एक बार फिर उसके परिवार के दिल में बसाऊँगा और इसी तरह की न जाने कितनी और बातें। ...बिलकुल समझ में आनेवाली बात है, जनाब! खैर, तो फिर हुआ यह,' (मार्मेलादोव अचानक जैसे चौंक पड़ा, उसने अपना सर ऊपर उठाया और सुननेवाले की आँखों में आँखें डाल कर उसे घूरने लगा), 'तो हुआ यह कि वे सारे सपने बुनने के बाद अगले ही दिन, यानी ठीक पाँच दिन पहले, रात को मैंने तिकड़म से चोरों की तरह, कतेरीना इवानोव्ना के पास से उसके संदूक की चाभी उड़ा ली; मेरी तनख्वाह में से जो कुछ बचा था वह निकाल लिया... कितना था, यह अब मुझे याद भी नहीं रहा। और अब मेरी हालत देखिए आप सब लोग देखिए! घर छोड़े आज मुझे पाँचवाँ दिन है, और वहाँ सब लोग मुझे खोज रहे होंगे, मेरी नौकरी खत्म हो चुकी होगी, और मेरा कोट-पतलून मिस्त्री पुल के पास एक शराबखाने में पड़ा है। उसके बदले में मैंने ये कपड़े लिए थे, जो मैंने इस वक्त पहन रखे हैं। ...और अब कुछ भी नहीं रह गया, सब कुछ खत्म हो चुका है!'

मार्मेलादोव ने मुक्के से जोर से अपना माथा पीटा, दाँत कस कर भींचे, आँखें बंद कर लीं और मेज पर कुहनियाँ टिका कर, उन पर अपना सारा बोझ डाल कर झुक गया। लेकिन एक ही मिनट बाद उसके चेहरे का रंग अचानक बदल गया। जान-बूझ कर मक्कारी करते हुए और कुछ बनावटी शेखी के अंदाज से उसने एक नजर रस्कोलनिकोव को देखा, हँसा, और बोला :

'आज सुबह मैं सोन्या से मिलने गया था। उससे तलब मिटाने के लिए कुछ पैसे माँगने गया था! ही-ही-ही!'

'दिए तो नहीं होंगे उसने,' नए आनेवालों में से एक आदमी जोर से बोला। उसने यह बात चिल्ला कर कही और ठहाका मार कर हँस पड़ा।

'यह बोतल तो खरीदी गई है उसी के पैसे से,' मार्मेलादोव ने सिर्फ रस्कोलनिकोव को संबोधित करते हुए कहा। 'तीस कोपेक उसने अपने हाथ से मुझे दिए थे ये आखिरी पैसे थे उसके, कल उसके पास इतने ही थे; मैंने अपनी आँखों देखा था। ...कुछ बोली नहीं, बस कुछ कहे बिना मेरी ओर देखा। ...इस तरह किसी को दोष दिए बिना इनसानों का मातम यहाँ, इस धरती पर नहीं, वहाँ ऊपर... किया जाता है। उन पर रोते हैं, लेकिन कोई दोष नहीं देते उन्हें! लेकिन उससे ज्यादा तकलीफ होती है; जब कोई दोष नहीं देता तो ज्यादा तकलीफ होती है। तीस कोपेक, जी हाँ! हो सकता है उसे उनकी जरूरत पड़े, क्यों आपका क्या खयाल है, जनाब उसे भी तो अब बड़े बनाव-सिंगार से रहना पड़ता है। पैसा लगता है इस सज-धज में, इस खास किस्म की सज-धज में, आप जानते ही होंगे समझ रहे हैं न आप और फिर, देखिए न, पाउडर-क्रीम का भी तो खर्च है। उसे तो सभी चीजों की जरूरत है; बढ़िया घेरेदार साया, कलफ लगा हुआ। जूतियाँ भी होनी चाहिए, सचमुच बाँकी जूतियाँ ताकि जब वह कीचड़ भरा गड्ढा पार करने को कदम उठाए तो सबकी नजरें उसके पाँव पर जम कर रह जाएँ। आप समझ रहे हैं न जनाब, आप जानते ही होंगे कि इस सारी सज-धज का मतलब क्या होता है। और एक मैं हूँ, उसका सगा बाप, कि उस पैसे में से भी तीस कोपेक शराब पीने के लिए मार लाया! और मैं वही शराब पी रहा हूँ! बल्कि पी चुका हूँ! बताइए, मुझ जैसे आदमी पर कौन तरस खाएगा, बोलिए आपको मुझे देख कर अफसोस होता है कि नहीं जनाब बताइए, आपको दुख होता है कि नहीं... ही-ही-ही!'

वह अपना गिलास फिर भर लेना चाहता था, लेकिन शराब बची ही नहीं थी। बोतल खाली थी।

'तुम पर कोई क्यों तरस खाए?' शराबखाने के मालिक ने फिर उसके पास आ कर, ऊँची आवाज में पूछा।

इसके बाद ठहाकेदार हँसी और ऊँची आवाज में गालियों का शोर सुनाई दिया। ये ठहाके और गालियाँ उन लोगों की थीं जो उसकी बातें सुन रहे थे और उनकी भी जिन्होंने कुछ भी नहीं सुना था, बल्कि नौकरी से निकाल दिए गए उस सरकारी क्लर्क को देख भर रहे थे।

'तरस खाए! मुझ पर कोई क्यों तरस खाए,' मार्मेलादोव अचानक अपना हाथ आगे बढ़ा कर खड़ा हो गया और भाषण देने लगा, गोया इसी सवाल की राह देख रहा था। 'मुझ पर कोई क्यों तरस खाए, आप कहते हैं जी हाँ! कोई वजह नहीं कि मुझ पर कोई तरस खाए! मुझ पर तरस नहीं खाया जाना चाहिए, मुझे तो फाँसी पर लटकाया जाना चाहिए, सूली चढ़ा देना चाहिए! मुझे सूली पर चढ़ा दो, ऐ इन्साफ करनेवालो, मुझे सूली पर चढ़ा दो लेकिन मुझ पर तरस खाओ! और फिर मैं सूली पर चढ़ने के लिए अपने आप चला जाऊँगा, क्योंकि मैं खुशी नहीं ढूँढ़ रहा हूँ, मुझे तो बस आँसुओं की और दर्द की तलाश है! क्या तुम यह बात समझते हो, तुम जो कि शराब बेचते हो, कि तुम्हारा यह अड्डा मुझे पीने में मीठा लगा इसकी तलछट में मुझे दर्द की तलाश थी, आँसुओं की और दर्द की, और सो मुझे मिल गया। सो मैंने उसे चखा। लेकिन मुझ पर तरस खाएगा वह ऊपरवाला जिसके दिल में हर इनसान के लिए रहम है, जिसने हर इनसान को और हर चीज को समझा है और वही एक इन्साफ करनेवाला भी है। वह उस दिन आएगा और पूछेगा : 'कहाँ है वह बेटी जिसने अपनी चिड़चिड़ी तपेदिक की मरीज सौतेली माँ के लिए, किसी और के नन्हे-मुन्ने बच्चों के लिए अपने आपको कुर्बान कर दिया कहाँ है वह बेटी जिसने एक गंदे शराबी की, अपने दुनियावी बाप की, दरिंदगी से जरा भी डरे बिना उस पर तरस खाया और वह कहेगा : 'मेरे पास आ! मैं एक बार तुझे माफ कर चुका हूँ... मैंने तुझे एक बार पहले भी माफ किया है। तेरे वे गुनाह बख्शे जाते हैं जिनकी कोई हद नहीं है, क्योंकि तूने बहुत प्यार किया है...' और वह मेरी सोन्या को माफ कर देगा, माफ कर देगा... मैं जानता हूँ... अभी जब मैं उसके पास था, मुझे दिल में ऐसा ही लग रहा था! और वह करेगा इन्साफ और कर देगा सबको माफ... अच्छों को भी और बुरों को भी, उन्हें भी जो समझदार हैं और उन्हें भी जो नादान हैं... और जब वह उन सबको निबटा चुका होगा तब हमें बुलाएगा। कहेगा : 'तुम भी आओ। आगे आओ, ऐ शराबियो, आगे आओ तुम लोग जो कि कमजोर हो, आगे आओ ऐ बेशर्म लोगो!' और हम सब आगे बढ़ेंगे, बिना किसी शर्म के, और जा कर उसके सामने खड़े हो जाएँगे। और वह हमसे कहेगा : 'सुअर हो तुम लोग, जानवरों के साँचे में ढले हुए हो, तुम्हारे ऊपर दरिंदगी की छाप है लेकिन आओ, तुम भी आओ!' और जो लोग अक्लमंद हैं, जो समझदार हैं वे कहेंगे : 'या खुदा, तू अपने पास क्यों इन लोगों को बुला रहा है?' और वह कहेगा : 'मैं इन्हें अपने पास इसलिए बुला रहा हूँ, ऐ अक्लवालो... मैं इन्हें इसलिए अपने पास बुला रहा हूँ, ऐ समझदारो कि इनमें से एक भी अपने आपको इसके लायक नहीं समझता था...' फिर वह हमारी ओर अपने हाथ बढ़ाएगा और हम उसके कदमों पर गिर पड़ेंगे... हम रोएँगे-गिड़गिड़ाएँगे... और हर बात हमारी समझ में आ जाएगी! उस वक्त हर बात हमारी समझ में आ जाएगी! ...सबकी समझ में आ जाएगी... कतेरीना इवानोव्ना समेत...

...ऐ मालिक, बना रहे तेरा राज।'

यह कह कर वह निढाल, एकदम बेबस हो कर, बेंच पर बैठ गया। उसने किसी की ओर नहीं देखा; उसे अपने इर्द-गिर्द की कोई खबर ही नहीं थी और वह गहरे सोच में डूबा हुआ था। उसके शब्दों का कुछ असर हुआ था। एक पल खामोशी रही, लेकिन थोड़ी ही देर में फिर ठहाके और गालियाँ सुनाई देने लगीं :

'यह इसकी अपनी समझ है!'

'बेवकूफी की बातें करता है!'

'हाकिम है न!' वगैरह-वगैरह!

'आइए चलें, साहब,' मार्मेलादोव ने अचानक अपना सर उठा कर रस्कोलनिकोव को संबोधित करते हुए कहा। 'आप मुझे घर तक छोड़ देंगे, कोजेल का घर है, अहाते के अंदरवाला। बहुत देर हो चुकी है, अब मुझे कतेरीना इवानोव्ना के पास जाना ही चाहिए।'

रस्कोलनिकोव काफी पहले ही वहाँ से उठ जाना चाहता था और सचमुच उसकी मदद करना चाहता था। मार्मेलादोव की जबान से ज्यादा उसके कदम लड़खड़ा रहे थे और उसने अपना सारा बोझ उस नौजवान पर डाल रखा था। उन्हें कोई दो-तीन सौ कदम जाना था। जैसे-जैसे घर पास आता गया, उस शराबी के डर और बौखलाहट में इजाफा होता गया।

'अब मुझे कतेरीना इवानोव्ना का डर नहीं,' वह अपनी बेचैनी में बुदबुदाया, 'और न इस बात का कि वह मेरे बाल पकड़ कर खींचेगी। मेरे बालों की बिसात ही क्या! भाड़ में जाएँ मेरे बाल! मेरा तो यही कहना है! सच तो यह है कि अच्छा यही होगा, वह मेरे बाल खींचे। उससे मुझे डर नहीं लगता। ...मुझे डर लगता है उसकी आँखों से! ...जी हाँ, उसकी आँखों से... उसके गालों की तमतमाहट से भी डर लगता है... और उसके साँस लेने से भी। आपने कभी देखा है कि इस बीमारी में लोग किस तरह साँस लेते हैं, जब उन्हें तैश आता है मुझे बच्चों के रोने से भी डर लगता है... क्योंकि अगर सोन्या ने उनके लिए खाने को कुछ नहीं भेजा होगा... तो न जाने क्या हुआ होगा! पता नहीं क्या हुआ होगा! लेकिन पिटने से मैं बिलकुल नहीं डरता... मैं आपको यह बता दूँ, साहब, इस तरह की पिटाई से मुझे कोई दर्द नहीं होता, बल्कि मजा ही आता है। सच तो यह है कि उनके बिना मेरा काम ही न चले... इस तरह ज्यादा अच्छा रहता है। वह मुझे खूब मारे, इससे उसके दिल का बोझ हल्का हो जाता है... यही बेहतर है... वह रहा घर। कोजेल का घर, वही जो ताले-चाभी बनाता है... जर्मन है, खाता-पीता आदमी है। आप जनाब, आगे-आगे चलिए!'

अहाता पार करके वे तीसरी मंजिल पर चढ़ गए। जैसे-जैसे वे ऊपर चढ़ते गए, सीढ़ियों पर अँधेरा बढ़ता गया। लगभग ग्यारह बजे थे। हालाँकि पीतर्सबर्ग में गर्मियों में रात तो होती ही नहीं है, फिर भी सीढ़ियों के ऊपर काफी अँधेरा था।

सीढ़ियों के ऊपरी सिरे पर एक छोटा-सा गंदा दरवाजा पूरा खुला हुआ था। दरवाजे से ही सारा कमरा दिखाई देता था। कोई दस कदम लंबा कमरा जिसमें थोड़ा-सा टूटा-फूटा फर्नीचर था, एक छोटी-सी शमा जल रही थी। हर चीज इधर-उधर बिखरी पड़ी थी। तरह-तरह के फटे-पुराने कपड़े चारों ओर पड़े हुए थे, खास तौर पर बच्चों के पहनने के कपड़े। दूरवाले सिरे पर एक फटी हुई चादर लटकी हुई थी। उसके पीछे शायद चारपाई रही होगी। कमरे में दो कुर्सियों और एक सोफे के अलावा कुछ भी नहीं था। सोफे पर मोमजामा चढ़ा हुआ था जिसमें जगह-जगह छेद थे। उसके सामने पुराने ढंग की एक चाय की मेज थी। बेरंग-रौगन और बे-मेजपोश ही था। मेज के सिरे पर, लोहे के शमादान में एक सिसकती हुई शमा जल

रही थी। लगता था उस परिवार के पास कमरे का एक हिस्सा नहीं, पूरा कमरा था लेकिन उनका कमरा एक तरह से आवाजाही का रास्ता था। दूसरे कमरों में, बल्कि कहना चाहिए उन दूसरे कबूतरखानों में, जिनमें अमालिया लिप्पेवेख्सेल का घर बँटा हुआ था, जाने का दरवाजा आधा खुला हुआ था और इधर से शोर-गुल, हू-हा और ठहाकों की आवाजें आ रही थीं। लोग वहाँ शायद ताश खेल रहे थे और चाय पी रहे थे। बीच-बीच में उधर से बहुत बेहूदा किस्म की बातें भी सुनाई दे जाती थीं।

रस्कोलनिकोव ने कतेरीना इवानोव्ना को फौरन पहचान लिया। वह जरा लंबे कद और छरहरे बदन की सुडौल औरत थी - बेहद दुबली-पतली, सूखी हुई। गहरे बादामी रंग के शानदार बाल और गालों पर तमतमाहट की लाली। दोनों हाथों से अपना सीना दबाए हुए, उस छोटे से कमरे के एक से दूसरे सिरे तक टहल रही थी। होठ सूखे हुए थे और साँस उखड़ी-उखड़ी चल रही थी। उसकी आँखें ऐसी चमक रही थीं जैसे बुखार में चमकती हैं और बड़ी कठोरता से आस-पास की चीजों पर जम कर उन्हें घूर रही थीं। शमा के आखिरी टुकड़े की झिलमिलाती रौशनी में उसके तपेदिक के मारे हुए उत्तेजित चेहरे को देख कर बड़ी तकलीफ होती थी। रस्कोलनिकोव के हिसाब से वह कोई तीस साल की रही होगी और यकीनन मार्मेलादोव से बहुत ऊपर कोई चीज लगती थी... उसने न उसकी आहट सुनी, न उन्हें अंदर आते देखा। लगता था वह विचारों में खोई हुई है, न कुछ सुन रही है न देख रही है। कमरे में घुटन थी लेकिन उसने खिड़की नहीं खोली थी। सीढ़ियों से बदबू आ रही थी लेकिन उसने सीढ़ियों की ओर जानेवाला दरवाजा बंद नहीं किया था। अंदरवाले कमरे से धुएँ के बादल इधर आ रहे थे। वह खाँसती रही लेकिन उसने दरवाजा बंद नहीं किया। सबसे छोटी बच्ची, एक छह बरस की लड़की, फर्श पर गठरी बनी, सोफे से सर टिकाए सो रही थी। एक लड़का, जो उम्र में उससे साल भर बड़ा होगा, एक कोने में खड़ा थरथर काँप रहा था और रो रहा था। शायद उसे अभी-अभी मार पड़ी थी। उसके पास ही कोई नौ साल की लंबी-सी सींक जैसी पतली लड़की खड़ी थी। वह एक महीन-सी फटी हुई कमीज पहने थी और अपने खुले हुए कंधों पर उसने एक बेहद पुराना, जनाना ऊनी लबादा डाल रखा था। यह कोई दो साल पहले बना होगा और मुश्किल से उसके घुटनों तक पहुँचता था। उसकी लकड़ी जैसी सूखी हुई एक बाँह अपने भाई की गर्दन में पड़ी हुई थी। वह उसे चुप कराने की कोशिश कर रही थी और बहला-फुसला रही थी कि और न रोए। साथ ही वह अपनी बड़ी-बड़ी, काली आँखों से, जो उसके भयभीत दुबले-पतले चेहरे पर और भी बड़ी लगती थीं, आतंकित हो कर अपनी माँ को देख रही थी। मार्मेलादोव दरवाजे के अंदर नहीं घुसा बल्कि चौखट पर ही घुटनों के बल गिर पड़ा, और रस्कोलनिकोव को आगे कर दिया। औरत एक अजनबी को सामने खड़ा पा कर ठिठक गई और निरीह भाव से उसके सामने खड़ी हो गई। एक पल बाद वह सँभली और सोच में पड़ गई कि वह आदमी वहाँ क्यों आया होगा। लेकिन स्पष्ट रूप से वह इसी नतीजे पर पहुँची कि उसे बगलवाले कमरे में जाना होगा और उसके कमरे से हो कर ही वह वहाँ जा सकता था। यह सझ कर उसकी ओर और अधिक ध्यान दिए बिना वह बाहरवाला दरवाजा बंद करने उधर बढ़ी और चौखट पर अपने पति को घुटनों के बल बैठा देख कर अचानक चीख पड़ी।

'आहा!' वह जुनून से पागल हो कर चीखी, 'आ गया वापस! पापी! पिशाच! ...कहाँ है पैसा? जेब में क्या है, दिखा! और कपड़े भी वे नहीं हैं! कहाँ गए कपड़े कहाँ है पैसा बोल!'

इतना कह कर वह तलाशी लेने के लिए उस पर टूट पड़ी। मार्मेलादोव ने भीगी बिल्ली की तरह जरा भी चूँ-चपड़ किए बिना, दोनों हाथ ऊपर उठा दिए ताकि उसे तलाशी लेने में कोई कठिनाई न हो। उसके पास एक दमड़ी भी नहीं थी।

'कहाँ है पैसा?' उसने चीख कर पूछा। 'हे भगवान, सारा-का-सारा पी तो नहीं गया संदूक में चाँदी के बारह रूबल बचे थे!' यह कह कर उसने मार्मेलादोव को बाल पकड़ कर झिंझोड़ा और उसे कमरे में खींच लाई। मार्मेलादोव ने खुद घुटनों के बल रेंग कर उसकी इस कोशिश में मदद की।

'इसी से राहत मिलती है मुझे! इससे मुझे कोई तकलीफ नहीं होती, बल्कि यह मेरे लिए बड़ी रा-ह-त की बा-त है, जना-ब' वह चिल्ला कर बोलता रहा। उसे बाल पकड़ कर झिंझोड़ा जा रहा था और एक बार तो उसने खुद अपना माथा जमीन पर दे पटका। फर्श पर सोई बच्ची जाग पड़ी और रोने लगी। कोने में खड़ा लड़का भी धीरज खो बैठा और बेहद सहम कर, चिल्लाता हुआ अपनी बहन से चिपट गया, मानो उसे कोई दौरा पड़ा हो। बड़ी बेटी पत्ते की तरह काँप रही थी।

'सारा पी गया! यह सारा-का-सारा पी गया!' बेचारी औरत घोर निराशा में रो-रो कर चिल्लाने लगी, 'कपड़े भी सब चले गए! और ये सब भूखे हैं, भूख से बेहाल!' अपने हाथ मल-मल कर उसने बच्चों की तरफ इशारा किया। 'अरे, लानत है ऐसी जिंदगी पर! और आपको, आपको भी शर्म नहीं आती,' यह कह कर वह अचानक रस्कोलनिकोव की ओर मुड़ी, 'सीधे शराबखाने से चले आ रहे हैं! तो आप भी इनके साथ पी रहे थे? पी रहे थे न! निकल जाइए यहाँ से!'

नौजवान एक भी शब्द बोले बिना, जल्दी से वहाँ से खिसक जाने को तैयार हुआ। इतने में किसी ने अंदरवाला दरवाजा पूरा खोल दिया था और उसमें से कौतूहल भरे चेहरे झाँकने लगे। मुँह में पाइप और सिगरेटें लगाए हुए भोंडे बदसूरत चेहरे, टोपियाँ पहने हुए सर दरवाजे पर आ कर जमा हो गए और तमाशा देखने लगे। अंदर कमरे में कुछ आकृतियाँ दिखाई दे रही थीं जिनके शर्मनाक हद तक थोड़े कपड़े थे; कुछ के हाथों में ताश के पत्ते थे। उस वक्त उन लोगों को खासतौर पर मजा आया जब मार्मेलादोव के बाल पकड़ कर उसे घसीटा जा रहा था और वह चिल्ला-चिल्ला कर कह रहा था कि इसमें उसे बड़ी राहत मिल रही थी। कुछ लोग तो कमरे में भी आ गए। आखिरकार एक तीखी भयानक आवाज सुनाई दी। यह आवाज खुद अमालिया लिप्पेवेख्सेल की थी जो धक्के दे कर लोगों के बीच से रास्ता बनाती हुई, अपने ढंग से व्यवस्था कायम करने की कोशिश करने के लिए आगे आ रही थी। वह उस बेचारी औरत को सौवीं बार डराने-धमकाने के लिए भद्दी-भद्दी गालियाँ दे रही थी और अगले ही दिन कमरा खाली कर देने का हुक्म दे रही थी। बाहर जाते-जाते रस्कोलनिकोव ने अपनी जेब में हाथ डाला और शराबखाने में दाम चुकाने के बाद रूबल में से जो रेजगारी मिली थी, उसमें से जितनी भी हाथ में आई, वह निकाल कर उसने सबकी आँख बचा कर खिड़की पर रख दी। बाद में, सीढ़ियाँ उतरते हुए उसकी नीयत बदली और वह वापस जाने का इरादा करने लगा।

'मैंने भी कितनी बड़ी बेवकूफी की है,' उसने मन में सोचा, 'उन्हें तो सोन्या का सहारा है पर मुझे तो खुद पैसों की जरूरत है।' लेकिन यह सोच कर कि अब वे पैसे वापस लेना नामुमकिन होगा, और वह यूँ भी उन्हें वापस न लेता, उसने झटके के साथ हवा में अपना हाथ घुमा कर इस विचार को अपने दिमाग से निकाल दिया और अपने घर वापस चला गया। 'सोन्या को क्रीम-पाउडर की भी तो जरूरत है,' उसने सड़क पर चलते-चलते कहा, और बड़ी तल्खी से हँसा, 'ऐसी सज-धज में पैसा लगता है... हुँह! और कौन जाने आज सोन्या के पास भी फूटी कौड़ी न हो, क्योंकि बड़ा शिकार फाँसने में... सोने की खान खोदने में हमेशा बहुत जोखिम रहता है... तब तो मेरे पैसों के बिना उनके पेट में कल एक दाना भी नहीं जाएगा। सोन्या जिंदाबाद! क्या सोने की खान हाथ लग गई है उनके! और वे भी उसका पूरा-पूरा फायदा उठा रहे हैं! जी हाँ, पूरा-पूरा फायदा उठा रहे हैं ये लोग उसका! वे इस बात पर बहुत रो-धो चुके और अब उन्हें इसकी आदत पड़ गई है। आदमी ठहरा बदमाश, उसे तो हर चीज की आदत पड़ जाती है।'

'पर अगर मेरा ऐसा सोचना गलत हुआ तो?' एक पल तक सोचने के बाद वह अचानक चीख पड़ा। 'अगर आदमी, मेरा मतलब है आम आदमी, इनसान की पूरी नस्ल, बदमाश न हो तो... बाकी सब कुछ हमारे अपने मन का खोट है, बनावटी है और कहीं कोई रोक-टोक नहीं है। ऐसा ही होना भी चाहिए!'

अपराध और दंड : (अध्याय 1-भाग 3)

अगले दिन सुबह वह देर से उठा। उखड़ी-उखड़ी नींद के सबब उसमें कोई ताजगी नहीं आई थी। आँख खुलने पर वह झुँझलाया हुआ, चिड़चिड़ा और बदमिजाज हो रहा था और उसने अपने कमरे को बड़ी नफरत के साथ देखा। बहुत छोटा-सा, दड़बे जैसा कमरा, जिसकी लंबाई मुश्किल से छह कदम की रही होगी। हर तरफ कंगाली बरस रही थी। दीवारों पर धूल से अटा पीला कागज जगह-जगह से उखड़ने लगा था। कमरे की ऊँचाई भी इतनी कम थी कि औसत-कद आदमी को भी उलझन होती थी, हर वक्त यही डर लगा रहता था कि सर न जाने कब छत से टकरा जाए। जैसा कमरा था वैसा ही फर्नीचर भी था : तीन पुरानी कुर्सियाँ जिनकी चूलें हिल गई थीं; कोने में एक रँगी हुई मेज जिस पर कुछ कापियाँ और कुछ किताबें पड़ी थीं। उन पर धूल की मोटी परत जम गई थी जिससे पता चलता था कि उन्हें एक अरसे से किसी ने हाथ नहीं लगाया था। लगभग एक पूरी दीवार के सहारे एक बड़ा-सा बदसूरत सोफा पड़ा था जिसने आधे कमरे की जगह घेर रखी थी। किसी जमाने में उस पर छींट का कपड़ा मढ़ा गया था जो अब तार-तार हो चुका था, और अब वही सोफा रस्कोलनिकोव के लिए पलँग का काम देता था। अकसर वह कपड़े बदले बिना, चादर ओढ़े या बिछाए बगैर ही, छात्रोंवाला पुराना ओवरकोट लपेटे एक छोटे-से तकिए पर सिर रख कर सो जाता था, और उसे और ऊँचा करने के लिए उसके नीचे ओढ़ने-बिछाने के सारे मैले और साफ कपड़ों का ढेर लगा लेता था। सोफे के सामने एक छोटी-सी मेज पड़ी थी।

कंगाली और बदहाली के मामले में इससे नीची किसी सतह तक पहुँचना मुश्किल था, लेकिन इस वक्त रस्कोलनिकोव के दिमाग की जो हालत थी, उसमें उसे यह सब एकदम ठीक लगता था। उसने अपने आपको सबसे एकदम काट लिया था, जैसे कछुआ अपने खोल में सिमट जाता है; और जो नौकरानी उसकी सेवा-टहल करती थी और कभी-कभी कमरे में झाँक लेती थी, उसे भी देखते ही वह झुँझलाहट से तिलमिला उठता था। उसकी हालत उन सनकी लोगों जैसी हो रही थी जिनका ध्यान पूरी तरह किसी एक ही चीज पर लगा रहता है। उसकी मकान-मालकिन ने पिछले पंद्रह दिन से उसे खाना भिजवाना बंद कर दिया था, और अभी तक उसने इसके बारे में बात करने की सोची भी नहीं थी, हालाँकि उसे खाना खाए बिना ही रह जाना पड़ता था। नस्तास्या, जो खाना भी पकाती थी और मालकिन की अकेली नौकरानी थी, किराएदार की इस मनोदशा से काफी खुश थी। उसने उसके कमरे में झाड़ू देना, उसे ठीक-ठाक करना भी बंद कर दिया था। अब वह भूले-भटके, कभी आठवें-दसवें दिन उसके कमरे में झाड़ू ले कर आ जाती थी। उस दिन उसी ने उसे जगाया था।

'उठो। अभी तक सो रहे हो!' उसने पुकार कर उससे कहा। 'नौ बज चुके हैं। चाय लाई हूँ, एक प्याली पी लो। बहुत भूखे होगे!'

रस्कोलनिकोव ने चौंक कर आँखें खोली और नस्तास्या को पहचाना।

'चाय मकान-मालकिन ने भेजी है?' उसने धीरे से पूछा और बीमारों जैसी सूरत लिए हुए उठ कर सोफे पर बैठ गया।

'वो बड़ी आईं भेजनेवाली!'

उसने अपनी चिटकी हुई, हलकी और बासी चाय से भरी हुई चायदानी उसके सामने सजा दी और श कर के दो पीले डले रख दिए।

'ये ले नस्तास्या,' उसने अपनी जेब के अंदर टटोलते हुए (क्योंकि वह सारे कपड़े पहने हुए ही सो गया था) कुछ रेजगारी निकाली और बोला, 'जरा भाग कर मुझे एक डबलरोटी ला दे। और देखना, मिले तो कसाई के यहाँ से थोड़ी-सी सॉसेज भी लेती आना, वो जो सबसे सस्ती हो।'

'रोटी तो मैं अभी लाए देती हूँ, लेकिन सॉसेज की बजाय थोड़ा-सा बंदगोभी का शोरबा क्यों नहीं पी लेते बहुत बढ़िया शोरबा है, कल का। मैंने बचा कर रखा था लेकिन कल तुम देर से आए। सचमुच अच्छा शोरबा है।'

जब शोरबा आ गया और वह उसे पीने लगा तो नस्तास्या उसकी बगल में सोफे पर बैठ गई और बातें करने लगी। वह देहात की किसान औरत थी और बड़ी बातूनी थी।

'प्रस्कोव्या पाव्लोव्ना पुलिस में तुम्हारी शिकायत करनेवाली हैं,' वह बोली।

उसने अजीब-सा टेढ़ा-मेढ़ा मुँह बनाया।

'पुलिस में क्यों, चाहती क्या है?'

'आप पैसा उन्हें देते नहीं और कमरा भी खाली नहीं करते। क्या चाहिए उन्हें, यह तो साफ है।'

'शैतान ले जाए उसे, यही चीज तो मेरे पास नहीं है,' वह दाँत पीस कर बुदबुदाया। 'नहीं, आजकल मेरे लिए यह मुमकिन ही नहीं है... वह भी बिलकुल बेवकूफ है,' उसने जोर से कहा। 'मैं आज ही जा कर उससे बात करूँगा।'

'बेवकूफ तो वह हैं, बेवकूफ जैसे मैं हूँ। लेकिन तुम अगर समझदार हो तो यहाँ पुराने बोरे की तरह पड़े क्यों रहते हो, फालतू? पहले तो तुम बाहर जाया करते थे। कहते थे बच्चों को पढ़ाने जाते हो। लेकिन अब क्यों कुछ नहीं करते?'

'कर रहा हूँ...' रस्कोलनिकोव ने उदासी से सकुचाते हुए कहना शुरू किया।

'क्या कर रहे हो?'

'काम...'

'कैसा काम?'

'मैं सोच रहा हूँ,' उसने कुछ देर रुक कर गंभीरता से जवाब दिया।

नस्तास्या हँसी से लोट-पोट हो गई। उसे हँसने की आदत थी और उसे कोई बात बहुत मजेदार लगती थी तो वह कोई आवाज निकाले बिना हँस पड़ती थी। उसका सारा बदन इतनी बुरी तरह काँपने और हिलने लगता था कि वह बेहाल हो जाती थी।

'और इसी सोचने के काम से तुमने बहुत पैसा कमाया है?' आखिरकार उसने किसी तरह बड़ी मुश्किल से कहा।

'ढंग के जूते भी न हों तो कोई कैसे पढ़ाने जाए और मैं इस काम से तंग आ चुका हूँ।'

'अपनी रोजी-रोटी से झगड़ा मोल मत लो।'

'पढ़ाने का पैसा भी तो कितना कम देते हैं। कोई चंद सिक्के ले कर करे तो क्या?' उसने झिझकते हुए जवाब दिया, मानो अपने ही विचारों का जवाब दे रहा हो।

'तो तुम चाहते हो कि एक बार में ही कहीं से छप्पर फाड़ कर दौलत मिल जाए।'

उसने नस्तास्या को अजीब ढंग से देखा।

'हाँ, मैं दौलत चाहता हूँ,' उसने कुछ देर रुक कर सधी आवाज में जवाब दिया।

'ऐसी बातें न करो, मुझे तुमसे डर लगने लगता है! अच्छा तो रोटी ला दूँ?'

'जैसी तुम्हारी मर्जी।'

'अरे हाँ, मैं तो भूल ही गई थी। कल जब तुम बाहर गए हुए थे, तुम्हारी एक चिट्ठी आई थी'

'चिट्ठी मेरे लिए! किसकी?'

'सो मैं नहीं जानती। डाकिए को मैंने अपने पल्ले से तीन कोपेक दिए थे। लौटा दोगे न?'

'भगवान के लिए, वह चिट्ठी तो ला कर दो,' रस्कोलनिकोव बड़ी बेसब्री से चिल्लाया। 'हे भगवान!'

एक पल में चिट्ठी ला कर उसे दे दी गई। तो यह बात थी : उसकी माँ ने भेजी थी, र. प्रांत से। उसका चेहरा चिट्ठी लेते ही पीला पड़ गया। एक जमाना हो गया था कि उसके पास कोई चिट्ठी नहीं आई थी। लेकिन अचानक एक और भावना उसके दिल में तीर की तरह चुभी।

'नस्तास्या, भगवान के लिए तुम जाओ। ये रहे तुम्हारे तीन कोपेक, लेकिन अब फौरन यहाँ से चली जाओ!'

खत उसके हाथों में काँप रहा था। उसे वह नस्तास्या के सामने नहीं खोलना चाहता था। वह चाहता था कि उस खत के साथ उसे अकेला छोड़ दिया जाए। नस्तास्या गई तो उसने झट से खत को होठों से लगा कर चूमा; फिर देर तक पता देखता रहा–छोटे-छोटे तिरछे अक्षरों की लिखावट, इतनी प्यारी और इतनी परिचित, उस माँ की जिसने कभी उसे पढ़ना-लिखना सिखाया था। वह झिझकता रहा; लगता था किसी बात से डर रहा हो। आखिरकार उसने खत खोला। बहुत मोटा भारी-भरकम खत था, दो औंस से ज्यादा ही रहा होगा। बहुत छोटे-छोटे अक्षरों की लिखाई में पूरे दो पन्ने भरे हुए थे।

'मेरे प्यारे रोद्या!'[1] उसकी माँ ने लिखा था। 'दो महीने चिट्ठी के जरिए तुमसे बात किए हुए हो गए, जिसका मुझे बड़ा दुख है। रात-रात नींद नहीं आती, पड़े-पड़े सोचती रहती हूँ। लेकिन मुझे पूरा भरोसा है कि इस चुप्पी के लिए तुम मुझे दोष नहीं दोगे; क्योंकि मैं लाचार थी। तुम जानते हो, मैं तुम्हें कितना प्यार करती हूँ। हम लोगों को, दूनिया को और मुझे, एक

तुम्हारा ही सहारा रह गया है; तुम्हीं हम लोगों के सब कुछ हो, हमारी सारी आस-उम्मीद, हमारा अकेला आसरा। मुझे यह सुन कर कितना दुख हुआ कि कुछ महीने पहले तुमने यूनिवर्सिटी छोड़ दी, क्योंकि तुम्हारे पास साधन नहीं थे और तुम्हारे ट्यूशन और दूसरे काम भी तुमसे छूट गए थे। साल में मुझे पेंशन के एक सौ बीस रूबल मिलते हैं; उनमें मैं तुम्हारी क्या मदद कर सकती हूँ मैंने चार महीने पहले तुम्हें पंद्रह रूबल जो भेजे थे वह भी, तुम तो जानते ही हो, मैंने अपनी पेंशन की जमानत पर इस शहर के एक सौदागर अफनासी इवानोविच बाखरूशिन से उधार लिए थे। वह एक नेकदिल आदमी है और तुम्हारे बाप से उसकी दोस्ती भी थी। लेकिन उसे पेंशन वसूल करने का अधिकार दे देने के बाद कर्ज चुकने तक मुझे इंतजार करना पड़ा और वह अब जा कर चुका है। इसीलिए मैं इतने दिनों तुम्हें कुछ नहीं भेज सकी। लेकिन भगवान की दया से अब मैं समझती हूँ, मैं तुम्हें कुछ और भेज सकूँगी। और सच पूछो तो हमें अब अपने भाग्य को सराहना चाहिए, जिसका पूरा हाल मैं तुम्हें अभी बता देना चाहती हूँ। पहली बात तो यह है, प्यारे रोद्या, क्या तुम जानते हो कि तुम्हारी बहन पिछले छह हफ्ते से मेरे साथ ही रह रही है और अब हमें आगे भी कभी अलग नहीं होना पड़ेगा। उसके सारे कष्ट भगवान की कृपा से दूर हो गए हैं, लेकिन मैं तुम्हें सारी बात सिलसिलेवार बता दूँ ताकि तुम्हें मालूम हो जाए कि यह सब कुछ कैसे हुआ, जिसे हमने अभी तक तुमसे छिपाए रखा। दो महीने पहले तुमने लिखा था कि तुमने किसी से सुना था स्विद्रिगाइलोव के यहाँ दूनिया को बड़ी मुसीबतें झेलनी पड़ रही थीं। तब मुझसे सारी बात बताने को कहा था

1. रस्कोलनिकोव के प्रथम नाम रोदियोन का संक्षेप।

...पर जवाब में मैं तुम्हें भला क्या लिखती अगर तुम्हें सारी बात मैं सच लिख देती तो मुझे खूब मालूम है कि तुम सब कुछ छोड़-छाड़ कर हमारे पास चले आते, चाहे तुम्हें पैदल ही क्यों न आना पड़ता। मैं तुम्हारा स्वभाव और तुम्हारी भावनाएँ खूब जानती हूँ, सो तुम अपनी बहन का अपमान बर्दाश्त न कर पाते। मैं भी परेशान थी बेहद, लेकिन कर ही क्या सकती थी इसके अलावा, तब तक सारी बात मुझे भी नहीं मालूम थी। सारा मामला अगर इतना उलझ गया था तो इसीलिए कि दूनिया1 ने जब उनके परिवार में बच्चों की देखभाल करने का काम सँभाला था तो उसे पेशगी सौ रूबल मिले थे, कि हर महीने उसकी तनख्वाह में से कुछ-कुछ कटता रहेगा। इसलिए जब तक कर्जा चुक न जाता, उसका नौकरी छोड़ना नामुमकिन था। जब रकम (मेरे कलेजे के टुकड़े रोद्या, अब मैं यह सारी बात तुम्हें खोल कर बता सकती हूँ) उसने खास तौर पर तुम्हें साठ रूबल भेजने के लिए ली थी, जिसकी तुम्हें सख्त जरूरत थी और जो तुम्हें पिछले साल हमसे मिली थी। तब तुम्हें हमने धोखे में रखा था, और लिख दिया था कि यह रकम दूनिया की बचत में से भेजी जा रही है। लेकिन बात ऐसी नहीं थी, और अब मैं इसके बारे में सब कुछ बता रही हूँ क्योंकि भगवान की दया से हालत अचानक सुधर गई है, और इसलिए भी कि तुमको मालूम हो जाए कि दूनिया तुमको कितना प्यार करती है और उसने कितना बड़ा दिल पाया है। शुरू में मि. स्विद्रिगाइलोव सचमुच उसके साथ बहुत बुरा व्यवहार करते थे और खाने की मेज पर उसका अपमान करनेवाली मजाक उड़ानेवाली बातें करते थे... लेकिन मैं उन सब तकलीफदेह बातों के ब्यौरे में नहीं जाना चाहती क्योंकि अब जबकि सब कुछ खत्म हो गया है, तुम बेकार में परेशानी में क्यों पड़ो। मतलब यह कि मि. स्विद्रिगाइलोव की पत्नी मार्फा पेत्रोव्ना की और बाकी सारे परिवार की नेकी के बावजूद और उदारता के व्यवहार के बावजूद दूनिया को बहुत कठिन दिन काटने पड़ रहे थे, खास तौर पर तब जब मि. स्विद्रिगाइलोव अपनी पुरानी फौजी आदतों के शिकार हो जाते थे और उन पर शराब सवारी गाँठने लगती थी। और जानते हो, बाद में इस सारे किस्से की क्या असलियत मालूम हुई तुम क्या यकीन करोगे कि उस दीवाने के दिल में शुरू से ही दूनिया के लिए बहुत गहरा लगाव पैदा हो गया था, लेकिन रुखाई

और तिरस्कार का रवैया अपना कर उसने उस पर पर्दा डाले रखा। शायद अपनी उम्र को देखते हुए, और यह सोच कर कि वह कई बच्चों का बाप था, उसे खुद अपने हवाई मंसूबों पर शर्म आई होगी और वह अपने आपको धिक्कारने लगा होगा।

1. दूनिया या दुनेच्का - अण्दोत्या का घरेलू नाम।

इसलिए वह दूनिया से नाराज रहने लगा था। या यह भी हो सकता है कि उसे उम्मीद रही हो कि इस तरह का रुखाई और तिरस्कार का रवैया अपना कर वह सच्चाई को दूसरों से छिपा लेगा। लेकिन उसे अपने पर आखिरकार काबू नहीं रहा और उसकी इतनी हिम्मत बढ़ गई कि दूनिया के सामने उसने बिलकुल खुला, बेहद शर्मनाक सुझाव रखा, उसे हर तरह के लालच दिए और इसके अलावा यहाँ तक वादा किया कि वह सब कुछ त्याग देगा और उसे ले कर अपनी किसी दूसरी जागीर में या जरूरत पड़ी तो विदेश भी चला जाएगा। तुम तो अंदाजा लगा सकते हो कि तब दूनिया पर क्या बीती होगी! उसके लिए अपनी नौकरी फौरन छोड़ देना - नामुमकिन था, सिर्फ कर्ज की रकम की वजह से नहीं, बल्कि इस खयाल से भी कि मार्फा पेत्रोव्ना की भावनाओं को ठेस न पहुँचे। तब उनके दिल में फौरन शक पैदा हो जाता और उस हालत में दूनिया परिवार में कलह का कारण बन जाती। फिर दूनिया की बेहद बदनामी भी होती और इससे बचने का कोई रास्ता न होता। और भी बहुत-सी बातें थीं जिनकी वजह से अगले छह हफ्तों तक दूनिया के लिए उस मनहूस घर से अपना पिंड छुड़ाने की कोई उम्मीद नहीं थी। तुम तो दूनिया को जानते ही हो कि वह कितनी होशियार और इरादे की पक्की है। दूनिया बहुत कुछ बर्दाश्त कर सकती है और उसमें कठिन से कठिन परिस्थिति में भी अपने कदम जमाए रखने का हौसला है। उसने इस सारे मामले के बारे में तो मुझे भी नहीं लिखा, हालाँकि हम लोग अकसर ही एक-दूसरे को खत लिखा करते थे। सारा मुआमला अचानक ऐसे खत्म हो गया कि इस बारे में किसी ने कभी सोचा भी नहीं था। मार्फा पेत्रोव्ना ने इत्तफाक से बाग में अपने पति को दूनिया से मिन्नतें करते सुन लिया और उसका दूसरा ही मतलब लगा कर सारा दोष दूनिया के सर मढ़ दिया कि इस सारे किस्से की जड़ वही है। दोनों के बीच वहीं बाग में तू-तू मैं-मैं हुई। मार्फा पेत्रोव्ना ने तो दूनिया के एक हाथ भी जड़ दिया, उसकी कोई बात भी सुनने से इनकार कर दिया और घंटे भर तक उस पर चीखती रही, और उसके बाद हुक्म दिया कि दूनिया को फौरन एक मामूली किसान के छकड़े पर बिठा कर मेरे पास भिजवा दिया जाए। उसका सारा सामान, सारे कपड़े-लत्ते ज्यों के त्यों, तह किए बिना या बाँधे बिना उसी गाड़ी में फेंक दिए गए। फिर उसी बीच जोर का पानी भी बरसा और ठुकराई, दुतकारी गई दूनिया को एक किसान के साथ खुले छकड़े में बैठ कर पूरे सत्रह वेर्स्ता 1 पार करके शहर आना पड़ा। अब तुम्हीं सोचो, दो महीने पहले तुमने मुझे जो खत भेजा था, मैं उसका क्या जबाव देती और भला क्या लिखती मैं बिलकुल लाचार थी। सच बात तुम्हें लिख नहीं सकती थी क्योंकि तुम्हें बहुत दुख होता, तुम अपमान महसूस करते, तुम्हें बहुत गुस्सा आता, लेकिन तुम कर

1. लंबाई का एक रूसी माप, 1060 मीटर के बराबर।

क्या लेते। शायद बस अपने आपको तबाह कर लेते। और फिर यह बात भी तो थी कि दूनिया ऐसा कभी होने न देती; और यह मैं नहीं कर सकती थी कि जब मेरा अपना दिल इतना दुखी था तो अपना खत इधर-उधर की छोटी-मोटी बातों से भर देती। शहर में महीने भर इस कांड की चर्चा चलती रही। नौबत यहाँ तक पहुँच गई कि लोग जिस तिरस्कार से हमें देखते थे, आपस में कानाफूसी करते थे, यहाँ तक कि जोर-जोर से हमारे ऊपर फिकरे कसते थे, उसकी वजह से दूनिया की और मेरी गिरजाघर जाने तक की हिम्मत न होती थी। जान-पहचान के सब लोग हमसे कतराने लगे थे, सड़क पर मिल जाते तो सलाम तक न करते, और मुझे पता चला कि कुछ दुकानदार और क्लर्क हमारे घर के दरवाजे पर तारकोल पोत कर बहुत बेहूदा ढंग से हमारा अपमान करने की सोच रहे थे, जिसका नतीजा यह हुआ कि मकान-मालिक हमसे घर खाली करने

को कहने लगा। यह सब कुछ था मार्फा पेत्रोव्ना का किया-धरा; उन्होंने दुनिया को जी भर कर बदनाम किया और घर-घर जा कर उस पर कीचड़ उछाली। वे पास-पड़ोस के सारे लोगों को जानती हैं। उस महीने वे बार-बार शहर आती रहीं, और चूँकि वह कुछ बातूनी भी हैं और उन्हें अपने परिवार के मामलों के बारे में प्रपंच करने का और खास तौर पर हर ऐरे-गैरे से अपने पति की शिकायत करने का शौक है, जो बहुत ही गलत बात है, इसलिए थोड़े ही दिनों में उन्होंने यह किस्सा शहर में ही नहीं बल्कि आसपास, पूरे जिले में भी फैला दिया। मैं तो इन सब बातों की वजह से बीमार पड़ गई, लेकिन दूनिया यह सब कुछ मुझसे बेहतर ढंग से झेल गई; तुम देखते तो सही कि उसने सब कैसे सहा और कैसे मुझे तसल्ली देती रही, ढाढ़स बँधाती रही! वह तो बिलकुल फरिश्ता है! लेकिन भगवान की दया से बहुत जल्द हमारी सारी विपदा दूर हो गई। मि. स्विद्रिगोइलोव के होश ठिकाने आ गए; उन्हें अपने किए पर पछतावा हुआ, और शायद दूनिया की हालत पर तरस खा कर, उन्होंने उसके निर्दोष होने का पूरा और पक्का सबूत मार्फा पेत्रोव्ना के सामने रख दिया। वह सबूत एक खत था, जो बाग में मार्फा पेत्रोव्ना से मुठभेड़ होने से पहले दूनिया ने तंग आ कर मि. स्विद्रिगाइलोव को लिखा था। इस खत में, जो उसके चले आने के बाद उन्हीं के पास रह गया था, उसने निजी तौर पर कोई सफाई देने और उनसे चोरी-छिपे मिलने से साफ इनकार कर दिया था, जिसके लिए वह उसकी बड़ी मिन्नतें कर रहे थे। उसने, उस खत में बहुत ताव और गुस्से में आ कर, उन्हें मार्फा पेत्रोव्ना के साथ उनके नीच व्यवहार के लिए बहुत लताड़ा था, और उन्हें याद दिलाया था कि वह कई बच्चों के बाप थे और परिवार के मुखिया थे, और यह कि एक बेबस-लाचार लड़की को, जो पहले से ही काफी दुखी थी, इस तरह सताना और दुखी करना कितनी बड़ी दुष्टता थी। सचमुच, मेरे प्यारे रोद्या, उस खत के एक-एक अक्षर से ऐसे नेकी टपकती थी, उसकी एक-एक बात दिल को इस तरह छूती थी कि जब मैंने उसे पढ़ा तो मैं फूट-फूट कर रो पड़ी; अब भी जब मैं उसे पढ़ती हूँ तो आँखों में आँसू छलक आते हैं। इसके अलावा नौकरों की गवाही से भी दूनिया का सारा कलंक धुल गया। मि. स्विद्रिगाइलोव जितना सोचते थे, उससे कहीं ज्यादा उन लोगों ने देखा था और जानते थे जैसा कि नौकरों के साथ अकसर होता है। मार्फा पेत्रोव्ना बिलकुल दंग रह गईं और जैसा कि हमसे उन्होंने खुद कहा, 'एक बार फिर उनका दिल बैठ गया', लेकिन उन्हें दूनिया के निर्दोष होने का पूरा यकीन आ गया था। अगले ही दिन, जो इतवार था, वे सीधे गिरजाघर गईं और घुटने टेक कर आँखों में आँसू भर कर उन्होंने माता मरियम से प्रार्थना की कि वह उन्हें इतनी शक्ति दें कि वे इस नई परीक्षा को झेल सकें और अपना कर्तव्य निभा सकें। फिर वे गिरजाघर से सीधे हमारे पास आईं, हमें सारा किस्सा सुनाया, फूट-फूट कर रोईं, और अपने किए पर पछताते हुए उन्होंने दूनिया को गले से लगाया और उससे माफी माँगी। उसी दिन सबेरे जरा भी देर किए बिना, वे शहर के एक-एक घर में आँसू बहाती हुई गईं, और बड़ी प्रशंसा भरे शब्दों में उन्होंने सबको दूनिया के निर्दोष होने की बात, उसकी भावनाओं और उसके आचरण की शुद्धता पर जोर दे कर समझाया। फिर इससे भी बड़ी बात यह हुई कि उन्होंने मि. स्विद्रिगाइलोव के नाम दूनिया का लिखा हुआ खत सबको दिखाया और पढ़ कर सुनाया और उन्हें उस खत की नकल कर लेने की भी इजाजत दे दी, जिसकी मेरी राय में कोई जरूरत नहीं थी। इस तरह वे कई दिनों तक अपनी गाड़ी पर सारे शहर में घूमती रहीं, क्योंकि कुछ लोगों ने इस बात का बुरा माना था कि वह पहले दूसरों के यहाँ क्यों गईं। इस तरह सबको अपनी बारी के आने का इंतजार करना पड़ा, जिसका नतीजा यह हुआ कि हर घर में पहुँचने से पहले ही से उनकी राह देखी जाती थी, हर आदमी को मालूम होता था कि फलाँ-फलाँ दिन मार्फा पेत्रोव्ना फलाँ-फलाँ जगह वह खत पढ़ कर सुनाएँगी, और हर बार लोग भी जो खुद अपने घरों पर और दूसरे लोगों के घरों पर कई-कई बार पहले भी उस खत को सुन चुके थे। मेरी राय में इन सब बातों में बहुत कुछ एक बड़ी हद तक, ऐसा था जिसकी कोई जरूरत नहीं थी, लेकिन मार्फा पेत्रोव्ना का स्वभाव ही ऐसा है। बहरहाल वे फिर

से दुनिया की नेकनामी पूरी तरह कायम करने में कामयाब रहीं। इस कांड की सारी बदनामी कभी न मिटनेवाले कलंक की तरह उनके पति के मत्थे मढ़ दी गई; अकेले उन्हीं को सारा दोष दिया गया, यहाँ तक कि मुझे उन पर सचमुच तरस आने लगा। लोग सचमुच उस दीवाने के साथ जरूरत से ज्यादा सख्ती बरत रहे थे। दुनिया को फौरन कई परिवारों में पढ़ाने के लिए बुलावा आया लेकिन उसने इनकार कर दिया। लोग अचानक उसे बड़ी इज्जत की नजरों से देखने लगे और मानना होगा कि इन्हीं सब बातों की वजह से वह घटना हुई जिसने हमारे पूरे भाग्य को पलट दिया। प्यारे रोद्या, मैं तुम्हें बताना चाहती हूँ कि एक आदमी दुनिया से ब्याह करना चाहता है और उसने भी यह शादी करने की हामी भर दी है। मैं तुम्हें जल्दी से इस सारे मामले के बारे में बता दूँ... यूँ तो सब कुछ तुम्हारी राय लिए बिना तय किया गया है, लेकिन मैं समझती हूँ कि तुम इस बात पर मुझसे या अपनी बहन से खफा नहीं होगे, क्योंकि बात यह है कि हम लोग ज्यादा इंतजार नहीं कर सकते थे और तुम्हारा जवाब आने तक अपना फैसला टाल नहीं सकते थे। फिर तुम भी तो यहाँ मौजूद रहे बिना सारी बातों को परख नहीं सकते थे। असल में यह सब कुछ ऐसे हुआ। यह प्योत्र पेत्रोविच लूजिन कोर्ट कौंसिलर1 के ओहदे पर हैं और मार्फा पेत्रोव्ना के दूर के रिश्तेदार हैं, जो इन दोनों की जोड़ी मिलाने में बहुत सक्रिय रही हैं। सिलसिला शुरू यहाँ से हुआ कि लूजिन ने हम लोगों से जान-पहचान पैदा करने की इच्छा प्रकट की। उनका बड़े अच्छे ढंग से स्वागत किया गया, उन्होंने हम लोगों के साथ कॉफी पी, और अगले ही दिन उन्होंने हमें एक पत्र भेजा, जिसमें उन्होंने बड़ी शिष्टता से शादी का पैगाम दिया और प्रार्थना की कि इसके बारे में जल्द ही पक्का जवाब दिया जाए। वे बहुत व्यस्त आदमी हैं और जल्दी से जल्दी पीतर्संबर्ग लौट जाना चाहते हैं, इसलिए उनके वास्ते एक-एक पल बहुत कीमती है। जाहिर है, शुरू-शुरू में तो हमें बहुत ताज्जुब हुआ क्योंकि यह सब कुछ इतनी जल्दी और ऐसे ढंग से हुआ कि उसका हमें गुमान भी नहीं था। हम लोगों ने दिन भर इसके बारे में सोच-विचार किया और बातें कीं। वे बहुत खाते-पीते, भरोसे के आदमी हैं; ओहदों पर लगे हुए हैं और बहुत काफी दौलत जमा कर चुके हैं। यह सच है कि उनकी उम्र पैंतालीस साल है, लेकिन सूरत-शक्ल काफी अच्छी है। औरतें उन्हें अब भी आकर्षक समझ सकती हैं; और वे बहुत ही शरीफ और देखने-सुनने में अच्छे आदमी हैं; अलबत्ता इतना जरूर है कि थोड़ा-सा उदास और कुछ घमंडी लगते हैं। लेकिन हो सकता है कि शायद पहली नजर में ही ऐसे लगते हों। और प्यारे रोद्या, जब पीतर्संबर्ग में उनसे मुलाकात हो, जो जल्दी ही होनी चाहिए, तो अगर उनकी कोई बात अच्छी न लगे तो उनके बारे में बहुत जल्दी में और सख्ती के साथ किसी राय पर पहुँचने से सावधान रहना, जैसी कि तुम्हारी आदत है। मैं यह तुम्हें पहले से जताए देती हूँ, हालाँकि मुझे पूरा यकीन है कि तुम्हारे ऊपर उनका अच्छा ही असर पड़ेगा। इसके अलावा किसी आदमी को समझने के लिए जरूरी है कि हम सोच-विचार से काम लें और उसके बारे में पहले से कोई राय या गलत धारणाएँ बना लेने के खिलाफ सावधान रहें, क्योंकि बाद में उन्हें सुधारने और दूर करने में बहुत कठिनाई होती है। फिर बहुत-सी दूसरी बातों से भी यह पता चलता है कि प्योत्र पेत्रोविच बहुत ही भले आदमी हैं। पहली ही मुलाकात में उन्होंने हमें बताया कि वे अच्छे

1. श्रेणीक्रम में सातवीं श्रेणी का अधिकारी।

आचार-व्यवहार के आदमी हैं, लेकिन इसके साथ ही, जैसा कि उन्होंने हमें बताया, कई बातों में वह 'हमारी सबसे उभरती हुई पीढ़ी की' आस्थाओं से सहमत हैं और हर तरह के पूर्वाग्रह के विरोधी हैं। उन्होंने और भी बहुत-सी बातें बताईं, क्योंकि वे जरा से घमंडी हैं और चाहते हैं कि उनकी बात सुनी जाए, लेकिन यह कोई ऐसी बुराई नहीं है। मेरी समझ में तो ज्यादा कुछ आया नहीं, लेकिन दुनिया ने मुझे बताया कि वे बहुत पढ़े-लिखे आदमी तो नहीं हैं लेकिन होशियार हैं और स्वभाव तो जानते ही हो। वह अपने इरादे की पक्की, समझदार, धीरज रखनेवाली और उदार लड़की है लेकिन उसका दिल बड़ा

भावुक है; इतना मैं जानती हूँ। यह सच है कि कोई खास प्यार-मुहब्बत न इसकी तरफ से है और न उनकी तरफ से, लेकिन दूनिया समझदार लड़की है, दिल उसका फरिश्तों जैसा है, अपने पति को खुश रखना वह अपना कर्तव्य समझेगी और वे भी उसे सुखी रखने को अपनी जिम्मेदारी समझेंगे। इसमें शक करने की कोई वजह नहीं है, हालाँकि यह सही है कि यह सारा मुआमला बहुत जल्दी में तय किया गया है। इसके अलावा वे बहुत समझदार आदमी हैं और यकीनन वे खुद यह समझ लेंगे कि दूनिया उनके साथ जितनी ज्यादा सुखी रहेगी उतना ही ज्यादा उनके भी सुखी रहने का भरोसा रहेगा। जहाँ तक स्वभाव की कुछ खराबियों का, कुछ आदतों का और कुछ बातों पर मतभेद का सवाल है, वे सुखी से सुखी विवाहित जीवन में भी होते ही होते हैं। तो दूनिया ने कहा है कि जहाँ तक इन सब बातों का सवाल है, उसे अपने ऊपर पूरा भरोसा है, इन बातों के बारे में परेशान होने की कोई जरूरत नहीं है, यह कि वह बहुत कुछ बर्दाश्त करने को तैयार है, बशर्ते आगे भी उनका संबंध ईमानदारी और इन्साफ पर कायम रह सके। मिसाल के लिए, शुरू-शुरू में वे मुझे भी कुछ अक्खड़ मालूम हुए, लेकिन यह भी तो हो सकता था कि वे साफ बात कहनेवाले आदमी हों, और दरअसल बात थी भी यही। जैसे, दूनिया की रजामंदी मिलने के बाद जब वे दूसरी बार हमारे यहाँ आए तो बातचीत के दौरान उन्होंने साफ कहा कि दूनिया से जान-पहचान होने से पहले ही उन्होंने अपने मन में ठान ली थी कि दहेज लिए बिना वे किसी ऐसी लड़की से ब्याह करेंगे जो चाल-चलन की अच्छी हो, और सबसे बढ़ कर यह कि जिसने गरीबी के दिन देखे हों क्योंकि, जैसा कि उन्होंने समझाया, किसी आदमी को अपनी बीवी का मोहताज नहीं होना चाहिए, बल्कि अच्छा यही है कि औरत अपने पति को अपना उपकारी समझे। मैं यह भी बता दूँ कि जिस तरह मैंने कही है, उससे कहीं ज्यादा नमी और शिष्टता से उन्होंने यह बात कही थी। उनके शब्द तो मैं भूल गई हूँ; मुझे बस उनका मतलब याद रह गया है। इसके अलावा जाहिर है कि उन्होंने यह बात किसी खास मंसूबे के तहत नहीं कही थी बल्कि यह बातचीत के दौरान सहज भाव से उनके मुँह से निकल गई थी, जिसकी वजह से बाद में उन्होंने अपनी बात को ठीक करने और सुधारने की कोशिश की, यूँ फिर भी मुझे वह बात कुछ अक्खड़पन से कही हुई लगी और बाद में मैंने दूनिया से कहा भी। लेकिन दूनिया परेशान हो गई और उसने जवाब दिया कि 'आदमी की कथनी उसकी करनी नहीं होती' और यह बात सच भी है। अपना मन पक्का करने से पहले रात-भर दूनिया सोई नहीं। यह सोच कर कि मैं सो गई हूँ, वह बिस्तर से उठी और रात-भर कमरे में इधर-से-उधर टहलती रही; आखिरकार प्रतिमा के सामने घुटने टेक कर बैठ गई, बड़ी देर तक तन्मय हो कर प्रार्थना करती रही और सुबह उसने मुझे बताया कि उसने फैसला कर लिया है।

'मैं पहले ही बता चुकी हूँ कि प्योत्र पेत्रोविच जल्दी ही पीतर्सबर्ग के लिए रवाना होनेवाले हैं, जहाँ उनका बहुत बड़ा कारोबार है और जहाँ वे वकालत का दफ्तर खोलना चाहते हैं। कई साल से वकालत कर रहे हैं और अभी कुछ दिन पहले बहुत बड़ा मुकद्मा जीत चुके हैं। उन्हें पीतर्सबर्ग में इसलिए भी रहना है कि सेनेट के सामने उनके एक बहुत अहम मुकद्मे की सुनवाई है। इसलिए, प्यारे रोद्या, हर तरह से वे तुम्हारे काम आ सकते हैं। दूनिया और मैं, दोनों यही समझते हैं कि तुम आज ही से अपनी रोजी कमाना शुरू कर सकते हो और यह समझ सकते हो कि तुम्हारा भविष्य तय और पक्का हो चुका है। काश, ऐसा ही हो। इससे इतना फायदा होगा कि हम इसे दैवी वरदान समझ सकते हैं। दूनिया तो हरदम इसी के सपने देखती रहती है। हम लोगों ने हिम्मत करके प्योत्र पेत्रोविच से इसकी चर्चा छेड़ी भी। उन्होंने जवाब देने में बहुत सोच-विचार से काम लिया और कहा कि उनका काम सेक्रेटरी के बिना तो चल नहीं सकता, और यह कि किसी गैर को पैसा देने से बेहतर तो यही है कि अपने किसी रिश्तेदार की तनख्वाह बाँध दी जाए, अगर वह उस काम के लिए योग्य हो (जैसे तुम्हारे योग्य होने में कोई शक हो सकता है!), लेकिन उन्हें यह शंका जरूर थी कि यूनिवर्सिटी की पढ़ाई के बाद तुम्हारे पास दफ्तर में काम करने के लिए समय भी बचेगा या नहीं। बात फिलहाल यहीं पर खत्म हो गई है लेकिन दूनिया अब और

किसी बारे में सोचती भी नहीं। पिछले कुछ दिनों से उस पर जैसे कोई जुनून सवार है, और उसने इस बात की एक पूरी योजना बना ली है कि आखिर में तुम प्योत्र पेत्रोविच के वकालत के धंधे में उनके सहयोगी ही नहीं बल्कि साझेदार भी बन जाओ, यह तो अच्छा ही है कि तुम कानून पढ़ रहे हो। रोद्या, मैं इसमें पूरी तरह उससे सहमत हूँ, और समझती हूँ कि उन्हें पूरा करना बिलकुल मुमकिन है। सो प्योत्र पेत्रोविच की गोलमोल बातों के बावजूद, जो इस वक्त बहुत स्वाभाविक बात है (क्योंकि वे तुम्हें जानते तक नहीं हैं), दूनिया को पूरा भरोसा है कि अपने होनेवाले पति पर अपने अच्छे प्रभाव बूते पर वह यह सब कुछ हासिल कर लेगी; वह इसी की आस लगाए बैठी है। जाहिर है, हम लोगों ने इतनी सावधानी तो बरती ही है कि आगे कि इन योजनाओं के बारे में, और खास तौर पर उनके कारोबार में तुम्हारे साझेदार बनने के बारे में, हमने प्योत्र पेत्रोविच से कोई चर्चा नहीं की है। वह बहुत व्यवहारकुशल आदमी हैं और हो सकता है कि इसके बारे में कोई उत्साह न दिखाएँ; उन्हें ये सारी बातें हो सकता है केवल कोरी कल्पनाएँ लगें। हमें इसकी कितनी उम्मीद है कि तुम्हारी यूनिवर्सिटी की पढ़ाई का खर्च उठाने में वे हमारी मदद करेंगे। इसके बारे में न तो दूनिया ने उनसे एक शब्द कहा है और न मैंने। इसकी चर्चा हम लोगों ने सबसे पहले तो इसलिए नहीं की कि आगे चल कर यह सब अपने आप हो जाएगा, और वे कोई लंबी-चौड़ी बात किए बिना खुद ही अपनी तरफ से इसका सुझाव रखेंगे (भला वे दूनिया की इतनी-सी बात को टाल ही कैसे सकते हैं!), इसलिए तुम खुद अपनी कोशिश से आसानी से दफ्तर में उनका दाहिना हाथ बन जाओगे, और तुम्हें उनकी यह मदद खैरात में नहीं मिलेगी बल्कि अपने काम के बदले, वह तुम्हारी अपनी कमाई होगी। दूनिया सारा बंदोबस्त इसी तरह से करना चाहती है और मैं उससे पूरी तरह सहमत हूँ। फिर हमने अपनी योजनाओं के बारे में एक दूसरी वजह से भी बात नहीं की। इसलिए कि मैं खास तौर पर यह चाहती थी कि जब तुम पहली बार उनसे मिलो तो बराबरी की हैसियत से मिलो। जब दूनिया ने बड़े जोश के साथ तुम्हारे बारे में उनसे बात की, तो उन्होंने जवाब दिया कि कोई आदमी खुद किसी को करीब से देखे बिना उसके बारे में कोई राय नहीं कायम कर सकता, और यह कि वे तुमसे जान-पहचान हो जाने के बाद खुद अपनी राय बनाना चाहेंगे। मेरे अनमोल रोद्या, मैं तुम्हें बताना चाहती हूँ कि कुछ वजहों से (जिनका प्योत्र पेत्रोविच से कोई संबंध नहीं है और जो महज मेरी निजी, बूढ़ी औरतोंवाली सनक है) शायद बेहतर यही हो कि शादी के बाद मैं उन लोगों के साथ रहने की बजाय अलग अकेली ही रहूँ। मुझे पूरा विश्वास है, वह इतनी उदारता और शिष्टता दिखाएँगे कि मुझे न्योता दें और अनुरोध करें कि मैं आगे भी अपनी बेटी के साथ ही रहूँ; और अगर उन्होंने अभी तक इसके बारे में कुछ नहीं कहा है, तो उसकी वजह यही है कि यह तो एक मानी हुई बात समझ ली गई है। लेकिन मैं तो खुद मना कर दूँगी। मैंने जिंदगी में कितनी ही बार देखा है कि लोगों की शादी के बाद सास से नहीं निभती है। मैं नहीं चाहती कि मेरी वजह से किसी को जरा भी तकलीफ हो, और अपनी खातिर भी मैं यही चाहूँगी कि जब तक मुझे अपनी रोटी का एक टुकड़ा नसीब है, और तुम्हारी और दुनेच्का जैसी औलादें हैं, तब तक मैं अपने बूते पर ही खड़ी रहूँ, किसी पर बोझ न बनूँ। अगर हो सका तो मैं तुम्हारे दोनों के पास ही कहीं आ कर बस जाऊँगी क्योंकि, प्यारे रोद्या, सबसे बड़ी खुश-खबरी तो मैंने अपने खत के आखिरी हिस्से के लिए बचा रखी है। मेरे प्यारे बेटे, मैं तुम्हें बता दूँ कि शायद बहुत जल्द ही हम सब फिर एक जगह इकट्ठे हों और लगभग तीन साल की जुदाई के बाद फिर एक-दूसरे से गले मिलें! यह पक्के तौर पर तय हो गया है कि दूनिया और मैं दोनों पीतर्सबर्ग जाएँगी। यह तो मुझे मालूम नहीं कि कब, लेकिन बहुत जल्दी ही जाएँगे; शायद एक हफ्ते के अंदर। इसका दारोमदार प्योत्र पेत्रोविच पर है; उन्हें जब पीतर्सबर्ग में सारी बातों का पता लगाने की फुरसत मिलेगी, तब वही तय करके हमें खबर कर देंगे। खुद अपनी सुविधा के लिए वे बहुत उत्सुक हैं कि जितनी जल्दी हो सके, यह रस्म पूरी कर दी जाए, अगर मुमकिन हो तो देवी के व्रत1 से पहले ही, और अगर इतनी जल्दी तैयारी न हो सके, तो उसके फौरन बाद। अपने कलेजे से तुम्हें लगा कर कितनी खुशी मुझे होगी! तुमसे मिलने की खुशी

की बात सोच कर ही दूनिया का दिल बल्लियों उछल रहा है; एक दिन तो उसने मजाक में यहाँ तक कहा कि वह सिर्फ इसके लिए ही प्योत्र पेत्रोविच से ब्याह करने को तैयार है। बिलकुल फरिश्ता है! वह अभी तुम्हें कुछ नहीं लिख रही है, लेकिन उसने मुझसे बस इतना लिखने को कहा है कि उसे तुम्हें इतनी बातें, इतनी ढेर सारी बातें बतानी हैं कि वह अभी कुछ भी नहीं लिख रही है। कुछ लाइनों में तो वह तुम्हें कुछ बता नहीं सकेगी, और इससे उसका जी बेचैन ही होगा। उसने मुझसे कहा है कि उसकी ओर से मैं तुम्हें बहुत सारा प्यार और ढेरों चुंबन भेज दूँ। हालाँकि हम लोगों की मुलाकात जल्द ही होगी लेकिन एक-दो दिन में मैं तुम्हें जितना पैसा भी हो सका, भेज दूँगी। अब चूँकि सबको मालूम हो गया है कि दूनिया की शादी प्योत्र पेत्रोविच से होनेवाली है, मेरी साख अचानक बढ़ गई है और मैं जानती हूँ कि अफानासी इवानोविच अब मेरी पेंशन की जमानत पर पचहत्तर रूबल के लिए भी मुझ पर भरोसा कर लेगा और इस तरह मैं तुम्हें पच्चीस या तीस रूबल भी भेज सकूँगी। भेजती तो मैं वैसे इससे भी ज्यादा, लेकिन मुझे सफर के खर्च की चिंता है। प्योत्र पेत्रोविच ने हमारे सफर के खर्च का कुछ हिस्सा अपने जिम्मे ले लिया है, मतलब यह कि हमारा सामान और बड़ा संदूक पहुँचवाने की जिम्मेदारी अपने ऊपर ले ली है (जो उनकी जान-पहचान के किसी आदमी के हाथ पहुँचवा दिया जाएगा), फिर भी पीतर्सबर्ग पहुँचने पर थोड़े-बहुत खर्च का बंदोबस्त तो हमें करना ही पड़ेगा, क्योंकि कम-से-कम पहले कुछ दिनों में तो ऐसा नहीं होना चाहिए कि हमारे पास एक कौड़ी भी न हो। वैसे हमने-दूनिया ने और मैंने-पाई-पाई हिसाब लगा लिया है, और इस नतीजे पर पहुँचे हैं कि इस सफर में खर्च बहुत ज्यादा नहीं होगा। हमारे यहाँ से रेलवे स्टेशन की दूरी कुल नब्बे वेर्स्त कि है और हमने यहाँ जान-पहचान के एक गाड़ीवान से सब कुछ तय कर लिया है ताकि वह तैयार रहे; और वहाँ से मैं और दूनिया बड़े आराम से तीसरे दर्जे में सफर कर सकते हैं। इसलिए मुमकिन है कि मैं तुम्हें पच्चीस नहीं बल्कि तीस रूबल भेजूँ। बस काफी हो गया; मैं दो पूरे पन्ने भर चुकी हूँ और अब ज्यादा लिखने के लिए जगह नहीं है। मैंने

1. सभी आर्थोडाक्स चर्च के चार व्रतों में से एक। आम तौर पर यह अगस्त के पहले पखवाड़े में पड़ता है।

तो अपनी पूरी राम-कहानी लिख दी है, लेकिन इस बीच हुआ भी तो बहुत कुछ है! और अब, मेरे अनमोल रोद्या, मैं तुम्हें कलेजे से लगाती हूँ और मुलाकात होने तक के लिए माँ का आशीर्वाद भेजती हूँ अपनी बहन दूनिया को प्यार करना, रोद्या; उसको उसी तरह प्यार करना जैसे वह तुमको करती है। यह समझ लेना कि वह तुमको हर चीज से बढ़ कर, अपने आप से भी बढ़ कर, प्यार करती है। वह फरिश्ता है और तुम, रोद्या, तुम्हीं हम लोगों के लिए सब कुछ हो। हमारी अकेली उम्मीद, हमारा अकेला सहारा। बस तुम सुखी रहो, इसी में हमारा सुख है। रोद्या, तुम अभी तक रोज प्रार्थना तो करते हो, कि नहीं, और हमारे विधाता और मुक्तिदाता की दया पर विश्वास रखते हो कि नहीं मेरे मन में डर लगा रहता है कि आजकल नास्तिकता की जो नई भावना फैल रही है, कहीं तुम भी तो उसका शिकार नहीं हो गए अगर ऐसा है तो मैं तुम्हारे लिए प्रार्थना करूँगी। प्यारे बेटे, याद है न, बचपन में जब तुम्हारे बाप जिंदा थे, तुम मेरी गोदी में बैठ कर तुतला- पुतला कर प्रार्थना किया करते थे और उन दिनों हम सब लोग कितने खुश रहते थे! अच्छा, अब मैं मुलाकात होने तक के लिए विदा लेती हूँ और तुम्हें अपने कलेजे से लगाती हूँ। ढेर सारा प्यार।

मरते दम तक तुम्हारी,

पुल्खेरिया रस्कोलनिकोवा।'

पत्र पढ़ते हुए लगभग शुरू से ही रस्कोलनिकोव का चेहरा आँसुओं से भीगा रहा। लेकिन जब उसने पत्र खत्म किया तो उसका चेहरा पीला पड़ चुका और विकृत हो गया था, और उसके होठों पर कड़वी, क्रोधभरी और द्वेषभरी मुस्कराहट थी। उसने अपने फटे हुए मैले तकिए पर सर टिका दिया और सोचने लगा, बड़ी देर तक सोचता रहा। उसका दिल जोरों से धड़क रहा था, और दिमाग में एक तूफान मचा हुआ था। आखिरकार उस छोटे से पीले कमरे में, जो किसी कबूतरखाने या संदूक जैसा था, उसे घुटन महसूस होने लगी, जैसे किसी ने उसे वहाँ जकड़ रखा हो। उसकी आँखें और उसका दिमाग खुली जगह के लिए तड़प उठे। उसने अपना हैट उठाया और बाहर निकल गया। इस बार उसे किसी से मुलाकात का डर नहीं सता रहा था; वह अपना डर भूल चुका था। वही बसील्येव्स्की ओस्त्रोव की दिशा में मुड़ा और व. प्रॉस्पेक्ट पर इस तरह चलता रहा जैसे उसे किसी काम से कहीं पहुँचने की जल्दी हो। लेकिन, जैसी कि उसकी आदत थी, वह अपने रास्ते के बारे में कोई ध्यान दिए बिना चल रहा था, और मन-ही-मन कुछ बुदबुदाता जा रहा था। वह बीच-बीच में अपने आपसे, जोर-जोर से बातें भी करने लगता था, जिस पर राह चलनेवालों को आश्चर्य होता था। उनमें से बहुतेरे तो यह समझते थे कि वह पिए हुए है।

अपराध और दंड : (अध्याय 1-भाग 4)

अपनी माँ के पत्र से उसे बेहद तकलीफ हुई थी। लेकिन जहाँ तक उसमें कही गई मुख्य बात का सवाल था, उसके बारे में उसे एक पल के लिए भी कोई कशमकश नहीं हुई, उस समय भी नहीं जब वह पत्र पढ़ रहा था। उसके दिमाग ने बुनियादी सवाल का फैसला कर लिया था, और अटल फैसला किया था, 'जब तक मैं जिंदा हूँ, यह शादी कभी नहीं हो सकती; भाड़ में जाएँ मिस्टर लूजिन!'

अपने फैसले की कामयाबी का पहले से ही अनुमान करके वह द्वेषभरी मुस्कराहट के साथ मन-ही-मन बुदबुदाया : 'बात बिलकुल साफ है। नहीं माँ, नहीं दूनिया, तुम लोग मुझे धोखा नहीं दे सकतीं! और ऊपर से ये लोग मुझसे इस बात की माफी भी माँगती हैं कि उन्होंने मेरी सलाह नहीं ली और बिना मेरे, फैसला कर लिया! वे और कर भी क्या सकती थीं! सोचती हैं कि अब सारी बात तय हो चुकी है और यह शादी तोड़ी नहीं जा सकती; लेकिन हम देखेंगे कि तोड़ी जा सकती है या नहीं! क्या अच्छा बहाना है : 'प्योत्र पेत्रोविच इतने व्यस्त आदमी हैं कि उनकी शादी भी फौरन से पेशतर होनी चाहिए, बिलकुल डाकगाड़ी की रफ्तार से।' नहीं दुनेच्का, सब समझता हूँ मैं, मुझे मालूम है कि तुम मुझसे क्या कहना चाहती हो। और मैं यह भी जानता हूँ कि जब तुम रात-भर इधर-से-उधर टहलती रही थीं तो तुम क्या सोच रही थीं और माँ के सोने के कमरे में कजान की देवी1 की जो प्रतिमा रखी हुई है, उसके सामने तुमने क्या प्रार्थना की होगी। बलिवेदी तक पहुँचने की चढ़ाई बड़ी कष्टमय तो होती है। ...हुँह ...तो सब कुछ तय हो गया है। तो अव्दोत्या रोमानोव्ना, तुमने एक समझदार और कामकाजी आदमी से शादी करने का फैसला कर लिया है, जिसके पास बहुत दौलत है (जो बहुत दौलत जमा कर चुका है, जिसकी वजह से उसकी हैसियत कहीं ज्यादा ठोस और रोबदार हो गई है); एक ऐसे आदमी से जो दो-दो ओहदों पर लगा हुआ है, जो हमारी सबसे उभरती हुई पीढ़ी के विचारों से सहमत है, जैसा कि माँ ने लिखा है, और जो स्वभाव का अच्छा मालूम होता है, जैसी कि खुद दुनेच्का की राय है। इस मालूम होता है का भी जवाब नहीं! और वही दूनिया इसी मालूम होता है के चलते उससे शादी कर रही है! वाह, क्या कहने!

'...लेकिन मैं जानना चाहूँगा कि माँ ने मुझे 'हमारी सबसे उभरती हुई पीढ़ी' के बारे में क्यों लिखा सिर्फ मुझे यह बताने के लिए कि मिस्टर लूजिन किस तरह के आदमी हैं या उनके मन में कोई और बात थी या यह सोच कर कि पहले से ही मुझ पर मिस्टर लूजिन की अच्छी छाप डाल सकें ओह, कितने काइयाँ हैं ये लोग! मैं एक बात और जानना चाहूँगा : उस दिन और उस रात और उसके बाद दोनों ने एक-दूसरे से कितने

1. (कजान शहर में विशेष श्रद्धा के साथ पूजी जाने वाली देवी। वैसे उसकी तस्वीरें पूरे देश में मिल जाती थीं।)

खुल कर बातें कीं? क्या हर बात शब्दों में कही गई थी, या दोनों ने यह समझ लिया था कि दोनों के दिल और दिमाग में एक ही बात है और इसलिए उसके बारे में जोरों से बातें करने की कोई जरूरत नहीं है, और उसकी चर्चा न करना ही बेहतर है? सबसे ज्यादा संभव यही है कि कुछ हद तक यही बात हो। जैसा कि माँ के खत से साफ जाहिर है, वह उन्हें थोड़ा अक्खड़ लगे, और अपने भोलेपन में माँ ने अपनी राय दूनिया को बताई। दूनिया को परेशान तो होना ही था और उसने 'उन्हें बहुत गुस्से से जवाब दिया'। स्वाभाविक-सी बात थी। और गुस्सा किसे न आता जबकि भोलेपन के सवाल पूछे बिना भी यह बात स्पष्ट थी और यह बात पहले से समझ ली गई थी कि उसके बारे में बहस करना बेकार है और उन्होंने मुझे यह क्यों लिखा कि 'रोद्या, दूनिया को प्यार करना, और वह तुम्हें अपने आप से भी बढ़ कर प्यार करती है।' क्या उनका जमीर अंदर-ही-अंदर उन्हें धिक्कार तो नहीं रहा कि अपने बेटे की खातिर उन्होंने अपनी बेटी को बलि चढ़ा दिया 'तुम्हीं हमारा अकेला सहारा हो, तुम्हीं हमारा सब कुछ हो।' ओह, माँ!'

उसकी कड़वाहट लगातार और गहरी होती गई, और अगर उसी क्षण मि. लूजिन से उसकी मुलाकात हो जाती, तो वह उन्हें जान से मार देता।

'हुँह... यह सच है,' जो विचार उसके दिमाग में तूफान की तरह मँडराते हुए एक-दूसरे का पीछा कर रहे थे, उनका सिलसिला पकड़ कर वह बुदबुदाता रहा, 'यह सच है कि किसी आदमी को 'समझने में समय लगता है और सावधानी बरतनी पड़ती है', लेकिन मिस्टर लूजिन के बारे में कोई गलती नहीं हो सकती। खास बात यह है कि वह 'कारोबारी आदमी हैं और बहुत भले मालूम होते हैं' : तो बड़ा कमाल किया उन्होंने, जो उन लोगों का सारा सामान और बड़ा संदूक भिजवा दिया! सचमुच बहुत भले आदमी हैं कि उन्होंने इतना कर दिया। लेकिन उनकी दुल्हन और उसकी माँ को बोरे से ढँके हुए छकड़े में बैठ कर सफर करना होगा (मैं भी तो उसमें बैठ कर सफर कर चुका हूँ)! कोई बात नहीं है! कुल नब्बे ही वेर्स्त तो है और फिर एक हजार वेर्स्त तक वे 'तीसरे दर्जे में बड़े आराम से सफर कर सकती हैं!' ठीक ही तो है : चादर जितनी हूजियो उतना पैर पसारा। लेकिन आप अपनी बात सोचिए, लूजिन साहब। वह आपकी दुल्हन है... सो आपको यह भी तो मालूम होगा कि उसकी माँ को इस सफर के लिए अपनी पेंशन गिरवी रख कर पैसा जुटाना पड़ेगा। जाहिर है यह व्यापार का मामला है, ऐसी साझेदारी जिसमें दोनों का फायदा हो, जिसमें दोनों के हिस्से बराबर हों और खर्च भी दोनों बराबर उठाएँ। जैसा कि रूसी भाई लोग कहते हैं : खाने-पीने को तो मिलेगा, लेकिन तंबाकू का पैसा देना पड़ेगा। यहाँ भी व्यापारी उन्हें दाँव दे गया। सामान पहुँचवाने का खर्च किराए से कम होगा और मुमकिन है मुफ्त ही चला जाए। ये सारी बातें उन दोनों की समझ में कैसे नहीं आतीं या वे इसे समझना ही नहीं चाहतीं या वे खुश हैं, इसी बात पर खुश हैं! और जरा सोचिए, यह तो अभी बौर ही लगा है, असली फल तो बाद में लगेंगे! लेकिन असली सवाल कंजूसी का नहीं है, कमीनेपन का भी नहीं है, बल्कि इस पूरे मामले की भावना का है। शादी के बाद भी क्या यही भावना रहेगी; अभी तो यह सिर्फ बानगी है। और माँ भी... वह पानी की तरह क्यों पैसा बहा रही हैं पीतर्सबर्ग पहुँचने तक उनके पास क्या बच रहेगा चाँदी

के तीन रूबल या दो नोट1, जैसा कि वह सूदखोर बुढ़िया कहती है... हुँह! वे पीतर्सबर्ग में बाद में रहेंगी काहे के सहारे? अभी से उनको अंदाजा हो चला है कि शादी हो जाने के बाद वे दूनिया के साथ नहीं रह सकतीं, शुरू के कुछ महीने भी नहीं। उस भले आदमी ने लगे हाथ इसके बारे में भी कुछ कह दिया होगा, हालाँकि माँ इस बात को मानेंगी नहीं, कहती हैं : 'मैं खुद मना कर दूँगी,' फिर वह किसका आसरा लगाए हुए हैं? क्या अफानासी इवानोविच का कर्ज चुकाने के बाद उनकी एक सौ बीस रूबल की पेन्शन में से जो कुछ बचेगा, उसके भरोसे बैठी हैं ऊनी शालें बुन-बुन कर, कफ काढ़-काढ़ कर अपनी बूढ़ी आँखें खराब कर रही हैं। और जितनी शालें वे बुनती हैं, उससे उनकी एक सौ बीस रूबल सालाना की आमदनी में बीस रूबल से ज्यादा की बढ़त नहीं होती, यह बात मैं जानता हूँ। इसलिए हर जगह वे मि. लूजिन की उदारता के बल पर ही सारी उम्मीदें बाँधे हुए हैं : 'वह खुद अपनी तरफ से कहेंगे, वह मेरे ऊपर इसके लिए दबाव डालेंगे'। आँखें पथरा जाएँगी इसका इंतजार कर-करके! इन शिलर के पात्रों जैसे नेकदिल लोगों का हमेशा यही हाल होता है; आखिरी वक्त तक उन्हें हर बत्तख हंस दिखाई देती है, आखिरी दम तक वे अच्छी-से-अच्छी बात की उम्मीद लगाए रहते हैं, उन्हें कोई खराबी दिखाई नहीं देती। हालाँकि उन्हें तस्वीर के दूसरे रुख का थोड़ा-बहुत अंदाजा जरूर होता है लेकिन जब तक उन्हें मजबूर न कर दिया जाए, वे सच्चाई का सामना करने को तैयार नहीं होते; उसकी बात सोच कर ही काँप उठते हैं; दोनों हाथों से सच्चाई को दूर ढकेलते रहते हैं, जब तक कि वह आदमी, जिसे वे झूठे रंग-रूप में सजा-सँवार कर पेश करते हैं, खुद अपने हाथों से उन्हें बेवकूफोंवाली टोपी न पहना दें। मैं जानना चाहूँगा क्या लूजिन साहब को कभी कोई सनद मिली है? मैं दावे से कह सकता हूँ कि उनके पास कालर पर फूल के काज में लगाने के लिए सेंट एन का तमगा जरूर होगा और जब वह ठेकेदारों या व्यापारियों के साथ दावतें खाने जाते होंगे, तो उसे लगा लेते होंगे। मुझे यकीन है, अपनी शादी के मौके पर भी वह उसे लगाएँगे! मैं तो तंग आ गया उनसे, भाड़ में जाएँ वह!...

'खैर... माँ पर मुझे कोई ताज्जुब नहीं होता, वे तो हैं ही ऐसी, भगवान उन्हें सुखी

1. क्रांतिपूर्व रूस में चाँदी के रूबल और कागज के रूबल के मूल्यों में अंतर था।

रखे, लेकिन दूनिया को क्या कहा जाए? प्यारी दूनिया, क्या मैं तुम्हें जानता नहीं! जब मैं पिछली बार तुमसे मिला था, तुम लगभग बीस साल की थीं : तभी मैं तुम्हें समझ गया था। माँ ने लिखा है कि 'दूनिया बहुत कुछ बर्दाश्त कर सकती है'। मैं यह बात तो बहुत ही अच्छी तरह जानता हूँ। यह बात मुझे ढाई साल पहले ही मालूम थी, और पिछले ढाई साल से मैं इसके बारे में सोचता रहा हूँ, बस इसी के बारे में सोचता रहा हूँ कि 'दूनिया बहुत कुछ बर्दाश्त कर सकती है'। अगर उसने स्विद्रिगाइलोव साहब को और उन बाकी सारी बातों को बर्दाश्त कर लिया, तो वह सचमुच बहुत कुछ बर्दाश्त कर सकती है। और अब माँ ने और उसने अपने मन में यही बात बिठा ली है कि वह लूजिन साहब को बर्दाश्त कर सकती है, जो इस सिद्धांत का बखान करते हैं कि जिन बीवियों को कंगाली से बाहर निकाल कर लाया जाता है और जो हर चीज के लिए अपने शौहरों की मेहरबानी की मोहताज रहती हैं, वे ज्यादा अच्छी होती हैं - और इस सिद्धांत का बखान भी उन्होंने लगभग पहली ही मुलाकात में किया था। माना कि यह बात उनके 'मुँह से निकल गई थी', हालाँकि वह समझदार आदमी हैं (यह भी तो हो सकता है कि बात उनके मुँह से अनजाने न निकली हो, बल्कि वे यही चाहते ही हों कि अपना रवैया जल्दी से जल्दी साफ-साफ बता दें), लेकिन दूनिया... दूनिया को क्या हो गया वह उस आदमी को समझती है, सच है, लेकिन उसे उस आदमी के साथ रहना भी तो होगा। वह रूखी रोटी खा कर और पानी पी कर अपने दिन काट देगी लेकिन अपनी आत्मा कभी नहीं बेचेगी; सुख-सुविधा के बदले अपनी नैतिक स्वतंत्रता का कभी सौदा नहीं करेगी; लूजिन साहब

के पैसे की बिसात ही क्या है, वह तो श्लेसविग-हाल्सटाइन की सारी जागीर के बदले भी उसका सौदा नहीं करेगी। नहीं, जब मैं दूनिया को जानता था, तब वह ऐसी नहीं थी और

...यकीनन वह अब भी वैसी ही है! अलबत्ता, इससे इनकार नहीं किया जा सकता कि स्विद्रिगाइलोव परिवार में उसका अनुभव बहुत कड़वा रहा! मुफस्सिल के किसी कस्बे में दो सौ रूबल सालाना पर गवर्नेस का काम करना यूँ भी काफी कड़वा अनुभव होता है। लेकिन मैं जानता हूँ कि वह बागान में हब्शी मजदूरों की तरह काम कर लेगी या किसी जर्मन जर्मींदार के यहाँ बाल्तिक प्रदेश से आनेवाले खेत-मजदूरों की तरह अपने दिन काट लेगी, लेकिन अपने स्वार्थ की खातिर वह अपनी आत्मा को और अपनी नैतिक प्रतिष्ठा को हमेशा के लिए अपने आपको किसी ऐसे आदमी के साथ बाँध कर नीचे नहीं गिराएगी, जिसकी वह इज्जत न करती हो और जिसकी कोई भी चीज उससे न मिलती हो। और अगर लूजिन साहब एकदम खरा सोना भी होते, या हीरे का बड़ा-सा डला भी होते, तब भी वह उनकी कानूनी रखैल बनने को कभी राजी न होती! फिर वह राजी क्यों हो गई बात क्या है आखिर जवाब इसका क्या है बात काफी साफ है : खुद अपनी खातिर, अपने आराम की खातिर, अपनी जान बचाने की खातिर वह अपने आपको कभी न बेचती, लेकिन किसी और की खातिर वह ऐसा कर रही है! वह किसी ऐसे आदमी की खातिर अपने आपको बेच देगी। जिसे वह प्यार करती है, जिसे वह सराहती है। तमाम बातों का निचोड़ यही है : अपने भाई की खातिर, अपनी माँ की खातिर वह अपने आपको बेच देगी! हर चीज बेच देगी! ऐसी हालत में जरूरत पड़ने पर हम अपनी नैतिक भावना को भी दबा देते हैं; स्वतंत्रता, शांति, यहाँ तक कि अंतरात्मा भी, सब कुछ, हर चीज बाजार में ले आई जाती है। हमारी जिंदगी भले ही तबाह हो जाए, बस हमारे प्रियजन सुखी रहें! इतना ही नहीं, हम धर्म और अधर्म की मीमांसा भी करने लगते हैं, छल-कपट भरी गोल-मोल बातें करना सीख लेते हैं, और कुछ समय के लिए हम अपने आपको तसल्ली दे सकते हैं, अपने मन को समझा सकते हैं कि एक अच्छे लक्ष्य के लिए हमारा कर्तव्य यही है। यह बात सूरज की रौशनी की तरह साफ है कि हम लोग हैं ही ऐसे। यह बात एकदम साफ है कि रोदिओन रोमानोविच रस्कोलनिकोव इस पूरे किस्से का केंद्रीय पात्र है, कोई दूसरा नहीं। जी हाँ, वह उसके जीवन को सुखी बनाने का पक्का बंदोबस्त कर सकती है, यूनिवर्सिटी में उसके पढ़ते रहने का इंतजाम कर सकती है, उसे दफ्तर में साझेदार बना सकती है, उसके पूरे भविष्य को सुरक्षित बना सकती है; शायद आगे चल कर वह धनी भी बन जाए; दौलतवाला, इज्जतवाला, और कौन जाने बहुत मशहूर आदमी हो कर मरे! लेकिन मेरी माँ उसके लिए तो रोद्या ही सब कुछ है, जान से प्यारा रोद्या, उसकी पहली संतान! ऐसे बेटे की खातिर कौन अपनी बेटी की बलि नहीं दे देगा! ओह, प्यार भरे, घोर पक्षपाती हृदय! अरे, उसकी खातिर तो हम सोन्या जैसा जीवन अपनाने में भी संकोच नहीं करेंगे! सोन्या... सोन्या मार्मेलादोवा... जब तक यह दुनिया रहेगी, उसको ही सारी मुसीबतें झेलनी पड़ेंगी! क्या तुमने, तुम दोनों ने, अपनी कुर्बानी की थाह ली है क्या यह सही है क्या तुम इसे झेल सकोगी क्या इसका कोई फायदा है इसकी कोई तुक है क्या और दुनेच्का, मैं तुम्हें इतना बता दूँ कि मिस्टर लूजिन के साथ तुम्हारी जिंदगी जैसी होगी, सोन्या की जिंदगी उससे बदतर नहीं है। 'प्यार-मुहब्बत का तो कोई सवाल ही नहीं हो सकता,' माँ ने लिखा है। और अगर इज्जत भी न मिली तो अगर इसकी बजाय उलटे दुराव, तिरस्कार और नफरत मिली तो फिर तो तुम्हें भी 'बनाव-सिंगार से रहना पड़ेगा'। यही बात है न तुम समझती हो क्या कि उस सज-धज का क्या मतलब होता है तुम इस बात को समझती हो क्या कि लूजिन की सज-धज एकदम वैसी ही चीज है जैसे सोन्या की और शायद उससे भी बदतर, उससे भी निकृष्ट, उससे भी गिरी हुई चीज हो। इसलिए दुनेच्का कि तुम्हारे मामले में तो यह बहरहाल ऐश-आराम का सौदा है, जबकि सोन्या के लिए तो भूखे मरने का सवाल है। इसकी कीमत चुकानी पड़ती है दूनिया, कीमत चुकानी पड़ती है, इस सज-धज की! बाद में चल कर

अगर यह सब तुम्हारी बर्दाश्त के बाहर हुआ तो, अगर तुम्हें इसका पछतावा हुआ तो कड़वाहट, व्यथा, तिरस्कार, सारी दुनिया से छिप कर आँसू बहाना, क्योंकि तुम मार्फा पेत्रोव्ना नहीं हो। और तुम्हारी माँ को तब कैसा लगेगा? अभी से उन्हें बेचैनी हो रही है, चिंता लगी हुई है, लेकिन तब क्या होगा जब उन्हें हर बात साफ दिखाई देने लगेगी और मैं हाँ, मुझे, आखिर तुम लोगों ने समझा क्या है मुझे तुम्हारी कुर्बानी नहीं चाहिए दुनिया, मुझे यह कुर्बानी नहीं चाहिए माँ! मेरे जीते जी यह नहीं होगा, कभी नहीं होगा!'

उसके विचारों का सिलसिला अचानक रुक गया और वह चुपचाप खड़ा रहा।

'मैं इसे कबूल करने से रहा।' लेकिन इसे रोकने के लिए तुम करोगे क्या? मना कर दोगे, लेकिन तुम्हें इसका अधिकार क्या है? अपनी ओर से तुम उन्हें किस चीज की उम्मीद दिला सकते हो जो वे तुम्हें इसका अधिकार दें। जब तुम अपनी पढ़ाई पूरी कर लोगे और तुम्हें नौकरी मिल जाएगी, तब अपना सारा भविष्य उन्हें अर्पित कर दोगे अरे, यह सब कुछ तो हम पहले भी सुन चुके हैं; ये सब केवल बाद की बातें हैं। लेकिन इस वक्त कुछ करना होगा, अभी इसी वक्त कर क्या रहे हो तुम उनके सहारे जी रहे हो। वे अपनी सौ रूबल की पेंशन के बूते कर्ज लेती हैं। वे स्विद्रिगाइलोव परिवार से पैसा उधार लेती हैं! और ऐ भावी कुबेर, ऐ उनके भाग्य-विधाता जीयस, तुम उन्हें स्विद्रिगाइलोव जैसे लोगों से, अफानासी इवानोविच बाखरूशिन से कैसे बचाओगे... तुम जो उनकी जिंदगी की सारी व्यवस्था करनेवाले हो अगले दस साल में अगले दस साल में तो माँ शालें बुन-बुन कर अंधी हो जाएँगी, हो सकता है रो-रो कर भी। भूखी रह-रह कर वह सूख कर, तिनका हो जाएँगी। और मेरी बहन एक पल के लिए सोचो तो सही कि दस साल में तुम्हारी बहन का क्या अन्जाम होगा उन दस बरसों में उस पर क्या बीतेगी सोच सकते हो?'

वह इसी तरह अपने आपको यातना देता रहा, इसी तरह के सवालों से उलझता रहा और इसमें उसे एक तरह का मजा आता रहा। फिर भी ये सारे सवाल ऐसे नए सवाल नहीं थे, जो अचानक उसके सामने आ गए हों। ये तो पुराने जाने-पहचाने दर्द थे। बहुत पहले ही इन्होंने उसके दिल को अपने शिकंजे में जकड़ना और कचोके देना शुरू कर दिया था। उसकी आज की तकलीफ बहुत पहले शुरू हुई थी, बढ़ती आई थी, प्रबल होती गई थी, परिपक्व और घनीभूत होती गई थी, यहाँ तक कि उसने एक भयानक और कल्पनातीत प्रश्न का रूप धारण कर लिया था, जो उसके दिल और दिमाग को सालता रहता था और जवाब के लिए बार-बार शोर मचाता रहता था। उसकी माँ का खत बिजली की तरह उसके ऊपर आन टूटा था। स्पष्ट था कि अब वह चुपचाप सब कुछ सहता नहीं रह सकता था; ऐसे सवालों की चिंता में डूबा नहीं रह सकता था, जो हल नहीं हुए थे। उसे बल्कि कुछ करना होगा, फौरन करना होगा, और जल्दी करना होगा। बहरहाल, उसे कुछ-न-कुछ फैसला तो करना ही होगा, वरना... 'वरना जिंदगी से बिलकुल नाता तोड़ लेना होगा!' एकाएक जुनून से बेचैन हो कर वह चिल्लाया, 'अपने मुकद्दर को हमेशा के लिए ज्यों का त्यों स्वीकार कर लेना होगा, अपने अंदर की हर चीज का गला घोंट देना होगा, कुछ करने का, जिंदगी का और मुहब्बत का हर दावा छोड़ देना होगा'

'आप समझते हैं जनाब, आपको पता है, इसका क्या मतलब होता है, जब किसी के पास जाने को एकदम कोई ठिकाना न हो?' मार्मेलादोव का कल का सवाल अचानक उसके दिमाग में उठा, 'क्योंकि हर आदमी के पास जाने को कोई ठिकाना तो होना ही चाहिए...'

अचानक वह चौंका। एक और विचार, जो कल उसके मन में उठा था, चुपके से उसके दिमाग में वापस आ गया। लेकिन वह इस बात पर नहीं चौंका कि यही विचार दोबारा उसके दिमाग में उठा था, क्योंकि वह जानता था, वह पहले ही महसूस कर चुका था कि वही विचार लौट कर फिर आएगा। वह उसकी राह देख रहा था। अलावा इसके, वह महज कल का ही विचार नहीं था। फर्क बस इतना था कि एक महीना पहले तक, बल्कि कल तक भी, यह विचार केवल एक सपना था, लेकिन अब... अब वह सपना बिलकुल नहीं मालूम होता था। उसने एक नया, खतरनाक और एकदम अपरिचित रूप धारण कर लिया था, और एकाएक उसे इस बात का स्वयं आभास हो चला था... उसे लगा जैसे कोई उसके सर के अंदर हथौड़ा चला रहा है। आँखों के आगे अँधेरा छा गया।

उसने चारों ओर जल्दी-जल्दी नजर दौड़ाई। वह कोई चीज ढूँढ़ रहा था। वह बैठना चाहता था और कोई बेंच खोज रहा था; वह ह. बूलेवार पर चला जा रहा था। उसके सामने कोई सौ कदम की दूरी पर एक बेंच थी। जितनी तेजी से हो सका, वह उसकी ओर लपका। लेकिन बीच में ही अकस्मात एक ऐसी छोटी-सी घटना हो गई, जिसने उसका सारा ध्यान अपनी ओर खींच लिया।

बेंच ढूँढ़ते समय उसने देख लिया था कि एक औरत उससे कोई बीस कदम आगे चली जा रही थी, लेकिन शुरू में उसने उसकी तरफ रास्ते में आनेवाली दूसरी चीजों के मुकाबले कुछ ज्यादा ध्यान नहीं दिया था। घर जाते हुए पहले भी कितनी ही बार उसके साथ ऐसा हो चुका था। जिस रास्ते से जाता था उसकी तरफ ध्यान नहीं देता था, और वह इसी तरह चलने का आदी हो गया था। लेकिन आज एक ही बार देखने पर आगे जाती इस औरत में ऐसी कुछ अजीब बात नजर आई कि धीरे-धीरे उसका ध्यान उस पर जम कर रह गया; शुरू में तो अनमनेपन से और गोया एक चिढ़ के साथ लेकिन बाद में अधिकाधिक एकाग्रता के साथ। अचानक उसमें यह पता लगाने की इच्छा जागी कि उस औरत में ऐसी विचित्र क्या बात थी। पहली बात तो यह थी कि वह देखने में बिलकुल नौजवान लगती थी, और उस सख्त गर्मी में भी नंगे सर चली जा रही थी। न छतरी थी न दस्ताने, और वह चलते हुए अपनी बाँहें बड़े बेतुके ढंग से हिला रही थी। वह किसी हलके रेशमी कपड़े की पोशाक पहने थी, लेकिन उसने उसे कुछ अजीब उलटे-सीधे तरीके से पहन रखा था। बटन भी ठीक से नहीं लगे हुए थे और कमर के पास स्कर्ट से ऊपर वह फट कर खुली हुई थी; उसका एक बड़ा-सा टुकड़ा जगह छोड़ कर नीचे लटक आया था। नंगी गर्दन में एक छोटा-सा रूमाल पड़ा हुआ था लेकिन वह एक ओर को कुछ तिरछा हो गया था। उस लड़की के पाँव भी सीधे नहीं पड़ रहे थे, वह लड़खड़ाती और कुछ झूमती हुई चल रही थी। आखिरकार उसने रस्कोलनिकोव का सारा ध्यान अपनी ओर खींच लिया। बेंच तक पहुँचते-पहुँचते वह उस लड़की के बिलकुल बराबर आ चुका था। लेकिन वहाँ पहुँच कर वह बेंच के एक कोने में गिर पड़ी; बेंच की पुश्त पर अपना सिर टिका दिया और आँखें मूँद लीं। साफ मालूम होता था कि वह थक कर निढाल हो गई है। गौर से उसे देखने पर फौरन वह समझ गया कि वह शराब के नशे में चूर है। बहुत अजीब, दिल को धक्का पहुँचानेवाला मंजर था। उसे यकीन नहीं आ रहा था कि वह जो कुछ देख रहा था, वह सच था। आँखों के सामने एक बिलकुल कमसिन, सुनहरे बालोंवाली लड़की का चेहरा था - सोलह की रही होगी या शायद पंद्रह से ज्यादा की न हो। सुंदर भोला-सा चेहरा, लेकिन तमतमाया हुआ। देखने में कुछ भारी-सा जैसे जरा सूजा हुआ हो। लगता था उस लड़की को कुछ भी होश नहीं कि वह क्या कर रही है। उसने बड़े भोंदे ढंग से एक टाँग उठा कर दूसरी पर चढ़ा ली। उसके व्यवहार में इस बात के सभी संकेत मौजूद थे कि उसे अपने सड़क पर होने का कोई एहसास नहीं था।

रस्कोलनिकोव बैठा नहीं, न उसे वहीं छोड़ जाने का मन हुआ; वह बस दुविधा में पड़ा उसके सामने खड़ा रहा। इस सड़क पर कभी भी बहुत आवाजाही नहीं रहती थी; और अब दो बजे, इस घुटन भरी गर्मी में तो वह एकदम सुनसान थी। फिर भी सड़क की दूसरी तरफ कोई पंद्रह कदम की दूरी पर, फुटपाथ की कगार पर एक सज्जन खड़े थे और साफ जाहिर था कि वे अपने किसी निजी स्वार्थ से उस लड़की के पास आना चाहते थे। शायद उन्होंने भी उस लड़की को दूर से देखा हो और उसका पीछा करते हुए आ रहे हों, लेकिन रस्कोलनिकोव उनके रास्ते में आ गया था। उन्होंने रस्कोलनिकोव को गुस्से से देखा, हालाँकि उसकी नजरों से बचने की पूरी कोशिश करते रहे। वे बड़ी बेचैनी से मौके की ताक में खड़े रहे कि कबाब में हड्डी की तरह बीच में आनेवाला यह चीथड़ों में लिपटा शख्स आदमी वहाँ से टले तो सही। उनकी नीयत के बारे में किसी तरह का संदेह नहीं था। वे सज्जन भरे बदन के, गठे हुए शरीरवाले आदमी थे, यही कोई तीस के लगभग। फैशनेबुल कपड़े पहने हुए, लाल होठ औ मूँछें रखे हुए। रस्कोलनिकोव को बेहद गुस्सा आया; अचानक उसके जी में आया कि किसी तरह इस मोटे छैले का अपमान तो करो। पल-भर के लिए लड़की को वहीं छोड़ कर वह उन जनाब की ओर बढ़ा।

'अरे ओ स्विद्रिगाइलोव! यहाँ क्या कर रहा है तू?' उसने मुस्कराते हुए मगर मुट्ठियाँ भींच कर, जोर से चिल्ला कर कहा। गुस्से के मारे उसके होठ टेढ़े हो रहे थे।

'क्या मतलब?' उन सज्जन ने बड़ी सख्ती से हैरान हो कर त्योरियों पर बल लिए हुए पूछा।

'चले जाओ यहाँ से; मतलब बस यही है!'

'कमीने, तेरी यह मजाल!'

यह कह कर उन्होंने अपना बेंत उठाया। रस्कोलनिकोव मुट्ठियाँ भींच कर उनकी ओर झपटा; उसने यह भी न सोचा कि वह तगड़ा आदमी उसके जैसे दो आदमियों के लिए काफी था। लेकिन उसी पल पीछे से आ कर किसी ने उसे धर दबोचा। अब उन दोनों के बीच एक पुलिसवाला खड़ा था।

'बस, साहब, बस सड़क पर कोई झगड़ा नहीं। तुम्हें चाहिए क्या? तुम हो कौन?' उसने रस्कोलनिकोव के फटे-पुराने कपड़े देख कर उससे सख्ती से पूछा।

रस्कोलनिकोव ने उसे गौर से देखा। सीधा-सादा, समझदार, सिपाहियों जैसा चेहरा। सफेद मूँछें और गलमुच्छे।

'मुझे तुम्हारे ही जैसे आदमी की तलाश थी,' रस्कोलनिकोव ने उसकी बाँह पकड़ कर ऊँची आवाज में कहा। 'मैं कॉलेज में पढ़ता था, नाम मेरा है रस्कोलनिकोव... आप भी जानना चाहें तो जान लीजिए,' उसने उन जनाब को संबोधित करते हुए इतना और जोड़ दिया। 'आओ, तुम्हें एक चीज दिखाऊँ।'

इतना कह कर उसने पुलिसवाले का हाथ पकड़ा और उसे बेंच की ओर ले चला।

'इसे देखो, यह बुरी तरह शराब पिए हुए है। अभी इसी बड़ी सड़क से इधर आई है। न जाने कौन है और क्या करती है, देखने में तो पेशेवाली नहीं मालूम होती। मुझे तो लगता है कि किसी ने शराब पिला कर इसे धोखा दिया है... पहली बार... समझते हो न और फिर उन लोगों ने इसे सड़क पर इस हालत में छोड़ दिया है। देखो तो, इसके कपड़े कैसे फटे हुए हैं, और किस तरह इसने उन्हें पहन रखा है। इसने खुद कपड़े नहीं पहने हैं, किसी ने उसे पहनाए हैं, और जिसने भी पहनाए हैं

उसे इसकी आदत नहीं रही होगी। साफ जाहिर है किसी मर्द ने पहनाए हैं। और अब उधर देखो : वह छैला जिससे मैं लड़ने जा रहा था, मैं उसे जानता तक नहीं हूँ; उसे पहली बार अभी देखा है; लेकिन उसने भी इस लड़की को सड़क पर देखा है, अभी-अभी, शराब पिए हुए, एकदम असहाय, और वह इसे अपने कब्जे में करने के लिए बेताब है, कि उसे इसी हालत में कहीं ले जाए... इसमें तो जरा भी शक नहीं है। मेरी बात मानो, मैं गलत नहीं कह रहा हूँ। मैंने खुद उसे इस लड़की को घूरते हुए, इसका पीछा करते हुए देखा है, लेकिन मैं उसकी राह में आ गया, और अब वह इस ताक में है कि मैं कब यहाँ से टलूँ। अब वह वहाँ से हट कर जरा दूर चला गया है और चुपचाप खड़ा है, जैसे सिगरेट बना रहा हो... कोई तरकीब आती है तुम्हारी समझ में कि कैसे इसे उसके पंजे से बचाया जाए और किस तरह इसे इसके घर पहुँचाया जाए?'

पलक झपकते भर में पुलिसवाले की समझ में सब कुछ आ गया। गठे हुए शरीरवाले उन छैले के इरादों को समझना कोई मुश्किल काम नहीं था, पर सवाल उस लड़की के बारे में सोचने का था। पुलिसवाला झुक कर उसे और करीब से देखने लगा। उसके चेहरे पर सचमुच दया का भाव उभर आया।

'आह, कितने अफसोस की बात है!' उसने सर हिलाते हुए कहा। 'अभी एकदम बच्ची है। किसी ने इसे बहला-फुसला कर धोखा दिया है, इतना तो साफ दिखाई देता है। 'सुनिए मिस,' उसने उस लड़की से कहना शुरू किया, 'आप रहती कहाँ हैं?' लड़की ने थकी हुई उनींदी आँखें खोलीं, बोलनेवालों को शून्य भाव से एकटक देखा, और अपना हाथ हवा में घुमा दिया।

'यह लो,' रस्कोलनिकोव ने अपनी जेब टटोल कर उसमें से बीस कोपेक निकाला और बोला, 'यह लो, एक गाड़ी बुला कर इसे इसके पते पर पहुँचवा दो। सवाल बस इसका पता मालूम करने का है।'

'मिस साहिबा, मिस साहिबा,' पुलिसवाले ने पैसे ले कर फिर कहना शुरू किया, 'मैं गाड़ी लिए आता हूँ, आपको मैं खुद घर पहुँचा आऊँगा। कहाँ पहुँचा दूँ, बोलिए आप कहाँ रहती हैं?'

'जाओ, चले जाओ! किसी तरह पीछा ही नहीं, छोड़ते,' लड़की बुदबुदाई और फिर एक बार हवा में हाथ घुमाया।

'छिः कितनी बुरी बात है! कोई क्या कहेगा, मिस साहिबा, बड़ी शर्म की बात है!' उसने एक बार फिर दुख, सहानुभूति और क्रोध के मिले-जुले भाव से अपना सर हिलाया। 'बड़ा मुश्किल काम है,' पुलिसवाले ने रस्कोलनिकोव से कहा और यह कहते हुए उसने बड़ी तेजी से अपनी नजर ऊपर-नीचे दौड़ाई। रस्कोलनिकोव भी उसे बड़ा अजीब आदमी लगा होगा : खुद तो फटे-पुराने चीथड़े पहने था और उसे पैसे थमा रहा था!

'तुम्हारी इससे मुलाकात यहाँ से काफी दूर हुई थी क्या?' पुलिसवाले ने उससे पूछा।

'मैंने बताया न, यह मेरे सामने लड़खड़ाती हुई चल रही थी। इसी सड़क पर। इस बेंच के पास पहुँच कर धम से इस पर गिर पड़ी।'

'आह, आजकल दुनिया में कैसा-कैसा पाप हो रहा है, भगवान ही बचाए! ऐसी मासूम बच्ची और अभी से शराब पीने लगी है। इसमें तो कोई शक नहीं, इसे धोखा दिया गया है। देखो, इसके कपड़े कितनी बुरी तरह फटे हुए हैं... आजकल कैसा-कैसा कुकर्म देखने को मिलता है! यह किसी शरीफ घर की लगती है, भले ही गरीब हो... आजकल ऐसी कितनी

ही लड़कियाँ हैं और देखने में शरीफ भी लगती हैं, जैसे कोई रईसजादी हो,' यह कह कर वह एक बार फिर झुक कर उसे देखने लगा।

शायद उसकी अपनी बेटियाँ भी इसी तरह बड़ी हो रही होंगी। 'देखने में रईसजादियाँ और शरीफ,' जो अपने बनाव-सिंगार और रख-रखाव से भले, शरीफ घर की होने का दावा करती होंगी...

'असली काम तो यह है,' रस्कोलनिकोव अपनी बात कहता रहा, 'कि इसे किस तरह उस बदमाश के पंजे से बचाया जाए! उसे क्यों इसकी लाज लूटने का मौका मिले यह बात तो एकदम साफ है कि वह किस फेर में है। हरामजादा किसी तरह यहाँ से टलता ही नहीं!'

रस्कोलनिकोव ने यह बात ऊँची आवाज में कही और उसकी ओर इशारा किया। उस छैले ने उसकी बात सुन ली और लगा कि उनका गुस्सा फिर भड़कने वाला था। लेकिन कुछ सोच कर वह रुक गया और उसने बस तौहीन की नजर इस पर डाल कर उसे देख कर संतोष कर लिया। इसके बाद वह धीरे-धीरे चलते हुए वहाँ से दस कदम और दूर बढ़ गया और वहाँ जा कर रुक गया।

'उससे हम इसे बचा तो सकते हैं,' पुलिसवाला विचारमग्न हो कर बोला, 'लेकिन यह कुछ बताए तो सही कि इसे कहाँ जाना है।' लेकिन इस तरह तो... 'मिस साहिबा, ऐ मिस साहिबा!' वह एक बार फिर उसकी ओर झुका।

लड़की ने अचानक अपनी आँखें पूरी खोल दीं, गौर से चारों ओर देखा, गोया कुछ उसकी समझ में आया हो और बेंच से उठ कर उसी तरफ चल पड़ी जिधर से आई थी।

'ये नीच लोग किसी तरह पीछा ही नहीं छोड़ते!' वह एक बार फिर हवा में अपना हाथ घुमा कर बोली। वह तेज कदम बढ़ाती हुई चली जा रही थी, हालाँकि अब भी पहले की ही तरह लड़खड़ा रही थी। वह छैला भी उसके पीछे चला लेकिन छायादार पेड़ों के बीच दूसरे रास्ते पर। उसकी नजरें लगातार उस लड़की पर थीं।

'आप फिक्र न करें, मैं ऐसा नहीं होने दूँगा,' मूँछदार पुलिसवाले ने दोनों के पीछे बढ़ते हुए मजबूती से कहा।

'आह, आजकल कैसा-कैसा कुकर्म देखने को मिलता है!' उसने आह भर कर फिर एक बार जोर से कहा।

अचानक ऐसा लगा गोया किसी चीज ने रस्कोलनिकोव को डंक मारा हो। एक पल में ही वह घृणा की भावना से भर उठा।

'ऐ, सुनो,' उसने पुलिसवाले को पुकारा।

पुलिसवाले ने मुड़ कर देखा।

'छोड़ो भी उनको! तुमसे क्या मतलब लूटने दो मजा उसको।' (उसने उस छैले की तरफ इशारा किया) : 'तुम्हें भला क्या मतलब?'

पुलिसवाला चकरा गया और उसे आँखें फाड़ कर घूरने लगा। रस्कोलनिकोव हँस पड़ा।

'अच्छा!' पुलिसवाला बड़े तिरस्कार के भाव से हैरान हो कर बोला और उस छैले और लड़की के पीछे चला। हो सकता है उसने रस्कोलनिकोव को पागल समझा हो या उसके बारे में कोई इससे भी बुरी सोची हो।

'मेरे बीस कोपेक भी मार ले गया,' रस्कोलनिकोव जब अकेला रह गया तो गुस्से से बुदबुदाया। 'खैर, चाहे तो वह उससे भी लड़की को उसके हवाले कर देने का जितना चाहे ऐंठ ले और मुआमला खत्म हो। लेकिन मैं भला क्यों बीच में पड़ना चाहता था मुझ जैसा आदमी मदद भी करना चाहे तो क्या सकता है क्या मुझे उसकी मदद करने का कोई अधिकार है वे चाहें तो एक-दूसरे को कच्चा चबा जाएँ - मुझे क्या और मैंने उसे बीस कोपेक देने की हिम्मत कैसे की? क्या वे मेरे थे?'

ऐसी उखड़ी-उखड़ी अजीब बातें सोचने के बावजूद उसका मन उसे अंदर ही अंदर धिक्कार रहा था। वह खाली बेंच पर बैठ गया। उसके विचार बेमकसद भटकने लगे... उस पल उसे किसी भी बात पर अपना ध्यान केंद्रित करने में कठिनाई हो रही थी। बुरी तरह उसका जी चाह रहा था कि वह अपने आपको भूल जाए, हर चीज को भूल जाए, फिर जागे और जीवन नए सिरे से शुरू करे...

'बेचारी!' उसने बेंच के उस खाली कोने को देखते हुए कहा, जहाँ वह लेटी थी। 'कुछ देर में उसे होश आएगा और वह रोएगी। और फिर उसकी माँ को पता लगेगा... वह उसे पीटेगी, बुरी तरह धुन कर रख देगी, फिर शायद उसे घर से भी निकाल देगी... या अगर न भी निकाले तो दार्या फ्रांत्सोव्ना जैसी किसी औरत को इसकी भनक मिलेगी, और फिर यही लड़की चोरी-छिपे इधर-उधर जाने लगेगी। फिर सीधे अस्पताल का रास्ता (शरीफ माँओं की ऐसी बेटियों का, जो चोरी-छिपे गलत रास्ते पर चल पड़ती हैं, यह अन्जाम होता है), और फिर... फिर अस्पताल... शराब... शराबखाना... और फिर वही अस्पताल... दो-तीन साल में बिखर जाएगी चूर-चूर हो कर और अठारह-उन्नीस की उम्र में जिंदगी उसकी खत्म हो जाएगी... क्या मैं ऐसे किस्से पहले नहीं देख चुका और उन सबका सिलसिला शुरू हुआ कैसे तो सबने इसी तरह शुरू किया... उफ, लेकिन क्या फर्क पड़ता है! लोग कहते हैं, ऐसा तो होता ही रहता है। हमको कहा जाता है कि हर साल कुछ प्रतिशत लड़कियों को जाना ही होता है... इसी रास्ते पर... नरक में। शायद इसलिए कि बाकी लड़कियाँ अछूती रहें, कोई उनके साथ छेड़छाड़ न करे। कुछ प्रतिशत! कितने शानदार शब्द हैं इन लोगों के पास! विज्ञान की कसौटी पर कैसे खरे उतरनेवाले, और दिल को तसल्ली देनेवाले। एक बार बस 'प्रतिशत' कह दिया कि फिर किसी बात की कोई चिंता नहीं रहती। अगर कोई दूसरा शब्द होता... तो शायद हमें ज्यादा परेशानी होती... लेकिन अगर इसी प्रतिशत में दुनेच्का हो तो या इस प्रतिशत में न सही, किसी और प्रतिशत में...

'पर मैं जा कहाँ रहा हूँ?' उसने एकाएक सोचा। 'अजीब तो बात है। मैं तो किसी काम से निकला था। खत पढ़ते ही मैं बाहर निकल आया था... मैं वसील्येव्स्की ओस्त्रोव जा रहा था, रजुमीखिन के पास। यही काम था... अब याद आया। लेकिन किसलिए और मेरे दिमाग में रजुमीखिन के पास जाने की बात इस वक्त कैसे आई अजीब बात है।'

उसे अपने आप पर हैरानी होने लगी। रजुमीखिन यूनिवर्सिटी में एक पुराना दोस्त था। मजे की बात यह थी कि यूनिवर्सिटी में रस्कोलनिकोव का शायद ही कोई दोस्त रहा हो। वह सबसे अलग रहता था, किसी से मिलने नहीं जाता था, और अगर कोई उससे मिलने आता था तो उससे तपाक से मिलता भी नहीं था। जाहिर है लोगों ने जल्दी ही उससे मिलना-जुलना छोड़ दिया। वह छात्रों की सभाओं, उनके मनोरंजनों या उनकी बातचीत में भी कोई हिस्सा नहीं लेता था। तन-मन की सुध बिसरा कर वह बड़ी लगन से काम करता था, और इस बात के लिए सब लोग उसकी इज्जत करते थे। पर उसे पसंद कोई नहीं करता था। वह बहुत गरीब था, पर उसमें एक तरह का दंभ और सबसे अलग-थलग रहने का भाव था, मानो वह किसी चीज को अपने तक ही रखना चाहता हो। उसके कुछ साथियों को लगता था कि वह उन सबको अपने सामने बच्चा

समझ कर बड़े तिरस्कार से देखता था, गोया विकास, ज्ञान और आस्थाओं के एतबार से वह उनसे बढ़-चढ़ कर हो, गोया उनके विश्वास और उनकी रुचियाँ उसके स्तर के बहुत नीचे हों।

रजुमीखिन से उसकी निभती थी, या कम से कम वह उससे बहुत ज्यादा अलगाव नहीं रखता था और दूसरों के मुकाबले उससे बातचीत भी कुछ ज्यादा कर लेता था। रजुमीखिन के साथ कोई इसके अलावा कोई बर्ताव कर भी नहीं सकता था। वह बेहद खुशमिजाज, खुले दिल का नौजवान था और भोलेपन की हद तक अच्छे स्वभाववाला था, हालाँकि उस भोलेपन में एक गहराई भी छिपी हुई थी और स्वाभिमान भी। उसके ज्यादातर साथी इस बात को समझते थे, और सभी उसे बेहद पसंद करते थे। वह बेहद तेज दिमाग का लड़का था, हालाँकि कभी-कभी वास्तव में भोले बाबा भी नजर आता था। उसका चेहरा-मोहरा और डीलडौल बरबस अपनी ओर खींचते थे-लंबा कद, छरहरा बदन, काले बाल, दाढ़ी हमेशा कुछ बढ़ी हुई। कभी-कभी वह आपे से बाहर हो जाता और मशहूर यह था कि उसके शरीर में काफी बल था। एक रात जब वह कुछ मस्त दोस्तों के साथ बाहर टहल रहा था, उसने एक भारी-भरकम पुलिसवाले को एक ही घूँसे में चित कर दिया था। पीने पर आता तो कोई सीमा नहीं होती थी, और न पिए तो बिलकुल नहीं पीता था। शरारत में कभी-कभी हद से आगे निकल जाता था, लेकिन कभी ऐसा भी होता था कि वह कोई भी शरारत नहीं करता था। रजुमीखिन में एक खूबी और थी : बड़ी-से-बड़ी नाकामी से भी वह मायूस नहीं होता था, और लगता था कोई भी मुसीबत उसका मनोबल नहीं तोड़ सकती। वह छत पर भी सो सकता था; कड़ी-से-कड़ी सर्दी और भूख भी बर्दाश्त कर सकता था। वह बहुत गरीब था और किसी-न-किसी तरह का काम करके जो भी थोड़ा-बहुत कमाता था, उसी में गुजर करता था। पैसा कमाने की उसे कितनी तरकीबें आती थीं, इसका कोई अंत नहीं था। एक बार उसने पूरा जाड़ा कमरा गर्म करने का चूल्हा जलाए बिना काट दिया और कहा करता था कि इस तरह उसे ज्यादा अच्छा लगता है, क्योंकि ठंड में नींद गहरी आती है। हाल में उसे भी मजबूर हो कर कुछ समय के लिए यूनिवर्सिटी छोड़नी पड़ी थी और वह अपना पूरा जोर लगा कर काम कर रहा था ताकि इतना पैसा बचा ले कि फिर से अपनी पढ़ाई जारी रख सके। पिछले चार महीनों से रस्कोलनिकोव उससे मिलने नहीं गया था, और रजुमीखिन को तो उसका पता भी मालूम नहीं था। लगभग दो महीने पहले इत्तफाकन सड़क पर उनका आमना-सामना हो गया था, लेकिन रस्कोलनिकोव मुँह फेर कर सड़क की दूसरी पटरी पर पहुँच गया ताकि उसे वह देख न ले। रजुमीखिन ने उसे देख तो लिया था लेकिन अनजान हो कर आगे बढ़ गया था, क्योंकि वह अपने दोस्त को किसी उलझन में नहीं डालना चाहता था।

अपराध और दंड : (अध्याय 1-भाग 5)

'अरे हाँ, कुछ दिनों से तो मैं कोई काम माँगने के लिए रजुमीखिन के पास जाने का इरादा कर ही रहा था, यह कहने कि वह मुझे कहीं पढ़ाने का या कोई दूसरा काम दिलवा दे...' रस्कोलनिकोव ने सोचा, 'लेकिन वह मेरी अब क्या मदद कर सकता है मान लिया कि उसने कहीं पढ़ाने का काम दिलवा दिया, मान लिया कि अगर उसके पास कुल एक दमड़ी हो और उसमें से भी वह आधी मुझे दे दे, ताकि मैं अपने लिए जूते खरीद सकूँ और अपने को इतना सजा-सँवार सकूँ कि कहीं पढ़ाने जाने लायक बन जाऊँ... हुँह... तो, तो फिर क्या मुझे जो थोड़े से कोपेक सिक्के मिलेंगे, उनसे मैं करूँगा क्या इस वक्त क्या मुझे इसकी जरूरत है मेरा रजुमीखिन के पास जाना तो सरासर बकवास है...'

इस वक्त वह रजुमीखिन के पास किसलिए जा रहा था इस सवाल ने उसे जितना एहसास था, उससे भी ज्यादा बेचैन कर रखा था। वह अपनी इस हरकत में, जो देखने में बहुत ही मामूली लगती थी, बड़ी बेचैनी से कोई मनहूस अहमियत देखने की कोशिश कर रहा था।

'कहीं ऐसा तो नहीं कि मैं अकेले रजुमीखिन के सहारे सब कुछ ठीक कर लेने की आस लगाए बैठा था, कोई हल ढूँढ़ निकालने की उम्मीद कर रहा था?' उसने परेशान हो कर अपने आपसे सवाल किया।

वह सोच में डूबा अपना माथा रगड़ता रहा और अजीब बात यह थी कि बहुत देर सोचते रहने के बाद अचानक गोया अपने आप और संयोग से उसके दिमाग में एक अनोखा विचार आया।

'हुँह... उसके पास,' उसने एकाएक बड़े शांत भाव से कहा, मानो वह किसी आखिरी अटल फैसले पर पहुँच गया हो। 'जाऊँगा मैं रजुमीखिन के पास, जरूर जाऊँगा, लेकिन... अभी नहीं, मैं उसके पास जाऊँगा... उसके अगले दिन, जब वह काम पूरा हो जाएगा और हर चीज फिर नए सिरे से शुरू होगी...'

अब उसे अचानक महसूस हुआ कि वह क्या सोच रहा था।

'उसके बाद,' वह बेंच से चीख कर उछला, चीखा, 'लेकिन वह सचमुच होनेवाला है क्या? क्या यह मुमकिन है कि वह सचमुच हो जाए?'

बेंच छोड़ कर वह उठ खड़ा हुआ और लगभग दौड़ पड़ा। उसका इरादा पीछे मुड़ कर घर जाने का था, लेकिन घर जाने के विचार से ही अचानक उसे गहरी नफरत होने लगी - उस बिल में अपने उस छोटे से मनहूस दड़बे में जहाँ पिछले एक महीने से यह सब उसके अंदर-ही-अंदर पक रहा था वह बेमकसद चलता रहा।

उसकी घबराहट की कँपकँपी ने बढ़ते-बढ़ते बुखार का रूप ले लिया था, जिसकी वजह से वह हिलने लगा था। उसे गर्मी के बावजूद ठंड लग रही थी। किसी तरह कोशिश करके वह लगभग अनायास जैसे किसी प्रबल आंतरिक इच्छा से प्रेरित हो कर, अपने सामने आनेवाली हर चीज को घूरने लगा, जैसे अपना ध्यान बँटाने के लिए किसी चीज को तलाश रहा हो। लेकिन वह सफल न हो सका। बार-बार कुछ ही पल बाद वह अपने ही विचारों में डूब जाता था। अचानक चौंक कर वह अपना सर उठाता, चारों ओर नजर दौड़ाता और फौरन भूल जाता कि अभी क्या सोच रहा था। उसे यह तक याद न रहता कि वह जा कहाँ रहा था। इसी तरह चलते-चलते वह पूरा वसील्येव्स्की ओस्त्रोव पार कर गया, छोटी नेवा के पास आ निकला और पुल पार करके द्वीपों की ओर बढ़ा। शहर की धूल-गर्द, पलस्तर और चारों ओर से उसे घेरे हुए, उस पर एक बोझ बने बड़े-बड़े मकानों के बाद यहाँ की हरियाली और ताजगी से शुरू-शुरू में उसकी थकी हुई आँखों को कुछ राहत मिली। न शराबखाने थे यहाँ, न दम घोंट देनेवाला बंद वातावरण, न कोई बदबू। लेकिन जल्द ही ये नई सुखद संवेदनाएँ बीमारों जैसी चिड़चिड़ाहट में बदल गईं। कभी वह हरियाली के बीच चटकीले रंगों में पुते किसी बँगले के सामने ठिठक कर चुपचाप खड़ा हो जाता और अहाते के पार एकटक घूरता वहाँ दूर बरामदों में और छज्जों पर सजी-बनी, अच्छे-अच्छे कपड़े पहने औरतें और बागों में दौड़ते बच्चे नजर आते। फूलों की ओर उसका ध्यान विशेष रूप से जाता; उन्हें वह किसी भी दूसरी चीज के मुकाबले ज्यादा देर तक और ध्यान से देखता रहता। उसे रास्ते में ठाठदार बग्घियाँ, घोड़ों पर सवार औरतें और मर्द भी मिलते; वह उन्हें कौतूहल-भरी दृष्टि से देखता और इससे पहले कि वे उसकी आँखों से ओझल हों,

उन्हें भूल भी जाता। एक बार उसने चुपचाप खड़े अपने पैसे गिने, पता चला कि उसके पास तीस कोपेक थे। 'बीस पुलिसवाले को, तीन नस्तास्या को चिट्ठी के लिए, इसका मतलब है कि कल मार्मेलादोव के यहाँ मैं सैंतालीस या पचास छोड़ आया हूँगा,' न जाने क्यों उसने मन-ही-मन हिसाब लगाया। लेकिन जल्द ही वह भूल गया कि उसने जेब से पैसे क्यों निकाले थे। किसी ढाबे या शराबखाने के सामने से गुजरते हुए उसे यह सब याद आया, और लगा कि वह भूखा है। शराबखाने में जा कर उसने एक गिलास वोदका पी और एक पेस्टी खाई। वहाँ से चलने तक वह उसे पूरा खा चुका था। उसने बहुत समय बाद बोदका पी थी और वह उसे फौरन चढ़ गई, हालाँकि उसने सिर्फ एक छोटा-सा गिलास ही पिया था। उसे अपनी टाँगें अचानक भारी लगने लगीं और नींद-सी आने लगी। वह घर की ओर मुड़ा, लेकिन पेत्रोव्स्की ओस्त्रोव के पास पहुँच कर रुक गया। थक कर वह चूर हो चुका था। सड़क से वह झाड़ियों की ओर बढ़ा और घास पर लंबे हो कर फौरन सो गया।

दिमाग जब हो बीमारी की हालत में, तो सपनों में अकसर एक अनोखी वास्तविकता, स्पष्टता, यथार्थ से एक असाधारण समानता पैदा हो जाती है। कभी-कभी भयानक शक्लें भी बनती हैं। लेकिन पूरा वातावरण, पूरा चित्र ऐसा जीता-जागता होता है, ऐसी कोमल, अप्रत्याशित लेकिन कला की दृष्टि से ऐसी सुसंगत बारीकियों से भरा होता है कि सपना देखनेवाला, चाहे वह पुश्किन या तुर्गनेव जैसा कलाकार ही क्यों न हो, जागते में अपनी कल्पना-शक्ति से कभी उनका सृजन नहीं कर सकता था। इस तरह के बीमार सपने बहुत समय तक यादों के झरोखों में सजे रहते हैं और भारी तनाव में जकड़े हुए, उत्तेजित मानसतंत्र पर गहरी छाप छोड़ते हैं।

रस्कोलनिकोव ने एक भयानक सपना देखा। देखा कि जिस छोटे से कस्बे में वह पैदा हुआ था, वहीं अपने बचपन के दिनों में वापस पहुँच गया है। लगभग सात बरस का बच्चा बना, वह अपने बाप के साथ एक छुट्टी के दिन, शाम को देहात में घूम रहा था। मौसम धुँधला और बोझिल था। देहात भी वैसा ही था जैसा उसे याद था; अलबत्ता उसकी यादों में देहात का जो चित्र था, उससे कहीं अधिक स्पष्ट वह उसे सपने में नजर आया। वह छोटा-सा कस्बा एक खुले मैदान में आबाद था, जो हथेली की तरह सपाट था। दूर-दूर तक कोई बेद का पेड़ भी नजर नहीं आता था। बहुत दूर पेड़ों का एक झुरमुट दिखाई देता था, क्षितिज के छोर पर गहरी धुंध की तरह। कस्बे के आखिरी बगीचे से कुछ कदम पर एक शराबखाना था, बड़ा-सा उसके सामने से हो कर जब भी वह अपने बाप के साथ गुजरता था, उसे मतली-सी होती थी और डर भी लगता था। वहाँ हरदम भीड़ लगी रहती थी, लोग हमेशा चिल्लाते रहते थे, ठहाकों और गालियों की आवाजें गूँजती रहती थीं, लोग भयानक फटी हुई आवाज में गाते रहते थे और अकसर मारपीट भी होती थी। शराब के नशे में धुत और देखने में भयानक आकृतियाँ शराबखाने के आसपास मँडराती रहती थीं। जब भी उनसे सामना होता था, वह काँप उठता और अपने बाप से चिपक जाता था। शराबखाने के पास पहुँच कर सड़क धूल से अटी एक कच्ची सड़क बन गई थी। वहाँ हमेशा काली गर्द उड़ती रहती थी। यह टेढ़ी-मेढ़ी चक्करदार सड़क कोई तीन सौ कदम आगे जा कर दाहिनी तरफ से कब्रिस्तान के पीछे चली जाती थी। कब्रिस्तान के बीच हरे रंग के गुंबदवाला, पत्थर का एक गिरजाघर था। वहाँ वह अपने माँ-बाप के साथ साल में दो-तीन बार जाता था, जब उसकी दादी की याद में विशेष प्रार्थना का आयोजन होता था। दादी बहुत दिन हुए मर चुकी थीं और उसे उसने देखा भी नहीं था। ऐसे अवसरों पर वे लोग वहाँ सफेद कपड़े में लपेट कर, सफेद तशतरी में एक खास किस्म की खीर ले जाते थे जिस पर सलीब की शक्ल में किशमिशें चिपकी होती थीं। उस गिरजाघर से उसे बड़ा लगाव था। पुराने ढंग की बिना फ्रेम की मूर्तियाँ और एक बूढ़ा पादरी जिसका सर हमेशा हिलता रहता था। उसकी दादी की कब्र के पास ही, जिस पर निशानी के लिए एक तख्ती लगी हुई थी, उसके छोटे भाई की नन्ही-सी कब्र थी, जो छह महीने का

हो कर मर गया था। उसे अपने छोटे भाई की जरा भी याद बाकी नहीं थी, लेकिन उसने दूसरों के मुँह से उसके बारे में सुना था। जब भी वह कब्रिस्तान जाता था, बड़ी आस्था और श्रद्धा के साथ अपनी उँगलियों से सीने पर सलीब का निशान बनाता था और झुक कर उस नन्ही-सी कब्र को चूमता था। सो अब उसने अपने सपने में देखा कि वह अपने बाप के साथ शराबखाने के सामने के कब्रिस्तान की ओर जा रहा था। वह अपने बाप की उँगली पकड़े हुए था और सहमा हुआ शराबखाने को देख रहा था। एक विशेष परिस्थिति ने उसका ध्यान अपनी ओर खींच लिया। लगता था जैसे वहाँ कोई मेला लगा हो; रंग-बिरंगे कपड़े पहने शहरी लोगों, किसान औरतों, उनके मर्दों और हर तरह के फालतू लोगों की भीड़ वहाँ जमा थी। सभी गा रहे थे और सभी ने थोड़ी-बहुत पी रखी थी। शराबखाने के दरवाजे के पास एक गाड़ी खड़ी थी, लेकिन अजीब-सी गाड़ी थी। उसी तरह की बड़ी-सी गाड़ी जिसमें तगड़े घोड़े जोते जाते हैं और जिन पर शराब के पीपे या दूसरा भारी सामान लादा जाता है। उसे गाड़ी खींचनेवाले बड़े-बड़े घोड़ों को देख कर मजा आता था। गर्दन पर लंबे बाल, मोटी टाँगें, और धीमी सधी हुई चाल, पहाड़ जैसा बोझ खींचते हुए, लेकिन देखने से लगता नहीं था कि जरा-सा भी जोर लगाना पड़ रहा हो, गोया बोझ खींचना बिना बोझ के चलने से कहीं ज्यादा आसान हो। लेकिन अजीब बात थी कि इस वक्त इस तरह की गाड़ी के बमों के बीच उसने एक छोटी-सी दुबली-पतली बादामी रंग की घोड़ी जुती हुई देखा। किसानों के उन टट्टुओं जैसी जिन्हें उसने अकसर सारा जोर लगा कर लकड़ी या भूसे का भारी बोझ खींचते हुए देखा था, खास तौर पर उस वक्त जब गाड़ी के पहिए कीचड़ या किसी लीक में फँस जाते थे। तब किसान उन्हें काफी बेरहमी से कभी-कभी तो नाक और आँखों पर भी पीटते थे, और उसे उन जानवरों पर इतना तरस आता था कि उसके आँसू निकलने को आ जाते थे। तब उसकी माँ हमेशा उसे खिड़की के पास से हटा लिया करती थी। अचानक चिल्लाने, गाने और बलालाइका बजाने का जबरदस्त शोर उठा और शराबखाने में से बहुत से लंबे-तगड़े किसान धुत हो कर निकले। लाल और नीली कमीजें पहने हुए अपने-अपने कोट कंधों पर डाले हुए। 'बैठो, बैठ जाओ!' उनमें से एक चिल्लाया; यह एक मोटी गर्दनवाला नौजवान किसान था, जिसका मांसल, फूला हुआ चेहरा गाजर की तरह लाल हो रहा था। 'सबको ले चलूँगा, बैठ जाओ!' लेकिन अचानक भीड़ में ठहाका लगा, लोग फब्तियाँ कसने लगे :

'ऐसा जानवर हम सबको ले जाएगा!'

'अरे ओ मिकोल्का, तुम दीवाने तो नहीं हो गए कि ऐसी गाड़ी में मरियल घोड़ी जोत रखी है!'

'यह घोड़ी भी तो बीस साल से एक दिन कम की नहीं होगी।'

'चढ़ जाओ, सबको ले चलूँगा,' मिकोल्का फिर चिल्लाया और सबसे पहले कूद कर गाड़ी पर चढ़ गया। उसने रास अपने हाथ में थाम ली और गाड़ी के सामनेवाले हिस्से पर तन कर सीधा खड़ा हो गया। 'वह कत्थई घोड़ा मत्वेई ले गया है,' उसने गाड़ी पर से चीख कर कहा, 'और भैया, इस डाइन से तो मैं तंग आ चुका हूँ। जी चाहता है, इसे जान से मार दूँ। बस खाए चली जाती है। चढ़ जाओ, मैं कहता हूँ! सरपट भगाऊँगा! सरपट दौड़ेगी!' यह कह कर उसने चाबुक उठाई और चटखारा ले कर उस घोड़ी को मारने के लिए तैयार हुआ।

'चलो बैठ ही जाते हैं!' भीड़ ठहाका मार कर हँसी। 'सुनते हो इसकी बातें सरपट भागेगी!'

'दस बरस से तो इसमें सरपट भागने का दम रहा नहीं है!'

'दुलकी चल ले तो गनीमत समझो!'

'उसकी चिंता मत करो भैया, तुम लोग अपने-अपने चाबुक के साथ तैयार हो जाओ!'

'ठीक है! लगाओ कसके!'

हँसते और मजाक करते हुए वे सब मिकोल्का की गाड़ी पर चढ़ गए। छह आदमी जब चढ़ गए तो भी कई लोगों की जगह और थी। उन लोगों ने एक मोटी, गुलाबी गालोंवाली औरत को भी ऊपर खींच लिया। वह लाल रंग की मलमली पोशाक, सर पर कढ़ाई के काम की नोकदार टोपी और चमड़े के फर लगे जूते पहने थी; वह पिंघलफली खा रही और हँस रही थी। उनके चारों ओर की भीड़ भी हँस रही थी, और हँसे बिना वह रहती भी कैसे कि उस मरियल घोड़ी को, उस पूरी गाड़ी के बोझ को सरपट चाल से खींच कर ले जाना था। गाड़ी पर बैठे दो नौजवान मिकोल्का की मदद करने के लिए अपनी चाबुकें उठा चुके थे। 'चल' की आवाज सुनते ही घोड़ी ने पूरा जोर लगा कर गाड़ी खींचने की कोशिश की लेकिन सरपट भागना तो दूर, आगे ही खिसक नहीं पाई। वह पैर जमा कर पूरा जोर लगा रही थी, हाँफ रही थी और तीन चाबुकों की ओलों की बौछार जैसी मार से बचने की कोशिश कर रही थी। गाड़ी में और चारों ओर खड़ी हुई भीड़ में हँसी के फव्वारे दोगुने जोर से फूट पड़े। लेकिन मिकोल्का को ताव आ गया और वह बेतहाशा घोड़ी की धुनाई करने लगा, मानो वह सचमुच सरपट भाग सकती हो।

'मुझे भी आने दो यार,' भीड़ में से एक बंदा चिल्लाया। उसे भी जोश आ गया था।

'आओ, सब आओ,' मिलोल्का चिल्लाया। 'सबको खींच कर ले जाएगी। मैं तो मार-मार कर जान निकाल दूँगा इसकी!' फिर गुस्से में आपे से बाहर हो कर वह घोड़ी को बुरी तरह पीटने पर आ गया।

'बाबा, बाबा,' बच्चा चिल्ला कर बाप से बोला, 'ये लोग क्या कर रहे हैं बाबा बाबा, बेचारी घोड़ी को ये लोग मार रहे हैं!'

'चलो, आओ चलें!' बाप ने कहा। 'शराब पिए हुए हैं और इस वक्त मस्ती में हैं बेवकूफ। चलो, उधर मत देखो!' यह कह कर बाप ने उसे वहाँ से खींच ले जाने की कोशिश की। लेकिन उसने बाप के हाथ से अपना हाथ छुड़ा लिया और इस भयानक दृश्य को देख कर घोड़ी की ओर बेकाबू भागा। बेचारी का बुरा हाल था। वह खड़ी हाँफ रही थी। उसने एक बार फिर गाड़ी खींचने के लिए जोर लगाया और गिरते-गिरते बची।

'मारो कचूमर निकाल दो इसका,' मिकोल्का चिल्लाया। 'और कोई चारा ही नहीं है। मैं अभी इसकी खबर लेता हूँ!'

'क्या करना चाहता है तू? अपने को ईसाई कहता है, कसाई कहीं का!' भीड़ में से एक बूढ़ा चिल्लाया।

'कभी देखा है किसी ने कि ऐसी मरियल घोड़ी इतना गाड़ी भर बोझ खींचे?' दूसरा बोला।

'मर जाएगी,' तीसरा चिल्लाया।

'बीच में तुम टाँग न अड़ाओ! मेरा माल है, मैं जो चाहूँ करूँ। आओ, और आओ! सब आ जाओ! मैं इसे सरपट भगा कर ही दम लूँगा!'

एकाएक हँसी की गूँज उठी और हर चीज पर छा गई। चाबुकों की बौछार झेलने में नाकाम हो कर घोड़ी ने अपनी बेजान टाँगों में दुलत्ती झाड़नी शुरू कर दी। बूढ़ा भी मुस्कराए बिना न रह सका। सोचो तो सही, ऐसा छोटा-सा मरियल जानवर और दुलत्ती झाड़ने की कोशिश करे!

भीड़ में से दो छोकरे चाबुकें उठा कर घोड़ी को पसलियों पर मारने के लिए बढ़े। दोनों ने एक-एक तरफ की जिम्मेदारी सँभाल ली।

'मुँह पर मारो, और आँखों पर भी!' मिकोल्का जोर से चिल्लाया।

'कोई धुन छेड़ो, साथियो,' गाड़ी में से कोई चिल्लाया और उसमें बैठे सब लोग हंगामा मचा देनेवाले गीत में शामिल हो गए। खंजरी खड़की और सीटियाँ बजने लगीं। गाड़ी पर बैठी हुई औरत पिंघलफली खाती रही और हँसती रही।

...वह घोड़ी की बगल में और उसके सामने दौड़ा। वह उसकी आँखों के आर-पार, ठीक आँखों पर, चाबुक पड़ते देख रहा था! वह रो रहा था, उसका गला रुँधा जा रहा था, आँखों से आँसू बह रहे थे। एक आदमी का चाबुक उसके चेहरे पर लगा, लेकिन उसे कुछ महसूस नहीं हुआ। अपने हाथ मलता हुआ और चीखता हुआ वह भाग कर सफेद बालों और सफेद दाढ़ीवाले बूढ़े के पास पहुँचा। बूढ़ा सर हिला रहा था, उसे यह सब अच्छा नहीं लग रहा था। एक औरत ने उसका हाथ पकड़ लिया और उसे वहाँ से खींच कर अलग ले जाना चाहती थी, लेकिन वह हाथ छुड़ा कर फिर दौड़ कर सीधे घोड़ी के पास पहुँच गया। वह दम तोड़ रही थी, लेकिन वह फिर भी दुलत्ती झाड़ने की कोशिश कर रही थी।

'मैं अभी तेरी खबर लेता हूँ,' मिकोल्का खूँखार जानवर की तरह चिल्लाया। उसने चाबुक फेंक दी और आगे झुक कर गाड़ी में से एक मोटी-सी लंबी बल्ली निकाली। दोनों हाथों से उसका एक सिरा पकड़ कर उसने, पूरा जोर लगा कर, घोड़ी के ऊपर बल्ली चलाई।

'अरे, उसकी हड्डी-पसली एक कर देगा क्या,' चारों ओर से लोग चिल्लाए। 'उसे मार डालेगा क्या!'

'मेरी चीज है,' मिकोल्का चिल्लाया और हाथ घुमा कर बल्ली से भरपूर वार किया। एक जोर की थप हुई।

'मारो इसे, रुको मत,' भीड़ में से कुछ आवाजें आईं।

मिकोल्का ने फिर एक बार बल्ली घुमाई और एक और चोट उसी अभागी घोड़ी की कमर पर पड़ी। वह कूल्हों के बल ढेर हो गई, लेकिन झटके से उठते हुए उसने पूरा जोर लगा कर बोझ खींचना शुरू किया। पहले एक ओर झुक कर खींचा, फिर दूसरी ओर झुक कर। वह गाड़ी को किसी तरह आगे खिसकाने की कोशिश कर रही थी, लेकिन उस पर चारों ओर से छह चाबुकों की मार पड़ रही थी। बल्ली एक बार फिर ऊपर उठी और नपे-तुले वार के साथ तीसरी बार उस पर पड़ी। फिर चौथी बार। मिकोल्का इसलिए आग-बगूला हो रहा था कि अपने पहले ही वार में उसे जान से क्यों नहीं मार सका।

'बड़ी दमदार है,' भीड़ में से किसी ने जोर से कहा।

'अभी ढेर हुई जाती है यार, उसका काम तमाम होते देर नहीं लगेगी,' भीड़ में से किसी तमाशाई की जोश भरी आवाज आई।

'कुल्हाड़ी लो और सफाया कर दो इसका,' एक और शख्स चिल्लाया।

'मैं अभी दिखाता हूँ! पीछे हट जाओ!' मिकोल्का दीवानों की तरह चिल्लाया। उसने बल्ली नीचे फेंक दी और झुक कर गाड़ी में से लोहे की एक मोटी-सी छड़ निकाली। 'देखते जाओ,' वह चिल्लाया और अपनी सारी ताकत लगा कर बेचारी घोड़ी पर भरपूर वार किया। वार निशाने पर पड़ा। घोड़ी लड़खड़ाई और बैठ गई। उसने गाड़ी खींचने की कोशिश की, लेकिन घुमा कर चलाई गई छड़ का वार फिर उसकी पीठ पर पड़ा और वह जमीन पर गिर पड़ी जैसे कि चारों पैर काट दिए गए हों।

'खतम कर दो!' मिकोल्का चिल्लाया और आपे से बाहर हो कर गाड़ी से नीचे कूद पड़ा। नशे में चूर कई दूसरे नौजवान भी, जो कुछ हाथ लगा-चाबुकें, लाठियाँ, बल्लियाँ-ले कर दौड़े और दम तोड़ती घोड़ी की तरफ लपके। मिकोल्का एक ओर खड़ा, अंधाधुंध लोहे की छड़ से उस पर वार किए जा रहा था। घोड़ी ने अपनी गर्दन आगे तानी, एक लंबी साँस ली, और दम तोड़ दिया।

'काम तमाम कर दिया न उसका,' भीड़ में से कोई चिल्लाया।

'आखिर वह सरपट भागी क्यों नहीं?'

'मेरी चीज थी!' मिकोल्का चिल्लाया। लोहे की छड़ उसके हाथों में चमक रही थी और आँखों में खून उतर आया था। वह वहाँ ऐसे खड़ा था गोया उसे इस बात का बड़ा दुख हो कि अब उसके पास पीटने के लिए कुछ भी नहीं बचा था।

'तुम किसी काफिर से बेहतर नहीं हो,' भीड़ में से कई लोग चिल्लाए।

लेकिन वह बेचारा लड़का बेकाबू हो कर, रोता-बिलखता, भीड़ को चीरता हुआ बादामी रंग की उस घोड़ी के पास पहुँच गया। उसने उसके मुर्दा, लहूलुहान सर पर बाँहें डाल कर उसे प्यार किया, उसकी आँखों पर प्यार किया, उसके होठों पर प्यार किया... फिर उछल कर खड़ा हो गया और पागलों की तरह अपनी नन्ही-नन्ही मुट्ठियाँ तान कर मिकोल्का पर झपटा। उसी पल उसके बाप ने, जो देर से उसके पीछे पड़ा था, लपक कर उसे उठा लिया और ले कर भीड़ के बाहर चला गया।

'आओ चलें! घर चलें,' उसने अपने बेटे से कहा।

'बाबा! उन लोगों ने... बेचारी घोड़ी को... मार क्यों डाला?' उसने सिसकते हुए पूछा। उसकी आवाज उखड़ रही थी और हाँफते हुए सीने में से शब्द चीख़ों की शक्ल में निकल रहे थे।

'पिए हुए हैं, सब जानवर हैं, बेवकूफ... लेकिन हमें क्या लेना उनसे!' बाप ने कहा। बच्चे ने अपनी बाँहें बाप के गले में डाल दीं, लेकिन ऐसा लग रहा था कि उसका दम घुटा जा रहा है। उसने लंबी साँस लेने की कोशिश की, चीखना चाहा, और जाग पड़ा।

आँख खुली तो वह हाँफ रहा था। उसकी साँस ठहर नहीं रही थी; बाल पसीने में तर थे वह सहम कर उठ खड़ा हुआ।

'हे भगवान, तेरी दया यह सपना ही था' उसने उठ कर एक पेड़ के नीचे बैठते हुए और लंबी साँसें लेते हुए कहा। 'लेकिन यह क्या, मुझे बुखार चढ़ रहा है क्या? ऐसा भयानक सपना!'

उसे ऐसा लगा कि वह एकदम टूट गया है : अँधेरा और उलझन उसकी आत्मा में समाए हुए थे। उसने अपनी कुहनियाँ घुटनों पर टिका लीं और सर अपने हाथों पर झुका लिया।

'हे भगवान!' वह चिल्लाया, 'क्या यह हो सकता है, क्या यह संभव है कि मैं सचमुच कुल्हाड़ी उठाऊँ, उसे सर पर मारूँगा, उसकी खोपड़ी खोल दूँ... कि मैं चिपचिपे गर्म खून में चलूँ, ताला तोड़ूँ, चोरी करूँ और थरथर काँपूँ; सर से पाँव तक खून के धब्बों से अटा हुआ कहीं छिप जाऊँ... कुल्हाड़ी के साथ... हे भगवान, ऐसा हो सकता है क्या?'

यह कहते हुए वह पत्ते की तरह काँप रहा था।

'लेकिन मैं इस चक्कर में क्यों हूँ?' एक बार फिर सीधे बैठते हुए गोया गहरी हैरानी के साथ वह कहता रहा। 'मुझे पता था कि मैं कभी यह सब बर्दाश्त नहीं कर पाऊँगा, तो फिर मैं अभी तक अपने आपको क्यों सताता रहा कल, अभी कल, जब मैं इसकी कोशिश करने गया था, तो मुझे पूरी तरह अंदाजा हो गया था कि ऐसी करनी मैं कभी बर्दाश्त नहीं कर सकूँगा... फिर मैं दोबारा उसकी बात को क्यों दोहरा रहा हूँ? मैं अभी तक दुविधा में क्यों हूँ? कल जब मैं सीढ़ियों से नीचे उतर रहा था तो मैंने अपने आपसे कहा था कि यह कमीनापन है, घिनौना काम है, नीचता है, पाप है... इसकी बात सोच कर ही मुझे मितली होने लगी थी और मुझे मेरा रोम-रोम धिक्कारने लगा था।

'नहीं, मैं ऐसा नहीं कर सकूँगा, नहीं कर सकूँगा! माना कि इस सारे हिसाब-किताब में कहीं कोई खराबी नहीं है, कि इस पिछले एक महीने में मैं जिस नतीजे पर भी पहुँचा हूँ वह आईने की तरह साफ है, गणित की तरह सीधा-सादा है। हे भगवान! फिर भी यह काम मुझसे नहीं हो सकेगा! मैं नहीं कर सकूँगा, नहीं कर सकूँगा! फिर क्यों, मैं क्यों अभी तक...'

वह उठ कर खड़ा हो गया, चारों ओर हैरानी से देखा, गोया उसे अपने आपको इस जगह पा कर आश्चर्य हो रहा है, और त. पुल की ओर चल पड़ा। उसका रंग पीला पड़ गया था, आँखें अंगारों की तरह दहक रही थीं, अंग-अंग थकन से चूर था, लेकिन लग रहा था उसे साँस लेने में अब उतनी कठिनाई नहीं हो रही है। ऐसा महसूस हो रहा था कि अचानक उसने वह भयानक बोझ उतार फेंका है जो अब तक उस पर पहाड़ की तरह लदा हुआ था। एकाएक उसे राहत और आत्मा में शांति का एहसास हुआ। 'भगवान,' उसने प्रार्थना करते हुए कहा, 'मुझे रास्ता दिखाओ... मैं अपने उस... मनहूस सपने से कोई भी नाता नहीं रखना चाहता!'

पुल पार करते हुए वह चुपचाप और शांत भाव से नेवा नदी को और दहकते आकाश पर डूबते हुए सूरज की लाली को एकटक देखता रहा। कमजोरी के बावजूद उसे थकान का एहसास नहीं हो रहा था। लग रहा था पिछले एक महीने से उसके दिल में जो फोड़ा पक रहा था, वह अचानक फूट गया हो। छुटकारा! आजादी! उस सम्मोहन से, उस जादू से, उस सनक से उसे छुटकारा मिल चुका था।

बाद में जब उसने उस समय का, और उन दिनों के दौरान उसके साथ जो कुछ हुआ था उसके एक-एक मिनट का, एक-एक बात का, लेखा किया तो एक घटना का उस पर अंधविश्वास जैसा गहरा प्रभाव पड़ा। हालाँकि अपने आपमें वह घटना बहुत असाधारण नहीं थी, लेकिन बाद में चल कर उसे हमेशा यही लगा कि वह उसकी नियति का एक पूर्व-निर्धारित और निर्णायक मोड़ थी। यह बात उसकी समझ में कभी नहीं आई और वह खुद को कभी इसका कारण नहीं समझा सका कि जब वह थका हुआ और एकदम निढाल था, जब उसके लिए अधिक सुविधाजनक यही होता कि सबसे छोटे और सबसे सीधे रास्ते से अपने घर चला जाए, तो फिर वह भूसामंडी के रास्ते क्यों लौटा था, जहाँ जाने की उसे कोई जरूरत नहीं

थी। चक्कर ज्यादा लंबा तो नहीं था लेकिन बेमतलब और अनावश्यक जरूर था। यह सच है कि उसके साथ दर्जनों बार ऐसा हो चुका था कि वह बिना इस बात की ओर ध्यान दिए घर वापस पहुँच जाता था कि वह किन सड़कों से हो कर गुजरा था। लेकिन वह हमेशा अपने आपसे यह सवाल पूछता रहता था कि इसका क्या कारण था कि ऐसी महत्वपूर्ण, ऐसी निर्णायक और साथ ही ऐसी एकदम अप्रत्याशित मुलाकात भूसामंडी में (जहाँ उसके जाने की कोई वजह भी नहीं थी) ठीक उसी घड़ी में जीवन में ठीक उसी पल हुई थी, जब उसकी मनोदशा और उसकी परिस्थितियाँ एकदम ऐसी थीं जिनमें वह मुलाकात उसकी पूरी नियति पर सबसे गंभीर और सबसे निर्णायक प्रभाव डाल सकी गोया वह इसी काम के लिए वहाँ घात लगाए बैठी हो!

जब वह उस चौक से हो कर गुजरा लगभग नौ बज रहे थे। खोखों में और दुकानों में बाजार के सभी लोग अपना कारोबार समेट रहे थे, अपना माल बटोर कर बाँध रहे थे और अपने गाहकों की ही तरह घर जाने की तैयारी कर रहे थे। भूसामंडी से लगे मकानों की निचली मंजिलों के ढाबों के पास, गंदे और बदबूदार अहातों में और खास कर शराबखानों में तरह-तरह के कबाड़ी और फेरीवाले जमा हो रहे थे। रस्कोलनिकोव जब सड़कों पर बेमतलब फिरता रहता था, तब उसे यह जगह और इसके आसपास की गलियाँ खास तौर पर बहुत अच्छी लगती थीं। यहाँ उसके चीथड़ों पर किसी की अपमान-भाव से भरी नजर नहीं टिकती थी। यहाँ कोई किसी भी तरह के कपड़े पहन कर घूम सकता था और किसी का जरा भी ध्यान नहीं जाता था। क. गली के नुक्कड़ पर एक फेरीवाले और उसकी घरवाली ने फीते, धागे, सूती रूमाल वगैरह दो मेजों पर सजा रखे थे। वे भी घर जाने के लिए उठे तो सही लेकिन जान-पहचान की एक औरत आ गई थी और वे उससे बातें करने में लग गए थे। यह औरत थी लिजावेता इवानोव्ना, या सिर्फ लिजावेता, जैसा कि सभी लोग उसे कहते थे। वह सामान गिरवी रखने का धंधा करनेवाली उसी बुढ़िया अल्योना इवानोव्ना की छोटी बहन थी, जिसके यहाँ रस्कोलनिकोव अभी कल ही अपनी घड़ी गिरवी रखने और वह कोशिश करने गया था... उसे लिजावेता के बारे में पहले से सब कुछ मालूम था और उसे वह भी थोड़ा-बहुत जानती थी। वह लगभग पैंतीस साल की बिनब्याही औरत थी - लंबी, फूहड़, दब्बू, डरपोक और लगभग पूरी तरह बौड़म। वह पूरी तरह अपनी बहन की चाकर थी और उसके डर से हरदम थरथर काँपती रहती थी। उससे उसकी बहन दिन-रात काम लेती थी और उसे पीटती भी थी। वह एक पोटली लिए उस फेरीवाले और उसकी औरत के सामने खड़ी थी और बड़े ध्यान से उनकी बातें सुन रही थी। वे उसे बड़े जोश के साथ किसी चीज के बारे में समझा रहे थे। ज्यों ही रस्कोलनिकोव की नजर उस पर पड़ी, उसे गोया गहरे, विचित्र आश्चर्य ने आ दबोचा, हालाँकि इस मुलाकात में आश्चर्य की कोई बात नहीं थी।

'तुमको अपना मन पक्का करना होगा लिजावेता इवानोव्ना,' फेरीवाला ऊँचे स्वर में कह रहा था। 'कल छह बजे के बाद हमारे यहाँ आना। वे लोग भी होंगे।'

'कल' लिजावेता ने धीरे-धीरे, कुछ सोचते हुए कहा, गोया वह फैसला न कर पा रही हो।

'सच कहती हूँ, तुम तो अल्योना इवानोव्ना से सचमुच डरी रहती हो,' फेरीवाले की औरत बड़बड़ाई। वह बहुत चुस्त-चालाक औरत थी। 'तुम्हें देखती हूँ तो लगता है जैसे तुम कोई नन्ही बच्ची हो। बहू तुम्हारी सगी बहन तो है नहीं, सौतेली ही तो है, पर कैसा कस कर रखती है तुम्हें अपनी मुट्ठी में!'

'लेकिन इस बार अल्योना इवानोव्ना से कुछ न कहना,' उसका पति बीच में बोल पड़ा, 'मेरी यही सलाह है। बस उससे पूछे बिना हमारे पास चली आना। कुछ भला ही होगा तुम्हारा। बाद में तुम्हारी बहन को भी इसका कुछ पता हो ही जाएगा।'

'तो फिर मैं आऊँ?'

'कल छह के बाद वे लोग यहाँ होंगे। तुम खुद फैसला कर लेना।'

'हम इस मौके पर समोवार भर चाय भी तैयार रखेंगे,' उसकी घरवाली ने बात जोड़ी।

'अच्छी बात है, मैं आ जाऊँगी,' लिजावेता ने अभी भी कुछ सोचते हुए कहा। फिर वह धीरे-धीरे वहाँ से जाने लगी।

रस्कोलनिकोव उसी वक्त उधर से गुजर रहा था और उसने इसके अलावा कुछ नहीं सुना था। वह दबे पाँव, सबकी नजरें बचा कर एक-एक शब्द अच्छी तरह सुनने की कोशिश करता हुआ वहाँ से गुजर गया। शुरू-शुरू में उसे हैरानी हुई थी, उसके बाद उसने भयानकता के रोमांच का एहसास किया। उसे पता लग गया था, अचानक और पहले से किसी उम्मीद के बिना ही पता लग गया था, कि अगले दिन ठीक सात बजे उस बुढ़िया की बहन और उसकी एकमात्र साथी, लिजावेता घर पर नहीं होगी। यानी कि उस वक्त बुढ़िया वहाँ अकेली होगी।

अभी वह अपने घर में कुछ ही कदम की दूरी पर था। वह घर में एक ऐसे आदमी की तरह घुसा जिसे मौत की सजा दी गई हो। उसने किसी भी बात के बारे में नहीं सोचा; उसमें सोचने की सकत भी बाकी नहीं थी। लेकिन अचानक उसने अपने रोम-रोम में अनुभव किया कि अब उसके पास सोचने की स्वतंत्रता रह ही नहीं गई थी, जरा भी इच्छा-शक्ति नहीं रह गई थी और यह कि हर बात का अचानक और अटल फैसला हो चुका था।

इसमें शक नहीं कि अगर वह उचित अवसर की प्रतीक्षा में कई वर्ष भी लगा देता तो वह अपनी योजना की सफलता के लिए उससे अधिक सुनिश्चित स्थिति की कल्पना कर सकता था, जो अभी उसके सामने अपने आप आ गई थी। पहले से और गहरे भरोसे के साथ, इससे ज्यादा सही तौर पर कम जोखिम के साथ, खतरनाक पूछताछ और छानबीन के बिना, यह पता लगाना कठिन होता कि अगले दिन एक बुढ़िया, एक खास वक्त पर जिसे कत्ल करने की योजना बनाई जा रही थी, घर पर और निपट अकेली होगी भी या नहीं।

अपराध और दंड : (अध्याय 1-भाग 6)

रस्कोलनिकोव को बाद में किसी तरह मालूम हो गया कि फेरीवाले और उसकी औरत ने लिजावेता को किसलिए बुलाया था। बहुत मामूली-सा काम था और उसमें कोई ऐसी असाधारण बात नहीं थी। एक परिवार, जो उस शहर में रहने आया था और कंगाल हो गया था, अपने घर का सामान और कपड़े-लत्ते बेच रहा था। सब चीजें औरतों के मतलब की थीं। चूँकि बाजार में उन चीजों के बहुत थोड़े दाम मिलते, इसलिए वे लोग किसी ऐसे आदमी की तालाश में थे जो उनका यह सारा सामान बिकवा दे। लिजावेता यही काम करती थी। वह ऐसे कामों की जिम्मेदारी ले लेती थी और लोग अकसर उसे इस काम के लिए रख लेते थे क्योंकि वह बहुत ईमानदार थी और हमेशा मुनासिब दाम लगा कर उस पर टिकी रहती थी। वह हमेशा बहुत कम बोलती थी और, जैसा कि हम कह चुके हैं, वह बहुत दब्बू और डरपोक थी।

लेकिन रस्कोलनिकोव इधर कुछ अरसे से अंधविश्वासी हो गया था। अंधविश्वास के ये चिह्न उसमें बहुत बाद तक बाकी रहे और लगभग अमिट हो गए। इन सब बातों में उसे बाद में चल कर कोई विचित्र और रहस्यमय बात देखने की प्रवृत्ति पैदा हो गई थी, गोया कुछ अनोखे प्रभाव तथा संयोग उनके पीछे काम कर रहे हों। पिछले जाड़े में उसकी जान-पहचान के एक छात्र ने, जिसका नाम पोकोरेव था और जो खार्कोव चला गया था, यूँ ही बातों-बातों में उसे उस बुढ़िया अल्योना इवानोव्ना

का पता दे दिया था, जो चीजें गिरवी रखने का काम करती थी, कि शायद कभी उसे कोई चीज गिरवी रखने की जरूरत पड़े। वह बहुत दिनों तक उसके पास नहीं गया क्योंकि उसके पास पढ़ाने का काम था और वह किसी तरह अपनी गाड़ी चला ही रहा था। उसे वह पता छह हफ्ते पहले याद आया। उसके पास गिरवी रखने लायक दो चीजें थीं : एक तो उसके बाप की पुरानी चाँदी की घड़ी और दूसरी चलते समय उसकी बहन की दी हुई, छोटी-सी सोने की अँगूठी, जिसमें तीन लाल नग जड़े हुए थे। उसने अँगूठी ले जाने का फैसला किया। जब उसने उस बुढ़िया को ढूँढ़ निकाला तो देखते ही उसके मन में उसके लिए बेपनाह नफरत पैदा हुई, हालाँकि वह उसके बारे में कोई खास बात नहीं जानता था। उसे उस बुढ़िया से दो नोट मिले थे और घर वापस जाते हुए वह एक छोटे-से फटीचर ढाबे में घुस गया। चाय मँगा कर वह वहाँ बैठ गया और गहरे सोच में डूब गया। एक अजीब विचार उसके दिमाग को कचोट रहा था, जैसे अंडे के अंदर मुर्गी का बच्चा चोंच मारता है, और वह उस विचार में पूरी तरह उलझ गया।

लगभग उसकी बगल में ही अगली मेज पर एक छात्र बैठा था, जिसे वह जानता नहीं था। उसके साथ एक नौजवान अफसर था। वे बिलियर्ड खेल कर आए थे और चाय पीने बैठे थे। अचानक उस लड़के ने उस अफसर से चीजें गिरवी रखनेवाली अल्योना इवानोव्ना की चर्चा की और उसे उसका पता दिया। यह बात अपने आपमें रस्कोलनिकोव को कुछ अजीब मालूम हुई; वह अभी-अभी उसी के यहाँ से आया था और आते ही यहाँ उसके नाम की चर्चा सुनाई पड़ी थी। जाहिर है कि यह संयोग की बात थी, लेकिन उसके दिमाग पर जो असाधारण छाप पड़ी थी, उसे वह किसी तरह दूर नहीं कर पा रहा था। गोया यहाँ कोई आदमी उसी को सुनाने के लिए सब कुछ कह रहा था। वह छात्र अपने दोस्त को अल्योना इवानोव्ना के बारे में बहुत-सी ब्योरे की बातें बताने लगा।

'उसका मुआमला पक्का है,' वह बोला। 'उससे किसी भी वक्त पैसा मिल सकता है। यहूदियों जैसी अमीर है, एक साथ पाँच हजार रूबल तक दे सकती है। लेकिन उसे एक रूबल की चीज गिरवी रखने में भी कोई खास एतराज नहीं है। उसके साथ हमारे कई साथियों को व्यवहार रह चुका है। लेकिन बुढ़िया है बला की खूसट...'

फिर वह बताने लगा कि वह कैसी कमीनी है और उसके बारे में भरोसे के साथ कुछ कहा ही नहीं जा सकता। अगर सूद चुकाने में एक दिन की भी देर हो जाए तो गिरवी रखा हुआ माल गया समझो। वह तो माल की बस चौथाई कीमत देती है और उस पर हर महीने पाँच ही नहीं बल्कि कभी-कभी तो सात फीसदी तक सूद लेती है। वगैरह-वगैरह। वह छात्र लगातार बोलता रहा। उसने बताया कि बुढ़िया की एक बहन लिजावेता है, जिसे यह कमबख्त ठिगनी बुढ़िया हर वक्त पीटती रहती है और बिलकुल बच्चों की तरह अपने शिकंजे में जकड़ कर गुलामों की तरह रखती है, हालाँकि लिजावेता पाँच फुट दस इंच की तो होगी ही।

'बिलकुल बच्ची चीज है वह,' छात्र ने ऊँचे स्वर में कहा और हँस पड़ा।

वे लिजावेता के बारे में बातें करने लगे। छात्र उसकी बातें खास चटखरा ले कर कर रहा था और लगातार हँसे जा रहा था। अफसर उसकी बातें बड़ी दिलचस्पी से सुन रहा था। छात्र से उसने कहा कि लिजावेता को कुछ कपड़ों की मरम्मत के लिए उसके पास भेज दे। रस्कोलनिकोव एक शब्द भी सुनने से नहीं चूका और उसके बारे में सब कुछ जान लिया। लिजावेता उम्र में बुढ़िया से छोटी थी और उसकी सौतेली बहन थी; वह दूसरी माँ से थी और पैंतीस साल की थी। रात-दिन वह अपनी बहन का काम-काज करती थी, खाना पकाने और कपड़े धोने के अलावा सीने-पिरोने और दूसरों के यहाँ झाड़ू-बुहारू का काम भी करती थी और जो कुछ कमाती थी, सब ला कर अपनी बहन को दे देती थी। अपनी बहन से पूछे बिना किसी भी तरह का काम लेने या कोई नौकरी पकड़ने की हिम्मत उसे नहीं होती थी। बुढ़िया अपनी वसीयत लिख

चुकी थी, और लिजावेता को यह बात मालूम थी। इस वसीयत के अनुसार उसे एक दमड़ी भी मिलनेवाली नहीं थी। घर के सामान, कुर्सियों वगैरह के अलावा कुछ भी नहीं। सारा पैसा न. प्रांत के एक मठ के नाम कर दिया गया था ताकि उसके मरने के बाद हर बरसी पर उसके वास्ते प्रार्थना की जाए। लिजावेता अपनी बहन से कम हैसियत की थी, बिनब्याही थी, और सूरत-शक्ल की बेहद भोंडी थी। बेहद लंबा कद। उसकी लंबी-लंबी टाँगें देखने में ऐसी लगती थीं, गोया बाहर की ओर मुड़ी हुई हों। हमेशा बकरी की खाल के फटे-पुराने जूते पहने रहती थी और खुद बहुत साफ-सुथरी रहती थी। उस छात्र ने जिस बात पर सबसे अधिक आश्चर्य प्रकट किया और जो बात उसे सबसे ज्यादा मजेदार लगी, यह थी कि लिजावेता हमेशा पेट से रहती थी।

'लेकिन तुमने तो कहा कि वह बेहद बदसूरत है,' अफसर ने अपनी राय जाहिर की।

'उसका रंग गहरा जरूर है और देखने में लगती है गोया किसी सिपाही को जनाने कपड़े पहना दिए गए हों, लेकिन वह बदसूरत एकदम नहीं है। उसके चेहरे पर और उसकी आँखों में बहुत ही रहम है। हद से ज्यादा। इसका सबूत यह है कि बहुत से लोग उस पर रीझ जाते हैं। इतने कोमल और अच्छे स्वभाव की औरत है कि पूछिए ही नहीं। सब कुछ हँसी-खुशी सहती है, हर बात मान लेती है, कुछ भी मान लेने को तैयार रहती है। और उसकी मुस्कराहट तो सचमुच ही मीठी है।'

'लगता है तुम खुद उस पर रीझे हुए हो,' अफसर हँस कर बोला।

'उसके अनोखेपन की वजह से। मैं बताऊँ बात क्या है। मैं तो उस कमबख्त बुढ़िया को जान से मार दूँ, उसका सारा पैसा ले कर चंपत हो जाऊँ और मैं आपसे सच कहता हूँ, इस पर मेरी आत्मा को जरा भी दुख नहीं होगा,' लड़के ने अपनी बात जारी रखते हुए बहुत जोश के साथ कहा।

अफसर फिर हँसा और रस्कोलनिकोव काँप उठा। कैसी अजीब बात थी!

'मैं, तुमसे एक संजीदा सवाल पूछना चाहता हूँ,' छात्र ने उत्तेजित हो कर कहा। 'जाहिर है मैं तो मजाक कर रहा था, लेकिन एक बात बताओ : एक तरफ तो वह बेवकूफ, नासमझ, निकम्मी, सबका बुरा चाहनेवाली, बीमार, बेहूदा बुढ़िया है, जो न सिर्फ बेकार है बल्कि जान-बूझ कर दूसरों को नुकसान पहुँचाती है, जिसे खुद नहीं पता है कि वह किसलिए जी रही है, और जो दो-चार दिन में यूँ भी मर जाएगी। समझ रहे हो न!'

'हाँ, समझ रहा हूँ,' अफसर ने अपने गरमाए हुए साथी को ध्यान से देखते हुए जवाब दिया।

'अच्छा तो और सुनो। दूसरी ओर, हजारों की तादाद में नई नौजवान जिंदगियाँ हर तरफ मदद की कमी की वजह से तबाह हो रही हैं! उस बुढ़िया के पैसे से, जो जा कर किसी मठ में दफन हो जाएगा, सैकड़ों नेक काम किए जा सकते हैं, हजारों नेक कामों में मदद पहुँचाई जा सकती है। सैकड़ों, शायद हजारों लोगों को सही रास्ते पर लगाया जा सकता है। दर्जनों परिवारों को कंगाली से, तबाही से, बदकारी से, गुप्त रोगों के अस्पतालों से बचाया जा सकता है - और यह सब कुछ उसके पैसे से। उसे मार डालो, उसका पैसा ले लो और उसकी मदद से मानवता की सेवा में और सभी लोगों की भलाई के लिए अपना जीवन अर्पित कर दो। क्या राय है तुम्हारी, क्या हजारों नेक कामों से यह एक छोटा-सा अपराध नहीं धुल जाएगा एक जान ले कर हजारों लोगों को भ्रष्ट और पतित होने से बचाया जा सकेगा। एक मौत, और उसके बदले सैकड़ों

जिंदगियाँ - सीधा-सादा हिसाब है! इसके अलावा, जिंदगी के तराजू पर तोल कर देखें तो उस मरियल, बेवकूफ, चिड़चिड़ी बुढ़िया के जीवन की कीमत ही क्या है एक जूँ से या एक तिलचट्टे से अधिक कुछ भी नहीं, बल्कि उससे कुछ कम ही होगा क्योंकि वह जहरीली है। दूसरों की जिंदगियों को वह खोखला बना रही है। अभी उस दिन उसने महज जलन के मारे लिजावेता की उँगली पर काट लिया। बाल-बाल बच गई बेचारी नहीं तो उँगली ही काटनी पड़ती।'

'जाहिर है उसे जिंदा रहने का कोई हक नहीं है,' अफसर बोला, 'लेकिन यह तो प्रकृति का मामला है।'

'सो तो ठीक है दोस्त, लेकिन हमें प्रकृति को भी ठीक करना होगा, उसे सही दिशा में ले जाना होगा, और अगर हमने यह न किया तो हम दुराग्रहों के बोझ तले दब जाएँगे। अगर ऐसा न किया जाता तो कभी कोई बड़ा आदमी होता ही नहीं। लोग कर्तव्य की, अंतरात्मा की बातें करते हैं। मैं कर्तव्य और अंतरात्मा के खिलाफ कुछ नहीं कहना चाहता, लेकिन सवाल यह है कि उनसे हमारा अभिप्राय क्या है। ठहरो, मुझे तुमसे एक और सवाल पूछना है। सुनो!'

'नहीं, तुम ठहरो। पहले मैं तुमसे एक सवाल पूछता हूँ। सुनो!'

'वह क्या?'

'तुम बहुत बातें कर रहे हो और भाषण झाड़ रहे हो, लेकिन यह बताओ, क्या तुम खुद उस बुढ़िया को जान से मारने को तैयार हो?'

'हरगिज नहीं! मैं तो बस यह कह रहा था कि ऐसा करना ही इन्साफ की बात होगी... इसका मुझसे कोई संबंध नहीं...'

'लेकिन मैं समझता हूँ कि तुम खुद अगर यह काम करने को तैयार नहीं तो इसमें इन्साफ की कोई बात नहीं! आओ, एक बाजी और खेलें!'

रस्कोलनिकोव बेहद बेचैन हो उठा। जाहिर है ये सब आए दिन की वही नौजवानी की बातें थीं और नौजवानी के विचार थे, जो वह पहले भी अलग-अलग शक्लों में और अलग-अलग विषयों पर सुन चुका था। लेकिन यह संयोग क्यों हुआ कि इस तरह की बातचीत और इस तरह के विचार उसे ठीक उसी पल सुनने को मिले, जब खुद उसके दिमाग में ठीक वही विचार पनप रहे थे और ऐसा क्यों था कि जब वह उस बुढ़िया के यहाँ से अपने इस विचार का अंकुर ले कर आया, ठीक उसी पल उसे उसके बारे में बातचीत सुनने का संयोग हुआ था यह संयोग उसे हमेशा बहुत विचित्र लगता था। बाद में चल कर उसने जो कुछ किया उस पर ढाबे की इस मामूली बातचीत का बहुत गहरा असर पड़ा। गोया उसमें सचमुच कोई मार्गदर्शक संकेत था, कुछ ऐसा था जो पूर्व-निर्धारित था...।

भूसामंडी से लौट कर वह सीधा सोफे पर ढेर हो गया और घंटे भर तक बिना हिले-डुले वहीं बैठा रहा। इसी बीच अँधेरा हो गया। उसके पास कोई मोमबत्ती भी नहीं थी लेकिन होती तो भी रोशनी करने की बात उसे सूझती भी नहीं। बाद में भी उसे कभी यह याद नहीं आया कि वह उस वक्त किसी चीज के बारे में सोच भी रहा था या नहीं। आखिरकार उसे अपने पहलेवाले बुखार और कँपकँपी का एहसास हुआ, और उसने बड़ी राहत के साथ महसूस किया कि वह सोफे पर लेट सकता था। जल्दी ही उसे गहरी और बोझल नींद आ गई, गोया वह किसी भारी चीज के नीचे कुचल गया हो।

वह बहुत देर तक सोता रहा और कोई सपना भी नहीं देखा। अगले दिन सुबह दस बजे जब नस्तास्या उसके कमरे में आई, तो वह भी उसे बड़ी मुश्किल से जगा पाई। वह उसके लिए चाय और रोटी लाई थी। चाय इस बार भी पत्तियाँ दोबारा उबाल कर बनाई गई थी और इस बार भी वह उसे अपनी ही चायदानी में लाई थी।

'हे भगवान, कैसी नींद है!' वह गुस्से से चिल्लाई। 'जब देखो, सोता ही रहता है!'

वह कोशिश करके उठा। उसका सर दर्द कर रहा था। वह उठ कर खड़ा हुआ, अपनी कोठरी में एक चक्कर लगाया और फिर धम से सोफे पर गिर पड़ा।

'फिर सोने जा रहे हो!,' नस्तास्या जोर से चिल्लाई। 'कुछ बीमार हो क्या?'

उससे कोई जवाब नहीं दिया।

'चाय चाहिए?'

'बाद में,' उसने काफी कोशिश के बाद, फिर से अपनी आँखें बंद करते हुए और दीवार की ओर करवट बदलते हुए कहा।

नस्तास्या उसके ऊपर झुक कर खड़ी हो गई।

'हो सकता है सचमुच बीमार हो,' वह बोली, और मुड़ कर बाहर चली गई।

दो बजे वह फिर सूप ले कर आई। वह पहले की ही तरह लेटा हुआ था। चाय वैसी ही रखी थी। नस्तास्या को सचमुच बुरा लगा और वह गुस्सा हो कर उसे जगाने लगी।

'इस तरह क्यों पड़े हो?' वह चिढ़ के साथ उसे देखते हुए जोर से चिल्लाई।

वह उठ कर बैठ गया, लेकिन कुछ बोला नहीं। फर्श को घूरता रहा।

'जी अच्छा है, कि नहीं' नस्तास्या ने पूछा और इस बार भी उसे कोई जवाब नहीं मिला। 'बाहर जा कर थोड़ी हवा खा आओ, ठीक हो जाओगे,' उसने कुछ देर रुक कर कहा। 'कुछ खाना भी है कि नहीं?'

'बाद में,' उसने कमजोर आवाज में कहा। 'तुम जाओ!' और उसने हाथ के इशारे से उसे बाहर जाने को कहा।

वह कुछ देर और वहीं खड़ी रह कर बड़ी दया के साथ उसे देखती रही, फिर बाहर चली गई।

कुछ देर बाद उसने आँखें उठाईं और देर तक चाय और सूप को देखता रहा। फिर उसने रोटी उठाई, एक चम्मच लिया और खाना शुरू किया।

उसने भूख न होते हुए भी, गोया कि मशीन की तरह, थोड़ा-सा खाया, कोई तीन-चार चम्मच। सर का दर्द कुछ कम हो गया था। खा कर वह फिर सोफे पर लेट गया, लेकिन अब उसे नींद नहीं आई। तकिए में मुँह छिपा कर वह बेहरकत पड़ा रहा। उसे दिन सपने सताते रहे और वह भी कैसे अजीब-अजीब। ऐसे ही एक दिन सपने में, जो उसे बार-बार आता रहा, उसने कल्पना की कि वह अफ्रीका में था। मिस्र के किसी नख्लिस्तान में। कफिला आराम कर रहा था; ऊँट आराम से लेटे हुए थे; चारों ओर घेरा बनाए खजूर के पेड़ खड़े थे। पूरा काफिला खाना खा रहा था। लेकिन वह एक चश्मे से पानी पी रहा

था, जो पास ही कलकल ध्वनि करता हुआ बह रहा था। वह पानी भी बहुत ठंडा था, मजेदार, नीला, ठंडा पानी रंग-बिरंगे पत्थरों और साफ रेत पर से हो कर बह रहा था, जो जहाँ-तहाँ सोने की तरह चमक रही थी। ...अचानक उसे कहीं घड़ियाल बजने की आवाज सुनाई दी। उसने चौंक कर आँखें खोल दीं, सर उठा कर खिड़की के बाहर देखा, और यह देख कर कि कितनी देर हो चुकी थी वह पूरी तरह अचानक उछल कर जाग पड़ा, जैसे किसी ने उसे सोफे पर से खींच कर उठा दिया हो। वह धीरे-धीरे दबे पाँव दरवाजे तक गया, चुपके से उसे खोला, और सीढ़ियों की ओर कान लगा कर सुनने लगा। दिल बुरी तरह धड़क रहा था। सीढ़ियों पर पूरा सन्नाटा था, जैसे हर आदमी सो रहा हो। ...उसे यह बात बहुत अजीब और भयानक लगी कि वह इस तरह सब कुछ भूल कर कल से सो रहा था और कुछ भी नहीं किया था, अभी तक कोई तैयारी नहीं की थी... इसी बीच शायद छह बज गए थे। ऊँघते रहने और कुछ भी किए बिना पड़े रहने के बाद उस पर एक असाधारण, तूफानी, जुनूनवाला, जल्दबाजी का दौरा पड़ा। लेकिन तैयारियाँ कुछ ज्यादा नहीं करनी थीं। उसने अपनी सारी शक्तियाँ हर चीज के बारे में सोचने और कुछ भी न भूलने पर केंद्रित कर दीं। दिल इतनी बुरी तरह धड़कता रहा कि उसके लिए साँस लेना भी मुश्किल हो गया। पहले तो उसे एक फंदा बना कर अपने ओवरकोट के अंदर सी लेना था। यह पलभर का काम था। उसने अपने तकिए के नीचे हर चीज को उलट-पुलट कर देखा और उसके नीचे ठुँसे हुए कपड़ों में से उसने एक फटी हुई, पुरानी मैली कमीज निकाली। उसके चीथड़ों में से उसने एक लंबी-सी धज्जी फाड़ी, कोई दो-तीन इंच चौड़ी और लगभग सोलह इंच लंबी। उसने इस धज्जी को दोहरा तह किया, अपना किसी मजबूत सूती कपड़े का बना, गर्मियों में पहनने का मोटा ओवरकोट निकाला (बाहर पहनने के लिए उसके पास यही एक कपड़ा था) और उस धज्जी के दोनों सिरे उसके अंदर बाईं बाँह के सूराख के नीचे सिलने लगा। सिलाई करते वक्त उसके हाथ काँप रहे थे। फिर भी उसने यह काम इतनी कामयाबी से किया कि जब उस कोट को उसने दोबारा पहना तो बाहर से कुछ भी नजर नहीं आ रहा था। सुई-धागा उसने बहुत पहले से तैयार कर रखा था और ये दोनों चीजें कागज के एक टुकड़े में लिपटी हुई उसकी मेज की दराज में पड़ी थीं। जहाँ तक फंदे का सवाल था, यह उसकी अपनी सूझ-बूझ से पैदा एक बहुत ही निराली तरकीब थी। यह फंदा कुल्हाड़ी के लिए था। हाथ में कुल्हाड़ी ले कर तो वह सड़क पर निकल नहीं सकता था। लेकिन अगर कोट के अंदर छिपा कर भी ले जाता तब भी उसे अपने हाथ से सहारा देना पड़ता और इस पर किसी की नजर भी पड़ सकती थी। अब उसे सिर्फ कुल्हाड़ी का फाल उस फंदे में फँसा देना था, और वह अंदर उसकी बाँह के नीचे चुपचाप लटकी रहेगी। अपना हाथ कोट की जेब में डाल कर वह उसकी बेंट का सिरा रास्ते भर पकड़े रह सकता था ताकि वह झूले नहीं। कोट तो लंबा और ढीला था ही, बल्कि कोट क्या था, पूरा बोरा था, इसलिए बाहर से कोई यह नहीं देख सकता था कि उसकी जेब में जो हाथ था, उससे उसने क्या कोई चीज पकड़ रखी थी। इस फंदे की रूपरेखा उसने पंद्रह दिन पहले ही सोच ली थी।

यह काम पूरा करने के बाद उसने अपना हाथ सोफे और फर्श के बीच की पतली-सी जगह में डाला और बाएँ कोने में टटोल कर गिरवी रखने की बीच निकाली, जिसे उसने बहुत पहले ही तैयार करके वहाँ छिपा दिया था। लेकिन जो चीज वह गिरवी रखनेवाला था वह चाँदी के सिगरेट-केस की लंबाई-चौड़ाई और उतनी ही मोटाईवाली लकड़ी की एक तख्ती थी, जिसे रंदा चला कर खूब चिकना कर दिया गया था। लकड़ी की यह तख्ती उसने एक दिन किसी अहाते में टहलते हुए उठा ली थी, जहाँ किसी किस्म का छोटा-मोटा कारखाना था। बाद में उसने लकड़ी की इस तख्ती के साथ लोहे की पतली-सी चादर का एक चिकना टुकड़ा जोड़ दिया था; लोहे का यह टुकड़ा भी उसने उसी वक्त कहीं सड़क पर से उठाया था। लोहे का टुकड़ा आकार में थोड़ा छोटा था और उसे लकड़ी की तख्ती पर रख कर उसने दोनों को आर-पार धागा लपेट कर कस कर बाँध दिया था। फिर उसने बड़ी सावधानी और सफाई से इनको एक साफ, सफेद कागज में लपेटा था और इस तरह बाँध दिया था कि वह आसानी से खुल न सके। ऐसा इसलिए किया गया था कि गाँठ खोलने की कोशिश

करते समय बुढ़िया का ध्यान उधर ही लगा रहे, और इस तरह उसे कुछ समय मिल जाए। लोहे की पट्टी उसे भारी बनाने के लिए जोड़ दी गई थी, ताकि उस औरत को छूटते ही यह अंदाजा न हो पाए कि वह रेहन का 'माल' लकड़ी का बना हुआ है। ये सारी चीजें उसने पहले ही से सोफे के नीचे जमा कर रखी थीं। उसने गिरवी रखने की चीज अभी निकाली ही थी कि अचानक उसे नीचे अहाते में से किसी के जोर से चिल्लाने की आवाज सुनाई दी :

'छह बजे तो कितनी ही देर हो गई!'

'सचमुच! हे भगवान!'

वह दरवाजे की तरफ लपका, कान लगा कर सुना, झपट कर अपनी टोपी उठाई और बड़ी होशियारी से, कोई आवाज किए बिना, बिल्ली की तरह अपने तेरह जीने उतरने लगा। सबसे जरूरी काम अभी बाकी ही था - रसोई में से कुल्हाड़ी चुराने का काम। वह काम कुल्हाड़ी से ही अन्जाम देना है; यह उसने बहुत पहले तय कर लिया था। उसके पास खटकेदार चाकू भी था, लेकिन वह चाकू पर भरोसा नहीं कर सकता था, अपनी ताकत पर उसे और भी कम भरोसा था, और इसीलिए आखिर में उसने कुल्हाड़ी के इस्तेमाल का फैसला किया था। लगे हाथ हम उन सभी आखिरी फैसलों के बारे में, जो उसने इस सिलसिले में किए थे, एक और विचित्र बात का उल्लेख कर दें। उनमें एक अजीब विशेषता थी : किसी काम का फैसला जितना ही पक्का होता जाता था, उसकी नजरों में वह फौरन उतना ही अधिक बीभत्स, उतना ही अधिक बेतुका मालूम होने लगता था। अपने समस्त कष्टदायक आंतरिक संघर्ष के बावजूद उसने इस पूरे अरसे में कभी एक पल के लिए भी अपनी योजना की व्यावहारिकता पर विश्वास नहीं किया था।

यूँ अगर कभी ऐसा हो जाता कि हर चीज की छोटी-से-छोटी बारीकी पर भी विचार कर लिया गया होता, उसे अंतिम रूप से तय कर लिया गया होता और किसी तरह की कोई दुविधा बाकी न रहती, तो भी वह लगता है इस पूरे मामले को बेतुका, दानवीय और असंभव कह कर त्याग देता। लेकिन ऐसी बहुत सारी छोटी-छोटी बातें और दुविधाएँ बाकी रह गईं, जिनके बारे में कोई फैसला नहीं किया जा सका। जहाँ तक कुल्हाड़ी हथियाने का सवाल था, इस मामूली से काम की वजह से उसे कभी कोई चिंता नहीं हुई, क्योंकि इससे आसान कोई और काम हो भी नहीं सकता था। नस्तास्या हर वक्त घर के बाहर रहती थी, खास तौर पर शाम को। वह अकसर भाग कर पड़ोसियों के यहाँ या किसी दुकान पर चली जाती और हमेशा दरवाजा खुला छोड़ जाती। मकान-मालकिन बस इसी एक बात के लिए उसे हमेशा डाँटती रहती थी। इसलिए वक्त आने पर उसे बस चुपके से रसोई में जा कर कुल्हाड़ी उठा लानी थी, और घंटे भर बाद (सारा काम पूरा हो जाने पर) उसे जा कर वापस रख देना था। लेकिन ये सब बातें ऐसी थीं जिनमें शक की गुंजाइश थी। मान लीजिए, घंटे भर बाद वह उसे वापस रखने गया और उस वक्त तक नस्तास्या लौट आई और वहाँ पर मौजूद हुई तो जाहिर है उसे वहाँ से गुजर जाना होगा और उसके दोबारा बाहर जाने का इंतजार करना होगा। लेकिन मान लीजिए कि इसी बीच उसे कुल्हाड़ी की जरूरत पड़ी और वह उसे न मिली; उसने उसे ढूँढ़ा और एक बखेड़ा खड़ा कर दिया तो... इसका मतलब होगा शक। कम-से-कम शक की गुंजाइश तो जरूर ही होती।

लेकिन ये सब बहुत छोटी-छोटी, मामूली बातें थीं जिनके बारे में उसने सोचना शुरू भी नहीं किया था, और न ही उसके पास वक्त था। वह सबसे खास बात के बारे में सोच रहा था और छोटी-छोटी बातों को उस वक्त तक के लिए टालता जा रहा था, जब तक कि वह पूरे मामले के बारे में विश्वस्त न हो जाए। लेकिन ऐसा होना असंभव लगता था। कम-से-कम

उसे तो ऐसा ही लगता था। मिसाल के तौर पर, वह कल्पना भी नहीं कर सकता था कि कभी यूँ भी होगा कि वह सोचना छोड़ दे, उठ खड़ा हो और बस सीधा वहाँ चला जाए... उसकी कुछ दिन पहले की कोशिश भी (अर्थात उस जगह को पक्के ढंग से अच्छी तरह, देख आने के मकसद से उसका वहाँ जाना भी) असली चीज से कोसों दूर की महज एक आजमाइश थी, जैसे कोई कहे कि 'आओ, चलें और आजमा कर देख तो लें - खाली-खूली सपने देखने में क्या फायदा' - तब उसका मनोबल फौरन चूर हो गया था और वह वहाँ से कोसता हुआ, अपने आप पर झुँझलाता हुआ भाग खड़ा हुआ था। इसी बीच, जहाँ तक नैतिक प्रश्न की बात थी, लगता है उसके बारे में उसका विश्लेषण पूरा हो चुका था; उसकी भलाई-बुराई की परख की क्षमता उस्तरे की धार की तरह तेज हो गई थी और उसे अपने अंदर कोई तर्कसंगत आपत्ति नहीं मिल सकी थी। लेकिन आखिरी सहारे के तौर पर उसने अपने आप पर भी विश्वास करना बंद कर दिया था और वह पूरी तरह जुट कर, गुलामी के बंधनों में जकड़े हुए किसी मजबूर आदमी की तरह, हर दिशा में आपत्तियाँ खोजता फिरता था, उनके लिए हर चीज को टटोलता रहता था, गोया कोई उसे इस काम के लिए मजबूर कर रहा हो और जबरदस्ती उसकी ओर खींच रहा हो। लेकिन इस आखिरी दिन का, जो इस तरह अचानक आ गया था और जिसने आनन-फानन हर बात का फैसला कर दिया था, लगभग अपने आप ही उस पर असर पड़ा था। लगता था कोई उसका हाथ पकड़ कर उसे अंधों की तरह, अदम्य शक्ति से, किसी पारलौकिक बल के सहारे अपने पीछे खींचे लिए जा रहा था और वह कोई आपत्ति भी नहीं कर पा रहा था। लगता था उसके लिबास का किनारा मशीन के पहिए में फँस गया था और वह मशीन में खिंचा चला जा रहा था।

शुरू में - वास्तव में बहुत पहले - वह महज एक सवाल से बेहद हैरान रहता था : ऐसा क्यों कि लगभग सभी अपराध बहुत फूहड़पन से छिपाए जाते हैं और बहुत आसानी से उनका पता भी लग जाता है या ऐसा क्यों कि लगभग सभी अपराधी अपने पीछे एकदम खुले सुराग छोड़ जाते हैं धीरे-धीरे वह कई अलग-अलग और विचित्र निष्कर्षों पर पहुँचा था, और उसकी राय में इसका मुख्य कारण इस बात में उतना निहित नहीं था कि अपराध को छिपाना भौतिक दृष्टि से असंभव था, जितना कि स्वयं अपराधी में। ठीक उसी पल जब समझदारी और होशियारी की सबसे ज्यादा जरूरत होती है, बच्चों जैसी और हद दर्जे की लापरवाही की वजह से लगभग हर अपराधी इच्छा-शक्ति और विवेक-बुद्धि के लोप का शिकार हो जाता है। उसे इसका पक्का विश्वास था कि विवेक-बुद्धि और इच्छा-शक्ति के लोप का यह हमला मनुष्य पर एक ऐसी बीमारी की तरह होता है, जो धीरे-धीरे बढ़ कर अपराध किए जाने से ठीक पहले अपने चरम-बिंदु पर पहुँच जाती है, अपराध के पल में और अलग-अलग मिसालों में उसके बाद भी अधिक या कम समय तक उतनी ही उग्रता से जारी रहती है, और फिर किसी भी दूसरी बीमारी की तरह धीरे-धीरे ठीक हो जाती है। अभी तक वह इस सवाल का जवाब देने की क्षमता अपने अंदर महसूस नहीं करता था कि वह बीमारी अपराध को जन्म देती है या स्वयं अपराध के विशिष्ट लक्षण के कारण उसके साथ ही बीमारी के कुछ लक्षण भी पाए जाते हैं।

जब वह इन नतीजों पर पहुँच चुका तो उसने फैसला किया कि उसके अपने मामले में इस तरह की विकार से पैदा उथल-पुथल नहीं होगी। अपनी योजना पूरी करते समय उसकी विवेक-बुद्धि तथा इच्छा-शक्ति केवल इस कारण ज्यों की त्यों बनी रहेगी कि उसकी योजना 'अपराध नहीं' थी... हम उस पूरी प्रक्रिया को अभी छोड़ देंगे जिसके जरिए वह इस अंतिम सोचने तक पहुँचा था; हम यों भी जरूरत से ज्यादा आगे निकल आए हैं। ...हम केवल इतना और बता दें कि उसके दिमाग में इस मामले की व्यावहारिक और शुद्ध रूप से भौतिक कठिनाइयों का बस एक गौण स्थान था। 'उनसे निबटने के लिए आदमी को बस अपनी इच्छा-शक्ति और अपनी विवेक-बुद्धि पर काबू रखना चाहिए। आदमी ने जहाँ अपने आपको इस

कारोबार के छोटे से छोटे ब्यौरे से परिचित कर लिया कि फिर तो समय आने पर वे सभी दूर हो जाते हैं।' लेकिन यह कारोबार शुरू भी तो नहीं हो रहा था। अपने आखिरी फैसलों पर उसे सबसे कम भरोसा रह गया था, और जब वह घड़ी आई तो सब कुछ एकदम ही दूसरे ढंग से, गोया आकस्मिक और प्रत्याशित रूप से हुआ।

वह अभी सीढ़ियाँ पूरी तरह उतरा भी नहीं था कि एक छोटी-सी बात ने उसका सारा हिसाब गड़बड़ा दिया। वह जब मकान-मालकिन की रसोई के पास पहुँचा, जिसका दरवाजा हमेशा की तरह खुला हुआ था, तो उसने बड़ी चालाकी से अंदर नजर डाली कि नस्तास्या के मौजूद न होने पर कहीं मकान-मालकिन खुद तो वहाँ नहीं है, या अगर वह वहाँ नहीं है तो उसके अपने कमरे का दरवाजा तो बंद है, ताकि जब वह कुल्हाड़ी लेने अंदर जाए तो वह कहीं बाहर न झाँकने लगे। लेकिन अचानक यह देख कर उसके आश्चर्य की सीमा न रही कि नस्तास्या न सिर्फ रसोई में थी, बल्कि वहाँ काम में व्यस्त थी। वह एक पिटारी में से कपड़े निकाल कर अलगनी पर फैला रही थी! उसे देख कर वह, कपड़े फैलाना बंद करके, उसकी ओर मुड़ी तब तक उसे घूरती रही, जब तक वह वहाँ से गुजर न गया। उसने अपनी आँखें फेर लीं और वहाँ से इस तरह गुजर गया जैसे कुछ देखा ही न हो। लेकिन अब तो सारा किस्सा ही खलास हो चुका था। उसके पास कुल्हाड़ी ही नहीं थी! उसके होश उड़ गए।

'मैंने यह क्यों समझ लिया था,' दालान से गुजरते हुए वह सोचने लगा, 'मैंने यह क्यों मान लिया था कि उस पल वह घर पर नहीं ही होगी क्यों, आखिर क्यों मैंने इस बात को इतने यकीन के साथ मान लिया था' उसका हौसला पस्त हो चुका था और वह अपमानित भी महसूस कर रहा था। क्रोध में उसका जी अपने आप पर हँसने को चाह रहा था... उसके अंदर पशुओं जैसा अंधा क्रोध खौल रहा था।

संकोच में पड़ा वह कुछ देर तक दालान के फाटक में खड़ा रहा। सड़क पर जाना, महज दिखावे के लिए टहलने निकल जाना उसे नापसंद था; अपने कमरे में वापस चला जाना और भी नापसंद था। 'कितना बढ़िया मौका मैंने हमेशा के लिए खो दिया!' दरबान की छोटी-सी अँधेरी कोठरी के ठीक सामने, फाटक के बीच में बेमकसद खड़े-खड़े वह बुदबुदाया। कोठरी का दरवाजा भी खुला हुआ था। अचानक वह चौंक पड़ा। उससे दो कदम की दूरी पर, दरबान की कोठरी में दाहिनी तरफ बेंच के नीचे किसी चमकती हुई चीज पर उसकी नजर पड़ी। ...उसने अपने चारों ओर देखा-कोई नहीं था। पंजों के बल चलता हुआ कोठरी तक गया, दो कदम उसके अंदर घुसा, और दबी जबान से दरबान को पुकारा। 'हाँ, घर पर नहीं है! लेकिन कहीं पास ही होगा अहाते में, क्योंकि दरवाजा पूरा खुला हुआ है' वह कुल्हाड़ी की ओर झपटा (वह कुल्हाड़ी ही थी), और उसे बेंच के नीचे से खींच कर निकाला जहाँ वह दो चैलों के बीच पड़ी हुई थी। कोठरी से बाहर निकलने से पहले, उसने जल्दी से उसे फंदे में अटका लिया, दोनों हाथ अपनी जेबों में डाले, और कोठरी के बाहर चला गया। किसी ने उसे देखा नहीं था! 'जब अक्ल काम नहीं करती तो शैतान काम करता है!' उसने अजीब-सी मुस्कराहट के साथ सोचा। इस संयोग से उसका हौसला बेहद बढ़ गया।

वह शांत भाव से, कोई जल्दी किए बिना, चुपचाप चलता रहा ताकि किसी को शक न हो। वह आसपास से गुजरनेवालों को भी कम ही देख रहा था। वह उनके चेहरों को देखने से कतराने की कोशिश कर रहा था, और इस बात की भी कि जहाँ तक हो सके, खुद उसकी ओर दूसरों का ध्यान कम-से-कम जाए। अचानक उसे अपने हैट का खयाल आया। 'लानत है! अभी परसों मेरे पास पैसे थे और उनसे पहनने के लिए मैंने एक टोपी भी नहीं खरीदी!' उसकी आत्मा की गहराई से एक गाली निकली।

एक दुकान के अंदर कनखियों से देखते हुए एक दीवार घड़ी पर उसकी नजर पड़ी। वह सात दस का समय बता रही थी। उसे जल्दी करनी थी और साथ ही कुछ चक्कर लगा कर जाना था ताकि उस घर में दूसरी ओर से घुसे...

पहले इन सब बातों की कल्पना करते समय कभी-कभी वह यह भी सोचता था कि उसे डर तो बहुत लगेगा। लेकिन इस वक्त उसे कुछ ज्यादा डर नहीं लग रहा था, बल्कि बिलकुल नहीं लग रहा था। उसका दिमाग बेमतलब चीजों में भी उलझा, लेकिन देर तक किसी भी चीज में नहीं। जब वह युसूपोव बाग के पास से हो कर गुजरा तो बड़े-बड़े फव्वारे बनाने के बारे में गहरे चिंतन में डूबा हुआ था और हर चौक के वातावरण पर उनके सुखद प्रभाव पर विचार कर रहा था। धीरे-धीरे उसे विश्वास होता गया कि इस ग्रीष्म-उद्यान को बढ़ा कर अगर मार्स मैदान तक फैला दिया जाए, और शायद मिखाइलोव्स्की शाही बाग से जोड़ दिया जाए, तो बहुत ही शानदार बात होगी और उससे पूरे शहर में बहुत फायदा होगा। फिर उसे इस सवाल में दिलचस्पी पैदा हुई : क्या वजह है कि सभी बड़े शहरों में लोग सीधे-सीधे आवश्यकता से प्रेरित नहीं होते, बल्कि अजीब बात है कि उनमें शहर के उन हिस्सों में रहने की प्रवृत्ति पाई जाती है, जहाँ न बाग होते हैं न फव्वारे; जहाँ सबसे ज्यादा गर्द, बदबू और हर तरह की गंदगी होती है। फिर उसे किसी जमाने में भूसामंडी से हो कर खुद अपने गुजरने की याद आई, और एक क्षण के लिए सारी वास्तविकता उसके सामने आ गई, जैसे वह अचानक जाग पड़ा हो। 'क्या बकवास है!' उसने सोचा। 'इससे तो बेहतर है किसी बारे में सोचो ही नहीं!'

'इसी तरह शायद जब लोगों को फाँसी के तख्ते की ओर ले जाते हैं तो अपने दिमाग में वे रास्ते में आनेवाली हर चीज को मजबूती से पकड़ लेने की कोशिश करते हैं,' उसके दिमाग में यह विचार कौंधा, लेकिन केवल कौंधा, बिजली की तरह। उसने जल्दी से इस विचार को अपने दिमाग से निकाल दिया... अब वह बिलकुल पास पहुँच गया था। यह रहा घर; यह रहा फाटका। अचानक कहीं घड़ियाल ने एक घंटा बजाया। 'क्या साढ़े सात बज गए नामुमकिन घड़ी तेज होगी!'

किस्मत ने एक बार फिर उसका साथ दिया। फाटक पर कोई अड़चन नहीं हुई। गोया खास उसी की सुविधा के लिए, ठीक उसी पल भूसे से लदी एक बड़ी-सी गाड़ी फाटक के अंदर आई, जिसने उसे फाटक के दर से गुजरते समय पूरी तरह अपनी आड़ में ले लिया। फिर गाड़ी अभी अहाते में पहुँची भी नहीं कि पलक झपकते वह दाहिनी ओर को हो लिया। गाड़ी की दूसरी ओर उसे चिल्लाने और झगड़ने को आवाजें सुनाई दे रही थीं; लेकिन किसी ने न तो उसे देखा और न ही कोई उसको मिला। बड़े से चौकोर दालान के सामनेवाली बहुत-सी खिड़कियाँ उस समय खुली हुई थीं, लेकिन उसने सिर उठा कर देखा तक नहीं। उसमें इतनी ताकत भी नहीं थी। बुढ़िया के कमरे को जानेवाली सीढ़ियाँ पास ही थीं, फाटक के पल्ले से ठीक दाहिनी ओर। वह सीढ़ियों पर पहुँच चुका था...

एक लंबी साँस खींच कर, धड़कते हुए दिल पर हाथ रख कर, कुल्हाड़ी को एक बार फिर टटोल कर देखने और उसे सीधी कर लेने के बाद, धीरे-धीरे और बड़ी सावधानी से, लगातार कान लगा कर सुनते हुए, उसने सीढ़ियाँ चढ़ना शुरू किया। लेकिन सीढ़ियों पर भी पूरा-पूरा सन्नाटा था। सारे दरवाजे बंद थे। उसे कोई भी नहीं मिला। पहली मंजिल पर अलबत्ता एक फ्लैट का दरवाजा पूरा खुला हुआ था और पुताई मजदूर वहाँ काम कर रहे थे, लेकिन उन्होंने उसकी ओर देखा तक नहीं। वह शांत खड़ा रहा, एक पल कुछ सोचा और आगे बढ़ गया। 'अच्छा तो यही होता कि ये लोग यहाँ न होते, लेकिन... वह जगह तो इन लोगों से दो मंजिल ऊपर है।'

और यह रही चौथी मंजिल, यह रहा दरवाजा, यह रहा सामनेवाला फ्लैट, खालीवाला। बुढ़िया के ठीक नीचेवाला फ्लैट भी देखने में खाली ही लगता था; दरवाजे पर कील से ठुँका हुआ विजिटिंग-कार्ड नोच दिया गया था - वे लोग चले गए थे! ...उसका दम फूल रहा था। 'वापस न चला जाऊँ?' एक पल के लिए यह विचार उसके दिमाग में तैर कर निकल गया। उसने कोई जवाब नहीं दिया और बुढ़िया के दरवाजे पर कान लगा कर सुनने लगा - मुकम्मल खामोशी थी। इसके बाद उसने एक बार फिर सीढ़ियों की ओर कान लगा कर सुना और बड़ी देर तक ध्यान लगा कर सुनता रहा... फिर उसने आखिरी बार चारों ओर नजर डाली, अपने आपको सँभाला, सीधा तन कर खड़ा हो गया, और फिर एक बार फंदे में अटकी हुई कुल्हाड़ी को हिला-डुला कर देखा। 'मेरे चेहरे का रंग उड़ा तो नहीं' वह सोचने लगा। 'कहीं मैं देखने में बौखलाया हुआ तो नहीं लग रहा हूँ वह बहुत शक्की है... थोड़ी देर और इंतजार न कर लूँ... जब तक मेरा दिल धौंकनी की तरह चलना बंद न कर दे...' लेकिन उसका दिल उसी तरह धड़कता रहा। नहीं, गोया कि उसे चिढ़ाने के लिए, उसकी धड़कन और भी तेज हो गई... वह अब और अधिक सहन नहीं कर सकता था। उसने धीरे से घंटी की ओर हाथ बढ़ाया और उसे बजाया। आधे मिनट बाद उसने फिर घंटी बजाई। इस बार और भी जोर से।

कोई जवाब नहीं। घंटी बजाते रहना बेकार भी था और इसका कोई तुक भी नहीं था। बुढ़िया घर पर तो थी, लेकिन वह शक्की थी और अकेली थी। रस्कोलनिकोव को उसकी आदतों का कुछ-कुछ ज्ञान था। ...उसने एक बार फिर दरवाजे से अपना कान लगाया। या तो उसकी इंद्रियाँ विशेष रूप से सजग थीं (जिस बात को मानना जरा कठिन है) या आवाज सचमुच बहुत साफ थी। बहरहाल, अचानक उसने किसी के बड़ी सावधानी से ताले को छूने की और उसी दरवाजे के पास फ्राक की सरसराहट की आवाज सुनी। कोई चोरी से ताले के पास खड़ा हुआ था और ठीक उसी तरह जैसे वह बाहर खड़ा हुआ कर रहा था, कोई अंदर से छिप कर सुन रहा था। लगता था कि वह भी अपना कान दरवाजे से लगाए हुए है...

वह जान-बूझ कर थोड़ा-सा खिसका और ऊँची आवाज में कुछ बुदबुदाया ताकि यह न मालूम हो कि वह छिपा खड़ा है। फिर उसने तीसरी बार घंटी बजाई, पर धीरे-से गंभीरता से और जरा भी बेसब्री दिखाए बिना। बाद में याद करने पर, वह पल उसके दिमाग में जीता-जागता, एकदम साफ, हमेशा के लिए अंकित हो गया था। उसकी समझ में नहीं आता था कि उसमें इतना काइयाँपन कहाँ से आ गया था, क्योंकि एक तरह से ऐसे पल बीच-बीच में आते थे, जब उसका दिमाग बिलकुल धुँधला हो जाता था और अपने शरीर से वह एकदम बेखबर हो जाता था... एक पल बाद उसने कुंडी खोले जाने की आवाज सुनी।

अपराध और दंड : (अध्याय 1-भाग 7)

इस बार भी पहले की ही तरह दरवाजे में एक पतली-सी दरार खुली, और दो तेज, संदेह भरी आँखों ने उसे अँधेरे में घूरा। रस्कोलनिकोव अपना मानसिक संतुलन खो बैठा और एक बहुत बड़ी गलती करते-करते बचा।

इस डर से कि अकेले होने की वजह से बुढ़िया घबरा जाएगी, और इस उम्मीद के बिना कि उसे देख कर उसके सारे शक दूर हो जाएँगे, उसने दरवाजा पकड़ कर अपनी और खींचा, ताकि बुढ़िया उसे फिर से बंद करने की कोशिश न कर सके। यह देख कर बुढ़िया ने दरवाजा अपनी ओर तो नहीं खींचा लेकिन दरवाजे का हत्था भी नहीं छोड़ा। नतीजा यह हुआ कि वह उसे दरवाजे के साथ लगभग घसीटता हुआ सीढ़ियों तक चला गया। यह देख कर कि वह दरवाजे के बीच में खड़ी है

और उसे अंदर आने नहीं देगी, वह सीधे उसकी ओर बढ़ा। वह सहम कर पीछे हट गई, उसने कुछ कहने की कोशिश की, लेकिन लगा कि वह बोल नहीं पा रही थी, और उसे फटी-फटी आँखों से घूर रही थी।

'नमस्कार, अल्योना इवानोव्ना,' उसने सहज भाव से बोलने की कोशिश की। लेकिन उसकी आवाज साथ नहीं दे रही थी, और उखड़ी-उखड़ी, भर्रायी हुई निकल रही थी। 'मैं आया हूँ... मैं कुछ लाया हूँ... लेकिन अंदर आ जाएँ तो ठीक रहेगा... रोशनी में...' फिर उसे वहीं छोड़ कर वह बिन बुलाए, सीधा कमरे में घुस गया। बुढ़िया उसके पीछे लपकी; उसकी जबान चल निकली थी।

'हे भगवान! यह है क्या कौन हैं आप आप चाहिए आपको?'

'आह अल्योना इवानोव्ना, तुम मुझे पहचानती नहीं हो क्या? ...रस्कोलनिकोव ...यह देखो, मैं तुम्हारे पास यह चीज गिरवी रखने लाया हूँ, जिसका मैंने उस दिन वादा किया था...' यह कह कर उसने पैकेट उसके सामने कर दिया।

बुढ़िया ने पैकेट को एक नजर देखा, फिर फौरन ही अपने बिन-बुलाए मेहमान की आँखों में आँखें डाल कर उसे घूरने लगी। वह बड़े गौर से, कीना और शक भरी नजरों से उसे देख रही थी। एक पल इसी तरह बीत गया। उसे लगा बुढ़िया की आँखों में तिरस्कार का भाव भी था, जैसे उसने सब कुछ भाँप लिया है। रस्कोलनिकोव को लगा कि उसके होश गुम होते जा रहे हैं, कि वह डर-सा रहा है, इतना डर रहा था कि अगर वह आधे पल तक और इसी तरह देखती रही और कुछ भी न कहा तो शायद वह उसके पास से भाग जाएगा।

'मुझे तुम इस तरह क्यों देख रही हो जैसे मुझे जानती ही नहीं,' उसने भी अचानक चिढ़ के साथ कहा। 'जी चाहे तो रख लो, नहीं तो मैं कहीं और ले जाऊँ। मुझे जल्दी है।'

उसने यह बात कहने के बारे में सोचा भी नहीं था, लेकिन अचानक यह अपने आप ही उसके मुँह से निकल गई। बुढ़िया ने अपने आपको सँभाला, लगा कि मेहमान के सख्त लहजे की वजह से उसमें फिर आत्मविश्वास पैदा हो गया।

'लेकिन इतनी जल्दबाजी क्यों जनाब... क्या है यह?' उसने पैकेट की ओर देख कर पूछा।

'चाँदी का सिगरेट-केस। मैंने पिछली बार इसकी ही बात की थी, याद है ना'

बुढ़िया ने अपना हाथ बढ़ा दिया।

'लेकिन तुम इतने पीले क्यों पड़ रहे हो और तुम्हारे हाथ भी तो काँप रहे हैं! कहीं नहाने गए थे, क्या?'

'बुखार,' उसने झट से जवाब दिया। 'आदमी के पास खाने को कुछ न हो तो पीला तो पड़ ही जाएगा...' उसने बड़ी मुश्किल से अपने शब्दों को उच्चारण करते हुए इतना जोड़ दिया। उसकी ताकत एक बार फिर जवाब देने लगी थी, लेकिन उसके उत्तर में सच्चाई मालूम हो रही थी। बुढ़िया ने पैकेट ले लिया।

'क्या है यह?' रस्कोलनिकोव को ध्यान से देखते हुए और पैकेट को हाथ में तोलते हुए उसने एक बार फिर पूछा।

'है एक चीज... सिगरेट-केस... चाँदी का... देख तो लो'

'मगर चाँदी का तो नहीं लगता... लपेट कैसे रखा है!'

डोरी खोलने की कोशिश करते हुए वह खिड़की की ओर, रोशनी की तरफ मुड़ी। (दमघोंटू गर्मी के बावजूद सारी खिड़कियाँ बंद थीं) रस्कोलनिकोव को कुछ पलों के लिए उसने एकदम अकेला छोड़ दिया और उसकी तरफ पीठ करके खड़ी हो गई। रस्कोलनिकोव ने कोट का बटन खोल और कुल्हाड़ी को फंदे में से छुड़ा लिया। लेकिन उसने उसे पूरी तरह बाहर नहीं निकाला, बस उसे कोट के नीचे अपने दाहिने हाथ में पकड़े रहा। उसके हाथ बेहद कमजोर थे; ऐसा लग रहा था हर पल वे और भी कमजोर और बेजान, लकड़ी जैसे होते जा रहे हैं। उसे डर लग रहा था कि कुल्हाड़ी कहीं फिसल कर गिर न पड़े... अचानक उसका सर चकराने-सा लगा।

'इतना कस कर क्यों बाँध रखा है?' बुढ़िया झुँझला कर चिल्लाई और उसकी ओर बढ़ी।

अब उसके पास एक पल का भी समय खोने के लिए नहीं था। उसने कुल्हाड़ी पूरी तरह बाहर निकाल ली, दोनों हाथों में फिराया, उसे खुद भी एहसास नहीं था कि वह कर क्या रहा है, और लगभग बिना किसी कोशिश के एकदम मशीन की तरह, कुल्हाड़ी का कुंद सिरा बुढ़िया के सर पर दे मारा। कहीं से ऐसा नहीं लग रहा था कि इस काम में वह अपनी खुद की ताकत इस्तेमाल कर रहा है। पर एक बार कुल्हाड़ी चलाते ही उसकी सारी ताकत लौट आई।

बुढ़िया हमेशा की तरह नंगे सर थी। उसके पतले, छितरे बाल, जिनमें कहीं-कहीं सफेदी की धारियाँ थीं और जिनमें उसने ढेर-सा तेल चुपड़ रखा था, चूहे की दुम जैसी एक चोटी में गुँथे हुए थे और उन्हें सींग की एक टूटी कंघी से अटका दिया गया था जो उसकी गुद्दी पर ऊपर को उभरी हुई थी। चूँकि वह छोटे कद की थी इसलिए कुल्हाड़ी का वार सीधा उसकी खोपड़ी पर पड़ा। वह चीखी, लेकिन बहुत कमजोर आवाज में, और अपने हाथ सर की ओर उठाती हुई वहीं फर्श पर ढेर हो गई। अपने एक हाथ में वह अब भी वही 'गिरवी की चीज' पकड़े हुए थी। रस्कोलनिकोव ने कुल्हाड़ी के कुंद सिरे से एक और वार उसी जगह किया; फिर एक और। खून इस तरह बह निकला जैसे कोई गिलास उलट गया हो। शरीर पीछे की ओर लुढ़क गया। रस्कोलनिकोव पीछे हटा, उसके शरीर को नीचे गिरने दिया और फौरन उसके चेहरे की ओर झुका। वह मर चुकी थी। लग रहा था उसकी आँखें अभी अपने कोटरों में से बाहर निकल आएँगी। उसके माथे और पूरे चेहरे की खाल तन गई थी और वह इस तरह विकृत हो गया था जैसे उसे कोई दौरा पड़ा हो।

उसने कुल्हाड़ी लाश के पास डाल दी और इस बात की कोशिश करते हुए कि बहते हुए खून से बचा रहे, वह फौरन बुढ़िया की जेब टटोलने लगा। वही दाहिने हाथवाली जेब जिसमें से पिछली बार उसके यहाँ आने पर बुढ़िया ने चाभी निकाली थी। उसके हवास सही-सलामत थे। वह न बौखलाया हुआ था न उसे चक्कर आ रहा था, हालाँकि हाथ अब भी काँप रहे थे। बाद में उसने अकसर याद किया कि उस समय वह खास तौर पर सुलझा हुआ और सावधान था और सारे वक्त यही कोशिश करता रहा था कि उसे खून का एक धब्बा भी न लगने पाए... उसने चाभियाँ फौरन बाहर निकाल लीं; पहले की ही तरह वे सब लोहे के एक छल्ले में पिरोई हुई थीं। उन्हें ले कर वह फौरन भागता हुआ सोने के कमरे में पहुँचा। यह बहुत छोटा-सा कमरा था जिसमें मूर्तियों की एक पूरी वेदी बनी हुई थी। दूसरी दीवार के किनारे एक बड़ा-सा पलंग था साफ-सुथरा और उस पर एक रेशमी लेवा जैसी रजाई बिछी हुई थी। तीसरी दीवार के साथ दराजोंवाली बड़ी अलमारी थी। अजीब बात थी कि जैसे ही उसने अलमारी में चाभियाँ लगाना शुरू किया, उसे एक झनकार सुनाई पड़ी और उसके पूरे शरीर में सिहरन दौड़ गई। अचानक फिर एक बार जी चाहा कि सब कुछ छोड़ कर चला जाए। लेकिन यह भावना केवल पल भर रही। वापसी के लिए अब बहुत देर हो चुकी थी। वह अपने आप पर मुस्कराया भी पर एकाएक एक भयानक

विचार उसके दिमाग में आया। वह अचानक कल्पना करने लगा कि कौन जाने बुढ़िया अभी जिंदा हो और फिर होश में आ जाए। चाभियाँ अलमारी में लगी छोड़ कर वह लाश के पास भाग कर पहुँचा, झपट कर कुल्हाड़ी उठाई और एक बार फिर उसे बुढ़िया के ऊपर ताना, लेकिन उसे चलाया नहीं। इसमें कोई शक नहीं था कि वह मर चुकी थी। नीचे झुक कर उसे गौर से एक बार फिर देखने पर साफ नजर आता था कि उसकी खोपड़ी फट गई थी और एक तरफ अंदर भी धँस गई थी। वह उसे अपनी उँगली से छू कर देखनेवाला था, लेकिन अपना हाथ पीछे खींच लिया। बिना छूए भी यह बात साफ नजर आ रही थी। इसी बीच वहाँ खून का एक अच्छा खासा ढेर बन गया था। एकाएक उसे बुढ़िया के गले में एक डोरी पड़ी दिखाई दी। उसने उसे खींचा, लेकिन डोरी मजबूत थी और टूटी नहीं। इसके अलावा वह खून में भी तर-बतर थी। उसने उसे उसकी पोशाक के अंदर से खींच कर निकालने की कोशिश की लेकिन वह किसी चीज में अटकी हुई थी और बाहर नहीं निकली। उसने बेसब्री में डोरी को ऊपर से, उसके शरीर पर ही काट देने के लिए फिर कुल्हाड़ी उठाई लेकिन उसकी हिम्मत नहीं पड़ी। बड़ी मुश्किल से, कुछ देर जूझने के बाद और अपना हाथ और कुल्हाड़ी खून में सान लेने के बाद, उसने लाश को कुल्हाड़ी से छूए बिना डोरी को काट दिया और उसे बाहर खींच लिया। उसका अनुमान गलत नहीं था। वह बटुआ ही था। डोरी में दो सलीबें बँधी - एक साइप्रस की लकड़ी की प्रतिमा थी और दूसरी ताँबे की, चाँदी के तार के कामवाली एक छोटी-सी प्रतिमा थी। साथ में चमड़े का एक छोटा-सा; चीकटदार मखमली बटुआ था जिस पर लोहे का छल्ला लगा हुआ था। बटुआ ठसाठस भरा हुआ था। रस्कोलनिकोव ने देखे बिना ही उसे अपनी जेब में ठूँस लिया। दोनों सलीबें उसने बुढ़िया के सीने पर फेंक दीं और भाग कर सोने के कमरे में वापस चला गया। इस बार कुल्हाड़ी भी अपने साथ लेता गया।

वह बेहद जल्दी में था। उसने चाभियाँ झपट कर उठाईं और उन्हें फिर लगा कर देखने लगा। लेकिन काम कुछ बना नहीं। उनमें से कोई भी चाभी तालों में लग ही नहीं रही थी। वजह यह नहीं थी कि उसके हाथ काँप रहे थे, बल्कि इससे भी बड़ी वजह यह थी कि वह हर बार कोई-न-कोई गलती कर देता था। मिसाल के लिए, जब वह देख भी लेता था कि कोई चाभी ठीक नहीं है और लगेगी नहीं, तब भी उसे फिर लगाने की कोशिश करता था। अचानक उसे खयाल आया कि गुच्छे में छोटी चाभियों के साथ गहरे खाँचोंवाली जो बड़ी चाभी लगी हुई थी, वह दराजोंवाली अलमारी की नहीं हो सकती (जब वह यहाँ पिछली बार आया था, तभी उसे यह बात खटकी थी), बल्कि वह किसी तिजोरी की होगी, और शायद सब कुछ उसी तिजोरी में छिपा कर रखा गया होगा। उसने दराजोंवाली अलमारी को छोड़ दिया और फौरन पलँग के नीचे टटोलने लगा, क्योंकि उसे पता था कि बूढ़ी औरतें अपनी तिजोरियाँ आम तौर पर पलँग के नीचे रखती हैं। यह बात थी भी। पलँग के नीचे एक बड़ा-सा संदूक था। कम-से-कम गज भर लंबा रहा होगा, उसके मेहराबी ढक्कन पर लाल चमड़ा मढ़ा हुआ था और उसमें लोहे की कीलें जड़ी थीं। वह खाँचेदार चाभी फौरन चादर के नीचे खरगोश की खाल का एक कोट था जिसमें लाल जरी की गोट लगी हुई थी। उसके नीचे एक रेशमी पोशाक थी, फिर एक शाल। लग रहा था नीचे भी कपड़ों के अलावा कुछ नहीं है। उसने सबसे पहला काम यह किया कि लाल जरी से अपने हाथों पर लगे खून के धब्बे पोंछ डाले। 'इसका रंग लाल है,' यह विचार उसके दिमाग में आया, फिर अचानक उसे होश आया। लानत है, मेरा दिमाग तो खराब नहीं हो गया है' उसने भयभीत हो कर सोचा।

उसने कपड़ों को हाथ लगाया ही था कि फर के कोट के नीचे से सोने की एक घड़ी गिरी। उसने जल्दी-जल्दी सारे कपड़े खँगाल डाले। कपड़ों के बीच सचमुच सोने की बनी बहुत-सी चीजें रखी थीं। शायद ये सब गिरवी रखी हुई चीजें थीं जिन्हें या तो छुड़ाया नहीं गया था या जिन्हें अभी छुड़ाने का वक्त नहीं आया था - कंगन, जंजीरें, कान की बालियाँ, पिनें और ऐसी ही बहुत-सी दूसरी चीजें। कुछ डिब्बों में रखी थीं तो कुछ अखबारी कागज को बड़ी सावधानी से तह करके उसमें

लपेट दी गई थीं और ऊपर से फीता बाँध दिया गया था। जरा भी देर किए बिना वह पैकेटों और डब्बों को खोल कर देखे बिना ही अपने पतलून और ओवरकोट की जेबों में भरने लगा। पर उसके पास बहुत ज्यादा चीजें ले जाने का चारा भी तो नहीं था।

अचानक उसे उस कमरे में, जहाँ बुढ़िया पड़ी हुई थी, किसी के कदमों की आहट सुनाई दी। वह चौंका और सन्नाटे में आ गया, जैसे साँप सूँघ गया हो। लेकिन हर तरफ खामोशी थी। शायद उसे वहम हुआ हो। इतने में उसे किसी की हलकी-सी चीख साफ सुनाई दी, जैसे किसी न धीमी-सी उखड़ी हुई सिसकी ली हो। फिर एक-दो मिनट तक पूरा-पूरा सन्नाटा रहा। वह संदूक के पास उकड़ूँ बैठा, दम साधे इंतजार करता रहा। यकबयक वह उछल कर खड़ा हो गया, कुल्हाड़ी उठा ली, और सोने के कमरे के बाहर निकला।

बाहरवाले कमरे के बीच में लिजावेता एक पोटली लिए हुए खड़ी थी और हक्का-बक्का अपनी बहन की लाश को घूरे जा रही थी। चेहरा बिलकुल सफेद पड़ गया था और लग रहा था कि उसमें चीखने की ताकत भी नहीं रही। उसे भाग कर सोने के कमरे से बाहर आता देख कर वह पत्ते की तरह थर-थर काँपने लगी, चेहरे पर सिहरन दौड़ गई। हाथ उठा कर उसने मुँह तो जरूर खोला लेकिन चीख नहीं निकली। वह धीरे-धीरे उससे दूर, कोने की ओर खिसकने लगी। वह उसे एकटक घूरे जा रही थी, फिर भी उसके मुँह से कोई आवाज नहीं निकली, गोया चीखने के लिए उसके सीने में दम ही न रहा हो। रस्कोलनिकोव कुल्हाड़ी ले कर उसकी ओर झपटा। लिजावेता के होठ दयनीय ढंग से फड़कने लगे, जैसे बच्चों के तब फड़कते हैं जब उन्हें डर लगता है। तब वे भी उस चीज को, जिससे उन्हें डर लगता है, एकटक घूरते रहते हैं, और चीखने के करीब पहुँच जाते हैं। फिर यह बेचारी लिजावेता तो इतनी सीधी थी, इतनी बुरी तरह दबी-सहमी रहती थी कि उसने अपना चेहरा बचाने के लिए हाथ तक नहीं उठाया, हालाँकि उस क्षण उसके लिए यही सबसे आवश्यक और स्वाभाविक होता, क्योंकि कुल्हाड़ी ठीक उसके चेहरे के ऊपर तनी हुई थी। उसने बस अपना खालीवाला हाथ ऊपर उठाया, लेकिन चेहरे तक नहीं, और धीरे-धीरे उसे इस तरह सामने की ओर बढ़ाया जैसे उसे दूर हटने का इशारा कर रही हो। कुल्हाड़ी की तेज धार ठीक उसकी खोपड़ी पर पड़ी और एक ही बार में पूरी खोपड़ी खुल गई। वह फौरन वहीं, कटे पेड़ की तरह ढेर हो गई। रस्कोलनिकोव के होश उड़ गए। उसने झपट कर उसकी पोटली उठाई लेकिन फौरन ही उसे फेंक दिया और ड्योढ़ी की तरफ भागा।

धीरे-धीरे खौफ उसे अपने शिकंजे में और भी मजबूती से जकड़ता गया, खास तौर पर इस दूसरे कत्ल के बाद, जिसका उसने गुमान तक नहीं किया था। वह जल्दी से जल्दी उस जगह से भाग जाना चाहता था। उस पल अगर उसमें चीजों को सही-सही देखने और उनके बारे में विवेक से सोचने की क्षमता होती, अगर वह अपनी स्थिति की सारी कठिनाइयों को, उसकी बेबसी को, उसकी भयानकता को, उसके बेतुकेपन को महसूस कर सकता और साथ ही यह समझ सकता कि उस जगह से निकलने के लिए और घर तक पहुँचने के लिए उसे अभी कितनी और अड़चनें पार करनी होंगी या कितने और अपराध करने होंगे, तो बहुत मुमकिन है कि उसने सब कुछ को फौरन अलविदा कह दिया होता और सीधे जा कर अपने आपको पुलिस के हवाले कर देता, डर के मारे नहीं बल्कि जो कुछ उसने किया था, उससे सीधी-सादी बेजारी और नफरत की वजह से। नफरत की यह भावना उसके अंदर खास तौर पर उभरी और हर पल गहरी होती रही। अब वह किसी भी कीमत पर उस बक्से के पास या कमरों में ही जाने को तैयार न था।

लेकिन धीरे-धीरे एक तरह का खालीपन आने लगा, बल्कि ऊँघ भी उस पर छाने लगी। कुछ पल ऐसे आते थे, जब वह अपने को भूल जाता था। या यह कहना ज्यादा सही होगा कि वह यह भूल जाता था कि महत्वपूर्ण कौन-सी बात है और

छोटी-छोटी महत्वहीन बातों को पकड़ कर बैठ जाता था। लेकिन रसोई में नजर डालने पर जब उसे एक बेंच पर पानी से आधी भरी बाल्टी नजर आई तो उसने सोचा कि अपने हाथ और कुल्हाड़ी धो डाले। उसके हाथ खून से चिपचिपे हो रहे थे। उसने कुल्हाड़ी का फाल पानी में डाल दिया, खिड़की पर एक टूटी हुई तश्तरी में रखा साबुन का टुकड़ा झपट कर उठाया और बाल्टी में ही अपने हाथ धोने लगा। हाथ धो कर उसने कुल्हाड़ी बाल्टी में से निकाली, उसका फाल धोया और काफी समय, कोई तीन मिनट, लगाया उसकी लकड़ी की बेंट को साबुन से मल-मल कर धोने में, जिस पर खून के कुछ धब्बे थे। फिर उसने रसोई में सूखने के लिए फैलाए गए एक कपड़े से हर चीज को अच्छी तरह पोंछा और देर तक खिड़की के पास खड़ा, कुल्हाड़ी को उलट-पुलट कर अच्छी तरह देखता रहा। उस पर कोई धब्बा बाकी नहीं था; बस लकड़ी थोड़ी गीली थी। बड़ी सावधानी से कुल्हाड़ी उसने अपने कोट के नीचे फंदे में लटका ली। फिर उसने अपने ओवरकोट, पतलून और जूतों को रसोई की मद्धिम रोशनी में जहाँ तक हो सका, अच्छी तरह देखा। पहली नजर में कुछ भी दिखाई नहीं पड़ा, बस जूते पर कुछ धब्बे थे। उसने कपड़ा भिगो कर जूते को अच्छी तरह रगड़ा। लेकिन उसे एहसास था कि वह अच्छी तरह नहीं देख रहा है, कि शायद कोई ऐसी चीज हो जो आसानी से देखी जा सकती हो और जिसकी ओर उसका ध्यान न गया हो। विचारों में डूबा हुआ वह कमरे के बीच में खड़ा रहा। उसके दिमाग में एक मनहूस, तकलीफदेह विचार उठ रहा था - यह कि वह पागल है और उस पल अपनी विवेक-बुद्धि खो चुका है, कि वह अपने आपको बचा नहीं सकता, कि इस वक्त वह जो कुछ कर रहा है, उससे शायद एकदम अलग किस्म का कोई कदम उठाना चाहिए। 'हे भगवान!' वह बुदबुदाया, 'भाग जाना चाहिए मुझे, भाग जाना चाहिए,' और यह सोचते ही वह भाग कर ड्योढ़ी में पहुँच गया। लेकिन वहाँ पहुँच कर उसे ऐसा भयानक सदमा पहुँचा, जैसे इससे पहले उसने कभी नहीं झेला था।

वह खड़ा घूरता रहा और उसे अपनी आँखों पर विश्वास नहीं आया। दरवाजा, सीढ़ियों से आने पर बाहरवाला दरवाजा, जहाँ अभी कुछ देर पहले उसने घंटी बजाई थी और जिससे हो कर भीतर आया था, उसकी कुंडी नहीं लगी थी। वह दरवाजा काफी कुछ खुला हुआ था। पूरे वक्त उसमें न ताला लगा था, न कुंडी लगी थी! उसके अंदर आने के बाद उसे बंद नहीं किया होगा! लेकिन, लानत है मुझ पर! उसने लिजावेता को उसके बाद ही तो देखा था! तब वह क्यों नहीं समझ सका, क्यों नहीं सोच सका कि वह अंदर कैसे आई होगी दीवार फाड़ कर तो नहीं आई होगी!

वह झपट कर दरवाजे के पास गया और उसने कुंडी चढ़ा दी।

'लेकिन नहीं, फिर वही गलती! मुझे भाग जाना चाहिए, निकल जाना चाहिए यहाँ से...'

उसने कुंडी सरकाई, दरवाजा खोला और सीढ़ियों की ओर कान लगा कर सुनने लगा।

बड़ी देर तक वह सुनता रहा। कहीं दूर, शायद फाटक के पास से चिल्लाने, लड़ने और डाँटने-फटकारने की दो ऊँची और तीखी आवाजें आ रही थीं। 'ये आवाजें कैसी हैं?' वह धीरज के साथ इंतजार करता रहा। आखिरकार चारों ओर खामोशी छा गई, जैसे किसी ने अचानक आवाजों को काट दिया हो। लड़नेवाले अलग हो गए होंगे। वह अभी बाहर जाने की सोच ही रहा था कि नीचेवाली मंजिल पर जोर से दरवाजा खुलने की आवाज आई। कोई आदमी गुनगुनाता हुआ सीढ़ियाँ उतरने लगा। 'आखिर ये सब लोग इतना शोर क्यों मचाते हैं,' दिमाग में यह बात बिजली की तरह कौंधी। एक बार फिर वह दरवाजा बंद करके इंतजार करने लगा। आखिरकार चारों ओर फिर खामोशी छा गई, पत्ता तक नहीं खड़क रहा था। उसने सीढ़ियों की तरफ कदम बढ़ाया ही था कि फिर उसे किसी के कदमों की आहट सुनाई दी।

यह आहट कुछ दूर से आती मालूम होती थी, सीढ़ियों के एकदम नीचे से, लेकिन यह बात उसे अच्छी तरह और साफ तौर पर याद रही कि पहली आहट सुनते ही न जाने क्यों उसे यह शक हुआ था कि यह कोई ऐसा आदमी था जो वहीं आ रहा था। चौथी मंजिल पर। उसी बुढ़िया के यहाँ। क्यों क्या इन कदमों की आवाज में कोई खास बात थी कोई अहम बात कदम भारी और सधे हुए थे, और उनमें कोई जल्दबाजी नहीं थी। अब वह पहली मंजिल पार कर चुका था, और ऊपर चढ़ रहा था, क्योंकि कदमों की आहट अब ज्यादा साफ होती जा रही थी! उसे उसकी गहरी साँसों की आवाज सुनाई दे रही थी। अब तीसरी मंजिल आ चुकी थी... यहीं आ रहा है! फिर अचानक उसे लगा कि वह पथरा गया है, कि यह एक ऐसा सपना था, जिसमें किसी का पीछा किया जा रहा है, कि वह लगभग पकड़ा जा चुका है और मार डाला जाएगा, कि वह उसी जगह गड़ कर रह गया है और हाथ तक नहीं हिला सकता।

आखिर जब वह नामालूम आदमी चौथी मंजिल की ओर बढ़ने लगा तो रस्कोलनिकोव अचानक चौंक पड़ा। बड़ी फुर्ती के साथ वह वापस फ्लैट में सरक गया और अंदर पहुँच कर दरवाजा बंद कर लिया। फिर उसने हुक उठाया और धीरे-से, कोई आवाज किए बिना, उसे कुंडे में फँसा दिया। सहजबुद्धि काम आई। इतना कर चुकने के बाद वह दम साधे, दरवाजे के पास दुबक गया। नामालूम आनेवाला भी तब तक दरवाजे पर पहुँच चुका था। अब वे दोनों एक-दूसरे के आमने-सामने खड़े थे। ठीक उसकी तरह जैसे कुछ ही देर पहले वह और बुढ़िया खड़े थे जब उनके बीच सिर्फ दरवाजा था और वह कान लगाए सुन रहा था।

आनेवाला कई बार हाँफा। 'कोई बड़े डीलडौल का मोटा आदमी होगा,' रस्कोलनिकोव ने कुल्हाड़ी अपने हाथ में कस कर पकड़ते हुए सोचा। सचमुच यह एक सपना मालूम होता था। आनेवाले ने जोर से घंटी बजाई।

घंटी की टनटनाहट सुनते ही रस्कोलनिकोव को लगा कि कमरे में कोई चीज हिल-डुल रही है। कुछ सेकंडों तक वह बहुत ध्यान से सुनता रहा। नामालूम आदमी ने फिर घंटी बजाई, कुछ देर इंतजार किया और अचानक बड़ी अधीरता से दरवाजे का हत्था जोर से खींचा। रस्कोलनिकोव दहशत से कुंडे में फँसे हुक को हिलता हुआ देखता रहा, और आतंकित हो कर हर पल यही सोचता रहा कि कुंडा अब उखड़ा कि तब उखड़ा। वह उसे इतनी जोरों से हिला रहा था कि यह बात एकदम संभव लग रही थी। उसका जी चाहा कि कुंडा पकड़ ले, लेकिन फिर तो उसे पता लग जाएगा। उसे फिर चक्कर आने लगा। 'मैं गिर पड़ूँगा!' यह विचार उसके दिमाग में बिजली की तरह कौंधा, लेकिन वह नामालूम आदमी बड़बड़ाने लगा और रस्कोलनिकोव फौरन सँभल गया।

'बात क्या है, सो रही है या किसी ने मार डाला? भ-भ-भाड़ में जाएँ!' वह मोटी आवाज से दहाड़ा। 'ऐ, अल्योना इवानोव्ना, चुड़ैल! अरे ओ लिजावेता इवानोव्ना, जान! दरवाजा तो खोलो! दोनों जाएँ जहन्नुम में! सो रही हैं क्या?'

एक बार फिर तैश में आ कर उसने पूरी ताकत से कोई दस बार घंटी बजाई। जरूर कोई रोबदार, गहरी जान-पहचानवाला आदमी होगा।

उसी क्षण सीढ़ियों पर कहीं पास से ही, किसी के जल्दी-जल्दी, फुर्तीले कदमों से चलने की आहट आई। कोई और आ रहा था। पहले रस्कोलनिकोव ने इन कदमों की आहट नहीं सुनी थी।

'क्या सचमुच घर पर कोई नहीं है?' नवागंतुक ने पहले आए हुए उस शख्स को खिली हुई, गूँजती आवाज से संबोधित करते हुए कहा, जो अभी तक घंटी बजाए चला जा रहा था। 'नमस्ते कोख!'

'आवाज से लगता है कि नौजवान होगा,' रस्कोलनिकोन ने सोचा।

'भगवान जाने! मैं तो दरवाजा खींच-खींच कर थक गया, ताला टूटने में बस थोड़ी ही कसर रह गई है,' कोख ने जवाब दिया। 'लेकिन तुम मुझे कैसे जानते हो?'

'अरे! 'गैंब्रिनुस' में अभी परसों ही तो लगातार तीन बार तुम्हें बिलियर्ड में हराया था।'

'अरे, हाँ!'

'सो ये लोग घर पर नहीं हैं क्या अजीब बात है, हालाँकि बेतुका मालूम होता है। बुढ़िया आखिर कहाँ गई होगी मैं तो काम से आया था।'

'हाँ, मुझे भी उससे काम है!'

'तो अब क्या किया जाए मैं समझता हूँ वापस चलना चाहिए! बेड़ा गर्क हो इसका। मैं तो यह उम्मीद ले कर आया था कि कुछ पैसा मिल जाएगा!' वह नौजवान ऊँचे स्वर में बोला।

'जाहिर है, अब तो मन मार कर वापस ही जाना होगा, लेकिन उसने यह वक्त तय ही क्यों किया था उस चुड़ैल ने खुद मुझसे इसी वक्त आने को कहा था। फिर यह जगह मेरे रास्ते में भी नहीं पड़ती। समझ में नहीं आता, कमबख्त कहाँ गई होगी। वैसे वह खूसट बुढ़िया तो साल के बारहों महीने यहीं जमी रहती है। उसकी टाँगें ठीक नहीं हैं और फिर भी न जाने क्या सूझी कि टहलने चल पड़ी!'

'चल कर दरबान से न पूछें?'

'क्या?'

'यही कि कहाँ गई है और कब लौट कर आएगी।'

'हुँह... जहन्नुम में जाए! ...मगर वह तो कभी कहीं जाती नहीं है।' और उसने एक बार फिर दरवाजे का हत्था पकड़ कर जोर से खींचा। 'लानत है! कुछ नहीं किया जा सकता, चलो चलें!'

'जरा ठहरो!' नौजवान अचानक चीखा। 'देख रहे हो न, तुम जब दरवाजे को खींचते हो तो यह किस तरह हिलता है।'

'तो?'

'इससे लगता है कि इसमें ताला नहीं बंद है! सुनो तो सही, हुक किस तरह खनकता है'

'तो?'

'अरे, नहीं समझे इससे पता चलता है कि दोनों में से एक तो जरूर घर पर है। दोनों बाहर होतीं तो बाहर दरवाजे में चाभीवाला ताला लगाया होता, अंदर से हुक लगा कर दरवाजा न बंद किया होता। सुनो, तो सही, हुक किस तरह खनक

रहा है। अंदर से हुक लगाने का मतलब यह हुआ कि वे घर पर ही होंगी, समझे बस, अंदर बैठी हैं और दरवाजा नहीं खोलतीं!'

'हाँ! ऐसी ही बात होगी!' कोख ताज्जुब से चिल्लाया। 'लेकिन अंदर आखिर कर क्या रही हैं' यह कह कर उसने जोर से दरवाजा भड़भड़ाना शुरू किया।

'ठहरो!' नौजवान फिर चिल्लाया। 'दरवाजा मत खींचो! कोई न कोई गड़बड़ जरूर है... इतनी देर से तो तुम घंटी बजा रहे हो, दरवाजा भड़भड़ा रहे हो, और फिर भी नहीं खोलतीं! इसलिए या तो दोनों बेहोश हैं या फिर...'

'क्या?'

'मैं बताता हूँ। चलो, चल कर दरबान को ले आएँ। वही आ कर इन्हें जगाएगा।'

'अच्छी बात है!' दोनों फिर नीचे जाने लगे।

'ठहरो! तुम यहीं रुको, मैं भाग कर दरबान को बुलाए लाता हूँ।'

'मैं किसलिए यहाँ ठहरूँ?'

'यही अच्छा रहेगा।'

'शायद तुम्हारी बात ठीक हो।'

'मैं वकालत पढ़ रहा हूँ, जानते हो! यह बात एकदम साफ है, एक...दम सा...फ कि कोई न कोई गड़बड़ है!' नौजवान जोश में आ कर जोर से बोला और भाग कर सीढ़ियाँ उतरने लगा।

कोख वहीं रुक गया। उसने एक बार फिर धीरे-से घंटी को छुआ जो एक बार टुनटुनाई। फिर उसने बड़ी नर्मी से, मानो कुछ सोच रहा हो, और दरवाजे को देखते हुए हत्था पकड़ कर उसे खींचना और छोड़ना शुरू किया। वह एक बार फिर इस बात का पक्का यकीन कर लेना चाहता था कि उसे सिर्फ हुक लगा कर अटकाया गया है। फिर हाँफते हुए झुक कर वह चाभी के सूराख में से देखने लगा। लेकिन ताले में अंदर से चाभी लगी हुई थी, इसलिए कुछ नजर नहीं आ रहा था।

रस्कोलनिकोव कुल्हाड़ी को कस कर पकड़े हुए खड़ा रहा। उस पर एक तरह की मदहोशी छाई हुई थी। वह उन लोगों के अंदर आने पर उनसे लड़ने तक की तैयारी कर रहा था। जब वे दोनों दरवाजा खटखटा रहे और आपस में बातें कर रहे थे तो उसके दिमाग में अचानक कई बार यह खयाल आया कि वह दरवाजे से निकल कर उनसे चिल्ला कर सब कुछ कह डाले और इस पूरे किस्से को खत्म कर दे। उनसे जब दरवाजा नहीं खुल रहा था, बीच-बीच में कई बार उसका जी चाहा कि उन्हें गाली दे और उनका मजाक उड़ाए। 'बस, किसी तरह जल्दी से यह किस्सा खत्म हो!' उसके दिमाग में यह विचार बिजली की तरह कौंधा।

'अब यह कमबख्त...' कोख बुदबुदाया।

एक मिनट बीता, फिर दूसरा मिनट... कोई नहीं आया। कोख बेचैन होने लगा।

'भाड़ में जाए!' अचानक उसने जोर से कहा, बेचैन हो कर अपनी पहरा देने की जिम्मेदारी को सलाम किया और जल्दी-जल्दी भारी जूतों से, सीढ़ियों पर धप-धप की आवाज करता, नीचे उतर गया। उसके कदमों की आहट आनी बंद हो गई।

'हे भगवान! मैं अब क्या करूँ।'

रस्कोलनिकोव ने कुंडे में से हुक निकाला और दरवाजा खोला। कहीं कोई आवाज नहीं थी। एक झटके से, कुछ भी सोचे बिना, वह बाहर निकला और दरवाजा जितनी भी मजबूती से हो सका, बंद करके सीढ़ियों से नीचे उतरने लगा।

वह अभी तीन ही सीढ़ियाँ उतरा था कि अचानक उसे नीचे भारी शोर सुनाई दिया। अब वह कहाँ जाए छिपने की कोई जगह नहीं थी। उसे उसी फ्लैट में अब फिर वापस जाना था।

'वो रहा! पकड़ो बदमाश को।'

नीचेवाले फ्लैट से निकल कर कोई चिल्लाता हुआ भागा। लग रहा था कि वह भाग कर सीढ़ियाँ नहीं उतर रहा बल्कि उन पर से लुढ़क रहा है। वह अपनी पूरी आवाज से चिल्ला रहा था :

'मित्या! मित्या! मित्या1! रुक जा शैतान कहीं का।'

चिल्लाने की आवाज एक चीख में बदल कर खत्म हो गई। आखिरी आवाजें नीचे आँगन में से आईं और चारों तरफ शांति छा गई। लेकिन उसी पल कई लोग ऊँची आवाज में और जल्दी-जल्दी बातें करते हुए सीढ़ियाँ चढ़ने लगे। तीन-चार आदमी थे। उसने नौजवान की गूँजती हुई आवाज पहचानी। 'वही लोग हैं!'

बच निकलने का कोई रास्ता न पा कर वह जान हथेली पर रखे सीधे उनकी तरफ बढ़ता रहा। यह सोच कर कि अब जो कुछ होना हो, हो ले! अगर उन लोगों ने उसे रोका तो बचने की कोई उम्मीद नहीं है क्योंकि उन्हें उसकी सूरत तो याद ही रहेगी। वे पास आते जा रहे थे। अभी उससे एक ही मंजिल नीचे रह गए थे कि अचानक बचने की राह निकल आई! कुछ ही कदमों की दूरी पर दाहिनी ओर एक खाली फ्लैट था जिसका दरवाजा पूरा खुला हुआ था। दूसरी मंजिल का वही फ्लैट जहाँ पुताई करनेवाले काम कर रहे थे और गोया उसी की निजात के लिए, अभी-अभी वहाँ से चले गए थे। तय था कि अभी-अभी वे ही लोग चिल्लाते हुए भाग कर नीचे गए थे। उस मंजिल की अभी-अभी पुताई हुई थी, कमरे के बीच में एक बाल्टी थी और एक टूटा बर्तन रखा था, जिसमें रंग और ब्रश थे। चुटकी बजाते वह खुले हुए दरवाजे से अंदर जा पहुँचा और दीवार के पीछे छिप गया। पल भर की देर भी होती तो वह मारा जाता; वे लोग उस मंजिल पर पहुँच

1. ब्रिती का संक्षेप।

चुके थे। इसके बाद वे लोग मुड़े और जोर-जोर से बातें करते हुए चौथी मंजिल तक चढ़ते चले गए। कुछ देर राह देखने के बाद वह पंजों के बल चल कर बाहर निकला और भाग कर सीढ़ियाँ उतरने लगा।

सीढ़ियों पर कोई भी नहीं था, न कोई फाटक पर था। जल्दी से वह फाटक से बाहर निकला और बाईं ओर सड़क पर मुड़ गया।

वह जानता था, अच्छी तरह जानता था कि उस पल वे लोग उसी फ्लैट में थे, उसे खुला पा कर उन्हें बड़ा आश्चर्य हो रहा था क्योंकि अभी कुछ देर पहले तो दरवाजा अंदर से बंद था, कि अब वे लाशों को देख रहे थे, कि अभी मिनट भर में वे लोग अंदाजा लगा लेंगे और उन्हें पूरी तरह यह बात समझ में आ जाएगी कि हत्यारा अभी कुछ देर पहले वहाँ था, कि वह उन्हें चकमा दे कर भागा और कहीं जा कर छिप गया होगा। बहुत मुमकिन है, वे यह अटकल भी लगा लें कि जिस वक्त वे लोग ऊपर जा रहे थे, वह खाली फ्लैट में था। हालाँकि अगला मोड़ अब भी लगभग सौ गज दूर था, लेकिन उसे अपनी रफ्तार तेज करने का हौसला नहीं हो रहा था। 'क्यों न चुपके से किसी फाटक में घुस जाऊँ और वह हंगामा खत्म होने तक किसी सीढ़ी पर कुछ देर इंतजार करूँ। नहीं, ऐसा करना मुसीबत को बुलाना होगा। कुल्हाड़ी कहीं फेंक दूँ या एक द्राशकी (घोड़ागाड़ी) ले लूँ क्या करूँ!'

आखिर वह गली तक पहुँच गया। जब वह उधर मुड़ा तो जिंदा से ज्यादा मुर्दा था। वह सुरक्षा के सफर का आधा रास्ता तय कर चुका था और यह बात जानता था। यहाँ जोखिम कम था क्योंकि यहाँ बहुत से लोगों की रेलपेल थी, और उसमें वह समुद्र तट पर बालू के कण की तरह खो गया था। लेकिन उस पर जो कुछ बीत गई थी, उससे वह इतना कमजोर हो चुका था कि चला नहीं जा रहा था। पसीना बुरी तरह बह रहा था, गर्दन बिलकुल भीग गई थी। जब वह नहर के किनारे आ पहुँचा तो किसी ने ऊँची आवाज में कहा, 'जी भरके चढ़ा ली है, क्यों?'

अपने बारे में अब उसे बहुत धुँधली-सी चेतना ही रह गई थी। जितना ही वह आगे बढ़ता जा रहा था, उसकी हालत उतनी ही बुरी होती जा रही थी। लेकिन इतना उसे याद था कि जब वह नहर के किनारे पहुँचा तो वहाँ बहुत थोड़े से लोगों को देख कर डर गया था क्योंकि उनके बीच वह ज्यादा आसानी से पहचाना जा सकता था, और इसीलिए उसने गली में वापस लौट जाने की बात सोची थी। हालाँकि वह थकान के मारे निढाल हो रहा था लेकिन उसने काफी लंबा चक्कर लगाया और बिलकुल दूसरी तरफ से घर पहुँचा।

उसे इस बात की भी पूरी-पूरी चेतना नहीं थी कि कब वह अपने घर के फाटक से हो कर गुजरा, जब उसे कुल्हाड़ी का खयाल आया, वह सीढ़ियों पर पहुँच चुका था। लेकिन उसके सामने गंभीर समस्या यह थी कि कैसे उसे इस तरह वापस रखे कि जहाँ तक हो सके, कोई देख न पाए कि वह क्या कर रहा है। जाहिर है उसमें यह सोचने की तो क्षमता भी नहीं बची थी कि कुल्हाड़ी वापस न रख कर बाद में उसे किसी अहाते में फेंक आना कहीं ज्यादा बेहतर होगा।

लेकिन जो कुछ हुआ, अच्छा ही हुआ। दरबान की कोठरी का दरवाजा बंद था पर उसमें ताला नहीं लगा हुआ था। यही लगता था कि दरबान घर पर ही था। लेकिन रस्कोलनिकोव सोचने की शक्ति इस कदर खो चुका था कि सीधे दरवाजे तक पहुँचा और उसे खोल दिया। अगर दरबान पूछता कि 'क्या चाहिए' तो शायद वह उसे कुल्हाड़ी ही थमा देता। लेकिन इस बार भी दरबान घर पर नहीं था। उसने न सिर्फ कुल्हाड़ी बेंच के नीचे रख दी बल्कि पहले की तरह उस पर एक चैला भी रख दिया। बाद में अपने कमरे की ओर जाते हुए उसे कोई भी नहीं मिला, चिड़िया तक नहीं। मकान-मालकिन का दरवाजा भी बंद था। कमरे में पहुँच कर वह उसी तरह सोफे पर ढेर हो गया। सोया नहीं बल्कि खाली-जेहनी के गड्ढे में डूब गया। अगर तब कोई उसके कमरे में आता तो रस्कोलनिकोव उछल पड़ता और चीखने लगता। दिमाग में विचारों की धज्जियाँ झुंड बाँधे इधर-से-उधर मँडरा रही थीं, लेकिन वह लाख कोशिश करके भी किसी एक को पकड़ नहीं पा रहा था, किसी एक पर भी टिक नहीं पा रहा था...

वह बहुत देर तक उसी तरह लेटा रहा। बीच-बीच में लगता कि उसकी नींद टूट गई है, और ऐसे पलों में उसे लगता जैसे रात बहुत बीत चुकी है, लेकिन उसे उठ बैठने की बात नहीं सूझती थी। आखिर उसने देखा कि दिन निकल आया है। अपनी कुछ देर पहले की तंद्रा से अभी तक मूढ़ बना वह पीठ के बल लेटा हुआ था। सड़क से भयभीत, निराशा में डूबी कर्कश चीखें ऊपर आ रही थीं, वैसे ही आवाजें जिन्हें अपनी खिड़की के नीचे वह रोज रात को दो बजे के बाद सुनता रहता था। अब इन आवाजों को सुन कर उसकी नींद खुल गई। 'ओह! नशे में धुत शराबी अब शराबखानों से बाहर आ रहे हैं,' उसने सोचा, 'दो बज चुके हैं,' और यह सोच कर वह फौरन उछल पड़ा, जैसे किसी ने उसे झिंझोड़ कर सोफे पर से घसीट लिया हो। 'अरे दो बज गए क्या?' वह उठ कर सोफे पर बैठ गया और अचानक हर बात उसे याद आती चली गई! एक क्षण में, बिजली के कौंधे की तरह हर बात उसे याद आ गई!

पहले पल में उसे लगा, गोया वह पागल होता जा रहा है। भयानक सिहरन से उसका बदन काँप उठा, लेकिन यह सिहरन उस बुखार की वजह से थी, जो उसे बहुत पहले, नींद के ही दौरान चढ़ आया था। अब अचानक उसके बदन में इतने जोर की कँपकँपी पैदा हुई कि उसके दाँत बजने लगे, हाथ-पाँव काँपने लगे। उसने दरवाजा खोला और कान लगा कर सुनने लगा। पूरा घर नींद में डूबा हुआ था। हैरान हो कर वह अपने आपको और कमरे की हर चीज को घूरने लगा। उसे इस बात पर ताज्जुब हो रहा था कि पिछली रात अंदर आ कर वह दरवाजे की कुंडी चढ़ाना कैसे भूल गया था और कपड़े उतारे बिना, हैट तक उतारे बिना, सोफे पर कैसे ढेर हो गया था। हैट सोफे से लुढ़क कर नीचे फर्श पर तकिए के पास पड़ा था। 'अगर कोई अंदर आ जाता तो क्या सोचता कि मैं पिए हुए हूँ, लेकिन... वह लपक कर खिड़की के पास गया। रोशनी काफी थी। वह जल्दी-जल्दी सर से पाँव तक अपने आपको, अपने सारे कपड़ों को देखने लगा : कहीं कोई निशान तो नहीं रह गया है! लेकिन इस तरह यह काम तो नहीं किया जा सकता था। काँपते-ठिठुरते हुए उसने हर चीज को उतारना और एक बार फिर से देखना शुरू किया। उसने हर चीज के एक-एक रेशे को, एक-एक धागे को ध्यान से देखा। पर भरोसा न रह जाने के कारण उसने हर चीज की अच्छी तरह, तीन बार छानबीन की। कहीं कुछ भी नहीं था, कोई भी निशान नहीं था। बस एक जगह पतलून की मोरी के निचले सिरे पर, जो घिस कर फट चला था, खून की कुछ जमी हुई बूँदें चिपकी थीं। उसने एक बड़ा-सा कमानीदार चाकू उठा कर लटकते हुए चीथड़े को काट डाला। अब कहीं कुछ भी नहीं रहा। अचानक याद आया उसे कि बुढ़िया के बटुए और संदूक में से उसने जो चीजें निकाली थीं, वे अभी तक उसकी जेबों में ही हैं। अब तक उसने उनको निकाल कर कहीं छिपाने की बात सोची भी नहीं थी! अपने कपड़ों की जाँच करते समय भी उसने इसके बारे में नहीं सोचा था! हो क्या गया था उसे उसने फौरन झपट कर वे सारी चीजें निकालीं और मेज पर डाल दीं। जब उसने जेबों का अस्तर तक बाहर निकाल कर पूरा-पूरा भरोसा कर लिया कि उनमें कुछ भी नहीं रहा, तब वह उस पूरे ढेर को समेट कर एक कोने में ले गया। दीवार के निचले सिरे पर कागज उखड़ा हुआ था और चीथड़ों की तरह लटक रहा था। उसने कागज के नीचे की खोखली जगह में सारी चीजें ठूँसनी शुरू कर दी। 'सब चली गई! अब कुछ भी नहीं दिखाई देता, बटुआ भी!' उसने बेहद खुश हो कर सोचा, उठ कर खड़ा हो गया और सूनी-सूनी आँखों से उस कोने और खोखल को घूरने लगा, जहाँ हमेशा से ज्यादा उभार दिखाई दे रहा था। अचानक खौफजदा हो कर वह सर से पाँव तक काँप गया। 'हे भगवान!' उसने निराशा में डूबी हुई कमजोर आवाज में कहा, 'मुझे हो क्या गया है? क्या सब कुछ छिप गया? क्या चीजें छिपाने का तरीका यही है?'

उसने नहीं सोचा था कि उसे छोटे-छोटे माल-जेवर भी छिपाने पड़ेंगे। उसने तो बस पैसों की बात सोची थी, और इसलिए छिपाने की कोई जगह भी तैयार नहीं की थी। 'लेकिन अब... अब मैं इतना खुश किस बात पर हो रहा हूँ?' उसने सोचा। 'क्या इसे ही चीजें छिपाना कहते हैं मेरी समझ जवाब देती जा रही है, और कुछ नहीं!' वह निढाल हो कर सोफे पर धम से बैठ गया और अचानक नाकाबिले-बर्दश्त कँपकँपी के एक और दौरे ने उसे आन दबोचा। मशीनी ढंग से उसने बगल में पड़ी कुर्सी पर से अपना पुराना, छात्रोंवाला, जाड़े का लंबा गर्म कोट खींचा जो अब तार-तार हो चुका था, उसे सर तक ओढ़ा और एक बार फिर बेहोशी और बेहवासी में डूब गया। अब गहरी नींद सो रहा था।

पाँच मिनट भी नहीं बीते थे कि वह एक बार फिर उछल कर खड़ा हो गया, और उन्मादियों की तरह एक बार फिर अपने कपड़ों पर झपटा। 'कुछ किए बिना ही मैं दोबारा कैसे सो गया अरे हाँ, कोट की बगल में से मैंने वह फंदा तो निकाला ही नहीं है! एकदम भूल गया था, वह भी ऐसी बात! एकदम पक्का सबूत!' उसने खींच कर फंदा उखाड़ा, जल्दी-जल्दी काट कर उसके टुकड़े किए और उन टुकड़ों को तकिए के नीचे रखे कपड़ों के ढेर के बीच डाल दिया। 'कुछ भी हो, फटे कपड़ों की चिंदियों से कोई शक पैदा नहीं हो सकता। हाँ, यही ठीक है!' कमरे के बीचोंबीच खड़े हो कर उसने कई बार दोहराया और तकलीफदेह हद तक अपना ध्यान केंद्रित करके एक बार फिर अपने चारों ओर घूरने लगा। फर्श पर और हर जगह। कहीं कोई बात भूल तो नहीं रहा है! उसे पक्का विश्वास हो चला था कि उसकी सारी चेतनाएँ, उसकी यादें और सोचने की मामूली-सी शक्ति भी जवाब देती जा रही थी और यह बात उसके लिए असहनीय यातना का सबब बन गई थी। 'कहीं ऐसा तो नहीं कि इसका सिलसिला शुरू हो चुका हो! कहीं ऐसा तो नहीं कि मुझे मेरा दंड मिलने लगा हो! यही बात है!' उसने अपनी पतलून से जो घिसी हुई चिंदियाँ काटी थीं वे कमरे के बीचोंबीच फर्श पर ही पड़ी हुई थीं, जहाँ अंदर आनेवाला कोई भी आदमी उन्हें देख सकता था! 'मुझे हो क्या गया है?' वह एक बार फिर चिल्लाया, जैसे बदहवास हो गया हो।

फिर एक अजीब-सा विचार उसके दिमाग में आया : शायद उसके सारे कपड़े खून में सने हुए हैं, शायद उन पर बहुत सारे धब्बे हैं लेकिन उसे दिखाई नहीं दे रहे हैं, वह उन्हें इसलिए नहीं देख पा रहा कि उसके हवास जवाब देते जा रहे हैं, वे बिखरते जा रहे हैं... उसकी सोचने की शक्ति धुँधलाती जा रही है... अचानक उसे याद आया कि खून बटुए पर भी तो लगा था... 'अरे! तब तो जेब में भी लगा होगा, क्योंकि मैंने गीला बटुआ अपनी जेब में ही रख लिया था!' पलक झपकते उसने जेब का अस्तर बाहर निकाला। हाँ, उस पर निशान थे, जेब के अस्तर पर धब्बे थे! 'तो मेरी अक्ल ने पूरी तरह मेरा साथ नहीं छोड़ा है। अभी तक कुछ अक्ल और याद बाकी है, क्योंकि यह बात मुझे खुद सूझी थी,' उसने राहत की गहरी साँस ले कर विजयी भावना के साथ सोचा, 'बस बुखार की कमजोरी है, एक पल की बेहोशी।' यह सोचते ही उसने अपने पतलून की बाईं जेब का सारा अस्तर नोच डाला। उसी पल धूप की किरण उसके बाएँ जूते पर पड़ी। उसे अब शक हुआ कि उसके मोजे पर, जो बूट के बाहर झाँक रहा था, कुछ निशान थे। उसने झटके से अपना बूट उतार फेंका, 'सचमुच निशान थे! मोजे का सिरा खून में लथपथ था,' उसका पाँव अनजाने ही फर्श पर जमे खून में पड़ गया होगा, 'लेकिन अब मैं इसका क्या करूँ अब मैं यह मोजा, ये फटी हुई चिंदियाँ और जेब का अस्तर कहाँ रखूँ'

वे सब चीजें अपने हाथों में बटोरे हुए वह कमरे के बीचोबीच खड़ा था। 'आतिशदान में! लेकिन आतिशदान की तलाशी तो वे सबसे पहले लेंगे। जला दूँ लेकिन इन चीजों को जलाऊँ किस तरह माचिस भी तो नहीं है। नहीं, बेहतर तो यह होगा कि बाहर जा कर यह सब कहीं फेंक आऊँ। हाँ, इन्हें कहीं फेंक आना ही बेहतर होगा,' उसने सोफे पर फिर बैठते हुए दोहराया, 'और फौरन, इसी दम बिना कोई देर किए...' लेकिन इसकी बजाय उसका सर तकिए पर जा टिका। एक बार

फिर बर्फ जैसी ठंडी असहनीय कँपकँपी ने उसे दबोचा लिया और अपना कोट एक बार फिर ओढ़ लिया। बड़ी देर तक, कई घंटों तक, यह बेचैनी भूत की तरह उस पर सवार रही कि वह 'फौरन, इसी वक्त, कहीं चला जाए और ये सारी चीजें फेंक आए, ताकि वे हमेशा के लिए उसकी आँखों से ओझल हो जाएँ और उनका नाम-निशान भी बाकी न रहे। फौरन!' कई बार उसने सोफे से उठने की कोशिश की लेकिन उठ नहीं पाया। आखिरकार किसी के जोरों से दरवाजा खटखटाने की आवाज सुन कर वह पूरी तरह जाग गया।

'दरवाजा तो खोल, जिंदा है कि नहीं पड़ा-पड़ा सोता रहता है!' नस्तास्या मुक्के से दरवाजा पीटते हुए चिल्लाई। 'दिन-दिन भर पड़ा कुत्ते की तरह खर्राटे लेता रहता है! है भी बिलकुल कुत्ता! मैं कहती हूँ, दरवाजा खोल! दस बज चुके!'

'हो सकता है घर से बाहर हो,' किसी मर्द की आवाज सुनाई दी।

'अरे, यह तो दरबान की आवाज है... उसे क्या चाहिए?'

वह उछल पड़ा और सोफे पर बैठ गया। अपने दिल की धड़कन उसके लिए तकलीफ का सबब बन गई थी।

'फिर अंदर से कुंडी किसने लगाई, यह तो बताओ,' नस्तास्या ने पलट कर पूछा। 'अच्छा सिलसिला शुरू किया है! अंदर से कुंडी चढ़ाने का! डरता है कोई उसे उठा ले जाएगा! दरवाजा खोल नासमझ, उठ भी जा!'

'इन्हें क्या चाहिए? दरबान क्यों आया है? मेरी हर बात का पता लग गया! टक्कर लूँ या दरवाजा खोल दूँ खोल देना ही ठीक रहेगा! जो होना है, हो...'

वह आधा उठ कर आगे की ओर झुका और दरवाजे की कुंडी खोल दी।

उसका कमरा इतना छोटा था कि बिस्तर से उठे बिना ही वह कुंडी खोल सकता था।

उसका खयाल सही था : दरबान और नस्तास्या वहाँ खड़े थे।

नस्तास्या अजीब ढंग से उसे घूर रही थी। दरबान को उसने बड़ी ढिठाई और बेबसी से, कनखियों से देखा। उसने बिना कुछ कहे, एक तह किया हुआ बादामी कागज उसकी तरफ बढ़ा दिया जिसे लाख से मुहरबंद कर दिया गया था।

'दफ्तर से सम्मन आया है,' दरबान ने कागज आगे बढ़ाते हुए कहा।

'किस दफ्तर से?'

'पुलिस थाने से। वहीं से बुलावा आया है। ये तो तुम्हें पता होगा कि वह किस तरह का दफ्तर है।'

'पुलिस से... किसलिए भला...'

'कौन जाने तुम्हें तलब किया है तो जाना तो पड़ेगा।' उस आदमी ने उसे बड़े ध्यान से देखा, कमरे में चारों ओर नजर दौड़ाई और मुड़ कर जाने लगा।

'बहुत बीमार जान पड़ता है!' नस्तास्या ने उस पर नजरें जमाए रह कर अपना मत व्यक्त किया। दरबान ने एक पल के लिए सर घुमा कर देखा। 'कल से बुखार है,' नस्तास्या ने आगे कहा।

रस्कोलनिकोव ने कोई जवाब नहीं दिया। कागज को खोले बिना हाथ में लिए बैठा रहा।

'उठने की जरूरत नहीं,' नस्तास्या ने उसे सोफे पर से पाँव नीचे उतारते देख कर दया-भाव से कहा। 'तुम बीमार हो, सो जाने की कोई जरूरत नहीं। कोई ऐसी जल्दी नहीं मची है। वह तुम्हारे हाथ में क्या है?'

रस्कोलनिकोव ने देखा : अपने दाहिने हाथ में उसने पतलून से काटी हुई लटकनें, मोजा और जेब का फटा हुआ अस्तर पकड़ रखा था। तो वह उन्हें हाथ में लिए-लिए सो गया था! बाद में इसके बारे में सोचते हुए उसे याद आया कि बुखार में जब उसकी नींद उचटती थी तो वह इन चीजों को मजबूती से हाथ में जकड़ लेता था और फिर उसी तरह सो जाता था।

'देखो तो, जाने कहाँ-कहाँ के चीथड़े उठा लाता है और उन्हें ले कर सो जाता है, जैसे कोई बहुत बड़ी दौलत मिल गई हो...' नस्तास्या दीवानों की तरह खिलखिला कर हँसी। फौरन उसने वे सारी चीजें अपने लंबे कोट के नीचे घुसेड़ लीं और नजरें गड़ा कर बड़े गौर से नस्तास्या को देखता रहा। उस दम उसमें समझ-बूझ के साथ सोचने की ताकत तो कम ही रह गई थी, लेकिन उसने महसूस किया कि एक ऐसे आदमी के साथ, जो किसी भी पल गिरफ्तार किया जा सकता हो, कोई इस तरह पेश नहीं आ सकता। 'लेकिन... पुलिस?'

'चाय पिओगे? एक प्याली जी चाहे तो मैं अभी लिए आती हूँ। थोड़ी-सी बची हुई है।'

'नहीं... मैं जा रहा हूँ; मैं अभी जाऊँगा,' उसने खड़े होते हुए बुदबुदा कर कहा।

'अरे, तुम तो सीढ़ियों के नीचे तक भी नहीं पहुँच पाओगे!'

'मैं तो जाऊँगा...'

'जैसी तुम्हारी मर्जी।'

दरबान के पीछे-पीछे वह भी बाहर चली गई। वह मोजे और उन चीथड़ों की पड़ताल करने के लिए झपट कर रोशनी में पहुँच गया... 'धब्बे हैं तो लेकिन आसानी से दिखाई नहीं देते। सब पर मिट्टी जमी है, और रगड़ खा कर वे बदरंग हो चुके हैं। जिस आदमी को पहले से कोई शक न हो, वह कुछ पहचान नहीं सकता। खैरियत है कि नस्तास्या ने दूर से कुछ नहीं देखा होगा!' फिर काँपते हाथों से उसने नोटिस पर लगी हुई मुहर तोड़ी और पढ़ने लगा। वह बड़ी देर तक पढ़ता रहा, तब जा कर कुछ समझ में आया। कोतवाली से मामूली सम्मन था कि उसी दिन साढ़े नौ बजे उसे थानेदार के दफ्तर में हाजिर होना था।

'मेरे साथ ऐसा तो कभी नहीं हुआ; पुलिस से मेरा कभी कोई वास्ता नहीं रहा! तो फिर आज क्यों?' उसने दुखी हो कर आश्चर्य से सोचा। 'हे भगवान, बस सब कुछ जल्दी निबट जाए!' वह प्रार्थना के लिए घुटने टेक कर बैठने जा रहा था कि अचानक ठहाका मार कर हँस पड़ा - प्रार्थना करने के विचार पर नहीं, बल्कि अपने आप पर। उसने जल्दी-जल्दी कपड़े पहनते हुए सोचना शुरू किया; 'मिटना है तो मिट ही जाऊँ, कोई चिंता मुझे नहीं। मोजा पहन लूँ!' वह अचानक सोच में

पड़ गया। 'उस पर और धूल जम जाएगी और सारे निशान मिट जाएँगे।' लेकिन मोजा पहनते ही उसने घृणा और आतंक से घबरा कर उसे फिर उतार दिया लेकिन यह सोच कर कि उसके पास कोई दूसरा मोजा नहीं था, उसे फिर उठाया और पहन लिया। वह एक बार फिर हँस पड़ा।

'ये सब तो रस्मी बातें हैं, दिखावे की, और कुछ नहीं,' उसके दिमाग में यह विचार बिजली की तरह कौंध गया, लेकिन केवल ऊपरी सतह पर। सारा शरीर थर-थर काँप रहा था, 'यह लो, झगड़ा ही खत्म हो गया! मैंने उसे पहन कर झगड़ा ही सारा निबटा दिया!' लेकन इस हँसी के फौरन बाद उस पर घोर निराशा छा गई। 'नहीं, यह मेरे बूते के बाहर है...' उसने सोचा। उसके पाँव काँप रहे थे। 'डर के मारे,' वह बुदबुदाया। सर चकराने लगा और बुखार की वजह से उसमें दर्द होने लगा। 'यह चाल है! वे लोग मुझे तिकड़म से वहाँ बुलाना चाहते हैं,' बाहर सीढ़ियों से उतरते हुए उसने सोचा, 'सबसे बुरी बात यह है कि मुझे खुद अपने दिमाग पर लगभग काबू नहीं रहा... शायद खुद मेरे मुँह से कोई बेवकूफी की बात निकल जाए...'

सीढ़ियों पर उसे याद आया कि वह सारी चीजें दीवार के खोखल में ज्यों की त्यों छोड़े जा रहा था। 'बहुत मुमकिन है कि उनकी चाल यही हो कि तब तलाशी लें जब मैं बाहर निकल जाऊँ,' उसने सोचा और ठिठक गया। लेकिन उसे ऐसी घोर निराशा ने, और आनेवाली तबाही से मुतल्लिक ऐसी बेफिक्री ने आ दबोचा कि हवा में हाथ झटक कर वह आगे बढ़ता रहा।

'किसी तरह यह झंझट तो मिटे!'

सड़क पर वही असहनीय गर्मी थी; इतने दिनों से एक बूँद पानी भी नहीं बरसा था। फिर वही धूल, ईंटें, गारा, फिर वही दुकानों और शराबखानों की बदबू, फिर वही शराबी, वही फेरीवाले और टूटी-फूटी घोड़ागाड़ियाँ। सूरज की तेज चमक सीधी उसकी आँखों में इस तरह पड़ रही थी कि उसे किसी भी चीज को देखने में तकलीफ हो रही थी। उसका सर घूम रहा था - उसी तरह जैसे उस आदमी का घूमता है जो बुखार में पड़ा रहा हो और अचानक तेज धूप में बाहर सड़क पर निकल आए।

जब वह उस सड़क के मोड़ पर पहुँचा तो खौफजदा हो कर उसने उस पर नजर डाली... उस घर पर नजर डाली... और फौरन ही अपनी आँखें फेर लीं।

'अगर मुझसे पूछेंगे तो शायद मैं सब कुछ साफ-साफ बता दूँ,' थाने के पास पहुँचते-पहुँचते उसने सोचा।

थाना वहाँ से कोई चौथाई वेर्स्त दूर रहा होगा। अभी हाल ही में हटा कर एक नई इमारत की चौथी मंजिल पर लाया गया था। एक बार थोड़ी देर के लिए वह पुराने पुलिस स्टेशन में तो गया था, लेकिन वह बहुत पहले की बात थी। फाटक में मुड़ने पर उसे दाहिनी तरफ सीढ़ियाँ नजर आईं जिन पर एक आदमी हाथ में किताब लिए नीचे उतर रहा था। 'जरूर दरबान होगा; तो थाना यहीं है,' और वह इसी अटकल के आधार पर सीढ़ियाँ चढ़ने लगा। वह किसी से कोई बात नहीं पूछना चाहता था।

'मैं अंदर जाऊँगा, घुटने टेक दूँगा और सारी बातें मान लूँगा...' उसने चौथी मंजिल पर पहुँचते हुए सोचा।

सीढ़ियाँ बहुत खड़ी और तंग थीं और उन पर गंदा पानी बहने की वजह से फिसलन थी। चारों मंजिलों के फ्लैटों के रसोईघरों के दरवाजे सीढ़ियों की तरफ खुलते थे और लगभग दिन भर खुले ही रहते थे। इसलिए वहाँ बुरी तरह गंध थी और गर्मी छाई रहती थी। सीढ़ियों पर बगल में किताबें दबाए चढ़ते-उतरते दरबानों, चपरासियों और तरह-तरह के मर्दों-औरतों की रेल-पेल रहती थी। थाने का दरवाजा पूरा खुला हुआ था। अंदर आ कर वह ड्योढ़ी में रुक गया। अंदर कई किसान खड़े राह देख रहे थे। गर्मी की वजह से यहाँ बेहद घुटन थी और नए पुते कमरों से ताजे रंग-रोगन और सड़े हुए तेल की बू आ रही थी, जिससे मतली होने लगती थी। कुछ देर इंतजार करने के बाद उसने अगले कमरे में जाने का फैसला किया। सभी कमरे छोटे-छोटे थे और उनकी छतें नीची थीं। एक अंदर से जलानेवाली बेचैनी के साथ वह आगे बढ़ता रहा। किसी ने उसकी ओर ध्यान नहीं दिया। दूसरे कमरे में कुछ लोग बैठे हुए कुछ लिख रहे थे। उनके कपड़े उससे कुछ खास अच्छे नहीं थे, और देखने में वे बहुत विचित्र किस्म के लोग लगते थे। वह उनमें से एक के पास गया।

'क्या है?'

उसने सम्मन दिखाया, जो उसे मिला था।

'तुम छात्र हो!' उस आदमी ने नोटिस पर नजर दौड़ाते हुए पूछा।

'पहले था।'

क्लर्क ने उसकी ओर देखा जरूर लेकिन उसमें जरा भी दिलचस्पी नहीं दिखाई। वह बहुत ही मैला-कुचैला आदमी था और उसकी आँखों से लगता था कि उसके दिमाग में कोई एक ही बात बैठी हुई है।

'इससे कोई काम नहीं बनने का; क्योंकि इसे किसी चीज में कोई दिलचस्पी ही नहीं,' रस्कोलनिकोव ने सोचा।

'अंदर बड़े बाबू के पास जाओ,' क्लर्क ने सबसे दूरवाले कमरे की तरफ इशारा करते हुए कहा।

वह उस कमरे में गया - लाइन से बने हुए कमरों से चौथा कमरा। छोटा-सा कमरा था और लोग ठसाठस भरे हुए थे। ये बाहरवाले कमरों के लोगों से कुछ बेहतर पोशाक पहने हुए थे। उनमें दो औरतें भी थीं। एक तो किसी का सोग मना रही थी और बहुत मामूली कपड़े पहने हुए थी, बड़े बाबू की मेज पर उसके ठीक सामने बैठी थी, और वह जो कुछ बताता जा रहा था, उसे लिखती जा रही थी। दूसरी बहुत हड्डी-कट्टी, गदराई हुई, ऊदी-ऊदी चित्तियोंवाले चेहरे की औरत थी। वह बहुत बढ़िया कपड़े पहने थी और उसने अपने सीने पर तश्तरी जितनी बड़ी एक जड़ाऊ पिन लगा रखी थी। जाहिर है एक ओर खड़ी वह किसी चीज का इंतजार कर रही थी। रस्कोलनिकोव ने अपना सम्मन बड़े बाबू के सामने सरका दिया। बड़े बाबू ने उस पर एक नजर डाली और बोला, 'एक मिनट ठहरो,' और फिर उस शोकग्रस्त महिला के काम की ओर ध्यान देने लगा।

रस्कोलनिकोव की जान में जान आई। 'वह बात नहीं हो सकती!' धीरे-धीरे उसमें फिर से भरोसा आता गया। वह अपने आपको हौसला और सुकून रखने के लिए प्रेरित करता रहा।

'किसी भी बेवकूफी से एक जरा-सी लापरवाही से मेरा सारा भाँडा फूट जाएगा! हुँह... कितनी बुरी बात है कि यहाँ एकदम हवा नहीं है,' वह अपने मन में कहता रहा, 'बड़ी घुटन है... सर पहले से भी ज्यादा... चकराने लगता है... और आदमी का दिमाग भी...'

उसे इस बात का एहसास था कि उसके अंदर एक भयानक तूफान मचा हुआ था। वह डर रहा था; ऐसा न हो कि उसे अपने आप पर काबू न रहे। उसने कोई चीज ढूँढ़ कर उस पर अपना ध्यान केंद्रित करने की कोशिश की, कोई ऐसी चीज जिसका इन बातों से कोई संबंध न हो, लेकिन इसमें वह असफल रहा। फिर भी बड़े बाबू में उसे बड़ी दिलचस्पी पैदा हुई : वह उम्मीद करता रहा कि किसी तरह वह उसके अंदर की थाह पा ले और उनके चेहरे से कुछ अनुमान लगा ले। वह एक नौजवान शख्स था, लगभग बाईस साल का होगा, साँवला, चंचल चेहरा जिससे वह अपनी उम्र से बड़ा लगता था। वह बहुत फैशनेबुल कपड़े पहने था और बहुत बना-ठना हुआ था। बालों में अच्छी तरह कंघी करके बीच में से माँग निकाल रखी थी और क्रीम लगा कर उन्हें चिपका भी रखा था। उसने बहुत रगड़-रगड़ कर साफ की हुई उँगलियों पर कई अँगूठियाँ पहन रखी थीं और वास्कट में सोने की जंजीरें लगा रखी थीं। उसने एक विदेशी से, जो उस कमरे में था, फ्रांसीसी में कुछ शब्द कहे और उनका उच्चारण काफी सही ढंग से किया।

'आप बैठ जाइए लुईजा इवानोव्ना,' उसने लगे हाथ बढ़िया पोशाक पहने ऊदी-ऊदी चित्तियोंदार चेहरेवाली महिला से कहा, जो अभी तक खड़ी हुई थीं, गोया उनकी बैठने की हिम्मत न हो रही हो, हालाँकि उनकी बगल में ही एक कुर्सी पड़ी हुई थी।

'प्बी कंदाम1,' उन महिला ने कहा और बहुत आहिस्ता से, रेशम की सरसराहट के साथ उस कुर्सी पर बैठ गई। उसकी सफेद लैस लगी आसमानी रंग की पोशाक मेज के पास से हवा भरे गुब्बारे की तरह लहराती हुई कुर्सी के चारों और फैल गई और उसने लगभग आधा कमरा घेर लिया। वह इत्र से महक रही थी। लेकिन साफ मालूम हो रहा था कि आधा कमरा घेर लेने और इस तरह इत्र की खुशबू बिखेरने पर वह कुछ अटपटा महसूस कर रही थी। हालाँकि उनकी मुस्कराहट में ढिठाई भी थी और गिड़गिड़ाहट भी, लेकिन साफ जाहिर हो रहा था कि वह कुछ बेचैन-सी हैं।

शोकग्रस्त महिला का काम आखिर खत्म हो गया और वह उठ खड़ी हुई। अचानक कुछ शोर-गुल के साथ एक अफसर बहुत अकड़ता हुआ, हर कदम पर अपने कंधों को एक खास तरीके से झटकता हुआ अंदर आया। उसने अपनी बिल्ला लगी टोपी मेज पर फेंकी और एक आरामकुर्सी पर बैठ गया। उसे देखते ही वह बनी-सँवरी महिला फुदक कर उठ खड़ी हुई और गद्गद हो कर, झुक-झुक कर उसे सलाम करने लगीं; लेकिन अफसर ने उनकी ओर जरा भी ध्यान नहीं दिया, और उसके सामने उसकी भी दोबारा बैठने की हिम्मत नहीं पड़ी। वह असिस्टेंट सुपरिटेंडेंट था। उसकी मूँछें मेहँदी के रंग की थीं और चेहरे पर दोनों ओर आड़ी-आड़ी निकली हुई थीं। उसके नाक-नक्शे में हर चीज बेहद छोटी थी और उससे थोड़े-से अक्खड़पन के अलावा और किसी बात का पता नहीं चलता था। उसने तिरछी नजर से और कुछ गुस्से से रस्कोलनिकोव को देखा : रस्कोलनिकोव बहुत गंदे कपड़े पहने हुए था और अपनी अपमानजनक स्थिति के बावजूद उसके तेवर उसकी पोशाक से कोई मेल नहीं खा रहे थे। रस्कोलनिकोव अनजाने ही बड़ी देर तक और नजरें जमा कर उसे घूरता रहा, जिसकी वजह से वह निश्चित ही नाराज हो गया।

'क्या चाहिए तुम्हें?' वह चिल्लाया। साफ मालूम हो रहा था : उसे इस बात पर बड़ी हैरत थी कि ऐसे फटे-पुराने कपड़े पहननेवाला आदमी उसकी नजरों के रोब में नहीं आया था।

'मुझे यहाँ बुलाया गया था... सम्मन भेज कर...' रस्कोलनिकोव ने झिझकते हुए कहा।

1. धन्यवाद (जर्मन)।

'बकाया रकम की वसूली के लिए इस छात्र से,' बड़ा बाबू जल्दी से अपने कागजात की ओर से ध्यान हटा कर बीच में बोला। 'यह लो!' उसने एक दस्तावेज रस्कोलनिकोव की ओर बढ़ा दिया और उसके एक हिस्से की तरफ इशारा किया। 'पढ़ो! इसे।'

'रकम, कैसी रकम,' रस्कोलनिकोव ने सोच, 'लेकिन... इसका मतलब है... यह यकीनन वह वाला मामला नहीं है।' वह खुशी के मारे काँप उठा। अचानक उसने ऐसी गहरी राहत महसूस की कि बयान नहीं कर सकता था। सर से एक बोझ हट गया था।

'तो जनाब, आपसे आने को किस वक्त कहा गया था?' असिस्टेंट सुपरिंटेंडेंट दहाड़ा। न जाने क्यों उसकी नाराजगी लगातार बढ़ती जा रही थी। 'कहा गया था नौ बजे आने को, और अब बारह बज रहे हैं!'

'सम्मन अभी पंद्रह मिनट पहले मिला है,' रस्कोलनिकोव ने अफसर से ऊँचे स्वर में कहा, जो उसकी ओर पीठ किए हुए था। उसे खुद भी इस बात पर ताज्जुब हो रहा था कि अचानक उसे गुस्सा आ गया था और इसमें उसे कुछ आनंद भी मिल रहा था। 'यह क्या कम है कि तेज बुखार में भी मैं यहाँ चला आया।'

'मेहरबानी करके चीखिए मत!'

'मैं चीख नहीं रहा, मैं तो शांत भाव से बोल रहा हूँ; चीख आप रहे हैं मुझ पर। मैं कॉलेज में पढ़ता हूँ और किसी को इस बात की इजाजत नहीं देता कि वह मुझ पर चीखे।'

असिस्टेंट सुपरिंटेंडेंट को इतना ताव आया कि एक मिनट तक वह अटक-अटक कर बोलता रहा, इस तरह कि कुछ समझ ही में नहीं आता था कि क्या कह रहा है। वह अपनी कुर्सी से उछल कर खड़ा हो गया।

'खामोश रहिए जनाब! आप एक सरकारी दफ्तर में हैं,' बदतमीजी मत कीजिए, जनाब!'

'आप भी सरकारी दफ्तर में हैं,' रस्कोलनिकोव भी चिल्लाया, 'और आप चीखने के अलावा सिगरेट भी पी रहे हैं और इस तरह हम सब लोगों की तौहीन कर रहे हैं।' यह कह कर उसने अद्भुत आनंद महसूस किया।

बड़े बाबू ने मुस्करा कर उनकी ओर देखा। जाहिर था कि बिफरा हुआ असिस्टेंट सुपरिंटेंडेंट सिटपिटा गया।

'इससे आपको कोई मतलब नहीं!' आखिर वह अस्वाभाविक रूप से ऊँचे स्वर में चिल्लाया। 'लेकिन आपसे जो कहा जा रहा है। उसे लिख कर दीजिए। दिखा दो इन्हें, अलेक्सांद्र ग्रिगोरियेविच। आपके खिलाफ शिकायत है! आप अपना कर्ज नहीं चुकाते! खूब आदमी हैं आप भी!'

लेकिन रस्कोलनिकोव उसकी बात नहीं सुन रहा था। उसने बड़ी उत्सुकता से वह कागज ले लिया। उसे यह पता लगाने की जल्दी थी कि बात क्या है। उसने उस कागज को एक बार पढ़ा, दूसरी बार पढ़ा, लेकिन उसकी समझ में कुछ न आया।

'यह है क्या?' उसने बड़े बाबू से पूछा।

'प्रोनोट पर दिए गए पैसे की वसूली का सम्मन है। या तो सारे खर्चे, जुर्माने वगैरह के साथ भुगतान करो या लिख कर दे दो कि रकम कब तक अदा कर सकते हो, और साथ ही यह भी लिख कर दो कि पैसा चुकाए बिना राजधानी छोड़ कर कहीं

जाओगे नहीं, और अपनी जायदाद न किसी को बेचोगे न छिपाओगे। लेनदार को तुम्हारी जायदाद बिकवा देने और तुम्हारे खिलाफ कानूनी कार्रवाई करने की छूट होगी।'

'लेकिन मैं... मैं तो किसी का कर्जदार नहीं!'

'इससे हमें कोई मतलब नहीं। यह हमारे सामने है एक सौ पंद्रह रूबल का प्रोनोट, पक्का कानूनी दस्तावेज, जिसकी मियाद पूरी हो चुकी है। यह हमारे पास वसूली के लिए लाया गया है। यह प्रोनोट तुमने नौ महीने पहले असेसर जारनीत्सिन की विधवा को दिया था, और विधवा जारनीत्सिन ने यह प्रोनोट चेबारोव नामक कोर्ट कौंसिलर को दे दिया था। इसलिए तुम्हारे नाम सम्मन जारी किया जाता है।'

'लेकिन वह तो मेरी मकान-मालकिन है!'

'तुम्हारी मकान-मालकिन है तो क्या हुआ?'

बड़े बाबू ने दया के भाव से मुस्कराते हुए उसकी ओर देखा, गोया उस पर कुछ उपकार कर रहा हो। लेकिन उस मुस्कराहट में कुछ विजय का भाव भी था, गोया वह किसी ऐसे नौसिखिए पर मुस्करा रहा हो, जो पहली बार जाल में फँसा हो - गोया उससे कहना चाहता हो : 'कहो, अब कैसा लग रहा है?' लेकिन अब रस्कोलनिकोव को प्रोनोट की, वसूली के सम्मन की, क्या परवाह थी क्या यह सब कुछ अब इस लायक रह गया था कि उसकी चिंता की जाए, उसकी ओर ध्यान दिया जाए वह वहाँ खड़ा रहा, उसने पढ़ा, उसने सुना, उसने जवाब दिया, उसने खुद सवाल भी पूछे, लेकिन सब कुछ मशीनी ढंग से सुरक्षा की, एक बहुत बड़े खतरे से छुटकारा पाने की, विजय भरी भावना उस पल उसकी सारी आत्मा में व्याप्त थी। उसमें भविष्य का कोई अनुमान नहीं था, कोई विश्लेषण नहीं था, कोई अटकल, कोई शंका न थी, कोई सवाल नहीं था। वह संपूर्ण, प्रत्यक्ष, शुद्ध रूप से सहज उल्लास का पल था। लेकिन उस पल थाने में ऐसी घटना हुई जैसे बिजली टूटी हो। रस्कोलनिकोव की बदतमीजी पर असिस्टेंट सुपरिंटेंडेंट अभी तक तिलमिला रहा था, अभी तक गुस्से से खौल रहा था और स्पष्ट था कि अपनी आहत प्रतिष्ठा को फिर से कायम करने के लिए बेचैन था। वह उस बेचारी बनी-सँवरी महिला पर झपट पड़ा, जो दफ्तर में उसके घुसने के समय से ही बेहद बेवकूफी भरी मुस्कराहट के साथ उसे घूरे जा रही थीं।

'सुनो फलाँ-फलाँ-फलाँ,' वह अचानक अपनी पूरी आवाज से चिल्लाया (शोकग्रस्त महिला दफ्तर से जा चुकी थीं), 'तुम्हारे घर पर कल रात हो क्या रहा था? क्यों, फिर वही बेहूदगी तुम्हारी वजह से पूरे मोहल्ले की नाक में दम है। फिर वही लड़ाई-झगड़ा, पीना-पिलाना। जेल जाना चाहती हो क्या मैं दस बार तुम्हें चेतावनी दे चुका हूँ कि ग्यारहवीं बार नहीं छोड़ूँगा। और तुम... फिर... फिर वही हरकत करने लगीं... बदचलन कहीं की!'

ताज्जुब के मारे रस्कोलनिकोव के हाथों से कागज गिर पड़ा। उसने बौखला कर उस बनी-सँवरी महिला को देखा, जिसके साथ ऐसा अभद्रता का व्यवहार किया जा रहा था लेकिन जल्दी ही उसकी समझ में आ गया कि यह सारा किस्सा क्या था, और उसे वाकई इस पूरे कांड में मजा आने लगा। वह मजे ले कर सुनने लगा। उसका जी चाहा कि जी खोल कर खूब हँसे... वह बेहद तनाव से भरा हुआ था

'इल्या पेत्रोविच!' बड़े बाबू ने चिंतित हो कर कुछ कहना शुरू किया था लेकिन बीच में ही रुक गया, क्योंकि वह अपने अनुभव से जानता था कि भड़के हुए असिस्टेंट सुपरिंटेंडेंट को जोर-जबरदस्ती से काबू में नहीं किया जा सकता।

जहाँ तक उस बनी-ठनी महिला का सवाल था, शुरू में वह इस तूफान के आगे जरूर काँपी। लेकिन अजीब बात थी कि गालियों की विविधता और उनकी सख्ती जितनी बढ़ती जाती थी, वह उतनी ही विनम्र होती जाती थीं और उस रोबदार असिस्टेंट सुपरिंटेंडेंट पर जो मुस्कराहटें वह बिखेर रही थीं, उनमें रिझाने का गुण और बढ़ता जाता था। वह बड़ी बेचैनी से कसमसा रही थीं, लगातार झुक-झुक कर सलाम कर रही थीं, बड़ी बेताबी से अपनी बात कहने के मौके की ताक में थीं, और आखिरकार वह मौका उसे मिल भी गया।

'अपुन का घर में किसी माफिक शोर-फोर या दंगा-पंगा नईं होएला, कप्तान साब,' उसने एक साँस में अपनी सारी बात पटर-पटर कही। लगता था जैसे मटर के दाने टपक रहे हों। वह बड़े भरोसे के साथ रूसी बोल रही थी, हालाँकि उसके उच्चारण में गहरा जर्मन पुट था, 'होर हंगामे भी कोई नहीं होएला, और साब बहादुर नशे में टाइट आएला होता। हम सब बात सच्ची-सच्ची बोलता, कप्तान साब। अपुन का राई-रत्ती भी मिश्टेक नईं होएला उसमें... अपुन का घर सरीफ लोगों का घर होता और सारा बात पूरा जैसा सरीफ लोग का होता कप्तान साहब। अपुन तो खुद नईं माँगता कबी कोई दंगा-पंगा, शोर-फोर होने का। पन वह आया होता एकदम नसे में टाइट और बोलने को लगा तीन बोतल और चाहिए; वह एक टाँग उठाया ऊपर और पाँव से पियानो को बजाने लगा। सरीफ का घर में कोई ऐसा करने सकता! अपुन का फस्ट क्लास पियानो खलास कर डाला। ऐसा बदतमीजी नईं करना माँगता सो, अपुन उसको साफ-साफ बोला यह बात। पन वह एक बोतल उठाता, इसको मारता, उसको मारता। अपुन क्या करने सकता... दरबान को ताबड़तोड़ बुलाया, और कार्ल बरोबर आया। पन, साब, कार्ल को वह पकड़ा और उसका आँख को चोट करने होता और हेनरिएट का भी आँख को चोट करने मारता होता और अपुन का गाल ऊपर पाँच तमाचा... तड़-तड़ मारने होता। कप्तान साब, किसी सरीफ का घर में कोई ऐसा करने को बोलता कबी। अपुन तो रोने को लगा, पन वह नहर साइड का खिड़की खोलने को होता और खिड़की के पास में जाने होता और सुअर की माफिक घुर्र-घुर्र करने होता; कैसा बड़ा सरम का बात होता। खिड़की के सामने में खड़ा होने का... फेर सड़क की साइड मुँह उठाने का और सुअर की माफिक घुर्र-घुर्र बोलने का। ऐसे भी करने सकता कोई जंटलमैन आदमी! छिः-छिः! कार्ल उनका कोट पकड़ लेने होता और खिड़की का साइड से इधर को घसीटने होता... अपुन सच्ची-सच्ची बोलता, कप्तान साब, इसमें कोट उसका पीछू से छोटा-सा फट जाता होता। बस वह क्या बमकने को होएला। बोलने को लगा कोट फाड़ा तो पंद्रह रूबल जुर्माना देने को होता। और कप्तान साब, उसको पाँच रूबल भी दिएला, कोट फाटने का। बिलकुल जंटलमैन सरीफ आदमी नहीं होता वह और सारा खिट-पिट जो होएला उसी का कारन से। अपुन को बोलता होता कि अपुन का बारे में सारा बुरा-बुरा बात पेपर में लिखने का, काहे से कि वह सारा पेपर को अपुन का बारे में कुछ भी लिखने को सकता।'

'तो वह कलमची था?'

'हाँ, कप्तान साब, बरोबर जंटलमैन आदमी नहीं वो... किसी सरीफ आदमी का घर में।'

'बस-बस! बहुत हो गया! मैं तुझे पहले भी बता चुका हूँ...'

'इल्या पेत्रोविच!' बड़े बाबू ने एक बार फिर अर्थपूर्ण ढंग से कहा। असिस्टेंट सुपरिंटेंडेंट ने तेजी से उसे एक नजर देखा; बड़े बाबू ने अपना सर थोड़ा-सा हिला दिया।

'...तो शरीफों की शरीफ लुईजा इवानोव्ना, मैं यह बात तुम्हें बताए देता हूँ और आखिरी बार बता रहा हूँ,' असिस्टेंट का चरखा चलता रहा। 'अगर फिर कभी तुम्हारे शरीफोंवाले घर में कोई हंगामा हुआ तो मैं तुम्हीं को, वो जिसे शरीफों की जबान में कहते हैं न, हवालात में डलवा दूँगा। सुन लिया तो एक आलिम-फाजिल आदमी ने, कलमची लेखक ने, 'शरीफोंवाले घर' में अपना कोट फटने पर पाँच रूबल वसूल कर लिए... कमाल के होते हैं ये कलमची लोग भी!' और उसने रस्कोलनिकोव पर फिर तिरस्कारभरी नजर डाली। 'अभी उस दिन एक रेस्तराँ में हंगामा हुआ। एक लेखक साहब ने खाना खा लिया और पैसे नहीं निकाले थे; बोले : 'मैं एक व्यंग्य तुम्हारे बारे में लिखूँगा।' इसी तरह एक स्टीमर पर पिछले हफ्ते ऐसे ही एक साहब ने एक सिविल कौंसिलर साहब के खानदान, उनकी बीवी-बेटी के बारे में निहायत बेहूदा बातें कीं और इसी बिरादरी के एक सज्जन को अभी उस दिन मिठाई की एक दुकान से निकाला गया था। ये लोग होते ही ऐसे हैं, लेखक हुए, साहित्यकार हुए, छात्र हुए, ढिंढोरची हुए... छिः! तुम फूटो अब यहाँ से! मैं खुद तुम्हारे यहाँ एक दिन मुआइना करने आऊँगा। सो इसका खयाल रखना! सुन लिया?'

बड़े अदब से जल्दी-जल्दी हर तरफ झुक कर सलाम करती हुई लुईजा इवानोव्ना पीछे हटते-हटते दरवाजे तक पहुँच गई। लेकिन दरवाजे पर वह खिले हुए किताबी चेहरे और घने सुनहरे गलमुच्छोंवाले एक खूबसूरत अफसर से टकरा गई। यह उसी मोहल्ले के सुपरिंटेंडेंट थे, निकोदिम फोमीच। लुईजा इवानोव्ना ने जल्दी से लगभग जमीन तक झुक कर सलाम किया और छोटे-छोटे कदमों से तितली की तरह पर फड़फड़ाती, दफ्तर के बाहर निकल गई।

'फिर वही गरज, वही कड़क, वही तूफान!' निकोदिम फोमीच ने इल्या पेत्रोविच से शरीफाना और दोस्ताना अंदाज में कहा। 'फिर तुम भड़क उठे, फिर तुम्हारा ज्वालामुखी फूट पड़ा! मैंने सीढ़ियों पर से सुना!'

'किसे परवाह है!' इल्या पेत्रोविच ने शब्दों को खींच कर शरीफाना लापरवाही से कहा और कुछ कागज ले कर, हर कदम पर अकड़ से कंधों को झटका देता हुआ दूसरी मेज पर चला गया। 'जरा तुम्हीं इस मामले को देखो : एक लेखक या छात्र या जो कभी छात्र रह चुका है, अपना कर्ज अदा नहीं करता, प्रोनोट लिख कर दे रखे हैं, कमरा खाली नहीं करता, और उसके खिलाफ लगातार शिकायतें आती रहती हैं, और ऊपर से उसे अपने सामने मेरे सिगरेट पीने पर भी एतराज है! खुद कमीनों जैसी हरकतें करते हैं हजरत, जरा इनकी सूरत तो देखो। ये हैं वह साहब, कैसी खूबसूरत शक्ल पाई है!'

'गरीबी कोई ऐब नहीं है दोस्त, लेकिन यह बड़ी आसानी से भड़क उठता है, बारूद की तरह, और मैं समझता हूँ कि किसी बात पर चिढ़ गया होगा। और शायद आप,' सुपरिंटेंडेंट रस्कोलनिकोव से बड़ी शिष्टता से बात कर रहा था, 'आपने भी बुरा माना होगा और अपने आपको काबू में न रख सके होंगे। लेकिन मैं आपको यकीन दिलाता हूँ साहब, बुरा मानने की कोई तुक नहीं थी, यह असिस्टेंट सुपरिंटेंडेंट आदमी बड़ा लाजवाब है। बस मिजाज का गर्म है, बहुत जल्दी भड़क उठता है! जल्दी भड़क उठता है, गुस्सा फूट पड़ता है और फिर तो जल कर राख हो जाता है! फिर थोड़ी ही देर में सब मामला ठंडा भी हो जाता है! बुनियादी तौर पर, दिल का हीरा आदमी है। रेजिमेंट में इसका नाम लोगों ने रख छोड़ा था : बारूदी लेफ्टिनेंट1...'

'और रेजिमेंट थी भी कैसी!' इल्या पेत्रोविच अपने मतलब की इस दोस्ताना छेड़छाड़ पर खुश हो कर चिल्लाया, हालाँकि उसका मुँह अब भी कुछ फूला हुआ था।

1. उसका असली नाम पोरोख था, जिसका अर्थ 'बारूद' होता है।

अचानक रस्कोलनिकोव का जी चाहा कि उन सबसे कोई खास तौर पर खुशगवार बात कहे।

'माफ कीजिएगा, कप्तान साहब,' उसने एकाएक निकोदिम फोमीच को संबोधित करके कहना शुरू किया, 'आप अपने आपको मेरी जगह पर रख कर देखिए, मैंने अगर कोई बदतमीजी की हो, तो मैं माफी माँगने को तैयार हूँ। मैं एक गरीब छात्र हूँ, बीमार और गरीबी से चकनाचूर।' (उसने 'चकनाचूर' शब्द का ही इस्तेमाल किया था।) 'अभी पढ़ाई भी नहीं कर रहा हूँ, क्योंकि आजकल मैं अपना खर्च तक नहीं चला सकता। लेकिन मुझे पैसा मिलनेवाला है... मेरी माँ और बहन रियाजान प्रांत में रहती हैं... वे मुझे पैसा भेजेंगी, तब मैं... भुगतान कर दूँगा। मेरी मकान-मालकिन दिल की बड़ी नेक औरत है, लेकिन मेरे ट्यूशन छूट जाने की वजह से और पिछले चार महीने से मुझसे कुछ न मिलने की वजह से इतनी तंग आ चुकी है कि मेरे लिए ऊपर खाना भेजना भी बंद कर दिया है ...और यह प्रोनोट तो एकदम मेरी समझ में नहीं आता। वह मुझसे इस प्रोनोट का भुगतान करने को कहती है। मैं कहाँ से अदा करूँ आप खुद ही फैसला कीजिए...'

'लेकिन हमें इससे कोई मतलब नहीं, समझे न,' बड़े बाबू ने अपनी राय दी।

'हाँ, आपकी यह बात मैं मानता हूँ। लेकिन मुझे पूरी बात समझाने का मौका दीजिए...' रस्कोलनिकोव ने फिर कहा। वह अभी तक निकोदिम फोमीच को संबोधित कर रहा था, लेकिन अपनी बात इल्या पेत्रोविच के कानों तक भी पहुँचा देने की कोशिश कर रहा था, हालाँकि वह लगातार अपने कागजात को उलटने-पुलटने में व्यस्त मालूम होता था और तिरस्कार के साथ उसकी ओर जरा-सा भी ध्यान नहीं दे रहा था। 'मैं आपको इतना बता दूँ कि मैं उसके यहाँ लगभग तीन साल से रह रहा हूँ, जब मैं एक कस्बे से आया तभी से, और शुरू में... शुरू-शुरू में... मेरे लिए यह बात मान लेने में बुराई ही क्या है, शुरू में मैंने उसकी बेटी से शादी करने का वादा भी किया था। मैंने जबानी वादा किया था, और अपनी मर्जी से किया था... अच्छी लड़की थी... सचमुच मुझे अच्छी लगती थी, हालाँकि मुझे उससे कोई प्यार नहीं था... सच पूछिए तो जवानी के जोश का मामला था... मेरे कहने का मतलब यह कि मेरी मकान-मालकिन उन दिनों मुझे बेझिझक कर्ज दिया करती थी, और मेरे दिन भी... मैं बहुत लापरवाही बरतता था...'

'आपकी निजी जिंदगी की ये बातें आपसे किसने पूछीं साहब, हमारे पास बेकार की बातों में खोटा करने के लिए वक्त नहीं है।' इल्या पेत्रोविच बड़ी रुखाई से और कुछ जोर दे कर बात काट कर बोला। रस्कोलनिकोव ने उसे गर्मजोशी से बीच में ही रोक दिया, हालाँकि अचानक उसे ऐसा लगा कि उसे बोलने में कठिनाई हो रही थी।

'लेकिन मुझे यह तो कहने दीजिए... कि यह सब कुछ कैसे हुआ... हालाँकि अपनी हद तक... आपकी यह बात मैं मानने को तैयार हूँ कि... यह गैर-जरूरी है। लेकिन एक साल हुआ वह लड़की टाइफस से मर गई। मैं पहले की तरह वहीं रहता रहा, और जब मेरी मकान-मालकिन घर बदल कर इस नई जगह में आई तो मुझसे कहा... और बड़े दोस्ताना ढंग से कहा... कि उसे तो मुझ पर पूरा भरोसा है पर फिर भी मैं एक सौ पंद्रह रूबल का प्रोनोट लिख कर दे दूँ, उस पूरी रकम का जो मेरी तरफ निकलती थी। उसने कहा कि अगर मैं यह प्रोनोट लिख कर दे दूँ, तो वह मुझ पर फिर जितना भी मैं चाहूँगा,

कर्ज दे देगी, और यह कि वह तब तक उस प्रोनोट को हरगिज-हरगिज - ये खुद उसके शब्द थे - इस्तेमाल नहीं करेगी, जब तक कि मैं पैसा चुकाने की हालत में न हो जाऊँ... और अब, जबकि मेरे ट्यूशन छूट गए हैं और मेरे पास खाने तक को नहीं है, उसने मेरे ऊपर यह नालिश कर दी है। मैं इसे क्या कहूँ?'

'इस दर्दभरी दास्तान से हमें कोई सरोकार नहीं है,' इल्या पेत्रोविच बड़े रूखेपन से बीच में बोल पड़ा। 'आपको लिख कर पक्का वादा करना होगा; जहाँ तक आपके इश्क-मुहब्बत के किस्सों और इन दुख भरी दास्तानों का सवाल है, हमें उनसे कोई मतलब नहीं है।'

'जाने दो... तुम जरूरत से ज्यादा सख्ती कर रहे हो,' निकोदिम फोमीच ने मेज पर बैठते हुए बुदबुदा कर कहा और वह भी कुछ लिखने लगा। वह कुछ शर्मिंदा-सा लग रहा था।

'लिखो,' बड़े बाबू ने रस्कोलनिकोव से कहा।

'क्या लिखूँ?' उसने झल्ला कर पूछा।

'मैं बताता हूँ।'

रस्कोलनिकोव को लगा कि उसके भाषण के बाद बड़े बाबू उसके साथ ज्यादा बेरुखी और हिकारत के साथ पेश आ रहा था। लेकिन अजीब बात यह थी कि अचानक उसे लगा उसे किसी की राय की रत्ती भर भी परवाह नहीं रह गई थी। यह विरक्ति उसमें पलक झपकते, एक पल में, पैदा हो गई थी। अगर उसने जरा भी सोचने की कोशिश की होती तो उसे इस बात पर सचमुच ताज्जुब होता कि अभी एक ही मिनट पहले उन लोगों से वह उस तरह की बातें कर ही कैसे सका, उन पर ही भावनाएँ थोप कैसे सका फिर ये भावनाएँ भी पैदा कहाँ से हुई थीं अगर उस वक्त उस कमरे में पुलिस अफसरों की बजाय उसके अपने करीबी दोस्त-रिश्तेदार भी होते, तो उसके पास उनसे कहने के लिए इनसानोंवाली एक भी बात न होती। उसका दिल किस कदर खाली हो चुका था। उसकी आत्मा में चिरस्थायी अकेलापन और दुराव की संवेदना चेतन रूप धारण करती जा रही थी। उसके मन में यह विरक्ति पैदा होने की वजह न तो इल्या पेत्रोविच के सामने व्यक्त किए गए भावों की तुच्छता थी, और न ही उस पर एक पुलिस अफसर की विजय की तुच्छता। आह, लेकिन अब उसे स्वयं अपनी तुच्छता से, अहंकार की इन छोटी-मोटी बातों से, अफसरों से, जर्मन औरतों से, कर्जों से, पुलिस थानों से क्या लेना-देना था उस पल अगर उसे जिंदा जलाए जाने की सजा भी सुना दी जाती, तब भी वह विचलित न होता, वह सजा आखिर तक सुनता भी नहीं। उसे कुछ ऐसा हो रहा था, जो पहले कभी नहीं हुआ था, जो अचानक हो रहा था और जिससे वह एकदम परिचित नहीं था। ऐसा नहीं था कि वह इस बात को समझ रहा था, लेकिन संवेदना की भरपूर तीव्रता के साथ वह इस बात को साफ महसूस कर रहा था कि जिस तरह के उद्गार अभी कुछ देर पहले फूट पड़े थे, वह थाने के लोगों के आगे अब कभी उस तरह के भावुक उद्गारों का या किसी चीज का भी सहारा ले कर गिड़गिड़ा नहीं सकता था, और यह कि अगर वे पुलिस के अफसर न हो कर उसके अपने भाई-बहन होते तो भी किसी भी परिस्थिति में उनके सामने गिड़गिड़ाने का कोई सवाल नहीं उठता था। उसने पहले कभी ऐसी अजीब और भयानक संवेदना अनुभव नहीं की थी। पर सबसे अधिक दुखदायी बात यह थी कि यह एक संकल्पना या विचार की अपेक्षा एक संवेदना अधिक थी। एक प्रत्यक्ष संवेदना, अपने जीवन में उसने जितनी संवेदनाएँ झेली थीं उन सबसे अधिक दुखदायी!

बड़ा बाबू उसे बँधा-टँका बयान लिखाने लगा : कि वह अभी रकम अदा नहीं कर सकता, कि आगे चल कर यह रकम चुका देने का वादा करता है, कि वह शहर छोड़ कर कहीं नहीं जाएगा, न अपनी जायदाद बेचेगा, न किसी के नाम करेगा, वगैरह-वगैरह।

'लेकिन तुमसे तो लिखा भी नहीं जा रहा है, कलम भी ठीक से नहीं पकड़ पा रहे हो,' बड़े बाबू ने बड़े कौतूहल से रस्कोलनिकोव को देखते हुए कहा। 'तबीयत ठीक नहीं है?'

'हाँ... और चक्कर भी आ रहा है... आप बोलते जाइए!'

'बस इतना ही। इस पर दस्तखत कर दो।'

बड़े बाबू ने कागज ले लिया, और किसी दूसरे काम की ओर ध्यान देने लगा।

रस्कोलनिकोव ने कलम लौटाया, लेकिन उठ कर चले जाने की बजाय अपनी कुहनियाँ मेज पर टिका दीं और हाथों से सर को कस कर थाम लिया। लग रहा था जैसे उसकी खोपड़ी में कोई कील ठोंक रहा है। अचानक एक अजीब विचार उसके मन में उठा, कि उठ कर फौरन निकोदिम फोमीच के पास जाए, कल जो कुछ हुआ था, सब साफ-साफ बता दे, फिर उसके साथ अपने कमरे पर जाए और उसे कोनेवाले खोखल में रखी हुई सारी चीजें दिखा दे। यह भाव इतना प्रबल था कि वह उसे पूरा करने के लिए अपनी कुर्सी से उठ खड़ा हुआ। 'क्या यह न होगा कि एक पल इसके बारे में सोच लूँ' उसके दिमाग में बिजली की तरह यह विचार कौंधा। 'नहीं, बिना सोचे ही सारा बोझ उतार फेंकना अच्छा रहेगा!' लेकिन वह पत्थर की तरह उसी जगह गड़ा रह गया। निकोदिम फोमीच बड़ी तल्लीनता से इल्या पेत्रोविच से कुछ बातें कर रहे थे, और उनके शब्द उसके कानों तक पहुँचे :

'हो ही नहीं सकता ऐसा, दोनों छोड़ दिए जाएँगे। पहली बात यह कि सारी दलील अपनी काट खुद करती है। अगर यह काम उन्होंने किया होता तो दरबान को बुला कर क्यों लाते अपने खिलाफ मुखबिरी करने के लिए या आँख में धूल झोंकने के लिए लेकिन यह तो हद से ज्यादा धूर्तता की बात होती! और फिर उस पेस्त्र्याकोव को दोनों दरबानों ने और एक औरत ने फाटक से अंदर आते हुए देखा था। वह तीन दोस्तों के साथ आया था, जिन्होंने उसे फाटक पर ही छोड़ा था, और उसने अपने दोस्तों के सामने दरबानों से किराए के किसी कमरे के बारे में पूछा था। सो तुम्हीं बताओ : अगर वह इस इरादे से जा रहा होता तो दरबानों से कमरे की बात पूछता जहाँ तक कोख का सवाल है, ऊपर बुढ़िया के यहाँ जाने से पहले वह नीचे आधे घंटे तक सुनार के यहाँ बैठा रहा और उसके यहाँ से वह ठीक पौने आठ बजे उठा। जरा सोचो...'

'लेकिन माफ कीजिएगा, अपने बयान में ये दोनों जो एक-दूसरे से उलटी बातें हैं, उनका क्या जवाब आपके पास है वे खुद कहते हैं कि उन्होंने दरवाजा खटखटाया और दरवाजा बंद था, लेकिन तीन मिनट बाद ही जब दरबान को ले कर ऊपर गए तो कुंडी खुली हुई थी।'

'असल बात यही तो है। हत्यारा वहीं होगा और दरवाजा अंदर से बंद कर रखा होगा। सो कोख अगर इतना बड़ा गधा न होता कि दरबान को खोजने खुद भी चला जाता तो वे लोग हत्यारे को पकड़ भी लेते। उसने जो वक्त बीच में मिला, उसका फायदा उठाया और नीचे उतर कर, किसी तरह उन्हें चकमा दे कर खिसक गया। कोख कसमें खा-खा कर कहता है : अगर

मैं वहाँ मौजूद होता तो वह झपट कर बाहर निकलता और उसी कुल्हाड़ी से मुझे भी मार डालता। अब वह जान बचने पर चर्च में प्रसाद बँटवाएगा - ही-ही-ही!'

'और किसी ने हत्यारे को देखा तक नहीं?'

'उनका उसे न देखना कोई बड़ी बात नहीं है। वह जगह तो एकदम भानुमती का पिटारा है,' बड़े बाबू ने कहा। वह सारी बातें सुन रहा था।

'बात साफ है, एकदम साफ,' निकोदिम फोमीच ने जोश से अपनी बात दोहराई।

'नहीं बिलकुल साफ नहीं है,' गोया इल्या पेत्रोविच ने बात का निचोड़ पेश किया।

रस्कोलनिकोव अपना हैट उठा कर दरवाजे की ओर चला लेकिन वहाँ तक पहुँच नहीं पाया...

होश आया तो उसने देखा कि वह एक कुर्सी पर बैठा हुआ है, किसी ने दाहिनी ओर से उसे सहारा दे रखा है, एक दूसरा आदमी बाईं ओर पीले रंग के गिलास में पीले रंग का पानी लिए खड़ा है, और निकोदिम फोमीच सामने खड़ा उसे गौर से देख रहा है। वह कुर्सी से उठा।

'क्या बात है तबीयत खराब है क्या?' निकोदिम फोमीच ने कुछ तीखेपन से पूछा।

'दस्तखत करते वक्त कलम भी ठीक से पकड़ नहीं पा रहा था,' बड़े बाबू ने अपनी जगह बैठते हुए और अपना काम फिर से सँभालते हुए कहा।

'बहुत दिन से बीमार हो क्या?' इल्या पेत्रोविच जहाँ कुछ कागज उलट-पुलट कर देख रहा था, वहीं से ऊँची आवाज में बोल उठा। जब रस्कोलनिकोव बेहोश हुआ था, तब वह उसे देखने जरूर उठा था, लेकिन उसके होश आते ही वह फिर अपनी जगह वापस चला गया था।

'कल से,' रस्कोलनिकोव ने बुदबुदा कर जवाब दिया।

'कल तुम कहीं बाहर गए थे?'

'हाँ'

'इस बीमारी की हालत में?'

'हाँ'

'किस वक्त?'

'कोई सात बजे'

'मैं क्या पूछ सकता हूँ कि कहाँ गए थे?'

'सड़क पर।'

'दो-टूक और साफ-साफ।'

रस्कोलनिकोव ने, जिसका रंग एकदम सफेद पड़ गया था, तीखे स्वर में, कुछ झटके के साथ जवाब दिए थे। इल्या पेत्रोविच के घूरने के बावजूद उसने अपनी जलती हुई काली-काली आँखें नहीं झुकाई थीं।

'उससे सीधे तो खड़ा हुआ नहीं जा रहा, और तुम...' निकोदिम फोमीच ने कुछ कहना शुरू किया।

'कोई बात नहीं,' इल्या पेत्रोविच ने कुछ अजीब ढंग से फैसला सुनाया। निकोदिम फोमीच कुछ और भी जोड़नेवाला था लेकिन बड़े बाबू पर एक नजर डालने के बाद, जो उसे नजरें जमाए घूर रहा था, वह कुछ नहीं बोला। कमरे में एक अजीब-सी खामोशी फैल गई थी।

'अच्छी बात है फिर,' इल्या पेत्रोविच ने अपनी बात पूरी करते हुए कहा, 'हम तुम्हें अब और ज्यादा नहीं रोकेंगे।'

रस्कोलनिकोव बाहर चला आया। वहाँ से जाते हुए उसने उन लोगों को बड़ी उत्सुकता से आपस में बातें करते हुए सुना; निकोदिम फोमीच की सवाल करती हुई आवाज सबकी आवाजों के ऊपर सुनाई दे रही थी। सड़क पर पहुँच कर उसकी बेहवासी एकदम दूर हो चुकी थी।

'तलाशी होगी, यकीनन तलाशी होगी,' उसने जल्दी-जल्दी घर की ओर कदम बढ़ाते हुए मन में दोहराया 'बदमाश कहीं के! उन्हें मुझ पर शक हो गया है!' एक बार फिर पहलेवाली दहशत ने आन दबोचा।

अपराध और दंड : (अध्याय 2-भाग 2)

'और अगर उस जगह की तलाशी हो भी चुकी हो तो मैं अपने कमरे पर पहुँचूँ और वे लोग वहाँ मौजूद हों तो?'

उसका कमरा आ गया था। उसमें कुछ भी नहीं था, कोई भी नहीं था। किसी ने उसमें झाँका तक नहीं था। नस्तास्या तक ने किसी चीज को हाथ नहीं लगाया था। लेकिन, हे भगवान, वह खोखल में उन सब चीजों को छोड़ कर चला कैसे गया था!

वह लपक कर कोने में पहुँचा, कागज के नीचे अपना हाथ डाला, सब चीजें बाहर निकालीं, और उन्हें अपनी जेबों में भर लिया। कुल मिला कर आठ नग थे : कान की बालियों या इसी तरह की किसी और चीज की दो छोटी-छोटी डिबियाँ – उसने ठीक से देखा भी नहीं; फिर चमड़े के चार छोटे-छोटे केस थे। एक जंजीर भी थी, जिसे अखबार के एक टुकड़े में यूँ ही लपेटा हुआ था। अखबार में ही लिपटी हुई एक और चीज थी, जो कोई तमगा मालूम होती थी...

उसने उन सब चीजों को अपने ओवरकोट की अलग-अलग जेबों में और अपने पतलून की बच रही दाहिनी जेब में रख लिया और इस बात की पूरी कोशिश की कि उन पर किसी की नजर न पड़े। बटुआ भी ले लिया। फिर दरवाजा खुला छोड़ कर वह कमरे से बाहर निकल गया।

वह जल्दी-जल्दी सधे कदमों के साथ चल रहा था। हालाँकि वह पूरी तरह टूटा हुआ महसूस कर रहा था पर उसकी सारी चेतनाएँ सजग थीं। पीछा किए जाने का डर लगा हुआ था; वह डर रहा था कि अभी आधे घंटे या पंद्रह मिनट में ही उसका पीछा करने का हुक्म जारी हो जाएगा, इसलिए उसे सारे सबूत उससे पहले ही, हर कीमत पर छिपा देने चाहिए। जब तक उसके शरीर में थोड़ी-बहुत ताकत बाकी थी, जब तक उसकी अक्ल थोड़ा-बहुत काम कर रही थी, उसे सब कुछ ठीक कर देना चाहिए... लेकिन वह जाए तो कहाँ

उसका इरादा बहुत पहले ही पक्का हो चुका था, 'उन्हें नहर में फेंक दूँगा, सारे सबूत पानी में छिप जाएँगे और किस्सा ही खत्म हो जाएगा।' यह फैसला उसने रात को सरसाम की हालत में ही कर लिया था, जब कई बार उसके दिल में यह जोश पैदा हुआ था कि उठे, चल दे और जल्दी-से-जल्दी उन सब चीजों से छुटकारा पा ले। लेकिन उनसे छुटकारा पाना टेढ़ी खीर निकला।

वह आधे घंटे तक या उससे भी ज्यादा समय तक एकतेरीनिस्की नहर के किनारे टहलता रहा। उसने कई बार उन सीढ़ियों को देखा जो पानी की सतह तक चली गई थीं, लेकिन अपनी योजना पूरी करने की बात वह सोच भी नहीं सका। या तो सीढ़ियों के छोर पर कोई-न-कोई बेड़ा खड़ा होता था या औरतें वहाँ बैठी कपड़े धो रही होती थीं, या कोई न कोई नाव वहाँ लगी होती थीं, और हर जगह लोगों के झुंड मँडराते होते थे। इसके अलावा किनारे पर हर तरफ से उसे देखा जा सकता था और उसको पकड़ा जा सकता था। किसी का इरादा करके नीचे उतरना, वहाँ रुकना और पानी में कोई चीजें फेंकना शक पैदा कर सकता था। और अगर डब्बे डूबने की बजाय तैरते रहे तो वे तैरेंगे तो जरूर। हर कोई देखेगा। यूँ भी, जो उसे रास्ते में मिलता था वह उसे घूरता हुआ और गौर से उसे देखता हुआ ही मालूम होता था, गोया उसे उस पर नजर रखने के अलावा कोई काम न हो। 'ऐसा क्यों है या यह सिर्फ मेरा वहम है' उसने सोचा।

उसे आखिरकार यह बात सूझी कि नेवा नदी पर जाना ही सबसे सही होगा; वहाँ इतने सारे लोग नहीं होते, उस पर लोगों की नजर भी कम पड़ेगी, और वहाँ हर तरह से ज्यादा सुविधा रहेगी। सबसे बड़ी बात यह कि वह जगह और भी दूर थी। उसे ताज्जुब हो रहा था कि वह पूरे आधे घंटे तक इस खतरनाक जगह में परेशानी और चिंता में डूबा फिरता रहा और उसे यह बात नहीं सूझी! यह आधा घंटा उसने एक बेतुकी योजना में खो दिया था, महज इसलिए कि वह उसे सरसाम की हालत में सूझ गई थी! वह बदहवास होता जा रहा था और हर बात जल्दी ही भूल जाता था; उसे इस बात का एहसास हुआ। उसे अब जल्दी करनी ही होगी।

वह व. प्रॉस्पेक्ट से होता हुआ नेवा की ओर चला, लेकिन रास्ते में उसे एक और बात सूझ गई : 'नेवा की ओर क्यों? पानी में क्यों? क्या ज्यादा बेहतर यह न होगा कि कहीं और दूर निकल चलें, शायद द्वीपों की ओर, और वहाँ किसी सुनसान जगह पर, जंगल में या किसी झाड़ी में, इन चीजों को छिपा दें और पहचान के लिए उस जगह पर कोई निशान लगा दें यूँ तो वह महसूस कर रहा था कि उसमें साफ-साफ कोई बात तय करने की क्षमता नहीं है, फिर भी उसे यह विचार बहुत जँचा।

लेकिन संयोग ने उसे वहाँ तक पहुँचने नहीं दिया। व. प्रॉस्पेक्ट से निकल कर चौक की तरफ आते वक़्त उसे बाईं ओर एक गलियारा दिखाई दिया, जो दो सपाट दीवारों के बीच से हो कर एक दालान की ओर जाता था। दाहिनी ओर एक चौमंजिले मकान की सपाट, बिना पुती दीवार दालान में दूर तक चली गई थी। बाईं ओर उसके समानांतर लकड़ी का बड़ा-सा बाड़ा

दालान में कोई बीस कदम की दूरी तक जा कर अचानक बाईं ओर को घूम गया था। यह जगह चारों ओर से घेर कर अलग कर दी गई थी और वहाँ हर तरह की फालतू चीज इधर-उधर पड़ी थी। दालान के सिरे पर, लकड़ी की बाड़ के पीछे से नीची छतवाली एक कालिख लगी पत्थर की इमारत झाँक रही थी। जो देखने से किसी कारखाने का हिस्सा मालूम होती थी। वह शायद किसी गाड़ी बनानेवाले या किसी बढ़ई का शेड था। फाटक से ले कर वहाँ तक हर जगह कोयले की गर्द बिछी थी। 'यहाँ फेंकने लायक कोई जगह होगी,' उसने सोचा। दालान में किसी को न देख कर वह चुपके से अंदर गया। फाटक के पास ही उसे लोहे की एक खुली नाली नजर आई, जैसी कि अकसर उन जगहों में होती है, जहाँ बहुत से मजदूर या कोचवान रहते हैं। उसके ऊपर लकड़ी के तख्ते पर खड़िया से वही युगों पुराना नारा लिखा हुआ था : 'यहाँ पेशाब करना मना है!' यह तो अच्छी बात थी, क्योंकि यहाँ अंदर जाने पर किसी को शक नहीं होगा। 'मैं सब कुछ यहीं कहीं इस ढेर में फेंक कर चुपचाप निकल जाऊँगा।'

जेब में अपना हाथ डाले हुए उसने एक बार फिर चारों ओर नजर दौड़ाई। दालान की दीवार के पास, फाटक और नाली के बीच की लगभग एक गज सँकरी जगह में एक बड़ा-सा अनगढ़ पत्थर पड़ा नजर आया, जिसका वजन शायद साठ पौंड रहा हो। दीवार की दूसरी ओर एक सड़क थी। उसे राहगीरों की आवाजें सुनाई दे रही थीं, जिनकी वहाँ कभी कोई कमी नहीं रहती थी, लेकिन जब तक वह सड़क से अंदर न आ रहा हो, जैसा कि किसी वक्त भी हो सकता था, उसे फाटक के पीछे कोई देख नहीं सकता था। इसलिए जल्दी जरूरी थी।

वह पत्थर पर झुका, उसका ऊपरी सिरा कस कर दोनों हाथों से पकड़ा और पूरी ताकत लगा कर उसे पलट दिया। पत्थर के नीचे, जमीन में एक छोटा-सा गड्ढा था और उसने अपनी जेबें फौरन उसमें खाली कर दीं। बटुआ सबसे ऊपर था। फिर भी गड्ढा पूरी तरह भरा नहीं। उसने एक बार फिर पत्थर को पकड़ कर हिलाया-डुलाया और उसे एक ही झटके में फिर सीधा कर दिया। पत्थर अब अपनी पहलेवाली हालत में आ गया, बस बहुत थोड़ा-सा ऊँचा हो गया था। लेकिन उसने उसके चारों ओर की मिट्टी खुरची और अपने पाँव से पत्थर के चारों ओर दबा दी। अब किसी को हरकत का कुछ भी सुराग नजर नहीं आ सकता था।

इसके बाद बाहर जा कर वह चौक की ओर मुड़ा। एक बार फिर पल भर के लिए उस पर बहुत गहरा, लगभग असहनीय आनंद छा गया, जैसा कि थाने में हुआ था। 'मैंने सारे सुराग दफन कर दिए हैं! पत्थर के नीचे देखने की बात भला किसके दिमाग में आएगी शायद जबसे यह घर बना है, यहीं पड़ा है और इतने ही बरसों तक अभी और पड़ा रहेगा। अगर पता लग भी गया तो मुझ पर किसे शक होगा सारा किस्सा खलास रहा! कोई सुराग बाकी नहीं!' वह हँसा। आगे भी उसे याद रहा कि उसने एक महीन-सी, घबराई हुई, बिना आवाज की हँसी हँसना शुरू किया था और चौक पार करते हुए पूरे वक्त इस तरह हँसता रहा था। लेकिन क. बुलेवार पर पहुँच कर, जहाँ दो दिन पहले वह लड़की उसे मिली थी, उसकी हँसी अचानक रुक गई। दिमाग में धीरे-धीरे दूसरे विचार आने लगे। उसे लगा उस बेंच के सामने से गुजरते उसे घिन आएगी, जिस पर लड़की के चले जाने के बाद वह बड़ी देर तक बैठा सोचता रहा था, और उस गलमुच्छोंवाले सिपाही से मिल कर भी बड़ी नफरत होगी, जिसे उसने बीस कोपेक दिए थे : 'भाड़ में जाए!'

वह विक्षिप्त हो कर खाली दिमाग अपने चारों ओर देखता हुआ चलता रहा। लग रहा था उसके सारे विचार किसी एक ही बिंदु के चारों ओर चक्कर काट रहे हैं। उसे महसूस हुआ कि सचमुच एक ऐसा बिंदु है और यह कि अब, इस समय वह उसी बिंदु के सामने खड़ा है। पिछले दो महीनों में ऐसा पहली बार हुआ था।

'भाड़ में जाए सब कुछ!' एकाएक अदम्य क्रोध में भर कर उसने सोचा। 'जो कुछ अब शुरू हो चुका है, शुरू हो चुका है। उस पर भी भेजो लानत और एक नई जिंदगी पर भी। हे भगवान, कैसी नादानी है! ...मैं भी आज कैसे-कैसे झूठ बोल गया! कैसे घिनौने ढंग से मैंने उस कमबख्त इल्या पेत्रोविच की खुशामद की! यह सब कुछ बेवकूफी ही तो थी। मुझे उन सब लोगों की, उनकी खुशामद करने की अब क्या परवाह! नहीं-नहीं, बात यह है ही नहीं!'

अचानक वह रुक गया। एक नया, बिलकुल अप्रत्याशित और बेहद सीधा-सादा सवाल उसे परेशान करने लगा और उसे बुरी तरह उलझन में डाल दिया :

'यह सब कुछ अगर बूझ-समझ कर किया गया था, न कि मूर्खों की तरह, अगर सचमुच मेरा कोई निश्चित और पक्का मकसद था, तो फिर क्या वजह भी इसकी कि मैंने बटुए में भी झाँक कर नहीं देखा और मुझे यह भी नहीं मालूम कि उसके अंदर था क्या, जिसके लिए मैंने ये सारी तकलीफें सहीं और जान-बूझ कर इस नीच, गंदे और घिनौने काम का बीड़ा उठाया मैं उस बटुए को और उसके साथ ही उन सारी चीजों को फौरन पानी में फेंक भी देना चाहता था, जिन्हें मैंने ठीक से देखा तक नहीं था... क्या वजह थी इसकी?'

फिर भी मामला ऐसा ही था। वैसे ये सारी बातें उसे पहले से मालूम थीं; उसके लिए यह कोई नया सवाल नहीं था, उस वक्त भी नहीं, जब रात को किसी झिझक या किसी दुविधा के बिना उसे पानी में फेंकने का फैसला किया गया था, गोया ऐसा ही होना चाहिए, गोया इसके अलावा कुछ और हो ही न सकता हो। हाँ, उसे यह सब कुछ मालूम था, और उसने यह सब कुछ अच्छी तरह समझ लिया था। यह सब कुछ तो पक्के तौर पर कल उसी वक्त तय हो गया था, जब वह बक्स पर झुका हुआ उसमें से गहनों की डिब्बियाँ निकाल रहा था... बिलकुल यही बात थी...

'इस सबकी वजह यह है कि मैं बहुत बीमार हूँ,' आखिरकार उसने उदास मन से फैसला किया। 'मैं चिंता करता रहा हूँ, अंदर-ही-अंदर कुढ़ता रहा हूँ और यह भी नहीं जानता कि कर क्या रहा हूँ... कल और परसों और इस पूरे दौरान मैं अपने आपको चिंता की आग में जलाता रहा हूँ... मैं ठीक हो जाऊँगा और मैं चिंता नहीं करूँगा... लेकिन अगर मैं बिलकुल ही ठीक न हुआ तो हे भगवान, मैं इस सबसे कितना तंग आ चुका हूँ!'

यह बिना रुके चलता रहा। उसका जी बेहद चाह रहा था कि ध्यान बँटाने के लिए कोई चीज मिल जाए, लेकिन समझ में नहीं आ रहा था कि वह क्या करे, किस बात की कोशिश करे। हर पल एक नई, बहुत ही शक्तिशाली संवेदना उसे अधिकाधिक अपने शिकंजे में कस रही थी। यह थी अपने चारों ओर की हर चीज से अथाह, और लगभग शारीरिक विरक्ति नफरत की एक जड़ और घिनौनी भावना। जो भी उसे दिखाई देता था, वही उसे घिनौना मालूम होता था-उसे उसकी सूरत से, उसकी चाल-ढाल से, उसके हाव-भाव से घिन आती थी। लग रहा था कि उनमें से कोई अगर उसे संबोधित करता, तो वह उसके मुँह पर थूक देता, या उसे काट भी खाता...

वसील्येव्स्की ओस्त्रोव में छोटी नेवा के किनारे पहुँच कर पुल के पास वह अचानक रुक गया। 'वह तो यहीं रहता है, इसी घर में,' उसने सोचा, 'हे भगवान, मैं रजुमीखिन के यहाँ तो नहीं पहुँच गया लो, फिर वह सिलसिला शुरू... काश मुझे मालूम होता कि मैं यहाँ जान-बूझ कर आया हूँ खैर, कोई बात नहीं। मैंने अभी परसों ही तो कहा था कि उससे मिलने मैं उसके बादवाले दिन जाऊँगा; तो अब जा कर उससे मिल ही क्यों न आऊँ'

वह चौथी मंजिल पर रजुमीखिन के कमरे तक गया और रजुमीखिन को उसके दड़बे में ही देखा। वह उस समय बड़ी एकाग्रता से कुछ लिख रहा था। दरवाजा उसने खुद खोला। वे दोनों चार महीने से एक-दूसरे से नहीं मिले थे। रजुमीखिन एक झीना, फटीचर ड्रेसिंग गाउन और अपने नंगे पाँवों में चप्पलें पहने बैठा था। बिखरे हुए बाल, बढ़ी हुई दाढ़ी, लगता था उसने मुँह-हाथ भी नहीं धोया है; उसके चेहरे से हैरत टपक रही थी।

'तुम हो!' वह चिल्लाया। उसने अपने साथी को सर से पाँव तक देखा, फिर कुछ देर रुक कर सीटी बजाई।

'ऐसी कंगाली आ गई! यार, तुमने तो हम सबको मात कर दिया!' उसने रस्कोलनिकोव के तार-तार कपड़ों को देखते हुए आगे कहा। 'आओ बैठो, एकदम थके हुए लगते हो।' फिर जब वह मोमजामा मढ़े हुए सोफे में धँस कर बैठ गया, जिसकी हालत उसके अपने सोफे से भी बदतर थी, तब रजुमीखिन ने अचानक देखा कि उसका मेहमान बीमार है।

'कुछ खबर भी है कि तुम बहुत बीमार हो' उसने उसकी नब्ज देखते हुए कहना शुरू किया। रस्कोलनिकोव ने अपना हाथ खींच लिया।

'कोई बात नहीं,' वह बोला, 'मैं यहाँ आया था; बात यह है कि मेरे पास कोई ट्यूशन नहीं है... मैं चाहता था... नहीं, दरअसल मुझे पढ़ाने का काम नहीं चाहिए...'

'लेकिन, तुम्हें सरसाम हो गया है, कुछ पता भी है!' रजुमीखिन ने उसे गौर से देखते हुए अपना विचार व्यक्त किया।

'नहीं, सरसाम नहीं है।' रस्कोलनिकोव उठ खड़ा हुआ। रजुमीखिन के कमरे की सीढ़ियाँ चढ़ते समय उसने यह तो नहीं सोचा था कि अपने दोस्त से उसका आमना-सामना होगा। अब पलक झपकते वह समझ गया था कि उस पल जो चीज वह सबसे कम चाहता था, वह यह थी कि दुनिया में किसी से भी उसका सामना न हो। उसका पित्त खौलने लगा। रजुमीखिन के कमरे की चौखट पार करते ही उसे अपने आप पर इतना गुस्सा आया कि दम घुटने लगा।

'तो मैं चला, फिर मिलेंगे,' उसने एकाएक कहा और दरवाजे की ओर चल दिया।

'ठहरो! तुम भी अजीब आदमी हो!'

'मेरा जी नहीं चाहता,' रस्कोलनिकोव ने फिर अपना हाथ खींचते हुए कहा।

'तो फिर कमबख्त यहाँ आए क्यों थे? पागल हुए हो क्या? अरे, यह तो... सरासर मेरे मुँह पर तमाचा है! मैं तुम्हें इस तरह नहीं जाने दूँगा।'

'खैर, बात यह है कि मैं तुम्हारे पास इसलिए आया था कि तुम्हारे अलावा मैं ऐसे किसी दूसरे को नहीं जानता जो मेरी मदद कर सके... शुरुआत के लिए चूँकि तुम औरों से ज्यादा नेक हो, मेरा मतलब है समझदार हो, और भले-बुरे की परख कर सकते हो... और अब मैं समझता हूँ कि मुझे कुछ भी नहीं चाहिए। सुन रहे हो न कुछ भी नहीं... न किसी की मदद... न किसी की हमदर्दी। मैं खुद... बस खुद... अकेला। खैर, बहुत हो चुका! मुझे मेरे हाल पर छोड़ दो।'

'पल-भर तो ठहर, बाँगडू! तू तो बिलकुल पागल है। वैसे तुम्हारी मर्जी, मेरा क्या। बात यह है कि मेरे पास भी कोई ट्यूशन नहीं है, और मुझे इसकी परवाह भी नहीं है, लेकिन किताबें बेचनेवाला एक आदमी है, खेरुवीमोव... उसने ट्यूशनों की

कमी पूरी कर दी है। उसे छोड़ कर तो मैं सेठों के घर पाँच-पाँच बच्चों के ट्यूशन भी न लूँ।' वह प्रकाशन का थोड़ा-बहुत काम करता है। प्रकृति विज्ञान की छोटी-छोटी किताबें भी छापता है, और क्या बिक्री होती है उनकी! उनके नाम पढ़ कर ही पैसे वसूल हो जाते हैं! तुम हमेशा कहा करते थे कि मैं बेवकूफ हूँ, लेकिन भगवान जानता है मेरे यार कि इस दुनिया में मुझसे भी बड़े बेवकूफ पड़े हैं! अब वह भी प्रगतिशील बनने की सोच रहा है, इसलिए नहीं कि उसे किसी रुझान का पता है, बल्कि, दरअसल मैं ही उसे उकसाता रहता हूँ। ये रहे मूल जर्मन पुस्तक के दो फरमे - मेरी राय में इससे भोंडी धूर्तता नहीं हो सकती : इसमें इस सवाल पर बहस की गई है कि क्या औरत इनसान है और बड़े कायदे के साथ साबित किया गया है कि वह है। खेरुवीमोव नारी-समस्या के समाधान में अपने योगदान के रूप में इसे प्रकाशित करनेवाला है। मैं इसका अनुवाद कर रहा हूँ; वह इन ढाई फरमों को फैला कर छह देगा; हम लोग इसका कोई भारी-भरकम नाम, कोई आधे पन्ने का रख देंगे और आधे रूबल में किताब हाथों-हाथ बिक जाएगी। वह मुझे एक फरमे के छह रूबल देता है, इस तरह पूरे काम के पंद्रह रूबल बनते हैं, और छह रूबल मुझे पेशगी मिल चुके हैं। इस काम के खत्म होने के बाद हम लोग ढेल मछलियों के बारे में एक किताब का अनुवाद शुरू करनेवाले हैं, और फिर स्वीकारोक्तियाँ[1], भाग दो में से कुछ बेहद नीरस किस्से, जो हमने अनुवाद करने के लिए छाँट लिए हैं। किसी ने खेरुवीमोव को बता दिया है कि रूसो बहुत कुछ रदीश्चेव[2] जैसा आदमी था। और जाहिर है मैं उसकी किसी बात का खंडन नहीं करता। मेरी बला से! तुम 'क्या औरत इनसान है' का दूसरा फरमा करना चाहोगे अगर चाहो तो मूल जर्मन, कलम और कागज लेते जाओ... यह सब कुछ वहीं से मिलता है, और तीन रूबल भी लेते जाओ क्योंकि मुझे शुरू में पूरे काम के पेशगी छह रूबल मिले थे - तुम्हारे हिस्से के तीन रूबल बनते हैं। तुम जब यह फरमा पूरा कर लोगे तो तुम्हें तीन रूबल और मिलेंगे। अब मेहरबानी करके यह न समझना कि मैं तुम्हारे ऊपर कोई एहसान कर रहा हूँ। बात बल्कि उलटी है। जैसे ही तुमने अंदर कदम रखा था, मैंने सोच लिया था, मुझे तुमसे क्या मदद लेनी है। पहली बात तो यह है कि मेरे स्पेलिंग कमजोर है, और दूसरे, जर्मन भाषा में भी बिलकुल भटक जाता हूँ, इसलिए अनुवाद करते-करते बीच-बीच में ज्यादातर अपनी तरफ से ही घुसेड़ता जाता हूँ। तसल्ली की बात बस यह है कि वह मूल से सब यकीनन अच्छा ही होता होगा। लेकिन कौन जाने, शायद वह बेहतर नहीं बल्कि बदतर ही हो... ले जाओगे... या नहीं?'

---

1. ज्यॉ जाक रूसो की आत्मकथा।

2. अलेक्सांद्र रदीश्चेव (1749-1820) : रूसी लेखक, भूदास प्रथा का आलोचक।

रस्कोलनिकोव ने चुपचाप जर्मन रचना के पन्ने ले लिए, तीन रूबल भी ले लिए, और कुछ कहे बिना बाहर निकल गया। रजुमीखिन अचरज से उसे जाते हुए, एकटक देखता रहा। लेकिन रस्कोलनिकोव अगली सड़क पर पहुँच कर वापस लौटा, रजुमीखिन के कमरे की सीढ़ियाँ फिर चढ़ा, और जर्मन लेख और तीन रूबल मेज पर रख कर फिर बाहर चला आया। इस बार भी उसने कोई शब्द नहीं कहा।

'कुछ दीवाने तो नहीं हो गए?' रजुमीखिन आखिरकार गुस्से में आ कर जोर से चिल्लाया। 'यह क्या नाटक है! तुम मुझे भी पागल बना दोगे... कमबख्त, मेरे पास फिर आए ही क्यों थे?'

'मुझे नहीं चाहिए... कोई अनुवाद का काम,' रस्कोलनिकोव ने सीढ़ियों पर से बुदबुदा कर कहा।

'तो फिर कमबख्त, क्या चाहिए तुम्हें?' रजुमीखिन ने ऊपर से चिल्ला कर कहा। रस्कोलनिकोव चुपचाप सीढ़ियाँ उतरता रहा।

'अरे, सुनो! कहाँ रहते हो तुम?'

कोई जवाब नहीं मिला।

'जाओ, फिर भाड़ में जाओ!'

लेकिन अब तक रस्कोलनिकोव सड़क पर पहुँच चुका था। निकोलाएव्स्की पुल पर पहुँच कर उसे एक अप्रिय घटना की वजह से फिर जा कर पूरी तरह होश आया। एक कोचवान ने उस पर तीन-चार बार चीखने के बाद उसकी पीठ पर एक चाबुक जोर से जड़ दी, क्योंकि वह उसके घोड़े की टापों के नीचे कुचलते-कुचलते बचा था। चाबुक पड़ते ही वह गुस्से से ऐसा तिलमिला उठा कि झपट कर सीधे पुल के कगार की तरफ जा पहुँचा। वह न जाने क्यों गाड़ियों की उस आवाजाही में पुल के बीचोंबीच चल रहा था। गुस्से से वह दाँत पीसने लगा। जाहिर है उसने लोगों को हँसने का सामान थमा दिया था।

'अच्छा हुआ!'

'बदमाश!'

'पुरानी तिकड़म है, नशे में होने का बहाना करो और जान-बूझ कर पहियों के नीचे आ जाओ ताकि हरजाने का दावा कर सको।'

'धंधा बना लिया है, यही काम है इसका।'

वह कगार के पास खड़ा गुस्से से, भौंचक्का हो कर दूर जाती हुई गाड़ी को देख रहा था, और अपनी पीठ सहला रहा था कि इतने में उसने किसी को अपने हाथ में कुछ पैसे रखते महसूस किया। उसने देखा सर पर रूमाल बाँधे और पाँवों में बकरी की खाल के जूते पहने एक अधेड़ उम्र की औरत थी; उसके साथ एक लड़की थी, शायद उसकी बेटी होगी, जो हैट लगाए हुए थी और हरे रंग की छतरी लिए थी। 'ले, भले आदमी, मसीह के नाम पर ये ले!' उसने पैसे ले लिए और वे दोनों आगे बढ़ गईं। बीस कोपेक का सिक्का था। उसके कपड़ों और सूरत-शक्ल से लोगों ने उसे सड़क का भिखारी समझा होगा। तो बीस कोपेक का यह दान उसे चाबुक खा कर मिला था, जिसकी वजह से उन्हें उस पर दया आ गई थी।

सिक्के को अपनी मुट्ठी में बंद करके वह दस कदम चला, और फिर मुड़ कर नेवा नदी की ओर मुँह करके खड़ा हो गया और शरद महल की ओर देखने लगा। आसमान पर एक भी बादल नहीं था और नदी का पानी गहरा नीला लग रहा था, जो कि नेवा नदी में कभी-कभार होता है। गिरजाघर का गुंबद, जिसका सबसे अच्छा दृश्य छोटे गिरजाघर से कोई बीस कदम दूरी पर पुल से दिखाई देता है, धूप में चमक रहा था और साफ हवा में उसकी सजावट की एक-एक तफसील अलग-अलग पहचानी जाती थी। चाबुक की मार का दर्द दूर हो गया और रस्कोलनिकोव उसके बारे में भूल भी गया। इस समय उसके दिमाग पर एक बेचैन करनेवाला विचार पूरी तरह छाया हुआ था। जो पूरी तरह स्पष्ट भी नहीं था। वह शांत खड़ा,

देर तक टकटकी बाँधे क्षितिज को घूरता रहा। इस जगह से वह बखूबी परिचित था। जब वह यूनिवर्सिटी में पढ़ता था, तब सैकड़ों बार आम तौर पर अपने घर जाते हुए - इस जगह शांत खड़ा रह कर इस भव्य दृश्य को टकटकी बाँधे देखता रहता था। यह दृश्य उसके अंदर एक अस्पष्ट-सी, रहस्यमयी भावना पैदा करता था, जिस पर वह हमेशा ही आश्चर्य करता रहता था। उसे देख कर उस पर एक विचित्र उदासीनता छा जाती थी; यह शानदार रंगारंग चित्र उसे गूँगा और बेजान लगता था। हर बार उसे अपने मन पर पड़नेवाली इस धुँधली, रहस्यमयी छाप पर हैरत होती थी, और अपने आप पर विश्वास न करके वह इसका कारण जानने का काम फिर कभी के लिए टाल देता था। अब उसे अपनी पुरानी शंकाएँ और उलझनें साफ-साफ याद आ रही थीं और उसे लग रहा था कि इस समय उनका याद आना केवल संयोग नहीं था। यह बात उसे कुछ अजीब और बेतुकी लग रही थी कि वह पहले की ही तरह ठीक उसी जगह आ कर रुका था, गोया उसने यह कल्पना की हो कि वह उन्हीं विचारों को सोच सकेगा, उन्हीं मान्यताओं और चित्रों में दिलचस्पी ले सकेगा जिनमें... थोड़े समय पहले ही... उसे दिलचस्पी थी। यह बात उसे कुछ हास्यास्पद लगी पर फिर भी उसका दिल तड़प उठा। तब उसे यह सब कुछ बहुत दूर गहराई में, कहीं उसके पाँवों के नीचे ही, आँखों से ओझल मालूम हो रहा था। उसका सारा अतीत, पुराने विचार, पुरानी समस्याएँ और मान्यताएँ, पुरानी स्मृतियाँ और यह चित्र, और वह स्वयं-सब कुछ। ...उसे लगा वह ऊपर की ओर उड़ा चला जा रहा है और आँखों से हर चीज ओझल होती जा रही है... अनजाने ही हाथ को हवा में घुमाते हुए, उसे अचानक मुट्ठी में बंद उस सिक्के की याद आई। उसने मुट्ठी खोल दी, कुछ देर सिक्के को घूरता रहा, और फिर जोर-से बाँह घुमा कर उसे पानी में फेंक दिया। फिर वह मुड़ा और घर की ओर चल पड़ा। उसे लग रहा था उस पल उसने अपने आपको हर आदमी से और हर चीज से चाकू से काट कर अलग कर लिया है।

जब वह घर पहुँचा तो दिन ढल रहा था। इसका मतलब है कि वह छह घंटे तक चला होगा। कैसे और कहाँ-कहाँ हो कर वह वापस आया, यह सब उसे याद नहीं था। कपड़े उतार कर बुरी तरह काँपता हुआ, वह सोफे पर लेट गया। हालत दौड़ा-दौड़ा कर निढाल कर दिए गए घोड़े जैसी हो रही थी। उसने अपना ओवरकोट ओढ़ लिया और फौरन फरामोशी के गर्त में डूब गया...

शाम ढल रही थी, जब वह एक भयानक चीख सुन कर जाग उठा। हे भगवान, कैसी भयानक चीख थी! ऐसी अजीब आवाजें, ऐसी चीख-पुकार, ऐसा रोना-पीटना, ऐसी मार-पीट, ऐसे आँसू, ऐसे लात-घूँसे और ऐसी गालियाँ उसने पहले कभी नहीं सुनी थीं। ऐसे जंगलीपन, ऐसे जुनून की वह कल्पना भी नहीं कर सकता था। दहशत के मारे वह उठ कर पलंग पर बैठ गया, और तीखे दर्द के मारे उस पर बेहोशी-सी छाने लगी। लेकिन लड़ने, रोने और गाली-गलौज की आवाज तेज होती जा रही थी। फिर वह अपनी मकान-मालकिन की आवाज पहचान कर हक्का-बक्का रह गया। वह दहाड़ें मार कर चिल्ला रही थी, चीख रही थी और रो-रो कर तेजी से जल्दी-जल्दी उखड़े-उखड़े शब्दों में कुछ कह रही थी। इसलिए वह क्या कह रही है, उसकी समझ में कुछ भी नहीं आ रहा था। यह तो जाहिर था कि वह गिड़गिड़ा रही थी कि उसे पीटा न जाए, क्योंकि उसे सीढ़ियों पर बड़ी बेरहमी से पीटा जा रहा था। जो आदमी उसे मार रहा था उसकी आवाज चिढ़ और क्रोध के कारण इतनी भयानक हो गई थी कि मेंढक की टर्र-टर्र जैसी लग रही थी। लेकिन वह भी उतनी ही तेजी से, उतने ही अस्पष्ट ढंग से, जल्दी-जल्दी और हकला-हकला कर कुछ कह रही थी। एकाएक रस्कोलनिकोव सिहर उठा। इल्या पेत्रोविच यहाँ! और वह मकान-मालकिन को मार रहा था! वह उसे ठोकरों से मार रहा था और उसका सर सीढ़ियों पर पटक रहा था, रोने की और धड़-धड़ की आवाजों से इतना तो पता चल ही रहा था। बात क्या है, सारी दुनिया यूँ उलट-पुलट क्यों होती जा रही है सभी मंजिलों और सभी सीढ़ियों पर उसे झुंड के झुंड लोगों के भागने की आवाज सुनाई दे रही

थी। उसे लोगों के बोलने की, भय और आश्चर्य से चिल्लाने की, टकराने की और दरवाजे भड़भड़ाने की आवाजें आ रही थीं। 'लेकिन क्यों, आखिर क्यों और यह सब हुआ कैसे?' उसने कई बार दोहराया और सचमुच सोचने लगा कि वह पागल हो गया है। लेकिन नहीं, उसने एकदम साफ सुना था! और फिर इसके बाद वे लोग उसके पास आएँगे, 'क्योंकि इसमें कोई शक ही नहीं है... कि यह सब कुछ उसी सिलसिले में है... कल के बारे में... हे भगवान!' उसने अपने दरवाजे की कुंडी चढ़ा ली होती, लेकिन वह तो अपना हाथ भी नहीं उठा पा रहा था... और इससे फिर फायदा ही क्या था! दहशत ने उसके दिल को अपने शिकंजे में जकड़ लिया, जैसे बर्फ की सिल के अंदर कोई चीज जम गई हो। खौफ उसे दहलाता रहा और वह चेतनाशून्य हो गया। आखिर कोई दस मिनट के बाद धीरे-धीरे यह सारा शोर-गुल ठंडा पड़ने लगा। मकान-मालकिन सिसक-सिसक कर रो रही और कराह रही थी; इल्या पेत्रोविच अब भी उसे धमका रहा था और गालियाँ दे रहा था। लेकिन, आखिरकार लगा कि वह भी शांत हो गया। अब उसकी आवाज नहीं सुनाई पड़ रही थी। 'चला गया क्या चलो, जान छूटी!' हाँ, और मकान-मालकिन भी अब जा रही है। वह अभी भी रो रही है, बिलख रही है... फिर उसका दरवाजा भी धड़ से बंद हो गया। ...अब भीड़ सीढ़ियों से अपने-अपने कमरों की ओर जा रही थी; लोग जोर-जोर से बोल रहे थे, आपस से बहसें कर रहे थे, एक-दूसरे को पुकार रहे थे। कभी उनकी आवाज ऊँची हो कर चीख की शक्ल ले लेती थी, और कभी इतनी धीमी हो जाती थी कि लगता था वे कानाफूसी कर रहे हैं। बहुत से लोग रहे होंगे - उस मकान में रहनेवाले लगभग सभी लोग। 'लेकिन, हे भगवान, यह हो कैसे सकता है और वह यहाँ आया क्यों था, किसलिए?'

कमजोरी के मारे रस्कोलनिकोव सोफे पर दराज हो गया, लेकिन अपनी आँखें नहीं बंद कर सका। ऐसी वेदना से, अपार भय की ऐसी असहनीय अनुभूति से तड़पता हुआ, जैसी उसने पहले कभी अनुभव नहीं की थी, वह आधे घंटे तक सोफे पर पड़ा रहा। अचानक उसकी कोठरी में एक तेज रोशनी चमकी। नस्तास्या एक हाथ में मोमबत्ती और दूसरे में सूप की प्लेट ले कर आई थी। उसे ध्यान से देख कर और इस बात का भरोसा करके कि वह सो नहीं रहा है, उसने मोमबत्ती मेज पर रख दी और जो कुछ लाई थी, उसे मेज पर सजाने लगी-रोटी, नमक, प्लेट और चम्मच।

'मैं महसूस करती हूँ कि तुमने कल से कुछ खाया नहीं। दिन-भर इधर-उधर मारे फिरे हो, और बुखार से सारा बदन कैसा बुरी तरह काँप रिया है।'

'नस्तास्या... वे लोग मकान-मालकिन को पीट क्यों रहे थे?'

नस्तास्या ने उसे घूर कर देखा।

'उसको पीटा कौन?'

'अभी... असिस्टेंट सुपरिंटेंडेंट इल्या पेत्रोविच ने, कोई आधा घंटा हुआ, सीढ़ियों पर... उसके साथ वह क्यों इतनी बुरी तरह पेश आ रहा था, और... यहाँ क्यों आया था'

नस्तास्या ने कुछ कहे बिना आँखें, सिकोड़ कर उसे ऊपर से नीचे तक देखा, और देर तक देखती रही। उसकी तीखी नजरों के आगे वह बेचैनी-सी महसूस करने लगा, बल्कि उसे उससे कुछ हौल-सा लगने लगा।

'नस्तास्या, तुम कुछ बोलती क्यों नहीं' उसने आखिरकार कमजोर आवाज में, डरते-डरते पूछा।

'खून का मामला होता है,' आखिर उसने बहुत धीमे से जवाब दिया, गोया अपने आपसे कुछ कह रही हो।

'खून कैसा खून?' दीवार की ओर सरकते हुए वह बुदबुदाया। रंग बिलकुल सफेद पड़ गया था। नस्तास्या अब भी कुछ बोले बिना एकटक उसे देखे जा रही थी।

'मकान-मालकिन को कोई भी पीट नहीं रहा था,' आखिरकार उसने सधी हुई, भरपूर आवाज में कहा।

रस्कोलनिकोव नजरें जमाए उसे घूरता रहा। उसे साँस लेने में कठिनाई हो रही थी।

'खुद सुना था मैंने... सो नहीं रहा था मैं... उठ कर बैठा हुआ था,' उसने और भी दबी जबान में डरते-डरते कहा। 'बड़ी देर तक मैंने सुना... असिस्टेंट सुपरिंटेंडेंट आया था... सभी घरों से लोग भाग कर सीढ़ियों पर आ गए थे...'

'यहाँ तो कोई भी नहीं आएला, बस तुम्हारा खून बोलने रहा है। उसे जब निकासी का कोई रास्ता नहीं मिलेगा और वह जम जाएला है तब ऐसा ही होएला है। तुम यह सब अपना मन में सोचेला है... कुछ खाएगा?'

उसने कोई जवाब नहीं दिया। नस्तास्या अब भी उसके ऊपर झुकी खड़ी थी और उसे गौर से देख रही थी।

'मुझे पीने को कुछ दे दो... नस्तास्या।'

वह नीचे गई और चीनी के सफेद मग में पानी ले आई। लेकिन इसके बाद क्या हुआ, उसे कुछ भी याद नहीं रहा। रस्कोलनिकोव को बस इतना याद था कि उसने एक घूँट पानी पिया था और कुछ पानी अपने सीने पर छलका दिया था। इसके बाद वह फिर फरामोशी की गोद में चला गया।

अपराध और दंड : (अध्याय 2-भाग 3)

लेकिन बीमारी के पूरे दौर में वह चेतनाशून्य रहा हो, ऐसी बात नहीं थी। उसे तेज बुखार था, कभी सरसाम की हालत भी हो जाती थी, कभी नीम-बेहोशीवाली हालत रहती थी। बाद में उसे उस समय की बहुत-सी बातें याद रह गईं। कभी लगता उसके चारों ओर बहुत-से लोग थे; उसे कहीं ले जाना चाहते थे, उसके बारे में काफी बहस हुई और काफी झगड़ा हुआ। फिर वह कमरे में अकेला रह जाता था; सब लोग उससे डर कर चले जाते थे और बीच-बीच में दरवाजे को थोड़ा-सा खोल कर उसे देख लेते थे। वे उसे धमकाते थे, मिल कर कोई साजिश करते थे, हँसते और उसे मुँह चिढ़ाते थे। उसे याद आता कि नस्तास्या अकसर इसके बिस्तर के पास होती थी। वह एक और शख्स को भी पहचानता था, जिसके बारे में उसे लगता था कि वह उसे बहुत अच्छी तरह जानता था, पर उसे यह याद नहीं आता था कि वह कौन था। इस बात पर वह बहुत झुँझलाता था और रो भी पड़ता था। कभी लगता कि वह महीने भर से वहाँ पड़ा था; और फिर लगने लगता कि वही दिन है। उसकी उस बात की उसे कोई याद नहीं थी; फिर भी वह हर पल महसूस करता था कि वह कोई ऐसी बात भूल गया है, जो उसे याद रहनी चाहिए थी। याद करने की कोशिश में वह परेशान हो जाता था, अपने आपको यातना देता था, कराहता था, गुस्से में भड़क उठता था या भयानक असहनीय आतंक से दब जाता था। तब वह उठने के लिए पूरा जोर लगाता था, भाग जाना चाहता था, लेकिन हर बार कोई उसे जबरन रोक लेता था, और वह फिर बेहद कमजोरी और बेहोशी का शिकार हो जाता था। आखिरकार उसे काफी हद तक होश आ गया।

यह सुबह दस बजे की बात थी। आसमान जब खुला होता था, तब उस कमरे में धूप आती थी और दाहिनी ओर की दीवार पर और दरवाजे के पास वाले कोने में रोशनी की एक पट्टी दिखाई देती थी। नस्तास्या किसी और आदमी के साथ उसकी बगल में खड़ी थी। वह शख्स एकदम अजनबी था और बड़ी जिज्ञासा से उसे देख रहा था। यह एक दाढ़ीवाला नौजवान था, पिंडलियों तक का लंबा कोट पहने था और देखने से कारीगर लगता था। मकान-मालकिन अधखुले दरवाजे से झाँक रही थी। रस्कोलनिकोव उठ कर बैठ गया।

'यह कौन है, नस्तास्या?' उसने नौजवान की तरफ इशारा करके पूछा।

'इसे सचमुच होश आने गया है!' वह बोली।

'हाँ, आ गया है,' उस आदमी ने बात दोहराई। इस नतीजे पर पहुँच कर कि उसे होश आ गया है, मकान-मालकिन दरवाजा बंद करके खिसक गई। वह हमेशा से बहुत शर्मीली थी और बातचीत या बहस से बहुत घबराती थी। वह कोई चालीस साल की थी; सूरत-शक्ल की बुरी भी नहीं थी। मोटा, गदराया हुआ शरीर, काली आँखें और भवें, मोटापे और काहिली की वजह से स्वभाव की अच्छी, और बेतुकेपन की हद तक लजीली।

'कौन...हो तुम?' उस आदमी को संबोधित करके वह कहता रहा। लेकिन उसी समय दरवाजा धड़ से खुला और रजुमीखिन अंदर आया। लंबा होने की वजह से उसे कुछ झुकना पड़ा।

'खूब कबूतरखाना है यह भी!' वह जोर से चीखा। 'हर बार मेरा सर टकरा जाता है। यह भी कोई रहने की जगह है! तो तुम्हें होश आ गया, जिगर! मुझे पार्शेका ने अभी-अभी बतायाा।'

'हाँ, अभी-अभी आएला है,' नस्तास्या बोली।

'हाँ, एकदम अभी होश आया है,' उस आदमी ने मुस्कराते हुए फिर उसकी बात दोहराई।

'पर आप कौन हैं, जनाब?' रजुमीखिन ने अचानक उसकी ओर मुड़ते हुए कहा। 'मेरा नाम व्रजुमीखिन है, आपका सेवक। रजुमीखिन नहीं, जैसा कि लोग मुझे हमेशा कहते हैं, बल्कि व्रजुमीखिन, छात्र और शरीफजादा, और ये हैं मेरे दोस्त पर आप कौन हैं?'

'मुझे अपने दफ्तर की तरफ से भेजा गया है। सेठ शेलोपाएव के दफ्तर से। और मैं एक काम से आया हूँ।'

'यहाँ तशरीफ रखिए।' रजुमीखिन मेज की दूसरी तरफ बैठ गया। 'जिगर, अच्छा हुआ कि तुम्हें होश आ गया,' वह रस्कोलनिकोव से कहता रहा। 'चार दिन से तुमने न कुछ खाया है न पिया है। हम लोगों को तुम्हें चम्मच से चाय पिलानी पड़ी। मैं दो बार जोसिमोव को तुम्हें देखने के लिए लाया। जोसिमोव की याद है तुम्हें उसने तुम्हें अच्छी तरह देख कर फौरन बता दिया कि घबराने की कोई बात नहीं - कोई बात तुम्हारे दिमाग को लग गई है। उसका कहना है कि कोई नसों की गड़बड़ी है, ठीक से खाना न खाने की वजह से, तुम्हें पर्याप्त बियर और मूली नहीं मिली है। लेकिन कोई खास बीमारी नहीं है। कुछ दिनों में दूर हो जाएगी और तुम एकदम ठीक हो जाओगे। जोसिमोव बहुत बढ़िया आदमी है, काफी नाम कमा रहा है। अच्छा यह बताओ, मैं तुम्हें बहुत ज्यादा देर नहीं रोकना चाहता,' उसने फिर उस आदमी की ओर मुड़ते हुए कहा।

'बताओ, क्या काम है तुम्हें मालूम हो रोद्या कि उस दफ्तर से दूसरी बार कोई आया है। पिछली बार कोई और आदमी आया था, मैंने उससे बात भी की थी। पहले कौन आया था?'

'जनाब, मैं यह बता दूँ कि वह परसों की बात है। वह अलेक्सेई सेम्योनोविच था, हमारे ही दफ्तर में काम करता है।'

'तुमसे ज्यादा समझदार था वह, मानते हो न?'

'हाँ, जनाब, यह तो है, उसका रुत्बा भी तो मुझसे ऊपर है।'

'एकदम ठीक कहते हो; खैर, बताते जाओ।'

'आपकी माँ की हिदायत पर, अफनासी इवानोविच बाखरूशिन के जरिए, मेरा खयाल है, उनकी चर्चा आपने पहले भी कई बार सुना होगा, हमारे दफ्तर से आपके लिए कुछ रकम भेजी गई है,' उस आदमी ने रस्कोलनिकोव को संबोधित करते हुए कहना शुरू किया। 'अगर आप बातें समझने की हालत में हैं, तो मुझे आपको पैंतीस रूबल देने हैं क्योंकि, पहले कई बार की तरह, आपकी माँ की खास हिदायत पर सेम्योन सेम्योनोविच को अफनासी इवानोविच से यह रकम मिल चुकी है। आप उन्हें जानते हैं जनाब?'

'हाँ, मुझे... वाखरूशिन की याद है...', रस्कोलनिकोव ने सोच में डूबे हुए कहा।

'सुना तुमने व्यापारी वाखरूशिन को पहचानता है यह। रजुमीखिन खुशी से उछल पड़ा। 'कौन कहता है कि यह फिर अपने आपे में नहीं आएगा? मैं देखता हूँ कि तुम भी समझदार आदमी हो। बहरहाल, अक्लमंदी की बात सुन कर मुझे हमेशा बड़ी खुशी होती है।'

'हाँ, वही बाखरूशिन, अफनासी इवानोविच। और आपकी माँ के कहने पर, जिन्होंने पहले भी एक बार उनके जरिए आपके लिए इसी तरह रकम भेजी थी, इस बार भी उन्होंने इनकार नहीं किया। उन्होंने सेम्योन सेम्योनोविच को अब से कुछ दिन पहले हिदायत भेजी थी कि आपको पैंतीस रूबल अदा कर दिए जाएँ। आप आगे चल कर इससे भी ज्यादा की उम्मीद रख सकते हैं।'

'तुम्हारी 'आगे चल कर इससे भी ज्यादा की उम्मीद' वाली बात आज की बढ़िया बात है, हालाँकि 'आपकी माँ' वाली बात भी कुछ बुरी नहीं रही। तो बोलो, क्या कहते हो यह पूरी तरह होश में है कि नहीं?'

'सो तो ठीक है। आप बस इस कागज पर दस्तखत कर दें।'

'हाँ, अपना नाम तो लिख ही लेंगे। तुम्हारे पास किताब है?'

'हाँ, यह रही।'

'लाओ, मुझे दो। यह लो रोद्या, जरा उठ कर बैठो। मैं तुम्हें पकड़े रहूँगा। कलम ले कर 'रस्कोलनिकोव' घसीट तो दो। इस वक्त तो जिगर, पैसा मिल जाए तो क्या कहने!'

'मुझे नहीं चाहिए,' रस्कोलनिकोव ने कलम दूर हटाते हुए कहा।

'क्या नहीं चाहिए?'

'मैं इस पर दस्तखत नहीं करूँगा।'

'अरे ओ कमबख्त, दस्तखत किए बिना कैसे काम चलेगा?'

'मुझे नहीं चाहिए... यह पैसा।'

'पैसा नहीं चाहिए! अरे भाई यह सब झूठ है - मैं गवाह हूँ! तुम परेशान न हो। बात बस यह है कि यह जरा फिर बहकने लगा है। लेकिन इसके लिए यह कोई नई बात नहीं, हमेशा ही होता रहता है। तुम समझदार आदमी हो; हम लोग अभी इसे काबू में किए लेते हैं। मेरा सीधा-सा मतलब यह है कि हम इसका हाथ पकड़ कर दस्तखत करवा देंगे। काम बस झटपट निबटा दो।'

'अरे, मैं कभी फिर आ जाऊँगा।'

'नहीं, नहीं। तुम परीशानी क्यों उठाओ तुम तो समझदार आदमी हो। ...चलो रोद्या, इन्हें बेकार क्यों रोक रखा है। देखो तो कब से बेचारे इंतजार कर रहे हैं,' और यह कह कर वह सचमुच रस्कोलनिकोव का हाथ पकड़ने के लिए बढ़ा।

'तुम रहने दो, मैं खुद...' रस्कोलनिकोव ने कलम ले कर दस्तखत करते हुए कहा। गुमाश्ते ने पैसे निकाल कर मेज पर रखे और चला गया।

'शाबाश! अच्छा जिगर, तुम्हें कुछ भूख तो लगी होगी?'

'हाँ,' रस्कोलनिकोव ने जवाब दिया।

'कोई सूप है?'

'कल का थोड़ा-सा बचेला है,' नस्तास्या ने जवाब दिया; वह सारे वक्त वहीं खड़ी थी।

'आलू और चावल उसमें पड़ा है न?'

'हाँ, आलू और चावल है।'

'मुझे तो रत्ती-रत्ती सब पता है। ठीक है, सूप ले आओ और हम लोगों को थोड़ी-सी चाय पिला दो।'

'अच्छी बात बोलता है।'

'रस्कोलनिकोव बड़ी हैरत से और एक दबी-दबी, बेबुनियाद दहशत के साथ सब कुछ देखता रहा। उसने फैसला कर लिया था कि एकदम चुप रह कर देखता रहेगा कि होता क्या है। 'मेरा खयाल है कि मैं बहक नहीं रहा। मैं समझता हूँ यह सब कुछ सचमुच हो रहा है,' उसने सोचा।

कुछ ही मिनटों में नस्तास्या सूप ले कर लौटी और ऐलान किया कि चाय अभी तैयार हुई जाती है। सूप के साथ वह दो चम्मच, दो प्लेटें, नमक, मिर्च, गोश्त के लिए पिसी हुई राई वगैरह भी लाई थी। खाने की मेज कुछ इस तरह सजाई गई थी कि वैसे बहुत दिन से सजाई नहीं गई थी। मेजपोश भी साफ था।

'मेरी प्यारी नस्तास्या, अगर प्रस्कोव्या पाव्लोव्ना हमें दो-तीन बोतल बियर भिजवा दें तो कुछ बेजा बात तो नहीं होगी। हम उन्हें खाली कर देंगे।'

'तुम बी कोई मौका चूकेला नईं,' नस्तास्या ने मुँह-ही-मुँह में कहा, और हुक्म बजा लाने को चली।

रस्कोलनिकोव फटी-फटी आँखों से घूरे चला जा रहा था; ध्यान कहीं केंद्रित रखने के लिए उसे जोर लगाना पड़ रहा था। इसी बीच रजुमीखिन सोफे पर बगल में आ कर बैठ गया और अपने बाएँ हाथ से बड़े भोंडे तरीके से, जैसे किसी को भालू ने दबोचा हो, रस्कोलनिकोव के सर को सहारा दे कर दाहिने हाथ से चम्मच से सूप ले कर पिलाने लगा हालाँकि वह अपने आप बैठ सकता था। सूप को वह फूँक मार कर ठंडा करता जाता था कि कहीं मुँह न जल जाए। लेकिन सूप गर्म नहीं था। रस्कोलनिकोव तरसे हुए आदमी की तरह एक चम्मच सूप निगल गया, फिर दूसरा, फिर तीसरा। लेकिन उसे कुछ और चम्मच सूप पिलाने के बाद रजुमीखिन अचानक रुक गया और बोला उसे जोसिमोव से पूछना होगा कि तुम्हें और सूप दिया जाए या नहीं।

नस्तास्या बियर की दो बोतलें ले आई।

'चाय तो पियोगे?'

'हाँ।'

'नस्तास्या, भाग कर जा और थोड़ी चाय ले आ, क्योंकि चाय तो हम बिना किसी से पूछे भी पी सकते हैं। मगर बियर आ गई है!' वह वापस अपनी कुर्सी पर जा कर बैठ गया। सूप और गोश्त सामने खींच कर वह इस तरह खाने लगा गोया तीन दिन से खाना छुआ तक न हो।

'मैं तुम्हें बता दूँ, रोद्या, कि अब मैं रोज यहाँ इसी तरह खाता हूँ।' वह मुँह में गोश्त भरे कुछ इस तरह बोल रहा था कि आधी बात समझ में ही नहीं आती थी। 'और यह सब मेहरबानी तुम्हारी प्यारी मकान-मालकिन पाशेंका की है, जो इसका पूरा बंदोबस्त कर देती है। वह मेरे लिए कुछ भी करने को तैयार रहती है। मैं उससे यह सब करने को तो कहता नहीं, लेकिन जाहिर है कि मैं उसे रोकता भी नहीं। लो, नस्तास्या चाय भी ले आई। बड़ी चुस्त लड़की है! नस्तास्या, मेरी प्यारी नस्तास्या, थोड़ी-सी बियर तो पिओगी?'

'बस, रहने दो अपना बकवास!'

'एक प्याली चाय ही पी लो।'

'चाय मैं पिएँगी।'

'तो बनाओ! खैर, रहने दो, मैं खुद बनाता हूँ। तुम बैठ जाओ।'

उसने दो प्याली चाय बनाई, और खाना छोड़ कर फिर सोफे पर आन बैठा। पहले की ही तरह उसने अपने बीमार दोस्त के सर को बाएँ हाथ से सहारा दे कर उठाया और चम्मच से उसे चाय पिलाने लगा। इस बार भी वह बहुत सँभाल कर, बड़ी लगन के साथ, हर चम्मच को इस तरह फूँक मार-मार कर पिला रहा था जैसे उसके दोस्त को चंगा करने का खास और सबसे कारगर तरीका यही हो। रस्कोलनिकोव कुछ नहीं बोला और जो कुछ वह कर रहा था, उसे करने दिया। यूँ वह अपने बदन में इतनी ताकत महसूस कर रहा था कि सोफे पर बिना सहारे के बैठ सकता था, और न सिर्फ चम्मच या प्याला पकड़ सकता था, बल्कि उठ कर शायद चल-फिर भी सकता था। लेकिन किसी अजीब, जानवरों जैसी चालाकी की वजह से उसने तय किया कि किसी को अपनी ताकत का पता न लगने दे, कुछ समय के लिए ऐसे ही चुपका पड़ा रहे, जरूरत हो तो यह ढोंग भी करे कि अभी उसके हवास पूरी तरह ठीक नहीं हुए हैं, और उस बीच कान लगा कर सुनता रहे और मालूम करता रहे कि हो क्या रहा है। फिर भी वह अपनी तीखी नफरत की भावना पर काबू न पा सका। चाय के लगभग एक दर्जन चम्मच धीरे-धीरे पीने के बाद उसने अपना सर छुड़ा लिया और अचानक न जाने क्या उसके जी में आया कि चम्मच दूर हटा कर फिर तकिए पर लुढ़क गया। अब उसके सर के नीचे सचमुच के तकिए थे, साफ गिलाफ चढ़े हुए, चिड़ियों के पंख भरे हुए तकिए। उसने यह बात देखी और उसे अच्छी तरह अपने मन में बिठा लिया।

'आज पार्शेंका को चाहिए थोड़ा-सा रसभरी का मुरब्बा भेज दे, फिर हम इसे रसभरी की चाय पिलाएँ,' रजुमीखिन ने अपनी कुर्सी पर वापस जाते हुए और सूप और बियर पर फिर धावा बोलते हुए कहा।

'तुम्हारा लिए उसे रसभरियाँ कहाँ से मिलेंगा?' नस्तास्या ने अपनी पाँचों फैली हुई उँगलियों पर तशतरी टिका कर, शकर की डली मुँह में रख कर चाय पीते हुए पूछा।

'दुकान से मिलेंगी भलीमानस, और कहाँ से। बात यह है रोद्या कि जब से तुम बीमार पड़े हो, तब से बहुत कुछ होता ही रहा है, जिनके बारे में तुम नहीं जानते। जब तुम बदमाशी दिखा कर, अपना पता छोड़े बिना, मेरे यहाँ से भाग आए तो मुझे इतना गुस्सा आया कि मैंने तुम्हें खोज निकालने और सजा देने का फैसला किया। मैं उसी दिन इस काम से जुट गया। तुम्हारा पता लगाने के लिए कहाँ-कहाँ मैं नहीं गया। मैं तुम्हारी यह रहने की जगह भूल गया था, सच तो यह है कि मुझे यह कभी याद ही नहीं थी, क्योंकि मैं इसे जानता ही नहीं था। रहा तुम्हारी पुरानी जगह का सवाल, तो मुझे बस इतना याद है कि वह पंचकोण में थी, खर्लामोव के मकान में। मैं खर्लामोव का यह घर खोजते-खोजते हार गया और बाद में पता चला कि वह खर्लामोव का नहीं बल्कि बुख का घर था। कभी-कभी सुनने में कैसी गड़बड़ी हो जाती है! मैं गुस्से के मारे आपे से बाहर हो गया और अगले ही दिन यूँ ही किस्मत आजमाने पतोंवाले दफ्तर चला गया। फिर कमाल यह हुआ कि दो मिनट में उन्होंने तुम्हारा पता ढूँढ़ निकाला! तुम्हारा नाम वहाँ चढ़ा हुआ है।'

'मेरा नाम चढ़ा हुआ है?'

'सौ फीसदी लेकिन यह भी तो देखो कि जब मैं वहाँ था, तो वे लोग किसी जनरल कोबेलेव का पता नहीं ढूँढ पाए। खैर छोड़ो, यह बहुत लंबा किस्सा है। लेकिन इस जगह कदम रखते ही, थोड़े ही देर में मुझे तुम्हारा सारा कच्चा चिट्ठा मालूम हो गया - सब कुछ, एक-एक बात। मुझे सब मालूम है, जिगर, यह नस्तास्या तुम्हें बताएगी। मैंने निकोदिम फोमीच से और इल्या पेत्रोविच से और दरबान से और मिस्टर जमेतोव से, वही अलेक्सांद्र ग्रिगोरियेविच, जो पुलिस के दफ्तर में बड़ा बाबू है, और सबसे बढ़ कर, पार्शेंका से जान-पहचान पैदा की। नस्तास्या को सब मालूम है...'

'इनने उनका ऊपर कोई मंतर फूँकेला है,' नस्तास्या ने शरारत से मुस्करा कर दबी जबान से कहा।

'तुम शकर अपनी चाय में क्यों डाल नहीं लेती, नस्तास्या निकीफोरोव्ना?'

'तुम बी एक ही आदमी होएला है!' नस्तास्या अचानक हँसी से दोहरी हो कर बोली। 'निकीफोरोव्ना नहीं, मैं पेत्रोव्ना होएला,' अपनी हँसी रोक कर वह तपाक से बोली।

'सो मैं याद रखूँगा। खैर अच्छा जिगर, लंबा किस्सा छोड़ो, असल बात यह है कि मैं तो यहाँ के सारे मकड़जाल पैदा करनेवाले हालात उखाड़ फेंकने के लिए बम का धमाका करनेवाला था, लेकिन पार्शेंका के आगे मेरी एक न चली। मैंने कभी सोचा भी नहीं था जिगर कि वह ऐसी... लाजवाब औरत होगी। क्यों, तुम्हारा क्या खयाल है?'

रस्कोलनिकोव कुछ नहीं बोला। उसकी दहशत भरी आँखें उस पर जमी रहीं।

'सच तो यह है कि हर बात में उसने किसी तरह की कोई कमी रहने नहीं दी, 'रस्कोलनिकोव की खामोशी से जरा भी परेशान हुए बिना रजुमीखिन अपनी बात कहता रहा।

'ये बड़ा चलता पुर्जा आदमी होएला!' नस्तास्या एक बार फिर खुशी से चिल्लाई। उसे इस बातचीत में बेहद मजा आ रहा था।

'बड़े अफसोस की बात है, जिगर कि शुरू से तुमने कुछ सही ढंग से इस सिलसिले को नहीं सँभाला। तुम्हें उनके साथ कुछ अलग ढंग का रवैया अपनाना चाहिए था। उसका स्वभाव, बस यूँ समझ लो कि आसानी से समझ में नहीं आता। खैर, उसके स्वभाव के बारे में हम फिर कभी बातें करेंगे। ...तुमने नौबत यहाँ तक पहुँचने ही कैसे दी कि उसने तुम्हारा खाना तक भेजना बंद कर दिया और वह प्रोनोट! तुम्हारा दिमाग एकदम ही खराब रहा होगा कि तुमने उस प्रोनोट पर दस्तखत कर दिए! और जब उसकी वह बेटी, नताल्या येगोरोव्ना, जिंदा थी, तब उससे शादी करने का वादा ...सब कुछ मालूम है मुझे! पर मैं देखता हूँ कि यह एक नाजुक मामला है और मैं भी बहुत बड़ा गधा हूँ; मुझे माफ करना। लेकिन अब बेवकूफी की चर्चा चली है तो मैं इतना बता दूँ कि प्रस्कोव्या पाव्लोव्ना उतनी बेवकूफ नहीं है जितना कि पहली बार देखने में लगती है। यह बात क्या मालूम है तुम्हें?'

'मालूम है,' रस्कोलनिकोव मुँह फेर कर बुदबुदाया। लेकिन वह महसूस कर रहा था कि बातचीत का सिलसिला जारी रखना ही अच्छा है।

'सही है, है न?' उसके मुँह से जवाब में कुछ अलफाज सुन कर रजुमीखिन खुशी के मारे उछल पड़ा। 'लेकिन वह बहुत चालाक भी नहीं है, है न? बुनियादी तौर पर वह एक पहेली है! मैं तुमसे सच कहता हूँ, कभी-कभी तो मैं दंग रह जाता हूँ... चालीस की तो होगी पर कहती है कि छत्तीस की है, और उसे ऐसा कहने का पूरा अधिकार है। लेकिन मैं कसम खा कर कहता हूँ कि मैं उसे बौद्धिकता की कसौटी पर परखता हूँ, केवल आध्यात्मिक दृष्टिकोण से। देखो जिगर बात यह है कि हम दोनों के बीच जो संबंध है, उसकी बुनियाद प्रतीकों पर है। एकदम तुम्हारी बीजगणित की तरह! मैं इस बात को पूरी तरह नहीं समझ पाता! खैर छोड़ो, यह सब तो बकवास है। बात बस इतनी है कि उसने जब देखा कि तुम अब पढ़ते भी नहीं हो, तुम्हारे ट्यूशन भी छूट गए हैं और तुम्हारे पास ढंग के कपड़े तक नहीं रहे, और उस लड़की के मर जाने की

वजह से अब उसे तुम्हारे साथ रिश्तेदारों जैसा बर्ताव रखने की भी जरूरत नहीं रही, तो यकायक उसे डर लगने लगा। सो जब तुम भी मुँह छिपा कर अपनी माँद में दुबक कर बैठ रहे और उसके साथ अपने सारे संबंध तुमने तोड़ लिए तो उसने भी तुमसे छुटकारा पाने की ठान ली। उसने यह बात ठानी तो बहुत पहले ही थी, लेकिन उसे अफसोस इस बात का था कि उसकी रकम मारी जाएगी। इसके अलावा, तुम खुद उसे यकीन दिला चुके थे कि तुम्हारी माँ कर्ज चुका देगी।'

'हाँ, यह बात कहना सरासर मेरा कमीनापन था। ...मेरी माँ खुद ही लगभग कंगाल हैं... मैंने तो वह झूठ इसलिए बोला था कि रहने की जगह बनी रहे और... खाना मिलता रहे,' रस्कोलनिकोव ने ऊँचे स्वर में साफ-साफ कहा।

'हाँ, सो तो तुमने समझदारी की। लेकिन सबसे बुरी बात यह हुई कि उसी वक्त मिस्टर चेबारोव आ पहुँचे। कोई व्यापारी हैं और कोर्ट कौंसिलर भी। पाशेंका तो अपनी तरफ से कार्रवाई करने की बात सोचती भी नहीं, हद से ज्यादा संकोची है बेचारी; लेकिन व्यापारी तो संकोची नहीं होता। इसलिए उन्होंने पहला काम यह किया कि एक सवाल पूछा : 'क्या प्रोनोट की वसूली की उम्मीद है?' जवाब मिला, 'है तो, क्योंकि उसकी माँ है, जो अपनी सवा सौ रूबल की पेंशन के सहारे अपने रोद्या को जरूर बचाने की कोशिश करेगी, चाहे इसके लिए उसे भूखा ही क्यों न रहना पड़े, और फिर उसकी एक बहन भी है जो उसकी खातिर अपने आपको भी गिरवी रख देगी।' वह इसी की आस लगाए था। ...तुम चौंके क्यों अब मुझे तुम्हारा सारा कच्चा चिट्ठा पता चल चुका है, जिगर। जब तुम पाशेंका के होनेवाले दामाद थे, तब तुम खुल कर उससे सारी बातें कह देते थे; मैं यह सब कुछ एक दोस्त की हैसियत से तुम्हें बता रहा हूँ लेकिन मैं तुम्हें बताऊँ कि बात क्या है : ईमानदार और दर्दमंद आदमी खुले दिल से बात करता है, और व्यापारी तुम्हारी बात सुनता रहता है और अंदर-ही-अंदर जुगाली करता रहता है ताकि उस ईमानदार बंदे को चबा सके। खैर हुआ यह कि उसने वह प्रोनोट किसी भुगतान के बदले इसी चेबारोव को दे दिया, और उन्होंने आव देखा न ताव, बाकायदा वसूली के लिए उसे दाखिल कर दिया। जब मुझे यह सब कुछ मालूम हुआ तो मेरा तो जी चाहा कि अपना जमीर पाक रखने के लिए मैं उसकी भी धज्जियाँ उड़ा दूँ, लेकिन तब तक मेरे और पाशेंका के बीच गहरा दोस्ताना हो गया था। मैंने इस पूरे सिलसिले को खत्म करने पर जोर दिया, और यह जिम्मा लिया कि तुम रकम चुका दोगे। मैंने तुम्हारी जमानत ली, जिगर। समझ रहे हो न हमने चेबारोव को बुलवाया, दस रूबल उसके मुँह पर फेंक मारे और प्रोनोट उससे वापस ले लिया, और मैं वही प्रोनोट अब आपकी खिदमत में पेश कर रहा हूँ। पाशेंका को तुम्हारे ऊपर पूरा भरोसा है। लो, यह लो, मैंने इसे फाड़ दिया।' रजुमीखिन ने प्रोनोट मेज पर रख दिया। रस्कोलनिकोव ने उसकी ओर देखा और कुछ भी कहे बिना दीवार की तरफ मुँह फेर कर लेट गया। रजुमीखिन तक को भी थोड़ा बुरा लगा।

'मेरी समझ में तो यही आ रहा है जिगर,' एक पल बाद वह बोला, 'कि मैं फिर बेवकूफी कर रहा हूँ। मैंने सोचा था कि अपनी बकबक से तुम्हारा कुछ दिल बहलाऊँ, पर लग रहा है कि तुम्हें मेरी बातों से कोफ्त हो रही है।'

'जब मैं सरसाम की हालत में था, तब तुम ही आए थे क्या, जिसे मैंने पहचाना नहीं था?' रस्कोलनिकोव ने अपना सर घुमाये बिना ही एक पल ठहर कर पूछा।

'हाँ, मैं ही था। और तुम तब तो भड़क ही उठे थे, जब मैं खास तौर पर एक दिन जमेतोव को लाया था।'

'जमेतोव वह बड़ा बाबू किसलिए?' रस्कोलनिकोव ने जल्दी से करवट बदली और रजुमीखिन को नजरें गड़ा कर घूरने लगा।

'तुम्हें हो क्या गया है आखिर ...आखिर इतना परेशान क्यों हो वह तुमसे तो यूँ ही मिलना चाहता था क्योंकि मैंने उससे तुम्हारे बारे में बहुत-सी बातें की थीं... वरना मुझे इतनी सारी बातें मालूम कैसे होतीं बड़ा लाजवाब आदमी है, जिगर एकदम पक्का... जाहिर है, अपने ढंग से। अब हमारी दोस्ती हो गई है... लगभग रोज मुलाकात होती है। जानते हो, मैं इसी इलाके में आ गया हूँ हाल ही में अभी मैं उसके साथ एक-दो बार लुईजा इवानोव्ना के यहाँ भी गया था... लुईजा की याद है, लुईजा इवानोव्ना की?'

'सरसाम में मैंने कुछ कहा था क्या?'

'बहुत कुछ कहा था! अपने होश में नहीं थे तुम।'

'किस चीज के बारे में बड़बड़ा रहा था?'

'अब क्या पूछते हो, किस चीज के बारे में बड़बड़ा रहे थे लोग काहे के बारे में बड़बड़ाते हैं... अच्छा जिगर, अब मैं चलता हूँ। अब गँवाने को मेरे पास और वक्त नहीं है।'

वह उठा और अपनी टोपी उठा ली।

'मैं किस चीज के बारे में बड़बड़ा रहा था?'

'क्या रट लगा रखी है भला! तुम्हें डर है क्या कि कहीं तुमने कोई भेद तो नहीं खोला? परेशान न हो, तुमने किसी शहजादी के बारे में कुछ नहीं कहा। लेकिन तुम कुछ बक रहे थे; किसी बुलडाग के बारे में, कानों की बालियों और जंजीरों के बारे में, क्रेस्तोव्स्की द्वीप के बारे में, किसी दरबान के बारे में, निकोदिम फोमीच और असिस्टेंट सुपरिंटेंडेंट इल्या पेत्रोविच के बारे में न जाने क्या-क्या बक रहे थे। और एक चीज थी जिसमें तुम्हें खास दिलचस्पी थी, अपने मोजे के बारे में! तुम कराह-कराह कर कह रहे थे; 'मुझे मेरे मोजे दो दो!' जमेतोव ने पूरे कमरे में तुम्हारे मोजे ढूँढ़े और खुद अपने इत्र से महकते हुए और अँगूठियों से सजे हुए हाथों से कहीं से खोज कर वह चीथड़ा तुम्हें दिया था। तब जा कर तुम्हें तसल्ली हुई और अगले चौबीस घंटे तुमने उन मनहूस मोजों को अपनी मुट्ठी में दबोचे रखा; लाख कोशिश करने पर भी हम उन्हें नहीं ले सके। इस वक्त भी वे तुम्हारी रजाई के अंदर ही कहीं होंगे। फिर तुम दर्द भरी आवाज में अपने पतलून की मोरी माँगने लगे, जो हमारी समझ में कुछ भी नहीं आया। खैर, अब कुछ काम की बातें करें! ये पैंतीस रूबल हैं। इनमें से दस मैं लिए लेता हूँ, और घंटे दो घंटे में तुम्हें इसका हिसाब दे दूँगा। साथ ही मैं जोसिमोव को भी बता दूँगा, हालाँकि उसे यहाँ बहुत पहले ही आ जाना चाहिए था, क्योंकि अब तो बारह बज रहे हैं। और तुम, नस्तास्या, मेरे जाने के बाद जितनी बार भी हो सके, बीच-बीच में आ कर झाँक लेना कि इसे कुछ पीने के लिए या कोई और चीज तो नहीं चाहिए। और जिन चीजों की जरूरत है। वह मैं पाशेंका से अभी कहे जाता हूँ। तो मैं चला!'

'उनका पाशेंका कहेला है! अरे, बहुत पहुँचा होएला है!' उसके बाहर निकलते-निकलते नस्तास्या ने कहा। फिर उसने दरवाजा खोला और कान लगा कर खड़ी सुनती रही, लेकिन भाग कर सीढ़ियाँ उतरते हुए उसके पीछे-पीछे गए बिना रह न सकी। उसे यह सुनने की उत्सुकता थी कि वह मकान-मालकिन से क्या कह रहा है। साफ जाहिर था कि वह रजुमीखिन पर काफी रीझ गई थी।

नस्तास्या के जाते ही मरीज ने रजाई वगैरह किनारे फेंकी और पागलों की तरह बिस्तर से उछला। बेचैनी के मारे वह अंदर-ही-अंदर फुँका जा रहा था, उसका अंग-अंग फड़क रहा था। कब से वह इंतजार में था कि ये लोग टलें तो वह अपना काम शुरू करे। लेकिन कौन-सा काम, अब गोया उसे चिढ़ाने के लिए यही बात उसके दिमाग से निकल गई थी। 'हे भगवान, मुझे बस एक बात बता दो : उन लोगों को पता चल चुका है या नहीं अगर उन्हें मालूम हो गया है और वे सब दिखावा कर रहे हैं, मुझे मेरी बीमारी में चिढ़ा रहे हैं, और फिर वे अचानक आ धमकेंगे और मुझसे कहेंगे कि पता तो बहुत पहले चल गया था और यह कि वे लोग तो बस... मैं अब करूँ तो क्या यही तो मैं भूल गया हूँ, गोया जान-बूझ कर; और वह भी एकदम से; अभी पल भर पहले तक तो याद था...'

वह कमरे के बीच में खड़ा दुखी मन भौंचक्का, इधर-उधर देखता रहा। चल कर वह दरवाजे तक गया, उसे खोला और कान लगा कर सुनने लगा, लेकिन यह तो वह काम नहीं था जो वह करना चाहता था। अचानक, उसे जैसे किसी चीज की याद आ गई हो, वह भाग कर उस कोने में गया जहाँ कागज के नीचे खोखल था और उसकी छानबीन करने लगा। उसने खोखल में हाथ डाला, यह टटोला, वह टटोला, लेकिन वह काम तो यह भी नहीं था। आतिशदान के पास गया, उसे खोला और राख कुरेद कर देखने लगा : उसके पतलून के लत्ते और जेब में से निकाले गए चीथड़े अभी तक वहाँ उसी तरह पड़े थे, जिस तरह उन्हें उसने फेंका था। तो फिर... किसी ने वहाँ तलाशी नहीं ली है! फिर उसे उस मोजे की याद आई, जिसके बारे में रजुमीखिन उसे बता रहा था। हाँ, वह वहीं सोफे पर, रजाई के नीचे पड़ा था, लेकिन उस पर इतनी गर्द जम गई थी कि जमेतोव को उस पर कुछ दिखाई नहीं पड़ा होगा।

'ओह हाँ, जमेतोव! ...थाना! ...मुझे थाने क्यों बुलाया गया है? सम्मन कहाँ है? लानत है! मैं सब बातों को एक में मिलाए दे रहा हूँ : वह तो तब की बात है! मैंने तब भी अपने मोजे को देखा था, लेकिन अब... अभी तो मैं बीमारी से उठा हूँ। लेकिन जमेतोव क्यों आया था? रजुमीखिन क्यों उसे लाया था...' वह लाचार हो कर फिर सोफे पर बैठते हुए बुदबुदाया। 'मतलब क्या है इसका? अभी तक मैं अपने होश में नहीं हूँ?, या यह सब सच है मैं समझता हूँ यह सब कुछ सच है... ओह, अब याद आया : मुझे भाग जाना चाहिए! हाँ, मुझे यही करना चाहिए, भाग जाना चाहिए! हाँ... लेकिन कहाँ मेरे कपड़े कहाँ गए? मेरे पास जूते भी नहीं हैं! वे लोग ले गए उन्होंने छिपा दिए सब समझता हूँ मैं! ओह, यह रहा मेरा कोट - यह उनकी नजर से चूक गया! और ये मेज पर पैसे भी रखे हैं, भगवान उनका भला करे! प्रोनोट भी यह रहा ...मैं पैसे ले कर चला जाता हूँ और रहने की कोई दूसरी जगह किराए पर लिए लेता हूँ। मुझे वे लोग ढूँढ़ नहीं सकेंगे! ...हाँ, लेकिन पतोंवाला दफ्तर वे लोग यकीनन मुझे खोज निकालेंगे, रजुमीखिन मुझे ढूँढ़ लेगा। बेहतर यही होगा कि एकदम भाग लूँ... कहीं बहुत दूर... अमेरिका। फिर चाहे वे अपना सर फोड़ते रहें! और प्रोनोट भी लेता जाऊँ... वहाँ काम आएगा। और क्या-क्या ले जाना है मुझे ये लोग समझते हैं कि बीमार हूँ मैं! उन्हें यह भी नहीं मालूम कि मैं चल-फिर सकता हूँ, ही-ही-ही! उनकी आँखों से तो मुझे लगा गोया उन्हें सब कुछ मालूम है! बस नीचे किसी तरह उतर पाऊँ! और अगर उन्होंने पहरा बिठा रखा हो, पुलिसवाले हों तो! यह क्या है, चाय आह, और यह कुछ बियर भी बची है। आधी बोतल... ठंडी!'

लपक कर उसने बोतल उठा ली, जिसमें अब भी एक गिलास बियर बची हुई थी और उसे गट-गट पी गया जैसे सीने के अंदर कोई आग बुझा रहा हो। लेकिन अगले ही पल बियर उसके सर चढ़ गई, और एक हलकी-सी, बल्कि यूँ कहिए कि

सुखद, सिहरन उसकी रीढ़ में दौड़ गई। वह लेट गया और रजाई अपने ऊपर खींच ली। उसके बीमार और बिखरे विचार और भी तितर-बितर थे। जल्दी ही हलकी, सुखद तंद्रा ने उसे आ घेरा। आराम महसूस करते हुए उसने अपना सर तकिए में धँसा लिया। उस नर्म, गुलगुली रजाई को, जिसने उसके फटे-पुराने ओवरकोट का स्थान ले लिया था, उसने अपने शरीर पर और कस कर लपेटा, हलकी-सी आह भरी और गहरी, ताजगी लानेवाली नींद सो गया।

किसी के अंदर आने की आहट सुन कर वह जागा। आँख खोली तो देखा कि रजुमीखिन चौखट पर संकोच में खड़ा है : कि अंदर आए या न आए। रस्कोलनिकोव जल्दी से उठ कर सोफे पर बैठ गया और उसे घूरने लगा, गोया कुछ याद करने की कोशिश कर रहा हो।

'आह तो तुम सो नहीं रहे! मैं आ गया! नस्तास्या, बंडल यहाँ अंदर लाओ!' रजुमीखिन ने सीढ़ियों से नीचे पुकार कर कहा। 'हिसाब मैं तुम्हें अभी दिए देता हूँ।'

'क्या बजा है?' रस्कोलनिकोव ने बेचैनी से चारों ओर देखते हुए पूछा।

'तुम तो अच्छी नींद सोए, जिगर अब तो शाम होने को आई। थोड़ी देर में छह बजनेवाले हैं। तुम छह घंटे से ज्यादा सोए।'

'कमाल हो गया! सचमुच मैं इतना सोया!'

'इसमें गलत ही क्या है अच्छा ही है तुम्हारे लिए। जल्दी भी क्या है किसी से मिलने जाना है या कोई और बात हमारे पास वक्त-ही-वक्त है। मैं पिछले तीन घंटे से तुम्हारा इंतजार कर रहा हूँ। ऊपर दो बार आया और देखा, तुम सो रहे हो। दो बार जोसिमोव के यहाँ हो आया, पर वह घर पर नहीं था कोई बात नहीं, आ जाएगा! ...खैर फिर थोड़ी देर के लिए अपने काम से भी गया था। आज मैं घर बदल रहा हूँ, अपने चचा के साथ रहने आ रहा हूँ। अब मेरे साथ मेरे एक चचा रहते हैं। लेकिन छोड़ो यह बात, काम की बात करें! नस्तास्या, मुझे बंडल तो देना। अब तुम्हारा जी कैसा है, जिगर?'

'मैं तो एकदम ठीक हूँ, अब बीमार थोड़े ही हूँ... रजुमीखिन, तुम्हें यहाँ आए क्या बहुत वक्त हो गया?'

'मैंने कहा न, पिछले तीन घंटे से इंतजार कर रहा हूँ।'

'नहीं, अभी नहीं। पहले?'

'मतलब क्या है तुम्हारा?'

'यहाँ तुम कब से आ-जा रहे हो?'

'अरे, सबेरे ही तो तुम्हें सब कुछ बताया। याद भी नहीं?'

रस्कोलनिकोव कुछ सोचने लगा। सुबहवाली बात उसे सपना लग रही थी। कोई याद न दिलाए तो उसे कुछ नहीं याद आ रहा था। रजुमीखिन की तरफ उसने सवालिया नजरों से देखा।

'हूँ!' रजुमीखिन बोला, 'तो भूल गए! मैंने उसी वक्त समझ लिया था कि तुम पूरी तरह होश में नहीं हो। अब थोड़ा सोने के बाद तुम्हारी हालत पहले से बहुत अच्छी है... सचमुच पहले से बहुत अच्छे नजर आ रहे हो। बहुत बढ़िया! खैर, अब कुछ तो काम की बात! अभी सब कुछ याद आ जाएगा। यह देखो, जिगरा।'

उसने बंडल खोलना शुरू किया। साफ लग रहा था कि इस काम में वह भारी दिलचस्पी ले रहा था।

'यकीन जानो, यार, यह एक ऐसी बात है, जो खास मेरे अपने दिल की बात है, क्योंकि तुमको इनसान बनाना हमारा काम है। तो आओ, ऊपर से शुरू करते हैं। यह टोपी देखी?' उसने बंडल से सस्ती और मामूली-सी पर काफी अच्छी टोपी निकाली। 'आओ, आजमा कर तो देखूँ।'

'थोड़ी देर बाद,' रस्कोलनिकोव ने चिड़चिड़ा कर उसे दूर हटाते हुए कहा।

'आओ भी यार, जिद न करो। बाद में बहुत देर हो जाएगी और मुझे सारी रात नींद नहीं आएगी, क्योंकि इसे मैंने अंदाजे से बिना नाप के खरीदा है। एकदम ठीक!' उसे टोपी पहनाते हुए वह जोर से चिल्लाया जैसे कोई मैदान मार लिया हो, 'ठीक तुम्हारे नाप की है! लिबास में पहली बात देखने की यह होती है कि सर पर पहनने की चीज ठीक हो। एक तरह से आदमी की पहचान उसी से होती है। मेरा एक दोस्त है, तोल्स्त्याकोव। जब भी किसी ऐसी जगह जाता है, जहाँ सभी लोग हैट या टोपियाँ पहने रहते हैं, तो उसे हमेशा अपना तसला उतार लेना पड़ता है। लोग समझते हैं कि वह दासों जैसी विनम्रता के कारण ऐसा करता है, लेकिन इसकी सीधी-सी वजह यह है कि उसे अपने उस चिड़िया के घोंसले पर शर्म आती है। ऐसा झेंपू आदमी है कि बस! देखो, नस्तास्या, ये रहे टोपियों के दो नमूने : यह पामर्स्टन हैट,' यह कह कर उसने कोने में से रस्कोलनिकोव की पुरानी टूटी हुई हैट उठाई, जिसे वह न जाने क्यों पामर्स्टन कहता था, 'और यह नगीना! कीमत का अंदाजा लगाओ, रोद्या... तुम्हारा क्या खयाल है नस्तास्या, मैंने इसके क्या दाम दिए होंगे' यह देख कर कि रस्कोलनिकोव कुछ नहीं बोला, उसने नस्तास्या की ओर मुड़ कर पूछा।

'ज्यास्ती से ज्यास्ती बीस कोपेक, मैं दावों के साथ कह सके हूँ,' नस्तास्या ने जवाब दिया।

'बीस कोपेक... बेवकूफ कहीं की!' वह झुँझला कर जोर से चिल्लाया। 'अरे, आजकल तो तेरा ही मोल इससे ज्यादा होगा। ...अस्सी कोपेक! और वो भी इसलिए कि सेकेंड-हैंड है। यह इस जमानत पर खरीदी गई है कि फट जाएगी तो अगले साल वे लोग दूसरी टोपी मुफ्त में देंगे। हाँ, मेरी बात मानो! खैर, अब आओ अमेरिका के नक्शे पर, जैसा कि हम लोग स्कूल में कहा करते थे। मैं तुम्हें यकीन दिलाता हूँ कि मुझे इस पर बहुत नाज है,' यह कह कर उसने रस्कोलनिकोव को ऊनी कपड़े की स्लेटी हलकी, गर्मी में पहनने की एक पतलून दिखाई। 'न कोई सूराख, न कहीं धब्बा और देखने में बहुत शरीफाना लगती है, हालाँकि थोड़ी पहनी हुई है। और यह रही इसी के जोड़ की वास्कट, एकदम आजकल के फैशन के मुताबिक से। यह थोड़ी-सी पहनी हुई होने की वजह से तो और भी अच्छी हो गई है, ज्यादा नर्म और मुलायम। देखो रोद्या, मैं समझता हूँ कि इस दुनिया में निभाने के लिए सबसे बड़ी जरूरत इसकी है कि आदमी मौसम के हिसाब से चले। अगर जनवरी में खाने का शौक नहीं तो पैसे बचा कर बटुए में रखो। यही बात इस सौदे के बारे में सच है। आजकल गर्मी है, इसलिए मैं गर्मी की चीजें खरीद कर लाया हूँ। पतझड़ में इससे ज्यादा गर्म कपड़ों की जरूरत पड़ेगी, तब ये चीजें यों भी फेंक ही देनी पड़ेंगी... अगर तुम्हारा ऐश-आराम का स्तर ऊँचा हो जाने की वजह से न भी हो तो भी खास तौर पर

इसलिए कि खुद इनमें इतना कसाव बाकी नहीं रहेगा। अच्छा, इनकी कीमत लगाओ! सिर्फ दो रूबल पच्चीस कोपेक! वह जमानत याद रहे : अगर पहनते-पहनते फट जाएँ तो अगले साल दूसरा मुफ्त मिलेगा! इस तर्ज का कारोबार सिर्फ फेद्यायेव के यहाँ होता है : एक बार कोई चीज खरीद ली तो उमर-भर की तसल्ली, क्योंकि अपनी मर्जी से तो आप फिर वहाँ जाने से रहे! अब जूतों पर आइए। क्या कहते हो थोड़े से घिसे हुए तो हैं लेकिन दो-चार महीने चल जाएँगे। इसलिए कि विलायती कारीगर का काम है, और चमड़ा भी विलायती है। इंगलैंड की एंबेसी के सेक्रेटरी ने पिछले हफ्ते बेचे थे। उसने इन्हें महज छह दिन पहना लेकिन फिर उसे पैसों की तंगी हो गई। कीमत-डेढ़ रूबल। है न किस्मत की बात?'

'लेकिन शैद इसका पाँव में ठीक नहीं आएगा,' नस्तास्या ने अपनी राय दी।

'ठीक नहीं आएँगे!' रजुमीखिन ने अपनी जेब से रस्कोलनिकोव का पुराना, टूटा हुआ जूता निकाला जिस पर कीचड़ की पर्त जमी हुई थी। 'खाली हाथ नहीं गया था मैं, इस जिन्नाती जूते से नाप कर दिया उन लोगों ने। हम सबने अपने तरफ से अच्छे से अच्छा माल लाने की कोशिश की है। रहा तुम्हारे दूसरे कपड़ों का सवाल, तो तुम्हारी मकान-मालकिन ने उसका बंदोबस्त कर दिया है। ये लो, पहले तो यह रहीं तीन कमीजें, हैं तो मोटे कपड़े की लेकिन अगला बाजू बहुत फैशनेबुल है... तो अब, अस्सी कोपेक टोपी के; दो रूबल पच्चीस कोपेक सूट के... तो कुल मिला कर हुए तीन रूबल पाँच कोपेक, डेढ़ रूबल जूतों के क्योंकि देखो तो सही, हैं बहुत बढ़िया... तो ये हो गए चार रूबल पचपन कोपेक। पाँच रूबल अंदर पहनने के कपड़ों के जो थोक भाव से खरीदे गए थे। इनको मिला कर हुए पूरे नौ रूबल पचपन कोपेक। और यह रही पैंतालीस कोपेक की रेजगारी... ताँबे के सिक्कों में। तो रोद्या, अब तुम्हारा सारा पहनावा-लिबास हो गया नया। तुम्हारा ओवरकोट तो अभी काम देगा, और उसकी है भी अपनी एक अलग शान। यही होता है जब आदमी शार्मेर के यहाँ से कपड़ा खरीदता है! रहा तुम्हारे मोजों और दूसरी चीजों का सवाल, तो वह तुम्हारे ऊपर छोड़ा; अभी हमारे पास पच्चीस रूबल बचे हैं। जहाँ तक पाशेंका की और यहाँ रहने के पैसे देने की बात है, तुम उसकी चिंता न करो। मैं कहता हूँ, वह तुम्हारा किसी चीज के लिए भरोसा कर लेगी। और अब जिगर, तुम्हारे कपड़े बदलवा दूँ, क्योंकि मैं दावे के साथ कह सकता हूँ कि कमीज उतार कर फेंकते ही तुम्हारी बीमारी भी छू हो जाएगी।'

'रहने दो! मुझे नहीं चाहिए!' रस्कोलनिकोव ने उसके मश्विरे को रद्द कर दिया। रजुमीखिन अपनी खरीदारी के बारे में जिस तरह मसखरेपन की बातें कर रहा था, उसे उसने बहुत खीझ कर सुना था।

'उठो भी यार, तुम्हें छोड़ जाऊँ, यह तो होने से रहा। यह तो मत कहना, मैं बेकार इतनी देर अपनी टाँगें घिसता रहा,' रजुमीखिन ने जोर दे कर कहा।

'शर्माओ नहीं नस्तास्या, आ कर मेरी मदद करो... यह हुई न बात,' रस्कोलनिकोव के विरोध के बावजूद उसकी कमीज उसने बदलवा ही दी। रस्कोलनिकोव ने अपना सर फिर तकियों से धँसा लिया और एक-दो पल तक कुछ नहीं बोला।

'इनसे पिंड छुड़ाने में बहुत वक्त लगेगा,' उसने सोचा। 'यह सब कुछ खरीदा गया है तो पैसा कहाँ से आया?' उसने आखिरकार दीवार को घूरते हुए पूछा।

'पैसा क्यों, तुम्हारा ही पैसा था, वही जो वाखरूशिन का आदमी लाया था, जो तुम्हारी माँ ने भेजा है। यह भी भूल गए?'

'याद आया,' रस्कोलनिकोव ने देर तक उदासी के साथ चुप रहने के बाद कहा। रजुमीखिन माथे पर तेवर लिए बेचैनी से उसे देखता रहा।

इतने में दरवाजा खुला और एक तगड़ा आदमी अंदर आया रस्कोलनिकोव को उसकी कुछ सूरत पहचानी-पहचानी लग रही थी।

'जोसिमोव! आ गए आखिर!' रजुमीखिन खुशी से चिल्लाया।

अपराध और दंड : (अध्याय 2-भाग 4)

जोसिमोव एक लंबा और मोटा-सा शख्स था। फूला-फूला, बेरंग, सफाचट चेहरा और सीधे, सन जैसे बाल। चश्मा लगाता था और अपनी मोटी-सी उँगली पर सोने की एक बड़ी-सी अँगूठी पहनता था। वह सत्ताईस साल का था। वह हलके सुर्मई रंग का फैशनेबुल ढीला-ढीला कोट और गर्मियोंवाला हल्का पतलून पहने हुए था। उसकी हर चीज ढीली-ढाली, फैशनेबुक और एकदम नई थी। कमीज पर कोई उँगली नहीं उठा सकता था; घड़ी की चेन भी भारी-भरकम थी। वह एक सुस्त और बहुत कुछ लापरवाह शख्स था, लेकिन साथ ही उसमें बहुत कोशिश से पैदा की हुई बेतकल्लुफी और बेबाकी भी थी। वह अपने गुरूर को छिपाने की कोशिश तो करता था, लेकिन हर क्षण वह उभर कर सामने आ जाता था। जान-पहचानवाले सभी लोग उसे टेढ़ा आदमी समझते थे, लेकिन यह जरूर मानते थे कि वह अपने काम में होशियार था।

'यार, आज मैं तुम्हारे यहाँ दो बार गया। देख रहे हो न, इसे होश आ गया है,' रजुमीखिन जोश से बोला।

'हाँ, हाँ, और अब कैसा जी है, क्यों?' जोसिमोव ने रस्कोलनिकोव को ध्यान से देखते हुए, और सोफे के सिरे पर जितने भी आराम से मुमकिन हो सका, बैठते हुए, उससे पूछा।

'अभी भी तबीयत कुछ गिरी हुई ही है,' रजुमीखिन कहता रहा। 'अभी हमने इसके कपड़े बदलवाए तो लगभग रो पड़ा।'

'यह तो समझ की बात है : अगर इसका जी नहीं चाह रहा था तो न बदलवाते। नब्ज तो बहुत बढ़िया चल रही है। सर में दर्द अब भी है, क्यों?'

'मैं ठीक हूँ, एकदम ठीक हूँ!' रस्कोलनिकोव ने भरोसे के साथ और कुछ चिढ़ कर कहा। वह सोफे पर थोड़ा-सा उठा और उन्हें चमकती हुई आँखों से देखने लगा, लेकिन फिर फौरन ही तकिए में सर धँसा कर दीवार की ओर मुँह कर लिया। जोसिमोव गौर से उसे देखता रहा।

'बहुत अच्छा है... ठीक जा रहा है जैसा जाना चाहिए' उसने अलसाए स्वर में कहा। 'कुछ खाया?'

उन लोगों ने बताया और फिर पूछा कि खाने को क्या-क्या दिया जा सकता है।

'कुछ भी खा सकता है... सूप, चाय... अलबत्ता मशरूम और खीरा न देना। अच्छा हो कि अभी गोश्त भी न खाएँ, और... लेकिन वह बताने की तो तुम्हें कोई जरूरत नहीं!' रजुमीखिन और जोसिमोव ने एक-दूसरे को देखा। 'अब कोई

दवा या कोई और चीज नहीं देनी। मैं कल फिर देखने आऊँगा। शायद, आज ही आऊँ... लेकिन फिक्र की कोई बात नहीं है...'

'मैं इसे कल शाम टहलाने ले जाऊँगा,' रजुमीखिन ने कहा। 'हम लोग युसूपोव बाग जाएँगे, फिर रंगमहल जाएँगे।'

'मेरी राय में कल तो इसे एकदम न छेड़ा जाए, लेकिन मैं ठीक से कह नहीं सकता... हो सकता है थोड़ा-सा चलने में कोई हर्ज न हो... खैर, कल की कल देखेंगे।'

'यह तो दिल दुखानेवाली बात हुई। आज मैंने गृह-प्रवेश की दावत रखी है। यहाँ से बस दो कदम पर। इसे नहीं ले जा सकते वहीं सोफे पर लेटा रहेगा। तुम तो आ रहे रहो न?' रजुमीखिन ने जोसिमोव से कहा। 'भूलना नहीं, तुमने वादा किया था।'

'अच्छी बात है, लेकिन आऊँगा जरा देर से। क्या-क्या कर रखा है?'

'कुछ नहीं यार, यही चाय, वोद्का, नमक-लगी मछली। एक केक होगा... बस हमारे दोस्त होंगे।'

'कौन-कौन?'

'सब यहीं के रहनेवाले हैं और लगभग सभी नए हैं। मेरे बूढ़े चाचा को छोड़ कर... और वह भी तो नए ही हैं... अपने किसी काम के सिलसिले में अभी कल ही तो पीतर्सबर्ग आए हैं। हम लोगों की मुलाकात पाँच बरस में कहीं एक बार होती है।'

'करते क्या हैं?'

'उमर भर जिला पोस्टमास्टर की नौकरी में सड़ते रहे, अब थोड़ी-बहुत पेंशन मिलती है। पैंसठ के हैं... कोई खास बात उनके बारे में चर्चा करने लायक नहीं है... लेकिन मुझे उनसे बहुत लगाव है। पोर्फिरी पेत्रोविच भी आएगा। यहाँ की छानबीन करनेवाला अफसर, कानून का ग्रेजुएट... उसे तो जानते हो तुम।'

'वह भी रिश्तेदार है तुम्हारा?'

'बहुत दूर का। तुम इस तरह मुँह क्यों बना रहे हो एक बार कभी उससे झगड़ा हो गया था, इसलिए तुम नहीं आओगे, क्यों?'

'मैं उसकी रत्ती बराबर परवाह नहीं करता!'

'तब तो और अच्छी बात है। फिर कुछ लड़के होंगे, एक मास्टर, एक सरकारी क्लर्क, एक गानेवाला, एक अफसर, और जमेतोव।'

'अच्छा, यह बताओ, जमेतोव से तुम्हारा या इसका,' जोसिमोव ने सिर हिला कर रस्कोलनिकोव की तरफ इशारा किया, 'क्या साथ है!'

'आह रे तुम शरीफ लोग! भाड़ में गए तुम्हारे सिद्धांत। बँधे हुए हो तुम लोग उनसे, कमानियों की तरह। तुम लोग अपने आप तो घूमने की हिम्मत भी नहीं कर सकते। मेरा तो यह सिद्धांत है कि आदमी भला हो और इतना ही काफी है। जमेतोव बहुत ही उम्दा आदमी है।'

'रिश्वत लेना पसंद करता है।'

'अच्छा, लेता है, तो! क्या होता है उससे वह अगर रिश्वत लेता भी है तब भी इसकी मुझे परवाह नहीं,' रजुमीखिन बेहद चिढ़ कर, जोर से बोला। 'रिश्वत लेने के लिए मैं उसकी तारीफ तो नहीं करता, पर इतना कहूँगा कि अपने ढंग का बहुत अच्छा आदमी है! अब अगर हर आदमी को हर पहलू से देखा जाए... तो कितने आदमी अच्छे बचेंगे मैं तो समझता हूँ, मुझे कोई एक टके को भी नहीं पूछेगा, और पूछेगा तो तभी जब तुम्हें मुफ्त जोड़ दिया जाए।'

'यह तो बहुत कम है। मैं ही तुम्हारे दो देने को तैयार हूँ।'

'और मैं तुम्हारे लिए एक से ज्यादा न दूँ। अच्छा, बस अब अपने ये मजाक रहने दो! जमेतोव अभी कल का लड़का है, मैं उसके कान खींच सकता हूँ, और आदमी को दूर नहीं भगाना चाहिए, अपनी ओर लाना चाहिए। दूर भगा कर आप किसी आदमी को नहीं सुधार सकते, खास तौर पर अगर वह अभी लड़का हो। लड़के के साथ तो और भी सावधानी बरतनी पड़ती है। तुम प्रगतिशील बुद्धू लोग तुम कुछ नहीं समझते। दूसरे आदमी की निंदा करके तुम अपने आपको नुकसान पहुँचाते हो... लेकिन अगर जानना ही चाहते हो तो सुनो, हम लोग मिल कर एक काम कर रहे हैं।'

'मैं जानना चाहूँगा कि वह क्या है।'

'कुछ नहीं यार, एक घर की पुताई करनेवाले का मामला है... झंझट में फँस गया था, हम लोग उसे छुड़ाने की कोशिश कर रहे हैं, हालाँकि अब कोई डरने की बात नहीं। मामला एकदम साफ है! हमें बस थोड़ा-सा जोर लगाना होगा।'

'किस पुताई करनेवाले की बात करते हो?'

'क्यों, मैंने तुम्हें उसके बारे में बताया नहीं था तो फिर मैंने तुमको चीजें गिरवी रखनेवाली उस बुढ़िया के कत्ल के बारे में शुरू का किस्सा ही बताया होगा। इसी में वह पुताई करनेवाला फँस गया है...'

'उस कत्ल के बारे में तो मैंने पहले भी सुना था और मुझे उसमें कुछ दिलचस्पी भी पैदा हुई थी... कुछ-कुछ... एक खास वजह से... मैंने उसके बारे में अखबारों में भी पढ़ा था! लेकिन...'

'लिजावेता का भी तो कतल होएला है,' नस्तास्या भी अचानक रस्कोलनिकोव को संबोधित करते हुए बोली। वह तमाम वक्त दरवाजे के पास खड़ी सब सुनती आ रही थी।

'लिजावेता' रस्कोलनिकोव इतने धीरे-से बुदबुदाया कि मुश्किल से ही कोई सुन सकता था।

'वही, जो पुराना कपड़ा बेचेली थी। तुम उसे जानता नहीं था क्या? यहाँ भी आया करे थी। तुम्हारा एक कमीज भी मरम्मत किएली थी उसने।'

रस्कोलनिकोव ने दीवार की ओर मुँह कर लिया और मैले, पीले कागज पर छपे एक भद्दे से सफेद फूल को ताक कर, कि जिस पर कत्थई लकीरें बनी थीं, वह यह देखने लगा कि उसमें कितनी पत्तियाँ हैं, पत्तियों में कितने कंगूरे हैं और उन पर कितनी लकीरें हैं। उसे अपनी बाँहें और टाँगें बेजान लग रही थीं, जैसे शरीर से काट कर अलग कर दी गई हों। उसने हिलने-डुलने की कोई कोशिश नहीं की, बस एकटक उस फूल को घूरता रहा।

'लेकिन उस पुताई करनेवाले का क्या हुआ?' नस्तास्या की बकबक को बीच में काट कर जोसिमोव ने खुली नाराजगी के साथ कहा। वह आह भर कर चुप हो गई।

'यार, उस पर तो कत्ल का इल्जाम लगाया गया था,' रजुमीखिन उत्तेजित हो कर बोलता रहा।

'तो उसके खिलाफ कोई सबूत रहा होगा?'

'सबूत की भी अच्छी कही! सबूत ऐसा था जो कोई सबूत ही नहीं था, और यही हमें साबित करना था! बिलकुल वैसे ही जैसे उन लोगों ने शुरू में कोख और पेस्त्र्याकोव को धर लिया था। छि:! कितनी बेवकूफी से यह सब काम किया जाता है... मतली होने लगती है, हालाँकि हमारा कोई लेना-देना नहीं है इस बात से! पेस्त्र्याकोव शायद आज रात को आए... अरे हाँ, रोद्या, तुमने तो इस मामले के बारे में सुना होगा। यह तुम्हारे बीमार पड़ने से पहले की बात है। जब वे लोग उसके बारे में थाने में बातें कर रहे थे और तुम बेहोश हो गए थे, उससे बस एक दिन पहले की।'

जोसिमोव बड़ी जिज्ञासा से रस्कोलनिकोव को देखता रहा। रस्कोलनिकोव हिला तक नहीं।

'मैं तो कहता हूँ, रजुमीखिन, मुझे तुम्हारे ऊपर हैरत होती है। जरूरत से ज्यादा जोश दिखाते हो तुम!' जोसिमोव ने अपना विचार व्यक्त किया।

'हो सकता है, लेकिन हम लोग उसे छुड़ा कर दम लेंगे,' मेज पर मुक्का मार कर जोर से चिल्लाया। 'रजुमीखिन सबसे ज्यादा बुरी जो बात लगती है, यह नहीं है कि वे झूठ बोलते हैं। झूठ बोलने को तो हमेशा माफ किया जा सकता है, झूठ बोलना तो अच्छी बात है क्योंकि उसी के सहारे हम सच्चाई तक पहुँचते हैं... बुरी लगनेवाली बात यह है कि वे झूठ बोलते हैं और अपने झूठ बोलने को सराहते हैं, उसकी पूजा करते हैं... मैं पोर्फिरी की इज्जत करता हूँ, लेकिन... उन्हें सबसे पहले किस बात ने चक्कर में डाला दरवाजा बंद था, और जब वे दरबान को ले कर लौटे तो दरवाजा खुला था। इससे नतीजा यह निकला कि कोख और पेस्त्र्याकोव ने कत्ल किया है... यह थी उनकी दलील!'

'ज्यादा ताव न खाओ। उन्हें उन लोगों ने सिर्फ पकड़ा ही तो था, और यह तो उन्हें करना ही पड़ता... और हाँ, मैं इस कोख से मिल चुका हूँ। वह उस बुढ़िया से गिरवी रखी हुई ऐसी चीजें खरीदता था जिन्हें छुड़ाया न गया हो, है न?'

'हाँ, वह जालिया है। प्रोनोट भी खरीदता है। उसका धंधा यही है। लेकिन उसकी बात छोड़ो! जानते हो, मुझे गुस्सा किस बात पर आता है उनकी उस घिनौनी, सड़ी हुई, घिसी-पिटी खानापूरी पर... और यह मामला कोई नया तरीका लागू करने की बुनियाद बन सकता है। हम मनोवैज्ञानिक तथ्यों के सहारे ही बता सकते हैं कि असली आदमी का पता कैसे लगाया जाए। 'हमारे पास तथ्य हैं,' वे लोग कहते हैं लेकिन तथ्य ही तो सब कुछ नहीं होते-कम से कम आधा दारोमदार तो इस बात पर होता है कि उन तथ्यों का मतलब किस तरह निकाला जाता है!'

'तो तुम जानते हो कि उनका मतलब कैसे निकालें?'

'बहरहाल, आदमी अगर यह महसूस करता हो, और ठोस बुनियाद पर महसूस करता हो कि वह शायद कुछ मदद कर सकता है, अपनी जबान तो नहीं बंद रख सकता अगर सिर्फ... क्यों तुम्हें पूरा किस्सा मालूम है?'

'मैं तो यह सुनने की राह देख रहा हूँ कि उस पुताई करनेवाले का क्या हुआ।'

'हाँ! तो वह किस्सा इस तरह है। कत्ल के तीसरे दिन सबेरे, जब वे अभी भी कोख और पेस्त्र्याकोव को रगड़ रहे थे - हालाँकि उन्होंने अपने एक-एक कदम का पूरा हिसाब दे दिया था और बात बिल्कुल साफ हो चुकी थी! - अचानक एक ऐसी बात सामने आई जिसके बारे में किसी ने सोचा भी नहीं था। दूश्किन नाम का एक किसान, जो उसी घर के सामने एक शराबखाना चलाता है, थाने में जेवर की एक डिबिया ले कर आया, जिसमें कानों की कुछ बालियाँ थीं। तो उसने एक लंबा-चौड़ा किस्सा सुनाया। 'परसों शाम को, ठीक आठ बजे के बाद' - दिन और वक्त पर जरा ध्यान दीजिए! - 'घरों की पुताई करनेवाला मिकोलाई, एक मामूली मजदूर, जो उस दिन पहले भी मेरे यहाँ आ चुका था, सोने की बालियों और नगीनों की यह डिबिया ले कर आया, और मुझसे कहने लगा कि उसे इसके दो रूबल दे दूँ। जब मैंने उससे पूछा कि ये चीजें उसे कहाँ मिलीं, तो उसने बताया कि सड़क पर पड़ी पाई हैं। मैंने उससे ज्यादा कुछ नहीं पूछा।' यह तुम्हें दूश्किन का बयान किया हुआ किस्सा बता रहा हूँ मैं। 'मैंने उसे एक नोट दिया' - यानी, एक रूबल - 'क्योंकि मैंने सोचा अगर मेरे पास नहीं तो किसी और के पास गिरवी रखेगा। बात तो वही होगी - पैसा तो वह दारू में ही उड़ाएगा, तो चीज मेरे ही पास रहे तो क्या बुरा है। जितना ही छिपाओ उतनी ही जल्दी उसका पता लगेगा, और अगर कोई ऐसी-वैसी बात हुई, अगर मैंने कोई उड़ती हुई बात सुनी, तो सारी चीजें ले कर पुलिस के पास चला जाऊँगा। 'जाहिर है, यह सब उसकी गप है; साफ झूठ बोलता है और पलक तक नहीं झपकाता। मैं इस दूश्किन को अच्छी तरह जानता हूँ; चीजें गिरवी रखता है, चोरी का माल खरीदता है, और उसने तीस रूबल का वह माल मिकोलाई को झाँसा दे कर इसलिए नहीं हथियाया था कि आखिर में ले जा कर पुलिस को दे दे, सो वह डर गया। खैर, दूश्किन का किस्सा सुनो। 'मैं इस किसान मिकोलाई देमेंत्येव को बचपन से जानता हूँ; वह भी हमारे प्रांत और उसी जरायस्क जिले का रहनेवाला है; हम दोनों रियाजान के हैं। यह मिकोलाई शराबी तो नहीं मगर थोड़ी-बहुत पी लेता है, और मैं जानता था कि वह उस घर में मित्रेई के साथ पुताई का काम कर रहा है। मित्रेई भी उसी गाँव का रहनेवाला है। रूबल पाते ही उसे उसने भुनाया, दो-एक गिलास पी और बाकी पैसे ले कर चलता बना। उस वक्त मैंने मित्रेई को उसके साथ नहीं देखा था। पर अगले दिन मैंने सुना कि अल्योना इवानोव्ना और उसकी बहन लिजावेता इवानोव्ना को किसी ने कुल्हाड़ी से कत्ल कर दिया है। हम लोग उन्हें जानते थे और मुझे फौरन उन बालियों के बारे में शक हुआ क्योंकि मुझे पता था कि जो औरत मारी गई थी, वह सामान गिरवी रख कर कर्ज देती थी। मैं उस घर में गया, और किसी से कुछ कहे बिना बड़ी सावधानी से पूछताछ करने लगा। सबसे पहले मैंने पूछा : 'मिकोलाई है? मित्रेई ने मुझे बताया कि मिकोलाई कहीं मौज कर रहा है; वह भोर पहर शराब पिए हुए घर आया था, वहाँ कोई दस मिनट रुका होगा और फिर निकल गया। उसके बाद मित्रेई ने उसे नहीं देखा और अब अकेले ही काम पूरा कर रहा है। वे लोग जिस फ्लैट में काम कर रहे थे। वह भी उन्हीं सीढ़ियों पर है जहाँ कत्ल हुआ था, दूसरी मंजिल पर। मैंने जब यह सब सुना तो किसी से कुछ भी नहीं कहा - यह दूश्किन का कहना है - 'लेकिन उस कत्ल के बारे में जो कुछ भी मैं पता लगा सका, मैंने लगाया और पहले की तरह ही शक में डूबा हुआ घर चला गया। और आज सबेरे आठ बजे' - वह तीसरा दिन था, आप समझ रहे हैं न - 'मैंने मिकोलाई को अंदर आते देखा। पूरी तरह होश में तो नहीं था, लेकिन सच

पूछिए तो बहुत पिए हुए भी नहीं था - जो बात उससे कही जाती थी, उसे समझ लेता था। वह बेंच पर बैठ गया और कुछ नहीं बोला। शराबखाने में उस वक्त बस एक अजनबी था। एक और आदमी, जिसे मैं जानता था, बेंच पर सो रहा था और हमारे यहाँ काम करनेवाले दो छोकरे थे। 'तुमने मित्रेई को देखा है मैंने पूछा। 'नहीं, मैंने तो नहीं देखा,' वह बोला। 'और यहाँ भी तुम नहीं आए 'परसों के बाद नहीं,' वह बोला। 'और कल रात तुम सोए कहाँ थे 'पेस्की में।' 'तो कानों की बालियाँ तुम्हें कहाँ मिली थीं मैंने पूछा। 'मुझे सड़क पर पड़ी मिली थीं।' पर जिस तरह यह बात उसने कही, वह मुझे कुछ अजीब लगी। उसने मेरी ओर देखा भी नहीं। 'तुमने कुछ सुना है कि उसी दिन शाम को, उसी वक्त, उन्हीं सीढ़ियों पर क्या हुआ था मैंने पूछा। 'नहीं,' वह बोला, 'मैंने तो कुछ नहीं सुना।' वह जितनी देर ये सारी बातें सुनता रहा, उसकी आँखें अपने गड्ढों में से बाहर निकली पड़ रही थीं और रंग एकदम चूने की तरह सफेद पड़ गया था। मैंने उसे सारी बात बताई और वह अपना हैट उठा कर चल पड़ा। मैं उसे वहीं रोके रखना चाहता था। 'जरा ठहरो मिकोलाई,' मैंने कहा, 'कुछ पियोगे नहीं और मैं छोकरे को दरवाजा रोके रहने का इशारा करके गल्ले के पीछे से निकल कर बाहर आ गया। मगर वह तीर की तरह सड़क पर निकल गया और भागता हुआ मोड़ पर पहुँच कर गली में गायब हो गया। तब मेरे सारे शक दूर हो गए। यह उसी की हरकत थी, इसमें अब कोई शक ही नहीं रह गया था...'

'सो तो है,' जोसिमोव ने कहा।

'ठहरो, पूरी बात सुन लो। जाहिर है कि उन लोगों ने मिकोलाई को ढूँढ़ने के लिए कुओं में बाँस डलवा दिए, दूशिकन को पकड़ कर थाने ले जाया गया, उसके घर की तलाशी ली गई; मित्रेई को भी गिरफ्तार कर लिया गया, जहाँ उसने रात गुजारी थी, उसे उलट-पलट कर दिया गया। फिर उन लोगों ने मिकोलाई को परसों शहर के छोर पर एक शराबखाने में गिरफ्तार किया। वहाँ उसने गले से चाँदी का सलीब उतार कर उसके बदले थोड़ी-सी शराब माँगी थी। उन लोगों ने शराब उसे दे दी। कुछ ही मिनट बाद शराबवाले की औरत मवेशी बाँधने की छप्पर में गई, और वहाँ उसने दीवार की एक दरार में से देखा कि बगलवाले अस्तबल में उसने छत की शहतीर में कमरबंद बाँध कर एक फंदा बना रखा है और लकड़ी के एक कुंदे पर खड़ा हो कर उस फंदे में गर्दन फँसाने की कोशिश कर रहा है। पूरा जोर लगा कर वह औरत चीखी; लोग भाग कर वहाँ पहुँचे। 'तो अब पता चली तुम्हारी असलियत!' 'मुझे ले चलो', वह बोला, 'फलाँ थाने में; मैं सब कुछ सच-सच बता दूँगा।' तो उसे कुछ लोगों की निगरानी में थाने से जाया गया - मतलब कि यहाँ लाया गया। उससे इधर-उधर की बहुत-सी बातें पूछी गईं। 'क्या उम्र है, बाईस साल, वगैरह-वगैरह। जब उससे पूछा गया, 'जब तुम मित्रेई के साथ काम कर रहे थे, तब तुमने किसी को फलाँ वक्त सीढ़ियों पर देखा था, तब उसने जवाब दिया : 'लोग जरूर ऊपर-नीचे आते-जाते रहे होंगे, लेकिन मैंने उनकी ओर ध्यान नहीं दिया।' 'तुमने कुछ सुना भी नहीं, कोई शोर वगैरह? 'हमने कोई खास बात नहीं सुनी।' 'और, मिकोलाई, तुमने क्या यह सुना कि उसी दिन फलाँ विधवा और उसकी बहन का कत्ल हुआ था और उन्हें लूट लिया गया था? 'मुझे उसके बारे में रत्ती भर भी कुछ नहीं मालूम था। इसके बारे में मैंने पहली बार परसों ही अफनासी पाव्लोविच से सुना।' 'ये कानों की बालियाँ तुम्हें कहाँ मिली थीं? 'सड़क की पटरी पर पड़ी पाई थीं।' 'अगले दिन तुम मित्रेई के साथ काम करने क्यों नहीं गए थे? 'इसलिए कि शराब पी रहा था।' 'और शराब कहाँ पी रहे थे? 'अरे, फलाँ जगह।' 'पर तुम दूशिकन के यहाँ से भाग क्यों आए थे? इसलिए कि बहुत डर लग रहा था।' 'तुम्हें डर किस बात का लग रहा था? 'कि मुझी पर इल्जाम लगाया जाएगा।' 'जब तुम्हारा कोई कुसूर नहीं था तो फिर तुम्हें डर कैसे लग रहा था?

अब तो जोसिमोव, तुम मेरी बात पर यकीन करो या न करो लेकिन यह सवाल हू-ब-हू इन्हीं शब्दों में पूछा गया था। मैं इस बात को पक्की तरह जानता हूँ : वह सवाल ज्यों का त्यों मेरे सामने दोहराया गया था! इसके बारे में क्या कहते हो?'

'बहरहाल, कुछ सबूत तो है।'

'मैं अभी सबूत की बात नहीं कर रहा हूँ, उस सवाल की बात कर रहा हूँ, वे लोग खुद अपने बारे में जो कुछ समझते हैं, उसकी बात कर रहा हूँ खैर, वे लोग उसे रगड़ते रहे, रगड़ते रहे, यहाँ तक कि आखिरकार उसने मान लिया : 'मुझे सड़क पर नहीं मिली थीं बल्कि उस फ्लैट में मिली थीं जहाँ मैं मित्रेई के साथ काम कर रहा था।' 'मतलब 'मतलब यह कि मित्रेई और मैं दिन भर पुताई करते रहे और काम खतम करके हम लोग चलने की तैयारी कर रहे थे कि मित्रेई ने ब्रश ले कर मेरे मुँह पर रंग लगा दिया। फिर वह भागा और उसके पीछे मैं भागा। मैं पूरी ताकत से चिल्लाता हुआ उसके पीछे भागा, और सीढ़ियों के नीचे पहुँच कर मेरी मुठभेड़ सीधे दरबान से और कुछ और भलेमानुसों से हो गई... कितने लोग थे, यह मुझे याद नहीं। दरबान ने मुझे गाली दी, दूसरे दरबान ने भी गाली दी, दरबान की औरत बाहर निकल आई, और वह भी हम लोगों को गालियाँ देने लगी। एक साहब इतने में एक मेम साहब को साथ लिए अंदर आए, और उन्होंने भी हमें गालियाँ दीं क्योंकि मित्रेई और मैं बीच रास्ते में पड़े हुए थे। मित्रेई के बाल मेरे हाथ में आ गए थे; मैंने उसे पटक दिया था और उसे पीट रहा था। उधर मित्रेई ने भी मेरे बाल पकड़ रखे थे और मुझे मारने लगा था। लेकिन हम यह सब गुस्से में आ कर नहीं कर रहे थे, बल्कि दोस्तों की तरह, खिलवाड़ कर रहे थे। और उसके बाद मित्रेई हाथ छुड़ा कर सड़क पर भागा। मैं भी उसके पीछे भागा लेकिन उसे पकड़ नहीं पाया और फ्लैट में अकेला ही वापस चला गया; मुझे अपना सामान समेटना था। मैं सारी चीजें समेट कर रखने लगा, यह सोच कर कि मित्रेई आएगा; कि उसी वक्त मेरा पाँव दरवाजे के पासवाले कोने में डिबिया पर पड़ा। मैंने देखा कि कागज में लिपटी हुई कोई चीज पड़ी है। मैंने कागज उतारा तो कुछ छोटी-छोटी कंटियाँ दिखाई दीं; मैं खोला तो देखा कि डिबिया में कानों की बालियाँ थीं...'

'दरवाजे के पीछे, ठीक दरवाजे के पीछे क्या कहा, दरवाजे के पीछे...' अचानक रस्कोलनिकोव जोर से चीखा, आतंक भरी सूनी-सूनी नजरों से रजुमीखिन को घूरता रहा और धीरे-धीरे हाथ का सहारा ले कर सोफे पर बैठ गया।

'हाँ... तो फिर बात क्या है हुआ क्या?' रजुमीखिन भी अपनी जगह से उठ खड़ा हुआ।

'कुछ नहीं,' रस्कोलनिकोव ने फिर तकिए पर सर टिका कर, दीवार की ओर मुँह फेरते हुए धीमी आवाज में जवाब दिया कुछ देर तक सभी चुप रहे।

'आँख लग गई है... शायद सोते में बड़बड़ाया होगा,' आखिरकार रजुमीखिन ने सवालिया नजरों से जोसिमोव को देखते हुए कहा। जोसिमोव ने धीरे से अपना सर हिला कर खंडन किया।

'खैर, आगे बढ़ो,' जोसिमोव बोला। 'फिर क्या हुआ?'

'फिर क्या हुआ बालियाँ देखते ही फ्लैट और मित्रेई सब कुछ भूल कर उसने सीधे अपनी टोपी उठाई और भाग कर दूशिकन के यहाँ जा पहुँचा और जैसा कि हमें मालूम है, उससे उसने एक रूबल पाया। वह झूठ बोला कि उसने सड़क पर पड़ी पाई थीं, और जा कर पीने लगा। कत्ल के बारे में वह अपनी शुरूवाली बात ही दोहराता रहता है : 'मैं उसके बारे में कुछ नहीं जानता, परसों से पहले मैंने उसके बारे में कभी सुना तक नहीं था।' 'तो तुम अभी तक पुलिस के पास क्यों नहीं आए? 'डर

लगता था।' 'पर तुमने फाँसी लगाने की कोशिश क्यों की? 'चिंता के मारे।' 'काहे की चिंता? 'यही कि मेरे ऊपर दूसरा इल्जाम लगाया जाएगा।' तो यह रहा सारा किस्सा। खैर तुम्हारे खयाल से उन लोगों ने इससे क्या नतीजा निकाला?'

'इसमें मेरे खयाल करने की कोई बात ही नहीं। सुराग मौजूद हैं, जैसे भी हैं, पर हैं। तुम यह उम्मीद तो नहीं कर रहे होगे कि तुम्हारे उस पुताई करनेवाले को छोड़ दिया जाए?'

'अब उन्होंने तो उसे सीधे-सीधे कातिल समझ लिया है! इसमें उन्हें रत्ती भर शक नहीं है।'

'ये सब बेतुकी बातें हैं। तुम बिला वजह उबल रहे हो। लेकिन तुम्हें उन बालियों के बारे में क्या कहना है? यह तो मानना होगा कि अगर बुढ़िया के संदूक में से बालियाँ उसी दिन और उसी वक्त मिकोलाई के हाथों में पहुँचीं तो किसी न किसी तरह तो पहुँची होंगी। इस तरह के मामले में यह एक बड़ी बात होती है।'

'वहाँ कैसे पहुँचीं? वहाँ कैसे पहुँचीं...' रजुमीखिन चीखा। 'तुम एक डॉक्टर हो, जिसका काम यह होता है कि वह मनुष्य का अध्ययन करे और जिसे मनुष्य के स्वभाव का अध्ययन करने के सबसे ज्यादा अवसर मिलते हैं, तो तुम इस पूरे किस्से में उस आदमी के चरित्र को क्यों नहीं देख पाते? क्या यह बात तुम्हें नहीं दिखाई देती कि छानबीन के दौरान उसने जो जवाब दिए, वे परम सत्य हैं बालियाँ उसके हाथों में उसी तरह पहुँचीं जिस तरह उसने हमें बताया - उसका पाँव डिबिया पर पड़ा और उसने उसे उठा लिया।'

'परम सत्य! पर क्या उसने खुद यह बात नहीं मानी कि पहले वह झूठ बोला था?'

'मेरी बात सुनो, ध्यान से। दरबान, कोख और पेस्त्र्याकोव, दूसरा दरबान और पहले दरबान की बीवी और वह औरत जो दरबान के घर पर बैठी थी और वह सरकारी अफसर क्रियूकोव, जो उसी क्षण गाड़ी में से उतरा था और एक मेम साहब के हाथ में हाथ डाले बड़े फाटक से अंदर गया था, मतलब यह कि आठ-दस गवाह सब यह बात मानते हैं कि मिकोलाई ने मित्रेई को जमीन पर गिरा रखा था, उसके ऊपर चढ़ा बैठा था और उसे पीट रहा था, और मित्रेई ने भी उसके बाल कस कर पकड़ रखे थे और वह भी उसे पीट रहा था। दोनों सड़क के ठीक बीच में पड़े हुए थे और उन्होंने आवाजाही का रास्ता रोक रखा था। उन्हें चारों ओर से गालियाँ मिल रही थीं और वे 'बच्चों की तरह' (गवाहों के शब्द यही थे) एक-दूसरे को पटकनियाँ दे रहे थे, किलकारियाँ मार रहे थे, लड़ रहे थे, अजीब-अजीब सूरतें बना कर हँस रहे थे, और बच्चों की तरह एक-दूसरे का पीछा करते हुए बाहर सड़क पर निकल गए थे। समझे अब जरा ध्यान दे कर सुनो। ऊपर लाशों में गर्मी बाकी थी... समझे, जब उन लोगों ने उन्हें देखा तब उनमें गर्मी बाकी थी! अगर उन्होंने, या अकेले मिकोलाई ने, उनको कत्ल किया होता और संदूक तोड़े होते, या सिर्फ डाका ही डाला होता, तो मैं तुमसे एक सवाल पूछना चाहूँगा : क्या उनकी उस वक्त की दिमागी हालत, फाटक पर उनका किलकारियाँ मारना और हँसना और झगड़ा करना, क्या वे बातें कुल्हाड़ियों, खून-खच्चर, शैतानों जैसी चालाकी या डाकाजनी से मेल खाती हैं? उन्होंने उन दोनों औरतों को अभी-अभी कत्ल किया था, पाँच या दस मिनट पहले भी नहीं, क्योंकि उस वक्त तक भी लाशों में गर्मी बाकी थी, और फौरन फ्लैट खुला छोड़ कर, यह जानते हुए भी कि लोग जल्द ही वहाँ पहुँच जाएँगे, वे अपना लूट का माल वहीं फेंक कर बच्चों की तरह लुढ़क रहे थे, हँस रहे थे, सभी का ध्यान अपनी ओर आकर्षित कर रहे थे। ऐसे दर्जन भर गवाह हैं जो कसम खा कर ये बातें कहने को तैयार हैं!'

'बात सचमुच कुछ अजीब तो है! बेशक यह नामुमकिन है, मगर...'

'नहीं यार, कोई अगर-मगर नहीं। माना कि कत्ल जब हुआ था, उसी दिन और उसी वक्त कानों की बालियों का मिकोलाई के हाथों में पाया जाना उसके खिलाफ एक बहुत बड़ा परिस्थितिजन्य साक्ष्य बन जाता है - हालाँकि उसने जो सफाई दी है, उससे इसकी वजह अच्छी तरह साफ हो गई है और इसलिए अगर कोई दूसरा सबूत हो तो भी यह बात उसकी पुष्टि करनेवाला सबूत नहीं हो सकती। ऐसी हालत में हमें उन बातों पर भी ध्यान देना चाहिए, जिनसे वह बेकसूर साबित होता है, खास तौर पर इसलिए कि वे ऐसी बातें हैं जिनसे इनकार नहीं किया जा सकता। पर हमारी कानून-व्यवस्था के चरित्र को देखते हुए, तुम क्या समझते हो कि वे लोग इस बात को मानेंगे, या वे इसे मानने की स्थिति में भी हैं - जिसका आधार केवल मनोविज्ञान की दृष्टि से उसका असंभव होना है - कि यह बात अभियोग पक्ष के परिस्थितिजन्य साक्ष्य को सोलह आने पक्के तौर पर चूर-चूर कर देती है नहीं, वे इस बात को नहीं मानेंगे, कतई नहीं मानेंगे, क्योंकि उन्हें जेवर की डिबिया उस आदमी के हाथ में मिली थी और उस आदमी ने अपने फाँसी लगाने की कोशिश की थी, जो कि अगर वह अपने आपको अपराधी न समझता तो कभी न करता। यही बात है जिस पर मुझे ताव आता है, और तुम्हें समझनी चाहिए!'

'आह, मैं देख रहा हूँ कि तुम्हें ताव आ रहा है! पर ठहरो। मैं तुमसे एक बात पूछना भूल गया : इस बात का क्या सबूत है कि वह डिबिया बुढ़िया के यहाँ से ही आई थी?'

'यह तो साबित हो चुका है,' रजुमीखिन ने त्योरियों पर बल डाल कर साफ झिझकते हुए जवाब दिया। 'कोख ने जेवर की वह डिबिया पहचानी थी और उसके असली मालिक का नाम भी बताया था, जिसने पक्के तौर पर साबित कर दिया था कि वह उसी की थी।'

'सो तो बुरा हुआ। अब एक बात और। क्या किसी ने मिकोलाई को उस वक्त देखा था जब कोख और पेस्त्र्याकोव पहली बार ऊपर जा रहे थे क्या उसके बारे में कोई सबूत नहीं है?'

'असली बात यही तो है कि किसी ने नहीं देखा,' रजुमीखिन ने चिढ़ कर जवाब दिया। 'सबसे बुरी बात यही है। ऊपर जाते हुए कोख और पेस्त्र्याकोव ने भी उन्हें नहीं देखा था, हालाँकि अब उनकी गवाही को बहुत वजनदार माना भी नहीं जाएगा। उन्होंने कहा कि वह फ्लैट खुला था और वहाँ जरूर कोई काम हो रहा होगा, लेकिन उन्होंने इस बात की ओर कोई खास ध्यान नहीं दिया था और उन्हें यह याद नहीं था कि वहाँ आदमी सचमुच काम कर रहे थे या नहीं।'

'हूँ! ...तो सफाई में अकेला सबूत यही है कि वे एक-दूसरे को पीट रहे थे और हँस रहे थे मान लेते हैं कि इस बात में दम काफी है, लेकिन... जो सच्चाइयाँ सामने आई हैं, उनको तुमने किस तरह समझा है मेरा मतलब यह है कि तुम्हारी समझ में वे बालियाँ वहाँ कैसे पहुँचीं यानी जैसा कि वह कहता है अगर वे उसे सचमुच वहीं मिली थीं तो?'

'मेरी समझ में इसमें समझ का क्या सवाल है बात एकदम साफ है! बहरहाल, जिस कोण से इस बात को समझने की कोशिश की जानी चाहिए वह बिलकुल साफ है और जेवर की डिबिया उसी तरफ इशारा करती है। कानों की वे बालियाँ असली कातिल ने गिराई थीं। जिस वक्त कोख और पेस्त्र्याकोव ने दरवाजा खटखटाया उस वक्त कातिल ऊपर ही था, कमरे में बंद। कोख ने यह गधापन किया कि वहीं दरवाजे पर खड़ा नहीं रहा। फिर कातिल भी सरपट निकल कर बाहर नीचे भागा, क्योंकि उसके लिए भागने का कोई दूसरा रास्ता था ही नहीं। मिकोलाई और मित्रेई उस खाली फ्लैट में से भाग कर

बाहर निकले तब कोख, पेस्त्र्याकोव और दरबान की नजरें बचा कर वह उसी फ्लैट में जा छिपा। जिस वक्त दरबान और दूसरे लोग ऊपर जा रहे थे, उस वक्त वह वहीं छिपा हुआ रहा और उनके इतनी दूर निकल जाने की राह देखता रहा कि उन्हें उसकी आहट सुनाई न दे। उसके बाद वह चुपचाप ठीक उस वक्त नीचे उतर गया, जब मिकोलाई और मित्रेई भाग कर सड़क पर पहुँच चुके थे और फाटक पर कोई नहीं था। उसे शायद किसी ने देखा भी हो, लेकिन किसी ने उसकी ओर ध्यान नहीं दिया। बहुत से लोग अंदर-बाहर आते-जाते ही रहते हैं। बालियाँ उसकी जेब से उसी वक्त गिरी होंगी जब वह दरवाजे के पीछे खड़ा था पर उसे पता नहीं चला कि वे गिर गई हैं, क्योंकि वह बहुत-सी दूसरी बातों के बारे में सोच रहा था। जेवर की डिबिया इस बात का पक्का सबूत है कि वह उस जगह खड़ा हुआ था। यह है सारी बात का निचोड़।'

'यह कुछ ज्यादा ही सोच-विचार कर कही गई बात है! नहीं, मेरे भाई, तुमने जरूरत से ज्यादा ही सोच-विचार से काम लिया है! बहुत होशियारी दिखा दी है!'

'लेकिन क्यों आखिर क्यों?'

'इसलिए कि हर चीज जरूरत से ज्यादा ही फिट बैठ रही है... इसमें नाटक कुछ जरूरत से ज्यादा ही है।'

'ओफ!' रजुमीखिन अपनी प्रतिक्रिया व्यक्त करने ही वाला था कि उसी पल दरवाजा खुला और एक बंदा अंदर आया जो वहाँ पर मौजूद सभी लोगों के लिए एकदम अजनबी था।

अपराध और दंड : (अध्याय 2-भाग 5)

वह सज्जन नौजवानी की उम्र पार कर चुके थे। कुछ अकड़ा हुआ, भारी-भरकम डील, कुछ काइयाँ और कुछ चिढ़ी हुई-सी सूरत। सबसे पहला काम उन्होंने यह किया कि दरवाजे पर ही ठिठके और अपने चारों ओर तौहीन भरी और खुली हैरानी से गौर से देखा, गोया अपने आपसे पूछ रहे हों कि वह भला कहाँ आ गए। उन्होंने रस्कोलनिकोव की उस नीची-सी, सँकरी 'चूहेदानी' को संदेह भरी नजरों से देखा, और कुछ ऐसे भाव से, गोया दंग रह गए हों और अपमान का अनुभव कर रहे हों। हैरत के उसी भाव से उन्होंने रस्कोलनिकोव को घूर कर देखा, जो अपने मैले-से फटीचर सोफे पर लेटा उन्हें एकटक देखे जा रहा था। उसने ठीक से कपड़े भी नहीं पहने थे, बाल बिखरे हुए थे और कई दिन से मुँह भी नहीं धोया था। फिर उन्होंने रजुमीखिन को उसी तरह ध्यान से सर से पाँव तक देखा - मैली-कुचैली वेश-भूषा, बिखरे बाल, चेहरे पर दाढ़ी बढ़ी हुई। रजुमीखिन भी उनकी आँखों में आँखें डाल कर ढिठाई से इस तरह देखता रहा, जैसे उनसे कोई सवाल पूछ रहा हो। कुछ पल खामोशी छाई रही और फिर जैसी कि आशा की जा सकती थी, दृश्य में कुछ परिवर्तन आया। शायद कुछेक, काफी असंदिग्ध संकेतों के आधार पर यह सोच कर कि उन लोगों पर अपना रोब डालने की कोशिश करके उन्हें यहाँ इस 'चूहेदानी' में कुछ नहीं मिलेगा, वह कुछ नर्म पड़े और बड़ी शिष्टता से, हालाँकि उसमें कुछ सख्ती भी थी, अपने सवाल के हर शब्द के एक-एक टुकड़े पर जोर देते हुए, उन्होंने जोसिमोव को संबोधित किया :

'रोदिओन रोमानोविच रस्कोलनिकोव छात्र, या पहले शायद छात्र रहा हो।'

जोसिमोव धीरे-से कसमसाया और सवाल का जवाब देने ही वाला था कि रजुमीखिन, जिसका इससे कोई वास्ता न था, उससे पहले ही बोल पड़ा :

'यह रहा, सोफे पर लेटा हुआ! आपको चाहिए क्या?'

यूँ लगा गोया इस जाने-पहचाने सवाल 'आपको चाहिए क्या' ने सज्जन के पाँव तले की जमीन ही खिसका दी। वह रजुमीखिन की ओर मुड़नेवाले थे कि उन्होंने समय रहते अपने आपको सँभाल लिया और एक बार फिर जोसिमोव की ओर मुड़े।

'यही है रस्कोलनिकोव,' जोसिमोव उसकी ओर सर हिला कर इशारा करते हुए बुदबुदाया। इसके बाद उसने अपना मुँह जहाँ तक हो सकता था, पूरा खोल कर लंबी जम्हाई ली। फिर अलसाए हुए ढंग से अपनी वास्कट की जेब में हाथ डाल कर उसने सोने की एक बड़ी-सी घड़ी निकाली, उसे खोल कर देखा और उतने ही धीरे-धीरे और अलसाए ढंग से उसे वापस अपनी जेब में रखने लगा।

रस्कोलनिकोव खुद कुछ बोले बिना, चित लेटा, बिना कुछ समझे हुए, लगातार अजनबी को घूरे चला जा रहा था। उसका चेहरा, जिसे उसने दीवार के कागज पर बने बेहद आकर्षक फूल की ओर से फेर लिया था, बेहद पीला पड़ गया था। उस पर वेदना की झलक साफ थी, गोया उसका कोई बहुत पीड़ाजनक ऑपरेशन हुआ हो या उसे अभी-अभी सूली पर से उतारा गया हो। लेकिन धीरे-धीरे उसे उस अजनबी में दिलचस्पी पैदा होने लगी, फिर आश्चर्य का भाव जागा, फिर संदेह का, यहाँ तक कि आतंक का भी। जब जोसिमोव ने कहा, 'यही है रस्कोलनिकोव' तो वह उछल कर सोफे पर बैठ गया और लगभग चुनौती देते हुए, लेकिन कमजोर और टूटे-टूटे लहजे में बोला :

'जी हाँ, रस्कोलनिकोव मैं ही हूँ। क्या चाहिए आपको?'

आनेवाले ने उसे ऊपर से नीचे तक देखा और बड़े रोब से ऐलान किया :

'प्योत्र पेत्रोविच लूजिन। मैं समझता हूँ मेरी यह उम्मीद बेबुनियाद नहीं है कि आप मेरे नाम से एकदम अनजान तो नहीं ही होंगे?'

लेकिन रस्कोलनिकोव, जो कोई दूसरी ही बात सोचे बैठा था, खाली-खाली नजरों से टकटकी बाँधे देखता रहा। उसने कोई जवाब नहीं दिया, गोया प्योत्र पेत्रोविच का नाम उसने पहली बार सुना हो।

'क्या ऐसा हो सकता है कि अभी तक कोई खबर आपको न मिली हो?' प्योत्र पेत्रोविच ने कुछ बिगड़ कर पूछा।

जवाब में रस्कोलनिकोव धीरे-धीरे अपने तकिए पर फिर झुक गया। उसने अपने हाथ सर के पीछे रख लिए और एकटक छत को देखता रहा। लूजिन के चेहरे पर उदासी का भाव उभर आया। जोसिमोव और रजुमीखिन उन्हें पहले से भी अधिक जिज्ञासा से घूरने लगे। आखिरकार एकदम साफ नजर आने लगा कि वे कुछ अटपटा महसूस कर रहे हैं।

'मैं यह मान कर आया था और मैंने हिसाब भी लगाया था,' वे अटक कर बोले, 'कि डाक में जो खत पंद्रह दिन पहले नहीं तो कम से कम दस दिन पहले तो जरूर ही डाला गया था...'

'मैं कहता हूँ, आप चौखट पर क्यों खड़े हैं?,' रजुमीखिन ने अचानक उनकी बात काटते हुए कहा। 'आपको अगर कुछ कहना है तो बैठ जाइए। नस्तास्या और आप दोनों एक-दूसरे का रास्ता रोक रहे हैं। नस्तास्या, जगह देना जरा! यह रही कुर्सी, दब-सिमट कर अंदर आ जाइए!'

अपनी कुर्सी उसने मेज के पास से कुछ पीछे सरका ली, मेज और अपने घुटनों के बीच थोड़ी-सी जगह बना दी, और सिकुड़ा-सिमटा बैठा इस बात की राह देखता रहा कि आनेवाला 'दब-सिमट कर अंदर' आ जाए। उसने अपनी बात कहने के लिए ऐसा पल चुना था कि इनकार किया ही नहीं जा सकता था। आनेवाला गिरता-पड़ता किसी तरह रास्ता बना कर अंदर घुस आया। कुर्सी के पास पहुँच कर वह उस पर बैठा और संदेह भरी नजरों से रजुमीखिन को देखने लगा।

'घबराने की कोई जरूरत नहीं,' रजुमीखिन अनायास ही बोला। 'रोद्या पिछले पाँच दिन से बीमार है और तीन दिन तो सरसाम की हालत में रहा है, लेकिन अब ठीक हो रहा है और उसे भूख भी लगने लगी है। ये हैं उसके डॉक्टर जिन्होंने अभी-अभी उसे देखा है। मैं रोद्या का साथी हूँ और उसी की तरह मैं भी पहले पढ़ता था, पर आजकल इसकी तीमारदारी में लगा हूँ। लिहाजा आप हमारी परवाह किए बिना अपना काम कीजिए।'

'शुक्रिया। लेकिन यहाँ मेरी मौजूदगी और मेरी बातचीत से मरीज को तो कोई परेशानी नहीं होगी' प्योत्र पेत्रोविच ने जोसिमोव से पूछा।

'न...हीं,' जोसिमोव ने बुदबुदा कर कहा, 'आपसे कुछ दिल ही बहलेगा।' उसने फिर जम्हाई ली।

'यह तो काफी देर से होश में है, सबेरे से,' रजुमीखिन कहता रहा। उसकी बेतकल्लुफी दिल की ऐसी सादगी का पता दे रही थी कि प्योत्र पेत्रोविच अधिक प्रसन्नचित्त दिखाई देने लगे। शायद कुछ हद तक इसलिए भी कि इस मैले-कुचैले और ढीठ आदमी ने अपना परिचय छात्र के रूप में कराया था।

'आपकी माँ...,' लूजिन ने कहना शुरू किया।

'हूँ!' रजुमीखिन जोर से खखारा। लूजिन ने उसे चकरा कर देखा।

'कोई बात नहीं, आप कहिए।'

लूजिन ने कंधे बिचकाए।

'आपकी माँ ने, जिन दिनों मैं उनके पड़ोस में रह रहा था, आपको एक खत लिखना शुरू किया था। यहाँ पहुँचने पर मैं जान-बूझ कर कुछ दिन आपसे मिलने नहीं आया ताकि मुझे इस बात का पक्का भरोसा हो जाए कि आपको पूरी खबर मिल गई है। लेकिन अब यह जान कर मुझे हैरत हो रही है कि...।'

'मालूम है, सब मालूम है!' रस्कोलनिकोव अचानक बड़ी बेचैनी से झुँझला कर चीखा। 'तो मँगेतर आप हैं मैं जानता हूँ, और बस इतना ही काफी है!'

इसमें कोई शक नहीं था कि इस बार प्योत्र पेत्रोविच को बुरा लगा था, पर उन्होंने कुछ कहा नहीं। उन्होंने इस बात को समझने की बेहद कोशिश की कि इस सबका मतलब क्या था। एक पल तक खामोशी रही।

इसी बीच रस्कोलनिकोव, जो जवाब देने के लिए जरा-सा उनकी तरफ मुड़ गया था, अचानक फिर उन्हें बड़ी जिज्ञासा से घूरने लगा, गोया अभी तक उसने उन्हें ठीक से देखा न हो, या गोया उसे कोई नई बात खटक गई हो। उसने जान-बूझ कर उन्हें घूरने के लिए तकिए पर से सर उठाया। प्योत्र पेत्रोविच की पूरी चाल-ढाल में निश्चित रूप से कोई अजीब-सी बात थी, कोई ऐसी बात जिसकी वजह से उनके लिए 'मँगेतर' की उपाधि का इतना अशिष्ट उपयोग ठीक ही लगता था। पहली बात तो यह थी कि यह एकदम साफ था, बल्कि जरूरत से ज्यादा ही साफ था, कि प्योत्र पेत्रोविच ने राजधानी में जो थोड़े से दिन गुजारे थे, उनको उन्होंने शादी की तैयारी में अपने आपको सजाने-सँवारने के लिए बड़े उत्साह और उत्सुकता से खर्च किया था - सचमुच यह एकदम निष्कपट और एकदम मुनासिब आचरण था। इस बात को देखते हुए कि प्योत्र पेत्रोविच ने मँगेतर की भूमिका अपना ली थी, इन परिस्थितियों में स्वयं उन्हें अपनी सूरत-शक्ल और चाल-ढाल में किसी सुखद सुधार की जरूरत का जो एहसास था और जिसकी वजह से शायद वह आवश्यकता से अधिक निश्चिंत हो गए थे, उन्हें क्षमा किया जा सकता था। उनके सारे कपड़े लगता था सीधे दर्जी के यहाँ से आए थे और एकदम ठीक थे। बात थी भी तो बस इतनी कि वे जरूरत से ज्यादा नए थे और हद से ज्यादा मुनासिब लग रहे थे। उसके तरहदार नए गोल हैट में भी यही खासियत थी : प्योत्र पेत्रोविच उसके साथ सम्मान का बरताव कर रहे थे और उसे बहुत सँभाल कर हाथ में लिए हुए थे। कासनी रंग के बेहद उम्दा फ्रांसीसी दस्ताने भी इसी बात का सबूत दे रहे थे, कम से कम इस बात से कि उन्होंने उनको पहनने की बजाय दिखाने के लिए हाथ में ले रखा था। प्योत्र पेत्रोविच के पूरे लिबास में हलके और नौजवानों लायक रंगों का जोर था। हलके बादामी रंग का खूबसूरत, गर्मियों का कोट, हलके पतले कपड़े का पतलून, उसी कपड़े की वास्कट, नई और बढ़िया कमीज, बेहद बारीक कैंब्रिक का गुलाबी धारियोंवाला गुलूबंद पर सबसे अच्छी बात तो यह थी कि यह सब कुछ प्योत्र पेत्रोविच पर फबता था। उनका खिला हुआ, बल्कि कह लीजिए कि खूबसूरत-सा चेहरा भी हर हालत में पैंतालीस साल से बहुत कम उम्र के आदमी का लग रहा था। दोनों ओर घने उगे हुए, गहरे रंग के मटनचॉप जैसे गलमुच्छे चमकदार, सफाचट चेहरे की शोभा बढ़ा रहे थे। वे अपने बालों से भी, जिनमें कहीं-कहीं सफेदी झाँक रही थी, हालाँकि उन्हें किसी नाई की दुकान में घुँघराले कराके सजाया-सँवारा गया था, देखने में बुद्धू नहीं लगते थे, जैसा कि घुँघराले बालोंवाला आदमी कुछ-कुछ जर्मन लगने की वजह से अपनी शादी के दिन हमेशा लगता है। देखने में भले और रोबदार लगनेवाले उनके चेहरे में अगर कोई चीज सचमुच अप्रिय और घृणाजनक थी, तो एकदम दूसरे कारणों से थी। बड़ी अशिष्टता से मिस्टर लूजिन को सर से पाँव तक देखने के बाद रस्कोलनिकोव दुश्मनी के भाव से मुस्कराया, फिर अपने तकिए पर लुढ़क गया और पहले की तरह छत को घूरने लगा।

मिस्टर लूजिन ने दिल कड़ा करके इन लोगों की उलटी-सीधी हरकतों की ओर ध्यान न देने का फैसला कर लिया था।

'आपको इस हालत में देख कर मुझे बेहद अफसोस है,' उन्होंने कोशिश करके खामोशी को तोड़ते हुए कहना शुरू किया। 'अगर मुझे आपकी बीमारी का पता होता तो मैं पहले आता। लेकिन आप तो कारोबार की हालत जानते हैं। इसके अलावा, सेनेट में भी एक बहुत बड़ा कानूनी मामला फँसा हुआ है और दूसरे भी बहुत-से काम हैं, जिनमें बहुत-सा वक्त निकल जाता है। आप इसका आसानी से अंदाजा लगा सकते हैं। अब किसी भी वक्त आपकी माँ और बहन भी आ सकती हैं।'

रस्कोलनिकोव कुछ कसमसाया। लगा कि वह कुछ कहनेवाला है। चेहरे पर कुछ बेचैनी दिखाई दे रही थी। प्योत्र पेत्रोविच कुछ देर ठहर कर इंतजार करते रहे, लेकिन जब कुछ भी नहीं हुआ, तो उन्होंने अपनी बात जारी रखी :

'...किसी भी वक्त उनके यहाँ पहुँचने पर मैंने रहने की एक जगह भी ढूँढ़ ली है...'

'कहाँ?' रस्कोलनिकोव ने बुझी हुई आवाज में पूछा।

'पास ही में है। बकालेयेव के घर में।'

'वह तो बोज्नेसेंस्की में है,' रजुमीखिन बीच में बोला। 'उसमें दो मंजिलों पर बहुत सारे कमरे हैं जिन्हें यूशिन नाम का एक व्यापारी किराए पर उठाता है। मैं वहाँ जा चुका हूँ।'

'हाँ, सजे-सजाए कमरे...'

'बहुत ही बेहूदा जगह है। गंदी, बदबूदार और बदनाम भी। कुछ वारदातें हो चुकी हैं वहाँ, और तरह-तरह के अजीब लोग वहाँ रहते हैं! मैं भी एक लफड़े के सिलसिले में गया था। जगह सस्ती जरूर है, हालाँकि...'

'जाहिर है, मैं उस जगह के बारे में इतना कुछ मालूम नहीं कर सका, क्योंकि मैं खुद पीतर्सबर्ग में परदेसी हूँ,' प्योत्र पेत्रोविच ने झल्ला कर जवाब दिया। 'लेकिन दोनों कमरे हैं साफ-सुथरे, और हमें चाहिए भी तो थोड़े ही दिन के लिए... मैंने वैसे एक जगह पक्के तौर पर ले ली है, मतलब कि आगे चल कर हम लोगों के रहने के लिए,' उसने रस्कोलनिकोव को संबोधित करके कहा, 'और उसे मैं ठीक-ठाक करा रहा हूँ। इस बीच मैं अपने नौजवान दोस्त अंद्रेई सेम्योनोविच लेबेजियातनिकोव के साथ थोड़ी-सी जगह में किसी तरह रह रहा हूँ, मादाम लिप्पेवेख्सेल के फ्लैट में, उन्होंने ही मुझे बकालेयेव के इस घर के बारे में भी बताया था...'

'लेबेजियातनिकोव' रस्कोलनिकोव ने धीमे से कहा, जैसे कुछ याद कर रहा हो।

'हाँ, अंद्रेई सेम्योनोविच लेबेजियातनिकोव, मिनिस्ट्री में काम करता है। उसे आप जानते हैं?'

'हाँ... न... नहीं,' रस्कोलनिकोव ने जवाब दिया।

'माफ कीजिएगा, आपने जिस तरह पूछा, उससे मुझे लगा कि आप जानते हैं। किसी जमाने में मैं उसका संरक्षक था... बहुत अच्छा नौजवान है और नए विचारों का शख्स है। मुझे नौजवानों से मिल कर खुशी होती है; उनसे नई-नई बातें सीखने को मिलती हैं।' लूजिन ने बड़ी उम्मीदभरी नजरों से उन सबको देखा।

'मतलब क्या है आपका?' रजुमीखिन ने पूछा।

'सबसे ज्यादा गंभीर और बुनियादी सवालों के बारे में,' प्योत्र पेत्रोविच ने इस तरह जवाब दिया जैसे यह सवाल सुन कर वे बहुत खुश हुए हों। 'देखिए, बात यह है कि मैं दस साल बाद पीतर्सबर्ग आया हूँ। सारी नई और अनोखी चीजें, सारे सुधार, सारे विचार दूर-दराज कस्बों में हम तक पहुँच गए हैं, लेकिन इन बातों को और भी साफ तरीके से देखने के लिए आदमी को पीतर्सबर्ग आना ही चाहिए। मैं तो यह भी सोचता हूँ कि नौजवान पीढ़ी को देख कर ही हम सबसे ज्यादा समझते और सीखते हैं। और मैं तो मानता हूँ कि मुझे बड़ी खुशी हुई...'

'किस बात पर?'

'तुम्हारा सवाल बहुत लंबा-चौड़ा है। मुमकिन है मेरा खयाल गलत हो, लेकिन मैं समझता हूँ कि मुझे कहीं ज्यादा साफ विचार मिलते हैं, यूँ कहिए कि ज्यादा आलोचना सुनने को मिलती है, ज्यादा व्यावहारिकता आती है...'

'सच कहा,' जोसिमोव पटाक से बोला।

'बकवास! इसमें कहीं कोई व्यावहारिकता नहीं है,' रजुमीखिन उस पर बरस पड़ा। 'व्यावहारिकता बड़ी मुश्किल से आती है, कोई आसमान से नहीं टपकती। हमारा व्यावहारिक जीवन से पिछले दो सौ साल से कोई नाता नहीं रहा है। आप कह सकते हैं, कि ढेरों विचार पनप रहे हैं,' उसने प्योत्र पेत्रोविच से कहा, 'अच्छाई की इच्छा भी मौजूद है, हालाँकि वह अभी बचकाना शक्ल में है, और ईमानदारी भी आपको मिल सकती है, हालाँकि यहाँ लुटेरों के गिरोह भी हैं। लेकिन व्यावहारिकता कहीं नहीं है! व्यावहारिकता तो खाते-पीते लोगों के यहाँ ही होती है।'

'मैं आपकी यह बात नहीं मानता,' प्योत्र पेत्रोविच ने जवाब दिया। देखने से ही लग रहा था कि उन्हें इस बातचीत में बहुत मजा आ रहा था। 'बेशक, लोगों को कुछ ज्यादा जोश आ जाता है और वे गलतियाँ कर बैठते हैं, लेकिन हमें बर्दाश्त करना चाहिए। वह जोश अपने ध्येय के प्रति उत्साह का और उन विकृत बाहरी परिस्थितियों का ही सबूत होता है जिनमें काम-धाम चलता है। अगर काम बहुत थोड़ा हुआ है तो बहुत ज्यादा वक्त भी तो नहीं मिला है; साधनों की बात मैं नहीं करूँगा। अगर आप जानना चाहें तो मेरा निजी विचार यह है कि कुछ तो हासिल किया जा चुका है : नए उपयोगी विचार फैलने लगे हैं, पुरानी और बेहद काल्पनिक रचनाओं की जगह नई, उपयोगी रचनाओं का चलन बढ़ रहा है। साहित्य में ज्यादा परिपक्वता आती जा रही है, कितने ही हानिकारक पूर्वग्रह उखाड़ फेंके गए हैं और उन्हें हास्यास्पद बना दिया गया है... थोड़े शब्दों में कहा जाए तो हमने अतीत से पूरी तरह अपना नाता तोड़ लिया और यह मेरी राय में बहुत बड़ी बात है...'

'सब रट रखा है रोब झाड़ने के लिए!' रस्कोलनिकोव ने अचानक फैसला सुनाया।

'क्या कहा' प्योत्र पेत्रोविच ने पूछा, वह उसकी बात ठीक से सुन नहीं सके थे। लेकिन उन्हें अपने सवाल का कोई जवाब नहीं मिला।

'आप बिलकुल ठीक फरमाते हैं,' जोसिमोव जल्दी से बीच में बोला।

'है न' जोसिमोव को बड़े दुलार से देखते हुए प्योत्र पेत्रोविच ने अपनी बात जारी रखी। 'आपको मानना पड़ेगा,' उन्होंने कुछ विजय भाव और कुछ तिरस्कार के साथ-वह बस 'नौजवान' शब्द जोड़ते-जोड़ते रह गए - रजुमीखिन को संबोधित करते हुए अपनी बात को आगे जारी रखा, 'कि विज्ञान और आर्थिक सत्य के मामले में हम आगे बढ़े हैं, या जैसा कि आजकल लोग कहते हैं, प्रगति हुई है...'

'घिसी-पिटी बातें हैं!'

'नहीं जनाब, घिसी-पिटी बातें नहीं हैं! मिसाल के लिए, अगर मुझसे कहा जाता कि अपने पड़ोसी को प्यार करो, तो उसका क्या नतीजा होता?' प्योत्र पेत्रोविच शायद जरूरत से ज्यादा जल्दबाजी में अपनी बात कहते रहे। 'इसका यह मतलब होता कि मैं अपना आधा कोट फाड़ कर अपने पड़ोसी के साथ बाँट लूँ और हम दोनों आधे-आधे नंगे रहें। जैसी कि रूसी

कहावत है, अगर दो खरगोशों का पीछा करोगे तो एक भी हाथ नहीं लगेगा। अब विज्ञान हमें बताता है कि सबसे बढ़ कर अपने आपको प्यार करो, क्योंकि दुनिया में हर चीज का दारोमदार स्वार्थ पर है। अपने आपको प्यार करोगे तो अपना हर काम ठीक से चलाओगे और तुम्हारा कोट पूरा रहेगा। आर्थिक सत्य इसमें इतना और जोड़ देता है कि समाज में निजी मुआमलों की व्यवस्था जितने ही अच्छे ढंग से की जाएगी - कहने का मतलब यह कि जितने ही ज्यादा लोगों के पास पूरे कोट होंगे - उस समाज की बुनियादें उतनी ही मजबूत होंगी और लोक-कल्याण की व्यवस्था भी उतनी ही अच्छी होगी। इसलिए, सिर्फ अपने लिए दौलत जुटा कर मैं एक तरह से सबके लिए दौलत पैदा कर रहा हूँ, और ऐसी हालत पैदा करने में मदद दे रहा हूँ कि मेरे पड़ोसी को आधे कोट से ज्यादा भी कुछ मिल सके। और यह सब अलग-अलग लोगों की निजी उदारता की वजह से नहीं, बल्कि इसलिए होता है कि आमतौर पर सभी ने तरक्की की है। यह विचार है बहुत सीधा-सा लेकिन अफसोस की बात यह है कि हमारे पास तक इसे पहुँचने में बहुत समय लगा, क्योंकि अस्पष्ट भावुकता और आदर्शवाद उसकी राह में रुकावट बने हुए थे। फिर भी यूँ लगता है कि इस बात को समझ सकने के लिए बहुत ज्यादा समझ की जरूरत नहीं है...'1

'माफ कीजिएगा, मेरे समझ तो खुद बहुत थोड़ी है,' रजुमीखिन ने चट से बात काट कर कहा, 'इसलिए अब इस बहस को रहने ही देते हैं। मैंने अपनी बातें एक खास मकसद से शुरू की थीं, लेकिन पिछले तीन साल के दौरान मनबहलाने की इस बकबक से, इन धाराप्रवाह घिसी-पिटी बातों से, जो हमेशा वही की वही रहती हैं, मैं इतना तंग आ चुका हूँ कि, भगवान जानता है, जब दूसरे लोग भी इसी तरह की बातें करते हैं तो मुझे शर्म आने लगती है। आपको यकीनन यह दिखाने की बेचैनी है कि आप कितने पढ़े-लिखे आदमी हैं। इस बात को माफ किया जा सकता है, और मैं आपको इसके लिए दोष भी नहीं देता, क्योंकि यह कोई ऐसी बुरी बात नहीं है। मैं तो बस यह मालूम करना चाहता था कि आप किस तरह के आदमी हैं, क्योंकि इधर कुछ दिनों से इतने सारे पाखंडी लोगों ने प्रगतिशील लक्ष्य को अपना लिया है और जिस चीज को भी हाथ लगाया है, उसे अपने निजी हितों के लिए इतना विकृत कर दिया है कि उस पूरे लक्ष्य की मिट्टी पलीद हो गई है। खैर, इतना ही काफी है!'

'माफ कीजिए, जनाब,' लूजिन ने बुरा मान कर और बेहद गरिमा के साथ बोलते हुए कहा, 'इतने दो-टूक ढंग से कहीं आप यह तो नहीं कहना चाहते कि...'

'नहीं, साहब... मेरी ऐसी मजाल ...छोड़िए, बस बहुत हो गया,' रजुमीखिन ने बात खत्म करते हुए कहा, और फिर वह अपनी पहलेवाली बातचीत का सिलसिला जारी रखने के लिए जोसिमोव की ओर मुड़ा।

.

1. यहाँ प्योत्र पेत्रोविच के मुँह से लेखक ने निकोलाई चेर्नीसिव्स्की के उपन्यास क्या करें में 'प्रबुद्ध स्वार्थ' की धारणा और जान स्टुअर्ट मिल के उपयोगितावाद का विरोध किया है - अनुवादक।

प्योत्र पेत्रोविच ने उसके इस खंडन को स्वीकार कर लेने में ही भलाई समझी। उसने उन लोगों से दो-एक मिनट में विदा लेने का मन बना लिया था।

'मुझे यकीन है कि हमारी जान-पहचान,' उसने रस्कोलनिकोव को संबोधित करते हुए कहा, 'आपके अच्छे हो जाने पर और उन परिस्थितियों को देखते हुए जिनसे आप परिचित हैं, और भी गहरी होंगी... सबसे बढ़ कर तो मैं आपके फिर से स्वस्थ हो जाने की कामना करता हूँ...'

रस्कोलनिकोव ने सर तक नहीं घुमाया। प्योत्र पेत्रोविच कुर्सी से उठने लगे।

'उसे उसके किसी गाहक ने ही मारा होगा।,' जोसिमोव ने पूरे विश्वास के साथ ऐलान किया।

'इसमें कोई शक ही नहीं,' रजुमीखिन ने जवाब दिया। 'पोर्फिरी अपनी राय नहीं बताता लेकिन उन सब लोगों से पूछताछ कर रहा है जिन्होंने चीजें वहाँ गिरवी रखी थीं'

'पूछताछ कर रहा है?' रस्कोलनिकोव ने जोर से पूछा।

'हाँ। तो?'

'कुछ भी नहीं।'

'वे लोग उसके हाथ आएँगे कैसे?' जोसिमोव ने पूछा।

'कुछ के नाम तो कोख ने दिए हैं, कुछ नाम गिरवी रखी हुई चीजों के लिफाफों पर लिखे हैं और कुछ लोग इस मामले की खबर सुन कर खुद ही आ गए हैं।'

'कोई बहुत ही चालाक, छँटा हुआ बदमाश होगा! हिम्मत तो देखो उसकी! कैसे ठंडे दिमाग से सारा काम कर गया!'

'यही बात तो बस नहीं है,' रजुमीखिन बीच में बोल पड़ा। 'यही बात है जो तुम सब लोगों को भटका देती है। मेरा कहना यह है कि वह चालाक नहीं है, मँजा हुआ नहीं है, और शायद उसका यह पहला अपराध था। गुत्थी यह मान लेने से नहीं सुलझती कि यह अपराध सोच-समझ कर किया गया था और अपराधी चालाक था। अगर अब मान लें कि वह अनाड़ी था तो यह बात साफ है कि वह संयोग से ही बच निकला - और संयोग से तो कुछ भी हो सकता है। देखते नहीं, उसे शायद पहले से अंदाजा भी नहीं था कि राह में क्या-क्या रुकावटें आएँगी! और उसने सारा काम निबटाया किस तरह दस-बीस रूबल की चीजें ले कर अपनी जेबों में ठूँसीं, बुढ़िया का संदूक, फटे-पुराने कपड़े छान मारे - और अलमारी की सबसे ऊपरवाली दराज में एक संदूकची के अंदर नोटों के अलावा पंद्रह सौ रूबल ज्यों के त्यों रखे हुए मिले! उसे चोरी करना नहीं आता था, वह सिर्फ कत्ल कर सकता था। यह उसका पहला अपराध था, मैं आपको यकीन दिलाता हूँ, एकदम पहला अपराध। उसके हाथ-पाँव फूल गए और अगर वह बच निकला तो इसमें उसकी समझदारी से ज्यादा उसकी किस्मत ने साथ दिया।'

'मैं समझता हूँ आप उस बुढ़िया के कत्ल की बात कर रहे हैं, जो चीजें गिरवी रखती थी!' प्योत्र पेत्रोविच जोसिमोव को संबोधित करते हुए बीच में बोला। वह हैट और दस्ताने हाथ में लिए खड़ा था, लेकिन चलने से पहले उसका जी हुआ कि गहरी अक्ल की बातों के कुछ और मोती बिखेरते चलें। जाहिर है वह इस बात के लिए बहुत बेचैन था कि लोगों पर अपने बारे में अच्छा असर छोड़ कर जाएँ और इसीलिए उसके अहंकार ने उनके विवेक को दबोच लिया।

'जी हाँ। आप सुन चुके हैं उसके बारे में?'

'हाँ, पड़ोस में ही तो ठहरा हुआ हूँ।'

'सारी बातें आपको पता हैं?'

'यह तो मैं नहीं कह सकता। लेकिन इस मामले के एक और पहलू में बल्कि कहना चाहिए कि पूरी समस्या में - मुझे बड़ी दिलचस्पी है। इस बात से अलग कि पिछले पाँच साल के दौरान निचले वर्गों के बीच अपराध बहुत बढ़े हैं, और इस बात से भी अलग कि हर जगह डाके और आगजनी की वारदातें हो रही हैं, मुझे सबसे अजीब यह बात लगती है कि ऊँचे वर्गों में भी अपराध उतनी ही तेजी से बढ़ रहे हैं। कहीं यह सुनने को मिलता है कि किसी छात्र ने खुली सड़क पर डाल लूट ली; कहीं और भी अच्छी-खासी समाजी हैसियत के लोग जाली नोट बनाते हैं। मास्को में अभी हाल ही में एक पूरा गिरोह पकड़ा गया है जो लाटरी के जाली टिकट छापता था, और उसके सरगनों में एक तो विश्व-इतिहास का अध्यापक था। फिर किसी नामालूम फायदे के लिए विदेश में हमारे सेक्रेटरी की हत्या की गई... अब अगर चीजें गिरवी रखनेवाली इस बुढ़िया की हत्या भी समाज के ऊँचे वर्ग के किसी शख्स ने की है - क्योंकि किसान तो सोने के जेवर गिरवी रखते नहीं - तो अपने समाज के सभ्य वर्गों के इस नैतिक पतन की हम क्या वजह बयान कर सकते हैं?'

'बहुत से आर्थिक परिवर्तन हुए हैं,' जोसिमोव ने कहा।

'इसकी हम क्या वजह बयान कर सकते हैं?' रजुमीखिन ने उसे बीच से ही टोक दिया। 'इसकी वजह हमारे अंदर व्यावहारिकता का अभाव है।'

'क्या मतलब है आपका, जनाब?'

'आह, आपके उस मास्कोवाले अध्यापक ने इस सवाल का क्या जवाब दिया था कि वह जाली नोट क्यों बनाता था यही न कि 'हर आदमी किसी न किसी तरीके से अमीर बन रहा है, सो मैं भी जल्दी से अमीर बनना चाहता हूँ।' मुझे ठीक-ठीक उसके शब्द तो याद नहीं रहे, लेकिन उसका निचोड़ यह था कि वह कुछ किए बिना, धैर्य के साथ कुछ किए बिना, कोई काम किए बिना पैसा बनाना चाहता था! हम लोगों की आदत ही बन गई है और हम चाहते हैं कि हर चीज बनी-बनाई मिल जाए। हम बैसाखियों के सहारे चलना चाहते हैं, और चाहते हैं कि हमारा खाना भी कोई दूसरा चबा कर हमें खिला दे। फिर वह फैसले की घड़ी1 आई और हर आदमी की असलियत सामने आ गई।'

'लेकिन नैतिकता और वह चीज जिसे सिद्धांत कहा जाता है...?'

'आप उसकी चिंता क्यों करते हैं?' रस्कोलनिकोव अचानक बीच में बोला। 'यह बात तो आपके ही सिद्धांत से मेल खाती है!'

'मेरे सिद्धांत से आपका क्या मतलब है?'

'जी, आप जिस सिद्धांत की पैरवी कर रहे थे उसे उसकी तर्कसंगत सीमा तक ले जाइए और आप इसी नतीजे पर पहुँचेंगे कि आपको दूसरों के गले काटने का हक है...'

'कमाल करते हैं आप!' लूजिन चीख पड़ा।

'नहीं, बात ऐसी नहीं है,' जोसिमोव ने कहा।

रस्कोलनिकोव पीला पड़ा हुआ था। चेहरा बिलकुल सफेद था और ऊपरवाला होठ फड़क रहा था। साँस लेने में तकलीफ हो रही थी।

'हर चीज की एक हद होती है,' लूजिन उसी तरह खंभे पर चढ़ा बोलता रहा। 'आर्थिक विचार कत्ल करने का उकसावा नहीं देते; हमें बस यह मान लेना होता है...'

'यह क्या सच है,' रस्कोलनिकोव एक बार फिर अचानक बीच में बोल पड़ा; इस बार भी गुस्से से उसकी आवाज काँप रही थी और उसे लूजिन का अपमान करने में मजा आ रहा था। 'यह क्या सच है कि आपने अपनी होनेवाली बीवी से... उसकी रजामंदी मिलने के वक्त ही... यह कहा था कि जिस बात की आपको सबसे ज्यादा खुशी थी... वह यह थी कि वह कंगाल थी... कि बीवी को गरीबी के चंगुल से छुड़ा कर लाना कहीं अच्छा होता है, ताकि वह पूरी तरह आपके बस में रहे, और आप उसके साथ उपकार करने के ताने देते रह सकें?'

'कमाल है यह तो!' लूजिन और भी गुस्से से चिढ़ कर चीखा; बौखलाहट के मारे उसका चेहरा तमतमा रहा था। 'मेरी बात को इस तरह तोड़ा-मरोड़ा गया है! माफ कीजिएगा, मैं आपको यकीन दिलाता हूँ कि जो खबर आपके पास पहुँची है, बल्कि आप तक पहुँचाई गई है, उसकी हकीकत में कोई बुनियाद नहीं है, और मुझे... शक है यह तीर... किसने... एक शब्द में... एक शब्द में, आपकी माँ... उनकी तमाम खूबियों के बावजूद, दूसरी बातों में मुझे ऐसा लगा था कि उनका सोचने का तरीका कुछ हवाई और रोमानी किस्म का है... लेकिन मुझे दूर-दूर तक इस बात का गुमान नहीं था कि वे मेरी बात को इतना गलत समझेंगी और अपनी कल्पना के सहारे उनका ऐसा गलत मतलब लगाएँगी... आखिरकार... आखिर तो...'

---

1. इशारा 1861 में अर्धदासों की मुक्ति की तरफ है - अनुवादक।

'एक बात मैं आपको बता दूँ,' रस्कोलनिकोव तकिए पर से सर उठा कर तीखी और दहकती हुई नजरों से उसे घूरता हुआ चिल्लाया। 'मैं आपको एक बात बता दूँ...'

'क्या?' लूजिन चुपचाप खड़ा इंतजार करता रहा। उसके चेहरे से लग रहा था कि उसे गहरी ठेस लगी थी और वह किसी भी चीज का सामना करने को तैयार है। यह चुप्पी कुछ पल तक जारी रही।

'अगर आपने फिर कभी... मेरी माँ के बारे में... एक बात भी मुँह से निकालने की हिम्मत की... आपको मैं नीचे फेंक दूँगा।'

'तुम्हें क्या हो गया है?' रजुमीखिन जोर से चिल्लाया।

'तो यह बात है जनाब!' लूजिन का रंग पीला पड़ गया और वह अपना होठ चबाने लगा। 'मैं आपको इतनी बात बता दूँ, जनाब,' उसने सँभल कर कहना शुरू किया; वह लंबी-लंबी साँसें ले कर अपने आपको काबू में रखने की कोशिश कर रहा था, 'आते ही मैंने देख लिया था कि मेरे बारे में आपका रवैया कुछ बहुत अच्छा नहीं था। फिर भी मैं जान-बूझ कर यहाँ रुका रहा कि कुछ और बातें मालूम कर सकूँ। मैं बीमार आदमी की, और वह भी एक रिश्तेदार की, बहुत-सी बातें माफ कर सकता हूँ, लेकिन आपको... इसके बाद कभी नहीं...'

'मैं बीमार नहीं हूँ!' रस्कोलनिकोव जोरों से चीखा।

'सो तो जनाब, और भी बुरा है...'

'शैतान के घर में जाइए आप!'

लेकिन लूजिन अपनी बात पूरी किए बिना मेज और कुर्सी के बीच से रास्ता बनाते हुए वैसे भी वहाँ से चल पड़ने को तैयार हो गया था और इस बार रजुमीखिन उन्हें रास्ता देने के लिए खड़ा हो गया था। किसी की ओर देखे बिना, और जोसिमोव की ओर तो सर हिलाए बिना ही, जो काफी देर से उनको इशारा कर रहा था कि वह बीमार को उसके हाल पर छोड़ दें, लूजिन बाहर चला गया। उसने दरवाजे से बाहर निकलने के लिए झुकते समय इस डर से कि कहीं हैट दब न जाए, उसे कंधे तक ऊँचा उठा लिया था। उसकी झुकी हुई पीठ भी साफ पता दे रही थी कि उसका कैसा अपमान हुआ था।

'यही तुम्हारा व्यवहार करने का ढंग है, क्यों!' रजुमीखिन परेशान हो कर अपना सर हिलाते हुए बोला।

'मुझे मेरे हाल पर छोड़ दो... तुम सब लोग... मेरे हाल पर मुझे छोड़ दो!' रस्कोलनिकोव दीवानों की तरह चिल्लाया। 'तुम लोग कभी मुझे सताना बंद भी करोगे कि नहीं मैं तुमसे डरता नहीं हूँ! अब मैं किसी से नहीं डरता, किसी से भी नहीं! मेरे पास से चले जाओ! मैं अकेला रहना चाहता हूँ, अकेला, एकदम अकेला!'

'आओ, चलें,' जोसिमोव ने सर हिला कर रजुमीखिन को इशारा किया।

'लेकिन इसे इस तरह छोड़ कर तो हम जा नहीं सकते!'

'चलो भी,' जोसिमोव ने आग्रहपूर्वक दोहराया और बाहर निकल गया। रजुमीखिन एक पल सोचता रहा और फिर उसके पीछे लपका।

'उसकी मर्जी के खिलाफ कुछ करने का नतीजा और भी बुरा हो सकता है,' जोसिमोव ने सीढ़ियों पर कहा। 'हमें कोई ऐसी बात नहीं करनी चाहिए जिस पर वह झुँझलाए'

'आखिर उसे हो क्या गया है?'

'अगर उसे कोई ऐसा झटका अचानक लगे जिससे उसे बेहद खुशी पहुँचे, तो काम बन सकता है! घंटाभर पहले तक तो वह ठीक ही था... बात यह है कि कोई बात उसके दिमाग में समाई हुई है! कोई ऐसा विचार घर कर गया है जो उसके मन पर बोझ बन गया है... मुझे तो यही डर लगता है; कोई न कोई विचार जरूर ऐसा है!'

'शायद वह शख्स जो आया था... प्योत्र पेत्रोविच! उसकी बातों से मुझे लगा कि वह उसकी बहन से शादी करनेवाला है, और अपनी बीमारी से फौरन पहले उसे इसके बारे में एक खत मिला था...'

'हाँ, लानत पहुँचे उस आदमी पर! हो सकता है कि उसी ने सारी बात बिगाड़ दी हो। लेकिन तुमने एक बात देखी? वह किसी भी चीज में दिलचस्पी नहीं लेता, किसी भी चीज का उस पर असर नहीं होता, अलावा एक बात के जिस पर वह भड़क उठता है - और वह है वह कत्ल!'

'हाँ, अरे हाँ!' रजुमीखिन ने हामी भरी, 'मैंने भी इस बात पर ध्यान दिया है। वह दिलचस्पी लेता है, डरता है। जिस दिन वह बीमार था, उस दिन उसे थाने में डराया-धमकाया गया था और वह बेहोश हो गया था।'

'आज रात को मुझे इसके बारे में कुछ और बताना, फिर बाद में तुम्हें मैं कुछ बताऊँगा। उसमें मुझे काफी दिलचस्पी पैदा हो गई है! आधे घंटे में मैं उसे फिर देखने जाऊँगा... मैं तो समझता हूँ कि बुखार उसके दिमाग पर नहीं चढ़ेगा।'

'शुक्रिया! मैं पाशेंका के पास उतनी देर बैठ कर इंतजार करूँगा और नस्तास्या के जरिए उसकी खोज-खबर रखूँगा...'

अकेले रह जाने पर रस्कोलनिकोव ने बहुत बेसब्री और बेचैनी के साथ नस्तास्या को देखा। लेकिन उसे जाने की कोई जल्दी नहीं थी।

'अब थोड़ी-सी चाय चलेगी?' उसने पूछा।

'बाद में! नींद आ रही है मुझे! जाओ यहाँ से!' फिर उसने झट से अपना मुँह दीवार की ओर फेर लिया। नस्तास्या बाहर चली गई।

अपराध और दंड : (अध्याय 2-भाग 6)

नस्तास्या के बाहर जाते ही वह उठ बैठा, दरवाजे की कुंडी लगा दी, उस बंडल को खोला जो रजुमीखिन शाम को लाया था और जिसे उसने फिर से बाँध दिया था, और कपड़े पहनने लगा। अजीब बात यह हुई कि उसे फौरन लगा कि वह एकदम शांत हो गया है। अभी कुछ ही पहले की सरसामी हालत का निशान भी बाकी नहीं रहा, न उस दहशत का जो उस पर इधर कुछ समय से छाई हुई थी। वह अचानक पैदा होनेवाली एक विचित्र शांति का पहला पल था। जो कुछ भी वह कर रहा था, बहुत नपे-तुले और निश्चित ढंग से। हर काम में एक दृढ़ उद्देश्य की झलक मिलती थी। 'आज, बस आज,' वह मन ही मन बुदबुदाया। उसे पता था कि वह अब भी कमजोर है, लेकिन उसकी गहरी आत्मिक एकाग्रता पूर्ण शांति का, एक जड़ विचार का रूप धारण कर चुकी थी और वही उसे शक्ति और आत्मविश्वास प्रदान कर रही थी। इसके अलावा, उसे यह भी उम्मीद हो चली थी कि वह सड़क पर नहीं गिरेगा। नए कपड़े पहन चुकने के बाद उसने मेज पर पड़ी हुई रकम को देखा और एक पल सोचने के बाद उसे जेब में रख लिया। पच्चीस रूबल थे। रजुमीखिन ने कपड़ों पर जो दस रूबल खर्च किए थे, उनमें से बची हुई रेजगारी भी उसने ले ली। फिर उसने धीरे से दरवाजे की कुंडी खोली, बाहर निकला, चुपके से सीढ़ियाँ उतरा और इस बीच एक नजर रसोई के खुले हुए दरवाजे की ओर भी डाल ली। नस्तास्या उसकी ओर पीठ किए खड़ी थी और मकान-मालकिन के समोवार में झुक कर आग सुलगा रही थी। उसने कुछ भी नहीं सुना। यह गुमान भी भला कौन करता कि वह बाहर निकल जाएगा! एक मिनट बाद वह सड़क पर था।

लगभग आठ बजे थे। सूरज डूब रहा था। पहले जैसी ही घुटन थी, लेकिन उत्सुकता से शहर की बदबूदार, गर्दभरी हवा में वह इस तरह लंबी-लंबी साँसें लेने लगा, गोया उसे जी भर कर पी लेना चाहता हो। उसका सर कुछ-कुछ चकरा रहा था। फिर भी उसकी बुखार से बोझल आँखों में और उसके मुरझाए हुए, उदास, पीले चेहरे पर एक तरह की पाशविक शक्ति चमकी। वह कहाँ जा रहा था, यह उसे न तो मालूम था और न ही वह इसके बारे में सोच रहा था। उसके दिमाग में बस एक विचार था : 'कि यह सब कुछ आज ही खत्म कर देना होगा; हमेशा के लिए, फौरन वह इस काम को पूरा किए बिना घर नहीं लौटेगा, क्योंकि वह इस तरह का जीवन अब जीता नहीं रहेगा।' लेकिन उसे खत्म कैसे किया जाए किस चीज से उसे इसके बारे में कुछ भी अंदाजा नहीं था, वह इसके बारे में सोचना भी नहीं चाहता था। वह हर विचार को दूर भगा रहा था : विचारों से उसे बेहद तकलीफ पहुँचती थी। वह बस इतना जानता था, बस यह महसूस करता था कि हर बात को किसी-न-किसी दिशा में डाल देना होगा। उसने घोर निराशा में डूबे हुए मगर अटल आत्मविश्वास और पक्के संकल्प के साथ, इसी बात को दोहराया।

पुरानी आदत के अनुसार वह अपने सैर-सपाटे के पुराने रास्ते पर, भूसामंडी की ओर चल पड़ा। बिसाते की एक छोटी-सी दुकान के सामने सड़क पर काले बालोंवाला एक नौजवान हार्मोनियम लिए खड़ा था और विरह में डूबी हुई एक ही दर्द भरी धुन बजा रहा था। साथ में पंद्रह साल की एक लड़की थी, जो उसके सामने सड़क की पटरी पर खड़ी थी। वह क्राइनोलीन का साया, उस पर एक ढीला-सा बिना आस्तीन का कोट और दस्ताने पहने थी और तिनकों का बना हैट लगाए हुए थी जिसमें गहरे नारंगी रंग का एक पंख खोंसा हुआ था। हर चीज बहुत पुरानी और बेडौल थी। आवाज पाटदार और सुरीली थी पर सड़क पर गाते-गाते कुछ फट गई थी और भर्राने लगी थी। इसी आवाज में वह दुकान से कुछ पैसे मिल जाने की उम्मीद में गाए जा रही थी। रस्कोलनिकोव भी दो-तीन सुननेवालों के साथ जा कर खड़ा हो गया, कुछ देर गाना सुना, फिर लड़की के हाथ में पाँच कोपेक का सिक्का रख दिया। भावुकता से भरे पंचम सुर पर पहुँच कर लड़की ने गाना अचानक बंद कर दिया और तीखी आवाज में बाजा बजानेवाले साथी से चिल्ला कर बोली, 'आओ, चलो।' दोनों अगली दुकान की ओर बढ़ गए।

'आपको ऐसा सड़क छाप गाना पसंद है?' रस्कोलनिकोव ने अपने पास खड़े अधेड़ आदमी से पूछा। उसने चौंक कर बड़ी हैरत से उसे देखा।

'मुझे ऐसा गाना सुनने का शौक है,' रस्कोलनिकोव बोला और उसके बोलने का ढंग विषय से मेल खाता हुआ नहीं लग रहा था। 'मुझे पतझड़ की ठंडी, काली, भीगी-भीगी रातों को इस तरह का गाना बहुत भाता है। उनका भीगा-भीगा होना बहुत जरूरी है तब-जब सभी राहगीरों के बीमारों जैसे चेहरों पर मुर्दनी छाई हुई हो, या इससे भी अच्छा यह कि गीली-गीली बर्फ सीधी नीचे गिर रही हो, जब हवा न हो। आप मेरा मतलब समझ रहे हैं न... और सड़क की बत्तियाँ उसके बीच चमक रही हों।'

'मालूम नहीं... माफ कीजिएगा...' वह अजनबी बुदबुदाया और सड़क पार करके दूसरी ओर चला गया। उसे रस्कोलनिकोव के सवाल से, उसके विचित्र हुलिए से डर लगने लगा था।

रस्कोलनिकोव सीधा चलता रहा और भूसामंडी के नुक्कड़ पर उसी जगह पहुँच गया, जहाँ खोमचेवाले और उसकी औरत, जिन्होंने लिजावेता से बातें की थी, आमतौर पर मौजूद होते थे। लेकिन उस वक्त वे वहाँ नहीं थे। उस जगह को पहचान

कर वह रुक गया, चारों ओर नजर दौड़ाई और एक नौजवान को संबोधित किया, जो लाल कमीज पहने एक पंसारी की दुकान के सामने मुँह फाड़े खड़ा था।

'इस नुक्कड़ पर एक आदमी और उसकी बीवी खोमचा लगाते थे न?'

'तरह-तरह के लोग यहाँ खोमचा लगाते हैं,' रस्कोलनिकोव को उचटती नजरों से देख कर नौजवान ने जवाब दिया।

'उसका नाम क्या है?'

'वही जो पादरी ने रखा होगा।'

'तुम तो जरायस्क के रहनेवाले होगे। किस सूबे के?' नौजवान ने फिर रस्कोलनिकोव की ओर देखा।

'वह सूबा नहीं है सरकार, जिला है। मेरा भाई ही वहाँ आया-जाया करता था। मैं तो यहीं का रहा, सो मुझे मालूम नहीं। गुस्ताखी माफ करें, सरकार।'

'वहाँ ऊपर शराबखाना है क्या'

'हाँ, खाने का होटल है; बिलियर्ड खेलने का कमरा भी है। कुछ शहजादियाँ आती हैं वहाँ... एकदम करारी!'

रस्कोलनिकोव ने चौक पार किया। उधरवाले नुक्कड़ पर किसानों की भारी भीड़ जमा थी। वह धक्का-मुक्की करता हुआ उस जगह पहुँच गया, जहाँ भीड़ सबसे घनी थी और लोगों के चेहरे देखने लगा। जाने क्यों उसका जी उन लोगों से बातें करने को चाह रहा था। लेकिन किसानों ने उसकी ओर ध्यान नहीं दिया। अलग-अलग टोलियों में खड़े वे सब लोग एक साथ चिल्ला रहे थे। वह वहाँ खड़ा कुछ देर सोचता रहा और फिर दाएँ मुड़ कर व. चौक की ओर चल पड़ा। चौक पार करके वह एक गली में घुस गया।

वह पहले भी उस छोटी-सी गली को कितनी ही बार पार कर चुका था, जो तीखा मोड़ मुड़ कर मंडी से सदोवाया स्ट्रीट की तरफ चली गई थी। इधर कुछ दिनों से जब भी वह उदास होता, अकसर उसका जी इस इलाके में टहलने को होने लगता था 'ताकि वह और उदास हो सके।' इस वक्त उसने किसी भी चीज के बारे में सोचे बिना उसमें कदम रखा था। उस जगह एक बड़ी इमारत थी, जो पूरी की पूरी शराबखानों और खाने-पीने की अन्य जगहों को किराए पर चढ़ा दी गई थी; नंगे सर और घर में पहनने के कपड़ों में लिपटी औरतें लगातार वहाँ अंदर-बाहर भागती रहती थीं। कहीं-कहीं वे सड़क की पटरी पर टोलियों में जमा हो जाती थीं, खास तौर पर नीचे की मंजिलों पर बसे। रंगीन अड्डों के दरवाजों के इर्द-गिर्द इसी तरह के एक अड्डे से शोर, गाने की धुनों, गिटार की झंकार और मस्ती भरी चीख़ों की आवाज हवा की लहरों पर तैरती हुई सड़क तक आ रही थी। औरतों की एक भीड़ दरवाजे के इर्द-गिर्द जमा थी। कुछ सीढ़ियों पर बैठी थीं; कुछ सड़क की पटरी पर, और कुछ खड़ी बातें कर रही थीं। शराब के नशे में चूर एक सिपाही, सिगरेट पीता और गालियाँ बकता हुआ, उनके पास से हो कर सड़क पर जा रहा था। लगता था वह कहीं जाने का रास्ता ढूँढ़ रहा हो लेकिन भूल गया हो कि उसे कहाँ जाना है। एक भिखारी दूसरे से झगड़ रहा था, और नशे में धुत एक आदमी बीच सड़क पड़ा हुआ था। रस्कोलनिकोव भी उन औरतों की भीड़ में जा मिला जो भर्रायी आवाज में बातें कर रही थीं। वे नंगे सर थीं और उन्होंने सूती कपड़े और

बकरी की खाल के जूते पहन रखे थे। उनमें चालीस साल की भी औरतें थीं पर कुछ सत्रह से ज्यादा की भी नहीं रही होंगी। लगभग सभी की आँखों के आस-पास पिटाई के निशान थे।

नीचे की मंजिल के उस अड्डे से आती गाने की आवाज और वहाँ का तमाम शोर-शराबा और हुल्लड़ उसे बरबस अपनी ओर खींचने लगे...

अंदर किसी के मस्त हो कर नाचने की आवाज सुनाई दे रही थी। वह गिटार की धुन पर एड़ियों से ताल देता जा रहा था और कोई शख्स बहुत महीन आवाज से तान ले कर एक फड़कता हुआ गीत गा रहा था। वह उदास मन से, कुछ खोया-खोया-सा बड़े ध्यान में सुनता रहा और पटरी पर खड़ा दरवाजे में झुक कर बड़ी जिज्ञासा से अंदर झाँकने लगा :

बलमा सिपहिया रे साँवरे

काहे को तोड़े मेरा हाड़ रे...

रस्कोलनिकोव गाने के बोल समझने के लिए कुलबुलाने लगा, गोया सारी बातों का दारोमदार इसी पर हो।

'अंदर जाऊँ' उसने सोचा। 'वे लोग हँस-गा रहे हैं... शराब के नशे में। मैं भी पी कर मस्त हो जाऊँ तो बुरा क्या है!'

'अंदर तो आओ जनाब!' एक औरत ने अनुरोध किया। उसकी आवाज अब भी सुरीली और दूसरों से कम भारी थी। नौजवान थी और सूरत-शक्ल की भी कोई बुरी नहीं थी। उस पूरी टोली में ऐसी वह अकेली थी।

'खासी सोहणी है,' उसने सीधे तनते हुए उसकी ओर देख कर कहा।

औरत अपनी तारीफ सुन कर मुस्करा पड़ी।

'तुम भी कुछ कम सुंदर तो नहीं,' वह बोली।

'मगर कितना दुबला-पतला है!' एक दूसरी औरत ने भारी गूँजती आवाज में कहा। 'अस्पताल से उठ कर अभी आए हो क्या?'

'लगता है सब जरनैलों की ही बेटियाँ हैं, लेकिन हैं सब नकचपटी,' नशे में झूमता एक किसान, जो ढीला-ढाला कोट पहने था, अपने चेहरे पर शरारतभरी मुस्कराहट ला कर बीच में बोला। 'देखो तो, चहक कैसे रही हैं!'

'तुम आ गए हो तो चलो, साथ चलें!'

'क्यों नहीं, मैं तो जा ही रहा हूँ'

यह कह कर वह नीचे उतरा और तीर की तरह सीधे अड्डे में घुस गया। रस्कोलनिकोव आगे बढ़ गया।

'मैं कहती हूँ, जनाब,' लड़की ने पीछे से उसे आवाज दी।

'क्या चाहती है?'

वह सकुचा गई।

'दो घड़ी आपके साथ बिता लेती तो जी निहाल हो जाता, मेहरबान, मगर अभी तो आपसे मुझे शरम आवे है। पीने को बस छह कोपेक तो देते जाओ। तुम कितने अच्छे हो!'

रस्कोलनिकोव ने जो सिक्के हाथ में आए उसे दे दिए - पंद्रह कोपेक थे।

'आह! क्या भलामानुस आदमी है!'

'तुम्हारा नाम क्या है?'

'दुक्लिदा कह कर पूछ लेना।'

'अरे, इसने तो हद कर दी,' एक औरत ने दुक्लिदा की ओर सर हिलाते हुए अपनी राय जाहिर की। 'समझ में नहीं आता; इस तरह से पैसे भला कहीं माँगा जावे है। मैं तो शरम के मारे वहीं गड़ जाऊँ...'

रस्कोलनिकोव ने जिज्ञासा से उस औरत की तरफ देखा। तीस साल की जनानी थी। मुँह पर चेचक के दाग, चेहरे पर जगह-जगह नील पड़े हुए, ऊपर का होठ सूजा हुआ। उसने बड़े शांत भाव से और संजीदगी से यह आलोचना की थी।

'कहाँ पढ़ा था,' रस्कोलनिकोव आगे चलते हुए सोचने लगा, 'कहीं पढ़ा था मैंने कि जब किसी को मौत की सजा दी जाती है तो मौत से घंटे भर पहले वह कहता या सोचता है कि अगर उसे किसी ऊँची चट्टान पर, किसी पतली-सी कगार पर भी रहना पड़े, जहाँ सिर्फ खड़े होने की जगह हो, चारों ओर अथाह सागर हो, घोर अंधकार हो, एकदम एकांत हो, तूफान ही तूफान हो, अगर गज भर चौकोर जगह में सारे जीवन, हजारों साल अनंत काल तक रहना पड़े, तब भी फौरन मर जाने से इस तरह जिए जाना कहीं बेहतर है! बस जिए जाना, जिए जाना और जिए जाना! जिंदगी चाहे कैसी भी हो! ...कितनी सच्ची बात है! कसम से, कितना सच कहा है! आदमी भी कैसा कमीना है! ...कमीना तो वह है जो उसे इस बात पर कमीना कहता है,' उसने एक पल बाद कहा।

वह दूसरी सड़क पर मुड़ गया। 'आह, रंगमहल!' रजुमीखिन अभी इसी की बातें कर रहा था। लेकिन कमबख्त वह चीज क्या थी, जिसकी मुझे तलाश थी हाँ, पढ़ने की! ...जोसिमोव कह रहा था, उसने अखबार में पढ़ा था कि...'

'तुम्हारे यहाँ अखबार होंगे' उसने एक लंबे-चौड़े, काफी साफ-सुथरे रेस्तराँ में जा कर पूछा। रेस्तराँ में कई कमरे थे, लेकिन वे ज्यादातर खाली थे। दो-तीन लोग बैठे चाय पी रहे थे, और कुछ हट कर एक दूसरे कमरे में चार आदमी बैठे शैंपेन पी रहे थे। रस्कोलनिकोव को लगा कि उनमें से एक जमेतोव था, लेकिन इतनी दूर से वह भरोसे के साथ नहीं कह सकता था। 'हो भी तो क्या' उसने सोचा।

'वोदका लेंगे?' वेटर ने पूछा।

'थोड़ी-सी चाय ले आओ और अखबार ला दो। पुराने, पिछले पाँच दिनों के मैं तुम्हें बख्शीश भी कुछ दूँगा'

'अच्छा जनाब, आज के तो ये रहे। वोदका नहीं लेंगे'

पुराने अखबार आए और चाय आ गई। रस्कोलनिकोव बैठ कर उनके पन्ने उलटने लगा।

'लाहौल विला कुव्वत... ये सब खबरें तो दुर्घटनाओं की हैं। कोई किसी सीढ़ी पर से लुढ़क गई, कोई ज्यादा शराब पी कर मर गया, पेस्की में आग, पीतर्सबर्ग के किसी मोहल्ले में आग... पीतर्सबर्ग के एक और मोहल्ले में आग... आह, यह रही!'

आखिरकार वह उसे मिल गया, जो वह ढूँढ़ रहा था और वह उसे पढ़ने लगा। लाइनें उसकी आँखों के सामने नाचने लगीं लेकिन वह सारा किस्सा पढ़ गया और बड़ी उत्सुकता के साथ उसके बाद के अखबारों में आगे का हाल ढूँढ़ने लगा। उसके हाथ पन्ने पलटते हुए घबराहट और बेचैनी से काँप रहे थे। इतने में कोई उसकी मेज पर आ कर बगल में धँस गया। उसने नजरें उठा कर देखा : थाने का बड़ा बाबू था, जमेतोव। उसका अब भी वही हुलिया था, उँगलियों में वही अँगूठियाँ, वही सोने के हार, घुँघराले काले बाल, बीच में माँग निकली हुई और तेल चुपड़ा हुआ, छैलों जैसी वास्कट, कुछ घिसा हुआ मलगुजा-सा कोट, कुछ मैली-सी कमीज। वह बहुत खुश नजर आ रहा था, कम से कम खिल कर और खुशमिजाजी से मुस्करा रहा था। जो शैंपेन पी थी, उसकी वजह से उसके चेहरे का साँवला रंग कुछ लाल हो आया था।

'अरे, तुम यहाँ!' उसने बड़े ताज्जुब से इस तरह बात करना शुरू किया जैसे उम्र भर से उसे जानता हो।' अभी कल ही तो रजुमीखिन ने बताया था कि तुम बेहोश थे। कैसी अजीब बात है! और, जानते हो, मैं तुमसे मिलने गया था?'

रस्कोलनिकोव जानता था कि वह उसके पास जरूर आएगा। उसने अखबार अलग रख दिए और जमेतोव की ओर मुड़ा। उसके होठों पर मुस्कराहट थी पर उस मुस्कराहट में चिड़चिड़ाहट और झुँझलाहट का रंग साफ झलक रहा था।

'मैं जानता हूँ आप आए थे,' उसने जवाब दिया। 'मैंने सुना है। आपने मेरा मोजा ढूँढ़ा था... और, आप जानते हैं, रजुमीखिन आप पर पूरी तरह लट्टू हो चुका है कहता था, आप उसके साथ लुईजा इवानोव्ना के यहाँ गए थे - जानते हैं न, वही औरत जिसकी खातिर आपने आँख मार कर उस लेफ्टिनेंट बारूद को इशारा किया था और वह आपका इशारा किसी भी तरह नहीं समझ सका था। याद है न आखिर क्यों नहीं समझ पाया वह एकदम साफ इशारा था, कि नहीं?'

'वह तो एक ही सरफिरा है!'

'कौन, वह बारूद?'

'नहीं, तुम्हारा दोस्त रजुमीखिन।'

'आपके भी बड़े ठाठ हैं, मिस्टर जमेतोव; सारी रंगीन जगहों में दाखिला मुफ्त! अभी आपके लिए वह शैंपेन कौन छलका रहा था?'

'नहीं भाई, हम लोग तो बस... साथ बैठे पी रहे थे... छलकाने की भी एक ही कही तुमने!'

'नजराने के तौर पर! आपकी तो पाँचों उँगलियाँ घी में हैं!' रस्कोलनिकोव हँसा। 'ठीक है, मेरे यार,' उसने जमेतोव के कंधे पर धौल जमा कर कहा, 'मैं गुस्से से नहीं बल्कि दोस्ताना तरीके से कह रहा हूँ, मजाक में, जिस तरह तुम्हारा वह मजदूर, उस बुढ़ियावाले मामले में, मित्रेई के साथ हाथापाई के बारे में बता रहा था'

'तुम्हें उसके बारे में कैसे मालूम?'

'इसके बारे में शायद मुझे तुमसे भी ज्यादा मालूम हो।'

'तुम भी कैसे अजीब शख्स हो... मुझे पूरा यकीन है कि तुम्हारी तबीयत अभी तक गड़बड़ है। तुम्हें बाहर नहीं निकलना चाहिए था!'

'आह, तो मैं आपको अजीब लग रहा हूँ?'

'हाँ। पर ये कर क्या रहे हो? अखबार पढ़ रहे हो?'

'हाँ।'

'बहुत सारी खबरें तो आग लगने की हैं।'

'नहीं, मैं आग की खबरें नहीं पढ़ रहा हूँ' यह कह कर उसने रहस्यमय ढंग से जमेतोव को देखा। उसके होठों पर फिर एक चिढ़ानेवाली मुस्कराहट खेलने लगी थी। 'नहीं, मैं आग लगने की खबरें नहीं पढ़ रहा था,' जमेतोव की ओर आँख मार कर वह कहता रहा। 'लेकिन अब मान भी लो, मेरे यार, कि तुम्हें यह जानने की बेहद फिक्र चढ़ी हुई है कि मैं किस चीज के बारे में पढ़ रहा हूँ?'

'मुझे तो रत्ती भर भी फिक्र नहीं है। मैंने यूँ ही पूछ लिया था। क्या पूछना मना है? तुम क्यों ऐसे...'

'सुनो, तुम तो पढ़े-लिखे आदमी हो न, थोड़े साहित्य-प्रेमी किस्म के?'

'हाँ, मैं छह साल जिम्नेजियम स्कूल में पढ़ा हूँ,' जमेतोव ने शान से कहा।

'छह साल! अरे वाह रे मेरे तंदूरी मुर्ग! बालों की माँग और जमावट से और अपनी अँगूठियों से तुम खासे दौलतवाले आदमी मालूम होते हो। वाह! कैसा बाँका लड़का है!' यह कह कर रस्कोलनिकोव ने जमेतोव के मुँह के ठीक सामने एक जोरदार ठहाका लगाया। जमेतोव पीछे हट गया। उसने इस बात का बुरा उतना नहीं माना था जितना कि इस पर दंग रह गया था।

'वाह! तुम हो एक अजीब आदमी!' जमेतोव ने बहुत गंभीर हो कर एक बार फिर दोहराया। 'मैं मान ही नहीं सकता कि तुम अभी तक सरसाम हालत में नहीं हो।'

'मैं सरसाम की हालत में हूँ मजाक न करो, मेरे तंदूरी मुर्ग तो मैं अजीब हूँ तुमको अजीब लगता हूँ, क्यों?'

'हाँ, एकदम अजीब।'

'मैं बताऊँ तुम्हें, मैं किस चीज के बारे में पढ़ रहा था और क्या ढूँढ़ रहा था देखो, मैंने कितने सारे अखबार मँगवा रखे हैं! शक हो रहा है, क्यों?'

'खैर बताओ तो क्यों?'

'कान खड़े होने लगे?'

'कान खड़े होने से क्या मतलब है तुम्हारा?'

'बाद में समझाऊँगा। अभी तो, मेरे यार, मैं तुम्हारे सामने ऐलान करता हूँ... नहीं, यह कहना बेहतर होगा कि मैं इकबाल करता हूँ, ...नहीं, यह भी ठीक नहीं है, मैं हलफ उठा कर कहता हूँ... तुम उसे लिख लो, मैं हलफ उठा कर कहता हूँ... कि मैं पढ़ रहा था, कि मैं देख रहा था और खोज रहा था,' उसने अपनी आँखें सिकोड़ीं और रुक गया। 'मैं वही खबरें खोज रहा था - और यहाँ खास इसी काम से आया था - चीजें गिरवी रखनेवाली उस बुढ़िया के कत्ल की खबरें,' आखिरकार उसने अपना मुँह जमेतोव के मुँह के पास ला कर यह बात कह ही दी, कुछ इस तरह जैसे कानाफूसी कर रहा हो। जमेतोव नजरें जमाए उसे देखता रहा; न तो अपनी जगह से हिला और न ही अपना मुँह पीछे हटाया। जमेतोव को बाद में इस सबमें जो बात सबसे अजीब लगी, यह थी कि इसके बाद पूरे एक मिनट तक खामोशी रही और इस पूरे दौरान वे एक-दूसरे को घूरते रहे।

'अगर तुम उसके बारे में पढ़ते भी रहे तो क्या हुआ?' आखिरकार वह हैरत से और बेचैन हो कर चिल्लाया। 'उससे मुझे क्या लेना-देना! ऐसी क्या बात है उसमें?'

'वही बुढ़िया,' जमेतोव के हैरत की ओर कोई ध्यान दिए बिना रस्कोलनिकोव उसी तरह कानाफूसी में कहता रहा, 'जिसके बारे में तुम थाने में बातें कर रहे थे, याद है, जब मैं बेहोश हो गया था। बोलो, अब तुम्हारी समझ में आया?'

'क्या मतलब तुम्हारा? 'क्या समझ में आया?' जमेतोव ने बौखला कर किसी तरह अपनी बात पूरी की।

रस्कोलनिकोव का सधा हुआ गंभीर चेहरा अचानक बदल गया, और वह एक बार फिर, पहले की ही तरह अचानक ठहाका मार कर खिसियाई हँसी हँसने लगा, जैसे वह अपने आपको काबू में न रख पा रहा हो। पलक झपकते संवेदना की असाधारण स्पष्टता के साथ उसे अभी हाल का वह बीता हुआ पल याद आया, जब वह कुल्हाड़ी लिए दरवाजे के पीछे खड़ा था, दरवाजे की कुंडी काँप रही थी, बाहर खड़े हुए लोग गालियाँ दे रहे थे और दरवाजे को जोर-जोर से हिला रहे थे, और अचानक उसका जी चाहा था कि उन लोगों पर चिल्लाए, उन्हें गालियाँ दे, अपनी जीभ बाहर निकाल कर उन्हें दिखाए, उन्हें मुँह चिढ़ाए, हँसे, और हँसे, और भी हँसे!

'तुम या तो पागल हो, या...' जमेतोव ने कहना शुरू किया लेकिन बीच में ही रुक गया, गोया जो विचार अभी उसके दिमाग में बिजली की तरह कौंधा था, उससे वह स्तब्ध रह गया हो।

'या 'या' क्या क्या बोलो!'

'कुछ नहीं,' जमेतोव ने गुस्से से कहा, 'सब बकवास है!'

दोनों चुप रहे। हँसी का दौर पड़ने के बाद रस्कोलनिकोव अचानक एकदम विचारमग्न और उदास हो गया। मेज पर कुहनी रख कर उसने अपना सर हाथों पर टिका लिया। लग रहा था वह जमेतोव को एकदम भूल गया है। यह खामोशी कुछ देर तक जारी रही।

'अपनी चाय क्यों नहीं पीते ठंडी हुई जा रही है,' जमेतोव ने कहा।

'क्या! चाय अरे हाँ...' रस्कोलनिकोव चुस्की ले कर चाय पीने लगा। उसने मुँह में रोटी का एक टुकड़ा रखा और अचानक जमेतोव को देख कर उसे लगा जैसे सब कुछ याद आ गया हो, और उसने अपने आपको सँभाल लिया। इसके साथ ही उसके चेहरे पर फिर वही पहलेवाला भाव आ गया, जैसे वह किसी को मुँह चिढ़ा रहा हो। वह चाय पीता रहा।

'पिछले कुछ दिनों में इस तरह की बहुत-सी जालसाजियाँ हुई हैं,' जमेतोव बोला। 'अभी उसी दिन मैंने मास्को पत्रिका में पढ़ा था कि मास्को में जालसाजों का एक गिरोह पकड़ा गया है। उन लोगों की एक अच्छी-खासी तादाद थी और वे लोग जाली नोट छापते थे!'

'आह, लेकिन वह तो बहुत पुरानी बात है! उसके बारे में मैंने महीना भर पहले ही पढ़ा था,' रस्कोलनिकोव ने शांत भाव से जवाब दिया। 'तो तुम उन लोगों का जालसाज समझते हो?' उसने मुस्करा कर इतना और कहा।

'तो और क्या हैं वे लोग?'

'वे... वे बच्चे हैं, एकदम बुद्धू। जालसाज नहीं हैं! ऐसे काम के लिए पचास आदमियों को जुटाना - यह भी कोई बात हुई! भाँडा फोड़ देने के लिए तीन भी काफी होते, और फिर भी उन्हें अपने आपसे ज्यादा भरोसा एक-दूसरे पर होना चाहिए था। नशे में किसी के मुँह से जरा-सी भी बात निकल जाती और सब कुछ ढह जाता। बेवकूफ कहीं के! उन्होंने नोट भुनाने के काम पर ऐसे लोगों को लगाया था जिन पर कोई भरोसा नहीं किया जा सकता था - ऐसा काम कहीं किसी निरे अजनबी को सौंपा जाता है! अच्छा, मान लीजिए कि ये बेवकूफ कामयाब हो जाते और उनमें से हर आदमी लखपति हो जाता, तो फिर बाकी जिंदगी उनका क्या हाल होता उनमें से हर एक उम्र भर दूसरों की दया पर रहता! इससे अच्छा तो यह है कि आदमी फौरन फाँसी लगा कर मर जाए! अरे उन्हें तो नोट भुनाना भी नहीं आता था। जो आदमी नोट भुनाने गया था उसने पाँच हजार रूबल लिए और उसके हाथ काँपने लगे। उसे रकम अपनी जेब में डाल कर भाग जाने की ऐसी जल्दी पड़ी थी कि उसने पहले चार हजार तो गिने, लेकिन पाँचवाँ हजार नहीं गिना। जाहिर है, लोगों को शक हो गया और एक बेवकूफ की वजह से सब कुछ खलास हो गया! यह भी कुछ करने का कोई ढंग है?'

'इसलिए कि उसके हाथ काँपने लगे थे' जमेतोव ने अपना विचार व्यक्त करते हुए कहा, 'हाँ हो सकता है। पूरा यकीन है मुझे कि ऐसा हो सकता है। कभी-कभी आदमी बर्दाश्त नहीं कर पाता'

'ऐसी चीज बर्दाश्त नहीं कर पाता?'

'अच्छा बताओ, क्या तुम बर्दाश्त कर लेते, सौ रूबल की खातिर ऐसे भयानक अनुभव से गुजरना, मैं तो न कर पाता! जाली नोट ले कर बैंक में जाना, जहाँ इस तरह की चीजों को पकड़ना उन लोगों को खूब आता है! नहीं, ऐसा करने की मेरी तो हिम्मत नहीं पड़ती। तुम्हारी पड़ती?'

रस्कोलनिकोव का एक बार फिर बेहद जी चाहा कि वह 'जीभ निकाल कर उसे चिढ़ाए'। उसकी रीढ़ में ऊपर से नीचे तक सिहरन की लहरें दौड़ रही थीं।

'मैं होता तो इस काम को एकदम दूसरे ढंग से करता,' रस्कोलनिकोव ने कहना शुरू किया। 'मैं नोट इस तरह भुनाता : पहले एक हजार तो मैं तीन-चार बार गिनता, कभी सीधी तरफ से कभी उलटी तरफ से। एक-एक नोट को अच्छी तरह देख-देख कर। तब मैं दूसरे हजार को हाथ लगाता। मैं वह गड्डी आधी गिनता, फिर पचास रूबल का एक नोट उसमें से निकाल कर रोशनी के सामने करके देखता, फिर उसे उलटता और दोबारा उसे रोशनी के सामने करके देखता - यह मालूम करने के लिए कि वह ठीक है कि नहीं। 'बुरा न मानिएगा', मैं कहता, 'अभी कुछ ही दिन पहले मेरे एक रिश्तेदार को एक जाली नोट की वजह से पच्चीस रूबल की चोट लगी है,' और तब मैं उन्हें सारा किस्सा बताता। फिर तीसरा हजार गिनना शुरू करने के बाद मैं कहता, 'नहीं, एक पल ठहरिएगा, मुझे लगता है दूसरे हजार के सातवें सैकड़े में मुझसे गिनने में गलती हो गई है, मैं ठीक से कह नहीं सकता।' तब मैं तीसरा हजार बीच में छोड़ कर फिर दूसरा हजार गिनना शुरू करता और इसी तरह आखिर तक गिनता रहता। और जब सारे गिन लेता तो एक नोट पाँचवें हजार में से और एक नोट दूसरे हजार में से निकाल कर रोशनी के सामने करके देखता और फिर कहता, 'मेहरबानी करके इन्हें बदल दीजिए,' और वहाँ बैठे हुए क्लर्क को ऐसे चक्कर में डाल देता कि मुझसे पिंड कैसे छुड़ाए, यह उसकी समझ में न आता! अपना काम पूरा करके बाहर जाने के बाद मैं फिर लौट कर आता। पर नहीं, माफ कीजिएगा, मैं उससे कोई बात समझाने को कहता। मैं तो अपना काम इसी तरह करता!'

'वाह! कैसी अजीब बातें करते हो तुम भी!' जमेतोव ने हँस कर कहा। 'लेकिन ये सब तो बस कहने की बातें हैं। मैं दावे के साथ कह सकता हूँ कि जब वक्त आता, तो तुम भी कोई गलती जरूर कर बैठते। मैं तो समझता हूँ कि बहुत अनुभवी आदमी भी, जिसने सब कुछ दाँव पर लगा दिया हो, हमेशा अपने आप पर भरोसा नहीं कर सकता, तुम्हारी और मेरी तो बात ही क्या है। दूर क्या जाना, पास की ही एक मिसाल ले लो - उस बुढ़िया की, जिसका हमारे इलाके में कत्ल हुआ है, लगता है कातिल जिंदगी से हारा हुआ एक शख्स था। उसने यह सारा जोखिम दिन-दहाड़े उठाया, और यह चमत्कार ही था कि वह बच गया - लेकिन हाथ तो उसके भी काँप गए थे। वह उस जगह को ठीक से लूट नहीं सका, उससे बर्दाश्त नहीं हो सका। यह बात इससे साफ जाहिर होती है कि...'

लगा कि रस्कोलनिकोव को कोई बात बुरी लगी है।

'साफ जाहिर होती है तो फिर उसे पकड़ क्यों नहीं लेते?' वह जल-भुन कर जमेतोव को ताना देते हुए चीखा।

'जरूर पकड़ लेंगे।'

'कौन तुम समझते हो कि उसे तुम लोग पकड़ सकते हो बड़ा मुश्किल है तुम्हारे लिए! तुम लोगों के लिए यही एक बहुत बड़ा सुराग होता है कि आदमी पैसा खर्च कर रहा है या नहीं। पहले अगर उसके पास पैसा न रहा हो और वही अचानक हाथ खोल कर खर्च करने लगे, तो फिर तो कातिल वही आदमी होगा। इसीलिए तो एक बच्चा भी तुम लोगों के तर्क की धज्जी उड़ा सकता है!'

'असलियत यही है कि वे लोग हमेशा यही करते हैं,' जमेतोव ने जवाब दिया। 'एक आदमी जान जोखिम में डाल कर चालाकी से कत्ल तो कर डालता है लेकिन फौरन किसी शराबखाने में पकड़ा जाता है। ऐसे लोग पैसा खर्च करते ही पकड़े जाते हैं। सब तुम्हारे जैसे चालाक नहीं होते। जाहिर है, तुम शराबखाने तो नहीं जाओगे?'

रस्कोलनिकोव त्योरियों पर शिकन लिए एकटक जमेतोव को देखता रहा।

'लगता है तुम्हें इस चर्चा में बहुत मजा आ रहा है और तुम जानना चाहोगे कि मैं इस मामले में क्या करता?' उसने कुछ चिढ़ कर पूछा।

'जरूर जानना चाहूँगा,' जमेतोव ने दृढ़ता और गंभीरता से जवाब दिया। उसके शब्दों और उसकी मुद्रा में जरूरत से कुछ ज्यादा ही उत्सुकता झलकने लगी थी।

'बहुत ज्यादा?'

'बहुत ज्यादा!'

'अच्छी बात है, तो सुनो कि मैं क्या करता,' रस्कोलनिकोव एक बार फिर उसे घूरते हुए, कानाफूसी में कहना शुरू किया। 'मैं तो यूँ करता : मैं पैसे और जेवर ले लेता और वहाँ से निकल कर सीधा किसी सुनसान जगह में जाता, जो चहारदीवारी से घिरी होती और जहाँ कोई भी आसानी से दिखाई न देता। किसी के घर के पिछवाड़े का बगीचा या इसी तरह की कोई और जगह। मन-डेढ़ मन का कोई पत्थर मैं पहले से देख रखता, जो घर बनने के समय से वहाँ किसी कोने में पड़ा होता। मैं उस पत्थर को उठाता जिसके नीचे जरूर एक गड्ढा होता, और मैं उसी गड्ढे में जेवर और पैसे रख देता। इसके बाद मैं पत्थर को लुढ़का कर फिर वही पहुँचा देता ताकि वह देखने में पहले की तरह ही लगे, और फिर उसे अपने पाँव से दबा कर चला आता। उसके बाद साल या दो साल तक, या शायद तीन साल तक भी, मैं उसे हाथ तक नहीं लगाता। अब कोई कातिल को तलाश करता फिरे, वह तो बस छूमंतर हो जाता।'

'पागल हो तुम,' जमेतोव ने कहा। न जाने क्यों वह भी कानाफूसी में बोला और रस्कोलनिकोव से दूर हट गया, जिसकी आँखें दहकते अंगारों की तरह चमक रही थीं। वह बेहद पीला पड़ गया था। उसका ऊपरवाला होठ फड़क रहा था और काँप रहा था। वह जितना भी मुमकिन हो सका, जमेतोव की ओर झुका और उसके होठ एक शब्द भी निकाले बिना चलने लगे। कोई आधे मिनट तक यही सिलसिला चलता रहा। वह जानता था कि वह क्या कर रहा है लेकिन अपने आपको वह रोक नहीं पा रहा था। वह भयानक शब्द उसके होठों पर काँप रहा था, एकदम उसी दरवाजे की कुंडी की तरह। अगले ही क्षण वह उसके होठ से अलग हो जाएगा, किसी भी क्षण वह उसे मुक्त कर देगा, वह बोल पड़ेगा!

'अब अगर उस बुढ़िया को और लिजावेता को मैंने ही कत्ल कर दिया हो तो?' उसने अचानक कहा और महसूस किया कि वह क्या कर बैठा है।

जमेतोव ने आँखें फाड़ कर उसे देखा और उसका रंग मेजपोश की तरह सफेद हो गया। उसके चेहरे पर एक विकृत मुस्कराहट थी।

'क्या यह सचमुच मुमकिन है?' वह बहुत धीमी आवाज में बड़ी मुश्किल से बोला। रस्कोलनिकोव ने उसे बिफर कर देखा।

'अब मान भी लो कि इस बात पर तुम्हें यकीन आ गया था। आ गया था न?'

'एकदम नहीं। अब तो इस पर मुझे पहले जितना भी यकीन नहीं रहा,' जमेतोव जल्दी से चीखा।

'गया काम से। पकड़ लिया बुलबुल को! यानी कि पहले तुम्हें यकीन था सो अब पहले जितना भी यकीन नहीं रह गया है?'

'एकदम नहीं,' जमेतोव जोर से बोला। साफ मालूम हो रहा था कि वह इस बात से सिटपिटा गया है। 'क्या तुम यही कहलवाने के लिए मुझे अभी तक डरा रहे थे?'

'तो इस बात पर तुम्हें यकीन नहीं है? जब मैं थाने से चला आया था तब तुम मेरी पीठ पीछे क्या बातें कर रहे थे और मेरे बेहोश होने के बाद उस बारूदी लेफ्टिनेंट ने मुझसे सवाल-जवाब क्यों किए थे तो सुनो,' उसने अपनी टोपी उठा कर खड़े होते हुए वेटर से चिल्ला कर कहा, 'कितना हुआ?'

'कुल तीस कोपेक जनाब,' वेटर ने भाग कर आते हुए जवाब दिया।

'और यह रहे बीस कोपेक वोदका के लिए। देखो, कितना पैसा है!' उसने अपना काँपता हुआ हाथ, जिसमें उसने नोट पकड़ रखे थे, जमेतोव की ओर बढ़ा कर कहा। 'लाल नोट और नीले, पच्चीस रूबल। कहाँ से आए मेरे पास और मेरे ये नए कपड़े कहाँ से आए तुम्हें मालूम है कि मेरे पास एक कोपेक भी नहीं था! मैं दावे से कह सकता हूँ कि तुम मेरी मकान-मालकिन से पूछताछ कर चुके हो... अच्छा बस बहुत हुआ! फिर मिलेंगे!'

वह एक तरह से गहरे जुनून की हालत में, जिसमें घोर आनंद का भी पुट था, सर से पाँव तक काँपता हुआ बाहर निकल गया। फिर भी वह उदास और थका हुआ था। उसका चेहरा यूँ ऐंठा हुआ था जैसे अभी उसे दौरा पड़ चुका हो। उसकी थकान बड़ी तेजी से बढ़ती गई। कोई भी चोट, कोई भी चिड़चिड़ी बनानेवाली भावना उसकी सारी शक्तियों को फौरन उत्तेजित कर देती थी और उनमें फिर से जान डाल देती थी, लेकिन जैसे ही उत्तेजना का वह स्रोत हटा लिया जाता था, उसकी सारी शक्ति उतनी ही जल्दी हवा भी हो जाती थी।

जमेतोव अकेला देर तक विचारों में डूबा हुआ उसी जगह बैठा रहा। रस्कोलनिकोव ने अनजाने ही उसके दिमाग में एक बात के बारे में हलचल पैदा कर दी थी और उसका एकदम इरादा पक्का कर दिया था।

'इल्या पेत्रोविच तो गधा है!' उसने अपना फैसला सुनाया।

रस्कोलनिकोव ने अभी रेस्तराँ का दरवाजा खोला ही था कि सीढ़ियों पर उसकी मुठभेड़ रजुमीखिन से हो गई। उन्होंने एक-दूसरे को उस समय तक नहीं देखा था, जब तक वे लगभग टकरा नहीं गए। पलभर दोनों एक-दूसरे को ऊपर से नीचे तक देखते रहे। रजुमीखिन को बेहद हैरत हो रही थी। फिर उसकी आँखों में क्रोध की, सचमुच के क्रोध की, भयानक चमक दिखाई दी।

'तो तुम यहाँ हो!' वह गला फाड़ कर चीखा। 'तुम अपने बिस्तर से उठ कर भाग आए! और मैं तुम्हें सोफे के नीचे तक ढूँढ़ रहा था! ऊपर अटारी भी देखी। तुम्हारी वजह से मैंने नस्तास्या को मारते-मारते रद्द दिया। और तुम यहाँ मिले! रोद्या, इस सबका क्या मतलब है मुझे सच-सच बता दो! जो बात हो, साफ बता दो! सुना?'

'इसका मतलब यह है कि मैं तुम सबसे तंग आ चुका हूँ और चाहता हूँ कि मुझे मेरे हाल पर अकेला छोड़ दिया जाए,' रस्कोलनिकोव ने शांत भाव से उत्तर दिया।

'अकेला? जबकि तुझसे ठीक से चला भी नहीं जाता, जबकि तुम्हारा चेहरा चादर की तरह सफेद हो रहा है और तुम्हारी साँस भी ठीक से चल नहीं रही है! बेवकूफ! ...तुम यहाँ रंगमहल में क्या कर रहे थे फौरन सब सच बता दो!'

'मुझे जाने दो!' रस्कोलनिकोव ने कहा और उससे कतरा कर निकलना चाहा। यह रजुमीखिन की बर्दाश्त के बाहर था; उसने कस कर रस्कोलनिकोव का कंधा पकड़ लिया।

'जाने दूँ तुम्हारी यह हिम्मत कि मुझसे कहते हो 'मुझे जाने दो' जानते हो, मैं अभी, इसी वक्त तुम्हारे साथ क्या करनेवाला हूँ? मैं अभी तुम्हें उठा कर, तुम्हारा गट्ठर बनाऊँगा, बगल में दबा कर घर ले जाऊँगा और ताले में बंद करूँगा!'

'सुनो रजुमीखिन,' रस्कोलनिकोव ने धीमे से और देखने में काफी शांत भाव से कहा, 'क्या तुम्हारी समझ में यह भी नहीं आता कि मुझे तुम्हारा उपकार नहीं चाहिए यह एक अजीब इच्छा है तुम्हारे मन में कि तुम सारे उपकार एक ऐसे आदमी पर लुटाना चाहते हो जो... जो उन्हें धिक्कारता है, जो उन्हें दरअसल एक बोझ समझता है! मेरी बीमारी की शुरुआत में तुमने मुझे क्यों खोज निकाला कौन जाने, मर कर मुझे खुशी होती! आज मैंने तुम्हें क्या यह बात साफ-साफ नहीं बता दी थी कि तुम मुझे सता रहे हो, कि मैं... मैं तुमसे तंग आ गया हूँ! लगता है, तुम भी लोगों को सताना चाहते हो! मैं तुम्हें यकीन दिलाता हूँ कि इन सब बातों से मेरे ठीक होने में रुकावट पड़ रही है, क्योंकि इससे मुझे हरदम कोफ्त होती रहती है। तुमने देखा, जोसिमोव अभी इसीलिए चला गया कि मुझे कोफ्त न हो। तुम भी मेरे हाल पर रहम खाओ और मुझे अकेला छोड़ दो! मुझको जबरदस्ती अपने कब्जे में रखने का तुम्हें क्या हक है? तुम देखते नहीं कि अब मेरे सारे हवास ठीक हैं मैं तुम्हें किस तरह, आखिर किस तरह समझाऊँ कि तुम मुझे अपनी नेकी से मत सताओ। हो सकता है एहसानफरामोश हूँ, हो सकता है मैं कमीना हूँ, लेकिन मुझे मेरे हाल पर छोड़ दो... खुदा के वास्ते मुझे मेरे हाल पर छोड़ दो! अकेला छोड़ दो, मुझे अकेला छोड़ दो!'

उसने बहुत शांत भाव से अपनी बात शुरू की थी। जहर में बुझी ये बातें कहते हुए उसे मन ही मन खुशी हो रही थी, लेकिन जब उसने अपनी बात खत्म की तो वह जुनून के मारे बुरी तरह हाँफ रहा था, ठीक उसी तरह जैसे लूजिन के साथ उसका हाल हुआ था।

रजुमीखिन एक पल खड़ा रहा। उसने कुछ देर सोचा और फिर अपना हाथ हटा लिया।

'तो फिर जहन्नुम में जाओ,' उसने विचारमग्न, बहुत धीमे से कहा। लेकिन जैसे ही रस्कोलनिकोव चलने को हुआ, उसने गरज कर कहा : 'ठहरो! मेरी बात सुनो। मैं तुम्हें इतना बता दूँ कि तुम और तुम्हारी तरह के सबके सब लोग खाली बकबक करनेवाले, बेकार की शेखी झाड़नेवाले बेवकूफ हैं! अगर कोई जरा-सी मुसीबत आन पड़ती है तो तुम उसे ले कर ऐसे बैठ जाते हो, जैसे मुर्गी अंडे पर बैठती है। पर इसमें भी तुम लोग दूसरों की नकल ही करते हो! तुम लोगों में स्वतंत्र जीवन का नाम-निशान तक नहीं! मोम के बने हो तुम लोग और तुम्हारी नसों में खून नहीं, बलगम भरा है! मुझे तुममें से किसी एक का भी भरोसा नहीं है। हर हालत में तुम सबकी पहली कोशिश यही होती है कि इनसानों जैसे न रहने पाओ! ठहरो!' रस्कोलनिकोव को फिर खिसकने की कोशिश करते देख कर वह और भी गुस्से से चीखा, 'मेरी पूरी बात सुनते जाओ! तुम जानते हो आज रात को मेरे यहाँ गृह-प्रवेश की पार्टी है। मुझे यकीन है कि लोग अब तक आ भी गए होंगे, लेकिन मैं मेहमानों की अगवानी के लिए अपने चाचा को वहाँ छोड़ आया और भाग कर यहाँ चला आया। अब अगर तुम बेवकूफ नहीं हो, पक्के बेवकूफ नहीं हो, परले दर्जे के बेवकूफ नहीं हो, अगर तुम नकल नहीं बल्कि असल हो... देखो, रोद्या मैं

जानता हूँ तुम होशियार आदमी हो, लेकिन बेवकूफ हो! अगर तुम बेवकूफ न होते तो यहाँ सड़क पर जूते घिसने की बजाय मेरे यहाँ आ जाते! अब तुम बाहर निकल ही आए हो तो क्या किया जा सकता है! मैं तुम्हें गद्देदार आरामकुर्सी दूँगा जो मेरी मकान-मालकिन के पास है, चाय पिलाऊँगा और बहुत से लोगों का साथ रहेगा... या तुम सोफे पर लेट सकते हो - बहरहाल, तुम होगे हमारे साथ ही। जोसिमोव भी वहाँ होगा। आओगे न?'

'नहीं।'

'आ...ओगे!' रजुमीखिन धीरज छोड़ कर चीखा। 'तुम्हें क्या मालूम तुम अपनी तरफ से जवाब नहीं दे सकते! तुम्हें इसके बारे में कुछ भी नहीं मालूम... हजारों बार ऐसा हो चुका है कि मैं लोगों से बुरी तरह लड़ा और बाद में भाग कर फिर उन्हीं के पास गया... आदमी को बाद में अपने किए पर शर्म आती है। वह उसी आदमी के पास वापस जाता है! इसलिए याद रखना, पोचिंकोव का घर, तीसरी मंजिल पर...'

'सचमुच मिस्टर रजुमीखिन, मैं समझता हूँ कि अगर कोई तुम्हें धुन कर रख दे तो तुम महज यह जताने के लिए उसे भी चुपचाप सह लोगे कि तुमने किसी का भला किया।'

'धुन कर? किसे? मुझे? ऐसी बात किसी ने सोची भी तो मैं उसकी नाक, तोड़ कर रख दूँगा! पोचिंकोव का घर, नंबर 47, बाबुशिकन का फ्लैट...'

'मैं नहीं आऊँगा, रजुमीखिन।' रस्कोलनिकोव मुड़ कर चला गया।

'मैं शर्त लगता हूँ कि आओगे,' रजुमीखिन ने पीछे से चिल्ला कर कहा। 'अगर नहीं आए तो मैं तुम्हें पहचानना भी छोड़ दूँगा! अरे, सुनो तो जमेतोव अंदर है?'

'हाँ।'

'तुम उससे मिले थे?'

'हाँ।'

'कोई बात की थी?'

'हाँ।'

'काहे के बारे में खैर, मुझे नहीं बताना चाहते तो भाड़ में जाओ। पोचिंकोव का घर, नंबर 47, बाबुशिकन का फ्लैट, याद रखना!'

रस्कोलनिकोव चलता रहा और नुक्कड़ पर पहुँच कर सदोवाया शाहराह में मुड़ गया। विचारों में डूबा हुआ रजुमीखिन उसे जाते देखता रहा। फिर अपना हाथ हवा में लहरा कर वह मकान के अंदर घुसा लेकिन सीढ़ियों पर ही ठिठक गया।

'लानत है,' वह कुछ ऊँची आवाज में अपने आपसे कहता रहा। 'वह समझदारी की बातें कर रहा था, फिर भी... मैं भी बड़ा बेवकूफ हूँ! गोया कि पागल आदमी समझदारी की बातें करते ही नहीं! और जोसिमोव लगता है, इसी बात से डर

रहा था।' उसने उँगली से अपने माथे पर टिकटिकाया। 'अगर कहीं... उसे मैंने अकेले जाने ही कैसे दिया कहीं जा कर डूब मरे तो... छिः कैसी भयानक गलती की मैंने! नहीं, मैं ऐसा नहीं होने दूँगा।' वह रस्कोलनिकोव को पकड़ने के लिए लपका, लेकिन उसका कहीं पता नहीं था वह अपने को कोसता हुआ, तेज-तेज कदमों से जमेतोव से पूछने के लिए रंगमहल लौट आया।

रस्कोलनिकोव सीधा चलता हुआ... पुल पर जा पहुँचा, बीच में जा कर खड़ा हो गया और रेलिंग पर दोनों कुहनियाँ टिका कर दूर क्षितिज की ओर घूरने लगा। रजुमीखिन से विदा होने के बाद वह इतनी कमजोरी महसूस कर रहा था कि यहाँ तक बड़ी मुश्किल से पहुँच सका था। वह सड़क पर ही कहीं बैठ जाने या लेट जाने के लिए तड़प रहा था। पानी के ऊपर झुक कर वह सूर्यास्त की अंतिम, हलकी गुलाबी लाली को, गहराते हुए झुटपुटे में अँधियारे होते हुए घरों की कतार को, बाएँ किनारे पर बहुत दूर एक अटारी की उस खिड़की को, जो डूबते सूरज की अंतिम किरणों में ऐसी चमक रही थी जैसे उसमें आग लगी हो, और नहर के काले पड़ते हुए पानी का यूँ ही घूरता रहा। लगता था पानी ने उसका सारा ध्यान अपनी ओर खींच लिया है। आखिरकार, उसकी आँखों के सामने लाल घेरे नाचने लगे। घर हिलते हुए लग रहे थे। राहगीर, नहर के दोनों किनारे, गाड़ियाँ तमाम चीजें आँखों के सामने नाच रही थीं। यकबयक वह चौंका पड़ा; शायद किसी विचित्र और भयानक दृश्य ने उसे फिर बेहोश होने से बचा लिया था। उसे एहसास हुआ कि कोई उसकी दाहिनी ओर खड़ा है। वह उधर घूमा तो लंबे, पीले, मुरझाए हुए चेहरे और धँसी हुई लाल आँखोंवाली एक लंबी-सी औरत सिर पर रूमाल बाँधे खड़ी थी। वह सीधे उसकी ओर देख रही थी, लेकिन जाहिर था कि उसे न तो कुछ दिखाई दे रहा था और न वह किसी को पहचान रही थी। अचानक उसने अपना दाहिना हाथ रेलिंग पर टिकाया, अपनी दाहिनी टाँग उठा कर रेलिंग पर रखी, फिर बाईं टाँग, और झट से नहर में कूद गई। गँदला पानी एक पल के लिए फटा और फिर अपने शिकार को निगल लिया; लेकिन एक ही पल बाद डूबती हुई औरत ऊपर उतरा आई और धीरे-धीरे धारा के साथ बहने लगी। सर और टाँगें पानी में थीं और स्कर्ट उसकी पीठ पर गुब्बारे की तरह फूली हुई थी।

'औरत कूदी! औरत कूदी!' दर्जनों आवाजें एक साथ उठीं। लोग दौड़ पड़े। दोनों किनारों पर तमाशबीनों की भीड़ जमा हो गई। पुल पर रस्कोलनिकोव के चारों ओर लोगों की भीड़ जमा हो गई थी और वे लोग उसे पीछे से धक्का दे रहे थे।

'हे भगवान! यह तो हमारी अफोसीनिया है!' पास ही खड़ी एक औरत रुआँसी आवाज में चिल्ला रही थी। 'दया करके उसे बचाओ! अरे, दयावानो, कोई तो उसे बाहर निकालो!'

'नाव लाना, नाव!' भीड़ में से कोई चिल्लाया, लेकिन नाव की जरूरत नहीं पड़ी। एक पुलिसवाला नहर की सीढ़ियों से भागता हुआ नीचे पहुँचा, अपना लंबा कोट और जूते उतारे, और झट से पानी में कूद पड़ा। उसे उस औरत तक पहुँचने में कोई कठिनाई नहीं हुई : उसका शरीर सीढ़ियों से कुछ ही गज ही दूरी पर पानी पर तैर रहा था। पुलिसवाले ने उसके कपड़े दाहिने हाथ से थाम लिए और बाएँ हाथ से उस बाँस को पकड़ लिया जो उसके साथी ने उसकी ओर बढ़ाया था। डूबती हुई औरत बाहर निकाल ली गई और नहर के किनारे पत्थर के फर्श पर लिटा दी गई। जल्द ही उसे होश आ गया। उसने अपना सर ऊपर उठाया, उठ कर बैठी, छींकने और खाँसने लगी, और बेमतलब अपने गीले कपड़े दोनों हाथों से झाड़ने लगी। मगर वह बोली कुछ भी नहीं।

'पी-पी कर अपने को मौत के मुँह तक ला दिया है,' बगल में उसी औरत के रोने की आवाज सुनाई दी। 'एकदम दीवानी हो गई है। अभी उस दिन अपने को फाँसी लगा रही थी; वह तो कहो कि हम लोगों ने रस्सी काट दी। मैं अभी-अभी भाग

कर जरा देर को दुकान तक गई थी, और अपनी छोटी बच्ची को इसकी निगरानी के लिए छोड़ गई थी कि इसने यह मुसीबत खड़ी कर ली अपने लिए! पड़ोसन है साहब, पड़ोसन; हम लोग पास ही तो रहते हैं, उस छोर से दूसरा घर, वहाँ ...वह रहा...'

भीड़ छँटने लगी। कुछ पुलिसवाले उस औरत को घेरे रहे; किसी ने थाने की बात कही... रस्कोलनिकोव बेजारी और उदासीनता की एक अजीब भावना से खड़ा देखता रहा। उसे नफरत-सी हो रही थी। 'नहीं, यह बहुत घिनावना है... यह पानी... और फिर इसका कुछ भरोसा भी नहीं है,' वह अपने आप बुदबुदाता रहा। 'इससे कोई काम नहीं बनने का,' वह कहता रहा, 'यहाँ इंतजार करने से कोई फायदा नहीं। थाना ...लेकिन जमेतोव थाने में क्यों नहीं है थाना दस बजे तक खुला रहता है...' पुल की रेलिंग की ओर पीठ फेर कर उसने चारों ओर नजर दौड़ाई।

'अच्छी बात है!' उसने मजबूत दिल से कहा। वह पुल छोड़ कर थाने की ओर चल पड़ा। उसे अपना दिल खोखला और खाली-खाली लग रहा था। वह कुछ भी सोचना नहीं चाहता था। उदासी भी दूर हो गई थी। जिस मुस्तैदी के साथ वह 'इस पूरे किस्से को ही खत्म कर देने के लिए' निकला था, उसका भी नाम-निशान बाकी अब नहीं रहा; उसकी जगह भरपूर उदासीनता ने ले ली थी।

'खैर, बाहर निकलने का एक रास्ता तो यह भी है,' उसने नहर के किनारे धीरे-धीरे बेजान कदमों से चलते हुए सोचा। 'जो भी हो, मैं इस झंझट को तो खत्म ही कर दूँगा, क्योंकि मैं इसे खत्म करना चाहता हूँ... लेकिन क्या यह छुटकारे का रास्ता है पर फर्क क्या पड़ता है गज भर जगह तो मिलेगी ही-हः हः! लेकिन अंत कैसा होगा! क्या वह सचमुच अंत होगा मैं उन्हें बताऊँ या नहीं आह... लानत है! कितनी बुरी तरह थक गया हूँ मैं! काश, बैठने या लेटने की कोई जगह जल्दी से कहीं मिल जाती! सबसे ज्यादा शर्म तो मुझे इस बात की है कि यह कितनी नादानी की बात है। लेकिन मुझे इसकी भी परवाह नहीं! आदमी के दिमाग में भी कैसे-कैसे बेवकूफी के विचार आते हैं।'

थाने के लिए उसे सीधे जा कर बाईं ओर की दूसरी सड़क पकड़नी थी। थाना वहाँ से कुछ ही कदम पर था। लेकिन वह पहले मोड़ पर ही रुक गया, कुछ देर सोचता रहा और एक छोटी गली में मुड़ कर अपने रास्ते से दो सड़क आगे निकल गया, शायद बिना किसी मकसद के, या शायद मिनट भर की देर करके कुछ और समय पाने के लिए। वह जमीन को देखता हुआ आगे बढ़ता रहा। अचानक उसे लगा कि किसी ने उसके कान में कुछ कहा। उसने सर उठा कर देखा तो पता चला कि वह उसी घर के सामने, ऐन फाटक के पास खड़ा था। वह उस शाम के बाद उधर से गुजरा नहीं था, कहीं उसके आस-पास भी नहीं आया था।

कोई अदम्य और अज्ञात शक्ति उसे आगे की तरफ खींचे लिए जा रही थी। वह मुड़ा, फाटक से हो कर अंदर गया, फिर दाहिनी ओर के पहले दरवाजे से ले कर जानी-पहचानी, चौथी मंजिल तक जानेवाली सीढ़ियाँ चढ़ने लगा। साँकरी, खड़ी सीढ़ियों के चारों तरफ बहुत अँधेरा था। हर मंजिल पर पहुँच कर वह रुकता और चारों ओर बड़ी उत्सुकता से देखता पहली मंजिल पर खिड़की का चौखटा निकाल दिया गया था 'उस वक्त तो ऐसा नहीं था,' उसने सोचा। उस वक्त वह फ्लैट दूसरी मंजिल पर ही तो था जहाँ मिकोलाई और मित्रेई काम कर रहे थे। 'फ्लैट बंद कर दिया गया है और दरवाजे पर अभी नया-नया रंग किया गया है जिसका मतलब यह हुआ कि किराए पर उठाने के लिए खाली है।' फिर तीसरी मंजिल, और उसके बाद चौथी। 'यह रहा!' उसे यह देख कर बड़ी परीशानी हुई कि फ्लैट का दरवाजा पूरा खुला हुआ था। अंदर लोग

थे; उसे आवाजें सुनाई दे रही थीं। उसने इसकी उम्मीद नहीं की थी। कुछ देर संकोच करने के बाद वह आखिरी सीढ़ियाँ चढ़ा और फ्लैट में चला गया।

उस फ्लैट की भी रंगाई-पुताई हो रही थी और मजदूर काम पर लगे थे। इस बात पर उसे कुछ हैरत हुई। जाने क्यों उसने सोचा हुआ था कि उसे हर चीज वैसी ही मिलेगी जैसी कि वह छोड़ गया था, यहाँ तक कि शायद लाशें भी वहीं फर्श पर पड़ी होंगी। पर अब यहाँ भी नंगी-बूची दीवारों, फर्नीचर का कहीं नाम नहीं। सब कुछ बड़ा अजीब-सा लग रहा था। खिड़की के पास जा कर वह उसकी सिल पर बैठ गया। दो मजदूर काम कर रहे थे, दोनों नौजवान, लेकिन उम्र में एक दूसरे से बहुत छोटा था। वे दीवारों पर पुराने, मैले, पीले रंग के कागज की जगह नया, कासनी फूलोंवाला सफेद कागज लगा रहे थे। रस्कोलनिकोव को न जाने क्यों इस बात पर बड़ी झुँझलाहट महसूस हुई। उसने नए कागज को बड़ी अरुचि से देखा, जैसे इस तरह हर चीज के बदल दिए जाने पर उसे बड़ा अफसोस हो रहा हो।

जाहिर था कि ये मजदूर अपने वक्त से ज्यादा देर तक काम करते आ रहे थे और अब वे जल्दी-जल्दी अपना कागज लपेट कर घर जाने की तैयारी कर रहे थे। उन्होंने रस्कोलनिकोव के अंदर आने की ओर कोई ध्यान नहीं दिया क्योंकि वे आपस में बातें कर रहे थे। रस्कोलनिकोव हाथ बाँधे उनकी बातें सुन रहा था।

'वह सबेरे-सबेरे मेरे पास आई,' बड़ेवाले ने छोटे से कहा, 'बहुत सबेरे, सोलहों सिंगार किए। मैंने कहा, 'बन-ठन के ऐसा इतरा क्यों रही हो बोली, 'तित वसील्येविच, तुम्हें खुश करने के लिए मैं कुछ भी करने को तैयार हूँ।' यह भी एक तरीका होता है रिझाने का! और पहनावा ऐसा कि गोया फैशन की पत्रिका।'

'फैशन की पत्रिका भला क्या होती है, चचाजान?' छोटे मजदूर ने पूछा। उसकी बातों से मालूम होता था कि वह 'चचाजान' को हर बात में उस्ताद मानता था।

'फैशन की पत्रिका में ढेर सारी तस्वीरें होती हैं, रंगीन, और ये किताबें विलायत से हर सनीचर को डाक से यहाँ दर्जियों के पास आती हैं। उन तस्वीरों में दिखाया जाता है कि लोगों को किस तरह के कपड़े पहनने चाहिए, मर्दों को भी और औरतों को भी। देखने में प्यारी तस्वीरें होती हैं। मर्द आम तौर पर फर के कोट पहने होते हैं और, जहाँ तक औरतों के कपड़ों का सवाल है, तुम उनके बारे में तो सोच भी नहीं सकते। बस देखते ही बनता है!'

'पीतर्सबर्ग में क्या नहीं मिलता!' छोटे मजदूर ने जोश से चिल्ला कर कहा, 'बस माँ-बाप को छोड़ कर हर चीज मिलती है!'

'उन्हें छोड़ कर हर चीज मिलती है, यार,' बड़े मजदूर ने बड़े मानीखेज ढंग से ऐलान किया।

रस्कोलनिकोव उठ कर दूसरे कमरे में चला गया, जहाँ पहले वह भारी संदूक, पलँग और दराजोंवाली अलमारी थी। उसे फर्नीचर के बिना वह कमरा बेहद छोटा लगा। दीवारों पर कागज वही था। एक कोने के कागज के रंग से पता चल रहा था कि पहले वहाँ प्रतिमाओं का फ्रेम था। उसने उधर की तरफ देखा और फिर अपनी खिड़की के पास चला गया। बड़े मजदूर ने उसे आश्चर्य से देखा।

'क्या चाहिए तुम्हें?' उसने एकाएक पूछा।

उसके सवाल का जवाब देने की बजाय रस्कोलनिकोव गलियारे में जा कर घंटी बजाने लगा। वही घंटी और वही उसकी फटी हुई आवाज। उसने दोबारा घंटी बजाई, फिर तीसरी बार। वह सुनता रहा और उसे कुछ याद आता रहा। उस समय उसने जो भयानक और तड़पा देनेवाली डरावनी संवेदना झेली थी, वह फिर अधिकाधिक स्पष्ट रूप में लौट-लौट कर आने लगी। घंटी की हर आवाज पर वह काँप उठता था और उसे अधिकाधिक संतोष भी मिल रहा था।

'बोलो, तुम्हें क्या चाहिए? तुम हो कौन?' मजदूर ने उसके पास जा कर, डपट कर पूछा। रस्कोलनिकोव फिर अंदर चला गया।

'मुझे एक फ्लैट किराए पर लेना है,' वह बोला। 'बस देख रहा हूँ'

'लोग रात को कमरे देखने आते नहीं, और तुम्हें तो दरबान के साथ आना चाहिए था।'

'फर्श तो धो दिए गए हैं, क्या उन पर पालिश भी होगी?' रस्कोलिनकोव कहता रहा। 'कहीं खून तो नहीं लगा रह गया?'

'कैसा खून?'

'क्यों, यहीं तो उस बुढ़िया और उसकी बहन को कत्ल किया गया था। यहाँ अच्छा-खासा खून जमा हो गया था'

'भला तुम हो कौन?' मजदूर बेचैन हो कर चीखा।

'मैं?'

'हाँ'

'जानना चाहते हो थाने चलो, वहाँ बताऊँगा।'

मजदूर उसे हैरत से देखते रहे।

'चलने का वक्त हो गया, वैसे ही देर हो गई है। चलो अलेश्का चलें। कमरा बंद करना है,' बड़े मजदूर ने कहा।

'तो फिर चलें,' रस्कोलनिकोव ने लापरवाही से कहा और सबसे पहले बाहर निकल कर धीरे-धीरे सीढ़ियाँ उतरने लगा। 'ऐ, दरबान!' फाटक पर पहुँच कर उसने पुकारा।

फाटक पर खड़े कई लोग राहगीरों को घूर रहे थे। ये थे दोनों दरबान, एक किसान औरत, लंबा गाउन पहने एक आदमी, कुछ और लोग। रस्कोलनिकोव सीधा उनके पास गया।

'क्या चाहिए?' एक दरबान ने पूछा।

'थाने गए थे?'

'अभी वहीं से तो आया हूँ। तुम्हें चाहिए क्या?'

'थाना खुला है?'

'बरोबर खुला है!'

'असिस्टेंट सुपरिटेंडेंट है वहाँ?'

'थोड़ी देर के लिए आए तो थे। आपको क्या चाहिए?'

रस्कोलनिकोव ने कोई जवाब नहीं दिया। वह विचारों में डूबा हुआ उनके ही पास खड़ा रहा।

'यह आदमी फ्लैट देखने गया था,' बड़े मजदूर ने आगे बढ़ कर कहा।

'कौन-सा फ्लैट?'

'हम जहाँ काम कर रहे हैं। 'तुमने खून धो क्यों डाला?' यह बोला 'यहाँ कत्ल हुआ था,' यह कह रहा था, और 'मैं फ्लैट किराए पर लेने आया हूँ' फिर यह घंटी बजाने लगा। वह तो कहो, बस, तोड़ी नहीं। 'थाने चलो,' यह बोला 'वहीं सब कुछ बताऊँगा।' किसी तरह हमारा पिंड ही नहीं छोड़ता था।'

दरबान त्योरियों पर बल डाले, शकभरी नजरों से रस्कोलनिकोव को देखता रहा।

'तुम हो कौन?' उसने सख्ती से पूछा।

'मैं रोदिओन रोमानोविच रस्कोलनिकोव हूँ। पहले पढ़ता था। शिल के मकान में रहता हूँ, पास की गली में, यहाँ से दूर नहीं है। 14 नंबर के फ्लैट में। दरबान से पूछ लेना... वह मुझे जानता है।' रस्कोलनिकोव ने ये सारी बातें इधर-उधर मुड़ कर देखे बिना अलसाई हुई, खोई-खोई आवाज में कहीं। वह सड़क की ओर एकटक देख रहा था, जहाँ अँधेरा गहराता जा रहा था।

'फ्लैट में किसलिए गए थे?'

'उसे देखने के लिए।'

'उसमें देखनेवाली ऐसी क्या चीज है?'

'इसे सीधे थाने क्यों न ले जाओ,' लंबे गाउनवाले आदमी ने अचानक बीच में कहा और चुप हो गया।

रस्कोलनिकोव ने गर्दन घुमा कर उसे घूर कर देखा और उसी तरह धीरे-धीरे अलसाई हुई आवाज में कहा : 'आओ, चलो!'

'हाँ, ले जाओ,' वह आदमी इस बार और भी भरोसे के साथ बोला। 'यह उसके अंदर क्यों जा रहा था इसके मन में कोई बात जरूर होगी, क्यों?'

'शराब तो पिए हुए नहीं है, लेकिन भगवान जाने क्या हो गया है इसे,' मजदूर बुदबुदाया।

'तुम्हारा इरादा क्या है भला?' दरबान एक बार फिर चीखा; उसे सचमुच गुस्सा आ रहा था। 'तुम यहाँ क्यों लोगों को परेशान कर रहे हो?'

'तुम्हारा थाने चलने के नाम से दम निकलता है क्या?' रस्कोलनिकोव ने चिढ़ाते हुए कहा।

'दम क्यों निकले है भला, मगर तुम हमें परेशान क्यों कर रहे हो?'

'अरे, कोई लफंगा होगा!' किसान औरत जोर से चीखी।

'काहे को अपना वक्त इससे बात करके बर्बाद कर रहे हो' दूसरे दरबान ने ऊँचे स्वर में कहा। वह भारी-भरकम डीलडौल का आदमी था और उसने टखनों तक का लंबा कोट पहन रखा था जिसके सारे बटन खुले हुए थे। उसकी पेटी से चाभियों का गुच्छा लटक रहा था। 'चलो यहाँ से। लफंगा तो है ही! चलो, खिसको यहाँ से!'

फिर उसने रस्कोलनिकोव का कंधा पकड़ कर उसे सड़क पर ढकेल दिया। वह आगे की ओर लड़खड़ाया, सँभल कर फिर खड़ा हुआ, चुपचाप तमाशा देखनेवालों को घूरा, और वहाँ से चला गया।

'अजीब आदमी है!' मजदूर ने अपना मत व्यक्त किया।

'आजकल तो जहाँ देखो, अजीब लोग ही दिखाई देते हैं,' औरत बोली।

'तुम्हें तो हर हालत में उसको थाने ले जाना चाहिए था,' लंबे गाउनवाले ने कहा।

'उसके मुँह न लगना ही अच्छा था,' भारी डील-डौलवाले दरबान ने फैसला करते हुए कहा। 'सरासर बदमाश था! सच जानो, वह यही चाहता था। लेकिन एक बार थाने ले जाते तो पिंड छुड़ाना मुश्किल हो जाता... हम ऐसे लोगों को खूब जाने हैं!'

'जाऊँ कि नहीं,' रस्कोलनिकोव चौराहे पर बीच सड़क खड़ा सोचता रहा। उसने चारों ओर नजर दौड़ा कर इस तरह देखा गोया किसी से इस बात का फैसला सुनने की उम्मीद कर रहा हो। लेकिन कोई आवाज नहीं आई। हर चीज उन्हीं पत्थरों की तरह मुर्दा और खामोश थी, जिन पर वह चल रहा था। हर चीज उसके लिए मुर्दा थी, सिर्फ उसके लिए। अचानक सड़क के छोर पर, वहाँ से कोई दो सौ गज दूर, गहराते हुए झुटपुटे में उसे एक भीड़ नजर आई और लोगों के बात करने और चिल्लाने की आवाजें आने लगीं। भीड़ के बीच में एक गाड़ी खड़ी थी ...सड़क के बीच में एक रोशनी टिमटिमा रही थी। 'क्या बात है', रस्कोलनिकोव दाहिनी ओर मुड़ कर भीड़ की ओर बढ़ चला। वह हर चीज को पकड़ने की कोशिश कर रहा था और इसके बारे में सोच कर वह क्रूरता से मुस्कराया। इसलिए कि उसने थाने जाने का निश्चय कर लिया था और जानता था कि यह सारा मामला जल्दी ही खत्म हो जाएगा।

अपराध और दंड : (अध्याय 2-भाग 7)

बीच सड़क एक शानदार गाड़ी खड़ी थी, जिसमें दो सफेद घोड़े जुते हुए थे। गाड़ी में कोई भी नहीं था और कोचवान भी अपनी जगह से उतर कर पास ही खड़ा था। उसने घोड़ों की लगाम पकड़ रखी थी। चारों ओर बहुत से लोग जमा हो गए थे और सामने पुलिसवाले खड़े थे। उनमें से एक के हाथ में जलती हुई लालटेन थी जिसकी रोशनी वह पहियों के पास पड़ी

हुई किसी चीज पर डाल रहा था। हर आदमी बातें कर रहा था, चीख रहा था, जोश में आ कर कुछ बोल रहा था। कोचवान घबराया हुआ लग रहा था और बार-बार यही कहता था :

'कैसी बदनसीबी है! हे भगवान, कितनी बड़ी बदनसीबी है!'

रस्कोलनिकोव धक्का दे कर जहाँ तक हो सका, आगे पहुँच गया। आखिर उस चीज को देखने में कामयाब रहा, जिसकी वजह से यह सारा हंगामा मचा हुआ था और जिसमें लोग इतनी दिलचस्पी ले रहे थे। एक आदमी जमीन पर पड़ा था क्योंकि वह गाड़ी के नीचे आ गया था। जाहिर था कि बेहोश था और खून में लथपथ था। उसने कपड़े बहुत ही बुरी तरह पहन रखे थे, लेकिन वे कभी सभ्य लोगों के कपड़े रहे होंगे और चेहरे से खून बह रहा था; चेहरा बुरी तरह कुचल गया और विकृत हो गया था। साफ जाहिर था कि उसे बुरी तरह चोट आई थी।

'दया करना भगवान!' कोचवान गिड़गिड़ा कर कह रहा था, 'मैं और क्या कर सकता था! अगर मैं गाड़ी तेज चला रहा होता या पुकार-पुकार कर मैंने उससे हटने को न कहा होता, तब भी कोई बात थी, लेकिन मैं तो बड़ी शांति से जा रहा था और मुझे कोई जल्दी नहीं थी। सभी ने देखा होगा : जैसे सब लोग जा रहे थे, वैसे ही मैं भी जा रहा था। मगर यह तो सभी जानते हैं कि शराबी सीधा चल नहीं सकता... मैंने इसे सड़क पार करते देखा, लड़खड़ाता हुआ चल रहा था, बिलकुल गिरा जा रहा था। मैंने आवाज दी, फिर दूसरी बार चिल्लाया, फिर तीसरी बार। फिर मैंने घोड़ों की रास खींची, लेकिन वह तो सीधा उनके पैरों के नीचे ही गिरा आ उसने या तो जान-बूझ कर ऐसा किया या फिर बहुत ही नशे में था ...घोड़े अभी जवान हैं और जरा में भड़क उठते हैं... वे चौंके, वह चीखा... फिर इस पर घोड़े और भी भड़के। बस यही है सारी कहानी!'

'एकदम यही बात थी,' भीड़ में से एक आवाज ने उसकी बात की ताईद की।

'चिल्लाया तो था, यह बात सच है। तीन बार चिल्लाया था,' एक और आवाज ने ऐलान किया।

'तीन बार चिल्लाया, हम सबने सुना,' एक तीसरा आदमी और भी जोर से बोला।

लेकिन कोचवान बहुत परेशान और डरा हुआ नहीं था। साफ दिखाई दे रहा था कि गाड़ी किसी रईस की थी, जो कहीं उसकी राह देख रहा होगा। जाहिर है पुलिस भी उसकी इस व्यवस्था में खलल डालना नहीं चाहती थी। उसे बस घायल आदमी को थाने और फिर अस्पताल ले जाना था। किसी को उसका नाम तक नहीं मालूम था।

इसी बीच रस्कोलनिकोव भीड़ में घुस चुका था और झुक कर उस आदमी को पास से देख रहा था। लालटेन की रोशनी अचानक उस अभागे आदमी के चेहरे पर पड़ी। रस्कोलनिकोव ने उसे पहचान लिया।

'मैं इसे जानता हूँ! मैं इसे जानता हूँ!' वह धक्का दे कर आगे आते हुए चीखा। 'सरकारी क्लर्क था, नौकरी से रिटायर हो चुका है, मार्मेलादोव नाम है। यहाँ पास ही कोजेल के मकान में रहता है... जल्दी से डॉक्टर बुलाओ! पैसे मैं दूँगा, लो, यह देखो!' यह कह कर उसने पुलिसवाले को जेब से पैसे निकाल कर दिखाए। वह बेहद उत्तेजित था।

पुलिस को खुशी थी कि चलो, मालूम तो हो गया कि वह आदमी है कौन। रस्कोलनिकोव ने अपना नाम-पता बताया, और पुलिसवालों से बेहोश मार्मेलादोव को फौरन उसके घर पहुँचाने के लिए ऐसा बेचैन हो कर कहने लगा जैसे उसका अपना बाप घायल हुआ हो।

'यहीं है, तीन घर छोड़ कर,' उसने बड़ी उत्तेजना में कहा, 'घर एक बहुत अमीर जर्मन का है, कोजेल का। यकीनन, शराब पिए हुए घर जा रहा था। मैं इसे जानता हूँ, बेहद शराब पीता है। परिवार के साथ रहता है, बीवी है, बच्चे हैं, उसकी एक बेटी भी है। अस्पताल ले जाने में तो बड़ा वक्त लगेगा, पर उस मकान में कोई डॉक्टर जरूर होगा। पैसे मैं दूँगा! घर पर कोई देखभाल करनेवाला तो होगा। फौरन मरहम-पट्टी हो जाएगी। अस्पताल पहुँचने तक तो यह मर ही जाएगा।'

सबकी नजरें बचा कर उसने पुलिसवाले के हाथ में चुपके से कुछ थमा दिया। लेकिन इसमें कोई बेईमानी की या गैर-कानूनी बात नहीं थी। यूँ भी, यहाँ नजदीक ही मरहम-पट्टी हो सकती थी। उन लोगों ने घायल आदमी को उठा लिया; बहुत से लोग हाथ लगाने को खुद आगे आए। कोजेल का मकान कोई तीस गज की दूरी पर था। रस्कोलनिकोव बड़ी सावधानी से मार्मेलादोव का सर पकड़े पीछे-पीछे चल रहा था और रास्ता बताता जाता था।

'इधर-इधर से! सीढ़ियों पर सर ऊपर की तरफ करके ले जाना चाहिए। घूम जाओ! पैसे मैं दूँगा, किसी को कोई शिकायत नहीं रहेगी,' वह बोलता ही रहा।

कतेरीना इवानोव्ना ने सीने पर हाथ बाँधे, अपने आपसे बातें करते और खाँसते हुए उस छोटे से कमरे की खिड़की और आतिशदान के बीच टहलना अभी शुरू ही किया था। उसे जब भी थोड़ा-सा वक्त मिलता था, वह यही करती थी। इधर कुछ समय से वह अपनी बड़ी बेटी पोलेंका से पहले से ज्यादा बातें करने लगी थी, जो अभी दस साल की बच्ची थी। हालाँकि बहुत-सी बातें ऐसी थीं जो उसकी समझ में नहीं आती थी, लेकिन वह इतना अच्छी तरह समझती थी कि उसकी माँ को उसकी जरूरत है। इसलिए वह अपनी बड़ी-बड़ी सयानी आँखों से हमेशा अपनी माँ को देखती रहती थी और यह जताने की पूरी कोशिश करती थी कि वह सब कुछ समझ रही है। इस वक्त पोलेंका अपने छोटे भाई के कपड़े उतार रही थी। जिसकी तबीयत दिन भर बिगड़ी हुई रही थी और वह अभी सोने जा रहा था। लड़का इसी का इंतजार कर रहा था कि उसकी बहन आ कर उसकी कमीज उतारे, जो रात को धोई जानेवाली थी। वह हिले-डुले बिना कुर्सी पर सीधा तना हुआ बैठा था। उसका चेहरा गंभीर था और वह एक शब्द भी नहीं बोल रहा था। उसने अपनी टाँगें सामने की तरफ फैला रखी थीं – एड़ियाँ जुड़ी हुई और अँगूठे एक-दूसरे से दूर। माँ उसकी बहन से जो कुछ कह रही थी, उसे वह होठ बाहर की ओर निकाले हुए और आँखें फाड़े हुए, चुपचाप सुन रहा था, जिस तरह सभी अच्छे बच्चों को सोने से पहले कपड़े उतरवाते वक्त बैठना पड़ता है। एक छोटी बच्ची, जो उससे भी छोटी थी, चीथड़ों में लिपटी और ओट के पास खड़ी अपनी बारी आने की राह देख रही थी। सीढ़ियों की ओर जानेवाला दरवाजा खुला था ताकि उन्हें तंबाकू के धुएँ के उन बादलों से कुछ राहत मिल सके, जो दूसरे कमरों से तैर कर उनके कमरे की ओर आते थे और जिनकी वजह से तपेदिक की मारी औरत को खाँसी के भयानक दौरे पड़ने लगते थे। लगता था पिछले एक हफ्ते के दौरान कतेरीना इवानोव्ना और भी दुबली हो गई थी। उसके गालों की तमतमाहट में पहले से भी ज्यादा चमक पैदा हो गई थी।

'तुम्हें यकीन नहीं होगा पोलेंका, तुम सोच भी नहीं सकती हो,' वह कमरे में टहल-टहल कर कह रही थी, 'कि तुम्हारे नाना के घर हम लोग कितने ऐश में, कितने खुश रहते थे और किस तरह इस शराबी ने मुझे तबाह कर दिया है और तुम सबको तबाह करेगा! मेरे पापा एक सिविल कर्नल थे, गवर्नर से एक ही ओहदा नीचे। बस एक सीढ़ी और चढ़ते तो गवर्नर हो

जाती। इसलिए जो भी उनसे मिलने आता, यही कहता : 'हम तो, इवान मिखाइलोविच, आप ही को अपना गवर्नर समझते हैं!' मैं जब...' वह जोर से खाँसी, 'आह, लानत है इस जिंदगी पर,' वह खखारते हुए, हाथ से अपना सीना दबाते हुए चीखी, 'मैं जब... जब आखिरी नाच में... मार्शल साहब के यहाँ... जब राजकुमारी बेज्जेमेलनी ने मुझे देखा - जब तुम्हारे पापा के साथ मेरी शादी हुई थी पोलेंका, तब उन्होंने ही हमें आशीर्वाद दिया था - तो उन्होंने फौरन पूछा था : 'यह सुंदर लड़की वही है न जिसने सत्र की पढ़ाई के खत्म होने के वक्त शालवाला नाच दिखाया था' ('वह जहाँ फट गई है उसे ठीक कर लेना, जैसे मैंने बताया था वैसे ही सुई ले कर रफू कर लेना, नहीं तो कल वह उस छेद को और बड़ा कर देगा,' उसने खाँस-खाँस कर बड़ी मुश्किल से कहा।) 'राजकुमार श्रेगोल्सकोय, जो बादशाह के रनिवास में बहुत ऊँचे पद पर थे, उन्हीं दिनों पीतर्सबर्ग से आए थे... वह मेरे साथ माजूर्का नाचे और अगले ही दिन वह मुझसे शादी करने का पैगाम देना चाहते थे, लेकिन उन्हें प्रशंसा भरी भाषा में धन्यवाद दिया और बताया कि मैं अपना दिल बहुत पहले किसी और को दे चुकी हूँ। वह 'कोई और' तुम्हारे पापा ही थे, पोल्या; तुम्हारे नाना बेहद नाराज हुए थे... पानी गर्म हुआ अपनी कमीज और मोजे मुझे देना! लीदा,' उसने सबसे छोटी बच्ची से कहा... 'आज रात तुम बिना कुर्ती के काम चला लो... और साथ ही अपने मोजे भी रख देना... दोनों चीजें एक साथ धो दूँगी... वह आवारा शराबी भला अटक कहाँ गया, कमीज पहन-पहन कर इतनी मैली कर ली है कि डस्टर जैसा लगने लगी है। फाड़ कर एकदम चिथड़े-चिथड़े कर डाला है! मैं सब एक साथ धो डालूँगी, ताकि लगातार दो रात काम न करना पड़े। हे भगवान!' उसे अचानक खाँसी आने लगी। 'फिर! यह क्या हुआ' वह गलियारे में भीड़ को और कुछ लोगों को कोई बोझ उठाए अपने कमरे की तरफ आते देख कर चीखी। 'क्या है भला, क्या ला रहे हैं ये लोग? दया करना भगवान!'

'कहाँ लिटाएँ?' जब बेहोश और खून से लथपथ मार्मेलादोव को अंदर लाया गया तो पुलिसवाले ने चारों ओर नजर डाल कर पूछा।

'सोफे पर! सीधे ले जा कर सोफे पर लिटाओ, इधर सर करके,' रस्कोलनिकोव ने इशारा करके बताया।

'सड़क पर गाड़ी से कुचल गया! शराब पिए हुए था!' ड्योढ़ी में से कोई चिल्लाया।

कतेरीना इवानोव्ना सन्न और हाँफती हुई खड़ी रही। उसका रंग सफेद पड़ गया था और दम बुरी तरह फूल रहा था। बच्चे सहमे हुए थे। नन्ही लीदा चीख पड़ी और भाग कर पोलेंका से जा कर लिपट गई। वह थर-थर काँप रही थी।

मार्मेलादोव को लिटाने के बाद रस्कोलनिकोव लपक कर कतेरीना इवानोव्ना के पास पहुँचा।

'भगवान के लिए शांत रहो, डरो मत,' उसने जल्दी-जल्दी बोलते हुए कहा, 'सड़क पार कर रहा था, गाड़ी के नीचे आ गया। घबराओ मत, अभी होश में आ जाएगा। इन लोगों से यहाँ लाने को मैंने ही कहा था... मैं यहाँ पहले आ चुका हूँ, याद है न! अभी होश में आ जाएगा... पैसे मैं दूँगा!'

'बस यही होने को रह गया था,' कतेरीना इवानोव्ना निराशा में डूबी हुई, चीख कर अपने पति की ओर भागी।

रस्कोलनिकोव के ध्यान में फौरन यह बात आई कि वह उन औरतों में से नहीं थी जो बहुत जल्द बेहोश हो जाती हैं। उसने अपने अभागे पति के सर के नीचे तकिया रख दिया जिसका किसी को ध्यान भी नहीं आया था; उसके कपड़े उतारने लगी और अच्छी तरह देखभाल करने लगी। अपनी सुध-बुध भूल कर भी उसने सब्र का दामन नहीं छोड़ा। अपने काँपते होठों

को दाँतों से दबा कर उसने अपनी उन चीखों को अंदर ही दबाए रखा, जो किसी भी पल उसके सीने से फूट निकलने को बेकरार थीं।

इस बीच रस्कोलनिकोव ने किसी को राजी करके डॉक्टर की तलाश में भेजा। पता चला कि एक मकान छोड़ कर पास ही एक डॉक्टर रहता था।

'मैंने डॉक्टर को बुलवाया है,' वह कतेरीना इवानोव्ना को तसल्ली देता रहा, 'घबराओ नहीं, पैसे मैं दूँगा। थोड़ा-सा पानी होगा ...कोई रूमाल या तौलिया भी दो, जो भी मिल जाए। जल्दी से... चोट लगी है, लेकिन मरा नहीं है। मेरी बात मानो... देखें, डॉक्टर क्या कहता है!'

कतेरीना इवानोव्ना भाग कर खिड़की के पास गई। कोने में एक टूटी कुर्सी पर मिट्टी की बड़ी-सी नाँद में पानी भरा रखा था; इसी पानी से वह रात को अपने पति और बच्चों के कपड़े धोती। कतेरीना इवानोव्ना हफ्ते में कम से कम दो बार रात को कपड़े धोती थी। परिवार की हालत ऐसी हो गई थी कि किसी के पास बदलने को दूसरा जोड़ा नहीं था, और कतेरीना इवानोव्ना गंदगी बर्दाश्त नहीं कर सकती थी। घर में उससे गंदगी नहीं देखी जाती थी। रात को जब सब लोग सो जाते थे, तब अपने बूते से ज्यादा काम करना उसे मंजूर था, ताकि कपड़े धो कर रात को फैला दे तो सबेरे तक वे सूख जाएँ। रस्कोलनिकोव के पानी माँगने पर उसने नाँद तो उठा ली लेकिन उसके बोझ से गिरते-गिरते बची। रस्कोलनिकोव इसी बीच कहीं से तौलिया ढूँढ़ लाया था; उसे भिगो कर वह मार्मेलादोव के चेहरे से खून पोंछने लगा। कतेरीना इवानोव्ना हाथों से अपना सीना दबाए पास ही खड़ी रही। उसे साँस लेने में कष्ट हो रहा था और उसकी हालत खुद ही ऐसी थी कि कोई उसकी देखभाल करे। रस्कोलनिकोव को महसूस होने लगा था कि घायल को यहाँ ला कर उसने शायद गलती की है। पुलिसवाला भी कुछ संकोच में डूबा हुआ, पास ही खड़ा था।

'पोल्या,' कतेरीना इवानोव्ना ने पुकारा, 'जल्दी से सोन्या के पास जाओ। अगर वह घर पर न हो तो वहाँ किसी से कह आना कि उसका बाप गाड़ी से कुचल गया है, जैसे ही आए सीधी यहाँ आए... भाग कर जाना, पोलेंका! लो, यह शाल लपेट लो।'

'जितना तेज हो सके, भाग कर जाना!' कुर्सी पर बैठा हुआ छोटा लड़का अचानक चीखा। इसके बाद वह फिर वैसे ही गूँगों की तरह, गोल-गोल आँखें खोले, पत्थर की मूरत की तरह बैठा रहा। टाँगें सामने फैलाए, एड़ियाँ जोड़े हुए अँगूठे एक-दूसरे से दूर।

इस बीच कमरे में इतने लोग भर गए थे कि कहीं तिल धरने की जगह नहीं थी। एक को छोड़ कर बाकी सब पुलिसवाले चले गए थे; थोड़ी देर वहीं रुक कर वह सीढ़ियों पर से आते लोगों को बाहर भगाने की कोशिश कर रहा था। मादाम लिप्पेवेख्सेल की उस चाल के सभी किराएदार अपने-अपने कमरों से आ कर वहीं जमा हो गए थे। शुरू में तो वे दरवाजे के पास दबे-सिकुड़े खड़े रहे, लेकिन बाद में कमरे के अंदर आ गए। कतेरीना इवानोव्ना का गुस्सा भड़क उठा।

'कम से कम चैन से मरने तो दो,' वह भीड़ पर चीखी, 'यह भी तुम लोगों को तमाशा है क्या चले आए सिगरेट पीते हुए!' वह फिर खाँसने लगी। 'हैट भी लगा कर आते... एक तो हैट लगाए भी है! ...चलो फूटो भागो यहाँ से! कम से कम मरनेवाले का तो लिहाज करो!'

खाँसी के मारे उसका दम घुटा जा रहा था। पर उसकी डाँट-फटकार का लोगों पर असर पड़ा। साफ जाहिर था कि वे कतेरीना इवानोव्ना से थोड़ा डरते थे। सारे किराएदार एक-एक करके फिर दरवाजे के पास दुबक गए। वे लोग मन ही मन एक अजीब संतोष का अनुभव कर रहे थे। यह भावना किसी आकस्मिक दुर्घटना के समय उस दुर्घटना के शिकार व्यक्ति के प्रियजन तक में देखी जाती है और भावना से कोई भी मनुष्य मुक्त नहीं रहता, चाहे उसकी हमदर्दी और वेदना का रंग कितना ही गहरा हो।

लेकिन बाहर से अस्पताल की चर्चा करती कुछ आवाजें सुनाई पड़ीं। कुछ लोग कह रहे थे कि यहाँ यह सब बखेड़ा करने की कोई जरूरत नहीं थी।

'यह कहो कि मरने की जरूरत नहीं थी!' कतेरीना इवानोव्ना चीख कर उन लोगों पर अपना गुस्सा उतारने के लिए दरवाजे की ओर लपकी। लेकिन दरवाजे पर ही उसकी मुठभेड़ मादाम लिप्पेवेख्सेल से हो गई। उसे उसी समय दुर्घटना की खबर मिली थी और खुद सारी गड़बड़ ठीक कराने के लिए वह भागी-भागी वहाँ आई थी। वह एक झगड़ालू और बेलगाम जर्मन औरत थी।

'हे भगवान!' वह अपने हाथों को आपस में कस कर जोर से चीखी, 'तुम्हारा मरद सराब पिएला हुआ, घोड़ा ने रौंदा! अभी अस्पताल पहुँचाने का उसे ए मेरा घर होएला है!'

'अमालिया लुदविगोव्ना, मैं तुमसे कहे देती हूँ कि जरा सोच-समझ कर बातें करो,' कतेरीना इवानोव्ना ने अकड़ कर कहना शुरू किया (वह मकान-मालकिन से हमेशा अकड़ कर ही बातें करती थी ताकि वह 'अपनी हैसियत न भूले' और इस समय भी वह अपने आपको इस संतोष से वंचित नहीं रखना चाहती थी)। 'अमालिया लुदविगोव्ना...'

'मैं पहले भी एक बार बोला तुमको कि उनको अमालिया लुदविगोव्ना बोलने का हिम्मत नहीं करने का। अमारा नाम अमालिया इवानोव्ना, मालूम!'

'तुम अमालिया इवानोव्ना नहीं, अमालिया लुदविगोव्ना हो, और मैं मिस्टर लेबेजियातनिकोव जैसे लोगों में नहीं, जो तुम्हारे तलवे चाटते हैं, तुम्हारी चापलूसी करते हैं, और इस वक्त भी दरवाजे के पीछे खड़े हँस रहे हैं' (सचमुच दरवाजे के पीछे से किसी के हँसने और जोर से यह कहने की आवाज आई थी कि 'दोनों में फिर ठन गई'), 'इसलिए मैं तुम्हें हमेशा अमालिया लुदविगोव्ना ही कहूँगी, हालाँकि मेरी समझ में यह नहीं आता कि यह नाम तुम्हें क्यों इतना बुरा लगता है। तुमको खुद दिखाई नहीं देता कि सेम्योन जखारोविच का क्या हाल है वे मर रहे हैं। मैं हाथ जोड़ कर कहती हूँ कि दरवाजा फौरन बंद करो और किसी को अंदर न आने दो। कम से कम चैन से मरने तो दो! वरना मैं कहे देती हूँ कि गवर्नर-जनरल साहब को कल ही तुम्हारी हरकतों की खबर दे दी जाएगी। राजकुमार जी मुझे बचपन से जानते हैं; उन्हें सेम्योन जखारोविच की भी अच्छी तरह याद है और वह कई बार उनके साथ उपकार कर चुके हैं। सभी जानते हैं कि सेम्योन जखारोविच के बहुत से दोस्त और धनी-मानी लोग ऐसे हैं जिनसे उन्होंने, अपनी इस कमबख्त कमजोरी को समझते हुए, अपनी मान-मर्यादा और अपने अभिमान की वजह से खुद ही मिलना-जुलना छोड़ दिया था, लेकिन अब' (उसने रस्कोलनिकोव की तरफ इशारा किया) 'एक परोपकारी नौजवान हमारी मदद को आया है, जो पैसेवाला है, जिसकी दूर-दूर तक पहुँच है और जिसे सेम्योन जखारोविच बचपन से जानते हैं। तुम यकीन जानो, अमालिया लुदविगोव्ना...'

ये सारी बातें उसने बेहद तेजी से कहीं और जैसे-जैसे वह बोलती गई, उसकी रफ्तार भी बढ़ती गई लेकिन अचानक खाँसी उठ जाने पर कतेरीना इवानोव्ना का भाषण खत्म हो गया। उसी पल मरनेवाले को होश आ गया और वह जोर से कराहा। वह भाग कर पास गई। घायल ने आँखें खोलीं और किसी को पहचाने बिना या कुछ समझे बिना रस्कोलनिकोव को घूरता रहा, जो उसके ऊपर झुका खड़ा था। वह गहरी-गहरी धीमी-धीमी साँसें ले रहा था, जिससे उसे कष्ट हो रहा था। मुँह के कोनों से खून रिस रहा था और माथे पर पसीने की बूँदें छलक आई थीं। रस्कोलनिकोव को न पहचान कर वह बेचैनी से चारों ओर देखने लगा। कतेरीना इवानोव्ना उदास मगर कठोर चेहरा लिए उसे देखती रही। उसकी आँखों से आँसू बहने लगे।

'हे भगवान! सारा सीना कुचल कर धँस गया है! देखो तो, खून कितना बह रहा है!' उसने घोर निराशा में डूबे हुए कहा। 'कपड़े उतार दें। थोड़ा-सा उधर घूमो सेम्योन जखारोविच, घूम पाओगे?' उसने रो कर कहा।

मार्मेलादोव ने उसे पहचान लिया।

'पादरी,' उसने भर्रायी हुई आवाज में कहा।

कतेरीना इवानोव्ना चल कर खिड़की के पास गई और चौखट से सर टिका कर निराश स्वर में बोली :

'ओह, लानत है इन जिंदगी पर!'

'पादरी,' मरनेवाले ने एक पल चुप रहने के बाद फिर कहा।

'लोग बुलाने गए हैं!' कतेरीना इवानोव्ना ने ऊँचे स्वर में चीख कर कहा। उसकी चीख सुन कर वह चुप हो गया। उदास और सहमी हुई आँखों से वह उसे तलाश करता रहा और वह वापस आ कर सिरहाने खड़ी हो गई। लग रहा था उसे कुछ चैन आ गया है। लेकिन यह चैन ज्यादा देर नहीं टिका। जल्द ही उसकी नजरें अपनी लाड़ली बेटी लीदा पर टिक गई। वह कोने में खड़ी ऐसे काँप रही थी, गोया उसे दौरा पड़ा हो और अपनी आश्चर्य भरी भोली आँखों से उसे घूरे जा रही थी।

'आ-हा' उसने बेचैन हो कर बेटी की तरफ इशारा किया। वह कुछ कहना चाहता था।

'अब क्या है भला,' कतेरीना इवानोव्ना चीखी।

'नंगे-पाँव, नंगे-पाँव!' वहशी नजरों से बच्ची के नंगे पाँवों की ओर इशारा करके वह बुदबुदाया।

'चुप रहो!' कतेरीना इवानोव्ना चिढ़ कर जोर से बोली, 'जानते तो हो न कि वह नंगे-पाँव क्यों है!'

'शुक्र है, डॉक्टर तो आया,' रस्कोलनिकोव ने राहत की साँस ले कर कहा।

डॉक्टर चारों ओर संदेहभरी नजरों से देखता हुआ अंदर आया। वह छोटे कद का एक साफ-सुथरा, बूढ़ा जर्मन था। उसने घायल के पास जा कर उसकी नब्ज देखी, सावधानी से उसके सर को टटोला और कतेरीना इवानोव्ना की मदद से उसकी खून में सनी कमीज के बटन खोल कर घायल का सीना खोला। सीना बुरी तरह जख्मी था, काफी कुचल गया था और दाहिनी ओर की कई पसलियाँ टूट गई थीं। बाईं ओर दिल के ठीक ऊपर एक बड़ा-सा; पीलापन लिए हुए काले रंग का

डरावना निशान था - घोड़े की टाप की ठोकर का निशान। डॉक्टर ने भौंहें सिकोड़ कर देखा। पुलिसवाले ने बताया कि वह पहिए में फँस गया था और सड़क पर कोई तीस गज तक उसके साथ घिसटता चला गया था।

'कमाल है कि फिर भी होश आ गया,' डॉक्टर ने धीरे से रस्कोलनिकोव के कान में कहा।

'आपका क्या खयाल है?' उसने पूछा।

'मर जाएगा।'

'लग रहा है, कोई उम्मीद नहीं?'

'जरा भी नहीं! आखिरी साँसें हैं... सर में भी बुरी तरह चोट आई है... हूँ... अगर चाहो तो थोड़ा-सा खून निकाल दूँ, लेकिन... फायदा कोई नहीं होगा। अगले पाँच-दस मिनट में ही टपक जाएगा।'

'खून कुछ निकाल ही दीजिए।'

'निकाल सकता हूँ... लेकिन मैं पहले ही बताए देता हूँ कि बेकार होगा।'

उसी पल कुछ और कदमों की आहट सुनाई पड़ी। ड्योढ़ी में खड़ी भीड़ ने रास्ता दिया और एक नाटा-सा, सफेद बालोंवाला बूढ़ा पादरी अंतिम संस्कार का सारा सामान लिए हुए दरवाजे पर आया। दुर्घटना जब हुई थी, तभी एक पुलिसवाला उसे बुलाने चला गया था। डॉक्टर ने पादरी के लिए जगह खाली कर दी और खुद उसकी जगह चला गया; दोनों ने एक-दूसरे को कनखियों से देखा। रस्कोलनिकोव ने डॉक्टर से कुछ देर और रुके रहने की विनती की। डॉक्टर कंधे बिचका कर ठहर गया।

सभी लोग पीछे हट गए। मरने से पहले पाप-स्वीकार का संस्कार जल्द ही पूरा हो गया। मरनेवाले की शायद कुछ भी समझ में नहीं आ रहा था। वह उखड़ी आवाज में कुछ टूटे-फूटे शब्द बोल रहा था, जो ठीक से सुनाई नहीं देते थे। कतेरीना इवानोव्ना ने लीदा का हाथ पकड़ा, छोटे लड़के को कुर्सी पर से उठाया, कोने में आतिशदान के पास घुटनों के बल बैठ गई और बच्चों को सामने घुटनों के बल बिठाया। छोटी बच्ची काँप रही थी। लेकिन लड़का नंगे घुटनों के बल बैठा नियमित रूप से थोड़ी-थोड़ी देर बाद हाथ उठा कर, नपे-तुले ढंग से सीने पर उँगलियों से सलीब का निशान बनाता था और झुक कर जमीन पर माथा टेक देता था। लगता था उसे इसमें कोई विशेष संतोष मिल रहा हो। कतेरीना इवानोव्ना दाँतों में होठ दबाए आँसू रोकने की कोशिश कर रही थी। वह प्रार्थना भी करती जाती थी और बीच-बीच में लड़के की कमीज खींच कर सीधी भी करती जाती थी। प्रार्थना करना बंद किए बिना और अपनी जगह से उठे बिना अलमारी पर से एक रूमाल उठा कर उसने बच्ची के कंधों पर डाल दिया था। इसी जिज्ञासावश किसी ने अंदर के कमरों की तरफवाला दरवाजा खोला। ड्योढ़ी में सीढ़ियों पर सभी कमरों से तमाशा देखने के लिए बाहर निकल आए लोगों की भीड़ बढ़ती जा रही थी लेकिन कोई चौखट से आगे बढ़ने की हिम्मत नहीं कर रहा था। इस पूरे दृश्य पर मोमबत्ती के एक छोटे से टुकड़े की ही रोशनी पड़ रही थी।

उसी समय पोलेंका, जो अपनी बहन को बुलाने चली गई थी, भीड़ को चीरती हुई दरवाजे पर आई। वह तेज भाग कर आने की वजह से हाँफ रही थी। उसने अपना रूमाल खोला, माँ को ढूँढ़ कर उसके पास गई और बोली : 'अभी आ रही है, रास्ते में मिली थी।' माँ ने अपने पास उसे भी घुटनों के बल बिठा लिया।

एक नौजवान लड़की सहमी-सहमी, चुपचाप भीड़ के बीच से रास्ता बनाती आगे आई। तंगी, चीथड़ों, मौत और निराशा के उस माहौल के बीच उस कमरे में उसका आना कुछ अजीब-सा लग रहा था। वह भी फटे-पुराने कपड़े ही पहने थी। सारे कपड़े एकदम सस्ती किस्म के थे लेकिन उन्हें जिस तरह सजा कर पहना गया था, उस पर बाजारू सज-सज की एक खास छाप थी, और उनके शर्मनाक मकसद के बारे में किसी तरह का शक नहीं रह जाता था। सोन्या दरवाजे पर आ कर ठिठकी और घबराई हुई, हर चीज से बेखबर, चारों ओर देखने लगी। चार बार बिकने के बाद अपने पास तक पहुँचनेवाली भड़कीली पोशाक को भी वह भूल गई थी। उस पोशाक का जमीन पर झाड़ू लगाता हुआ, पीछेवाला लंबा हिस्सा, उसका कलफ लगा हुआ घेरदार साया, जिससे पूरा दरवाजा भर गया था, उसके हलके रंग के जूते, और वह छतरी, जिसे वह अपने साथ लाई थी, जिसकी रात को कोई जरूरत नहीं थी, और तिनके की वही बेडौल, गोल टोपी जिसमें गहरे नारंगी रंग का एक पंख लगा हुआ था - सब कुछ यहाँ एकदम बेतुका लग रहा था। बड़े बाँकपन से एक ओर को झुकी हुई उस हैट के नीचे एक पीला-सा और सहमा हुआ चेहरा, खुले हुए होंठ और दहशत से फटी आँखें। सोन्या अठारह साल की दुबली-पतली, छोटी-सी लड़की थी। सुनहरे बाल, सलोनी शक्ल और बड़ी-बड़ी नीली आँखें। उसने बड़े गौर से बिस्तर की ओर और फिर पादरी की ओर देखा। वह भी भाग कर आने की वजह से हाँफ रही थी। आखिरकार उसने कुछ कानाफूसी सुनी; शायद भीड़ में लोग कुछ कह रहे थे। उसने नीचे देखा और कदम बढ़ा कर कमरे में चली गई, लेकिन दरवाजे से बहुत आगे नहीं बढ़ी।

संस्कार पूरा हो चुका था। कतेरीना इवानोव्ना फिर अपने पति के पास गई। पादरी पीछे हटा और कतेरीना इवानोव्ना से उपदेश और सांत्वना के कुछ शब्द कहने के लिए मुड़ा।

'इनका क्या करूँ मैं?' वह बच्चों की ओर इशारा करके चिढ़ कर बीच में ही कठोर स्वर में बोली।

'ईश्वर बड़ा दयालु है; उस परमपिता का आसरा लो,' पादरी ने कहना शुरू किया।

'आह, होगा दयालु लेकिन हमारे लिए नहीं है।'

'ऐसा कहना पाप है मादाम, महापाप' पादरी ने सर हिलाते हुए अपना मत व्यक्त किया।

'और यह पाप नहीं है।' कतेरीना इवानोव्ना ने मरनेवाले की ओर इशारा करके कहा।

'जिन लोगों से अनजाने में यह दुर्घटना हुई है वे शायद तुम्हें हर्जाना देने को राजी हो जाएँगे, कम से कम इसकी कमाई का सहारा न रह जाने का हर्जाना तो देंगे ही।'

'मेरी बात आप समझे नहीं!' कतेरीना इवानोव्ना गुस्से से हाथ हिलाते हुए जोर से चीखी। 'मुझे किस बात का हर्जाना देंगे? शराब इसने पी रखी थी और खुद घोड़ों के नीचे आ गया! कहाँ की कमाई और कैसी कमाई हमें इसने मुसीबतों के अलावा कभी और कुछ तो दिया नहीं। सब कुछ पी गया यह शराबी। पीने की खातिर हमारी चीजें चुरा-चुरा कर हमें कंगाल कर गया। शराब के पीछे इनकी भी जिंदगी बर्बाद कर दी और मेरी भी! भगवान का शुक्र है कि अब मर रहा है! एक खानेवाला तो कम होगा!'

'मरनेवाले को क्षमा कर देना चाहिए मादाम। ऐसा कहना पाप है मादाम, मन में लाना भी पाप है।'

कतेरीना इवानोव्ना मरनेवाले में व्यस्त रही। कभी उसे पानी पिलाती, कभी उसके माथे से पसीना और खून पोंछती और कभी उसका तकिया सीधा करती। बीच-बीच में कभी-कभार उसे पादरी से कुछ कहने के लिए एक पल का समय मिल जाता। अब वह बिफर कर पागलों की तरह उस पर बरस पड़ी।

'ये सब कोरी बातें हैं फादर! क्षमा! अगर गाड़ी से कुचल न जाता तो आज यह शराब के नशे में धुत आता; उसकी अकेली कमीज मैली होती और फट कर तार-तार हो चुकी होती। वह तो आ कर काठ के कुंदे की तरह पड़ जाता और मैं भोर तक बैठी फींचती रहती, इसके चीथड़े धोती, बच्चों के चीथड़े धोती, उन्हें सूखने के लिए खिड़की के बाहर लटका देती और फिर सूरज निकलते ही गूदड़ गाँठने बैठ जाती। मेरी हर रात इसी तरह कटती है! ...क्षमा की बातें करने से क्या फायदा फादर, क्षमा तो मैं यो भी कर चुकी हूँ!'

भयानक, सूखी खाँसी आने की वजह से उसकी बात अधूरी रह गई। उसने अपना रूमाल होठों से लगा कर पादरी को दिखाया और दूसरे हाथ से अपना दुखता हुआ सीना दबाए रही। रूमाल खून में सना हुआ था...

पादरी सर झुकाए चुपचाप खड़ा रहा।

मार्मेलादोव आखिरी पल की तकलीफों से छटपटा रहा था। वह अपनी नजरें कतेरीना इवानोव्ना के चेहरे पर जमाए हुए था जो फिर उसके ऊपर झुकी खड़ी थी। वह बराबर उससे कुछ कहने की कोशिश करता आ रहा था। अब मुश्किल से वह अपनी जबान हिलाने लगा और अस्फुट स्वर में कुछ शब्द कहने लगा, लेकिन कतेरीना इवानोव्ना ने यह समझ कर कि वह उससे साफ कर देने को कह रहा है, झिड़क कर कहा, 'चुप रहो! कोई जरूरत नहीं है! मैं जानती हूँ तुम क्या कहना चाहते हो!'

बीमार चुप हो गया लेकिन उसी पल उसकी भटकती हुई आँखें दरवाजे की ओर घूम गईं और उसने सोन्या को देखा।

इससे पहले तक उसे उसने नहीं देखा था क्योंकि वह एक कोने में आड़ में खड़ी थी।

'वह कौन है? कौन है वहाँ?' अचानक उसने बेचैन हो कर दरवाजे की ओर अपनी भयभीत आँखें घुमाईं, जहाँ उसकी बेटी खड़ी थी। भारी उखड़ी-उखड़ी आवाज में कुछ कहा और उठ कर बैठने की कोशिश की।

'लेटे रहो! ले...टे रहो!' कतेरीना इवानोव्ना जोर से चिल्लाई। पर वह जोर लगा कर किसी तरह कुहनी के बल थोड़ा-सा उठने में सफल हो गया। कुछ देर तक वह पागलों की तरह नजरें गड़ाए अपनी बेटी को देखता, गोया उसे पहचान न पा रहा हो। उसने उसे ऐसी पोशाक पहने पहले कभी नहीं देखा था। अचानक उसने अपनी बेटी को पहचाना। इस भड़कीली सज-धज और इस अपमानित स्थिति में वह एकदम टूटी हुई और शर्मिंदा-सी लग रही थी, और बड़े दबे-दबे ढंग से मरते हुए बाप से विदाई के दो शब्द कहने के लिए अपनी बारी की राह देख रही थी। मरनेवाले के चेहरे पर गहरी तकलीफ के निशान साफ दिखाई दे रहे थे।

'सोन्या! मेरी बेटी! मुझे माफ कर देना!' वह जोर से बोला और अपना हाथ उसकी ओर बढ़ाने की कोशिश की। लेकिन वह अपना संतुलन खो बैठा और सोफे से मुँह के बल फर्श पर लुढ़क गया। लोग उसे उठाने के लिए लपके, उसे उठा कर फिर सोफे पर लिटाया, लेकिन वह मर रहा था। सोन्या के मुँह से जरा-सी चीख निकल गई। वह उसकी ओर लपकी, उसे गले से लगा लिया, और बड़ी देर तक बिना हिले-डुले उसे गले से लगाए रही। उसने उसकी बाँहों में ही दम तोड़ा।

'जो उसका नसीब था, उसे मिल गया!' कतेरीना इवानोव्ना अपने पति की लाश को देख कर चीखी। 'लेकिन अब क्या किया जाए! इनका कफन-दफन कैसे करूँ? कल इन सबको क्या खिलाऊँगी?'

रस्कोलनिकोव कतेरीना इवानोव्ना के पास गया।

'कतेरीना इवानोव्ना,' उसने कहना शुरू किया, 'आपके शौहर ने पिछले हफ्ते मुझे अपनी पूरी जिंदगी और अपने हालात के बारे में बताया था... यकीन मानिए, आपकी चर्चा उसने जिस तरह की थी उससे साफ लगता था कि उसके दिल में आपके लिए बेहद गहरी इज्जत थी। उस शाम के बाद, जब मुझे पता लगा कि उसे आप सबसे कितना गहरा लगाव था, और कतेरीना इवानोव्ना, वह अपनी इस कमबख्त कमजोरी के बावजूद खास तौर पर आपसे कितना प्यार करता था, आपकी कितनी इज्जत करता था, तो हम दोस्त बन गए। ...अब मुझे मौका दीजिए कि मैं अपने मर चुके दोस्त का... कर्ज चुकाने के लिए... कुछ कर सकूँ। ये बीस रूबल हैं - मेरे खयाल से - अगर इनसे आपकी कुछ मदद हो सके, तो... मैं... मतलब यह कि... फिर आऊँगा... जरूर आऊँगा... मैं शायद कल ही आऊँ... अच्छा, तो चलता हूँ!'

यह कह कर वह जल्दी से कमरे के बाहर निकल गया और भीड़ के बीच से रास्ता बनाता हुआ सीढ़ियों की ओर चला। लेकिन भीड़ में अचानक उसकी मुठभेड़ निकोदिम फोमीच से हो गई। उन्हें दुर्घटना की खबर मिली तो वह खुद सारी हिदायतें देने वहाँ आए थे। उस दिन थाने में जो बातें हुई थीं, उसके बाद से दोनों की मुलाकात नहीं हुई थी, लेकिन निकोदिम फोमीच ने उसे फौरन पहचान लिया।

'अरे, तुम?' उन्होंने पूछा।

'मर गया,' रस्कोलनिकोव ने जवाब दिया। 'डॉक्टर और पादरी आ कर जा चुके हैं और जैसा होना चाहिए था, सब हो गया है। उस बेचारी औरत को बहुत परेशान न कीजिएगा, वह पहले से ही तपेदिक की मारी हुई है। हो सके तो उसे दिलासा दीजिएगा... मैं जानता हूँ, आप बहुत रहमदिल आदमी हैं...' रस्कोलनिकोव ने सीधे उनकी आँखों में आँखें डाल कर मुस्कराते हुए कहा।

'हुआ क्या है... लेकिन तुम्हारे कपड़ों पर खून कितना लगा है,' निकोदिम फोमीच ने लैंप की रोशनी में रस्कोलनिकोव की वास्कट पर खून के कुछ ताजे धब्बे देख कर कहा।

'हाँ... मैं खून में नहाया हुआ हूँ,' रस्कोलनिकोव ने अजीब अंदाज से कहा; फिर मुस्कराया और सर हिला कर सलाम करते हुए नीचे उतर गया।

वह धीरे-धीरे कदम रखता हुआ सीढ़ियाँ उतरने लगा। उसे बुखार चढ़ रहा था लेकिन उसे इसका एहसास नहीं था। अचानक उसके अंदर जीवन और शक्ति की जो नई भरपूर संवेदना उमड़ी थी, उसमें वह पूरी तरह डूबा हुआ था। इस संवेदना की तुलना उस आदमी की संवेदना से की जा सकती है जिसे मौत की सजा सुना दिए जाने के बाद अचानक माफ कर दिया गया हो। जब वह आधी सीढ़ियाँ उतर चुका था, तो घर लौटता हुआ पादरी उसके पास से हो कर गुजरा; रस्कोलनिकोव ने आँखों-ही-आँखों में सलाम करके उसे आगे निकल जाने दिया। वह अभी आखिरी सीढ़ियाँ उतर रहा था कि पीछे से किसी के जल्दी-जल्दी सीढ़ियाँ उतरने की आहट सुनाई दी। कोई उसके पीछे आ रहा था। वह पोलेंका थी। वह उसके पीछे भागती हुई पुकार रही थी, 'सुनिए! सुनिए तो!'

रस्कोलनिकोव ने मुड़ कर देखा। वह सीढ़ियों के लगभग नीचे तक पहुँच चुकी थी और उससे एक सीढ़ी ऊपर आ कर रुक गई थी। नीचे आँगन में से मद्धम रोशनी आ रही थी। रस्कोलनिकोव ने बच्ची का दुबला-पतला लेकिन छोटा-सा सुंदर चेहरा देखा; वह बच्चों जैसी खिली हुई मुस्कराहट के साथ उसे देख रही थी। वह उसके लिए एक संदेश ले कर आई थी, जिसे पहुँचा कर उसे स्पष्ट था कि बहुत खुशी हो रही थी।

'बताइए तो, आपका नाम क्या है ...और आप रहते कहाँ हैं?' उसने जल्दी-जल्दी, हाँफती हुई आवाज में कहा।

रस्कोलनिकोव ने दोनों हाथ उसके कंधों में रख दिए और खुशी के मारे निढाल हो कर उसे देखता रहा। उस बच्ची को देख कर बेहद खुशी हो रही थी पर क्यों, यह वह बता नहीं सकता था।

'तुम्हें किसने भेजा है?'

'सोन्या दीदी ने भेजा है,' लड़की ने और भी खिल कर, मुस्कराते हुए जवाब दिया।

'मुझे मालूम था कि तुम्हारी सोन्या दीदी ने ही तुम्हें भेजा है।'

'माँ ने भी भेजा है... जब सोन्या दीदी मुझे भेज रही थीं तब माँ ने भी आ कर कहा था : भाग कर जाना, पोलेंका!'

'तुम सोन्या दीदी को प्यार करती हो?'

'मुझे उनसे जितना प्यार है, उतना किसी से भी नहीं,' पोलेंका ने काफी एतमाद से जवाब दिया और अचानक उसकी मुस्कराहट अधिक गंभीर हो गई।

'तुम मुझसे भी प्यार करोगी?'

अपने सवाल के जवाब में उसने देखा : उस छोटी-सी बच्ची का चेहरा उसकी ओर बढ़ रहा था और उसने भोलेपन से अपने भरे-भरे होठ उसे प्यार करने के लिए आगे कर रखे थे। सूखी लकड़ी जैसी उसकी पतली-पतली बाँहों ने अचानक उसे कस कर जकड़ लिया, उसका सर उसके कंधे पर टिक गया और वह मासूम बच्ची अपना चेहरा उसके चेहरा से सटा कर चुपके-चुपके रोने लगी।

'मुझे पापा का बड़ा दुख है,' उसने पल-भर बाद अपना भीगा हुआ चेहरा उठा कर हाथ से आँसू पोंछते हुए कहा। 'अब तो बस मुसीबतें-ही-मुसीबतें हैं,' उसने अचानक अपनी बात में इतना और जोड़ दिया। उसके चेहरे पर वही गंभीर भाव था, जो बच्चे उस समय अपने चेहरे पर लाने की कोशिश करते हैं, जब वे बड़े लोगों की तरह कोई बात कहना चाहते हैं।

'तुम्हारे पापा तुम्हें प्यार करते थे?'

'सबसे ज्यादा प्यार लीदा से करते थे।' वह जरा भी मुस्कराए बिना गंभीर भाव से बड़े लोगों की तरह बोलती रही, 'वह इसलिए उसे प्यार करते थे कि एक तो वह बहुत छोटी है और फिर बीमार भी रहती है। हमेशा उसके लिए कोई न कोई चीज लाते रहते थे। लेकिन हम लोगों को उन्होंने पढ़ना सिखाया, मुझे व्याकरण पढ़ाया और बाइबिल भी' उसने गरिमा से कहा, 'माँ कभी कुछ नहीं कहती थी, लेकिन हम जानते थे कि उन्हें यह अच्छा लगता था और पापा भी जानते थे। माँ, मुझे फ्रांसीसी पढ़ाना चाहती है, क्योंकि मेरी पढ़ाई शुरू होने का समय अब आ गया है।'

'और तुम्हें प्रार्थना करना आता है'

'हाँ, बिलकुल आता है! बहुत दिन से। मैं अपने आप प्रार्थना कर लेती हूँ क्योंकि अब मैं बड़ी हो गई हूँ न। लेकिन कोल्या और लीदा, जो कुछ माँ बताती हैं, उसे ही जोर-जोर से दोहराते हैं। सबसे पहले तो वे 'देवी मरियम की वंदना' दोहराते हैं, फिर एक और प्रार्थना दोहराते हैं : 'प्रभु, सोन्या दीदी को क्षमा कर देना और उस पर अपनी कृपा रखना' क्योंकि हमारे बड़े पापा तो मर चुके हैं और ये दूसरेवाले हैं, लेकिन हम इनके लिए भी प्रार्थना करते हैं।'

'पोलेंका, मेरा नाम रोदिओन है। कभी-कभी मेरे लिए भी प्रार्थना कर लेना : 'और अपने सेवक रोदिओन पर भी,' बस इतना ही, और कुछ नहीं।'

'मैं जीवन-भर आपके लिए प्रार्थना करूँगी,' छोटी बच्ची ने उत्साह से हामी भरी। अचानक वह फिर मुस्करा कर उसकी ओर लपकी और तपाक से एक बार फिर उससे चिपट गई।

रस्कोलनिकोव ने उसे अपना नाम और पता बताया और अगले दिन जरूर आने का वादा किया। बच्ची उस पर बिलकुल मुग्ध हो कर चली गई। जब वह बाहर सड़क पर आया, उस समय दस बज चुके थे। पाँच मिनट बाद वह पुल पर उसी जगह खड़ा था, जहाँ से वह औरत पानी में कूदी थी।

'बस, बहुत हो चुका,' उसने गर्मजोशी और कुछ खुशी से कहा। 'कोरे भ्रमों, काल्पनिक आतंकों, और प्रेतछायाओं से अब मेरा कोई वास्ता नहीं! जीवन सत्य है! क्या अभी-अभी मैं जीवन नहीं जी रहा था उस बुढ़िया के साथ मेरा जीवन मर तो नहीं गया। उसे स्वर्ग का राज्य मुबारक हो - और अब, मेम साहब, बहुत हो चुका, मेरा पिंड छोड़ो! अब राज विवेक और प्रकाश का होगा... और संकल्प की दृढ़ता का और शक्ति का... अब हम देख लेंगे! अब हम अपनी ताकत आजमाएँगे!' उसने विद्रोह की भावना से कहा, गोया अंधकार की किसी शक्ति को चुनौती दे रहा हो, 'और मैं तो गज भर जमीन के टुकड़े को स्वीकार करने पर भी तैयार था!

'अभी मैं बहुत ही कमजोर हूँ, लेकिन... मैं समझता हूँ मेरी बीमारी दूर हो चुकी। मैं जानता था कि बाहर निकलूँगा तो मेरी बीमारी दूर हो जाएगी। अरे हाँ, याद आया, पोचिकोव का मकान तो यहाँ से कुछ ही कदम पर है। अगर इतना पास न भी होता तो भी रजुमीखिन के पास तो मुझे जाना ही है... उसे शर्त जीत लेने दो! उसे भी कुछ संतोष मिले - कोई बात नहीं! हम शक्ति ही तो चाहते हैं, इसके बिना कुछ मिल भी नहीं सकता, पर शक्ति तो शक्ति के बल पर ही पाई जाती है - यही बात तो कोई जानता नहीं,' उसने बड़े गर्व और आत्मविश्वास के साथ अपने विचारों का क्रम आगे बढ़ाते हुए कहा और कमजोर पड़ते कदमों को बढ़ाता हुआ पुल से आगे चल पड़ा। उसके अंदर गर्व और आत्मविश्वास की भावना लगातार सबल होती जा रही थी, हर पल वह बिल्कुल दूसरा आदमी बनता जा रहा था। उसमें यह क्रांति किस चीज ने पैदा की थी यह बात वह स्वयं भी नहीं जानता था। उस डूबते हुए आदमी की तरह जो तिनके का सहारा लेना चाहता है, उसने यकायक अनुभव किया कि वह भी 'जीवित रह सकता है, कि अब भी उसके लिए जीवन बाकी है, कि उसका जीवन उस बुढ़िया के साथ ही नहीं मर गया।' अपने निष्कर्षों पर पहुँचने में शायद वह जल्दबाजी कर रहा था, लेकिन उसने इस बारे में सोचा भी नहीं।

'लेकिन मैंने उससे अपनी प्रार्थना में 'अपने सेवक रोदिओन' को याद रखने को कहा था'; अचानक उसे यह विचार खटका। 'खैर, वह तो... मौके की बात थी,' उसने तर्क करते हुए कहा और उसे अपनी इस बचकाना दलील पर खुद हँसी आ गई। उसका दिल बल्लियों उछल रहा था।

उसे रजुमीखिन का ठिकाना आसानी से मिल गया। पोचिकोव के घर में लोग इस नए किराएदार को जानते थे और दरबान ने उसे फौरन रास्ता बता दिया। आधी सीढ़ियाँ चढ़ने पर उसे लोगों के बहुत बड़े जमघटे के शोर और जोश में आ कर बातें करने की आवाजें सुनाई पड़ीं। सीढ़ियों की तरफ का दरवाजा पूरा खुला हुआ था; उसे लोगों की चिल्लाहट और बहस सुनाई दे रही थी। रजुमीखिन का कमरा काफी बड़ा था; वहाँ पंद्रह लोग जमा थे। रस्कोलनिकोव ड्योढ़ी में ही रुक गया, जहाँ मकान-मालकिन की दो नौकरानियाँ एक ओट के पीछे दो समोवार, बोतलें, प्लेटें और मकान-मालकिन की रसोई से लाए गए पकवानों की तश्तरियाँ रख कर अपने काम में व्यस्त थीं। रस्कोलनिकोव ने रजुमीखिन को बाहर बुलवाया। वह खुश हो कर भागा हुआ आया। पहली ही नजर में यह बात साफ नजर आती थी कि उसने बहुत पी रखी है। यूँ तो रजुमीखिन कितना भी पी लेता, उसे नशा ज्यादा चढ़ता नहीं था, लेकिन इस बार उसका असर साफ दिखाई दे रहा था।

'सुनो,' रस्कोलनिकोव ने जल्दी से कहा, 'मैं तुमसे बस यह कहने आया हूँ कि तुम अपनी शर्त जीत चुके और यह कि कोई भी यह नहीं कह सकता कि उसे कब क्या हो जाएगा। मैं अंदर नहीं आऊँगा : इतनी कमजोरी महसूस कर रहा हूँ कि फौरन बेहोश हो कर गिर पड़ूँगा। इसलिए सलाम भी और अलविदा भी कल आ कर मिलना, हालाँकि...'

'एक बात कहूँ, मैं तुम्हें घर पहुँचाए आता हूँ। जब तुम खुद कह रहे हो कि तुम कमजोरी महसूस कर रहे हो तो सचमुच तुम...'

'पर तुम्हारे मेहमान? वह घुँघराले बालोंवाला कौन था जो अभी बाहर झाँक रहा था?'

'वह न जाने कौन है! मेरे खयाल में चाचा का कोई जाननेवाला है, या शायद बिना बुलाए आ गया हो... मैं चाचा को उन लोगों के पास छोड़ जाऊँगा। बहुत ही हीरा आदमी हैं, पर अफसोस कि मैं तुम्हें इस वक्त उनसे नहीं मिला सकता। लेकिन अभी तो उन सबको गोली मारो! कोई मेरे मौजूद न होने की तरफ ध्यान भी नहीं देगा और मुझे थोड़ी ताजा हवा भी चाहिए, सो तुम बिलकुल ठीक वक्त पर आए... और दो मिनट बाद आते तो हाथा-पाई हो जाती! ऐसी बेसर-पैर की उड़ा रहे हैं वे लोग... तुम सोच भी नहीं सकते कि लोग कैसी-कैसी बातें कर सकते हैं! पर सोच क्यों नहीं सकते! क्या हम लोग खुद बकवास नहीं करते तो करने दो बकवास... इसी तरह तो आदमी बकवास करना सीखता है न! पलभर ठहरो... मैं जोसिमोव को बुलाए लाता हूँ।'

जोसिमोव नदीदों की तरह रस्कोलनिकोव पर टूट पड़ा। वह उसमें खास दिलचस्पी दिखा रहा था और थोड़ी ही देर में उसका चेहरा खिल उठा।

'तुम फौरन जा कर सो जाओ,' उसने बीमार को जितनी भी अच्छी तरह हो सका, देखने के बाद अपना फैसला सुनाया, 'और रात के लिए कुछ लेते जाओ। ले जाओगे न कुछ देर पहले ही मैंने तैयार करके रख ली थी... एक पुड़िया है।'

'बुरा न लगे तो दो दे दो,' रस्कोलनिकोव ने जवाब दिया। उसने पुड़िया फौरन खा ली।

'अच्छा ही है कि इसे घर पहुँचाने तुम जा रहे हो,' जोसिमोव ने रजुमीखिन से कहा, 'देखें कल कैसी रहती है तबीयत, आज तो बिलकुल ठीक लग रहा है। शाम से तो काफी फर्क है। खैर, हम जीते हैं और कुछ सीखते हैं...'

'जानते हो, जब हम बाहर आ रहे थे तो जोसिमोव ने मेरे कान में क्या कहा?' सड़क पर पहुँचते ही रजुमीखिन से कहे बिना रहा नहीं गया। 'मैं तुम्हें सारी बातें साफ-साफ बताऊँगा भाई, क्योंकि वे लोग परले दर्जे के बेवकूफ हैं। जोसिमोव ने कहा था कि रास्ते में मैं तुमसे खुल कर बातें कर लूँ, तुम्हें भी मुझसे खुल कर बातें करने दूँ, और बाद में जा कर मैं उसे सारी बातें बताऊँ क्योंकि उसके दिमाग में यह खब्त समा गया है कि तुम... या तो पागल हो चुके हो या होनेवाले हो। सोचो तो सही! पहली बात तो यह है कि तुममें कम-से-कम उसकी तीन गुनी अक्ल है; दूसरे यह कि अगर तुम पागल नहीं हो तो तुम्हें इसकी रत्तीभर परवाह नहीं करनी चाहिए कि इस तरह की बेसिर-पैर की बात उसके दिमाग में है; और तीसरे, वह दुंबा, जिसका खास काम चीर-फाड़ करना है, दिमाग की बीमारियों के बारे में दीवाना हो गया है, और जिस चीज की वजह से वह तुम्हारे बारे में इस नतीजे पर पहुँचा, वह जमेतोव के साथ तुम्हारी आज की बातचीत थी।'

'जमेतोव ने उसके बारे में तुम्हें सब कुछ बता दिया?'

'हाँ, और उसने अच्छा ही किया। अब मेरी समझ में आ गया कि इस सबका मतलब क्या है, और जमेतोव की भी समझ में आ गया... तो बात यह है रोद्या... असल बात यह है कि... इस वक्त तो मैं थोड़ा नशे में हूँ... लेकिन वह... कोई ऐसी बड़ी बात नहीं... बात यह है कि यह खयाल... तुम समझते हो न उनके दिमाग में पनप रहा था... समझ रहे हो कि नहीं ...मतलब यह कि कोई खुल कर कहने की हिम्मत नहीं करता था क्योंकि यह खयाल था ही इतना बेतुका... और खास कर उस पुताई करनेवाले की गिरफ्तारी के बाद तो वह बुलबुला फूट कर हमेशा के लिए खत्म हो गया है। लेकिन ये लोग इतने बेवकूफ क्यों होते हैं उस वक्त मैंने जमेतोव को बहुत झाड़ा था - यह बात हम लोगों तक ही रहे भाई; कभी इशारे में भी यह जाहिर न होने देना कि तुम इसके बारे में जानते हो। मैंने देखा है कि वह जरा तुनक-मिजाज आदमी है; वह बात लुईजा इवानोव्ना के यहाँ की थी। लेकिन आज, आज सारी बात साफ हो गई है। इस सबकी जड़ वह इल्या पेत्रोविच है! उसने थाने में तुम्हारे बेहोश होने का फायदा उठाया, लेकिन अब वह खुद इस बात पर शर्मिंदा है। मुझे मालूम है कि...'

रस्कोलनिकोव उसका एक-एक शब्द उत्सुकता से सुन रहा था। रजुमीखिन ने इतनी पी रखी थी कि खुल कर बातें कर रहा था।

'उस वक्त मैं इसलिए बेहोश हो गया था कि वहाँ घुटन बहुत थी और रंग-रोगन की बेहद बदबू थी,' रस्कोलनिकोव ने कहा।

'सफाई देने की क्या जरूरत! और बस रंग-रोगन की बात भी नहीं थी : तुम्हें बुखार तो महीनेभर से आ रहा था; जोसिमोव इस बात का गवाह है! लेकिन अब बच्चू की ऐसी अक्ल गुम है कि तुम यकीन नहीं करोगे। कहता है : मैं उसकी कानी उँगली के बराबर भी नहीं। मतलब है, तुम्हारी। भाई, कभी-कभी उसके दिल में भी अच्छी भावनाएँ आती हैं। लेकिन वह सबक... वह सबक जो तुमने उसे आज रंगमहल में सिखाया, उसका तो जवाब नहीं! तुमने उसे इतना दहला दिया है कि जानते हो, उसे दौरा-सा पड़ गया था! तुमने एक बार फिर उसे उस सारी भयानक बकवास के सच होने का यकीन दिला दिया था, और फिर अचानक उसे ठेंगा दिखा दिया : 'अब बोलो, क्या मतलब निकालते हो इसका लाजवाब काम किया तुमने! अब वह पूरी तरह चकनाचूर हो चुका है, बिलकुल खलास! क्या उस्तादोंवाला हाथ दिखाया है, कसम से, ये लोग

इसी के काबिल हैं। काश, कि मैं भी वहाँ होता! वह तुमने मिलने को बहुत बेचैन था। पोर्फिरी भी तुमसे मिलना चाहता है...'

'अच्छा! ...वह भी! ...लेकिन उन लोगों ने मुझे पागल क्यों समझ लिया था?'

'नहीं यार, पागल नहीं! शायद मैंने ही बात को बहुत बढ़ा-चढ़ा कर कह दिया, मेरे भाई... देखो, जो बात उसे खटकी थी वह यह थी कि वही एक बात थी जिसमें तुम्हें कुछ दिलचस्पी मालूम होती थी। पर अब यह बात साफ हो गई कि तुम्हें उसमें दिलचस्पी क्यों थी; सारे हालात जान लेने के बाद... और उस बात से तुम्हारी चिड़चिड़ाहट कितनी बढ़ जाती थी और उसकी वजह से तुम्हारी बीमारी भी बढ़ जाती थी... मैं थोड़ा नशे में हूँ भाई, बस और कुछ नहीं। लानत हो उस पर, उसकी अपनी एक सनक है... मैं तुम्हें बताता हूँ : उसे दिमाग की बीमारियों का खब्त हो गया है। लेकिन तुम जरा भी परवाह न करना...'

कुछ पल दोनों चुप रहे।

'सुनो रजुमीखिन,' रस्कोलनिकोव ने कहा, 'मैं तुम्हें साफ-साफ बता देना चाहता हूँ : मैं अभी एक मरते हुए आदमी के पास से आ रहा हूँ। एक क्लर्क था जो मर गया... मैं अपना सारा पैसा उन लोगों को दे आया... और इसके अलावा अभी मुझे किसी ऐसे शख्स ने चूमा है कि अगर मैंने किसी की जान भी ली होती, तब भी वह... सच तो यह है कि वहाँ मुझे कोई और भी मिला था... गहरे नारंगी रंग का पर लगाए... लेकिन मैं बकवास कर रहा हूँ; मुझे बहुत-बहुत कमजोरी आ रही है, सहारा दो जरा... वो रहीं सीढ़ियाँ...'

'क्या बात है? हो क्या गया तुम्हें?' रजुमीखिन ने फिक्र में पड़ कर पूछा।

'कुछ चक्कर आ रहा है, लेकिन बात यह भी नहीं है; मैं बहुत उदास हूँ, बेहद उदास... औरतों की तरह। देखो, वह क्या है देखो, देखो!'

'क्या है?'

'दिखाई नहीं देता मेरे कमरे में रोशनी, दरार में से...'

वे लोग सीढ़ियों की आखिरी किस्त तक पहुँच चुके थे। मकान-मालकिन इसी मंजिल पर रहती थी, और नीचे से उन्हें साफ दिखाई दे रहा था कि रस्कोलनिकोव की कोठरी में रोशनी थी।

'अजीब बात है! नस्तास्या होगी,' रजुमीखिन ने अटकल लगाई।

'वह इस वक्त मेरे कमरे में कभी नहीं आती... और न जाने कब की सो गई होगी, लेकिन... मुझे कोई परवाह नहीं! तो मैं चला!'

'क्या मतलब मैं तुम्हारे साथ चल रहा हूँ... दोनों साथ चलेंगे अंदर!'

'यह तो मैं जानता हूँ कि दोनों साथ अंदर चलेंगे, लेकिन मैं यहीं तुमसे हाथ मिला लेना चाहता हूँ। हाथ लाओ। फिर मिलेंगे!'

'तुम्हें हो क्या गया है, रोद्या?'

'कुछ नहीं... आओ चलो... गवाह रहना।'

वे सीढ़ियाँ चढ़ने लगे। रजुमीखिन को अचानक खयाल आया कि जोसिमोव की बात शायद ठीक ही हो। 'मैंने अपनी बकबक से उसे फिर परेशान कर दिया है!' वह मुँह-ही-मुँह में बुदबुदाया। जब वे दरवाजे के पास पहुँचे तो उन्हें कमरे में आवाजें सुनाई दीं।

'क्या हो सकता है भला?' रजुमीखिन चीखा।

रस्कोलनिकोव ने आगे बढ़ कर दरवाजे का हत्था पकड़ा, उसे पूरा खोल दिया और चौखट पर अवाक खड़ा रह गया।

उसकी माँ और बहन सोफे पर बैठी, डेढ़ घंटे से उसकी राह देख रही थीं। उसे उनके वहाँ होने की उम्मीद क्यों नहीं थी, उसने उनके बारे में क्यों नहीं सोचा, हालाँकि यह खबर उसी दिन उसे पहुँचा दी गई थी कि वे चल चुकी हैं, रास्ते में हैं और कभी भी पहुँच सकती हैं। उन्होंने डेढ़ घंटा नस्तास्या से दुनिया भर के सवाल पूछने में लगा दिया था। वह इस वक्त भी उनके सामने खड़ी थी और अब तक उन्हें सब कुछ बता चुकी थी। आज बीमारी की हालत में उसके 'भाग जाने' की खबर सुन कर वे बहुत डर गई थीं। नस्तास्या के बयान से उन्हें यह भी पता चल चुका था कि वह सरसामी हालत में था! 'हे भगवान, उसे हो क्या गया!' दोनों रोती रहीं; उस डेढ़ घंटे तक दोनों न जाने किस कदर घोर तकलीफ से बेचैन रहीं।

रस्कोलनिकोव के अंदर आते ही दोनों खुशी के मारे फूली न समाईं, चीख पड़ीं। दोनों उसकी ओर लपकीं। लेकिन वह मुर्दे की तरह खड़ा रहा। अचानक एक असह्य वेदना ने उसे आन घेरा था, जैसे बिजली टूटी हो। उसने उन्हें गले लगाने के लिए अपने हाथ भी नहीं बढ़ाए; वह हाथ उठा ही नहीं पाया। माँ और बहन ने उसे अपनी बाँहों में जकड़ लिया, उसे प्यार किया, हँसने और चिल्लाने लगीं। उसने एक कदम आगे बढ़ाया, लड़खड़ाया और गश खा कर जमीन पर गिर पड़ा।

चिंता, दहशत भरी चीखें, कराहें... रजुमीखिन, जो अभी तक चौखट पर खड़ा था, झपट कर कमरे के अंदर आया। उसने बीमार को अपनी मजबूत बाँहों में उठा लिया और पल भर में सोफे पर लिटा दिया।

'कोई बात नहीं है, कोई बात नहीं!' उसने माँ और बहन से चीख कर कहा, 'गश आ गया है, कोई खास बात नहीं है! अभी-अभी डॉक्टर बता रहा था कि अब हालत पहले से बहुत अच्छी है, काफी ठीक है! थोड़ा पानी तो लाना! देखिए, इसे होश आने लगा।'

यह कह कर उसने दुनेच्का की बाँह जोर से पकड़ी, इतने जोर से कि वह लगभग उखड़ ही गई, और उसे झुका कर दिखाया कि 'वह फिर बिलकुल ठीक हो गया है'। माँ-बेटी ने विभोर हो कर कृतज्ञता के साथ उसकी ओर इस तरह देखा, गोया वह उनका त्राता हो। वे दोनों नस्तास्या से सब कुछ सुन चुकी थीं कि उनके रोद्या की बीमारी के दौरान इस 'योग्य नौजवान' ने उसके लिए क्या-क्या किया था। उस रात दुनेच्का के साथ अपनी बातचीत के दौरान पुल्खेरिया अलेक्सांद्रोव्ना रस्कोलनिकोवा उसकी चर्चा इसी नाम से करती रहीं।

अपराध और दंड : (अध्याय 3-भाग 1)

रस्कोलनिकोव सोफे पर उठ कर बैठ गया।

उसने कमजोरी के साथ अपना हाथ हिला कर रजुमीखिन को इशारा किया कि वह उसकी माँ और बहन को संबोधित करके सांत्वना की जो भावपूर्ण मगर अनर्गल बातें कर रहा था, उसे बंद कर दे। फिर उसने उन दोनों के हाथ पकड़े और एक-दो मिनट तक कुछ भी कहे बिना, बारी-बारी उन्हें घूरता रहा। उसकी माँ उसके भाव देख कर डर गई। उसमें एक ऐसी भावना की साफ झलक दिखाई देती थी, जिसमें दारुण विपदा के साथ एक तरह की जड़ता भी थी, लगभग पागलपन जैसी। पुल्खेरिया अलेक्सांद्रोव्ना रोने लगीं।

अव्दोत्या रोमानोव्ना भी पीली पड़ गई। भाई के हाथों में उसके हाथ काँपने लगे।

'घर चली जाओ... इसके साथ,' उसने रजुमीखिन की ओर इशारा करके उखड़े हुए स्वर में कहा, 'कल फिर मिलेंगे; सारी बातें कल होंगी... तुम लोगों को आए क्या बहुत देर हो गई?'

'आज शाम ही तो आए, रोद्या,' पुल्खेरिया अलेक्सांद्रोव्ना ने जवाब दिया, 'गाड़ी बेहद लेट थी। लेकिन रोद्या, मैं इस वक्त किसी भी हालत में तुमको अकेला छोड़ जाने को तैयार नहीं हूँ! रात को मैं रहूँगी, तुम्हारे पास...'

'तंग मत करो मुझे!' रस्कोलनिकोव ने चिड़चिड़ा कर कहा।

'मैं इसके पास रह जाता हूँ,' रजुमीखिन बोला, 'मैं इसे पल भर भी नहीं छोड़ सकता। भाड़ में जाएँ सारे मेहमान! चाचा तो वहीं है, सँभाल लेगा।'

'कैसे, मैं कैसे तुम्हारा शुक्रिया अदा करूँ!' पुल्खेरिया अलेक्सांद्रोव्ना ने रजुमीखिन के हाथ एक बार फिर अपने हाथों में ले कर बात शुरू की थी कि रस्कोलनिकोव ने फिर बीच में ही टोक दिया :

'मैं इसे बर्दाश्त नहीं कर सकता! नहीं कर सकता!' उसने झुँझला कर दोहराया। 'मुझे परेशान न करो! बस, सब लोग निकल जाओ... मैं इसे और बर्दाश्त नहीं कर सकता!'

'आओ माँ, कम-से-कम कुछ पल के लिए कमरे के बाहर चलें,' दूनिया ने फिक्रमंद हो कर दबी जबान में कहा, 'हमारी वजह से उन्हें उलझन हो रही है, यह तो देख रही हो!'

'तीन बरस बाद भी जी भर कर देख नहीं सकती?' पुल्खेरिया अलेक्सांद्रोव्ना ने रो-रो कर कहा।

'ठहरो,' उसने उन्हें फिर रोका, 'तुम लोग बीच में टोकती रहती हो और मेरे विचार उलझ कर रह जाते हैं... लूजिन से भेंट हुई'

'नहीं रोद्या, लेकिन उन्हें हमारे पहुँच जाने की खबर मिल गई है। हमने सुना है रोद्या कि प्योत्र पेत्रोविच भलमनसाहत के साथ आज तुमसे मिलने आए थे,' पुल्खेरिया अलेक्सांद्रोव्ना ने कुछ डरते हुए कहा।

'हाँ, भलमनसाहत तो थी ही उनकी... दूनिया, मैंने लूजिन से कह दिया कि मैं उसे नीचे फेंक दूँगा और यह भी कहा कि वह जहन्नुम में जाए...'

'क्या कह रहे हो रोद्या कहीं तुमने सचमुच...' पुल्खेरिया अलेक्सांद्रोव्ना ने सहम कर बात शुरू की थी कि दूनिया की ओर देख कर अचानक रुक गईं।

अव्दोत्या रोमानोव्ना ध्यान से अपने भाई को देख रही थी कि अब आगे क्या होनेवाला है। इस झगड़े के बारे में वे दोनों नस्तास्या से उतना तो पहले ही सुन चुकी थीं, जितना वह उसे समझ सकी और बयान कर सकी थी। तकलीफ पाने के अलावा वे चिंता और दुविधा में भी पड़ गई थीं।

'दूनिया,' रस्कोलनिकोव ने कुछ कोशिश करके अपनी बात जारी रखी, 'मुझे यह शादी एकदम पसंद नहीं, इसलिए तुम कल पहला मौका मिलते ही लूजिन से इनकार कर दो, ताकि हमें उसका नाम भी फिर कभी सुनाई न दे।'

'हे भगवान!' पुल्खेरिया अलेक्सांद्रोव्ना चीख उठी।

'सोचो तो भैया, तुम कह क्या रहे हो!' अव्दोत्या रोमानोव्ना ने बेचैन हो कर कहना शुरू किया। लेकिन उसने फिर फौरन अपने आपको सँभाल लिया। 'शायद तुम अभी ठीक से बातें करने की हालत में नहीं हो, बहुत थक गए हो,' उसने अपनी बात जारी रखते हुए बड़ी नर्मी से कहा।

'तुम समझती हो मुझे सरसाम है नहीं... तुम लूजिन से मेरी खातिर शादी कर रही हो। लेकिन मुझे यह कुर्बानी नहीं चाहिए। इसलिए तुम कल ही खत लिख कर उससे इनकार कर दो... सुबह मुझे दिखा देना, झगड़ा खत्म हो जाए!'

'मैं यह नहीं कर सकती!' नौजवान लड़की बुरा मान कर चिल्लाई। 'मैं क्यों...'

'दुनेच्का, तुम्हें भी सब्र नहीं है। चुप रहो, कल देखा जाएगा... देखती नहीं...,' माँ घबरा कर उसकी ओर लपकीं। 'आओ, चलें!'

'यह होश में नहीं,' रजुमीखिन नशे में डूबी आवाज में बोला, 'वरना इतनी हिम्मत कैसे पड़ती! कल यह सारी हिमाकत खत्म हो जाएगी... आज इसने उन्हें यहाँ से सचमुच भगा दिया था, इतना तो एकदम सच है। फिर लूजिन को भी गुस्सा आ गया था... वे यहाँ भाषण झाड़ रहे थे, अपने विद्वान होने का रोब जमाना चाहते थे पर गए जब, तो दुम दबाए हुए...'

'तो सच है यह बात?' पुल्खेरिया अलेक्सांद्रोव्ना ने चीख कर पूछा।

'कल मिलेंगे भैया,' दूनिया ने दयाभाव से कहा, 'आओ माँ, चलें... तो चलते हैं रोद्या।'

'सुनो बहन,' उसने आखिरी बार कोशिश करके उनके जाते-जाते दोहराया। 'मैं सरसाम में नहीं हूँ; यह शादी... एक कलंक है। मैं अगर बदमाश-लफंगा हूँ तो भी तुम्हें तो ऐसा नहीं करना चाहिए... हम दोनों में से कोई एक ही रहेगा... और मैं अगर बदमाश हूँ तो भी ऐसी बहन को कभी अपनी बहन नहीं मानूँगा। या मैं या लूजिन! ठीक है, अब जाओ...'

'तुम्हारा दिमाग खराब हो गया है! तानाशाह बन रहा है!' रजुमीखिन गरजा। लेकिन रस्कोलनिकोव ने कोई जवाब नहीं दिया और शायद दे भी नहीं सकता था। वह एकदम निढाल हो कर सोफे पर लेट गया और अपना मुँह दीवार की ओर फेर लिया। अव्दोत्या रोमानोव्ना दिलचस्पी से रजुमीखिन को देखती रही। उसकी काली आँखों में बिजली जैसी चमक थी : उसकी इस तरह की निगाह से रजुमीखिन चौंक पड़ा। पुल्खेरिया अलेक्सांद्रोव्ना अवाक खड़ी थीं।

'मैं किसी भी हालत में नहीं जाने की,' उन्होंने निराशा में डूबे स्वर में रजुमीखिन से धीरे से कहा। 'मैं यहीं कहीं रह जाती हूँ... तुम दूनिया को घर पहुँचा आओ'

'और आप सारा बना-बनाया खेल बिगाड़ेंगी,' रजुमीखिन ने बेचैन हो कर उसी तरह धीमी आवाज में कहा, 'बहरहाल, आप बाहर सीढ़ियों पर तो आइए। नस्तास्या, रोशनी दिखाना जरा! मैं आपको यकीन दिलाता हूँ,' वह सीढ़ियों पर पहुँच कर भी कुछ-कुछ कानाफूसी के ढंग से कहता रहा, 'कि आज तीसरे पहर वह मुझे और डॉक्टर को मारने पर ही आमादा था! आप समझ रही हैं न डॉक्टर तक को! वह भी हार मान कर यहाँ से चलता बना ताकि इसे झुँझलाहट न हो। मैं नीचे खड़ा पहरा देता रहा, लेकिन उसने झटपट कपड़े पहने और आँखें बचा कर खिसक गया। अगर आपकी किसी बात पर वह झुँझलाया तो इसी रात को फिर कहीं खिसक जाएगा और अपने आपको किसी मुसीबत में डाल लेगा...'

'कह क्या रहे हो!'

'इसके अलावा अव्दोत्या रोमानोव्ना को भी आपके बिना अकेला उस घर में छोड़ा नहीं जा सकता! जरा सोचिए, आप कहाँ ठहरी हुई हैं। उस बदमाश प्योत्र पेत्रोविच को आपके लिए कोई इससे अच्छा घर भी नहीं मिला... लेकिन, आप जानती हैं न, मैंने थोड़ी पी रखी है और उसी की वजह से... गाली बक रहा हूँ। बुरा न मानिएगा...'

'लेकिन मैं यहाँ मकान-मालकिन के पास रह जाऊँगी,' पुल्खेरिया अलेक्सांद्रोव्ना अपनी बात पर अड़ी रहीं। 'मैं उसकी मिन्नत करूँगी कि वह मेरे और दूनिया के सोने के लिए किसी कोने में जरा-सी जगह दे दे। मैं इसे इस हालत में छोड़ कर नहीं जा सकती, कभी नहीं जा सकती!'

यह सारी बातचीत मकान-मालकिन के दरवाजे के ठीक सामने की खुली जगह में हो रही थी। नस्तास्या एक सीढ़ी नीचे खड़े हो कर रोशनी दिखा रही थी। रजुमीखिन असाधारण सीमा तक बेचैन था। आध घंटे पहले वह जब रस्कोलनिकोव को घर ला रहा था, तब भी उसकी जबान जरूरत से ज्यादा चल रही थी। लेकिन उसे इस बात का पता जरूर था, और काफी शराब पी लेने के बावजूद उसका दिमाग सुलझा हुआ था। इस समय वह खुशी और मस्ती के आलम की-सी स्थिति में था, और लग रहा था कि उसने जितनी भी पी रखी थी, वह सब कई गुना असर के साथ दिमाग पर चढ़ती जा रही थी। वह दोनों हाथों में उन दोनों औरतों के हाथ पकड़े हुए खड़ा उन्हें समझा-बुझा रहा था और अद्भुत सीमा तक सीधे-सादे शब्दों में उनके सामने तर्क प्रस्तुत कर रहा था। लगभग हर शब्द के साथ, शायद अपनी दलील पर जोर देने के लिए, वह इतना कस कर उनके हाथ दबाता था कि उन्हें तकलीफ होने लगती थी, मानो किसी ने शिकंजा कसा हो। वह शिष्टता की जरा भी परवाह किए बना अव्दोत्या रोमानोव्ना को घूरता रहा। दोनों कभी-कभी अपने हाथ उसके बड़े-बड़े, सख्त हड्डियोंवाले पंजों से छुड़ाने की कोशिश करतीं, लेकिन इस बात पर ध्यान देना तो दूर कि वे क्या चाहती हैं, वह और भी उनके करीब खिंच आता। वे अगर उससे कहतीं कि सर के बल सीढ़ियों से नीचे कूद जाए तो उनको खुश करने के लिए सोचे-समझे बिना या जरा भी संकोच किए बिना वह यह भी करने को तैयार हो जाता। हालाँकि पुल्खेरिया अलेक्सांद्रोव्ना

यह महसूस कर रही थीं कि वह नौजवान कुछ सनकी था और उनके हाथ जरूरत से कुछ ज्यादा ही दबा रहा था, लेकिन वे अपने रोद्या की चिंता में डूबी हुई थीं और वहाँ उसकी मौजूदगी को ईश्वर की कृपा समझ रही थीं। इसलिए वे उसकी इन सभी अजीब हरकतों को नजरअंदाज करने को भी तैयार थीं। अव्दोत्या रोमानोव्ना भी अपने भाई की तरफ से उतनी ही चिंतित थी, और वह स्वभाव से ऐसी डरपोक भी नहीं थी। लेकिन रजुमीखिन की आँखों की दहकती चमक को देख कर उसे भी ताज्जुब होने लगा और वह कुछ डर गई। नस्तास्या ने उसके भाई के इस विचित्र दोस्त के बारे में जो कुछ बताया था, उसकी वजह से उसके मन में अगर उसके लिए असीम विश्वास न पैदा हुआ होता तो वह उसके पास से जाने कब की भाग गई होती और अपनी माँ को भी भागने के लिए मजबूर किया होता। यह भी उसने सोचा होगा कि अब भागना भी शायद असंभव है। लेकिन कोई दस मिनट बाद वह आश्वस्त हो गई। रजुमीखिन की यही विशेषता थी कि उसकी मनोदशा जो भी हो, लेकिन वह अपना स्वभाव फौरन जाहिर कर देता था। सो लोग बहुत जल्द समझ जाते थे कि उनका किस तरह के आदमी से साबका पड़ा है।

'आप मकान-मालकिन के पास नहीं जा सकतीं; यह एकदम बेतुकी बात होगी,' उसने ऊँचे स्वर में कहा। आप हालाँकि उसकी माँ हैं पर आप अगर यहाँ रुकीं तो आप उसे जुनून की हद तक पहुँचा देंगी, और तब भगवान ही जानता है कि जो भी हो जाए, थोड़ा है। सुनिए, मैं बताता हूँ कि मैं क्या करूँगा। उसके पास इस वक्त नस्तास्या रहेगी, और मैं आप दोनों को घर पहुँचाए देता हूँ, आपका सड़क पर अकेले जाना ठीक नहीं है; पीतर्सबर्ग वैसे बहुत ही बेहूदा जगह है... पर कोई बात नहीं! फिर मैं लौट कर सीधा यहीं आऊँगा, और मैं कसम खा कर कहता हूँ कि पंद्रह मिनट बाद आ कर आपको सारा हाल बता दूँगा कि वह कैसा है, सो रहा है कि नहीं, वगैरह-वगैरह। अब उसके बाद की सुनिए! फिर मैं पलक झपकते सीधे अपने घर जाऊँगा - वहाँ मेरे मेहमान जमा हैं पर सब नशे में चूर - और जोसिमोव को साथ ले आऊँगा - उसी डॉक्टर को, जो इसका इलाज कर रहा है। वह भी वहीं है लेकिन नशे में नहीं है; वह कभी नशे में नहीं होता! मैं उसे घसीट कर पहले रोद्या के पास लाऊँगा, फिर आपके पास लाऊँगा, और इस तरह आपको घंटे भर में दो रिपोर्टें मिल जाएँगी - डॉक्टर की रिपोर्ट भी। आप समझ रही हैं न, खुद डॉक्टर की रिपोर्ट, जो मेरे बताए हुए हाल से पूरी तरह अलग कोई चीज होगी! अगर ऐसी-वैसी बात हुई तो मैं कसम खा कर कहता हूँ कि मैं खुद आपको यहाँ लाऊँगा, और अगर सब ठीक-ठाक रहा तो आप सो जाइएगा। मैं रात-भर यहीं रहूँगा ड्योढ़ी में, पर उसे मेरा पता तक नहीं चलेगा। जोसिमोव को मैं मकान-मालकिन के यहाँ सुला दूँगा ताकि वक्त-जरूरत वह यहाँ हो। उसके लिए बेहतर कौन है इस वक्त : आप या डॉक्टर इसलिए चलिए, घर चलिए। और आपका मकान-मालकिन के यहाँ जाने का सवाल ही नहीं उठता : वह आपको रखेगी भी नहीं, क्योंकि वह... वह बेवकूफ है। अगर आप जानना ही चाहती हैं तो मेरी वजह से उसे अब्दोत्या रोमानोव्ना से जलन होने लगेगी, और आपसे भी... अव्दोत्या रोमानोव्ना से तो जरूर ही होगी। उसके बारे में यकीन के साथ कुछ भी नहीं कहा जा सकता कि कब क्या कर बैठे, कुछ भी नहीं कहा जा सकता! लेकिन मैं भी तो बेवकूफ हूँ... कोई बात नहीं! मुझ पर आपको भरोसा है बताइए, मुझ पर भरोसा है कि नहीं?'

'चलो, माँ,' अव्दोत्या रोमानोव्ना ने कहा, 'इन्होंने जो वादा किया है, उसे ये जरूर पूरा करेंगे। रोद्या की जान तो इन्होंने ही बचाई है, और अगर डॉक्टर सचमुच रात को यहाँ रहने पर राजी हो जाए तो इससे अच्छी और क्या बात होगी?'

'यानी कि आप... आप... मुझे समझ रही हैं, क्योंकि आप फरिश्ता हैं!' रजुमीखिन खुशी से पागल हो उठा, 'आइए, चलें! नस्तास्या! भाग कर ऊपर जाओ और रोशनी ले कर जरा उसके पास बैठो। मैं अभी पंद्रह मिनट में आता हूँ।'

पुल्खेरिया अलेक्सांद्रोव्ना को पूरी तरह भरोसा तो नहीं था, लेकिन उन्होंने और ज्यादा आग्रह नहीं किया। रजुमीखिन दोनों को अपनी एक-एक बाँह का सहारा दे कर सीढ़ियों से नीचे उतार लाया। 'हालाँकि यह बहुत मुस्तैद और अच्छे स्वभाव का है,' माँ बेचैनी से सोच रही थीं, 'लेकिन क्या अपना वादा पूरा कर पाएगा, हालत तो इसकी ऐसी है कि...'

'आह, मुझे पता है... आप शायद यह समझ रही हैं कि मेरी हालत इस वक्त ऐसी नहीं है!' रजुमीखिन ने उनके विचारों को भाँप कर उनको हतप्रभ कर दिया। वह सड़क की पटरी पर लंबे-लंबे डग भरता चल रहा था, जिसकी वजह से दोनों महिलाओं को उसके साथ चलने में कठिनाई हो रही थी। लेकिन उसका इस बात की ओर कोई ध्यान नहीं गया। 'सरासर बकवास! मेरा मतलब है... मैंने इतनी पी ली है कि मेरी मति मारी गई है, लेकिन यह बात है नहीं; मुझे शराब का नशा नहीं है। आपको देख कर मेरा दिमाग फिर गया है... लेकिन गोली मारिए मुझे! मेरी किसी बात की ओर भी ध्यान मत दीजिए : मैं बकवास कर रहा हूँ, मैं आपके लायक नहीं हूँ... बिलकुल आपके लायक नहीं हूँ! आपको घर पहुँचाने के बाद मैं यहीं मोरी पर अपने सर पर दो बाल्टी पानी डालूँगा और एकदम ठीक हो जाऊँगा... काश, आपको मालूम होता कि मुझे आप दोनों से कितनी मुहब्बत है! हँसिए मत, और नाराज भी मत होइए! आप किसी से भी नाराज हो जाएँ, लेकिन मुझसे मत हों! मैं उसका दोस्त हूँ, इसलिए आपका भी दोस्त हूँ यानी बनना चाहता हूँ... मैंने गोया एक सपना देखा था... पिछले साल एक पल ऐसा आया था हालाँकि सच पूछिए तो वह सपना नहीं था, क्योंकि आप तो जैसे आसमान से उतरी हैं। पर मैं समझता हूँ कि अब मुझे रात भर नींद नहीं आएगी... कुछ ही समय पहले तक जोसिमोव को भी डर था कि यह पागल हो जाएगा... और इसीलिए ऐसी कोई बात नहीं करनी चाहिए जिससे उसे चिड़चिड़ाहट हो।'

'कह क्या रहे हो तुम!' माँ ने चिंतित स्वर में कहा।

'डॉक्टर ने सचमुच ऐसी बात कही थी?' अव्दोत्या रोमानोव्ना ने सहम कर पूछा।

'लेकिन, बात ऐसी है नहीं, एकदम नहीं है। उसने इसे कोई दवा दी थी। कोई पुड़िया थी, मैंने खुद देखा था, और फिर आप लोगों के यहाँ आ जाने से ...आह! कितना अच्छा होता अगर आप लोग कल आतीं। अच्छा हुआ कि हम लोग चले आए। अभी घंटेभर में खुद जोसिमोव आपको सारा हाल बता जाएगा। वह नशे में नहीं है! और मैं भी नशे में नहीं रहूँगा... और मुझे इस बुरी तरह नशा चढ़ा तो क्यों क्योंकि उन लोगों ने मुझे बहस में उलझा लिया, लानत हो उन पर! मैंने कसम खाई थी कि कभी बहस नहीं करूँगा! ऐसी खुराफातें उछालते हैं लोग कि बस! मेरी तो हाथा-पाई होते-होते रह गई! मैं वहाँ चाचा को छोड़ आया हूँ, वह सब कुछ सँभाल लेंगे। आप यकीन करेंगी उनकी जिद यह है कि किसी आदमी की अपनी कोई अलग हस्ती होनी ही नहीं चाहिए, और इसी में उनको मजा आता है! कि वे जो कुछ हैं, वह न रहें और जो कुछ भी हैं, उससे जितना भी हो सके अलग लगने लगें! इसी को वे प्रगति की चरम सीमा मानते हैं। अगर यह बकवास उनकी अपनी होती तब भी बात थी, लेकिन है यह...'

'सुनो!' पुल्खेरिया अलेक्सांद्रोव्ना ने उसे दबी जबान में बीच में टोका। लेकिन इस चीज ने आग में घी का काम किया।

'आप क्या समझती हैं' रजुमीखिन पहले से भी ऊँची आवाज में बोला, 'आप समझती हैं, मैं उन पर इस बात के लिए बरस पड़ता हूँ कि वे खुराफातें उछालते हैं कतई नहीं! मैं तो यह चाहता हूँ कि वे बकवास करें! मनुष्य का यही तो ऐसा विशेषाधिकार है, जो पूरी सृष्टि में किसी और प्राणी को नहीं मिला है। आप झूठ बोल कर ही सच्चाई तक पहुँचते हैं! मैं

इनसान इसीलिए हूँ कि मैं झूठ बोलता हूँ : आप कभी किसी सच्चाई तक पहुँच ही नहीं सकते, जब तक उससे पहले चौदह बार झूठ न बोल लें, और कौन जाने एक सौ चौदह बार बोलना पड़े। अपने ढंग से यह सम्मान की बात भी है; लेकिन हम झूठ भी तो अपने ढंग से नहीं बोलते! बकवास करो, लेकिन वह तुम्हारी अपनी बकवास हो, और मैं तुम्हारे कदम चूम लूँगा। अपने ढंग से झूठ बोलना किसी दूसरे के ढंग से सच बोलने से अच्छा है। पहली हालत में आप इनसान होते हैं, दूसरी हालत में आप तोते से बढ़ कर कुछ नहीं होते! सच्चाई तो आपसे बच कर जा नहीं सकती, कभी-न-कभी तो हाथ लगेगी ही, लेकिन गलतियों से डरने की वजह से जिंदगी घुटन की शिकार हो सकती है। बहुत-सी मिसालें मिलती हैं इसकी और इस वक्त हम क्या हैं विज्ञान में, विकास में, चिंतन, आविष्कार, आदर्शों, उद्देश्यों, उदारवाद, विवेक, अनुभव, और हर चीज में, हर एक चीज में, हर बात में हम सभी स्कूली बच्चे हैं। दूसरों के विचारों के सहारे जीना हमें अच्छा लगता है, इसी की हमें आदत जो पड़ गई है! ठीक बात है न मैं ठीक कह रहा हूँ न?' रजुमीखिन दोनों महिलाओं के हाथ जोर से दबा कर हिलाते हुए चिल्लाया।

'आह, मुझसे क्या पूछे हो, मुझे पता भी नहीं,' बेचारी पुल्खेरिया अलेक्सांद्रोव्ना बोलीं।

'हाँ, हाँ, सच कहते हैं... हालाँकि मैं आपकी हर बात से सहमत नहीं हूँ,' अव्दोत्या रोमानोव्ना ने सच्चे दिल से कहा। अचानक उसके मुँह से एक हलकी-सी चीख निकल गई क्योंकि उसने उसका हाथ इतने जोर से दबाया कि तकलीफ होने लगी।

'सच जो आपने कहा सच है ...अरे, अब तो आप... आप...' वह मंत्रमुग्ध हो कर चिल्लाया, 'आप नेकी, शुद्धता, विवेक... और उत्कृष्टता का स्रोत हैं! अपना हाथ इधर लाइए... और आप भी लाइए। मैं आपके हाथों को चूमना चाहता हूँ, अभी यहीं, घुटनों के बल बैठ कर!'

यह कह कर वह घुटनों के बल वहीं सड़क की पटरी पर बैठ गया। खैरियत हुई कि उस वक्त वहाँ कोई था ही नहीं।

'बस, रहने दो, मैं तुम्हारे पाँव पड़ती हूँ। तुम कर क्या रहे हो?' पुल्खेरिया अलेक्सांद्रोव्ना दुखी हो कर चिल्लाईं।

'उठिए, उठिए!' दूनिया ने भी हँसते हुए कहा, हालाँकि वह परेशान भी हो रही थी।

'मैं तब तक नहीं उठूँगा जब तक आप मुझे अपना हाथ नहीं चूमने देंगी! यह बात हुई! लीजिए मैं उठ गया, और अब चलिए। मैं अभागा बेवकूफ हूँ, आपके लायक नहीं हूँ, और ऊपर नशे में भी हूँ... और मैं शर्मिंदा भी हूँ... मैं आपसे प्यार करने लायक नहीं हूँ, लेकिन आपके सामने सर झुकाना हर उस आदमी का फर्ज है, जो बिलकुल ही जानवर न हो। तो मैं अपना यह फर्ज पूरा कर चुका... यह रही आपकी रहने की जगह, और सिर्फ इसी की वजह से रोद्या ने आपके उस प्योत्र पेत्रोविच को भगा दिया, जो ठीक ही हुआ! उसकी यह मजाल! आपको ऐसी जगह में रखने की उसे हिम्मत कैसे पड़ी! कितनी शर्मनाक बात है! आप जानती हैं यहाँ कैसे-कैसे लोग किराएदार रखे जाते हैं और आप उसकी मंगेतर! आपसे उसकी सगाई हुई है न? अच्छी बात है, तो मैं आपको इतना बता दूँ कि आपका मँगेतर पक्का बदमाश है!'

'मिस्टर रजुमीखिन, आप भूल रहे हैं कि...' पुल्खेरिया अलेक्सांद्रोव्ना कुछ कहने जा रही थीं।

'जी, जी हाँ, आप ठीक कहती हैं, मैं अपने आपको भूल गया था। मैं अपनी इस हरकत पर शर्मिंदा हूँ,' रजुमीखिन ने जल्दी से माफी माँगते हुए कहा। 'लेकिन... लेकिन आप ऐसी बातें कहने पर मुझसे नाराज मत हों! इसलिए कि मैं ये बातें सच्चे दिल से कह रहा हूँ, इसलिए नहीं कि... हूँ! वह तो बड़ी शर्म की बात होगी; दरअसल इसलिए नहीं कि मुझे आपसे... हूँ! खैर, मैं इसकी वजह नहीं बताऊँगा, मेरी हिम्मत ही नहीं पड़ेगी! ...लेकिन आज जब वे तशरीफ लाए तो हम सबने देखा कि वे हमारी बिरादरी के आदमी नहीं हैं। इसलिए नहीं कि उन्होंने नाई के यहाँ जा कर बालों में घूँघर डलवाए थे, इसलिए भी नहीं कि उन्हें अपना सारा इल्म हम लोगों पर झाड़ने की जल्दी थी, बल्कि इसलिए कि वे सूम हैं, सटोरिए हैं, मक्खीचूस हैं और पक्के मसखरे हैं। यह बात एकदम साफ है, आप उन्हें बहुत होशियार समझती हैं जी नहीं, वे बेवकूफ हैं, सरासर बेवकूफ! और आपका उनका क्या जोड़ भगवान बचाए! देवियो! आप लोग समझ रही हैं न?' अचानक उनके कमरों की ओर जानेवाली सीढ़ियाँ चढ़ते-चढ़ते वह रुक गया, 'हालाँकि वहाँ मेरे सभी दोस्त शराब पिए हुए हैं, लेकिन वे ईमानदार हैं और हालाँकि हम सब लोग बहुत-सी बकवासें करते हैं, मैं भी करता हूँ, पर हम लोग इसी तरह बातें करते-करते आखिरकार सच्चाई तक पहुँचेंगे क्योंकि हम सही रास्ते पर हैं। लेकिन आपके प्योत्र पेत्रोविच... वे सही रास्ते पर नहीं हैं। ...हालाँकि मैं अभी उन लोगों को हर तरह की गालियाँ दे रहा था, लेकिन मैं उन सबकी इज्जत करता हूँ... मैं जमेतोव की इज्जत तो नहीं करता, फिर भी वह मुझे अच्छा लगता है, क्योंकि अभी उसकी उम्र ही क्या है... और वह साँड़ जोसिमोव भी, क्योंकि वह ईमानदार आदमी है और अपना काम जानता है। लेकिन बस, अब जाने दीजिए, कहा-सुना माफ कीजिए। माफ कर दिया न अच्छी बात है, तो फिर आइए, चलें। मुझे यह रास्ता मालूम है, मैं यहाँ आ चुका हूँ, यहाँ 3 नंबर में एक शर्मनाक वारदात हो गई थी... आप यहाँ कहाँ हैं? किस नंबर में? आठ में... अच्छा, तो रात को दरवाजा अंदर से बंद कर लीजिएगा। किसी को भीतर आने मत दीजिएगा। अभी पंद्रह मिनट में मैं सारा हाल ले कर आता हूँ और उसके आधे घंटे बाद जोसिमोव को लाऊँगा... आप देखती जाइए। तो मैं चला, भाग कर सीधे जाता हूँ।'

'हे भगवान, यह क्या होनेवाला है दुनेच्का...' चिंता और आश्चर्य के भाव से पुल्खेरिया अलेक्सांद्रोव्ना ने अपनी बेटी से कहा।

'चिंता मत करो, माँ,' दूनिया ने अपना हैट और कोट उतारते हुए कहा। 'भगवान ने इस भले आदमी को हमारी मदद के लिए भेजा है, हालाँकि यह सीधा शराबियों की महफिल से उठ कर आया है। मेरी बात मानो, हम उस पर भरोसा कर सकते हैं। फिर रोद्या के लिए जो कुछ उसने किया है...'

'आह दूनिया, भगवान जाने वह आएगा भी कि नहीं! मैं रोद्या को छोड़ कर चली क्यों आई... क्या-क्या मैंने सोच रखा था इस मुलाकात के बारे में, और हो क्या गया! कैसा कठोर था वह, जैसे हमसे मिल कर उसे कोई खुशी ही न हुई हो...'

उनकी आँखों में आँसू भर आए।

'नहीं, ऐसी बात नहीं है माँ। तुमने ध्यान नहीं दिया, तुम तो सारे वक्त रोती ही रहीं। सख्त बीमारी की वजह से उनका दिमाग ठिकाने नहीं है... असली वजह यही है।'

'हाय, यह बीमारी! अब क्या होगा, क्या होगा अब और वह तुमसे बातें कैसी कर रहा था, दूनिया!' माँ ने लाचारी की दृष्टि से बेटी की ओर देखते हुए कहा। वह अपनी बेटी के मन की बात जानने की कोशिश कर रही थीं। दूनिया ने अपने

भाई का पक्ष लिया तो उनकी आधी तसल्ली तो हो ही गई थी, क्योंकि इसका मतलब यह था कि उसने उसे माफ कर दिया था। 'मैं समझती हूँ कि कल वह इसके बारे में ठीक से सोच सकेगा,' माँ ने उसके विचारों की और भी थाह लेने की गरज से कहा।

'पर मैं समझती हूँ कि कल भी वह... उस बात के बारे में... यही कहेगा,' अव्दोत्या रोमानोव्ना ने जोर दे कर कहा। पर सच तो यह है कि इससे आगे कहने को कुछ था भी नहीं, क्योंकि यह एक ऐसी बात थी जिस पर बात करते हुए पुल्खेरिया अलेक्सांद्रोव्ना डर रही थी। दूनिया ने आगे बढ़ कर माँ को प्यार कर लिया। माँ ने भी कुछ कहे बिना उसे कस कर गले लगा लिया। इसके बाद वे बैठ कर बेचैनी से रजुमीखिन के आने का इंतजार करने लगीं और सहमी-सहमी निगाहों से बेटी को देखती रहीं जो दोनों हाथ सामने बाँधे, विचारों में डूबी, कमरे में इधर-से-उधर टहल रही थी। अव्दोत्या रोमानोव्ना की आदत थी कि जब किसी बारे में सोचती थी, तो इधर-से-उधर टहलती रहती थी और माँ को ऐसे पलों में खलल डालने से डर लगता था।

नशे की हालत में रजुमीखिन का अचानक अव्दोत्या रोमानोव्ना पर फिदा हो जाना हास्यास्पद था। लेकिन उसकी इस सनक से अलग, बहुत से लोग अगर अव्दोत्या रोमानोव्ना को देख लेते तो उसकी इस हरकत को ठीक ही समझते। खास तौर पर उस पल में जब वह दोनों हाथ सीने पर बाँधे, विचारमग्न और उदास टहलती होती थी। अव्दोत्या रोमानोव्ना खासी खूबसूरत थी - लंबा कद, सुडौल, गठा हुआ शरीर और आत्मविश्वास कूट-कूट कर भरा हुआ। उसका यह आत्मविश्वास उसके हर हाव-भाव से झलकता था, हालाँकि उसकी वजह से उसकी शालीन चाल-ढाल और कोमलता में राई भर भी कमी नहीं आती थी। सूरत-शक्ल में वह अपने भाई से मिलती थी, लेकिन उसे सचमुच सुंदर कहा जा सकता था। बाल गहरे बादामी रंग के थे, अपने भाई के बालों के रंग से कुछ ही कम गहरे। लगभग काली आँखों में गर्व और स्वाभिमान की चमक थी लेकिन साथ ही उनमें कभी-कभी असाधारण दयालुता का भाव भी स्पष्ट दिखाई देता था। रंग पीला तो था, लेकिन यह स्वस्थ पीलापन था। चेहरे पर ताजगी और स्फूर्ति की चमक थी। मुँह जरा छोटा था और नीचे का भरा-भरा लाल होठ ठोड़ी की तरह ही कुछ बाहर को निकला हुआ था। उसके सुंदर चेहरे में बस यही एक जरा-सी असंगति थी, लेकिन इसकी वजह से उसमें एक विचित्र-सा, अनोखा और दंभ का भ्रम पैदा करनेवाला भाव आ गया था। उसकी मुद्रा उल्लासमय की बजाय हमेशा कुछ गंभीर और चिंतामग्न रहती थी; लेकिन मुस्कान, हलकी-फुलकी, यौवनमय, चिंतामुक्त हँसी उसके चेहरे पर ऐसी फबती थी कि देखते बनता था! यह स्वाभाविक ही था कि रजुमीखिन जैसा सहृदय, खुले दिल का, भोला, ईमानदार, लंबे-चौड़े डीलडौलवाला आदमी, जिसने पहले कभी उस जैसी किसी औरत को नहीं देखा था और जो उस वक्त पूरी तरह होश में भी नहीं था, फौरन उस पर फिदा हो गया। इसके अलावा, यह भी एक संयोग ही था कि उसने दूनिया को पहली बार ऐसे समय देखा था, जब अपने भाई के प्रति अपने प्रेम के कारण और उससे मिलने की अपार खुशी के कारण वह एकदम भिन्न रूप में दिखाई दे रही थी। बाद में रजुमीखिन ने भाई के अशिष्ट, क्रूर और कृतघ्नता भरे शब्दों पर आग-बगूला हो कर उसके निचले होठ को काँपते हुए भी देखा था - और उसी वक्त उसकी किस्मत का फैसला हो गया था।

लेकिन रस्कोलनिकोव की बेलगाम झक्की मकान-मालकिन प्रस्कोव्या के बारे में जब रजुमीखिन ने सीढ़ियों पर नशे में बात करते हुए यह कहा था कि उसे उसकी वजह से अव्दोत्या रोमानोव्ना से ही नहीं बल्कि पुल्खेरिया अलेक्सांद्रोव्ना से भी जलन होने लगेगी, तो उसने सच ही कहा था। पुल्खेरिया अलेक्सांद्रोव्ना तैंतालीस साल की जरूर हो गई थीं। लेकिन उनके चेहरे पर उनकी पुरानी सुंदरता के निशान बाकी थे। वह देखने में सचमुच अपनी उम्र से बहुत छोटी लगती थीं, जैसा कि

उन औरतों के साथ अकसर होता है जो बुढ़ापे तक अपनी भावनाओं में शांति, संवेदनशीलता और शुद्ध निष्कपट सहृदयता बनाए रखती हैं। प्रसंगवश हम बता दें कि बुढ़ापे तक अपनी सुंदरता को कायम रखने का तरीका यही है कि इन सब गुणों को बनाए रखा जाए। उनके बालों में जहाँ-तहाँ सफेदी आने लगी थी और वे पहले जितने घने भी नहीं रह गए थे। आँखों के चारों ओर बहुत पहले से ही कौए के पंजे की शक्ल की झुर्रियाँ पड़ गई थीं और चिंता और कष्ट के कारण गाल पिचक कर अंदर धँस गए थे। फिर भी उनका चेहरा सुंदर था। वे देखने में दूनिया का ही दूसरा रूप लगती थीं, बस उससे बीस साल बड़ी थीं, और उनका निचला होठ बाहर की ओर निकला हुआ नहीं था। पुल्खेरिया अलेक्सांद्रोव्ना भावुक तो थीं पर भावनाओं में सहज ही बह जानेवाली नहीं थीं। वे दब्बू थीं और आसानी से बातें मान लेती थीं, लेकिन बस एक हद तक। अपनी आस्थाओं के विपरीत भी वे बहुत कुछ मान लेने और दब जाने को तैयार हो जाती थीं, लेकिन ईमानदारी, सिद्धांत और गहरी आस्थाओं की एक सीमा थी, जिसे पार करने के लिए कोई भी चीज उन्हें मजबूर नहीं कर सकती थी।

रजुमीखिन के जाने के ठीक बीस मिनट बाद किसी ने धीमे से दो बार, जल्दी-जल्दी दरवाजा खटखटाया। वह वापस आ गया था।

'मैं अंदर नहीं आऊँगा, मेरे पास वक्त नहीं है,' दरवाजा खुलते ही उसने जल्दी से कहा। 'वह चुपचाप, गहरी नींद सो रहा है, जैसे कोई बच्चा सो रहा हो। भगवान करे वह दस घंटे तक ऐसे ही सोता रहे। नस्तास्या उसके पास है और मैं उससे कह आया हूँ कि जब तक मैं न आ जाऊँ, वह कहीं जाए नहीं। अब मैं जा कर जोसिमोव को लिए आता हूँ। वह आ कर आपको सारा हाल बताएगा और उसके बाद आप लोग आराम से सो जाइए क्योंकि आप इतनी थकी हुई दिखाई दे रही हैं कि अब कुछ कर नहीं सकतीं...'

और यह कह कर वह गलियारे में भागा।

'कैसा मुस्तैद और... वफादार नौजवान है!' पुल्खेरिया अलेक्सांद्रोव्ना ने खुश हो कर कहा।

'बहुत ही अच्छा आदमी मालूम होता है!' अव्दोत्या रोमानोव्ना ने फिर कमरे में इधर-से-उधर टहलते हुए कुछ जोश से जवाब दिया।

लगभग एक घंटे बाद उन्हें फिर बाहर गलियारे से कदमों की आहट और फिर दरवाजा खटखटाने की आवाज सुनाई दी। इस बार दोनों औरतें रजुमीखिन के वादे पर पूरा भरोसा करके राह देख रही थीं। वह सचमुच जोसिमोव को ले आने में सफल रहा था। जोसिमोव शराब की महफिल छोड़ कर फौरन रस्कोलनिकोव के पास जाने को तैयार हो गया था, लेकिन वह बड़े संकोच और शंका के भाव से उन दोनों महिलाओं से मिलने आया क्योंकि इस मस्ती की हालत में उसे रजुमीखिन पर भरोसा नहीं था। लेकिन यह देख कर कि वे लोग सचमुच किसी मसीहा की तरह उसकी राह देख रही थीं, उसके स्वाभिमान की भावना पूरी तरह तृप्त हो गई और उसे अपनी इस प्रशंसा पर खुशी भी हुई। वह वहाँ कुल दस मिनट ही ठहरा होगा पर इतनी ही देर में उसने पुल्खेरिया अलेक्सांद्रोव्ना को पूरी तरह यकीन दिला दिया और उनकी पूरी-पूरी तसल्ली कर दी। उसने गहरी हमदर्दी के साथ बातें कीं, लेकिन साथ ही उसके भाव में किसी महत्वपूर्ण परामर्श में भाग लेनेवाले नौजवान डॉक्टर जैसा ठहराव भी था और भरपूर गंभीरता भी थी। उसने किसी भी दूसरे विषय पर एक शब्द भी नहीं कहा और उन दोनों महिलाओं के साथ अधिक घनिष्ठता स्थापित करने की जरा भी इच्छा प्रकट नहीं की। कमरे में कदम रखते ही वह अव्दोत्या रोमानोव्ना के चकाचौंध कर देनेवाले रूप को देख कर दंग रह गया - इतना कि वह वहाँ जितनी देर भी रहा, उसने कोशिश उसकी ओर कोई भी ध्यान न देने की ही की और सारे वक्त केवल पुल्खेरिया अलेक्सांद्रोव्ना को संबोधित

करके बातें करता रहा। इन सब बातों से उसे गहरा दिली संतोष मिल रहा था। उसने ऐलान किया कि उसकी राय में बीमार में इस समय काफी संतोषजनक सुधार आ रहा था। उसके मत में रोगी की बीमारी की वजह कुछ हद तक तो पिछले कुछ महीनों के दौरान उसकी दुर्भाग्यपूर्ण भौतिक परिस्थितियाँ थीं, लेकिन कुछ हद तक उसकी वजह नैतिक भी थी, 'एक तरह से वह अनेक नैतिक तथा भौतिक प्रभावों, चिंताओं, आशंकाओं, मुसीबतों, कुछ विचारों... इत्यादि का नतीजा थी।' कनखियों से यह देख कर कि अव्दोत्या रोमानोव्ना उसके एक-एक शब्द को ध्यान से सुन रही थी, जोसिमोव इस विषय पर और भी विस्तार से बातें करने लगा। जब पुल्खेरिया अलेक्सांद्रोव्ना ने डरते-डरते, कुछ चिंतित हो कर 'पागलपन के कुछ संदेह' के बारे में पूछा तो उसने सधी हुई पर निष्कपट मुस्कराहट के साथ जवाब दिया कि उसके शब्दों को बढ़ा-चढ़ा कर पेश किया गया है, कि रोगी के दिमाग में निश्चित रूप से कोई एक विचार जम कर रह गया है, जो कुछ-कुछ एकोन्माद (मोनोमेनिया) जैसी हालत है - वह, जोसिमोव, स्वयं इस समय डॉक्टरी की इस दिलचस्प शाखा का विशेष अध्ययन कर रहा था - लेकिन यह बात याद रखनी चाहिए कि रोगी आज तक सरसाम की हालत में था और... और यह कि उसके सगे-संबंधियों के यहाँ मौजूद होने से उसके ठीक होने में मदद मिलेगी और उसका दिमाग दूसरी ओर हटेगा, 'लेकिन बस इस शर्त पर कि अब उसे कोई नया धक्का न पहुँचे।' उसने अपनी यह आखिरी बात बड़े अर्थपूर्ण ढंग से कही। उसके बाद वह उठा और प्रभावशाली व विनम्र ढंग से झुक कर उसने विदा ली। उस पर आशीर्वादों, हार्दिक कृतज्ञता के बोलों और प्रार्थनाओं की बौछार हो रही थी, और अव्दोत्या रोमानोव्ना ने स्वयं उसकी ओर अनायास ही अपना हाथ बढ़ा दिया। जब वह बाहर निकला तो यहाँ आने पर बहुत खुश था और उससे भी ज्यादा खुश अपने-आपसे था।

'कल बात करेंगे; आप लोगों को भी तो सोना है!' रजुमीखिन ने जोसिमोव के पीछे-पीछे बाहर निकलते हुए अंत में कहा। 'मैं कल सुबह सारा हालचाल ले कर जल्द-से-जल्द आपके पास आऊँगा।'

जब वे दोनों बाहर सड़क पर आए तो जोसिमोव ने लगभग अपने होठ चाटते हुए कहा, 'लड़की है बड़ी मजेदार यह अव्दोत्या रोमानोव्ना!'

'मजेदार क्या कहा तुमने, मजेदार' रजुमीखिन गरजा और लपक कर जोसिमोव की गर्दन पकड़ ली। 'खबरदार, जो फिर कभी हिम्मत की... समझे... समझ गए न...' उसने कालर पकड़ कर उसे झिंझोड़ते हुए और दीवार से भिड़ा कर दबाते हुए चीख कर कहा। 'सुन लिया तुमने?'

'छोड़ मुझे, शराबी शैतान...' जोसिमोव ने अपने आपको छुड़ाने की कोशिश करते हुए कहा। फिर जब रजुमीखिन ने उसे छोड़ दिया तो वह उसे पहले तो घूरता रहा, फिर ठहाका मार कर हँस पड़ा। रजुमीखिन उसके सामने उदास सूरत बनाए, गहरे विचारों में खोया हुआ खड़ा रहा।

'सच बात है, मैं भी पक्का गधा हूँ,' उसने दुखी स्वर में जवाब दिया, 'लेकिन तुम भी...'

'नहीं, भाई, तुम्हारे जैसा नहीं। मैं कोई बेवकूफी के सपने नहीं देख रहा।'

वे दोनों चुपचाप चलते रहे और जब रस्कोलनिकोव के घर के पास पहुँचे तो रजुमीखिन ने चिंतित हो कर चुप्पी को तोड़ा।

'सुनो,' उसने कहा, 'आदमी तो तुम लाजवाब हो, लेकिन दूसरी खराबियों के अलावा तुम्हारी एक खराबी और भी है, और वह मैं जानता हूँ, यह कि तुम बहुत लंपट आदमी हो, और सो भी घटिया किस्म के। तुम तबीयत के कमजोर, हर

वक्त बौखलाए रहनेवाले मुसीबत के मारे आदमी हो, तुमने दुनिया की हर सनक पाल रखी है, ऊपर से दिन-ब-दिन मोटे और काहिल होते जा रहे हो और यह तुम्हारे बस की बात नहीं कि मिलती हुई कोई चीज छोड़ दो। इसे मैं इसलिए घटिया कहता हूँ कि इस रास्ते पर चल कर आदमी सीधा मोरी में जा पहुँचता है। तुमने अपने आपको इतना लुंज-पुंज बना रखा है कि मेरी समझ में यही नहीं आता कि तुम अभी तक एक अच्छे डॉक्टर हो कैसे, और वह भी लगन से काम करनेवाले। तुम - एक डॉक्टर - परों से भरे हुए गद्दे पर सोते हो और रात को अपने मरीजों को देखने के लिए उठ भी जाते हो! बस तीन-चार साल की बात और है, फिर तो मरीजों के लिए उठना भी छोड़ दोगे... लेकिन छोड़ो भी यह सब, असल बात यह नहीं है कि बात यह है कि आज रात तुम्हें यहाँ मकान-मालकिन के फ्लैट में सोना है (मैंने मुश्किल से उसे राजी किया है) और मैं रसोई में सोऊँगा। यह तुम्हारे लिए उससे जान-पहचान बढ़ाने का बेहतरीन मौका है! तुम जो सोचते हो, वह बात नहीं है! उस तरह की राई भर भी बात नहीं है, बिरादर...'

'मैं तो कुछ सोच ही नहीं रहा।'

'यहाँ, बिरादर, तुम्हें मिलेगी विनम्रता, खामोशी, शरमीलापन, घोर निष्कलंकता... फिर भी वह आहें भरती है और मोम की तरह पिघल जाती है, बस पिघलती रहती है! मुझे उससे बचा लो, कुछ भी करके बचा लो! वह तो पटाखा है, एकदम पटाखा। सच कहता हूँ। मैं तुम्हारा पाई-पाई बदला चुका दूँगा, तुम्हारे लिए कुछ भी करूँगा!'

जोसिमोव पहले से भी ज्यादा जोर-से ठहाका मार कर हँसा।

'अरे भाई, काबू से बाहर न हो! मुझे उससे क्या लेना-देना?'

'तुम्हें कुछ ज्यादा मुसीबत नहीं उठानी पड़ेगी, मैं तुम्हें यकीन दिलाता हूँ। जो भी जी में आए उससे बकवास करते रहो, बस उसके पास बैठे उससे बातें करते रहो। तुम डॉक्टर भी हो; उसकी भी बीमारी का कुछ इलाज करो। मैं कसम खा कर कहता हूँ कि तुम्हें पछतावा नहीं होगा। उसके पास पियानो है, और तुम तो जानते ही हो, मैं बस थोड़ा-बहुत सुर छेड़ना जानता हूँ। मुझे एक गाना याद है, ठेठ रूसी गाना : 'मैं खून के आँसू रोता हूँ...'। उसे इस तरह की खरी चीजें बहुत पसंद हैं - और हाँ, सारा किस्सा इसी गीत से शुरू हुआ; तुम तो बाकायदा पियानोवादक हो, उस्ताद हो, अपने वक्त के रूबिंस्टाइन हो... मैं तुम्हें यकीन दिलाता हूँ कि तुम्हें किसी तरह का पछतावा नहीं होगा!'

'लेकिन तुमने उससे क्या कोई वादा कर रखा है कुछ लिख कर दिया है शादी करने का वादा... या ऐसी ही कोई और बात?'

'कुछ भी नहीं, कतई नहीं, इस तरह की कोई भी बात नहीं है! इसके अलावा, वह इस तरह की औरत है भी नहीं। चेबारोव ने इसकी कोशिश की थी...'

'तो फिर छोड़ो उसे!'

'लेकिन मैं उसे इस तरह छोड़ नहीं सकता!'

'क्यों नहीं छोड़ सकते?'

'कुछ ऐसी ही बात है कि नहीं छोड़ सकता! एक अजीब कशिश है उसमें, बिरादर!'

'तो फिर तुमने उसे अपने ऊपर फिदा क्यों कर लिया?'

'मैंने उसे फिदा नहीं किया; शायद अपनी बेवकूफी में मैं खुद उस पर फिदा हो गया। लेकिन उसे इस बात की जरा-सी भी परवाह नहीं कि तुम हो या मैं हूँ... बस कोई उसके पास बैठा आहें भरता रहे... यह, बिरादर... मैं सारी बात तुम्हें नहीं समझा सकता... देखो, तुम गणित अच्छी जानते हो, और आजकल उस पर काम भी कर रहे हो... उसे समाकलन गणित पढ़ाना शुरू कर दो; अपनी जान की कसम, मैं मजाक नहीं कर रहा, तुमसे सच कहता हूँ, उसके लिए कोई फर्क नहीं पड़ेगा। वह नजरें जमाए तुम्हें एकटक देखती रहेगी और सालभर तक आहें भरती रहेगी। एक बार मैं लगातार दो दिन तक उससे प्रशा की संसद के ऊपरी सदन की बातें करता रहा (किसी-न-किसी चीज के बारे में तो बात करनी ही थी) - वह बस आहें भर-भर कर पिघलती रही! पर मुहब्बत की बात भूल कर भी न करना - वह शर्मीली तो इतनी है कि दौरा पड़ जाता है - बस उसे इतना जता दो कि तुम्हारा किसी भी तरह वहाँ से उठने को जी नहीं चाहता - बस काफी है। वहाँ हद से ज्यादा आराम है; एकदम अपने घर जैसा लगता है। पढ़ो, बैठो, लेटो, लिखो, जो जी चाहे करो। कभी-कभार थोड़ा प्यार भी कर सकते हो, मगर हाथ-पाँव बचा कर...'

'लेकिन मुझे उससे क्या लेना-देना?'

'आह, तुम्हें मैं कैसे समझाऊँ! देखो, बात यह है कि तुम्हारी जोड़ी लाजवाब रहेगी, तुम दोनों एक-दूसरे के लिए ही बनाए गए हो! तुम्हारे बारे में मैंने पहले भी सोचा था... आखिर तुम्हें पहुँचना तो यहीं है! तो क्या फर्क पड़ता है, जल्दी पहुँचो या देर में पहुँचो यहाँ परों से भरे गद्दोंवाली कुछ बात है, मेरे भाई - आह! और सिर्फ इतनी ही बात नहीं है। यहाँ एक कशिश है... यहाँ आ कर दुनिया खत्म हो जाती है। समझो कि यह लंगर डालने की जगह है, चैन से रहने की जगह है, जहाँ न कोई झगड़ा है न झंझट। यहीं धरती की धुरी है, वह तीन मछलियाँ जो धरती को अपने ऊपर रोके हुए हैं। बेहतरीन पकवान, जायकेदार कबाब, शाम को दहकते हुए समोवार से चाय की चुस्कियाँ, ठंडी-ठंडी आहें और गर्म शॉल, और सोने के लिए आतिशदान के ऊपर गर्म चबूतरा - ऐसा सुख मिलता है, जैसे मर चुके हो और फिर भी जिंदा रहते हो - एक साथ दोनों चीजों का मजा! खैर बिरादर, छोड़ो ये बातें, मैं भी कहाँ की बकवास ले कर बैठ गया! अब सोने का वक्त हो गया है। सुनो, रात को कभी मेरी आँख खुली तो मैं जा कर उसे देख लिया करूँगा। वैसे कोई जरूरत नहीं है, सब तो ठीक-ठाक ही है। तुम कोई फिक्र न करो; वैसे तुम्हारा जी चाहे तो एक बार तुम भी झाँक लेना। लेकिन अगर कोई बात दिखाई दे -सरसाम हो या बुखार - तो मुझे फौरन जगा लेना। वैसे कोई जरूरत पड़ेगी नहीं...'

अपराध और दंड : (अध्याय 3-भाग 2)

रजुमीखिन अगले दिन सबेरे सात के बाद उठा। वह बहुत परेशान और गंभीर था। उसके सामने बहुत-सी नई और अनसोची परेशानियाँ आ गई थीं। कभी उसने सोचा भी न था कि वह ऐसा जागना महसूस करेगा। पिछले दिन की एक-एक बात उसे याद थी और वह जानता था कि उसे एक बिलकुल ही नया और अनोखा अनुभव हुआ है, कि उसके दिल पर एक ऐसी छाप पड़ी है जैसी इससे पहले कभी नहीं पड़ी थी। इसके साथ ही उसने साफ तौर पर यह भी पहचाना कि जिस सपने ने उसकी कल्पना को जगा दिया था, वह कभी पूरा नहीं हो सकता था, उसका पूरा होना इतना असंभव था कि उसे सोच

कर भी शर्म महसूस होती थी। उसने फौरन अपना ध्यान उन अधिक व्यावहारिक चिंताओं और कठिनाइयों की ओर कर दिया जो उसे 'उस अभिशप्त बीते हुए कल' से विरासत में मिली थीं।

उसे पिछले दिन की जो बातें याद थीं, उनमें सबसे अप्रिय यह थी कि उसने अपने 'नीच और कमीना' होने का परिचय दिया था। इस वजह से ही नहीं कि वह नशे में था बल्कि इस वजह से भी कि उसने उस नौजवान लड़की की स्थिति का लाभ उठा कर अपनी मूर्खताभरी ईर्ष्या में उसके मँगेतर को गालियाँ दी थीं, जबकि उसे उनके आपसी संबंधों और दायित्वों के बारे में कुछ भी मालूम नहीं था, न ही उसे उस आदमी के बारे में ही कुछ मालूम था। तो इतनी जल्दबाजी में बेलगाम हो कर उसे बुरा-भला कहने का अधिकार ही उसे क्या था उसकी राय माँगी किसने थी, यह बात क्या सोची जा सकती थी कि अव्दोत्या रोमानोव्ना जैसी लड़की पैसे के फेर में किसी ऐसे-वैसे आदमी से शादी करेगी? मतलब यह कि उसमें कोई-न-कोई खूबी तो जरूर होगी। रहने की जगह लेकिन उसे आखिर रहने की जगह के बारे में मालूम ही क्या था कि वह कैसी थी वह एक फ्लैट ठीक करा रहा था... छिः! यह सब कुछ किस कदर नफरत के काबिल था! और यह क्या दलील है कि वह नशे में था, इस तरह का लुजलुजा बहाना तो और भी नीचता का सबूत था! शराब में सच्चाई होती है और सारी सच्चाई, 'मतलब यह कि उसके घिनौने और ईर्ष्या भरे हृदय की सारी गंदगी' बाहर आ गई थी! और क्या उसे, रजुमीखिन को, कभी इस बात का सपना देखने का भी हक था ऐसी लड़की के सामने उसकी क्या हस्ती थी -कल रात के इस शराबी बड़बोले की 'क्या कोई ऐसी बेतुकी और बेमेल जोड़ी की कल्पना भी कर सकता था!' रजुमीखिन का चेहरा इस विचार से ही शर्म से लाल हो गया। अचानक उसे साफ-साफ याद आया : कल रात सीढ़ियों पर उसने कहा था कि मकान-मालकिन को अव्दोत्या रोमानोव्ना से जलन होने लगेगी... यह बात तो कभी बर्दाश्त भी नहीं की जा सकती। उसने तंदूर के चबूतरे पर जोर से घूँसा मारा, हाथ भी जख्मी कर लिया, और उसकी एक ईंट भी गिरा दी।

'जाहिर है,' मिनट भर बाद वह आत्मतिरस्कार की भावना से मन-ही-मन बुदबुदाया, 'जाहिर है कि ये सारे कलंक न कभी धुल सकते हैं और न ही उनकी कोई सफाई दी जा सकती है... इसलिए इस बारे में सोचना भी बेकार है। मुझे चुपचाप उनके पास जाना चाहिए और... अपना कर्तव्य पूरा करना चाहिए... वह भी चुपचाप, बल्कि क्षमा भी नहीं माँगनी चाहिए, कुछ भी नहीं कहना चाहिए... क्योंकि सब कुछ मिट्टी में तो मिल ही चुका!'

तो भी कपड़े पहनते वक्त उसने अपना लिबास हमेशा के मुकाबले कहीं ज्यादा सावधानी से देखा। उसके पास कोई दूसरा सूट नहीं था... होता तो भी वह उसे शायद न पहनता। 'मैं उसे हरगिज न पहनता' लेकिन वह दुनिया से चिढ़ा हुआ, फक्कड़ बना तो घूम नहीं सकता था। उसे दूसरों की भावनाओं को ठेस पहुँचाने का कोई अधिकार नहीं था, खास तौर पर जब उन्हें उसकी मदद की जरूरत थी और उन्होंने उसे बुलाया था। उसने अपने कपड़े अच्छी तरह ब्रश से साफ किए। उसकी कमीज हमेशा बहुत बढ़िया रहती थी; इस मामले में वह खास तौर पर बहुत नफासत से और साफ-सुथरा रहता था।

उस सुबह उसने बहुत मल-मल कर अपना बदन साफ किया। नस्तास्या से उसे साबुन का एक टुकड़ा मिल गया था। उसने अपने बाल धोए, गर्दन धोई और हाथ तो खास तौर पर धोए। जब ठोड़ी पर बढ़ी हुई दाढ़ी का सवाल आया कि उसे बनाए या न बनाए (प्रस्कोव्या पाव्लोव्ना के पास उसके स्वर्गीय पति मि. जार्निस्तीन के बहुत उम्दा उस्तरे थे), तो उसने इस प्रश्न का उत्तर बहुत गुस्से से 'नहीं' में दिया। 'जैसी है रहने दो वैसी ही! अगर उन लोगों ने यह सोचा कि मैं जान-बूझ कर साफ दाढ़ी बना कर आया हूँ ताकि... जरूर वे यही सोचेंगी! नहीं, किसी भी हालत में नहीं'

'और सबसे खास बात तो यह थी कि वह उजड्डु था, गंदा था, उसके तौर-तरीके पूरी तरह भठियारखाने वाले थे; और... और अगर यह मान भी लें कि उसे मालूम था कि उसमें शरीफ लोगोंवाली कुछ बुनियादी बातें थीं... तो भी इसमें इतना इतराने की क्या बात थी शरीफ तो हर आदमी को होना चाहिए, बल्कि उससे भी बढ़ कर... और भी (उसे याद आया) उसने भी तो ऐसी छोटी-छोटी कुछ बातें की थीं... जिन्हें बेईमानी तो नहीं कहा जा सकता, फिर भी! ...और कभी-कभी उसके मन में विचार कैसे उठते थे! हुँ... और इन सब बातों का मुकाबला अव्दोत्या रोमानोव्ना से! लानत है! खैर, यही सही! अच्छी बात है, वह जान-बूझ कर गंदा रहेगा, चीकट रहेगा, भठियारखानों वाले तौर-तरीके अपनाएगा और रत्ती भर इसकी परवाह नहीं करेगा! बल्कि इससे भी बदतर बन जाएगा!...'

अपने आपसे वह कुछ इसी तरह की बातें कर रहा था कि इतने में जोसिमोव वहाँ आ पहुँचा। रात उसने प्रस्कोव्या पाव्लोव्ना के घर में बिताई थी।

वह जा तो अपने घर रहा था लेकिन पहले उसे मरीज को देखने की जल्दी थी। उसे रजुमीखिन ने बताया कि रस्कोलनिकोव बहुत गहरी नींद सो रहा है। जोसिमोव ने कहा –उसे जगाया न जाए और लगभग ग्यारह बजे फिर आ कर उसने देखने का वादा करके चला गया।

'वह तब तक अगर घर पर हुआ,' चलते-चलते उसने इतना और जोड़ा। 'लानत है! अगर मरीज काबू में न रहे तो कोई कैसे उसका इलाज करे? तुम्हें मालूम है कि वह उन लोगों के यहाँ जाएगा या वे लोग यहाँ आएँगी?'

'मैं समझता हूँ कि वे लोग ही आ रही हैं,' रजुमीखिन ने उसके प्रश्न का उद्देश्य समझते हुए जवाब दिया, 'और जाहिर है, वे लोग अपने परिवार के मुआमलों की बातें करेंगे। मैं तो चला जाऊँगा। डॉक्टर के नाते तुम्हें यहाँ होने का मुझसे ज्यादा हक है।'

'लेकिन मैं कोई पादरी तो नहीं जिसके सामने आदमी अपने पाप स्वीकार करता है। मैं तो आऊँगा और चला जाऊँगा। उनकी देखभाल के अलावा मुझे और भी बहुत से काम हैं।'

'मुझे एक बात की वजह से काफी परेशानी है,' रजुमीखिन माथे पर बल डाले हुए बीच में बोला। 'घर आते हुए, रास्ते में मैंने उससे नशे में काफी बकवास की थी... दुनिया भर की बातें... और यह भी कि तुम्हें डर है कि वह... पागल हो जाएगा।'

'तुमने माँ-बेटी से भी यह बात कह दी?'

'जानता हूँ मैं कि यह मेरी बेवकूफी थी! तुम्हारा जी चाहे, मुझे पीट लो। तुम क्या सचमुच ऐसा समझते थे?'

'मैं तुम्हें बताता हूँ, यह सब बकवास है। मैं भला ऐसा कैसे सोच सकता हूँ जब तुम मुझे उसके पास ले गए थे, तब खुद तुमने बताया था कि उसे किसी एक बात की सनक चढ़ गई है... पर कल हम लोगों ने आग में घी डालने का काम किया, मतलब यह कि तुमने किया, वह अपने पुताई करनेवाले का किस्सा सुना कर। बहुत अच्छी बातचीत हो रही थी तब, पर शायद उसी बात पर उसका पागलपन भड़क उठा होगा! काश, मुझे मालूम होता कि थाने में क्या-क्या हुआ था और यह कि किसी कमबख्त ने... यही शक करके उसका अपमान किया था! हुँह... तो कल मैं वह बातचीत होने ही न देता। इसी

तरह के जुनूनी लोग राई का पहाड़ बना लेते हैं... और अपनी कल्पनाओं को सच्चाई की शक्ल में देखने लगते हैं... मुझे याद आता है कि, जहाँ तक मैं समझता हूँ जमेतोव के किस्से ने इस रहस्य पर से आधा पर्दा हटाया था। अरे मैं तो एक ऐसा मामला भी जानता हूँ जिसमें ऐसे ही एक खब्ती ने, वह चालीस साल का शख्स था, आठ साल के एक लड़के की गर्दन बस इसलिए काट दी थी कि रोज खाने की मेज पर वह लड़का उसका मजाक उड़ाता था। जिसे वह बर्दाश्त नहीं कर सकता था! और इस मामले में तो इसके फटे-पुराने कपड़े, सरफिरा पुलिस अफसर, बुखार, और यह शक! एक आदमी जो बीमारी के खब्त से यूँ ही आधा पागल हो, उसका हद दर्जे बढ़ा हुआ अहंकार बीमारी का रूप ले चुका हो, और उस पर से इन सब बातों का असर! बहुत मुमकिन है कि बीमारी की शुरूआत यही रही हो! खैर, छोड़ो इन बातों को! ...हाँ, यह जमेतोव आदमी तो बहुत उम्दा है, लेकिन... उसे कल रात वह सब कुछ नहीं बताना चाहिए था। वह भी पक्का बातूनी है!'

'लेकिन उसने बताया ही किसे बस तुम्हें और मुझे ही तो!'

'और पोर्फिरी को।'

'तो उससे क्या हुआ?'

'और हाँ, यह तो कहो कि उन लोगों पर तुम्हारा कुछ असर है, उसकी माँ और बहन पर? उनसे कह देना कि आज उसके बारे में जरा ज्यादा सावधानी बरतें...'

'वे ठीक से ही रहेंगी!' रजुमीखिन ने झिझकते हुए जवाब दिया।

'आखिर वह इस लूजिन के इतना खिलाफ क्यों है? पैसेवाला आदमी है और वह उसे ऐसा कोई नापसंद भी नहीं करती... जहाँ तक मैं समझता हूँ, इन लोगों के पास तो फूटी कौड़ी भी नहीं है, क्यों?'

'ये सब सवाल भला क्यों?' रजुमीखिन चिढ़ कर बोला। 'मुझे क्या मालूम कि उनके पास एक कौड़ी भी है कि नहीं जा कर खुद पूछ लो, शायद पता चल जाए...'

'उफ! तुम भी कभी-कभी कैसी गधेपन की बातें करते हो! कल रात की चढ़ी हुई अभी तक उतरी नहीं! खैर, मैं चला; मेरी तरफ से अपनी प्रस्कोव्या पाव्लोव्ना को रात में मुझे ठहराने का शुक्रिया अदा कर देना। वह तो कमरा अंदर से बंद करके बिस्तर पर दराज, मैंने दरवाजे के बाहर से सलाम किया तो उसका भी जवाब नहीं; सुबह सात बजे उठीं, रसोई से समोवार सीधा उनके कमरे में लाया गया। मुझे तो उनका दीदार तक नसीब नहीं हुआ...'

ठीक नौ बजे रजुमीखिन बकालेयेव के मकान पर पहुँचा। दोनों महिलाएँ घबराई हुई, बेचैनी से उसकी राह देख रही थीं। वे सात बजे या उससे भी पहले उठ गई थीं। वह अंदर आया तो चेहरे पर रात जैसी स्याही छाई हुई थी। कुछ गड़बड़ा कर वह सलाम करने के अंदाज में झुका और इस बात पर फौरन ही अपने आपको धिक्कारने लगा। उसे इस बात का पूरा-पूरा अंदाजा भी नहीं था कि वह मिलने किससे आया है। पुल्खेरिया अलेक्सांद्रोव्ना उसकी ओर लपक ही पड़ीं। उन्होंने तपाक से उसके दोनों हाथ पकड़े और उन्हें लगभग चूमने लगीं। रजुमीखिन ने डरते-डरते कनखियों से अव्दोत्या रोमानोव्ना की ओर देखा, लेकिन उस पल उसके गर्वमय चेहरे पर कृतज्ञता और मित्रता का, संपूर्ण और अप्रत्याशित सम्मान का ऐसा

भाव था। (जबकि वह उपहास दृष्टि और खुले तिरस्कार की आशा ले कर आया था) कि वह और भी निराश हो उठा। अगर उसे गाली दी गई होती तो भी वह शायद इतना न बौखलाता। सौभाग्य से बातचीत के लिए एक विषय तो था ही और वह फौरन उसका सहारा लेने से नहीं चूका।

यह सुन कर कि सब कुछ ठीक चल रहा था और उनका बेटा अभी तक जागा नहीं था, पुल्खेरिया अलेक्सांद्रोव्ना ने इस बात पर अपनी खुशी का ऐलान किया क्योंकि 'एक बात ऐसी थी जिसके बारे में पहले से बात कर लेना बहुत ही जरूरी था।' इसके बाद नाश्ते की बात पूछी गई और उसे भी साथ ही नाश्ता करने का निमंत्रण मिला। वे लोग भी वास्तव में उसके साथ ही नाश्ता करने का इंतजार कर रही थीं। अव्दोत्या रोमानोव्ना ने घंटी बजाई। घंटी सुन कर फटे-पुराने, मैले कपड़े पहने एक गंदा-सा वेटर आया जिससे उन्होंने चाय लाने को कहा। आखिरकार चाय आई लेकिन ऐसे गंदे और बेहूदा ढंग से कि दोनों महिलाएँ शर्मिंदा हो गईं। रजुमीखिन ने ठहरने की उस जगह पर भड़भड़ाना शुरू ही किया था कि लूजिन की याद आते ही वह सकपका कर रुक गया। पुल्खेरिया अलेक्सांद्रोव्ना के सवालों की लगातार झड़ी से उसे बड़ी राहत मिली।

वह पौन घंटे तक बोलता रहा; बीच-बीच में वे दोनों उससे कुछ सवाल भी पूछती रहीं। रस्कोलनिकोव के पिछले एक साल के जीवन की जो सबसे महत्वपूर्ण बातें उसे मालूम थीं, वे उनके सामने उसने बयान कर दीं और अंत में उसकी बीमारी से संबंधित परिस्थितियों का ब्यौरा भी दे दिया। लेकिन उसने बहुत-सी बातें छोड़ भी दीं, जिनका छोड़ दिया जाना ही बेहतर था। इनमें थाने का वह दृश्य और उसके बाद की घटनाएँ शामिल थीं। उन्होंने उत्सुकता से यह पूरा किस्सा सुना और जब वह यह समझ रहा था कि वह अपनी बात खत्म कर चुका और उसके सुननेवालों की तसल्ली हो गई होगी, तभी उसे पता चला कि वे लोग यह समझ रही थीं कि उसने अभी अपनी बात शुरू भी नहीं की है।

'अच्छा बताओ, मुझे बताओ! तुम्हारे खयाल में... माफ करना, मुझे अभी तक तुम्हारा नाम भी नहीं मालूम!' पुल्खेरिया अलेक्सांद्रोव्ना जल्दी से बोलीं।

'द्मित्री प्रोकोफिच!'

'मैं यह जानना चाहूँगी, द्मित्री प्रोकोफिच, पूरे दिल से जानना चाहूँगी कि आमतौर पर सभी बातों के बारे में अब... उसका रवैया क्या है... मेरा मतलब है... कैसे समझाऊँ... क्या बातें उसे पसंद हैं और क्या नापसंद हैं वह हमेशा क्या ऐसे ही चिड़चिड़ा रहता है अगर तुम्हें मालूम हो तो बताओ कि उसकी उम्मीदें क्या हैं और यूँ समझ लो कि उसके सपने क्या हैं, इस वक्त उस पर किन-किन बातों का असर पड़ रहा है कुल मिला कर मेरा मतलब यह है कि मैं चाहूँगी...'

'माँ, इतनी सारी बातों का जवाब कोई एक साथ कैसे दे सकता है,' दूनिया ने टोका।

'भगवान ही जानता है द्मित्री प्रोकोफिच, मुझे इसकी जरा भी उम्मीद नहीं थी कि वह ऐसी हालत में होगा!'

'स्वाभाविक है मादाम,' रजुमीखिन ने जवाब दिया। 'मेरी माँ तो रहीं नहीं, लेकिन मेरे चाचा हर साल आते हैं और लगभग हर बार ऐसा होता है कि वे मुझे मुश्किल से ही पहचान पाते हैं, यहाँ तक कि मेरी सूरत भी नहीं पहचानते, हालाँकि वे बहुत होशियार आदमी हैं। और आपके तीन साल से अलग रहने से भी बहुत फर्क पड़ा होगा। आपसे अब मैं क्या बताऊँ! रोदिओन को मैं डेढ़ साल से जानता हूँ। वह कुछ खोया-खोया उदास-सा रहता है, स्वाभिमानी है और जिद्दी भी, और इधर कुछ समय से - हो सकता है और भी पहले से - शक्की भी हो गया है। अपने मन से कोई बात सोच कर फिर उसी को

पकड़ कर बैठ जाता है। स्वभाव का बहुत अच्छा और दिल का नेक है। सबके सामने अपनी भावनाओं को जाहिर करना पसंद नहीं करता और भले ही उसे बेरहमी का बर्ताव करना पड़े, अपने दिल की बात खोल कर सामने कभी नहीं रखेगा। कभी-कभी यूँ भी होता है कि किसी कुंठा या बीमारी का शिकार हुए बिना वह एकदम निर्मम और अमानवीय सीमा तक कठोर हो जाता है। तब लगता है कि एक नहीं, दो आदमी हैं; कभी वह एक हो जाता है, कभी दूसरा। कभी-कभी तो अपने आपमें इतना सिमट जाता है कि डर लगने लगता है। कहता है उसे इतना काम है कि हर चीज से उसमें बाधा पड़ती है लेकिन बस बिस्तर पर पड़ जाता है, करता कुछ भी नहीं है। किसी चीज का वह मजाक भी नहीं उड़ाता, इसलिए नहीं कि उसमें इतनी बुद्धि नहीं है बल्कि लगता है उसके पास ऐसी टुच्ची बातों में गँवाने के लिए वक्त नहीं है। उससे जो कुछ कहा जाता है, उसे कभी भी पूरी तरह नहीं सुनता। किसी खास मौके पर लोग जिस बात में दिलचस्पी लेते हैं, उसमें उसे कोई दिलचस्पी नहीं रहती। अपने आप को बहुत भाव देता है और शायद यह ठीक ही करता है। बस, और क्या बताऊँ! मैं समझता हूँ उस पर आप लोगों के आने का अच्छा ही असर पड़ेगा।'

'भगवान करे ऐसा ही हो,' उनके रोद्या का रजुमीखिन ने जो बयान किया था, उससे दुखी हो कर पुल्खेरिया अलेक्सांद्रोव्ना ने आशा व्यक्त की।

आखिरकार रजुमीखिन ने अब अव्दोत्या रोमानोव्ना की ओर कुछ और भी बेझिझक हो कर देखने की हिम्मत की। जब वह बातें कर रहा था तो बीच-बीच में अकसर कनखियों से उसकी ओर देख लेता था, लेकिन बस एक पल के लिए देख कर अपनी नजरें फौरन दूसरी ओर फेर लेता था। अव्दोत्या रोमानोव्ना मेज के पास बैठी ध्यान से सुन रही थी। थोड़ी-थोड़ी देर बाद वह उठती और सीने पर हाथ बाँधे, होठ भींचे, कमरे में इधर-से-उधर टहलने लगती। बीच-बीच में टहलना रोके बिना वह कोई सवाल भी पूछ लेती। उसकी भी आदत यही थी कि जो कुछ कहा जाता था, उसे सुनती नहीं थी। उसने गहरे रंग के महीन कपड़े की पोशाक पहन रखी थी और गले में सफेद रंग का झीना रूमाल लपेट रखा था। रजुमीखिन को उनकी हर बात में बेहद गरीबी की झलक पाने में कुछ ज्यादा समय नहीं लगा। वह महसूस कर रहा था कि अव्दोत्या रोमानोव्ना अगर किसी महारानी की तरह सजी-बनी होती तो उससे उसे कोई डर नहीं लगता। लेकिन शायद इसी वजह से कि उसके कपड़े मामूली थे और उसके चारों ओर की हर चीज से मुफलिसी टपकती दिखाई देती थी, उसके दिल में डर समा गया। उसे अपने कहे हर शब्द से, हर हाव-भाव से डर लगने लगा था, और जो आदमी पहले से ही सहमा-सहमा हो उसके लिए यह बहुत ही परीशानी की बात थी।

'आपने मेरे भाई के स्वभाव के बारे में बहुत दिलचस्प बातें बताई हैं... और बड़े निष्पक्ष ढंग से बताई हैं। मुझे इस बात की खुशी है। मैं समझती थी आपको उनसे इतना गहरा लगाव है कि आप उनमें कोई बुराई देख ही नहीं सकते,' अव्दोत्या रोमानोव्ना ने मुस्करा कर कहा। 'मैं समझती हूँ आपका यह कहना एकदम ठीक है कि उन्हें किसी औरत की बहुत जरूरत है,' कुछ सोच कर उसने इतना और जोड़ दिया।

'मैंने यह बात कही तो नहीं थी लेकिन इतना मैं जरूर कह सकता हूँ कि आपका यह कहना एकदम ठीक है; बात बस इतनी-सी है कि...'

'क्या?'

'वह किसी से प्यार नहीं करता और शायद कभी करे भी नहीं,' रजुमीखिन ने अपना फैसला सुनाते हुए कहा।

'आपका मतलब यह है कि वह प्यार कर ही नहीं सकता?'

'आपको शायद मालूम नहीं अव्दोत्या रोमानोव्ना कि आप हर बात में हू-ब-हू अपने भाई जैसी हैं!' अचानक उसके मुँह से यह बात निकल गई और उसे इस पर खुद भी आश्चर्य हुआ। लेकिन फौरन यह याद आते ही कि अभी-अभी इससे पहले उसने उसके भाई के बारे में क्या कहा था, उसका रंग लाल हो गया और वह सिटपिटा गया। उसे देख कर अव्दोत्या रोमानोव्ना को बरबस हँसी आ गई।

'रोद्धा के बारे में तुम दोनों गलती पर हो सकते हो,' पुल्खेरिया अलेक्सांद्रोव्ना ने कुछ खीझ कर कहा। 'मैं अभी की उलझन की बात नहीं कर रही, दूनिया बेटी। प्योत्र पेत्रोविच ने अपने इस खत में जो कुछ लिखा है और जो कुछ तुम और मैं अपने मन में माने बैठे हैं, वह गलत हो सकता है। लेकिन, द्मित्री प्रोकोफिच, तुम सोच भी नहीं सकते कि वह कितना सनकी है। बस यूँ समझो कि बेहद बदमिजाज। जब वह पंद्रह साल का था तभी से मुझे कभी यह भरोसा नहीं रहा कि कब क्या कर बैठेगा। मुझे तो बल्कि पूरा यकीन है कि वह अब भी कोई ऐसा काम कर बैठेगा जिसे करने की बात कोई दूसरा आदमी सोच तक नहीं सकता... अब जैसे इसी बात को ले लो... बस डेढ़ साल पहले की बात है कि उसने मुझे ऐसे चक्कर में डाल दिया और मुझे ऐसा गहरा सदमा पहुँचाया कि मैं बस मरते-मरते बची... जब वह उस लड़की से ब्याह करने की सोच रहा था - क्या नाम था उसका? ...अरे वही, उसकी मकान-मालकिन की बेटी!'

'आपने उस मामले के बारे में विस्तार से सुना था?' अव्दोत्या रोमानोव्ना ने पूछा।

'क्या तुम समझती हो...' पुल्खेरिया अलेक्सांद्रोव्ना जोश के साथ अपनी बात कहती रहीं, 'कि मैं घड़े-घड़े आँसू बहाती, बेपनाह रोती-गिड़गिड़ाती, बीमार पड़ जाती, दुख से मर भी जाती... या फिर हमारी गरीबी... कोई भी चीज उसे रोक सकती थी नहीं, इन सारी बाधाओं की परवाह किए बिना वह चुपचाप अपने रास्ते पर आगे चलता जाता। तो क्या हम लोगों से उसे प्यार नहीं?'

'उस सिलसिले के बारे में उसने मुझसे कभी एक बात भी नहीं कही,' रजुमीखिन ने सावधान हो कर जवाब दिया। 'लेकिन मैंने इस बारे में खुद प्रस्कोव्या पाव्लोव्ना के मुँह से कुछ सुना था, हालाँकि वह ऐसी औरत हरगिज नहीं है कि किसी के बारे में यूँ ही कोई बात फैलाए। और जो कुछ मैंने सुना था वह सचमुच जरा अजीब था।'

'क्यों... क्या सुना तुमने?' दोनों औरतों ने एक साथ पूछा।

'खैर, कोई खास बात नहीं। मुझे तो बस इतना मालूम हुआ कि वह शादी, जो सिर्फ उस लड़की के मरने की वजह से नहीं हो सकी, प्रस्कोव्या पाव्लोव्ना को कतई पसंद नहीं थी। लोग तो यह भी कहते हैं कि लड़की कतई सुंदर नहीं थी। वास्तव में मैंने तो यहाँ तक सुना है कि वह एकदम बदसूरत थी... हमेशा बीमार रहती थी... और कुछ अजीब-सी थी। लेकिन ऐसा लगता है कि उस लड़की में कुछ अच्छाइयाँ भी थीं। कुछ न कुछ अच्छाइयाँ उसमें जरूर रही होंगी, वरना यह बात समझ में नहीं आती... दहेज के नाम पर भी कुछ नहीं था और उसके पैसे के चक्कर में यह पड़ता भी नहीं... लेकिन ऐसे किसी मामले में कोई फैसला करना हमेशा मुश्किल होता है।'

'मुझे तो यकीन है कि वह जरूर अच्छी लड़की रही होगी,' अव्दोत्या रोमानोव्ना ने संक्षेप में अपनी राय दी।

'भगवान मुझे क्षमा करे, मैं उसके मरने पर बहुत खुश हुई थी। यूँ मैं ठीक से नहीं कह सकती कि दोनों में से कौन किसे ज्यादा तकलीफ पहुँचाता - यह उसको पहुँचाता या वह इसको पहुँचाती,' पुल्खेरिया अलेक्सांद्रोव्ना ने इस सिलसिले को खत्म करते हुए कहा। इसके बाद उन्होंने लूजिन के साथ कल जो कांड हुआ था, उसके बारे में टोह लेने के लिए उससे कुछ सवाल पूछने शुरू किए। वे कुछ झिझक रही थीं और बीच-बीच में कनखियों से लगातार दूनिया को देखती जाती थीं, जिस पर दूनिया को, साफ था कि उलझन हो रही थी। जाहिर था कि और चाहे जो कुछ भी हुआ था, उन्हें सबसे बढ़ कर इस घटना की वजह से काफी बेचैनी, बल्कि कहना चाहिए कि परीशानी थी। रजुमीखिन ने विस्तार से एक बार फिर सारी घटना बयान की, लेकिन इस बार वह अपनी राय भी जोड़ता गया। उसने खुल कर रस्कोलनिकोव को जान-बूझ कर प्योत्र पेत्रोविच का अपमान करने का दोषी ठहराया, और उसकी बीमारी की वजह से भी उसे माफ करने की कोशिश नहीं की।

'उसने अपनी बीमारी से पहले ही इसकी ठान रखी थी,' आखिर में उसने यह भी कहा।

'मेरा भी यही खयाल है,' पुल्खेरिया अलेक्सांद्रोव्ना ने निराशा के भाव से अपनी सहमति दी। लेकिन उन्हें यह सुन कर बहुत ताज्जुब हो रहा था कि रजुमीखिन सावधानी से, बल्कि एक हद तक प्योत्र पेत्रोविच के प्रति सम्मान की भावना के साथ अपनी राय जाहिर कर रहा था। अव्दोत्या रोमानोव्ना को भी यह बात कुछ खटकी।

'तो प्योत्र पेत्रोविच के बारे में तुम्हारी राय यह है?' पुल्खेरिया अलेक्सांद्रोव्ना उससे पूछे बिना न रह सकीं।

'आपकी बेटी के होनेवाले पति के बारे में मेरी राय और क्या हो सकती है,' रजुमीखिन ने दृढ़ता और सहृदयता से जवाब दिया, 'पर मैं यह बात कोरी शिष्टता के नाते नहीं कह रहा, बल्कि इसलिए... सिर्फ इसलिए कह रहा हूँ कि अव्दोत्या रोमानोव्ना ने अपनी मर्जी से इस आदमी को स्वीकार किया है। कल रात उनके बारे में मैं जो बदतमीजी से बातें कर रहा था, उसकी वजह यह थी कि मैं बुरी तरह नशे में था और... उसके अलावा कुछ पागल भी हो गया था : जी हाँ, पागल, दीवाना, मेरा दिमाग एकदम फिर गया था... और मैं आज सुबह से अपनी उस हरकत पर शर्मिंदा हूँ।' उसका चेहरा लाल हो गया और इसके आगे वह कुछ और न बोल सका। अव्दोत्या रोमानोव्ना के चेहरे पर भी लाली दौड़ गई, लेकिन उसने भी इस चुप्पी को नहीं तोड़ा। जबसे उन लोगों ने लूजिन की चर्चा छेड़ी थी, तब से उसने एक शब्द भी नहीं कहा था।

उसके समर्थन के बिना पुल्खेरिया अलेक्सांद्रोव्ना की समझ में यह नहीं आ रहा था कि वह क्या करें। आखिर अटक-अटक कर बोलते हुए और बराबर कनखियों से अपनी बेटी की ओर देखते हुए उन्होंने यह बात मानी कि वे एक बात की वजह से बेहद परेशान थीं।

'देखो, द्मित्री प्रोकोफिच,' उन्होंने कहना शुरू किया। 'मैं द्मित्री प्रोकोफिच से खुल कर बात करूँ, दुनेच्का?'

'हाँ माँ, क्यों नहीं,' अव्दोत्या रोमानोव्ना ने जोर दे कर कहा।

'असल में बात यह है,' उन्होंने जल्दी-जल्दी अपनी बात कहनी शुरू की, गोया अपनी परीशानी के बारे में बातें करने की इजाजत पा कर उनके दिमाग पर से कोई बोझ हट गया हो। 'आज बहुत सबेरे प्योत्र पेत्रोविच ने हमारे पास हमारे उस खत के जवाब में, जिसमें हमने उन्हें यहाँ अपने पहुँचने की खबर दी थी, एक पर्चा लिख कर भेजा। उन्होंने हमें लेने के लिए स्टेशन आने का वादा किया था, यह तो तुम जानते ही हो। पर इसकी बजाय उन्होंने रहने की इस जगह का पता हमें एक नौकर के हाथ भिजवा दिया और उससे हमें यहाँ तक का रास्ता बताने को कह दिया। हाँ, उन्होंने यह संदेश भी भिजवाया

कि वे आज सबेरे यहाँ आएँगे। लेकिन आज सबेरे उनका यह पर्चा आया... तुम खुद पढ़ लो; इसमें एक बात भी है जिसकी वजह से मुझे बड़ी चिंता हो रही है... अभी तुम्हारी समझ में आ जाएगा कि वह कौन-सी बात है और द्मित्री प्रोकोफिच... मुझे अपनी राय सही-सही बताना! तुम रोद्या के स्वभाव को जितनी अच्छी तरह जानते हो, उतनी अच्छी तरह और कोई नहीं जानता, और हमें तुमसे बेहतर सलाह भी और कोई नहीं दे सकता। मैं तुम्हें बता दूँ कि दुनिया ने तो फौरन अपना फैसला कर लिया था लेकिन मैं अभी तक अपना मन नहीं बना सकी कि हमें क्या कदम उठाना चाहिए और मैं... मैं तुम्हारी राय जानने की राह देख रही थी।'

रजुमीखिन ने पर्चा खोला जिस पर पिछली शाम की तारीख पड़ी थी। लिखा था :

'प्रिय महोदया पुल्खेरिया अलेक्सांद्रोव्ना, मैं पूरे सम्मान के साथ आपको यह सूचना देना चाहता हूँ कि ऐसी कुछ अड़चनों की वजह से, जिनका मुझे पहले से कोई पता नहीं था, मैं इतना लाचार रहा कि आपको लेने रेलवे स्टेशन नहीं आ सका; इस काम के लिए मैंने एक बहुत जिम्मेदार आदमी को भेज दिया था। कल सबेरे भी मैं आपके दर्शन पाने का सौभाग्य नहीं पा सकूँगा क्योंकि सेनेट में एक ऐसा काम आ पड़ा है, जिसे टाला नहीं जा सकता। अलावा इसके यह बात भी है कि जब आप अपने बेटे से और अव्दोत्या रोमानोव्ना अपने भाई से मिल रही हों तो मैं उस मुलाकात में विघ्न नहीं डालना चाहता। मैं आपसे मिलने और आपके प्रति अपना सम्मान प्रकट करने आपके निवास-स्थान पर कल शाम तक, बल्कि हद-से-हद आठ बजे तक उपस्थित हूँगा और इसके साथ ही मैं आपकी सेवा में अपनी यह हार्दिक, बल्कि मैं यह भी कह दूँ कि नितांत आवश्यक, प्रार्थना भी रखना चाहता हूँ कि हमारी भेंट के समय रोदिओन रोमानोविच वहाँ उपस्थित न रहें... क्योंकि मैं कल जब उनकी बीमारी के बीच उन्हें देखने गया तो उन्होंने सरासर मेरा ऐसा खुला अपमान किया कि आज तक किसी ने नहीं किया। अलावा इसके, मैं एक बात के बारे में आपसे निजी तौर पर नितांत आवश्यक और विस्तृत सफाई चाहता हूँ, क्योंकि मैं जानना चाहता हूँ कि इस बात के बारे में आपकी क्या राय है। मैं आपको पहले से ही यह सूचना भी देना चाहूँगा कि अगर मेरी इस प्रार्थना के बावजूद रोदिओन रोमानोविच से वहाँ भेंट हुई तो मैं वहाँ से फौरन चले आने पर मजबूर हूँगा और इसके लिए केवल आप दोषी होंगी। ये बातें मैं यह मान कर लिख रहा हूँ कि रोदिओन रोमानोविच, जो उनको देखने के लिए मेरे जाने के समय काफी बीमार लग रहे थे, अचानक दो ही घंटे बाद एकदम चंगे हो गए थे और इसलिए, घर से बाहर निकल सकने योग्य होने की वजह से, हो सकता है कि वह आपसे भी मिलने आएँ। मेरा यह विश्वास उस बात से और भी पक्का हो गया है, जो मैंने खुद एक शराबी के घर पर देखी जो सड़क पर गाड़ी से कुचल गया था और बाद में मर भी गया। उसकी बेटी को, जो बदचलन है, उन्होंने कफन-दफन के बहाने पच्चीस रूबल भी दिए, जिस पर मुझे गहरी हैरानी हुई क्योंकि मुझे मालूम था कि आपने वह रकम कितनी तकलीफें उठ कर जमा की थीं। इसके साथ ही आपकी सम्मानित पुत्री अव्दोत्या रोमानोव्ना के प्रति अपना विशेष सम्मान प्रकट करते हुए मैं आपसे मेरा श्रद्धापूर्ण नमस्कार स्वीकार करने की प्रार्थना करता हूँ।

आपका विनीत सेवक,

प. लूजिन'

'अब मैं क्या करूँ द्मित्री प्रोकोफिच' पुल्खेरिया अलेक्सांद्रोव्ना ने लगभग रोते हुए अपनी बात कहनी शुरू की। 'मैं भला रोद्या को यहाँ आने से कैसे मना कर सकती हूँ कल उसने इतनी जिद करके कहा कि हम प्योत्र पेत्रोविच से साफ इनकार

कर दें और अब हमें हुक्म दिया जा रहा है कि हम रोद्या को अपने यहाँ न आने दें! अगर उसे मालूम हो गया तो वह जान-बूझ कर यहाँ आएगा और... तब क्या होगा'

'अव्दोत्या रोमानोव्ना जो फैसला करें वैसा कीजिए,' रजुमीखिन ने फौरन और शांत भाव से उत्तर दिया।

'आह, कुछ समझ में नहीं आता! वह कहती है... भगवान जाने क्या कहती है... वह कुछ बताती ही नहीं कि चाहती क्या है! वह तो कहती है कि सबसे अच्छा यही होगा, या सबसे अच्छा न भी सही, लेकिन यह जरूरी है कि रोद्या यहाँ आठ बजे मौजूद रहे और यह कि उन दोनों की मुलाकात हो... मैं उसे यह खत भी नहीं दिखाना चाहती थी, बल्कि उसे तुम्हारी मदद से किसी तरकीब से यहाँ आने से रोकना चाहती थी... क्योंकि वह काफी चिड़चिड़ा हो गया है... इसके अलावा वह बात भी मेरी समझ में नहीं आती, उस शराबी की, जो मर गया और उसकी बेटी की, कि उसने उसकी बेटी को सारा पैसा दे कैसे दिया... जिसके...'

'जिसके लिए तुम्हें काफी कुरबानी देनी पड़ी थी, माँ,' अव्दोत्या रोमानोव्ना ने उसकी बात पूरी की।

'वह कल अपने होश में नहीं था,' रजुमीखिन ने कुछ सोचते हुए कहा, 'काश आपको मालूम होता कि कल उसने एक रेस्तराँ में क्या किया, हालाँकि उसमें भी एक तुक था... हुँ! कल रात जब हम लोग घर जा रहे थे तो एक मरे हुए आदमी और एक लड़की के बारे में वह कुछ कह तो रहा था लेकिन मेरी समझ में एक शब्द भी नहीं आया... लेकिन कल रात मैं खुद भी...'

'सबसे अच्छी बात यह होगी माँ, कि हम लोग खुद उसके पास जाएँ और मैं यकीन दिलाती हूँ कि वहाँ पहुँच कर हमारी समझ में फौरन आ जाएगा कि हमें क्या करना है। इसके अलावा, अब देर भी हो रही है - बाप रे, दस बज चुके,' वह अपने गले में वेनिस की बनी महीन-सी जंजीर से लटकी हुई एक बहुत ही शानदार सुनहरी घड़ी में, जिसका उसकी बाकी पोशाक के साथ कोई मेल नहीं दिखाई पड़ रहा था, वक्त देख कर चिल्ला पड़ी। 'मँगेतर ने तोहफे में दी होगी,' रजुमीखिन ने सोचा।

'हमें चलना चाहिए बेटी, फौरन चल देना चाहिए,' उसकी माँ ने हड़बड़ी में कहा। 'हमारे इतनी देर से आने पर वह यही सोचेगा कि कलवाली बात पर हम लोग अभी तक नाराज हैं। भगवान भला करे।'

यह कहते हुए उन्होंने जल्दी-जल्दी अपना लबादा पहना और टोपी लगा ली; दुनिया भी तैयार हो गई। रजुमीखिन ने देखा कि उसके दस्ताने बदरंग और भद्दे ही नहीं थे बल्कि उनमें जगह-जगह सूराख भी हो गए थे। तो भी पोशाक से साफ दिखाई देनेवाली गरीबी की वजह से दोनों महिलाओं में एक विशेष गरिमा आ गई थी, जो ऐसे लोगों में हमेशा पाई जाती है, जो मामूली कपड़े भी सँवार कर सलीके से पहनना जानते हैं। रजुमीखिन ने श्रद्धा के साथ दूनिया की ओर देखा और इस बात पर गर्व का अनुभव किया कि वह उसके साथ चल रहा था। 'वह रानी जो कैदखाने में अपने मोजे रफू करती थी,' उसने सोचा, 'उस वक्त भी सोलहों आने रानी ही लगती होगी, बल्कि जैसी वह आलीशान दावतों में और दरबार लगने पर लगती रही होगी, उससे भी ज्यादा रानी लगती होगी।'

'हे भगवान!' पुल्खेरिया अलेक्सांद्रोव्ना ने दुखी हो कर कहा, 'मैंने कभी सोचा भी नहीं था कि मुझे कभी अपने बेटे से, अपने कलेजे के टुकड़े रोद्या से, मिलने में भी डर लगेगा। मुझे तो अब डर लग रहा है, द्मित्री प्रोकोफिच,' उन्होंने सहमी हुई नजर से उसे देख कर कहा।

'डरो नहीं, माँ,' दूनिया ने उन्हें चूमते हुए कहा, 'भरोसा करो उस पर, जैसे मैं करती हूँ।'

'अरे, भरोसा तो है उस पर लेकिन सारी रात मेरी आँख नहीं लगी,' बेचारी माँ ने कातर हो कर कहा।

वे लोग बाहर सड़क पर आ चुके थे।

'जानती हो दूनिया, मेरी आँख आज सबेरे जब थोड़ी देर को लगी तो मैंने सपने में मार्फा पेत्रोव्ना को देखा... वे सर से पाँव तक सफेद कपड़े पहने थीं... मेरे पास आईं और मेरा हाथ पकड़ कर मेरी ओर सर हिलाया, लेकिन इतने झटके से गोया मुझे दोष दे रही हों... यह क्या अच्छा शगुन है अरे, तुम नहीं जानते द्मित्री प्रोकोफिच, मार्फा पेत्रोव्ना मर चुकी हैं!'

'नहीं, मुझे नहीं मालूम था। ये मार्फा पेत्रोव्ना हैं कौन?'

'एकदम अचानक मर गईं; जरा सोचो...'

'बाद में, माँ,' दूनिया ने बात काटते हुए कहा। 'इन्हें क्या मालूम कि मार्फा पेत्रोव्ना कौन थीं।'

'अरे, तुम नहीं जानते मैं समझ रही थी तुम्हें हम लोगों के बारे में सब कुछ मालूम है। माफ करना, द्मित्री प्रोकोफिच, इधर कुछ दिनों से मैं न जाने क्या-क्या सोचती रहती हूँ। मैं तुम्हें सचमुच हम सबके लिए भगवान की देन समझती हूँ, और इसलिए मैंने मान लिया था कि तुम हम लोगों के बारे में सब कुछ जानते होगे। मैं तो तुम्हें अपना रिश्तेदार समझने लगी हूँ... मेरी इस बात का बुरा न मानना। अरे, यह तुम्हारे दाहिने हाथ में क्या हुआ कहीं चोट खा ली क्या?'

'हाँ, चोट लग गई थी,' रजुमीखिन ने दबे स्वर में जवाब दिया। वह खुशी से फूला जा रहा था।

'मैं कभी-कभी अपने दिल की बात कह देती हूँ, और दूनिया मुझे टोकती है... लेकिन भैया, वह भी कैसे दड़बे में रहता है! मालूम नहीं, अभी जागा भी होगा कि नहीं। यह औरत, उसकी मकान-मालकिन, उस जगह को कमरा कहती है सुना, तुम कह रहे थे कि वह अपनी भावनाएँ किसी के सामने खोल कर रखना नहीं चाहता... तो मैं अगर अपनी कमजोरियाँ उसके सामने रखूँगी तो उसे झुँझलाहट ही होगी! मुझे सलाह दो द्मित्री प्रोकोफिच, मैं उसके साथ किस तरह का बर्ताव करूँ। मेरी समझ में कुछ भी नहीं आता, मैं तो एकदम हैरान-सी हूँ!'

'उसके माथे पर अगर बल पड़े हुए हों तो उससे किसी बात के बारे में कुछ ज्यादा मत पूछिएगा। उससे उसकी तंदुरुस्ती के बारे में ज्यादा मत पूछिएगा; यह उसे अच्छा नहीं लगता।'

'आह, द्मित्री प्रोकोफिच, माँ होना भी कैसी मुसीबत है! लो, ये तो सीढ़ियाँ आ गईं... कैसी बेढब सीढ़ियाँ हैं!'

'माँ, तुम्हारा चेहरा एकदम पीला पड़ गया है! इतनी दुखी न हो, माँ,' दूनिया ने एक बाँह में उसे कसते हुए कहा और फिर चमकती हुई आँखों से देख कर बोली : 'वह तुम्हें देख कर खुश ही होगा, तुम बेकार ही परेशान हो रही हो।'

'आप लोग ठहरिए, मैं जरा झाँक कर देख तो लूँ कि वह जाग गया है या नहीं।'

रजुमीखिन आगे बढ़ गया। दोनों औरतें धीरे-धीरे पीछे आ रही थीं। जब वे चौथी मंजिल पर मकान-मालकिन के दरवाजे पर पहुँचीं तो उन्होंने देखा कि उसके दरवाजे में एक पतली-सी दरार खुली थी और अंदर के अँधेरे में से दो काली-काली आँखें उन्हें देख रही थीं। जब उनकी आँखें मिलीं तो दरवाजा अचानक इतने जोर से बंद कर दिया गया कि पुल्खेरिया अलेक्सांद्रोव्ना के मुँह से चीख निकलते-निकलते रह गई।

अपराध और दंड : (अध्याय 3-भाग 3)

'ठीक, बिलकुल ठीक!' जोसिमोव उनके अंदर आते ही खुश हो कर ऊँचे स्वर में बोला। वह दस मिनट पहले ही आया था और सोफे पर पहलेवाली जगह पर ही बैठा था। रस्कोलनिकोव सामनेवाले कोने में बैठा था। वह मुँह-हाथ अच्छी तरह धोए हुए, बाल बनाए हुए और सारे कपड़े पहने हुए था, जैसा कि उसने इधर एक अरसे से नहीं किया था। कमरा ठसाठस भर गया। नस्तास्या फिर भी मेहमानों के पीछे-पीछे अंदर आ गई और उनकी बातें सुनने के लिए वहीं रुकी रही।

कल की हालत के मुकाबले में रस्कोलनिकोव लगभग पूरी तरह ठीक था, हालाँकि उसका चेहरा अब भी पीला, बेजान और उदास लगता था। देखने में वह किसी घायल आदमी जैसा या किसी ऐसे शख्स जैसा लगता था जो कोई भयानक शारीरिक कष्ट झेल चुका हो। भौंहें तनी हुईं, होठ भिंचे हुए और आँखों में बुखार जैसी हालत। बहुत थोड़ा बोलता था और वह भी अटक-अटक कर, मानो कोई फर्ज पूरा कर रहा हो। चाल-ढाल में एक बेचैनी-सी थी।

बस एक ही कमी रह गई थी। अगर उसकी बाँह स्लिंग में टिकी होती या उँगली पर पट्टी बँधी होती तो उसका हुलिया उस आदमी जैसा होता, जिसके हाथ में चोट लगी हुई हो या जिसे कोई फोड़ा बेहद दर्द कर रहा हो।

माँ और बहन के आने पर उसके पीले, उदास चेहरे पर एक पल के लिए चमक-सी आ गई। लेकिन इसी वजह से उस पर निराशा की मुर्दनी की बजाय गहरी पीड़ा का भाव आ गया था। चमक तो थोड़ी देर में गायब हो गई लेकिन पीड़ा का भाव बना रहा। नई-नई डॉक्टरी शुरू करनेवाले नौजवान डॉक्टर के पूरे उत्साह के साथ जोसिमोव ने अपने मरीज को ध्यान से देखा, उसकी हालत पर गहराई से विचार किया और यह नतीजा निकाला कि अपनी माँ और बहन के आने से उसे कोई खुशी नहीं हुई थी, बल्कि अंदर ही अंदर कोई कड़वा संकल्प पैदा हो गया था, यह कि वह एक बार फिर घंटे-दो घंटे यातना झेल लेगा, जिसे टाला नहीं जा सकता था। बाद में उसने देखा कि उनके बीच जो बातचीत हुई उसका एक-एक शब्द गोया किसी दुखते हुए जख्म को छेड़ कर उसमें टीस पैदा कर रहा था। लेकिन इसके साथ ही उसे उस मरीज की अपने पर काबू रखने और अपनी भावनाओं को छिपाने की ताकत पर हैरत भी हो रही थी, जो अभी कल तक जरा-जरा-सी बात पर पागलों की तरह भड़क उठता था।

'हाँ, मुझे खुद लगता है कि मैं लगभग एकदम ठीक हो चुका हूँ,' रस्कोलनिकोव ने माँ और बहन को चूम कर उनका स्वागत करते हुए कहा। पुल्खेरिया अलेक्सांद्रोव्ना फौरन इससे चहक उठीं। 'और मैं यह बात उसी तरह नहीं कह रहा जिस तरह कल कही थी,' उसने दोस्ताना ढंग से रजुमीखिन का हाथ दबाते हुए कहा।

'आज इसे देख कर मुझे सचमुच ताज्जुब हो रहा है,' जोसिमोव ने कहना शुरू किया। वह इन दो महिलाओं के आ जाने से खुश था क्योंकि वह अपने मरीज के साथ दस मिनट भी बातचीत करने में असफल रहा था। 'यह सिलसिला अगर इसी

तरह चलता रहा तो यह तीन-चार दिन में पहले जैसा ही हो जाएगा, मेरा मतलब है कि एक महीने पहले या दो महीने पहले जैसा... या शायद वैसा ही जैसा तीन महीने पहले था। इसकी हालत काफी दिनों से धीरे-धीरे बिगड़ती आई है... क्यों अंब मान भी लो कि यह सब शायद तुम्हारा अपना किया-धरा है' उसने कुछ झिझकते हुए मुस्करा कर कहा, गोया अब भी डर रहा हो कि कहीं वह चिढ़ न जाए।

'बहुत मुमकिन है,' रस्कोलनिकोव ने सपाट लहजे में जवाब दिया।

'मैं तो यह भी कहना चाहूँगा,' जोसिमोव ने उत्साह से अपनी बात आगे बढ़ाई, 'कि तुम्हारे ठीक होने का पूरा दारोमदार खुद तुम पर है। चूँकि अब तुमसे बात की जा सकती है, इसलिए मैं तुम्हारे दिमाग में यह बात अच्छी तरह बिठाना चाहूँगा कि तुम्हारे लिए उन बुनियादी वजहों से बचना निहायत जरूरी है, जो तुम्हारी यह बीमारी पैदा कर सकती हैं। मेरा मतलब है कि जो तुम्हारी इस हालत की जड़ हैं। तुम अगर ऐसा करोगे तो अच्छे हो जाओगे, और नहीं करोगे तो तुम्हारी हालत दिन-ब-दिन बिगड़ती जाएगी। ये बुनियादी वजहें क्या हैं, मुझे नहीं मालूम, लेकिन तुम्हें जरूर मालूम होंगी। तुम समझदार आदमी हो, और जाहिर है तुमको इन वजहों को खुद पहचानना होगा। मैं समझता हूँ तुम्हारे बहकने की पहली मंजिल उसी वक्त शुरू हुई जब तुमने युनिवर्सिटी छोड़ी थी। तुम्हें खाली नहीं बैठना चाहिए। सो मैं समझता हूँ कि अगर तुम कोई काम करते रहोगे और अपने सामने कोई लक्ष्य रखोगे तो बहुत जल्द फायदा होगा।'

'हाँ, तुम ठीक कहते हो... मैं जल्द-से-जल्द यूनिवर्सिटी वापस जाने की कोशिश करूँगा और फिर... सब कुछ ठीक हो जाएगा...'

जोसिमोव ने उपदेश की ये बातें एक हद तक उन महिलाओं पर अपनी धाक जमाने के लिए शुरू की थी। लेकिन जब भाषण निबटा कर उसने अपने मरीज पर एक नजर डाली और उसके चेहरे पर एक कड़वी मुस्कराहट देखी तो उसे कुछ हैरत जरूर हुई। लेकिन यह हालत बस एक पल ही रही। पुल्खेरिया अलेक्सांद्रोव्ना ने फौरन जोसिमोव का शुक्रिया अदा करना शुरू कर दिया, खास तौर पर पिछली रात उनके यहाँ आने का।

'क्या! कल रात भी यह तुम लोगों से मिला था' रस्कोलनिकोव ने गोया चौंक कर पूछा। 'तब तो तुम लोग इतने लंबे सफर के बाद भी सोई नहीं होगी!'

'अरे नहीं रोद्या, वह तो बस दो बजे तक की बात थी। यूँ घर पर भी तो हम और दूनिया कभी दो बजे से पहले सोते नहीं।'

'मेरी समझ में नहीं आता कि इसका शुक्रिया मैं कैसे अदा करूँ,' रस्कोलनिकोव अचानक माथे पर बल डाल कर और नीचे देखते हुए कहता रहा। 'पैसे देने का सवाल तो अलग, मुझे इसकी चर्चा छेड़ने के लिए माफ करना,' उसने जोसिमोव की ओर मुड़ कर कहा। 'मेरी समझ में सचमुच नहीं आता कि मैंने तुम्हारे साथ कौन-सा ऐसा उपकार किया है जो तुम खास तौर पर मेरा इतना ध्यान रख रहे हो! मेरी समझ में कतई नहीं आती यह बात... और... और... सच पूछो तो यह मेरे लिए एक बोझ बन गई है, क्योंकि मेरी समझ में नहीं आती। मैं तुमसे साफ-साफ कह रहा हूँ।'

'परेशान न हो!' जोसिमोव ने जबरदस्ती की हँसी हँसते हुए कहा। 'यूँ समझ लो कि तुम मेरे पहले मरीज हो, और हम लोग जब नई-नई डॉक्टरी शुरू करते हैं तो अपने शुरुआती मरीजों से हमें ऐसा लगाव हो जाता है जैसे वे हमारे बच्चे हों; कुछ तो उनसे प्यार-सा करने लगते हैं। यूँ मेरे पास मरीज भी कुछ ज्यादा नहीं हैं।'

'इस बारे में तो मैं कुछ कहूँगा भी नहीं,' रस्कोलनिकोव ने रजुमीखिन की ओर इशारा करते हुए कहा, 'हालाँकि इसे भी मुझसे झिड़कियों और मुसीबतों के अलावा कुछ नहीं मिला।'

'कैसी बकवास कर रहा है! क्यों, आज इतना जज्बाती भला क्यों हुआ जा रहा है?' रजुमीखिन ऊँचे स्वर में बोला।

अगर उसकी समझ जरा और पैनी होती तो वह आसानी से देख लेता कि उसमें जज्बात का नाम भी नहीं था, बल्कि उसकी उलटी ही कोई चीज थी। लेकिन दूनिया ने इस बात को ताड़ लिया। वह अपने भाई को गौर-से और बेचैनी से देखे जा रही थी।

'रहा तुम्हारा सवाल माँ, तो मैं कुछ कहने की हिम्मत भी नहीं कर सकता,' वह इस तरह कहता रहा जैसे कोई रटा हुआ सबक सुना रहा हो। 'आज जा कर मुझे इस बात का कुछ अंदाजा हुआ कि कल मेरी वापसी की राह देखते हुए तुम्हें कितनी तकलीफ हुई होगी।' यह सब कुछ कहने के बाद उसने एक शब्द भी कहे बिना, मुस्कराते हुए अचानक अपनी बहन की ओर हाथ बढ़ा दिया। लेकिन इस मुस्कराहट में सच्ची और निष्कपट भावना की चमक थी। दूनिया ने फौरन इस बात को देख लिया और बेहद खुश हो कर, कृतज्ञता के भाव से तपाक से उसका हाथ दबाया। उनके कल के झगड़े के बाद रस्कोलनिकोव ने उसे पहली बार संबोधित था। भाई-बहन के बीच इस तरह फिर से पक्की सुलह होते देख कर माँ का चेहरा हद दर्जा खुशी से खिल उठा।

'बस, इसकी यही बात मुझे बेहद भाती है,' रजुमीखिन, जिसे हर बात बढ़ा-चढ़ा कर कहने की आदत थी, झटके से कुर्सी पर पहलू बदलते हुए मुँह-ही-मुँह में बुदबुदाया। 'ऐसी अदाएँ भी नजर आती हैं इसके हावभाव में!'

'और करता किस ढंग से है यह सब,' माँ मन ही में सोच रही थीं। 'कैसे उदार भाव हैं इसके, कितने सीधे-सादे ढंग से, कैसी कोमलता से उसने अपनी बहन के साथ कल की सारी गलतफहमी दूर कर दी। एकदम सही समय पर उसकी ओर अपना हाथ बढ़ा कर, उसकी ओर यूँ देख कर... और कितनी अच्छी उसकी आँखें हैं, पूरा मुखड़ा कितना सुंदर है। ...देखने में दूनिया से भी सुंदर लगता है ...मगर, हे भगवान, सूट तो देखो - कैसे भोंडे कपड़े पहन रखे हैं। ...अफानासी इवानोविच की दुकान का चपरासी वास्या भी इससे अच्छे कपड़े पहनता होगा! जी चाहता है आगे बढ़ कर इसे कलेजे से लगा लूँ... खुश हो कर रोऊँ, खूब रोऊँ - लेकिन डर लगता है... क्या बताऊँ, कैसा अजीब लगता है यह! बातें कैसी मीठी कर रहा है, लेकिन मुझे डर लगता है! आखिर, मुझे किस बात का डर लगता है...'

'अरे रोद्या यकीन नहीं आएगा तुम्हें,' माँ अचानक बोलने लगीं गोया उन्हें उन शब्दों के जवाब में कुछ कहने की जल्दी हो, जो बेटे ने उनसे कहे थे, 'कल दूनिया और मैं कितने दुखी थे! अब जब कि सारा झगड़ा निबट गया है, हम सब फिर से बहुत खुश हैं -इतना तो मैं कह सकती हूँ। जरा सोचो, हम लोग तुमसे मिलने के लिए इतने बेताब थे कि रेलगाड़ी से उतरते ही लगभग सीधे यहाँ आए... और उस औरत ने - अरे, यह रही वह! कैसी हो, नस्तास्या! ...इसने हमें आते ही बताया कि तुम तेज बुखार में पड़े थे, सरसाम ही हालत में डॉक्टर के पास से भाग कर बाहर चले गए थे और लोग तुम्हें बाहर सड़क पर ढूँढ़ रहे थे। तुम सोच भी नहीं सकते कि हमें उस वक्त कैसा लगा होगा! मुझे अचानक लेफ्टिनेंट पोतांचिकोव का अन्जाम याद आ गया... तुम्हारे बाप के एक दोस्त थे - तुम्हें तो उनकी याद नहीं होगी, रोद्या - वह भी तेज बुखार में इसी तरह भाग कर बाहर निकल गए और आँगन के कुएँ में गिर पड़े। कहीं अगले दिन जा कर ही निकाले जा सके। और हमने तो बात को सौ गुना बढ़ा दिया था। हम तो मदद के लिए भाग कर प्योत्र पेत्रोविच के पास जानेवाले थे... क्योंकि

हम अकेले थे, एकदम अकेले,' उन्होंने दर्द में डूबी हुई आवाज में कहा और अचानक रुक गईं; उन्हें याद आ गया कि अभी प्योत्र पेत्रोविच की बात करना खतरे से खाली नहीं होगा, पर अब हम सब फिर से बहुत खुश हैं।'

'हाँ... झुँझलाने की बात तो है...' रस्कोलनिकोव जवाब में बुदबुदाया। लेकिन वह विचारों में ऐसा डूबा हुआ, कुछ खोया-खोया-सा था कि दूनिया घबरा कर उसे घूरती रही।

'मैं और क्या कहना चाहता था,' वह कुछ याद करने की कोशिश करता हुआ कहता रहा। 'अरे, हाँ माँ, और दूनिया तुम भी, तुम लोग यह न समझना कि आज आ कर तुम लोगों से मिलने का मेरा कोई इरादा नहीं था या इस बात की राह देख रहा था कि पहले तुम लोग यहाँ आओ।'

'कैसी बातें करते हो, रोद्या' पुल्खेरिया अलेक्सांद्रोव्ना ने दुखी हो कर कहा। उन्हें भी उसकी बात पर ताज्जुब हुआ था।

'क्या यह जवाब फर्ज निभाने के लिए दिया जा रहा है' दूनिया सोचने लगी। 'क्या यह सुलह करने और अपनी गलती की माफी माँगने की कोशिश है... जैसे कोई रस्म पूरी की जा रही हो, या कोई सबक सुनाया जा रहा हो!'

'मैं तो सो कर अभी उठा, और तुम लोगों के यहाँ जाना चाहता था लेकिन कपड़ों की वजह से देर हो गई; मैं कल इससे... नस्तास्या से... कहना भूल गया था... कि खून धो डाले... बस, कपड़े पहन कर अभी तैयार ही हुआ था...'

'खून! कैसा खून!' पुल्खेरिया अलेक्सांद्रोव्ना ने चौंक कर पूछा।

'अरे, कुछ नहीं, परेशान न हो। कल जब मैं इधर-उधर भटक रहा था, कुछ-कुछ सरसामी हालत में, तभी रास्ते में एक आदमी सड़क पर पड़ा मिला, जो गाड़ी से कुचल गया था... क्लर्क था...'

'सरसामी हालत में लेकिन तुम्हें याद तो सब कुछ है!' रजुमीखिन बीच में बोला।

'ठीक कहते हो,' रस्कोलनिकोव ने खास तौर पर सावधान हो कर जवाब दिया। 'मुझे सब कुछ छोटी-से-छोटी बात भी याद है। मगर फिर भी... मैंने वैसा क्यों किया, वहाँ क्यों गया, वह बात क्यों कही, इसे अब मैं ठीक-ठीक नहीं बता सकता।'

'यह बात तो सभी जानते हैं,' जोसिमोव अपनी राय देते हुए बीच में बोला, 'कभी-कभी यूँ भी होता है कि एक योजना कुशल ढंग से, महारत के साथ और चालाकी से पूरी की जाती है, लेकिन उसके अलग-अलग नियंत्रण में ढील रहती है, खास तौर पर शुरू में और उसका फैसला बहुत-सी ऐसी सोचों की बुनियाद पर होती है जो स्वस्थ नहीं होतीं... बिलकुल सपने जैसी बात होती है।'

'यह शायद अच्छी ही बात है कि यह मुझे लगभग पागल समझ रहा है,' रस्कोलनिकोव ने सोचा।

'क्यों, ऐसी हरकतें अच्छे-भले लोग भी करते हैं, जिन्हें कोई बीमारी नहीं होती,' दूनिया ने बेचैनी से जोसिमोव की ओर देखते हुए कहा।

'जो कुछ कह रही हैं आप उसमें कुछ सच्चाई है,' जोसिमोव ने जवाब दिया। 'इस मानी में यह कोई अनोखी बात नहीं कि हम सब लोग पागलों जैसी कुछ हरकतें करते हैं। फर्क बस इतना होता है कि जिनका 'दिमाग पटरी पर से उतर जाता है' वे कुछ ज्यादा ही पागल होते हैं, क्योंकि हमें कहीं तो दोनों के बीच फर्क करना होगा। सच है, ऐसा आदमी शायद ही कोई होता हो जिसमें किसी तरह की कोई गड़बड़ी न हो। हजारों में... शायद लाखों में... मुश्किल से कहीं एक मिलता है और सो भी खालिस होशमंद नहीं।'

अपने पसंदीदा विषय पर धाराप्रवाह बोलते हुए जोसिमोव के मुँह से असावधानी में 'पागल' शब्द क्या निकला कि सबके माथे पर बल पड़ गए।

रस्कोलनिकोव अपने पीले होठों पर अजीब-सी एक मुस्कराहट लिए हुए विचारों में डूबा बैठा रहा। लग रहा था कि उसने इस बात की ओर कोई ध्यान नहीं दिया है। वह अभी तक किसी चीज के बारे में सोच रहा था।

'हाँ, तो उसका क्या हुआ जो गाड़ी से कुचल गया था मैंने तुम्हारी बात बीच में काट दी थी!' रजुमीखिन जल्दी से बोला।

'क्या,' रस्कोलनिकोव अचानक जैसे सोते से जागा हो। 'आह... तो उसे घर तक पहुँचाने में मदद करते हुए मेरे कपड़े खून में सन गए थे। और हाँ माँ, अच्छा याद आया, मैंने कल एक ऐसी हरकत की जिसके लिए मुझे माफ नहीं किया जा सकता। मैं सचमुच बेहोशी की हालत में था। तुमने जो पैसा भेजा था वह मैंने पूरे का पूरा... उसकी बीवी को कफन-दफन के लिए दे दिया। अब वह विधवा हो गई है, वैसे ही तपेदिक की मारी हुई है बेचारी... तीन बच्चे हैं, भूख से बिलखते हुए... घर में दाना भी नहीं... एक बेटी भी है... तुमने अगर देखा होता उन लोगों को तो शायद तुम भी दे आतीं। ...लेकिन मैं मानता हूँ कि ऐसा करने का मुझे कोई हक नहीं था, खास तौर पर तब, जबकि मुझे मालूम था कि तुम्हें खुद उनकी कितनी जरूरत थी। दूसरों की मदद करने के लिए आदमी को ऐसा करने का हक होना चाहिए, वरना ब्तमअम्रए बीपमदेए पे अवने दशमजमे चें बवदजमदजे! 1' यह कह कर वह हँस पड़ा।

'क्यों, ठीक है न, दूनिया?'

---

1. फ्रांसीसी कहावत : कुत्ते, अगर तू संतुष्ट नहीं तो कहीं जा मर!

'नहीं, ठीक नहीं है,' दूनिया ने कठोरता से उत्तर दिया।

'छिः! तो तुम्हारे भी अपने विचार हैं!' वह दूनिया को लगभग घृणा से देखते और व्यंग्य से मुस्कराते हुए बुदबुदाया। 'मुझे पहले ही सोचना चाहिए था... खैर, यह तारीफ की ही बात है, और तुम्हारे लिए अच्छा ही है... कभी तुम ऐसी हद तक पहुँच गई जिसे पार करने को तुम तैयार न हुई तो बहुत दुखी रहोगी... और अगर उसे पार कर लिया तो और भी दुखी होगी... लेकिन यह सब बकवास है!' उसने चिढ़ कर कहा। उसे इस तरह भावनाओं में बह जाने पर झुँझलाहट हो रही थी। 'मैं तो बस इतना कहना चाहता था माँ, कि मैं उसके लिए माफी चाहता हूँ,' उसने अचानक अपनी बात समेटते हुए कहा।

'जाने दो रोद्या, मैं बस इतना जानती हूँ कि तुमने जो कुछ किया, अच्छा किया!' माँ ने खुश हो कर कहा।

'इस बात पर कुछ ज्यादा निश्चिंत न होना,' रस्कोलनिकोव ने मुँह कुछ टेढ़ा करके मुस्कराते हुए कहा।

कुछ देर तक सभी चुप रहे। इस सारी बातचीत में, इस खामोशी में, इस सुलह में, इस क्षमा कर देने में कुछ झिझक थी, और सभी उसे महसूस कर रहे थे।

'लगता है कि वे मुझसे डरी हुई हैं,' रस्कोलनिकोव कनखियों से अपनी माँ और बहन को देखता हुआ सोच रहा था। पुल्खेरिया अलेक्सांद्रोव्ना को जितनी ही देर तक चुप रहना पड़ रहा था उतना ही उनका डर बढ़ता जा रहा था।

'फिर भी वे जब यहाँ नहीं थीं, मैं दिल में उनके लिए कितना प्यार महसूस कर रहा था,' अचानक यह विचार उसके दिमाग में बिजली की तरह कौंधा।

'तुम्हें मालूम है रोद्या, मार्फा पेत्रोव्ना मर गईं,' पुल्खेरिया अलेक्सांद्रोव्ना ने बिना किसी प्रसंग के अचानक कहा।

'मार्फा पेत्रोव्ना कौन?'

'अरे, भगवान भला करे, वही मार्फा पेत्रोव्ना स्विद्रिगाइलोवा! मैंने तुम्हें उनके बारे में इतनी तो बातें लिखी थीं।'

'आह! याद आया... तो वे मर गईं सचमुच?' रस्कोलनिकोव ने अचानक कहा, जैसे सोते से जागा हो। 'कैसे मरीं?'

'सोचो तो सही, बस अचानक मर गईं!' पुल्खेरिया अलेक्सांद्रोव्ना ने उसकी उत्सुकता से जोश में आ कर जल्दी से जवाब दिया। 'जिस दिन मैंने तुम्हें खत भेजा था उसी दिन! सच मानो, उनकी मौत उसी जल्लाद की वजह से हुई। लोग तो कहते हैं कि उन्हें उसने बुरी तरह पीटा था।'

'क्यों, उनकी एकदम नहीं बनती थी,' रस्कोलनिकोव ने बहन की ओर देख कर पूछा।

'नहीं, ऐसी बात हरगिज नहीं है। बात बल्कि उलटी ही थी। यह उनके साथ तो हमेशा से सब्र से पेश आता था, बल्कि कहना चाहिए कि उनका बहुत खयाल रखता था। सच तो यह है कि अपनी शादी के सात बरसों के दौरान बहुत-सी बातों में वह उनकी जैसी ही करता था, सच पूछें तो जरूरत से ज्यादा। लगता है, अचानक वह अपना सब्र खो बैठा।'

'अगर उसने सात साल तक अपने आपको काबू में रखा तो इतना बुरा आदमी नहीं हो सकता। तुम तो दुनेच्का, लगता है उसकी तरफ से सफाई दे रही हो।'

'नहीं, आदमी वह बहुत बुरा है! मेरी समझ में उससे बुरा आदमी तो हो ही नहीं सकता!' दुनिया ने लगभग सहमते हुए जवाब दिया; उसकी त्योरियों पर बल पड़ गए और वह विचारों में डूब गई।

'यह बात सबेरे की है,' पुल्खेरिया अलेक्सांद्रोव्ना ने जल्दी से आगे कहा। 'फिर तुरंत बाद उसने हुक्म दिया कि खाने के फौरन बाद उसे शहर ले जाने के लिए बग्घी तैयार रहे। वह ऐसी हालत में फौरन बग्घी जुतवा कर शहर चली जाती थीं। सुना है कि खाना उसने डट कर खाया...'

'मार खाने के बाद'

'हमेशा से उसकी यही... आदत थी। और खाने के फौरन बाद, कि कहीं जाने में देर न हो जाए, वह सीधे नहाने गई... बात यह है कि उसकी कुछ स्नान-चिकित्सा चल रही थी। वहाँ ठंडे पानी के झरने में स्नान का खास इंतजाम था और वह रोज उसमें नहाती थी। लेकिन पानी में घुसते ही अचानक उसे फालिज मार गई!'

'जरूर मार गई होगी,' जोसिमोव बोला।

'क्या उसने बहुत बुरी तरह उसे मारा था?'

'क्या फर्क पड़ता है इससे' दूनिया बोली।

'हुँह! लेकिन माँ, मेरी समझ में नहीं आता कि तुम ऐसी, इधर-उधर की खबरें हम लोगों को क्यों सुनाना चाहती हो,' रस्कोलनिकोव ने चिढ़ कर कहा। यह बात गोया अनायास उसके मुँह से निकली थी।

'मेरी कुछ समझ में नहीं आता बेटा, कि बातें क्या करूँ,' पुल्खेरिया अलेक्सांद्रोव्ना ने लाचारी से कहा।

'क्यों, क्या तुम सबको मुझसे डर लगता है?' उसने फीकी-सी मुस्कराहट के साथ पूछा।

'बात तो यही है,' दूनिया ने भाई की आँखों में आँखें डाल कर कठोरता से देखते हुए कहा। 'सीढ़ियाँ चढ़ते वक्त माँ डर के मारे रह-रह कर दुआ माँग रही थीं'

रस्कोलनिकोव का चेहरा फड़कने और टेढ़ा पड़ने लगा।

'छि:, कैसी बातें करती हो दूनिया रोद्या, तुम नाराज न होना, बेटा।... तुमने यह बात कैसे कही, दूनिया' पुल्खेरिया अलेक्सांद्रोव्ना ने भाव से विभोर हो कर कहना शुरू किया। 'बात यह है कि यहाँ आते वक्त रेलगाड़ी में मैं रास्ते-भर यही सोचती आ रही थी कि हम लोग मिलेंगे कैसे, कैसे मिल कर हर चीज के बारे में बातें करेंगे... और मैं इतनी खुश थी, इतनी खुश कि रास्ता कब और कैसे कट गया, कुछ पता ही नहीं चला। लेकिन मैं कह क्या रही हूँ। मैं अब भी बहुत खुश हूँ... ऐसी बात तुम्हें नहीं कहनी चाहिए दूनिया! मैं अब भी बहुत खुश हूँ - मैं तो तुम्हें देख कर ही निहाल हो गई, रोद्या...'

'बस, माँ बस,' वह सिटपिटा कर बुदबुदाया। माँ की ओर देखे बिना ही उसने चुपके से उसका हाथ दबाया। 'हर चीज के बारे में खुल कर बातें करने का वक्त भी आएगा!'

यह कहते-कहते अचानक वह सिटपिटा गया और उसका रंग पीला पड़ गया। एक बार फिर भयानक संवेदना, जिसका वह कुछ समय से अनुभव करता आ रहा था, उसकी आत्मा पर छा गई। वह सिहर उठा। एक बार फिर अचानक यह बात साफ-साफ उसकी समझ में आने लगी कि अभी-अभी उसने एक भयानक झूठ बोला था क्योंकि अब वह कभी हर चीज के बारे में खुल कर बातें नहीं कर सकेगा, क्योंकि अब फिर कभी ऐसा नहीं होगा कि वह किसी से भी, किसी भी चीज के बारे में बात कर सके। इस विचार से उसे ऐसी भयानक तकलीफ का एहसास हुआ कि एक पल के लिए वह अपने आपको भूल ही गया। वह अपनी जगह से उठा और किसी की ओर देखे बिना दरवाजे की ओर बढ़ा।

'करने क्या जा रहे हो?' रजुमीखिन उसकी बाँह पकड़ कर चीखा।

वह फिर बैठ गया और चुपचाप चारों ओर देखने लगा। सब लोग परेशान हो कर देख रहे थे।

'लेकिन तुम सब इतने गुमसुम क्यों हो?' वह अचानक चीखा। किसी को इसकी उम्मीद भी नहीं थी। 'कुछ तो बोलो! इस तरह बैठे रहने से फायदा बोलो, कुछ तो बोलो! आओ, बातें करें... आपस में हम लोग मिलें और चुप बैठे रहें, यह तो कोई बात न हुई... कुछ तो बोलो!'

'भगवान की दया है! मैं तो समझी कि वही कलवाला सिलसिला फिर शुरू हो गया,' पुल्खेरिया अलेक्सांद्रोव्ना ने सीने पर सलीब का निशान बनाते हुए कहा।

'बात क्या है, रोद्या?' अव्दोत्या रोमानोव्ना ने शंका के साथ पूछा।

'कुछ तो नहीं! बस कुछ याद आ गया था,'उसने जवाब दिया और अचानक हँस पड़ा।

'चलो, अच्छा है। अगर कुछ याद आ गया तो इसमें कोई हर्ज नहीं है। मैं तो सोचने लगा था...' जोसिमोव सोफे पर से उठते हुए बुदबुदाया। 'अच्छा, मैं चलूँगा। अगर हो सका... तो शायद फिर आऊँ... मगर तब तक आप घर पर ही रहें...' बारी-बारी सबकी ओर झुक कर वह बाहर चला गया।

'कितना अच्छा है!' पुल्खेरिया अलेक्सांद्रोव्ना ने राय जाहिर करते हुए कहा।

'हाँ, अच्छा, उम्दा, पढ़ा-लिखा, खूब समझदार,' रस्कोलनिकोव अचानक बेहद तेजी से बोलने लगा। उसमें ऐसी चुस्ती और फुर्ती आ गई जैसी अभी तक नजर नहीं आई थी। 'मुझे याद नहीं पड़ता कि अपनी बीमारी से पहले मैं कहाँ इससे मिला था... मुझे लगता है, मैं इससे कहीं जरूर मिला हूँ...यह भी बहुत अच्छा आदमी है,' उसने सर के झटके से रजुमीखिन की तरफ इशारा किया। 'यह तुम्हें अच्छा लगता है, दूनिया' उसने अपनी बहन से पूछा और न जाने क्यों यकायक हँस पड़ा।

'बहुत,' दूनिया ने जवाब दिया।

'उफ! तुम भी कैसे सुअर हो!' रजुमीखिन ने सिटपिटा कर उसे झिड़का। उसकी कान की लवें लाल हो गई थीं। कुर्सी से वह उठ खड़ा हुआ। पुल्खेरिया अलेक्सांद्रोव्ना धीरे से मुस्कराईं, लेकिन रस्कोलनिकोव जोर से हँसा।

'कहाँ चले?'

'मुझे भी... जाना है।'

'नहीं, कोई जरूरत नहीं! ठहरो! जोसिमोव चला गया, इसलिए तुम्हें भी जाना है। अभी क्यों जाओ... अभी बजा क्या है अभी बारह तो नहीं बजे दूनिया, तुम्हारी यह छोटी-सी घड़ी कितनी खूबसूरत है! लेकिन तुम सब लोग फिर से चुप क्यों हो गए मैं अकेले ही बातें किए जा रहा हूँ।'

'मार्फा पेत्रोव्ना ने दी थी,' दूनिया ने जवाब दिया।

'पर बहुत महँगी है!' पुल्खेरिया अलेक्सांद्रोव्ना ने इतना और बताया।

'अच्छा! लेकिन है इतनी बड़ी कि जनानी घड़ी बिल्कुल नहीं लगती।'

'ऐसी घड़ी मुझे अच्छी लगती है,' दूनिया बोली।

'तो यह मँगेतर का तोहफा नहीं है,' रजुमीखिन ने सोचा। न जाने क्यों इस बात से उसे खुशी हुई।

'मैं समझे था लूजिन ने दिया होगा,' रस्कोलनिकोव ने अपना विचार व्यक्त किया।

'नहीं, अभी तक दूनिया को उन्होंने कोई तोहफा नहीं दिया है।'

'अच्छा! तुम्हें याद है माँ, मुझे भी किसी से प्यार हो गया था और मैं उससे शादी करना चाहता था!' वह यकायक माँ की ओर देख कर बोला। अचानक बातचीत का विषय इस तरह बदल जाने से, और जिस तरह वह इस नए विषय पर बोल रहा था उससे, माँ कुछ उलझन में पड़ गई।

'हाँ, बेटा!' पुल्खेरिया अलेक्सांद्रोव्ना ने कनखियों से दूनिया और रजुमीखिन को देखा।

'हुँह, अच्छा। मैं क्या बताऊँ! ज्यादा कुछ याद ही नहीं है। वह मरी-मरी, बीमार-सी लड़की थी,' यादों में खोया हुआ वह बोलता रहा और एक बार फिर जमीन की ओर देखने लगा था। 'एकदम बीमार थी। उसे गरीबों को भीख देने का शौक था और हमेशा किसी मठ में जा कर रहने के सपने देखा करती थी। एक बार वह मुझसे इस बारे में बातें करने लगी तो उसकी आँखों में आँसू आ गए। हाँ, हाँ, याद है मुझे... बहुत अच्छी तरह याद है। देखने में यूँ ही, मामूली-सी थी। मुझे सचमुच याद नहीं कि उस वक्त किस चीज ने मुझे उसकी ओर खींचा था... मैं समझता हूँ इसलिए कि हमेशा वह बीमार रहती थी। अगर वह लँगड़ी या कुबड़ी होती तो मैं समझता हूँ, मुझे और भी अच्छी लगती,' वह सपनों में खोया हुआ, मुस्कराया। 'वह तो... एक तरह का मौसमी बुखार था...'

'नहीं, सिर्फ मौसमी बुखार नहीं था,' दूनिया ने जोश के लहजे में कहा।

वह अपनी बहन को आँखें गड़ा कर देखने लगा लेकिन न तो उसकी बात सुनी और न उसकी समझ में कुछ आया फिर वह पूरी तरह विचारों में डूबा हुआ उठा, माँ के पास गया, उसे प्यार किया, और वापस आ कर अपनी जगह पर बैठ गया।

'तुम्हें उससे अब भी प्यार है!' पुल्खेरिया अलेक्सांद्रोव्ना ने हमदर्दी से कहा।

'उससे अब हाँ... तो उसके बारे में पूछती हो! नहीं... वह सब तो अब, एक तरह से, दूसरी दुनिया की बात लगती है... वह भी बहुत पहले की। पर सच तो यह है कि यहाँ भी जो कुछ हो रहा है, वह भी जाने क्यों बहुत दूर की चीज लगता है।'

उसने उन लोगों को ध्यान से देखा।

'जैसे तुम्हीं हो, अब... लगता है मैं तुम्हें हजार मील की दूरी से देख रहा हूँ... लेकिन हम ये सब बातें कर क्यों रहे हैं! उसके बारे में पूछने से फायदा ही क्या?' उसने कुछ झुँझला कर कहा और दाँतों से नाखून कुतरते हुए एक बार फिर खयालों की खामोशी में खो गया।

'यह तुम्हारा रहने का कमरा भी कैसा मनहूस है रोद्या, मकबरा लगता है,' पुल्खेरिया अलेक्सांद्रोव्ना ने अचानक घुटन भरी खामोशी को तोड़ते हुए कहा। 'मुझे पक्का यकीन है कि तुम अगर इतने उदास रहने लगे हो, तो इसकी आधी वजह तो तुम्हारा यह रहने का कमरा है।'

'मेरा रहने का कमरा!' उसने मरी-मरी आवाज से कहा। 'हाँ, इस कमरे का भी इसमें बड़ा हाथ था... यही तो मैं भी सोचता था। ...हालाँकि, तुम्हें शायद मालूम नहीं माँ, कि तुमने अभी-अभी कैसी अजीब बात कही है,' उसने अजीब ढंग से हँसते हुए कहा।

वह तो बस थोड़ी ही कसर रह गई थी। अगर यह सिलसिला कुछ देर और चलता तो उनका यह साथ, उसकी माँ और बहन जो उससे तीन साल बाद मिली थीं, और किसी भी चीज के बारे में खुल कर बात करने की पूरी-पूरी असंभावना के बावजूद बातचीत में आत्मीयता का यह भाव, यह सब कुछ उसके बर्दाश्त से बाहर हो जाता। लेकिन एक जरूरी सवाल ऐसा भी था जिसका फैसला, इस पार या उस पार, उसी दिन होना था - यह बात उसने सुबह आँखें खुलते ही तय कर ली थी। अब उसे खुशी हो रही थी कि उसे बच निकलने की राह की शक्ल में उसे इस बात की याद आ गई थी।

'सुनो दूनिया,' उसने गंभीर और रूखे स्वर में कहना शुरू किया, 'कल जो कुछ हुआ उसके लिए मैं तुमसे माफी माँगता हूँ। फिर भी तुम्हें यह बता देना एक बार फिर मैं अपना फर्ज समझता हूँ कि मैंने जो खास बात उठाई थी उससे पीछे हटने को मैं हरगिज तैयार नहीं। या तो मैं या लूजिन। मैं भले ही दुष्ट हूँ, लेकिन तुम्हें ऐसा नहीं बनना है। बात यह है कि तुम हम दोनों में से एक को चुन लो। तुमने अगर लूजिन से शादी की तो तुम्हें अपनी बहन मानना मैं छोड़ दूँगा।'

'रोद्या, रोद्या! यह कलवाली बात तो कल ही खत्म हो चुकी थी,' पुल्खेरिया अलेक्सांद्रोव्ना कातर स्वर में चिल्लाई। 'और तुम अपने आपको दुष्ट क्यों कहते हो मैं इसे बर्दाश्त नहीं कर सकती। यही बात कल भी तुमने कही थी।'

'भैया,' दूनिया ने भी सधे लहजे में और रूखेपन से जवाब दिया। 'इसमें तुम्हारी एक गलती है। रात मैंने इसके बारे में बहुत सोचा, और उस गलती का पता लगाया। इस सबकी जड़ में यह बात है कि लगता है तुम यह समझते हो कि मैं अपने आपको किसी के सामने और किसी की खातिर कुरबान कर रही हूँ। ऐसी बात हरगिज नहीं है। मैं महज अपनी खातिर यह शादी कर रही हूँ क्योंकि जिंदगी में मुझे बहुत-सी कठिनाइयों का सामना करना पड़ रहा है। यूँ मैं अगर अपने परिवारवालों के किसी काम आ सकूँ तो मुझे खुशी होगी, लेकिन यह मेरे फैसले का अहम मकसद नहीं है...'

'झूठ बोल रही है,' रस्कोलनिकोव ने जल-भुन कर नाखून कुतरते हुए, मन ही मन सोचा। 'घमंडी लड़की! कभी नहीं मानेगी कि वह परोपकार के लिए ऐसा कर रही है! जिद्दी है बहुत! नीच लोग! प्यार भी ऐसे करते हैं जैसे नफरत कर रहे हों!... उफ, मुझे इन सबसे कितनी नफरत है...'

'मतलब यह कि,' दूनिया ने अपनी बात आगे बढ़ाते हुए कहा, 'मैं प्योत्र पेत्रोविच से इसलिए शादी कर रही हूँ कि दो बुरी चीजों में से कम बुरी को मैंने चुन लिया है। उन्हें मुझसे जो भी उम्मीदें हैं उन सबको मैं ईमानदारी के साथ पूरी करने का इरादा रखती हूँ, इसलिए मैं उन्हें किसी तरह का धोखा नहीं दे रही। ...अभी तुम किस बात पर मुस्करा रहे थे?'

उसका चेहरा भी तमतमा उठा और आँखें गुस्से से चमकने लगीं।

'सब कुछ पूरा करोगी?' रस्कोलनिकोव ने जहरीली मुस्कान के साथ पूछा।

'एक हद के अंदर। लेकिन विवाह का प्रस्ताव रखने का ढंग और उस प्रस्ताव की शक्ल, इन सबसे मुझे फौरन पता चल गया कि वे चाहते क्या हैं। वे यकीनन अपने आपको तीसमार खाँ समझते हैं, लेकिन मुझे उम्मीद है कि उनकी नजर में मेरी भी कुछ इज्जत होगी... तुम अब किस बात पर हँस रहे हो?'

'और तुम लजा किस बात पर रही हो तुम झूठ बोल रही हो, मेरी बहन। जान-बूझ कर तुम झूठ बोल रही हो, सिर्फ तिरियाहठ में मेरे सामने अपनी बात ऊँची रखने के लिए... तुम लूजिन की इज्जत नहीं कर सकती। मैंने उसे देखा है और उससे बातें की हैं। बात तो यह है कि तुम अपने आपको पैसे के लिए बेच रही हो और इसलिए हर तरह से बहुत ही घटिया हरकत कर रही हो, पर मुझे इसी बात की खुशी है कि तुम्हें इस पर कम-से-कम शर्म तो आती है।'

'यह बात सच नहीं है। मैं झूठ नहीं बोल रही,' दूनिया संतुलन खो कर ऊँची आवाज में बोली। 'मुझे अगर इस बात का यकीन न होता कि वे मेरी कद्र करते हैं और मेरे बारे में अच्छी राय रखते हैं तो मैं उनसे कभी शादी न करती। अगर मुझे इसका पूरा-पूरा विश्वास न होता कि मैं खुद भी उनका आदर कर सकती हूँ तो मैं उनसे कभी शादी न करती। सौभाग्य से मुझे इस बात का पक्का सबूत आज ही मिल जाएगा... और इस तरह की शादी कोई नीचता नहीं है, जैसाकि तुम कहते हो! पर अगर तुम्हारी बात सच भी होती, अगर मैंने कोई नीच काम करने की सचमुच ही ठान ली होती, तो भी क्या तुम्हारा इस तरह मुझसे बात करना बेरहमी नहीं है तुम मुझसे ऐसी बहादुरी दिखाने का क्यों तकाजा करते हो जैसी कि शायद तुममें भी नहीं है यह सरासर चंगेजशाही है, जुल्म है! अगर मैं किसी को तंबाह करूँगी तो सिर्फ अपने को। ...मैं कोई कत्ल नहीं कर रही! ...तुम मुझे इस तरह देख क्यों रहे हो तुम्हारा रंग पीला क्यों पड़ गया रोद्या, भैया, क्या... बात क्या है?'

'हे भगवान् तुमने फिर उसे बेहोश कर दिया,' पुल्खेरिया अलेक्सांद्रोव्ना घबरा कर चीखी।

'नहीं नहीं, कुछ भी नहीं हुआ! कुछ भी तो नहीं। बस जरा-सा चक्कर आ गया - बेहोशी नहीं थी। तुमको तो बेहोशी का खब्त हो गया है। ...हाँ, तो मैं कह क्या रहा था अरे, हाँ। तो आज इस बात का पक्का सबूत किस तरह तुम्हें मिलेगा कि तुम उसकी इज्जत कर सकती हो और वह... तुम्हारी कद्र करता है मैं समझता हूँ, तुमने आज ही के लिए कहा था... या मैंने गलत सुना था'

'माँ, रोद्या को प्योत्र पेत्रोविच का खत तो दिखाओ,' दूनिया ने कहा।

पुल्खेरिया अलेक्सांद्रोव्ना ने उसे काँपते हाथों एक खत दे दिया। उसने उसे उत्सुकता से ले तो लिया लेकिन खोलने से पहले दूनिया की तरफ कुछ हैरत से देखा।

'अजीब बात है,' उसने धीमे-धीमे कहना शुरू किया, मानो कोई नया विचार उसके दिमाग में आया हो, 'मैं इतना बखेड़ा आखिर किस बात पर खड़ा कर रहा हूँ? आखिर क्यों? तुम्हारा तो जिससे जी चाहे, शादी करो!'

उसने यह बात कही इस तरह से, गोया अपने से बातें कर रहा हो, लेकिन कही ऊँचे स्वर में। फिर वह थोड़ी देर तक असमंजस में पड़ा बहन की ओर देखता रहा।

आखिर उसने खत खोला; चेहरे पर अब भी वही अजीब-सी हैरत थी। फिर उसने धीरे-धीरे और ध्यान से पढ़ना शुरू किया और खत को दो बार पूरा पढ़ गया। पुल्खेरिया अलेक्सांद्रोव्ना के चेहरे पर चिंता की साफ झलक थी, और सच बात यह है कि सभी को किसी बात की उम्मीद थी।

'मुझे जिस बात पर ताज्जुब होता है,' उसने माँ को खत देते हुए, थोड़ी देर रुक कर कहना शुरू किया, लेकिन वह अपनी बात खास किसी को संबोधित करके नहीं कह रहा था, 'वह यह है कि वह कामकाजी आदमी है, वकील है, और बातचीत का ढंग तो... बहुत दिखावेवाला है ही, और फिर भी ऐसा... जाहिलों जैसा खत लिखता है।'

सभी लोग चौंक पड़े। उन्हें कोई दूसरी ही बात सुनने की उम्मीद थी।

'लेकिन, तुम तो जानते हो, वे सब इसी तरह लिखते हैं,' रजुमीखिन ने संक्षेप में अपनी राय दी।

'तुमने इसे पढ़ा है?'

'हाँ।'

'इन्हें दिखाया था, रोद्या हमने... इनसे भी सलाह ली थी,' पुल्खेरिया अलेक्सांद्रोव्ना ने सिटपिटा कर कहा।

'यही तो अदालती जबान है,' रजुमीखिन बीच में बोला। 'आज भी सारे कानूनी दस्तावेज इसी जबान में लिखे जाते हैं।'

'कानूनी हाँ, कानूनी या कारोबारी जबान–न ज्यादा जाहिलों की जबान न अदीब लोगों जैसी जबान... कारोबारी!'

'प्योत्र पेत्रोविच ने यह बात छिपाने की कोई कोशिश नहीं की है कि उनकी पढ़ाई-लिखाई बहुत ही सस्ती और घटिया किस्म की हुई थी। उन्हें तो बल्कि इस खत पर गर्व भी है कि वह अपने बल पर यहाँ तक पहुँचे हैं,' अव्दोत्या रोमानोव्ना ने भाई के लहजे का कुछ बुरा मानते हुए अपनी बात कही।

'खैर, उसे अगर इस बात पर गर्व है तो बिलकुल ठीक ही है। मैं इस बात से इनकार नहीं करता। लगता है, मेरी बहन, तुम्हें यह बात बुरी लगी है कि मैंने इस खत पर बस इतनी हल्की-फुल्की राय दी। तुम शायद यह भी सोचती होगी कि मैं जान-बूझ कर, तुम्हें चिढ़ाने के लिए टुच्ची चीजों के बारे में बात कर रहा हूँ। बात इसकी एकदम उलटी है। खत लिखने के ढंग पर जो राय मैंने दी उसका, हालात को देखते हुए, इस मामले से एकदम कोई संबंध न हो, ऐसी बात नहीं है। इसमें बहुत गहरे मतलब के साथ और साफ-साफ एक बात कही गई है, कि 'इसके लिए केवल आप ही दोषी होंगी', और इसके साथ ही इसमें यह धमकी भी है कि अगर मैं वहाँ पर मौजूद हुआ तो वह वहाँ से फौरन उठ कर चला जाएगा। इस चले जाने की धमकी का मतलब यही है कि अगर तुम दोनों ने उसका हुक्म न माना तो वह तुम दोनों से नाता तोड़ लेगा, और तुम लोगों को यहाँ पीतर्सबर्ग बुलाने के बाद तुम्हें बेसहारा छोड़ देगा। बोलो, क्या खयाल है तुम्हारा? क्या लूजिन की कलम से निकली इस बात का हम उसी तरह बुरा मान सकते हैं, जैसे उस हालत में बुरा मानते अगर यही बात इसने,' उसने रजुमीखिन की तरफ इशारा किया, 'लिखी होती या जोसिमोव ने या हममें से किसी ने?'

'न...हीं,' दूनिया ने कुछ ज्यादा मुस्तैदी से जवाब दिया। 'यह चीज तो मुझे भी साफ नजर आई थी कि यह बात बहुत ही फूहड़ तरीके से कही गई थी, और यह कि शायद उन्हें लिखने का सलीका नहीं आता... तुम्हारा यह विचार सही है, भैया। सचमुच मुझे उम्मीद नहीं थी कि...'

'बात कानूनी ढंग से कही गई है, और शायद इसीलिए जितना कि उनका इरादा था उससे ज्यादा फूहड़ और भोंडी लगती है। लेकिन मैं तुम्हारी गलतफहमी थोड़ी-सी दूर कर दूँ। इस खत में एक और बात लिखी गई है। मेरे खिलाफ एक तोहमत है और बहुत ही घटिया किस्म की तोहमत है। मैंने कल रात पैसा उस विधवा को, एक ऐसी औरत को दिया था, जो तपेदिक की मारी हुई है, जिसके सर पर मुसीबत का पहाड़ टूटा है, और मैंने वह पैसा, 'कफन-दफन के बहाने,' नहीं दिया बल्कि कफन-दफन का खर्च पूरा करने के लिए ही दिया। मैंने वह पैसा उसकी बेटी को नहीं दिया - जो उसने लिखा है कि एक 'बदचलन', नौजवान औरत है (जिसे मैंने अपनी जिंदगी में पहली बार कल रात देखा) -बल्कि उस विधवा को दिया। इस सबसे मुझे यह मालूम पड़ता है कि उसे मुझको बदनाम करने और हम लोगों में झगड़ा पैदा करने की जल्दी मची हुई थी। और यह बात भी घिसी-पिटी कानूनी जबान में लिखी गई है, यानी कि जो बात वह कहना चाहता था, वह जरूरत से ज्यादा साफ हो गई है, और वह भी बहुत ही फूहड़ किस्म की बेताबी के साथ लिखी गई है। उसमें अकल तो है लेकिन समझदारी के साथ काम करने के लिए सिर्फ अकल काफी नहीं होती। इन सब बातों से उस आदमी की हकीकत का पता चलता है और... और मुझे नहीं लगता कि उसके दिल में तुम्हारे लिए कुछ खास कद्र है। मैं यह बात तुम्हें सिर्फ चेताने के लिए बता रहा हूँ, क्योंकि मैं सचमुच भलाई चाहता हूँ...' दूनिया ने कोई जवाब नहीं दिया। वह अपना फैसला कर चुकी थी। और बस शाम की राह देख रही थी।

'तो तुम्हारा फैसला क्या है, रोद्या?' पुल्खेरिया अलेक्सांद्रोव्ना ने पूछा। वह उसकी बातचीत में अचानक यह नया कारोबारी लहजा पा कर पहले से भी ज्यादा परेशान हो गई थी।

'कौन-सा फैसला?'

'देखो न, प्योत्र पेत्रोविच ने लिखा है कि तुमको आज शाम हम लोगों के साथ नहीं रहना है, और अगर तुम आए तो वे उठ जाएँगी। तो तुम क्या... आओगे?'

'जाहिर है, इसका फैसला मुझे नहीं करना बल्कि तुम्हें पहले यह तय करना है कि इस तरह की माँग तुम्हें बुरी तो नहीं लगी; और फिर दूनिया को फैसला करना है कि उसे भी यह माँग बुरी तो नहीं लगी। मैं वैसा ही करूँगा जैसा तुम लोग बेहतर समझो,' उसने बड़ी रुखाई से अपनी बात खत्म करते हुए कही।

'दूनिया ने फैसला कर लिया है, और इसमें मैं पूरी तरह उसके साथ हूँ,' पुल्खेरिया अलेक्सांद्रोव्ना ने जल्दी से ऐलान किया।

'मैंने तुमसे यह कहने का, तुमको इस बात पर राजी करने का फैसला किया है रोद्या, कि आज शाम हमारी इस मुलाकात के वक्त तुम हमारे साथ मौजूद रहोगे... जरूर,' दूनिया ने कहा। 'आओगे न?'

'हाँ।'

'मैं आपसे भी कहना चाहती हूँ कि आप भी आठ बजे हमारे यहाँ आ जाइए,' उसने रजुमीखिन से कहा। 'माँ, मैंने इनको भी बुला लिया।'

'बहुत अच्छा किया, दुनेच्का! जैसा तुम लोगों ने फैसला कर लिया है,' पुल्खेरिया अलेक्सांद्रोव्ना ने कहा, 'वैसा ही होगा। मुझे भी परेशानी कम रहेगी। किसी का चोरी-छिपे कुछ करना और झूठ बोलना मुझे अच्छा नहीं लगता। बेहतर यही है कि सारी सच्चाई सामने आ जाए... प्योत्र पेत्रोविच चाहे नाराज हों या न हों!'

अपराध और दंड : (अध्याय 3-भाग 4)

उसी समय दरवाजा धीरे-से खुला और एक नौजवान लड़की चारों ओर सहमी-सहमी नजरों से देखती हुई कमरे में आई। सबने आश्चर्य और जिज्ञासा से उसकी ओर देखा। पहली नजर में रस्कोलनिकोव उसे पहचान भी नहीं सका। सोफ्या सेम्योनोव्ना मार्मेलादोवा थी। उसने उसे पहली बार कल ही देखा था, लेकिन ऐसे वक्त, ऐसे माहौल में और ऐसी पोशाक में देखा था कि उसकी याद में उसकी कोई और ही तसवीर बाकी रह गई थी। इस समय वह बहुत ही मामूली गरीबों जैसे कपड़ों में मलबूस एक छोटी-सी लड़की लग रही थी। बहुत ही छोटी, सच पूछें तो बच्चों जैसी। चाल-ढाल से बहुत विनम्र और तमीजदार। चेहरा निष्कपट लेकिन कुछ भयभीत-सा लग रहा था। उसने घर में पहनने की एक बहुत सादी-सी पोशाक पहन रखी थी और सर पर पुराने ढंग की मुड़ी-तुड़ी हैट लगा रखी थी, लेकिन इस वक्त भी छतरी लिए हुए थी। कमरे में इतने लोगों को देख कर वह सिटपिटाई जरूर पर उतना नहीं जितना कि छोटे बच्चे की तरह शरमा गई। उलटे पाँव वापस होने के लिए पलटी।

'अरे... तुम!' रस्कोलनिकोव ने बेहद ताज्जुब से कहा और खुद भी कुछ सकुचा गया। उसे एकदम याद आया कि उसकी माँ और बहन को लूजिन के खत से किसी 'बदलचन' नौजवान लड़की के बारे में पता चल चुका था। थोड़ी ही देर पहले वह लूजिन की इस तोहमत के खिलाफ आवाज उठा रहा था और यह कह रहा था कि उसने उस लड़की को पहली बार कल रात ही देखा था, और अब वही लड़की अचानक आ पहुँची थी। उसे यह भी याद आया कि उसके 'बदलचन' कहे जाने के खिलाफ उसने आवाज नहीं उठाई थी। यह सब उसके दिमाग से धुँधले-धुँधले तरीके से पर तेजी से गुजरा। लेकिन उसने उसे ज्यादा गौर से देखा तो लगा कि वह डरी-सहमी-सी बच्ची शरमिंदगी महसूस कर रही है। अचानक उसे उस पर तरस आने लगा। अब वह डर कर वापसी के लिए पीछे हटी तो रस्कोलनिकोव के दिल में टीस-सी उठी।

'मैंने तो सोचा भी नहीं था कि तुम यहाँ आओगी,' उसने जल्दी-जल्दी उसे कुछ इस तरह देख कर कहा कि वह ठिठक गई। 'बैठ जाओ। जाहिर है, तुम्हें कतेरीना इवानोव्ना ने भेजा होगा। नहीं, वहाँ नहीं। यहाँ बैठो...'

सोन्या के अंदर आते ही रजुमीखिन, जो दरवाजे के पास रस्कोलनिकोव की तीन कुर्सियों में से एक पर बैठा हुआ था, उसे रास्ता देने के लिए उठ खड़ा हुआ। रस्कोलनिकोव ने पहले तो उसे सोफे पर उसी जगह बैठने का इशारा किया था जहाँ जोसिमोव बैठा हुआ था। लेकिन यह सोच कर कि उसे सोफे पर बिठाना, जिसे वह पलंग की तरह इस्तेमाल करता था, बहुत ज्यादा बेतकल्लुफी का सबूत देना होगा, उसने जल्दी से रजुमीखिन की कुर्सी की तरफ इशारा किया।

'तुम वहाँ बैठ जाओ,' उसने रजुमीखिन को सोफे के उसी सिरे पर बैठने को कहा, जहाँ जोसिमोव बैठा था।

सोन्या डर के मारे लगभग काँपती हुई बैठ गई और सहमी-सहमी हुई नजरों से दोनों औरतों को देखती रही। साफ लगता था वह यह बात सोच भी नहीं पा रही थी कि क्या वह उनकी बगल में बैठ सकती है। यह सोचते ही वह इतना डर गई कि जल्द ही फिर उठ खड़ी हुई और बेहद घबरा कर रस्कोलनिकोव से कुछ कहने लगी।

'मैं... मैं... बस एक पल के लिए आई हूँ माफ कीजिएगा, आप लोगों को मैंने परेशान किया,' उसने अटक-अटक कर बोलना शुरू किया। 'मुझे कतेरीना इवानोव्ना ने भेजा है; कोई और भेजने को था भी नहीं। मुझसे कतेरीना इवानोव्ना ने आपसे यह प्रार्थना करने के लिए कहा है... कि कल सबेरे... मित्रोफानियेव्स्की में... दफन के वक्त जरूर आइएगा... और फिर... उसके बाद... हमारे यहाँ... उनके यहाँ... उन्हें यह इज्जत बख्शिएगा... उन्होंने मुझसे आपसे गुजारिश करने के लिए कहा था...'

'मैं जरूर कोशिश करूँगा... यकीनन,' रस्कोलनिकोव ने जवाब दिया। वह भी उठ खड़ा हुआ और कुछ ऐसा सिटपिटाया कि बात भी पूरी नहीं कर सका। 'बैठ तो जाओ,' उसने अचानक कहा। 'तुमसे मुझे कुछ बातें करनी हैं। तुम्हें शायद जल्दी है, लेकिन मेहरबानी करके बस दो मिनट का वक्त दो,' यह कह कर उसने उसके लिए एक कुर्सी खींची।

सोन्या फिर बैठ गई और एक बार फिर सहम कर दोनों महिलाओं को उड़ती मगर भयभीत नजरों से देखा। फिर उसने अपनी आँखें झुका लीं।

रस्कोलनिकोव का पीला चेहरा तमतमा उठा। शरीर में कँपकँपी-सी दौड़ गई; आँखें चमकने लगीं।

'माँ,' उसने सधे स्वर में और जोर दे कर कहा, 'यह सोफ्या सेम्योनोव्ना मार्मेलादोवा है, उन बदनसीब मार्मेलादोव साहब की बेटी, जो कल मेरी आँखों के सामने गाड़ी से कुचल गए थे, और जिनके बारे में मैं तुम्हें बता रहा था।'

पुल्खेरिया अलेक्सांद्रोव्ना ने आँखें तरेर कर एक नजर सोन्या को देखा। रोद्या की उतावली, चुनौती भरी नजरों के सामने कुछ अटपटा-सा महसूस करने के बावजूद वह अपने आपको इस सुख से वंचित न रख सकीं। दूनिया उस बेचारी लड़की के चेहरे को गंभीरता से नजरें गड़ा कर देखती रही, और आश्चर्यचकित हो कर उसकी थाह लेने की कोशिश करती रही। सोन्या ने यह सुन कर कि उसका परिचय कराया जा रहा है, अपनी आँखें फिर उठाने की कोशिश की, लेकिन पहले से भी ज्यादा अटपटा महसूस करने लगी।

'मैं तुमसे यह पूछना चाहता था,' रस्कोलनिकोव ने जल्दी से कहा, 'आज सब कुछ ठीक-ठाक तो निबट गया था न! मसलन पुलिस ने तुम लोगों को तंग तो नहीं किया?'

'नहीं, वह सब ठीक ही है... यह तो एकदम साफ था कि मौत किस वजह से हुई... उन लोगों ने हमें तंग नहीं किया... बस वहाँ रहनेवाले लोग नाराज हैं।'

'क्यों?'

'लाश को वहाँ इतनी देर रखने पर। देखिए, बात यह है कि आज गर्मी भी तो बहुत है... और घुटन। इसलिए आज उसे कब्रिस्तान ले जा कर कल तक के लिए वहीं के गिरजाघर में रख दिया जाएगा। कतेरीना इवानोव्ना इसके लिए पहले तो तैयार नहीं लेकिन अब उनकी समझ में भी आ गया है कि यह जरूरी है।'

'तो आज?'

'आपसे उन्होंने खास तौर पर गुजारिश की है कि कल गिरजाघर में कफन-दफन के वक्त जरूर आइएगा, और फिर उसके बाद जनाजे की दावत में भी।'

'जनाजे की दावत भी कर रही हैं?'

'हाँ... बस छोटी-सी... उन्होंने मुझसे आपकी कल की मदद के लिए शुक्रिया अदा करने को भी कहा था। आप न होते तो हमारे पास तो कफन-दफन के लिए भी कुछ न था।'

उसके होठों और उसकी ठोड़ी में अचानक कँपकँपी पैदा हुई। पर उसने कोशिश करके अपने आपको सँभाला और जमीन की ओर ताकने लगी।

बातचीत के दौरान रस्कोलनिकोव उसे ध्यान से देख रहा था। उसका चेहरा पतला, बहुत ही पतला, पीला और छोटा-सा था, कुछ नुकीला-सा और बहुत सुडौल भी नहीं। छोटी-सी तीखी नाक और ठोड़ी। उसे खूबसूरत नहीं कहा जा सकता था, लेकिन उसकी नीली आँखें बेहद साफ थीं और जब वे चमकती थीं तो चेहरे पर ऐसी नेकी और सादगी की छाप आ जाती थी कि देखनेवाला बरबस उसकी ओर खिंच जाता था। उसके चेहरे में, बल्कि पूरे डीलडौल में, एक और अजीब खूबी थी : अठारह साल की होने के बावजूद वह छोटी-सी लड़की लगती थी - बच्ची जैसी। उसकी कुछ मुद्राओं में तो यह बचपना लगभग बेतुका-सा लगता था।

'लेकिन कतेरीना इवानोव्ना ने इतने थोड़े से पैसों में सब बंदोबस्त कैसे कर लिया क्या वह जनाजे की दावत सचमुच रखना चाहती हैं' रस्कोलनिकोव ने बातचीत का सिलसिला जारी रखने के लिए पूछा।

'जाहिर है ताबूत बहुत मामूली होगा... फिर बाकी हर चीज भी मामूली होगी, इसलिए ज्यादा खर्च नहीं बैठेगा। कतेरीना इवानोव्ना ने और मैंने सारा हिसाब लगा लिया है, सो दावत के लिए भी पैसा बच जाएगा... कतेरीना इवानोव्ना की बहुत ख्वाहिश थी कि दावत हो। आप जानते हैं कि इसके बगैर उनके दिल को राहत नहीं पहुँचेगी... वह हैं ही ऐसी, आप जानते ही हैं।'

'मैं समझता हूँ, समझता हूँ... जाहिर है... तुम मेरे कमरे को इस तरह क्यों देख रही हो मेरी माँ कह रही थीं कि यह एकदम मकबरा मालूम होता है।'

'आपके पास था जो कुछ, आपने कल हमें दे दिया,' सोन्या ने अचानक दबी जबान में, तेजी से बोलते हुए कहा और एक बार फिर सिटपिटा कर जमीन को घूरने लगी। ठोड़ी और होठ एक बार फिर काँपने लगे थे। रस्कोलनिकोव जिस गरीबी में रह रहा था, उसका उस पर इतना गहरा असर हुआ था कि ये शब्द अपने आप उसके मुँह से निकल गए थे। थोड़ी देर तक सब लोग चुप रहे। दूनिया की आँखों में एक चमक थी; पुल्खेरिया अलेक्सांद्रोव्ना भी बड़े स्नेह से सोन्या की ओर देखने लगीं।

'रोद्या,' उन्होंने उठते हुए कहा, 'हम लोग दोपहर का खाना तो साथ ही खाएँगे। चलो दूनिया, चलें। ...और रोद्या, तुम थोड़ी देर बाहर घूम आओ; फिर हमारे यहाँ आने से पहले थोड़ी देर आराम कर लो। ...मुझे लगता है तुम हम लोगों की वजह से काफी थक गए हो...'

'हाँ, हाँ, जरूर आऊँगा,' उसने हड़बड़ा कर उठते हुए जवाब दिया। 'लेकिन पहले कुछ काम निबटाना है।'

'लेकिन तुम खाना अलग तो नहीं खाओगे न?' रजुमीखिन ने ताज्जुब से रस्कोलनिकोव को देखते हुए कहा। 'क्या है तुम्हारा इरादा?'

'हाँ, हाँ, आऊँगा... जरूर, जरूर आऊँगा! तुम जरा एक पल ठहरो। अभी तो तुम्हें इससे कोई काम नहीं है माँ, कि है ऐसा तो नहीं कि मैं तुमसे इसे छीने ले जा रहा हूँ?'

'नहीं रे, नहीं। और च्मित्री प्रोकोफिच, तुम भी मेहरबानी करके हम लोगों के साथ ही खाना।'

'जरूर आइएगा,' दूनिया ने अपनी ओर से आग्रह किया।

झुक कर रजुमीखिन ने शुक्रिया अदा किया; खुशी उसके चेहरे से फूटी पड़ रही थी। पलभर के लिए सभी कुछ अजीब ढंग से भौंचक रह गए।

'तो, विदा, रोद्या, मतलब यह कि अगली मुलाकात तक के लिए हालाँकि मेरा जी विदा कहने को नहीं चाहता। विदा, नस्तास्या। आह, मैंने फिर वही 'विदा' कह दिया!'

पुल्खेरिया अलेक्सांद्रोव्ना सोन्या से भी कुछ शब्द विदाई के कहना चाहती थीं। लेकिन जाने क्यों शब्द उनके मुँह से निकले ही नहीं। वे जल्दी से कमरे के बाहर निकल गईं।

लेकिन लग रहा था कि अव्दोत्या रोमानोव्ना अपनी बारी का इंतजार कर रही थी। माँ के पीछे-पीछे कमरे से बाहर जाते हुए उसने सोन्या की ओर ध्यान से देखा और उससे शिष्टता से झुक कर विदा ली। सोन्या ने भी सिटपिटा कर जल्दी से, कुछ सहमे हुए ढंग से झुक कर उसका जवाब दिया। उसके चेहरे पर एक तकलीफदेह उलझन का भाव था, मानो अव्दोत्या रोमानोव्ना के सलाम करने और उसकी ओर ध्यान देने से उसे घुटन और तकलीफ हो रही हो।

'फिर मिलेंगे दूनिया,' रस्कोलनिकोव ने ड्योढ़ी में आ कर जोर से कहा। 'मुझसे हाथ तो मिला!'

'अभी तो मिलाया था। भूल गए' दूनिया ने बड़े तपाक से कुछ अटपटा कर उसकी ओर घूमते हुए कहा।

'कोई बात नहीं, फिर मिला लो!' यह कह कर उसने अपने हाथ में उसकी उँगलियाँ दबा लीं।

दूनिया मुस्कराई, शरमाई और अपना हाथ खींच कर खुशी-खुशी वहाँ से चली गई।

'चलो, यह भी अच्छा ही हुआ,' उसने कमरे में वापस आ कर और प्रसन्नता से सोन्या को देखते हुए कहा। 'भगवान मरनेवालों को शांति दे पर जीनेवालों को तो जीना ही है! बात ठीक है न कि नहीं?'

सोन्या उसके चेहरे पर अचानक ऐसी प्रसन्नता देख कर हैरान रह गई। वह कुछ पल उसे चुपचाप देखता रहा। उन कुछ पलों के दौरान सोन्या के बाप ने बेटी के बारे में जो कुछ सुनाया था, वह रस्कोलनिकोव की यादों के पर्दे पर किसी फिल्म की तरह घूम गया...

'भगवान जानता है, दुनेच्का,' पुल्खेरिया अलेक्सांद्रोव्ना ने बाहर सड़क पर आते ही कहना शुरू किया, 'वहाँ से आ कर मुझे सचमुच ऐसा लग रहा है जैसे कोई बोझ उतरा हो... ज्यादा राहत महसूस हो रही है। कल रेलगाड़ी में मैंने सोचा तक नहीं था कि मुझे इस कारण से भी खुशी होगी।'

'तुमसे मैं फिर कहती हूँ माँ कि अभी भी वह बहुत बीमार है। तुमने देखा नहीं शायद हम लोगों की चिंता कर-करके वह बहुत उलझ गया है। हमें धीरज रखना चाहिए, और बहुत कुछ माफ कर देना चाहिए।'

'मगर तुमने तो बहुत धीरज नहीं दिखाया!' पुल्खेरिया अलेक्सांद्रोव्ना ने कुछ भड़क कर उसकी बात पकड़ते हुए कहा। 'तुम हू-ब-हू उसकी नकल हो; सूरत-शक्ल में उतनी नहीं जितनी कि आत्मा में। तुम दोनों उदास स्वभाव के हो, दोनों में एक रूखापन है और दोनों को जल्दी गुस्सा आ जाता है, दोनों स्वाभिमानी हो और उदार दिल के। ...ऐसा तो हो नहीं सकता दुनेच्का कि वह अपने अलावा और किसी के बारे में सोचता ही न हो। क्यों यह सोच कर मेरा तो दिल ही बैठा जाता है कि आज शाम को हम लोगों पर क्या बीतेगी!'

'परेशान न हो माँ। जो होना होगा, सो होगा।'

'बेटी, जरा सोचो कि हम लोगों की क्या हालत है! प्योत्र पेत्रोविच ने रिश्ता अगर तोड़ दिया तो क्या होगा' यह बात बेचारी पुल्खेरिया अलेक्सांद्रोव्ना के मुँह से असावधानी में निकल गई।

'अगर रिश्ता तोड़ा तो वे इस लायक भी नहीं हैं कि उनकी परवाह की जाए,' दुनिया ने कुछ सख्ती से, तिरस्कार के भाव से जवाब दिया।

'अच्छा किया हमने कि चले आए,' पुल्खेरिया अलेक्सांद्रोव्ना ने जल्दी से बात बदली। 'उसे किसी न किसी काम की जल्दी थी। वह अगर किसी तरह बाहर जा कर खुली हवा में थोड़ी देर घूम ले... उसके कमरे में तो काफी घुटन थी... लेकिन यहाँ खुली हवा मिलेगी कहाँ यहाँ सड़कें भी तो बंद कोठरियों जैसी लगती हैं। हे भगवान! कैसा शहर है! जरा देखके... हट जाओ... कुचली जाओगी... देखती नहीं वे लोग कोई चीज ले जा रहे हैं! अरे, यह तो पियानो है, सच कहती हूँ... किस बुरी तरह ढकेल रहे हैं! ...मुझे तो उस नौजवान लड़की से भी बड़ा डर लगता है।'

'कौन-सी नौजवान लड़की, माँ?'

'अरे, वही सोफ्या सेम्योनोव्ना जो वहाँ आई थी।'

'क्यों?'

'मुझे तो दाल में कुछ काला लगता है, दूनिया। तुम मानो या न मानो, लेकिन जैसे ही वह आई, उसी दम मुझे लगा कि सारी मुसीबत की जड़ वही है...'

'ऐसी कोई भी बात नहीं,' दूनिया ने झल्ला कर कहा। 'एकदम बेसर-पैर की बातें करती हो... तुम्हें तो वहम हो गया है माँ! भैया अभी कल रात ही उससे पहली बार मिले थे, और जब वह अंदर आई तो फौरन उसे पहचान भी नहीं सके।'

'खैर, देख लेना! ...उसकी वजह से मुझे बड़ी चिंता है। देखना, तुम देख लेना! मुझे तो बहुत डर लग रहा था। मुझे वह घूर कैसी आँखों से रही थी! उसने जब उसका परिचय कराया तो मैं अपनी कुर्सी पर चैन से बैठी भी नहीं रह पा रही थी, याद है न बड़ा अजीब लगता है कि प्योत्र पेत्रोविच ने उसके बारे में ऐसी बात लिखी, और इसने उसे हम लोगों से, तुमसे बाकायदा मिलवाया! मतलब यह है कि वह उसके काबू में होगा।'

'लिखने को लोग कुछ भी लिखते रहते हैं। हमारे बारे में भी बहुत-सी बातें कही गईं और बहुत कुछ लिखा गया। भूल गईं तुम मुझे तो यकीन है कि वह बहुत भली लड़की है, और ये सारी बातें कोरी बकवास हैं।'

'भगवान करे ऐसा ही हो।'

'यह प्योत्र पेत्रोविच भी तो बहुत ही नीच किस्म का, दूसरों पर कीचड़ उछालनेवाला शख़्स है,' दूनिया ने अचानक बिगड़ कर कहा।

पुल्खेरिया अलेक्सांद्रोव्ना जमीन में गड़ी रह गईं। फिर आगे बातचीत नहीं हुई।

'मैं बताता हूँ, तुमसे मुझे क्या काम है,' रजुमीखिन को खिड़की के पास ले जाते जाते हुए रस्कोलनिकोव ने कहा।

'तो कतेरीना इवानोव्ना से मैं कह दूँ कि आप आएँगे,' सोन्या ने जल्दी से कहा और चलने को तैयार हो गई।

'एक मिनट, सोफ्या सेम्योनोव्ना। हम कोई ऐसी बातें नहीं कर रहे जो तुम्हारे सुनने की न हो... तुम्हारे यहाँ मौजूद रहने से कोई फर्क नहीं पड़ता। तुमसे मुझे एक-दो बातें और भी करनी हैं। ...सुनो!' वह अचानक फिर रजुमीखिन की ओर मुड़ा। तुम जानते हो... क्या नाम है उसका... पोर्फिरी पेत्रोविच?'

'जानता तो हूँ! मेरा रिश्तेदार है! क्यों?' रजुमीखिन ने दिलचस्पी से कहा।

'वह मामला वही निबटा रहा है... तुम जानते हो, वही कत्लवाला मामला ...तुम कल इस बारे में कुछ चर्चा कर रहे थे।'

'तो फिर?' रजुमीखिन की आँखें फटी रह गईं।

'वह उन लोगों का पता लगा रहा था, जिन्होंने वहाँ चीजें गिरवी रखी थीं, और कुछ चीजें मेरी भी वहाँ गिरवी रखी हैं। छोटी-मोटी चीजें... एक अँगूठी जो मेरी बहन ने घर से चलते वक्त मुझे निशानी दी थी, और मेरे बाप की चाँदी की घड़ी कुल मिला कर पाँच-छह रूबल की होंगी... लेकिन मेरे लिए तो वे बहुत कीमती चीजें हैं। तो अब क्या करूँ मैं उन चीजों को मैं खोना नहीं चाहता, खास तौर पर घड़ी को। मैं तो तब थरथर काँपने लगा था, जब हम लोग दूनिया की घड़ी की बात कर रहे थे कि माँ कहीं वह घड़ी देखने को न माँग ले। हम लोगों के पास मेरे बाप की वही एक चीज बची है। अगर वह खोई तो माँ को बहुत सदमा गुजरेगा! तुम जानते हो न इन औरतों की आदत! तो बताओ, क्या किया जाए। मैं जानता हूँ कि मुझे थाने में खबर करनी चाहिए थी, लेकिन क्या सीधे पोर्फिरी के पास जाना बेहतर न होगा क्यों क्या राय है तुम्हारी इस तरह मुमकिन है मामला जल्दी तय हो जाए। बात यह है कि माँ शायद दोपहर के खाने से पहले घड़ी माँग बैठे।'

'थाने तो हरगिज नहीं जाना चाहिए। यकीनन पोर्फिरी के पास ही जाना बेहतर है,' रजुमीखिन ने बेहद जोश में आ कर कहा। 'कितनी खुशी मुझे हो रही है। चलो, फौरन चलें। यहाँ से दो ही कदम पर तो है। वह वहाँ जरूर होगा।'

'अच्छी बात है... चलो...'

'तुमसे मिल कर वह बहुत खुश होगा। मैंने कई मौकों पर उससे तुम्हारी चर्चा की है। कल ही मैं तुम्हारी बातें कर रहा था। तो आओ, चलें। उस बुढ़िया को तुम जानते थे तो यह बात है! अभी तक सब कुछ खुशगवार ही रहा है... अरे हाँ, सोफ्या इवानोव्ना...'

सोफ्या सेम्योनोव्ना, रस्कोलनिकोव ने उसकी गलती ठीक की। 'सोफ्या सेम्योनोव्ना, ये हैं मेरे दोस्त रजुमीखिन, बहुत ही भले आदमी हैं।'

'आप लोगों को अगर अभी जाना है...' सोन्या ने रजुमीखिन की ओर देखे बिना कहना शुरू किया, और पहले से भी ज्यादा सकपका गई।

'हाँ, हम तो चले,' रस्कोलनिकोव ने फैसला किया। 'मैं आज तुम्हारे यहाँ आऊँगा, सोफ्या सेम्योनोव्ना। बस इतना बता दो कि तुम रहती कहाँ हो।'

वह कतई झेंप नहीं रहा था लेकिन ऐसा लग रहा था कि वह जल्दी में था और सोन्या से नजरें मिलाने से कतरा रहा था। सोन्या ने शरमाते हुए अपना पता बताया। तीनों एकसाथ बाहर निकले।

'अपने कमरे में तुम ताला नहीं लगाते क्या?' उनके पीछे-पीछे सीढ़ियों पर आ कर रजुमीखिन ने पूछा।

'कभी नहीं,' रस्कोलनिकोव ने लापरवाही से जवाब दिया। 'ताला खरीदने की दो साल से सोच रहा हूँ। कितने सुखी हैं वे लोग जिन्हें ताले की जरूरत नहीं पड़ती,' उसने हँस कर सोन्या से कहा।

फाटक पर वे रुक गए।

'तुम्हें तो दाईं तरफ जाना है, सोफ्या सेम्योनोव्ना लेकिन तुम्हें मेरा पता मिला कैसे?' उसने बात को इस तरह बढ़ाया, जैसे वह कोई दूसरी ही बात कहना चाह रहा था। वह उसकी निर्मल आँखों में झाँकना चाहता था लेकिन यह तो इतना आसान नहीं था।

'क्यों, आपने पोलेंका को कल अपना पता बताया तो था।'

'पोलेंका अरे हाँ! पोलेंका, वह छोटी बच्ची! तुम्हारी बहन? मैंने उसे पता बताया था!'

'भूल गए क्या?'

'नहीं, याद है।'

'मैंने पापा से आपके बारे में सुना था... आपकी बातें वह किया करते थे। ...बस मुझे आपका नाम नहीं मालूम था, न उन्हें मालूम था। अब आज मैं आपके यहाँ आई... और चूँकि मुझे आपका नाम मालूम हो गया था, इसलिए मैंने पूछा : मिस्टर

रस्कोलनिकोव कहाँ रहते हैं यह मुझे नहीं पता था कि आप भी एक किराएदार हैं। ...अच्छा, तो मैं चलती हूँ। ...मैं कतेरीना इवानोव्ना से बोल दूँगी।'

वहाँ से आखिरकार निकल कर उसे बहुत खुशी हुई और वह नजरें झुकाए चली गई। वह तेज कदमों से चल रही थी ताकि जल्दी से जल्दी आँखों से ओझल हो जाए, बीस कदम चल कर किसी तरह दाईं ओर के मोड़ तक पहुँच जाए, आखिरकार एकदम अकेली रह जाए और फिर तेजी से चलते हुए, किसी की ओर बिना देखे, किसी चीज की ओर बिना ध्यान दिए, सोचे, याद करे, एक-एक शब्द के बारे में, हर छोटी-सी-छोटी बात के बारे में अच्छी तरह विचार करे। उसे अबसे पहले कभी ऐसा एहसास नहीं हुआ था... कभी नहीं। उसके सामने धुँधले तौर पर और अनजाने ही एक नई दुनिया के दरवाजे खुलते जा रहे थे। अचानक उसे याद आया कि रस्कोलनिकोव उसके यहाँ आज ही आनेवाला था। शायद सबेरे... शायद इसी वक्त!

'बस आज नहीं, कृपा करके आज नहीं!' वह डूबते दिल से मुँह में ही बुदबुदाती रही, गोया किसी डरे-सहमे बच्चे की तरह किसी के आगे गिड़गिड़ा रही हो। 'भगवान दया करो मुझ पर! मुझसे मिलने आ रहा है... उस कमरे में... वह सब देखेगा... भगवान!'

उस घड़ी उसमें एक ऐसे अज्ञात सज्जन की ओर ध्यान देने तक का होश नहीं था जो उस पर बराबर नजर रख रहे थे और उसका पीछा कर रहे थे। फाटक के पास से ही वह उसके पीछे लग लिए थे। जिस पल रजुमीखिन, रस्कोलनिकोव और वह एक-दूसरे से विदा होने से पहले सड़क की पटरी पर खड़े थे, उसी समय यह सज्जन, जो उधर से गुजर रहे थे, सोन्या के ये शब्द सुन कर चौंके थे : 'मैंने पूछा मिस्टर रस्कोलनिकोव कहाँ रहते हैं?' उन्होंने मुड़ कर जल्दी से लेकिन ध्यान से उन तीनों को देखा, खास तौर पर रस्कोलनिकोव को जिससे सोन्या बातें कर रही थी; फिर उन्होंने मुड़ कर उस घर को अच्छी तरह देखा और यादों में बिठा लिया। यह सब कुछ उन्होंने वहाँ से गुजरते हुए पलक झपकते कर लिया था, और किसी को अपनी दिलचस्पी की भनक तक न लगने देने की कोशिश में और भी धीरे चलने लगे थे गोया किसी बात का इंतजार कर रहे हों। वे सोन्या की राह देख रहे थे। उन्होंने देखा कि वे लोग एक-दूसरे से विदा हो रहे हैं और सोन्या अपने घर जा रही है।

'पर कहाँ यह सूरत मैंने कहीं देखी है,' उसने सोन्या की सूरत याद करके सोचा। 'पता लगाना चाहिए।'

मोड़ पर वह आदमी सड़क की दूसरी तरफ चला गया, चारों तरफ नजरें दौड़ाई और देखा कि किसी भी चीज की ओर ध्यान दिए बिना सोन्या उधर ही आ रही है। वह नुक्कड़ पर मुड़ गई और यह सड़क की दूसरी पटरी पर पीछे-पीछे चलता रहा। लगभग पचास कदम के बाद वह फिर सड़क की इसी पटरी पर आ कर उसके पास तक जा पहुँचा और उससे बस पाँच कदम पीछे चलने लगा।

उसकी उम्र लगभग पचास की होगी। कद कुछ लंबा और शरीर गठा हुआ। कंधे चौड़े और ऊँचे, जिसकी वजह से देखने में लगता था कि वह कुछ झुक कर चल रहा है। वह बहुत अच्छे और फैशनेबुल कपड़े पहने हुए था और हैसियतदार, शरीफ आदमी मालूम होता था। उसके हाथ में एक खूबसूरत छड़ी थी, जिसे वह हर कदम के साथ सड़क पर टेकता हुआ चल रहा था। दस्ताने एकदम बेदाग और दूध जैसे सफेद थे। चौड़ा, खासा सुंदर चेहरा। गालों की हड्डियाँ कुछ उभरी हुई और चेहरे के रंग में ताजगी, जैसी पीतर्सबर्ग में अकसर दिखाई नहीं देती। हलके भूरे रंग के बाल अभी तक घने थे, बस

बीच में कहीं-कहीं सफेदी झलकने लगी थी। घनी चौकोर दाढ़ी का रंग बालों से भी हलका था। आँखों का रंग नीला था और देखने के ढंग में कुछ कठोरता, पैनापन और विचारमग्नता का भाव था। उसके होठों का रंग लाल था। उसने अपने स्वास्थ्य को बहुत सँभाल कर रखा हुआ था, जिसके सबब वह अपनी उम्र से बहुत कम का लगता था।

सोन्या जब नहर किनारे पहुँची तब सड़क की उस पटरी पर सिर्फ वही दोनों थे। उसने ध्यान से देखा कि सोन्या अपने ही विचारों में खोई हुई है, जैसे सपना देख रही हो। जहाँ वह रहती थी, उस घर तक पहुँच कर वह फाटक में मुड़ी। वह सज्जन भी उसके पीछे मुड़े और लगा कि उन्हें कुछ ताज्जुब हो रहा था। अहाते में पहुँच कर वह दाएँ कोने की ओर मुड़ी। 'वाह!' अजनबी ने अस्फुट स्वर में कहा, और उसके पीछे ही सीढ़ियाँ चढ़ने लगा। तब जा कर सोन्या का ध्यान उसकी ओर गया। तीसरी मंजिल पर पहुँच कर वह गलियारे में मुड़ी और 9 नंबर के कमरे की घंटी बजाई। दरवाजे पर खड़िया से लिखा था : कापरनाउमोव, दर्जी। 'वाह!' अजनबी ने एक बार फिर दोहराया और इस अनोखे संयोग पर आश्चर्य करने लगा। उसने अगले दरवाजे पर, 8 नंबर के कमरे की घंटी बजाई। दोनों दरवाजों के बीच कोई दो-तीन गज की फासला था।

'कापरनाउमोव के मकान में रहती हो,' उसने सोन्या की ओर देख कर हँसते हुए कहा। 'कल ही मैंने उससे अपनी एक वास्कट ठीक कराई है। मैं इधर बगल में, मादाम रेसलिख के यहाँ रहता हूँ। कैसा संयोग है!'

सोन्या ने उसे गौर से देखा।

'हम लोग पड़ोसी हैं,' वह बेहद खुश हो कर बोला। 'मैं अभी परसों ही यहाँ आया हूँ। अच्छा, फिर मिलेंगे।'

सोन्या ने कुछ जवाब नहीं दिया। दरवाजा खुला तो वह चुपके से अंदर चली गई। न जाने क्यों वह शर्म-सी महसूस करने लगी और उसे बेचैनी होने लगी।

पोर्फिरी के यहाँ जाते हुए रास्ते में रजुमीखिन खुशी से फूटा पड़ रहा था।

'यह तो शानदार बात हुई, प्यारे,' उसने कई बार दोहराया, 'आज मैं बहुत खुश हूँ, बेहद खुश!'

'किस बात पर खुश है भला?' रस्कोलनिकोव ने मन-ही-मन सोचा।

'मुझे नहीं मालूम था कि उस बुढ़िया के यहाँ तुमने भी कुछ चीजें गिरवी रखी थीं। और... क्या यह बहुत दिन की बात है मेरा मतलब है कि क्या तुम्हें वहाँ गए बहुत दिन हो गए?'

'कैसा भोला है यह भी!'

'कब की बात है,' रस्कोलनिकोव याद करने के लिए ठहर गया। 'यह बात उसके मरने के दो-तीन दिन पहले की होगी। लेकिन मैं उन चीजों को अभी नहीं छुड़ाऊँगा,' उसने उन चीजों के बारे में गहरी दिलचस्पी दिखाते हुए जल्दी से कहा, 'मेरे पास तो... कल रात के कमबख्त सरसाम के बाद... अब चाँदी का एक ही रूबल बचा है!'

'सरसाम,' पर खास तौर पर जोर दिया।

'हाँ, हाँ,' रजुमीखिन ने न जाने किस कारण से जल्दी से सहमति प्रकट की। 'अच्छा, तो यह बात थी कि तुमको... एक रट-सी लग गई थी... कुछ हद तक... बात यह है कि अपनी सरसामी हालत में तुम लगातार कुछ अँगूठियों या जंजीरों की बातें कर रहे थे! हाँ, हाँ... तो समझ में आ गया, अब सारी बात साफ हो गई।'

'सचमुच! तो यह विचार उन लोगों के बीच किस तरह फैला हुआ है! इसी को ले लो, मेरी खातिर सूली पर भी चढ़ने को तैयार, लेकिन इसे भी खुशी इस बात की है कि सरसाम की हालत में मैं अँगूठियों की इतनी चर्चा क्यों कर रहा था, यह बात साफ हो गई! उन सबके दिमाग में यह बात कितनी गहराई तक जम गई होगी!'

'इस वक्त वह मिलेगा?' उसने अचानक पूछा।

'हाँ, हाँ, मिलेगा,' रजुमीखिन ने जल्दी से जवाब दिया। 'बहुत उम्दा आदमी है यार, तुम देखना। थोड़ा-सा बेढब जरूर है, मतलब यह कि आदमी तो बहुत नफीस है लेकिन मेरा मतलब यह कि एक-दूसरे मानी में बेढब है। बहुत समझदार आदमी है, सच पूछो तो जरूरत से ज्यादा समझदार है, लेकिन उसकी कुछ हदें हैं, उनके ही अंदर सोचता है। ...कुछ शक्की है, कुछ सनकी भी है... लोगों को धोखा देना चाहता है, बल्कि उनका मजाक उड़ाना चाहता है। उसका तरीका वह पुराना, ठोस सबूतवाला तरीका है, सीधी बात को छोड़ कर बाल की खाल निकालने का... लेकिन अपना काम जानता है... एकदम पक्की तरह समझता है। ...पिछले साल उसने कत्ल का एक ऐसा मामला सुलझाया था, जिसमें पुलिस के पास कोई भी सुराग नहीं था। तुमसे मिलने के लिए बहुत ही बेचैन है!'

'किसलिए इतना बेचैन है?'

'यार, नहीं, ऐसी कोई बात नहीं है... बात यह है कि जब से तुम बीमार पड़े हो, तबसे मैं कई बार उससे तुम्हारी चर्चा कर चुका... तो जब उसने तुम्हारे बारे में सुना... कि तुम वकालत पढ़ते थे और अपनी पढ़ाई पूरी नहीं कर पाए तो उसने कहा : बड़े अफसोस की बात है! और इसलिए मैंने यह नतीजा निकाला... सब बातों को मिला कर, किसी अकेली एक बात से नहीं; अब कल जमेतोव... तुम तो जानते ही हो रोद्या, कल रात तुम्हारे घर जाते हुए मैंने रास्ते में, नशे में कुछ बकवास की थी। ...मुझे डर है, यार कि तुम कहीं उसका कुछ बढ़ा-चढ़ा कर मतलब न लगा लो।'

'क्या इस बात का कि वे लोग मुझे पागल समझते हैं हो सकता है वे ठीक समझते हों,' उसने कुछ थमी-थमी मुस्कराहट के साथ कहा।

'हाँ, हाँ, यही... जाने दो यह सब खुराफात, है कि नहीं लेकिन मैंने जो कुछ कहा था (और उसके अलावा कुछ बात और भी थी) वह... सब बकवास थी, और इसलिए कि मैं शराबी था।'

'लेकिन तुम इतनी माफी क्यों माँग रहे हो? मैं इस तरह की बातों से तंग आ चुका!' रस्कोलनिकोव जरूरत से कुछ ज्यादा ही चिढ़ कर चीखा। लेकिन उसका यह बर्ताव अंशतः बनावटी था।

'जानता हूँ मैं, जानता हूँ और समझता हूँ! यकीन मानो, मैं सब समझता हूँ। उसकी बात करते भी शर्म आती है।'

'शर्म आती है तो मत करो उसकी बात!'

दोनों चुप हो गए। खुशी के मारे रजुमीखिन हवा में उड़ा जा रहा था और यह देख कर रस्कोलनिकोव को खुंदक हो रही थी। रजुमीखिन ने अभी पोर्फिरी के बारे में जो कुछ कहा था उससे भी उसे परेशानी हो रही थी।

'उसके सामने भी मुझे गंभीर सूरत बनाए रखनी होगी,' उसने धड़कते हुए दिल से सोचा और उसका रंग सफेद पड़ गया, 'और सो भी इस तरह कि मालूम न हो, मैं बना कर ऐसा कर रहा हूँ। लेकिन सबसे सहज बात तो यह होगी कि कुछ किया ही न जाए। पूरी सावधानी से, कुछ भी न किया जाए! नहीं, सावधानी बरतना भी बनावटी मालूम होगा... खैर, देखा जाएगा क्या होता है... वहाँ पहुँच कर देखेंगे। लेकिन वहाँ जाना भी ठीक है या नहीं परवाना उड़ कर चिराग की तरफ जाता है। बुरी बात यह है कि मेरा दिल धड़क रहा है!'

'इस स्लेटी रंगवाले घर में,' रजुमीखिन ने कहा।

'सोचने की सबसे बड़ी बात यह है कि पोर्फिरी को क्या यह बात मालूम है कि कल मैं उस खूसट बुढ़िया के यहाँ गया था... और खून के बारे में पूछा था इस बात का मुझे फौरन पता लगाना होगा, अंदर घुसते ही उसके चेहरे से पता लगाना होगा; वरना... मुझे पता तो लगाना ही होगा, चाहे वह मेरी तबाही का सबब क्यों न बन जाए!'

'मैं कहता हूँ यार,' उसने अचानक रजुमीखिन की ओर मुड़ कर एक टेढ़ी मुस्कराहट के साथ कहा, 'मैं आज दिन भर देखता रहा हूँ कि तुममें एक अजीब-सी हुलास है। है कि नहीं?'

'हुलास नहीं तो, कतई नहीं,' रजुमीखिन ने कहा, गोया उसे किसी ने डंक मारा हो।

'नहीं दोस्त, मैं जो कहता हूँ वह साफ तौर पर सही है। अरे कुर्सी पर भी तुम इस तरह बैठे हुए थे जैसे कभी नहीं बैठते, एकदम किनारे पर टिक कर; लग रहा था पूरे वक्त तुम तिलमिला रहे हो। बिना बात बीच-बीच में उचक पड़ते थे। पलभर में नाराज होते थे और दूसरे ही पल तुम्हारा चेहरा बिलकुल खिल उठता था। तुम्हारे कान की लवें तक लाल हो जाती थीं। खास तौर पर जब तुम्हें खाने के लिए बुलाया गया था, तब तुम बेहद शरमा रहे थे।'

'ऐसी कोई बात नहीं थी... सब बकवास है! मतलब तुम्हारा क्या है?'

'पर तुम इस बात से स्कूली लड़कों की तरह कतराना क्यों चाहते हो कसम से, लो देखो, फिर शरमाने लगे!'

'तुम भी साले सुअर हो!'

'तुम लेकिन इतना झेंप क्यों रहे हो? दीवाने कहीं के बस देखते जाओ, मैं आज इसके बारे में किसी को बताऊँगा हा-हा-हा! माँ तो हँसते-हँसते लोट-पोट हो जाएँगी, फिर कोई और भी...'

'देखो यार, सुनो तो मैं कहे देता हूँ यह कोई मजाक की बात नहीं है... अब तुम करनेवाले क्या हो, शैतान की दुम!' रजुमीखिन बुरी तरह झेंप रहा था। उसे डर के मारे ठंडा पसीना छूटने लगा था। 'तुम क्या कहोगे उन लोगों से? मैं तो यार... उफ! तुम भी पक्के सुअर हो!'

'एकदम गुलाब की तरह खिले जा रहे हो। काश, तुम्हें मालूम होता कि यह सब तुम पर कितना जँचता है। छह फुट्टा दीवाना! आज कैसे नहाए-धोए लग रहे हो... नाखून भी साफ किए हैं, मैं दावे के साथ कहता हूँ क्यों आज तक तो कभी ऐसा किया नहीं! अरे, मुझे तो लगता है कि बालों में क्रीम भी लगाई है! झुक कर दिखाओ तो सही!'

'पाजी कहीं का!!'

रस्कोलनिकोव लाख रोकने पर भी अपनी हँसी न रोका सका। वे दोनों इसी तरह हँसते हुए पोर्फिरी पेत्रोविच के फ्लैट में घुसे। यही तो रस्कोलनिकोव चाहता था। अंदर उनके हँसने की आवाज जा रही थी। वे दोनों अभी तक ड्योढ़ी में ठहाका मार कर हँस रहे थे।

'यहाँ इसके बारे में एक बात भी मुँह से निकाली तो... तुम्हारा भेजा मैं उड़ा दूँगा!' रजुमीखिन ने रस्कोलनिकोव का कंधा पकड़ कर गुस्से से उसके कान में कहा।

अपराध और दंड : (अध्याय 3-भाग 5)

रस्कोलनिकोव जब कमरे में प्रवेश कर रहा था तो उसकी सूरत से लगता था उसे अपने आपको फिर ठहाका मार कर हँस पड़ने से रोकने में भारी कठिनाई हो रही थी। उसके पीछे रजुमीखिन कुछ अटपटे और भोंडे तरीके से अंदर आया। वह कुछ शरमाया हुआ था; चेहरा टमाटर की तरह लाल हो रहा था। वह बुरी तरह झेंपा और गुस्से से भरा हुआ मालूम होता था। उस समय उसका चेहरा और उसका पूरा हुलिया सचमुच हास्यास्पद लग रहा था और रस्कोलनिकोव को अगर हँसी आ रही थी तो ठीक ही आ रही थी। रस्कोलनिकोव ने परिचय कराए जाने का इंतजार किए बिना पोर्फिरी पेत्रोविच को झुक कर सलाम किया जो कमरे के बीच में खड़ा उन्हें सवालिया नजरों से देख रहा था। रस्कोलनिकोव ने आगे बढ़ कर हाथ मिलाया। वह अभी तक अपनी फूटी पड़ रही खुशी को दबाने की हर मुमकिन कोशिश कर रहा था और अपना परिचय देने के लिए कुछ कहना चाहता था। लेकिन वह गंभीर मुद्रा धारण करने और दबी जबान से कुछ कहने में अभी सफल ही हुआ था कि अचानक उसकी नजर फिर रजुमीखिन पर पड़ी और वह अपने आपको काबू में न रख सका। अपनी दबी हुई हँसी को वह जितना ही दबाने की कोशिश करता था, उतनी ही तेजी से वह फूटी पड़ती थी। रजुमीखिन को उसकी इस 'दिली' हँसी पर जिस तरह बेतहाशा गुस्सा आया, उसकी वजह से पूरे दृश्य से अत्यंत वास्तविक मनबहलाव और उससे भी बढ़ कर स्वाभाविकता का तत्व पैदा हो गया था। रजुमीखिन ने मानो जान-बूझ कर इस धारणा को और पक्का कर दिया था।

'भाड़ में जाओ!' वह अपना एक हाथ घुमा कर जोर से गरजा। हाथ एक छोटी-सी गोल मेज से टकराया, जिस पर चाय का एक खाली गिलास रखा हुआ था। मेज उलट गई और उस पर रखा काँच का गिलास झनझना कर टूट गया।

'लेकिन आप लोग कुर्सियाँ क्यों तोड़ रहे हैं? आप जानते हैं न कि इससे सरकार का नुकसान होता है,' पोर्फिरी पेत्रोविच ने मजाक के लहजे में जोर से कहा।

रस्कोलनिकोव अभी तक हँस रहा था। अभी तक उसका हाथ पोर्फिरी पेत्रोविच के हाथ में था, लेकिन वह नहीं चाहता था कि जरूरत से ज्यादा बेतकल्लुफी का परिचय दे। इसलिए वह इस सिलसिले को स्वाभाविक ढंग से खत्म करने के लिए उचित समय की प्रतीक्षा कर रहा था। मेज उलटने और काँच का गिलास टूटने से रजुमीखिन एकदम सिटपिटा गया था। बड़ी उदास नजरों से काँच के टूटे हुए टुकड़ों को देख रहा था। वह अपने आपको कोसता हुआ तेजी से खिड़की की ओर मुड़ा और बेहद गुस्से में भरा हुआ, त्योरियों पर बल डाले उन लोगों की ओर पीठ किए खड़ा रहा। वह शून्य भाव से तके

जा रहा था। पोर्फिरी पेत्रोविच हँस रहा था और इसी तरह हँसते रहने को तैयार था, लेकिन जानना भी चाहता था कि यह सब क्या और क्यों हो रहा है। जमेतोव एक कोने में बैठा हुआ था, लेकिन इन लोगों के अंदर आते ही वह उठ पड़ा और होठों पर मुस्कराहट लिए हुए किसी चीज की प्रतीक्षा में खड़ा रहा। वैसे इस पूरे दृश्य को वह आश्चर्य से देख रहा था और लग रहा था कि उसकी समझ में कुछ भी नहीं आ रहा। रस्कोलनिकोव को देख कर वह कुछ खिसिया भी रहा था। वहाँ आशा के विपरीत जमेतोव की मौजूदगी रस्कोलनिकोव को कुछ अच्छी नहीं लगी।

'मुझे इस बात का ध्यान रखना होगा,' रस्कोलनिकोव ने सोचा। 'माफ कीजिएगा,' उसने बेहद अटपटा महसूस करने की मुद्रा धारण करते हुए कहना शुरू किया। 'मैं रस्कोलनिकोव हूँ।'

'इसमें माफी की क्या बात है, आपसे-मिल कर खुशी हुई... और आप आए भी तो कैसे खुशदिल ढंग से! ...अरे, वह क्या सलाम-दुआ भी नहीं करेगा?' पोर्फिरी पेत्रोविच ने सर के झटके से रजुमीखिन की तरफ इशारा करके कहा।

'कसम खा कर कहता हूँ कि मुझे नहीं पता वह क्यों मुझसे इतना बिफरा हुआ है। यहाँ आते हुए मैंने उससे बस इतना ही कह दिया था कि वह दीवाना लग रहा है... और इस बात को मैंने साबित भी कर दिया था। जहाँ तक मैं समझता हूँ, बस इतनी ही बात थी।'

'पाजी कहीं का!' रजुमीखिन ने मुड़े बिना ही, चिढ़ कर कहा।

'अगर वह इतना ही कहने पर इस तरह जामे से बाहर हो रहा है तो कोई वजह भी होगी,' पोर्फिरी ने हँस कर कहा।

'बस-बस, बड़े आए जासूस बन कर! ...तुम सब भाड़ में जाओ!' रजुमीखिन ने झिड़क कर कहा और अचानक खुद भी खिल-खिला कर हँस पड़ा। वह और भी खिले हुए चेहरे के साथ पोर्फिरी के पास गया, जैसे कुछ हुआ ही न हो। 'छोड़ो इन बातों को, हम सब बेवकूफ हैं। अब कुछ मतलब की बातें करें। यह मेरा दोस्त रोदिओन रोमानोविच रस्कोलनिकोव है। पहली बात तो यह है कि तुम्हारी चर्चा इसने सुनी थी और तुमसे मिलना चाहता था। दूसरे, इसे तुमसे एक छोटा-सा काम भी है। अरे, वाह! जमेतोव, तुम यहाँ कैसे? तुम लोग क्या पहले ही मिल चुके हो? तुम दोनों एक-दूसरे को क्या बहुत दिन से जानते हो?'

'क्या मतलब हो सकता है इसका?' रस्कोलनिकोव ने बेचैन हो कर सोचा।

ऐसा लगा कि जमेतोव कुछ परेशान हो गया है, लेकिन बहुत ज्यादा नहीं।

'अभी कल ही तो मुलाकात हुई थी तुम्हारे यहाँ,' उसने सहज भाव से कहा।

'भगवान की कृपा कि मैं इस जिम्मेदारी से बच गया। हफ्ते भर से यह मेरे पीछे पड़ा था कि मैं तुमसे इसे मिला दूँ। आखिरकार पोर्फिरी और तुम, दोनों एक-दूसरे तक पहुँच ही गए। अपना तंबाकू कहाँ रखते हो?'

पोर्फिरी पेत्रोविच ने अनौपचारिक ढंग की एक ड्रेसिंग गाउन, बहुत साफ कमीज और छोटी एड़ी की स्लीपर पहन रखी थी। वह लगभग पैंतीस साल का शख्स था। छोटा कद, गठा हुआ शरीर, कुछ मोटापा लिए हुए। दाढ़ी-मूँछ सफाचटा। उसने बाल बहुत छोटे कटवा रखे थे और सर बहुत बड़ा और गोल था। और पीछे की ओर खास तौर पर कुछ ज्यादा ही उभरा

हुआ था। फूला हुआ, गोल, जरा चपटी नाक के साथ चेहरा बीमारों की तरह पीले रंग का था, लेकिन उस पर बड़ी चुस्ती थी और कुछ व्यंग्य का भी भाव था। आँखें छोड़ कर बाकी चेहरा काफी हँसमुख और सुहृद भी था। आँखों में लगभग पूरी तरह सफेद, झपकती हुई पलकों के नीचे एक अजीब गीली-गीली फीकी-सी चमक थी; हरदम यूँ लगता था गोया वह आँख मार रहा हो। आँखों का भाव उसके कुछ-कुछ जनाने डील-डौल से मेल न खाने की वजह से कुछ अजीब-सा लगता था। पहली बार देखने पर उनमें जितनी संजीदगी मालूम होती थी उससे कहीं अधिक गंभीरता आ जाती थी।

पोर्फिरी पेत्रोविच ने जब सुना, कि उससे मिलने के लिए आनेवाले को उससे, 'एक छोटा-सा काम' है तो उसने उससे सोफे पर बैठने की प्रार्थना की और खुद सोफे के दूसरे सिरे पर बैठ कर राह देखने लगा कि रस्कोलनिकोव अपना काम उसे बताए। पोर्फिरी उसे इतनी गहराई और आवश्यकता से अधिक गंभीरता से देख रहा था कि सामनेवाला आदमी घुटन और घबराहट महसूस करने लगे, खास तौर पर तब जबकि वह अजनबी हो और उस हालत में तो और भी जब वह मामला, जिसके बारे में आप बात कर रहे हो, खुद आपकी राय में इतना कम महत्व रखता हो कि उसकी ओर इतनी असाधारण गंभीरता से ध्यान देने की जरूरत ही न हो। लेकिन रस्कोलनिकोव ने बहुत थोड़े और गठे हुए शब्दों में अपनी गरज बहुत साफ-साफ और सही-सही समझाया, और अपने आपसे इतना संतुष्ट हुआ कि पोर्फिरी को नजर भर कर देख भी लिया। पोर्फिरी पेत्रोविच ने उसकी ओर से एक पल के लिए नजर भी नहीं हटाई। रजुमीखिन उसी मेज के सामने बैठा हुआ जोश और अधीरता से सब कुछ सुन रहा था, और एक-एक पल पर जरूरत से ज्यादा दिलचस्पी के साथ बारी-बारी कभी एक की ओर तो कभी दूसरे की ओर देखता था।

रस्कोलनिकोव ने मन-ही-मन उसकी बेवकूफी को गाली दी।

'आपको पुलिस को बयान देना होगा,' पोर्फिरी ने कारोबारी ढंग से जवाब दिया, 'कि इस मामले की, यानी इस कत्ल की, खबर मिलने पर आप इसकी छानबीन करनेवाले वकील को यह बताना चाहते हैं कि फलाँ-फलाँ चीजें आपकी हैं और आप उन्हें छुड़ाना चाहते हैं... या... बल्कि वे लोग आपको खुद लिखेंगे।'

'बात यही तो है इस... इस वक्त,' रस्कोलनिकोव ने यह जताने की भरपूर कोशिश की कि वह कुछ अटपटा-सा महसूस कर रहा है। 'मेरे पास कतई कोई पैसा नहीं है... और यह छोटी-सी रकम अदा करना भी मेरे बस से बाहर है... बात यह है कि... इस वक्त मैं सिर्फ यह दर्ज कराना चाहता हूँ कि वे चीजें मेरी हैं, और जब मेरे पास पैसा होगा तो...'

'कोई बात नहीं,' पोर्फिरी पेत्रोविच ने पैसे की तंगी के बारे में रस्कोलनिकोव के बयान पर कोई प्रतिक्रिया दिखाए बिना जवाब दिया, 'लेकिन आप चाहें तो सीधे मुझे भी लिख सकते हैं कि इस मामले की खबर मिलने पर, और फलाँ-फलाँ चीजों को अपना बताते हुए, आप चाहते हैं कि...'

'सादे कागज पर' रस्कोलनिकोव ने एक बार फिर इस सिलसिले के पैसेवाले पहलू से दिलचस्पी दिखाते हुए उत्सुकता से उनकी बात काटी।

'जी हाँ, एकदम मामूली कागज पर,' यह कह कर पोर्फिरी पेत्रोविच ने आँखें सिकोड़ कर, गोया उसकी ओर आँख मार रहा हो, खुले व्यंग्य के भाव से कहा। लेकिन यह शायद रस्कोलनिकोव का भ्रम मात्र था, क्योंकि उसका यह भाव सिर्फ एक पल रहा। लेकिन कोई बात इस तरह की जरूर थी। रस्कोलनिकोव कसम खा कर कह सकता था कि उसने उसकी तरफ आँख मारी थी; न जाने क्यों।

'सब मालूम है इसे,' उसके दिमाग में अचानक यह विचार बिजली की तरह कौंधा।

'इतनी छोटी-सी बात पर आपको परेशान करने के लिए मुझे माफ कीजिएगा,' वह कुछ घबरा कर कहता रहा, 'उन चीजों की कीमत तो होगी सिर्फ पाँच रूबल, लेकिन जिनसे वे मुझे मिली हैं, उन लोगों की वजह से मैं उनकी बहुत कद्र करता हूँ। मैं यह भी मानने को तैयार हूँ कि तब मेरे दिल में दहशत समा गई थी, जब मैंने सुना था कि...'

'इसीलिए तुम इतना चौंके थे जब मैंने जोसिमोव से कहा था कि पोर्फिरी उन तमाम लोगों के बारे में पूछताछ कर रहा है, जिन्होंने वहाँ चीजें गिरवी रखी थीं!' रजुमीखिन ने जान-बूझ कर एक खास इरादे से बात काट कर कहा।

यह बात सचमुच बर्दाश्त के बाहर थी। रस्कोलनिकोव अपनी काली-काली आँखों में प्रतिरोध से भरे गुस्से की चमक लिए हुए उसकी ओर देखे बिना न रह सका। लेकिन उसने अपने आपको फौरन ही सँभाल भी लिया।

'तुम तो लगता है मेरी खिल्ली उड़ा रहे हो यार,' उसने बनावटी चिड़चिड़ाहट की साथ कहा। 'मैं मानता हूँ कि तुम्हारे खयाल में मुझे इस तरह की छोटी-मोटी बातों में बेतुकेपन की हद तक दिलचस्पी है। लेकिन इसकी वजह से तुम कहीं यह न समझ लेना कि मैं स्वार्थी और लालची हूँ; और ये दो बातें मेरी नजरों में कतई छोटी-मोटी नहीं हैं। मैंने तुम्हें बताया था कि वह चाँदी की घड़ी भले ही दो कौड़ी की न हो, लेकिन हम लोगों के पास मेरे बाप की वही अकेली निशानी बची है। आप मेरा मजाक उड़ाएँगे लेकिन मेरी माँ यही हैं,' उसने अचानक पोर्फिरी की ओर घूम कर कहा, 'और अगर उन्हें मालूम हो गया,' वह एक बार फिर अचानक, जल्दी से रजुमीखिन की ओर घूमा और बड़ी होशियारी से उसने अपनी आवाज में कँपकँपी पैदा की, 'कि घड़ी खो गई है तो उनका दिल टूट जाएगा! औरतों की बातें तो आप जानते ही हैं!'

'नहीं, नहीं, ऐसी बात बिलकुल नहीं है! यह मेरा मतलब हरगिज न था, बल्कि बात इसकी उलटी ही थी!' रजुमीखिन ने दुखी हो कर ऊँची आवाज में कहा।

'यह क्या सही था स्वाभाविक था कहीं मैंने जरूरत से ज्यादा नाराजगी तो नहीं दिखाई,' रस्कोलनिकोव ने डर से काँपते हुए अपने आप से पूछा। 'मैंने औरतों के बारे में ऐसी बात क्यों कही?'

'तो आपकी माँ आपके पास आई हुई हैं?' पोर्फिरी पेत्रोविच ने पूछा।

'जी।'

'कब आई?'

'कल रात।'

पोर्फिरी रुक गया, गोया कुछ सोच रहा हो।

'आपकी चीजें बहरहाल खोएँगी नहीं,' वह शांत भाव से और सर्द लहजे में कहता रहा। 'मैं काफी अरसे से यहाँ आपके आने की उम्मीद लगाए हुए था।'

यह बात इस तरह कह कर गोया इसका कोई बहुत अधिक महत्व न हो, उसने बहुत सँभाल कर ऐश-ट्रे रजुमीखिन की ओर बढ़ा दी, जो सिगरेट की राख कालीन पर अंधाधुंध बिखेरे जा रहा था। रस्कोलनिकोव सहम गया लेकिन पोर्फिरी के आचरण से ऐसा लगता था कि वह उसकी ओर देख ही नहीं रहा। अभी तक उसका ध्यान रजुमीखिन की सिगरेट की ही ओर था।

'क्या कहा? इसके आने की उम्मीद लगाए हुए थे! क्यों, तुम्हें मालूम था क्या कि इसकी चीजें वहाँ रेहन रखी हुई हैं?' रजुमीखिन ने बेचैन हो कर पूछा।

पोर्फिरी पेत्रोविच रस्कोलनिकोव से ही बातें करता रहा।

'तुम्हारी दोनों चीजें, घड़ी और अँगूठी, एक साथ लपेट कर रखी हुई थीं, पेंसिल से कागज पर तुम्हारा नाम साफ-साफ लिखा था, और साथ ही वे तारीखें भी पड़ी थीं, जब तुम वे चीजें उसके पास रख कर आए थे...'

'आपकी नजर भी कितनी तेज है!' रस्कोलनिकोव कुछ खिसियाना-सा मुस्कराया और उसकी आँखों में आँखें डाल कर देखने की भरपूर कोशिश की लेकिन ऐसा कर न सका। अचानक बातचीत का सिलसिला जारी रखते हुए वह बोला, 'मैं इसलिए ऐसा कह रहा हूँ कि वहाँ शायद बहुत-सी चीजें रेहन रखी गई होंगी... इसलिए उन सबको याद रखना जरा मुश्किल ही है... लेकिन आपको तो सब चीजें एकदम साफ-साफ याद हैं... और... और...'

'बेवकूफी की बात!' उसने सोचा। 'यह बात कहने की जरूरत ही क्या थी'

'लेकिन हमें उन सब लोगों के बारे में पता है जिनकी चीजें वहाँ रेहन रखी हुई थीं, और तुम्हीं अकेले ऐसी आदमी हो, जो अभी तक नहीं आए थे,' पोर्फिरी ने छिपे हुए व्यंग्य के साथ जवाब दिया।

'मेरी तबीयत कुछ ठीक नहीं थी।'

'यह बात भी मैंने सुनी थी। मैंने तो बल्कि यह भी सुना था कि किसी बात की वजह से तुम बेहद परेशान थे। अभी तक तुम्हारा रंग कुछ-कुछ पीला है।'

'नहीं, मेरा रंग तो हरगिज पीला नहीं है... नहीं, मैं एकदम ठीक हूँ,' रस्कोलनिकोव ने रुखाई और गुस्से से अपना लहजा बदलते हुए, झट से जवाब दिया। उसका गुस्सा बढ़ता जा रहा था और वह उसे किसी भी तरह दबा नहीं पा रहा था। 'पर अपने गुस्से की वजह से मैं तो अपना ही भाँडा फोड़ दूँगा,' एक बार फिर यह विचार उसके दिमाग में बिजली की तरह कौंधा। 'ये लोग मुझे सता क्यों रहे हैं?'

'बहुत ठीक तो नहीं है!' रजुमीखिन ने उसकी बात का खंडन करते हुए कहा। 'कम करके बता रहा है! यह अभी कल तक बेहोश था और सरसाम की हालत में था। यकीन जानो पोर्फिरी, हम लोगों के मुड़ते ही इसने कपड़े पहने, हालाँकि ठीक से खड़ा भी नहीं हो पा रहा था, और हम सबको चकमा दे कर आधी रात तक न जाने कहाँ-कहाँ घूमता रहा, वह भी तमाम वक्त सरसाम की हालत में! यकीन करोगे तुम! इसने तो हद कर दी!'

'सचमुच, सरसाम की हालत में सच कह रहे हो न!' पोर्फिरी ने किसान औरतों के ढंग से सर हिलाया।

'बकवास। आप इसकी बातों में मत आइए! लेकिन आपको तो यूँ भी इस बात पर यकीन नहीं है,' रस्कोलनिकोव के मुँह से गुस्से में निकल गया। पर लगता था पोर्फिरी पेत्रोविच पर उन विचित्र शब्दों की कोई प्रतिक्रिया नहीं हुई थी।

'लेकिन अगर तुम सरसाम की हालत में नहीं थे तो बाहर कैसे गए?' रजुमीखिन को अचानक तैश आ गया। 'बाहर भला किसलिए गए थे काम क्या था तुम्हें? और इस तरह चोरी से क्यों गए? जिस वक्त तुमने यह किया, क्या तुम पूरी तरह होश में थे? अब चूँकि सारा खतरा दूर हो चुका है, इसलिए मैं साफ-साफ बातें कर सकता हूँ।'

'कल मैं इन लोगों से बेहद तंग आ गया था।' रस्कोलनिकोव ने अचानक ढिठाई से मुस्करा कर पोर्फिरी को संबोधित किया। 'मैं इन लोगों से भाग कर रहने की कोई ऐसी जगह तलाश करने गया था जहाँ इन लोगों को मेरा पता न चल सके। और मैं साथ में बहुत सारा पैसा भी ले गया था। वह जमेतोव साहब, जो वहाँ बैठे हैं, उन्होंने वह पैसा देखा था। मैं पूछता हूँ जमेतोव साहब, मैं कल होश में था या सरसाम में था हमारा यह झगड़ा आप ही निबटा दीजिए।'

रस्कोलनिकोव को जमेतोव की मुद्रा और खामोशी से इतनी नफरत हो रही थी कि उसका बस चलता तो वह उसका गला घोंट देता।

'मेरी राय तो यह है कि तुम भरपूर समझदारी से, बल्कि काफी होशियारी से बातें कर रहे थे, लेकिन बेहद चिड़चिड़े भी हो रहे थे,' जमेतोव ने रूखे स्वर में अपना फैसला सुनाया।

'आज निकोदिम फोमीच मुझे बता रहा था,' पोर्फिरी पेत्रोविच बीच में बोला, 'कि वह कल बहुत रात गए तुमसे उस शख्स के घर पर मिला था जो गाड़ी से कुचल गया था।'

'लो, सुन लिया,' रजुमीखिन बोला, 'उस वक्त तुम क्या पगलाए हुए नहीं थे? तुमने अपनी पाई-पाई उस विधवा को कफन-दफन के लिए दे दी! मदद ही करना चाहते थे तो पंद्रह रूबल दे देते, या बीस भी दे देते, पर अपने लिए तीन-चार रूबल तो रख लेते। लेकिन नहीं, इसने तो पूरे पच्चीस रूबल फेंक दिए!'

'हो सकता है मुझे कोई खजाना मिल गया हो और तुम्हें उसके बारे में कुछ भी पता न हो हाँ, इसीलिए मैं कल इतना दानवीर बन गया था... जमेतोव साहब को मालूम है कि मुझे खजाना मिला है! माफ कीजिएगा, हम लोग ऐसी फिजूल बातों में आधे घंटे से आपका वक्त खराब कर रहे हैं,' उसने पोर्फिरी पेत्रोविच की ओर घूम कर काँपते हुए होठों से कहा। 'आप हम लोगों की बातों से बेजार हो रहे होंगे, क्यों?'

'नहीं, बात बल्कि इसकी उलटी है, एकदम उलटी! तुम्हें नहीं मालूम कि तुम्हारी बातों में मुझे कितनी दिलचस्पी है! बैठे देखते रहने और सुनते रहने में मुझे मजा आता है... और मुझे बड़ी खुशी है कि आखिर तुम खुद आए।'

'लेकिन हमें चाय तो पिलाओ! गला सूख रहा है,' रजुमीखिन ऊँचे बोला।

'उम्दा खयाल है! शायद हम सभी लोग तुम्हारा साथ दें। चाय से पहले कुछ वह चीज तो... नहीं लेंगे।'

'जो मँगाना है, जल्दी मँगाओ!'

पोर्फिरी पेत्रोविच चाय के लिए बोलने चला गया।

रस्कोलनिकोव के विचारों में बगूला-सा उठ रहा था। वह बेहद आग-बगूला हो रहा था।

'सबसे बड़ी बात तो यह है कि ये लोग कुछ छिपाते भी नहीं; उन्हें इसकी फिक्र भी नहीं है कि कुछ तकल्लुफ से ही काम लें। अब अगर आप मुझे एकदम नहीं जानते थे तो निकोदिम फोमीच से मेरे बारे में आपने बात कैसे की, यानी इन लोगों को इस बात को भी छिपाने को भी फिक्र नहीं कि ये लोग मेरे पीछे शिकारी कुत्तों की तरह पड़े हुए हैं। सरासर मेरे मुँह पर थूक रहे हैं!' वह गुस्से के मारे काँप रहा था। 'आओ, सीधी मार करो मुझ पर, मेरे साथ वैसा खेल न खेलो जैसा बिल्ली चूहे के साथ खेलती है, पोर्फिरी पेत्रोविच, और मैं शायद इसकी इजाजत भी नहीं दूँगा। मैं उठ कर सारी सच्चाई आप लोगों के इन बदसूरत चेहरों पर फेंक मारूँगा और तब आपको पता चलेगा कि आप सब से मुझे कितनी नफरत है...' साँस लेने में भी उसे कठिनाई हो रही थी। 'पर अगर यह सिर्फ मेरा भ्रम हुआ तो अगर मेरा इस तरह सोचना गलत हुआ, और अपनी नातजुर्बेकारी की वजह से मैं गुस्से में अपनी घृणित भूमिका न निभा सका तो शायद इन सब बातों के पीछे कोई इरादा हो ही नहीं इनकी सारी बातें घिसी-पिटी, पुरानी बातें हैं, लेकिन इनमें कोई बात तो है... ये सभी बातें कही जा सकती हैं, लेकिन इनमें कोई बात जरूर है। उसने इतने मुँहफट हो कर यह क्यों कहा : उसके यहाँ जमेतोव ने भी यह क्यों कहा कि मैं होशियारी से बातें कर रहा था? ऐसे लहजे में बातें ये लोग क्यों करते हैं हाँ, उनका लहजा... यहाँ रजुमीखिन भी बैठा है, उसे कुछ दिखता क्यों नहीं? इस काठ के उल्लू को कभी कुछ दिखाई नहीं देता! बुखार फिर चढ रहा है क्या? पोर्फिरी ने अभी मेरी ओर देख कर आँख मारी थी, क्या नहीं, सरासर बकवास है! वह आँख भला क्यों मारने लगा। ये लोग मुझे बौखला देने की कोशिश कर रहे हैं क्या, या मुझे तंग कर रहे हैं या तो यह सब कुछ मेरा भ्रम है या इन लोगों को सब कुछ मालूम है! जमेतोव भी अक्खड़ है... या नहीं है पिछली रात के बाद उसने तमाम बातों पर फिर से गौर किया है। मैं तो पहले ही समझ गया था कि वह अपनी राय बदलेगा। उसके लिए यहाँ जैसे सुकून-ही-सुकून है, और फिर भी वह यहाँ पहली बार आया है! पोर्फिरी उसे कोई ऐसा आदमी नहीं समझता जो उससे मिलने आया हो; उसकी तरफ पीठ करके बैठता है। मेरे बारे में तो उन दोनों के बीच चोरोंवाली मिलीभगत है... इसमें कोई शक ही नहीं है! न इसमें कोई शक है कि हम लोगों के आने से पहले वे मेरे ही बारे में बातें कर रहे थे। उन्हें फ्लैटवाली बात मालूम है क्या? जो कुछ भी करना हो, ये बस जल्दी से खत्म करें तो अच्छा! जब मैंने कहा कि मैं रहने की जगह किराए पर लेने के लिए अपने यहाँ से भाग आया था तो उसने इस बात को नजरअंदाज किया... वह रहने की जगहवाली बात मैंने चालाकी से कही थी, मुमकिन है बाद में काम आए... सरसामी हालत, क्या बात है... हा-हा-हा! उसे कल रात के बारे में सब कुछ मालूम है! उसे मेरी माँ के आने के बारे में नहीं पता था! ...उस चुड़ैल ने पुड़िया पर पेंसिल से तारीख लिख रखी थी! यह आप लोगों का भ्रम है, मेहरबान आप मुझे नहीं पकड़ सकते! आपके पास कोई ठोस सबूत नहीं, सब हवाई बातें हैं! पेश कीजिए कोई ठोस सच्चाई! किराएवाली बात भी ठोस सबूत नहीं है, वह तो सरसामी हालत की बात है। मैं जानता हूँ मुझे उनसे क्या कहना है... क्या उन्हें किराएवाली बात मालूम है मुझे उनसे क्या कहना है... क्या उन्हें बात मालूम है इस बात का पता लगाए बिना तो मैं यहाँ से नहीं जाता। यहाँ मैं आया किसलिए था लेकिन मेरी इस वक्त की नाराजगी शायद एक ठोस सच्चाई है! बेवकूफ, मैं भी कितना चिड़चिड़ा हो रहा हूँ! यही शायद ठीक है; बीमारी का बहाना करते रहना... यह मेरी टोह ले रहा है। मुझे पकड़ने की कोशिश करेगा। मैं आया क्यों था यहाँ?'

उसके दिमाग में ये सारी बातें बिजली की तरह कौंधीं। पोर्फिरी पेत्रोविच जल्द ही वापस आ गया। अचानक वह पहले से भी ज्यादा हँसी-मजाक करने लगा था।

'यार, कल तुम्हारी पार्टी के बाद से मेरा तो सर जरा... मेरा अंजर-पंजर ढीला हो रहा,' उसने रजुमीखिन की ओर देख कर हँसते हुए एक-दूसरे ही लहजे में कहा।

'सचमुच दिलचस्प रही क्या कल मैं तुम्हें छोड़ कर जब आया था तब बहस बहुत दिलचस्प मुकाम पर पहुँच चुकी थी। बाजी आखिर में किसके हाथ रही?'

'जाहिर है, किसी के भी नहीं। वे लोग तो शाश्वत सवालों में उलझ गए और भटकते हुए दूर बादलों पर तैरने लगे!'

'सोचो तो, रोद्या, कल हम लोग किस तरह की बहस में उलझ गए थे : एक अपराध जैसी कोई चीज होती है क्या मैंने तुम्हें बताया था न कि हम लोग बकवास करने लगे थे।'

'इसमें क्या अजीब बात है यह तो आए दिन का एक समाजी सवाल है,' रस्कोलनिकोव ने सहज भाव से जवाब दिया।

'नहीं, सवाल को इस ढंग से नहीं रखा गया था,' पोर्फिरी ने अपनी बात कही।

'ठीक, इस ढंग से तो नहीं, यह सच है,' रजुमीखिन ने फौरन बात मान ली। वह हमेशा की तरह जोश से जल्दबाजी में बोल रहा था। 'सुनो रोदिओन, हमें तुम अपनी राय बताओ, और वह मैं सुनना चाहता हूँ। मैं उनका डट कर मुकाबला कर रहा था और मुझे तुम्हारी मदद की जरूरत थी। मैंने उन लोगों से कहा भी कि तुम आ रहे हो... बहस शुरू हुई थी समाजवादियों के नजरिए से। तुम तो उन लोगों का नजरिया जानते हो : अपराध समाज के संगठन में आए विकार के खिलाफ विरोध के अलावा और कुछ भी नहीं और कुछ भी नहीं। उनके यहाँ इसके अलावा इसका और कोई कारण माना ही नहीं जाता।'

'यह तुम गलत बोल रहे हो,' पोर्फिरी पेत्रोविच ने तेज आवाज में उसका खंडन किया। देखने से ही लग रहा था कि वह जोश में था। रजुमीखिन की ओर देख कर वह बराबर हँसता रहा, जिसकी वजह से रजुमीखिन पहले से भी ज्यादा उत्तेजित हो गया।

'कुछ और तो नहीं माना जाता,' रजुमीखिन ने जोश में आ कर उसकी बात काटी। 'मैं कतई गलत नहीं कह रहा हूँ तुम्हें मैं उनकी किताबें दिखा सकता हूँ। उनके यहाँ हर चीज 'माहौल का असर' होती है, और कुछ भी नहीं! यही उनका सबसे पसंदीदा नारा है। इससे यह नतीजा निकाला जाता है कि अगर समाज को सही ढंग से संगठित किया जाए तो सारे अपराध फौरन मिट जाएँगे, क्योंकि फिर ऐसी कोई चीज रहेगी ही नहीं जिसके खिलाफ आवाज उठाई जाए और हर आदमी पल भर में पुण्यात्मा हो जाएगा। मनुष्य के स्वभाव की ओर तो ध्यान दिया ही नहीं जाता, उसे एक सिरे से अलग कर दिया जाता है और ऐसा समझ लिया जाता है कि गोया वह है ही नहीं। वे इस बात को नहीं मानते कि मानवजाति इतिहास की एक जीवंत प्रक्रिया के अनुसार विकसित हो कर आखिर में एक सुलझा हुआ, कायदे का समाज बन जाएगा। वे लोग बल्कि यह समझते हैं कि गणित जैसी सटीकता से काम करनेवाले किसी दिमाग से निकली हुई समाज-व्यवस्था पूरी मानवता को पलक झपकते संगठित कर देगी और पल भर में, किसी भी जीवंत प्रक्रिया से ज्यादा तेजी के साथ, उसे न्याय के मार्ग पर चलनेवाला और पाप से दूर रहनेवाला बना देगी! यही वजह है कि वे अपने सहज स्वभाव से सबब इतिहास को पसंद नहीं करते, 'उसमें उन्हें बदसूरती और बेवकूफी के अलावा कुछ भी दिखाई नहीं देता,' और वे सारे के सारे इतिहास को महज बेवकूफी साबित करते हैं! यही वजह है कि उन्हें जीवन की जीवंत प्रक्रिया से नफरत है और वे जीवंत आत्मा चाहते ही नहीं। जीवंत आत्मा के लिए जीवन की जरूरत होती है, वह मशीनों के नियमों को नहीं मानती। जीवंत

आत्मा शंकाग्रस्त होती है, जीवंत आत्मा पीछे ले जानेवाली चीज है! जिस तरह की आत्मा वे चाहते हैं, उसमें भले ही मौत की बदबू आती हो, और भले ही वह रबर से बनी कोई चीज हो, लेकिन उसमें कम-से-कम जान तो नहीं होती, कम-से-कम अपनी इच्छाशक्ति तो नहीं होती। आज्ञाकारी होती है वह और विद्रोह नहीं करती। सो आखिर में नतीजा यह होता है कि वे हर चीज को एक कबीले की रिहाइशी इमारत की दीवारें खड़ी करने और उसमें कमरों और गलियारों की योजना तैयार करने की सतह पर उतार लाते हैं। तो समाजवादी कबीले के रहने के लिए इमारत तो तैयार हो गई, लेकिन मनुष्य का स्वभाव इस इमारत के लिए तैयार नहीं है। वह जीवन चाहता है, अभी उसने अपनी जीवन-लीला पूरी नहीं की है, उसके लिए अभी कब्रिस्तान में जाने का समय नहीं आया है! तर्क के सहारे मनुष्य के स्वभाव को फलाँग कर आप आगे नहीं जा सकते! तर्क कुल तीन संभावनाओं को मान कर चलता है, जबकि संभावनाएँ तो करोड़ों हैं! उन करोड़ों संभावनाओं को काट दीजिए और सारी समस्या को बस सुख-सुविधा तक सीमित कर दीजिए। यह समस्या का सबसे आसान हल है! यह हल इतना सीधा-सादा है कि बरबस आपको लुभाता है, उसके बारे में सोचने की कोई जरूरत नहीं रहती। सबसे बड़ी बात तो यही है कि सोचने की कोई जरूरत नहीं। जीवन का सारा रहस्य दो छपे हुए पन्नों में समेट दिया गया है!'

'लो, अब इनका चरखा चल गया, ढोल पीटना शुरू हो गया! अरे यार, रोको इन्हें!' पोर्फिरी ने हँस कर कहा। 'तुम भला सोच सकते हो क्या,' उसने रस्कोलनिकोव की ओर मुड़ कर कहा, 'कि कल रात छह आदमी एक कमरे में बहस में इसी तरह उलझे हुए थे और इसकी तैयारी के लिए सबके गले के नीचे काफी शराब उँड़ेल दी गई थी नहीं, यार, तुम्हारा कहना गलत है। अपराध में इर्द-गिर्द के हालात का बड़ा दखल होता है; इसका तुम्हें मैं यकीन दिला सकता हूँ'

'अरे, मैं यह जानता हूँ कि दखल होता है, लेकिन मुझे एक बात बताओ एक चालीस साल का आदमी दस साल की बच्ची के साथ कुकर्म करता है, तो क्या उसे इर्द-गिर्द के हालात ने ऐसा करने के लिए मजबूर किया?'

'एक तरह से, सच पूछा जाए तो, किया,' पोर्फिरी ने गंभीर स्वर में अपनी राय दी, 'इस तरह के अपराध को इर्द-गिर्द के हालात का नतीजा यकीनन कहा जा सकता है।'

रजुमीखिन का जोश बढ़ कर जुनून की हद तक पहुँच गया।

'अरे, अगर तुम यह बात कह रहे हो,' उसने गरज कर कहा, 'तो मैं यह साबित कर दूँगा कि तुम्हारी पलकें सफेद होने की वजह यह है कि इवान महान का घंटाघर पैंतीस गज ऊँचा है, और मैं यह बात साफ-साफ, सही-सही और प्रगतिशील ढंग से साबित करूँगा और उसमें उदारपंथी विचारों का पुट भी होगा। मैं इसकी जिम्मेदारी लेने को तैयार हूँ! लगी शर्त?'

'शर्त लगी! जरा सुनूँ तो, कैसे साबित करते हो!'

'तुम हमेशा ऐसी ही धोखेधड़ी की बातें करते हो, भाड़ में जाओ,' रजुमीखिन उछल कर खड़ा हो गया और जोर-जोर से हाथ हिला कर ऊँची आवाज में बोला। 'तुमसे बात करने से फायदा रोदिओन, तुम नहीं जानते, ऐसी बातें यह जान-बूझ कर करता है! कल इसने उन लोगों का पक्ष उन्हें बेवकूफ बनाने के लिए ही लिया था। और कैसी-कैसी बातें कल कही थीं इसने! और वे लोग थे कि बहुत ही खुश! फिर यह शख्स भी पंद्रह दिन तक यही नाटक जारी रख सकता है। पिछले साल इसने हम लोगों को यकीन दिला दिया था कि यह संन्यास ले कर किसी मठ में जानेवाला है : और दो महीने तक इसी बात पर अड़ा रहा। अभी बहुत दिन नहीं हुए, जाने क्या सूझी इसे कि ऐलान कर दिया कि यह शादी करनेवाला है। इसने

तो यहाँ तक कहा कि शादी की सारी तैयारी हो भी चुकी। सच, नए कपड़े तक सिलवा लिए। सब लोग इसे बधाइयाँ भी देने लगे। लेकिन न कहीं कोई दुल्हन, न कुछ और सब मनगढ़ंत बातें थीं!'

'नहीं, यह तुम गलत कह रहे हो! कपड़े मैंने पहले ही सिलवा लिए थे। सच बात तो यह है कि उन नए कपड़ों की वजह से ही मुझे तुम लोगों को उल्लू बनाने की सूझी थी।'

'तो ऐसा ढोंग भी आप रच सकते हैं?' रस्कोलनिकोव ने लापरवाही से पूछा।

'तुम्हारा ऐसा खयाल नहीं था, न ठहरो, मैं तुम्हें भी ऐसा ढोंग रच कर दिखाऊँगा कि याद करोगे। हा-हा-हा! नहीं, मैं तुमसे सच कहूँगा। अपराध, परिवेश, बच्ची वगैरह के बारे में इन सब सवालों से मुझे तुम्हारे एक लेख की याद आती है जिसमें मुझे उन्हीं दिनों दिलचस्पी पैदा हो गई थी। 'अपराध के बारे में'... या ऐसा ही कुछ भला-सा नाम था, नाम तो मुझे ठीक से याद नहीं आ रहा, दो महीने पहले सामयिक संवाद में उसे पढ़ कर मैं बहुत खुश हुआ था।'

'मेरा लेख सामयिक संवाद में?' रस्कोलनिकोव ने हैरानी से पूछा। 'छह महीने पहले मैंने जब यूनिवर्सिटी छोड़ी थी, तब मैंने एक किताब के बारे में एक लेख जरूर लिखा था, लेकिन मैंने तो उसे साप्ताहिक संवाद में भेजा था।'

'लेकिन वह छपा सामयिक में था।'

'लेकिन साप्ताहिक तब तक बंद हो गया था, इसलिए वह लेख उस वक्त नहीं छपा था।'

'यही बात थी... लेकिन साप्ताहिक संवाद के बंद होने के बाद उसे सामयिक ने ले लिया था और इसीलिए दो महीने पहले ही उसमें तुम्हारा लेख छपा था। तुम्हें पता नहीं था?'

रस्कोलनिकोव को वाकई पता नहीं था।

'पर उस लेख के लिए तो तुम्हें उन लोगों से कुछ पैसे भी मिल सकते हैं! अजीब आदमी हो तुम भी। सबसे इतना अलग-थलग और अकेले रहते हो कि उन बातों का भी तुम्हें पता नहीं रहता, जिनसे तुम्हारा सीधा सरोकार होता है। यह बात सच है, मैं यकीन दिलाता हूँ।'

'खूब रोद्या! मुझे भी इस बारे में कुछ पता नहीं था!' रजुमीखिन यकायक बोला। 'मैं आज ही लाइब्रेरी में जा कर उसका वह अंक देखता हूँ। तो बात दो महीने पहले की है तारीख क्या थी लेकिन कोई फर्क इससे नहीं पड़ता, मैं पता लगा लूँगा। कमाल कर दिया, हमें बताया तक नहीं!'

'आपको यह कैसे पता चला कि वह लेख मेरा था उसके नीचे तो मैंने अपने नाम के सिर्फ पहले अक्षर ही लिखे थे।'

'अभी कुछ दिन हुए इत्तफाक से पता चल गया। संपादक ने बताया, मैं उन्हें जानता हूँ... मुझे बड़ी दिलचस्पी थी उस लेख में।'

'मुझे जहाँ तक याद आता है, मैंने उसमें अपराध से पहले और अपराध के बाद अपराधी की मनोदशा का विश्लेषण किया था।'

'हाँ, और उसमें जोर दे कर तुमने यह बात कही थी कि कोई भी अपराध करने पर कोई बीमारी की दशा भी साथ लगी रहती है। यह तो बहुत ही अछूता खयाल है, लेकिन... लेख के इस हिस्से में मुझे इतनी ज्यादा दिलचस्पी नहीं थी। हाँ, लेख के आखिर में एक विचार आया था जिसकी तरफ सिर्फ इशारा किया गया था, साफ-साफ शब्दों में और विस्तार से कुछ भी नहीं बताया गया था। अगर तुम्हें याद हो तो उसमें इस बात की तरफ इशारा किया गया है कि कुछ लोग ऐसे भी होते हैं जो... मतलब यह कि उनमें ऐसी क्षमता होती है, बल्कि उन्हें इस बात का पूरा-पूरा अधिकार होता है कि वे नैतिकता के नियमों का पालन न करें और अपराध करें, और यह कि उनके लिए कानून कोई नहीं होता।'

उसके विचार को जिस तरह अतिशयोक्ति के साथ और जाने-बूझे तोड़-मरोड़ कर पेश किया था, उस पर रस्कोलनिकोव मुस्करा पड़ा।

'क्या मतलब? क्या है तुम्हारा अपराध करने का अधिकार? लेकिन इर्द-गिर्द के 'हालात' के हानिकर प्रभाव से नहीं' रजुमीखिन ने कुछ चिंतित हो कर पूछा।

'नहीं, यह तो नहीं कहा जा सकता कि उन्हीं के प्रभाव से,' पोर्फिरी ने जवाब दिया। 'इनके लेख में सभी इनसानों को दो हिस्सों में बाँटा गया है : साधारण और असाधारण। साधारण लोग वे होते हैं जिन्हें दब कर रहना पड़ता है, जिन्हें कानून का उल्लंघन करने का कोई अधिकार नहीं होता क्योंकि बस समझ लो कि वे साधारण ही होते हैं लेकिन असाधारण लोगों को कोई भी अपराध करने का किसी भी तरह से कानून का उल्लंघन करने का अधिकार होता है, और ऐसा सिर्फ इसलिए कि वे असाधारण होते हैं। अगर मैं गलती पर नहीं हूँ तो यही आपका विचार था न?'

'मतलब यह बात सही तो नहीं हो सकती।' रजुमीखिन बौखला कर बुदबुदाता रहा।

रस्कोलनिकोव फिर मुस्कराया। मतलब की बात उसने फौरन पकड़ ली और समझ गया कि वे लोग उसे किधर ले जाना चाहते थे। उसे अपना लेख याद था। उसने उनकी चुनौती कबूल करने का फैसला किया।

'पूरी तरह यही मेरे कहने का मतलब नहीं था,' रस्कोलनिकोव ने सीधे ढंग से और विनम्रता के साथ कहना शुरू किया। 'मैं फिर भी मानता हूँ कि मेरी बात को आपने लगभग पूरी तरह सही-सही बयान किया है, बल्कि मैं तो यहाँ तक कहने को तैयार हूँ कि शायद उसमें कुछ भी गड़बड़ नहीं है।' (इस बात को मान कर उसे कुछ खुशी भी हुई।) 'फर्क बस एक है। मैं इस पर जोर नहीं देता कि असाधारण लोगों के लिए हमेशा उनके, जैसा कि आप कहते हैं, नैतिकता के नियमों के, खिलाफ काम करना लाजमी नहीं होता। दरअसल, मुझे तो इसमें भी शक है कि इस बात की तरफ इशारा किया था कि 'असाधारण' आदमी को इस बात का अधिकार होता है... मतलब यह कि औपचारिक रूप से अधिकार तो नहीं होता पर वास्तविकता के स्तर पर अधिकार होता है कि वह अपनी अंतरात्मा में इस बात का निश्चय कर सके कि वह कुछ बाधाओं को... पार करके आगे जा सकता है, और वह भी उस हालात में जब ऐसा करना उसके विचारों को व्यवहार का रूप देने के लिए जरूरी हो। (शायद कभी-कभी यही पूरी मानवता के हित में हो।) आपका कहना है कि मेरे लेख में यह बात स्पष्ट ढंग से नहीं कही गई है; मैं अपनी बात, जहाँ तक मेरे लिए मुमकिन है, साफ-साफ कहने को तैयार हूँ। शायद मेरा यह सोचना ठीक ही है कि आप चाहेंगे, मैं ऐसा करूँ... अच्छी बात है। मेरा कहना यह है कि अगर एक, एक दर्जन, एक सौ या उससे भी ज्यादा लोगों की जान की कुरबानी दिए बिना केप्लर और न्यूटन की खोजों को सामने लाना मुमकिन न होता, तो न्यूटन को इस बात का अधिकार होता, बल्कि सच पूछें तो उसका कर्तव्य होता कि वह पूरी मानवता तक अपनी खोजों की

जानकारी पहुँचाने के लिए... उन एक दर्जन या एक सौ आदमियों का सफाया कर दे। लेकिन इससे यह नतीजा नहीं निकलता कि न्यूटन को इस बात का अधिकार था कि वह अंधाधुंध लोगों की हत्या करता चले और रोज बाजार में जा कर चीजें चुराए। फिर मुझे याद है, मैंने अपने लेख में यह भी दावा किया था कि सभी... मेरा मतलब है कि सुदूर अतीत से ले कर अभी तक कानून बनानेवाले और जनता के नेता, जैसे लाइकर्गस, सोलन, मुहम्मद, नेपोलियन, वगैरह-वगैरह सारे के सारे एक तरह से अपराधी थे, सिर्फ इस बात के सबब कि उन्होंने एक नया कानून बना कर उस पुराने कानून का उल्लंघन किया जो उनके पुरखों से उन्हें मिला था और जिसे आम लोग अटल मानते थे। अरे, ये लोग तो खून-खराबे से भी नहीं झिझके क्योंकि उस खून-खराबे से, जिसमें अकसर पुराने कानून को बचाने के लिए बहादुरी से लड़नेवाले मासूमों का खून बहाया जाता था, उन्हें अपने लक्ष्य पाने में मदद मिलती थी। जी हाँ, कमाल की बात तो यह है कि मानवता का उद्धार करनेवाले इन लोगों में से, मानवता के इन नेताओं में से ज्यादातर नेता भयानक खून-खराबे के दोषी थे। इससे मैंने यह नतीजा निकाला है कि सभी महापुरुषों को, बड़े लोगों को, और उन लोगों को भी जो आम लोगों से थोड़े भिन्न होते हैं, कहने का मतलब यह कि कोई नई बात कह सकते हैं, उन्हें जाहिर है कि कमोबेश अपराधी ही बनना पड़ता है। नहीं तो उनके लिए घिसी-घिसायी लीक से बाहर निकलना मुश्किल हो जाए, और वे कभी घिसी-घिसायी लीक पर चलते रहना बर्दाश्त नहीं कर सकते। यह भी उनके स्वभाव की वजह से ही है और मैं समझता हूँ कि दरअसल उन्हें करना भी नहीं चाहिए। आप देखेंगे कि इसमें कोई खास नई बात नहीं कही गई। पहले हजारों बार यही बात छपी और पढ़ी जा चुकी है। रहा इसका सवाल कि मैंने लोगों को साधारण और असाधारण में बाँटा है, तो मैं यह मानता हूँ कि यहाँ मैंने कुछ मनमानेपन से काम लिया है। फिर भी उनकी सही-सही संख्या कितनी होनी चाहिए। इसके बारे में मेरा कोई आग्रह नहीं है। मैं तो बस अपने इस मुख्य विचार में विश्वास रखता हूँ कि प्रकृति का एक नियम लोगों को आमतौर पर दो खानों में बाँट देता है : एक तो निम्नतर (यानी साधारण), मतलब यह कि वह माल जो सिर्फ अपनी ही किस्म का माल बार-बार पैदा करते रहने के लिए होता है, और दूसरे वे लोग जिनमें कोई नई बात कहने की प्रतिभा होती है। जाहिर है इनके और भी अनगिनत छोटे-छोटे हिस्से हैं, लेकिन इन दो तरह के लोगों को जिन गुणों की बुनियाद पर अलग-अलग पहचाना जा सकता है, वे एकदम स्पष्ट हैं। आम तौर पर, पहली किस्म में ऐसे लोग होते हैं जो स्वभाव से ही दकियानूस और कानून को माननेवाले होते हैं, आज्ञाकारी होते हैं और आज्ञाकारी रहना पसंद करते हैं। उन्हें मेरी राय में आज्ञाकारी ही होना चाहिए। क्योंकि यही उनका काम है, और इसमें उनकी कोई हेठी नहीं होती। दूसरे किस्म के लोग कानून की सीमाओं को तोड़ते हैं; अपनी-अपनी क्षमता के हिसाब से वे या तो चीजों को नष्ट करते हैं या उनका झुकाव चीजों को नष्ट करने की ओर होता है। जाहिर है इन लोगों के अपराध दूसरी ही तरह के होते हैं और किसी दूसरी बात से तुलना करके ही उन्हें अपराध कहा जा सकता है। ज्यादातर तो यही होता है कि वे बहुत ही भिन्न-भिन्न संदर्भों में जो कुछ मौजूद है, उसे कुछ बेहतर की खातिर नष्ट करने की माँग करते हैं। लेकिन इस तरह का एक आदमी अगर अपने विचारों की खातिर किसी लाश को रौंदने या खून की नदी से भी पार उतरने पर मजबूर हो जाए तो वह, मेरा दावा है कि अपनी अंतरात्मा में खून की इस नदी से पार उतरने को उचित ठहराने के लिए भी कोई कारण ढूँढ़ निकालेगा। इसका दारोमदार इस पर है कि उसका विचार क्या है और वह कितना व्यापक है; यही ध्यान में रखने की बात है। मैंने अपने लेख में उनके अपराध करने के अधिकार की बात सिर्फ इसी मानी में कही है (आपको याद होगा, वह लेख एक कानूनी सवाल से शुरू हुआ था)। लेकिन कुछ ज्यादा चिंता करने की बात नहीं है : आम लोग इस अधिकार

को शायद कभी मानेंगे ही नहीं। वे ऐसे लोगों को (कमोबेश) या तो मौत की सजा देते हैं या फाँसी पर लटका देते हैं, और ऐसा करके वे अपने दकियानूसी होने के फर्ज को पूरा करते हैं, जो ठीक ही है। लेकिन अगली पीढ़ी में पहुँच कर आम लोग ही (कमोबेश) इन अपराधियों की ऊँची-ऊँची मूर्तियाँ खड़ी करते हैं और उनकी पूजा करते हैं। पहली किस्म के लोगों का हमेशा केवल वर्तमान पर ही अधिकार रहता है और दूसरी किस्म के लोग हमेशा भविष्य के मालिक होते हैं। पहली किस्म के लोग दुनिया को जैसे का तैसा बनाए रखना चाहते हैं और उनकी बदौलत दुनिया चलती रहती रहती है और दूसरी तरह के लोग दुनिया को आगे बढ़ाते हैं, उसे उसकी मंजिल की ओर ले जाते हैं। हर वर्ग को जिंदा रहने का बराबर अधिकार होता है। सच तो यह है कि मेरी राय में सभी के एकदम अधिकार बराबर होते हैं - और टपअम सं हनमततम मजमतदमससम1
- जब तक कि यरूशलम में फिर कोई नया मसीहा न आ जाए।'

---

1. अनंत युद्ध अमर रहे। (फ्रांसीसी)

'तो यरूशलम में नए मसीहा के आने पर आपका भी विश्वास है, क्यों?'

'बिलकुल है,' रस्कोलनिकोव ने सधे स्वर में कहा। ये शब्द कहते समय और इससे पहलेवाले पूरे प्रवचन के दौरान कालीन पर एक जगह अपनी नजरें उसने जमाए रखीं थीं।

'और... ईश्वर में भी विश्वास रखते हैं आप? मुझे यह सवाल पूछने के लिए माफ कीजिएगा।'

'एकदम रखता हूँ,' रस्कोलनिकोव ने पोर्फिरी की ओर नजरें उठा कर कहा।

'और... लैजेरस के फिर से जिंदा होने में भी आपका विश्वास है?'

'मुझे... हाँ, है। यह सब आप पूछ क्यों रहे हैं?'

'आप उस किस्से पर ज्यों का त्यों, उसके एक-एक शब्द पर विश्वास रखते हैं?'

'एक-एक शब्द पर।'

'सचमुच... मैंने तो यूँ ही जानने के लिए पूछा था। माफ कीजियेगा। लेकिन आइए, हम अपने सवाल पर फिर लौटें : तो उन्हें हमेशा मौत के घाट नहीं उतारा जाता, बल्कि इसके बरखिलाफ कुछ लोग...'

'अपनी जिंदगी में ही कामयाब हो जाते हैं जी हाँ, कुछ लोग इस जिंदगी में ही अपनी मंजिल तक पहुँच जाते हैं, और फिर...'

'दूसरों को मौत के घाट उतारने लगते हैं...'

'जरूरी होता है... तो सच तो यह है कि ज्यादातर वे लोग ऐसा ही करते हैं। आपने बहुत गहरी चुटकी ली।'

'शुक्रिया। लेकिन मुझे तो आप यह बताइए कि आप इन असाधारण और साधारण लोगों को एक-दूसरे से अलग करके पहचानते कैसे हैं? क्या उनमें पैदा होते ही कुछ ऐसी निशानियाँ बन जाती हैं? मुझे लगता है कि इस बात को और भी सही-सही समझाया जाना चाहिए, कुछ ऐसे कि किसी बाहरी निशानी के सहारे उन्हें साफ-साफ पहचाना जा सके। कानून को माननेवाले और व्यावहारिक नागरिक होने के नाते मुझे जो स्वाभाविक चिंता है, उसके लिए मुझे माफ कीजिएगा। लेकिन क्या, मिसाल के लिए, उनकी कोई खास वर्दी नहीं हो सकती, क्या उन्हें अलग से कोई चीज नहीं पहनाई जा सकती, उन पर कोई निशानी नहीं लगाई जा सकती इसलिए कि, देखिए, बात यह है कि अगर कोई गड़बड़ हो जाए और एक किस्म का कोई आदमी यह समझ बैठे कि वह दूसरी किस्म का है, और बाधाओं का सफाया करना शुरू कर दे, जैसा कि आपने इस बात को बहुत अच्छे ढंग से सामने रखा है, तब...'

'जी... अकसर ऐसा ही होता है! यह चुटकी तो पहलेवाली से भी ज्यादा गहरी है।'

'शुक्रिया।'

'कोई बात नहीं। लेकिन एक बात ध्यान में रखें कि यह गलती सिर्फ पहली किस्म के लोग कर सकते हैं, यानी साधारण लोग। (जैसा कि मैंने उन्हें शायद बदकिस्मती से कहा है।) आज्ञापालन के अपने स्वभाव के बावजूद उनमें से बहुत से लोग, तबीयत में कोई शरारत पैदा होती है तो क्योंकि शरारत तो कभी-कभी गाय जैसे जानवर को भी सूझ जाती है, अपने आपको दूसरों से आगे विनाशक जताने लगते हैं और धक्का-मुक्की करके नए पैगाम से जा चिपकते हैं, और वे पूरी ईमानदारी के साथ ऐसा करते हैं। साथ ही, जो लोग सचमुच नए होते हैं वे उन्हें अकसर नजरअंदाज कर देते हैं या वे उन्हें पिछड़े हुए, जाहिल समझ कर उनसे नफरत भी करने लगते हैं। लेकिन मैं नहीं समझता कि वे कोई बहुत बड़ा खतरा हैं, और आपको उनकी तरफ से परेशान तो नहीं ही होना चाहिए - क्योंकि वे बहुत आगे तक जा नहीं सकते। कभी-कभी ऐसा जरूरी हो सकता है कि ऐसी उड़ान भरने पर उन्हें उनकी अपनी हैसियत बताने के लिए उनकी मरम्मत कर दी जाए, बस इससे ज्यादा नहीं। दरअसल जरूरत तो इसकी भी नहीं पड़ती क्योंकि वे खुद अपने आपको धिक्कारते हैं क्योंकि वे बेहद ईमानदार होते हैं। इस तरह की सेवा कुछ लोग तो एक-दूसरे के लिए करते हैं, और कुछ दूसरे लोग खुद अपने हाथों अपने को सजा देते हैं... ये लोग तरह-तरह से, सरेआम ऐसे प्रायश्चित करते हैं कि दूसरों पर उसका अद्भुत और बहुत अच्छा असर पड़ता है। दरअसल, इसमें आपके लिए परेशान होनेवाली कोई बात नहीं... प्रकृति का यही नियम है।'

'खैर, इस मसले के बारे में आपने मेरी परीशानी यकीनन एक बड़ी हद तक दूर कर दी; लेकिन मुझे एक और बात भी परेशान करती रहती है। मेहरबानी करके यह बताइए कि क्या इस तरह के लोग, ये 'असाधारण लोग', जिन्हें दूसरों को मार डालने का अधिकार होता है, बहुत ज्यादा होते हैं मैं उनके सामने सर झुकाने को एकदम तैयार हूँ, लेकिन यह तो आप भी मानेंगे कि इस तरह के लोग बहुत से हुए तो बात सोच कर ही दिल दहल जाए, कि नहीं?'

'अरे नहीं, आपको उससे भी परेशान होने की कोई जरूरत नहीं,' रस्कोलनिकोव उसी लहजे में कहता रहा। 'जिन लोगों के पास नए विचार होते हैं, जिन लोगों में कुछ नया कहने की जरा-सी भी लियाकत होती है, उनकी गिनती बहुत थोड़ी होती है, सच तो यह है कि ऐसे लोग इने-गिने ही होते हैं। एक बात पूरी तरह साफ है : लोगों की ये श्रेणियाँ, उपश्रेणियाँ प्रकृति के किसी नियम की पूरी तरह पाबंद रह कर ही सामने आती हैं। अभी तक उस नियम का पता, जाहिर है, नहीं चल सका

है, लेकिन मुझे यकीन है कि इस तरह का कोई नियम है जरूर और एक न एक दिन उसका पता चलेगा। यह विशाल मानवजाति तो बस वह सामग्री है जिसका अस्तित्व कुल जमा इसलिए है कि किसी बहुत बड़े प्रयास से किसी रहस्यमय प्रक्रिया में, जातियों और नस्लों के आपस में घुलने-मिलने के फलस्वरूप वह इस दुनिया में हजार में से आखिरकार एक आदमी ऐसा पैदा कर सके, जिसमें आजादी की कोई चिनगारी हो। शायद दस हजार लोगों में एक - मैं तो मोटा-मोटा अंदाजा ही बता रहा हूँ - ऐसा होता है, जिसमें कुछ आजादी होती है और उससे ज्यादा आजादी तो शायद लाख में से एक में होती हो। मेधावी तो करोड़ों में एक होता है और महान मेधावी तो जो मानवजाति का सरताज हो, इस पृथ्वी पर शायद अरबों-खरबों लोगों में से कोई एक ही होता है। अब मैंने उस यंत्र में झाँक कर तो नहीं देखा, जिसमें यह प्रक्रिया चलती रहती है, लेकिन कोई पक्का नियम जरूर है और होना भी चाहिए। यह सब कुछ संयोग फालतू तो हो नहीं सकता।'

'कहना क्या चाहते हो? तुम दोनों मजाक कर रहे हो क्या?' रजुमीखिन से आखिर रहा नहीं गया और वह चीख कर बोला, 'या एक-दूसरे को बना रहे हो, बैठे बैठे एक-दूसरे का मजाक उड़ा रहे हो! रोद्या, तुम ये सब गंभीरता से कह रहे हो क्या?'

रस्कोलनिकोव ने पीला और उदास चेहरा ऊपर उठा कर उसकी ओर देखा पर कोई जवाब नहीं दिया। उसके उस शांत और उदास चेहरे के मुकाबले पोर्फिरी का खुला, लगातार खिसियाया हुआ और अशिष्ट व्यंग्य रजुमीखिन को कुछ अजीब-सा लगा।

'खैर यार, तुम अगर सचमुच गंभीरता से बात कर रहे हो... तो जाहिर है तुम्हारा यह कहना ठीक ही है कि इसमें कोई नई बात नहीं है, कि यह वैसी ही बात कोई है, जैसी हमने पहले भी हजार बार पढ़ा और सुना है। लेकिन इन सबमें एक बात सचमुच मौलिक, सचमुच अछूती है, और मैं तो यही सोच कर काँप जाता हूँ कि वह बात पूरी तरह तुम्हारी अपनी है। यह कि तुम अंतरात्मा की दुहाई दे कर और मुझे माफ करना, इतनी कट्टरता के साथ, खून-खराबे को सही ठहरा रहे हो। जहाँ तक मैं समझ सका हूँ, तुम्हारे लेख की खास बात यही है। लेकिन अंतरात्मा के नाम पर खून-खराबे को इस तरह उचित ठहराना, मेरी समझ में तो... जिस तरह खून-खराबे को सरकारी तौर पर, कानूनी तौर पर, उचित ठहराया जाता है... उससे भी ज्यादा भयानक है।'

'आप एकदम सही कहते हैं, ये तो और भी भयानक बात है,' पोर्फिरी ने सहमति जताई।

'हाँ, तुमने बात को जरूर बढ़ा-चढ़ा कर कहा होगा! कहीं कोई गलती तो है... मैं देखूँगा पढ़ करा। ऐसा तो तुम सोच नहीं सकते! मैं जरूर पढ़ूँगा।'

'यह सब उस लेख में है ही नहीं, उसमें तो इसकी तरफ इशारा ही किया गया है,' रस्कोलनिकोव ने कहा।

'हाँ, सो तो ठीक है,' पोर्फिरी बेचैन हुआ जा रहा था। 'अपराध के बारे में आपका रवैया तो मेरी समझ में काफी साफ आ गया है, लेकिन... गुस्ताखी माफ हो (मैं आपको इस तरह परेशान करने पर सचमुच शर्मिंदा हूँ!), देखिए बात यह है कि आपने दोनों किस्म के लोगों के आपस में गड्डमड्ड होने के सवाल पर तो मेरी परीशानी दूर कर दी लेकिन... अमल में और भी कई तरह की बातें हो सकती हैं, जो मुझे परेशान कर सकती हैं! फर्ज कीजिए कोई आदमी या नौजवान यह समझने लगे कि वह लाइकर्गस या मुहम्मद है - मतलब कि आगे चल कर वह बन सकता है - और फर्ज कीजिए कि वह सारी

रुकावटों को दूर करना शुरू कर देता है, तो क्या होगा... उसके सामने कोई बहुत बड़ा काम है और उसके लिए पैसे की जरूरत है... और वह पैसा हासिल करने की कोशिश करता है... आप समझ रहे हैं न?'

जमेतोव कोने में अपनी जगह बैठे-बैठे ही ठहाका मार कर हँसा। रस्कोलनिकोव ने उसकी तरफ आँख उठा कर देखा भी नहीं।

'मानता हूँ,' वह शांत भाव से कहता रहा, 'कि इस तरह की मिसालें हो सकती हैं। बेवकूफ और शेखचिल्ली लोग खास तौर पर इस जाल में फँस सकते हैं; खास तौर पर नौजवान।'

'जी, तो आप ही बताइए तब क्या होगा!'

'तब क्या होगा' रस्कोलनिकोव जवाब में मुस्कराया, 'इसमें तो मेरा कोई कुसूर नहीं। ऐसा है और हमेशा होता रहेगा। अभी-अभी यह कह रहा था' (उसने रजुमीखिन की तरफ सर हिला कर इशारा किया) 'कि मैं खून-खराबे को सही ठहरा रहा हूँ। तो इसमें हर्ज क्या है समाज के बचाव के लिए जेलखानों, जलावतनी, जाँच-पड़ताल और सख्त सजाओं का पक्का बंदोबस्त है। परेशान होने की कोई जरूरत नहीं। आपको तो बस चोर को पकड़ना है!'

'और हमने उसे पकड़ लिया तो फिर?'

'तो वह सजा भुगतेगा अपनी।'

'आप बात तो पक्की कहते हैं। लेकिन उसकी अंतरात्मा का क्या होगा?'

'उसकी चिंता आप क्यों करते हैं?'

'महज इनसान होने के नाते।'

'अगर उसके कोई अंतरात्मा होगी तो वह अपनी गलती पर पछताएगा। वही उसकी सजा होगी - और जेल तो है ही।'

'लेकिन जो सचमुच मेधावी हैं,' रजुमीखिन ने त्योरियों पर बल डाल कर पूछा, 'जिन्हें हत्या करने का अधिकार है, क्या उन लोगों को उस खून की भी कोई सजा नहीं मिलनी चाहिए, जो वे बहाते हैं?'

'आखिर यह चाहिए की बात क्यों? यह न इजाजत का सवाल है न पाबंदी का। उसने जिसे मारा है उसके लिए उसे जब अफसोस होगा तो उसे पछतावा होगा... जिसके ज्यादा समझ होती है, जिसके दिल में गहराई होती है, उसे हमेशा, लाजिमी तौर पर तकलीफें और मुसीबतें झेलनी पड़ती हैं। मैं समझता हूँ कि जो लोग सचमुच बड़े होते हैं, इस धरती पर बेहद उदासी ही उनका नसीबा होती है,' रस्कोलनिकोव ने ऐसे लहजे में कहा, जो इस पूरी बातचीत का लहजा नहीं था। लग रहा था, वह कोई सपना देख रहा हो।

उसने नजरें उठा कर बड़ी सादगी से सबकी ओर देखा, मुस्कराया और अपनी टोपी उठा ली। वह जिस ढंग से अंदर आया था उसके मुकाबले अब वह बहुत शांत था, और उसने इस बात को महसूस भी किया। सब लोग उठ खड़े हुए।

'खैर, आप भले ही मुझे बुरा-भला कह लें या चाहें तो मुझ पर नाराज हो लें,' पोर्फिरी ने फिर कहना शुरू किया, 'लेकिन अपनी बात कहे बिना मैं नहीं रह सकता। मुझे बस एक छोटा-सा सवाल पूछने की इजाजत दीजिए। (मैं जानता हूँ कि मेरी वजह से आपको परीशानी हो रही है!) मेरे दिल में बस एक छोटी-सी बात है जो मैं कह देना चाहता हूँ, सिर्फ इसलिए कि उसे भूल न जाऊँ।'

'बहुत अच्छा, तो बताइए वह छोटी-सी बात क्या है।' रस्कोलनिकोव उसके सामने खड़ा इंतजार करता रहा। उसका चेहरा पीला और गंभीर था।

'देखिए, बात यह है... मेरी समझ में नहीं आ रहा कि दरअसल उस बात को मैं सही ढंग से कहूँ कैसे... बड़ा दिलचस्प, मनोवैज्ञानिक किस्म का विचार है। आप जब वह लेख लिख रहे थे तो आप भी ही-ही-ही... अपने बारे में यह सोचे बिना न रह सके होंगे... कि आप भी, थोड़ी-सी हद तक ही सही, एक असाधारण आदमी हैं, जो अपनी समझ में एक नई बात कह रहा है... या नहीं?'

'बहुत मुमकिन है,' रस्कोलनिकोव ने तिरस्कार से जवाब दिया।

रजुमीखिन जरा-सा कसमसाया।

'अब अगर ऐसा है तो क्या यह मुमकिन है कि रोजमर्रा की कठिनाइयों और मुसीबतों का सामना होने पर - या मानवजाति की सेवा करने के लिए - आप उन बाधाओं को चूर कर देते... मिसाल के लिए, कहीं डाका, किसी का कत्ल...'

उसने एक बार फिर अपनी बाईं आँख मारी और पहले की ही तरह एक दबी हुई हँसी हँसा।

'मैं अगर ऐसा करता भी तो क्या आपको बताने आता,' रस्कोलनिकोव ने चुनौती और दंभ भरे तिरस्कार से जवाब दिया।

'अरे नहीं, मेरी दिलचस्पी तो सिर्फ आपके लेख की वजह से, साहित्यिक दृष्टिकोण से थी...'

'उफ! किस कदर सरासर ढिठाई है!' रस्कोलनिकोव ने नफरत के साथ सोचा। उसने रूखेपन से जवाब दिया, 'मुझे यह कहने की इजाजत दीजिए कि मैं अपने आपको न तो मुहम्मद समझता हूँ न नेपोलियन, न ही उस तरह की कोई दूसरी हस्ती। अब चूँकि मैं उनमें से नहीं हूँ इसलिए मैं आपको यह नहीं बता सकता कि मैं क्या करता।'

'खैर, छोड़िए भी, आज रूस में हम सभी अपने आपको क्या नेपोलियन नहीं समझते?' पोर्फिरी पेत्रोविच ने अचानक खौफनाक बेतकल्लुफी से कहा। उसकी आवाज के उतार-चढ़ाव से निश्चित रूप से किसी भयानक एहसास का पता चलता था।

'ऐसा नहीं हो सकता क्या कि आगे चल कर नेपोलियन बनने का सपना देखनेवाले किसी ऐसे ही बंदे ने अल्योना इवानोव्ना को पिछले हफ्ते ठिकाने लगा दिया हो?' जमेतोव कोने में बैठे-बैठे बोला।

रस्कोलनिकोव कुछ बोला नहीं लेकिन नजरें गड़ा कर गौर से पोर्फिरी की ओर देखा। रजुमीखिन त्योरियों पर बल डाले निराश मुद्रा में बैठा हुआ था। इससे पहले ऐसा लग रहा था कि उसका ध्यान किसी और चीज की ओर जा रहा है। उसने गुस्से से चारों ओर देखा। कुछ पलों तक निराशा भरी खामोशी छाई रही। रस्कोलनिकोव चलने के लिए मुड़ा।

'आप जा रहे हैं क्या?' पोर्फिरी ने बेहद शिष्टता से हाथ आगे बढ़ाते हुए नर्मी से कहा। 'आपसे मिल कर भारी खुशी हुई। जहाँ तक आपकी उस समस्या का सवाल है, उसके बारे में आप कतई परेशान न हों। जैसा मैंने आपको बताया वैसी अर्जी लिख दीजिए, बल्कि बेहतर तो यह होगा कि एक-दो दिन में खुद ही वहाँ जाइए... चाहे तो कल ही आ जाइए। मैं ग्यारह बजे वहाँ यकीनन रहूँगा। हम सब बंदोबस्त कर देंगे और वहीं बातें कर लेंगे। चूँकि आप वहाँ जानेवाले आखिरी लोगों में से थे, इसलिए शायद आप हमें कुछ बता सकें,' उसने सहृदयता से कहा।

'आप बाकायदा सरकारी तौर पर सवाल-जवाब करना चाहते हैं?' रस्कोलनिकोव ने तीखे स्वर में पूछा।

'नहीं तो, किसलिए? अभी उसकी कोई जरूरत नहीं। आपने मुझे गलत समझा। देखिए, बात यह है कि मैं हाथ से कोई मौका नहीं जाने देता, और... जिन-जिन की चीजें वहाँ गिरवी थीं, उन सभी से मैंने बात की है... उनमें से कुछ की गवाहियाँ भी ली हैं, और आप आखिरी आदमी हैं... हाँ, एक बात तो बताइए,' वह अचानक गोया खुश हो कर बोला, 'अभी याद आया जाता है कि मैं सोच क्या रहा था!' वह रजुमीखिन की ओर मुड़ा। 'उस मिकोलाई के बारे में तुम मेरे कान खा रहे थे... जाहिर है मैं जानता हूँ, बहुत अच्छी तरह जानता हूँ,' यह कह कर वह रस्कोलनिकोव की ओर मुड़ा, 'कि वह आदमी एकदम बेकसूर है, लेकिन क्या किया जाए, हमें मित्का को भी हैरानी में डालना पड़ा। बात यह है, बस इतनी-सी कि जब आप सीढ़ियों से ऊपर गए थे, उस वक्त सात बज चुके थे न?'

'हाँ,' रस्कोलनिकोव ने जवाब दिया। लेकिन जैसे ही उसने हाँ कहा, उसके मन में एक खटक-सी पैदा हुई कि उसे यह बात नहीं कहनी चाहिए थी।

'आप जब सात और आठ के बीच ऊपर गए थे, तो आपने दूसरी मंजिल पर एक खुले हुए फ्लैट में दो मजदूरों को या कम-से-कम एक को काम करते देखा? आपको कुछ याद है वे वहाँ रंगाई-पुताई कर रहे थे, आपने उन्हें देखा था यह बात उनके लिए बहुत ही महत्व रखती है।'

'पुताई करनेवाले? नहीं, मैंने तो नहीं देखा उन्हें,' रस्कोलनिकोव ने धीरे-धीरे जवाब दिया, मानो अपनी यादों को टटोल रहा हो। साथ ही वह दिमाग का पूरा जोर लगा कर जल्द से जल्द यह सूँघने की कोशिश कर रहा था कि इसमें फंदा कहाँ पर है, और इसकी भी कि उसकी नजर से कोई बात न चूक जाए। इसकी फिक्र में उसे गश आया जा रहा था। 'नहीं, मैंने उन्हें नहीं देखा, और मुझे याद नहीं पड़ता कि मैंने इस तरह का कोई खुला हुआ फ्लैट देखा... लेकिन चौथी मंजिल पर।' अब फंदा उसकी समझ में आ गया था और उसे लग रहा था गोया उसे बहुत बड़ी जीत मिली हो, 'अब मुझे याद आता है कि चौथी मंजिल पर अल्योना इवानोव्ना के सामनेवाला फ्लैट छोड़ कर कोई जा रहा था... मुझे याद है... अच्छी तरह याद है। कुछ मजदूर सोफा बाहर निकाल रहे थे और उन्होंने मुझे दबाते-दबाते दीवार से भिड़ा ही दिया था। लेकिन पुताई करनेवाले... नहीं, मुझे एकदम याद नहीं आता कि वहाँ पुताई करनेवाले भी रहे हों, और मैं यह भी नहीं समझता कि कहीं कोई फ्लैट खुला हुआ था। नहीं, कोई नहीं था।'

'मतलब तुम्हारा क्या है?' रजुमीखिन अचानक चीखा, गोया उसने सोच कर कोई बात पकड़ ली हो। 'अरे, पुताई करनेवाले तो उस दिन काम कर रहे थे जिस दिन कत्ल हुआ और यह वहाँ गया था तीन दिन पहले, पूछ क्या रहे हो तुम?'

'उफ़! मैं भी किस बात में उलझ गया!' पोर्फ़िरी ने माथा ठोंकते हुए कहा। 'लानत है! इस चक्कर में मेरा दिमाग भी कुछ फिरा जा रहा है!' उसने रस्कोलनिकोव से कुछ-कुछ माफ़ी माँगने के अंदाज में कहा। 'हमारे लिए इसका पता लगाना बेहद जरूरी है कि सात और आठ के बीच उन्हें उस फ्लैट में किसी ने देखा था या नहीं। इसलिए मैंने सोचा कि शायद आप कुछ बता सकें... मैंने तो एकदम उलझा दिया सारी बातों को!'

'तुम्हें कुछ और सावधानी से काम लेना चाहिए,' रजुमीखिन ने गंभीरता से कहा।

ये आखिरी शब्द बाहर निकलते हुए ड्योढ़ी में कहे गए थे। जरूरत से ज्यादा शिष्टता का परिचय देते हुए पोर्फ़िरी पेत्रोविच उन्हें दरवाजे तक छोड़ आया।

जब वे बाहर सड़क पर निकले तो निराश और गंभीर थे। कुछ कदम तक दोनों ने एक शब्द भी नहीं कहा। रस्कोलनिकोव ने गहरी साँस ली...

अपराध और दंड : (अध्याय 3-भाग 6)

'मैं नहीं मानता, मान ही नहीं सकता!' रजुमीखिन ने परेशान हो कर रस्कोलनिकोव के तर्कों का खंडन करते हुए कहा।

वे लोग अब बकालेयेव के मकान के पास पहुँच रहे थे, जहाँ पुल्खेरिया अलेक्सांद्रोव्ना और दूनिया देर से उनकी राह देख रही थीं। रजुमीखिन बहस के जोश में बार-बार रास्ते में रुक जाता था। इस बात से वह कुछ बौखलाया हुआ और उत्तेजित था कि वे पहली बार उसके बारे में खुल कर बातें कर रहे थे।

'तो न मानो!' रस्कोलनिकोव ने लापरवाही से, गैर-जज़्बाती मुस्कान के साथ जवाब दिया। 'तुम हमेशा की तरह किसी भी बात पर ध्यान नहीं दे रहे थे, पर मैं एक-एक शब्द को तोल रहा था'

'तुम हो शक्की, इसलिए उसके हर शब्द को तोल रहे थे... हुँ... मैं मानता हूँ कि पोर्फ़िरी का और उससे भी ज्यादा उस कमबख्त जमेतोव का बातें करने का ढंग कुछ अजीब था। ठीक कहते हो, उसके रवैए में कोई बात तो थी, लेकिन क्या किसलिए?'

'कल रात के बाद उसने अपनी राय बदल दी है।'

'बात बल्कि उलटी है! अगर उनके दिमाग में वह बेसर-पैर का खयाल होता तो वे उसे छिपाने की भरपूर कोशिश करते और तुम्हें अपने सारे पत्ते न दिखाते, ताकि बाद में तुम्हें पकड़ सकें... लेकिन सारी बातें ढिठाई और लापरवाही से भरी हुई थीं।'

'अगर उनके पास सबूत होते, मेरा मतलब है, ठोस सबूत-या कम से कम शक की कोई गुंजाइश ही होती, तो वे कुछ और बातें खोद निकालने की उम्मीद में अपनी चर्चि छिपाने की कोशिश जरूर करते। (इसके अलावा बहुत पहले ही वे तलाशी भी ले चुके होते!) लेकिन उनके पास कोई सबूत तो है नहीं, एक भी नहीं। सारा सिलसिला एक भ्रम है, एक छलावा। हर चीज धुँधली-धुँधली है, एक उड़ता हुआ बेबुनियाद खयाल। इसलिए ही वे लोग ढिठाई के सहारे मेरे पाँव उखाड़ने की कोशिश कर रहे हैं। और वह शायद इस बात से भी चिढ़ रहा था कि उसके पास कोई ठोस सबूत नहीं। झुँझलाहट में उसने

यह बात उगल भी दी... या शायद उसका कोई मंसूबा हो... आदमी बहुत तेज लगता है। यह जता कर कि वह सब कुछ जानता है, शायद वह मुझे डरा देना चाहता था। इन लोगों का सोचने का अलग ही एक ढंग होता है यार। लेकिन मुझे हर बात की सफाई देने से नफरत होती है। गोली मारो इसे!'

'और दूसरा आदमी अपमान महसूस करता है, सरासर। तुम्हारी बात मैं समझ रहा हूँ! लेकिन... चूँकि हम लोग इसके बारे में खुल कर बातें कर चुके (और यह बहुत अच्छी बात है कि आखिर ऐसा हुआ - मुझे बड़ी खुशी है!), इसलिए अब मैं भी साफ बता दूँ कि मैंने बहुत पहले ही इन लोगों में यह बात देख ली थी तब उसकी एक झलक भर थी - एक ढका-छिपा इशारा - लेकिन यह इशारा भी क्यों? उनकी हिम्मत पड़ी कैसे? उनके पास बुनियाद है! इसके लिए तुम नहीं जानते कि मैं कितना अंदर-ही-अंदर उबलता रहा हूँ। सोचने की बात है! महज इसलिए कि एक गरीब छात्र को, जो अपनी गरीबी और बीमारी के वहम की वजह से टूट चुका है, सख्त सरसामी बीमारी से फौरन पहले (ध्यान में रखने की बात है यह), एक ऐसे आदमी को जो शक्की, घमंडी और स्वाभिमानी है, जिसने छह महीने से किसी से मिल कर बात तक नहीं की, जिसके कपड़े तार-तार हो चुके और जिसके जूतों के तले तक नदारद हैं, उस आदमी को कुछ मनहूस पुलिसवालों का सामना करना और उनकी बदतमीजी को बर्दाश्त करना पड़ता है। फिर अचानक उसके सामने एक कर्ज के भुगतान का झंझट खड़ा कर दिया जाता है, वही प्रोनोट जो चेबारोव ने पेश किया था। नए रंग-रोगन की बदबू, तीस डिग्री की गर्मी और हवा में घुटन, लोगों की भीड़, एक ऐसी औरत के कत्ल की चर्चा जिसके यहाँ उससे कुछ ही अरसा पहले वह गया था, और ऊपर से खाली पेट। ऐसे में उसे गश आ गई तो कौन-सी बड़ी बात है! यही है वह कुल बुनियाद जिस पर उन्होंने ये सारा तूमार बाँधा है! गोली मारो उनको! मैं समझ रहा हूँ कि तुम्हें कितनी ठेस पहुँची होगी इस बात से लेकिन रोद्या, तुम्हारी जगह अगर मैं होता तो इन लोगों पर हँसता, उनके मनहूस मुँह पर थूकता, एक बार नहीं दर्जन बार थूकता और हर तरफ थूकता। मैं बड़ी सफाई से उन पर चौतरफा चोट करता और इस तरह सारे सिलसिले को खत्म कर देता। जाने दो उन्हें भाड़ में! हिम्मत न हारो! बड़ी शर्मनाक बात है!'

'लेकिन सारी बात को इसने लड़ी में बड़े ढंग से पिरोया है,' रस्कोलनिकोव ने सोचा।

'भाड़ में जाएँ! लेकिन जिरह कल फिर होगी!' उसने तल्खी से कहा। 'जरूरी है क्या कि मैं उन्हें हर बात की सफाई देता फिरूँ? मुझे तो इसी बात से झुँझलाहट हो रही है कि कल रेस्तराँ में मैंने जमेतोव से बात करना भी गवारा किया...'

'छोड़ो भी! मैं खुद पोर्फिरी के पास जाऊँगा, और उससे घर के आदमी की तरह सारी बातें उगलवा लूँगा। सारी बातें पूरी तरह मुझे रत्ती-रत्ती बताए बिना वह बच कर जाएगा कहाँ! रही जमेतोव की बात तो...'

'आखिरकार इसने सारी असलियत बूझ ही ली!' रस्कोलनिकोव ने सोचा।

'रुको!' रजुमीखिन एकाएक उसका कंधा पकड़ कर उत्तेजना के मारे बोला। 'एक मिनट रुको! तब तुम गलत कह रहे थे। अब सारी बात मेरी समझ में आ गई है : कि तुम्हारा कहना गलत है! वह फंदा कैसे था? तुम कहते हो कि मजदूरों के बारे में जो सवाल किया गया वह एक फंदा था, अगर वह तुम्हारा काम होता तो तुम क्या कहते कि तुमने फ्लैट की पुताई होते देखी थी... या मजदूरों को देखा था बल्कि इसके उलटे, तुमने अगर देखा भी होता तो यही कहते कि कुछ नहीं देखा! अपने खिलाफ भला कौन ऐसी बात मान लेगा?'

'अगर मैंने वह काम किया होता तो यकीनन यह कहता कि मैंने मजदूरों को देखा था और फ्लैट को भी,' रस्कोलनिकोव ने झिझकते हुए और नफरत से जवाब दिया।

'लेकिन अपने खिलाफ कुछ कहने की जरूरत क्या है?'

'क्योंकि सिर्फ किसान या एकदम नौसिखिए अनाड़ी ही जिरह में हर बात से इनकार करते हैं। आदमी अगर जरा भी समझदार और तजर्बेकार हुआ तो वह उन तमाम बातों को मान लेने की कोशिश करेगा, जिनसे बचा नहीं जा सकता, लेकिन उनके लिए वह कोई दूसरी वजह ढूँढ़ने की कोशिश करेगा। उसे कोई ऐसा नया मोड़ देने की कोशिश करेगा, जिसका किसी को गुमान भी न हो, जिसकी वजह से उन बातों का महत्व ही कुछ और हो जाए और उनका मतलब बदल जाए। पोर्फिरी को यकीनन उम्मीद रही होगी कि मैं यही जवाब दूँगा, सच्चाई का रंग पैदा करने के लिए कहूँगा कि उन्हें मैंने देखा था, और फिर इसकी कोई सफाई दूँगा...'

'लेकिन तब वह फौरन यही कहता कि दो दिन पहले तो मजदूर वहाँ हो ही नहीं सकते थे, और इसलिए तुम वहाँ कत्ल के दिन आठ बजे निश्चित ही रहे होगे। इस तरह तो वह एक छोटी-सी बात पर तुम्हें फँसा लेता।'

'हाँ, वह यही उम्मीद तो लगाए बैठा था कि मुझे सोचने का मौका न मिले, कि मैं जल्दी से सबसे साफ नजर आनेवाला जवाब दे दूँ, और इस तरह यह बात भुला बैठूँ कि मजदूर वहाँ दो दिन पहले तो हो ही नहीं सकते थे।'

'लेकिन इस बात को तुम भूल कैसे सकते थे?'

'बहुत आसान है! ऐसी ही बेवकूफी की बातों में चालाक लोग सबसे आसानी से फँसते हैं। आदमी जितना ही सयाना होता, उतना ही कम शक उसे इस बात का रहता है कि वह किसी सीधी-सादी बात पर पकड़ा जाएगा। आदमी जितना ही सयाना होता है, उतने ही सीधे-सादे फंदे में फँसता है। पोर्फिरी उतना बेवकूफ नहीं जितना तुम समझते हो...'

'ऐसी बात अगर है तो वह काइयाँ है!'

रस्कोलनिकोव अपनी हँसी न रोक सका। लेकिन उसी पल उसे यह बात भी कुछ अजीब-सी लगी कि वह खुल कर बातें कर रहा था और सफाई देने के लिए उत्सुक था, जबकि इससे पहले सारी बातचीत वह उदास भाव से और अरुचि के साथ करता आ रहा था। जाहिर था कि इसके पीछे उसका कोई उद्देश्य था और वह अपनी जरूरत से मजबूर था।

'इसके कुछ पहलुओं ने मुझे बहका दिया है!' उसने मन में सोचा।

लेकिन अचानक उसी पल वह बेचैन हो उठा, गोया उसके दिमाग में कोई भयानक विचार पैदा हो गया हो, जिसकी उसे कोई उम्मीद न थी। उसकी बेचैनी बढ़ती गई। वे बकालेयेव के मकान के फाटक तक पहुँच चुके थे।

'तुम अकेले जाओ!' रस्कोलनिकोव ने अचानक कहा।

'मैं अभी आता हूँ।'

'जा कहाँ रहे हो? हम तो यहाँ पहुँच चुके हैं!'

'...जाना ही पड़ेगा; मुझे एक काम है... मैं आधे घंटे में आता हूँ। उन लोगों से कह देना।'

'चाहे जो करो पर मैं तुम्हारे साथ रहूँगा!'

'क्यों मुझे तुम भी सताना चाहते हो!' वह इतनी कड़वाहट से चिड़-चिड़ा कर आँखों में घोर निराशा भर कर चीखा कि रजुमीखिन सहम गया। उसके हाथ-पाँव ढीले पड़े गए। कुछ देर वह उदास भाव से चौखटे पर खड़ा देखता रहा कि रस्कोलनिकोव लंबे कदम रखता हुआ अपने घर की ओर चला जा रहा है। आखिरकार दाँत पीस कर और मुट्ठियाँ भींच कर उसने कसम खाई कि वह आज ही पोर्फिरी को पूरी तरह निचोड़ कर रख देगा। फिर वह पुल्खेरिया अलेक्सांद्रोव्ना को तसल्ली देने ऊपर गया, जो उन लोगों के इतनी देर तक न आने की वजह से परेशान हो रही थी।

रस्कोलनिकोव अपने घर पहुँचा तो उसका माथा पसीने से तर था और वह बुरी तरह हाँफ रहा था। तेजी से सीढ़ियाँ चढ़ कर वह ऊपर गया और अपने खुले हुए कमरे में जा कर फौरन अंदर से कुंडी लगा ली। फिर वह दहशत और बदहवासी के आलम में कोने की ओर भागा, कागज के नीचे उस खोखल की ओर अपना हाथ अंदर डाला, जहाँ उसने चीजें रखी थीं और कई मिनट तक ध्यान से उस खोखल के अंदर, हर दरार को कागज की हर शिकन टटोल कर देखता रहा। वहाँ कुछ भी न मिला तो वह उठ कर खड़ा हो गया और गहरी साँस ली। बकालेयेव के मकान की सीढ़ियों तक पहुँचते-पहुँचते वह अचानक फिर सोचने लगा कि कहीं ऐसा तो नहीं कि कोई चीज कोई जंजीर, कोई बटन, या उस कागज का कोई छोटा-सा टुकड़ा जिसमें उन चीजों को लपेटा गया था और जिस पर बुढ़िया के हाथ से कुछ लिखा हो, किसी तरह इधर-उधर खिसक गया हो, किसी दरार में जा पड़ा हो, और बाद में अचानक उसके खिलाफ एक पक्के सबूत की तरह बरामद हो जाए।

वह विचारों में खोया खड़ा रहा, और एक अजीब-सी, खिसियाई हुई, कुछ-कुछ बेमानी मुस्कान उसके होठों पर मँडलाती रही। आखिर अपनी टोपी उठा कर वह चुपचाप कमरे से बाहर चला गया। उसके विचार बुरी तरह उलझे हुए थे। वह खयालों में खोया-खोया-सा फाटक तक पहुँचा।

'लो, खुद ही आ गया!' किसी ने ऊँची आवाज में कहा। रस्कोलनिकोव ने नजरें उठा कर देखा।

दरबान अपनी कोठरी के दरवाजे पर खड़ा नाटे कद के एक आदमी को उसकी ओर उँगली से इशारा करके बता रहा था। वह आदमी देखने से शहरी लगता था, गाउन जैसा लंबा कोट और वास्कट पहने था, और दूर से देखने पर किसी किसान औरत जैसा मालूम होता था। कंधे कुछ झुके हुए थे और उसका तेल से चीकट टोपी से ढका सर लटका हुआ और पूरा बदन आगे की ओर झुका हुआ था। थुल-थुल झुर्रीदार चेहरे से उसकी उम्र पचास से ऊपर लगती थी। छोटी-छोटी आँखें चर्बी की तहों में छिप कर रह गई थीं और उन तहों के बीच से झाँक कर बड़ी उदासी कठोरता और असंतोष से सब कुछ देखती थीं।

'बात क्या है?' रस्कोलनिकोव ने दरबान की ओर बढ़ते हुए पूछा।

उस आदमी ने नजरें बचा कर रस्कोलनिकोव को गौर से, किसी निश्चित भाव से और ठहराव के साथ देखा और फिर धीरे-धीरे घूम कर एक शब्द भी कहे बिना, फाटक से बाहर सड़क पर चला गया।

'वह क्या चाहता है?' रस्कोलनिकोव जोर से चिल्लाया।

'वह तो पूछ रहा था कि यहाँ कोई छात्र रहता है, फिर उसने आपका नाम लिया और पूछा कि किराएदार किसका है। मैंने आपको आते देखा तो इशारा करके बता दिया और वह चला गया। बस इतनी-सी बात है!'

दरबान भी जरा चकराया हुआ लग रहा था, लेकिन कुछ ज्यादा नहीं। एक पल कुछ सोचने के बाद वह मुड़ कर अपनी कोठरी में चला गया।

रस्कोलनिकोव उस अजनबी के पीछे भागा और फौरन ही देखा कि वह सड़क की दूसरी पटरी पर, इसी तरह नपे-तुले कदम बढ़ाता हुआ, सधी चाल से जमीन पर नजरें गड़ाए चला जा रहा है, गोया किसी गहरे सोच में डूबा हो। रस्कोलनिकोव ने थोड़ी ही देर में उसे पकड़ लिया और कुछ देर उसके पीछे चलता रहा। आखिरकार उसने उसके बराबर आ कर उसके चेहरे की ओर देखा। उस आदमी ने भी उसे फौरन पहचान लिया, जल्दी से उस पर एक नजर डाली, लेकिन फिर अपनी नजरें झुका लीं। वे दोनों इसी तरह एक-दूसरे के साथ, एक भी शब्द बोले बिना चलते रहे।

'आप मेरे बारे में पूछ रहे थे... दरबान से?' आखिरकार रस्कोलनिकोव ने कहा, लेकिन जरा धीमे स्वर में।

उस आदमी ने कोई जवाब नहीं दिया, रस्कोलनिकोव की तरफ देखा तक नहीं। दोनों के बीच फिर से खामोशी छा गई।

'वजह क्या है कि आप... आए, मेरे बारे में पूछा... और अब कुछ बोलते भी नहीं... आखिर मतलब क्या है इसका?' रस्कोलनिकोव की आवाज उखड़ गई। लगा कि वह शब्दों को ठीक से बोल भी नहीं पा रहा है।

अब उस आदमी ने आँखें ऊपर उठाईं और रस्कोलनिकोव को खौफनाक नजरों से देखा।

'तू हत्यारा!' उसने अचानक शांत लेकिन साफ और स्पष्ट लहजे में कहा।

रस्कोलनिकोव उसके साथ चलता रहा। उसकी टाँगें अचानक कमजोरी महसूस करने लगीं, पीठ में ऊपर से नीचे तक सिहरन-सी दौड़ गई और लगा कि उसके दिल की धड़कन एक पल के लिए रुक गई है। उसका दिल फिर अचानक इस तरह धड़कने लगा जैसे छाती फाड़ कर निकल जाएगा। दोनों चुपचाप इसी तरह एक-दूसरे के साथ कोई सौ कदम तक चलते रहे।

उस आदमी ने रस्कोलनिकोव की ओर देखा भी नहीं।

'मतलब क्या है तुम्हारा... क्या... कौन है हत्यारा?' रस्कोलनिकोव ने इतने धीमे से बुदबुदा कर कहा कि सुनना भी मुश्किल था।

'तुम हो,' उस आदमी ने और भी स्पष्ट और रोबदार स्वर में कहा। उसके होठों पर विजय की नफरत भरी मुस्कान थी। रस्कोलनिकोव के पीले चेहरे की ओर उसकी भयभीत आँखों में आँखें डाल कर उसने एक बार फिर देखा। वे दोनों चौराहे पर पहुँच चुके थे। वह आदमी पीछे की ओर देखे बिना बाईं ओर घूम गया। अब रस्कोलनिकोव वहीं खड़ा उसे घूरता रहा। उसने देखा कि पचास कदम जाने के बाद उस आदमी ने मुड़ कर उसे वहीं खड़े हुए देखा। रस्कोलनिकोव ठीक से देख तो नहीं पा रहा था लेकिन उसे लगा कि उस शख्स के होठों पर खुली नफरत और विजय की वही मुस्कराहट थी।

धीमे, लड़खड़ाते कदमों से रस्कोलनिकोव अपने कमरे की ओर वापस चला। घुटने आपस में टकरा रहे थे, और उसे लग रहा था कि सारा शरीर बरफ की तरह ठंडा पड़ गया है। कमरे में पहुँच कर उसने मेज पर टोपी उतार कर रखी और कोई

दस मिनट तक बिना हिले-डुले मूर्ति की तरह खड़ा रहा। निढाल हो कर फिर वह सोफे पर बैठ गया और फिर दर्द की एक हल्की कराह के साथ टाँगें फैला कर लेट गया। उसकी आँखें बंद थीं। कोई आधे घंटे वह इसी तरह लेटा रहा।

वह किसी भी चीज के बारे में नहीं सोच पा रहा था। कुछ विचार थे या विचारों के टुकड़े थे, कुछ अव्यवस्थित और बिखरी हुई तस्वीरें दिमाग में तैर रही थीं - उन लोगों के चेहरे जिन्हें उसने बचपन में देखा था या जिनसे कहीं एक बार मिला था, जिनकी सूरत भी वह कभी याद नहीं कर सकता था, एक गिरजाघर की वह बुर्ज, जिसमें घंटा लगा हुआ था, किसी रेस्तराँ में रखी हुई बिलियर्ड की मेज और उस पर बिलियर्ड खेलता कोई अफसर, किसी तहखाने में स्थित तंबाकू की दुकान में सिगारों की खुशबू, एक भटियारखाना अँधेरी सीढ़ियाँ जिन पर गंदा पानी बहते रहने की वजह से चिपचिपाहट और फिसलन थी और अंडों के छिलके हर तरफ बिखरे हुए थे, कहीं दूर से इतवार को गिरजाघर में बजते घंटे की आवाज हवा की लहरों पर तैरती हुई आ रही थी... ये तस्वीरें एक बवंडर की तरह चक्कर काटती हुई तेजी से एक के बाद एक चली आ रही थीं। कुछ तस्वीरें उसे अच्छी लगीं और उसने हाथ बढ़ा कर उन्हें पकड़ना चाहा लेकिन वे धुँधली होती हुई गायब हो गईं। तमाम वक्त उसके अंदर एक घुटन-सी मौजूद रही लेकिन ऐसी भी नहीं कि उसे पूरी तरह दबोच ले, वह बल्कि कभी-कभी अच्छी भी लगती थी। बदन में हलकी कँपकँपी अभी भी हो रही थी, लेकिन यह कँपकँपी भी उसे भली-सी लग रही थी।

उसे रजुमीखिन के तेज कदमों की आहट सुनाई दी। उसने आँखें बंद कर लीं और सोने का बहाना करके पड़ा रहा। रजुमीखिन ने दरवाजा खोला और कुछ देर तक गोया झिझकता हुआ दरवाजे पर ही खड़ा रहा। फिर दबे पाँव वह कमरे में आया और सावधानी से सोफे के पास गया। रस्कोलनिकोव ने नस्तास्या के चुपके-चुपके बोलने की आवाज सुनी :

'जगाने का नईं! सोने दो उसका। खाना बाद में खा लेंगा।'

'सही बात है,' रजुमीखिन ने जवाब दिया।

दबे पाँव दोनों बाहर चले गए और दरवाजा बंद करते गए। आधा घंटा और बीता। रस्कोलनिकोव ने आँखें खोलीं और करवट बदल कर सर के पीछे दोनों हाथों की उँगलियाँ आपस में फँसा कर पीठ के बल लेट गया।

'कौन है वह? कौन था जो धरती का सीना फाड़ कर इस तरह अचानक बाहर निकल आया था? कहाँ था वह और क्या-क्या देखा है? उसने सब कुछ देखा है, यह बात तो साफ है। उस वक्त वह कहाँ था और उसने वह सब कहाँ से देखा अब वह इसी वक्त धरती का सीना फाड़ कर बाहर क्यों निकला पर वह देख कैसे सकता था क्या यह मुमकिन है हुँह...' रस्कोलनिकोव सोचता रहा, उसका बदन ठंडा पड़ता गया और कँपकँपी बढ़ती गई। 'और वह जेवर की डिबिया जो निकोलाई ने दरवाजे के पीछे पाई थी - वह क्या मुमकिन था सुराग बाल बराबर लकीर भी नजर से चूक जाए तो पहाड़ जैसा सबूत खड़ा हो जाता है! एक मक्खी उधर से उड़ कर जा रही थी, उसने तो देखा था! क्या ऐसा मुमकिन है?'

'उसे अचानक अपने आपसे नफरत-सी होने लगी - यह महसूस करके कि वह कितना कमजोर हो गया था, उसका बदन कितना कमजोर हो गया था'

'मुझे यह बात पता होनी चाहिए थी,' उसने तल्खी से मुस्कराते हुए सोचा। 'अपने आपको जानते हुए, और यह जानते हुए कि मुझे कैसा होना चाहिए, मैंने यह हिम्मत कैसे की भला कि कुल्हाड़ी उठाई और खून बहा दिया! मुझे पहले से पता होना चाहिए था... आह, मुझे पता तो था!' उसने निराशा के साथ बहुत धीमे स्वर में कहा।

कभी-कभी वह किसी विशेष विचार पर आ कर अटक जाता था।

'नहीं, वे लोग कुछ और ही मिट्टी के बने हुए होते हैं। जो सच्चा स्वामी होता है, जिसे हर बात की छूट होती है, वह तूलों पर तूफान की तरह चढ़ाई करता है, पेरिस में कत्लेआम करता है, मिस्र में अपनी एक पूरी फौज छोड़ आता है, मास्को के धावे में अपने पाँच लाख फौजी गँवा देता है और विएना पहुँच कर हँस कर सारी बात लफ्जों के खेल में टाल देता है। फिर उसके मरने के बाद उसके स्मारक बनाए जाते हैं और इस तरह सब कुछ माफ कर दिया जाता है। नहीं, यूँ लगता है कि ऐसे लोग हाड़-मांस के नहीं बल्कि काँसे के बने होते हैं!'

अचानक एक ऐसा फालतू विचार उसके दिमाग में आया कि उसे हँसी आ गई।

'नेपोलियन, मिस्र के पिरामिड, वाटरलू और एक कमबख्त सूखी-सी कमीनी बुढ़िया, चीजें गिरवी रखनेवाली, जिसके पलंग के नीचे एक बड़ा-सा लाल रंग का संदूक था - अच्छी खिचड़ी है पोर्फिरी पेत्रोविच जैसों के हजम करने के लिए! आखिर वे लोग ऐसी बातों को पचा कैसे जाते हैं! कितनी फूहड़ बात है 'एक नेपोलियन घुटनों के बल रेंग कर एक खूसट बुढ़िया के पलंग के नीचे जा रहा है।' उफ, क्या बकवास है!'

कुछ पल तो ऐसे भी आते थे जब उसे लगता था कि वह पागलों की तरह बकबका रहा है। उस पर बुखार के जुनून जैसी हालत छा गई।

'बुढ़िया की कोई अहमियत ही नहीं,' उसने उत्तेजित हो कर बिना किसी प्रसंग के सोचा। 'बुढ़िया एक गलती थी शायद, लेकिन असली अहमियत उसकी है ही नहीं! बुढ़िया तो बस एक बीमारी थी... मुझे हद पार करने की जल्दी थी... मैंने एक इनसान की नहीं एक सिद्धांत की हत्या की! मैंने सिद्धांत की हत्या तो कर दी लेकिन हद के पार न जा सका, इसी तरफ रुक गया... मैं सिर्फ हत्या ही कर सकता था। पर लगता है कि मैं वह भी नहीं कर सकता था... सिद्धांत वह बेवकूफ रजुमीखिन अभी-अभी सोशलिस्टों को गाली क्यों दे रहा था, वे मेहनती, कारोबारी लोग होते हैं, उनका नारा 'सबका सुख' है। नहीं, यह जिंदगी मुझे सिर्फ एक बार मिली है, फिर कभी नहीं मिलेगी, सो मैं 'सबके सुख' की राह नहीं देखना चाहता। अपनी जिंदगी जीना चाहता हूँ मैं, वरना बेहतर है कि जिंदा ही न रहा जाए। यह तो मैं कर ही नहीं सकता कि मेरी माँ भूखी मर रही हो और मैं अपनी जेब में रूबल रखे हुए, 'सबके सुख' की राह देखता हुआ उसके पास से हो कर आगे बढ़ जाऊँ। 'सबके सुख की इमारत खड़ी करने के लिए मैं भी उसमें अपनी एक छोटी-सी ईंट लगा रहा हूँ और इस पर मेरे मन को पूरा-पूरा संतोष है।' हा-हा! तुमने मुझे नजरअंदाज क्यों किया मुझे सिर्फ एक बार जिंदगी करनी है, मैं भी चाहता हूँ कि... छिः, मैं एक संवेदनशील जूँ हूँ, उससे ज्यादा कुछ भी नहीं,' अचानक उसने पागलों की तरह हँसते हुए कहा। 'हाँ, मैं एक जूँ हूँ,' उसके विचारों का क्रम जारी रहा। उसने इस विचार को पकड़ लिया था, मन-ही-मन उस पर खुश हो रहा था और उससे खेल रहा था। उसे इसमें ऐसी खुशी मिल रही थी जैसी किसी से बदला ले कर मिलती है। 'सबसे पहले तो इसलिए कि मैं इस बारे में तर्क दे सकता हूँ कि मैं एक जूँ हूँ, और दूसरे इसलिए कि पिछले एक महीने से मैं अपनी हितैषी नियति को परेशान करता रहा हूँ, उससे इस बात की गवाह रहने को कहता रहा हूँ कि मैंने अपनी शारीरिक बासनाओं के लिए नहीं बल्कि एक सुंदर और उदात्त उद्देश्य के लिए इस काम का बीड़ा उठाया था - हा-हा! तीसरे जहाँ तक हो सका, मैंने इस काम को पूरी तरह न्यायपूर्ण ढंग से निभाने की कोशिश की। हर चीज को अच्छी तरह नाप-तोल कर और हर बात का हिसाब करके। जितनी जूँएँ थीं उनमें से मैंने सबसे बेकार जूँ को चुना और उससे बस उतना ही लिया जितना कि मुझे पहला

कदम उठाने के लिए जरूरत थी, न उससे ज्यादा और न उससे कम। इसलिए कि बाकी उसकी वसीयत के अनुसार मठ को मिल जाए, हा-हा! तो जिस बात से यह पता चलता है कि मैं सिर्फ एक जूँ हूँ वह,' उसने दाँत पीस कर मन-ही-मन कहा, 'यह है कि मैं शायद उस जूँ से भी ज्यादा नीच और ज्यादा घिनावना हूँ, जिसको मैंने मार डाला, और यह तो मैंने पहले ही सोच लिया था कि उसे मारने के बाद मैं अपने आप से यही कहूँगा! क्या कोई इससे भी भयानक बात हो सकती है! कैसा ओछापन है! कैसी नीचता है! मैं तलवार हाथ में लिए घोड़े पर सवार उस 'पैगंबर को तो समझ सकता हूँ जो कहता है : यह अल्लाह का हुक्म है और 'थरथर काँपती हुई' मखलूक को उसका हुक्म मानना चाहिए! 'पैगंबर' का कहना ठीक है और 'पैगंबर' की यह करनी भी ठीक है कि वह सड़क पर लश्कर खड़ा करके गुनहगारों और बेगुनाहों दोनों का सफाया कर दे और इसकी वजह तक न बताए कि उसने ऐसा क्यों किया! ऐ थरथर काँपती हुई मखलूक, तेरा काम हुक्म मानना है, न कि ख्वाहिशें रखना, क्योंकि वह तेरे हिस्से की चीज नहीं है! ...मैं उस बुढ़िया को कभी माफ नहीं करूँगा!'

उसके बाल पसीने में भीगे हुए थे। काँपते हुए होठ सूख गए थे और नजरें छत पर जमी हुई थीं।

'मेरी माँ, मेरी बहन... उनसे मुझे कितना प्यार था! तो अब मुझे उनसे नफरत क्यों है हाँ, मैं उनसे नफरत करता हूँ, मुझे उनकी सूरत से भी नफरत है, मैं उन्हें अपने पास बर्दाश्त नहीं कर सकता... मुझे याद है मैंने अपनी माँ के पास जा कर उन्हें प्यार किया था, तो क्या मैं उनके सीने से लग जाऊँ और सोचूँ कि अगर उन्हें मालूम होता कि... तो फिर मैं उन्हें बता ही क्यों न दूँ मुमकिन है मैं यही करूँ... हुँह! वह भी बिलकुल वैसी ही होगी जैसा मैं हूँ,' उसने दिमाग पर जोर दे कर सोचने की कोशिश करते हुए मन में कहा, गोया सरसाम की हालत से लड़ने की कोशिश कर रहा हो। 'ओह, मुझे अब उस बुढ़िया से कितनी नफरत है! मुझे तो लगता है कि अगर वह फिर जिंदा हो जाए तो मैं उसे फिर कत्ल कर दूँ! बेचारी लिजावेता! वह अंदर आई ही क्यों! ...लेकिन यह भी अजीब बात है, ऐसा क्यों है भला कि मैं उसके बारे में सोचता ही नहीं, गोया उसे मैंने कत्ल न किया हो लिजावेता! सोन्या! बेजबान बेचारी, जिनकी आँखों से हरदम नेकी बरसती है... बेचारी ये नेक औरतें! ये रोतीं क्यों नहीं कराहतीं क्यों नहीं वे हर चीज छोड़ देती हैं... उनकी आँखों में नर्मी है और नेकी है... सोन्या, सोन्या, नेक दिल सोन्या!'

वह नीम बेहोश हो गया। उसे अजीब लग रहा था कि उसे यह भी याद न था कि वह सड़क पर कैसे पहुँचा। काफी देर हो चली थी। गोधूलि की वेला बीत चुकी थी और पूनम के चाँद की चमक तेज होती जा रही थी। पर हवा में एक अजीब-सी घुटन थी। सड़क पर लोगों की भीड़ थी। मजदूर और व्यापारी अपने-अपने घर जा रहे थे; बाकी लोग टहलने निकले थे। गारे, धूल और सड़ते हुए ठहरे पानी की बू चारों तरफ फैली हुई थी। रस्कोलनिकोव उदासी और चिंता में डूबा चला जा रहा था; उसे इस बात का पूरा-पूरा एहसास था कि वह किसी उद्देश्य से निकला था, उसे जल्द ही कोई काम करना था, लेकिन वह काम था क्या, इसे वह भूल गया था। अचानक वह ठिठक कर रुक गया और देखा कि एक आदमी सड़क की दूसरी पटरी पर खड़ा उसे इशारे से बुला रहा है। सड़क पार करके वह उसके पास तक गया, लेकिन वह आदमी फौरन ही मुड़ कर सर झुकाए हुए चल पड़ा, गोया उसने उसे कोई इशारा ही न किया हो। 'गोया उसने मुझे सचमुच इशारा क्या नहीं किया था' रस्कोलनिकोव सोचने लगा, लेकिन साथ ही उसके बराबर पहुँचने की कोशिश भी करता रहा। जब वह उससे कोई दस कदम दूर रह गया तो उसे पहचाना और डर गया : वह लंबा कोट पहने वही, झुके हुए कंधोंवाला आदमी था। रस्कोलनिकोव कुछ दूरी रख कर उसके पीछे चलता रहा और उसका दिल धड़क रहा था। दोनों जब एक मोड़ पर मुड़ गए तो भी उस आदमी ने पीछे पलट कर नहीं देखा। 'उसे क्या मालूम है कि मैं उसके पीछे-पीछे आ रहा हूँ?' रस्कोलनिकोव

ने सोचा। वह आदमी एक बड़े से घर के फाटक में घुसा। रस्कोलनिकोव भी जल्दी से फाटक के पास तक पहुँच गया और अंदर झाँक कर देखने लगा कि वह आदमी घूम कर उसे इशारा करता है या नहीं। अहाते में पहुँच कर वह आदमी घूमा और लगा कि उसने एक बार फिर उसे इशारे से बुलाया है। रस्कोलनिकोव फौरन उसके पीछे-पीछे अहाते में पहुँच गया, लेकिन वह जा चुका था। 'वह पहले जीने से ऊपर गया होगा।' रस्कोलनिकोव उसके पीछे लपका। उसने दो मंजिल ऊपर सधे हुए, धीमे कदमों की आहट सुनी। सीढ़ियाँ कुछ अजीब-सी पहचानी हुई लग रही थीं। वह पहली मंजिल की खिड़की के पास पहुँचा जिसके काँच में से चमकते हुए चाँद की फीकी, उदास और रहस्यमयी रोशनी दिखाई दे रही थी। फिर वह दूसरी मंजिल पर पहुँचा। वाह! वह फ्लैट यही तो है जहाँ पुताई वाले मजदूर काम कर रहे थे... इसे वह फौरन क्यों नहीं पहचान सका ऊपर से उस आदमी के कदमों की आहट आनी बंद हो गई थी। 'वह रुक गया या कहीं छिप गया होगा!' वह तीसरी मंजिल पर पहुँचा। 'क्या मैं और ऊपर जाऊँ चारों ओर भयानक सन्नाटा था... लेकिन वह आगे बढ़ता गया। उसे अपने ही कदमों की आहट से अब डर लगने लगा था। कितना अँधेरा था! यहीं किसी कोने में वह आदमी छिपा होगा। आह! फ्लैट पूरी तरह खुला हुआ था। वह झिझकते-झिझकते अंदर गया। ड्योढ़ी बहुत अँधेरी और खाली-खाली लग रही थी, जैसे हर चीज हटा दी गई हो। दबे पाँव वह धीरे-धीरे बैठक में घुसा, जिसमें भरपूर चाँदनी छिटकी हुई थी। वहाँ पहले की तरह ही हर चीज मौजूद थी : कुर्सियाँ, आईना, पीला सोफा, फ्रेमों में जड़ी तस्वीरें। खिड़कियों में से बड़ा-सा, गोल और ताँबाई लाल रंग का चाँद झाँक रहा था। 'चाँद से ही चारों ओर की इतनी शांति फूट रही है; वह भी एक रहस्य का ताना-बाना बुन रहा है,' रस्कोलनिकोव ने सोचा। वहीं खड़ा वह इंतजार करता रहा और देर तक इंतजार करता रहा। लेकिन चाँदनी की खामोशी जितनी ही बढ़ती जाती थी, उसके दिल की धड़कन भी उतनी ही तेज होती जाती थी, यहाँ तक कि उसे दर्द होने लगा। सन्नाटा वैसे ही छाया रहा। अचानक उसे सूखी लकड़ी के टूटने जैसी तेज चटकने की आवाज पल भर के लिए सुनाई दी और उसके बाद सन्नाटा फिर छा गया। अचानक एक मक्खी उड़ी और दर्द-भरी भिनभिनाहट के साथ जा कर खिड़की के काँच से टकराई। उसी पल उसे खिड़की और छोटी-सी अलमारी के बीचवाले कोने में, दीवार पर लबादे जैसी कोई चीज लटकी हुई नजर आई। 'वह लबादा यहाँ क्यों है' उसने सोचा, 'पहले तो नहीं था...' वह चुपचाप उसके पास गया और उसे लगा, उसके पीछे कोई चीज छिपी हुई है। उसने सावधानी से लबादे को हटा कर देखा। वही बुढ़िया कोने में एक कुर्सी पर कमर दोहरी किए इस तरह बैठी थी कि उसका चेहरा दिखाई नहीं दे रहा था। लेकिन वह थी वही। वह उसके पास खड़ा, झुक कर उसे देखता रहा। 'डर गई है,' उसने सोचा। उसने चुपके से फंदे में से कुल्हाड़ी निकाली और उसकी खोपड़ी पर एक वार किया, फिर दूसरा। लेकिन अजीब बात थी कि वह हिली तक नहीं, मानो लकड़ी की बनी हो। वह डर गया और पहले से भी ज्यादा झुक कर और भी पास से उसे देखने की कोशिश करने लगा; लेकिन उसने भी अपना सर और नीचे झुका लिया। वह एकदम जमीन तक झुक गया और नीचे से झाँक कर उसके चेहरे को देखने लगा। अब उसका पूरा बदन दहशत के मारे ठंडा पड़ गया। बुढ़िया बैठी हँस रही थी, उसका सारा बदन बेआवाज हँसी से हिल रहा था और वह पूरी-पूरी कोशिश कर रही थी कि उसकी हँसी उसे सुनाई न दे। अचानक रस्कोलनिकोव को लगा कि सोने के कमरे का दरवाजा थोड़ा-सा खुला और अंदर से हँसने और खुसफुसाने की आवाज आई। उस पर जुनून सवार हो गया और वह जोर लगा कर बुढ़िया के सर पर वार करने लगा, लेकिन कुल्हाड़ी के हर वार के साथ सोने के कमरे में से आनेवाली, हँसने और खुसफुसाने की आवाज और भी तेज होती गई। रही बुढ़िया तो वह तो हँस कर लोट-पोट हो रही थी। वह वहाँ से भागना चाहता था लेकिन गलियारे में लोग भरे हुए थे, हर फ्लैट का दरवाजा खुला था और बीच की खुली जगह में, सीढ़ियों पर और सीढ़ियों के नीचे भी हर जगह लोग खड़े थे। सरों की कतारें। सब लोग देख रहे थे, लेकिन एकदम चुप। किसी बात की आशा करते हुए वे लोग एक-दूसरे से सटे खड़े थे। उसके दिल को किसी चीज ने शिकंजे की

243

तरह जकड़ लिया। पाँव वहीं जम कर रह गए, किसी तरह वे हिल ही नहीं रहे थे... उसने चीखने की कोशिश की और... जाग पड़ा।

उसने एक गहरी साँस ली। पर अजीब बात यह थी कि उसे लग रहा था वह सपना अभी तक चल रहा है। उसका दरवाजा खुला हुआ था और दरवाजे पर खड़ा एक आदमी, जिसे उसने पहले कभी नहीं देखा था, गौर से उसे घूर रहा था।

रस्कोलनिकोव की आँखें अभी पूरी तरह खुली भी नहीं थीं कि उसने उन्हें फिर बंद कर लिया। वह चुपचाप हिले-डुले बिना पीठ के बल लेटा रहा। 'क्या मैं अभी तक सपना देख रहा हूँ!' वह सोचने लगा और उसने अपनी पलकें जरा-सी खोलीं कि कोई दूसरा न देख सके : वह अजनबी अभी तक उसे घूर रहा था। उसने अचानक सँभल कर कमरे में कदम रखा, अंदर आ कर सावधानी से दरवाजा बंद किया, मेज के पास तक गया, रस्कोलनिकोव पर नजरें जमाए हुए पल-भर के लिए रुका, और चुपचाप सोफे के पास की कुर्सी पर बैठ गया। उसने पास ही फर्श पर अपनी टोपी रख दी और अपनी छड़ी पर दोनों हाथ टिका कर उन पर अपनी ठोड़ी टिका ली। जाहिर था कि वह जितनी देर भी जरूरी हो, इंतजार करने के लिए तैयार था। रस्कोलनिकोव जहाँ तक उसे कनखियों से देख सका, वह आदमी अपनी जवानी की उम्र पार कर चुका था। बदन गठा हुआ था और चेहरे पर घनी भरपूर दाढ़ी थी जिसका बहुत ही हलका सुनहरा रंग लगभग पूरी तरह सफेद लगता था...।

कोई दस मिनट बीते। अभी तक थोड़ी-थोड़ी रोशनी थी लेकिन झुटपुटा छाने लगा था। कमरे में मुकम्मल खामोशी थी। सीढ़ियों पर से भी कोई आवाज नहीं आ रही थी। बस एक बड़ी-सी भिनभिनाती हुई मक्खी खिड़की के काँच से फड़फड़ा-फड़फड़ा कर टकरा रही थी। आखिरकार हालत जब बर्दाश्त से बाहर हो गई तो रस्कोलनिकोव अचानक उठ कर सोफे पर बैठ गया।

'हाँ तो कहिए, क्या काम है?'

'मैं जानता था कि आप सो नहीं रहे, सिर्फ सोने का बहाना कर रहे हैं,' अजनबी ने शांत भाव से हँसते हुए, अजीब ढंग से जवाब दिया। 'मैं अपना परिचय दे दूँ, मैं अर्कादी इवानोविच स्विद्रिगाइलोव...'

अपराध और दंड : (अध्याय 4-भाग 1)

'मैं अभी तक वही सपना तो नहीं देख रहा,' रस्कोलनिकोव ने सोचा। बिन-बुलाए मेहमान की ओर उसने ध्यान और शंका से देखा।

'स्विद्रिगोइलोव! क्या बकवास है! हो ही नहीं सकता!' उसने आखिरकार भड़क कर उलझन के साथ से कहा।

लग रहा था कि अजनबी को उसके इस तरह भड़कने पर जरा भी आश्चर्य नहीं हुआ।

'आपके पास मैं दो वजहों से आया हूँ। पहली तो यह कि मैं आपसे निजी जान-पहचान पैदा करना चाहता था, क्योंकि आपकी तारिफ में बहुत-सी दिलचस्प बातें मैं सुन चुका हूँ। दूसरे, मैं यह दिली उम्मीद ले कर आया हूँ कि आप एक ऐसे मामले में मेरी मदद करने से इनकार नहीं करेंगे जिसका सीधा संबंध आपकी बहन अव्दोत्या रोमानोव्ना की भलाई से है। कारण यह कि आपकी मदद के बिना वह अब शायद मुझे अपने पास भी न फटकने दें, क्योंकि उनके मन में मेरे खिलाफ कुछ गलत बातें बिठा दी गई हैं। लेकिन मुझे पूरा-पूरा भरोसा है कि मैं आपकी मदद से...'

'आपको गलत भरोसा है,' रस्कोलनिकोव ने बीच में ही बात काट दी।

'मैं क्या आपसे पूछ सकता हूँ कि क्या वे लोग अभी कल ही आई हैं?'

रस्कोलनिकोव ने कोई जवाब नहीं दिया।

'कल ही आई हैं, सो मुझे पता है। मैं खुद अभी परसों आया। देखिए, आपको मैं बता दूँ, रोदिओन रोमानोविच, कि मैं अपनी तरफ से कोई सफाई पेश करना जरूरी नहीं समझता। लेकिन बराय मेहरबानी मुझे यह बताइए कि इस पूरे सिलसिले में मेरा ऐसा कौन-सा कसूर था? आप... बिना किसी की तरफदारी के, जो समझदारी की बात हो, वही कहिएगा।'

रस्कोलनिकोव उसे चुपचाप देखता रहा।

'मैंने अपने घर में एक बेबस और लाचार लड़की को सताया और उसके सामने अपने शर्मनाक सुझाव रख कर उसका अपमान किया। - क्या यही मेरा जुर्म है (आप जो कहेंगे वह मैं खुद ही कहे दे रहा हूँ!) लेकिन अगर आप सिर्फ इतना मान लें कि मैं भी एक इनसान हूँ... किसी की तरफ मैं भी खिंच सकता हूँ और किसी से मुझे भी प्यार हो सकता है (यह हमारे बस की बात तो नहीं है); तो यह मान लेने के बाद हर बात आसानी से समझ में आ जाएगी। सवाल यह है कि मैं राक्षस हूँ या मैं खुद शिकार हुआ और अगर मैं शिकार हुआ तो हो सकता है मैं जिसके पीछे पागल था, उसके सामने अपने साथ भाग कर अमेरिका या स्विट्जरलैंड चलने का सुझाव रखने के पीछे उसके लिए मेरे दिल में जो बेहद इज्जत थी, वह काम कर रही हो और मैंने सोचा हो कि मैं यह कदम हम दोनों की खुशी के लिए उठा रहा हूँ। मुहब्बत के जुनून के आगे अकल की जरा भी नहीं चलती, यह तो आप जानते हैं। हो सकता है कि जितना नुकसान मैं अपने आपको पहुँचा रहा था, उतना किसी और को नहीं...!'

'लेकिन इस बात की कोई तुक तो नहीं है,' रस्कोलनिकोव चिढ़ कर बीच में बोला। 'सीधी-सी बात इतनी-सी है कि आप सही हों या गलत, आप हमें पसंद नहीं हैं। आपसे कोई सरोकार हम नहीं रखना चाहते, आपकी सूरत भी देखना नहीं चाहते। बस, जाइए...!'

स्विद्रिगाइलोव अचानक जोरों से हँसा।

'लेकिन आप... आपको अपने रवैए से हिलाना नामुमकिन है,' उसने बेझिझक हँस कर कहा। 'मैं तो यह मान कर आया था कि आपको समझा-बुझा कर राजी कर लूँगा, लेकिन आपने तो फौरन ही नस पकड़ ली।'

'आप मुझे अब भी फुसलाने की ही कोशिश कर रहे हैं।'

'तो क्या हुआ?' स्विद्रिगाइलोव खुल कर हँसा। यह तो नेकीभरी लड़ाई है और एक सीधा-सादा जुल है जिसमें कोई मन का मैल नहीं है! ...लेकिन बीच में ही आपने मेरी बात काट दी। बहरहाल, मैं एक बार फिर कहता हूँ कि उस दिन बाग में जो कुछ हुआ, वह अगर न होता तो कभी कोई उलझन न होती। मार्फा पेत्रोव्ना ने...'

'लोग तो कहते हैं कि आपने मार्फा पेत्रोव्ना से छुटकारा पा लिया है, या नहीं?' रस्कोलनिकोव ने रुखाई से उसकी बात काट कर कहा।

'आह, तो आप तक भी यह बात पहुँच चुकी है खैर, कभी न कभी तो आपके कानों तक पहुँचनी ही थी... लेकिन जहाँ तक आपका सवाल है, मेरी समझ में सचमुच नहीं आता कि कहूँ क्या, हालाँकि इस बारे में मेरा जमीर एकदम साफ है। यह न समझिए कि इस बारे में मेरे दिल में कोई अंदेशा है। सब ठीक चल रहा था, कहीं कोई गड़बड़ नहीं थी। डॉक्टरी जाँच के बाद मौत की यह वजह बताई गई कि छक कर खाना खाने और एक बोतल पीने के फौरन बाद नहाने से फालिज मार गया। सच तो बल्कि यह है कि इसे छोड़ कोई दूसरी बात साबित भी नहीं की जा सकती थी... लेकिन आपको मैं बता दूँ कि इधर कुछ अरसे से मैं क्या सोचता रहा हूँ, खास तौर पर यहाँ तक रेल सफर के दौरान। क्या इन सबमें मेरा हाथ भी नहीं रहा ...एक तरह से, नैतिक दृष्टि से देखें तो यह जो आफत आई, क्या उसकी यह वजह नहीं थी कि मेरी वजह से कोई दिमागी उलझन, कुछ चिड़चिड़ाहट या इसी किस्म की कोई और बात पैदा हुई लेकिन मैं तो इस नतीजे पर पहुँचा हूँ कि इसका सवाल भी पैदा नहीं होता।'

रस्कोलनिकोव हँसा, 'मुझे तो समझ में भी नहीं आता कि आप इस बारे में परेशान होते होंगे!'

'आप हँस किस बात पर रहे हैं जरा सोचिए, उसे मैंने सिर्फ दो बार चाबुक से मारा -और वह भी इस तरह कि कोई निशान तक नहीं पड़ा... बराय मेहरबानी मुझे ऐसा बेरहम न समझिए। मैं अच्छी तरह जानता हूँ कि मेरी यह हरकत कितनी बेहूदा थी, वगैरह-वगैरह; लेकिन साथ ही मैं यह बात भी पक्के तौर पर जानता हूँ कि मार्फा पेत्रोव्ना मेरी इस, समझ लीजिए, कि गर्मजोशी से काफी खुश हुई थी। आपकी बहन के किस्से से तो जितना रस निचोड़ा जा सकता था, एक-एक बूँद निचोड़ लिया गया था। मार्फा पेत्रोव्ना को आखिरी तीन दिन तो मजबूरन घर पर ही रहना पड़ा; उनके पास शहरवालों के लिए कुछ शिगूफा रहा ही था। इसके अलावा, उसके खत से (आपने उनके वह खत पढ़ने के बारे में सुना तो होगा? लोग तंग आ चुके थे। पर अचानक न जाने कहाँ से वे दो चाबुक पड़ गए। शायद प्रभु की ही करनी रही हो। उन्होंने पहला काम तो यह किया कि गाड़ी जुतवाने का हुक्म दिया। इस बात को खैर जाने दीजिए, ऐसा भी कभी-कभी होता है कि बेहद गुस्सा दिखाने के बावजूद औरतें इस बात से बहुत खुश होती हैं कि कोई उनका

अपमान करे। इस तरह की मिसालें हर आदमी की जिंदगी में मिलती हैं। आपने कभी इस बात पर गौर किया है क्या कि सचमुच आम तौर पर हर इनसान को अपना अपमान होता बहुत अच्छा लगता है लेकिन औरतों के बारे में तो यह बात खास तौर पर सच है। और तो और, यहाँ तक भी कहा जा सकता है कि उन्हें बस इसी एक बात में मजा आता है।'

रस्कोलनिकोव के जी में एक बार तो यह बात आई कि वह उठ कर बाहर निकल जाए और बातचीत को यहीं खत्म कर दे। लेकिन किसी उत्सुकता के कारण, बल्कि यह सोच कर कि उसकी असली मंशा जान लेने में ही समझदारी है, वह एक पल के लिए रुक गया।

'आपको मारपीट का शौक है?' उसने लापरवाही से पूछा।

'जी नहीं, कोई खास नहीं,' स्विद्रिगाइलोव ने शांत भाव से जवाब दिया। 'मेरी ओर से मार्फा पेत्रोव्ना की तो शायद ही कभी पिटाई हुई हो। हम लोग बहुत दिल मिला कर रहते थे, और वह हमेशा मुझसे खुश रहती थीं। शादी के सात बरसों में मैंने कोड़े का इस्तेमाल सिर्फ दो बार किया। उस तीसरी बार को तो छोड़ ही दें जो कुछ बहुत ही गोलमोल मामला था। पहली बार तो शादी के दो महीने बाद, गाँव पहुँचने के कुछ ही दिनों बाद, और आखिरी बार वह जिसकी हम लोग बातें कर रहे हैं। आप क्या यह समझते थे कि मैं कोई राक्षस, दकियानूस, पिछड़े खयालोंवाला जल्लाद हूँ हा-हा! खैर, यह तो बताइए, रोदिओन रोमानोविच, कुछ ही साल पहले का वह किस्सा क्या आपको याद है, उन दिनों का जब अखबारों में हर बात की भरपूर चर्चा करना एक परोपकार समझा जाता था, वह किस्सा जिसमें किसी खानदानी आदमी को, उसका नाम तो मैं भूल रहा हूँ। हर जगह, हर अखबार में, इस बात के लिए लताड़ा गया था कि उसने रेलगाड़ी में एक जर्मन औरत की पिटाई कर दी थी याद है आपको मैं समझता हूँ यह बात उन्हीं दिनों की या उसी साल की है, जब पीतर्सबर्ग के एक अखबार में 'जमाना की शर्मनाक कार्रवाई' की सुर्खी से एक लेख छपा था। (आपको याद है न, किसी अफसर की बीवी पुश्किन की 'मिस्र की रातें' पढ़ रही थी, जिसकी पूरी खबर 'पीतर्सबर्ग समाचार' में छपी थी और इस पर पत्रिका जमाना ने हमारी कस्बाती मेम साहबों की दिखावटी साहित्यिक रुचि पर हिकारत से हमला करते हुए एक लेख छापा था। वे मदमाती काली आँखें! आह, हमारी जवानी के सुनहरे दिन कहाँ गए...) खैर, जहाँ तक उन साहब का सवाल है, जिन्होंने एक जर्मन औरत को पीटा था, तो मुझे उनसे कोई हमदर्दी नहीं है क्योंकि हमदर्दी की बहरहाल जरूरत ही क्या है लेकिन मैं इतना जरूर कहूँगा कि कभी-कभी ऐसी गुस्सा दिलानेवाली 'जर्मन औरतों' से पाला पड़ता है कि प्रगतिशील से प्रगतिशील आदमी भी अपने आप पर काबू नहीं रख सकता। उस वक्त किसी ने इस सवाल को इस नजर से नहीं देखा लेकिन इसे देखने का सच्चा इनसानी तरीका यही है... मैं आपको यकीन दिलाता हूँ।'

यह कह कर स्विद्रिगाइलोव अचानक एक बार फिर हँसा। रस्कोलनिकोव को साफ नजर आ रहा था कि वह एक ऐसा शख्स है जो दिमाग में कोई पक्का इरादा ले कर आया है।

'मैं समझता हूँ इधर कई दिन से आपने किसी से बात भी नहीं की है?' रस्कोलनिकोव ने पूछा।

'शायद ही किसी से की हो। आप शायद इस बात पर ताज्जुब कर रहे होंगे कि कैसी आसानी से मैं अपने आपको किसी भी साँचे में ढाल लेता हूँ!'

'नहीं, मैं इस बात पर ताज्जुब कर रहा हूँ कि आप ऐसा जरूरत से ज्यादा ही करते हैं।'

'क्या इसलिए कि मैं आपके सवालों के अक्खड़ लहजे का बुरा नहीं मान रहा? यही बात है क्या? लेकिन बुरा मानने की जरूरत ही क्या, जैसा आपका सवाल था, वैसा मेरा जवाब था,' उसने इतनी सादगी से जवाब दिया कि हैरत होती थी। 'बात यह है कि अब मुझे शायद ही किसी चीज में दिलचस्पी रही हो,' वह कहता रहा, जैसे कोई सपना देख रहा हो। 'खास कर अब जबकि मेरे पास करने को कुछ भी नहीं... आप समझते होंगे कि मैं ऐसा अपनी किसी गरज से, आपको खुश करने के लिए कह रहा हूँ, खास कर इसलिए, जैसाकि मैंने आपको अभी बताया, कि मैं किसी बात के बारे में आपकी बहन से मिलना चाहता हूँ। लेकिन मुझे यह मानने में जरा भी झिझक नहीं कि मैं बहुत उकताया हुआ हूँ। खास कर पिछले तीन दिनों से। लिहाजा मुझे आपसे मिल कर बहुत खुशी हुई है... बुरा मत मानिएगा, रोदिओन रोमानोविच, न जाने क्यों मुझे आप खुद बेहद अजीब से लग रहे हैं। कुछ भी कहें आप, लेकिन आपके साथ कहीं कोई गड़बड़ तो है, और अब भी... मेरा मतलब है, इसी पल नहीं, बल्कि आम तौर पर, इस वक्त... अच्छी बात है, अच्छा-अच्छा, आगे कुछ मैं नहीं कहूँगा, बिलकुल नहीं कहूँगा, नाक मत सिकोड़िए! इतना जान लीजिए, मैं वैसा बनमानुस भी नहीं जैसाकि आप समझते हैं।'

रस्कोलनिकोव ने गुमसुम हो कर उसे देखा। 'आप शायद बनमानुस तो हैं ही नहीं,' उसने कहा। 'सच तो यह है कि मैं समझता हूँ आप बहुत शरीफ तौर-तरीके वाले आदमी हैं, कम-से-कम जरूरत पड़ने पर शरीफों जैसा बर्ताव करना जानते हैं।'

'मुझे दूसरों की राय में कोई खास दिलचस्पी नहीं,' स्विद्रिगाइलोव ने रुखाई से, बल्कि कुछ ढिठाई से जवाब दिया, 'और इसलिए कभी-कभी बेहूदगी का सबूत देने में ही क्या हर्ज है जबकि हमारे माहौल में इस तरह का लबादा ओढ़ लेने से बेहद आसानी होती है... खास कर अगर किसी का स्वाभाविक झुकाव ही उसे ओर हो,' उसने फिर हँस कर कहा।

'लेकिन मैंने तो सुना है कि यहाँ आपकी जान-पहचान के बहुत से लोग हैं। आप, वह जो कहते हैं न, 'एकदम बेयारो-मददगार' नहीं हैं। फिर मुझसे आपको क्या गरज हो सकती है, जब तक कि आपका कोई खास मकसद न हो।'

'यह बात सच है कि यहाँ मेरे दोस्त-यार हैं,' स्विद्रिगाइलोव ने मुख्य बात का जवाब दिए बिना स्वीकार किया। 'कुछ से तो मैं मिल भी चुका। पिछले तीन दिनों से इधर-उधर मँडराता रहा हूँ, सो या तो मैं उनसे कहीं मिल गया या वे मुझे कहीं मिल गए। बस यूँ ही कहीं, राह चलते। कपड़े अच्छे पहनता हूँ और मुझे गरीब भी नहीं समझा जाता; भू-दासों की आजादी का मेरे ऊपर कोई असर नहीं पड़ा : मेरी जायदाद में ज्यादातर जंगलात और नदी किनारे की चरागाहें हैं जो अक्सर बाढ़ में डूब जाती हैं। मेरी आमदनी कम नहीं हुई। लेकिन... मैं उन लोगों से मिलने नहीं जाऊँगा; उनसे मैं बहुत पहले ही तंग आ चुका। यहाँ मैं तीन दिनों से हूँ और मिलने किसी से भी नहीं गया... यह भी अजीब शहर है! इस ढब से यह शहर आबाद कैसे हुआ, आप बता सकते हैं मुझे तरह-तरह के सरकारी नौकरों और छात्रों का शहर! अलबत्ता आठ साल पहले जब मैं यहाँ रहता था और किसी तरह जिंदगी के दिन काट रहा था, तब मेरा ध्यान इनमें से बहुत-सी बातों की तरफ नहीं गया था... अब तो मेरी रही-सही उम्मीद शरीर-संरचना में रह गई है, कसम से, बस उसी में!'

'शरीर-संरचना?'

'जहाँ तक इन क्लबों, रेस्तराँओं, मनोरंजन के ठिकानों का सवाल है, या तरक्की की निशानियों का भी सवाल है, यह सब कुछ मेरे बगैर भी चलता रहेगा,' वह कहता रहा और इस बार भी उसने सवाल की ओर कोई ध्यान नहीं दिया। 'फिर यह बात भी है कि पत्तेबाज कौन बनना चाहता है?'

'आप क्या पत्तेबाज भी रह चुके हैं?'

'उससे मैं बचता भी कैसे, हम लोगों का एक पूरा गिरोह था, आठ साल पहले। सब अच्छे से अच्छे घरों के लोग। खूब हम लोग ऐश करते थे। वे सभी खानदानी लोग थे, और आप यह समझ लीजिए कि शायर भी सुसभ्य लोग भी। फिर सच तो यह है कि हमारे रूसी समाज में सबसे अच्छे शिष्टाचार उन्हीं लोगों में पाए जाते हैं जो मार खा चुके हैं। यह बात गौर की है आपने गाँव जा कर तो मैंने अपनी हालत ही हेठी करा ली। लेकिन नेजिन के एक कमीने यूनानी की बदौलत मुझे कर्ज अदा न कर सकने की वजह से जेल में डाल दिया गया। तभी कहीं से मार्फा पेत्रोव्ना आ गईं। उन्होंने उससे सौदा करके मुझे चाँदी के तीस हजार रूबल के बदले खरीद लिया। (मुझ पर सत्तर हजार का कर्ज था।) हम दोनों की कानूनी तौर पर शादी हुई और वह मुझे एक खजाने की तरह ले कर गाँव चली गईं। आपको शायद पता हो कि वह मुझसे पाँच साल बड़ी थीं। मुझसे उन्हें बहुत गहरा लगाव भी था। मैंने सात साल तक गाँव से बाहर कदम भी नहीं रखा। और यह बात याद रखिए कि तमाम वक्त मुझे कब्जे में रखने के लिए उनके पास एक दस्तावेज वह भी किसी और के नाम लिखा गया था, तीस हजार रूबल का वह प्रोनोट, ताकि अगर कभी मैं किसी बात पर भाग निकलने की कोशिश करूँ तो फौरन फंदे में फँसूँ! पर वह ऐसा किए बिना मानती भी नहीं! इसमें औरतों को कोई बेजा बात नहीं नजर आती।'

'अगर वह दस्तावेज न होता तो आप क्या रफू-चक्कर हो जाते?'

'समझ नहीं आता, इसका जवाब क्या दूँ। उसी दस्तावेज ने मुझे बाँध रखा हो, ऐसी बात नहीं थी। मैं कहीं जाना भी नहीं चाहता था। यह देख कर कि मैं उकताया हुआ रहता हूँ, खुद मार्फा पेत्रोव्ना ने मुझसे कहीं विदेश चलने को कहा, लेकिन विदेश तो मैं पहले भी हो आया हूँ, और वहाँ जा कर हमेशा मुझे मितली आती थी। किसी खास वजह से नहीं। लेकिन सूरज का निकलना, नेपल्स की खाड़ी, समुद्र - आप इन चीजों को देख कर ही उदास हो जाते हैं। नफरत ज्यादा इसलिए भी होती है कि आप सचमुच उदास होते हैं। पर नहीं, घर ही बेहतर। यहाँ आप बात के लिए कम-से-कम दूसरों पर इल्जाम तो रख सकते हैं और अपने आपको बेकसूर समझ सकते हैं। इस वक्त मेरे लिए शायद उत्तरी ध्रुव पर चले जाना ही सबसे अच्छी बात है क्योंकि रश् ⊙प सम अपद उनअंपे1 और शराब पीने से मुझे नफरत है जबकि मेरे लिए शराब के अलावा कुछ और बचा भी तो नहीं। मैं उसे भी आजमा कर देख चुका। किसी ने मुझे बताया है कि अगले इतवार को बेर्ग एक बहुत बड़े गुब्बारे में युसूपोव बाग से उड़नेवाला है और कोई खास रकम पैसे ले कर मुसाफिरों को भी अपने साथ ले जाएगा। क्या यह बात सच है?'

'क्यों, आप जाना चाहते हैं?'

'मैं... जी नहीं... बस पूछ रहा था,' स्विद्रिगाइलोव बुदबुदाया। सचमुच वह किसी गहरे खयाल में डूबा हुआ लग रहा था।

'क्या यह ईमानदारी से बोल रहा है?'

'नहीं, मैं उस दस्तावेज की वजह से बँधा नहीं रहा,' स्विद्रिगाइलोव सोच में डूबा हुआ बोलता रहा। 'गाँव छोड़ कर कहीं न जाना मेरी अपनी मर्जी था, और कोई साल भर पहले मेरी सालगिरह पर मार्फा पेत्रोव्ना ने वह दस्तावेज मुझे लौटा दिया था, एक बहुत बड़ी रकम भी तोहफे में दी थी। उनके पास बेशुमार दौलत थी। 'देखो, मैं तुम पर कितना भरोसा रखती हूँ, अर्कादी इवानोविच' - हू-ब-हू यही लफ्ज उन्होंने इस्तेमाल किए थे। आपको यकीन नहीं आता कि उन्होंने ऐसा कहा होगा लेकिन क्या आप जानते हैं कि मैं उनकी जमीन-जायदाद का इंतजाम काफी अच्छी तरह करता था; आसपास के सभी लोग मुझे जानते हैं। बाहर से मैं किताबें भी मँगाता था। शुरू में तो मार्फा पेत्रोव्ना ने कोई एतराज नहीं किया, लेकिन बाद में मेरी बहुत ज्यादा पढ़ाई से उन्हें डर लगने लगा।'

'लगता है आपको मार्फा पेत्रोव्ना की काफी याद आती है?'

'याद आती है शायद। सचमुच, आती है। और हाँ, आप भूत-प्रेत में यकीन रखते हैं क्या?'

'कैसे भूत-प्रेत?'

'यही, आम किस्म के!'

'आप क्या उनमें यकीन रखते हैं?'

'शायद नहीं, च्वनत अवने चसंपतमण्णण्2 मैं साफ-साफ 'नहीं' तो नहीं कह सकता।'

---

1. नशे में मेरी मनहूस हालत हो जाती है। (फ्रांसीसी)

2. आपकी खुशी के लिए। (फ्रांसीसी)

'कोई आपको दिखाई भी दिया?'

स्विद्रिगाइलोव ने उसकी तरफ जरा अजीब नजरों से देखा।

'मार्फा पेत्रोव्ना कभी-कभी अभी भी मुझसे मिलने आती हैं,' वह मुँह टेढ़ा करके अजीब ढंग से मुस्करा कर बोला।

'क्या मतलब है आपका?'

'अभी तक तीन बार आ चुकी हैं। उन्हें पहली बार मैंने उनके जनाजे के दिन ही देखा - उनके दफन किए जाने के बस घंटे भर बाद। जिस दिन मैं यहाँ के लिए चला उससे पहलेवाले दिन। दूसरी बार परसों, भोर के वक्त, सफर के दौरान मालया विशेरा स्टेशन पर, और तीसरी बार अभी दो घंटे पहले, उसी कमरे में जहाँ मैं ठहरा हुआ हूँ। मैं अकेला था।'

'आप जाग रहे थे?'

'पक्का जाग रहा था। तीनों बार मैं ही जाग रहा था। वह आती हैं, एक मिनट बातें करती हैं और दरवाजे से हमेशा ही दरवाजे से बाहर चली जाती हैं : उनकी आहट तक मुझे सुनाई देती है।'

'यह बात मेरे दिल में कैसे आई थी कि आपके साथ कुछ ऐसा ही हो रहा होगा,' रस्कोलनिकोव ने अचानक कहा। उसी पल उसे यह बात कहने पर आश्चर्य भी हुआ। उसकी उत्सुकता बेहद बढ़ चुकी थी।

'सच! ऐसा सोचा था आपने?' स्विद्रिगाइलोव ने हैरत से पूछा। 'सचमुच ऐसा सोचा था! आपसे मैंने कहा था न कि हम दोनों के बीच एक जैसी कोई बात जरूर है, क्यों?'

'यह तो आपने कभी नहीं कहा!' रस्कोलनिकोव ने कुछ चिढ़ कर तीखेपन से कहा।

'नहीं कहा था?'

'नहीं जी, नहीं!'

'मैंने समझा, कहा था। मैं जब अंदर आया और आपको सोने का बहाना किए हुए, आँखें बंद करके लेटे देखा तो फौरन अपने मन में कहा : यही है वह आदमी।'

'आपका वह आदमी' से मतलब क्या है आप किस बारे में बातें कर रहे हैं?' रस्कोलनिकोव चीखा।

'मतलब क्या है मेरा मुझे सचमुच नहीं मालूम...' स्विद्रिगाइलोव ने निष्कपट भाव से धीमे लहजे में कहा, मानो वह खुद चकराया हुआ हो।

दोनों मिनट भर चुप रहे और एक-दूसरे के चेहरे घूरते रहे।

'बकवास है यह सब!' रस्कोलनिकोव झुँझला कर चीखा। 'वे जब आपके पास आती हैं तो क्या कहती हैं?'

'वह आप यकीन करेंगे, वह मुझसे मामूली से मामूली बेवकूफी भरी बातें करती हैं और - आदमी तो होता ही अजीब है - मुझे भी गुस्सा आ जाता है। पहली बार जब वह आई (मैं थका हुआ था, आप जानते ही हैं कि गिरजाघर में जनाजे की प्रार्थना, जनाजे की रस्म, फिर उसके बाद खाना। आखिर मैं पढ़ने के कमरे में अकेला रह गया। सिगार जला कर मैं कुछ सोच रहा था), तो दरवाजे से अंदर आई और बोलीं आज तुम्हें भाग-दौड़ बहुत करनी पड़ी, अर्कादी इवानोविच, तुम खाने के कमरे में घड़ी की चाभी देना तक भूल गए। सात साल तक हर हफ्ते मैं घड़ी में चाभी देता रहा और कभी अगर भूल जाता तो वह मुझे याद दिलाती थीं। अगले दिन मैं यहाँ के लिए रवाना हुआ। स्टेशन पर उतरा। रात में ठीक से सोया नहीं था, थका हुआ ऊपर से, नींद के मारे आँखें बंद हुई जा रही थीं। बैठ कर मैं कॉफी पीने लगा। नजरें उठा कर देखा तो मार्फा पेत्रोव्ना को अचानक हाथ में ताश की गड्डी लिए हुए बगल में बैठा पाया। 'सफर के सिलसिले में क्या तुम्हारी किस्मत बताऊँ, अर्कादी इवानोविच किस्मत का हाल बताने में वह बहुत माहिर थीं। अपने आपको मैं कभी माफ नहीं कर सकता क्योंकि मैंने उनसे हाल बताने नहीं दिया! डर कर वहाँ से मैं भाग खड़ा हुआ। इसके अलावा गाड़ी चलने की घंटी भी बज चुकी थी। और आज एक होटल का बहुत ही बुरा खाना खाने के बाद तबीयत कुछ भारी-सी लग रही थी और मैं बैठा सिगार पी रहा था कि फिर अचानक वही मार्फा पेत्रोव्ना हरे रंग के एक नए रेशमी लिबास में सजी-सँवरी, जिसमें एक बहुत लंबा फुँदना था, आई और बोलीं : इधर देखो, अर्कादी इवानोविच, मेरा यह लिबास तुम्हें कैसा लगा ऐसा लिबास अनीस्का नहीं बना सकती। (अनीस्का गाँव में

कपड़े सिलने का काम करती थी। पहले हमारे यहाँ बँधुआ मजदूर थी और यह काम उसने मास्को में सीखा था। बड़ी सलोनी लड़की थी।) वह मेरे सामने खड़ी हो कर, चारों ओर घूम कर-झूम कर अपना लिबास दिखाने लगी। मैंने उनके लिबास को देखा, और फिर ध्यान से, बहुत ही ध्यान से उनके चेहरे को देखा। 'मुझे यकीन नहीं आता, मार्फा पेत्रोव्ना, कि आप मेरे पास ऐसी छोटी-छोटी बातों के लिए आती हैं।' 'तो सुनो, तुम किसी को अपने पास किसी भी बात के लिए आने ही नहीं देना चाहते!' मैंने उन्हें छेड़ने की गरज से कहा : 'मैं शादी करना चाहता हूँ, मार्फा पेत्रोव्ना।' 'तुम तो हो ही ऐसे, अर्कादी इवानोविच। कोई भलमनसाहत की बात तो नहीं कि एक बीवी को दफन किए अभी बहुत दिन नहीं हुए नहीं और दूसरी लाने के लिए चल पड़े। हाँ, तुम अगर कोई अच्छी-सी बीवी ढूँढ़ सकते तब भी कोई बात होती, लेकिन मैं जानती हूँ, कि न तुम सुखी रहोगे न वह रहेगी। बस अपनी खिल्ली उड़वाओगे।' इतना कह कर वह बाहर चली गईं और उनके लिबास के फुँदने की सरसराहट मैं सुनता रहा। है न बकवास या नहीं?'

'लेकिन आप कहीं झूठ तो नहीं बोल रहे?' रस्कोलनिकोव ने पूछा।

'मैं ज्यादातर तो झूठ नहीं बोलता,' स्विद्रिगाइलोव ने सोचते हुए जवाब दिया। उसने यूँ जताया गोया रस्कोलनिकोव के सवाल की गुस्ताखी की ओर उसका ध्यान गया ही न हो।

'जिंदगी में इससे पहले भी कभी आपने भूत देखे हैं?'

'जी हाँ, देखे हैं। जिंदगी में सिर्फ एक बार छह साल पहले। मेरे पास एक बँधुआ नौकर था, फील्का। उसे दफन कर देने के कुछ ही देर बाद मैंने, यह भूल कर कि वह मर चुका है, पुकारा, 'फील्का, मेरा पाइप!' वह अंदर आया और उसी अलमारी के पास गया, जिसमें मेरे पाइप रखे थे। मैं बैठा सोच रहा था कि वह यह सब बदला लेने के लिए कर रहा है। बात यह थी कि उसके मरने के कुछ ही पहले मेरा उसका भारी झगड़ा हुआ था। 'आस्तीन में कुहनी के पास एक छेद ले कर तेरी अंदर आने की हिम्मत भला कैसे हुई मैं बोला, 'निकल यहाँ से, बदमाश कहीं का!' वह घूम कर बाहर चला गया और फिर नहीं आया। मैंने मार्फा पेत्रोव्ना को उस वक्त इस बारे में नहीं बताया। मैं उसके लिए गिरजाघर में प्रार्थना करवाना चाहता था, लेकिन मैं बेहद शर्मिंदा भी था।'

'आपको किसी डॉक्टर के पास जाना चाहिए।'

'मैं जानता हूँ मेरी तबीयत ठीक नहीं है; आपको यह बात बताने की जरूरत नहीं। लेकिन कसम से, मेरी समझ में यह नहीं आता कि बीमारी क्या है। मैं समझता हूँ आपके मुकाबले मैं पाँच-गुना तंदुरुस्त हूँ। मैंने आपसे यह नहीं पूछा था कि आप क्या भूतों के दिखाई देने में यकीन रखते हैं, बल्कि यह पूछा था कि आप क्या उनके होने में यकीन रखते हैं।'

'जी नहीं, मैं उनका वजूद मान ही नहीं सकता!' रस्कोलनिकोव ने गुस्सा हो कर जोर देते हुए कहा।

'आम तौर पर लोग क्या कहते हैं,' स्विद्रिगाइलोव बगल की ओर देखते हुए सर झुका कर बुदबुदाया, गोया खुद से बातें कर रहा हो। 'लोग कहते हैं आप बीमार हैं, सो आपको जो कुछ दिखाई देता है वह कोरी कल्पना है। लेकिन इसमें कोई ठोस तर्क की बात तो है नहीं। इतना मैं मानता हूँ कि भूत सिर्फ बीमार लोगों को दिखाई देते हैं। लेकिन इससे कुल जमा इतना ही साबित होता है कि वे बीमारों के अलावा और किसी को दिखाई दे नहीं सकते; यह नहीं कि वे होते ही नहीं।'

'ऐसी बात कतई नहीं!' रस्कोलनिकोव ने चिढ़ के साथ जोर दे कर कहा।

'तो आप ऐसा समझते हैं, नहीं हैं?' स्विद्रिगाइलोव उस पर नजरें जमा कर कहता रहा। 'लेकिन अब इस दलील के बारे में आपका क्या कहना है (इसे समझने में मेरी मदद कीजिए) : भूत, एक तरह से, दूसरी दुनियाओं के ईंट-रोड़े होते हैं, उनकी शुरुआत होते हैं। जाहिर है कि जो आदमी तंदुरुस्त होगा, उसके लिए भूत नजर आने की कोई वजह नहीं होती क्योंकि वह सबसे बढ़ कर इसी दुनिया का प्राणी होता है और संपूर्णता और सुव्यवस्था की खातिर वह सिर्फ इसी जिंदगी में रहने पर मजबूर होता है। लेकिन जैसे ही आदमी बीमार होता है, जैसे ही प्राणी की स्वाभाविक सांसारिक व्यवस्था भंग हो जाती है, वह आदमी दूसरी दुनिया की संभावना को महसूस करने लगता है। लिहाजा जो आदमी जितना ही बीमार होता है, दूसरी दुनिया के साथ उसका संपर्क भी उतना ही गहरा होता है। इसका नतीजा यह होता है कि जैसे ही आदमी मरता है, सीधे उसी दुनिया में जा पहुँचता है। यह बात मैंने बहुत पहले ही सोची थी। अगर आप मरने के बाद दूसरी जिंदगी में यकीन रखेंगे।'

'मरने के बाद की जिंदगी में मेरा कोई यकीन नहीं,' रस्कोलनिकोव ने कहा।

स्विद्रिगाइलोव विचारों में डूब गया।

'वहाँ अगर सिर्फ मकड़ियाँ या इसी तरह की चीजें हों तो क्या होगा?' एकाएक वह बोला।

'पागल है,' रस्कोलनिकोव ने सोचा।

'हम हमेशा यही सोचते हैं कि परलोक ऐसी कोई चीज है जहाँ तक हमारी कल्पना भी नहीं पहुँच सकती। कोई बहुत बड़ी चीज... बहुत बड़ी! लेकिन उसका इतना बड़ा होना क्या जरूरी है इसकी बजाय अगर वह कोई छोटी-सी कोठरी हो, गाँव के हम्मामघर जैसी... अँधेरी और गंदी, हर कोने में मकड़ियों के जाले, और परलोक पूरा बस यही हो मैं कभी-कभी उसकी कल्पना इसी रूप में करता हूँ।'

'क्या आप कभी किसी इससे ज्यादा माकूल, इससे ज्यादा खुशगवार चीज के बारे में नहीं सोच सकते?' रस्कोलनिकोव दुखी हो कर चिल्लाया।

'ज्यादा माकूल? आप यह कैसे कह रहे हैं कि यह माकूल नहीं है और आप क्या जानते हैं कि बनाता उसे तो यकीनन उसे तो ऐसा ही बनाता,' स्विद्रिगाइलोव ने एक मद्धम-सी मुस्कराहट के साथ जवाब दिया।

उसका भयानक जवाब सुन कर रस्कोलनिकोव काँप उठा। स्विद्रिगाइलोव ने सर उठाया, उसकी ओर देखा और अचानक हँस पड़ा। 'जरा सोचिए तो,' वह जोश में आ कर बोला, 'अभी आधे घंटे पहले तक एक-दूसरे को हमने देखा तक नहीं था, एक-दूसरे को हम दुश्मन समझते थे; हम दोनों के बीच एक ऐसा मुद्दा है जिसका अभी तक फैसला नहीं हुआ और उसको ताक पर रख कर हम लोग अनर्गल के इलाके में चले आए! मैंने ठीक कहा था न कि हम दोनों एक जैसी रूहें हैं?

'बराय मेहरबानी,' रस्कोलनिकोव ने चिड़चिड़ाहट के साथ कहा, 'मुझे बस इतना बताएँ कि आपने मुझे इतनी इज्जत क्यों बख्शी कि मेरे पास तशरीफ ले आए... और... और मुझे बहुत जल्दी है, मेरे पास वक्त बिलकुल नहीं है। बाहर जाना है मुझे।'

'जरूर, जरूर। आपकी बहन अव्दोत्या रोमानोव्ना की शादी मिस्टर प्योत्र पेत्रोविच लूजिन के साथ होनेवाली है?'

'क्या आप इतनी कृपा करेंगे कि मेरी बहन के बारे में कोई सवाल न पूछें, उसका नाम तक न लें मेरी समझ में नहीं आता कि आप अगर सचमुच स्विद्रिगाइलोव ही हैं तो आपको मेरे सामने उसका नाम लेने की हिम्मत कैसे हुई?'

'पर मैं तो उसके ही बारे में यहाँ बात करने आया हूँ : यह कैसे हो सकता है कि उसका नाम भी न लूँ?'

'अच्छी बात है, कहिए, लेकिन कम-से-कम में!'

'मुझे यकीन है कि अगर आप मिस्टर लूजिन नाम के इस शख्स से जो मेरी बीवी की तरफ से मेरा दूर का रिश्तेदार होता है, आधे घंटे के लिए भी मिले होंगे या आपने उसके बारे में कुछ बातें सुनी होंगी तो आपने खुद उसके बारे में एक राय बना ली होगी। उसका और अव्दोत्या रोमानोव्ना का कोई मेल ही नहीं है। मैं समझता हूँ अव्दोत्या रोमानोव्ना उदारता और नासमझी की वजह से... अपने परिवार की खातिर... यह कुरबानी दे रही है। आपके बारे में जो कुछ मैंने सुना है, उसकी बुनियाद पर मैंने यही सोचा कि आप लोगों के हित को कोई नुकसान पहुँचाए बिना अगर यह रिश्ता तोड़ा जा सके, तो आपको भी खुशी होगी। अब जबकि मैं निजी तौर पर आपको अच्छी तरह समझ चुका हूँ, इसका मुझे पूरा यकीन है।'

'यह सब आपकी नादानी है... माफ कीजिए, मुझे तो कहना चाहिए कि आपकी गुस्ताखी है,' रस्कोलनिकोव ने कहा।

'आपका मतलब यह है कि मैं अपना उल्लू सीधा करने की कोशिश में हूँ। आप परेशान न हों रोदिओन रोमानोविच, मैं यह सब अगर अपने फायदे के लिए कर रहा होता तो इतनी साफ-साफ बात मैंने न की होती। मैं कोई ऐसा बेवकूफ भी नहीं। इस सिलसिले में मैं साफ-साफ मनोविज्ञान की दृष्टि से विचित्र-सी बात सामने लाऊँगा : अव्दोत्या रोमानोव्ना से अपनी मुहब्बत के बारे में सफाई पेश करते हुए, मैंने कहा था कि मैं खुद शिकार बनाया गया था। तो मैं आपको थोड़ी देर पहले बता दूँ कि अब मेरे दिल में मुहब्बत की कोई भावना नहीं है, जरा-सी भी नहीं। यहाँ तक कि इस पर मुझे खुद भी ताज्जुब हो रहा है क्योंकि कभी सचमुच मेरे दिल में इस तरह की एक भावना थी...'

'निठल्लेपन और बदकारी की वजह से...,' रस्कोलनिकोव ने बात काटी।

'मैं यकीनन निठल्ला और बदकार हूँ, लेकिन आपकी बहन में कुछ ऐसी खूबियाँ जरूर हैं कि मुझ पर भी उनका गहरा असर पड़े बिना नहीं रहा। लेकिन जैसा कि अब मैं खुद समझ चुका, वह सब बकवास था।'

'यह बात समझे आपको क्या बहुत अरसा हो गया?'

'इसका कुछ-कुछ एहसास तो पहले भी होने लगा था, लेकिन पक्का यकीन अभी परसों हुआ, यहाँ पीतर्सबर्ग पहुँचते ही। मास्को में तो मैं यही सोचा करता था कि मैं यहाँ अव्दोत्या रोमानोव्ना से अपनी शादी पक्की करने की कोशिश करने और मिस्टर लूजिन का पत्ता काटने के लिए आ रहा हूँ।'

'माफ कीजिएगा, आपकी बात मैं काट रहा हूँ : लेकिन बराय मेहरबानी अपनी बात थोड़े में कहिए और साफ-साफ बताइए कि आप यहाँ किसलिए आए। मुझे जल्दी है, बाहर जाना है...'

'बहुत खुशी से। यहाँ पहुँच कर और... एक सफर पर जाने का इरादा करके, मैं पहले कुछ जरूरी तैयारियाँ कर लेना चाहता था। अपने बच्चों को मैं उनकी चाची के पास छोड़ आया हूँ। उनके पास भरपूर पैसा है; और उन्हें निजी तौर पर मेरी कोई जरूरत भी नहीं। फिर मैं कोई बहुत अच्छा बाप भी तो नहीं। मार्फा पेत्रोव्ना ने साल भर पहले मुझे जो कुछ तोहफे में दिया था उसे छोड़ मैंने अपने लिए कुछ भी नहीं लिया। मेरे लिए बस उतना ही काफी है। माफ कीजिएगा, मतलब की बात पर मैं अभी आता हूँ। सफर पर जाने से पहले, जिस पर शायद मैं चला ही जाऊँ, मैं मिस्टर लूजिन से भी हिसाब बेबाक कर लेना चाहता हूँ। ऐसा नहीं कि मुझे उनसे कोई खास ज्यादा नफरत हो, लेकिन बात यह है कि मार्फा पेत्रोव्ना से मेरा झगड़ा उन्हीं की वजह से हुआ था, जब मुझे यह पता चला था कि उन्होंने ही यह शादी तय कराई है। अब मैं आपको बीच में ला कर और आप चाहें तो आपकी मौजूदगी में, अव्दोत्या रोमानोव्ना से उनको यह समझाने के लिए मिलना चाहता हूँ कि उन्हें मिस्टर लूजिन से नुकसान छोड़ कभी कोई फायदा नहीं होगा। फिर तमाम पिछली बदमजगियों के लिए उनसे माफी माँग कर मैं उन्हें तोहफे के तौर पर दस हजार रूबल देना चाहता हूँ ताकि मिस्टर लूजिन के साथ रिश्ता तोड़ने में मदद मिले। मैं समझता हूँ कि उन्हें अगर इसका कोई रास्ता दिखाई दे तो उन्हें यह रिश्ता तोड़ने में खुद भी कोई एतराज नहीं होगा।'

'आप यकीनन पागल है,' रस्कोलनिकोव चीखा। उसे गुस्सा उतना नहीं आ रहा था जितना कि ताज्जुब हो रहा था। 'आपकी इस तरह की बातें कहने की हिम्मत कैसे हुई!'

'मैं जानता था कि आप मुझ पर चीखेंगे। लेकिन पहली बात यह है कि मैं कोई बहुत अमीर तो नहीं हूँ पर ये दस हजार रूबल मैं नहीं चाहता, यानी मुझे उनकी कोई जरूरत सचमुच नहीं है। अगर अव्दोत्या रोमानोव्ना उन्हें नहीं लेंगी तो मैं बेवकूफी के किसी और हीले से इन्हें बर्बाद कर दूँगा। यह तो रही पहली बात। दूसरे, मेरा दिल एकदम साफ है और यह रकम दे कर मैं कोई अपनी गरज पूरी करना नहीं चाहता। आप इस पर यकीन तो नहीं करेंगे, लेकिन आपको और अव्दोत्या रोमानोव्ना को आगे चल कर पता चलेगा। बात यह है कि मेरी वजह से आपकी बहन को, जिनकी मैं बहुत इज्जत करता हूँ, जरूर कुछ परेशानी हुई है, मेरी कुछ बातें उन्हें बुरी लगी हैं, और इसलिए, इस बात पर दिली अफसोस करते हुए मैं - उस बदमजगी का हर्जाना देने के लिए नहीं, बल्कि महज उनका कुछ भला करने के लिए - यह बताना चाहता हूँ कि मैंने लोगों को नुकसान पहुँचाने का कोई ठेका नहीं ले रखा। यह रकम पेश करने के पीछे अगर मेरी जरा-सी भी खुदगरजी होती तो मैं इस तरह खुलेआम यह रकम न देता, और सिर्फ दस हजार देने की बात तो यकीनन नहीं करता, जबकि अभी बस पाँच हफ्ते पहले मैं उन्हें इससे बहुत ज्यादा देने को तैयार था। इसके अलावा, बहुत जल्द ही मैं शायद एक लड़की से शादी कर लूँ, और अकेली यही बात इसका हर शक दूर करने के लिए काफी होनी चाहिए कि अव्दोत्या रोमानोव्ना के बारे में मेरे दिल में कोई बुरा इरादा पल रहा है। आखिर में, मैं इतना ही कहना चाहूँगा कि मिस्टर लूजिन से शादी करके वह पैसा ही ले रही हैं, फर्क बस यह है कि एक दूसरे आदमी से... आप नाराज न हों रोदिओन रोमानोविच, इसके बारे में ठंडे दिमाग से और शांत हो कर सोचिएगा।'

स्विद्रिगाइलोव ने खुद ठंडे दिमाग से और शांत भाव से ये सारी बातें कहीं।

'बस अब आगे और कुछ न कहिएगा,' रस्कोलनिकोव ने कहा। 'यही बहरहाल इतनी बड़ी गुस्ताखी है कि इसे माफ नहीं किया जा सकता।'

'हरगिज नहीं। अगर ऐसा होता तो कोई भी इनसान इस दुनिया में दूसरे इनसान के साथ बुराई के अलावा कुछ कर भी नहीं पाता। सच तो बल्कि यह है कि उसे तरह-तरह की बेवकूफी भरी सामाजिक परंपराओं की वजह से छोटी-से

छोटी भलाई करने का भी अधिकार नहीं होता। यह एक सरासर बेतुकी बात है। फर्ज कीजिए कि मैं मर जाता और अपनी वसीयत में आपकी बहन के नाम यह रकम छोड़ जाता, तो तब भी क्या वह इसे लेने से इनकार कर देतीं?'

'बहुत मुमकिन है कर देती।'

'अरे नहीं! लेकिन अगर वह इसे लेने से इनकार करती हैं तो ऐसा ही सही। दस हजार रूबल की रकम मौका पड़ने पर काफी बड़ी पूँजी होती है। बहरहाल, आपसे मेरी यही दरख्वास्त है कि अव्दोत्या रोमानोव्ना तक मेरा सुझाव पहुँचा दें।'

'जी नहीं, मैं उससे नहीं कहनेवाला।'

'उस सूरत में रोदिओन रोमानोविच, मुझे मजबूर हो कर उनसे खुद मिलने की कोशिश करनी होगी और इससे उन्हें परीशानी ही होगी।'

'और अगर मैं कह दूँ, तो आप मिलने की कोशिश तो नहीं करेंगे?'

'मेरी समझ में सचमुच नहीं आ रहा कि क्या कहूँ! उनसे बस एक बार और मिलने को बहुत जी चाहता है।'

'इसकी उम्मीद छोड़ दीजिए।'

'अफसोस की बात है। लेकिन आप मुझे नहीं जानते। शायद आगे चल कर हम बेहतर दोस्त बन जाएँ।'

'आप क्या यह समझते हैं कि हम दोस्त भी बन सकते हैं?'

'क्यों नहीं?' स्विद्रिगाइलोव ने मुस्करा कर कहा। वह उठा और अपनी हैट उठा ली। 'आपको किसी भी तरह परेशान करने का कोई इरादा मेरा नहीं था और मैं यहाँ कोई भारी उम्मीद ले कर भी नहीं आया था... यूँ आज सुबह आपकी सूरत देखते ही मुझ पर बहुत गहरा असर पड़ा था।'

'आज सुबह मुझे आपने कहाँ देख लिया?' रस्कोलनिकोव ने बेचैन हो कर पूछा।

'आपको यूँ ही इत्तफाक से देखा... मैं सोचता रहा हूँ कि आपमें कोई बात मेरी जैसी है... लेकिन आप परेशान न हों। मैं दूसरों के मुआमलों में दखल नहीं देता। पत्तेबाजों से मेरी गाढ़ी छना करती थी, और राजकुमार स्विरबेय मेरी बातों से कभी नहीं उकताते थे; वे एक बहुत बड़ी हस्ती हैं और मेरे दूर के रिश्तेदार भी लगते हैं। मैंने मादाम प्रिलूकोवा की एल्बम में रफाएल की मैडोना के बारे में भी लिख दिया, और सात साल तक मार्फा पेत्रोव्ना का साथ मैंने नहीं छोड़ा। किसी जमाने में मैं भूसामंडी में वियाजेम्स्की के घर में रात-रात भर ठहरता था और मैं बेर्ग के साथ गुब्बारे में बैठ कर उड़ने भी जा सकता हूँ... शायद।'

'अच्छी बात है। क्या मैं पूछ सकता हूँ कि अपनी यात्रा पर आप क्या जल्दी ही जानेवाले हैं?'

'कौन-सी यात्रा?'

'अरे, वही सफर; आपने खुद ही तो कहा था।'

'सफर अरे, हाँ। मैंने तो सचमुच सफर पर जाने की बात की थी। हाँ, यह एक बहुत बड़ा सवाल है... काश आप जानते होते कि आप क्या पूछ रहे हैं,' उसने कहा और अचानक जोर-से पर थोड़ा-सा हँसा। 'सफर पर जाने की बजाय शायद मैं शादी कर लूँ। लोग मेरी शादी कराने की कोशिश कर रहे हैं।'

'यहाँ'

'जी।'

'इसके लिए आपको वक्त कैसे मिला?'

'लेकिन अव्दोत्या रोमानोव्ना से बस एक बार मिलने को मेरा जी बहुत चाहता है। मैं आपसे सच्चे दिल से इस बारे में प्रार्थना करता हूँ। खैर, इस वक्त मैं चलता हूँ। हाँ, एक बात मैं भूल ही गया। रोदिओन रोमानोविच, अपनी बहन से कहिएगा कि मार्फा पेत्रोव्ना ने अपनी वसीयत में उन्हें याद किया है और उनके नाम तीन हजार रूबल छोड़े हैं। यह बात एकदम पक्की है। मार्फा पेत्रोव्ना मरने से हफ्ताभर पहले इसका बंदोबस्त कर गई थीं, और यह काम मेरे सामने किया था। अव्दोत्या रोमानोव्ना को यह रकम दो या तीन हफ्ते में मिल जाएगी।'

'आप सच बोल रहे हैं?'

'हाँ, उनसे कह दीजिएगा और मेरे लायक कोई खिदमत हो तो मैं हाजिर हूँ। मैं यहाँ से बहुत करीब ही रहता हूँ।'

बाहर जाते हुए दरवाजे पर स्विद्रिगाइलोव रजुमीखिन से टकरा गया।

अपराध और दंड : (अध्याय 4-भाग 2)

लगभग आठ बज रहे थे। दोनों नौजवान तेज कदमों से बकालेयेव के मकान की तरफ जा रहे थे कि वहाँ लूजिन से पहले पहुँच जाएँ।

'क्यों, कौन था वह?' सड़क पर पहुँचते ही रजुमीखिन ने पूछा।

'स्विद्रिगाइलोव था... वही जमींदार। इसी के घर में मेरी बहन बच्चों की देखभाल करती थी, जब उसका अपमान किया गया था। जब इसने उस पर डोरे डालना और सताना शुरू किया तो इसकी बीवी, मार्फा पेत्रोव्ना, ने उसे नौकरी से निकाल दिया। बाद में मार्फा पेत्रोव्ना ने मेरी बहन से माफी माँग ली थी। अभी हाल में अचानक वह चल बसी। सुबह हम लोग इसी की बात कर रहे थे। मुझे इस आदमी से न जाने क्यों डर लग रहा है। बीवी के जनाजे के फौरन बाद यहाँ चला आया। अजीब आदमी है और कुछ करने पर आमादा भी है... दुनिया को इससे हमें बचाना ही होगा... मैं तुम्हें यही बात बताना चाहता था... सुन रहे हो न?'

'बचाना होगा! अव्दोत्या रोमानोव्ना को वह किस तरह नुकसान पहुँचा सकता है तुम्हारा बहुत-बहुत शुक्रिया रोद्या कि मुझ पर इतना भरोसा रख कर बातें कर रहे हो... हम बचाएँगे उन्हें। यह रहता कहाँ है?'

'मालूम नहीं।'

'पूछा क्यों नहीं तुमने? बड़ा बुरा किया! खैर, पता तो मैं लगा लूँगा।'

'उसे तुमने देखा था न?' रस्कोलनिकोव ने कुछ देर बाद पूछा।

'हाँ, देखा था... अच्छी तरह देखा था।'

'सचमुच देखा था साफ-साफ?' रस्कोलनिकोव ने आगे पूछा।

'हाँ, उसकी सूरत मुझे अच्छी तरह याद है... हजार के बीच भी उसे मैं पहचान लूँगा। लोगों के चेहरे मुझे बहुत अच्छी तरह याद रहते हैं।'

वे फिर चुप हो गए।

'तो... ठीक है,' रस्कोलनिकोव बुदबुदाया। 'जानते हो, मैं सोचता था... सोचता रहता हूँ... मुझे लगता है... मुमकिन है यह सब मेरे मन का भ्रम रहा हो।'

'मतलब क्या है तुम्हारा मेरी समझ में तुम्हारी बात नहीं आई।'

'बात यह है, तुम सभी लोग कहते रहते हो,' रस्कोलनिकोव मुँह टेढ़ा करके मुस्कराते हुए कहता रहा, 'कि मैं पागल हूँ। सो मैं अभी-अभी यह सोच रहा था कि मैं शायद सचमुच पागल हूँ और अभी-अभी मैंने कोई भूत ही देखा है।'

'मतलब क्या है तुम्हारा?'

'कौन जाने मैं शायद सचमुच पागल हूँ, और इन तमाम दिनों में जो कुछ भी हुआ है वह सब शायद केवल मेरी कल्पना रहा हो।'

'छिः रोद्या फिर बहकने लगे! ...लेकिन कहा क्या उसने? आया किसलिए था?'

रस्कोलनिकोव ने कोई जवाब नहीं दिया। रजुमीखिन पल-भर कुछ सोचता रहा।

'अच्छा, तो लो, मेरा किस्सा सुनो,' उसने कहना शुरू किया। 'मैं तुम्हारे यहाँ पहुँचा तो तुम सो रहे थे। फिर हम सबने खाना खाया और मैं पोर्फिरी के पास गया। जमेतोव तब भी वहीं था। मैंने बात शुरू करने की कोशिश की लेकिन बात कुछ बनी नहीं। मैं ठीक से अपनी बात नहीं कह सका। लगता है वे लोग बात को समझते नहीं और समझ सकते भी नहीं, लेकिन उन्हें इस पर जरा भी शर्म नहीं आती। मैं पोर्फिरी को खिड़की के पास ले गया और उससे बातें करने लगा, लेकिन बात फिर भी बन नहीं पाई। वह दूसरी तरफ देखने लगा, सो मैंने भी मुँह फेर लिया। आखिर मैंने उसके मनहूस चेहरे की तरफ घूँसा उठाया और रिश्तेदारी के लहजे में उससे कहा कि मैं उसकी नाक तोड़ दूँगा। उसने मेरी तरफ महज देखा और मैं गालियाँ दे कर चला आया। बस कितनी ही हिमाकत की बात थी। जमेतोव से मैं एक शब्द भी नहीं बोला। मुझे लगा मैंने सब कुछ गड़बड़ कर दिया है, लेकिन सीढ़ियाँ उतरते वक्त मेरे दिमाग में एक बहुत अच्छी बात आई। यह कि हम परेशान क्यों हों, अगर तुम्हें कोई खतरा होता या ऐसी कोई और बात होती तो बात दूसरी थी, लेकिन तुम्हें फिक्र करने की जरूरत ही क्या? उनकी तो तुम रत्ती-भर भी परवाह न करो। बाद में हमीं उन पर जी भर कर हँसेंगे। मैं अगर तुम्हारी जगह होता तो उन्हें और भी गहरे चक्कर में उलझाता। बाद में ये लोग कितने शर्मिंदा होंगे! छोड़ो उन्हें! बाद में हम उनकी अच्छी तरह पिटाई करेंगे; अभी तो तुम उन पर हँसो!'

'एकदम सही बात है,' रस्कोलनिकोव ने जवाब दिया। 'लेकिन कल क्या कहोगे?' उसने मन में सोचा। अजीब बात है, तब तक उसे कभी यह बात नहीं सूझी थी कि रजुमीखिन को जब पता चलेगा तो वह क्या सोचेगा। यह सोचते हुए रस्कोलनिकोव ने उसकी ओर गौर से देखा। रजुमीखिन ने पोर्फिरी के साथ अपनी मुलाकात का जो किस्सा सुनाया था उसमें उसे बहुत ही कम दिलचस्पी थी, क्योंकि उसके बाद तो बहुत कुछ हो चुका था।

गलियारे में ही लूजिन से उनकी मुठभेड़ हो गई। वह ठीक आठ बजे पहुँच कर कमरा ढूँढ़ रहा था। इस तरह वे तीनों एक-दूसरे की ओर देखे या एक-दूसरे को सलाम किए बिना ही एक साथ वहाँ पहुँचे। पहले दोनों नौजवान अंदर गए जबकि प्योत्र पेत्रोविच शिष्टता के नाते थोड़ी देर ड्योढ़ी में ही रुक कर अपना कोट उतारने लगा। पुल्खेरिया अलेक्सांद्रोव्ना उसका स्वागत करने फौरन दरवाजे पर आई। दूनिया अपने भाई का स्वागत कर रही थी।

प्योत्र पेत्रोविच ने कमरे में प्रवेश किया। काफी शिष्टता के साथ, लेकिन दुगुने रोब के साथ, उसने झुक कर दोनों महिलाओं का अभिवादन किया। लेकिन लगता तो यही था कि वह अभी तक कुछ उखड़ा हुआ है और पूरी तरह अपने आपको सँभाल नहीं सका है। पुल्खेरिया अलेक्सांद्रोव्ना भी कुछ अटपटा-सा महसूस कर रही थीं। जल्दी-जल्दी उन्होंने सभी को उस गोल मेज के चारों ओर बिठाया जिस पर एक समोवार में पानी उबल रहा था। दूनिया और लूजिन मेज के दो सिरों पर एक-दूसरे के आमने-सामने बैठे थे। रजुमीखिन और रस्कोलनिकोव पुल्खेरिया अलेक्सांद्रोव्ना के सामने बैठे थे - रजुमीखिन लूजिन के पास और रस्कोनिकोव अपनी बहन के पास।

कुछ पल सभी चुप रहे। प्योत्र पेत्रोविच ने इतमीनान से, कैंब्रिक का इत्र में बसा रूमाल निकाल कर उसमें नाक छिनकी, कुछ यूँ जैसे उसके जैसे हीरा आदमी का अपमान हुआ है और वह इसका जवाब तलब करने का पक्का इरादा करके आया है। अंदर आने से पहले, ड्योढ़ी में उसे खयाल आया था कि वह अपना ओवरकोट न उतारे, वहीं से वापस चला जाए और इस तरह दोनों औरतों को एक जोरदार और अच्छा सबक सिखाए ताकि वे महसूस करें कि बात कितनी संगीन है। लेकिन वह ऐसा न कर सका। इसके अलावा मामले को लटकाए रखना भी उसे बर्दाश्त नहीं था और इसलिए जवाब तलब करना चाहता था। चूँकि उसके अनुरोध को खुले तौर पर ठुकरा दिया गया था, इसलिए उसके पीछे जरूर कोई बात होगी। सो ऐसी हालत में बेहतर यही था कि पहले ही उसका पता लगा लिया जाए। उन लोगों को सजा देना तो उसके अपने हाथ में था और उसके लिए वक्त तो कभी भी मिल जाएगा।

'मुझे यकीन है कि आप लोगों का सफर अच्छी तरह कटा होगा,' उसने पुल्खेरिया अलेक्सांद्रोव्ना से औपचारिक ढंग से पूछा।

'जी हाँ, प्योत्र पेत्रोविच, बहुत अच्छा।'

'मुझे यह जान कर बेहद खुशी हुई। अव्दोत्या रोमानोव्ना भी कुछ ज्यादा थकी तो नहीं?'

'मैं तो जवान और हट्टी-कट्टी ठहरी, मैं नहीं थकती। लेकिन माँ के लिए यह सफर बहुत मुश्किल रहा,' दूनिया ने जवाब दिया।

'यह सुन कर मुझे दुख हुआ, लेकिन अफसोस तो इस बात का है कि कुछ किया भी नहीं जा सकता था। हमारे यहाँ रेल लाइनें हैं भी बहुत लंबी। हम जिसे 'रूस माता' कहते हैं, वह है भी तो एक लंबा-चौड़ा देश... चाहते हुए भी कल मैं आप लोगों को लेने न आ सका। लेकिन मुझे उम्मीद है कि आप लोगों को किसी तरह की तकलीफ नहीं हुई होगी।'

'अफसोस प्योत्र पेत्रोविच कि ऐसा नहीं हुआ, मेरा तो दिल ही बैठा जा रहा था,' पुल्खेरिया अलेक्सांद्रोव्ना ने जल्दी से कुछ अजीब लहजे में कहा, 'अगर द्मित्री प्रोकोफिच को हमारे पास न भेजा होता तो भगवान जानता है हम कहीं के भी न रहते। यह है द्मित्री प्रोकोफिच रजुमीखिन,' उन्होंने लूजिन से उसका परिचय कराते हुए कहा।

'आपसे मुलाकात हो चुकी है... कल ही,' प्योत्र पेत्रोविच ने जहरीली निगाह से रजुमीखिन को कनखियों से देखते हुए बुदबुदा कर कहा और माथे पर बल डाले खामोश हो गया। प्योत्र पेत्रोविच उन लोगों में से था जो समाज में उठते-बैठते ऊपर से तो बेहद शिष्ट बने रहते हैं, हद से ज्यादा शिष्टता बरतने पर जोर देते हैं, लेकिन कोई बात जरा-सी भी उनकी मर्जी के खिलाफ हो जाए तो अपनी सारी शिष्टता भूल कर आटे के बोरे जैसे ठस हो जाते हैं। फिर उनमें वैसी जिंदादिली नहीं रह जाती जिसके रहने से महफिल में ताजगी आ जाती है। सब लोग एक बार फिर खामोश हो गए। रस्कोलनिकोव ने अकड़ से खामोशी साध रखी थी, और अव्दोत्या रोमानोव्ना फिलहाल कोई बातचीत शुरू करना नहीं चाहती थी। रजुमीखिन के पास कहने को कुछ था भी नहीं और पुल्खेरिया अलेक्सांद्रोव्ना एक बार फिर चिंता में डूब गई थीं।

'मार्फा पेत्रोव्ना चल बसीं, आपने सुना होगा?' उन्होंने अपनी बातचीत के मुख्य विषय का सहारा ले कर कहना शुरू किया।

'जी, मैंने सुना है। मुझे फौरन खबर मिल गई थी, और मैं आपको यह भी बताने आया हूँ कि अर्कादी इवानोविच स्विद्रिगाइलोव अपनी बीवी के जनाजे के फौरन बाद पीतर्सबर्ग के लिए चल पड़े थे। कम-से-कम मुझे तो पक्के तौर पर पता चला है।'

'पीतर्सबर्ग के लिए? यहाँ?' दूनिया ने चौंक कर पूछा और माँ की ओर देखा।

'जी हाँ। अब अगर इस बात को देखें कि वे इतनी जल्दी चल पड़े और उससे पहले जो कुछ हुआ था, उसे भी देखें तो यकीनन किसी खास इरादे से ही वे यहाँ आए हैं।'

'हे भगवान, दूनिया को वह यहाँ भी चैन से रहने देगा कि नहीं,' पुल्खेरिया अलेक्सांद्रोव्ना दुखी हो कर बोलीं।

'मेरे खयाल में आपको और अव्दोत्या रोमानोव्ना को परेशान होने की कोई जरूरत नहीं। हाँ, आप लोग खुद ही अगर उनसे बातचीत का सिलसिला चलाना चाहें तो बात अलग है। रहा मेरा सवाल तो मैं पूरी तरह चौकस हूँ और अब यह मालूम करने की कोशिश कर रहा हूँ कि वे यहाँ ठहरे कहाँ हैं...'

'आह, प्योत्र पेत्रोविच, आप नहीं जानते कि आपने मेरे मन में कितना डर पैदा कर दिया है,' पुल्खेरिया अलेक्सांद्रोव्ना अपनी बात कहती रहीं। 'मैं उससे सिर्फ दो बार मिली, लेकिन मैं समझती हूँ कि वह बहुत बेहूदा आदमी है। मुझे तो पूरा यकीन है कि मार्फा पेत्रोव्ना की मौत उसी की वजह से हुई!'

'इस बारे में कोई बात यकीन के साथ नहीं कही जा सकती। मुझे इसकी सही-सही जानकारी है। इस बात से मैं इनकार नहीं करता कि, एक तरह से अपमान के नैतिक प्रभाव का सहारा ले कर घटनाओं में तेजी लाने में शायद उसका हाथ रहा हो। लेकिन जहाँ तक उसके आम व्यवहार और नैतिक गुणों का सवाल है, मैं आपकी बात से पूरी तरह सहमत हूँ। यह तो मैं नहीं जानता कि धन-दौलत के बारे में अब उसकी हालत अच्छी है कि नहीं, न ही यह मालूम है कि मार्फा पेत्रोव्ना उसके लिए कितना कुछ छोड़ गई हैं; कुछ ही दिनों में यह बात भी मुझे मालूम हो जाएगी; लेकिन

इसमें तो जरा भी शक नहीं है कि अगर उसके पास थोड़ा-बहुत भी पैसा हुआ तो यहाँ पीतर्सबर्ग में वह फौरन अपने उसी पुराने ढर्रे पर चल पड़ेगा। इस श्रेणी के लोगों का वह सबसे चरित्रहीन और सबसे नीच किस्म का नमूना है। कई बातों की बुनियाद पर मैं समझता हूँ कि मार्फा पेत्रोव्ना ने, जिनकी बदनसीबी यही थी कि वे इसकी मुहब्बत के जाल में फँस गईं और आठ साल पहले इसका कर्ज भी चुका दिया, एक और उस पर बहुत बड़ा एहसान किया। उन्हीं की कोशिशों और कुरबानियों का एहसान था कि उसके खिलाफ अपराध का एक इल्जाम चुपचाप दबा दिया गया। उस मामले में तो इतने अजीबोगरीब हालात में और इतनी बेरहमी से एक आदमी की जान ली गई थी कि ऐन मुमकिन था इसे साइबेरिया भेज दिया जाता। आप अगर जानना ही चाहती हैं तो सुनिए, वह इसी किस्म का आदमी है।'

'हे भगवान!' पुल्खेरिया अलेक्सांद्रोव्ना चीख उठीं। रस्कोलनिकोव ध्यान से सब कुछ सुनता रहा।

'क्या आप यह बात सच कह रहे हैं कि आपके पास इसका पक्का सबूत है?' दूनिया ने कठोर रोबदार लहजे में पूछा।

'आपके सामने मैं वही बातें दोहरा रहा हूँ जो मार्फा पेत्रोव्ना ने मुझ पर भरोसा करके, मुझे चुपके से बताई थी। लेकिन मैं इतना जरूर कहूँगा कि कानून की नजर से मामला इतना सीधा नहीं था। किसी जमाने में यहाँ रेसलिख नाम की एक विदेशी औरत रहा करती थी, और मैं समझता हूँ कि अब भी यहीं रहती है। वह सूद पर छोटी-छोटी रकमें कर्ज देती है, उसके तरह-तरह के और न जाने कितने धंधे हैं, और उस औरत के साथ एक अरसे से स्विद्रिगाइलोव का बहुत गहरा और रहस्यमय संबंध रहा है। उसके साथ उसकी एक रिश्तेदार, शायद उसकी भतीजी भी रहती थी। वह पंद्रह साल की थी, या शायद चौदह से ज्यादा की न रही हो। वह एक गूँगी-बहरी लड़की थी। रेसलिख इस लड़की से नफरत करती थी, उसे रोटी के एक-एक टुकड़े के लिए तरसाती थी; उसे बेरहमी से पीटती भी थी। वह लड़की एक दिन अटारी में रस्सी में लटकी हुई मिली। जाँच के बाद फैसला सुनाया गया कि उसने आत्महत्या की थी। रस्मी कार्रवाई के बाद बात वहीं पर खत्म कर दी गई, लेकिन बाद में पता चला कि स्विद्रिगाइलोव ने उस बच्ची के साथ... बलात्कार किया था। यह सही है कि यह बात साबित नहीं हो सकी, क्योंकि यह जानकारी एक और बदचलन जर्मन औरत ने दी थी, जिसकी बात पर कोई भरोसा नहीं कर सकता था। मार्फा पेत्रोव्ना की दौलत और कोशिशों के चलते पुलिस के सामने किसी का बयान दर्ज नहीं कराया जा सका और बात आपसी कानाफूसी से आगे न बढ़ सकी। फिर भी ये अफवाहें बहुत महत्व रखती हैं। अव्दोत्या रोमानोव्ना, आप जब उसके यहाँ काम करती थीं तब आपने उसके नौकर फिलिप का किस्सा तो जरूर सुना होगा। वही जो कोई छह साल पहले, जब बँधुआगीरी की प्रथा खत्म नहीं हुई थी, बुरे सुलूक की वजह से मर गया था।'

'मैंने तो इसकी उलटी बात सुनी थी। यह कि फिलिप ने खुद ही फाँसी लगा ली थी।'

'यकीनन यही हुआ था। लेकिन जिस बात ने उसे आत्महत्या करने पर मजबूर किया, बल्कि कह लीजिए कि उसके दिल में यह विचार पैदा किया, वह यह थी कि यही स्विद्रिगाइलोव साहब लगातार उसे सताते थे और उसके साथ सख्ती का बर्ताव करते थे।'

'यह बात मुझे नहीं मालूम,' दूनिया ने रुखाई से जवाब दिया। 'मैंने तो बस एक अजीब-सा किस्सा सुना था कि फिलिप को कोई खब्त था। वह एक तरह खुद का बनाया हुआ फलसफी था और दूसरे नौकर-चाकर कहा करते थे कि उसने पढ़-पढ़ कर अपना दिमाग खराब कर लिया है। वह फाँसी लगा कर भी इसलिए नहीं मरा कि मिस्टर स्विद्रिगाइलोव उसे मारते-पीटते थे, बल्कि एक हद तक इसकी वजह यह थी कि वे उसका मजाक उड़ाया करते थे। जब मैं उनके

यहाँ काम करती थी, तब नौकरों के साथ उनका बर्ताव बहुत ही अच्छा होता था और वे सभी उन्हें पसंद भी करते थे, हालाँकि फिलिप की मौत के लिए वे भी उन्हीं को जिम्मेदार समझते थे।'

'मैं देख रहा हूँ, अब्दोत्या रोमानोव्ना, कि अचानक आप उसका पक्ष लेने को तैयार हो गई हैं,' लूजिन ने अपने होठ टेढ़े करके एक अस्पष्ट भाव व्यक्त करनेवाली मुस्कराहट के साथ कहा। 'इसमें कोई शक नहीं कि वह बहुत ही होशियार आदमी है और जहाँ तक औरतों का सवाल है, उन्हें बड़ी जल्दी अपने जाल में फँस लेती है। इसकी एक बहुत ही दयनीय मिसाल तो मार्फा पेत्रोव्ना ही थीं, जो अभी कुछ ही दिन हुए रहस्यमय हालत में मर गईं। मैं तो बस यही चाहता हूँ कि अपने सलाह-मशविरे से आपकी और आपकी माँ की कुछ मदद कर सकूँ, क्योंकि मुझे इस बात का पूरा डर है कि उसकी तरफ से नए सिरे से कुछ कोशिशें जरूर की जाएँगी। मुझे तो इस बात का भी पक्का यकीन है कि वह एक बार फिर कर्ज न चुका पाने पर जेल जाएगा। उसके बच्चों की भलाई का ध्यान करके मार्फा पेत्रोव्ना उसे कोई बड़ी रकम देने का इरादा नहीं रखती थीं, और अगर इसके नाम उन्होंने कुछ छोड़ा भी होगा तो वह बस काम चलाने भर की ही रकम होगी। कोई बहुत मामूली-सी रकम, जो थोड़े दिनों में खत्म हो जाएगी; और उस जैसी आदतोंवाले आदमी के पास तो साल भर भी नहीं चलेगी।'

'प्योत्र पेत्रोविच, आपसे मेरी दरख्वास्त है,' दूनिया ने कहा, 'कि अब स्विद्रिगाइलोव साहब की कोई चर्चा न करें। मुझे इससे तकलीफ होती है।'

'वह अभी मुझसे मिलने आया था,' रस्कोलनिकोव ने पहली बार अपनी खामोशी तोड़ी।

सबके मुँह से ताज्जुब के मारे चीख निकल गई, और सभी घूम कर उसकी ओर देखने लगे। प्योत्र पेत्रोविच भी भौंचक नजर आता था।

'डेढ़ घंटा हुआ कि मैं सो रहा था, जब उसने आ कर मुझे जगाया और अपना परिचय दिया,' रस्कोलनिकोव ने अपनी बात आगे बढ़ाई। 'वह काफी खुश नजर आ रहा था और जरा भी परेशान नहीं था, उसे पूरी उम्मीद है कि हम दोनों दोस्त बन जाएँगे। पर हाँ, दूनिया, तुमसे मिलने के लिए वह खास तौर पर बेचैन है और इस काम के लिए उसने मेरी मदद माँगी है। वह तुम्हारे सामने कोई सुझाव रखना चाहता है और मुझे इसके बारे में कुछ बताया भी है। उसने तो यह भी बताया दूनिया कि मरने से एक हफ्ता पहले मार्फा पेत्रोव्ना ने अपनी वसीयत में तुम्हारे नाम तीन हजार रूबल छोड़े हैं और यह रकम तुम्हें बहुत जल्दी मिल जाएगी।'

'भगवान उनका भला करे!' पुल्खेरिया अलेक्सांद्रोव्ना ने हाथ से सीने पर सलीब का निशान बनाते हुए खुश हो कर कहा। 'तुम उनकी आत्मा की शांति के लिए प्रार्थना करो!'

'सच बात है,' लूजिन ने अनचाहे ही बक दिया।

'खैर और क्या कहा' दूनिया ने रस्कोलनिकोव से कहा।

'इसके बाद कहा कि वह बहुत अमीर आदमी नहीं है और उसकी सारी जमीन-जायदाद उसके बच्चों के नाम कर दी गई है, जो अब अपनी चाची के पास रहते हैं। फिर उसने बताया कि वह मेरे घर के पास ही कहीं रहता है, लेकिन कहाँ, यह मुझे नहीं मालूम। मैंने पूछा भी नहीं...'

'मगर वह दुनिया के सामने सुझाव क्या रखना चाहता है' पुल्खेरिया अलेक्सांद्रोव्ना डर कर बोलीं। 'उसने कुछ बताया था?'

'हाँ।'

'क्या?'

'बाद में तुमसे बताऊँगा।' यह कह कर रस्कोलनिकोव चुप हो गया और अपनी चाय की ओर ध्यान देने लगा।

प्योत्र पेत्रोविच ने घड़ी देखी।

'मुझे एक काम से जाना है, इसलिए मैं आप लोगों की बातों में बाधा नहीं डालना चाहता,' उसने कुछ रूठे हुए स्वर में कहा और उठने लगा।

'मत जाइए, प्योत्र पेत्रोविच,' दूनिया बोली। 'आप तो सारी शाम हम लोगों के पास गुजारने आए थे। इसके अलावा आपने खुद लिखा था कि आप माँ से किसी बात की सफाई चाहते हैं।'

'बिलकुल लिखा था अव्दोत्या रोमानोव्ना,' प्योत्र पेत्रोविच ने फिर बैठते हुए अकड़ कर जवाब दिया, लेकिन उसका हैट अभी तक उसके हाथ में ही था। आपसे और आपकी माँ से एक सचमुच जरूरी बात के बारे में मैं यकीनन कुछ सफाई चाहता था, लेकिन अगर आपके भाई साहब मेरे सामने मिस्टर स्विद्रिगाइलोव के कुछ सुझावों के बारे में खुल कर बात नहीं करना चाहते तो उन्हीं की तरह मैं भी कुछ बहुत ही गंभीर सवालों के बारे में... दूसरों के सामने... खुल कर बात करना नहीं चाहता, न कर सकूँगा। इसके अलावा मेरी सबसे बड़ी और सबसे जरूरी दरख्वास्त तो पहले ही ठुकराई जा चुकी है...'

मन में कड़वाहटवाला भाव अपना कर लूजिन ने एक बार फिर अकड़भरी खामोशी साध ली।

'आपकी जो दरख्वास्त थी कि मेरे भाई साहब हम लोगों की मुलाकात के दौरान मौजूद न रहें, वह सिर्फ मेरे कहने पर नहीं मानी गई,' दूनिया बोली। 'आपने लिखा था कि मेरे भाई साहब ने आपका अपमान किया है तो मैं समझती हूँ कि यह बात फौरन साफ होनी चाहिए और आप दोनों के बीच सुलह हो जानी चाहिए। सो अगर रोद्या ने सचमुच आपका अपमान किया है तो उन्हें माफी माँगनी चाहिए और वे जरूर माँगेंगे।'

प्योत्र पेत्रोविच ने फौरन कुछ और भी सख्त रवैया अपनाया।

'कुछ अपमान ऐसे भी होते हैं, अव्दोत्या रोमानोव्ना, कि हम उन्हें चाह कर भी भुला नहीं सकते। हर चीज की एक हद होती है जिसके आगे जाना खतरनाक होता है; और उसके आगे निकल जाने के बाद वापसी का कोई सवाल पैदा नहीं होता।'

'मैं जिस बात की चर्चा कर रही थी वह यह नहीं थी, प्योत्र पेत्रोविच,' दूनिया कुछ बेचैन हो कर बीच में बोली। 'बराय मेहरबानी आप इस बात को समझने की कोशिश कीजिए कि हमारा पूरा भविष्य अब इसी बात पर निर्भर है कि जल्द-से-जल्द सुलह-सफाई करके इस सारे मामले को निबटा लिया जाता है कि नहीं। मैं आपसे शुरू में ही साफ कह दूँ कि इस बात को मैं किसी और तरह से नहीं देख सकती। सो अगर आपको मेरा जरा-सा भी खयाल है, तो इस सारे

263

मामले को आज ही निबटाया जाना चाहिए, चाहे उसमें कितनी ही मुश्किल का सामना हो। मैं एक बार फिर कहती हूँ कि अगर कुसूर मेरे भाई का हुआ तो वे माफी माँग लेंगे।'

'मुझे ताज्जुब है, अव्दोत्या रोमानोव्ना, कि आपने सवाल को इस तरह पेश किया,' लूजिन बोला। उसकी चिड़चिड़ाहट लगातार बढ़ती जा रही थी। 'आपकी कद्र करते हुए और कहना चाहिए कि आपको बेहद इज्जत की नजरों से देखते हुए मैं कहूँ कि यह भी तो हो सकता है कि मुझे आपके परिवार का कोई आदमी नापसंद हो। मैं आपसे शादी करके आपको खुश तो रखना चाहता हूँ लेकिन ऐसी जिम्मेदारियाँ अपने ऊपर नहीं ले सकता जिनका कोई मेल नहीं...'

'आह, इतना बुरा तो न मानिए, प्योत्र पेत्रोविच,' दुनिया ने भावुकता के साथ उनकी बात काटते हुए कहा। 'आप तो वैसा ही समझदार और उदार व्यक्ति का व्यवहार कीजिए जैसाकि मैं आपको समझती रही और समझती रहना चाहती हूँ। मैंने आपको जबान दी है, मैं आपकी मँगेतर हूँ। इस बारे में मुझ पर भरोसा कीजिए और मेरी बात मानिए; मैं किसी का पक्ष लिए बिना ही कोई फैसला करूँगी। इस तरह इन्साफ का काम अपने सर लेने पर शायद मेरे भाई को भी उतना ही ताज्जुब है जितना आपको है। आपका खत मिलने के बाद जब मैंने उनसे हमारी आज की मुलाकात के दौरान मौजूद रहने को कहा, तब मैंने उन्हें यह नहीं बताया था कि मैं करना क्या चाहती हूँ। यह समझ लीजिए कि अगर आप दोनों के बीच कोई समझौता न हुआ तो मुझे आप दो में से एक को चुनना होगा - या तो आपको या उनको। आपके सिलसिले में बात यही है और उनके सिलसिले में भी। मैं अपनी पसंद में कोई गलती नहीं करना चाहती, और मुझे करनी भी नहीं चाहिए। आपकी खातिर मुझे अपने भाई से नाता तोड़ना पड़ेगा और भाई की खातिर आपसे तोड़ना पड़ेगा। इस वक्त मैं पक्के यकीन के साथ जानना चाहती हूँ कि वे मेरे भाई हैं भी या नहीं। इसी तरह मैं आपके सिलसिले में भी जानना चाहूँगी कि क्या आप मुझे प्यार करते हैं, क्या मेरी इज्जत करते हैं और क्या आप मेरे लिए सही शौहर हैं भी कि नहीं।'

'अव्दोत्या रोमानोव्ना,' लूजिन ने झुँझला कर कहा, 'जो कुछ कहा आपने वह मेरे लिए बेहद मानी रखता है; और आपके सिलसिले में मेरी जो हैसियत है उसे देखें तो आपकी बातें अपमानजनक भी हैं। यह बात तो जाने दीजिए कि आपने अजीब और अपमानजनक ढंग से मुझे और एक बदतमीज नौजवान को एक बराबर ला खड़ा किया है, पर आपने यह भी तो माना है कि हो सकता है आपने मुझसे जो जबान दी है उससे आप पीछे हट जाएँ। आपका कहना है 'आप या वह', और आपने इस तरह साबित कर दिया है कि आपकी नजरों में मेरी कितनी कम हैसियत है। ...हम दोनों के बीच जो रिश्ता है ...जो करार है उसे देखते हुए मैं कभी इसे बर्दाश्त नहीं कर सकता।'

'क्या!' दुनिया भड़क कर बोली। 'आपके हित को मैंने उन तमाम चीजों के बराबर रखा है जो मेरी जिंदगी में अब तक सबसे अनमोल रही हैं, जिनसे मेरी पूरी जिंदगी बनी है, और आप बुरा माने जा रहे हैं कि मैंने आपको बहुत कम हैसियत दी है!'

रस्कोलनिकोव व्यंग्य से मुस्कराया और एक शब्द भी न बोला। रजुमीखिन भी अपनी जगह कसमसाया। लेकिन प्योत्र पेत्रोविच ने इसको स्वीकार नहीं किया। उलटे हर शब्द पर वह और भी अकड़ता गया और उसकी चिड़चिड़ाहट बढ़ती गई, गोया उसे इसमें मजा आने लगा हो।

'आपके दिल में अपने होनेवाले जीवनसाथी, अपने शौहर के लिए अपने भाई से ज्यादा प्यार होना चाहिए,' उसने उपदेश के लहजे में जवाब दिया, 'और बहरहाल मैं उसके बराबर रखे जाने को तैयार नहीं हूँ... मैंने तो काफी जोर दे कर कहा था कि आपके भाई के सामने मैं खुल कर बातें नहीं करूँगा, लेकिन आपकी सम्मानित माताश्री से अब मैं

एक महत्वपूर्ण बात के बारे में सफाई जरूर चाहता हूँ, जिसका मेरी इज्जत से गहरा संबंध है। आपके बेटे ने,' वह पुल्खेरिया अलेक्सांद्रोव्ना की ओर घूमा, 'कल श्री राजसूदकिन के सामने (या... यही नाम है न आपका माफ कीजिए, मैं आपका कुलनाम भूल गया),' वह शिष्टता से रजुमीखिन की ओर झुका, 'मेरी एक ऐसी राय को जो मैंने कॉफी पीते वक्त निजी बातचीत के दौरान आपके सामने जाहिर की थी, गलत ढंग से पेश करके मेरा अपमान किया। मेरा मतलब अपनी इस राय से है कि जिसने मुसीबत के दिन देखे हों, ऐसी एक गरीब लड़की के साथ शादी करना, साथ जिंदगी बिताने के मकसद से उस लड़की से शादी करने के मुकाबले बेहतर होता है जिसने ऐश-आराम की जिंदगी बसर की हो, क्योंकि नैतिक चालचलन के लिए यही ज्यादा फायदेमंद होता है। आपके बेटे ने जान-बूझ कर मेरे शब्दों को जरूरत से ज्यादा खींचतान कर पेश किया, उन्हें हास्यजनक बना दिया, मुझ पर बुरी नीयत रखने का इल्जाम लगाया और जहाँ तक मैं समझ सका हूँ, उसके लिए उन्होंने उस खत का हवाला दिया जो आपने उन्हें लिखा था। मैं अपने को सुखी समझूँगा, पुल्खेरिया अलेक्सांद्रोव्ना, अगर आप मुझे यकीन दिला दें कि मैंने जो नतीजा निकाला है वह गलत है। आप बराय मेहरबानी इस तरह मेरी तसल्ली करा दें। मेहरबानी करके मुझे यह बताइए कि आपने रोदिओन रोमानोविच के नाम अपने खत में मेरी बात को किन शब्दों में दोहराया था।'

'मुझे याद नहीं,' पुल्खेरिया अलेक्सांद्रोव्ना अटक-अटक कर बोलीं। 'मैंने उन्हें उसी तरह दोहराया था जिस तरह उन्हें समझा था। मुझे मालूम नहीं कि रोद्या ने आपके सामने उन्हें किस तरह पेश किया, हो सकता है कि उसने बात को बढ़ा-चढ़ा कर पेश किया हो।'

'आपकी शह के बिना वे उन्हें बढ़ा-चढ़ा कर पेश तो नहीं कर सकते थे।'

'प्योत्र पेत्रोविच,' पुल्खेरिया अलेक्सांद्रोव्ना ने गरिमा के साथ ऐलान किया, 'हम लोगों की यहाँ मौजूदगी ही इस बात का सबूत है कि दुनिया ने और मैंने आपकी बात का बुरा नहीं माना था।'

'खूब कहा, माँ,' दूनिया ने बात की ताईद की।

'फिर तो लगता है कि इसमें भी दोष मेरा ही है!' लूजिन बुरा मान कर बोला।

'आप रोदिओन पर इल्जाम रखते चले जा रहे हैं प्योत्र पेत्रोविच, लेकिन हाल ही में आपने खुद उसके बारे में एक ऐसी बात लिखी जो झूठ थी,' पुल्खेरिया अलेक्सांद्रोव्ना ने आगे कहा। उनकी हिम्मत बढ़ गई थी।

'मुझे याद नहीं कि मैंने कोई झूठ बात लिखी हो।'

'आपने लिखा था,' रस्कोलनिकोव ने लूजिन की ओर घूमे बिना तीखे स्वर में कहा, 'कि कल मैंने वह रकम गाड़ी से कुचल कर मरे उस आदमी की विधवा को नहीं दी, जो कि सच बात थी, बल्कि उसकी बेटी को (जिसे मैंने कल से पहले कभी देखा भी नहीं था) दी थी। आपने यह बात मेरे और मेरे परिवार के बीच झगड़ा पैदा करने के लिए लिखी थी और इस गरज से आपने एक ऐसी लड़की के चालचलन के बारे में कुछ बेहूदा बातें भी जोड़ दीं, जिसे आप जानते तक नहीं। यह सब कमीनेपन से किसी पर कीचड़ उछालना है।'

'माफ कीजिएगा, जनाब,' लूजिन ने क्रोध से काँपते हुए कहा। 'मैंने अपने खत में आपकी खूबियों और आपके व्यवहार की चर्चा सिर्फ इसलिए की थी कि आपकी बहन और आपकी माँ ने पूछा था कि मैंने आपको कैसा पाया और आप

मुझे कैसे लगे। खैर, आपने मेरे खत की तरफ इशारा किया है तो उसके सिलसिले में बराय मेहरबानी एक शब्द भी ऐसा बता दें जो झूठ हो। मतलब यह कि यह साबित कर दीजिए कि आपने अपना पैसा फेंका नहीं है, और यह कि वह परिवार कितना ही मुसीबत का मारा क्यों न हो, उसमें निकम्मे और बेकार लोग नहीं हैं।'

'मेरी राय में, अपनी तमाम खूबियों के बावजूद आप उस अभागी लड़की की कानी उँगली के बराबर भी नहीं हैं जिस पर आप कीचड़ उछाल रहे हैं।'

'क्या आप यहाँ तक जाने को तैयार है कि उसे अपनी माँ और बहन के साथ मिलने-जुलने दें?'

'आप अगर जानना ही चाहते हैं तो मैं ऐसा कर भी चुका। आज उसे मैंने माँ और दूनिया के साथ बिठाया भी था।'

'रोद्या!' पुल्खेरिया अलेक्सांद्रोव्ना की चीख निकल गई। दूनिया का चेहरा लाल हो गया, रजुमीखिन की त्योरियों पर बल पड़ गए। लूजिन दंभ भरे व्यंग्य से मुस्कराया।

'देखना चाहें तो खुद देख लीजिए, अव्दोत्या रोमानोव्ना,' उसने कहा, 'कि क्या हम लोगों के बीच कोई समझौता मुमकिन है? मैं उम्मीद करता हूँ कि यह मामला अब साफ और हमेशा के लिए तय हो गया। मैं अब चलूँगा ताकि मेरी वजह से परिवार के आपस में मिल बैठने और निजी बातें करने की खुशियों में बाधा न पड़े।' वह कुर्सी से उठा और अपना हैट उठा लिया। 'लेकिन मैं चलते-चलते इतनी दरख्वास्त करूँगा कि आइंदा मुझे इस तरह की मुलाकातों से और कहना चाहिए कि इस तरह के झंझटों से दूर रखा जाए। इस सिलसिले में, मोहतरमा पुल्खेरिया अलेक्सांद्रोव्ना, मैं आपसे खास तौर पर प्रार्थना करता हूँ, इसलिए तो और भी कि मैंने वह खत आपको लिखा था, किसी और को नहीं।'

यह बात पुल्खेरिया अलेक्सांद्रोव्ना को कुछ चुभ गई।

'प्योत्र पेत्रोविच, आप शायद यह समझ रहे हैं कि हम सब पूरी तरह आपके हुक्म के पाबंद हैं। दूनिया आपको बता चुकी है कि जो कुछ आप चाहते थे, उसे पूरा क्यों नहीं किया गया। ऐसा करने के पीछे उसकी नीयत अच्छी ही थी। सच तो यह है कि आपने मुझे इस तरह खत लिखा था गोया आप मुझे हुक्म दे रहे हों। क्या हम लोग आपकी हर इच्छा को हुक्म समझा करें बल्कि मैं आपको यह बता दूँ कि आपको अब हमारे साथ ज्यादा नर्मी से पेश आना चाहिए और हमारा ज्यादा खयाल रखना चाहिए, क्योंकि हम अपना सब कुछ छोड़ कर आपके भरोसे ही यहाँ आए हैं, और इसलिए एक तरह से आपके हाथों में हैं।'

'यह बात पूरी तरह सही नहीं है पुल्खेरिया अलेक्सांद्रोव्ना, खास तौर पर इस वक्त, जबकि आपको मार्फा पेत्रोव्ना की तीन हजार रूबलवाली वसीयत की खबर मिल चुकी है। मेरी तरफ आपके नए रवैए को देखते हुए तो यह खबर आपके लिए बहुत मुनासिब ही मालूम होती है,' उसने व्यंग्य से कहा।

'आपकी इस बात से हम तो यही नतीजा निकाल सकते हैं कि आप हमें लाचार देखने की उम्मीद लगाए बैठे थे,' दूनिया ने चिढ़ कर कहा।

'लेकिन अब तो मैं यह उम्मीद भी नहीं लगा सकता। खास कर मैं तो यह भी नहीं चाहता कि अर्कादी इवानोविच स्विद्रिगाइलोव ने आपके भाई के सामने जो खुफिया सुझाव रखे हैं, उन पर आप लोगों की आपसी बातचीत में कोई बाधा डालूँ। मैं तो यह भी देख रहा हूँ कि उनमें आपको बहुत गहरी और शायद बहुत सुखदायी दिलचस्पी है।'

'हे भगवान!' पुल्खेरिया अलेक्सांद्रोव्ना चीख उठीं।

रजुमीखिन अपनी जगह पर शांत बैठा नहीं रह सका।

'अब भी तुम शर्मिंदा नहीं हुई, दूनिया?' रस्कोलनिकोव ने पूछा।

'मैं शर्मिंदा हूँ, रोद्या,' दूनिया बोली। 'प्योत्र पेत्रोविच,' वह गुस्से से लाल हो कर उसकी ओर घूमी, 'आप यहाँ से जाइए!'

साफ था कि प्योत्र पेत्रोविच को ऐसी नौबत आने की उम्मीद नहीं थी। उसे अपने आप पर, अपनी ताकत पर और अपने शिकारों की लाचारी पर बहुत भरोसा था। अभी भी उसे यकीन नहीं आ रहा था। उसका चेहरा पीला पड़ गया और होठ काँपने लगे।

'अव्दोत्या रोमानोव्ना, अगर मैं इस तरह की दुतकार के बाद इस दरवाजे से बाहर गया तो यकीन जानिए कि फिर लौट कर नहीं आऊँगा। सोच लीजिए; मेरी बात अटल है।'

'आपकी यह मजाल!' दूनिया अपनी कुर्सी से उछल कर चीखी। 'मैं चाहती भी नहीं कि आप लौट कर आएँ।'

'क्या! तो यह बात है!' लूजिन भी चीखा। अंतिम पल तक यूँ उसे संबंध टूटने का विश्वास नहीं हो रहा था, और वह बौखला उठा था। 'तो यह बात है! लेकिन आप क्या यह बात जानती हैं, अव्दोत्या रोमानोव्ना, कि इसके खिलाफ मेरी कार्रवाई एकदम मुनासिब होगी?'

'आपको उसके साथ इस तरह बात करने का हक क्या है?' पुल्खेरिया अलेक्सांद्रोव्ना तैश में बोलीं। 'और आप शिकायत किस बारे में करेंगे? आपका अधिकार क्या है? मैं क्या अपनी दूनिया को आप जैसे के हवाले करूँगी? जाइए, हम लोगों की नजरों से दूर हो जाइए! भूल हमारी ही थी कि हम एक गलत कदम उठाने को तैयार हो गए थे, और सबसे बढ़ कर तो मैं...'

'फिर भी पुल्खेरिया अलेक्सांद्रोव्ना,' लूजिन भड़क कर गरजा, 'आपने जबान दी थी, उसकी वजह से मुझे कुछ खर्च भी उठाने पड़े...' अब आप मुकर रही हैं, और...'

यह आखिरी दावा प्योत्र पेत्रोविच की असलियत को इतनी अच्छी तरह जाहिर करता था कि रस्कोलनिकोव, जो गुस्से के मारे लाल और गुस्से को रोकने की कोशिश में पीला हो रहा था, अपनी हँसी न रोक सका। लेकिन पुल्खेरिया अलेक्सांद्रोव्ना का सब्र जवाब दे चुका था।

'खर्च किस खर्च की बात आप कर रहे हैं हमारा संदूक भिजवाने की बात कर रहे हैं लेकिन गार्ड ने उसे तो आपसे एक पैसा लिए बिना ही पहुँचा दिया था। यह भी अच्छी कही, जबान दी थी! आपने समझा क्या है, प्योत्र पेत्रोविच उलटे हमारे हाथ-पाँव तो आपने बाँध रखे थे।'

'रहने दो माँ, अब और नहीं,' अव्दोत्या रोमानोव्ना ने विनती की। 'प्योत्र पेत्रोविच, मेहरबानी करके यहाँ से जाइए।'

'जा रहा हूँ, लेकिन एक आखिरी बात,' उसने जामे से बाहर हो कर कहा। 'आपकी माँ यह बात शायद एकदम भूल गईं कि मैंने आपको, एक तरह से, उस वक्त अपनाने का फैसला किया था, जब आपकी बदनामी सारे इलाके में फैली हुई थी। आपकी खातिर लोगों की राय को अनदेखा न करके और आपकी इज्जतदारी साबित करके यह उम्मीद मैं जरूर रखता था कि बदले में आप लोग मेरे साथ भी वैसा ही सलूक करेंगी, और यह भी कि आप मेरा एहसान मानेंगी। लेकिन मेरी आँखें खुल चुकी हैं! मैं खुद देख रहा हूँ कि लोगों की राय की परवाह न करके मैंने अंधों की तरह ही व्यवहार किया था...'

'क्या यह शख्स समझता है कि ऐसी गुस्ताखी के बाद भी बच निकलेगा,' रजुमीखिन चिल्ला कर उससे हिसाब चुकाने के लिए उछला।

'आप कमीने और हरामी आदमी हैं!' दूनिया बोली।

'खबरदार, जो और कुछ कहा! खबरदार, जो एक इशारा भी किया!' रस्कोलनिकोव रजुमीखिन को रोकते हुए चीखा। फिर वह लूजिन के पास जा कर शांत और स्पष्ट स्वर में बोला, 'बराय मेहरबानी बाहर चले जाइए! अब अगर एक लफ्ज भी आपने निकाला तो...'

प्योत्र पेत्रोविच कुछ पल तक उसे घूरता रहा। चेहरा पीला पड़ गया था और गुस्से के मारे फड़क रहा था। फिर वह मुड़ा और बाहर निकल गया। उसके दिल में उस वक्त रस्कोलनिकोव के खिलाफ जितनी नफरत और बदला लेने की जिस कदर गहरी भावना थी, उतनी शायद ही कभी किसी ने महसूस की होगी। वह हर बात के लिए उसको, और सिर्फ उसको, गुनाहगार समझ रहा था। मजे की बात यह है कि सीढ़ियाँ उतरते वक्त भी वह यही सोच रहा था कि शायद उसकी मुराद अब भी पूरी हो सके और यह कि जहाँ तक उन दो महिलाओं का सवाल था, मुमकिन था कि सारा सिलसिला अब भी एकदम आसानी से सँभल जाए।

अपराध और दंड : (अध्याय 4-भाग 3)

असल में बात यह थी कि आखिरी पल तक उसने सोचा तक नहीं था कि यह सिलसिला इस तरह से खत्म होगा। उसने बेहद अक्खड़ रवैया अपनाए रहा क्योंकि उसे गुमान भी न था कि वे दोनों कंगाल, लाचार औरतें उसके चंगुल से निकल भी सकती हैं। अहंकार और अपनी पीठ आप थपथपाने वाले आत्मविश्वास के सबब उसका यह विश्वास और भी पक्का हो गया था। प्योत्र पेत्रोविच बहुत मामूली हैसियत से ऊपर चढ़ कर यहाँ तक पहुँचा था, बीमारी की हद तक आत्मप्रशंसा का मारा हुआ था, अपनी बुद्धि और क्षमताओं पर बेहद नाज करता था, और अकेले में कभी-कभी आईने के सामने खड़े हो कर अपने रंग-रूप पर इतराया भी करता था। लेकिन उसे जिस चीज से सबसे बढ़ कर प्यार था, जिसे वह सबसे मूल्यवान समझता था, वह थी वह दौलत जो उसने भारी मेहनत से और तरह-तरह की तिकड़म से जमा की थी। इसी दौलत के बल पर वह उन सबके बराबर पहुँच सका था, जो कभी उससे ऊँचे समझे जाते थे।

जब उसने जल-भुन कर दूनिया से कहा था कि उसके बारे में तरह-तरह की बुरी बातें सुनने के बावजूद उसने उसे अपनाने का फैसला किया था, तो यह उसके दिल की बात थी और उसे सचमुच इस तरह की 'कमीनी कृतघ्नता' पर

गुस्सा आ रहा था। फिर भी दुनिया के सामने शादी का प्रस्ताव रखते समय उसे इन अफवाहों के बेबुनियाद होने का पूरी तरह पता था। मार्फ़ा पेत्रोव्ना खुलेआम इस बकवास का खंडन कर चुकी थीं। कस्बे के लोग तो इसे न जाने कब के भुला भी चुके थे और हमदर्दी के साथ दुनिया का पक्ष भी लेने लगे थे। यूँ वह इस बात से इनकार भी न करता कि ये बातें उसे तब भी मालूम थीं। इसके बावजूद वह दुनिया को ऊपर उठा कर अपने स्तर तक पहुँचाने के फैसले को बहुत बड़ी बहादुरी समझता था। दुनिया से इसकी चर्चा करके उसने इसी गुप्त भावना को व्यक्त किया था जिसे वह अपने मन में सँजोए हुए था और जिसे सराहना की दृष्टि से देखता था। फिर यह बात भी उसकी समझ से बाहर थी कि कोई इस बात की सराहना किए बिना रह भी कैसे सकता था। वह एक ऐसे परोपकारी व्यक्ति की भावना ले कर रस्कोलनिकोव से मिलने गया था, जिसे अपने नेक कामों का फल प्राप्त होनेवाला था और जो इस सिलसिले में खुशामद के प्यारे-प्यारे बोल सुनना चाहता था। सो अब सीढ़ियाँ उतरते समय वह यही सोचे जा रहा था कि उसे चोट पहुँचा कर और इस तरह ठुकरा कर उसके साथ बहुत बड़ा अन्याय किया गया है।

रही दुनिया की बात तो उसके बिना उसका काम चल भी नहीं सकता था। उसे छोड़ देना उसके लिए नामुमकिन था। वह शादी के सुनहरे सपने कई वर्षों से देखता आ रहा था, लेकिन वह राह ही देखता रहा और पैसा बटोरता रहा। एकांत में आनंद ले कर वह अपनी कल्पना में एक ऐसी लड़की का चित्र बनाया करता था जो सच्चरित्र हो, गरीब हो (उसका गरीब होना जरूरी भी था), बहुत जवान, बहुत सुंदर, अच्छे घर की और पढ़ी-लिखी हो, बेहद दब्बू हो, बेहद मुसीबतें झेल चुकी हो और उसके सामने पूरी तरह झुकी हुई रहे, ऐसी लड़की जो जीवन-भर उसे अपना समझे, उसकी पूजा करे, उसकी और केवल उसकी सराहना करे। अपने काम से फुरसत मिलने पर वह इस लुभावने और रँगीले विषय के बारे में कैसे-कैसे दृश्यों की, कैसी-कैसी प्यार की रंगरलियों की कल्पना किया करता था! और अब तो बरसों का वह सुहाना सपना पूरा भी होनेवाला था। अव्दोत्या रोमानोव्ना की सुंदरता और शिक्षा ने उसे प्रभावित किया था; उसकी लाचारी देख कर उसके मुँह में पानी भर आया था; उसे पा कर तो जितने की उसने कल्पना की थी उससे ज्यादा ही उसे मिल गया था। वह ऐसी लड़की थी जिसमें स्वाभिमान था, चरित्र था, गुण थे, जिसकी शिक्षा और जिसके लालन-पालन का स्तर उसके मुकाबले ऊँचा था (यह बात वह महसूस करता था), और यह लड़की उसके एहसान की मारी जीवन-भर उसकी बाँदी बन कर रहेगी, उसके पाँव धो कर पिएगी, उसके बस में रहेगी! ...कुछ ही समय तो हुआ जब उसने बहुत सोच-विचार के बाद और भारी आशाएँ लगा कर अपने जीवन के ढर्रे में एक बड़ा परिवर्तन करने, अपने कार्यकलापों का दायरा बढ़ाने का फैसला किया था। उसे लग रहा था कि इस परिवर्तन के साथ समाज के ऊँचे वर्ग में पहुँचने की गहरी मनोकामना अब पूरा ही होनेवाली थी। ...सच तो यह है कि वह पीतर्सबर्ग में अपनी तकदीर आजमाने का फैसला किए हुए था। वह जानता था कि औरतें 'बहुत कुछ' हासिल करा सकती हैं। एक रूपवती, सच्चरित्र और सुसभ्य स्त्री का आकर्षण उसके मार्ग को सुगम बना सकता था, लोगों को उसकी ओर खींच कर लाने का चमत्कार कर सकता था, उसके चारों ओर एक नई आभा पैदा कर सकता था। पर अब यही सपना तो बिखर कर चूर-चूर हो चुका था! इस अप्रत्याशित और भयानक संबंध-विच्छेद से गोया उस पर बिजली टूट पड़ी थी। यह एक बहुत ही भयानक मजाक था, एक बेतुकी बात थी! उसने तो बस जरा-सा अकड़ने की कोशिश की थी, उसे अपनी पूरी बात कहने का मौका भी नहीं मिला था, उसने बस एक छोटा-सा मजाक किया था, एक प्रवाह में बह गया था - और उसका इतना गंभीर परिणाम हुआ! फिर यह बात भी सच है कि वह अपने ढंग से दुनिया से प्यार भी करता था; अपने सपनों में वह उसे पा भी चुका था - और अचानक! ...नहीं! अगले दिन, अगले ही दिन, उसे सब कुछ ठीक कर लेना होगा, सारी गुत्थियाँ सुलझा लेनी होंगी, हर बात तय कर लेनी होगी। सबसे बड़ी बात यह कि उसे उस गुस्ताख लौंडे को कुचल देना होगा, जो इन सब बातों की जड़ था। उसे बरबस रजुमीखिन

का ध्यान भी आया और उसके बारे में सोचते ही उसे जाने क्यों बेचैनी होने लगी। लेकिन इस बारे में जल्दी ही अपने दिल को तसल्ली दे ली; भला उस तरह के आदमी को उसकी बराबरी का कैसे माना जा सकता था! लेकिन जिस आदमी से उसे सचमुच डर लग रहा था, वह था स्विद्रिगाइलोव... मतलब यह कि उसे अभी बहुत-सी चिंताएँ करनी थीं...

'नहीं, दूसरों से ज्यादा मेरा दोष है!' दूनिया ने माँ के गले से लग कर उसे प्यार करते हुए कहा। 'मैं उसके पैसे के लालच में खो गई थी लेकिन भैया, मैं अपनी इज्जत की कसम खा कर कहती हूँ, मुझे पता भी नहीं था कि वह इतना नीच शख्स है। उसकी असलियत को अगर मैंने पहले ही पहचान लिया होता तो मैं यूँ लालच में न आती! भैया, मुझे इल्जाम न देना!'

'भगवान ने बचा लिया! हमें भगवान ने बचा लिया!' पुल्खेरिया अलेक्सांद्रोव्ना बुदबुदाईं, लेकिन उन्हें पूरा होश नहीं था। लग रहा था कि क्या हो गया है, इसे वह अभी तक ठीक से समझ भी नहीं पाई थीं।

खुशी तो सभी को मिली थी और पाँच मिनट में सब हँसने भी लगे थे। यह सोच कर कि क्या हो गया था, बीच-बीच में दूनिया सफेद पड़ जाती थी और उसके माथे पर बल आ जाते थे। पुल्खेरिया अलेक्सांद्रोव्ना को इसी बात पर ताज्जुब था कि वह खुद भी खुश थीं : अभी सबेरे तक वे यही समझ रही थीं कि लूजिन से रिश्ता टूटना बहुत बड़ी बदनसीबी होगी। रजुमीखिन भी खुश हो रहा था। उसे अभी तक अपनी खुशी जाहिर करने की हिम्मत नहीं हो रही थी, लेकिन इस खुशी के मारे वह फूला नहीं समा रहा था, मानो उसके दिल पर से कोई भारी पत्थर हट गया हो। उसे अब अपना जीवन उन लोगों को अर्पित करने का, उनकी सेवा करने का अधिकार था... कौन जाने अब क्या-क्या हो सकता था! लेकिन वह अभी आगे की संभावनाओं के बारे में सोचते भी डर रहा था और उसे अपनी कल्पना के घोड़ों को ढील देने की हिम्मत नहीं पड़ रही थी। अकेला रस्कोलनिकोव अभी तक अपनी जगह बैठा हुआ था : उदास भी और उदासीन भी। लूजिन से नाता तोड़ने पर सबसे ज्यादा जोर तो वही देता आ रहा था, लेकिन अब लग रहा था कि जो कुछ हुआ उसमें सबसे कम दिलचस्पी उसी को थी। दूनिया को रह-रह कर यह खयाल आता था कि वह अभी तक उससे नाराज है। पुल्खेरिया अलेक्सांद्रोव्ना उसे सहमी हुई देख रही थीं।

'स्विद्रिगाइलोव ने क्या कहा था?' दूनिया ने उसकी ओर बढ़ कर पूछा।

'अरे हाँ, बताओ तो सही!' पुल्खेरिया अलेक्सांद्रोव्ना उत्सुकता से बोलीं।

रस्कोलनिकोव ने सर उठा कर ऊपर देखा।

'वह तुम्हें दस हजार रूबल भेंट करने पर जोर दे रहा था और मेरी मौजूदगी में एक बार तुमसे मिलना चाहता है।'

'उससे मिलना! किसी हालत में नहीं!' पुल्खेरिया अलेक्सांद्रोव्ना ने चीख कर कहा। 'और उसे पैसे देने की बात कहने की हिम्मत कैसे पड़ी!'

रस्कोलनिकोव ने स्विद्रिगाइलोव के साथ अपनी बातचीत को (कुछ रूखे ढंग से) दोहराया। पर उसने मार्फा पेत्रोवना के भूत के आने की बात नहीं कही क्योंकि वह फालतू बातों में नहीं जाना चाहता था क्योंकि जब तक एकदम जरूरी न हो, उसका कोई बात भी कहने को जी नहीं चाह रहा था।

'तुमने जवाब क्या दिया?' दूनिया ने पूछा।

'पहले तो मैंने कहा कि मैं उसका कोई पैगाम ले कर नहीं जा सकता। तब उसने कहा कि मेरी मदद के बिना भी वह तुमसे मुलाकात के लिए जो कुछ कर सकेगा, कर गुजरेगा। उसने यकीन दिलाया कि तुम्हारे लिए उसके दिल में उठा तूफान एक आई-गई बात थी, और तुमसे अब उसे कोई लगाव नहीं रह गया है। वह नहीं चाहता कि तुम लूजिन से शादी करो... उसकी बातचीत कुछ उलझी-सी थी।'

'तुमने उसकी बातों के बारे में क्या राय बनाई है, रोद्या वह तुम्हें कैसा आदमी लगा?'

'मैं साफ बात बताऊँ, मैं बातों को ठीक से समझ भी नहीं सका। वह तुम्हें दस हजार रूबल देने की बात कहता है और दूसरी तरफ यह भी कहता है कि वह बहुत मालदार नहीं है। कभी कहता है कि वह कहीं चला जाएगा और दस मिनट बाद ही भूल जाता है कि ऐसा उसने कहा था। कभी कहता है कि शादी करनेवाला है और उसने लड़की तय कर ली है। ...इसमें कोई शक नहीं कि उसका कोई मंसूबा है, और वह शायद बुरा ही है। लेकिन अगर तुम्हारे बारे में उसका कोई मंसूबा होता तो वह उसे इतने भोंडेपन से क्यों कहता... यह बात कुछ अजीब लगती है। जाहिर है, मैंने तुम्हारी तरफ से यह रकम लेने से इनकार कर दिया, साफ और पक्का इनकार कर दिया। मुझे वह कुल मिला कर कुछ अजीब-सा लगा... कभी-कभी तो ऐसा लगता था कि वह पागल है। लेकिन हो सकता है कि मेरा खयाल गलत हो; या हो सकता है कि वह महज कोई स्वाँग रच रहा हो। लगता है मार्फा पेत्रोव्ना के मरने का उसके दिल पर गहरा असर हुआ है।'

'भगवान उनकी आत्मा को शांति दें!' पुल्खेरिया अलेक्सांद्रोव्ना ने आह भर कर कहा। 'मैं उनके लिए हमेशा प्रार्थना करूँगी! दूनिया, इस तीन हजार रूबल के बिना तो हम लोग कहीं के न रहते! यह तो जैसे भगवान ने छप्पर फाड़ा है! रोद्या, आज सबेरे हम लोगों के पास सिर्फ तीन रूबल थे और दुनेच्का और मैं घड़ी गिरवी रखने की बात सोच रहे थे, ताकि जब तक वह आदमी खुद अपनी तरफ से मदद करने की बात न करे, तब तक हमें उससे माँगना न पड़े।'

स्विद्रिगाइलोव के रकम देने की पेशकश पर दूनिया भौंचक रह गई और खड़ी-खड़ी कुछ सोचने लगी थी।

'उसके दिमाग में कोई भयानक मंसूबा है,' उसने बुदबुदा कर अपने आपसे कहा और काँप-सी उठी।

रस्कोलनिकोव का ध्यान उसके इस घोर डर की ओर गया।

'मैं समझता हूँ, मुझे अभी कई बार उससे मिलना पड़ेगा,' उसने दूनिया से कहा।

'उस पर तो हम नजर रखेंगे! मैं उसका पता जरूर खोज लूँगा!' रजुमीखिन जोश में चिल्लाया। 'मैं उसे आँखों से ओझल तक नहीं होने दूँगा। रोद्या ने मुझे इसकी इजाजत दे दी है। उसने अभी खुद कहा था : मेरी बहन का ध्यान रखना। मुझे क्या आपकी भी इजाजत है, अव्दोत्या रोमानोव्ना?'

दूनिया ने मुस्करा कर अपना हाथ बढ़ाया लेकिन उसके चेहरे पर चिंता की छाप बनी रही। पुल्खेरिया अलेक्सांद्रोव्ना सहमी हुई उसे देखती रहीं, लेकिन तीन हजार रूबल की बात से उन्हें जो तसल्ली बँधी थी, वह साफ दिखाई दे रही थी।

कोई पंद्रह मिनट बाद वे सब दिल खोल कर हँस-बोल रहे थे। रस्कोलनिकोव भी कुछ देर तक ध्यान से सब कुछ सुनता रहा पर कुछ बोला नहीं। बोलने का फर्ज रजुमीखिन अदा किए जा रहा था।

'आखिर क्यों, आप लोग यहाँ से जाएँगी क्यों?' वह खुशी के जोश में बोलता रहा। 'और उस छोटे से कस्बे में जा कर करेंगी क्या सबसे बड़ी बात तो यह है कि यहाँ आप सब एक साथ हैं और आपको एक-दूसरे की जरूरत है – आप लोगों को एक-दूसरे की बहुत ही जरूरत है, मेरी यह बात गाँठ में बाँधिए। बहरहाल, कुछ वक्त के लिए तो है ही... मुझे अपना साथी, अपना हमराज बना लीजिए, और मैं आपको यकीन दिलाता हूँ कि हम लोग एक शानदार योजना बनाएँगे। सुनिए! मैं आपको सारी बातें विस्तार से समझाता हूँ, सारी योजना! यह बात आज ही सुबह मेरे दिमाग में अचानक आई, जब कि यह सब हुआ भी नहीं था। ...मैं बतलाता हूँ : मेरे एक चाचा हैं, मैं उन्हें आप लोगों से मिलवाऊँगा। (बहुत ही मेल-जोल से रहनेवाले, इज्जतदार बूढ़े आदमी हैं।) मेरे इन चाचाजान के पास एक हजार रूबल की पूँजी है, पर वह अपनी पेन्शन पर गुजर कर लेते हैं सो उन्हें उस पैसे की कोई जरूरत नहीं है। पिछले दो साल से वह मेरी जान खा रहे हैं कि मैं यह रकम उनसे उधार ले लूँ और उन्हें छह फीसदी सूद दे दिया करूँ। मुझे पता है इसका मतलब क्या है; वह बस मेरी मदद करना चाहते हैं। पिछले साल तक मुझे इस रकम की कोई जरूरत नहीं थी, लेकिन इस साल मैंने फैसला किया है कि उनके आते ही यह रकम उनसे ले लूँगा। अब अगर आप लोग अपने तीन हजार में से एक हजार मुझे उधार दे दीजिए तो हमारे पास काम शुरू करने के लिए काफी पूँजी हो जाएगी। इस तरह हम लोग एक साझेदारी कायम करेंगे... और हम लोग कारोबार क्या करेंगे?'

इसके बाद रजुमीखिन अपनी योजना समझाने लगा। उसने विस्तार से बताया कि हमारे जितने प्रकाशक और किताबफरोश हैं, उन्हें किताबों के बारे में बहुत ही कम जानकारी है और इसीलिए वे काफी बुरे प्रकाशक हैं जबकि आमतौर पर कोई भी अच्छा प्रकाशन बिक जाता है, उसमें मुनाफा होता है, कभी-कभी तो काफी होता है। रजुमीखिन तो बहुत दिनों में प्रकाशक बनने का सपना देख रहा था। क्योंकि दो साल तक वह प्रकाशकों के यहाँ काम कर चुका था और वह तीन यूरोपीय भाषाएँ अच्छी तरह जानता है, हालाँकि अभी छह दिन पहले उसने रस्कोलनिकोव को बताया था कि वह जर्मन भाषा में 'कमजोर' है और चाहता था कि रस्कालेनिकोव उससे अनुवाद का आधा काम और उसका आधा मेहनताना ले ले। उस वक्त उसने झूठ बोला था, और रस्कोलनिकोव को पता था कि वह झूठ बोल रहा है।

'मैं पूछता हूँ हम यह मौका चूकें क्यों, आखिर क्यों, जब सफलता का सबसे बड़ा साधन हमारे पास है – खुद अपना पैसा!' रजुमीखिन जोश में आ कर बोला। 'जाहिर है कि काम तो भारी करना पड़ेगा, लेकिन काम हम सब लोग करेंगे... आप, अव्दोत्या रोमानोव्ना, मैं और रोदिओन... आजकल कुछ किताबों पर अच्छा मुनाफा मिल जाता है! फिर इस कारोबार में सबसे अच्छी बात यह है कि हमें मालूम होगा कि किस किताब के अनुवाद की जरूरत है। हम लोग सारे काम एक साथ करेंगे, अनुवाद करेंगे, किताबें छापेंगे, बहुत कुछ सीखेंगे। इसमें मैं काम का आदमी साबित हो सकता हूँ क्योंकि मुझे इसका अनुभव है। मैं लगभग दो साल से प्रकाशकों के यहाँ चक्कर काट रहा हूँ, और मुझे उनके कारोबार की हर बात मालूम हो चुकी है। मेरी मानिए! वे कोई परोपकारी या संत नहीं होते, तो हम यह मौका हाथ से क्यों जाने दें! अरे, दो-तीन किताबें तो मैं ऐसी जानता हूँ – यूँ मैं किसी को बताता नहीं कि उनका अनुवाद छापने की बात सोचने के ही सौ-सौ रूबल मिल सकते हैं। अरे, उनमें से एक तो ऐसी है कि मैं उसके लिए पाँच सौ भी लेने को तैयार नहीं हूँगा। एक बात आपको मालूम है अगर किसी प्रकाशक से मैं कहूँ तो मेरा दावा है कि वह हिचकिचाएगा – ऐसे ही काठ के उल्लू होते हैं ये लोग। जहाँ तक कारोबार का, छपाई-कागज-बिक्री का सवाल है,

मुझ पर भरोसा रखिए, मैं यह सारी बातें अच्छी तरह जानता हूँ। हम लोग छोटे पैमाने पर शुरू करेंगे और धीरे-धीरे काम बढ़ाएँगे। पेट भरने को तो बहरहाल मिल जाएगा और हमारी पूँजी वापस आ जाएगी।'

दूनिया की आँखें चमक उठीं। बोली, 'आप जो कुछ कह रहे हैं, द्मित्री प्रोकोफिच, मुझे पसंद है।'

'मैं तो इसके बारे में कुछ जानती भी नहीं,' पुल्खेरिया अलेक्सांद्रोव्ना बीच में बोलीं, 'हो सकता है कि खयाल ठीक हो, लेकिन फिर... भगवान ही जानता है। नया काम है, पहले कभी किया तो है नहीं। जाहिर है, हम लोगों को यहाँ कुछ अरसा तो रहना ही पड़ेगा...' उन्होंने रोद्या की ओर देखा।

'तुम्हारा खयाल क्या है, भैया?' दूनिया ने पूछा।

'मैं समझता हूँ खयाल इसका बहुत अच्छा है,' उसने जवाब दिया। जाहिर है, अभी से प्रकाशनगृह के सपने देखना जल्दबाजी होगी, लेकिन पाँच-छह किताबें तो हम छाप ही सकते हैं और अपनी कामयाबी सफलता की पक्की बुनियाद डाल सकते हैं। एक किताब तो मैं भी जानता हूँ जो यकीनन बहुत बिकेगी। जहाँ तक इंतजाम का सवाल है, उस बारे में भी मुझे कोई शक नहीं। यह कारोबार को समझता है... लेकिन इसकी बातें तो हम बाद में भी कर सकते हैं...'

'वाह!' रजुमीखिन खुश हो कर चिल्लाया। 'अच्छा तो अब आगे सुनिए, इसी घर में एक फ्लैट है, इसी मालिक का। वह एक अलग और खास तरह का फ्लैट है जिसका दूसरे किराए के कमरों से कोई वास्ता नहीं। जरूरत का सारा फर्नीचर उसमें मौजूद है, किराया मामूली है और कमरे तीन हैं। आप लोग कुछ दिनों के लिए उसे ले ही लें। मैं कल ही आपकी घड़ी गिरवी रख कर पैसे ला दूँगा, और सारा इंतजाम कर लिया जाएगा। आप तीनों साथ रह सकते हैं, और रोद्या आपके साथ रहेगा... लेकिन, रोद्या, तुम चले कहाँ?'

'रोद्या, तुम अभी जा रहे हो?' पुल्खेरिया अलेक्सांद्रोव्ना ने ताज्जुब से पूछा।

'ऐसे वक्त?' रजुमीखिन भी भड़क गया।

दूनिया अपने भाई को अविश्वास और आश्चर्य से देखती रही। वह अपनी टोपी हाथ में लिए खड़ा था और उन लोगों से विदा लेने वाला ही था।

'कोई सुनेगा तो यही सोचेगा कि तुम लोग मुझे दफन करने जा रहे हो या मुझसे हमेशा के लिए विदा हो रहे हो,' उसने जरा अजीब ढंग से कहा।

उसने मुस्कराने की कोशिश की लेकिन होठों पर मुस्कराहट न आ सकी।

'लेकिन सच कौन जाने, शायद यह हमारी आखिरी ही मुलाकात हो...' उसके मुँह से अचानक निकल गया।

दरअसल वह सोच भी यही रहा था, जो उसके मुँह से किसी तरह निकल गया।

'तुम्हें हुआ क्या है?' उसकी माँ दुखी हो कर कराह उठीं।

'कहाँ जा रहे हो, रोद्या?' दूनिया ने कुछ अजीब ढंग से पूछा।

'नहीं, मुझे जाना ही होगा,' उसने कुछ अस्पष्ट लहजे में उत्तर दिया, गोया जो कुछ वह कहना चाहता हो, उसे कहने से झिझक रहा हो। लेकिन उसके चेहरे पर, जिसका रंग एकदम सफेद पड़ गया था, एक दृढ़ संकल्प की छाया थी।

'मैं यह कहने के इरादे से आया था... मैं जब यहाँ आ रहा था... माँ, मैं तुम्हें और दूनिया, तुम्हें भी बताना चाहता था कि हमारे लिए अच्छा यही होगा कि हम कुछ वक्त के लिए अलग हो जाएँ। मैं बीमार हूँ; मन में शांति नहीं है। ...मैं बाद में आऊँगा, खुद आ जाऊँगा... जब मुमकिन होगा। तुम लोगों को मैं याद करता हूँ और मुझे तुम लोगों से प्यार है। ...मुझे छोड़ दो, मेरे हाल पर छोड़ दो। इसका फैसला मैं पहले ही कर चुका था... यह बात अपने मन में ठान चुका था। मेरा चाहे जो हाल हो, चाहे मैं तबाह हो जाऊँ या न होऊँ, मैं अकेले रहना चाहता हूँ। मुझे भूल जाओ। यही बेहतर होगा... मेरे बारे में पूछताछ करना भी नहीं। जब भी हो सकेगा, मैं खुद आऊँगा या ...तुम लोगों को बुलवा लूँगा। सब कुछ फिर शायद पहले जैसा हो जाए, लेकिन तुम लोगों को अगर मुझसे प्यार है तो मुझे भूल जाओ... वरना मुझे तुम लोगों से नफरत होने लगेगी, मैं यह बात महसूस कर रहा हूँ... तो मैं चला!'

'हे भगवान!' पुल्खेरिया अलेक्सांद्रोव्ना चीख उठीं।

माँ और बहन दोनों ही बेहद सहमी हुई थीं। यही हाल रजुमीखिन का था।

'रोद्या, रोद्या, हमसे रूठ कर न जाओ! हम लोग पहले की तरह रहेंगे!' बेचारी माँ दुखी हो कर बोलीं।

वह धीरे-धीरे दरवाजे की ओर बढ़ा लेकिन वहाँ तक उसके पहुँचने से पहले ही दूनिया वहाँ जा पहुँची।

'माँ का क्या हाल कर रहे हो भैया?' उसने धीमे लहजे में कहा। उसकी आँखें गुस्से से चमक रही थीं। रस्कोलनिकोव ने घूरती आँखों से उसे देखा।

'कोई बात नहीं, मैं आऊँगा... आया करूँगा,' वह बहुत ही धीमे बुदबुदाया, गोया उसे होश न हो कि वह क्या कह रहा है। इतना कह कर वह कमरे के बाहर निकल गया।

'बेरहम और दुष्ट स्वार्थी इनसान!' दूनिया चीख उठी।

'वह पा...गल जरूर है, निर्दयी नहीं। आपको दिखाई नहीं देता कि वह आपे में नहीं है? आप अगर इतना भी नहीं समझ सकतीं तो आप ही निर्दयी हैं!...'

रजुमीखिन ने उसका हाथ जोर से पकड़ कर उसके कान के पास कहा।

'भयभीत माँ से उसने चिल्ला कर कहा, मैं अभी लौट कर आता हूँ,' और भाग कर कमरे से बाहर चला गया।

गलियारे के छोर पर रस्कोलनिकोव उसकी राह देख रहा था।

'जानता था मैं कि मेरे पीछे तुम भागे आओगे,' उसने कहा। 'लौट जाओ उनके पास-उनके ही पास रहो... उनके पास कल भी रहना और हमेशा... मैं... मैं शायद आऊँ... अगर आ सका तो... अलविदा!'

मिलाने के लिए हाथ बढ़ाए बिना ही वह चल पड़ा।

'लेकिन जा कहाँ रहे हो? कर क्या रहे हो तुम? हो क्या गया है? इस तरह काम कैसे चलेगा...' रजुमीखिन घोर निराशा से बुदबुदाया।

रस्कोलनिकोव एक बार फिर ठहर गया। 'हमेशा के लिए कहे देता हूँ, मुझसे किसी बात के बारे में कभी न पूछना। तुम्हें बताने के लिए मेरे पास कुछ भी नहीं... मिलने भी मत आना। शायद मैं ही यहाँ आऊँ... मुझे भले ही छोड़ दो, लेकिन इनका... साथ न छोड़ना। समझे मेरी बात...।'

गलियारे में अँधेरा था। वे दोनों एक लैंप के पास खड़े थे। लगभग एक मिनट तक दोनों एक-दूसरे को चुपचाप देखते रहे। रजुमीखिन को वह एक मिनट जिंदगी भर याद रहा। रस्कोलनिकोव की सुलगती हुई तीखी नजरें हर पल पैनी से पैनी होती जा रही थीं और उसकी आत्मा, उसकी चेतना में, पैठती जा रही थीं। अचानक रजुमीखिन चौंका। लगा, उन दोनों के बीच कोई विचित्र बात हुई है ...यूँ लगा कि दोनों के बीच कोई विचार, कोई इशारा, कुछ भयानक और विकराल अचानक गुजर गया था, जिसे दोनों ने अचानक समझ लिया था... रजुमीखिन पीला पड़ गया।

'अब तुम्हारी समझ में आया...' रस्कोलनिकोव ने कहा। उसका चेहरा दर्द के मारे टेढ़ा हो रहा था। 'जाओ, उनके ही पास वापस जाओ,' उसने अचानक कहा और तेजी से मुड़ कर घर से बाहर चला गया...

मैं यह सब बयान नहीं करने जा रहा कि उस शाम पुल्खेरिया अलेक्सांद्रोव्ना के कमरे में क्या हुआ, रजुमीखिन किस तरह उन दोनों के पास वापस गया, किस तरह उन्हें तसल्ली दी, किस तरह उन्हें समझाया कि बीमार को आराम की जरूरत है, कि रोद्या जरूर आएगा, कि वह रोज आएगा, कि वह बेहद परेशान है, कि ऐसी कोई भी बात नहीं की जानी चाहिए जिससे उसकी चिड़चिड़ाहट बढ़े कि वह, यानी रजुमीखिन, उस पर नजर रखेगा, उसके लिए डॉक्टर बुलाएगा, सबसे अच्छा डॉक्टर, उसके इलाज का बंदोबस्त करेगा... सच तो यह है कि उसी रात रजुमीखिन ने उनके बीच एक बेटे और एक भाई की हैसियत से अपनी एक जगह बना ली।

अपराध और दंड : (अध्याय 4-भाग 4)

रस्कोलनिकोव सीधा नहर के किनारे उसी घर तक गया जहाँ सोन्या रहती थी। हरे रंग का पुराना-सा तीन-मंजिला मकान। दरबान को खोज कर उसने दर्जी कापरनाउमोव के यहाँ तक पहुँचने का रास्ता, मोटे तौर पर मालूम किया। आँगन के एक कोने में अँधेरी और तंग सीढ़ियों का दरवाजा ढूँढ़ कर वह ऊपर दूसरी मंजिल पर गया और एक गलियारे में जा निकला जो आँगन से लगी-लगी पूरी दूसरी मंजिल के चारों ओर चली गई थी। अभी वह अँधेरे में भटक ही रहा था कि कापरनाउमोव के दरवाजे तक पहुँचने के लिए किधर घूमे, कि उससे तीन कदम की दूरी पर एक दरवाजा खुला। उसने कुछ सोचे-समझे बिना उस दरवाजे को पकड़ लिया।

'कौन है?' एक औरत की घबराई हुई आवाज ने पूछा।

'मैं... तुमसे मिलने आया हूँ,' रस्कोलनिकोव ने जवाब दिया और छोटी-सी ड्योढ़ी में घुस गया। टूटी-सी एक कुर्सी पर ताँबे के दबे-पिचके शमादान में शमा जल रही थी।

'आप! हे भगवान,' सोन्या ने कमजोर आवाज में कहा और उसी जगह खड़ी रह गई।

'तुम्हारा कौन-सा कमरा है इधर?' फिर रस्कोलनिकोव उसकी ओर न देखने की कोशिश करते हुए जल्दी से अंदर चला गया।

मिनट भर बाद सोन्या भी शमा लिए हुए अंदर आई, और शमादान पर रख कर घबराई-सी उसके सामने खड़ी हो गई। उसे एक अजीब-सी बेचैनी महसूस हो रही थी और वह उसके अचानक इस तरह वहाँ आ जाने से थोड़ा डर गई थी। अचानक उसके पीले चेहरे पर लाली दौड़ गई और आँखों में आँसू आ गए... वह परेशानी और शर्मिंदगी महसूस कर रही थी, पर साथ ही खुश भी थी... रस्कोलनिकोव तेजी से घूमा और मेज के पास पड़ी कुर्सी पर धप से बैठ गया। कमरे की हर चीज पर उसने एक सरसरी-सी नजर डाली।

कमरा काफी बड़ा लेकिन बेहद नीची छत वाला था। कापरनाउमोव परिवार ने बस यही कमरा किराए पर उठाया था। बाईं ओर की दीवार में जो बंद दरवाजा था, वह उनके ही कमरों में जाने का रास्ता था। सामने, दाहिनी दीवार में एक और दरवाजा था जिसमें हमेशा ताला पड़ा रहता था। वह एक और फ्लैट में जाने का रास्ता था, जो किसी और का था। सोन्या का कमरा अनाज के बखार जैसा लगता था। बहुत ही बेतुका, चौकोर कमरा था जिसका कोई कोना बराबर नहीं था। इस वजह से वह देखने में कुछ अजीब और भयानक लगता था। एक दीवार में तीन खिड़कियाँ नहर की ओर खुलती थीं और वह तिरछी दीवार ऐसा तीखा कोण बनाती हुई दूसरी दीवार से मिलती थी कि बहुत तेज रोशनी के बिना उस कोने में रखी हुई किसी चीज को देखना भी मुश्किल था। दूसरा कोना जरूरत से ज्यादा कोणदार था। कमरे में फर्नीचर के नाम पर थोड़ी-सी ही चीजें थीं। दाहिनी ओर कोने में एक पलंग और उसके पास, दरवाजे से सटी हुई एक कुर्सी। उसी दीवार के सहारे दूसरे फ्लैट में खुलने वाले दरवाजे के पास चीड़ की एक छोटी-सी बहुत मामूली मेज और उस पर नीले रंग का मेजपोश। मेज के पास बेंत से बुनी हुई दो कुर्सियाँ पड़ी थीं। सामनेवाली दीवार के सहारे, तीखे कोने के पास एक मामूली-सी, बहुत छोटी अलमारी रखी थी, जो रेगिस्तान में खोई हुई लगती थी। कमरे में सामान बस इतना ही था। दीवार पर पीले रंग का खरोंच लगा हुआ, मैला कागज कोनों के पास एकदम काला पड़ चुका था। जाड़ों में यहाँ बेहद सीलन रहती होगी और धुआँ भर जाता होगा। हर चीज से गरीबी टपकती थी। पलंग के इर्द-गिर्द पर्दे तक नहीं थे।

सोन्या चुपचाप खड़ी मेहमान को देखती रही, जो उसके कमरे को ध्यान से, बेझिझक देखे जा रहा था। आखिरकार वह काँपने लगी, गोया अपनी किस्मत का फैसला करनेवाले के सामने खड़ी हो।

'देर हो गई... ग्यारह तो बज ही रहा होगा?' उसने पूछा। वह अभी तक नजरें झुकाए हुए था।

'जी,' सोन्या ने बुदबुदा कर कहा, 'इतना ही होगा,' उसने जल्दी से इस तरह कहा मानो उसके बच निकलने का यही एक रास्ता हो। 'मकान-मालकिन की घड़ी में अभी घंटा बजा था... मैंने खुद सुना था...'

'मैं यहाँ आखिरी बार आया हूँ,' रस्कोलनिकोव ने उदास स्वर में आगे कहा, हालाँकि यहाँ वह पहली ही बार आया था। 'शायद तुमसे अब मुलाकात न हो...'

'आप... क्या कहीं जा रहे हैं?'

'मालूम नहीं... कल पता चलेगा...'

'तो कल आप कतेरीना इवानोव्ना के यहाँ नहीं आएँगे?' सोन्या की आवाज काँप उठी।

'नहीं कह सकता। कल सुबह पता चलेगा... लेकिन बात कुछ और है, मैं कुछ कहने आया हूँ...'

उसने सोच में डूबी नजरें उठा कर सोन्या की ओर देखा अचानक उसे खयाल आया कि देर से वह कुर्सी पर बैठा था और वह अभी तक उसके सामने खड़ी रही थी।

'खड़ी क्यों हो? बैठ जाओ,' उसने बहुत बदले हुए लहजे में कहा, जिसमें मुलायमियत थी और स्नेह था।

वह बैठ गई। रस्कोलनिकोव ने प्यार से और उस पर तरस खाते हुए उसे देखा।

'कितनी दुबली हो तुम! हाथ तो देखो! काँच का बना हुआ लगता है, मुर्दा औरत जैसा।'

यह कह कर उसने उसका हाथ पकड़ लिया। सोन्या धीरे से मुस्कराई। 'मैं हमेशा से ऐसी ही हूँ,' वह बोली।

'घर पर रहती थीं, तब भी?'

'जी।'

'जरूर रही होगी,' उसने जल्दी से कहा। अचानक उसके चेहरे का भाव और उसका स्वर फिर बदल गए। उसने एक बार फिर चारों ओर नजर डाली।

'यह जगह कापरनाउमोव से तुमने किराए पर ली है?'

'जी...'

'वे लोग उधर रहते हैं, दरवाजे के पार?'

'जी हाँ... ऐसा ही एक कमरा उनके पास भी है।'

'सिर्फ एक कमरे में?'

'जी।'

'मैं तुम्हारे इस कमरे में रात को रहूँ तो डर से मर जाऊँ,' उसने उदास हो कर कहा।

'बहुत अच्छे लोग हैं, बड़े मेहरबान,' सोन्या ने जवाब दिया। वह अभी भी बौखलाई हुई लग रही थी। 'यह सारा फर्नीचर, हर चीज... हर चीज उन्हीं की है। और वे बड़े नेक लोग हैं; उनके बच्चे भी मुझसे मिलने आते हैं...'

'सब बोलने में मुश्किल महसूस करते हैं न?'

'जी... वह हकलाता है... और लँगड़ा भी है। उसकी बीवी भी... वह हकलाती तो नहीं लेकिन साफ नहीं बोल पाती। अच्छी, बहुत अच्छे दिल की औरत है। पहले यह किसी के घर में बँधुआ नौकर था। सात बच्चे हैं... हकलाता सिर्फ सबसे बड़ा है, बाकी सब बस बीमार रहते हैं... लेकिन हकलाते नहीं। ...इनके बारे में आपने कहाँ सुना?' उसने कुछ ताज्जुब से पूछा।

'तुम्हारे बाप ने मुझे बताया था, उस दिन। तुम्हारे बारे में उन्होंने मुझे सब कुछ बताया... किस तरह तुम छह बजे चली गईं और लौट कर नौ बजे आईं और किस तरह कतेरीना इवानोव्ना एक पाँव पर तुम्हारे पलँग के पास बैठी रहीं।'

सोन्या उलझन में पड़ गई। 'मुझे लगा कि आज उन्हें मैंने देखा है,' वह सकुचाते हुए फुसफुसाई।

'किसे?'

'पापा को। मैं सड़क पर चली जा रही थी। वहाँ उस नुक्कड़ पर... कोई दस बजे होंगे... मुझे ऐसा लगा कि वे मेरे आगे चल रहे हैं। एकदम वही लग रहे थे। मैं कतेरीना इवानोव्ना के यहाँ जा रही थी...'

'तुम सड़क पर चल रही थीं?'

'जी,' सोन्या ने झट से जवाब दिया और फिर एक बार सिटपिटा कर नीचे घूरने लगी।

'जब तुम कतेरीना इवानोव्ना के साथ रहती थीं तब वे तुम्हें जरूर मारती होंगी। मारती थीं न?'

'जी नहीं, आप क्या कह रहे हैं हरगिज नहीं!' सोन्या ने उसे कुछ-कुछ हैरत के भाव से देखा।

'तो उन्हें तुम प्यार करती हो?'

'मैं उन्हें प्यार करती हूँ। जरूर करती हूँ!' सोन्या ने दर्द भरी आवाज में जोर दे कर कहा और दोनों हाथ आपस में कस कर भींच लिए। 'आह, उन्हें आप नहीं जानते... काश कि आपको मालूम होता। वे बिलकुल बच्चों जैसी हैं। दुख झेलते-झेलते... उनका दिमाग अब ठिकाने भी नहीं रह गया। ...कितनी समझदार हुआ करती थीं वे... कितनी उदार... कितनी नेक! आह, आप नहीं जानते, कुछ भी नहीं जानते!'

सोन्या ने यह बात जज्बात और दर्द के एहसास से हाथ मलते हुए कुछ इस तरह कही, जैसे वह हताश हो चुकी हो। उसके पीले गालों पर लाली दौड़ गई और उसकी आँखों से दर्द झाँकने लगा। साफ मालूम होता था कि दिल की गहराइयों तक वह हिल उठी थी, कि वह कुछ कहने किसी के हक में कुछ कहने के लिए, अपनी भावनाओं को व्यक्त करने के लिए तड़प रही थी। चेहरे की एक-एक भंगिमा से, यूँ कहें कि अथाह संवेदना प्रकट हो रही थी।

'मुझे मारती थीं। यह बात आपने कही कैसे? हे भगवान, मुझे वे मारती थीं क्या! और अगर मुझे मारती भी थीं तो उससे क्या आपको कुछ नहीं मालूम, कुछ भी नहीं मालूम इस बारे में... वे कितनी दुखी हैं... आह, कितनी! और बीमार... वे न्याय की तलाश में हैं, उनका मन एकदम पवित्र है। उन्हें इतना पक्का विश्वास है कि हर जगह न्याय होना चाहिए और वे इसकी आशा भी करती हैं... अगर आप उन्हें तकलीफ भी पहुँचाएँ तो भी वे आपके साथ अन्याय नहीं करेंगी। वे यह नहीं समझतीं कि लोगों का न्यायपूर्ण होना असंभव है और जब लोग ऐसे नहीं होते तो उन्हें इस बात पर गुस्सा आता है... बच्चों की तरह, बिलकुल बच्चों की तरह! वे बहुत इन्साफपसंद हैं।'

'पर तुम्हारा क्या होगा?'

सोन्या ने उसे सवालिया निगाहों से देखा।

'बात यह है कि अब उन सबका बोझ तुम्हारे ऊपर आन पड़ा है। यूँ तो पहले भी सबका बोझ तुम्हारे ही ऊपर था, और ऊपर से तुम्हारा बाप तुम्हारे पास शराब के लिए पैसे माँगने आ जाता था। खैर, अब गाड़ी कैसे चलेगी'

'नहीं मालूम,' सोन्या ने उदास हो कर कहा।

'वे लोग क्या वहीं रहेंगे?'

'नहीं मालूम... उन्हें उस घर का काफी बकाया किराया चुकाना है लेकिन मैंने सुना है, मकान-मालकिन ने आज कहा कि वह उन लोगों से छुटकारा पाना चाहती है। उधर कतेरीना इवानोव्ना भी कहती हैं कि वहाँ अब एक मिनट भी नहीं रहेंगी।'

'इतनी हिम्मत उनमें कहाँ से आई तुम्हारे भरोसे?'

'जी नहीं, इस तरह की बातें मत कीजिए! ...हम सब एक हैं, एक हो कर रहते हैं।' सोन्या फिर उत्तेजित हो उठी थी। साथ ही उसे गुस्सा भी आ रहा था, ठीक वैसे ही जैसे किसी छोटी-सी चिड़िया को गुस्सा आए। 'वे और कर भी क्या सकती थीं क्या कर सकती थीं...' वह उत्तेजना के साथ अपनी बात को बार-बार दोहराती रही। 'और आज वे रो किस तरह रही थीं! उनका दिमाग ठिकाने नहीं है, आपने देखा नहीं। कतई ठिकाने नहीं है। एक पल बच्चों की तरह परेशान होने लगती हैं कि कल हर चीज ठीक-ठाक होनी चाहिए। खाना और सभी चीजें, और अगले ही पल अपने हाथ मलने लगती हैं, खून थूकने लगती हैं, रोने लगती हैं, निराशा हो कर दीवार से अपना सर टकराने लगती हैं। कुछ देर बाद वे फिर मामूल पर आ जाती हैं। वे तो सारी आस आप से लगाए हुए हैं; कहती हैं कि अब आप उनकी मदद करेंगे। यह भी कहती हैं कि कहीं से थोड़ा पैसा उधार ले कर वे मेरे साथ अपने शहर चली जाएँगी, वहाँ भले घरों की लड़कियों के लिए स्कूल खोलेंगी, मुझे उसकी निगरानी सौंप देंगी, और हम लोग इस तरह एक नई और शानदार जिंदगी शुरू करेंगे। वे मुझे चूमती हैं, कलेजे से लगाती हैं, तसल्ली देती हैं। मैं आपसे क्या बताऊँ, उन्हें कितना भरोसा है, अपने इन सपनों पर कितना भरोसा है! कोई उनकी इन बातों को काटे तो कैसे! आज उन्होंने सारा दिन कपड़े धोते, झाड़ू लगाते और फटे कपड़ों की मरम्मत करते बिताया। अपने कमजोर हाथों से वे कपड़े धोने की नाद घसीट कर कमरे में लाईं और हाँफ कर पलँग पर ढेर हो गई। आज सुबह हम लोग पोलेंका और लीदा के लिए जूते खरीदने बाजार गए क्योंकि उनके जूते एकदम फट गए थे। हम लोग जितना पैसा जुटा सके, वह काफी नहीं था; पैसे काफी कम पड़ रहे थे। उन्होंने भी ऐसे प्यारे, छोटे-छोटे जूते पसंद किए थे कि क्या कहूँ; आप नहीं जानते... उनकी पसंद बहुत अच्छी है, वे वहीं दुकान के नौकरों के सामने फूट-फूट कर रोने लगीं कि उनके पास पूरा पैसा नहीं था... देख कर कलेजा फट रहा था।'

'अच्छा, अब समझ में आया कि तुम... इस तरह क्यों रहती हो,' रस्कोलनिकोव ने कड़वी मुस्कान के साथ कहा।

'तो आपको उन पर तरस नहीं आता दुख नहीं होता?' सोन्या फिर उस पर बरसी। 'क्या मैं नहीं जानती कि आपने यह सब देखे बिना भी अपनी आखिरी रकम तक उन्हें दे दी थी। काश कि आपने वह सब देखा होता! कितनी ही बार उन्हें ऐसा हो चुका। कितनी ही बार वे मेरी वजह से रोई! अभी पिछले हफ्ते, जी हाँ, मेरी ही वजह से! पापा के मरने से बस एक हफ्ता पहले। मैंने ही बेरहमी की थी! कितनी ही बार मैं ऐसा कर चुकी! आह, इस बारे में सोच कर मैं दिन-भर दुखी होती रही!'

सोन्या उस बात को याद करके दुख से हाथ मलने लगी।

'तुमने बेरहमी की थी?'

'हाँ, मैंने... मैंने ही। उन लोगों से मैं मिलने गई थी,' वह रो-रो कर कहती रही, 'और पापा ने कहा : 'कुछ पढ़ कर सुनाओ, सोन्या, मेरे सर में दर्द हो रहा है, यह किताब पढ़ कर सुनाओ।' एक किताब थी उनके पास जो उन्हें आंद्रेई सेम्योनोविच लेबेजियातनिकोव ने दी थी। वे वहीं रहते हैं और न जाने कहाँ से मजेदार किताबें लाते हैं। मैंने कहा : 'मैं ज्यादा देर रुक नहीं सकती।' दरअसल मैं पढ़ना नहीं चाहती थी, और खास कर कतेरीना इवानोव्ना को कुछ कालर और कफ दिखाने गई थी। उस फेरीवाली लिजावेता ने कुछ कालर और कफ मेरे हाथ बहुत सस्ते बेचे थे। खूबसूरत, नए और कढ़े हुए। कतेरीना इवानोव्ना को बहुत अच्छे लगे; उन्होंने उनको लगा कर खुद को आईने में देखा और बेहद खुश हुईं। 'ये मुझे दे दे, सोन्या', वे बोलीं, 'मैं हमेशा तेरा एहसान मानूँगी,' उन्होंने कहा था। उनके लिए उनका जी बहुत ललचा गया था। पर उन्हें वे पहनतीं तो कब! बस उन्हें देख कर वे अपने बीते हुए सुखी दिनों की याद कर रही थीं। उन्होंने अपने आपको आईने में देखा, सराहा और तब, जबकि उनके पास ढंग के कपड़े तक नहीं, अपनी कोई चीज नहीं, बरसों से कभी रही भी नहीं! पर कभी किसी से कोई चीज वे नहीं माँगतीं। लेकिन ये उन्होंने इसलिए माँगे कि उन्हें बेहद अच्छे लगे थे। पर मेरा जी देने को नहीं चाहता था। 'ये आपके किस काम के? मैंने कहा। मैंने उनसे बिलकुल इसी तरह कह दिया जो कि कहना नहीं चाहिए था! उन्होंने मुझे इस तरह देखा कि बस पूछिए मत। मेरे इनकार करने पर वे इतनी दुखी हुईं, इतनी हुईं कि बस, उन्हें देख कर दिल दुखता था... उन्हें कालर न मिलने का दुख नहीं था, दुख था मेरे इनकार का... यह बात मैंने अच्छी तरह समझ ली थी। काश कि मैं वह सब लौटा सकती, बदल सकती, अपनी कही हुई बात वापस ले सकती! काश कि मैं... लेकिन आपको इससे क्या!'

'उस फेरीवाली लिजावेता को तुम जानती थीं?'

'जी... आप भी उसे जानते थे क्या?' सोनिया ने जरा ताज्जुब से पूछा।

'कतेरीना इवानोव्ना को तपेदिक है, तेजी से बढ़नेवाली तपेदिक; जल्दी ही वे मर जाएँगी,' रस्कोलनिकोव ने उसके सवाल का जवाब दिए बिना कुछ ठहर कर कहा।

'अरे नहीं, ऐसा मत कहिए!' सोन्या ने अनायास ही रस्कोलनिकोव के दोनों हाथ कस कर पकड़ लिए, जैसे यह मना रही हो कि वे न मरें।

'लेकिन उनके लिए मर जाना ही बेहतर होगा।'

'नहीं, बेहतर नहीं होगा, कतई नहीं होगा!' सोन्या ने एक बार फिर डर कर दोहराया। उसे शायद पता भी न रहा हो कि वह क्या कह रही है।

'और बच्चे? उन्हें अपने साथ रखने के अलावा तुम कर भी क्या सकती हो?'

'आह, मुझे नहीं मालूम,' सोन्या चीखी और निराश हो कर दोनों हाथों में अपना सर थामे बैठ गई। साफ लग रहा था कि यह बात उसके मन में पहले भी कई बार आई थी। रस्कोलनिकोव ने तो बस उसे फिर से कुरेद दिया था।

'और इस वक्त भी, जबकि कतेरीना इवानोव्ना अभी जिंदा हैं, तुम अगर बीमार पड़ जाओ और अस्पताल भेज दी जाओ, तब क्या होगा?' निर्दयता से वह इसी बात को आगे बढ़ाता रहा।

'आप ऐसी बातें क्यों कर रहे हैं? ऐसा नहीं हो सकता!' सोन्या का चेहरा दहशत के मारे फड़कने लगा।

'नहीं हो सकता!' रस्कोलनिकोव बेरहम मुस्कान के साथ कहता रहा। 'इसके खिलाफ तुमने कोई बीमा तो कराया है नहीं, या कराया है तब उनका क्या होगा सब सड़क पर मारे-मारे फिरेंगे... सारे के सारे वे। खाँस-खाँस कर भीख माँगेंगी और किसी दीवार से अपना सर टकराएँगी, जैसा कि आज सुबह किया था, और बच्चे रोएँगे... फिर वे कहीं गिर पड़ेंगी, थाने और अस्पताल ले जायी जाएँगी, वहीं मर जाएँगी, और बच्चे...'

'नहीं, नहीं! ...भगवान ऐसा नहीं होने देगा!' अचानक सोन्या के सीने में भरा हुआ सारा गुबार फूट पड़ा। वह याचक भाव से उसकी बात सुनती आ रही थी और दोनों हाथ जोड़े उसे देखे जा रही थी, मानो सब कुछ उसी पर निर्भर हो।

रस्कोलनिकोव उठा और कमरे में टहलने लगा। एक मिनट बीता। सोन्या घोर निराशा में सर झुकाए खड़ी थी। हाथ ढीले लटक रहे थे।

'क्या तुम कुछ पैसा नहीं बचा सकतीं आड़े वक्तों के लिए?' उसने अचानक सोन्या के सामने रुक कर पूछा।

'नहीं,' सोन्या ने धीमे से कहा।

'जाहिर है, तुम्हारे लिए ऐसा मुमकिन नहीं है। कभी कोशिश की?' उसने लगभग व्यंग्य से कहा।

'की तो है।'

'और उसका कोई नतीजा नहीं निकला! जाहिर है, नहीं निकला होगा! इसमें पूछने की क्या बात!'

वह एक बार फिर कमरे में टहलने लगा। एक मिनट और बीता।

'तुम्हें रोज पैसे नहीं मिलते?'

सोन्या पहले से भी ज्यादा सिटपिटा गई। उसका चेहरा फिर तमतमा उठा।

'नहीं,' उसने बहुत कोशिश करके धीमे से कहा, जैसे उसे भारी तकलीफ हो रही हो।

'जाहिर है, पोलेंका का भी यही हाल होगा,' वह अचानक बोला।

'नहीं, बिलकुल नहीं! ऐसा नहीं हो सकता, कभी नहीं!' सोन्या घोर निराशा से तड़प कर जोर से चिल्लाई, गोया किसी ने उसके छुरा भोंक दिया हो। 'भगवान ऐसी भयानक बात कभी नहीं होने देगा।'

'दूसरों का तो वह ऐसा ही हाल करता है।'

'नहीं कतई नहीं! भगवान करेगा उसकी रक्षा, भगवान करेगा! ...' उसने बेचैन हो कर एक बार फिर कहा।

'भगवान तो शायद कोई है भी नहीं,' रस्कोलनिकोव ने कुछ बदनीयती से मुस्करा कर कहा और उसकी ओर देखने लगा।

अचानक सोन्या के चेहरे का भाव भयानक सीमा तक बदल गया और उस पर एक जरा-सी कँपकँपी दौड़ गई। उसने रस्कोलनिकोव को अकथनीय निंदा के भाव से देखा, कुछ कहने की कोशिश की, लेकिन कुछ कह न सकी और दोनों हाथों में अपना मुँह छिपा कर, सिसक-सिसक कर रोने लगी।

'अरे, कहती हो कि कतेरीना इवानोव्ना का दिमाग ठिकाने नहीं है। अरे, खुद तुम्हारा दिमाग ठिकाने नहीं है,' उसने थोड़ी देर की चुप्पी के बाद कहा।

कोई पाँच मिनट बीत गए। वह अभी तक सोन्या की ओर देखे बिना कमरे में इधर-से-उधर टहल रहा था। आखिरकार वह उसके पास गया। उसकी आँखें चमक रही थीं। उसके कंधों पर अपने दोनों हाथ रख कर वह उसकी आँसू भरी आँखों में आँखें डाल कर देखने लगा। उसकी आँखों में कठोरता थी, गोया उसे तेज बुखार चढ़ आया हो, उसकी नजरें तीर की तरह बेध रही थीं, होठ फड़क रहे थे... अचानक वह तेजी से नीचे झुका और जमीन पर गिर कर उसने सोन्या के पाँव चूम लिए। सोन्या छिटक कर उससे इस तरह दूर हो गई जैसे किसी पागल से किनाराकशी कर रही हो। तब वह पागलों जैसा लग भी रहा था।

'यह कर क्या रहे हैं आप मेरे साथ?' वह धीरे से बुदबुदाई। उसका रंग पीला पड़ गया था। अचानक घोर तकलीफ ने दिल को जकड़ लिया था।

वह फौरन उठ खड़ा हुआ।

'मैं तुम्हारे नहीं, पूरी दबी-कुचली मानव जाति के सामने सर झुका रहा था,' वह जुनून के आलम में बोला और खिड़की की तरफ चला गया। 'सुनो,' एक मिनट बाद उसने सोन्या की ओर मुड़ कर कहा। 'मैंने कुछ ही देर हुए एक बदतमीज आदमी से कहा था कि वह तुम्हारी कानी उँगली के बराबर भी नहीं... यह भी कहा था कि मैंने अपनी बहन को तुम्हारे साथ बिठा कर उसे सम्मान दिया था।'

'छिः उनसे आपने ऐसी बात कही और अपनी बहन के सामने।' सोन्या डर कर चीखी। मेरे साथ बैठना और सम्मान की बात! कहाँ मैं एक... कलंकिनी हूँ! ...मैं एक पापिन... आह, आपने ऐसी बात कही भी कैसे?'

'मैंने तुम्हारे बारे में अपनी बात तुम्हारे कलंक और तुम्हारे पाप की वजह से नहीं, उन तमाम मुसीबतों को ध्यान में रख कर कही थी, जो तुमने झेली हैं। लेकिन यह बात तो सच है कि तुम बहुत बड़ी पापिन हो।' उसने उत्तेजना से कहा, 'सो तुम्हारा सबसे बड़ा पाप यह है कि तुमने बेकार ही अपने आपको तबाह और अपने साथ विश्वासघात किया है। यह क्या भयानक बात नहीं? यह भयानक बात नहीं है क्या कि तुम ऐसी गंदगी में रहती हो जिससे तुम्हें नफरत है, और साथ ही तुम खुद जानती हो (तुम्हें बस अपनी आँखें खोलने की जरूरत है) कि तुम ऐसा करके किसी की मदद नहीं कर रही हो, किसी चीज से किसी को बचा नहीं रही हो मुझे बताओ,' वह लगभग दीवानों की तरह बोलता रहा, 'यह कलंक और यह पतन तुम्हारे अंदर उनकी उलटी जो दूसरी पवित्र भावनाएँ हैं, उनके साथ कैसे रह सकते हैं इससे कहीं अच्छी, हजार गुनी माकूल और समझदारी की बात यह होगी कि तुम पानी में छलाँग लगा दो और यह सब खत्म कर दो।'

'लेकिन फिर उनका क्या होगा' सोन्या ने दर्दभरी आँखों से उसे घूरते हुए पूछा। फिर भी उसके भाव से ऐसा नहीं लग रहा था कि उसे इस सुझाव पर कोई हैरत हुई हो। रस्कोलनिकोव ने विचित्र ढंग से सोन्या को देखा।

उसने सोन्या के चेहरे से सब कुछ पढ़ लिया : तो यह विचार उसके मन में पहले भी उठा होगा, शायद कई बार, और हर तरफ से निराश हो कर ईमानदारी से उसने यही सोचा होगा कि इसे खत्म कैसे किया जाए। और यह सब इतनी ईमानदारी से उसने सोचा होगा कि अब इस सुझाव पर उसे कोई खास हैरत नहीं हो रही थी। उसके शब्दों की क्रूरता की ओर भी उसने कोई ध्यान नहीं दिया था। (जाहिर है, सोन्या ने उसके तानों और अपने कलंक की ओर उसके विचित्र रवैए की ओर भी ध्यान नहीं दिया था, और यह बात भी रस्कोलनिकोव की समझ में अच्छी तरह आई।) लेकिन फिर यह बात भी उसकी समझ में आई कि अपनी इस कलंकित और अपमानित स्थिति का विचार उसे कितनी बुरी तरह सता रहा था और कितने अरसे से सताता आ रहा था। 'क्या चीज थी, वह क्या चीज थी,' उसने सोचा, 'जो अब तक उसे इस सिलसिले को खत्म कर देने से रोके हुए रही...' अब जा कर उसकी समझ में आया कि सोन्या के लिए कितना महत्व था उन छोटे-छोटे अनाथ बच्चों का और उस दयनीय, आधी पागल कतेरीना इवानोव्ना का, जो तपेदिक की मरीज थी और बार-बार अपना सर दीवार से टकराने लगती थी।

तो भी यह बात उसके दिमाग में साफ थी कि अपने स्वभाव की वजह से और जैसे-तैसे करके उसने जो शिक्षा पाई थी उसकी वजह से, वह ऐसी हालात में हमेशा तो नहीं रह सकती थी। लेकिन यह सवाल उसे अब भी परेशान कर रहा था कि इतने दिनों तक ऐसी हालत में रहने के बाद अगर वह पानी में कूद कर आत्महत्या नहीं कर सकी तो फिर पागल क्यों नहीं हो गई? यह तो वह जानता था कि समाज में सोन्या की स्थिति एक बदनसीबी का नतीजा था, हालाँकि बदनसीबी की बात तो यह थी कि पहले कभी ऐसा हुआ ही न हो या अकसर होता न रहता हो, ऐसा भी नहीं था लेकिन उसकी समझ में यही आता था कि इसी वजह से, जो थोड़ी-बहुत शिक्षा उसने पाई थी उसकी वजह से, और अपने इससे पहले के जीवन की वजह से, उसे इस घिनौने रास्ते पर पहला कदम रखते ही मर जाना चाहिए था। तो उसे किस चीज ने रोके रखा? वह कोई चरित्रहीन तो थी नहीं... इस सारी बदनसीबी का स्पष्ट था कि उस पर थोड़ा-सा ही असर हुआ था, सचमुच चरित्रहीनता का एक कतरा भी उसके दिल की गहराइयों तक नहीं पहुँच सका था। यह बात वह जानता था। आज उसके सामने खड़े रह कर रस्कोलनिकोव को उसका सारा वास्तविक रूप नजर आ रहा था।...

'तीन रास्ते हैं इसके सामने,' उसने सोचा, 'जा कर नहर से डूब मरे, पागलखाने जाए या... फिर उसी चरित्रहीनता के दलदल में जा फँसे, जिसमें सोचने की शक्ति धुँधला जाती है, दिल पथरा जाता है।' अंतिम विकल्प सबसे ज्यादा घिनावना था, लेकिन वह अविश्वासी था, नौजवान था, अमूर्त ढंग से सोचता था, और इसलिए क्रूर था। यही कारण था कि वह यह सोचे बिना नहीं रह सका कि सबसे अधिक संभावना अंतिम विकल्प के ही साकार होने की थी।

'लेकिन ऐसा हो सकता है क्या?' उसका दिल कराह उठा। यह संभव है क्या कि जिस प्राणी ने अपनी आत्मा की शुद्धता को अभी तक बचा कर रखा हो, आखिरकार जाने-बूझे गंदगी और सड़ाँध की इस दलदल में खिंचा चला आए, कहीं ऐसा तो नहीं कि यह सिलसिला शुरू हो गया हो? कहीं ऐसा तो नहीं कि अभी तक वह इसे सिर्फ इसलिए बर्दाश्त करती आ रही हो कि पाप का यह जीवन उसे कम घिनावना लगता हो नहीं, ऐसा नहीं हो सकता!' वह उसी तरह चीखा जैसे अभी कुछ ही देर पहले सोन्या चीखी थी। 'नहीं, अभी तक जिस चीज ने उसे नहर से दूर ही रखा है वह है पाप का विचार और वे बच्चे... अगर वह अभी तक पागल नहीं हुई है... लेकिन कौन कहे पागल नहीं है वह

क्या कोई होश में है कोई क्या इस तरह बात कर सकता है। इस तरह तर्क दे सकता है जैसे वह देती है यह कैसे हो सकता है कि घिनौनेपन के जिस दलदल में वह फँसती जा रही है, उसके कगार पर ही बैठी रहे और जब उसे इस खतरे के बारे में बताया जाए तो वह सुनने से भी इनकार कर दे क्या वह किसी चमत्कार की आस लगाए हुए है बेशक वह यही आस लगाए बैठी है। इन सब बातों का मतलब क्या पागलपन नहीं है?'

वह हठधर्मी से इस विचार पर जमा रहा। यह वजह बल्कि उसे किसी भी दूसरी वजह के मुकाबले ज्यादा पसंद थी। वह सोन्या को और भी ध्यान से देखने लगा।

'तो तुम भगवान की काफी प्रार्थनाएँ करती हो, सोन्या?' उसने पूछा।

सोन्या कुछ नहीं बोली। वह उत्तर की प्रतीक्षा में उसके पास ही खड़ा रहा।

'भगवान के बिना क्या हाल होता मेरा?' सोन्या ने कहा। उसकी आँखें अचानक चमक उठी थीं। उसने यह बात रस्कोलनिकोव की ओर एक नजर देख कर धीमे स्वर में और जल्दी से अपने शब्दों पर भरपूर जोर देते हुए कही। रस्कोलनिकोव का हाथ उसने कस कर अपने हाथों में भींच लिया।

'यानी कि मेरी बात सही है!' उसने सोचा।

'और भगवान तुम्हारे लिए करता क्या है?' उसने सोन्या के विचारों की और भी थाह लेने के लिए पूछा।

सोन्या काफी देर तक चुप रही, जैसे कोई जवाब न दे पा रही हो। उसका कमजोर सीना भावनाओं के दबाव के मारे धौंकनी की तरह चल रहा था।

'एक शब्द भी नहीं! ऐसे सवाल पूछिए भी मत! आप इसके अधिकारी नहीं हैं...' उसे कठोर और क्रोध से भरी आँखों से देखती हुई अचानक वह चीखी।

'ऐसा ही है! ऐसा ही!' वह बार-बार अपने आपसे दोहराता रहा।

'करता वही सब कुछ है,' सोन्या ने जल्दी से, धीमे लहजे में कहा और फिर एक बार नीचे देखने लगी।

'तो यह है हल और यह है वजह!' रस्कोलनिकोव एक नई, अजीब, लगभग बीमारों जैसी भावना के साथ सब कुछ टकटकी बाँधे देखता रहा। उसे पीले, दुबले-पतले, हड्डियल, तीखे नाक-नक्शेवाले छोटे से चेहरे को, उन नीली और कोमल आँखों को, जिनमें आग जैसी, कठोर प्रबल भावना की चमक भी पैदा हो सकी, रोष और क्रोध से काँपते हुए उस छोटे-से शरीर को और यह सब उसे हर पल अधिकाधिक विचित्र, लगभग असंभव नजर आने लगा। 'दिमाग की कमजोरी!' उसने अपने आप से कहा।

दराजोंवाली अलमारी के ऊपर एक किताब पड़ी थी। कमरे में इधर-से-उधर टहलते हुए हर बार रस्कोलनिकोव उसे देखता रहा था। अब उसने वह किताब उठा ली और उसे देखने लगा। वह इंजील के 'न्यू टेस्टामेंट' का रूसी अनुवाद था। चमड़े की जिल्द मढ़ी, फटी-पुरानी किताब थी।

'यह कहाँ मिली?' उसने कमरे के दूसरे छोर से पुकार कर पूछा। वह अभी तक उसी जगह, मेज से तीन कदम की दूरी पर खड़ी थी।

'किसी ने ला कर दी थी,' उसने उसकी ओर देखे बिना जवाब दिया, गोया जवाब देने को जी न चाह रहा हो।

'लाया कौन?'

'लिजावेता। मैंने मँगाई थी।'

'लिजावेता! अजीब बात है!' उसने सोचा। सोन्या की हर बात उसे हर पल अधिक विचित्र और अधिक आश्चर्यजनक लग रही थी। किताब को शमा के पास ले जा कर वह उसके पन्ने उलटने लगा।

'इसमें लैजरस का जिक्र कहाँ पर है?' उसने अचानक पूछा।

सोन्या नजरें जमाए जमीन की ओर देखती रही, कोई जवाब नहीं दिया। वह मेज के पास कुछ तिरछी खड़ी थी।

'इसमें लैजरस के फिर से जिंदा होने की बात कहाँ है? जरा ढूँढ़ कर तो दो, सोन्या।'

सोन्या ने चुपके से नजरें बचा कर उसकी ओर देखा।

'आप ठीक जगह नहीं देख रहे... चौथे संदेश में है,' सोन्या ने उसके पास आए बिना धीमे स्वर में पर कठोरता से कहा।

'निकाल कर और मुझे पढ़ कर सुनाओ,' उसने कहा। वह मेज पर कुहनियाँ टिका कर बैठ गया, सर अपने हाथ पर टेक लिया और उदास भाव से दूर देखता हुआ सुनने के लिए तैयार हो गया।

'तीन हफ्ते में ही इसे पागलखाने भेज दिया जाएगा!' वह अपने आप बुदबुदाता रहा। 'मैं समझता तो हूँ कि मैं भी वहीं हूँगा... अगर मेरे साथ उससे भी बदतर कुछ न हुआ।' वह मन-ही-मन बुदबुदाया।

सोन्या ने रस्कोलनिकोव की प्रार्थना अविश्वास के साथ सुनी और झिझकती हुई मेज की ओर बढ़ी। न चाहते हुए भी उसने किताब उठा ली।

'आपने पढ़ा नहीं है?' मेज के पार से रस्कोलनिकोव की ओर आँखें उठा कर देखते हुए उसने पूछा। उसके स्वर में कठोरता लगातार बढ़ती जा रही थी।

'बहुत पहले... जब स्कूल में था। तो पढ़ो!'

'कभी गिरजाघर में भी नहीं सुना?'

'मैं... गिरजाघर कभी गया ही नहीं। क्या तुम अकसर जाती हो?'

'न... हीं,' सोन्या ने दबी आवाज में जवाब दिया। रस्कोलनिकोव मुस्कराया।

'मैं समझ रहा हूँ... और कल अपने बाप के जनाजे में भी नहीं जाओगी?'

'जरूर जाऊँगी। पिछले हफ्ते भी गिरजाघर गई थी... किसी आत्मा की शांति के लिए खास तौर पर प्रार्थना कराई थी।'

'किसकी आत्मा की?'

'लिजावेता की। किसी ने कुल्हाड़ी से उसकी हत्या कर दी थी।'

रस्कोलनिकोव के दिमाग में तनाव बढ़ता जा रहा था। उसका सर चकराने लगा।

'लिजावेता से क्या तुम्हारी दोस्ती थी?'

'जी... वह बहुत अच्छी थी... यहाँ आती रहती थी... बहुत ज्यादा तो नहीं... उसे इतना मौका ही नहीं मिलता था... हम लोग मिल कर पढ़ा करते थे और... बातें करते थे। वह भगवान के पास जाएगी।'

रस्कोलनिकोव के कानों में ये किताबी बातें कुछ अजीब-सी लगीं। उसे इसमें फिर एक नई बात दिखाई दी : लिजावेता से उसका रहस्यमय ढंग से मिलना और दोनों... कमजोर दिमाग की!

'जल्दी ही मैं भी दिमाग का कमजोर हो जाऊँगा। यह छूत की बीमारी है!' उसने सोचा। 'पढ़ो!' उसने अचानक चिड़चिड़ा कर ऊँचे आग्रहभरे स्वर में कहा।

सोन्या अब भी झिझक रही थी। उसका दिल धड़क रहा था। पढ़ कर सुनाने की हिम्मत नहीं पड़ रही थी। वह उस 'दुखी पागल लड़की' की ओर लगभग कातर हो कर देखने लगा।

'किसलिए? आप इस सब में विश्वास तो करते नहीं...' उसने रुँधे हुए स्वर में कहा।

'पढ़ो! मैं चाहता हूँ कि तुम मुझे पढ़ कर सुनाओ!' वह आग्रह करता रहा। 'तुम लिजावेता को पढ़ कर तो सुनाती थीं!'

सोन्या ने किताब खोल कर वह प्रसंग निकाला। उसके हाथ काँप रहे थे, आवाज साथ नहीं दे रही थी। दो बार उसने कोशिश की लेकिन पहला शब्द भी उसके मुँह से न निकल सका।

'तो हुआ यह कि एक शख्स बीमार था, उसका नाम था लैजरस, बेथनी का रहनेवाला...' आखिर उसने किसी तरह, अपने आपको मजबूत करके पढ़ा। पर तीसरे ही शब्द पर उसकी आवाज जरूरत से ज्यादा कसे तार की तरह झनझना कर टूट गई। साँस में फंदा पड़ गया।

रस्कोलनिकोव कुछ-कुछ समझ रहा था कि सोन्या उसे पढ़ कर सुनाने के लिए अपने आपको तैयार क्यों नहीं कर पा रही थी, और यह बात जितनी ही उसकी समझ में आती जा रही थी, उतनी ही ज्यादा रुखाई और चिड़चिड़ाहट के साथ वह उससे पढ़ने का आग्रह करता जा रहा था। वह बहुत अच्छी तरह समझ रहा था कि सोन्या को जो कुछ उसका अपना था, उसे बताने में, खोल कर उसके सामने रखने में कितना कष्ट हो रहा था। वह समझ रहा था कि ये भावनाएँ उसकी अपनी गुप्त निधि थीं, जिन्हें उसने शायद बरसों से सँजो कर रखा था। शायद बचपन से, जब वह एक अभागे बाप और दुख झेलते-झेलते पागल हो जानेवाली सौतेली माँ के साथ, भूख से बिलखते हुए बच्चों के बीच रहती होगी और बुरी-बुरी गालियाँ और उलाहने सुनती रही होगी। लेकिन साथ ही वह अब यह भी जानता था, और पक्के तौर पर जानता था, कि उसके मन में तो डर समाता जा रहा था, उसे पीड़ा भी हो रही थी पर फिर भी उसे यह इच्छा निरंतर साल रही थी कि वह पढ़े और उसे पढ़ कर सुनाए, इसी वक्त पढ़ कर सुनाए, और 'फिर चाहे जो हो!'

यह बात उसे सोन्या की आँखों में जज्बात की उथल-पुथल में दिखाई दे रही थी। सोन्या ने अपने आपको सँभाला, गले में फँसे हुए जोश को वश में किया और सेंट जॉन के संदेश का ग्यारहवाँ अध्याय पढ़ने लगी। वह उन्नीसवें पद पर पहुँची :

'और बहुत-से यहूदी आए मार्था और मरियम के पास उनको उनके भाई के बारे में सांत्वना देने। फिर मार्था को जैसे ही पता चला कि प्रभु यीशु आ रहे हैं, वह उससे जा कर मिली; लेकिन मरियम घर पर ही रही। मार्था ने कहा यीशु से : प्रभु! मेरा भाई न मरता यदि आप यहाँ होते। लेकिन अब भी जानती हूँ मैं कि अब भी आप जो कुछ माँगेंगे ईश्वर से, ईश्वर आपको देगा।'

यहाँ आ कर वह एक बार फिर रुक गई। यह सोच कर वह शर्मिंदा होने लगी कि उसकी आवाज फिर काँपेगी और बीच में टूट जाएगी...

'यीशु ने कहा : उससे फिर जी उठेगा तेरा भाई। मार्था बोली : यह तो मैं जानती हूँ कि अंतिम दिन, रविवार को, जब होगा मुर्दों का पुनरुत्थान तब उठ खड़ा होगा वह भी। यीशु ने कहा उससे : मैं ही मृतोत्थान हूँ और जीवन भी मैं ही हूँ : जो विश्वास रखता है मुझ पर वह मर ही क्यों न चुका हो, वही जीवित रहेगा। और जो है जीवित और मुझ पर रखता है विश्वास वह कभी मरेगा नहीं। क्या तुझे है इस बात पर विश्वास वह उनसे बोली : ...'

(बहुत दर्द-भरी साँसें ले-ले कर सोन्या साफ-साफ और जोर दे कर पढ़ती रही, गोया सबके सामने अपनी आस्था की ऐलान कर रही हो :)

'हाँ, प्रभु! है मुझे विश्वास कि आप ही हैं ख्रीस्त, वही ईश्वर के पुत्र जिन्हें आना है इस संसार में।'

वह पढ़ते-पढ़ते रुकी, जल्दी से नजरें उठा कर उसकी ओर देखा, और फिर अपने आपको काबू में करके पढ़ने लगी। रस्कोलनिकोव मेज पर कुहनियाँ टिकाए, नजरें दूसरी ओर फेरे चुपचाप बैठा रहा। सोन्या पढ़ते-पढ़ते बत्तीसवें पद पर पहुँच गई।

'फिर जब वहाँ आई मरियम जहाँ थे यीशु और उसने उन्हें देखा, तो गिर पड़ी उनके पाँव पर और बोली : प्रभु! अगर होते आप यहाँ तो न मरता मेरा भाई। जब यीशु ने रोते देखा उसे, और उन यहूदियों को भी, जो उसके साथ आए थे, तो कराह उठी उनकी आत्मा और हो उठे वे चिंतित और बोले : तुम लोगों ने उसे दफन कहाँ किया है वे लोग बोले उनसे : प्रभु! चल कर देख लीजिए। रो पड़े यीशु। तब यहूदी बोले : देखो, ये कितना प्यार करते थे उससे! और उनमें से कहा कुछ ने : क्या यह आदमी जिसने अंधे की खोल दीं आँखें, ऐसा नहीं कर सकता था कि यह आदमी भी न मरता?'

रस्कोलनिकोव ने उसकी भावनाओं से सराबोर हो कर देखा : हाँ, यही हुआ था! सोन्या काँप रही थी, उसे सचमुच बुखार चढ़ रहा था। रस्कोलनिकोव पहले ही सोच चुका था कि ऐसा ही होगा। अब वह परम चमत्कार की कहानी के पास पहुँच रही थी और विजय की बेपनाह गहरी भावना उस पर छाए जा रही थी। उसकी आवाज घंटी की तरह गूँजने लगी; विजय और प्रसन्नता की भावनाओं ने उसमें अपार शक्ति भर दी थी। पंक्तियाँ उसकी आँखों के सामने नाच रही थीं, लेकिन जो कुछ वह पढ़ रही थी वह उसे जबानी याद था। जब वह इस अंतिम वाक्य पर पहुँची कि 'क्या यह आदमी, जिसने अंधे की खोल दीं आँखें...' तब सोन्या ने अपनी आवाज कुछ धीमी करके, भावावेग में उन अंधे

अविश्वासी यहूदियों की शंका, उनके ताने और उनकी भर्त्सना को व्यक्त किया, जो दूसरे ही पल यीशु के चरणों में गिर कर इस तरह रोए मानो उन पर बिजली गिरी हो और उनके मन में आस्था उत्पन्न हुई हो...' और वह, वह भी - वह जो अंधा है और अविश्वासी है वह भी सुनेगा, वह भी विश्वास करेगा, हाँ! फौरन, अभी,' सोन्या यह सपना देख रही था, और इस सुखद आशा से काँप रही थी।

'यीशु कब्र के पास पहुँचे, अंदर ही अंदर कराहते हुए। वह थी एक गुफा और उसके मुँह पर रखा था एक पत्थर। यीशु बोले : हटा दो पत्थर। मार्था ने, जो मरनेवाले की बहन थी, उनसे कहा : प्रभु! अब तक तो आने लगी होगी उसके शव से दुर्गंध क्योंकि उसे मरे हुए तो चार दिन बीत चुके।'

सोन्या ने चार शब्द पर जोर दिया।

'यीशु बोले उससे : कहा था न मैंने तुझसे कि होगी अगर तेरे मन में आस्था तो दिखाई देगी तुझे प्रभु की लीला। तब उन लोगों ने हटाया उस जगह से पत्थर जहाँ रखा गया था मृतक का शव। और यीशु ने ऊपर की ओर उठाई अपनी आँखें और बोले : हे परमपिता, मैं तेरा आभारी हूँ कि तूने मेरी बात सुनी और मैं जानता था कि तू सुनेगा सदा मेरी बात; लेकिन ऐसा कहा था मैंने अपने आसपास खड़े लोगों के कारण ताकि हो जाए उन्हें यह विश्वास कि तूने ही मुझे भेजा है और यह कह चुकने के बाद उन्होंने पुकार कर कहा, ऊँचे स्वर में, उठो लैजरस। और उठ खड़ा हुआ वह जो मर चुका था।'

(वह ऊँचे स्वर में पढ़ रही थी। खुशी के मारे उसका शरीर ठंडा पड़ गया था और वह काँप जा रही थी, गोया अपनी आँखों के सामने यह दृश्य देख रही हो :) 'लिपटे हुए थे उसके हाथ और पाँव कफन में और बँधा हुआ था उसके मुँह पर रूमाल। यीशु ने कहा उन लोगों से : खोल दो इसे और जाने दो।'

'तब बहुत से यहूदियों ने, आए थे जो मरियम के पास, उन्होंने अपनी आँखों देखा था, जो कुछ किया था यीशु ने, उन पर विश्वास करने लगे।'

सोन्या ने आगे नहीं पढ़ा बल्कि सच तो यह है कि पढ़ न सकी। उसने किताब बंद कर दी और जल्दी से अपनी कुर्सी से उठ खड़ी हुई।

'लैजरस के फिर से जिंदा होने की कहानी बस इतनी ही है,' सोन्या ने अचानक कठोर स्वर में कहा और घूम कर बेहरकत खड़ी रही। रस्कोलनिकोव की ओर आँखें उठा कर देखने की हिम्मत उसे नहीं हो रही थी, गोया वह शर्मिंदगी महसूस कर रही हो। वह अभी तक काँप रही थी, मानो बुखार चढ़ रहा हो। दबे-पिचके शमादान में शमा के आखिरी सिरे की लौ झिलमिला रही थी, और इस दीन-हीन कमरे में उस हत्यारे पर और उस वेश्या पर मद्धम-मद्धम रोशनी बिखेर रही थी जो विचित्र ढंग से मिल कर एक धर्मग्रन्थ का पाठ कर रहे थे। इसी तरह पाँच मिनट या उससे भी ज्यादा समय बीत गया।

'मैं तुमसे कुछ कहने आया था,' रस्कोलनिकोव ने माथे पर बल डाल कर अचानक ऊँची आवाज में कहा। वह उठ कर सोन्या के पास गया और सोन्या ने आँखें उठा कर चुपचाप उसे देखा। रस्कोलनिकोव का चेहरा खास तौर पर कठोर लग रहा था। उस पर एक वहशियाना संकल्प की छाप थी।

'आज मैं अपने परिवार को छोड़ कर आया हूँ,' वह बोला, 'अपनी माँ और बहन को। उनसे मिलने मैं अब नहीं जाऊँगा। उनसे मैंने नाता तोड़ लिया है।'

'पर क्यों?' सोन्या ने आश्चर्य से पूछा। हाल ही में उसकी माँ और बहन से मिल कर वह बहुत प्रभावित हुई थी, हालाँकि उससे इसका कारण पूछा जाता तो वह आसानी से शायद नहीं बता सकती थी। रस्कोलनिकोव के मुँह से यह बात सुन कर वह सहम गई।

'मुझे अब सिर्फ तुम्हारा सहारा है,' रस्कोलनिकोव कहता रहा। 'मैं तुम्हारे पास आया हूँ। हम दोनों अभागे हैं... इसलिए चलो, हम साथ चलें!'

उसकी आँखें चमक रही थीं। 'गोया वह पागल है,' इस बार सोन्या ने सोचा।

'कहाँ जाएँगे?' सोन्या ने भयभीत हो कर पूछा और अनायास पीछे हटी।

'मुझे क्या मालूम? मैं बस इतना जानता हूँ कि हम दोनों का एक रास्ता है। इतना मुझे पक्का पता है - बस हम दोनों की एक ही मंजिल है!'

सोन्या ने उसकी ओर देखा पर उसकी समझ में कुछ नहीं आया। वह बस इतना ही समझ सकी कि वह बहुत दुखी था, बेपनाह दुखी।

'तुम अगर बताओगी भी तो उनमें से कोई तुम्हारी बात नहीं समझेगा, लेकिन मैं समझ रहा हूँ। मुझे जरूरत है तुम्हारी। इसीलिए तुम्हारे पास आया हूँ,' वह कहता रहा।

'मैं नहीं समझी...' सोन्या ने धीमे स्वर में कहा।

'बाद में समझ जाओगी। तुमने भी क्या यही नहीं किया है? हद से आगे तो तुम भी निकल गई हो... हद से आगे निकल जाने की हिम्मत तुम में थी। तुमने खुद पर हाथ डाला है... एक जिंदगी बर्बाद की है, खुद अपनी (वह भी वही बात है!)। आत्मा और विवेक की कसौटी पर खरी उतरनेवाली जिंदगी तुम भी बिता सकती थीं, लेकिन आखिर में तुम भूसामंडी ही पहुँचोगी... लेकिन वह सब तुम बर्दाश्त नहीं कर सकोगी, और अगर अकेली रहोगी तो मेरी ही तरह पागल हो जाओगी। अभी भी तुम पागलों जैसी ही हो। इसलिए हम दोनों को एक ही रास्ते पर साथ चलना है। आओ, चलें!'

'क्यों? यह सब किसलिए कह रहे हो?' सोन्या बोली। उसकी बातों से उसमें एक अजीब और तीखी विद्रोह-भावना पैदा हो गई थी।

'क्यों? इसलिए कि तुम इस हाल में नहीं रह सकतीं; और क्यों! तुम आखिरकार संजीदगी और सच्चाई से हर चीज के बारे में सोचो, और बच्चों की तरह रो-रो कर यह मत कहो कि भगवान कभी ऐसा नहीं होने देगा! कल तुम्हें सचमुच अगर अस्पताल पहुँचा दिया गया तो क्या होगा? वे तो खैर पागल और तपेदिक की शिकार हैं; कुछ ही दिन की मेहमान हैं, पर बच्चे? तुम क्या मुझसे यह कहना चाहती हो कि पोलेंका की इज्जत नहीं उतरेगी? तुमने क्या यहाँ ऐसे बच्चों को नहीं देखा जिन्हें उनकी माँएँ सड़क के नुक्कड़ पर भीख माँगने भेज देती हैं? मैंने पता लगाया है कि वे माँएँ कहाँ और कैसे हालात में रहती हैं। बच्चे? वहाँ बच्चे नहीं रहते। वहाँ सात साल के ही बच्चे में सारी बुराइयाँ

पैदा हो जाती हैं, वह चोर बन जाता है। फिर भी बच्चे, तुम तो जानती ही हो, ईसा मसीह का रूप होते हैं : 'उनका जीवन स्वर्ग है!' हमें उन्होंने बच्चों का सम्मान करने, उनसे प्यार करने का आदेश दिया था... वे मानवता के भविष्य हैं...'

'पर किया क्या जाए... क्या किया जाए?' सोन्या ने हाथ मलते हुए, बिलख-बिलख कर रोते हुए दोहराया।

'क्या किया जाए? जिस चीज को तोड़ना है उसे तोड़ दें... फौरन, और सारी मुसीबत अपने ऊपर ले लें। क्या... तुम नहीं समझीं? बाद में समझ जाओगी... आजादी और ताकत... सबसे बढ़ कर ताकत! सारी काँपती हुई मखलूक पर, चींटियों के सारे ढेर पर! ...लक्ष्य यही है! याद रखना! चलते-चलते मेरा संदेश यही है! तुमसे मैं शायद आखिरी बार बातें कर रहा हूँ। कल अगर मैं न आया और तुम इस बारे में सब कुछ सुनो, तब इन शब्दों को याद करना। फिर कुछ अरसा बीत जाने पर शायद बरसों बाद, तुम्हारी समझ में आए कि उनका मतलब क्या था। कल अगर मैं आया तो तुम्हें बताऊँगा कि लिजावेता को किसने मारा था। तो मैं चला।'

सोन्या डर कर चौंक पड़ी।

'क्यों, आपको मालूम है कि उसे किसने मारा था?' दीवानों की तरह उसे देखते हुए उसने पूछा। डर के मारे उसका खून जमा जा रहा था।

'मुझे मालूम है और मैं बताऊँगा... तुम्हें... सिर्फ तुम्हें! इसके लिए मैंने तुम्हें ही चुना है। मैं तुम्हारे पास क्षमा माँगने नहीं, सिर्फ बताने आऊँगा। यह बात कहने के लिए तुम्हें मैंने बहुत पहले ही चुन लिया था, जब तुम्हारे बाप ने मुझसे तुम्हारे बारे में कुछ बातें बताई थीं और लिजावेता जिंदा थी। तभी मैंने इस बारे में सोचा था, तो मैं चला। हाथ मिलाने की कोई जरूरत नहीं। कल!'

वह बाहर निकल गया। सोन्या उसे यूँ घूरती रही जैसे वह कोई पागल हो, लेकिन वह खुद पागलों जैसी हो रही थी और इस बात को महसूस करती थी। उसका सर चकरा रहा था। 'हे भगवान इन्हें कैसे मालूम कि लिजावेता को किसने मारा? उन शब्दों का मतलब क्या है? कितनी भयानक बात है!' लेकिन इसके बाद भी वह विचार उसके दिमाग में नहीं आया, एक पल के लिए भी नहीं! 'ओह, वे बहुत दुखी होंगे! ...अपनी माँ और बहन को उन्होंने छोड़ दिया है। क्यों हुआ क्या है? क्या बोझ था उनके दिमाग पर उन्होंने मुझसे क्या कहा था? मेरा पाँव चूमा था और कहा था... और कहा था (हाँ, साफ-साफ कहा था) कि वे मेरे बिना नहीं रह सकते... हे भगवान, दया करो!'

सोन्या की वह रात बुखार और सरसाम की हालत में बीती। बीच-बीच में चौंक कर वह उछल पड़ती थी, रोती थी, हाथ मलती थी, फिर बुखार की हालत में सो जाती थी और पोलेंका, कतेरीना इवानोव्ना और लिजावेता को सपने में देखती थी। वह सपने में देखती थी कि उन्हें बाइबिल पढ़ कर सुना रही है... उनका पीला चेहरा और दहकती हुई आँखें... कि वे मेरे पाँव चूम रहे हैं, और रोए जा रहे हैं... हे भगवान!

सोन्या के कमरे और मादाम रेसलिख के फ्लैट के बीच दाहिनी तरफ जो दरवाजा था, उसके दूसरी ओर एक कमरा था जो बहुत दिनों से खाली पड़ा था। किराए के लिए उस कमरे के खाली होने का इश्तहार फाटक पर और नहर की ओर खुलनेवाली खिड़कियों पर चिपका दिया गया था। सोन्या एक अरसे से उस कमरे के खाली पड़े रहने की आदी हो चुकी थी। लेकिन स्विद्रिगाइलोव उस खाली कमरे के दरवाजे के पास तमाम वक्त खड़ा, कान लगाए सुनता आ

रहा था। रस्कोलनिकोव के जाने के बाद वह चुपचाप खड़ा एक पल तक कुछ सोचता रहा, फिर पंजों के बल उस खाली कमरे से लगे हुए अपने कमरे में गया, और कोई आवाज किए बिना वहाँ से एक कुर्सी ला कर उसे सोन्या के कमरे में जाने के दरवाजे के पास रख दिया। वह पूरी बातचीत उसे दिलचस्प और महत्वपूर्ण लगी और उसमें उसे बहुत मजा आया - यहाँ तक कि वह एक कुर्सी उठा लाया ताकि आगे कभी, मिसाल के लिए कल ही, उसे घंटे भर खड़े रहने की तकलीफ न उठानी पड़े, और आराम से वह सारी बात सुन सके।

अपराध और दंड : (अध्याय 4-भाग 5)

अगले दिन सबेरे रस्कोलनिकोव ठीक ग्यारह बजे फौजदारी मुआमलों की छानबीन वाले विभाग में पहुँचा। उसने अपना नाम पोर्फिरी पेत्रोविच के पास भिजवाया तो उसे यह देख कर ताज्जुब हुआ कि उसे देर तक इंतजार कराया गया। कम-से-कम दस मिनट बीतने के बाद ही उसे अंदर बुलाया गया। उसने सोचा था, वे लोग देखते ही उस पर लपक पड़ेंगे। वह बाहरी कमरे में खड़ा इंतजार करता रहा और ऐसे लोग, जिनको बजाहिर उससे कोई वास्ता नहीं था, उसके सामने से हो कर इधर-से-उधर गुजरते रहे। उसके बादवाले कमरे में, जो देखने में कोई दफ्तर लगता था, कई क्लर्क बैठे कुछ लिख रहे थे। जाहिर है, उन्हें इस बात का कोई इल्म नहीं था कि रस्कोलनिकोव कौन और क्या है। उसने बेचैन हो कर और शक से यह पता लगाने के लिए चारों ओर देखा कि उस पर कोई पहरा तो नहीं लगाया गया है या किसी रहस्यमय ढंग से उस पर नजर तो नहीं रखी जा रही कि वह भाग न सके। लेकिन इस तरह की कोई बात नहीं थी। उसे सिर्फ उन क्लर्कों के चेहरे नजर आए जो छोटे-छोटे कामों में व्यस्त थे और कुछ ऐसे लोगों के भी, जिनमें से किसी को भी उसमें कोई दिलचस्पी नहीं थी। रहा वह, तो वह जहाँ भी चाहे, जा सकता था। उसके मन में यह विश्वास और पक्का हो गया कि कलवाले उस रहस्यमय आदमी ने, जो धरती का सीना फाड़ कर अचानक निकल आए, उस प्रेत ने सब कुछ देखा होता, तो वे लोग उसे वहाँ इस तरह खड़े-खड़े इंतजार करने का मौका न देते। या वे लोग इस बात की राह देखते कि वह खुद ग्यारह बजे आ कर वहाँ हाजिर हो या तो उस आदमी ने उन लोगों को अभी तक कोई खबर नहीं दी थी, या... या फिर उसे कुछ भी मालूम नहीं था, उसने कुछ भी नहीं देखा था (वह देख भी कैसे सकता था!), और इसलिए कल उसके साथ जो कुछ हुआ, वह सिर्फ एक भ्रम था, जिसे उसकी बीमार और जरूरत से ज्यादा थकी हुई कल्पना ने बढ़ा-चढ़ा कर एक भीषण रूप दे दिया था। उसके सारे भय और सारी निराशा के बीच यह अनुमान कल ही पकना शुरू हो गया था। अब इस सारी बात पर फिर से विचार करते, एक नए संघर्ष की तैयारी करते हुए, उसे अचानक एहसास हुआ कि वह काँप रहा है। मगर मन में यह विचार आते ही कि वह उस मनहूस पोर्फिरी पेत्रोविच का सामना करने के डर से काँप रहा था, उसे अपने अंदर क्रोध का एक तूफान उठता हुआ महसूस हुआ। उसे सबसे ज्यादा डर उससे फिर मिलने से लग रहा था। उससे उसको गहरी नफरत थी, खुली हुई नफरत, और उसे डर था कि इस नफरत की वजह से कहीं उसका भेद खुल न जाए। फिर तो उसे इतना गुस्सा आया कि उसका काँपना फौरन बंद हो गया। वह शांत भाव से और ढिठाई के अंदाज में अंदर जाने को तैयार हो गया और उसने मन-ही-मन कसम खाई कि जहाँ तक हो सकेगा, वह चुप रहेगा, सिर्फ देखेगा और सुनेगा और कम-से-कम इस बार अपने जरूरत से ज्यादा थके हुए दिमाग पर लगाम लगा कर रखेगा। उसी पल उसे पोर्फिरी पेत्रोविच के सामने बुलाया गया।

उसने देखा उस पल पोर्फिरी पेत्रोविच अपने दफ्तर में अकेला था। दफ्तर न बहुत बड़ा था, न बहुत छोटा। एक बड़ी-सी लिखने की मेज रखी हुई थी, पास ही एक सोफा पड़ा था जिस पर मोमजामा चढ़ा हुआ था, एक और दफ्तरी मेज थी, कोने में किताबों की एक अलमारी और बहुत-सी कुर्सियाँ। यह सब पीली पालिश की हुई लकड़ी का

सरकारी फर्नीचर था। दूरवाली दीवार में एक बंद दरवाजा था, जिसके उधर यकीनन दूसरे कमरे होंगे। रस्कोलनिकोव के अंदर आते ही पोर्फिरी पेत्रोविच ने फौरन वह दरवाजा बंद कर दिया, जिससे हो कर वह कमरे में आया था, और वहाँ वे दोनों अकेले रह गए। वह अपने मेहमान से जाहिरा तौर पर काफी मिलनसारी और खुशमिजाजी के साथ मिला। रस्कोलनिकोव को कुछ मिनट बाद उसमें अटपटा महसूस करने के चिह्न दिखाई पड़े, गोया उसका सारा हिसाब गड़बड़ हो गया हो या वह कोई खुफिया काम करते हुए पकड़ा गया हो।

'आओ, यार। तो तुम आ ही गए... हमारे हलके में...' पोर्फिरी ने दोनों हाथ उसकी ओर बढ़ा कर कहना शुरू किया। 'आओ, बैठो उस्ताद... या शायद तुम्हें यह पसंद नहीं कि तुमसे यार और उस्ताद कह कर बात की जाए... खैर छोड़ो। मेरी बेतकल्लुफी का बुरा न मानना... यहाँ बैठो सोफे पर।'

रस्कोलनिकोव बैठ गया और नजरें जमा कर उसे देखने लगा। 'हमारे हलके में', बेतकल्लुफी की माफी माँगना, बीच में, फ्रांसीसी के कुछ शब्द कह देना, ये सब बातें खास होती थीं। 'उसने दोनों हाथ मेरी ओर बढ़ाए लेकिन मिलाया नहीं... मिलाने से पहले ही खींच लिया।' इस बात से रस्कोलनिकोव के मन में शक पैदा हुआ। दोनों एक-दूसरे को गौर से देखते थे, लेकिन नजरें मिलते ही बिजली जैसी तेजी से किसी दूसरी ओर देखने लगते थे।

'मैं यह कागज ले कर आपके पास आया था... घड़ी के बारे में। इसे देख लीजिए। ठीक हैं या फिर से लिख दूँ?'

'क्या कागज हाँ, हाँ... परेशान न हो, ठीक है,' पोर्फिरी पेत्रोविच ने कहा, जैसे उसे किसी बात की बड़ी जल्दी हो। यह कह चुकने के बाद उसने कागज की ओर देखा। 'हाँ, ठीक है। और किसी चीज की जरूरत नहीं है,' उसने उतनी ही तेजी से कहा और कागज मेज पर रख दिया। मिनट-भर बाद जब वह कोई दूसरी बात कर रहा था, उसने वह कागज उठा कर अपनी मेज पर रख दिया।

'मैं समझता हूँ आपने कल यह कहा था कि आप... जिसका कत्ल हुआ है उस औरत के साथ... मेरी जान-पहचान के बारे में पूछताछ करेंगे... बाकायदा, सरकारी तौर पर!' रस्कोलनिकोव ने फिर कहना शुरू किया। 'मैंने भला 'मैं समझता हूँ' क्यों जोड़ दिया,' उसके दिमाग में पलक झपकते यह विचार उठा। 'फिर फौरन ही आखिर 'मैं समझता हूँ' कह देने पर मैं इतना परेशान क्यों हूँ' यह दूसरा विचार भी उसके दिमाग में बिजली की तरह कौंधा।

अचानक उसे महसूस हुआ कि पोर्फिरी के साथ संपर्क होने के साथ ही, उसकी पहली बात पर ही, उसकी सूरत देखते ही उसकी बेचैनी ने बढ़ते-बढ़ते एक भयानक रूप ले लिया था... और यह कि यह बात बेहद खतरनाक थी। उसकी रगें तक काँप रही थीं, भावों का ज्वार चढ़ता जा रहा था। 'बहुत बुरी बात है, बहुत ही बुरी! ...मैं फिर शायद जरूरत से ज्यादा कुछ कह जाऊँगा।'

'हाँ, हाँ, हाँ! कोई जल्दी नहीं है, कोई नहीं,' पोर्फिरी पेत्रोविच ने मेज के पास किसी साफ मकसद के बिना ही इधर-से-उधर टहलते हुए बुदबुदा कर कहा। कभी वह झपट कर खिड़की के पास चला जाता, कभी दफ्तर की मेज के पास, फिर कभी लिखने की मेज के पास। कभी वह रस्कोलनिकोव की संदेही नजरों से बचने की कोशिश करता, और कभी चुपचाप खड़ा उसकी नजरों में नजरें डाल कर देखने लगता। उसका गोलमटोल, छोटा-सा शरीर देखने में अजीब लग रहा था, मानो कोई गेंद इधर-से-उधर लुढ़के और किसी चीज से टकरा कर फिर लौट आए।

'हमारे पास वक्त बहुत है! ...बहुत सिगरेट पीते हो, है तुम्हारे पास लो, पियो...' मेहमान की ओर सिगरेट बढ़ाते हुए वह बोलता रहा। 'बात यह है कि मैं तुमसे मिल तो यहाँ रहा हूँ, लेकिन मेरा अपना घर, मतलब यह कि मेरा सरकारी घर वहाँ, उस पार है। अभी तो मैं वहाँ से बाहर ही रह रहा हूँ क्योंकि उस घर में कुछ मरम्मत का काम चल रहा है। मरम्मत लगभग पूरी हो चुकी है... सरकारी घर, तुम तो जानते ही हो, बहुत बढ़िया होते हैं। क्यों, क्या खयाल है?'

'हाँ, बढ़िया होते हैं,' रस्कोलनिकोव ने लगभग व्यंग्य से उसे देखते हुए कहा।

'बहुत... बहुत ही बढ़िया,' पोर्फिरी पेत्रोविच ने फिर दोहराया, मानो अभी-अभी उसे किसी बिलकुल ही दूसरी चीज का खयाल आया हो। 'हाँ, बेहद बढ़िया,' आखिर वह लगभग चीख उठा और रस्कोलनिकोव से कोई दो कदम दूर खड़ा हो कर, उसकी आँखों में आँखें डाल कर घूरने लगा। अपने मेहमान को वह जिस गंभीर, विचारमग्न और रहस्यमयी निगाह से देख रहा था उसके साथ फूहड़ ढंग से एक ही बात को बार-बार दोहराना बेतुका लगता था।

लेकिन इस बात ने रस्कोलनिकोव का गुस्सा पहले से भी ज्यादा भड़का दिया। वह अपने आपको उसे व्यंग्य भरी और एक हद तक अविवेक से भरी चुनौती देने से न रोक सका।

'आपको पता है,' रस्कोलनिकोव ने लगभग ढिठाई से उसे देखते हुए अचानक पूछा, जैसे उसे अपनी इस ढिठाई में मजा आ रहा हो। 'मैं समझता हूँ यह एक तरह का कानूनी नियम है। छानबीन करनेवाले सभी वकीलों के लिए एक तरह का कानूनी तरीका कि वे अपना हमला दूर से शुरू करते हैं, किसी बहुत छोटी-सी बात से, कम-से-कम किसी ऐसी बात से जिसका असल मामले से कोई संबंध न हो, ताकि जिस आदमी से वे सवाल-जवाब कर रहे हों, उसे बढ़ावा मिले, या उसका ध्यान दूसरी ओर हट जाए, वह चौकस न रह पाए, और तब वे कोई टेढ़ा सवाल करके अचानक उस पर ऐसा वार करें कि वह टिक न सके। इसका पालन मैं समझता हूँ, इस धंधे के सभी कामों में पाबंदी से किया जाता है।'

'क्यों, क्या तुम्हारा खयाल यह है कि मैं सरकारी घर की चर्चा इसलिए कर रहा था... क्यों?' यह कहते हुए पोर्फिरी पेत्रोविच ने आँखें तरेर कर आँख मारी। उसके चेहरे पर जरा देर के लिए खुशमिजाजी मिली, चालाकी का भाव उभरा, माथे पर पड़े बल सीधे हो गए, आँखें सिकुड़ गईं, चेहरा कुछ और चौड़ा हो गया, और अचानक वह देर तक घबराई हुई हँसी हँसता रहा। उसका सारा शरीर हिल रहा था और वह रस्कोलनिकोव की आँखों में आँखें डाल कर देख रहा था। रस्कोलनिकोव भी न चाहते हुए हँसने लगा। लेकिन जब पोर्फिरी ने उसे हँसते देख कर ऐसा ठहाका मारा कि उसका चेहरा एकदम लाल हो गया, तो उसके प्रति रस्कोलनिकोव की घृणा सावधानी की सारी हदें तोड़ कर बाहर फूट निकली। हँसना उसने बंद कर दिया, आँखें तरेरी और नफरत भरी नजरों से पोर्फिरी को घूरता रहा। फिर तो पोर्फिरी जब तक जान-बूझ कर अपनी हँसी को खींचता गया, वह भी उस पर आँखें गड़ाए रहा। लेकिन लापरवाही दोनों ओर से बरती जा रही थी। लग रहा था कि पोर्फिरी पेत्रोविच अपने मेहमान को चिढ़ाने के लिए ही हँस रहा था और उसे इस बात की जरा भी परवाह नहीं थी कि उसके मेहमान को उसकी हँसी से कितनी नफरत हो रही थी। यह बात रस्कोलनिकोव के लिए बहुत ही अधिक महत्व रखती थी। उसने देखा कि इससे फौरन पहले पोर्फिरी कतई अटपटा महसूस नहीं कर रहा था, लेकिन शायद वह खुद, यानी कि रस्कोलनिकोव, किसी जाल में फँस गया था; कि इसमें कोई ऐसी बात होगी, कोई ऐसा उद्देश्य होगा जिसका उसे कुछ भी पता नहीं था; कि शायद हर तैयारी पहले से करके रखी गई थी और अभी एक पल में भेद अचानक उसके सामने खोल दिया जाएगा और वह अचेते ही पकड़ा जाएगा...

वह फौरन मतलब की बात पर आ गया, कुर्सी से उठ खड़ा हुआ और अपनी टोपी उठा ली।

'पोर्फिरी पेत्रोविच,' उसने सधे लहजे में लेकिन कुछ चिड़चिड़े ढंग से कहना शुरू किया, 'कल आपने कहा था कि आप चाहते हैं, मैं किसी जाँच-पड़ताल के लिए आपके पास आऊँ।' (उसने जाँच-पड़ताल शब्द पर खास जोर दिया।) 'तो मैं आ गया हूँ और आपको मुझसे अगर कुछ पूछना है तो पूछिए, वरना मुझे जाने दीजिए। मेरे पास फालतू वक्त नहीं, मुझे काम है... मुझे उस आदमी के जनाजे में जाना है जो घोड़ागाड़ी से कुचल कर मर गया, जिसका आपको... इल्म भी है,' उसने कहा। लेकिन यह बात जोड़ देने के साथ ही उसे फौरन गुस्सा आया और अपने इस गुस्से के सबब पर वह और भी चिड़चिड़ा हो गया। 'मैं तंग आ चुका हूँ, इन सब बातों से, सुना आपने और बहुत अरसे से तंग हूँ। यही एक हद तक मेरी बीमारी की वजह भी है। कहने का मतलब यह,' यह महसूस करके कि यह अपनी बीमारी की चर्चा करने का कोई मौका नहीं था, वह जोर से बोला, 'कहने का मतलब यह कि या तो जो भी पूछताछ करनी हो, फौरन कीजिए या मुझे जाने दीजिए... और अगर पूछताछ करनी भी है तो बाकायदा, सही तरीके से कीजिए! मैं किसी दूसरे तरीके से ऐसा करने की इजाजत नहीं दूँगा... अभी इस वक्त तो मैं चलता हूँ क्योंकि जाहिर है हमारे पास अब कोई ऐसा काम नहीं जिसके लिए मैं यहाँ रुकूँ।'

'कमाल है! तुम आखिर किस चीज के बारे में बातें कर रहे हो? चाहते क्या हो, मैं तुमसे किस चीज के बारे में पूछताछ करूँ?' पोर्फिरी पेत्रोविच ने फौरन हँसना बंद कर दिया और अपना लहजा बदलते हुए चहक कर बोला। 'बे-वजह परेशान न हो,' वह बेचैनी से कभी इधर जाता, कभी उधर और आग्रह के साथ रस्कोलनिकोव से बार-बार बैठ जाने को कहता। 'कोई जल्दी नहीं है, कोई भी नहीं, यह सब बकवास है। अरे, मैं तो खुश हूँ कि आखिर तुम मुझसे मिलने तो आए... मैं तो तुम्हें अपना मेहमान मानता हूँ। रहा सवाल मेरी इस कमबख्त हँसी का, तो उसके लिए मुझे माफ करना रोदिओन रोमानोविच। रोदिओन रोमानोविच यही नाम है न तुम्हारा ...मेरा स्वभाव ही ऐसा बन चुका है और तुमने तो एक दिलचस्प बात कह कर मुझे जैसे गुदगुदा दिया। तुम्हें मैं यकीन दिलाता हूँ कि कभी-कभी तो मैं आधे-आधे घंटे तक रबर की गेंद की तरह उछल-उछल कर हँसता रहता हूँ... हाँ, मेरी तबीयत में हँसी-मजाक बहुत है। मेरे जैसे डीलडौलवाले आदमी के लिए यह बात जरा खतरनाक होती है। अकसर मुझे डर लगने लगता है कि मुझे कहीं लकवा न मार जाए। बैठो, अब बैठ भी जाओ, नहीं तो मैं समझूँगा कि नाराज हो...'

रस्कोलनिकोव कुछ नहीं बोला, बस उसे सुनता और देखता रहा। पहले की ही तरह उसके माथे पर गुस्से से बल पड़े रहे। वह बैठा तो भी अपनी टोपी हाथ में ही लिए रहा।

'रोदिओन रोमानोविच, तुम्हें मैं अपने बारे में एक बात बता दूँ,' पोर्फिरी पेत्रोविच कमरे में इधर-उधर तेजी से टहलता हुआ और मेहमान से नजरें मिलाने से बचता हुआ अपनी बात कहता रहा। 'देखो, बात यह है कि मैं ठहरा एक कुँवारा; न मैं दुनियादार न लोगों के बीच मेरा कोई असर-रसूख या नाम। इसके अलावा, अब मुझे जिंदगी से कुछ मिलना भी नहीं है। मैं एक लीक पकड़े चल रहा हूँ, पुराना पड़ता जा रहा हूँ और... और एक बात देखी है तुमने, रोदिओन रोमानोविच, कि हमारे यहाँ, यानी रूस में, खास कर इस पीतर्सबर्ग के समाज में, अगर दो ऐसे समझदार कहीं मिल जाएँ, जो एक-दूसरे को अच्छी तरह न जानते हों लेकिन एक-दूसरे की एक तरह से इज्जत करते हों, जैसे तुम और मैं हैं, तो उन्हें बातचीत का कोई विषय ढूँढ़ने में ही आधा घंटा लग जाता है। वे गूँगे बन जाते हैं; एक-दूसरे के सामने बैठे अटपटा-सा महसूस करते रहते हैं। हरेक के पास बातचीत के लिए कुछ न कुछ जरूर होता है, मिसाल के लिए बड़े घरों की औरतों के पास... समाज के ऊँचे वर्गों के पास हमेशा बातचीत के अपने विषय होते हैं, बँधे,

294

बँधाए, लेकिन हम जैसे मामूली लोग, मेरा मतलब है सोचने वाले लोग... उनकी जबान हमेशा ही बंद रहती है और वे अटपटा-सा महसूस करते हैं। वजह क्या है इसकी मुझे नहीं मालूम, ऐसा क्यों होता है : इसलिए कि हम लोगों में कोई समाजी दिलचस्पी नहीं होती, या इसलिए कि हम इतने ईमानदार होते हैं कि एक-दूसरे को धोखा देना नहीं चाहते। तुम्हारा खयाल क्या है टोपी रख दो, नहीं तो ऐसा लगता रहेगा कि तुम जानेवाले हो। इससे मुझे उलझन होती है... जबकि अभी मुझे वाकई खुशी है...'

रस्कोलनिकोव ने अपनी टोपी रख दी और गंभीर मुद्रा बनाए, त्योरियों पर बल डाले, चुपचाप बैठा पोर्फिरी पेत्रोविच की गोल-मोल और खोखली बकवास सुनता रहा। 'यह क्या सचमुच अपनी बेवकूफी की बातों से मेरा ध्यान बँटाना चाहता है?'

'मैं यहाँ तुम्हें कॉफी नहीं पिला सकता। इस काम के लिए यह जगह है भी नहीं। लेकिन एक दोस्त के साथ पाँच मिनट क्यों नहीं बिताए जा सकते?' पोर्फिरी बड़बड़ाता रहा, 'और सरकारी काम का हाल तुम तो जानते ही हो। ...मेरे इस तरह इधर-उधर टहलने का बुरा न मानना; इसके लिए मैं माफी चाहता हूँ। मुझे डर लग रहा है कि कहीं मेरी किसी बात का बुरा न मान जाओ, लेकिन यह कसरत मेरे लिए बेहद जरूरी है। मुझे हर वक्त बैठे रहना पड़ता है और पाँच मिनट भी चलने-फिरने को मिल जाएँ तो मुझे बेहद खुशी होती है... हरदम बैठे ही रहना जी का जंजाल हो गया है... बवासीर है न... मैं हमेशा यही सोचता रहता हूँ कि इलाज के लिए कसरत करना शुरू कर दूँ, सुना है कि बड़े-बड़े अफसर, प्रिवी कौंसिलर तक बीच-बीच में खुश हो कर रस्सी कूदते रहते हैं; यही तो है आधुनिक विज्ञान! ...हाँ, हाँ... लेकिन जहाँ तक यहाँ मेरे काम का सवाल है, यह सारी जाँच-पड़ताल और इसी तरह की सारी रस्मी कार्रवाई... जाँच-पड़ताल की बात तो अभी तुम ही कर रहे थे... तो मैं तुम्हें यकीन दिलाता हूँ कि कभी-कभी इस जाँच-पड़ताल में जिससे पूछताछ की जाती है, उसको उतनी परेशानी नहीं होती जितनी कि पूछताछ करनेवाले को होती है... अभी तुमने खुद यह बात बहुत अच्छे और दिलचस्प ढंग से कही थी।' (रस्कोलनिकोव ने इस तरह की कोई बात नहीं कही थी।) 'आदमी है कि उलझ कर रहा जाता है! एकदम उलझ कर वह एक ही सुर में अलापता रहता है, ढोलक की तरह! सुना है कोई सुधार होनेवाला है और हम लोगों के ओहदों के नाम बदल दिए जाएँगे। चलो, कम-से-कम इतना तो होगा, हि:हि:हि:! जहाँ तक हमारे कानूनी तरीकों का सवाल है, जैसा कि तुमने दिलचस्प तरीके से उसे बयान किया, मैं तुमसे सौ पैसे सहमत हूँ। गँवार से गँवार कोई किसान ही क्यों न हो, जिस कैदी पर भी मुकद्मा चलाया जाता है वह जानता है कि ये लोग शुरू में उससे बे-मतलब सवाल करके उसे गाफिल करते हैं। (जैसा कि तुमने बहुत अच्छे ढंग से बयान किया) और फिर अचानक उस पर करारी चोट करते हैं कि बंदा ढेर हो जाता है... हि:-हि:-हि:! तुम्हारी ही दी हुई मुनासिब मिसाल है... हि:-हि:-हि:! तो तुम्हारा सचमुच यह खयाल था कि 'सरकारी घर' से मेरा मतलब... हि:-हि:-हि:! तुम भी खूब डंक मारनेवाले आदमी हो। अच्छा, तो लो यह बात मैं नहीं करता! अरे हाँ, याद आया! बात में से बात निकलती है। तुमने अभी बाकायदा कार्रवाई की बात कही थी, जाँच-पड़ताल के सिलसिले में... याद है लेकिन बाकायदा कार्रवाई से फायदा क्या? कई मुआमलों में तो यह सरासर बकवास होती है। कभी-कभी तो दोस्ताना बातचीत करके ही उससे कहीं ज्यादा बातें मालूम की जा सकती हैं। बाकायदा कार्रवाई का सहारा तो कभी भी लिया जा सकता है, इसका मैं तुम्हें यकीन दिला दूँ। बहरहाल उससे नतीजा क्या निकलता है? छानबीन करनेवाला मजिस्ट्रेट हर कदम पर बाकायदा कार्रवाई की हदों में जकड़ कर तो नहीं रह सकता। छानबीन का काम, यूँ कहो कि अपने ढंग की एक अलग ही कला है... हि:-हि:-हि:...'

पोर्फिरी पेत्रोविच ने एक मिनट रुक कर दम लिया। वह थके बिना धाराप्रवाह बोलता रहा। कभी-कभी अपनी खोखली निर्थक बातों के बीच कोई पहेली जैसे शब्द बोल देता था, और फिर वही बेसर-पैर की बकवास करने लगता था। वह जमीन की ओर देखता हुआ कमरे में इधर-से-उधर, लगभग दौड़ रहा था और उसकी छोटी-छोटी पर मोटी टाँगों की रफ्तार लगातार तेज होती जा रही थी। उसने दायाँ हाथ पीठ के पीछे कर रखा था और बाएँ हाथ को हिला-हिला कर ऐसे भाव व्यक्त करने की कोशिश कर रहा था... जो उसके शब्दों से कतई मेल नहीं खाते थे। रस्कोलनिकोव का ध्यान अचानक इस बात की ओर गया कि कमरे में इधर-से-उधर भागते वक्त दो बार यूँ लगा कि वह दरवाजे के पास एक पल के लिए ठिठका, मानो कुछ सुनने की कोशिश कर रहा हो...' उसे क्या किसी बात का इंतजार है?'

'तुम्हारा कहना एकदम ठीक है,' पोर्फिरी ने चौकस रस्कोलनिकोव की ओर बेहद मासूमियत से देखते हुए, खुश हो कर कहना शुरू किया (इस बात से रस्कोलनिकोव चौंका और फौरन चौकस हो गया) : 'हमारे कानूनी तौर-तरीकों पर तुम्हारा इस तरह मजे ले-ले कर हँसना एकदम ठीक है... हिः-हिः-हिः! हमारे ये पेचीदा मनोवैज्ञानिक तरीके तो इतने बेसिर-पैर के हैं कि उन पर हँसी आती है, उनमें कम-से-कम कुछ तो जरूर ऐसे हैं। अगर कोई कानूनी कार्रवाई की बहुत सख्ती से पाबंदी करे तो वे बेकार भी साबित होते हैं। हाँ... मैं फिर कानूनी कार्रवाई की ही बात करने लगा। खैर, जो भी छोटा-मोटा मामला मेरे हवाले किया जाता है उसमें अगर मैं किसी आदमी को पहचान लूँ, यूँ कहो कि अगर किसी पर मुझे शक हो जाए कि वह अपराधी है तो... तुम कानून ही पढ़ रहे हो न, रोदिओन रोमानोविच?'

'पढ़ रहा था...'

'खूब, तो यह एक ऐसी मिसाल है जो आगे चल कर तुम्हारे काम आएगी - हालाँकि अपराध के बारे में तुम्हारे जैसे बढ़िया लेख उसके बाद भी छपे हैं... यह न समझना कि मैं तुम्हें कुछ सिखाने की जुरअत कर रहा हूँ, मैं तो बस एक मिसाल दे रहा हूँ... तो यूँ समझ लो कि मैं अगर किसी को अपराधी समझ भी लूँ तो मैं पूछता हूँ, इसकी क्या जरूरत है कि उसके खिलाफ सबूत होते हुए भी मैं उसे वक्त से पहले परेशान करूँ? किसी मामले में हो सकता है कि मेरे लिए किसी को फौरन गिरफ्तार कर लेना जरूरी हो, लेकिन दूसरे मामले में हालत एकदम दूसरी भी हो सकती है... तुम तो जानते ही हो... तो मैं उसे शहर में थोड़ा घूम-फिर लेने का मौका क्यों न दूँ? हिः-हिः-हिः! लेकिन मैं देख रहा हूँ कि बात तुम्हारी समझ में कुछ आ नहीं रही... लो, मैं तुम्हें इससे भी ज्यादा साफ मिसाल देता हूँ। अगर मैं उसे जरूरत से पहले ही जेल में डाल दूँ, तो एक तरह से यह भी हो सकता है कि उसे मेरी वजह से नैतिक सहारा मिल जाए... हिः-हिः! तो तुम हँस रहे हो?'

(रस्कोलनिकोव हँसने की बात सोच भी नहीं रहा था। वह अपने होठ भींचे और अपनी बुखार से चूर आँखें पोर्फिरी पेत्रोविच पर गड़ाए हुए बैठा था।) 'फिर भी होता यही है, खासतौर पर कुछ लोगों के मामले में। आदमी तो हर तरह के होते हैं लेकिन उन सबसे निबटने का एक ही सरकारी तरीका होता है। तुम सबूत की बातें करते हो। तो, सबूत तो हो सकता है। लेकिन, तुम जानो, सबूत तो आमतौर पर दोधारी तलवार जैसा हो सकता है। मैं जाँच-पड़ताल का मजिस्ट्रेट तो जरूर हूँ, लेकिन इनसान भी तो हूँ! मैं ऐसा सबूत जुटाना चाहूँगा जो समझ लो कि हिसाब की तरह साफ हो। मैं ऐसे सुबूतों का एक पूरा सिलसिला तैयार करना चाहूँगा जैसे दो और दो चार होते हैं। सबूत सीधा और ऐसा होना चाहिए कि उसकी काट न हो सके! तो अगर मैं जरूरत से ज्यादा पहले ही उसे बंद कर दूँ, चाहे मुझे उसके अपराधी होने का पूरा-पूरा विश्वास ही क्यों न हो - तो बहुत मुमकिन है कि मैं उसके खिलाफ और ज्यादा सबूत

जुटाने का रास्ता ही अपने पर बंद कर लूँ! पूछो क्यों? मैं उसे एक तरह से एक निश्चित मनोवैज्ञानिक स्थिति में पहुँचा कर उसकी सारी दुविधा दूर कर दूँगा, उसे निश्चित कर दूँगा, और इस तरह वह वापस अपने खोल में चला जाएगा। लोग कहते हैं कि सेवास्तोपोल में, आल्मा की जंग के फौरन बाद, वहाँ के होशियारों के दिल में यह डर समा गया था कि दुश्मन खुला हमला करेगा और सेवास्तोपोल पर कब्जा कर लेगा। लेकिन जब उन्होंने देखा कि दुश्मन बाकायदा घेराबंदी के पक्ष में है, तो उन्हें बहुत खुशी हुई : वे इसलिए खुश थे कि घेराबंदी कम-से-कम दो महीने खिंचेगी। तुम फिर हँस रहे हो... तो तुम्हें अभी भी मेरी बात पर यकीन नहीं आया तुम्हारा कहना भी ठीक ही है। ठीक कहते हो, तुम बिलकुल ठीक कहते हो। ये सब खास मिसालें हैं, मैं मानता हूँ, खास कर यह आखिरी मिसाल। लेकिन तुम्हें यह बात समझनी चाहिए, रोदिओन रोमानोविच मेरे दोस्त, कि वह मिसाल जिसके लिए सारे कानूनी तौर-तरीके और कायदे बनाए जाते हैं, जिसे सामने रख कर सारा हिसाब लगाया गया और किताबों में दर्ज किया गया, वह औसत मिसाल कहीं होती भी नहीं। इसलिए कि मिसाल के लिए हर अपराध, जैसे ही वह होता है, फौरन एक खास मामला बन जाता है और कभी-कभी तो वह ऐसा मामला बन जाता है जैसा उससे पहले कभी सामने आया ही नहीं। कभी-कभी इस तरह के बहुत ही हास्यास्पद मामले भी होते हैं। अगर मैं किसी भले आदमी को उसके हाल पर छोड़ दूँ, अगर उसे एकदम न छेड़ूँ, उसे परेशान न करूँ, लेकिन उसे यह जता दूँ या कम-से-कम उसके दिल में यह शक पैदा कर दूँ कि मुझे उस मामले के बारे में सब कुछ पता है और मैं दिन-रात उस पर नजर रखे हुए हूँ, अगर वह हरदम इसी शक और डर का शिकार बना रहे, तो यकीनन वह अपने होश-हवास खो बैठेगा। वह आप चल कर मेरे पास आएगा या फिर कोई ऐसी हरकत कर बैठेगा जिससे सारी बात दो और दो चार की तरह साफ हो जाएगी... बड़ा मजा आता है इसमें। जाहिल किसान के मामले में भी ऐसा ही होता है, लेकिन हम लोग जैसे पढ़े-लिखे और समझदार आदमी के मामले में तो, जिसमें इसके अलावा कुछ... वह क्या नाम है... कुछ खास रुझान भी हों, ऐसा होना यकीनी हैं इसलिए, मेरे दोस्त कि यह जानना बहुत जरूरी होता है कि किसी आदमी के दिमाग में किस तरह के रुझान सबसे ज्यादा हावी हैं। और फिर धीरज का भी सवाल होता है... कि किसमें कितना धीरज है इस बात की ओर तुमने तो ध्यान भी नहीं दिया! इसलिए कि आजकल सभी लोग कितने बीमार, बेचैन और चिड़चिड़े दिखाई देते हैं! ...जरा सोचो, वे सब लोग दुनिया से कितने तंग रहते हैं। उनमें से हर एक के दिल में कितना जहर भरा है। मैं तुम्हें यकीन दिलाता हूँ, ये सारी बातें हमारे लिए सोने की खान जैसी होती हैं। और शहर भर में उसके खुले फिरते रहने से मुझे क्या परीशानी? घूमने दो! जितना जी चाहे घूम-फिर लेने दो! मैं अच्छी तरह जानता हूँ कि मैंने उसे पकड़ लिया है, वह मेरे पंजे से निकल नहीं सकता। भाग कर जाएगा कहाँ... हिः-हिः-हिः ...विदेश? एक पोल तो विदेश भाग जाएगा, लेकिन मेरा आदमी नहीं, खास कर इसलिए कि उस पर मेरी नजर है, मैंने सारी रोकथाम कर रखी है। शायद वह कहीं दूर देहात में निकल जाए लेकिन उसे वहाँ किसानों... असली रूसी किसानों के अलावा कोई नहीं मिलेगा। आजकल का पढ़ा-लिखा रूसी हमारे किसानों जैसे अजनबियों के बीच रहने की बजाय जेल में रहना ज्यादा पसंद करेगा। हिः-हिः-हिः! लेकिन यह सब है बकवास और वह भी छिछोरी बकवास। 'वह भाग जाएगा' - मतलब क्या है इसका? महज अटकल। बात यह तो है ही नहीं। देखो, वह मुझसे इसलिए नहीं भाग सकता कि उसके पास जाने के लिए कोई जगह है ही नहीं। फिर उसकी दिमागी हालत भी ऐसी होती है कि वह मुझसे भाग कर जा ही नहीं सकता। हिः-हिः! क्या लाजवाब बात है! इनसानी स्वभाव से वह ऐसा बँधा रहता है कि उसके पास भाग कर जाने की कोई जगह हो, तब भी वह मुझसे भाग कर नहीं जा सकता। कभी तुमने शमा पर परवाने को मँडराते देखा है उसी तरह वह भी मेरे चारों ओर, शमा के चारों ओर, मँडराता रहेगा। उसमें आजादी की कोई चाह नहीं रह जाएगी। वह अपने ही विचारों में घुटता रहेगा, अपने ही चारों ओर एक जाल बुन लेगा, चिंता करते-करते मर जाएगा! इतना ही नहीं, वह

मेरे लिए गणित के सवाल जैसा साफ सबूत जुटा देगा - अगर मैं उसे काफी लंबा वक्त दूँ... तो वह मेरे चारों ओर मँडराता रहेगा, मँडराता रहेगा, धीरे-धीरे मेरे पास आता जाएगा और फिर... लप! सीधे मेरे मुँह में आ जाएगा, मैं उसे निगल जाऊँगा, और इसमें बड़ा मजा आएगा... हिः-हिः-हिः! तुम्हें मेरी बात पर यकीन नहीं आता?'

रस्कोलनिकोव ने कोई जवाब नहीं दिया। उसका रंग पीला पड़ रहा था और वह पत्थर की मूरत की तरह बैठा नजरें गड़ा कर पोर्फिरी के चेहरे को घूरता रहा।

'पाठ अच्छा पढ़ा लेता है!' उसने सोचा और उसका सारा शरीर ठंडा पड़ने लगा। 'यह कल जैसी बात भी नहीं है कि बिल्ली के पंजे में चूहा आ गया और वह उससे खेल रही है। यह किसी खास मतलब के बिना, सिर्फ मुझे अपनी ताकत तो नहीं दिखा रहा... मुझे कोई खास दिशा में जाने का उकसावा देने के लिए वह इससे कहीं ज्यादा चालाक है... जरूर कोई दूसरी चाल होगी। क्या यह सब बकवास है, मेरे दोस्त, तुम दिखावा कर रहे हो मुझे डराने के लिए! तुम्हारे पास कोई सबूत नहीं है और जो शख्स कल मेरे पास आया था वह असल में कहीं है ही नहीं। तुम बस यह चाहते हो कि मैं अपना संतुलन खो बैठूँ; पहले से मुझे भड़काना और इस तरह मुझे कुचल देना चाहते हो। लेकिन यह तुम्हारी भूल है। तुम ऐसा नहीं कर पाओगे... ऐसा कर नहीं सकोगे! लेकिन मुझे इस तरह अपनी सारी चाल पहले से बताने की तकलीफ क्यों उठा रहा है भला किस चीज का भरोसा किए बैठा है मेरे उलझे हुए दिमाग का? नहीं दोस्त, यह भूल है तुम्हारी, तुम ऐसा कभी नहीं कर सकोगे, भले ही तुम्हारे पास कोई जाल हो... देखना है, मेरे खिलाफ तुम्हारे पास क्या-क्या हथकंडे हैं।'

अब वह एक भयानक और अज्ञात आफत के लिए तैयार था। कभी-कभी उसका जी चाहता था कि वह पोर्फिरी पर टूट पड़े, उसका गला घोंट दे। उसे इसी गुस्से से शुरू से ही डर लग रहा था। उसको महसूस हुआ कि उसके सूखे होठों पर झाग आ रहा है। दिल धड़क रहा था। लेकिन अभी भी वह अपने इसी इरादे पर कायम था कि सही वक्त से पहले नहीं बोलेगा। उसने अच्छी तरह समझ लिया था कि वह जिस हालत में था उसके लिए सबसे अच्छा रवैया यही था। जरूरत से ज्यादा कही गई बातों की बजाय उसकी खामोशी से दुश्मन ज्यादा चिड़चिड़ाएगा और उसे जरूरत से ज्यादा खुल कर बातें करने का उकसावा मिलेगा। उसे कम-से-कम यही उम्मीद थी।

'नहीं, मैं देख रहा हूँ कि तुम्हें मेरी बात पर यकीन नहीं आ रहा। तुम समझते हो मैं तुम्हारे साथ यूँ ही कोई बेमतलब मजाक कर रहा हूँ,' पोर्फिरी ने फिर कहना शुरू किया। हर पल उसका जोश बढ़ता जा रहा था और थोड़ी-थोड़ी देर बाद वह चहक उठता था। वह एक बार फिर कमरे में इधर-से-उधर टहलने लगा था। 'और तुम्हारा ऐसा समझना यकीनन ठीक है। भगवान ने मुझे डीलडौल ही ऐसा दिया है कि इसे देख कर अगला शख्स हँसने के सिवा और कर ही क्या सकता है। मैं बिलकुल मसखरा लगता हूँ। लेकिन इतना मैं तुम्हें बता दूँ, और इस बात को मैं दोहराना चाहता हूँ। मुझे बूढ़ा समझ कर माफ कर देना, रोदिओन रोमानोविच, तुम अभी जवान हो, तुम्हारी जवानी अभी एक तरह से शुरू ही हुई है और इसलिए तुम सभी नौजवानों की तरह अकल को सबसे बड़ी चीज समझते हो। मजाकिया हाजिर-जवाबी और हवाई दलीलें तुम्हें अच्छी लगती हैं। जहाँ तक मैं फौजी मुआमलों को समझ सका हूँ, यह आस्ट्रिया की पुरानी शाही फौजी कौंसिल जैसी बात है। मतलब यह कि कागज पर उन्होंने नेपोलियन को हरा दिया था, उसे कैदी भी बना लिया था, और अपने अध्ययनकक्षों में उन्होंने बड़ी होशियारी से सारा हिसाब-किताब ठीक भी कर लिया था, लेकिन क्या देखा हमने कि जनरल मैक ने अपनी पूरी फौज सहित हथियार डाल दिए थे... हिः-हिः-हिः! मैं देख रहा हूँ, देख रहा हूँ रोदिओन रोमानोविच, कि तुम इसी बात पर हँस रहे हो कि मुझ जैसा गैर-फौजी आदमी फौजी

इतिहास से मिसालें निकाल कर दे रहा है। लेकिन मैं मजबूर हूँ, यह मेरी कमजोरी है। मुझे युद्ध-कला के बारे में पढ़ने का शौक है। ...और सारा फौजी इतिहास पढ़ने का तो उससे भी ज्यादा शौक है। मैं जिंदगी के लिए सही रास्ता चुनने में चूक गया। मुझे फौज में होना चाहिए था... कसम से कहता हूँ, मुझे वहीं होना चाहिए था। नेपोलियन तो मैं नहीं बन पाता, लेकिन मेजर तो बन ही जाता... हिः-हिः-हिः! खैर, तो मैं सारी बात तुम्हें सच-सच बताए देता हूँ दोस्त, मेरा मतलब है इस खास मिसाल के बारे में : सच्चाई और आदमी का स्वभाव ऐसी चीजें हैं कि भारी महत्व रखती हैं, और हैरत होती है कि कभी-कभी इनकी वजह से सही से सही हिसाब भी किस तरह गलत हो जाता है! एक बूढ़े आदमी की बात सुनो - मैं बहुत संजीदगी से कह रहा हूँ रोदिओन रोमानोविच,' (यह बात कहते हुए पोर्फिरी पेत्रोविच, जो मुश्किल से पैंतीस साल का होगा, सचमुच बूढ़ा लगने लगा; उसकी आवाज तक बदल गई और लगा कि वह कुछ सिकुड़ भी गया है), 'इसके अलावा, मैं खरी बात कहनेवाला आदमी हूँ... खरी-खरी कहनेवाला हूँ कि नहीं तुम्हारा क्या खयाल है? मैं समझता हूँ कि मैं सचमुच हूँ : ये सारी बातें मैं तुम्हें तुमसे कुछ लिए बिना ही बताए दे रहा हूँ और मुझे यह उम्मीद भी नहीं कि मुझे कोई इनाम मिलेगा... हिः-हिः-हिः! हाँ, तो मैं कह रहा था कि मेरी राय में हाजिर-जवाबी बहुत अच्छी चीज है, एक तरह से प्रकृति का वरदान है और जिंदगी के लिए बहुत बड़ी तसल्ली की चीज है। क्या-क्या गुल खिला सकती है यह! यहाँ तक कि कभी-कभी तो बेचारे जाँच-पड़ताल करनेवाले मजिस्ट्रेट के लिए भी यह पता लगाना मुश्किल हो जाता है कि आखिर वह है कहाँ, खास कर तब, जब इस बात का खतरा हो कि वह भी कहीं अपने मन में सोची हुई बातों की धार में न बह जाए, क्योंकि वह भी तो बहरहाल इनसान ही होता है! लेकिन आम तौर पर अपराधी का स्वभाव उसे बचा लेता है - यही तो मुसीबत है! लेकिन अपनी हाजिर-जवाबी के धारे में बह जानेवाले नौजवान 'सारी अड़चनों को पार करके आगे निकल जाते वक्त,' जैसा कि तुमने इसी बात को कल बड़े दिलचस्प ढंग से और बड़ी होशियारी से बयान किया था, इसके बारे में नहीं सोचते। वह झूठ बोलेगा - मेरा मतलब उस आदमी से है जो खास मिसाल होता है, जो भेस बदले रहता है - और वह हद दर्जे की चालाकी से अच्छी तरह झूठ बोलेगा; आप समझेंगे कि उसकी जीत हो जाएगी और वह अपनी हाजिर-जवाबी के फल चखेगा, लेकिन तभी सबसे दिलचस्प, सबसे बेतुके मौके पर उसे गश आ जाएगा। जाहिर है कि इसकी वजह बीमारी भी हो सकती है, कमरे में घुटन भी हो सकती है, लेकिन फिर भी! बहरहाल, इससे हमें कुछ सुराग तो मिल ही जाता है! उसने झूठ तो लाजवाब बोला, लेकिन अपने स्वभाव को भूल गया और इसी से उसका भाँडा फूट गया! फिर कभी ऐसा भी होता है कि अपनी मजाकिया हाजिर-जवाबी के धारे में बह कर वह उसी आदमी का मजाक उड़ाने लगता है जो उस पर शक करता है, उसका रंग पीला पड़ जाता है, गोया वह जान-बूझ कर, गुमराह करने के लिए ऐसा कर रहा हो, लेकिन उसके चेहरे का पीलापन बहुत ही स्वाभाविक होता है, बिलकुल असली जैसा, और इससे भी हमें सुराग मिल जाता है! हो सकता है कि उससे सवाल करनेवाला शुरू-शुरू में धोखा खा जाए, लेकिन अगर वह बेवकूफ नहीं है तो रात को उसके बारे में सोचेगा और असलियत का पता लगा लेगा... हर कदम पर यही तो होता रहता है! वह लगातार बोलता रहता है जबकि उसे चुप रहना चाहिए... वह दुनिया-भर की मिसालें ढूँढ़ कर देता है... हिः-हिः-हिः! आ कर पूछता है कि आपने हमें बहुत पहले ही क्यों नहीं पकड़ लिया... हिः-हिः-हिः! और यह जान लो कि चालाक से चालाक आदमी के साथ, सारा मनोविज्ञान जाननेवाले के साथ, साहित्यिक प्रवृत्तिवाले आदमी के साथ भी ऐसा हो सकता है। स्वभाव के आईने में हर चीज एकदम साफ नजर आती है! आईने को ध्यान से देखो और जो कुछ दिखे उसे सराहो! लेकिन तुम्हारा रंग इतना पीला क्यों पड़ रहा है, रोदिओन रोमानोविच कमरे में घुटन है क्या? खिड़की खोलूँ?'

'नहीं, आप तकलीफ न कीजिए,' रस्कोलनिकोव ने ऊँचे स्वर में कहा और अचानक हँस पड़ा। 'आप कतई तकलीफ न कीजिए!'

पोर्फिरी उसके सामने आ कर खड़ा हो गया, एक पल रुका और फिर वह भी यकायक हँस पड़ा। रस्कोलनिकोव अचानक अपनी दीवानों जैसी हँसी रोक कर सोफे से उठ खड़ा हुआ।

'पोर्फिरी पेत्रोविच,' उसने ऊँचे लहजे में साफ-साफ कहना शुरू किया, हालाँकि उसकी टाँगें काँप रही थीं और वह ठीक से खड़ा भी नहीं हो पा रहा था। 'आखिर अब मेरी समझ में साफ-साफ आ गया है कि आपको मुझ पर उस बुढ़िया और उसकी बहन लिजावेता को कत्ल करने का शक है। जहाँ तक मेरा सवाल है, मैं आपको बता दूँ कि मैं इन सब बातों से तंग आ चुका हूँ। अगर आप समझते हैं कि आपको मुझ पर कत्ल का इल्जाम लगाने या मुकद्मा चलाने का अधिकार है तो वही कीजिए। लेकिन मैं किसी को इसकी इजाजत नहीं दूँगा कि मेरे मुँह पर मेरा मजाक उड़ाया जाए और मुझे सताया जाए।'

एकाएक उसके होठ काँपने लगे, आँखें गुस्से से सुलग उठीं, और वह अपनी आवाज भी काबू में नहीं रख पा रहा था।

'ऐसा मैं होने नहीं दूँगा!' मेज पर जोर से मुक्का मारते हुए वह चिल्लाया। 'सुना आपने, पोर्फिरी पेत्रोविच! इसकी इजाजत मैं नहीं दूँगा!'

'हे भगवान! इसका मतलब क्या है' पोर्फिरी पेत्रोविच भी जोर से बोला। सूरत से लग रहा था कि वह काफी डर चुका था। 'यार रोदिओन रोमानोविच तुम्हें हो क्या गया है?'

'मैं ऐसा होने नहीं दूँगा!' रस्कोलनिकोव फिर चीखा।

'धीमे बोलो, दोस्त! लोग सुनेंगे तो अंदर आ जाएँगे। जरा सोचो फिर हम उनसे क्या कहेंगे...' पोर्फिरी पेत्रोविच अपना मुँह रस्कोलनिकोव के मुँह के पास ला कर घबराते हुए धीमे से बोला।

'मैं ऐसा होने नहीं दूँगा, नहीं होने दूँगा!' रस्कोलनिकोव मशीनी ढंग से दोहराता रहा। लेकिन वह भी अचानक अब धीमे लहजे में बोलने लगा था।

पोर्फिरी तेजी से घूम कर खिड़की खोलने के लिए लपका।

'कुछ ताजा हवा आने दो! और तुम मेरे यार, थोड़ा-सा पानी पी लो। तुम्हारी तबीयत ठीक नहीं है!' वह पानी माँगने के लिए दरवाजे की ओर लपका ही था कि कोने में उसे एक जग में पानी रखा नजर आया।

'लो, थोड़ा-सा पियो,' जग ले कर तेजी से उसकी ओर आते हुए वह धीमे स्वर में बोला। 'इससे तबीयत सँभल जाएगी...' पोर्फिरी की बौखलाहट और हमदर्दी इतनी स्वाभाविक थी कि रस्कोलनिकोव चुप हो गया और उसे भारी उत्सुकता से देखता रहा। पर उसने पानी नहीं पिया।

'रोदिओन रोमानोविच, मेरे यार! मैं तुमसे सच कहता हूँ कि इस तरह तो तुम अपने आपको खब्ती बना लोगे। छिः! पी भी लो, थोड़ा-सा पानी पी लो!'

उसने गिलास जबरदस्ती उसे पकड़ा दिया। रस्कोलनिकोव मशीन की तरह उसे होठों तक ले गया, लेकिन फिर बेजारी से उसे मेज पर वापस रख दिया।

'हाँ, तुम्हें जरा-सा दौरा तो पड़ा था! तुम इस तरह तो अपनी बीमारी फिर वापस बुला लोगे, तो दोस्त,' पोर्फिरी पेत्रोविच दोस्ताना हमदर्दी से चहक कर, हालाँकि वह अभी भी कुछ घबराया हुआ लग रहा था। 'भगवान के लिए, अपनी सेहत की ओर से इतनी लापरवाही तो मत करो! द्मित्री प्रोकोफिच यहाँ आया था, मुझसे मिलने। मैं जानता हूँ, जानता हूँ मैं कि मेरा मिजाज बहुत बुरा और तानेबाज है, लेकिन लोग उसका जाने क्या-क्या मतलब निकाल लेते हैं... हे भगवान, वह कल तुम्हारे जाने के बाद आया था। हम लोगों के साथ खाना खाया और वह बातें करता रहा। बोलता रहा, बोलता रहा, यहाँ तक कि आखिर में निराश हो कर दुआ माँगने लगा! मैंने सोचा - हे भगवान! ...वह तुम्हारे पास से आया था क्या? लेकिन तुम बैठो तो, मेरे हाल पर रहम खा कर बैठ जाओ!'

'नहीं, वह मेरे पास से नहीं आया था, लेकिन मुझे पता था कि वह आपके पास गया था और किसलिए गया था,' रस्कोलनिकोव ने तीखेपन से जवाब दिया।

'तुम्हें पता था?'

'हाँ, पता था। तो उससे क्या हुआ?'

'तो बात यह है रोदिओन रोमानोविच, मेरे दोस्त, कि मुझे तुम्हारे बारे में उससे ज्यादा मालूम है; मुझे हर बात पता है। मुझे यह भी मालूम है कि तुम रात के वक्त अँधेरे में फ्लैट किराए पर लेने गए थे। तुमने घंटी बजाई, खून के बारे में पूछा, और मजदूरों और दरबानों को चक्कर में डाल दिया। हाँ, तुम्हारे दिमाग की तब जो हालत थी उसे मैं समझता हूँ... लेकिन मैं सच कहता हूँ, इस तरह तो तुम पागल हो जाओगे! दिमाग ठिकाने नहीं रहेगा! तुम्हारे साथ पहले तो तुम्हारे मुकद्दर की तरफ से और फिर पुलिस अफसरों की तरफ से जो ज्यादतियाँ हुई हैं, उन पर तुम्हारे दिल में बेहद गुस्सा भरा हुआ है। सो तुम एक से दूसरी चीज की ओर भागते रहते हो कि उन्हें खुल कर बोलने पर मजबूर करो और इस पूरे किस्से का खात्मा कर दो क्योंकि तुम इन सारे शक-शुबहों और बेवकूफी की बातों से उकता चुके हो। है न यही बात देखो, मैंने सही-सही अंदाजा लगा लिया है कि तुम क्या महसूस करते हो, कि नहीं ...हाँ, इतनी बात जरूर है कि इस तरह तुम अपना भी दिमाग खराब करोगे और रजुमीखिन का भी। वह इतना नेक बंदा है कि उसे ऐसी हालत में नहीं पहुँचना चाहिए; यह बात तो तुम्हें मालूम होनी ही चाहिए। तुम बीमार और वह नेक, और तुम्हारी बीमारी की छूत उसे भी लग सकती है... जब तुम्हारे हवास जरा और दुरुस्त होंगे तब मैं तुम्हें इस बारे में बताऊँगा... लेकिन, भगवान के लिए बैठो तो सही। थोड़ा आराम करो... पर... तुम्हारी सूरत डरावनी लगती है। बैठ भी जाओ!'

रस्कोलनिकोव बैठ गया। अब वह काँप नहीं रहा था पर उसका सारा शरीर तप रहा था। वह आश्चर्य से और ध्यान दे कर पोर्फिरी पेत्रोविच की बातें सुनता रहा, जो दोस्ताना ढंग से उस पर ध्यान देते हुए भी कुछ डरा हुआ लग रहा था लेकिन रस्कोलनिकोव को उसके एक शब्द पर भी विश्वास नहीं था, हालाँकि अजीब बात यह थी कि उसका दिल विश्वास करने को हो रहा था। पोर्फिरी ने फ्लैट के बारे में जो कुछ कहा था, उससे वह बेबस हो गया था, क्योंकि उसने कभी सोचा भी नहीं था कि उसके मुँह से यह बात सुनेगा। 'यह कैसे हो सकता है। इसका मतलब है कि इसे फ्लैट के बारे में मालूम है,' उसने अचानक सोचा, 'और यह खुद इसके बारे में बता रहा है!'

'हाँ, हमारे कानून के इतिहास में लगभग ऐसे ही एक मामले की मिसाल मिलती है, बीमार मनोदशा के मामले की,' पोर्फिरी ने अपनी बात का टूटा हुआ सिरा फिर से पकड़ते हुए जल्दी से कहना शुरू किया। 'उस मामले में भी किसी को यह बात सूझी कि कत्ल के जुर्म का इकबाल कर ले। और, सच कहता हूँ, उसने यह काम कमाल से किया! हम लोगों को उसने एक सरासर ऊटपटाँग किस्सा सुनाया, जैसे सचमुच सारी बातें उसकी आँखों के सामने हो रही हों... उसने ठोस तथ्य पेश किए, सारी परिस्थितियाँ बयान की और हर किसी को बुरी तरह चकरा कर रख दिया। और किसलिए इसलिए कि कुछ हद तक, लेकिन कुछ ही हद तक, अनजाने में, वह भी उस कत्ल का सबब था। सो जब उसे पता चला कि उसकी वजह से ही कातिलों को मौका मिला था, तो वह घोर निराशा में डूब गया, उसके मन में बात बैठ गई और उसका दिमाग फिर गया। वह तरह-तरह की कल्पनाएँ करने लगा और धीरे-धीरे उसने अपने आपको कायल कर लिया कि कत्ल उसी ने किया था। लेकिन आखिरकार सेनेट में अपील के बाद पूरे मामले की छानबीन की गई, वह बेचारा बरी कर दिया गया और उसकी देखभाल का पूरा इंतजाम किया गया। यह सब कुछ सेनेट की बदौलत! च-च-च! लोग भी क्या-क्या हरकतें करते हैं! तो मेरे दोस्त, तुम्हारा अगर यही हाल रहा तो आगे चल कर क्या होगा इसी तरह तो आदमी पर जुनून सवार होता है। एक बार जहाँ ऐसी किसी सनक को अपने दिमाग में पनपने दिया तो आदमी रात-बिरात गिरजे में जा कर घंटियाँ बजाने लगता है, खून के बारे में पूछने लगता है अपनी नौकरी के दौरान मैंने इस तरह की मनोदशा का गहरा अध्ययन किया है। कभी-कभी आदमी का जी चाहता है कि खिड़की से बाहर या गिरजाघर की बुर्जी से नीचे कूद पड़े। घंटियाँ बजाना भी रोदिओन रोमानोविच ऐसा ही है... यह एक तरह की बीमारी है! तुम अपनी... बीमारी की तरफ से लापरवाही बरतने लगे हो। तुम्हें तो उस मोटे की बजाय किसी अच्छे तजर्बेकार डॉक्टर की सलाह लेनी चाहिए। तुम्हारे होश ठिकाने नहीं रहते! जिस वक्त तुमने यह सब किया उस वक्त भी तो तुम सरसामी हालत में ही थे...'

पलभर के लिए रस्कोलनिकोव को हर चीज घूमती मालूम हुई।

'यह क्या मुमकिन है, ऐसा हो सकता है क्या,' उसके दिमाग में यह विचार बिजली की तरह कौंधा, 'कि यह अब भी झूठ बोल रहा हो? नहीं ऐसा नहीं हो सकता!' उसने इस विचार को दिमाग से निकाल देने की कोशिश की क्योंकि वह पहले ही महसूस करने लगा था कि यह उसे जुनून की किस हद तक पहुँचा सकता है, उसे पागल बना सकता है।

'मैं तो सरसामी हालत में नहीं था। तब मुझे अच्छी तरह मालूम था कि मैं क्या कर रहा हूँ,' वह पोर्फिरी की चाल को समझने के लिए दिमाग की पूरी शक्ति लगाते हुए चीखा। 'मैं पूरी तरह होश में था, आप सुन रहे हैं न?'

'हाँ, सुन भी रहा हूँ और समझ भी रहा हूँ। कल भी तुमने कहा था कि तुम सरसामी हालत में नहीं थे, और तुमने इस बात पर खास जोर दिया था! तुम मुझे जो कुछ भी बता सकते हो, वह मैं पहले से ही समझता हूँ! अच्छा... तो सुनो, रोदिओन रोमानोविच, मेरे दोस्त! मिसाल के लिए इसी बात को लो... अगर तुम सचमुच अपराधी होते, या इस सिड़ी मामले में किसी भी तरह से तुम्हारा हाथ होता, तो क्या इस बात पर अड़े रहते कि तुम सरसामी हालत में नहीं, बल्कि पूरी तरह होश में थे... वह भी इतना जोर दे कर इस तरह लगातार... क्या यह मुमकिन है? मैं समझता हूँ कि एकदम नामुमकिन है। अगर तुम्हारे जमीर पर जरा भी बोझ होता तो तुम यही कहते कि तुम सरसामी हालत में थे। मैं सही कह रहा हूँ न?'

उसके इस सवाल में काइयाँपन का जरा-सा पुट भी था। जैसे ही पोर्फिरी उसकी ओर झुका रस्कोलनिकोव सोफे पर पीछे खिसक गया और चुपचाप, उलझन में गिरफ्तार उसे घूरता रहा।

'या फिर रजुमीखिन को ले लो। मेरा मतलब है, इस सवाल को कि कल वह अपनी मर्जी से मुझसे बात करने आया था या तुम्हारे कहने पर। तुम्हें यकीनन यही कहना चाहिए था कि वह अपनी मर्जी से आया था, ताकि तुम इसमें अपने हाथ की बात पर पर्दा डाल सको! लेकिन इसे छिपाने की बात तुम्हारे दिमाग में नहीं आई! बल्कि तुम तो इसी बात पर जोर दे रहे हो कि वह तुम्हारे कहने से यहाँ आया था।'

रस्कोलनिकोव ने कभी ऐसा किया ही नहीं था। उसकी रीढ़ में ऊपर से नीचे तक सिहरन दौड़ गई।

'आप झूठ बोले चले जा रहे हैं,' उसने होठों को टेढ़ा करके, उन पर एक बीमार मुस्कराहट ला कर, धीरे-धीरे और कमजोर लहजे में कहा, 'आप एक बार फिर यही जताने की जुगत कर रहे हैं कि आपको मेरी सारी चालें पता हैं, कि मैं जो कुछ भी कहूँगा वह आपको पहले से मालूम है।' फिर वह खुद महसूस करने लगा कि अपने शब्दों को उतनी अच्छी तरह नहीं तोल रहा था जिस तरह उसे तोलना चाहिए था। 'या तो आप मुझे डराना चाहते हैं... या मुझ पर सिर्फ हँस रहे हैं।'

वह ये बातें कहते वक्त भी उसे घूरता रहा। उसकी आँखों में गहरी नफरत की चमक एक बार फिर पैदा हो गई।

'आप झूठ बोले जा रहे हैं!' उसने चीख कर कहा। 'आप अच्छी तरह जानते हैं कि जहाँ तक मुमकिन हो, सारी बात सच-सच बता देना ही अपराधी के लिए सबसे अच्छा सौदा होता है। उसे तो चाहिए कि जहाँ तक मुमकिन हो, कम-से-कम छिपाए। मैं आपकी बात का यकीन नहीं करता!'

'बड़े चालाक हो तुम भी!' पोर्फिरी दबी हुई हँसी के साथ बोला, 'तुम्हें दबा सकना नामुमकिन है... तुमने बस एक ही बात अपने दिमाग में बिठा ली है। मेरी बात का तुम्हें यकीन नहीं आता फिर भी मैं तुम्हें बता दूँ, दोस्त, कि तुम्हें मेरी बात का थोड़ा-बहुत यकीन जरूर आ रहा है, और मुझे भरोसा है कि जल्द ही मैं तुम्हें पूरा यकीन दिला दूँगा। इसलिए कि तुम मुझे सचमुच अच्छे लगते हो और मैं सच्चे दिल से तुम्हारा भला चाहता हूँ।'

रस्कोलनिकोव के होठ फड़के।

'हाँ, सच कहता हूँ,' पोर्फिरी ने मित्रता के भाव से रस्कोलनिकोव की बाँह को कुहनी से ऊपर धीरे-से पकड़ कर अपनी बात का सिलसिला जारी रखा, 'तुम्हें अपनी बीमारी का खयाल रखना चाहिए। इसके अलावा, अब तो तुम्हारी माँ और बहन भी यहीं हैं; उनके बारे में भी तुम्हें सोचना चाहिए। तुम्हें तो चाहिए कि उन्हें तसल्ली दो, कुछ आराम पहुँचाओ, और तुम हो कि उलटे उन्हें डराने के सिवा कुछ नहीं करते...'

'आपको इन बातों से क्या? आपको यह सब कैसे पता चला?, इन बातों से आपका मतलब? ...क्या यही न कि आप मेरे ऊपर नजरें रख हुए हैं और मुझे यह बात जता देना चाहते हैं?'

'हे भगवान! मुझे यह सब तो खुद तुमसे पता चला। तुम्हें तो पता भी नहीं चलता और तुम आपा खो कर और दूसरे लोगों को सब कुछ बता देते हो। कल रजुमीखिन से भी बहुत-सी दिलचस्प बातें मालूम हुईं। तुमने मेरी बात काट दी, लेकिन मैं तुम्हें बता दूँ कि तुममें अपनी तमाम होशियारी के बावजूद, अपने शक्कीपन की वजह से, चीजों को

समझदारी से देखने की क्षमता नहीं बची है। मिसाल के लिए, घंटी बजाने की बात को लो। छानबीन करनेवाला मजिस्ट्रेट हो कर भी मैंने ऐसी अनमोल बात तुम्हें बता दी, (क्योंकि यह सच्चाई है), और तुम्हें इसमें कुछ भी नजर नहीं आता! अरे, मुझे तुम्हारे ऊपर अगर जरा भी शक होता तो मैं कभी इस तरह की बातें करता नहीं, पहले मैं तुम्हारे सारे शक दूर करता, तुम्हें यह न पता चलने देता कि मुझे इस बात का पता है, तुम्हारा ध्यान किसी और चीज की तरफ फिरा देता और फिर अचानक ऐसा वार करता जिसके सामने तुम टिके न रहते। (यह तुम्हारा ही जुमला है) तब मैं कहता : 'जनाब, मेहरबानी करके यह बताइए कि रात को दस बजे या लगभग ग्यारह बजे आप उस औरत के फ्लैट में क्या कर रहे थे, जिसका कत्ल हुआ, और आपने घंटी क्यों बजाई और आपने खून के बारे में क्यों पूछा... दरबानों से आपने यह क्यों कहा कि वह आपके साथ थाने चलें, पुलिस के असिस्टेंट कमिश्नर साहब के पास... अगर मुझे तुम्हारे ऊपर राई बराबर भी शक होता तो मैं क्या करता : मैं बाकायदा तुम्हारी गवाही लेता, तुम्हारे घर की तलाशी लेता, शायद तुम्हें गिरफ्तार भी करता... इसका मतलब यह है कि मुझे तुम्हारे ऊपर कोई शक नहीं है, क्योंकि मैंने ऐसा कुछ भी नहीं किया है! लेकिन तुम इस बात को सहज भाव से नहीं देखना चाहते और तुम्हें कुछ दिखाई भी नहीं देता। मैं एक बार फिर यही बात दोहरा रहा हूँ।'

रस्कोलनिकोव इस तरह चौंका कि पोर्फिरी ने यह बात साफ-साफ देखी।

'आप झूठ ही बोलते जा रहे हैं!' वह चिल्ला कर बोला। 'यह तो मुझे नहीं मालूम कि आप चाहते क्या हैं, लेकिन आप झूठ बोले जा रहे हैं... अभी आप इस तरह की कोई बात नहीं कर रहे थे और इसे समझने में मुझसे गलती नहीं हो सकती... आप झूठ बोल रहे हैं!'

'मैं झूठ बोल रहा हूँ!' पोर्फिरी ने पलट कर पूछा। उसकी सूरत से लग रहा था कि उसका गुस्सा भड़क उठा है लेकिन उसने अपने चेहरे पर हँसी-मजाक और व्यंग्य का भाव बनाए रखा, जैसे उसे इसकी जरा भी परवाह न हो कि उसके बारे में रस्कोलनिकोव की राय क्या है। 'मैं झूठ बोल रहा हूँ ...लेकिन अभी मैंने तुम्हारे साथ कैसा बर्ताव किया... मैंने, छानबीन करनेवाले मजिस्ट्रेट ने... मैंने तुम्हें बताया कि तुम्हें क्या कहना चाहिए। मैंने तुम्हें बचाव की सारी तरकीबें बताईं : बीमारी, सरसाम की हालत, चोट, उदासी, पुलिस के अफसर, और भी न जाने कितनी बातें कि नहीं... हिः-हिः-हिः! वैसे सच तो यह है कि बचाव के ये सारे मनोवैज्ञानिक हथियार कुछ खास भरोसेमंद नहीं होते और दोनों तरफ काट करते हैं। बीमारी, सरसामी हालत, मुझे याद नहीं - सब ठीक है, लेकिन इसकी क्या वजह है, मेहरबान कि आपकी बीमारी और सरसाम की हालत में आपके सर पर इन्हीं भ्रमों का भूत सवार रहता था, दूसरे भ्रमों का नहीं दूसरे भ्रम भी तो रहे होंगे, क्यों? हिः-हिः-हिः!'

रस्कोलनिकोव ने ढिठाई और तिरस्कार के साथ उसकी ओर देखा।

'थोड़े-से शब्दों में,' उसने खड़े हो कर और इस चक्कर में पोर्फिरी को थोड़ा-सा पीछे ढकेल कर ऊँचे लहजे में और रोब के साथ कहा, 'थोड़े से शब्दों में, मैं यह बात जानना चाहता हूँ कि आप मुझे शक से पूरी तरह बरी मानते हैं कि नहीं बताइए, पोर्फिरी पेत्रोविच, मुझे आखिरी तौर पर बताइए और जल्दी बताइए।'

'तुम्हारे जैसे आदमी से निबटना भी आसान नहीं है!' पोर्फिरी ने मजाक की मुद्रा बनाए रख कर जोर से कहा। लेकिन उसके चेहरे से, जिस पर जरा भी घबराहट नहीं थी, काइयाँपन साफ नजर आता रहा था। 'पर तुम जानना क्यों चाहते

हो? इतनी-इतनी बातें भला क्यों जानना चाहते हो जबकि अभी तुम्हें किसी ने परेशान करना शुरू भी नहीं किया? अरे, तुम तो बिलकुल बच्चों की तरह खेलने के लिए आग माँगे जा रहे हो! और इतने बेचैन क्यों हो भला? अपने आपको हम लोगों पर थोप क्यों रहे हो, क्यों? हिः-हिः-हिः!'

'मैं एक बार फिर कहता हूँ,' रस्कोलनिकोव गुस्से से बिफर कर चीखा, 'मैं यह सब बर्दाश्त नहीं कर सकता...'

'क्या बर्दाश्त नहीं कर सकते दुविधा?' पोर्फिरी ने बात काटी।

'बंद करो मेरा मजाक उड़ाना! मैं इसे बर्दाश्त नहीं करूँगा! कहे देता हूँ कि मैं इसे बर्दाश्त नहीं कर सकता। इसे न बर्दाश्त कर सकता हूँ और न करूँगा! सुन लिया... सुना कि नहीं?' मेज पर एक बार फिर मुक्का मारते हुए वह चिल्लाया।

'धीरे! कुछ धीरे! कोई सुन लेगा! मैं संजीदगी से तुम्हें कहे देता हूँ, अपना खयाल रखो। मैं मजाक नहीं कर रहा!' पोर्फिरी ने चुपके से कहा, लेकिन अब उसके चेहरे पर बुढ़ियों जैसी नेकदिली का और घबड़ाहट का भाव नहीं था। इसके विपरीत उस वक्त वह उसे खुलेआम आदेश दे रहा था। उसकी मुद्रा कठोर थी और माथे पर बल थे, गोया एक ही झटके में उसने हर अस्पष्ट पहलू और हर रहस्य पर से पर्दा हटा दिया हो। लेकिन ऐसा केवल एक पल ही रहा। रस्कोलनिकोव बौखला कर अचानक सचमुच ही उन्माद का शिकार हो गया, लेकिन अजीब बात यह हुई कि इस बार फिर उसने धीमे बोलने का हुक्म मान लिया, हालाँकि उसका गुस्सा भड़क कर सारी हदें तोड़नेवाला था।

'मैं इसकी इजाजत नहीं दूँगा कि मुझे सताया जाए,' उसने पहले की तरह धीमे स्वर में कहा। फिर फौरन यह महसूस करके उसे भारी नफरत हुई कि हुक्म मान लेने के अलावा उसके पास और कोई चारा नहीं था। यह सोच कर उसका गुस्सा और भी भड़क उठा। 'मुझे गिरफ्तार कीजिए, मेरी तलाशी लीजिए, लेकिन बराय मेहरबानी जो कुछ भी कीजिए सही ढंग से कीजिए और मेरे साथ खेल मत कीजिए! कभी इसकी हिम्मत भी मत कीजिएगा...'

'सही ढंग की चिंता न करो,' पोर्फिरी ने उसी मक्कारी भरी मुस्कान के साथ उसकी बात काटते हुए कहा, गोया रस्कोलनिकोव को इस हाल में देख कर उसे मजा आ रहा हो। 'मैंने दोस्ताना ढंग से तुम्हें मिलने के लिए यहाँ बुलाया था।'

'मुझे आपकी दोस्ती नहीं चाहिए। मैं थूकता हूँ उस पर! सुना आपने और यह देखिए, मैंने अपनी टोपी उठाई और चला। अगर आपका इरादा मुझे गिरफ्तार करने का है तो अब आप क्या कहेंगे?'

अपनी टोपी उठा कर वह दरवाजे तक पहुँचा।

'तुम क्या मेरा छोटा-सा अजूबा भी नहीं देखोगे?' पोर्फिरी एक बार फिर उसकी बाँह पकड़ कर उसे दरवाजे पर ही रोकते हुए चहका। लगता था, पोर्फिरी का रवैया पहले से भी ज्यादा मजाक और चुहल का हो गया था, जिस पर रस्कोलनिकोव गुस्से से धीरज खोने लगा।

'कैसा छोटा-सा अजूबा?' उसने पूछा। वेह सन्न हो कर पोर्फिरी को सहमी-सहमी नजरों से देख रहा था।

'मेरा छोटा-सा अजूबा वहाँ दरवाजे के पीछे है... हिः-हिः-हिः!' (उसने बंद दरवाजे की तरफ इशारा किया।) 'उसे मैंने ताले में बंद कर रखा है कि भागने न पाए।'

'क्या है? कहाँ? क्यों...?' रस्कोलनिकोव चल कर उस दरवाजे तक गया और उसे खोलना चाहा, लेकिन उसमें ताला लगा था।

'उसमें ताला बंद है। चाभी यह रही!'

सचमुच उसने अपनी जेब से एक चाभी निकाली।

'तुम झूठ बोल रहे हो,' रस्कोलनिकोव ने सारी शराफत ताक पर रख कर गरजा, 'तुम झूठे हो, कमबख्त मसखरे कहीं के!' यह कह कर वह पोर्फिरी की ओर झपटा, जो पीछे हट कर दूसरे दरवाजे की तरफ चला गया। वह जरा भी नहीं डरा।

'सब समझता हूँ मैं! सब कुछ!' रस्कोलनिकोव झपट कर उसके पास पहुँचा। 'तुम झूठ बोल रहे हो और मुझे चिढ़ा रहे हो ताकि मैं अपना भेद तुम्हें बता दूँ...'

'अरे, भेद बताने को अब रहा ही क्या है, यार रोदिओन रोमानोविच! अभी तुम आपे में नहीं हो। चीखो नहीं, वरना मैं अभी क्लर्कों को बुलवाता हूँ!'

'झूठ बोल रहे हो तुम! कुछ भी तुम नहीं कर सकते। बुलाओ अपने आदमियों को! तुम जानते थे कि मैं बीमार हूँ और फिर भी तुमने मुझे चिढ़ा कर जुनून की हालत में पहुँचाने की कोशिश की ताकि मैं अपना भेद खोल दूँ। यही तुम चाहते थे न अपने सबूत पेश करो! मैं सब समझ रहा हूँ। तुम्हारे पास कोई सबूत नहीं है, तुम्हारे दिमाग में भी जमेतोव की ही तरह शक का कूड़ा भरा है! तुम्हें मेरा स्वभाव मालूम था, तुम चाहते थे कि मैं गुस्से से आपे से बाहर हो जाऊँ और तब तुम पादरियों और गवाहों का सहारा ले कर मेरे ऊपर ऐसा वार करो कि मैं टिक न सकूँ। ...तुम क्या उन्हीं का इंतजार कर रहे हो क्यों किस चीज का इंतजार कर रहे हो? कहाँ हैं वे लोग? लाओ उन्हें!'

'गवाहों से तुम्हारा मतलब क्या है जानेमन तुम भी कैसी-कैसी बातें सोच लेते हो! ऐसा करना तो, वह जिसे तुम कहते हो न सही ढंग, तो सही ढंग से काम करना नहीं होगा। तुम्हें इस काम का कुछ भी इल्म नहीं है, दोस्त! ...और अभी बाकायदा काम करना तो बचा ही है जो कि तुम खुद देखोगे,' पोर्फिरी बुदबुदाता रहा और दरवाजे पर कान लगाए सुनता रहा। दरवाजे के उस पार, दूसरे कमरे में सचमुच कुछ हलचल हो रही थी।

'तो वे आ रहे हैं!' रस्कोलनिकोव चीखा। 'उनको तुमने बुला ही लिया! उन्हीं की राह तुम देख रहे थे न अच्छी बात है, पेश करो सबको, अपने गवाहों को, और जिसे-जिसे भी तुम चाहो! ...मैं तैयार हूँ! एकदम तैयार!'

लेकिन तभी एक अजीब-सी घटना हुई, ऐसी अप्रत्याशित कि रस्कोलनिकोव और पोर्फिरी पेत्रोविच दोनों में से किसी को गुमान न था कि ऐसा नतीजा निकलेगा।

अपराध और दंड : (अध्याय 4-भाग 6)

बाद में उस पल को याद करने पर वह दृश्य रस्कोलनिकोव को इस रूप में नजर आया :

दरवाजे के पीछे शोर अचानक बढ़ा, और दरवाजा जरा-सा खुला।

'क्या है?' पोर्फिरी पेत्रोविच झुँझला कर चीखा। 'मैंने तुमको हुक्म दिया था न...'

पलभर के लिए कोई जवाब नहीं मिला, लेकिन इतनी बात साफ थी कि दरवाजे के पास बहुत से लोग थे और किसी को पीछे धकेलने की कोशिश कर रहे थे।

'यह क्या है?' पोर्फिरी पेत्रोविच ने बेचैन हो कर दोहराया।

'कैदी निकोलाई हाजिर है,' किसी ने जवाब दिया।

'उसकी कोई जरूरत नहीं! ले जाओ उसे! थोड़ी देर उसे इंतजार करने दो! यहाँ वह क्या कर रहा है कैसी अफरातफरी मचा रखी है!' पोर्फिरी चीख कर दरवाजे की ओर लपका।

'लेकिन वह...' उसी आवाज ने फिर कहा पर अचानक बीच में रुक गई।

महज कुछ सेकेंड तक खींचातानी चलती रही, फिर किसी ने जोर का झटका दिया। एक आदमी, जिसका चेहरा पीला पड़ चुका था, लंबे कदम भरता हुआ कमरे में आया।

पहली निगाह में इस आदमी का हुलिया कुछ अजीब लगा। वह ठीक सामने नजरें गड़ाए हुए था, मानो उसे कुछ भी नजर न आ रहा हो। आँखों में संकल्प की चमक थी, साथ ही चेहरे पर मुर्दनी छाई हुई थी, गोया उसे फाँसी के तख्ते पर खड़ा कर दिया गया हो। सफेद होठ थोड़े-थोड़े फड़क रहे थे।

वह मजदूरों जैसे कपड़े पहने हुए था। मँझोला कद, अभी भी काफी जवान, छरहरा बदन, बाल गोल टोपी की शक्ल में कटे हुए, दुबला-पतला, सूखा हुआ नाक-नक्शा। जिस आदमी को झटका दे कर उसने धकेला था, वह भी उसके पीछे-पीछे कमरे में आ गया और लपक कर उसका कंधा पकड़ लिया। वह वार्डर था, लेकिन निकोलाई ने झटक कर अपनी बाँह फिर छुड़ा ली।

दरवाजे पर बहुत से लोग जिज्ञासा के मारे भीड़ लगाए खड़े थे। कुछ ने अंदर आने की भी कोशिश की। यह सब कुछ लगभग पलक झपकते हो गया। 'बाहर जाओ, तुम कुछ पहले ही आ गए हो। जब तक बुलाया न जाए, इंतजार करो! इसे इतनी जल्द तुम लोग क्यों ले आए?' पोर्फिरी पेत्रोविच झुँझला कर बड़बड़ाया, मानो उसका सारा हिसाब बिगड़ गया हो। निकोलाई अचानक घुटनों के बल बैठ गया।

'क्या है?' पोर्फिरी ने आश्चर्य से चीख कर पूछा।

'मैं अपराधी हूँ! यह पाप मैंने ही किया! मैं ही हूँ, हत्यारा,' निकोलाई ने अचानक कुछ हाँफते हुए कहा, लेकिन वह काफी ऊँचे सुर में बोल रहा था।

कुछ सेकेंड तक मुकम्मल खामोशी रही, गोया सब गूँगे हो गए हों। वार्डर भी पीछे हटता हुआ दरवाजे तक पहुँच गया और वहीं चुपचाप खड़ा हो गया।

'है क्या?' पोर्फिरी पेत्रोविच ने पलभर के भौंचक्केपन से मुक्त हो कर डपटते हुए पूछा।

'मैं... हत्यारा हूँ...' निकोलाई ने कुछ देर चुप रहने के बाद दोहराया।

'क्या... तुम... किसकी हत्या की?'

'पोर्फिरी पेत्रोविच एकदम अक्ल से हैरान लग रहा था।'

निकोलाई पलभर फिर चुप रहा।

'अल्योना इवानोव्ना और उसकी बहन लिजावेता इवानोव्ना... मैंने... मारा है... उनको... कुल्हाड़ी से। मेरे मन पर कालिख छा गई थी,' उसने अचानक कहा और चुप हो गया। वह अभी तक घुटनों के बल बैठा हुआ था।

पोर्फिरी पेत्रोविच कुछ पल विचारों में डूबा रहा, लेकिन अचानक सँभल कर उसने बिन-बुलाए तमाशबीनों को हाथ के इशारे से चले जाने को कहा। वे फौरन वहाँ से निकल गए और दरवाजा बंद हो गया। इसके बाद पोर्फिरी रस्कोलनिकोव की ओर घूमा जो कोने में खड़ा फटी-फटी आँखों से, दीवानों की तरह निकोलाई को घूर रहा था। वह उसकी ओर बढ़ा, अचानक ठिठक कर रुक गया, उसकी ओर देखा, फिर निकोलाई की ओर देखा। उसके बाद फिर रस्कोलनिकोव की ओर, फिर निकोलाई की ओर, और फिर अपने आपको काबू में रखने में असमर्थ पा कर तीर की तरह निकोलाई की ओर बढ़ा।

'मन पर कालिख छा जाने की बात का क्या मतलब भला...,' उसने कुछ गुस्से से डाँट कर कहा। 'तुमसे मैंने पूछा तो नहीं कि तुम्हारे पर कौन-सा भूत सवार था... तो बोलो, क्या उनकी हत्या तुमने की थी?'

'मैं... हत्यारा हूँ... मैं बयान देना चाहता हूँ,' निकोलाई ने कहा।

'अच्छा! उन्हें तुमने मारा किस चीज से?'

'कुल्हाड़ी से। पहले से मेरे पास थी।'

'हूँ बयान देने की बड़ी जल्दी है इसे! तो अकेले ही?'

सवाल निकोलाई की समझ में नहीं आया।

'यह काम तुमने क्या अकेले किया?'

'जी हाँ। मित्रेई का कोई कसूर नहीं, उसका इसमें कोई सरोकार नहीं।'

'मित्रेई की अभी कोई जल्दी नहीं है! अच्छा! तो तुम उस वक्त इस तरह नीचे कैसे भाग गए? दरबानों ने तो तुम दोनों को साथ देखा!'

'ऐसा मैंने उन लोगों को भटकाने के लिए किया... मैं मित्रेई के पीछे भागा,' निकोलाई ने जल्दी से जवाब दिया, गोया उसने जवाब तैयार रखा हो।

'आह, तो यह किस्सा है।' पोर्फिरी झुँझला उठा। 'यह अपनी बात नहीं कह रहा,' वह अपने आप से बुदबुदा कर बोला और उसकी बाँह पकड़ कर दरवाजे की तरफ इशारा किया।

निकोलाई से सवाल-जवाब करने में वह साफ तौर पर इतना व्यस्त था कि एक पल के लिए उसे रस्कोलनिकोव का ध्यान भी नहीं रह गया था। उसने अचानक अपने आपको सँभाला। वह कुछ सिटपिटाया हुआ भी लग रहा था।

'यार रोदिओन रोमानोविच, माफ करना मुझे।' वह लपक कर उसके पास पहुँचा। 'यह सब कायदे के खिलाफ है। मैं समझता हूँ, तुम्हें यहाँ से चले जाना चाहिए। तुम्हारे लिए यहाँ ठहरना ठीक नहीं है। मैं ऐसा करता हूँ... देखो, बात यह है, कैसी हैरानी की बात है। अच्छा तो फिर मिलेंगे।' फिर उसकी बाँह पकड़ कर वह उसे दरवाजे की तरफ ले गया।

'मैं समझता हूँ, आप इसकी उम्मीद नहीं कर रहे थे?' रस्कोलनिकोव ने कहा। वह स्थिति को पूरी तरह समझ तो नहीं सका लेकिन उसकी हिम्मत लौट आई थी।

'इसकी उम्मीद तुम्हें भी तो नहीं रही होगी, दोस्त! देखो तो तुम्हारा हाथ किस तरह काँप रहा है! हि:-हि:!'

'काँप तो आप भी रहे हैं, पोर्फिरी पेत्रोविच!'

'हाँ, मैं काँप रहा हूँ... मैंने इसकी उम्मीद नहीं की थी...'

वे लोग दरवाजे पर पहुँच चुके थे। पोर्फिरी बेजार हो रहा था कि रस्कोलनिकोव किसी तरह वहाँ से फूटे।

'और वह अपना छोटा-सा अजूबा, नहीं दिखाएँगे क्या?' रस्कोलनिकोव ने अचानक कहा।

'बातें तो खूब कर रहा है, लेकिन दाँत कैसे बज रहे हैं इसके... हि:-हि:! तुम भी यार, अंदर से भरे हुए बंदे हो। अच्छा, तो फिर मिलेंगे!'

'मैं समझता हूँ, हम एक-दूसरे से हमेशा के लिए विदा ले सकते हैं।'

'सो तो भगवान के हाथ में है, 'पोर्फिरी एक अजीब-सी हँसी के साथ बुदबुदाया।

बाहरी दफ्तर से हो कर गुजरते वक्त रस्कोलनिकोव ने पाया कि बहुत-से लोग उसकी ओर देख रहे थे। उनमें उसे उस घर के वे दोनों दरबान भी थे जिन्हें उसने उस रात थाने चलने की चुनौती दी थी। वे वहाँ खड़े इंतजार कर रहे थे। लेकिन वह अभी सीढ़ियों तक पहुँचा ही था कि उसे पीछे से पोर्फिरी पेत्रोविच की आवाज सुनाई दी। उसने मुड़ कर देखा, वह हाँफता हुआ पीछे भागा आ रहा था।

'बस एक बात, रोदिओन रोमानोविच। जहाँ तक बाकी बातों का सवाल है, सो तो भगवान के हाथ में है, लेकिन मुझे तुमसे कुछ सवाल बाकायदा कार्रवाई के सिलसिले में पूछने ही होंगे... इसलिए हम फिर मिलेंगे; ठीक!'

पोर्फिरी मुस्कराता हुआ उसके सामने चुपचाप खड़ा रहा। 'देखेंगे!' उसने आगे कहा।

लग रहा था कि वह कुछ और कहना चाहता है लेकिन कह नहीं पा रहा है।

'अभी जो कुछ हुआ, मैं उसके लिए माफी चाहता हूँ, पोर्फिरी पेत्रोविच; मुझे गुस्सा आ गया था,' रस्कोलनिकोव ने कहना शुरू किया। उसमें फिर एक बार हिम्मत पैदा हो गई थी और उसका जी चाह रहा था कि अपने आपको पूरी तरह शांत साबित कर दे।

'अरे यार कोई बात नहीं, कैसी बातें करते हो,' पोर्फिरी ने खुश हो कर जवाब दिया। 'मैं खुद भी तो... मैं मानता हूँ कि मेरा मिजाज बहुत बुरा है। लेकिन हमारी मुलाकात फिर होगी, जरूर होगी। भगवान ने चाहा तो अभी हम दोनों की बहुत सारी मुलाकातें होंगी।'

'और एक-दूसरे को हम लोग पूरी तरह समझेंगे,' रस्कोलनिकोव ने जोड़ा।

'हाँ, एक-दूसरे को पूरी तरह समझेंगे,' पोर्फिरी पेत्रोविच ने सहमति जताई और आँखें सिकोड़ कर ध्यान से रस्कोलनिकोव को देखने लगा। 'इस वक्त तुम किसी की सालगिरह पार्टी में जा रहे हो न?'

'नहीं, जनाजे में।'

'अरे हाँ, जनाजे में! अपनी सेहत का ध्यान रखना, दोस्त, ध्यान रखना...'

'मेरी समझ में नहीं आ रहा कि इसके बदले आपके लिए मैं किस चीज की कामना करूँ,' रस्कोलनिकोव सीढ़ियाँ उतरने लगा था लेकिन एक बार फिर पीछे मुड़ कर वह पोर्फिरी की ओर देख कर बोला - 'मैं आपकी और भी सफलता की कामना करना चाहता हूँ, लेकिन आप तो खुद ही जानते हैं कि आपका काम अजीब मसखरोंवाला है।'

'मसखरोंवाला क्यों!' पोर्फिरी पेत्रोविच वापस जाने के लिए मुड़ चुका था, लेकिन यह सुन कर उसके कान खड़े हो गए।

'वो लीजिए, आप लोगों ने उस बेचारे निकोलाई को तो अपने ढंग से कैसी-कैसी दिमागी तकलीफें दी होंगी, कैसे-कैसे परेशान किया होगा, तब कहीं जा कर उसने जुर्म कबूल किया होगा! दिन-रात एक करके आप लोगों ने उसके दिल में यह बात बिठाई होगी कि वही हत्यारा है। और अब... चूँकि उसने कबूल कर लिया है, सो आप लोग फिर उसकी धज्जियाँ उड़ाना शुरू करेंगे। आप कहेंगे : झूठ बोल रहे हो तुम। तुम हत्यारे नहीं। हत्यारे तुम हो ही नहीं सकते! तुम अपनी बात तो कह नहीं रहे हो! अब भी आपका काम अगर मसखरोंवाला नहीं तो और क्या है!'

'हिः-हिः-हिः! अच्छा तो तुमने मेरी बात पकड़ ही ली, वही जो अभी-अभी निकोलाई से मैंने कहा था कि तुम अपनी बात तो कह ही नहीं रहे हो!'

'भला कैसे नहीं पकड़ता?'

'हिः-हिः! तुम्हारा दिमाग तेज है। हर चीज की तरफ ध्यान देता है! सचमुच चुलबुलापन है तुम्हारे दिमाग में! और मसखरेपन के पहलू को हमेशा तुम पकड़ लेते हो... हिः-हिः! लोग कहते हैं कि लेखकों में यही खास खूबी गोगोल की थी।'

'हाँ, गोगोल की।'

'हाँ, गोगोल की... अगली प्यारी-सी मुलाकात तक के लिए अलविदा!'

'हाँ, तब तक के लिए...'

रस्कोलनिकोव सीधा घर गया। इतना उलझा और बौखलाया हुआ कि घर पहुँच कर सोफे पर पंद्रह मिनट तक बैठा अपने विचारों को सुलझाने की कोशिश करता रहा। निकोलाई के बारे में सोचने की उसने कोशिश तक नहीं की। उसे लग रहा था कि निकोलाई का अपराध स्वीकार करना एक हैरत की बात थी, जिसकी कोई वजह समझ में नहीं आती थी... ऐसी हैरत की बात थी जो उसकी समझ में कभी भी नहीं आ सकती थी। लेकिन यह भी तो एक ठोस हकीकत थी कि निकोलाई ने जुर्म कबूल किया था। इस हकीकत के नतीजे उसे साफ दिखाई दे रहे थे : सच्चाई कभी न कभी सामने आएगी और तब वे लोग फिर उसके पीछे पड़ेंगे। कम से कम उस वक्त तक के लिए वह जरूर आजाद था, और इस बीच ही उसे अपने लिए कुछ करना होगा, क्योंकि उसके लिए किसी वक्त भी खतरा पैदा हो सकता था।

लेकिन वह खतरे में किस हद तक था, स्थिति स्पष्ट होती जा रही थी। पोर्फिरी के साथ उसकी अभी जो नोक-झोंक हुई थी, उसकी मोटी-मोटी बातों को ही याद करके वह फिर एक बार दहशत से काँप उठा। जाहिर है उसे अभी तक पोर्फिरी के सारे मंसूबे मालूम नहीं हुए थे, वह उसकी सारी चालों की टोह नहीं पा सका था। लेकिन उसने एक हद तक अपने दाँव-पेंच की झलक दे ही दी थी। इस बात को रस्कोलनिकोव से बेहतर कोई नहीं जानता था कि पोर्फिरी की यह 'चाल' उसके लिए कितनी खतरनाक थी। बस थोड़ी ही-सी कसर रह गई थी, नहीं तो उसका भाँडा पूरी तरह फूट चुका होता। पोर्फिरी जानता था कि उसका चिड़चिड़ापन बीमारी की हद तक पहुँच चुका था और पहली ही नजर में वह उसकी नस-नस पहचान चुका था। सो पोर्फिरी अपने खेल में थोड़ा दुस्साहस जरूर दिखा रहा था, लेकिन आखिर में उसकी ही जीत होनी थी। इससे इनकार नहीं किया जा सकता था कि रस्कोलनिकोव ने अपने आपको बहुत बुरी तरह शुबहे का पात्र बना लिया था। बस अभी तक तथ्य सामने नहीं आए थे; अभी तो हर बात को किसी दूसरी बात की तुलना में ही परखा जा सकता था। लेकिन स्थिति को क्या वह सही ढंग से देख रहा था कहीं कोई गलती तो नहीं कर रहा था आज पोर्फिरी आखिर क्या साबित करना चाहता था आज उसने क्या सचमुच उसके लिए कोई अजूबा तैयार करके रखा था और वह था क्या वह सचमुच किसी चीज का इंतजार कर रहा था, या नहीं अगर निकोलाई उस तरह वहाँ न आया होता तो उन दोनों की मुलाकात किस तरह खत्म होती?

पोर्फिरी ने अपने लगभग सारे पत्ते खोल दिए थे। उसने कुछ जोखिम तो जरूर मोल लिया था लेकिन पत्ते उसने खोल कर सामने रख दिए थे। अगर उसके पास सचमुच कोई तुरुप का पत्ता होता (रस्कोलनिकोव को कम से कम ऐसा ही लगा) तो वह उसे भी दिखा देता। आखिर वह 'अजूबा' था क्या? कोई मजाक था... क्या उसका सचमुच कोई मानी था? कहीं ऐसा तो नहीं कि उसके पीछे कोई ठोस हकीकत, कोई पक्की निशानी छिपी हो और वह शख्स जो कल उससे मिला था वह कहाँ गायब हो गया भला? आज वह कहाँ था पोर्फिरी के पास अगर सचमुच कोई सबूत होगा तो उस आदमी के साथ उसका जरूर कोई संबंध होगा...

कुहनियाँ घुटनों पर टिकाए और चेहरा हाथों में छिपाए वह सोफे पर बैठा रहा। वह अभी भी घबराहट के मारे काँप रहा था। आखिरकार वह उठा, अपनी टोपी उठाई, एक मिनट तक कुछ सोचा और दरवाजे की ओर बढ़ा।

पता नहीं कैसे उसके मन में यह खयाल आ रहा था कि कम-से-कम आज तो वह अपने को खतरे से बाहर समझ सकता था। अचानक उसे खुशी का एहसास हुआ : वह जल्दी-जल्दी से कतेरीना इवानोव्ना के यहाँ पहुँचना चाहता था। जाहिर है, जनाजे में शरीक होने के लिए तो देर हो चुकी, लेकिन मरनेवाले की याद में जो भोज हो रहा था, उसमें वक्त से पहुँच जाएगा। वहीं तो उसकी मुलाकात सोन्या से होगी।

वह चुपचाप खड़ा एक पल कुछ सोचता रहा और पलभर के लिए उसके होठों पर एक दर्दभरी मुस्कान दौड़ गई।

'आज! आज!' उसने मन-ही-मन दोहराया। 'हाँ, आज! ऐसा ही होना चाहिए...'

वह दरवाजा खोलने को था कि वह अपने आप खुलने लगा। चौंक कर वह पीछे हटा। दरवाजा धीरे-धीरे खुला और अचानक उसमें से एक चेहरा नजर आया : वही शख्स जो कल धरती का सीना चीर कर उससे मिला था।

वह शख्स दरवाजे पर खड़ा कुछ बोले बिना रस्कोलनिकोव की ओर देखता रहा, फिर एक कदम आगे बढ़ कर कमरे में आ गया। आज भी वह एकदम वैसा ही था जैसा कल था। वही हुलिया और वही पोशाक। लेकिन आज उसका चेहरा काफी बदला हुआ था : वह निराश दिखाई दे रहा था। थोड़ी देर बाद उसने गहरी आह भरी। वह अगर गाल पर हाथ रख कर सर एक ओर को झुका लेता तो एकदम बूढ़ी किसान औरत जैसा दीखता।

'क्या चाहिए?' रस्कोलनिकोव ने पूछा; वह सुन्न-सा रह गया था।

वह शख्स अब भी खामोश था, लेकिन अचानक वह लगभग जमीन तक झुका, इतना कि दाएँ हाथ की उँगली से जमीन को छू सके।

'मैंने बहुत बड़ा पाप किया है,' वह धीरे से बोला।

'कैसे?'

'बुरी बातें सोच-सोच कर।'

दोनों ने एक-दूसरे को देखा।

'मुझे बहुत नाराजगी हो रही थी। आप जब आए, शायद पिए हुए, और आपने दरबानों से थाने चलने को कहा और खून के बारे में पूछा, तो मैं इस बात से परेशान हो गया कि उन लोगों ने आपको नशे में समझ कर क्यों जाने दिया। मैं इतना परेशान हुआ कि मेरी नींद उड़ गई। आपका पता तो मुझे याद ही था; हम कल यहाँ आए थे और हमने पूछा था...'

'कौन आया था' रस्कोलनिकोव ने उसकी बात काट कर पूछा। उसे अब कुछ-कुछ याद आने लगा था।

'मैं आया था यानी कि मैंने ही आपके साथ भारी बुराई की है।'

'तो तुम उसी घर में रहते हो?'

'उन लोगों के साथ फाटक पर मैं भी खड़ा था... आपको याद नहीं हम लोग उस घर में बरसों से धंधा करते आए हैं। चमड़ा कमाने और तैयार करने का काम करते हैं। हम लोग काम घर पर लाते हैं। ...असल बात तो यह थी कि मैं परेशान था...'

उस मकान के फाटक पर परसों का पूरा दृश्य रस्कोलनिकोव की आँखों के सामने घूम गया। उसे याद आया; दरबानों के अलावा वहाँ और भी कई लोग थे और उनमें कुछ औरतें भी थीं। उसे किसी शख्स की आवाज याद आई, जिसने उसे फौरन थाने ले जाए जाने का सुझाव दिया था। उसे उस आदमी का चेहरा तो याद नहीं रहा, जिसने यह बात कही

थी, वह उसे इस वक्त भी याद नहीं कर पा रहा था, लेकिन इतना जरूर याद था कि उसने मुड़ कर उसे कुछ जवाब दिया था...

तो कल के भय की असल वजह यह थी। सबसे ज्यादा डर तो उसे यही सोच कर लगा था कि उसकी नैया लगभग डूब ही चुकी है, कि एक बहुत छोटी-सी बात की वजह से उसने अपने पाँव पर खुद कुल्हाड़ी मारी थी। तो उन्हें यह आदमी इसके अलावा कुछ भी नहीं बता सका होगा कि मैंने फ्लैट और खून के धब्बों के बारे में पूछताछ की थी। इसीलिए पोर्फिरी के पास भी उस सरसामी हालत के अलावा कहने को और कुछ नहीं था, कोई तथ्य नहीं था, सिर्फ यह मनोविज्ञान था जो एक दोधारी तलवार है। कोई ठोस सबूत नहीं था। इसलिए अगर अब कोई और ठोस सबूत सामने नहीं आता (और नहीं आना चाहिए, आना भी नहीं चाहिए!), तब... तब वे उसका क्या बिगाड़ लेंगे उसे उन्होंने गिरफ्तार भी कर लिया तो उसे सजा कैसे दिला सकेंगे? पोर्फिरी ने भी तो फ्लैटवाली बात उसी वक्त सुनी थी; उसे पहले इस बात का कोई इल्म नहीं था।

'पोर्फिरी को तुमने बताया था... कि वहाँ मैं गया था?' अचानक एक विचार दिमाग में आया तो उसने ऊँचे स्वर में पूछा।

'पोर्फिरी कौन?'

'वही छानबीनवाला मजिस्ट्रेट।'

'जी। दरबान तो नहीं गए थे, लेकिन मैं गया था।'

'आज?'

'वहाँ मैं आपसे दो ही मिनट पहले किस तरह पहुँचा था। और मैंने सुना, मैंने सब कुछ सुना कि उन्होंने आपको परेशान किया।'

'कहाँ क्या कब?'

'और कहाँ वहीं, बगलवाले कमरे में। पूरे वक्त मैं वहीं तो बैठा हुआ था।'

'क्या कहा अच्छा, तो वह अजूबा तुम थे लेकिन यह सब हुआ कैसे? भगवान के लिए...।'

'मैंने देखा कि मैं जो कुछ कह रहा था वह करने पर दरबान राजी नहीं थे,' उसने कहना शुरू किया, 'क्योंकि उन्होंने कहा अब बहुत देर हो चुकी है, और कौन जाने वह इसी बात पर बिगड़ने लगे कि हम उसी वक्त क्यों नहीं आए। मैं बहुत झल्लाया हुआ था। मुझे नींद नहीं आई और मैंने पूछताछ शुरू कर दी। फिर कल मुझे जब मालूम हुआ तो आज मैं वहाँ गया। पहली बार जब मैं गया तब वह वहाँ नहीं था, घंटे भर बाद गया तो उसके पास मुझसे मिलने के लिए वक्त नहीं था। फिर मैं तीसरी बार गया, तब मुझे अंदर भेजा गया। जो कुछ हुआ था, वह सब मैंने उसे सच-सच बता दिया। तब वह कमरे में ही उछलने लगा और मुट्ठियों से अपना सीना पीटने लगा। 'बदमाश तुम लोग भला मेरे साथ कर क्या रहे हो अगर मुझे पहले से यह सब मालूम होता तो मैं उसे गिरफ्तार कर लेता!' फिर वह भाग कर बाहर गया, किसी को बुलाया और उसे कोने में ले जा कर उससे बातें करने लगा। उसके बाद वह मेरी तरफ मुड़ा, मुझे डाँटने-फटकारने और सवाल करने लगा। उसने मुझे बहुत फटकारा। मैंने उसे सब कुछ बता दिया, और यह भी बता

दिया कि कल आपकी हिम्मत भी नहीं पड़ी थी कि जवाब में मुझसे एक बात भी कह सकें और आपने तो मुझे पहचाना भी नहीं था। यह सुन कर वह एक बार फिर कमरे में इधर-उधर भागने लगा, अपने सीने पर मुक्के मारने लगा, बेहद नाराज हो कर तेजी से इधन-से-उधर टहलने लगा, और जब उसे आपके आने की खबर दी गई तो मुझसे बगलवाले कमरे में जाने को कहा। 'थोड़ी देर वहीं बैठो,' वह बोला, 'चाहे जो कुछ भी कान में पड़े, अपनी जगह से हिलना भी मत।' उसने वहाँ मेरे लिए एक कुर्सी रखवा दी और मुझे ताले में बंद कर दिया। 'शायद' वह बोला, 'मैं तुम्हें बुलाऊँ।' फिर निकोलाई लाया गया, और उसके बाद आपके जाते ही मुझे भी छोड़ दिया गया। वह मुझसे कहने लगा : मैं तुम्हें फिर बुला कर कुछ पूछताछ करूँगा।'

'तुम्हारे सामने उसने निकोलाई से भी कोई पूछताछ की थी?'

'निकोलाई से बात करने से पहले तो उसने मुझसे भी आप ही की तरह, पीछा छुड़ा लिया था।'

'वह आदमी थोड़ी देर एकदम चुप खड़ा रहा और फिर अचानक झुक कर अपनी उँगली से जमीन को छू लिया।'

'मेरे दिमाग में बुरे-बुरे विचार आए और आपको इस तरह मैंने बदनाम किया, इसके लिए मुझे माफ कर दीजिए।'

'भगवान माफ करेगा तुम्हें,' रस्कोलनिकोव ने जवाब दिया। यह सुन कर वह आदमी एक बार फिर झुका, लेकिन जमीन तक नहीं, और धीरे-धीरे घूम कर कमरे के बाहर चला गया। 'हर चीज की दोहरी काट है; अब हर चीज दोनों तरफ काट करती है,' रस्कोलनिकोव ने एक ही बात को दो बार दोहराया और ऐसी उम्दा मानसिक स्थिति के साथ बाहर निकल गया जैसी कभी नहीं रही थी।

'अब होगा जम कर मुकाबला,' सीढ़ियाँ उतरते हुए उसने एक कड़वी मुस्कान के साथ कहा। अपनी इस कड़वाहट का निशाना वह खुद ही था। अपनी 'कायरता' को उसने काफी शर्मिंदगी और अपमानजनक भाव से याद किया।

अपराध और दंड : (अध्याय 5-भाग 1)

प्योत्र पेत्रोविच का दिमाग दुनेच्का और उसकी माँ के साथ उस निर्णायक भेंट के बाद अगले दिन सुबह कुछ ठिकाने आया। उसके लिए यह चीज नागवार तो बहुत थी, लेकिन धीरे-धीरे वह उसी बात को अटल सत्य के रूप में स्वीकार करने पर मजबूर हो गया जो अभी कल तक कल्पनातीत और अनहोनी मालूम होती थी। जख्मी अहंकार का नाग उसके हृदय को सारी रात डसता रहा था। प्योत्र पेत्रोविच ने बिस्तर से उठते ही आईने में अपनी सूरत देखी। उसे डर था कि रात को उसे कहीं उलटी न हो गई हो। लेकिन उसकी तंदुरुस्ती पर कोई आँच आई हो, अभी तक तो ऐसा नहीं लगता था और आईने में अपने गौरवमय गोरे चेहरे को देख कर, जो इधर कुछ दिनों में भर आया था, प्योत्र पेत्रोविच को एक पल के लिए इस पक्के विश्वास से तसल्ली मिली कि उसे दूसरी दुल्हन मिल जाएगी, जो शायद और भी अच्छी हो। लेकिन उसने फौरन अपने को सँभाला और जोर से खखार कर थूका। उसकी इस हरकत को देख कर उसके नौजवान मित्र आंद्रेई सेम्योनोविच लेबेजियातनिकोव के चेहरे पर, जिसके साथ वह ठहरा हुआ था, व्यंग्य भरी मुस्कराहट दौड़ गई। प्योत्र पेत्रोविच का ध्यान उस मुस्कराहट की ओर गया, और उसने जेहन में फौरन उसे अपने नौजवान मित्र का नाम चढ़ा लिया कि एक दिन इसका भी हिसाब चुकाना होगा। इधर पिछले कुछ दिनों में उसने उसके नाम बहुत-सी चीजें चढ़ाई थीं। यह सोच कर उसका गुस्सा दोगुना हो गया कि उसे आंद्रेई सेम्योनोविच को कल की मुलाकात और उसके नतीजे के बारे में नहीं बताना चाहिए था। यह दूसरी गलती थी, जो कल उसने जल्दबाजी और चिड़चिड़ाहट की वजह से की थी। इसके अलावा, उस दिन सुबह एक के बाद एक कई नागवार घटनाएँ होती रहीं। उसका जो मामला सेनेट में पेश था उसमें भी कुछ बाधा आने का खतरा नजर आने लगा था। उस फ्लैट के मालिक पर वह खास तौर पर झुँझला रहा था जो उसने अपनी होनेवाली शादी को ध्यान में रख कर किराए पर लिया था और जिसे उसने अपने खर्च से नए सिरे से सजाया-सँवारा था। फ्लैट का मालिक एक अमीर जर्मन व्यापारी था। वह उसको रद्द करने को तैयार नहीं था और बयाने की पूरी रकम जब्त कर लेने पर अड़ा हुआ था, हालाँकि प्योत्र पेत्रोविच उसे वह फ्लैट नए सिरे से ठीक करा कर, सजा-सँवार कर वापस कर रहा था। इसी तरह फर्निचरवाला भी उस फर्नीचर के लिए दी गई किस्त वापस करने को तैयार नहीं था जो खरीद तो लिया गया था लेकिन अभी उसकी दुकान से उठाया नहीं गया था। 'मुझे क्या सिर्फ इस फर्नीचर की खातिर शादी करनी पड़ेगी...,' प्योत्र पेत्रोविच दाँत पीस कर रह गया। पर इसी के साथ उसके हृदय में आशा की अंतिम किरण जगमगाई : 'सब कुछ सचमुच और हमेशा के लिए खत्म तो नहीं हो चुका। एक और कोशिश कर देखने से कोई फायदा नहीं क्या?' दूनिया का ध्यान आते ही उसके हृदय में एक बार फिर लालचभरी टीस उठी। उसके लिए वह गहरे दर्द का लम्हा था, लेकिन अगर केवल इच्छा से रस्कोलनिकोव को कत्ल कर सकना संभव होता तो प्योत्र पेत्रोविच यह इच्छा फौरन कर बैठता।

'इसके अलावा उन्हें कुछ पैसा न देना भी गलती ही थी,' घोर निराशा में डूब कर लेबेजियातनिकोव के कमरे की ओर लौटते समय उसने सोचा। 'मैं भला ऐसा मक्खीचूस बन कैसे गया। यह भी तो किफायत की एक झूठी कोशिश थी! मैं उन्हें कौड़ी-कौड़ी को मोहताज रखना चाहता था ताकि वे मुझे अपना दाता समझ लें, अब देखो उन्हें! छिः! अगर मैंने उन्हें पंद्रह सौ रूबल भी दे दिए होते कि नॉप के यहाँ से और उस विलायती दूकान से दुल्हन के लिए साज-सामान खरीद लें, कुछ तोहफे, छोटी-मोटी चीजें, कपड़े, गहने, और इसी तरह की दूसरी खुराफात चीजें खरीद लें तो आज मेरी स्थिति कहीं बेहतर होती... कहीं ज्यादा मजबूत! वे मुझे इतनी आसानी से ठुकरा नहीं पातीं! वे उस किस्म के लोग हैं कि रिश्ता तोड़ते तो अपने को पैसा और तोहफे भी वापस करने पर मजबूर समझते; और यही उनके लिए मुश्किल होता! उनका जमीर भी अंदर-ही-अंदर उन्हें कचोटता रहता : हम ऐसे आदमी को कैसे ठुकरा सकते हैं जो अब तक हमारे साथ उदारता और नर्मी

का बर्ताव करता रहा है ...हुँ! मैंने बहुत बड़ी गलती की!' एक बार फिर दाँत पीस कर प्योत्र पेत्रोविच ने अपने आपको बेवकूफ कहा - लेकिन, जाहिर है, मन-ही-मन में।

इस सोच के साथ जब वह घर लौटा तो पहले से दोगुना चिढ़ा हुआ और नाराज। कतेरीना इवानोव्ना के यहाँ जनाजे के भोज की जो तैयारी हो रही थी, उसे देख कर उसके मन में उत्सुकता जागी। उसने कल उसके बारे में कुछ सुना था, कुछ-कुछ यह भी याद था कि उसे भी बुलाया गया है, लेकिन वह अपनी चिंताओं में ही इतना डूबा हुआ था कि इस ओर उसने ध्यान ही नहीं दिया था। कतेरीना इवानोव्ना कब्रिस्तान गई हुई थी। उसके पीछे मादाम लिप्पेवेख्सेल मुस्तैदी से मेज पर खाना लगवा रही थी; उससे पूछने पर मालूम हुआ कि भोज काफी बड़ा होगा, कि उस मकान में रहनेवाले सभी लोगों को बुलाया गया था और उनमें कुछ तो ऐसे भी थे जो मरनेवाले को जानते तक नहीं थे, कि कतेरीना इवानोव्ना से पहले झगड़ा हो चुकने के बावजूद आंद्रेई सेम्योनोविच लेबेजियातनिकोव को भी बुलाया गया था, कि खुद उसे (प्योत्र पेत्रोविच को) न केवल बुलाया गया था बल्कि उसके आने की उम्मीद भी की जा रही थी क्योंकि वह उस घर में रहनेवालों में सबसे महत्वपूर्ण आदमी था। तमाम पिछले झगड़ों के बावजूद अमालिया इवानोव्ना को भी खास तौर पर बुलाया गया था, इसलिए वह तैयारियों में लगन से जुटी हुई थी और उसे इस काम में मजा आ रहा था। इसके अलावा वह काले रंग के नई रेशमी लिबास में अपनी सजधज पर इतरा भी रही थी। इन सब बातों को देख कर प्योत्र पेत्रोविच के मन में एक विचार उठा और वह विचारों में डूबा हुआ अपने, बल्कि सच पूछिए तो लेबेजियातनिकोव के कमरे में गया। उसने सुन रखा था कि मेहमानों में रस्कोलनिकोव भी शामिल था।

आंद्रेई सेम्योनोविच किसी वजह से पूरी सुबह घर पर ही रहा। इस भले आदमी के सिलसिले में प्योत्र पेत्रोविच का रवैया कुछ अजीब-सा था, हालाँकि शायद वह स्वाभाविक ही था। प्योत्र पेत्रोविच जिस दिन उसके साथ रहने आया उसी दिन से उससे नफरत करता आ रहा था, लेकिन साथ ही लगता था कि वह उससे कुछ डरता भी था। पीतर्सबर्ग पहुँचने पर उसके साथ ठहरने का मकसद सिर्फ पैसे बचाना नहीं था, हालाँकि उसका खास मकसद यही था। इसकी एक वजह और भी थी। वह आंद्रेई सेम्योनोविच का किसी जमाने में संरक्षक रह चुका था, और उसने सुन रखा था कि वह शहर का एक प्रमुख प्रगतिशील नौजवान था और कुछ ऐसी दिलचस्प मंडलियों में महत्वपूर्ण भूमिका अदा कर रहा था, जिनके कारनामों की दूर-दूर तक चर्चा थी। प्योत्र पेत्रोविच पर इस बात का रोब पड़ा था। हर आदमी से नफरत करनेवाली, सबका कच्चा चिट्ठा खोलनेवाली और हर बात पर नजर रखनेवाली इन ताकतवर मंडलियों का एक अजीब अस्पष्ट-सां डर उसके दिल में बहुत अरसे से बैठा हुआ था। जाहिर है, वह अपने मन में इस किस्म की किसी भी चीज के बारे में कोई छोटी-मोटी धारणा भी नहीं बना सकता था, खास तौर पर शहरों से दूर रह कर। सभी लोगों की तरह उसने भी सुन रखा था कि खास तौर पर पीतर्सबर्ग में खुदा जाने किस-किस तरह के प्रगतिशील विनाशवादी वगैरह होते हैं, और बहुतों की तरह उसने भी इन शब्दों के अर्थ को बढ़ा-चढ़ा कर, तोड़-मरोड़ कर बेतुकेपन की हद तक पहुँचा दिया था। पिछले कई साल से वह सबसे ज्यादा इसी बात से डरता आ रहा था कि कहीं उसका चिट्ठा न खोल दिया जाए और यही उसके लगातार परेशान रहने की वजह थी, खास तौर पर अपना कारोबार हटा कर पीतर्सबर्ग ले आने के सिलसिले में। वह इस बात से उसी तरह डरा हुआ था जैसे कभी-कभी किसी चीज से छोटे बच्चे डर जाते हैं। कुछ साल पहले, जब वह जिंदगी में आगे बढ़ना अभी शुरू ही कर रहा था, उसने दो किस्से ऐसे सुने थे जिनमें देहात के दो काफी नामवर लोगों की, जो उसके सरपरस्त भी थे, बेरहमी से धज्जियाँ उड़ाई गई थीं। एक मामले में तो जिस पर हमला हुआ था जिसकी काफी छीछालेदर हुई थी और दूसरे में भी भारी मुसीबत पैदा होते-होते रह गई थी। इसीलिए प्योत्र पेत्रोविच ने फैसला किया था कि पीतर्सबर्ग पहुँच कर वह इस

समस्या की जड़ तक जाने की कोशिश करेगा और जरूरी हुआ तो 'हमारी नौजवान पीढ़ी' की खुशामद करके कोई मुसीबत खड़ी होने से पहले ही उसकी काट कर लेगा। उसे भरोसा था कि इस काम में आंद्रेई सेम्योनोविच से उसे मदद मिलेगी और दूसरे लोगों से, मसलन रस्कोलनिकोव से संपर्क होने से पहले ही उसने भी प्रचलन में मौजूद कुछ शब्दों और मुहावरों का प्रयोग करने की कला सीख ली थी...

स्वाभाविक था कि उसे जल्द ही पता चल गया कि आंद्रेई सेम्योनोविच बहुत ही घटिया और एक ही बेवकूफ किस्म का आदमी था, लेकिन यह जान कर प्योत्र पेत्रोविच को न कोई तसल्ली हुई, न कोई खास खुशी। अगर उसे यकीन भी तो जाता कि सभी प्रगतिशील उसके ही जैसे बेवकूफ होते हैं, तब भी उसकी बेचैनी दूर न होती। आंद्रेई सेम्योनोविच उस पर जिन सिद्धांतों, विचारों और प्रणालियों की बौछार करता रहता था, उनमें उसे कोई खास दिलचस्पी भी नहीं थी। उसका एक अपना ही उद्देश्य था। वह तो बस जल्द-से-जल्द यह मालूम करना चाहता था कि यहाँ हो क्या रहा है। इन लोगों की कोई ताकत है भी या नहीं, उसके लिए निजी तौर पर उनसे डरने की कोई वजह है कि नहीं, अगर उसने कोई काम शुरू किया तो क्या वे लोग उसकी भी कलई खोल देंगे और वे लोग अगर उसकी कलई खोलने पर तुल ही जाएँ तो उस वक्त उनके हमलों का असली निशाना क्या होगा और क्यों इससे भी महत्वपूर्ण बात यह थी कि क्या वह उनसे मेल-जोल पैदा कर सकता था और अगर वह सचमुच ताकतवर हों तो क्या उनको किसी तरह चकमा दे सकता था। उसे ऐसा करना भी चाहिए या नहीं उनकी मदद से क्या वह कुछ हासिल नहीं कर सकता... संक्षेप में सैकड़ों सवाल उसके सामने आ रहे थे।

आंद्रेई सेम्योनोविच किसी सरकारी दफ्तर में क्लर्क था। छोटे कद का दुबला-पतला, मरियल-सा आदमी। उसे अपने अजीब से सफेद बालों और मटन-चॉप किस्म के गलमुच्छों पर बेहद नाज था। उसकी आँखों में हमेशा कोई न कोई खराबी रहती थी। दिल का बहुत नर्म आदमी था, लेकिन उसमें आत्मविश्वास भरपूर था। कभी-कभी वह रोब के साथ बोलता था, जो लगभग हमेशा ही - उसके छोटे-से कद को देखते हुए - बहुत ही बेमेल और बेतुका लगता था। लेकिन वह उन किराएदारों में से था जिनकी अमालिया इवानोव्ना सबसे ज्यादा इज्जत करती थी। सबब यह कि वह कभी नशे में चूर नहीं होता था और किराया वक्त पर अदा करता था। इन सारे गुणों के बावजूद लेबेजियातनिकोव सचमुच काफी बेवकूफ था। वह सिर्फ जोश में आ कर प्रगति के ध्येय और 'हमारी नौजवान पीढ़ी' के साथ लग गया था। वह उन तरह-तरह के और अनगिनत मूढ़ लोगों में से, उन भोंडे किस्म के घमंडी, जाहिल और छिछोरे लोगों में एक था, जो किसी प्रचलित विचार के साथ हो जाते हैं, इस तरह उसकी मिट्टी पलीद करते हैं और जिस ध्येय की भी सेवा करते हैं, और कितने तो सच्चे मन से करते हैं, पर उसे भी एक मजाक बना कर रख देते हैं।

अपने नर्म स्वभाव के बावजूद लेबेजियातनिकोव भी अपने भूतपूर्व संरक्षक को नापसंद करने लगा था, जो इस वक्त उसके साथ एक ही कमरे में रह रहा था। यह रवैया दोनों तरफ अनजाने ही पैदा हो गया था। आंद्रेई सेम्योनोविच कितना ही भोला भंडारी क्यों न हो, यह बात उसकी भी समझ में आने लगी थी कि प्योत्र पेत्रोविच उसे बेवकूफ बना रहा था, अंदर-ही-अंदर उससे नफरत करता था, और यह कि 'वह जैसा लगता था वैसा बिलकुल नहीं था।' उसने उसे फूरिए की प्रणाली और डार्विन का सिद्धांत भी समझाने की कोशिश की, लेकिन कुछ समय से प्योत्र पेत्रोविच उसकी बातें व्यंग्य के साथ सुनने लगा था और उसके साथ कभी-कभी बदतमीजी से पेश आने लगा था। वास्तव में उसने सहज ही अनुमान लगा लिया था कि लेबेजियातनिकोव न सिर्फ मूढ़ और क्षुद्र व्यक्ति था बल्कि झूठा भी था, यह कि खुद अपने क्षेत्र में उसकी कोई पहुँच नहीं थी, उसने बस कुछ सुनी-सुनाई बातें रट ली थीं; और बहुत मुमकिन था कि अपने प्रचार के काम की भी उसे कोई खास जानकारी न रही हो, क्योंकि उसका दिमाग गड्डमड्ड विचारों से भरा हुआ था। यह किसी का कच्चा चिट्ठा

भला क्या खोलेगा! लगे हाथ, यह बात भी ध्यान देने की है कि इन दस दिनों के दौरान खास कर शुरू में प्योत्र पेत्रोविच ने उत्सुकता से आंद्रेई सेम्योनोविच के मुँह से अपनी प्रशंसा में अजीब-अजीब बातें भी स्वीकार कर ली थीं। मिसाल के लिए, आंद्रेई सेम्योनोविच ने उसे सराहा था कि मेश्चान्स्काया सड़क पर किसी जगह वह एक नए 'कम्यून' की स्थापना में योगदान देने को तैयार था, कि वह अपने बच्चों का गिरजाघर में विधिवत नामकरण नहीं कराएगा, या यह कि अगर शादी के महीने-भर बाद ही दूनिया ने कोई दूसरा प्रेमी बना लिया तब भी वह चुपचाप सह लेगा, वगैरह-वगैरह। उसने इन सब बातों के खिलाफ तब कोई आवाज नहीं उठाई था। प्योत्र पेत्रोविच को अपनी तारीफ सुनने का इतना शौक था कि इस तरह की खूबियाँ भी उसके मत्थे मढ़ी जाती थीं तो वह बुरा नहीं मानता था।

प्योत्र पेत्रोविच ने उसी दिन सवेरे अपने किसी निजी काम के लिए पाँच फीसदी सूदवाले कुछ सरकारी बांड भुनाए थे और मेज पर बैठा गड्डियाँ गिन रहा था। आंद्रेई सेम्योनोविच, जिसके पास शायद ही कभी अपना पैसा रहता हो, कमरे में टहल कर मन को बहला रहा था कि उसे उन नोटों में कोई दिलचस्पी नहीं थी, बल्कि वह उन्हें तुच्छ समझता था। प्योत्र पेत्रोविच, मिसाल के लिए, कभी यह बात मान ही नहीं सकता था कि इतना पैसा देख कर आंद्रेई सेम्योनोविच पर कोई असर नहीं होगा और दूसरी तरफ आंद्रेई सेम्योनोविच यह सोच कर कुढ़ रहा था कि प्योत्र पेत्रोविच के मन में ऐसी कोई बात थी और वह नोटों की गड्डियाँ सजा कर, अपने नौजवान दोस्त को उसकी हीनता का एहसास करा कर, यह जता कर कि उन दोनों के बीच कितना अंतर है, और उसे छेड़ने का मौका पा कर खुश था।

इस समय आंद्रेई सेम्योनोविच अपने प्रिय विषय के एक नए और विशेष 'कम्यून' की स्थापना के बारे में लूजिन को अपने विचार विस्तार से बता रहा था। लेकिन उसने देखा कि प्योत्र पेत्रोविच उसकी ओर कोई ध्यान नहीं दे रहा था और चिड़चिड़ा हो रहा था। हिसाब जोड़ने के चौखटे पर गोलियाँ खटाखट इधर-से-उधर सटकाते हुए प्योत्र पेत्रोविच बीच-बीच में थोड़े में शब्द बोल देता था जिनसे खुले अशिष्ट व्यंग्य की झलक मिलती थी। लेकिन 'मानवता प्रेमी' आंद्रेई सेम्योनोविच ने इसे यह सोच कर अनदेखा कर दिया कि प्योत्र पेत्रोविच अभी कल रात दूनिया से अनबन होने की वजह से चिड़चिड़ा हो रहा होगा। वह इस विषय पर बातें करने को सचमुच बेचैन था : उसे इसके बारे में कुछ प्रगतिशील बातें कहनी थीं, कुछ ऐसी बातें जो प्रचार के लिए सचमुच महत्वपूर्ण थीं, जिनसे उसके योग्य मित्र को तसल्ली होती और जिनसे उसके विकास को 'निश्चित रूप से' गति मिलती।

'यह किस भोज की तैयारी हो रही है उधर... उस विधवा के यहाँ?' प्योत्र पेत्रोविच ने अचानक सवाल करके आंद्रेई सेम्योनोविच की बात सबसे दिलचस्प जगह पर काट दी।

'जैसे कि तुम्हें मालूम ही नहीं था! अरे, कल रात ही तो मैं तुम्हें बता रहा था कि इस तरह की रस्मों के बारे में मैं क्या सोचता हूँ... और मैंने तो सुना है कि उसने तुम्हें भी बुलाया है। कल तुम उससे बातें भी तो कर रहे थे...'

'मैंने सोचा भी नहीं था कि इस मूर्ख कँगली को उस दूसरे बेवकूफ रस्कोलनिकोव से जितना पैसा मिला, वह सारे का सारा इस दावत पर खर्च कर देगी। अभी मैं उधर से आ रहा था तो तैयारियाँ देख कर ही दंग रह गया... इतनी शराब! ...बहुतों को न्योता दिया गया है। मेरी तो समझ में ही नहीं आता!' प्योत्र पेत्रोविच कहता रहा और लग रहा था कि यह बातचीत शुरू करने के पीछे उसका कोई उद्देश्य था। 'क्या कहा तुमने कि मुझे भी बुलाया गया है?' उसने सर उठा कर अचानक कहा। 'कब बुलाया गया मुझे तो याद नहीं। लेकिन मैं जाऊँगा नहीं। क्यों जाऊँ... मैंने तो कल यूँ ही उससे कह दिया था

कि एक सरकारी नौकर की कंगाल विधवा होने के नाते उसे राहत के तौर पर सालभर की तनख्वाह मिल सकती है। मैं समझता हूँ, उसने मुझे इसी वजह से न्योता दिया होगा, है न यही बात खी-खी-खी!'

'जाने का इरादा तो मेरा भी नहीं है,' लेबेजियातनिकोव ने कहा।

'मैं भी नहीं समझता कि तुम्हें जाना चाहिए। उसकी ऐसी पिटाई करने के बाद तुम्हें संकोच भी हो रहा होगा। खी-खी-खी!'

'किसने पिटाई की... किसकी?' लेबेजियातनिकोव ने चीख कर पूछा। सिटपिटा कर उसका चेहरा लाल हो रहा था।

'तुमने पीटा। अभी महीना-भर हुआ, तुम्हीं ने तो कतेरीना इवानोव्ना को पीटा था। मैंने कल ही किसी से सुना... तो ये हैं तुम्हारे सिद्धांत! नारी-समस्या के बारे में भी अपने सारे विचारों को भुला ही दिया है, खी-खी-खी!'

इसके बाद प्योत्र पेत्रोविच चौखटे पर गोलियाँ गटकने लगा, गोया यह बात कह कर उसके कलेजे को ठंडक मिली हो।

'सब झूठ और बकवास है!' लेबेजियातनिकोव जोर से चीखा। वह इस बात की चर्चा चलने से हमेशा डरता था। 'ऐसा सब कुछ भी नहीं हुआ था! बात दूसरी ही थी... तुमने गलत सुना है; ये सब मुझे बदनाम करने की बातें हैं! मैं सिर्फ अपना बचाव कर रहा था। पहले वह मेरे ऊपर झपटी, अपने नाखूनों से खरोंचा, मेरे सारे गलमुच्छे नोच डाले। ...मैं समझता हूँ सबको इस बात की इजाजत होनी चाहिए कि वह अपना बचाव कर सकें। मेरा सिद्धांत यह है कि मैं किसी को अपने खिलाफ कोई हिंसा नहीं करने देता; यह निरंकुशता है। तो मैं करता ही क्या... बस उसे पीछे धकेल दिया।'

'खी-खी-खी।' लूजिन द्वेष की हँसी हँसता रहा।

'तुम इसलिए चिढ़ा रहे हो मुझे कि खुद चिढ़े हुए हो... लेकिन यह सरासर बकवास है। फिर नारी-समस्या से इसका कोई संबंध भी नहीं है, कोई भी नहीं! समझते नहीं तुम; मैं भी यही सोचा करता था कि औरतें अगर हर मुआमलों में मर्दों के बराबर हैं, ताकत के मामले में भी (जैसा कि अब कहा जा रहा है), तो फिर तो वैसे मुआमलों में भी बराबरी होनी चाहिए। लेकिन मैंने बाद में सोचा कि इस तरह का सवाल उठाना ही नहीं चाहिए, क्योंकि लड़ाई-झगड़ा भी नहीं होना चाहिए, और आगे चल कर जो समाज बनेगा उसमें लड़ाई की बात सोची नहीं जा सकती... यह भी कि लड़ाई के सिलसिले में बराबरी कायम करने की कोशिश करना तो अजीब बात होगी। ऐसा नासमझ मैं नहीं... जाहिर है, लड़ाई होती है... यानी बाद में चल कर तो नहीं होगी लेकिन अभी तो होती ही है...लानत है! तुम्हारे साथ बातें करो तो दिमाग कितना उलझता है! वहाँ मेरे न जाने की वजह यह है ही नहीं। मैं सिद्धांत की वजह से नहीं जा रहा। असली वजह यही है, मरनेवाले की याद में दावत की इस घृणित परंपरा में हिस्सा न लेने का सिद्धांत। यूँ वहाँ इस रिवाज का मजाक उड़ाने के लिए भी जाया जा सकता है। ...मुझे अफसोस इस बात का है कि वहाँ कोई पादरी नहीं होगा। होता तो मैं जरूर जाता।'

'तब तुम किसी दूसरे की मेज पर बैठ कर खाने का और मेजबान का अपमान करते। क्यों?'

'कोई अपमान नहीं करता, सिर्फ उसके खिलाफ अपनी आवाज उठाता। और यह मैं एक अच्छे उद्देश्य से करता। इस तरह मैं जागरूकता और प्रचार के कामों में एक तरह से मदद ही करता। हरेक का कर्तव्य है कि वह जागरूकता और प्रचार के लिए काम करे, और यह काम जितने ही जोरों से किया जाए, उतना ही अच्छा। मैं एक बीज डाल सकता हूँ, एक विचार का बीज! ...और वह बीज उग कर एक तथ्य का रूप भी धारण कर सकता है। इसमें उनका क्या अपमान हो सकता है वे

319

शुरू में बुरा मानें लेकिन बाद में उनकी समझ में जरूर आएगा कि मैंने उनकी सेवा की है। जानते हो, तेरेब्येवा को (जो अब कम्यून में है) बहुत बुरा-भला कहा गया था... जब उसने अपना परिवार छोड़ा और... अपनी पसंद के आदमी के साथ रहने लगी तो उसने अपने माँ-बाप को चिट्ठी लिखी कि परंपराओं में जकड़ी जिंदगी बिताने के लिए वह तैयार नहीं और इसलिए शादी किए बिना ही अपनी पसंद के आदमी के साथ रहने जा रही है। तब कहा गया था कि उसने बहुत सख्त बात लिखी थी, कि उसे अपने माँ-बाप को इतनी तकलीफ नहीं पहुँचानी चाहिए थी और कुछ ज्यादा खत लिखना चाहिए था। मैं समझता हूँ यह सब बकवास है। नर्मी की कोई जरूरत है नहीं, बल्कि जरूरत तो इस बात की है कि ऐसी बातों के खिलाफ आवाज उठाई जाए। वारेंत्स को लो, उसकी शादी को सात साल हो चुके थे जब उसने अपने दो बच्चों को छोड़ा और अपने पति को एक खत में साफ-साफ लिखा था : 'मैंने यह बात समझ ली है कि मैं तुम्हारे साथ खुश नहीं रह सकती। मैं तुम्हें इस बात के लिए कभी माफ नहीं करूँगी कि तुमने मुझे धोखा दिया और यह बात छिपाई कि समाज का एक और संगठन है, जिसकी बुनियाद कम्यून पर होगी। इसका पता मुझे हाल ही में बहुत ऊँचे विचारोंवाले एक आदमी से चला, जिसे मैं अपना सब कुछ अर्पित कर चुकी और जिसके साथ मैं एक कम्यून स्थापित करने जा रही हूँ। मैं यह बात इसलिए साफ-साफ बता रही हूँ कि तुम्हें धोखा देने को मैं बेईमानी समझती हूँ। तुम जैसा ठीक समझना, वैसा ही करना। मुझे वापस पाने की उम्मीद मत रखना; उसके लिए बहुत देर हो चुकी है। उम्मीद है कि तुम सुखी रहोगे।' ऐसे विषयों पर खत इसी तरह ही लिखे जाने चाहिए!'

'वही तेरेब्येना जिसके बारे में तुम बता रहे थे कि वह तीसरी बार बिना शादी किए किसी के साथ रह रही है?'

'नहीं, यह दरअसल दूसरी बार हैं! लेकिन अगर चौथी बार होता या पंद्रहवीं बार भी होता, तो क्या! ऐसी बातें बकवास हैं। मुझे अपने माँ-बाप की मौत का अगर कभी अफसोस हुआ है तो अब। मेरे मन में कई बार यह विचार उठा कि वे जिंदा नहीं हैं, यह कितने अफसोस की बात है... वे अगर जिंदा होते तो मुझे उनके खिलाफ आवाज उठा कर उन्हें चौंकाने का कितना अच्छा मौका मिलता! मैं जान-बूझ कर भी कुछ-न-कुछ कर बैठता। बच्चे के घर छोड़ जाने और आजाद होने के बारे में कितनी सारी बेवकूफी की बातें होतीं! मैं उन्हें बताता तो वे सचमुच दंग रह जाते। मैं बता नहीं सकता कि किसी के न होने का मुझे कितना अफसोस है।'

'उन्हें हैरत में डालने के लिए! खी-खी-खी! खैर, वह तो जैसा जी चाहे, करो,' प्योत्र पेत्रोविच बात काट कर बोला, 'लेकिन मुझे तो यह बताओ कि क्या तुम मरनेवाले की बेटी को जानते हो? वही जो एक छोटी-सी नाजुक-सी लड़की है उसके बारे में जो कुछ कहा जा रहा है वह तो सच है?'

'तो क्या? मैं समझता हूँ, मेरा मतलब यह मेरी निजी राय है कि यही औरतों के लिए सबसे स्वाभाविक स्थिति है। और क्यों न हो मेरा मतलब है, हमें अंतर करना चाहिए। हमारे आज के समाज में इसे इसलिए पूरी तरह स्वाभाविक नहीं समझा जाता कि वे मजबूरन ऐसा करती हैं। लेकिन आनेवाले समाज में इसे एकदम स्वाभाविक समझा जाएगा क्योंकि वे अपनी मर्जी से ऐसा करेंगी। लेकिन मौजूदा हालत में भी उसे ऐसा करने का पूरा-पूरा अधिकार था। मुसीबतें झेल रही थी बेचारी और उसके पास यही एक सहारा था। यही एक तरह से उसकी दौलत थी, जिसे अपनी मर्जी से इस्तेमाल करने का उसे पूरा-पूरा अधिकार था। जाहिर है, आनेवाले समाज में इस तरह की दौलत की कतई जरूरत नहीं होगी, लेकिन उसकी भूमिका एकदम दूसरे ही ढंग से निश्चित होगी... उसका फैसला पूरी तरह बुद्धिसंगत और सामंजस्य के साथ किया जाएगा।

रहा सोफ्या सेम्योनोव्ना का सवाल, निजी तौर पर, तो मैं समझता हूँ उसने ऐसा करके समाज के संगठन के खिलाफ जोरदार आवाज उठाई है। इसके लिए मैं इज्जत करता हूँ उसकी और जब उसे देखता हूँ तो सचमुच मुझे खुशी होती है!'

'मुझे तो बताया गया कि यहाँ से तुम्हीं ने उसे निकलवाया था!'

लेबेजियातनिकोव गुस्से में आ गया।

'मेरे खिलाफ यह एक और इल्जाम है,' उसने चीख कर कहा। 'ऐसा तो एकदम नहीं हुआ था! कतई नहीं! यह सब कतेरीना इवानोव्ना की मनगढ़ंत बात है, क्योंकि मुझे वह ठीक से समझ ही नहीं सकी। रही सोफ्या सेम्योनोव्ना, तो उसके साथ कभी मुझे मुहब्बत नहीं रही! मैं तो निःस्वार्थ भाव से उसके विचारों को विकसित कर रहा था, उसे विरोध की प्रेरणा देने की कोशिश कर रहा था... मैं तो कुल इतना चाहता था कि वह इन बातों के खिलाफ अपनी आवाज उठाए। वैसे सोफ्या सेम्योनोव्ना यहाँ तो किसी हाल में नहीं रह सकती थी।'

'तुमने उसे भी अपने कम्यून में शामिल होने को कहा कि नहीं?'

'तुम तो हर बात का मजाक उड़ा रहे हो पर एकदम बेकार उड़ा रहे हो, इतना मैं तुम्हें बताए देता हूँ। तुम बातों को समझते भी नहीं! कम्यून में इस तरह की कोई भूमिका नहीं होती क्योंकि कम्यून बनाया ही इसलिए जाता है कि इस तरह की भूमिकाएँ खत्म हों। कम्यून में इस तरह की भूमिका का रूप बुनियादी तौर पर भिन्न होगा और जिसे यहाँ मूर्खता समझा जाता है वह वहाँ समझदारी की बात बन जाएगी, मौजूदा हालत में जिसे अस्वाभाविक समझा जाता है, वह कम्यून में एकदम स्वाभाविक होगा। सब कुछ माहौल पर निर्भर है। माहौल ही सब कुछ होता है; मनुष्य कुछ नहीं होता। और हाँ, सोफ्या सेम्योनोव्ना के साथ मेरे संबंध आज तक बहुत अच्छे हैं, जो इस बात का सबूत है कि उसने कभी यह नहीं समझा कि मैंने उसके साथ कुछ बुरा किया। जी हाँ, अब मैं उसे कम्यून की ओर लाने की कोशिश कर रहा हूँ, लेकिन दूसरी ही बुनियाद पर! तुम हँस किस बात पर रहे हो? हम अपना एक अलग ही कम्यून बनाने की कोशिश कर रहे हैं, एक खास तरह का कम्यून, जिसकी बुनियाद ज्यादा व्यापक हो। अपने विश्वासों को ले कर हम और आगे बढ़े हैं, और भी बातों को नकारने लगे हैं! तो अगर दोब्रोल्यूबोव अपनी कब्र से निकल आते तो उनसे मेरी खूब बहस होती। रहा बेलीस्की का सवाल तो उनकी तो मैं धज्जियाँ उड़ाता। इस बीच मैं आज भी सोफ्या सेम्योनोव्ना के विचारों को विकसित कर रहा हूँ। बहुत सुंदर है उसका चरित्र, बहुत ही सुंदर!'

'और तुम उसके बहुत ही सुंदर चरित्र का फायदा उठाते हो... क्यों? खी-खी-खी!'

'नहीं, बिलकुल नहीं! बात इसकी उलटी है!'

'अच्छा, तो बात उलटी है! खी-खी-खी! कैसी उलटी बात है!'

'मेरी मानो! मैं तुमसे क्यों छिपाऊँगा, बताओ सच में मुझे तो खुद ताज्जुब होता है कि वह मेरे साथ कैसे दब कर पवित्र भाव से और शील-संकोच से पेश आती है!'

'और तुम तो जाहिर है कि उसके विचारों को विकसित कर रहे हो... खी-खी-खी उसके सामने यह साबित करना चाहते हो कि उसका सारा शील-संकोच बकवास है?'

'कतई नहीं! बिल्कुल नहीं! माफ करना, तुम भी विकास शब्द का कितने भोंडे तरीके से और कितनी नासमझी से गलत मतलब निकाल रहे हो! तुम्हारी समझ में तो कुछ भी नहीं आता। कुछ भी नहीं। लानत है... तुम... अभी तक तुम्हारे विचार बहुत अधकचरे हैं। हम तो औरतों की आजादी के लिए काम कर रहे हैं और तुम्हारी खोपड़ी में बस एक बात है... मैं स्त्रियों की सच्चरित्रता, उनके शील-संकोच के आम सवाल को बेकार की बातें या पूर्वाग्रह मान कर उन पर कोई ध्यान नहीं देता। लेकिन वह जो सच्चरित्रता मेरे साथ बरत रही है उसे मैं स्वीकार करता हूँ, क्योंकि यह उसकी अपनी इच्छा की बात है और इसका उसे पूरा-पूरा अधिकार है। जाहिर है, वह अगर अपने मुँह से कहे कि वह मुझे चाहती है तो मैं अपने आपको बहुत ही भाग्यशाली समझूँ, क्योंकि वह लड़की मुझे अच्छी लगती है। लेकिन आज की बात करें तो मैं तो यह जानता हूँ कि किसी ने उसके साथ मुझसे ज्यादा शराफत का बर्ताव नहीं किया है, किसी ने उसके स्वाभिमान के कारण उसे उतनी इज्जत की नजर से नहीं देखा, जितना मैं देखता हूँ... मैं तो उम्मीद लगाए राह देख रहा हूँ, बस!'

'बेहतर होगा कि तुम उसे तोहफे में कोई चीज दे दो। मेरा दावा है कि यह बात तुम्हें नहीं सूझी होगी।'

'मैं तुमसे कह चुका कि तुम कई बातें नहीं समझते! यह सच है कि उसकी ऐसी हालत है, लेकिन वह अलग सवाल है! बिलकुल दूसरा सवाल! तुम उससे सिर्फ नफरत करते हो। तुमने ऐसी बात देखी जिसके बारे में तुम्हारी यह गलत राय है कि उसका तिरस्कार ही किया जा सकता है। इस तरह तुम अपने ही जैसे एक इनसान को इनसानियत की नजरों से देखने से इनकार कर रहे हो। तुम्हें मालूम नहीं कि उसका कैसा चरित्र है! मुझे तो इस बात का अफसोस है कि इधर कुछ दिनों से उसने किताबें पढ़ना और किताबें माँग कर ले जाना बंद कर दिया है। पहले मैं उसे पढ़ने को किताबें दिया करता था। मुझे इस बात का भी अफसोस है कि हालात के खिलाफ आवाज उठाने का जोश और पक्का इरादा होते हुए भी - जिसका सबूत एक बार वह दे भी चुकी है - उसे अपने आप पर बहुत कम भरोसा है। उसमें यूँ कहो कि आजादी बहुत कम है, इतनी कम कि वह कुछ पूर्वाग्रहों से और... बेवकूफी के कुछ विचारों से छुटकारा नहीं पा सकती। फिर भी वह कुछ सवालों को बहुत अच्छी तरह समझती है। मिसाल के लिए हाथ चूमने के सवाल को... मतलब यह कि एक आदमी एक औरत का हाथ चूमे तो इसे वह औरत का अपमान समझती है क्योंकि यह औरत को अपने बराबर न समझने की निशानी है। इसके बारे में हमारी बहस हुई थी और मैंने यह बात उसे अच्छी तरह समझाई थी। उसने फ्रांस के मजदूर संगठनों की तफसील भी बड़े ध्यान से सुनी थी। अब मैं उसे आनेवाले समाज में किसी के कमरे में किसी के बेरोकटोक घुसने का सवाल समझा रहा हूँ।'

'यह कौन-सी बला है?'

'अभी कुछ दिन पहले हम लोगों में इस सवाल पर बहस हुई थी कि कम्यून के एक सदस्य को दूसरे सदस्य के कमरे में, वह मर्द हो या औरत, किसी भी समय घुसने का अधिकार है या नहीं... और हम इस नतीजे पर पहुँचे कि यह अधिकार उसे है!'

'लेकिन उस वक्त वे कोई बहुत ही वैसा काम कर रहे हों तो... खी-खी-खी!'

इस पर लेबेजियातनिकोव को सचमुच गुस्सा आ गया।

'हमेशा तुम कोई-न-कोई बेहूदा बात सोचते हो,' वह नफरत से भरे लहजे में जोर से बोला। 'हमेशा वही बात। जब देखो तब वही कमबख्त 'कोई वैसा काम छिः! यह सोच कर भी मुझे कितनी झुँझलाहट होती है कि तुम्हें अपनी व्यवस्था के

बारे में समझाते हुए मैंने कमबख्त निजी किस्म की समस्याओं का सवाल वक्त से पहले ही क्यों उठाया! तुम्हारे जैसे लोग हमेशा यहीं पर आ कर अटकते हैं, बात को समझने से पहले ही उसका मजाक उड़ाने लगते हैं, और इसी पर मुझे झुँझलाहट होती है। वे सचमुच यह समझते हैं कि वे जानते हैं, वे क्या कह रहे हैं और इस पर गर्व भी करते हैं! छि! मैं बार-बार कह चुका कि यह सवाल किसी अनाड़ी को तब तक नहीं समझाया जाना चाहिए, जब तक उसे इस व्यवस्था के सही होने का पक्का विश्वास न हो जाए, जब तक उसके विचार विकसित न हों और जब तक वह सही दिशा में आगे न बढ़े। अब मेहरबानी करके यह बताइए जनाब, कि आपको, मिसाल के तौर पर, नाबदानों में भी क्या वैसी बात दिखाई देती है। मैं तो जो नाबदान भी आप कहें, उसे साफ करने को तैयार हूँ... सबसे पहले यह आत्म-बलिदान का सवाल नहीं है, यह तो बस एक काम है... इज्जतदार, उपयोगी काम जो उतना ही अच्छा है जितना कोई दूसरा काम है। अरे, यह काम तो किसी रफाएल या पुश्किन के काम से भी अच्छा है, क्योंकि यह कहीं ज्यादा उपयोगी काम है!'

'और ज्यादा इज्जतदार भी, ज्यादा इज्जतदार भी... खी-खी-खी!'

'इस 'ज्यादा इज्जतदार' से क्या मतलब है तुम्हारा आदमी के किसी भी काम के बयान के लिए इस तरह के जुमले मेरी तो समझ में नहीं आते। 'ज्यादा इज्जतदार', 'अधिक उच्च' - ये सब हैं पुराने ढंग के पूर्वाग्रह, जिन्हें मैं नहीं मानता। मानव-जाति के लिए जो चीज भी उपयोगी हो, वही इज्जतदार है! मैं बस एक शब्द समझता हूँ : उपयोगी! तुम चाहे जितना हँसो, लेकिन सच बात यही है!'

प्योत्र पेत्रोविच दिल खोल कर हँसा। वह पैसे गिन चुका और सँभाल कर रख चुका था। लेकिन कुछ नोट उसने मेज पर क्यों छोड़े थे, इसे वही जानता था। इस नाबदान वाले सवाल पर प्योत्र पेत्रोविच और उसके नौजवान दोस्त के बीच कई बार झगड़ा हो चुका था। इसमें बेवकूफी की बात यह थी कि लेबेजियातनिकोव को इस पर सचमुच गुस्सा आता था जबकि लूजिन को इसमें मजा आता था। इस वक्त तो वह खास तौर पर अपने नौजवान दोस्त का पारा चढ़ाना चाहता था।

'कल तुम्हारे साथ जो गलत बात हुई, तुम उसी की वजह से इतने बदमिजाज और चिड़चिड़े हो रहे हो,' लेबेजियातनिकोव आखिर फट पड़ा। अपनी 'आजादी' और अपने 'विरोधों' के बावजूद वह प्योत्र पेत्रोविच से टक्कर लेने की हिम्मत नहीं रखता था और अभी भी वह उसके साथ एक हद तक उसी इज्जत के साथ पेश आता था जिसका कि वह पहले कभी बरसों तक आदी रह चुका था।

'अच्छा तो यह बताओ,' प्योत्र पेत्रोविच ने चिढ़ कर रोब से उसकी बात काटी, 'क्या तुम... या यूँ समझ लो, तुम क्या सचमुच उस जवान लड़की को इतनी अच्छी तरह जानते हो कि उसे एक मिनट के लिए यहाँ ले आओ... मैं समझता हूँ वे सब लोग कब्रिस्तान से लौट आए हैं... मैंने कदमों की आहट सुनी है... मैं उससे मिलना चाहता हूँ, उस जवान लड़की से।'

'किसलिए भला?' लेबेजियातनिकोव ने ताज्जुब से पूछा।

'बस यूँ ही। कल या परसों मैं यहाँ से चला जाऊँगा, इसलिए उससे बात करना चाहता था कि... हाँ, उससे जब मैं बात करूँ, तब तुम भी मौजूद रह सकते हो। दरअसल, बेहतर तो यही होगा कि तुम मौजूद रहो क्योंकि कौन जाने तुम क्या-क्या सोच बैठो।'

'मैं जरा भी नहीं सोचूँगा... मैंने तो बस यूँ ही पूछ लिया... और अगर उससे तुम्हें कुछ कहना है तो उसे यहाँ बुला लाना कोई मुश्किल काम नहीं। मैं अभी जाता हूँ और तुम्हें यकीन दिलाता हूँ कि मैं बीच में नहीं आऊँगा।'

पाँच मिनट बाद लेबेजियातनिकोव सचमुच सोन्या को साथ लिए हुए अंदर आया। वहाँ आ कर सोन्या को ताज्जुब हो रहा था और वह हमेशा की तरह शरमाए जा रही थी। ऐसी परिस्थितियों में वह हमेशा शरमाती थी और नए लोगों से उसे हमेशा डर लगता था। यूँ वह बचपन से ही डरपोक थी, लेकिन अब तो और भी हो गई थी। ...प्योत्र पेत्रोविच उससे बड़ी 'शिष्टता और नर्मी' के साथ मिला, लेकिन उसमें कुछ दिल्लगी और बे-तकल्लुफी का भी मेल था, क्योंकि उसकी राय में सोन्या जैसी नौजवान और एक विशेष अर्थ में दिलचस्प हस्ती के साथ इसी तरह पेश आना उसके जैसे इज्जतदार और हैसियतवाले आदमी के लिए मुनासिब था। उसने जल्दी से उसको 'आश्वस्त कर दिया' और उसे मेज के दूसरी ओर अपने सामने बिठाया। सोन्या बैठी और उसने अपने चारों ओर एक नजर डाली - लेबेजियातनिकोव पर, मेज पर पड़े नोटों पर और एक बार फिर प्योत्र पेत्रोविच पर फिर उसकी नजरें उसी पर जमी रह गईं। लेबेजियातनिकोव दरवाजे की ओर जा रहा था। प्योत्र पेत्रोविच ने सोन्या को बैठे रहने का इशारा करके जा कर लेबेजियातनिकोव को रोका।

'रस्कोलनिकोव वहाँ है? आया है क्या?' उसने उससे चुपके से पूछा।

'रस्कोलनिकोव? हाँ। क्यों? हाँ, वहीं है... मैंने अभी उसे अंदर आते देखा... क्यों?'

'खैर, मैं तुमसे खास तौर पर अर्ज करना चाहता हूँ कि यहाँ हम लोगों के साथ रहो और मुझे अकेला छोड़ कर न जाओ, इस... इस लड़की के साथ। मुझे इससे बस कुछ बातें ही करनी हैं, पर भगवान जाने, लोग उसका क्या-क्या मतलब लगा बैठें। मैं नहीं चाहता कि रस्कोलनिकोव लोगों से वहाँ यह कहे... मेरा मतलब समझ रहे हो न?'

'हाँ, समझ रहा हूँ! समझ रहा हूँ!' लेबेजियातनिकोव ने कहा। मतलब उसकी समझ में एकाएक आ गया था। 'हाँ, तुम्हें इसका अधिकार है... लेकिन, मेरा अपना खयाल यह है कि तुम्हें इतना परेशान होने की कोई जरूरत नहीं। लेकिन... फिर भी, तुम्हें इसका अधिकार है। मैं यहीं रुकता हूँ। मैं यहाँ खिड़की के पास खड़ा हूँ और तुम्हारी बातों में कोई बाधा नहीं आएगी... मैं समझता हूँ, तुम्हें इसका अधिकार है...'

प्योत्र पेत्रोविच वापस जा कर सोन्या के सामने सोफे पर बैठ गया और उसे गौर से देखने लगा। उसने रोबदार, बल्कि कुछ हद तक कठोर, मुद्रा धारण कर ली, गोया कह रहा हो कि 'किसी तरह की गलतफहमी में मत रहियेगा, मोहतरमा।' सोन्या बुरी तरह सिटपिटा गई।

'पहली बात यह है, सोफ्या सेम्योनोव्ना, कि तुम मेरी तरफ से अपनी माँ से माफी माँग लेना... ठीक है न कतेरीना इवानोव्ना तो तुम्हारी माँ जैसी ही हुई, कि नहीं?' प्योत्र पेत्रोविच ने रोब से, लेकिन काफी खुशदिली के साथ कहना शुरू किया। साफ तौर पर उसके इरादे दोस्ताना ही थे।

'जी हाँ; माँ जैसी ही हैं,' सोन्या ने डरते-डरते, जल्दी से जवाब दिया।

'तो तुम उनसे मेरी तरफ से माफी माँगोगी न मैं कुछ मजबूरियों की वजह से वहाँ नहीं आ सकूँगा। हालाँकि तुम्हारी माँ ने काफी आग्रह करके मुझे बुलाया है।'

'जी... मैं कह दूँगी... अभी।' यह कह कर सोन्या अपनी कुर्सी से उछल कर खड़ी हो गई।

'ठहरो, बात अभी पूरी नहीं हुई,' प्योत्र पेत्रोविच ने उसकी सादगी पर और उसके शिष्टाचार के अज्ञान पर मुस्कराते हुए उसे रोका। 'सोफ्या सेम्योनोव्ना, अगर तुम यह समझती हो कि मैंने इतनी छोटी-सी बात के लिए, जिसका संबंध सिर्फ मुझसे है, तुम्हारे जैसे शख्स को तकलीफ देने की हिम्मत की है, मतलब यह हुआ कि मुझे तुम ठीक से जानती भी नहीं। मुझे एक काम और भी था।'

सोन्या जल्दी से बैठ गई। उसकी आँखें एक बार फिर मेज पर रखे स्लेटी और इन्द्रधनुषी रंगोंवाले नोटों पर जा कर पलभर के लिए टिकीं लेकिन उसने जल्दी से नजरें वहाँ से हटा कर प्योत्र पेत्रोविच पर जमा दीं। उसने अचानक महसूस किया कि किसी दूसरे के पैसे को घूरना बहुत ही बेहूदा बात थी, खास तौर पर उसके लिए। वह प्योत्र पेत्रोविच के हाथ में मौजूद सुनहरे फ्रेमवाले चश्मे को और उसकी बीच की उँगली में बड़ा-सा पीला पत्थर लगी बेहद खूबसूरत, बड़ी-सी अँगूठी को घूरने लगी। लेकिन अचानक उसने वहाँ से भी अपनी नजरें हटा लीं और जब उसकी समझ में यह न आया कि किस चीज पर नजरें जमाए तो सीधे प्योत्र पेत्रोविच के चेहरे पर नजरें जमा कर घूरने लगी। थोड़ी देर ठहर कर वह और भी रोब के साथ बोला :

'कल यूँ ही लगे हाथों मुझे बेचारी कतेरीना इवानोव्ना से दो-एक बातें करने का मौका मिला था। बस उतना ही मेरे लिए यह अंदाजा लगा लेने के वास्ते काफी था कि उसकी हालत यूँ कहें कि कुछ अस्वाभाविक-सी थी...'

'जी हाँ...' सोन्या ने जल्दी से हामी भरी।

'या अगर और भी सीधे-सादे और भी आसानी से समझ में आनेवाली भाषा में कहा जाए तो वे बीमार हैं।'

'जी, और भी सीधे-सादे और भी आम... जी हाँ, बीमारा'

'यही बात है। इसलिए उनकी इस हालत को देखते हुए इनसानियत के नाते या यूँ कहें कि दया के भाव से मुझे बहुत खुशी होगी अगर मैं उनकी कुछ खिदमत कर सकूँ। मुझे पता चला है कि अब इस बदहाल परिवार का बोझ पूरी तरह तुम्हारे कंधों पर है।'

'मैं एक बात पूछना चाहती हूँ,' सोन्या ने उठ कर खड़े होते हुए कहा, 'आपने कल उनसे पेन्शन मिल सकने के बारे में क्या कहा था इसलिए कि कल वे मुझसे कह रही थीं कि आपने वादा किया है आप उन्हें पेन्शन दिला देंगे। क्या वह बात सच थी?'

'कतई नहीं। दरअसल, यह तो पूरी तरह बेसर-पैर की बात है। मैंने तो सिर्फ इतना कहा था कि नौकरी के दौरान मरनेवाले अफसर की विधवा होने के नाते उन्हें थोड़ी-बहुत सरकारी मदद मिल सकती है - वह भी अगर उनकी पहुँच ऊपर किसी तक हो तो... लेकिन मुझे तो पता चला है कि तुम्हारे बाप ने पूरी मुद्दत तक नौकरी नहीं की थी और इधर काफी दिनों से तो वे नौकरी में भी नहीं थे। सच बात तो यह है कि अगर कोई उम्मीद हो भी तो बहुत थोड़ी ही होगी, क्योंकि तुम तो देख रही हो न, ऐसी हालत में उनकी मदद पाने का कोई हक दूर-दूर तक नहीं बनता। बल्कि तो बात इसकी उलटी ही है। तो वे अभी से पेन्शन के सपने देखते लगी हैं, क्यों? खी-खी-खी! बहुत तेज औरत हैं!'

'जी हाँ, वे पेन्शन की उम्मीद लगाए बैठी हैं क्योंकि वे आसानी से सबकी बात पर विश्वास कर लेती हैं। वे दिल की बहुत अच्छी हैं और इसीलिए हर बात पर भरोसा कर लेती हैं और... और... वे हैं ही ऐसी। ...जी ...आप उनकी बात का बुरा मत मानिएगा,' यह कह कर सोन्या एक बार फिर चल देने के लिए उठी।

'लेकिन तुमने वह बात तो सुनी ही नहीं, जो मुझे कहनी थी।'

'जी नहीं... नहीं सुनी,' सोन्या ने बुदबुदा कर कहा।

'तो बैठो फिर।'

सोन्या सिटपिटाई हुई थी और तीसरी बार भी बैठ गई।

'छोटे-छोटे अभागे बच्चों के साथ उनकी दुर्दशा को देखते हुए, जैसा कि मैं पहले भी कह चुका हूँ, जहाँ तक मेरे बस में है, अगर मैं उनकी कोई खिदमत कर सकूँ तो मुझे खुशी होगी... मतलब कि जहाँ तक मेरे बस में है, उससे ज्यादा नहीं। मिसाल के लिए, उनके लिए चंदा जमा किया जा सकता है, कोई लॉटरी निकाली जा सकती है, या इसी तरह का कोई और काम किया जा सकता है, जैसा कि ऐसी हालत में रिश्तेदार या बाहर के लोग भी जो मदद करना चाहते हैं, अकसर इतना कर देते हैं। तुमसे मैं इसी बारे में बातें करना चाहता था। इतना तो किया ही जा सकता है।'

'जी, जी हाँ... भगवान आपको बहुत कुछ देगा,' सोन्या ने प्योत्र पेत्रोविच को ध्यान से देखते हुए, लड़खड़ाती जबान से कहा।

'इतना तो हो ही सकता है, लेकिन उसके बारे में बातें हम बाद में करेंगे... यानी कि हम यह काम आज भी शुरू कर सकते हैं। हम आज शाम को मिलेंगे और इस बारे में बातें करेंगे और जैसा कि लोग कहते हैं इसकी नींव डालेंगे। सात बजे मेरे पास आना। मुझे उम्मीद है कि आंद्रेई सेमेनोविच भी इस काम में हमारी मदद करेंगे। लेकिन... एक बात के बारे में मैं पहले से तुम्हें सावधान कर दूँ और सोफ्या सेम्योनोव्ना, मैंने उसी के लिए तुम्हें यहाँ आने की तकलीफ दी है। सच कहूँ तो मेरी राय में कतेरीना इवानोव्ना के हाथों में पैसे देना खतरे से खाली नहीं होगा। आज की दावत इसी बात का सबूत है। कल के लिए तो यूँ कह लो कि खाने को रोटी का टुकड़ा भी नहीं और... खैर, न किसी के पाँव में जूते हैं, न कोई और चीज है लेकिन आज के लिए जमैका की रम खरीदी गई है, मैं समझता हूँ 'मदीरा' भी है और... और कॉफी भी। उधर से गुजरते वक्त मैंने यह सब देखा है। कल तुम्हें पूरे परिवार के लिए नए सिर से बंदोबस्त करना पड़ेगा, जो कि मेरे कहे का बुरा मत मानना, बकवास-सी बात है। इसलिए मैं समझता हूँ कि चंदा इस तरह जमा होना चाहिए कि उस अभागिनी बेवा को पता न चले... सिर्फ मिसाल के लिए तुम्हें इसका पता रहे। ठीक है न?'

'मालूम नहीं... यह बस आज की बात है, जिंदगी में एक बार... उनकी बड़ी इच्छा थी कि मरनेवाले का सम्मान किया जाए, उसकी याद मनाई जाए... वैसे वे बहुत समझदार हैं... लेकिन आप जैसा ठीक समझें, मैं तो बहुत-बहुत... उन सबको... भगवान आपको बहुत कुछ देगा... और वे अनाथ बच्चे...'

सोन्या अपनी बात आगे न कह सकी और फूट-फूट कर रोने लगी।

'तो अच्छी बात है, इसका ध्यान रखना। इस वक्त तो मैं निजी तौर पर जो थोड़ा-बहुत दे सकता हूँ, तुम्हारे परिवार के लिए दे रहा हूँ... इसे ले लो। मैं तो यह भी नहीं चाहता था कि इस सिलसिले में कहीं मेरा नाम लिया जाए। यह लो... एक तरह से मेरी अपनी भी परेशानियाँ हैं, सो मैं तो कुछ ज्यादा नहीं कर सकता...'

यह कह कर प्योत्र पेत्रोविच ने दस रूबल का एक नोट सावधानी से सीधा करके सोन्या को दे दिया। सोन्या ने नोट लिया और उसका चेहरा लाल हो गया। वह उछल कर उठ खड़ी हुई और मुँह-ही-मुँह में कुछ बुदबुदा कर चलने को तैयार हो गई। प्योत्र पेत्रोविच शालीनता के साथ उसे दरवाजे तक छोड़ने आया। आखिरकार वह परेशान और बौखलाई हुई कमरे से बाहर निकल गई और जब कतेरीना इवानोव्ना के पास पहुँची तो बुरी तरह घबराई हुई थी।

इस पूरी बातचीत के दौरान लेबेजियातनिकोव या तो खिड़की के पास खड़ा रहा या कमरे में टहलता रहा क्योंकि वह बातचीत में बाधा नहीं डालना चाहता था। सोनिया के जाने के बाद वह प्योत्र पेत्रोविच के पास पहुँचा और गंभीरता से उसकी ओर अपना हाथ बढ़ाया।

'मैंने सब कुछ सुना और देखा भी,' उसने आखिरी शब्दों पर जोर देते हुए कहा। 'यह होती है शराफत, मतलब कि इसे कहते हैं इनसानियत! तुम तो उस पर एहसान का बोझ भी नहीं डालना चाहते थे! मैं मानता हूँ कि सिद्धांत के सर पर मैं व्यक्तिगत खैरात की हिमायत नहीं कर सकता। इससे न सिर्फ यह कि बुराई दूर नहीं होती बल्कि उलटे उसे बढ़ावा मिलता है। फिर भी जो कुछ तुमने किया, वह सब मैंने देखा और देख कर मुझे खुशी हुई - हाँ-हाँ, मुझे यह बात अच्छी लगी।'

'उफ, यह सब बेकार की बात है,' प्योत्र पेत्रोविच ने एक अजीब चेहरा बना कर लेबेजियातनिकोव की ओर देखते हुए, जरा उत्तेजित हो कर कहा।

'नहीं, बेकार की बात नहीं है! जिस आदमी को खुद मुसीबत और परेशानी का सामना करना पड़ा हो, जैसा कि कल तुमने किया, दूसरों की मुसीबत देख कर उनके साथ हमदर्दी करे तो ऐसा आदमी, वह भले ही सामाजिक स्तर पर गलती कर रहा हो, इज्जत के काबिल होता है! मुझे तुमसे वाकई इसकी उम्मीद नहीं थी, प्योत्र पेत्रोविच, खास तौर पर इसलिए कि तुम्हारे विचार में... आह! तुम्हारे विचार भी तुम्हारे लिए कैसी मुसीबत हैं! मिसाल के लिए, कल लगे धक्के के सबब तुम कितने दुखी हो,' लेबेजियातनिकोव ने भोलेपन से हमदर्दी दिखाते हुए कहा; उसके दिल में प्योत्र पेत्रोविच के लिए फिर से प्यार उमड़ आया था। 'पर मेरे नेक दोस्त ...प्योत्र पेत्रोविच ...तुम्हें इस शादी से, इस कानूनी शादी से, क्या मिल जाएगा तुम शादी की इस कानूनियत में भला क्यों उलझे रहना चाहते हो? खैर, तुम चाहो तो पीट लो मुझे लेकिन मुझे खुशी है, सचमुच बहुत खुशी है, कि यह शादी नहीं हो पाई और तुम आजाद हो, कि अभी तक मानवजाति के लिए तुम बचे हुए हो। ...देखा तुमसे, मैंने दिल की बात साफ-साफ कही है!'

'इसलिए कि मैं नहीं चाहता कि तुम्हारी 'बिन शादी की शादी' के चक्कर में पड़ कर मैं गले में पट्टा डाले रहूँ। दूसरों के बच्चे पालता रहूँ। मैं कानूनी शादी इसीलिए करना चाहता हूँ,' लूजिन को कुछ जवाब देना था, सो उसने यही जवाब दिया। लग रहा था कि वह विचारमग्न और किसी उलझन में है।

'बच्चे तुम बच्चों की बात कर रहे थे,' लेबेजियातनिकोव ऐसे चौंका जैसे बिगुल की आवाज पर लड़ाई का घोड़ा चौंकता है। 'बच्चे एक सामाजिक समस्या हैं और सबसे महत्वपूर्ण समस्या हैं, सो मैं मानता हूँ लेकिन बच्चों की समस्या का एक दूसरा हल भी है। कुछ लोग तो बच्चों की जरूरत को मानते तक नहीं, न किसी ऐसी चीज को जिसका परिवार से कोई

संबंध हो। बच्चों की बात हम बाद में करेंगे। रहा गले में पट्टे का सवाल तो मैं मानता हूँ कि वह मेरी कमजोरी है। यह बेहूदा, हुस्सारोंवाला पुश्किनवादी शब्द भविष्य के किसी शब्दकोश में मिलेगा भी नहीं। और यह तो बताइए श्रीमान कि ये पट्टे क्या होते हैं? इस शब्द का कैसा गलत प्रयोग किया है। क्या बकवास है! अपनी पसंद की शादी में पट्टे का कोई सवाल नहीं होगा! पट्टे तो कानूनी शादी के स्वाभाविक परिणाम होते हैं, एक तरह से गलती को ठीक करने का जरिया होते हैं, एक तरह से विरोध होते हैं। इसलिए इसमें अपमान की ऐसी कोई बात है भी नहीं... और अगर... थोड़ी देर के लिए दलील की सुविधा के लिए हम यह बेतुकी बात मान भी लें, तो अगर मैं कभी कानूनी शादी करूँगा तो तुम्हारे वे कमबख्त पट्टे डाल कर मुझे बहुत खुशी होगी! तब मैं अपनी बीवी से कह तो सकूँगा कि जानेमन, अभी तक मैं तुम्हें सिर्फ प्यार करता था, लेकिन अब तुम्हारी इज्जत करता हूँ क्योंकि तुममें विरोध करने की हिम्मत तो है! तो तुम हँस रहे हो... हँसो, क्योंकि तुम पूर्वाग्रहों से छुटकारा नहीं पा सकते! लानत है इन बातों पर! मेरी समझ में आ चुका कि कानूनी शादी में धोखा खाना आदमी को बुरा क्यों लगता है। लेकिन यह तो एक शर्मनाक नतीजा है ऐसी शर्मनाक स्थिति का, जिसमें दोनों का अपमान होता ही रहता है। जब खुल्लमखुल्ला पट्टे डाल लिए जाते हैं, जैसे कि मुक्त विवाह में तो वे बाकी भी नहीं रहते। उनका विचार मन में नहीं आता और वे पट्टे ही नहीं रहते। आपकी बीवी जब यह समझेगी कि आप उसकी खुशी का विरोध नहीं कर सकते कि आप उसके नए शौहर की वजह से उससे बदला लेने की बात सोच तक नहीं सकते, तभी वह यह साबित कर सकेगी कि वह आपकी कितनी इज्जत करती है। लानत है! कभी-कभी मैं भी सपना देखने लगता हूँ कि मजबूरन किसी आदमी से अगर मेरी शादी हो जाए... छिः! मतलब किसी औरत से हो जाए तो वह शादी कानूनी हो या नहीं, इससे कोई फर्क नहीं पड़ता... तो मेरी बीवी अपने लिए अगर खुद कोई प्रेमी न ढूँढ़े तो मैं उसके लिए ढूँढ़ दूँगा। कहूँगा : 'मेरी जान, मैं तुम्हें प्यार करता हूँ, लेकिन उससे भी बढ़ कर यह चाहता हूँ कि तुम मेरी इज्जत करो, इसलिए यह लो!' जो मैं कह रहा हूँ वह ठीक तो है न?'

प्योत्र पेत्रोविच उसकी बातें सुन कर धीरे-धीरे हँसता रहा, लेकिन इनमें उसे कोई खास मजा नहीं आ रहा था। वह तो शायद कुछ सुन भी नहीं रहा था। वह कुछ और ही सोच रहा था और आखिरकार लेबेजियातनिकोव का ध्यान भी इस तरफ गया। प्योत्र पेत्रोविच बेचैन-सा लग रहा था, हाथ मल रहा था और विचारों में डूबा हुआ था। लेबेजियातनिकोव को जब ये बातें बाद में याद आईं, तब उसकी समझ में आया कि वजह क्या थी...

अपराध और दंड : (अध्याय 5-भाग 2)

इसके कारण सही-सही बताना कठिन होगा कि कतेरीना इवानोव्ना के उलझे हुए दिमाग में जनाजे की उस बेतुकी दावत का विचार कैसे पैदा हुआ। रस्कोलनिकोव ने मार्मेलादोव के जनाजे के लिए जो कोई बीस रूबल दिए थे, उनमें से लगभग दस तो इस दावत पर बर्बाद कर दिए गए। शायद कतेरीना इवानोव्ना मरनेवाले की यादों के 'उचित' सम्मान को इसलिए जरूरी समझती थी कि वहाँ रहनेवाले सभी लोगों को और सबसे बढ़ कर अमालिया इवानोव्ना को यह एहसास हो जाए कि 'वह उससे किसी भी तरह कमतर नहीं था, बल्कि उससे शायद ऊँचा ही था' और किसी को भी 'उस पर नाक चढ़ाने' का अधिकार नहीं था। शायद इसकी सबसे बड़ी वजह थी अजीब-सी वह गरीबोंवाली आन, जो बहुत से गरीबों को मजबूर करती है कि वे अपनी बचत की आखिरी कौड़ी भी समाज की किसी रस्म को निभाने पर सिर्फ खर्च कर दें। इसलिए कि वे भी वैसा ही कर सकें 'जैसा दूसरे लोग करते हैं' और इस तरह ये दूसरे लोग उन्हें 'तुच्छ' न समझें। यह भी मुमकिन है कि ठीक उस वक्त जब यह लगता था कि दुनिया में हर आदमी ने उसे बेसहारा छोड़ दिया है, वह उन 'तुच्चे और कमबख्त

किराएदारों' को यह दिखा देना चाहती थी कि उसे भी 'धूमधाम से काम करना, शानदार दावतें करना' आता है कि उसका पालन-पोषण 'एक बेहद शरीफ, बल्कि यूँ कहो कि पुश्तैनी रईस, कर्नल के घर में' हुआ था और वह झाड़ू देने और रातभर बच्चों के फटे-पुराने कपड़े धोने के लिए पैदा नहीं हुई थी। कभी-कभी गरीब से गरीब और एकदम टूटे हुए लोगों पर भी इस तरह के घमंड और गुरूर का दौरा पड़ता है, जो बढ़ते-बढ़ते एक अनियंत्रित और सालनेवाली इच्छा का रूप ले लेता है। लेकिन कतेरीना इवानोव्ना का हौसला अभी तक टूटा नहीं था। परिस्थितियों ने भले ही उसे तोड़ दिया हो, लेकिन कोई उसका हौसला नहीं तोड़ सकता था, उसे धौंस दे कर नहीं दबा सकता था, उसकी इच्छा-शक्ति को नहीं कुचल सकता था। इसके अलावा, सोन्या ने यह बात भी अकारण नहीं कही थी कि उसका दिमाग ठिकाने नहीं था। माना कि उसे यकीन के साथ पागल नहीं कहा जा सकता था, लेकिन इसमें भी कोई शक नहीं था कि इधर हाल में बल्कि पिछले एक साल से उस पर इतनी मुसीबतें टूटी थीं कि अगर उसका दिमाग थोड़ा-बहुत खराब न हो जाता, तो ताज्जुब की बात वह होती। डॉक्टरों का कहना है कि तपेदिक की आखिरी मंजिलों में दिमाग पर भी असर पड़ता है।

वहाँ न तो तरह-तरह की शराबें थीं, और न कहीं मदीरा था। यह सब तो अतिशयोक्तियाँ थीं, लेकिन पीने-पिलाने का इंतजाम जरूर था। वोदका, रम पुर्तगाली सब थीं, सभी घटियाँ किस्म की थीं पर थीं काफी मात्रा में। परंपरा निभाने के लिए चावल और किशमिश का हलवा भी था पर तीन-चार चीजें और भी थीं, जिनमें मालपुवे भी थे, और ये सब चीजें अमालिया इवानोव्ना की रसोई में तैयार की गई थीं। खाने के बाद चाय और पंच पिलाने के लिए दो समोवारों में पानी उबल रहा था। मादाम लिप्पेवेख्सेल के यहाँ न जाने कहाँ-कहाँ भटक कर मुसीबत का मारा, छोटे से कद का एक पोल किराएदार आ गया था; कतेरीना इवानोव्ना ने उसी की मदद से खुद अपनी निगरानी में खाने-पीने का सारा सामान तैयार कराया था। वह मुस्तैदी से कतेरीना इवानोव्ना की खिदमत में जुट गया था और उस दिन सबेरे से और पूरे पिछले दिन भी अपनी सकत भर इधर से उधर भागता रहा था; यहाँ तक कि उसकी जबान बाहर लटक आई थी। उसे इस बात की फिक्र भी थी कि उसकी इस हालत को सभी जरूर देख लें। वह छोटी से छोटी बात के लिए भाग कर कतेरीना इवानोव्ना के पास जाता था, यहाँ तक कि बाजार में भी उसे खोज निकालता था, और हर बार 'मादाम' कह कर पुकारता था। सारा क्रिया-कर्म संपन्न होने से पहले ही वह उससे बुरी तरह तंग आ गई हालाँकि शुरू में उसने कहा था कि अगर यह 'बेहद सेवा करनेवाला और ऊँचे विचारोंवाला आदमी' न होता तो फिर उसके तो हाथ-पाँव फूल जाते। कतेरीना इवानोव्ना की एक खास बात यह थी कि जिससे भी मिलती थी, शुरू में उसकी तारीफ के पुल बाँध देती थी। कभी-कभी तो वह उसे आसमान पर इस तरह चढ़ा देती कि जिसकी तारीफ वह करती, वह खुद शर्मिंदा हो जाता था। उसकी तारीफ में वह तरह-तरह की बातें गढ़ लेती थी और उन पर यकीन भी करने लगती थी। लेकिन फिर अचानक वह उससे निराश भी हो जाती थी और कुछ ही घंटे पहले तक जिस आदमी की पूजा करती थी, उसी के मुँह पर उसके बारे में बुरी बात कहने में भी कोई संकोच नहीं करती थी। वह उसे एक तरह से ठोकर मार कर निकाल बाहर करती थी। स्वभाव से वह खुशमिजाज, जिंदादिल और शांतिप्रेमी थी, लेकिन लगातार मुसीबतें और असफलताएँ झेलते-झेलते बड़ी गहराई से उसका जी चाहने लगा था कि सभी लोग शांति और संतोष से रहें और कोई भी व्यक्ति शांति भंग करने की जुरअत न करे। जरा-सी टेढ़ी बात से, छोटी-से-छोटी असफलता से भी वह बेचैन हो उठती थी और सुखद आशाओं और कल्पनाओं की दुनिया से निकल कर एक पल में निराशा के अथाह सागर में डूब जाती थी, उलटी-सीधी बोलने लगती थी, अपने भाग्य को कोसने लगती थी, और दीवार से सर टकराने लगती थी। कतेरीना इवानोव्ना की नजरों में अचानक अमालिया इवानोव्ना का महत्व भी असाधारण हो गया था और वह उसकी बेहद इज्जत करने लगी थी। शायद इसलिए कि जैसे ही जनाजे की दावत का फैसला हुआ,

अमालिया इवानोव्ना तन-मन से उसकी तैयारियों में जुट गई। उसने मेज पर खाने-पीने की चीजें सजाने, मेजपोश और बर्तन वगैरह देने और सारा खाना अपनी रसोई में पकवाने का जिम्मा ले लिया था और कतेरीना इवानोव्ना ये सारे काम उसके हवाले छोड़ कर खुद कब्रिस्तान चली गई थी। सारा बंदोबस्त सचमुच बहुत अच्छा हुआ था : मेज काफी साफ-सुथरी लग रही थी। प्लेटें, छुरी-काँटे और गिलास जाहिर है कि अलग-अलग शक्लों और नमूनों के थे क्योंकि वे अलग-अलग किराएदारों के यहाँ से लाए गए थे, लेकिन मेज सही वक्त पर सजा दी गई थी, और यह इतमीनान करके कि उसने अपना काम काफी अच्छे ढंग से पूरा कर दिया था, अमालिया इवानोव्ना ने एक काली पोशाक पहन ली थी और अपनी टोपी पर नए मातमी फीते लगा कर गर्व के साथ कब्रिस्तान से लौटनेवालों का स्वागत करने के लिए खड़ी हो गई थी। उसका यह गर्व उचित भी था, लेकिन न जाने क्यों कतेरीना इवानोव्ना को यह बात नागवार गुजरी : 'गोया अमालिया इवानोव्ना के अलावा मेज कोई और सजा ही नहीं सकता था!' कतेरीना इवानोव्ना को उसकी नए फीतोंवाली टोपी भी अच्छी नहीं लगी। 'यह बेवकूफ जर्मन औरत क्या इस बात पर इतरा रही है कि वह मकान-मालकिन है और अपने गरीब किराएदारों की मदद करके उन पर उसने एहसान किया है... एहसान! जरा देखो तो सही! कतेरीना इवानोव्ना के बाप तो कर्नल रह चुके थे, उनके गवर्नर बनने में बस थोड़ी-सी कसर रह गई थी, कभी-कभी वे एक साथ चालीस-चालीस आदमियों की दावत करते थे और उस मौके पर अमालिया इवानोव्ना जैसे बल्कि लूदविगोव्ना जैसे भी किसी शख्स को भी रसोई में घुसने की इजाजत नहीं होती थी...' लेकिन कतेरीना इवानोव्ना ने उस वक्त अपनी भावनाओं को जाहिर करने का विचार टाल दिया और उसकी तरफ बेरुखी का रवैया अपना कर संतोष कर लिया, हालाँकि उसने मन-ही-मन ठान लिया था कि उसने अमालिया इवानोव्ना का गुरूर आज ही चूर करना होगा और उसे उसकी असली हैसियत बता देनी होगी, वरना भगवान जाने वह अपने आपको कितना महत्वपूर्ण समझने लगे। कतेरीना इवानोव्ना को इस बात की भी चिढ़ थी कि उस घर में रहनेवाले जिन लोगों को निमंत्रण दिया गया था, उनमें शायद ही कोई जनाजे में शरीक हुआ था, उस नाटे पोल को छोड़ कर जो किसी तरह वहाँ पहुँच गया था। जनाजे की दावत में भी सबसे गरीब और सबसे महत्वहीन लोग ही आए और उनमें से कई तो पूरी तरह होश में भी नहीं थे। यानी कि कुल मिला कर फटीचर लोग। जो ज्यादा उम्र के और ज्यादा इज्जतदार लोग थे, वे सभी, गोया आपस में तय करके, दावत में नहीं आए थे। मिसाल के लिए, प्योत्र पेत्रोविच लूजिन, जिसे उस मकान के निवासियों में सबसे इज्जतदार कहा जा सकता था, नहीं आया था। कतेरीना इवानोव्ना ने तो अभी कल शाम को ही सारी दुनिया के सामने, यानी अमालिया इवानोव्ना, पोलेंका सोन्या और उस नाटे पोल के सामने, कहा था कि वह बेहद उदार और बेहद नेकदिल आदमी है, बहुत बड़ी जायदाद का मालिक है और दूर-दूर तक पहुँच रखता है, उसके पहले पति का दोस्त रह चुका है, उसके बाप के घर में मेहमान की हैसियत से भी आ चुका था, और यह कि उसने वादा किया है कि अपने रसूख का इस्तेमाल करके उसे पेन्शन दिलवा देगा। वैसे कतेरीना इवानोव्ना जब किसी की पहुँच या दौलत का बखान करती थी तो उसके पीछे कोई छिपा हुआ उद्देश्य नहीं होता था; वह निःस्वार्थ भाव से केवल प्रशंसित व्यक्ति का महत्व जता कर खुद की खुशी पाने के लिए ही ऐसा करती थी। शायद लूजिन की देखादेखी ही वह 'कमबख्त कमीना' लेबेजियातनिकोव भी नहीं आया था। 'आखिर अपने आपको समझता क्या है? उसे तो बस रहम खा कर बुलाया गया था। चूंकि वह प्योत्र पेत्रोविच के साथ ही रहता था और उसका दोस्त था, इसलिए उसे न बुलाना कुछ बेतुका लगता।'

न आनेवालों में एक बेहद तमीजदार वृद्धा और उनकी 'काफी बड़ी उम्र की बिनब्याही' बेटी भी थीं, जिन्हें उस घर में रहते कुछ एक पखवाड़ा गुजरा था लेकिन वे कई बार शिकायत कर चुकी थीं कि कतेरीना इवानोव्ना के कमरे में बहुत ही शोर और हंगामा होता था, खास कर जिस दिन मार्मेलादोव शराब के नशे में धुत हो कर घर लौटता था। कतेरीना इवानोव्ना को इसका पता अमालिया इवानोव्ना से चला था, जो कतेरीना इवानोव्ना से बहुत लड़ी थी और धमकी दी थी कि वह पूरे

परिवार को घर से निकाल देगी। वह उसके ऊपर चिल्लाई भी थी कि वे लोग जिन किराएदारों की शांति में विघ्न डालते थे, उनके 'पाँव की धोवन के बराबर भी' नहीं थे। कतेरीना इवानोव्ना ने उस वृद्धा को और उनकी बेटी को, 'जिनके पाँव की धोवन के बराबर भी' वह नहीं थी और जो राह चलते अचानक सामने पड़ जाने पर अकड़ के साथ मुँह फेर लेती थीं, इस मौके पर बुलाने का फैसला किया था। इसलिए कि उन्हें पता हो कि वह 'अपने विचारों और भावनाओं में उनसे कहीं बढ़ कर थी और अपने मन में किसी के प्रति द्वेष नहीं रखती थी। वह तो यह भी चाहती थी कि वे आ कर देखें तो सही कि वह जिस तरह रहती थी, उसकी वह आदी नहीं थी। उसका इरादा था कि खाने के वक्त अपने स्वर्गीय बाप की गवर्नरी की चर्चा करके वह उन्हें यह बात अच्छी तरह समझाएगी, और साथ ही इस ओर भी इशारा करेगी कि उससे मिलने पर उनका मुँह फेर लेना सरासर बेवकूफी का काम था। इस मौके पर एक मोटा लेफ्टिनेंट कर्नल भी गैर-हाजिर था (असल में वह महज एक पेन्शनयाफ्ता फर्स्ट लेफ्टिनेंट था), लेकिन सुना गया था कि पिछले दो दिन से वह 'अपने होश में नहीं था।' जो लोग दावत में आए उनमें एक तो वह नाटा पोल था और फिर चीकटदार कोट पहने हुए और दागदार चेहरेवाला एक मनहूस-सूरत क्लर्क था, जो एक शब्द भी नहीं बोलता था और जिसके बदन से बेहद बदबू आ रही थी। इनके अलावा बहरा और लगभग अंधा एक बूढ़ा आदमी भी आया था जो पहले डाकखाने में क्लर्क था और न जाने क्यों एक जमाने से कोई गुमनाम परोपकारी उसके खाने और रहने का खर्च देता आया था। फौज की कमिसारियत का एक पेन्शनयाफ्ता सेकेंड लेफ्टिनेंट भी आया था। वह पिए हुए था, जोर से ठहाका मार कर बेहूदा तरीके से हँसता था, और आप क्या कल्पना भी कर सकते हैं वास्कट तक नहीं पहने हुए था! एक मेहमान तो कतेरीना इवानोव्ना से दुआ-सलाम किए बिना सीधा मेज पर जा बैठा था। आखिर में एक शख्स आया, जिसके पास कपड़े भी नहीं थे। वह अपना ड्रेसिंग गाऊन पहने हुए ही आ गया इस तरह उसने तो हद ही कर दी थी और बड़ी मुश्किल से अमालिया इवानोव्ना और उस नाटे पोल ने उसे वहाँ से किसी तरह निकाला था। लेकिन वह पोल अपने साथ दो और पोलों को ले कर आया था, जो अमालिया इवानोव्ना के घर में भी नहीं रहते थे और जिन्हें किसी ने पहले वहाँ देखा तक नहीं था। इन सब बातों से कतेरीना इवानोव्ना बेहद चिड़चिड़ी हो रही थी। 'आखिर ये सब तैयारियाँ किसके लिए की गई थीं?' मेहमानों के लिए जगह बनाने के खयाल से खाने की मेज से बच्चों को दूर ही रखने का इंतजाम किया गया था और दोनों छोटे बच्चे सबसे दूरवाले कोने में अपना खाना एक संदूक पर रखे बैठे थे। बड़ी बहन होने के नाते पोलेंका को उनका ध्यान रखना पड़ रहा था, उन्हें खिलाना पड़ रहा था और उन्हें शरीफ बच्चों की तरह पेश करने के लिए उनकी नाक भी पोंछनी पड़ रही थी। इसलिए कतेरीना इवानोव्ना को मजबूरन अपना रवैया बदलना पड़ा और वह मेहमानों का स्वागत करते समय उनसे पहले से भी ज्यादा रोब-दाब के साथ, बल्कि कुछ अकड़ के साथ मिली। उनमें से कुछ को उसने खास तौर पर सख्ती से सर से पाँव तक घूरा और उनसे अपनी-अपनी जगह बैठने के लिए ऐसे लहजे में कहा, मानो वे बहुत ही तुच्छ हों। वह फौरन इस नतीजे पर पहुँच गई कि इतने सारे लोगों के न आने के लिए अमालिया इवानोव्ना ही जिम्मेदार होगी। वह उसके साथ बेहद बेरुखी का बर्ताव करने लगी। इस रवैए को अमालिया ने भी फौरन देख लिया और यह बात उसे बुरी लगी। इस तरह की शुरुआत के बाद अन्जाम के बहुत अच्छा होने की उम्मीद तो नहीं ही की जा सकती थी। आखिरकार सब लोग बैठ गए।

रस्कोलनिकोव लगभग उसी वक्त आया, जब वे सब लोग कब्रिस्तान से लौटे थे। उसे देख कर कतेरीना इवानोव्ना बहुत खुश हुई, सबसे बढ़ कर तो इसलिए कि वह अकेला 'पढ़ा-लिखा मेहमान था।' और, 'जैसा कि सभी जानते थे, दो साल में वह यहाँ की यूनिवर्सिटी में प्रोफेसर बननेवाला था।' दूसरे उसने फौरन अदब के साथ जनाजे में शरीक न हो सकने की माफी माँगी थी। वह एकदम उस पर झपटी और उसे अपने बाईं ओर बिठा लिया। (उसके दाहिनी ओर अमालिया इवानोव्ना बैठी थी।) यूँ उसे बराबर इस बात की चिंता लगी हुई थी कि खाने की तश्तरियाँ बारी-बारी से सबके सामने ठीक तरीके से

पेश की जाएँ और हर आदमी हर चीज का स्वाद ले। इसके बावजूद, और अपनी जानलेवा खाँसी के बावजूद, जो हर मिनट उसके बात करने में बाधा डाल रही थी और जो पिछले दो दिनों में पहले से भी ज्यादा बिगड़ गई थी, वह रस्कोलनिकोव से लगातार बातें करती रही। कानाफूसी के स्वर में कि जिसे दूसरे लोग सुन भी सकते थे, वह जल्दी-जल्दी अपनी सारी दबी भावनाएँ, जनाजे की दावत की असफलता पर अपनी उचित नाराजगी उसके कानों में उँड़ेलती रही। बीच-बीच में वह अपने मेहमानों पर और खास कर अपनी मकान-मालकिन पर बेमतलब भी खिल-खिला कर हँस देती थी।

'यह सब उसी कलमुँही का किया धरा है! आप समझे न कि मेरा मतलब किससे है उसका, वह उसका!' कतेरीना इवानोव्ना ने सर के झटके के साथ मकान-मालकिन की तरफ इशारा किया। 'देखो तो सही कैसी गोल-गोल आँखें करके देख रही है। जानती है कि हम लोग उसी की बातें कर रहे हैं लेकिन कुछ समझ नहीं पा रही है। बेवकूफ कहीं की! हा-हा!' फिर इसके बाद, वह देर तक खाँसती रही। 'और वह टोपी उसने किसलिए पहनी हुई है,' उसने पूछा। खाँसी ने अभी तक उसका पीछा नहीं छोड़ा था। 'आपने देखा कि नहीं, वह चाहती है कि हर आदमी यही समझे कि वह मेरे ऊपर एहसान कर रही है और यहाँ आ कर मेरी इज्जत बढ़ा रही है। मैंने शराफत के नाते उससे कह दिया था कि कुछ इज्जतदार लोगों को न्योता दे दे, खास कर उन लोगों को जो मेरे शौहर को जानते थे, पर देखिए तो सही उसने कैसे-कैसे लोग बुला कर बिठा दिए हैं : गंदे-संदे मसखरों की भीड़ लगा दी है! उस गंदे चेहरेवाले का देखिए। दो टाँगों का बंदर! और वे कमबख्त पोल, हा-हा-हा!' उसे फिर खाँसी का दौरा पड़ा। पहले इनमें से कोई भी यहाँ कभी झाँकने तक नहीं आया, और मैंने इनमें से किसी को पहले कभी देखा भी नहीं। ये लोग यहाँ किसलिए आए हैं मैं आपसे पूछती हूँ : देखिए तो सही, कैसे कतार बाँधे बैठे हैं। ऐ, भले आदमी, सुनते हो,' उसने अचानक उनमें से एक को पुकारा, 'मीठी टिकियाँ खाईं कि नहीं लो, थोड़ी बियर लो! या वोदका पियोगे? देखिए तो सही, कैसा उछला और झुक कर सलाम भी कर रहा है। देखिए, देखिए! पक्के मरभुक्खे होंगे, बेचारे! कोई बात नहीं, जी भर कर खाने दो! कम से कम शोर तो नहीं करते, लेकिन... लेकिन मुझे मकान-मालकिन के चाँदी के चम्मचों का डर है... अमालिया इवानोव्ना!' उसने अचानक ऊँचे स्वर में उसे संबोधित करके कहा, 'अगर तुम्हारे चम्मच चोरी हुए तो मैं जिम्मेदार नहीं, अभी से बताए देती हूँ! हा-हा-हा!' वह रस्कोलनिकोव की ओर मुड़ कर हँसी, और एक बार फिर अपनी इस चुटकी पर खुश हो कर सर के झटके से मकान-मालकिन की ओर इशारा किया। 'उसकी समझ में कुछ नहीं आया, इस बार भी उसकी समझ में कुछ नहीं आया! देखिए, कैसी मुँह बाए बैठी है! बेवकूफ, पक्की बेवकूफ! नए फीतों में सजी हुई बेवकूफ! हा-हा-हा!'

उसकी हँसी एक बार फिर खाँसी के एक भयानक दौरे में बदल गई और पाँच मिनट तक चलती रही। माथे पर पसीने की बूँदें छलक आईं और रूमाल पर खून के धब्बे नजर आए। उसने रस्कोलनिकोव को खून के धब्बे चुपचाप दिखाए, और जैसे ही उसकी साँस सम पर आई, वह एक बार फिर जोश के साथ उसके कान में कुछ कहने लगी। उसके गाल तमतमा उठे थे।

'आपको मालूम है, मैंने इसे यूँ समझिए कि बहुत ही नाजुक काम सौंपा था - उन महिला को और उनकी बेटी को बुलाने का। आप समझे न, मैं किसकी बात कर रही हूँ इसके लिए बेहद समझ-बूझ से, सलीके से काम करने की जरूरत थी, लेकिन इसने ऐसी गड़बड़ की कि उस बेवकूफ देहाती औरत ने... वह शेखीखोर, दो कौड़ी की औरत जो महज एक फौजी मेजर की विधवा है और यहाँ पेन्शन हासिल करने के वास्ते सरकारी दफ्तरों में जूतियाँ चटखाने आई है, क्योंकि पचपन साल की हो कर भी वह अपने मुँह पर गाजा-सुर्खी पोतने से बाज नहीं आती (हर आदमी इस बात को जानता है)... तो

ऐसी औरत तक ने यहाँ आना मुनासिब नहीं समझा... और तो और न्योते तक का जवाब नहीं दिया, जैसा कि मामूली से मामूली तमीजदार शख्स को भी करना चाहिए। मेरी समझ में यह नहीं आता कि प्योत्र पेत्रोविच लूजिन भला क्यों नहीं आए। लेकिन सोन्या कहाँ है कहाँ चली गई ...चलो, आखिरकार आ तो गई! यह क्या है सोन्या, कहाँ थीं तुम अजीब बात है, अपने बाप के कफन-दफन के दिन भी इतनी देर से आई हो। रोदिओन रोमानोविच, अपने पास इसके लिए थोड़ी-सी जगह बना दीजिए। वह तुम्हारी जगह है, सोन्या... जो जी चाहे ले लो। वह ठंडा गोश्त लो, जेली के साथ... सबसे अच्छा है। मीठी टिकियाँ अभी आईं... बच्चों को दिया कुछ पोलेंका, तुम्हें सब चीजें मिल गईं?' वह फिर खाँसने लगी। 'सब ठीक है लीदा, अच्छी बच्ची की तरह खाओ... और कोल्या, पाँव मत रगड़ो, भलेमानस की तरह सीधे बैठो। तो तुम कह क्या रही थीं, सोन्या?'

सोन्या ने उसे जल्दी से प्योत्र पेत्रोविच की क्षमा-याचनावाली बातें सुनाईं। वह जोर से बोलने की कोशिश कर रही थी ताकि सब लोग सुन लें और अपनी ओर से गढ़ कर इस तरह के अत्यंत सम्मानपूर्ण शब्दों का इस्तेमाल कर रही थी, गोया वे शब्द खुद लूजिन ने कहे हों। उसने कतेरीना इवानोव्ना को यह भी बताया : खुद प्योत्र पेत्रोविच ने उससे खास तौर पर यह कहने को कहा है कि जितनी जल्द भी मुमकिन हुआ, वह अकेले उसके साथ काम की बातें करने आएँगे, और इस बारे में भी सोचेंगे कि उनके लिए क्या किया जा सकता है, वगैरह-वगैरह।

सोन्या को एहसास था कि इससे कतेरीना इवानोव्ना को तसल्ली होगी, वह और अधिक गौरव का अनुभव करेगी और उसकी स्वाभिमानी वृत्ति को संतोष मिलेगा। वह रस्कोलनिकोव के पास बैठ गई; जल्दी से झुक कर उसका अभिवादन किया और जिज्ञासा से एक नजर उसकी ओर देखा। लेकिन बाकी वक्त ऐसा लगता रहा कि वह उसकी ओर देखने या उससे बात करने से भी कतरा रही है। लग रहा था, उसका दिमाग कहीं और था, हालाँकि कतेरीना इवानोव्ना को खुश करने के लिए वह बार-बार रस्कोलनिकोव की ओर ही देख रही थी। उसे मातमी लिबास नहीं मिला था, न कतेरीना इवानोव्ना को मिला था। सोन्या गहरे कत्थई रंग की एक पोशाक पहने थी और कतेरीना इवानोव्ना के पास तो कुल एक पोशाक ही थी, सूती और गहरे रंग की धारियोंवाली। प्योत्र पेत्रोविच का संदेश बहुत कारगर रहा। शालीनता के साथ सोन्या की बात सुनने के बाद कतेरीना इवानोव्ना ने उतनी ही शालीनता के साथ प्योत्र पेत्रोविच का हालचाल पूछा, और फिर ऊँचे स्वर से रस्कोलनिकोव के कान में फुसफुसाई कि मेरे परिवार से गहरे लगाव और मेरे बाप के साथ पुरानी दोस्ती के बावजूद प्योत्र पेत्रोविच जैसी हैसियतवाले आदमी के लिए खुद को ऐसी 'बेजोड़ संगत में' पाना बहुत अजीब बात होती।

'इसीलिए रोदिओन रोमानोविच, मैं आपका काफी एहसान मानती हूँ कि आपने ऐसे माहौल में भी मेरी दावत को नहीं ठुकराया,' उसने काफी जोर से कहा। 'लेकिन इस बात का मुझे पूरा यकीन है कि बेचारे मेरे शौहर के साथ आपका जो खास लगाव था, उसी की वजह से आपने यहाँ आने का वादा पूरा किया।'

इसके बाद उसने रोब से एक बार फिर अपने मेहमानों पर नजर डाली, और अचानक मेज की दूसरी तरफ पार बैठे एक बहरे बूढ़े आदमी से पूछा : 'और गोश्त तो नहीं चाहिए बाबा... किसी ने शराब भी दी कि नहीं?' बूढ़े ने कोई जवाब नहीं दिया। बहुत देर तक तो उसकी समझ में ही नहीं आया कि उससे पूछा क्या गया था, हालाँकि उसके पास बैठे लोग उसे कोंच कर और झिंझोड़ कर मजे लेते रहे। वह बस मुँह फाड़े फटी-फटी आँखों से अपने चारों ओर देखता रहा, जिस पर सभी लोगों को और भी लुत्फ आया।

'कैसा घामड़ है! देखो तो सही इसे यहाँ लाया क्यों गया? जहाँ तक प्योत्र पेत्रोविच का सवाल है, मुझे उन पर हमेशा ही भरोसा रहा,' कतेरीना इवानोव्ना अपनी बात कहती रही, 'जाहिर है, वे वैसे नहीं हैं...' उसने कठोर मुद्रा बना कर अमालिया इवानोव्ना को ऐसी सख्ती से और ऐसी ऊँची आवाज में संबोधित किया कि वह एकदम सकपका गई, '...तुम्हारी उन जरूरत से ज्यादा कपड़ों से लदी गूदड़ की गुड़ियों जैसे, जिनको मेरे पिताजी अपने बावर्चीखाने में खाना पकाने के लिए भी न घुसने देते... मेरे शौहर भी अपनी नेकदिली की वजह से उन्हें अगर बुला भी लेते तो उनकी इज्जत ही बढ़ाते।'

'हाँ, उसे वोदका की चुस्की लगाने का बहुत शौक था, पीता बहुत जम कर था!' फौज की कमिसारियट के पेन्शनयाफ्ता अफसर ने वोदका का बारहवाँ गिलास चढ़ाते हुए कहा।

'जी हाँ, मेरे शौहर में यह कमजोरी तो थी, और हर आदमी इस बात को जानता है,' कतेरीना इवानोव्ना ने फौरन उस पर जवाबी हमला किया, 'लेकिन वे एक नेकदिल और इज्जतदार आदमी थे, उन्हें अपने बाल-बच्चों से प्यार था और वे अपने परिवार की इज्जत करते थे। उनकी सबसे बुरी बात यह थी कि अच्छे स्वभाव की वजह से वह तरह-तरह के घटिया, बदनाम लोगों का भी भरोसा कर लेते थे, और ऐसे लोगों के साथ भी बैठ कर पी लेते थे, जो उनकी जूती की तली के बराबर भी नहीं थे। आप क्या यकीन करेंगे, रोदिओन रोमानोविच कि उनकी जेब से मुर्गे की शक्ल का एक बिस्कुट निकला था। वे नशे में चूर जरूर थे लेकिन अपने बच्चों को नहीं भूले थे!'

'मुर्गे की शक्ल का आपने कहा, मुर्गे की शक्ल का?' कमिसारियटवाले सज्जन ऊँची आवाज में पूछ बैठे।

कतेरीना इवानोव्ना ने जवाब देना जरूरी नहीं समझा और आह भर कर विचारों में खो गई।

'बेशक, और सब लोगों की तरह आप भी यही सोचते होंगे कि मैं उनके साथ जरूरत से ज्यादा सख्ती करती थी,' रस्कोलनिकोव को संबोधित करके उसने अपनी बात जारी रखी। 'लेकिन ऐसी बात है नहीं! वे मेरी इज्जत करते थे। वे मेरी बहुत इज्जत करते थे। बहुत नेकदिल आदमी थे! कभी-कभी तो मुझे उन पर ऐसा तरस आता था कि... कोने में बैठे मेरी ओर देखते रहते थे... बड़ा तरस आता था उन पर। मैं उनके साथ नर्मी का सुलूक करना चाहती थी, लेकिन फिर अपने मन में सोचती थी कि अगर मैंने नर्मी बरती तो फिर जा कर पिएँगे। उनको तो सख्ती करके ही अपनी हद में रखा जा सकता था।'

'जी हाँ, वे अपने बाल तो अकसर खिंचवाते थे,' कमिसारियटवाले सज्जन हलक में वोदका का एक और गिलास उँडेल कर फिर चीखे।

'यह कोई बात नहीं हुई। कुछ बेवकूफों के लिए यही बेहतर होता है कि उनको झाड़ू से अच्छी तरह पीटा जाए। मैं इस वक्त अपने शौहर की बात नहीं कर रही!' कतेरीना इवानोव्ना ने उसे झिड़क दिया।

कतेरीना इवानोव्ना के गालों की लाली और गहरी हो गई, सीना धौंकनी की तरह चलने लगा। यानी कि अब थोड़ी ही देर में वह हंगामा खड़ा करने को खड़ी हो सकती थी। कई मेहमान होठ दबा कर हँस रहे थे; कुछ और लोगों को जाहिर है कि बहुत मजा आ रहा था। वे कमिसारियटवाले सज्जन को कोंच कर उससे कुछ कहने लगे। साफ पता चल रहा था कि वे उन्हें उकसाने की कोशिश कर रहे हैं।

'मैं पूछना चाहूँगा कि आपका इशारा भला किसकी तरफ है,' कमिसारियटवाले सज्जन ने कहना शुरू किया, 'मेरा मतलब किसकी... किसके बारे में... आप अभी कुछ चर्चा कर... लेकिन कोई परवाह नहीं मुझे! सब बकवास है! विधवा है बेचारी! जा, तुझे माफ किया... जा!' यह कह कर उसने वोदका का एक गिलास और चढ़ाया।

रस्कोलनिकोव चुपचाप बैठा अरुचि से सारी बातें सुन रहा था। वह केवल शिष्टाचार के नाते मुँह चला रहा था। कतेरीना इवानोव्ना उसकी प्लेट में खाने की जो भी चीज रख देती, उसे वह चख लेता था ताकि उसे बुरा न लगे। वह सोन्या को गौर से देखे जा रहा था और सोन्या की आशंका और चिंता हर पल बढ़ती जा रही थी। उसकी समझ में भी आने लगा था कि दावत शांति के साथ संपन्न नहीं होगी। कतेरीना इवानोव्ना की बढ़ती हुई चिड़चिड़ाहट देख कर उसका दिल दहशत में डूबा जा रहा था। सोन्या जानती थी कि उन दो महिलाओं ने जो अभी हाल ही में आई थीं, सबसे बढ़ कर उसी की वजह से तिरस्कार से कतेरीना इवानोव्ना का निमंत्रण ठुकरा दिया था। उसने अमालिया इवानोव्ना से सुना था कि माँ तो इस न्योते पर आपे से बाहर ही हो गई थी और सवाल किया था कि वह अपनी बेटी को उस लड़की के पास भला बैठने कैसे दे सोन्या को लग रहा था कि यह बात कतेरीना इवानोव्ना के कानों तक भी पहुँच चुकी थी, जो सोन्या के अपमान को स्वयं अपने, अपने बच्चों के या अपने बाप के अपमान से सौ गुना बदतर समझती थी। सोन्या जानती थी कि कतेरीना इवानोव्ना को अब उस वक्त तक चैन नहीं आएगा 'जब तक वह उन दो गूदड़ की गुड़ियों को यह न बता दे कि वे...' वगैरह-वगैरह। गोया कि जले पर नमक छिड़कने के लिए मेज के दूसरे सिरे से किसी ने एक प्लेट में काली डबल रोटी के दो टुकड़े दिल की शक्ल में काट कर, उनमें तीर लगा कर सोन्या की ओर बढ़ा दिए। कतेरीना इवानोव्ना का चेहरा तमतमा उठा। फौरन मेज के उस पारवालों की ओर देख कर वह चीखी कि जिस आदमी ने भी यह हरकत की है वह 'शराबी गधा' है। अमालिया इवानोव्ना का दिल धड़क रहा था कि कोई गड़बड़ होनेवाली है, साथ ही कतेरीना इवानोव्ना की अहंकार भरी बातों से उसके दिल को गहरी चोट भी लगी थी। इसलिए वहाँ जमा लोगों में एक बार फिर हँसी-खुशी का माहौल बनाने के लिए, और अपने आपको उनकी नजरों में चढ़ाने के लिए भी वह बिना किसी प्रसंग के अपने जान-पहचान के 'दवा की दुकान में काम करनेवाले कार्ल' नाम के एक शख्स का किस्सा सुनाने लगी कि एक रात वह किराए की गाड़ी में जा रहा था, और 'गाड़ीवान उसे मार डालने को माँगेला होता और कार्ल उसे बहुत गिड़गिड़ाने को होता कि मार नई डालने को, और रोने को होएला और हाथ जोड़ने को होएला, और डर गएला था, डरके-डरके अपना दिल का छलनी कर लिएला था' कतेरीना इवानोव्ना मुस्करा तो पड़ी लेकिन फौरन ही यह राय भी जाहिर कर दी कि मालिया इवानोव्ना को रूसी में किस्से नहीं सुनाने चाहिए। यह बात अमालिया इवानोव्ना को और भी बुरी लगी और उसने पलट कर जवाब दिया कि बर्लिन में उसका बाप 'बहुत बड़ा आदमी होएला था और हमेशा अपना दोनों हाथ जेबों में डाले होएला था' कतेरीना इवानोव्ना अपने आपको न रोक सकी और इतना हँसी कि अमालिया इवानोव्ना भी धीरज खो बैठी। बड़ी मुश्किल से वह अपने आपको काबू में रख सकी।'

'इस बेवकूफ की बातें सुनो!' कतेरीना इवानोव्ना चुपके से रस्कोलनिकोव से बोली। उसकी चिड़चिड़ाहट अब दूर हो गई थी। '...कहना तो यह चाहती थी कि वे अपने हाथ अपनी जेबों में डाल कर चलते थे लेकिन जो कुछ उसने कहा उसका मतलब यह निकला कि वे अपने हाथ लोगों की जेबों में डाल देते थे। आपने भला एक बात पर ध्यान दिया, रोदिओन रोमानोविच,' उसने खाँसी के एक और दौरे से छुटकारा पा कर कहा, 'कि पीतर्सबर्ग के ये सारे विदेशी, खास कर ये जर्मन, जो पता नहीं कहाँ से हमारे यहाँ चले आते हैं, हमसे कहीं बहुत ज्यादा बेवकूफ होते हैं आप कभी सोच भी सकते थे कि हममें से कोई यह किस्सा बयान करेगा कि 'दवा की दुकान में काम करनेवाले कार्ल' ने किस तरह 'डरके-डरके अपने दिल

को छलनी बना लिया' और यह कि बेवकूफ गाड़ीवान की खबर लेने के बजाय वह 'हाथ जोड़ने रोने और बहुत गिड़गिड़ाने लगा' बेवकूफ कहीं की! और आप जानते हैं, वह समझती है कि यह किस्सा बहुत दर्दनाक है... उसे यह शक तक नहीं कि वह कैसी बेवकूफी की बातें कर रही है! मैं तो समझती हूँ कि वह कमिसारियटवाला आदमी इससे कहीं ज्यादा होशियार है। कम-से-कम यह तो दिखाई देता है कि वह पियक्कड़ है और पीते-पीते उसमें अब कहने को भी अकल नाम की चीज नहीं रह गई है, लेकिन ये सारे ही जर्मन हमेशा कितने शरीफ और संजीदा बने रहते हैं... देखिए तो उसे, बैठी किस तरह घूर रही है मुझे! नाराज है! नाराज है मुझसे! हा-हा-हा!' और वह फिर खाँसने लगी।

गुस्सा ठंडा होने के बाद कतेरीना इवानोव्ना ने फौरन रस्कोलनिकोव को बताना शुरू किया कि उसका इरादा पेन्शन के पैसे से वह अपने कस्बे त. में जा कर भले घरों की लड़कियों के लिए एक स्कूल खोलने का है। रस्कोलनिकोव ने कतेरीना इवानोव्ना से इस योजना की चर्चा इससे पहले कभी नहीं सुनी थी। वह बड़े ही आकर्षक ढंग से उस योजना का पूरा ब्यौरा बयान करने लगी। कतेरीना इवानोव्ना ने (न जाने कहाँ से) 'अच्छे आचरण और प्रगति' का वही प्रशंसापत्र निकाला, जिसका जिक्र मार्मेलादोव ने शराबखाने में रस्कोलनिकोव से किया था, जब उसने अपनी बीवी कतेरीना इवानोव्ना के बारे में बताया था कि वह स्कूल के पुरस्कार-वितरण समारोह के अवसर पर 'गवर्नर और दूसरी बड़ी-बड़ी हस्तियों के सामने' शाल ले कर नाची थी। इस वक्त तो लगता था कि उस प्रशंसापत्र का मकसद यह साबित करना था कि कतेरीना इवानोव्ना को बोर्डिंग स्कूल खोलने का पूरा-पूरा अधिकार है। लेकिन वह वास्तव में उस प्रशंसापत्र से लैस हो कर खास तौर पर इसलिए आई थी कि अगर 'वे दोनों गूदड़ की गुड़ियाँ' दावत में आएँ तो वह उन पर रोब डाल सके और इस बात का पक्का सबूत दे सके कि कतेरीना इवानोव्ना बेहद शरीफ, 'बल्कि कहना चाहिए कि पुश्तैनी रईसों के खानदान से थी, एक कर्नल की बेटी थी, और इधर कुछ अरसे से तरक्की करके आगे बढ़ आई कुछ छिछोरी औरतों से बहुत बढ़-बढ़ कर थी' स्कूल का वह प्रशंसापत्र एक हाथ से दूसरे हाथ में होता हुआ शराबी मेहमानों के बीच पहुँच गया और सबने उसे बड़े ही ध्यान से देखा। कतेरीना इवानोव्ना ने उन्हें ऐसा करने से रोकने की कोई कोशिश भी नहीं की, क्योंकि उसमें साफ शब्दों में यह बयान मौजूद था कि उसका बाप मध्यम श्रेणी का एक सरकारी अफसर था, जिसे खिताब भी मिल चुका था और इस तरह वह दरअसल एक कर्नल जैसे शख्स की ही बेटी थी। जोश में आ कर कतेरीना इवानोव्ना ने विस्तार से बताना शुरू किया कि त. में उसका जीवन कितना शांतिमय और सुखी होगा। उसने कॉलेज की उन अध्यापिकाओं के बारे में भी बताया, जिन्हें वह अपने बोर्डिंग स्कूल में पढ़ाने के लिए नौकर रखेगी और मार्गों नामक एक बहुत सम्मानित बूढ़े फ्रांसीसी के बारे में बताया, जिसने किसी जमाने में खुद कतेरीना इवानोव्ना को पढ़ाया था, जो अभी तक त. में रहता था, और बहुत कम तनख्वाह ले कर भी उसके स्कूल में पढ़ाने से इनकार नहीं करेगा। इसके बाद उसने सोन्या के बारे में बताना शुरू किया कि 'वह उसके साथ त. जाएगी और उसकी सारी योजनाओं में उसका हाथ बँटाएगी।' यह सुन कर मेज के दूसरी छोर पर बैठा कोई आदमी खी-खी करके हँसा। कतेरीना इवानोव्ना ने यूँ तो तिरस्कार से उस हँसी से अनजान बने रहने की कोशिश की, लेकिन साथ ही जान-बूझ कर आवाज ऊँची करके उसने उत्साह के साथ सोन्या में उसकी मदद करने की पक्की योग्यता का, 'उसकी शराफत, धैर्य, लगन, उदारता और अच्छी शिक्षा' का बखान करना शुरू किया। यह कहते हुए उसने सोन्या का गाल थपथपाया और उसकी ओर झुक कर दो बार उसे प्यार भी किया सोन्या का चेहरा लाल हो गया। अचानक कतेरीना इवानोव्ना के आँसू निकल पड़े, और उसने फौरन ही अपने बारे में यह राय जाहिर की कि वह 'बेवकूफी की बातें कर रही थी,' और यह भी कि वह बेहद परेशान है, कि अब यह सिलसिला खत्म करने का वक्त आ गया है, और चूँकि खाना खत्म हो चुका है इसलिए सबको चाय परोसी जानी चाहिए। अमालिया इवानोव्ना को इस बात को ले कर बेहद कुढ़न हो रही थी कि बातचीत के दौरान उसकी ओर किसी ने ध्यान नहीं दिया और लगता था कोई उसकी बात

सुन भी नहीं रहा है। इसलिए फौरन उसने एक आखिरी कोशिश की। मन-ही-मन अपनी ढिठाई पर कुढ़ते हुए उसने कतेरीना इवानोव्ना का ध्यान इस बात की ओर आकर्षित करने की हिम्मत की कि जो बोर्डिंग स्कूल खोला जानेवाला था उसमें लड़कियों के कपड़े साफ रहें और एक ऐसी 'अच्छी औरत' रखी जाए जो 'कपड़ों का बढ़िया माफिक देखभाल' कर सके, और यह भी कि 'वहाँ लड़कियों को रातन मा उपनियास पढ़ने देना को नईं माँगता।' कतेरीना इवानोव्ना ने, जो सचमुच परेशान और बहुत थकी हुई थी और इस दावत से पूरी तरह तंग आई हुई थी, फौरन अमालिया इवानोव्ना की बात काटी कि 'उसे इस बारे में कुछ भी नहीं मालूम और वह बकवास कर रही है,' क्योंकि उच्च कोटि के बोर्डिंग स्कूल में धुलाई का खयाल रखना प्रधानाध्यापिका का नहीं बल्कि कपड़ा-दाई का काम होता है; और जहाँ तक उपन्यास पढ़ने का सवाल है, तो यह विषय ही इतना बेहूदा है कि उस पर चर्चा न करना ही बेहतर है। इसलिए उसने उससे चुप रहने की प्रार्थना की। अमालिया इवानोव्ना को जोश आ गया और उसने सचमुच गुस्सा हो कर कहा कि वह तो बस 'उसका भलाई करने को माँगीला है,' यह कि वह हमेशा से उसके साथ 'भलाई' ही करती आई है और यह कि कतेरीना इवानोव्ना पर घर के किराए की मद में बहुत-सा (सोना) बतौर गेल्ड कर्ज चढ़ चुका है। कतेरीना इवानोव्ना ने फौरन यह कह कर उसे 'उसकी हैसियत बताई' कि यह कहना एकदम झूठ है कि वह उसकी 'भलाई करने को माँगीला है' क्योंकि कल ही, जब उसके शौहर की लाश अभी मेज पर पड़ी थी कि उसने उसे घर खाली करने के बारे में परेशान करना शुरू कर दिया था। इसके जवाब में अमालिया इवानोव्ना ने दलीलें दे कर उसे समझाया कि 'उसने उन महिलाओं को न्योता दिया था, लेकिन वे इसलिए नहीं आई थीं कि वे सचमुच इज्जतवाली हैं और किसी ऐसी के यहाँ नहीं आ सकतीं जो इज्जतवाली नहीं है।' कतेरीना इवानोव्ना ने फौरन यह बात 'साफ कर दी' कि वह चूँकि खुद एक छिनाल है, इसलिए यह नहीं जान सकती कि शराफत क्या चीज होती है। अमालिया इवानोव्ना यह बात बरदाश्त नहीं कर सकी और उसने फौरन ऐलान किया कि 'बर्लिन में उसका बाप बहुत-बहुत बड़ा आदमी होएला था और अपना दोनों हाथ जेब में डाल कर चलता और हमेशा पूफ-पूफ करता होएला था' फिर वह सबके सामने अपने बाप की सच्ची तस्वीर रखने के लिए कुर्सी से उछल कर खड़ी हो गई और दोनों हाथ जेबों में डाल कर गाल फुला कर पूफ-पूफ जैसी कोई अस्पष्ट आवाज निकालने लगी। इस पर उस घर के सभी किराएदार कहकहा लगा कर हँसे और जान-बूझ कर अपनी मकान-मालकिन की तारीफें करके उसे बढ़ावा देने लगे ताकि दोनों में झड़प हो जाए। लेकिन यह बात कतेरीना इवानोव्ना की बरदाश्त के बाहर थी। उसने फौरन सबको सुना कर 'अपने मन की बात कही' : वह यह मानने को तैयार नहीं है कि अमालिया इवानोव्ना को कोई बाप था भी, बल्कि अमालिया इवानोव्ना तो महज पीतर्सबर्ग में रहनेवाली, फिनलैंड की एक शराबी औरत है, और उसे यकीन है कि वह किसी जमाने में कहीं खाना पकाने का या उससे भी बदतर कोई काम करती रही होगी। अमालिया इवानोव्ना का रंग टमाटर की तरह लाल हो गया। वह भी चिंचिया कर बोली कि कतेरीना इवानोव्ना का शायद कभी कोई बाप था ही नहीं, 'लेकिन उसका अपुन का तो बर्लिन में बाप होएला था और वह लंबा-लंबा कोट पहनता होएला था और हमेशा पूफ-पूफ-पूफ करता होएला था!' कतेरीना इवानोव्ना ने तिरस्कार से कहा कि उसका अपना परिवार कैसा है, यह बात सभी लोग जानते हैं और यह कि उस प्रशंसापत्र में यह बात तक छपी हुई थी कि उसका बाप कर्नल था, जबकि उसकी मकान-मालकिन अमालिया इवानोव्ना का बाप (अगर सचमुच उसका कोई बाप था), शायद पीतर्सबर्ग में रहनेवाला कोई फिन था जो सड़कों पर घूम-घूम कर दूध बेचता रहा होगा, लेकिन बहुत मुमकिन तो यही है कि उसका कोई बाप रहा ही न हो, क्योंकि अभी तक इसका भी पक्का पता नहीं चल सका है कि उसका नाम अमालिया इवानोव्ना था या अमालिया लूदविगोव्ना। अब तो अमालिया इवानोव्ना का गुस्सा ज्वालामुखी की तरह फूटा और वह मेज पर जोर से घूँसा मार कर चीखी कि वह लूद-विगोव्ना नहीं, अमालिया इवानोव्ना थी, कि 'उसका बाप का नाम योहान्न होएला था और वह शहर का मेयर होएला था,' जबकि उसने

बहुत कठोर लेकिन बजाहिर शांत स्वर में (हालाँकि उसका चेहरा पीला पड़ रहा था और दम बुरी तरह फूल रहा था) कहा कि 'अगर उसने फिर कभी अपने उस कमबख्त दो कौड़ी के बाप को उसके पापा की बराबरी पर लाने की कोशिश की तो वह, यानी कतेरीना इवानोव्ना, उसकी टोपी नोच कर अपने पाँवों तले रौंद डालेगी।' यह सुन कर अमालिया इवानोव्ना कमरे में इधर से उधर भाग-भाग कर जोरों से चिल्लाने लगी कि वह इस मकान का मालकिन है और कतेरीना इवानोव्ना को 'उसी टैम घर खाली करने का माँगता।' फिर वह न जाने क्यों झपट कर मेज पर से अपने चाँदी के चम्मच जमा करने लगी। बहुत शोर-गुल होने लगा, हंगामा मच गया; बच्चे रोने लगे। सोन्या जल्दी से कतेरीना इवानोव्ना को रोकने के लिए भागी, लेकिन जब अमालिया इवानोव्ना ने चीख कर पीले टिकट के बारे में कुछ कहा तो कतेरीना इवानोव्ना ने सोन्या को धकेल कर अलग कर दिया और अपनी धमकी पूरा करने के लिए मकान-मालकिन की ओर झपटी। उसी वक्त दरवाजा खुला और चौखट पर प्योत्र पेत्रोविच लूजिन की सूरत नजर आई। वह बहुत कठोर और बारीक नजर से दावत का मुआइना कर रहा था। कतेरीना इवानोव्ना लपक कर उसके पास पहुँचा।

अपराध और दंड : (अध्याय 5-भाग 3)

'प्योत्र पेत्रोविच,' वह चिल्लाई, 'मुझे उम्मीद है कि कम-से-कम आप मेरी रक्षा जरूर करेंगे! आप ही इस बेवकूफ औरत को समझाइए कि एक मुसीबत की मारी शरीफ औरत के साथ वह ऐसा बर्ताव नहीं कर सकती, इस तरह की बातों के बारे में कानून भी है... मैं गवर्नर-जनरल साहब के पास खुद जाऊँगी... इसको अपनी इस हरकत का हिसाब देना होगा... आप मेरे पापा के मेहमान रह चुके हैं, उसी को याद करके इन अनाथ बच्चों की रक्षा कीजिए।'

'रास्ता दीजिए मादाम... पहले मुझे अंदर तो आने दीजिए,' प्योत्र पेत्रोविच ने हाथ के इशारे से उसे दूर हटने को कहा। 'आपके पापा को, जैसा कि आपको अच्छी तरह पता है, जानने का सौभाग्य मुझे कभी नहीं मिला' (इस पर कोई जोर से हँसा) 'और अमालिया इवानोव्ना के साथ आपके आए दिन के झगड़ों में पड़ने का मेरा कोई इरादा नहीं... मैं तो यहाँ अपने ही मुआमलों के बारे में कुछ करने आया हूँ... और मैं कुछ बातें आपकी सौतेली बेटी सोफ्या... इवानोव्ना... से करना चाहता हूँ... यही नाम है न उसका? मुझे आने का रास्ता तो दीजिए...'

प्योत्र पेत्रोविच उससे कतराता हुआ कमरे के सामनेवाले कोने की ओर बढ़ गया जहाँ सोन्या थी।

कतेरीना इवानोव्ना वहीं की वहीं गड़ी रह गई, जैसे उस पर बिजली गिरी हो। उसकी समझ में नहीं आ रहा था कि प्योत्र पेत्रोविच ने इस बात से कैसे इनकार किया कि वह उसके बाप का मेहमान रह चुका था। इसलिए एक बार यह बात गढ़ लेने के बाद वह खुद इस पर पक्का विश्वास करने लगी थी। इसके अलावा प्योत्र पेत्रोविच का बातें करने का एकदम कारोबारी, रूखा ढंग देख कर, जिसमें तिरस्कार से भरी धमकी का पुट भी था, वह हैरत में पड़ गई। लूजिन के आते ही धीरे-धीरे हर आदमी चुप हो गया था। बात सिर्फ इतनी ही नहीं थी कि 'इस संजीदा कारोबारी आदमी' का दावत में आए हुए लोगों से कोई मेल नहीं था। यह भी साफ था कि वह किसी बेहद जरूरी काम से आया है, कि कोई ऐसी ही असाधारण बात होगी जिसकी वजह से उसे वहाँ आना पड़ा है और इसलिए अब जरूर कुछ न कुछ होनेवाला है। रस्कोलनिकोव सोन्या के पास खड़ा था। वह प्योत्र पेत्रोविच को रास्ता देने के लिए एक तरफ को हटा लेकिन लग रहा था कि प्योत्र पेत्रोविच ने उसे देखा तक नहीं। एक मिनट बाद लेबेजियातनिकोव भी दरवाजे में आ कर खड़ा हो गया; वह अंदर नहीं

आया बल्कि चुपचाप वहीं खड़ा दिलचस्पी के साथ और लगभग हैरत के साथ, सब कुछ सुनता रहा। देर तक ऐसा ही मालूम होता रहा कि उसकी समझ में कोई बात नहीं आ रही थी।

'मुझे अफसोस है कि मैं आप लोगों की बातों में शायद कोई रुकावट डाल रहा हूँ,' किसी खास आदमी को संबोधित न करके प्योत्र पेत्रोविच ने वहाँ सभी लोगों से कहा, 'लेकिन काम कुछ ऐसा ही जरूरी है। सच पूछिए तो मुझे इस बात की खुशी भी है कि यहाँ इतने सारे लोग मौजूद हैं। अमालिया इवानोव्ना, आप यहाँ की मकान-मालकिन हैं, सो मैं आपसे खास तौर पर यह कहना चाहूँगा कि सोफ्या इवानोव्ना से मुझे जो कुछ कहना है उस पर आप अच्छी तरह ध्यान दें। सोफ्या इवानोव्ना,' वह सीधे सोन्या को संबोधित करके कहने लगा, जो बहुत आश्चर्यचकित और अभी से कुछ डरी हुई दिखाई पड़ रही थी, 'मेरा एक नोट, सौ रूबल का तुम मेरे दोस्त लेबेजियातनिकोव के कमरे में आईं तो उसके फौरन बाद मेरी मेज पर से गायब हो गया। अगर तुम्हें उसके बारे में कुछ भी मालूम हो और तुम उसके बारे में बता दो कि वह कहाँ है तो मैं अपनी इज्जत की कसम खा कर कहता हूँ - और मैं चाहता हूँ कि इस कमरे में मौजूद हर आदमी इस बात का गवाह रहे - कि सारा मामला यहीं पर खत्म हो जाएगा; वरना मुझे मजबूर हो कर बहुत सख्त कार्रवाई करनी पड़ेगी और... उसका सारा दोष खुद तुम पर होगा!'

कमरे में सन्नाटा छा गया। बच्चों ने भी रोना बंद कर दिया। सोन्या का चेहरा मुर्दों की तरह पीला पड़ गया और वह लूजिन को एकटक देखती रह गई। उससे कुछ कहते नहीं बना। लग रहा था कि उसकी समझ में कुछ भी नहीं आया था कि लूजिन किस चीज के बारे में बातें कर रहा था। इसी तरह कुछ पल बीत गए।

'तो मेम साहिबा, आपको क्या कहना है?' लूजिन ने उसे गौर से देख कर पूछा।

'मैं... मैं नहीं जानती... मुझे कुछ मालूम नहीं...' आखिर सोन्या ने बहुत धीमी आवाज में कहा।

'नहीं मालूम? पक्की बात है कि कुछ नहीं मालूम?' लूजिन ने पूछा और एक बार फिर कुछ पलों के लिए रुका। 'सोच लो मेम साहिबा,' उसने कठोर स्वर में कहना शुरू किया लेकिन अब भी कुछ इस ढंग से जैसे उसे चेतावनी दे रहा हो। 'अच्छी तरह सोच लो! मैं तुम्हें सोचने के लिए और वक्त भी देने को तैयार हूँ, क्योंकि यह समझ लो कि दुनिया का भारी तजुर्बा होने से मुझे पक्का यकीन न होता तो मैं तुम्हारे ऊपर इस तरह खुला इल्जाम लगाने का जोखिम न उठाता। इसलिए अगर यह बात झूठ निकली या सिर्फ मेरी गलतफहमी ही हो, तो मुझे भी सरेआम इस तरह का खुला इल्जाम लगाने का कुछ जवाब तो देना ही होगा। इतना तो मैं भी जानता हूँ। आज सबेरे मैंने अपनी जरूरत के लिए पाँच फीसदी सूदवाले कई बांड भुनाए थे, जो कुल तीन हजार रूबल के थे। इसका सारा हिसाब मेरी डायरी में लिखा है। घर लौट कर मैंने यह रकम गिनी, जिसकी गवाही मिस्टर लेबेजियातनिकोव दे सकते हैं, और दो हजार तीन सौ रूबल के नोट गिन कर मैंने अपने पर्स में रखे, जिसे मैंने अपने कोट की अंदरवाली जेब में वापस रख दिया। मेज पर लगभग पाँच सौ रूबल बचे रहे जो सारे के सारे नोटों की शक्ल में थे, और उनमें सौ-सौ रूबल के तीन नोट थे। उसी वक्त (मेरे बुलाने पर) तुम वहाँ आईं तो जितनी देर भी तुम मेरे कमरे में रहीं तुम बेहद घबराई हुई लग रही थीं, यहाँ तक कि हमारी बातचीत के दौरान तीन बार तुम उठ खड़ी हुईं किसी वजह से तुम्हें उस कमरे से जाने की जल्दी थी, हालाँकि हमारी बातचीत खत्म भी नहीं हुई थी। मिस्टर लेबेजियातनिकोव इसके गवाह हैं। तो मैं समझता हूँ कि, मेम साहिबा, इस बात से आप भी इनकार नहीं करेंगी कि मिस्टर लेबेजियातनिकोव के जरिए मैंने आपको सिर्फ इसलिए बुलवाया था कि आपकी रिश्तेदार कतेरीना इवानोव्ना की बदहाली और कंगाली के बारे में कुछ बातें कर सकूँ (उनकी दावत में न आ सकने का मुझे अफसोस है) और लॉटरी या इसी तरह

की किसी और चीज की शक्ल में उनके लिए कुछ पैसा जुटाने की तदबीरों के बारे में कुछ बातचीत हो जाए। तब तुमने मेरा शुक्रिया अदा किया और आँसू तक बहाए। (जो कुछ तब हुआ उसे मैं ज्यों का त्यों इसलिए बयान कर रहा हूँ कि एक तो मैं तुम्हें इन सब बातों की याद दिलाना चाहता हूँ और दूसरे इसलिए कि मैं तुम्हें यह बताना चाहता हूँ कि कोई छोटी-से-छोटी बात भी ऐसी नहीं जो मुझे याद न हो।) फिर मैंने मेज पर से दस रूबल का एक नोट उठाया और तुम्हारी रिश्तेदार की मदद के लिए जो रकम जुटाई जानेवाली थी, उसकी पहली किस्त के तौर पर, अपनी तरफ से वह नोट तुम्हें दिया। मिस्टर लेबेजियातनिकोव ने यह सब कुछ देखा। उसके बाद मैं तुम्हें दरवाजे तक पहुँचाने आया, तुम उस वक्त भी सिटपिटाई-सी लग रही थीं; इसके बाद मैं मिस्टर लेबेजियातनिकोव के साथ अकेला रह गया और कोई दस मिनट तक उनसे बातें करता रहा। फिर मिस्टर लेबेजियातनिकोव बाहर गए, और मैंने एक बार फिर मेज पर पड़ी रकम की ओर ध्यान दिया क्योंकि मैं उसे गिन कर अलग रख देना चाहता था, जैसा कि मेरा शुरू में ही इरादा था। तब मुझे वह देख कर ताज्जुब हुआ कि मेज पर जो रकम रखी थी उसमें से सौ रूबल का एक नोट गायब था। अब तुम ही सोचो : मिस्टर लेबेजियातनिकोव को तो मैं कोई इल्जाम दे नहीं सकता और इस तरह की बात की तरफ इशारा करते भी मुझे शर्म आती है। यह भी नहीं हो सकता कि मैंने नोट गिनने में गलती की हो क्योंकि तुम्हारे आने से फौरन पहले मैंने हिसाब लगा कर देखा था और जोड़ सही निकला था। तुम्हें मानना पड़ेगा कि तुम्हारी घबराहट को, तुम्हारी कमरे से जाने की बेचैनी को देखते हुए, इस बात को भी देखते हुए कि तुम कई मिनट तक अपने हाथ मेज पर रखे हुए थीं, और आखिर में तुम्हारी समाजी हालत और उन आदतों को ध्यान में रखते हुए जो उस हालत का एक लाजिमी हिस्सा होती हैं, मुझे एक तरह से मजबूर हो कर, जिससे मुझे बहुत धक्का भी पहुँचा और ताज्जुब भी हुआ, अपनी मर्जी के एकदम खिलाफ अपने दिल में एक शक लाना पड़ा - जो बेशक बहुत ही तकलीफदेह शक है, लेकिन एकदम सही शक है! और मैं यह भी बता दूँ, बल्कि मैं इस बात पर जोर देना चाहूँगा, कि इस बात के बावजूद कि मुझे अपने शक के सही होने का पूरा यकीन है, मैं इस बात को भी अच्छी तरह जानता हूँ कि इस वक्त तुम्हारे ऊपर यह इल्जाम लगा कर मैं कुछ जोखिम भी मोल ले रहा हूँ। लेकिन इतना तो तुम भी समझती होगी कि मैं इस बात को अनदेखा भी नहीं कर सकता था। मैं यह जोखिम मोल लेने को तैयार हूँ और मैं बताता हूँ क्यों; मेम साहिबा, सिर्फ आपकी सरासर एहसानफरामोशी की वजह से। जरा सोचिए, मैंने आपको आपकी कंगाल, रिश्तेदार की भलाई के खयाल से मिलने के लिए बुलाया और आपको अपनी तरफ से दस रूबल दिए जो मेरे लिए बहुत आसान बात नहीं थी। लेकिन मैंने आपके लिए जो कुछ किया, उसका बदला आपने इस हरकत से चुकाया! यह तो कोई अच्छी बात नहीं! आपको सबक सिखाना जरूरी है, मेम साहिबा! अच्छी तरह सोच लो। अलावा इसके एक सच्चे दोस्त की तरह। (क्योंकि इस वक्त मुझसे बेहतर तुम्हारा कोई दोस्त हो भी नहीं सकता) मैं तुमसे फिर कहता हूँ कि अच्छी तरह सोच-समझ लो। फिर मुझसे किसी मुरव्वत की उम्मीद मत रखना। हाँ, तो क्या कहती हो'

'मैंने आपकी कोई चीज नहीं ली है,' सोन्या ने सहम कर धीमे स्वर में कहा। 'आपने मुझे दस रूबल दिए थे। सो ये रहे। ये लीजिए।' सोन्या ने अपना रूमाल निकाल कर उसमें लगी हुई गाँठ खोली और दस रूबल का नोट निकाल कर लूजिन को दे दिया।

'तो तुम इससे इनकार करती हो कि तुमने सौ रूबल उठाए हैं?' उसने दस रूबल का नोट वापस लिए बिना घुड़क कर कहा।

सोन्या ने कमरे में चारों ओर नजर दौड़ाई। सभी उसे नफरत भरी नजरों से देख रहे थे - डरावनी, कठोर, उपहास भरी नजरों से। उसने रस्कोलनिकोव की ओर देखा। वह दोनों हाथ सीने पर बाँधे, दीवार का सहारा लिए खड़ा था और अंगारों की तरह दहकती आँखों से उसे देख रहा था।

'हे भगवान!' वह कँपकँपाते हुए बोली।

'मादाम,' लूजिन ने अमालिया इवानोव्ना से शांत स्वर में और नर्मी से कहा, 'माफ कीजिएगा, मुझे पुलिस को बुलवाना पड़ेगा। इसलिए क्या पहले दरबान को आप बुलवाएँगी?'

'भगवान बचाए!' अमालिया इवानोव्ना ने आहत हो कर जर्मन में कहा। 'अपुन तो पहले ही जानता होता कि वह चोर होएला है।'

'आप जानती थीं' लूजिन ने उसकी बात दोहराई, 'तो मैं समझता हूँ आप किसी ठोस बुनियाद पर ही ऐसा सोचती होंगी। मैं आपसे कहना चाहूँगा, मादाम लिप्पेवेख्सेल, कि आप अपनी इस बात को याद रखिएगा, जो आपने गवाहों के सामने कही है।'

कमरे के हर कोने से जोरों से बातें करने का शोर बुलंद हुआ। हलचल मच गई।

'क्या...या?' कतेरीना इवानोव्ना ने अचानक अपने आपको सँभालते हुए चीख कर कहा और लूजिन पर इस तरह झपटी जैसे उसे किसी मजबूत स्प्रिंग की तरह दबा कर छोड़ दिया गया हो। 'क्या इस पर चोरी का इल्जाम लगा रहे हो सोन्या पर कमीनों! नासपीटों!' फिर तेजी से सोन्या की ओर जा कर उसने उसे अपनी सूखी हुई बाँहों में शिकंजे की तरह जकड़ लिया।

'सोन्या! तूने इनसे दस रूबल लेने की हिम्मत कैसे की नादान लड़की! ला, मुझे दे! वह दस रूबल फौरन मुझे दे... ला इधर!'

दस रूबल का वह नोट सोन्या से छीन कर उसे अपने हाथ से भींचते हुए कतेरीना इवानोव्ना ने उसे जोर से लूजिन के मुँह पर फेंक कर मारा। मुड़े हुए कागज का गोला जा कर लूजिन की आँख में लगा और वहाँ से टकरा कर जमीन पर आ गिरा। अमालिया इवानोव्ना उसे उठाने के लिए लपकी। प्योत्र पेत्रोविच आगबबूला हो उठा।

'रोको इस पागल को!' वह चीखा।

उसी वक्त कुछ और लोग दरवाजे में, लेबेजियातनिकोव के पास आ कर खड़े हो गए। उनमें वे दोनों महिलाएँ भी थीं जो हाल ही में वहाँ आई थीं।

'क्या कहा पागल? मैं पागल हूँ बेवकूफ कहीं के!' कतेरीना इवानोव्ना चीखने लगी। 'तुम खुद बेवकूफ हो, बेईमान, नीच, कमीना! सोन्या, मेरी सोन्या इसका पैसा लेगी और कोई नहीं, सोन्या इसका पैसा चोरी करेगी! बेवकूफ, उलटे वह तुझे पैसा दे सकती है!' यह कह कर कतेरीना इवानोव्ना दीवानों की तरह हँसी। 'कभी ऐसा भी बेवकूफ देखा है आप लोगों ने?' वह कमरे में घूम-घूम कर एक-एक आदमी को उँगली से लूजिन की तरफ इशारा करके दिखाने लगी। 'क्या तू भी?' अचानक उसकी नजर मकान-मालकिन पर पड़ी। 'तू जर्मन छिनाल, तू भी कहती है कि वह चोर है! सूरत तो देख अपनी,

पर-नुची मुर्गी को लगता है कलफदार लहँगा पहना दिया गया हो। बेवकूफ! अबे, तेरे यहाँ से आने के बाद तो वह इस कमरे से बाहर भी नहीं गई! सीधे आ कर रोदिओन रोमानिविच के पास बैठ गई! ...तलाशी ले ले! चूँकि वह कमरे से बाहर नहीं गई है, इसलिए पैसा अब भी उसके पास ही होगा! मैं कहती हूँ, ले ले तलाशी! ले लेकिन जनाबेआला इतना मैं बताए देती हूँ कि अगर पैसा न निकला तो आपको इसका जवाब देना पड़ेगा! मैं जार के पास खुद जाऊँगी, अपने जार के पास जो बड़े ही दयावान हैं! जा कर उसके पाँवों पर गिर पड़ूँगी, आज ही! इसी दम! मैं एक लाचार विधवा हूँ, मुझे कोई नहीं रोकेगा! आप समझते हैं कि वहाँ मुझे अंदर नहीं जाने देंगे? आप गलत सोचते हैं! मैं वहाँ तक जाऊँगी! पहुँच जाऊँगी, मैं आपको बताए देती हूँ! आपने समझा था, यह एकदम भीगी बिल्ली है आप इसी की उम्मीद लगाए बैठे थे न तो सुन लीजिए, जनाबेआला, मुझे आप इतनी आसानी से नहीं दबा सकते! आपको लेने के देने पड़ जाएँगी! आइए, लीजिए तलाशी! तलाशी लीजिए, मैं कहती हूँ! लीजिए न!'

यह कह कर कतेरीना इवानोव्ना ने लूजिन को पकड़ लिया और उसे खींच कर सोन्या की ओर चली।

'मैं पूरी तरह तैयार हूँ मादाम, और... मैं पूरी जिम्मेदारी लेने को तैयार हूँ... लेकिन बराय मेहरबानी पहले आप शांत हो जाएँ! मैं अच्छी तरह समझता हूँ कि आपको आसानी से दबाया नहीं जा सकता! लेकिन... वह... मेरा मतलब है कि यह काम तो पुलिस के सामने ही किया जाएगा,' लूजिन बुदबुदा कर बोला। 'वैसे यहाँ काफी गवाह मौजूद हैं और... मैं तैयार हूँ... लेकिन यह जरा... मुश्किल काम है किसी मर्द के लिए, कि नहीं मेरा मतलब है, किसी मर्द के लिए औरत की तलाशी लेना। अगर अमालिया इवानोव्ना मदद करने को तैयार हो और... लेकिन यह भी ठीक तरीका नहीं है यह काम करने का... नहीं, बिलकुल नहीं!'

'जैसे आप चाहें!' कतेरीना इवानोव्ना ने चीख कर कहा। 'आप जिसे चाहें, तलाशी लेने को कह दें! सोन्या, अपनी जेबें उलट कर दिखा दो! हाँ, यही ठीक है! ले चंडाल, देख लिया यह जेब खाली है! इसमें उसका रूमाल था, और अब इसमें कुछ भी नहीं है! और यह लो दूसरी जेब! देखी कि नहीं?'

यह कह कर कतेरीना इवानोव्ना ने दोनों जेबों को एक के बाद एक उलटने की बजाय झटके के साथ खींच कर दिखाया। लेकिन दूसरी, दाहिनी तरफवाली, जेब से अचानक कागज का एक टुकड़ा निकला और हवा में कमान जैसी शक्ल बनाता हुआ लूजिन के पाँव के पास जा कर गिरा। सभी ने उसे देखा और कई के मुँह से हैरतभरी चीख निकल गई। प्योत्र पेत्रोविच ने झुक कर चुटकी से कागज का वह टुकड़ा फर्श पर से उठाया, उसे ऊँचा करके सबको दिखाया, और उसकी तहों को खोला। यह सौ रूबल का आठ तहों में मुड़ा हुआ नोट था। प्योत्र पेत्रोविच सबको नोट दिखाने के लिए उसे अपने हाथ में उठाए हुए, धीरे-धीरे एक सिरे से दूसरे सिरे तक चलता चला गया।

'चोट्टी कहीं की! निकल जाने का माँगता हमारा घर से! पोलीस! पोलीस!' अमालिया इवानोव्ना चीखी। 'साइबेरिया भिजवा देना को माँगता इसको! निकल जाने का माँगता यहाँ से!'

कमरे में हर तरफ एक शोर उठा। रस्कोलनिकोव चुप था और बीच-बीच में लूजिन पर एक उड़ती नजर डालने के अलावा उसने सोन्या पर से अपनी नजर नहीं हटाई थी, जो उसी जगह मानो मूरत बनी जमी रह गई थी। लग रहा था कि उसे तो कोई आश्चर्य भी नहीं था। अचानक उसके गालों पर लाली दौड़ी और उसने चीख कर दोनों हाथों में मुँह छिपा लिया।

'नहीं, मैंने कुछ नहीं किया! मैंने नहीं लिया था! इसका तो मुझे कुछ भी नहीं पता!' वह दिल हिला देनेवाली आवाज में चीखी और भाग कर कतेरीना इवानोव्ना के पास चली गई, जिसने उसे कलेजे से भींच कर चिपटा लिया, गोया सारी दुनिया से उसे बचाना चाहती हो।

'सोन्या! सोन्या! मैं इस पर विश्वास नहीं करती! देखें तो सही, कतई मैं विश्वास नहीं करती!' (उस हकीकत के बावजूद जो सबकी आँखों के सामने थी) कतेरीना इवानोव्ना रो-रो कर बोली। वह उसे अपनी बाँहों में बच्चे की तरह झुलाने और उसे बार-बार चूमने लगी। इसके बाद उसने सोन्या के दोनों हाथों को अपने हाथों में ले कर उन्हें जोर से चूमा। 'तू इसका पैसा भला क्यों लेने लगी! कैसे मूरख हैं ये लोग भी! हे भगवान, तुम लोग भी कैसे मूरख हो, कितने मूरख!' कमरे में मौजूद सभी लोगों को संबोधित करके वह रो कर कहने लगी, 'तुम्हें नहीं मालूम कि दिल कैसा पाया है इसने। कैसी लड़की है यह, तुम लोग जरा भी नहीं जानते। यह भला पैसे चुराएगी यह अरे, यह तो अपने बदन का आखिरी चीथड़ा तक बेच देगी, नंगे पाँव घूमेगी, और तुम्हें जरूरत हुई तो तुम्हें अपनी हर चीज दे देगी। ऐसी लड़की है ये! यह सड़क पर भी इसलिए निकली कि मेरे बच्चे भूखों मर रहे थे! इसीलिए उसे पीला टिकट मिला। इसने हमारी खातिर अपने आप तक को बेच दिया! ...अरे, कहाँ चले गए तुम... देख रहे हो? यह सब देख रहे हो? यह सब कि नहीं कैसी दावत हो रही है तुम्हारी जनाजे की! मेरे भगवान! रोदिओन रोमानोविच, आप इसकी तरफ से कुछ बोलते क्यों नहीं? आप वहाँ इस तरह क्यों खड़े हैं? आप तो इस बात पर विश्वास नहीं करते तुम सब... सब, सारे के सारे, इसकी छोटीवाली उँगली के बराबर भी नहीं! हे भगवान, तुम ही अब इसकी रक्षा करो!'

लग रहा था कि देखनेवालों पर तपेदिक की मारी उस लाचार विधवा के आँसुओं का गहरा असर पड़ा। उस मुरझाए हुए तपेदिक के मारे चेहरे पर जो पीड़ा से विकृत हो गया था, उन खून के सूखे धब्बों वाले होठों पर, उस भर्राई और रोती हुई आवाज में, रोते हुए बच्चे जैसी उन जोरदार सिसकियों में, रक्षा की उस विश्वास भरी, बच्चों जैसी, और साथ ही घोर निराशा में डूबी हुई फरियाद में ऐसा दर्द था, चुभनेवाला दर्द था कि लगा अब हर आदमी को उस अभागी औरत पर तरस आने लगा था। बहरहाल प्योत्र पेत्रोविच को तो फौरन ही तरस आ गया।

'मादाम! मादाम!' वह ऊँची रोबदार आवाज में कहता रहा। 'आपका इस वाकिए में कोई भी हाथ नहीं है। आप पर इल्जाम रखने की बात कोई सपने में भी नहीं सोच सकता, कि इसमें आपकी मिलीभगत होगी या इसकी आपने मंजूरी दी होगी, खास कर इसलिए कि आपने खुद जेबें उलट कर इस अपराध को सबके सामने ला दिया, जो इस बात का पक्का सबूत है कि आपको इसका कुछ भी पता नहीं था। मुझे अफसोस है, बहुत ही अफसोस है कि यूँ कह लीजिए कि गरीबी की वजह से मजबूर हो कर सोफ्या सेम्योनोव्ना ने ऐसा काम किया। लेकिन, मेम साहिबा, आपने अपना अपराध स्वीकार भला क्यों नहीं किया? क्या आप बदनामी से डरती थीं या यह आपका इस तरह का पहला अपराध था या शायद एकदम दिमाग ठिकाने नहीं था? खैर, सारी बात अब साफ है, एकदम साफ। लेकिन आखिर आपने ऐसा किया क्यों सज्जनो और देवियो!' उसने वहाँ मौजूद सभी लोगों को संबोधित करके कहा, 'जो कुछ हुआ उस पर मुझे बेहद अफसोस है और एक तरह से बहुत गहरी हमदर्दी भी है, लेकिन मैं अब भी हर बात को भूल जाने और माफ कर देने को तैयार हूँ, बावजूद इसके कि जाती तौर पर मेरी बेइज्जती की गई और मेम साहिबा, अपनी इस आज की बदनामी से,' उसने सोन्या को संबोधित करके कहा, 'आइंदा के लिए आपको मुनासिब सबक लेना चाहिए। अपनी तरफ से, मैं आपके खिलाफ कोई कार्रवाई नहीं करने जा रहा, और इस पूरे सिलसिले को यहीं खत्म करके संतुष्ट हूँ। इतना काफी है!'

प्योत्र पेत्रोविच ने कनखियों से रस्कोलनिकोव की तरफ देखा। उनकी आँखें मिलीं तो रस्कोलनिकोव की दहकती हुई नजरें उसे भस्म कर देने को तैयार थीं। इस बीच लग रहा था कि कतेरीना इवानोव्ना ने कुछ सुना ही नहीं था। सोन्या को वह अपने सीने से चिपकाए रही, पागलों की तरह उसे चूमती रही। बच्चे भी चारों ओर से सोन्या से चिपके हुए थे। नहीं, पोलेंका को तो ठीक से पता तक नहीं था कि हो क्या रहा है। वह अपना सुंदर, छोटा-सा चेहरा सोन्या के कंधे पर रखे आँसू बहाए जा रही थी और इस तरह सिसकियाँ ले कर रो रही थी जैसे उसे दौरा पड़ गया हो। उसका चेहरा रोते-रोते सूज गया था।

'कितने कमीनेपन की हरकत है!' दरवाजे के पास से किसी की ऊँची आवाज आई।

प्योत्र पेत्रोविच ने फौरन मुड़ कर देखा।

'कितने कमीनेपन की हरकत है!' उसकी आँखों में आँखें डाल कर लेबेजियातनिकोव ने दोहराया।

प्योत्र पेत्रोविच चौंका और यह बात सभी ने देखा। (बाद में सभी को इसकी याद आई।) लेबेजियातनिकोव कमरे के अंदर आ गया।

'और ऊपर से तुम्हारी यह मजाल की तुमने मुझे गवाह बनाने की कोशिश की?' उसने लूजिन के पास जा कर कहा।

'मतलब क्या है आपका?, आंद्रेई सेमेनोविच आप किस बारे में बात कर रहे हैं?' लूजिन बुदबुदाया।

'मेरा मतलब यह है कि तुम... दूसरों पर कीचड़ उछाल रहे हो! जो कुछ मैं कह रहा हूँ उसका मतलब यही है,' लेबेजियातनिकोव ने अपनी कमजोर आँखों से उसे कठोरता से देखते हुए कहा। उसे बेपनाह गुस्सा आ रहा था। रस्कोलनिकोव उसे गौर से देख रहा था, मानो उसके हर एक शब्द को अच्छी तरह समझने और तोलने की कोशिश कर रहा हो। एक बार फिर कमरे में सन्नाटा छा गया। प्योत्र पेत्रोविच बौखला उठा। कम-से-कम शुरू में तो ऐसा ही लगा।

'आप अगर मुझसे बातें कर रहे हैं...' उसने हकला कर कहना शुरू किया। 'लेकिन, हे भगवान... तुम्हें हो क्या गया है? दिमाग तो ठिकाने है तुम्हारा?'

'मेरा दिमाग ठिकाने है, असल में आप हैं छँटे हुए बदमाश! कितने कमीनेपन की हरकत तुमने की है! मैं वहाँ खड़ा पूरे वक्त तुम्हारी बातें सुनता रहा और जान-बूझ कर कुछ कहा नहीं, क्योंकि मैं समझना चाहता था कि आखिर यह सारा मामला है क्या। यह तो मैं मानता हूँ कि अब भी मुझे इस पूरे मामले में कोई तुक दिखाई नहीं देता... बात यह है... मेरी समझ में नहीं आता कि तुमने ऐसा किया क्यों?'

'पर मैंने किया ही क्या है? तुम अपनी पहेलियाँ बुझाना बंद भी करोगे कि नहीं? तुम कहीं नशे में तो नहीं हो?'

'नशे में तुम होगे कमीने, मैं नहीं हूँ! मैं कभी वोदका को हाथ तक नहीं लगाता क्योंकि यह मेरे उसूल के खिलाफ है! आप सभी लोग यह जान लें कि इसने, खुद इसने, अपने हाथों वह नोट सोफ्या सेम्योनोव्ना को दिया था... मैंने देखा था! मैं गवाह हूँ और कसम खा कर यह बात कहने को तैयार हूँ! यह हरकत इसकी है, इसी की!' लेबेजियातनिकोव कमरे में सभी को संबोधित करके बार-बार कहता रहा।

'पागल तो नहीं हो गया है तू, बेवकूफ कहीं का?' लूजिन चीखा। 'वह खुद तो सामने खड़ी है और उसने खुद अभी तेरे सामने माना है कि उसे मैंने सिर्फ दस रूबल का नोट दिया था। उसके बाद में उसे सौ रूबल का नोट कैसे दे सकता था?'

'मैंने देखा था... मैंने!' लेबेजियातनिकोव जोर से चीखा। 'यह बात हालाँकि मेरे उसूलों के खिलाफ है, लेकिन मैं इसी वक्त अदालत के सामने हलफ लेने को तैयार हूँ क्योंकि मैंने खुद देखा था कि किस तरह तुमने सौ रूबल का नोट उससे छिपा कर उसकी जेब में सरकाया था। अपनी बेवकूफी के मारे मैंने तो तब यह समझ लिया था कि तुम उदारता की वजह से, परोपकार की भावना से ऐसा कर रहे हो। दरवाजे पर उसे विदा करते समय, जैसे ही वह बाहर जाने के लिए मुड़ी और जिस वक्त तुम उससे हाथ मिला रहे थे, तुमने बाएँ हाथ से यह नोट उसकी जेब में सरका दिया था... जेब में... उसके जाने बिना ही। मैंने देखा था... मैंने!'

लूजिन पूरा का पूरा पीला पड़ गया।

'तुम भी इस वक्त क्या झूठ बोल रहे हो!' उसने अड़ियल की तरह से चिल्ला कर कहा। 'खिड़की के पास खड़े-खड़े तुमने नोट भला देख कैसे लिया तुम्हारी आँखों को धोखा हुआ, या तुमने इसकी कल्पना कर ली होगी! तुम पागलपन की बातें कर रहे हो!'

'नहीं, मैंने कल्पना नहीं की है! यह सच है कि मैं वहाँ से कुछ दूर खड़ा था, लेकिन मैंने देखा था... सब कुछ देखा था। तुम्हारा यह कहना ठीक है कि खिड़की के पास खड़े हो कर वहाँ से नोट पहचानना मुश्किल है, लेकिन मैं पक्के तौर पर कह सकता हूँ कि वह सौ का ही नोट था, क्योंकि जब तुमने सोफ्या सेम्योनोव्ना को दस का नोट दिया था तभी मैंने देखा था कि तुमने मेज पर से सौ का एक नोट भी उठाया था। (यह मैंने एकदम साफ देखा था क्योंकि उस वक्त मैं पास ही खड़ा था। चूँकि उसी वक्त मेरे दिमाग में एक खयाल भी आ गया था, इसलिए मैं इस बात को नहीं भूला कि तुम्हारे हाथ में सौ का नोट था।) तुमने उसे तह किया था और सारे वक्त उसे हाथ में दबाए रखा फिर मैं उसके बारे में लगभग भूल ही गया, लेकिन जब तुम उठे, तो वह नोट अपने दाहिने हाथ से बाएँ हाथ में ले लिया। वह तो तुम्हारे हाथ से गिरते-गिरते भी बचा था, और उसी वक्त मुझे फिर उसकी याद आई क्योंकि उस वक्त फिर वही खयाल मेरे दिमाग में आया था... यह कि तुम उसके साथ इस तरह उपकार करना चाहते हो कि मुझे भी पता न चले। तुम सोच ही सकते हो कि तब मैंने तुम्हें कितने गौर से देखना शुरू किया था और जाहिर है, मैंने यह भी देखा कि तुमने किस कामयाबी से वह नोट उसकी जेब में सरका दिया। मैंने देखा, मैं बताता हूँ कि मैंने देखा, और मैं यह बात हलफ ले कर कहने को तैयार हूँ।'

लेबेजियातनिकोव हाँफ रहा था। कमरे के हर कोने में तरह-तरह के भाव व्यक्त होने लगे थे। ज्यादातर भाव घोर आश्चर्य का था लेकिन कुछ लोगों का लहजा धमकी भरा भी था। सब लोग प्योत्र पेत्रोविच को घेर कर खड़े हो गए। कतेरीना इवानोव्ना लपक कर लेबेजियातनिकोव के पास पहुँची।

'मुझे माफ कीजिएगा,' वह रो कर बोली, 'मैंने आपके बारे में गलत सोचा था! उसे बचाइए! यहाँ तो अकेले आप ही इसका साथ दे रहे हैं! वह अनाथ है, भगवान ने आपको उसकी रक्षा के लिए ही भेजा है! भगवान आपको इसका अच्छा ही फल देगा मेहरबान।'

कतेरीना इवानोव्ना उसके सामने घुटने टेक कर बैठ गई। यह जाने बिना ही कि वह क्या कर रही है।

'बकवास!' लूजिन गुस्से से आगबगूला हो उठा। 'आप सरासर बकवास कर रहे हैं, जनाब! मैं भूल गया, मुझे याद आया, याद आया, भूल गया... आप आखिर कहना क्या चाहते हैं? आप क्या यह कहना चाहते हैं कि मैंने जान-बूझ कर यह नोट उसकी जेब में रखा था? किसलिए? मेरे ऐसा करने की क्या वजह हो सकती थी इससे मुझे क्या लेना-देना है, इस...'

'किसलिए यही बात मेरी भी समझ में नहीं आती। लेकिन इसमें तो जरा भी शक नहीं कि मैं जो कुछ कह रहा हूँ, वह पूरी तरह सच है। कमीने, दुष्ट! मैं जानता हूँ कि मेरी बात गलत नहीं है क्योंकि मुझे अच्छी तरह याद है कि जब मैं तुम्हारा शुक्रिया अदा कर रहा था और तुम्हारा हाथ दबा रहा था तभी इस सिलसिले में एक सवाल मेरे दिमाग में उठा था। मैंने वह सवाल अपने आपसे पूछा कि आखिर तुमने नोट उसकी जेब में क्यों सरकाया... मेरा मतलब है, चुपके से क्यों... क्या इसकी वजह सिर्फ यह थी कि तुम यह बात मुझसे छिपाना चाहते थे इसलिए कि पता है कि मेरे उसूल इस तरह की हरकत के खिलाफ हैं, कि मैं निजी खैरात को गलत समझता हूँ क्योंकि उससे बुनियादी तौर पर कोई भी बुराई दूर नहीं होती। खैर, तो मैं इस नतीजे पर पहुँचा कि दरअसल, तुम इतनी बड़ी रकम मेरे सामने देते हुए शरमा रहे होगे। अलावा इसके, मैंने यह भी सोचा कि कौन जाने तुम यह चाहते होगे कि जब उसे अपनी जेब में सौ का नोट मिले तो वह चौंक पड़े और अचानक खुश हो जाए। (मैं जानता हूँ कि कुछ परोपकारी ऐसे होते हैं, जिन्हें अपने उपकार का असर ज्यादा देर तक कायम रखने में खास लुत्फ मिलता है।) अलावा इसके मेरे मन में यह बात भी आई कि शायद तुम उसको परख कर देखना चाहते होगे कि नोट मिलने पर वह तुम्हारा शुक्रिया अदा करने आती है या नहीं। फिर मैंने यह भी सोचा कि बात शायद इतनी ही हो कि तुम नहीं चाहते होगे कि इसके बदले तुम्हारा एहसान मान कर कुछ कहा जाए... जैसी कि मसल मशहूर है, तुम्हारे दाहिने हाथ को भी पता न चले कि... मतलब यह कि इसी तरह की कोई बात बहरहाल, उस वक्त इतने बहुत से विचार मेरे मन में उठे कि मैंने इस बारे में सोचने का काम बाद के लिए टाल दिया। लेकिन मैंने तब इतना जरूर सोचा कि मैं तुम्हारा भेद जानता हूँ, तुम्हारे सामने इस बात को जाहिर करना मुनासिब नहीं होगा। लेकिन फौरन ही मेरे दिल में एक दूसरा सवाल भी उठा। मैंने सोचा, अगर वह नोट सोफ्या सेम्योनोव्ना को पता चलने से पहले ही कहीं खो गया तो क्या होगा? इसीलिए मैंने यहाँ आने का फैसला किया। मैं उसे कमरे से बाहर बुला कर बता देना चाहता था कि उसकी जेब में तुमने सौ रूबल का नोट रखा है। लेकिन रास्ते में मैं कोबिल्यातनिकोव के यहाँ चला गया। उन्हें प्रत्यक्षवादी प्रणाली का सामान्य निष्कर्ष नाम की किताब देने और उनका ध्यान उसमें डॉ. पिदरित के निबंध, 'मन और आत्मा' की ओर खास तौर पर खींचने के लिए (और लगे हाथ, वैगनर के निबंध की ओर भी)। उसके बाद मैं यहाँ पहुँचा और तब देखा कि यहाँ तो यह हंगामा मचा हुआ है! तो अब ही मुझे बताओ कि अगर मैंने तुम्हें उसकी जेब में सौ रूबल का नोट रखते न देखा तो क्या मेरे दिमाग में ये सारे विचार उठ सकते थे... क्या मैं इतने सारे नतीजे निकाल सकता था?'

लेबेजियातनिकोव ने जब अपना यह लंबा-चौड़ा, इतने चक्करदार भाषण एक तर्कसंगत निष्कर्ष के साथ खत्म किया, तो बहुत थक चुका था और उसका चेहरा पसीने में तर था। बेचारा! वह रूसी में अपनी बात भी ठीक से नहीं कह सकता था (हालाँकि वह कोई और भाषा भी नहीं जानता था), इसलिए तफतीश में उसकी इस शानदार कामयाबी के बाद अचानक ऐसा लगा कि वह थक कर चूर हो चुका है, यहाँ तक कि कुछ पतला भी हो गया है। फिर भी उसके भाषण का गहरा असर पड़ा। इतने जोश और इतने गहरे विश्वास के साथ उसने अपनी बात सामने रखी थी कि सब लोगों को बजाहिर उस पर विश्वास आ गया। प्योत्र पेत्रोविच ने महसूस किया कि सारे हालात उसके लिए बिगड़ते जा रहे हैं।

'इससे मुझे क्या कि तुम्हारे दिमाग में बेवकूफी के ऐसे-ऐसे सवाल उठते हैं?' उसने चिल्ला कर कहा। 'इससे कुछ भी साबित नहीं होता। मैं तो यही समझता हूँ कि तुम सपना देख रहे होगे। और मैं यह भी बता दूँ कि तुम झूठ बोल रहे हो। इसलिए

झूठ बोल रहे हो और मुझे बदनाम करने की कोशिश कर रहे हो कि मुझसे तुम्हें कुछ शिकायत है। मुझसे इसलिए नाराज हो कि मैंने तुम्हारे उच्छृंखल विचारों को और समाज के बारे में नास्तिकता के सुझावों को मानने से इनकार कर दिया है। असल बात यह है!'

लेकिन संकट से बच निकलने की इस चाल से प्योत्र पेत्रोविच को कोई फायदा नहीं हुआ। असर बल्कि उल्टा ही हुआ और कमरे के हर कोने से उसके खिलाफ आवाजें उठने लगीं।

'तो तुमने अब यह ढर्रा पकड़ा है, क्यों?' लेबेजियातनिकोव जोर से बोला। 'जी नहीं, इससे आपको कोई मदद नहीं मिलेगी। पुलिस को बुलवाइए, मैं हलफ लूँगा। वैसे एक बात मेरी समझ में नहीं आती कि इस तरह की घिनौनी हरकत का जोखिम इसने उठाया क्यों कमबख्त... कमीना!'

'मैं बताता हूँ इस तरह की हरकत का जोखिम इसने क्यों उठाया,' रस्कोलनिकोव आखिरकार आगे बढ़ कर दृढ़ स्वर में बोला। 'और अगर जरूरत हो तो मैं भी हलफ लेने को तैयार हूँ।'

देखने में वह पूरी तरह शांत और दृढ़ लग रहा था। उसे एक नजर देख कर ही न जाने क्यों सबको यही लग रहा था कि उसे सचमुच रहस्य मालूम था, और यह कि अभी फौरन ही सारी बात सामने आ जाएगी।

'अब मुझे सारी बात साफ समझ में आ रही है,' रस्कोलनिकोव सीधे लेबेजियातनिकोव को संबोधित करके कहता रहा। 'इस पूरे मामले की शुरुआत से ही इसके पीछे मुझे किसी चाल के - किसी गंदी चाल के - होने का शक था। यह शक मुझे कुछ ऐसी बातों की वजह से था जिन्हें सिर्फ मैं जानता हूँ, और जो मैं अभी आपको बताऊँगा। इस सारे किस्से की जड़ में वही बातें हैं। लेकिन, जनाब लेबेजियातनिकोव, आपने अपनी अनमोल गवाही से आखिरकार में सारी बातें मेरे दिमाग में साफ कर दीं। मैं आप सबसे कहता हूँ कि मेरी बात ध्यान से सुनिए! ये जो सज्जन हैं न,' उसने लूजिन की तरफ इशारा किया, 'उनकी हाल ही में एक लड़की से, दरअसल मेरी बहन से, मँगनी हुई थी। लेकिन यहाँ पीतर्सबर्ग आने पर, अभी दो दिन हुए, मुझसे पहली मुलाकात में ही ये मुझसे लड़ बैठे और तब इन्हें मैंने अपने कमरे से बाहर निकाल दिया। इस बात को साबित करने के लिए मेरे पास दो गवाह हैं। यह आदमी खुंदक से भरा हुआ है... जनाब लेबेजियातनिकोव साहब, दो दिन पहले तक मुझे नहीं मालूम था कि यह आपके साथ ठहरे हुए हैं। तो उसी दिन जिस दिन हम लोगों का झगड़ा हुआ था, यानी परसों, इन्होंने स्वर्गीय मार्मेलादोव साहब के एक दोस्त की हैसियत से मुझे कतेरीना इवानोव्ना को उनके जनाजे के लिए कुछ पैसे देते देखा। इन्होंने फौरन मेरी माँ को एक खत लिख कर उन्हें खबर कर दी कि मैंने अपना सारा पैसा कतेरीना इवानोव्ना को नहीं बल्कि सोफ्या सेम्योनोव्ना को दिया है। साथ ही इन्होंने सोफ्या सेम्योनोव्ना का... चाल चलन बयान करते हुए कुछ बहुत ही घिनावनी बातें लिखीं, और उसके साथ मेरे ताल्लुकात के बारे में कुछ इशारा किया। ध्यान रहे कि यह सब इन्होंने मेरे और मेरे माँ-बहन के बीच झगड़ा डालने के लिए किया, उनके मन में यह बात बिठा कर कि जो पैसा उन्होंने बड़ी मुश्किल से जोड़-जोड़ कर मुझे भेजा था, उसे मैं वाही-तबाही लुटा रहा था। मैंने अपनी माँ और बहन से कल रात इनके सामने ही कहा - इनकी तोहमत सरासर झूठ है, यह भी कि मैंने पैसा सोफ्या सेम्योनोव्ना को नहीं बल्कि कतेरीना इवानोव्ना को कफन-दफन के लिए दिया था, और यह भी कि परसों तक मैं सोफ्या सेम्योनोव्ना को जानता तक नहीं था क्योंकि मैं उससे कभी मिला तक नहीं था। इसके अलावा मैंने यह भी कहा कि ये साहब, ये प्योत्र पेत्रोविच लूजिन, अपनी तमाम खूबियों के बावजूद सोफ्या सेम्योनोव्ना की छोटी उँगली के बराबर भी नहीं हैं, यह उसके

बारे में काफी बुरी राय रखते हैं। इन्होंने जब मुझसे यह पूछा कि मैं क्या सोफ्या सेम्योनोव्ना को अपनी बहन के साथ बैठने दूँगा, तो मैंने जवाब दिया कि मैं उसी दिन ऐसा कर भी चुका हूँ। ये तो इसी बात पर भड़क उठे कि मेरी माँ और बहन ने इनकी ओछी तोहमतों की बुनियाद पर मुझसे झगड़ा नहीं किया। सो ये ढिठाई पर उतर आए और उनसे ऐसी बातें कहने लगे जिन्हें कोई भी माफ नहीं कर सकता। इनसे आखिर में सारा नाता खत्म कर लिया गया और इन्हें घर से निकाल दिया गया। यह सब कुछ कल शाम को हुआ। और अब मैं चाहूँगा कि मैं जो कुछ कहने जा रहा हूँ उसकी ओर आप सब खास तौर पर ध्यान दें। एक मिनट के लिए मान लीजिए कि यह इस बात को साबित करने में कामयाब हो जाते कि सोफ्या सेम्योनोव्ना चोर हैं। फिर तो सबसे पहले मेरी माँ और बहन की नजरों में यह साबित कर चुके होते कि इनका हर शुबहा ठीक था, और इसलिए इनका एक बात पर नाराज होना भी ठीक था कि मैंने अपनी बहन को सोफ्या सेम्योनोव्ना के साथ बराबरी का दर्जा दिया और यह कि मुझ पर हमला करके ये दरअसल मेरी बहन और अपनी मँगेतर की इज्जत की रक्षा कर रहे थे। सच बात तो यह है कि इन बातों के जरिए ये मेरे और मेरे परिवार के बीच फूट डालने में कामयाब हो जाते, और जाहिर है, इनको यही उम्मीद थी कि इससे इन्हें उन लोगों की नजरों में चढ़ने में मदद मिलेगी। मेरे लिए तो यह बताने की भी कोई खास जरूरत नहीं कि इसके अलावा ये निजी तौर पर मुझसे बदला लेने की कोशिश भी कर रहे थे क्योंकि ये अच्छी तरह जानते थे कि मुझे सोफ्या सेम्योनोव्ना की इज्जत और खुशी की काफी परवाह है। तो यह थी इनकी सारी चाल! मुझे तो सारा किस्सा यही समझ में आता है! इनके पास बस यही एक वजह हो सकती है, कोई दूसरी वजह नहीं हो सकती!'

रस्कोलनिकोव ने इसी तरह, या लगभग इसी तरह, अपनी बात पूरी की। वहाँ पर मौजूद सभी लोगों ने उसे ध्यान से सुना, हालाँकि बीच-बीच में लोग अपनी प्रतिक्रिया व्यक्त करने के लिए कुछेक बातें कह भी देते थे। लेकिन बीच-बीच में लोगों के बोलने के बावजूद वह तीखे ढंग से, शांत भाव से, नपे-तुले शब्दों में, साफ-साफ और दृढ़ता के साथ अपनी बात कहता रहा। उसकी बेधती हुई आवाज, दृढ़ विश्वास के शब्दों और कठोर मुद्रा का सब पर काफी गहरा असर पड़ा।

'हाँ, तुमने एकदम मर्ज को पकड़ लिया है!' लेबेजियातनिकोव ने जोश के साथ उसका समर्थन किया। 'जरूर ऐसी ही बात होगी... क्योंकि कमरे में सोफ्या सेम्योनोव्ना के आते ही इन्होंने मुझसे पूछा था कि तुम यहाँ हो कि नहीं, और यह कि कतेरीना इवानोव्ना के मेहमानों में मैंने तुम्हें देखा था कि नहीं। इन्होंने मुझे खिड़की के पास ले जा कर यह बात चुपके से पूछी थी। जाहिर है, इसका सिर्फ एक मतलब हो सकता है और ये जनाब जरूर यही चाहते होंगे कि तुम यहाँ पर नजर आओ! बिलकुल यही बात है! यही है!'

लूजिन चुप रहा और तिरस्कार भाव से मुस्कराता रहा। अलबत्ता उसका चेहरा पीला पड़ गया था। लग रहा था, वह अपनी मौजूदा स्थिति से बाहर निकलने की कोई तरकीब सोचने में व्यस्त था। मुमकिन है कि उसे स्थिति के और ज्यादा बिगड़ने से पहले ही यहाँ से निकल जाने में खुशी होती, लेकिन उस वक्त ऐसा कर सकना लगभग असंभव था। ऐसा करने का मतलब यह बात मान लेने के बराबर होता कि उसके खिलाफ जो इल्जाम लगाए गए थे वे सच थे और यह कि उसने सचमुच सोफ्या सेम्योनोव्ना को बिला वजह बदनाम करने की कोशिश की थी। इसके अलावा कमरे में जो लोग मौजूद थे, वे पिए हुए भी थे और उनके तेवर टेढ़े हो रहे थे। कमिसारियेट का पेन्शनयाफ्ता अफसर सबसे ज्यादा जोर से चिल्ला रहा था, हालाँकि वह पूरी तरह समझ भी नहीं सका था कि मामला आखिर क्या है। वह कुछ ऐसे इशारे भी कर रहा था, जो लूजिन को अच्छे नहीं लग रहे थे। लेकिन कुछ लोग ऐसे भी थे, जो पिए हुए नहीं थे। सभी कमरों के लोग भी वहाँ आ कर जमा हो गए थे। वे तीनों पोल बेहद उत्तेजित थे, पोल भाषा में लूजिन को बुरा-भला कह रहे थे और उसे अपनी भाषा में दबी जबान से शायद धमकियाँ भी दे रहे थे। सोन्या रस्कोलनिकोव के कथन के प्रवाह को समझने की भरपूर कोशिश कर

रही थी, लेकिन ऐसा लग रहा था कि उसकी समझ में भी कुछ आ नहीं रहा है। उसे देखने से बल्कि ऐसा लग रहा था, गोया उस पर अभी-अभी बेहोशी का दौरा पड़ चुका हो। उसने रस्कोलनिकोव पर से अपनी नजरें नहीं हटाईं, क्योंकि वह यही महसूस कर रही थी कि उसे बचानेवाला सिर्फ वही है। कतेरीना इवानोव्ना खर-खर की आवाज के साथ कठिनाई से साँस ले रही थी और थक कर बिलकुल निढाल हो चुकी लग रही थी। अमालिया इवानोव्ना सबसे ज्यादा बेवकूफ लग रही थी। मुँह बाए खड़ी उसकी समझ में कुछ नहीं आ रहा था कि हुआ क्या है। उसकी समझ में कुल इतना आया कि प्योत्र पेत्रोविच किसी तरह एक बड़ी मुसीबत में फँस गया है। रस्कोलनिकोव ने उन लोगों से कुछ और बोलने का मौका देने को कहा, लेकिन उन लोगों ने उसे अपनी बात पूरी नहीं करने दी। वे सब शोर मचा रहे थे और लूजिन को घेर कर उसे गालियाँ और धमकियाँ दे रहे थे। लेकिन लूजिन चिकने घड़े की तरह वहीं जमा रहा। जब उसने देखा कि सोन्या पर चोरी का इल्जाम लगाने की चाल नाकाम रही है, तो उसने धौंस से काम लेने की कोशिश की।

'देवियो और सज्जनो, बराय मेहरबानी, मेरे चारों ओर भीड़ न लगाइए और मुझे निकलने का रास्ता दीजिए,' वह भीड़ के बीच से अपने लिए रास्ता बनाते हुए कहता रहा। 'और मेहरबानी करके मुझे धमकाइए भी नहीं। मैं सच कहता हूँ, इसका कोई नतीजा नहीं निकलेगा। आप मेरा कुछ भी बिगाड़ नहीं सकेंगे। मैं आप लोगों से नहीं डरता। उलटे, अगर आपने उस आदमी पर हाथ उठाया जिसने एक जुर्म का पर्दाफाश किया है तो आपको भी उस जुर्म में शामिल होने के लिए जवाबदेही करनी होगी। चोर की असलियत पूरी तरह खुल चुकी है, और उस पर मैं मुकद्मा चलाऊँगा। अदालत में लोग न तो अंधे होते हैं और... न ही नशे में होते हैं कि वे दो बदनाम नास्तिकों, उत्पातियों और उच्छृंखल विचारवालों की गवाही को मान लें। जो मुझसे निजी बदला लेने के लिए मुझ पर इल्जाम लगा रहे हैं, वह इतने बेवकूफ हैं कि इस बात को खुद मान भी रहे हैं... जी हाँ, अच्छा तो अब बराय मेहरबानी मेरा रास्ता छोड़ दीजिए।'

'मेरे कमरे से फौरन अपना बोरिया-बिस्तर ले कर फूटो! अब हमारा और तुम्हारा कोई वास्ता नहीं रहा! आप जरा सोचिए तो सही, पूरे पखवाड़े मैं इस आदमी को अपने सिद्धांत समझाने में दिमाग खपाता रहा!'

'जनाब आंद्रेई सेमेनोविच अभी कुछ ही मिनट पहले जब आप मुझे कुछ ठहर जाने के लिए मनाने की कोशिश कर रहे थे, मैंने खुद कहा था कि मैं आज ही जा रहा हूँ। और अब जनाब, मैं इतना और कहना चाहूँगा कि आप सरासर बेवकूफ हैं। मुझे उम्मीद है कि आप जल्दी ही अपने कमजोर दिमाग और अपनी कमजोर आँखों का इलाज करवा लेंगे। आप लोग मेहरबानी करके मुझे जाने दीजिए, रास्ता छोड़िए!'

भीड़ के बीच घुस कर आखिर उसने अपने लिए रास्ता बना ही लिया। लेकिन कमिसारियट का वह पेन्शनयाप्ता अफसर उसे कुछ गालियाँ दे कर ही छोड़नेवाला नहीं था। उसने मेज पर से एक गिलास उठा कर जोर से प्योत्र पेत्रोविच की तरफ फेंका, लेकिन निशाना चूक गया। गिलास जा कर अमालिया इवानोव्ना को लगा और उसके मुँह से चीख निकल गई। कमिसारियट का अफसर भी लड़खड़ा कर मेज के नीचे धड़ाम से गिर पड़ा। प्योत्र पेत्रोविच सीधे अपने कमरे में चला गया और आधे घंटे बाद वह उस घर में नहीं था। सोन्या स्वभाव से ही दब्बू थी। वह हमेशा से जानती थी कि उसे बहुत ही आसानी से तबाह किया जा सकता था और कोई भी आदमी दंड पाने के डर के बिना उसका अपमान कर सकता था, उसे नीचा दिखा सकता था। लेकिन उस समय भी उसे यह उम्मीद थी कि किसी तरह वह मुसीबत में फँसने से बची रहेगी - बेहद सावधानी बरत कर, एकदम भीगी बिल्ली बन कर, सबकी बात मान कर। इसलिए उसे बहुत गहरा सदमा पहुँचा। इसमें शक नहीं कि वह सब्र के साथ उफ किए बिना कुछ भी बर्दाश्त कर सकती थी। सो वह यह बात भी बर्दाश्त कर गई। लेकिन पहले एक मिनट तक उसे यह सब बहुत बुरा लगा। बावजूद इसके कि उसकी विजय हुई थी और वह निर्दोष ठहराई

गई थी, आतंक और भौंचक्केपन का पहला पल जब गुजर गया और जब हर चीज उसके दिमाग में पूरी तरह साफ हो गई, तो मुकम्मल लाचारी का एहसास और जो सदमा उसे पहुँचा था उसका एहसास हृदय तक को बेध गया। उस पर जुनून-सा छा गया। आखिर जब उससे और अधिक सहन न हो सका तो वह जल्दी से कमरे के बाहर निकल कर सीधे अपने घर भाग गई। यह बात लूजिन के जाने के लगभग फौरन बाद हुई। जब कमरे में मौजूद सभी लोगों के कहकहों के बीच अमालिया इवानोव्ना को गिलास से चोट लगी तो वह इस बात को बर्दाश्त न कर सकी कि उसका कोई दोष न होने पर भी उसका हर तरह से अपमान किया जाए। हर बात के लिए कतेरीना इवानोव्ना को जिम्मेदार ठहराती हुई वह चीख कर तूफान की तरह उस पर झपटी :

'निकल जाने का हमारा घर से! फौरन निकलने का! बाहर फूटो!' यह कह कर कतेरीना इवानोव्ना की जो भी चीज उसके हाथ लगी, उसे वह फर्श पर फेंकने लगी। कतेरीना इवानोव्ना पहले ही पस्त हो चुकी थी, उसका रंग पीला पड़ चुका था, वह लगभग बेहोश हुई जा रही थी और बुरी तरह हाँफ रही थी। पलँग पर से उछल कर वह खड़ी हो गई (जिस पर वह निढाल हो कर गिर पड़ी थी) और अमालिया इवानोव्ना पर टूट पड़ी। लेकिन मुकाबला बराबर का नहीं था। मकान-मालकिन ने जरा भी जोर लगाए बिना उसे पीछे ढकेल दिया।

'इसकी हिम्मत तो देखो! मुझ पर ऐसा बेहयाई से कीचड़ उछाल कर भी इसका कलेजा ठंडा नहीं हुआ। अब यह छिनाल मुझ पर भी हमला कर रही है। मेरे शौहर के जनाजे के दिन छोटे-छोटे, अनाथ बच्चों के साथ मुझे सड़क पर निकाल रही है, और वह भी मेरी मेज पर खाना खाने के बाद! मैं अब कहाँ जाऊँ?' वह बेचारी सिसक कर रो रही थी और हाँफते हुए चिल्ला रही थी। 'हे प्रभु!' अचानक उसकी आँखों में बिजली जैसी चमक पैदा हुई और वह चीखी, 'क्या न्याय इस दुनिया से उठ ही गया है? अगर तुम हम अनाथों की रक्षा नहीं करोगे तो फिर किसकी रक्षा करोगे? अच्छी बात है, हम भी देखेंगे! अभी इस धरती पर न्याय और सच्चाई बाकी हैं। बाकी हैं, बाकी हैं! उन्हें खोज निकालूँगी! तू देखती जा, अधर्मी कमीनी कहीं की! बेटी पोलेंका, तू मेरे वापस आने तक इन बच्चों को देखती रहना। मेरा इंतजार करना, चाहे सड़क पर ही इंतजार करना पड़े! देखते हैं, इस धरती पर न्याय कहीं है कि नहीं?'

फिर अपने सर पर वही शाल डाल कर, जिसकी चर्चा मार्मेलादोव ने रस्कोलनिकोव के साथ अपनी बातचीत के दौरान की थी, शराब के नशे में चूर और शोर मचाते अभी तक कमरे में भरे हुए किराएदारों की भीड़ को चीरती हुई, कतेरीना इवानोव्ना रोती-सिसकती, मन में फौरन और हर कीमत पर न्याय पाने की धुँधली-सी उम्मीद लिए भाग कर सड़क पर निकल गई। दोनों छोटे बच्चों के साथ पोलेंका कमरे के कोने में संदूक पर सहमी हुई, दबी-सिकुड़ी बैठी रही, और दोनों के गले में बाँहें डाल कर, सर से पाँव तक काँपती हुई अपनी माँ के वापस आने का इंतजार करने लगी। अमालिया इवानोव्ना ने कमरे में पूरा एक तूफान मचा रखा था। वह चीख रही थी, रो रही थी, और जो भी चीज हाथ लग रही थी उसे ही गुस्से में फर्श पर फेंक रही थी। किराएदार तरह-तरह की आवाजों में यूँ चीख रहे थे कि कुछ भी समझ में नहीं आता था। कुछ तो जो कुछ हुआ था उस पर अपने-अपने ढंग से टीका-टिप्पणी कर रहे थे, कुछ और थे कि आपस में ही झगड़ा कर रहे थे और एक-दूसरे को गालियाँ दे रहे थे, और कुछ ने एक गाने की धुन छेड़ दी थी...

'अब मुझे भी चलना चाहिए,' रस्कोलनिकोव ने सोचा। 'तो सोफ्या सेम्योनोव्ना, देखता हूँ कि तुम अब क्या कहती हो!'

फिर वह सोन्या के घर की तरफ चल पड़ा।

अपराध और दंड : (अध्याय 5-भाग 4)

रस्कोलनिकोव के दिल पर खुद अपनी मुसीबतों और दहशत का बोझ कुछ कम नहीं था फिर भी लूजिन के खिलाफ सोन्या की ओर से उसने बहुत डट कर और सक्रिय रूप से पैरवी की थी। लेकिन सबेरे से उस पर इतनी बहुत कुछ बीत चुकी थी कि वह सोन्या का पक्ष लेने की अदम्य इच्छा से तो ग्रस्त था ही, लग रहा था कि वह इस बात से भी खुश था कि उसे अपनी ही भावनाओं से दूर भागने का अवसर मिला था जो उसके लिए नाकाबिले बर्दाश्त होती जा रही थीं। अलावा इसके वह एक पल के लिए भी उस मुलाकात को नहीं भुला सका जो उसने उस शाम के लिए सोन्या के साथ तय की थी। इसके बारे में सोच कर ही वह रह-रह कर चिंतित हो उठता था : उसे उसको बताना ही पड़ेगा कि लिजावेता की हत्या किसने की थी। यह जानते हुए कि इसमें उसे कितनी तकलीफ होगी, उसने इस विचार को ही दिमाग से निकाल देने की कोशिश की। इसलिए कतेरीना इवानोव्ना के यहाँ से चलते वक्त जब उसने ऊँचे स्वर में कहा कि 'तो सोफ्या सेम्योनोव्ना, देखता हूँ कि तुम अब क्या कहती हो?' तो उस वक्त भी वह लूजिन के खिलाफ अपनी थोड़ी ही देर पहले की जीत के फलस्वरूप बेहद जोश और जुनून से भरा हुआ, किसी से भी टक्कर लेने को तैयार रहा होगा। लेकिन उसके साथ एक अजीब-सी बात हुई। वह जब कापरनाउमोव के फ्लैट पर पहुँचा तो उसे अचानक लगा कि उसकी सारी शक्ति निचुड़ रही है। उस पर खौफ छा गया। वह झिझक कर दरवाजे पर रुका और अपने आपसे यह अजीब सवाल पूछा : 'क्या उसे यह बताना जरूरी है कि लिजावेता को किसने मारा है?' यह सवाल अजीब इसलिए था कि अचानक लगभग उसी पल उसने यह भी महसूस किया कि वह उसे बताए बिना रह नहीं सकता था, बल्कि अपने अपराध को स्वीकार करना जरा देर के लिए भी टाल नहीं सकता था। अभी तक उसे यह नहीं पता था कि यह काम असंभव क्यों था। वह इसे सिर्फ महसूस करता था, और होनी के सामने अपनी बेबसी के इस दुख देनेवाले एहसास ने उसे लगभग पूरी तरह कुचल कर रख दिया था। और अधिक विचारों तथा यातनाओं से छुटकारा पाने के लिए जल्दी से दरवाजा खोला और चौखट के पार सोन्या को देखने लगा। वह छोटी मेज पर कुहनियाँ टिकाए, दोनों हाथों में चेहरा छिपाए बैठी थी, लेकिन रस्कोलनिकोव को देखते ही जल्दी से उठ खड़ी हुई और उसके स्वागत के लिए आगे बढ़ी, गोया वह उसके आने की राह ही देखती रही हो।

'आप न होते तो न जाने मेरा क्या हाल होता!' कमरे के बीच में ही दोनों के आमने-सामने होने पर उसने जल्दी से कहा। साफ पता चल रहा था कि उससे यह बात कहने के लिए वह बेहद बेचैन थी। इसी के लिए तो वह उसकी प्रतीक्षा कर रही थी।

रस्कोलनिकोव मेज के पास जा कर उसकी कुर्सी पर बैठा, जिस पर से सोन्या उठी थी। वह उससे दो कदम पर आ कर खड़ी हो गई, ठीक उसी तरह जैसे उसने कल शाम को किया था।

'तो सोन्या' उसने कहा। अचानक उसे एहसास हुआ कि उसकी आवाज काँप रही है। 'तुम्हारे खिलाफ सारे मामले की बुनियाद, 'तुम्हारी समाजी हालत और उससे जुड़ी आदतों' पर थी। बात समझ में आई?'

वह दुखी हो गई।

'मेहरबानी करके आप मुझसे उस तरह बातें न करें, जैसे कल कर रहे थे!' सोन्या बीच में बोली। 'वही सिलसिला फिर से शुरू मत कीजिए। वैसे भी मुझ पर बहुत कुछ बीत चुकी है...'

उसकी यह शिकायत रस्कोलनिकोव को अच्छी न लगे, यह सोच कर वह जल्दी से मुस्कराई।

'मैं समझती हूँ, वहाँ से चली आ कर मैंने गलती की है। वहाँ इस वक्त न जाने क्या-क्या हो रहा होगा मैं तो वापस जानेवाली थी, लेकिन मुझे आपका खयाल आया... कि यहाँ आप शायद आएँ।'

उसने सोन्या को बताया कि अमालिया इवानोव्ना उन्हें घर से जबरन निकाल रही थी और कतेरीना इवानोव्ना 'न्याय की खोज में' भाग कर न जाने कहाँ चली गई थीं।

'हे भगवान!' सोन्या चीख उठी। 'चलिए, फौरन चलें!' यह कह कर उसने अपना कोट उठा लिया।

'हमेशा वही बात!' रस्कोलनिकोव चिढ़ कर जोर से चीखा। 'तुम बस उन्हीं के बारे में सोचती रहती हो! थोड़ी देर तो मेरे पास बैठो।'

'लेकिन... कतेरीना इवानोव्ना?'

'कतेरीना इवानोव्ना की फिक्र मत करो। वे घर से बाहर निकल गई हैं, इसलिए वे अब खुद तुम्हारे पास आएँगी,' उसने चिड़चिड़ेपन से कहा। 'अगर तुम यहाँ न मिली, तो कुसूर तुम्हारा अपना ही होगा...'

सोन्या तकलीफदेह उलझन में पड़ कर कुर्सी के किनारे बैठ गई। फर्श पर नजरें गड़ाए रस्कोलनिकोव चुपचाप बैठा था और किसी चीज के बारे में सोच रहा था।

'मान लो कि अब लूजिन कोई मुसीबत खड़ी करना नहीं चाहता,' उसने सोन्या की ओर देखे बिना कहना शुरू किया, 'लेकिन अगर वह करना चाहता और अगर इससे उसका फायदा होता तो वह तुम्हें जेल भी भिजवा सकता था, अगर लेबेजियातनिकोव और मैं वहाँ इत्तफाक से न होते। भिजवाता कि नहीं?'

'हाँ,' उसने कमजोर आवाज में कहा। 'जी हाँ,' उसने दुखी और बेचैन लहजे में एक बार फिर दोहराया।

'लेकिन सोचो तो सही, यह भी तो मुमकिन था कि मैं वहाँ न होता... और यह भी इत्तफाक की ही बात थी कि लेबेजियातनिकोव भी उसी वक्त वहाँ आन पहुँचा।'

सोन्या चुप रही।

'पर अगर उसने तुम्हें जेल भिजवा दिया होता तो क्या होता? याद है, कल मैंने तुमसे क्या कहा था?'

वह इस बार भी कुछ नहीं बोली। वह कुछ देर इंतजार करता रहा।

'मैंने तो सोचा था कि तुम फिर चीखोगी : बस, अब रहने दीजिए! ऐसी बातें मत कीजिए!' रस्कोलनिकोव हँसा, हालाँकि यह जबरदस्ती की हँसी थी। 'तुम फिर चुप हो?' उसने एक पल बाद पूछा। 'लेकिन हम लोगों को तो किसी चीज के बारे में बातें करनी हैं कि नहीं देखा, मेरी दिलचस्पी यह जानने में है कि तुम एक 'समस्या' को कैसे हल करती, जैसे कि लेबेजियातनिकोव कहता है।' (लग रहा था कि वह कुछ उलझता जा रहा है।) 'नहीं, मैं संजीदगी से बात कर रहा हूँ। मैं सचमुच संजीदा हूँ। एक पल के लिए सोचो, सोन्या कि तुम्हें लूजिन के तमाम इरादे पहले से पता होते (मेरा मतलब है, पक्के तौर पर पता होते), और उनकी वजह से कतेरीना इवानोव्ना और उसके छोटे-छोटे बच्चे तबाह हो जाते... और तुम

भी (तुम तो यह समझती हो कि तुम्हारी वजह से जरा भी फर्क नहीं पड़ता, इसलिए मैंने यह 'भी' का टुकड़ा जोड़ दिया) ...और नन्ही पोलेंका भी... क्योंकि वह भी किसी दिन तुम्हारे ही रास्ते लग जाएगी। तो मुझे तुम यह बताओ : मान लो इन तमाम बातों का फैसला अचानक तुम्हारे ऊपर छोड़ दिया जाता - मेरा मतलब यह है कि वह या वे लोग जिंदा रहें या न रहें, लूजिन जिंदा रहे और अपनी बेहूदगियाँ करता रहे या नहीं, या कतेरीना इवानोव्ना को मर जाने दिया जाए या नहीं। तुम इस समस्या का फैसला किस तरह करोगी कि दोनों में से किसको मरना चाहिए मैं यह सवाल तुमसे पूछ रहा हूँ'

सोन्या ने बेचैन हो कर उसे देखा। उसे शक था कि रस्कोलनिकोव ने जिस तरह उससे यह सवाल घुमा-फिरा कर पूछा था, उसमें कोई छिपा हुआ मतलब भी हो सकता था।

'मैं जानती थी आप मुझसे इसी तरह की कोई बात पूछेंगे,' सोन्या ने कुछ तलाश भरी दृष्टि से उसकी ओर देखा।

'अच्छा, तो तुम जानती थीं! लेकिन मैं तो अब भी जानना चाहूँगा कि तब तुम्हारा फैसला क्या होता।'

'मुझसे आप ऐसी बात क्यों पूछ रहे हैं, जो कभी नहीं हो सकती थी?' सोन्या ने झिझकते हुए जवाब दिया।

'तो तुम्हारी राय में यही बेहतर है कि लूजिन को जिंदा रहने और बेहूदगियाँ करते रहने दिया जाए! तुममें इस मामले का फैसला करने की भी हिम्मत नहीं है?'

'लेकिन मुझे कैसे मालूम हो कि भगवान की इच्छा क्या है और आप मुझसे ऐसी बात पूछ ही क्यों रहे हैं, जो किसी को कभी पूछनी नहीं चाहिए? इस तरह के बेसर-पैर के सवाल क्यों कर रहे हैं इस बात का दारोमदार मेरे फैसले पर भला कैसे है मैं इस बात का फैसला करनेवाली कौन होती हूँ कि कौन जिंदा रहे और कौन न रहे?'

'आह, तो अगर तुम बीच में भगवान की इच्छा को घसीट कर ला ही रही हो तो फिर तो इसके बारे में कुछ और कहा भी नहीं जा सकता,' रस्कोलनिकोव चिढ़ कर बुदबुदाया।

'आप मुझे साफ-साफ बताइए कि आप क्या चाहते हैं,' सोन्या ने बेबसी से चिल्ला कर कहा। 'आप फिर इस सिलसिले को किसी दूसरी ओर ले जाना चाहते हैं... आप क्या मुझे तकलीफें ही देने के लिए आए हैं?'

वह अपने आप पर काबू न रख सकी और अचानक फूट-फूट कर रोने लगी। रस्कोलनिकोव उसे उदास और निराश मुद्रा में देखता रहा। इस तरह कोई पाँच मिनट बीत गए।

'तुम ठीक कहती हो सोन्या,' आखिरकार वह धीमे से बोला। अचानक उसमें एक परिवर्तन आ गया और उसने जान-बूझ कर रुखाई और बेबस चुनौती का जो रवैया अपना रखा था, वह गायब हो गया। आवाज भी अचानक कमजोर पड़ गई। 'कल मैंने तुमसे कहा था कि मैं तुम्हारे पास किसी बात की क्षमा माँगने नहीं आऊँगा, पर अभी मैं क्षमा ही तो माँग रहा था। देखो, जब मैं लूजिन की बातें या भगवान की इच्छा की बातें कर रहा था तो दरअसल अपनी ही बात कर रहा था... मैं तुमसे क्षमा ही माँग रहा था, सोन्या...'

रस्कोलनिकोव ने मुस्कराने की कोशिश की लेकिन उस मुरझाई हुई मुस्कराहट में एक तरह की कमजोरी थी, एक अधूरापन था। उसने सर झुका कर हाथों में चेहरा छिपा लिया।

लेकिन अचानक उसे सोन्या से गहरी नफरत की एक विचित्र और आश्चर्यजनक भावना ने आन दबोचा। उसने जल्दी से सर उठा कर सोन्या को गौर से देखा, मानो इस भावना से वह आश्चर्यचकित रह गया हो और डर गया हो। लेकिन उसे बस सोन्या की परेशानी और कष्टदायी चिंता से भरी आँखें ही दिखाई दीं। उसकी उस दृष्टि से प्यार था और रस्कोलनिकोव की सारी नफरत देखते-देखते गायब हो गई। वह नफरत थी ही नहीं; उसने एक भावना को कोई दूसरी भावना समझ लिया था। इसका मतलब सिर्फ यही था कि वह पल आ चुका था।

उसने एक बार फिर हाथों में अपना मुँह छिपा कर सर झुका लिया। अचानक उसका रंग पीला पड़ गया। वह कुर्सी से उठा और सोन्या को देखने लगा, पर एक शब्द कहे बिना ही उसके पलँग पर धम से बैठ गया।

उसके दिमाग में वह पल किसी रहस्यमय ढंग से ऐन उसी पल की तरह था, जब वह उस बुढ़िया के पीछे खड़ा था और कुल्हाड़ी को फंदे में से छुड़ाते हुए उसने महसूस किया था कि 'उसके पास खोने के लिए अब एक पल का समय भी नहीं है।'

'बात क्या है?' सोन्या ने सहम कर पूछा।

रस्कोलनिकोव से कुछ भी कहते न बना। उसने जिस ढंग से उसे बताने की योजना बनाई थी, वह ढंग यह नहीं था। उसे तो खुद भी नहीं मालूम था कि इस समय उसे हो क्या रहा था। सोन्या धीरे-धीरे उसके पास गई, पलँग पर उसकी बगल में बैठ गई और उस पर नजरें जमाए निहोरा करती रही। उसका दिल धड़क रहा और डूबा जा रहा था। स्थिति बर्दाश्त से बाहर होती जा रही थी। उसने अपना चेहरा, जिस पर मौत का पीलापन छाया हुआ था, सोन्या की ओर घुमाया और कुछ कहने की कोशिश की लेकिन कोई आवाज नहीं निकली, बस उसके होठ हिलते रहे। सोन्या बुरी तरह डर गई।

'बात क्या है?' सोन्या ने सिमट कर कुछ दूर हटते हुए दोहराया।

'कुछ भी नहीं, सोन्या। डरो नहीं... यह सब बकवास है! अगर सोचो तो यह सभी कुछ बकवास है,' वह इस तरह बुदबुदाया जैसे उसे पूरी तरह होश न हो। 'मैं तुम्हें तकलीफ पहुँचाने के लिए यहाँ आया ही क्यों?' उसने अचानक सोन्या की ओर देख कर कहा। 'मैं क्यों आया? क्यों? अपने आपसे मैं यही सवाल करता रहता हूँ, सोन्या...'

वह अपने आपसे शायद यही सवाल पंद्रह मिनट पहले भी पूछ रहा था। लेकिन इस वक्त उसने यही बात बेबसी की हालत में कही। उसे तो ठीक से यह भी नहीं मालूम था कि वह कह क्या रहा है। उसे बस यह महसूस हो रहा था कि उसका सारा बदन काँप रहा था।

'आह, आप खुद को कितनी तकलीफ दे रहे हैं!' सोन्या ने उसे गौर से देखते हुए बेहद आहत हो कर कहा।

'यह तो कुछ भी नहीं है! ...इधर देखो, सोन्या,' वह अचानक कुछ उदासी और कमजोरी से एक-दो सेकेंड तक मुस्कराता रहा, 'याद है, कल तुम्हें मैं क्या बताना चाहता था?'

सोन्या बेचैनी से इंतजार करती रही।

'यहाँ से जब मैं जा रहा था तो कहा था कि शायद मैं तुमसे हमेशा के लिए विदा हो रहा हूँ, लेकिन आज अगर मैं यहाँ आया तो मैं तुम्हें बता दूँगा कि... लिजावेता को किसने मारा।'

सोन्या एकाएक सर से पाँव तक दहल उठी।

'तो मैं तुम्हें वही बात बताने आया हूँ।'

'तो कल आपका सचमुच यही मतलब था...' उसने बड़ी कठिनाई से, धीमे स्वर में कहा।

'लेकिन आपको कैसे पता?' सोन्या ने गोया अचानक अपने आपको सँभालते हुए, जल्दी से कहा।

वह बुरी तरह हाँफ रही थी। रंग लगातार पीला पड़ता जा रहा था।

'मुझे पता है।'

सोन्या एक मिनट चुप रही।

'क्यों? क्या उस आदमी का पता चल गया है?' उसने दबी जबान से पूछा।

'नहीं, उन लोगों को नहीं चला है।'

'तो आपको वह कैसे पता हो सकता है?' उसने एक बार फिर कोई एक मिनट रुक कर और एक बार फिर इतनी धीमी आवाज में पूछा कि सुनना भी मुश्किल था।

रस्कोलनिकोव ने उसकी और घूम कर उसे भेदती हुई नजरों से देखा।

'अंदाजा लगाओ,' उसने उसी विकृत और कमजोर मुस्कराहट के साथ कहा।

सोन्या थरथर काँपने लगी।

'लेकिन आप... आप मुझे... इस तरह क्यों डरा रहे हैं?' सोन्या ने बच्चों की तरह मुस्कराते हुए कहा।

'तुम्हारी समझ में अभी भी नहीं आ रहा? मैं उसका बहुत अच्छा दोस्त रहा हूँगा अगर... अगर मुझे मालूम है तो,' रस्कोलनिकोव उसकी तरफ से एक पल को भी नजरें हटाए बिना कहता रहा। लग रहा था वह नजरें हटा भी नहीं सकता था। 'उसका इरादा लिजावेता को मारने का था भी नहीं। उसने... उसने उसे तो बस इत्तफाक से मार डाला था। वह तो... उस बुढ़िया को मारना चाहता था... तब जबकि वह... अकेली हो और... वह वहाँ गया... कि इतने में लिजावेता आ गई सो... सो उसे भी उसने मार डाला।'

एक और भयानक मिनट बीता। दोनों अभी तक एक-दूसरे को देखे जा रहे थे।

'तुम अब भी अंदाजा नहीं लगा सकतीं?' उसने अचानक पूछा। उसे लगा, उसकी हालत उस आदमी जैसी है जो गिरजाघर के ऊँचे मीनार से नीचे कूदनेवाला हो।

'न...हीं,' सोनिया ने इतने धीरे से कहा कि मुश्किल से ही सुनाई पड़ा।

'देखो अच्छी तरह।'

यह बात कहते समय एक और पुरानी जानी-पहचानी भावना ने उसके हृदय को बर्फ की तरह जमा दिया : उसने सोनिया की ओर देखा और उसके चेहरे में अचानक लिजावेता का चेहरा झाँकता महसूस हुआ। उसे उस दिन शाम को लिजावेता के चेहरे का उस वक्त का भाव अच्छी तरह याद था जब वह कुल्हाड़ी ले कर उसकी ओर बढ़ रहा था और वह धीरे-धीरे दूर खिसकती हुई दीवार की ओर सरकती जा रही थी। उसने अपना हाथ सामने की ओर तान रखा था, चेहरे पर बच्चों जैसा भय था, और वह उन बच्चों जैसी लग रही थी जो अचानक किसी चीज से सहम जाते हैं, बेहरकत हो कर हैरानी से उसी चीज को देखते रहते हैं जिससे उन्हें डर लगता है, सिमट कर पीछे हट जाते हैं, अपने छोटे-छोटे हाथ आगे की ओर तान लेते हैं, और उनकी आँखों में आँसू छलक आते हैं। सोन्या के साथ भी इस समय लगभग ऐसा ही हो रहा था : कुछ देर तक वह रस्कोलनिकोव को बेबसी से देखती रही, उसके चेहरे पर भय का वही भाव था। अचानक उसने अपना बायाँ हाथ आगे बढ़ा कर उँगलियों से उसका सीना हलके से छू लिया और धीरे-धीरे पलँग पर से उठने लगी। वह उससे दूर हटती रही और उसे लगातार नजरें और भी गड़ा कर घूरती रही। सोन्या के आतंकित होने का यह भाव अचानक रस्कोलनिकोव में दाखिल हो गया और उसके चेहरे पर भी आतंक का वही भाव पैदा हो गया। वह भी उसे उसी तरह और बच्चों जैसी मुस्कराहट के साथ घूरने लगा।

'कुछ अंदाजा लगा?' उसने आखिरकार फुसफुसा कर पूछा।

'हे भगवान!' उसके मुँह से एक भयानक चीख निकली। वह बेबस पलँग पर गिरी और तकियों में अपना मुँह छिपा लिया। लेकिन एक ही पल बाद वह जल्दी से उठ बैठी, झपट कर उसकी ओर बढ़ी, और उसके दोनों हाथ अपनी पतली-पतली उँगलियों में कस कर भींच लिए, गोया एक शिकंजे में जकड़ लिए हों। वह उसे एकटक घूरती रही, मानो उसकी नजरें रस्कोलनिकोव के चेहरे पर चिपक कर रह गई हों। घोर निराशा की दृष्टि से उस पर एक आखिरी नजर डाल कर सोन्या ने कम-से-कम अपने लिए आशा की कोई किरण खोजने और उसे पकड़े रहने की कोशिश की। लेकिन अब कहीं कोई उम्मीद बाकी नहीं थी, कोई संदेह नहीं रह गया था... वह बात सच थी! वास्तव में, काफी अरसा बाद उसने उस पल को जब याद किया तो उसे इस बात पर आश्चर्य हुए बिना नहीं रहा कि उसने फौरन यह कैसे मान लिया था कि उसके बारे में कोई भी संदेह नहीं हो सकता था मिसाल के लिए, वह यह नहीं कह सकती थी कि उसे किसी तरह का पूर्वाभास था। फिर भी जिस पल रस्कोलनिकोव ने वह बात कही थी, उस पल सोन्या को बरबस ऐसा लगा था कि सचमुच उसे इस बात का पूर्वाभास हुआ था।

'रहने दो, सोन्या, बस बहुत हुआ! मुझे सताओ मत,' उसने दुखी हो कर उससे प्रार्थना की।

उसने कभी सोचा भी नहीं था कि वह बात उसे इस तरह बताएगा, लेकिन सब कुछ इसी तरह बस हो गया।

सोन्या उछल कर खड़ी हो गई, गोया उसे यह भी न मालूम हो कि वह क्या कर रही है। अपने हाथ मलते हुए वह कमरे के बीच तक गई; लेकिन फिर फौरन ही जल्दी से वापस आ कर उसकी बगल में उसके कंधे से अपना कंधा लगभग सटा कर बैठ गई। अचानक वह इस तरह चौंकी जैसे उसे किसी ने छूरा भोंक दिया हो, और जोर से चीख कर यह जाने बिना कि वह ऐसा क्यों कर रही है, उसके सामने घुटने टेक कर बैठ गई।

'आपने अपनी क्या हालत बना ली है?' वह घोर निराशा में डूबे स्वर में चीखी। उछल कर खड़े होते हुए झपट कर वह उसकी गर्दन से चिपट गई और उसे अपनी बाँहों में कस कर जकड़ लिया।

रस्कोलनिकोव ने अपने आपको उसकी बाँहों से छुड़ाया और उदासी भरी मुस्कराहट से उसकी ओर देखता रहा।

'तुम भी अजीब हो, सोन्या, मेरे वह बात बता देने के बाद भी मुझे गले लगा रही हो और प्यार कर रही हो। तुम जानती भी नहीं कि तुम कर क्या रही हो।'

'मैं नहीं समझती कि कोई तुमसे ज्यादा दुखी इस दुनिया में होगा!' वह जुनून भरे लहजे में चिल्लाई, सुना भी नहीं कि उसने क्या कहा था, और अचानक फूट-फूट कर रोने लगी।

रस्कोलनिकोव के दिल में एक ऐसी भावना उमड़ी, जिसे वह बहुत समय पहले से भुला चुका था और उसका दिल एकाएक मोम की तरह पिघल उठा। उसने इस भावना का विरोध करने की कोई कोशिश नहीं की। आँखों में आँसू छलक आए और पलकों पर आ करं टिक गए।

'मुझे छोड़ तो नहीं जाओगी, सोन्या?' उसने लगभग आशा के लहजे में उसकी ओर देखते हुए कहा।

'नहीं-नहीं, कभी नहीं, और कहीं भी नहीं!' सोन्या ने जज्बाती हो कर कहा। 'तुम जहाँ भी जाओगे, मैं साथ जाऊँगी! हे भगवान! ...कैसी अभागी हूँ मैं भी! ...तुमसे पहले मैं क्यों नहीं मिली? तुम पहले क्यों नहीं मेरे पास आए? हे भगवान!'

'अब तो आ गया!'

'अब अब हम क्या कर सकते हैं ...हम दोनों को एक-दूसरे के साथ रहना है, एक-दूसरे के साथ,' वह बार-बार दोहराती रही, गोया उसे इस बात का एहसास भी न हो कि वह कह क्या रही है। उसने एक बार फिर उसे अपनी बाँहों में कस कर जकड़ लिया। 'मैं तुम्हारे पीछे-पीछे साइबेरिया भी जाऊँगी।'

सोन्या के अंतिम शब्द रस्कोलनिकोव के दिल में तीर की तरह लगे। उसके होठों पर वही पुरानी, तिरस्कार भरी मुस्कान लौट आई।

'मैं तो शायद साइबेरिया जाने की सोच भी नहीं रहा सोन्या!' उसने कहा।

सोन्या ने जल्दी से उसे एक नजर देखा।

उस दुखी प्राणी पर तरस के उस शुरुआती जज्बात भरे और दुखदायी पल के बाद, मन में हत्या का भयानक विचार उठते ही सोन्या एक बार फिर गूँगी हो गई। उसकी आवाज के बदले हुए लहजे से उसे इस बात का एक बार फिर एहसास हुआ कि वह हत्यारा है। वह हैरान हो कर उसे देखती रही। अभी तक उसे कुछ भी नहीं मालूम था, यह भी नहीं कि जो कुछ हुआ था, वह क्यों हुआ था, किसलिए हुआ था या कैसे हुआ था। अब ये सारे सवाल उसके मन में एक साथ एक जोरदार लहर की तरह उठे और एक बार फिर वह विश्वास न कर सकी कि, 'वह हत्यारा है! क्या ऐसा हो सकता है?'

'यह सब आखिर है क्या? मैं कहाँ हूँ?' सोन्या ने बौखला कर कहा गोया उसके हवास अभी तक ठिकाने न आए हों। 'लेकिन तुम कैसे... तुम्हारे जैसा प्राणी ऐसा काम कर कैसे सका! आखिर यह सब क्या है?'

'देखो, बात यह है... मैं सिर्फ डाका डालना चाहता था। मेरे हाल पर रहम खा कर इन बातों को जाने ही दो, सोन्या,' वह थके हुए लहजे में झुँझला कर बोला।

सोन्या स्तब्ध खड़ी थी, लेकिन अचानक ऊँचे स्वर में बोली :

'तुम भूख थे, थे न? तुमने... तुमने यह सब अपनी माँ की मदद करने के लिए किया था, है न?'

'नहीं सोन्या, नहीं,' उसने बुदबुदा कर कहा और मुँह फेर कर सर झुका लिया। 'मैं इतना भूखा भी नहीं था और... मैं अपनी माँ की मदद जरूर करना चाहता था, लेकिन... लेकिन वह भी वजह नहीं थी। ...मेरे जख्म को मत कुरेदो, सोन्या!'

'लेकिन यह बात सचमुच सच है?' सोन्या आश्चर्य से चिल्लाई। 'हे भगवान, यह बात कैसे सच हो सकती है तुम्हारी बात पर विश्वास कौन करेगा यह कैसे मुमकिन है कि तुम अपनी आखिरी पाई तक दूसरों को दे दो और साथ ही हत्या और डाके के अपराधी भी बनो मैं समझी!' उसने अचानक चौंक कर कहा। 'वह पैसा जो तुमने कतेरीना इवानोव्ना को दिया था... वह पैसा... हे भगवान! क्या वह पैसा भी...'

'नहीं, सोन्या,' उसने जल्दी से उसकी बात काट कर कहा, 'वह पैसा वहाँ से नहीं आया था। तुम उसकी वजह से परेशान न हो। पैसे मेरी माँ ने यहाँ के एक व्यापारी के हाथ भिजवाए थे, और वह रकम मुझे तब मिली थी, जब मैं बीमार था और मैंने वह उसी दिन दे भी दी थी... रजुमीखिन ने देखा था... मेरी तरफ से उसी ने पैसे लिए थे... मेरा पैसा था वह... मेरा अपना।'

सोन्या विस्मय से आँखें फाड़े उसकी बात सुनती रही और समझने की कोशिश करती रही।

'जहाँ तक उस पैसे का सवाल है,' उसने बहुत धीमे स्वर में, मानो कुछ सोचते हुए कहा, 'मुझे... दरअसल, मुझे यह भी नहीं मालूम कि उसमें कोई पैसा था भी कि नहीं। मैंने उसकी गर्दन से मखमली चमड़े का बना हुआ एक बटुआ लिया था... उसमें कोई चीज इस तरह ठूँस कर भरी हुई थी कि वह फटा जा रहा था... काफी भारी था। ...लेकिन मैंने उसे खोल कर देखा भी नहीं; शायद इसका वक्त मिला ही नहीं... और जो चीजें मैंने ली थीं वे जंजीरें और दूसरी छोटी-मोटी चीजें थीं। उन्हें मैंने अगले ही दिन सबेरे वोज्नेसेंस्की प्रॉस्पेक्ट पर एक अहाते में उस बटुए के साथ ही पत्थर के नीचे गाड़ दिया था। वे अब भी वहीं हैं...'

सोन्या उत्सुकता से सुनती रही।

'लेकिन तुमने, जैसा कि तुमने अभी कहा था, अगर यह काम सिर्फ... डाका डालने के लिए किया था, तो तुमने कोई चीज ली क्यों नहीं?' उसने डूबते की तरह तिनके का सहारा लेते हुए जल्दी से पूछा।

'पता नहीं... अभी तक मैं अपना मन पक्का नहीं कर सका हूँ कि वह पैसा लूँ या न लूँ,' उसने एक बार फिर गोया सारी बातों के बारे में सोचते हुए कहा, और अपने आपको सँभाल कर अचानक मुस्कराया। 'मैं बहुत बकवास कर रहा हूँ, है न?'

सोन्या के दिमाग में यह विचार अचानक बिजली की तरह कौंधा : 'क्या यह पागल है' लेकिन उसने फौरन ही इसे अपने दिमाग से निकाल दिया : नहीं, बात कुछ और है। उसकी समझ में कुछ भी नहीं आया।

'जानती हो, सोन्या,' उसने कहा, गोया उसके मन में अचानक कोई प्रेरणा जागी हो, 'क्या तुम्हें पता है कि अगर मैंने उसकी हत्या सिर्फ भूखे होने के सबब की होती,' वह एक-एक शब्द पर जोर दे कर, रहस्यमय ढंग से उसे देखते हुए लेकिन सच्चाई से कहता रहा, 'तो मैं इस वक्त... खुश हो रहा होता! मैं चाहता हूँ कि यह बात तुम समझो!'

'और,' एक पल बाद वह कुछ हताश हो कर बोला, 'तुम्हें इससे क्या कि मैं इस बात को मानूँ या न मानूँ कि मैंने गलती की है? मुझ पर इस तरह की खोखली विजय पा कर तुम्हें क्या मिलेगा? आह, सोन्या, क्या मैं इसीलिए यहाँ आया था?'

सोन्या फिर कुछ कहना चाहती थी, लेकिन उसने अपने आपको रोक लिया।

'मैंने कल तुमसे साथ चलने को कहा था... इसीलिए कि मेरे पास अब तुम्हारा ही सहारा बचा है।'

'कहाँ चलने को?' सोन्या ने दबी जबान से पूछा।

'डाके डालने और कत्ल करने नहीं, चिंता मत करो,' वह तल्खी से मुस्कराया। 'हम एक-दूसरे से अलग हैं... कितने अलग। और सोन्या, तुम्हें पता है, मैंने अभी इसी पल, महसूस किया कि मैं तुमसे कहाँ साथ चलने को कह रहा था। मैंने कल जब पूछा था, तब मुझे खुद नहीं मालूम था। मैं तुम्हारे पास बस एक चीज के लिए आया था : मैं चाहता था कि तुम मुझे छोड़ न जाना। तुम मुझे छोड़ तो नहीं जाओगी सोन्या?'

सोन्या ने उसका हाथ धीरे-से दबाया।

'आखिर क्यों, मैंने उसे बताया क्यों? मैंने उसके सामने हर बात मान क्यों ली?' एक ही मिनट बाद वह घोर निराशा से बेचैन हो कर चिल्लाया और सोन्या की ओर बेहद दर्द के साथ देखता रहा। 'सोन्या, तुम मुझसे जरूर कुछ बातों की वजह जानना चाहती होगी। तुम बैठी इसी का इंतजार तो कर रही हो। यह बात तो मुझे दिखाई दे रही है, लेकिन मैं तुम्हें भला क्या बता सकता हूँ तुम्हारी समझ में कुछ भी नहीं आएगा। बेकार अपना दिल दुखाओगी... मेरी खातिर! फिर वही बात! रोने लगीं और मुझे गले लगाने लगीं! किसलिए गले लगा रही हो मुझे? इसीलिए न कि वह बोझ मैं अकेले बर्दाश्त न कर सका और उसे किसी दूसरे के कंधों पर डाल देने के लिए यहाँ चला आया? क्यों न तुम भी तकलीफ उठाओ? इसी से मुझे कुछ राहत मिलेगी! ऐसे कमीने आदमी को तुम प्यार कैसे कर सकती हो?'

'लेकिन क्या तुम तकलीफ नहीं उठा रहे हो?' सोन्या ने रुँधी हुई आवाज में पूछा।

रस्कोलनिकोव पर वही भावना एक बार फिर छा गई। एक पल के लिए उसका दिल पसीज उठा।

'सोन्या, मेरा दिल बहुत मैला है! यह बात याद रखना : शायद इससे बहुत-सी बातें तुम्हारी समझ में आ जाएँ। मैं यहाँ इसलिए आया कि मैं दुष्ट हूँ। ऐसे भी लोग हैं जो न आते। लेकिन मैं कायर हूँ और... और कमीना भी हूँ! लेकिन... तुम चिंता न करो! असल बात यह नहीं है... मैं सब कुछ कह देना चाहता हूँ, लेकिन समझ में नहीं आ रहा कि शुरू किस तरह करूँ...'

कुछ देर ठहर कर वह सोचता रहा।

'आह, हम दोनों एक-दूसरे से कितने अलग हैं,' वह फिर दुखी हो कर बोला। 'बिलकुल एक जैसे नहीं हैं। आखिर क्यों, मैं यहाँ क्यों आया... इसके लिए अपने आपको मैं कभी माफ नहीं करूँगा!'

'नहीं, नहीं, मुझे खुशी है कि तुम आए!' सोन्या ने जज्बाती हो कर कहा। 'अच्छा यही है कि मुझे मालूम हो जाए! कहीं बहुत अच्छा!'

रस्कोलनिकोव ने आहत दृष्टि से उसे देखा।

'और अगर वैसा था भी तो क्या हुआ,' वह बोला, जैसे किसी फैसले पर पहुँच चुका हो। 'हाँ, यकीनन यही बात थी! सुनो : मैं नेपोलियन बनना चाहता था और इसलिए मैंने उस बुढ़िया का खून कर दिया... अब तुम्हारी समझ में आया?'

'न...हीं,' सोन्या ने भोलेपन से और दब्बूपन के साथ धीमे स्वर में कहा, 'लेकिन... तुम कहते रहो! मैं समझ जाऊँगी, अपने दिल की गहराई से मैं समझ जाऊँगी!' वह उससे प्रार्थना करती रही।

'समझ जाओगी खूब, तो देखते हैं!'

वह देर तक चुप रहा और कुछ सोचता रहा।

'देखो, हुआ यह कि एक दिन मैंने अपने आपसे सवाल पूछा : अगर मेरी जगह, मिसाल के लिए, नेपोलियन होता और अपना जीवन आरंभ करने के लिए उसके पास न तूलों होता न मिस्र होता, और न ही पार करने को कोई ब्लांक पहाड़ होता, बल्कि इन तमाम शानदार और भारी-भरकम चीजों की बजाय कोई खूसट बुढ़िया होती, किसी छोटे-मोटे सरकारी नौकर की विधवा, जिसके संदूक से पैसा निकालने के लिए (समझीं न, अपना जीवन आरंभ करने के लिए) उसका खून करना जरूरी होता। तो अगर उसके सामने कोई दूसरा रास्ता न होता तो क्या वह यह काम करने का फैसला करता? क्या यह काम करने से उसे भी इसलिए नफरत होती कि यह काम किसी भी तरह शानदार नहीं था और... और फिर पाप का भी काम था! आज मैं तुम्हें यह बता दूँ कि इस 'सवाल' में मैंने काफी लंबे वक्त तक सर खपाया यहाँ तक कि आखिर में जब मेरे दिमाग में यह बात आई (न जाने कैसे एकदम अचानक) कि उसे बिलकुल नफरत न होती, बल्कि यह बात उसके मन में उठती भी नहीं कि यह काम कोई शानदार काम नहीं था, तो मुझे बेहद शर्म आई। सच तो यह है कि उसकी समझ में भी नहीं आता कि आखिर इसमें इतना आगा-पीछा सोचने की बात क्या है। और अगर उसके सामने कोई दूसरा रास्ता न होता तो जरा भी संकोच किए बिना वह उसका गला घोंट देता और इस काम में किसी तरह की कोई कसर न छोड़ता... खैर, आखिरकार ऐसा वक्त आया कि मुझे भी कोई संकोच नहीं रहा और... और मैंने उसका खून कर दिया... उसी आदमी के कदमों पर चलते हुए जिसे मैं अपना आदर्श मानता था... वह सारी घटना ठीक इसी तरह हुई! तुम्हें यह बात अजीब लगती है क्या हाँ, सोन्या, अजीब बात तो यह है कि ठीक यही हुआ था...'

सोन्या को यह बात हरगिज अजीब नहीं लग रही थी।

'मुझे साफ-साफ बताओ... कोई मिसाल दिए बिना,' उसने और भी दब्बूपन से और इतने धीमे लहजे में कहा कि ठीक से सुनाई भी नहीं देता था।

रस्कोलनिकोव उसकी ओर घूमा उदास भाव से उसे देखा, और उसके हाथ थाम लिए।

'तुम भी ठीक ही कहती हो, सोन्या। यह सब कुछ बकवास है... कोरी बातें। देखो, तुम जानती हो कि मेरी माँ के पास कुछ भी नहीं है, लगभग कुछ भी नहीं। मेरी बहन ने काफी अच्छी शिक्षा पाई, लेकिन वह तो बस किस्मत की बात थी, और इसके बाद भी उसे बच्चों की देखभाल करने की ही नौकरी मिली। उन लोगों ने सारी उम्मीदें मुझसे लगा रखी थीं... सिर्फ मुझसे। मैं पढ़ रहा था। लेकिन मैं यूनिवर्सिटी का खर्च नहीं जुटा सकता था, और इसलिए मजबूरन मुझे कुछ अरसे के लिए पढ़ाई छोड़नी पड़ी। अगर वह सिलसिला चलता रहता तो शायद (अगर सब कुछ ठीक-ठाक रहता तो) दस-बाहर साल में मुझे हजार रूबल सालाना पर कहीं पढ़ाने की या किसी सरकारी दफ्तर की नौकरी मिल जाती,' वह यूँ बोलता रहा जैसे सब कुछ रटा-रटाया बोल रहा हो। उस वक्त तक मेरी माँ चिंता करते-करते और दुख झेलते-झेलते पूरी तरह टूट चुकी होती और मैं उन्हें भी सुख न पहुँचा पाता, जहाँ तक मेरी बहन का सवाल है... उसकी हालत इससे भी बदतर हो सकती थी और इससे बहरहाल क्या फायदा कि जिंदगी में हर चीज अपने पास से कतरा कर निकल जाए और हम देखते रह जाएँ, या हर चीज की ओर से मुँह फेर लें मैं अपनी माँ को भूल जाऊँ या मिसाल के लिए, मेरी बहन पर अपमानों की जो बौछार की गई है, उन्हें चुपचाप सर झुका कर पी जाऊँ मैं ऐसा क्यों करूँ... इसलिए कि मैं उन्हें दफन कर दूँ और अपने कंधों पर नई जिम्मेदारियाँ सँभाल लूँ... बीवी और बच्चे... और फिर उन्हें भी कंगाल छोड़ जाऊँ तो इसलिए... इसलिए मैंने फैसला किया कि उस बुढ़िया का पैसा हथिया लूँ ताकि अपनी माँ को परेशान किए बिना यूनिवर्सिटी की पढ़ाई पूरी कर सकूँ, यूनिवर्सिटी से निकलने के बाद कुछ बरस तक अपनी जिंदगी सँवारने के लिए उस पैसे की मदद लूँ, और यह सब कुछ अच्छी तरह करूँ, बड़े पैमाने पर करूँ, ताकि अपनी जिंदगी के लिए जो काम भी चुनूँ, उसमें कामयाबी का पूरा भरोसा रहे और मैं किसी के सहारे का मुहताज न रहूँ। ...तो ...तो, यही है सारा किस्सा। ...बेशक मैंने ...मैंने उस बुढ़िया का खून करके बुरा किया ...और ...और यह ...बस इतना ही काफी है!'

उसने बड़ी मुश्किल से अपना किस्सा खत्म किया। उसे लगा, वह थक कर चूर हो चुका है और उसने अपना सर झुका लिया।

'ऐसा नहीं है! नहीं, ऐसा नहीं है!' सोन्या ने निराशा में डूबे स्वर में चिल्ला कर कहा। 'तुम भला... नहीं, ऐसा नहीं, बिलकुल नहीं है!'

'तो तुम खुद भी यही समझती हो कि ऐसा नहीं है! ...फिर भी मैंने अपने दिल की बात कही है! जो सच्चाई थी, मैंने तुम्हें वही बताई है।'

'आह, यह कैसी सच्चाई है, भगवान?'

'मैंने सिर्फ एक जूँ को मारा है, सोन्या। एक बेकार, गंदी, नुकसान पहुँचानेवाली जूँ को।'

'इनसान... जूँ है क्या'

'मैं बिलकुल जानता हूँ कि वह जूँ नहीं थी,' उसने सोन्या की ओर अजीब निगाहों से देखते हुए जवाब दिया। 'लेकिन सोन्या, मैं समझता हूँ कि मैं सरासर बकवास कर रहा हूँ,' उसने कहा। 'मैं एक अरसे से बकवास करता आ रहा हूँ बात वह नहीं है ...तुम ठीक कहती हो। इस सिलसिले में कुछ एकदम दूसरे कारण भी काम कर रहे थे। एक जमाने से मैंने किसी से बात तक नहीं की है, सोन्या। ...इस वक्त मेरा सर दर्द के मारे फटा जा रहा है।'

उसकी आँखों में बुखारवाली चमक थी। वह लगभग सरसाम जैसी हालत में बकबका रहा था। होठों पर एक बेचैन मुस्कराहट नाच रही थी। इस उत्तेजना की दशा से बस इसी बात की झलक मिलती थी कि वह थक कर किस कदर चूर हो चुका है। सोन्या ने महसूस किया कि वह किस कदर तकलीफ झेल रहा है। उसका सर भी चकराने लगा था। वह बातें भी कितने अजीब ढंग से कर रहा था : उसकी बातों का कुछ-कुछ मतलब तो समझ में आता था, लेकिन... 'हे भगवान! यह कैसे... यह कैसे हो सकता है?' घोर निराशा से चूर, वह अपने हाथ मलने लगी।

'नहीं, सोन्या, यह बात नहीं है!' उसके अचानक अपना सर उठा कर फिर कहना शुरू किया, गोया उसके विचारों में कोई नया मोड़ आ गया हो जिससे वह नए सिरे से आश्चर्यचकित और उत्तेजित हो गया हो। 'यह बात नहीं है सोन्या... बेहतर होगा कि तुम यूँ समझ लो (हाँ, यकीनन, यही बेहतर होगा), यही समझ लो कि मैं घमंडी हूँ, दूसरों से जलता हूँ, उनसे ईर्ष्या करता हूँ, कमीना हूँ, दूसरों को नीचा दिखाना चाहता हूँ और... और शायद मुझमें पागलपन की कुछ निशानी भी मौजूद है। (क्यों न सारी बातें एक ही साथ साफ कर दी जाएँ! मुझे पता है कि मेरे पागलपन की चर्चा पहले भी की जा चुकी है!) अभी कुछ ही देर पहले मैंने तुमसे कहा था कि मैं यूनिवर्सिटी का खर्च नहीं उठा सकता था। लेकिन जानती हो, शायद मैं उठा भी लेता! माँ मुझे फीस देने भर को काफी पैसे भेज देतीं और अपने कपड़ों, जूतों और खाने भर का मैं खुद कमा सकता था। मुझे यकीन है कि मैं इतना तो कमा ही सकता था। आधे रूबल फी घंटे पर पढ़ाने का काम भी मिल सकता था। रजुमीखिन को ही देख लो। कहीं न कहीं से उसे काम मिल ही जाता है। लेकिन मेरा मन खट्टा हो गया था और काम करने को जी नहीं चाहता था। हाँ, मेरा मन खट्टा हो चुका था। (यही कहना ठीक है!) मैं काम से जी चुराए अपने कमरे में मकड़ी की तरह बैठा रहता था। तुमने मेरी वह कोठरी तो देखी है... सोन्या, क्या तुम यह बात महसूस करती हो कि ये नीची छतें, ये छोटी-छोटी अँधेरी कोठरियाँ मन और आत्मा दोनों को विकृत कर देती हैं कितनी नफरत थी मुझे अपने उस दड़बे से! फिर भी मैं उसे नहीं छोड़ता था। जान-बूझ कर नहीं छोड़ता था! कई-कई दिन बाहर नहीं जाता था। कोई काम करना नहीं चाहता था। खाने को भी मन नहीं करता था। बस मैं यूँ ही पड़ा रहता था। नस्तास्या कुछ लाती थी तो खा लेता था, वरना दिनभर मुँह में दाना भी नहीं जाता था। अपनी तरफ से मैं कुछ भी नहीं माँगता था... सिर्फ कुढ़न के मारे! रात को जलाने के लिए बत्ती नहीं थी, इसलिए अँधेरे में पड़ा रहता था। इतना पैसा भी कमाने की कोशिश मैं नहीं करता था कि एक शमा खरीद लूँ। मुझे आगे पढ़ना चाहिए था लेकिन मैंने अपनी किताबें तक बेच दीं। मेरी मेज पर रखी कापियों पर अभी तक एक-एक इंच मोटी गर्द जमी है। लेटे-लेटे सोचते रहना मुझे अच्छा लगता था और मैं सिर्फ सोचता रहता था... ऐसे-ऐसे अजीब सपने मुझे दिखाई देते थे... भयानक तरह-तरह के - मैं तुम्हें यह बताने की जरूरत नहीं समझता कि मेरे सपने कैसे होते थे। पर फिर मुझे यह महसूस होने लगा, कि... नहीं! ऐसी बात नहीं है। नहीं, अभी भी मैं तुम्हें ठीक से नहीं बता पा रहा हूँ! देखो, बात यह है... मैं लगातार अपने आप से यही सवाल करता था कि मैं इतना बेवकूफ क्यों हूँ। अगर दूसरे लोग बेवकूफ हैं, और मुझे पक्का मालूम है कि वे बेवकूफ हैं, तो मैं समझदार बनने की कोशिश क्यों नहीं करता तब जा कर मेरी समझ में आया, सोन्या, कि अगर मैंने सभी के समझदार बनने का इंतजार किया, तो मुझे बहुत लंबा इंतजार करना पड़ेगा... फिर उसके बाद मेरी समझ में यह आया कि ऐसा कभी नहीं हो सकेगा, लोग कभी नहीं बदलेंगे, कोई उन्हें कभी भी बदल नहीं सकेगा, और यह कि इसकी कोशिश करना भी बेकार है! हाँ, यही बात है! यही उनके अस्तित्व का आधार है... एक नियम है, सोन्या! तो यही बात है! ...और अब मैं जानता हूँ, सोन्या कि मजबूत मन और मस्तिष्कवाला ही उन पर राज करेगा! जो बहुत हिम्मत करे, वही सही होगा। जिस चीज को लोग पवित्र मानते हैं; उसे तिरस्कार से ठुकरानेवाले को ही विधाता समझते हैं। जो सबसे आगे बढ़ कर जुरअत से काम लेता है, उसी को सबसे

सही मानते हैं! अभी तक ऐसा ही होता आया है और ऐसा ही होता भी रहेगा! जो अंधे हैं सिर्फ यही इस हकीकत को नहीं देख पाते!'

ये बातें कहते समय रस्कोलनिकोव देख तो सोन्या की ओर रहा था, लेकिन उसे इसकी कोई परवाह नहीं थी कि वह उसकी बात समझ भी रही है या नहीं। बुखार उसे पूरी तरह दबोच चुका था। वह आशा और निराशा की एक अजीब-सी घालमेलवाली हालत में था। (सचमुच उसने बहुत दिनों से किसी से बात तक नहीं की थी!) सोन्या ने महसूस किया कि यह निराशा भरी स्वीकारोक्ति ही रस्कोलनिकोव की आस्था, उसका कायदा बन चुकी है।

'तब जा कर मैंने महसूस किया, सोन्या,' वह जुनून के आलम में कहता रहा, 'कि ताकत उसी को मिलती है, जो उसे ले लेने का हौसला दिखाता है। यहाँ बस एक चीज का महत्व है : आदमी में जुरअतमंदी होनी चाहिए! उस वक्त जिंदगी में पहली बार मेरे दिमाग में वह विचार आया जिसके बारे में इससे पहले किसी ने सोचा भी नहीं था! किसी ने भी नहीं! मेरे सामने अचानक यह बात दिन की रोशनी की तरह साफ हो गई कि न तो कभी पहले और न उस वक्त किसी ने इन बेतुकी बातों के बीच से गुजरते वक्त यह हौसला किया था कि इन सारी बातों को दुम से पकड़ कर उन्हें जहन्नुम में झोंक दे! मैं... मैं यही हौसला करना चाहता था और एक खून कर आया... मैं सिर्फ हौसला करना चाहता था, सोन्या! मेरे सामने बस यही एक मकसद था!'

'चुप रहो, बस चुप हो जाओ!' सोन्या ने दुख से भरे स्वर में कहा। उसे बहुत गहरी चोट पहुँची थी। 'तुम ईश्वर से दूर हो गए हो और भगवान ने तुम पर वार करके तुम्हें शैतान के हवाले कर दिया है...'

'अरे हाँ सोन्या, जानती हो, जब मैं अँधेरे में लेटा रहता था और मेरी आँखों के सामने तस्वीरें घूमती रहती थीं, तब शैतान ही मुझे लालच देता नजर आता था। सुना?'

'चुप रहो! हँसो मत, भगवान की निंदा मत करो! कुछ नहीं समझते तुम, कुछ भी नहीं! भगवान, इनकी समझ में क्या कुछ भी नहीं आएगा?'

'बेवकूफी की बातें मत करो, सोन्या, मैं हँस नहीं रहा हूँ। मुझे अच्छी तरह पता है कि शैतान मुझे अपने इशारे पर चला रहा था। चुप रहो, सोन्या, चुप रहो!' उसने निराशा के साथ इसरार किया। 'सब जानता हूँ मैं। अँधेरे में लेटे-लेटे मैं इन सारी बातों के बारे में ही सोचता रहता था और चुपके-चुपके अपने आपसे यही सब बातें कहता रहता था... इन सारी बातें के बारे में मैं खुद से पूरी-पूरी बहस कर चुका हूँ, और मैं सब कुछ जानता हूँ, सभी कुछ! बेवकूफी की इस सारी बकवास से मैं किस कदर तंग आ चुका था! मैं हर बात को भूल जाना, सब कुछ नए सिरे से शुरू करना चाहता था सोन्या, मैं बकबक करना बंद कर देना चाहता था! क्या तुम सचमुच यह समझती हो कि कुछ भी सोचे बिना मैंने अचानक नादानी में यह काम कर डाला नहीं, मैंने चालाकी से यह सारा सिलसिला शुरू किया, और मेरी तबाही की वजह यही थी! क्या सचमुच तुम्हारी समझ में मिसाल के लिए, मैं यह नहीं जानता था कि अगर मैं खुद से यह पूछता रहा कि मुझे ताकत पाने का अधिकार है कि नहीं, तो इसका मतलब सिर्फ यह होगा कि मुझे ताकत पाने का कोई अधिकार नहीं है। या यह कि अगर मैंने खुद से यह पूछा कि आदमी जूँ है या नहीं है, तो इसका मतलब बस यह होगा कि मेरी नजर में आदमी जूँ नहीं है, हालाँकि वह उस आदमी की नजर में जूँ हो सकता है, जिसने कभी इस बारे में सोचा नहीं और जो अपने आपसे कोई

सवाल किए बिना, आगे ही बढ़ता गया। ...इसलिए अगर मैं इतने दिनों तक यही फैसला करने की कोशिश में परेशान रहा कि नेपोलियन ऐसा करता या नहीं, तो इसकी वजह यही थी कि मुझे बखूबी पता था कि मैं नेपोलियन नहीं था। ...मैं उस बेवकूफी की सारी तकलीफ झेलता रहा सोन्या, और मैं उससे छुटकारा पाने के लिए तड़पता रहा। मैं खून करना चाहता था सोन्या, भला-बुरा कुछ भी सोचे बिना खून करना चाहता था... अपने संतोष के लिए खून करना चाहता था, सिर्फ अपनी खातिर! मैं इस बारे में खुद से भी कोई झूठ नहीं बोलना चाहता था। यह खून मैंने इसलिए नहीं किया कि अपनी माँ की मदद करूँ... यह बकवास है! इसलिए यह खून नहीं किया कि दौलत और ताकत हासिल करके मैं मानवजाति का उपकार करना चाहता था... यह भी बकवास है! मैंने यह काम बस यूँ ही कर डाला, सिर्फ अपनी खातिर यह काम किया। उस वक्त मुझे इसकी भी परवाह नहीं थी कि मैं किसी का उपकारी बनूँगा या नहीं, या अपनी बाकी जिंदगी उन सबको एक मकड़ी की तरह अपने जाल में फँसा कर और उनका जीवन-रस चूस कर बिता दूँगा। जिस वक्त मैंने यह काम किया सोन्या, उस वक्त मुझे पैसे का भी लोभ नहीं था। नहीं, उस वक्त मुझे पैसे की उतनी जरूरत नहीं थी, जितनी किसी और चीज की थी... अब मुझे सब कुछ मालूम है... सोन्या, मुझे समझने की कोशिश करो : अगर मैं उसी रास्ते पर चलता रहता तो शायद फिर कभी कोई खून न करता। मैं कोई दूसरी ही बात पता करना चाहता था, कोई दूसरी ही चीज मुझे आगे धकेल रही थी। उस वक्त मुझे यह पता करना था, जल्दी से जल्दी पता करना था, कि क्या मैं भी दूसरे लोगों की तरह जूँ हूँ या एक इनसान हूँ क्या मैं हदों को पार कर सकता हूँ या नहीं क्या मुझमें आगे बढ़ कर ताकत हासिल करने का हौसला है या नहीं मैं कोई रेंगनेवाला कीड़ा हूँ या मुझे इसका अधिकार है कि...'

'खून करने का? तुम्हें खून करने का अधिकार है या नहीं?' सोन्या डर कर चीख पड़ी।

'आह सोन्या, भगवान के लिए,' वह चिढ़ कर ऊँची आवाज में बोला। वह जवाब में कुछ कहना चाहता था, लेकिन इसकी बजाय वह बड़े तिरस्कार के भाव से चुप हो गया। 'बीच में मत बोलो, सोन्या! मैं तुम्हें सिर्फ यह बताने की कोशिश कर रहा था कि शैतान मुझे खींच कर वहाँ ले गया था, और बाद में उसने मुझे यह समझाया कि मुझे वहाँ जाने का कोई अधिकार नहीं था क्योंकि मैं भी बाकी लोगों की तरह ही एक जूँ हूँ! उसने मेरी हँसी उड़ाई और मैं अब इसीलिए तुम्हारे पास आया हूँ। अपने मेहमान का स्वागत करो! अगर मैं एक जूँ न होता तो क्या तुम्हारे पास आता सुनो : उस दिन शाम को जब मैं उस बुढ़िया के यहाँ गया था तो मैं सिर्फ यह आजमाने गया था... मैं चाहता हूँ तुम यह बात जान लो!'

'और फिर भी तुमने खून किया! तुमने खून कर डाला!'

'तो क्या? हुआ क्या? इसी तरह लोग खून करते हैं... लोग क्या खून करने उसी तरह जाते हैं जैसे उस दिन मैं वहाँ गया था? मैं फिर कभी तुम्हें बताऊँगा कि मैं वहाँ किस तरह गया था... क्या मैंने उस खूसट बुढ़िया की हत्या की नहीं, मैंने तो खुद अपनी हत्या की, एक खूसट बुढ़िया की नहीं! एक ही वार में हमेशा के लिए मैंने खुद अपना सफाया कर दिया! उस खूसट की हत्या तो शैतान ने की, मैंने नहीं। ...लेकिन, बहुत हुआ! बहुत हो चुका, सोन्या! अब मुझे मेरे हाल पर छोड़ दो!' वह घोर निराशा में डूब कर अचानक चीखा। 'मुझे मेरे हाल पर छोड़ दो!'

घुटनों पर दोनों कुहनियाँ टिका कर उसने अपना सर दोनों हाथों में पकड़ लिया।

'तुम कितना दुख झेल रहे हो!' सोन्या दर्द से बेचैन हो कर एकाएक कराह उठी।

'खूब, तो अब मैं क्या करूँ तुम्हीं बताओ!' उसने अचानक अपना सर उठा कर और घोर निराशा के कारण भयानक सीमा तक विकृत मुद्रा से सोन्या की ओर देखते हुए कहा।

'क्या करो?' वह अचानक उछल कर खड़े होते हुए चीखी। आँखों से, जिनमें अभी तक आँसू भरे थे, आग बरसने लगी। 'उठो!' (सोन्या ने उसका कंधा पकड़ कर कहा और वह हैरत के साथ उसकी ओर देखते हुए उठ खड़ा हुआ।) 'फौरन, इसी पल जाओ और चौराहे पर झुक कर पहले उस धरती को चूमो जिसे तुमने अपवित्र किया है। फिर चारों दिशाओं में झुको और सभी लोगों से चिल्ला-चिल्ला कर कहो : मैं हत्यारा हूँ! भगवान तब तुम्हें फिर से एक नया जीवन भेजेगा। जाओगे जा सकोगे तुम?' सोन्या ने सर से पाँव तक काँपते हुए, उसके दोनों हाथ कस कर अपने हाथों में थामे हुए और दहकती हुई आँखों से उसे देखते हुए पूछा।

रस्कोलनिकोव उस लड़की में अचानक यह जोश देख कर हैरान रह गया।

'तुम साइबेरिया की बात सोच रही हो, सोन्या यह चाहती हो कि मैं आत्मसमर्पण कर दूँ?' उसने निराश भाव से पूछा।

'कष्ट को स्वीकार करो और इस तरह अपना प्रायश्चित करो - तुम्हें यही करना होगा।'

'नहीं, मैं उनके पास नहीं जाऊँगा, सोन्या।'

'फिर तुम किस तरह जिंदगी बसर करना चाहते हो, सोचो तो सही, तुम्हें क्या-क्या झेलना होगा,' सोन्या ने चिल्ला कर कहा। 'क्या अब यह मुमकिन है तुम अब अपनी माँ से बात कैसे कर सकोगे? (सोचो तो उनका अब क्या होगा!) लेकिन मैं क्या बातें किए जा रही हूँ... तुम अपनी माँ और बहन को तो पहले ही छोड़ चुके हो, कि नहीं... हे भगवान!' उसने दुखी स्वर में कहा, 'इसे तो सब कुछ पहले से मालूम है। किसी इनसान के साथ के बिना तुम सारा जीवन कैसे काटोगे? तुम्हारा होगा क्या?'

'बच्चों जैसी बात मत करो, सोन्या,' उसने शांत भाव से कहा। 'उनकी नजरों में भला किस तरह मैं अपराधी हूँ? क्यों जाऊँ मैं? उनसे मैं क्या कहूँगा? यह सब एक छलावा है। ...वे खुद ही लाखों-करोड़ों को तबाह कर रहे हैं और इसे एक अच्छी बात समझते हैं। वे दगाबाज और बदमाश लोग हैं, सोन्या! ...मैं नहीं जाता। फिर मैं जा कर कहूँगा क्या कि मैंने एक बुढ़िया का खून किया और पैसा लेने की हिम्मत नहीं पड़ी उसे मैंने एक पत्थर के नीचे छिपा दिया...' उसने तल्खी से मुस्कराते हुए कहा। 'वे सब मुझ पर हँसेंगे और पैसा न लेने की बात पर मुझे बेवकूफ कहेंगे। कायर और मूर्ख! वे कुछ भी नहीं समझ सकेंगे सोन्या, कुछ भी नहीं। वैसे उन्हें कुछ समझने का हक भी नहीं है। तो मैं क्यों जाऊँ बच्चों जैसी बातें मत करो...'

'तुम यह बर्दाश्त नहीं कर सकोगे, नहीं कर सकोगे, नहीं कर सकोगे!' वह निराश हो कर उसकी ओर अपने दोनों हाथ बढ़ा कर बार-बार अपनी गुजारिश करती रही।

'मुझे लगता है, मैं पहले से ही अपनी निंदा करता रहा हूँ,' उसने गोया सारी बातों पर विचार करके उदास भाव से कहा। 'शायद मैं जूँ नहीं, इनसान ही हूँ। शायद मैंने अपनी निंदा में जल्दबाजी से काम लिया है... मैं उनसे अभी भी टक्कर ले सकता हूँ।'

उसके होठ तिरस्कार भरी मुस्कराहट के साथ खुल गए।

'अपने जमीर पर यह बोझ ले कर! और सो भी जीवन भर, जीवन भर!'

'आदत पड़ जाएगी,' उसने विचारों में डूब कर उदासी के साथ से कहा। 'सुनो,' उसने एक मिनट बाद कहा, 'रोना-धोना बंद करो। यह वक्त काम की बातों का है। मैं तुम्हें यह बताने आया हूँ कि वे लोग मेरे पीछे लग चुके हैं, मुझे पकड़ने की कोशिश कर रहे हैं।'

'आह!' सोनिया डर के मारे चीख उठी।

'तुम इतना डर किस बात से रही हो? क्या तुम खुद ही यह नहीं चाहतीं कि मैं साइबेरिया चला जाऊँ तो फिर इतना परेशान होने की क्या जरूरत है? पर वे लोग मुझे पकड़ नहीं सकेंगे। मैं उन्हें खूब दौड़ाऊँगा और मेरा दावा है कि वे लोग मेरा कुछ भी नहीं कर सकेंगे। उनके पास कोई पक्का सबूत नहीं है। कल मैं बहुत खतरे में था और यह समझ रहा था कि मेरा खेल खत्म हो चुका है, लेकिन आज परिस्थिति काफी बेहतर दिखाई देती है। उनके पास जो भी सबूत मेरे खिलाफ हैं, वे कच्चे हैं। उनकी काट दोनों तरफ हो सकती है। मेरा मतलब है, मैं उनके सारे इल्जाम अपने पक्ष में मोड़ सकता हूँ। समझ में आ रही है यह बात? और मैं ऐसा करूँगा भी क्योंकि मैं जरूरी सबक सीख चुका हूँ। ...लेकिन यह बात पक्की है कि वे मुझे जेल में डालेंगे। आज ऐसी ही एक बात हो गई, वरना तो वे लोग जेल में मुझे डाल भी चुके होते। शायद वैसे भी वे आज ही मुझे जेल भेज दें... लेकिन इससे कोई फर्क नहीं पड़ता, सोन्या। मैं एक-दो हफ्ते जेल में काटूँगा और उन्हें फिर मुझको छोड़ना पड़ेगा... क्योंकि उनके पास मेरे खिलाफ कोई ठोस सबूत नहीं है। पर उन्हें कोई सबूत मिलेगा भी नहीं, इसका मैं तुम्हें यकीन दिलाता हूँ। उनके पास जो सबूत हैं, उनके बल पर वे किसी को भी सजा नहीं दिलवा सकते। खैर, छोड़ो भी इसे... मैं तुम्हें सिर्फ इसलिए बता रहा हूँ कि तुम्हें पता रहे... मैं अपनी तरफ से इस बात का बंदोबस्त करने की पूरी कोशिश करूँगा कि मेरी माँ और बहन को कुछ ज्यादा फिक्र न हो... मेरी बहन के लिए तो, मैं समझता हूँ, अब काफी बंदोबस्त मौजूद है... और जाहिर है इसका मतलब यह है कि माँ भी ठीक ही हैं... तो यह है सारी बात। फिर भी, सावधान रहना। अगर मैं जेल चला गया तो क्या मुझसे मिलने तुम आया करोगी?'

'हाँ, जरूर आऊँगी!'

दोनों एक-दूसरे की बगल में बैठे हुए बहुत उदास और निराश लग रहे थे, जैसे तूफान के बाद किसी डूबे हुए जहाज के दो यात्री सुनसान किनारे पर आ लगे हों। उसने सोन्या की ओर देखा और महसूस किया कि सोन्या को उससे कितना अधिक प्यार था। अजीब बात तो यह थी कि उसे यह महसूस करके बहुत दुख हुआ और उसका दिल तड़प उठा कि कोई उससे इतना अधिक प्यार करे। वह एक अजीब और भयानक एहसास था! जब वह सोन्या से मिलने आ रहा था तब उसे यही महसूस हो रहा था कि वही उसकी सारी आशाओं का केंद्र है और सब कुछ उसी पर निर्भर है। सोचा था कि वह अपनी तकलीफ इस तरह कुछ कम कर सकेगा, लेकिन जब सोन्या का दिल पूरी तरह उसकी ओर झुका हुआ था तो अचानक उसने महसूस किया, उसे मालूम हुआ कि वह पहले से भी बहुत अधिक दुखी हो गया है।

'सोन्या,' वह बोला, 'बेहतर शायद यही होगा कि जब मैं जेल चला जाऊँ तो मुझसे मिलने वहाँ मत आना।'

सोन्या ने कोई जवाब नहीं दिया। वह रो रही थी। इसी तरह कई मिनट बीत गए।

'तुम सलीब पहनते हो?' सोन्या ने अप्रत्याशित प्रश्न किया, जैसे उसे अचानक इसका ध्यान आ गया हो।

उसका सवाल रस्कोलनिकोव कि समझ में फौरन नहीं आया।

'नहीं पहनते न? लो, यह लो। यह साइप्रेस की लकड़ी की है। मेरे पास एक और है, ताँबे की। लिजावेता की है। मैंने लिजावेता से सलीबों की अदला-बदली की थी। उसने मुझे अपना सलीब दिया था और उसे मैंने एक छोटी-सी मूर्ति दी थी। इसे ले लो। यह मेरी है... मेरी!' उसने अनुरोध से कहा। 'यह बात समझो कि यह मेरी अपनी है। हम लोग साथ दुख झेल रहे हैं, इसलिए बेहतर है कि हम अपनी सलीबें भी साथ मिल कर ढोएँ।'

'लाओ, दो,' रस्कोलनिकोव ने कहा। वह उसे निराश नहीं करना चाहता था। लेकिन सलीब लेने के लिए जो हाथ उसने बढ़ाया उसे उसने फौरन खींच भी लिया।

'अभी नहीं, सोन्या,' वह बोला। फिर सोन्या को तसल्ली देने के लिए उसने धीमे से कहा, 'अच्छा यही होगा कि बाद में लूँ।'

'हाँ, हाँ, वही ठीक रहेगा, बहुत बेहतर होगा,' उसने उत्साह से हामी भरी। 'जब अपनी तकलीफ को स्वीकार करने का मन बनाना तो इसे पहन लेना। मेरे पास आना, मैं पहना दूँगी। हम प्रार्थना करेंगे और साथ-साथ आगे बढ़ेंगे।'

तभी किसी ने तीन बार दरवाजा खटखटाया।

'सोफ्या सेम्योनोव्ना, मैं अंदर आ सकता हूँ क्या?' किसी ने जानी-पहचानी आवाज में विनम्रता से कहा।

सोन्या हैरान हो कर दरवाजे की ओर लपकी। दरवाजे से लेबेजियातनिकोव के सन जैसे बालोंवाले सर ने अंदर झाँका।

अपराध और दंड : (अध्याय 5-भाग 5)

लेबेजियातनिकोव बहुत फिक्रमंद दिखाई दे रहा था।

'मैं तुमसे बात करने आया हूँ, सोफ्या सेम्योनोव्ना,' उसने कहना शुरू किया। 'माफ कीजिए... मैं सोच ही रहा था कि शायद आप भी यहाँ हों,' उसने अचानक रस्कोलनिकोव को संबोधित करते हुए कहा। 'मेरा मतलब... मैंने ऐसी... कोई बात नहीं सोची थी... बस सोच रहा था। ...कतेरीना इवानोव्ना पगला गई हैं!' उसने रस्कोलनिकोव की ओर से ध्यान हटा कर सोन्या की ओर मुड़ते हुए अचानक सूचना दी।

सोन्या के मुँह से चीख निकल गई।

'मेरा मतलब, लगता तो ऐसा ही है। लेकिन... बात यह है, हम लोगों की समझ में नहीं आता कि क्या किया जाए... मुश्किल तो यही है। वे लौट कर आईं... शायद कहीं से निकाल दी गई थीं, शायद थोड़ी-बहुत पिटाई भी हुई थी... मेरा मतलब, लगता तो ऐसा ही था। ...वे भागी-भागी मार्मेलादोव साहब के एक पुराने अफसर से मिलने गई थीं, लेकिन वे घर पर थे नहीं। किसी दूसरे जनरल के यहाँ दावत खाने गए हुए थे। जानती हो उन्होंने क्या किया... सीधी चली गईं उस दूसरे जनरल के यहाँ और पता हैं.. इस बात पर अड़ गईं कि बिना मिले नहीं जाएँगी। लगता है, उन्हें खाने की मेज से जबरदस्ती खींच लाई। तुम समझ सकती हो कि फिर क्या हुआ होगा। जाहिर है, उन्हें निकाल दिया गया। कहती हैं, उन्होंने उस जनरल को ढेरों गालियाँ दीं और कोई चीज फेंक कर मारा भी। बहुत मुमकिन है कि उन्होंने यह सब किया भी हो। उन्हें

गिरफ्तार क्यों नहीं किया गया, यह मुझे नहीं पता। अब वे सबको इस बारे में बता रही हैं, अमालिया इवानोव्ना को भी, बस यह पता पाना मुश्किल है कि वे कह क्या रही हैं। बस चीखती रहती हैं, रो-रो कर बैन करती रहती हैं। और हाँ, चिल्ला-चिल्ला कर यह भी कहती रहती हैं कि हर आदमी उनसे दामन छुड़ा कर अलग हो गया है, सो वे बच्चों के साथ सड़क पर बाजा ले कर निकलेंगी; बच्चे सड़क पर नाचेंगे-गाएँगे, और वह खुद भी, और इस तरह वे पैसे जमा करेंगी; रोज उस जनरल की खिड़की के नीचे जाएँगी। कहती हैं, सब लोग देखें तो सही कि एक भले सरकारी अफसर के बच्चे सड़क पर भीख माँगते किस तरह फिर रहे हैं। वे बच्चों को पीटती, उन्हें रुलाती रहती हैं। वह लीदा को 'मेरा छप्पर' गाना सिखा रही हैं और लड़के को नाचना... और पोलेंका को भी। उनके सारे कपड़े फाड़ कर ऐसी छोटी-छोटी टोपियाँ बना रही हैं जैसी एक्टर लोग पहनते हैं, और संगीत की जगह तसल्ला बजाने का इरादा कर रही हैं। किसी की बात सुनने तक को तैयार नहीं हैं। समझ में नहीं आता कि हम लोग क्या करें। हम लोग उन्हें यह सब तो करने नहीं दे सकेंगे न!'

लेबेजियातनिकोव तो इसी तरह बोलता ही रहता लेकिन सोन्या ने, जो अब तक दम साधे उसकी बातें सुन रही थी, अचानक अपना कोट और हैट उठाया और तीर की तरह कमरे के बाहर निकल गई। भागते ही भागते उसने अपना कोट पहना और हैट भी। रस्कोलनिकोव भी उसके पीछे-पीछे चला और उसके पीछे लेबेजियातनिकोव चल पड़ा।

'इसमें कोई शक ही नहीं कि वे पागल हो गई हैं,' बाहर सड़क पर पहुँच कर वह रस्कोलनिकोव से कह रहा था। मैं सोफ्या सेम्योनोव्ना को डराना नहीं चाहता था इसीलिए मैंने कहा था कि लगता है, लेकिन इसमें किसी तरह का कोई शक है ही नहीं। सुना है कि जिन लोगों को तपेदिक होती है, उनके दिमाग में गिल्टियाँ बन जाती हैं। अफसोस कि मुझे डॉक्टरी के बारे में कुछ भी नहीं मालूम। समझाने-बुझाने की बहुत कोशिश मैंने की लेकिन वे तो कुछ सुनतीं ही नहीं।'

'आपने उन्हें गिल्टियों के बारे में क्या बताया?'

'सो तो नहीं बताया। यूँ भी यह बात उनकी समझ में नहीं आती। मतलब यह कि अगर आप किसी को यह समझाने में कामयाब हो जाएँ कि उसके रोने की कोई वजह नहीं है तो वह रोना बंद कर देगा, कि नहीं यह तो पक्की बात है। आप ऐसा नहीं समझते क्या?'

'ऐसा अगर होता तो जिंदगी कितनी आसान हो जाती,' रस्कोलनिकोव ने जवाब दिया।

'मैं नहीं मानता। जाहिर है कतेरीना इवानोव्ना को यह बात समझाना मुश्किल है, लेकिन आप जानते हैं क्या कि पेरिस में इस तरह के प्रयोग गंभीरता से किए जा रहे हैं कि लोगों को दलील से समझा-बुझा कर उनके पागलपन का इलाज किया जाए। वहाँ के एक प्रोफेसर एक नामी वैज्ञानिक थे और अभी हाल ही में मरे हैं। उनकी राय यह थी कि इस तरह पागलपन का इलाज किया जा सकता है। कहते थे कि पागल आदमी के शरीर के अंगों में कोई खराबी नहीं होती, और पागलपन तो एक तरह की तर्क की गलती है, यह एक तरह से विवेक की भूल और चीजों के बारे में गलत रवैए के अलावा कुछ नहीं होता। वे धीरे-धीरे अपने मरीज की राय को गलत साबित करते रहते थे और जानते हैं आप, लोग कहते हैं कि उन्हें इसमें कामयाबी मिली। लेकिन चूँकि वे मरीज को एक खास तरीके से नहलाते भी थे, इसलिए इलाज के इस तरीके के बारे में कुछ शक भी है... मेरा मतलब, लगता तो ऐसी ही है...'

रस्कोलनिकोव बहुत देर से उसकी बातें सुनना बंद कर चुका था। अपने घर पहुँच कर उसने सर हिला कर लेबेजियातनिकोव से विदा ली और फाटक में घुस गया। लेबेजियातनिकोव अचानक चौंका। उसने चारों ओर नजरें दौड़ाईं और तेज कदम बढ़ाता हुआ आगे चल पड़ा।

रस्कोलनिकोव अपनी छोटी-सी कोठरी में घुसा और उसके बीच में रुक गया। 'मैं यहाँ वापस क्यों आया?' उसने दीवारों के फटे हुए और मटमैले पीले कागज पर, धूल पर, अपने सोफे पर नजर डाली। ...नीचे आँगन से लगातार खटखट की तेज आवाज आ रही थी; लग रहा था कोई आदमी कोई चीज ठोंक रहा था... शायद कोई कील। वह खिड़की के पास गया और पंजों के बल खड़े हो कर देर तक यह पता लगाने की कोशिश करता रहा कि आँगन से खटखट की वह आवाज क्यों आ रही थी। उसके चेहरे पर असाधारण एकाग्रता थी। लेकिन आँगन खाली पड़ा था और खटखट की आवाज कर रहे लोग दिखाई नहीं दे रहे थे। मकान के बाईं तरफवाली छोटी इमारत में उसे कुछ खुली हुई खिड़कियाँ दिखाई दे रही थीं। उन खिड़कियों की सिल पर जेरेनियम के थोड़े मुर्झाए हुए पौधों के गमले रखे हुए थे। खिड़कियों के बाहर कपड़े सुखाने के लिए फैलाए हुए थे। यह सब कुछ उसे अच्छी तरह याद था। उधर से मुँह फेर कर वह सोफे पर आ कर बैठ गया।

उसने पहले कभी इतना अकेलापन महसूस नहीं किया था। कभी नहीं!

हाँ, एक बार फिर उसने महसूस किया कि वह शायद सोन्या से सचमुच नफरत करने लगेगा, खास तौर पर अब, जबकि उसने उसे इतना दुखी कर दिया था। 'वह उसके पास आँसुओं की भीख माँगने क्यों गया था? उसके लिए उसके जीवन में जहर घोलना इतना जरूरी क्यों था? कैसी नीचता थी!'

'मैं अकेला ही रहूँगा,' अचानक उसने इरादा किया, 'मैं उसे जेल भी नहीं आने दूँगा।'

पाँच मिनट बाद उसने अपना सर ऊपर उठाया और अजीब ढंग से मुस्कराया। उसके मन में एक अजीब विचार उठा। 'साइबेरिया भी शायद इससे बेहतर होगा,' उसने अचानक सोचा।

उसे कुछ भी पता नहीं चला कि इस तरह अपने दिमाग में धुँधले विचारों की भीड़ लिए वह अपने कमरे में कितनी देर टिका रहा। अचानक दरवाजा खुला और दूनिया अंदर आई। पहले तो उसने चौखट पर ही रुक कर रस्कोलनिकोव को देखा, ठीक उसी तरह जैसे कुछ ही देर पहले रस्कोलनिकोव ने सोन्या को देखा था। फिर वह अंदर आई और उसके सामने कुर्सी पर बैठ गई, उसी जगह जहाँ वह कल बैठी थी। रस्कोलनिकोव उसे चुपचाप देखता रहा, गोया उसका दिमाग बिलकुल खाली हो चुका हो।

'नाराज न होना, भाई,' दूनिया बोली, 'मैं बस एक मिनट के लिए आई हूँ।' दूनिया की मुद्रा विचारमग्न तो थी पर कठोर नहीं थी। आँखें चमक रही थीं और शांत थीं। रस्कोलनिकोव को साफ पता चल रहा था कि दूनिया भी उसके पास प्रेम का भाव ले कर आई थी।

'मुझे सब कुछ पता चल चुका है रोद्या, सब कुछ। रजुमीखिन ने मुझे सब कुछ बताया है और सब कुछ समझा दिया है। किसी अहमकाना और काबिले-नफरत शक की वजह से तुम्हें सताया जा रहा है, परेशान किया जा रहा है... रजुमीखिन ने बताया कि खतरेवाली कोई बात नहीं है, और इसलिए दिल पर इन सब बातों का बोझ लिए फिरना तुम्हारी नादानी है मैं नहीं समझती कि तुम नादान हो। मैं यह बात पूरी तरह समझ सकती हूँ कि तुम इन बातों से तंग आ चुके होगे। मैं उम्मीद करती हूँ कि तुम अपनी इस कड़वाहट की भावना का शिकार नहीं होगे और यह भावना तुम पर उम्र भर के लिए अपनी छाप नहीं डाल सकेगी। मुझे इसी बात का डर है। मैं तुम्हें कोई दोष नहीं देती कि तुमने हम लोगों को छोड़ दिया। तुमको

दोष देने का मुझे कोई अधिकार भी नहीं है, और मुझे अफसोस है कि मैंने पहले तुम्हें इसी बात के लिए बुरा-भला कहा। मैं यह महसूस किए बिना नहीं रह सकती कि अगर मैं भी इतनी ही मुसीबत में होती तो मैं भी सबसे दूर भाग जाती। मैं माँ को इसके बारे में कुछ भी नहीं बताऊँगी, लेकिन मैं उनसे तुम्हारे बारे में बराबर बातें करती रहूँगी और उनसे कहूँगी कि तुमने जल्द ही वापस आने का वादा किया है। तुम उनकी चिंता करना, मैं उन्हें शांत रखने की पूरी कोशिश करूँगी। लेकिन तुम भी उन्हें बहुत दुखी न करना : आ कर कम-से-कम एक बार जरूर मिल जाना। यह याद रखना कि वे माँ हैं! और अब मैं तुम्हें बस यह बताना चाहती हूँ,' दूनिया ने खड़े होते हुए अपनी बात खत्म की, 'कि अगर कभी तुम्हें मेरी मदद दरकार हो, अगर तुम्हें मेरी जान की या किसी भी चीज की जरूरत हो तो मुझे बुलवा भेजना, मैं आ जाऊँगी। तो अब मैं चलती हूँ!'

वह अचानक मुड़ कर दरवाजे की ओर चल पड़ी।

'दूनिया,' रस्कोलनिकोव ने उसके पास जा कर उसे रोका। बोला, 'द्मित्री प्रोखोविच रजुमीखिन बहुत अच्छा आदमी है।'

दूनिया के चेहरे पर जरा-सी लाली दौड़ गई।

'तो?' दूनिया ने एक पल रुक कर पूछा।

'बहुत कामकाजी, मेहनती और ईमानदार आदमी है : सच्चे दिल से प्यार करना जानता है। ...अच्छा, दूनिया, फिर मिलेंगे।'

दूनिया शरमा गई, फिर अचानक चिंतित दिखाई देने लगी : 'कैसी बातें करते हो, रोद्या, हम कोई हमेशा के लिए तो नहीं विदा हो रहे। तुम क्यों इस तरह बातें कर रहे हो जैसे... जैसे अपनी वसीयत पढ़ कर सुना रहे हो मुझे!'

'कोई बात नहीं... अलविदा!'

रस्कोलनिकोव बहन की ओर से मुँह मोड़ कर खिड़की की ओर बढ़ गया। दूनिया एक पल इंतजार करती रही, फिर चिंतित हो कर भाई की ओर देखा और परेशान-सी बाहर निकल गई।

नहीं, वह उसके साथ रुखाई से पेश नहीं आया। एक पल ऐसा जरूर आया था (बिलकुल अंतिम पल) जब उसका जी चाहा था कि अपनी बहन को गले लगा कर उससे विदा ले और उसे बता भी दे। लेकिन वह उसकी ओर अपना हाथ भी नहीं बढ़ा सका था।

'बाद में जब कभी वह इस बात को याद करती,' रस्कोलनिकोव ने सोचा, 'तो शायद यह सोच कर काँप उठती कि मैंने उसे गले लगाया था। शायद कहती कि मैंने चुपके से उसको प्यार भी किया था!'

'तो क्या वह यह परीक्षा झेल सकेगी?' कुछ मिनट बाद उसने फिर अपने मन में कहा। 'नहीं, वह नहीं कर पाएगी। उसकी जैसी औरतें कभी नहीं कर पातीं। कभी परीक्षा नहीं झेल सकतीं...'

फिर वह सोन्या के बारे में सोचने लगा।

खुली हुई खिड़की से ठंडी हवा का एक झोंका आया। बाहर अँधेरा हो चला था। अचानक उसने अपनी टोपी उठाई और बाहर निकल गया।

स्वाभाविक रूप से अभी वह अपनी तंदुरुस्ती की चिंता न कर सकता था, न करना चाहता था। लेकिन यह भी तो नहीं हो सकता था कि वह लगातार इस कदर मानसिक यातना और कष्ट झेलता रहे और उस पर कोई असर न हो। अभी तक तेज बुखार का शिकार हो कर भी अगर उसने चारपाई नहीं पकड़ी थी तो शायद इसी वजह से कि निरंतर मानसिक पीड़ा के मारे वह चलता-फिरता रहा और अपने होश में रहा। बनावटी तौर पर सही और कुछ समय के लिए ही सही।

वह सड़क पर बेमकसद घूमता रहा। सूरज डूब रहा था। इधर कुछ दिनों से उदास अकेलेपन की एक अजीब भावना ने उसे आ दबोचा था। उसमें कोई पैनापन या दर्द नहीं था, लेकिन उसकी वजह से उसे यूँ महसूस होने लगा था कि यह भावना अब हमेशा बनी रहेगी, और बरसों तक उसे यही उदास अकेलापन झेलना था - बेरहम दो गज जमीन पर एक शाश्वत दशा! शाम को यह भावना आम तौर पर अधिक प्रबल और कष्टदायी हो उठती थी।

'जब डूबते सूरज या ऐसी ही किसी और चीज की वजह से पैदा होनेवाली, इस तरह की बेवकूफी भरी, खालिस जिस्मानी बीमारी किसी को आ घेरती है, तो वह नादानी की कोई न कोई हरकत किए बिना तो नहीं रह सकता। सोन्या की बात तो दूर, वह दुनिया की तरफ भी भागेगा,' तल्खी से बुदबुदाया।

किसी ने उसे नाम ले कर पुकारा। उसने घूम कर देखा। लेबेजियातनिकोव उसकी ओर भागा आ रहा था।

'सोचिए तो सही, मैं अभी आपके कमरे से आ रहा हूँ। आप ही को ढूँढ़ रहा था। जरा सोचिए, जैसा कि उन्होंने अपने मन में ठानी थी, वे बच्चों को ले कर निकल गईं। हमने, मैंने और सोफ्या सेम्योनोव्ना ने, मुश्किल से उन्हें ढूँढ़ा। वे एक तसला बजा रही हैं और बच्चों को उसकी ताल पर गाने-नाचने पर मजबूर कर रही हैं। बच्चे रो रहे हैं। वे चौराहों पर और दूकानों के सामने खड़ी हो कर ये तमाशे कर रही हैं। बहुत से बेवकूफ लोग उनके पीछे भाग रहे हैं। आइए, चलिए!'

'और सोन्यों...' रस्कोलनिकोव ने जल्दी-जल्दी लेबेजियातनिकोव के पीछे कदम बढ़ाते हुए चिंतित स्वर में पूछा।

'उन पर तो जुनून सवार है। मेरा मतलब, सोफ्या सेम्योनोव्ना पर नहीं बल्कि कतेरीना इवानोव्ना पर... और सच पूछिए तो सोफ्या सेम्योनोव्ना पर भी जुनून ही सवार है। लेकिन कतेरीना इवानोव्ना तो सिड़ी हो चुकी हैं। मैं आपको बताता हूँ, वे बिलकुल पागल हो चुकी हैं। उन लोगों को पुलिस के हवाले कर दिया जाएगा। आप सोच सकते हैं न कि इसका क्या नतीजा होगा... इस वक्त वे लोग नहर के बाँध पर हैं, वोज्नेसेंस्की पुल के पास, सोफ्या सेम्योनोव्ना के घर से बहुत दूर नहीं। यहाँ से नजदीक है।'

बाँध पर, पुल के पास ही, जहाँ सोन्या रहती थी, वहाँ से लगभग दो मकानों की दूरी पर, एक छोटी-सी भीड़ जमा थी। उनमें एक बड़ी संख्या सड़क पर मारे-मारे फिरने वाले लड़कों और लड़कियों की थी। कतेरीना इवानोव्ना की भर्राई, फटी हुई आवाज सुनाई दे रही थी। सचमुच वह पूरा दृश्य एक अजब तमाशा था, जिसे देखने के लिए एक भीड़ का जमा हो जाना कोई बड़ी बात नहीं थी। कतेरीना इवानोव्ना अपनी पुरानी मैली-कुचैली पोशाक पहने हुए थीं; उस पर हरे रंग की द्रा-द-देम्स की शाल ओढ़ रखी थीं; सर पर तिनकों की फटी हुई हैट थी जो एक तरफ पिचक कर बदसूरत और पोटली जैसी बन गई थी। उनके होश सचमुच ठिकाने नहीं थे। वे थक कर चूर हो गई थीं और हाँफ रही थीं। तपेदिक का मारा थका

हुआ निढाल चेहरा हमेशा से ज्यादा पीड़ाग्रस्त लग रहा था (यूँ भी तपेदिक के मरीजों की हालत घर के बाहर धूप में और भी बदतर लगने लगती है); लेकिन उनकी उत्तेजना किसी तरह कम नहीं हो रही थी।हर पल उनकी झुँझलाहट बढ़ती जा रही थी। वे बार-बार भाग कर बच्चों के पास जातीं, उन्हें डाँटतीं-डपटतीं, बहलातीं-फुसलातीं, और सारी भीड़ के सामने उन्हें बतातीं कि वे कैसे नाचें और क्या गाएँ। वे उन्हें यह भी समझातीं कि उनके लिए यह सब करना क्यों जरूरी है। जब वे समझ न पाते तो वे गुस्से से पागल हो कर उन्हें पीटने लगतीं... फिर अपना यह काम अधूरा छोड़ कर भीड़ की ओर भाग कर जातीं और अगर उसमें कोई आदमी अच्छे कपड़े पहने हुए दिखाई देता, जो तमाशा देखने के लिए रुक गया हो, तो फौरन उसे बताने लगतीं कि 'एक शरीफ, बल्कि यूँ कहिए कि एक खानदानी रईस घर के' ये बच्चे कैसी दुर्दशा झेल रहे थे। अगर वे भीड़ में से किसी की हँसी या कोई गुस्सा दिलानेवाली बात सुनतीं तो फौरन ऐसा करनेवालों पर झपट पड़तीं और उनसे लड़ने लगतीं। कुछ लोग सचमुच हँस रहे थे, कुछ सर हिला रहे थे; लेकिन सहमे हुए बच्चों को साथ ले कर घूमनेवाली पागल औरत को देखने की बेकरारी सब में थी। लेबेजियातनिकोव ने जिस तसले की चर्चा की थी, वह कहाँ था... कम-से-कम रस्कोलनिकोव ने उसे नहीं देखा। कतेरीना इवानोव्ना जब भी पोलेंका को गाने और लीदा और कोल्या को नाचने के लिए मजबूर करतीं तो तसला पीटने की बजाय अपने सूखे हुए हाथों से ताली बजा कर ताल देती थीं। बीच-बीच में खुद भी गाने लगती थीं लेकिन दूसरे ही मिसरे पर उनको खाँसी का जबरदस्त दौरा पड़ता और उनका गाना बंद हो जाता, जिसकी वजह से वे बेहद निराश हो कर अपनी खाँसी को कोसने लगती थीं, रोने तक लगती थीं। उनको जिस बात पर सबसे ज्यादा गुस्सा आ रहा था, वह था कोल्या और लीदा का रोना और सहमे रहना। बच्चों को सचमुच सड़क पर घूम-घूम कर गानेवालों जैसी पोशाक पहनाने की कोशिश की गई थी। लड़के के सर पर लाल-सफेद रंग के किसी कपड़े की पगड़ी थी ताकि वह तुर्क लगे। लेकिन लीदा की पोशाक के लिए काफी कपड़ा नहीं मिल सका था। उसे सजाने के लिए बस एक ऊनी टोपी, बल्कि यूँ कहिए कि रात को पहनने की टोपी, पहना दी गई थी, जो पहले मार्मेलादोव की हुआ करती थी। उसमें शुतुरमुर्ग के सफेद पर का एक टुकड़ा भी लगा दिया गया था, जो किसी जमाने में कतेरीना इवानोव्ना की नानी का हुआ करता था और खानदान की एक निशानी के तौर पर संदूक में सुरक्षित रखा था। पोलेंका अपनी मामूली पोशाक में थी। वह सहमी और सिटपिटाई हुई अपनी माँ की ओर देख रही थी। वह माँ से सटी हुई खड़ी थी और अपने आँसू छिपाने की कोशिश कर रही थी। वह समझ चुकी थी कि उसकी माँ पागल हो गई है, और इसलिए वह बेचैन हो कर अपने चारों ओर देख रही थी। सड़क के वातावरण और भीड़ से उसे बहुत डर लग रहा था। सोन्या अपनी माँ के साथ परछाईं की तरह लगी थी और रो-रो कर हर पल उससे घर लौट चलने की विनती कर रही थी। लेकिन कतेरीना इवानोव्ना इसके लिए किसी भी तरह तैयार नहीं हो रही थीं।

'चुप रहो सोन्या, रहने दो,' वे हाँफते और खाँसते हुए, बड़ी तेजी से बोलते हुए चिल्लाई। 'तुम नहीं जानती, तुम मुझसे क्या करने को कह रही हो। अभी तुम बच्ची हो। तुमसे मैं सौ बार कह चुकी कि मैं उस जर्मन छिनाल के यहाँ नहीं जानेवाली। सब लोग देखें, सारा पीतर्सबर्ग देखे तो सही कि एक भले आदमी ने लगन और वफादारी से अपने देश की सेवा की, उसके बारे में सचमुच ऐसा कहा जा सकता है कि वह अपना काम करते-करते मरा, और फिर भी उसके बच्चे किस तरह ऐसी दुर्दशा को पहुँच गए कि आज सड़क पर भीख माँग रहे हैं,' कतेरीना इवानोव्ना ने, जिन्होंने अब तक यह बेबुनियाद किस्सा गढ़ लिया था और उस पर विश्वास भी करने लगी थीं, उत्तेजित हो कर कहा। 'वह कमबख्त, दो कौड़ी का जनरल भी तो देखे। तुम बिलकुल बेवकूफ हो, सोन्या पक्की बेवकूफ! इसके अलावा तुम ही बताओ अब हम लोगों को कहाँ से खाना मिलेगा? हम लोग तुम्हें बहुत दुख दे चुके, मैं इस तरह अब नहीं चलने दूँगी! अरे, रोदिओन रोमानोविच, आप हैं' रस्कोलनिकोव को देख कर कतेरीना इवानोव्ना ने उत्सुकता से उसकी ओर लपकते हुए कहा। 'आप ही इस नादान लड़की

को समझाइए कि अब हमारे पास इससे ज्यादा समझदारी का कोई धंधा नहीं रहा। रोजी तो हर गाने-बजानेवाला कमाता है लेकिन हरेक की समझ में फौरन यह बात आ जाएगी कि हम लोग उनसे अलग हैं, कि हम लोग गरीब सही पर भले लोग हैं, जो आज भीख माँगने पर मजबूर हैं। आप मेरी बात याद रखिएगा, वह कमबख्त दो कौड़ी का जनरल नौकरी से हाथ धोएगा। रोज हम लोग जा कर उसकी खिड़की के नीचे धरना देंगे, और जब बादशाह की सवारी उधर से गुजरेगी तो मैं बच्चों को उन्हें दिखाऊँगी और कहूँगी : 'माई बाप, आप ही इनकी रक्षा कीजिए! वे ही अनाथों के नाथ हैं, दयालु हैं और इनकी रक्षा करेंगे। आप देखिएगा, वे इनकी रक्षा करेंगे... और वह कमबख्त दो कौड़ी का जनरल - लीदा, कोल्या, तुम्हें अभी थोड़ी देर में फिर नाचना है! पिनपिना क्यों रहे हो देखा, फिर पिनपिनाने लगा! किस बात से डरता है बेवकूफ हे भगवान, मैं इन सबका क्या करूँ... आप नहीं जानते, ये कितने नासमझ हैं! ऐसे बच्चों का कोई करे क्यों...'

खुद लगभग रोते हुए, जिसकी वजह से उसकी बातों के प्रवाह में कोई रुकावट पैदा नहीं हुई, उसने बिसूर कर बच्चों की तरफ इशारा किया। रस्कोलनिकोव ने उसे समझा-बुझा कर घर वापस भेजने की बहुत कोशिश की, और उसके स्वाभिमान को छेड़ने की कोशिश भी यह कह कर की कि वह लड़कियों के बोर्डिंग स्कूल की हेडमिस्ट्रेस बनने की सोच रही है और इसलिए गाने-बजानेवालियों की तरह सड़क पर मारे-मारे फिरना उसे शोभा नहीं देता।

'बोर्डिंग स्कूल, ही-ही-ही! दूर के ढोल सुहावने होते हैं!' कतेरीना इवानोव्ना ने व्यंग्य से कहा। उसे हँसते-हँसते खाँसी आ गई। 'नहीं रोदिओन रोमानोविच, वह सपना टूट चुका! हमें तो सभी छोड़ चुके! और वह नासमझ, दो कौड़ी का जनरल... आपको पता है मैंने उसे दवात फेंक कर मारी थी! उस वक्त इत्तफाक से हॉल की मेज पर एक दवात रखी थी, उसी कागज के पास जिस पर लोग आ कर अपने दस्तखत करते हैं। मैंने उस कागज पर अपना नाम लिखा और दवात उसके ऊपर चला कर भाग आई। बदमाश कहीं का! लेकिन अब मुझे किसी की भी परवाह नहीं है। अब बच्चों का पेट भरने का बंदोबस्त मैं ही करूँगी। अब किसी के आगे नाक मैं रगड़ने नहीं जाऊँगी! हमारी वजह से यह काफी मुसीबतें झेल चुकी,' कतेरीना इवानोव्ना ने सोन्या की तरफ इशारा करके कहा। 'पोलेंका, कितने पैसे जमा हुए दिखा तो सही। क्या बस दो कोपेक... कमीने कहीं के! कुछ भी नहीं देते, बस जबान लटकाए हमारे पीछे भागते रहते हैं। देखो तो उस बेवकूफ को! न जाने किस बात पर हँस रहा है,' उसने भीड़ में एक आदमी की तरफ इशारा करते हुए कहा। 'यह सब कुछ इसलिए कि कोल्या पक्का बुद्धू है! क्या बात है, पोलेंका मुझे फ्रांसीसी में बताओ - मैंने तुम्हें फ्रांसीसी सिखाई है न... कुछ जुमले बोलना तो आता है, कि नहीं... नहीं तो लोगों को कैसे मालूम होगा कि तुम भले घर की हो, तुम आम गाने-बजानेवाली नहीं हो बल्कि शरीफों के घर में पली-बढ़ी हो। हम लोग सड़क पर कोई बाजारू तमाशा दिखाने के लिए तो नहीं निकले! बिलकुल नहीं! हम लोग शरीफों की महफिल में गाया जानेवाला गाना गाएँगे। ...अच्छा, तो... अब कौन-सा गाना गाएँ... आप लोग, मेहरबानी करके बीच में न बोलें। हम लोग... रोदिओन रोमानोविच, हम लोग यह सोचने के लिए ठहर गए थे कि अब कौन-सा गाना गाएँ, जिसकी धुनपर कोल्या नाच सके। आपको तो पता ही होगा कि हमें ठीक से तैयारी करने का वक्त नहीं मिला। हमें सोचना होगा कि अब क्या करना है, उसकी ठीक से तैयारी करनी होगी, और तब हम लोग नेव्स्की एवेन्यू जाएँगे जहाँ सबसे बेहतर किस्म के बहुत से लोग होते हैं। उनका ध्यान फौरन हम लोगों की ओर जाएगा। लीदा को 'छप्पर मेरा' आता है। ...बस, 'छप्पर मेरा और कुछ नहीं ...हर आदमी आज वही गाना गाता है! हम लोगों को तो इससे कहीं ज्यादा शरीफाना चीज गानी होगी... पोलेंका, तुमने कोई गाना सोचा है बेटी, अपनी माँ का थोड़ा-सा तो हाथ बँटाया कर! मेरी याददाश्त पर तो पत्थर पड़ चुके हैं, नहीं तो मुझे ही कुछ याद आ जाता! हम लोग वह 'हुस्सार' वाला गाना तो

नहीं गा सकते! खैर, हम लोग अब फ्रांसीसी गाना गाएँगे 'Cinq sous'!1 तुम्हें सिखाया था न असल बात तो यह है कि जब लोग तुम्हें फ्रांसीसी में गाते सुनेंगे तो फौरन समझ जाएँगे कि तुम लोग भले घर के बच्चे हो। इस बात से उन्हें और ज्यादा तरस आएगा... हम 'Malborough s'en va-t-en querre'2 भी गाने की कोशिश कर सकते हैं, और वह है भी एक लोरी... असली लोरी। सभी रईसों के घरों में वह लोरी की तरह ही गाया जाता है :

Malborough s'en va-t-en querre,

Ne sait quand reviendra... *3*

उसने गाना शुरू किया। 'लेकिन नहीं, 'Cinq sous' ही ज्यादा बेहतर रहेगा! मेरा अच्छा बेटा कोल्या, कमर पर हाथ तो रख! जल्दी कर, बेटे! और लीदा, तुम दूसरी तरफ घूमती रहो, पोलेंका और मैं ताली बजा कर गाएँगे।'

Cinq sous, cinq sous...

Pour monter notre menage... *4*

गाते-गाते उसे खाँसी का दौरा पड़ गया। 'पोलेंका बेटी, अपनी पोशाक ठीक करो; कंधे से नीचे सरक आई है,' दौरे के बाद वह साँस लेने की कोशिश करते हुए बोली। 'तो अब तुम लोग इस बात का खास ध्यान रखना कि तुम्हारी चाल-ढाल ठीक रहे ताकि हर आदमी देखे कि तुम किसी शरीफ के बच्चे हो। मैंने तुमसे कहा था कि कुर्ती लंबी काटना, और पूरे दो अरज की बनाना। यह सब तुम्हारी गलती है, सोन्या। तुम्हीं मुझसे बराबर कहे जा रही थी कि और छोटी रखो, और छोटी रखो। अब देखो बेचारी बच्ची का हाल! क्या हुलिया निकल कर आया है। तुम लोग अब क्यों रो रहे हो? क्या बात है, नासमझो चलो, कोल्या, शुरू करो! जल्दी! कैसा नटखट लड़का है!...

Cinq sous, cinq sous...

...लो, एक पुलिसवाला और आ धमका! अरे, तुझे भला क्या चाहिए?'

---

1. `पाँच पैसे'। (फ्रांसीसी)

2. कूच को माल्बरो तैयार हुए। (फ्रांसीसी)

3. कूच को माल्बरो तैयार हुए, जाने कब लौटे युद्धभूमि से... (फ्रांसीसी)

4. पाँच पैसे, पाँच पैसे, घर का तामझाम जमाने की खातिर... (फ्रांसीसी)

एक पुलिसवाला सचमुच भीड़ को चीरता हुआ चला आ रहा था। लेकिन उसी समय सरकारी अफसरों की पोशाक पहने हुए कोई 50 साल के एक सज्जन कतेरीना इवानोव्ना के पास आए और चुपचाप तीन रूबल का एक हरा नोट उसे थमा दिया। उनकी मुद्रा गंभीर थी और गर्दन में एक तमगा लटक रहा था। (इसे देख कर कतेरीना इवानोव्ना बहुत खुश हुई और

पुलिसवाले पर भी काफी रोब पड़ा।) उन सज्जन के चेहरे पर दया का सच्चा भाव था। कतेरीना इवानोव्ना ने पैसे ले लिए और विनम्रता व शिष्टता से झुक कर उनका आभार प्रकट किया।

'आपका बहुत-बहुत शुक्रिया जनाब,' कतेरीना इवानोव्ना ने थोड़े अहंभाव से कहना शुरू किया, 'जिन वजहों से हम लोगों को... पोलेच्का, ये पैसे रख लो। देखा, ऐसे शरीफ और उदार लोग भी दुनिया में हैं जो मुसीबत की मारी एक बेचारी भली औरत की मदद करने की तैयार हैं। देखिए साहब, आपके सामने एक भले घर के अनाथ बच्चे हैं, जिनकी रिश्तेदारी समझ लीजिए कि बड़े-बड़े रईसों से है। ...और वह बेवकूफ, दो कौड़ी का जनरल बैठा बटेर खाता रहा... उसने मेरे विघ्न डालने पर बहुत पाँव पटके... 'महामहिम' उससे मैंने कहा, 'मेरे अनाथ बच्चों के लिए कुछ कीजिए। आप मेरे स्वर्गीय पति को जानते थे, और उनकी मौत के दिन ही एक बेहद कमीने बदमाश ने उनकी बेटी का बेरहमी से अपमान किया है...' लीजिए, एक और पुलिसवाला आ गया! बराय मेहरबानी,' उसने फरियाद करते हुए उस अफसर से ऊँची आवाज में कहा, 'कुछ कीजिए, यह पुलिसवाला चाहता क्या है! अभी हम लोग मेश्चांस्काया स्ट्रीट से एक पुलिसवाले से पीछा छुड़ा कर आए हैं। ...चाहिए क्या तुझे?'

'सड़क पर यह सब करने की इजाजत नहीं है औरत, यहाँ हुल्लड़ न मचा।'

'तू खुद हुल्लड़ न मचा! सड़क पर सभी लोग गाते-बजाते रहते हैं। तुम्हें इससे क्या लेना-देना?'

'सड़क पर गाने-बजाने के लिए लाइसेंस लेना पड़ता है, औरत, और तू यह सब अपनी मर्जी से कर रही है और भीड़ जमा कर रही है। घर कहाँ है तेरा?'

'लाइसेंस' कतेरीना इवानोव्ना गुस्से से चिल्लाई। 'मैं अपने शौहर को आज ही दफन करके आई हूँ, और यह चला है लाइसेंस माँगने।'

'शांत हो जा,' सरकारी अफसर ने कहना शुरू किया। 'मेरे साथ आ, मैं तुझे घर पहुँचाए देता हूँ... तेरे लिए यहाँ भीड़ में खड़े रहना ठीक नहीं... तेरी तबीयत ठीक नहीं है...'

'साहब,' कतेरीना इवानोव्ना ने चीख कर कहा, 'आप कुछ नहीं जानते! हम लोग नेव्स्की एवेन्यू चले जाएँगी। सोन्या, सोन्या! कहाँ चली गई... यह भी रो ही है! तुम सबको हो क्या गया है कोल्या... लीदा... कहाँ चले तुम सब?' वह अचानक भयभीत हो कर चीखी। 'नादान बच्चो! अरे कोल्या... लीदा... कहाँ चले गए ये सबके सब...?'

बात यह हुई थी कि कोल्या और लीदा भीड़ से और अपनी पागल माँ की बहकी-बहकी हरकतों से डर कर, और यह देख कर भी कि पुलिसवाला उन्हें पकड़ कर कहीं ले जानेवाला है, एक-दूसरे का हाथ पकड़ कर वहाँ से भाग गए थे, गोया शुरू से ही ऐसा करने का इरादा बाँध रखा हो। बेचारी कतेरीना इवानोव्ना रोती-सिसकती उनकी तलाश में भागी। उसे इस तरह भागते, रोते और हाँफते देख कर तरस आता था और तकलीफ होती थी। सोन्या और नन्ही पोलेच्का पीछे भागीं।

'उन्हें पकड़ो सोन्या, वापस लाओ उन्हें! नासमझ, नाशुक्रे बच्चे। पोलेच्का पकड़ना तो उन्हें... तुम्हीं लोगों की वजह से मुझे...'

भागते-भागते पोलेच्का का पाँव फिसला और वे धड़ाम से गिर पड़ीं।

'देखो तो सही, कितना खून बह रहा है! कहीं से कट गया है! हे भगवान!' सोन्या उनके ऊपर झुक कर रोते हुए बोली।

सब लोग उनके चारों ओर भीड़ बना कर खड़े हो गए। रस्कोलनिकोव और लेबेजियातनकोव वहाँ सबसे पहले पहुँचे। वह सरकारी अफसर भी लपक कर उनके पास पहुँचा और उसके पीछे-पीछे पुलिसवाला भी वहीं आ पहुँचा और बुदबुदाया, 'हाय रे नसीब!' उसने अपने कंधे यह सोच कर बिचकाए कि अब उसे मुसीबत का सामना करना पड़ेगा।

'चलो यहाँ से! आगे बढ़ो!' उसने चारों ओर जमा लोगों को तितर-बितर करने की कोशिश करते हुए कहा।

'मरनेवाली है!' कोई चिल्लाया।

'पागल हो चुकी है!' कोई और बोला।

'भगवान हमारी रक्षा करे!' एक औरत ने सीने पर सलीब का निशान बनाते हुए कहा। 'वह छोटा लड़का और लड़की मिले कि नहीं वो रहे, भगवान भला करे। बड़ीवाली पकड़ लाई उन्हें... नासमझ बच्चे!'

लोगों ने जब कतेरीना इवानोव्ना को अच्छी तरह देखा तो पता चला कि कहीं पत्थर से टकरा कर चोट नहीं आई थी, जैसा कि सोन्या ने समझा था, बल्कि सड़क पर जो खून फैला हुआ था वह उनके मुँह से निकला था।

'मैंने पहले भी ऐसा देखा है,' सरकारी अफसर ने बुदबुदा कर रस्कोलनिकोव और लेबेजियातनिकोव से कहा। 'तपेदिक है... ऐसे ही खून बहता है और बीमार का दम घुट जाता है। बहुत दिन नहीं हुए, मैंने रिश्ते की एक औरत के साथ ऐसा होते देखा था... लगभग आधे बोतल खून और वह भी अचानक। ...लेकिन किया क्या जाए अब मरनेवाली है।'

'इधर! इधर से! इन्हें मेरे कमरे पर ले चलिए,' सोन्या ने गिड़गिड़ा कर कहा। 'मैं यहीं रहती हूँ! ...वह रहा मेरा घर, यहाँ से दूसरा ...इन्हें मेरे कमरे पर ले चलिए। जल्दी! जल्दी! ...!' वह भाग-भाग कर हरेक से कहती रही। 'कोई तो डॉक्टर को बुलाए! ...हे भगवान!'

सरकारी अफसर की कोशिशों की बदौलत सब कुछ संतोषजनक ढंग से हो गया; पुलिसवाले ने भी कतेरीना इवानोव्ना को सोन्या के कमरे तक पहुँचाने में मदद की। कतेरीना इवानोव्ना को लगभग मुर्दा हालत में वहाँ ला कर पलँग पर लिटा दिया गया। खून अब भी बह रहा था लेकिन लगता था, उन्हें धीरे-धीरे होश आ रहा है। रस्कोलनिकोव, लेबेजियातनिकोव, सरकारी अफसर और वह पुलिसवाला सोन्या के पीछे-पीछे कमरे में आए। पुलिसवाले ने सबसे पहले तो भीड़ को तितर-बितर किया और जो थोड़े से लोग साथ में दरवाजे तक आ गए उन्हें वहाँ से भगा दिया। उनके बाद पोलेच्का कोल्या और लीदा का हाथ पकड़े अंदर आई। वे दोनों रो रहे थे और सर से पाँव तक काँप रहे थे। कापरनाउमोव परिवार के लोग भी अंदर आ गए। खुद लँगड़ा और काना कापरनाउमोव जो देखने में कुछ अजीब-सा आदमी लगता था और जिसके गलमुच्छों और सर के बाल हमेशा खड़े रहते थे दूसरे उसकी बीवी जो हमेशा सहमी-सहमी दिखाई देती थी, और कुछ बच्चे जो हमेशा मुँह खोले रहते थे और जिनक चेहरे पर हमेशा हैरानी का भाव कायम रहता था। उन्हीं के बीच स्विद्रिगाइलोव भी अचानक वहाँ आ गया। रस्कोलनिकोव ने उसे आश्चर्य से देखा। उसे पता नहीं चला कि वह वहाँ कहाँ से आ गया था और उसे यह भी याद नहीं था कि उसको उसने भीड़ में देखा हो।

डॉक्टर और पादरी की भी चर्चा हो रही थी। उस सरकारी अफसर ने चुपके से रस्कोलनिकोव के कान में कहा कि उसकी समझ में अब डॉक्टर के आने से कोई फायदा नहीं होगा, लेकिन उसने डॉक्टर को बुलवाने का पक्का प्रबंध कर दिया था। कापरनाउमोव खुद उसे बुलाने गया।

इस बीच कतेरीना इवानोव्ना की साँस एक बार फिर ठीक से चलने लगी; खून बहना भी कुछ देर के लिए बंद हो गया। उन्होंने कुछ देर सोन्या को बुखार की मारी आँखों से लेकिन पैनी और बेधती हुई नजरों से देखा। सोन्या का रंग पीला पड़ चुका था। वह काँप रही थी और रूमाल से उनके माथे का पसीना पोंछ रही थी। आखिरकार कतेरीना इवानोव्ना ने उठा कर तकिए के सहारे बिठाने को कहा। लोगों ने उनके दोनों ओर तकियों का सहारा दे कर बिस्तर पर बिठा दिया।

'बच्चे... बच्चे कहाँ हैं?' उन्होंने मरी हुई आवाज में पूछा। 'पोलेच्का, तू उन्हें ले आई नासमझ बच्चो, तुम भाग क्यों गए... आह!'

उनके सूखे होठों पर अभी तक खून जमा हुआ था। उन्होंने चारों ओर नजरें दौड़ा कर कमरे को देखा।

'तो तुम इस हालत में रहती हो, सोन्या! मैं पहले कभी तुम्हारी कमरे में नहीं आई... और अब आई भी तो इस हाल में!'

उसने सोन्या को दर्द भरी नजरों से देखा।

'सोन्या, हम लोगों ने तेरा सारा खून निचोड़ लिया। पोलेच्का... लीदा... कोल्या... इधर आओ। लो सोन्या... ये रहे सारे के सारे... इन्हें सँभालो। मैंने इनको तुम्हारे हवाले किया। मुझमें अब दम तो रहा नहीं। मैंने तो बहुत कुछ झेल लिया। आ-ह! मुझे लिटा दो। कम-से-कम चैन से मर तो सकूँ...'

उन्हें एक बार फिर तकिए के सहारे लिटा दिया गया।

'क्या पादरी... नहीं, मुझे पादरी नहीं चाहिए... पादरी को देने के लिए रूबल भला कहाँ से आएगा? मैंने कोई पाप नहीं किया है। भगवान इसके बिना ही मुझे बख्श देगा... वह जानता है कि मैंने कितना दुख झेला है! और अगर उसने मुझे माफ नहीं किया तो यही सही...'

उनके विचार भटकने लगे थे और वे बिस्तर पर पड़ी छटपटा रही थीं। वे रह-रह कर सिर उठाती थीं, चारों ओर देखती थीं, एक पल के लिए सबको पहचानती थीं लेकिन फिर लगभग फौरन ही बेहोश को जाती थीं या उनके विचार भटकने लगते थे। वे खर-खर की आवाज के साथ बड़ी मुश्किल से साँस ले रही थीं। लगता था कि गले में कहीं कोई चीज फँस रही थी।

'मैंने कहा, योर एक्सीलेंसी,' वे कह रही थीं, और बीच-बीच में हर शब्द के बाद साँस लेने के लिए रुकती थीं, 'कि अमालिया लूदविग़ोव्ना... आह! लीदा, कोल्या, अपनी कमर पर हाथ रखो, चलो, जल्दी... ग्लिस्से, ग्लिस्से...पा-द-बास्क! एड़ियों से ताल दो, चलो, अच्छे बच्चों की तरह :

Du hast Diamanten und Perlen... 1

इसके बाद क्या है... हमें यही गाना है :

Du hast die schonsten Augen,

Madchen, was willst du mehr? 2

खैर, उस बेवकूफ से और क्या उम्मीद की जा सकती है! was willst du mehr अब क्या चाहे ऐ गोरी... वह मूर्ख भी... कैसी-कैसी बातें भला सोचता रहता है! ...अरे हाँ, अच्छा याद आया :

भरी दोपहरी दागिस्तान की इक वादी में...

---

1. पास हैं तेरे हीरे-मोती... (जर्मन)

2. पास हैं तेरे सुंदर नैना, अब क्या चाहे ऐ गोरी (जर्मन)

मुझे यह गाना कितना अच्छा लगता था... मैं इसकी दिवानी थी! जानती है, जब हमारी मँगनी हुई थी तब तेरे पापा यही गाना गाया करते थे... कितने सुख के दिन थे! ...हम यही गाएँगे! लेकिन इसके बोल क्या हैं... मैं तो भूल ही गई... कोई बताओ न... क्या है यह गाना?' उनका जोश उमड़ आया, और उन्होंने उठ कर बैठने की कोशिश की। आखिरकार बेहद भर्राई, फटी हुई आवाज में वे चीख-चीख कर गाने भी लगीं। हर शब्द पर उनका गला रुँध जाता था; आँखों में भय समाया हुआ था :

भरी दोपहरी... दागिस्तान की... इक वादी में...

सीने में सीसा-सा ले कर...

योर एक्सीलेंसी!' अचानक वे दिल को चीर देनेवाली आवाज में चीखीं और उनकी आँखों से आँसू बह निकले, 'मेरे अनाथ बच्चों के लिए कुछ कीजिए! आप मेरे स्वर्गीय पति के यहाँ मेहमान रह चुके हैं! ...यूँ समझिए कि खानदानी रईस! ...आ...ह!' वे अचानक सिहर उठीं, फिर होश में आ कर कातर दृष्टि से सबको देखा, लेकिन बस सोन्या को पहचान सकीं। 'सोन्या! सोन्या!' वे नर्मी और बड़े प्यार से बोलीं, गोया सोन्या को अपने सामने पा कर बहुत आश्चर्य में पड़ गई हों। 'प्यारी बेटी सोन्या, यहाँ तू भी है?'

उन्हें फिर उठा कर बिठा दिया गया।

'बहुत हो चुका! ...वक्त अब आ गया ...तो मैं चली, मेरी बदनसीब बच्ची! ...उन्होंने घोड़ी को दौड़ा-दौड़ा कर उसकी जान ही ले ली! मैं तो मिट गई! तबाह हो गई!' वे घोर निराशा और घृणा में डूबे स्वर में चिल्लाईं और उनका सर तकिए पर लुढ़क गया।

वे एक बार फिर बेहोश हो गईं, लेकिन इस बार उनकी बेहोशी बहुत देर तक कायम नहीं रही। मुरझाया हुआ पीला बेजान चेहरा पीछे की ओर झुक गया, मुँह खुल गया और टाँगें झटके के साथ ऐंठ गईं। एक गहरी, बहुत गहरी आह भरीं और दम तोड़ दिया।

सोन्या लाश पर गिर पड़ी। उसने अपनी बाँहें लाश के चारों ओर डाल दीं और मृत शरीर के सूखे सीने पर सर रखे चुपचाप लेटी रही। नन्ही पोलेच्का ने माँ के पाँवों पर होठ रख कर उन्हें जोर से चूमा और फूट-फूट कर रोने लगी। कोल्या और लीदा की समझ में अभी तक नहीं आया था कि हो क्या गया है लेकिन यह महसूस करके कि कोई भयानक बात हुई है, वे एक-दूसरे के गले में बाँहें डाल कर एक-दूसरे को घूरने लगे। अचानक उनके मुँह एक साथ खुले और वे चीख पड़े। दोनों अभी तक अपना वही गाने-बजानेवाला लिबास पहने हुए थे। लड़के के सर पर पगड़ी थी और छोटी बच्ची के सर पर वही टोपी जिसमें शुतुरमुर्ग का पंख लगा हुआ था।

वह प्रशंसापत्र न जाने कैसे कतेरीना इवानोव्ना के बिस्तर पर, उनकी बगल में प्रकट हुआ वह तकिए के पास पड़ा था; रस्कोलनिकोव ने उसे देखा।

वह खिड़की के पास चला गया। लेबेजियातनिकोव भी लपक कर पास पहुँचा।

'मर चुकी हैं,' लेबेजियातनिकोव ने कहा।

'मैं आपसे कुछ बातें करना चाहता हूँ, रोदिओन रोमानोविच,' स्विद्रिगाइलोव ने पास आ कर कहा। लेबेजियातनिकोव परिस्थिति को समझ कर चुपचाप वहाँ से हट गया। स्विद्रिगाइलोव आश्चर्यचकित रस्कोलनिकोव को ले कर और भी दूर, कमरे के एक कोने में पहुँच गया।

'आप यह सारा काम, मेरा मतलब है कफन-दफन का काम मुझ पर छोड़ सकते हैं। आप जानते ही हैं कि इसमें पैसा लगेगा और जैसा कि मैं बता चुका हूँ, मेरे पास कुछ फालतू पैसा है। इन दोनों बच्चों को और उस छोटी लड़की पोलेच्का को मैं किसी अनाथालय में रखवा दूँगा, किसी अच्छे से अनाथालय में, और उनमें से हरेक के नाम पंद्रह-पंद्रह सौ रूबल जमा करवा दूँगा, जो बालिग होने पर उन्हें मिल जाएँगे, ताकि सोफ्या सेम्योनोव्ना को किसी बात की चिंता न करनी पड़े। मैं उसे भी इस कीचड़ से बाहर निकालूँगा क्योंकि वह बहुत अच्छी लड़की है, है कि नहीं... तो जनाब, आप अपनी बहन से कह सकते हैं कि उनके नाम किए गए दस हजार रूबल मैंने इस तरह खर्च कर दिए।'

'आप अचानक भला इतना उदार कैसे हो गए?' रस्कोलनिकोव ने पूछा।

'आह, आप भी अजीब शक्की आदमी हैं।' स्विद्रिगाइलोव ने हँस कर कहा। 'मैंने आपको बताया था न कि मुझे पैसे की जरूरत नहीं है। क्या आप इतना नहीं समझ सकते कि मैं यह बात सिर्फ इनसानियत के नाते कर रहा हूँ बहरहाल, वे...' उसने कमरे के उस कोने की तरफ इशारा किया जहाँ कतेरीना इवानोव्ना मरी पड़ी थीं, 'वे कोई 'जूँ' तो थीं नहीं, किसी खूसट सूदखोर बुढ़िया की तरह, या थीं...? या आप सचमुच यह समझते हैं कि, 'लूजिन को जिंदा रहना और अपनी बेहूदगियाँ करते रहना चाहिए और इनको मर जाना चाहिए और अगर मैं उन्हें बचाने न आता तो 'नन्ही पोलेच्का भी, मिसाल के लिए, उसी रास्ते पर लग गई होती...'

उसने ये सारी बातें चटखारे ले-ले कर, आँख मार कर और शरारत भरे अंदाज में कहीं और लगातार रस्कोलनिकोव पर अपनी नजरें जमाए रहा। उसके मुँह से हू-ब-हू वही शब्द सुन कर जो खुद उसने सोन्या के साथ अपनी बातचीत के दौरान इस्तेमाल किए थे, रस्कोलनिकोव का रंग सफेद हो गया। उसका शरीर ठंडा पड़ गया। वह चौंक कर पीछे हटा और फटी-फटी आँखों से स्विद्रिगाइलोव को देखने लगा।

'आपको... कैसे मालूम?' उसने बहुत धीमे स्वर में कहा। उसकी साँस भी ठीक से नहीं चल रही थी।

'मेरे दोस्त, मैं यहीं रहता हूँ... श्रीमती रेसलिख के यहाँ लकड़ी की उस ओट के पीछे। इस फ्लैट में कापरनाउमोव रहता है, और उस फ्लैट में मिसेज रेसलिख रहती हैं। मेरी श्रीमती रेसलिख से पुरानी दोस्ती है। मुझे बहुत मानती हैं। हम पड़ोसी हैं।'

'आप?'

'हाँ, मैं,' स्विद्रिगाइलोव ने ठहाका लगा कर कहा। 'और, प्यारे रोदिओन रस्कोलनिकोव, तुम्हें यकीन दिलाता हूँ कि मुझे तुममें बेहद दिलचस्पी है। मैंने तुमसे कहा भी था कि हम दोनों गहरे दोस्त बन जाएँगे, कहा था कि नहीं? मैंने तो पहले ही तुम्हें बता दिया था। तो हम दोस्त बन ही गए। तुम देखोगे कि मैं कितना मस्त-मौला आदमी हूँ। देखोगे कि मुझसे तुम्हारी कैसी अच्छी पटती है!'

अपराध और दंड : (अध्याय 6-भाग 1)

रस्कोलनिकोव के लिए एक अजीब दौर का आरंभ हुआ : लगता था, उसके ऊपर घना कुहरा उतर आया हो जिसने उसे घोर निराशा भरे अकेलेपन की चादर में लपेट दिया हो और उससे निकलने का कोई रास्ता न हो। बाद में - बहुत बाद में - इस जमाने को याद करके उसने महसूस किया कि इसमें ऐसे पल भी आए थे जब चीजों को देखने-समझने की क्षमता धुँधलाती महसूस हो रही थी, और यह सिलसिला आखिरी तबाही आने तक चलता रहा था, बस बीच में कभी-कभी ठहर जाता था। उसे यकीन हो चला था कि उस जमाने में, कई बातों के बारे में उसके विचार गलत थे, मसलन कुछेक घटनाओं की तारीख और अवधि के बारे में। बहरहाल, बाद में जब उसने उन घटनाओं को याद किया और उनकी वजह तलाश करने की कोशिश की तो दूसरे लोगों से हासिल की गई जानकारी को बाँध-जोड़ कर उसने अपने बारे में कई ऐसी बातों का पता लगाया जो उसे पहले नहीं मालूम थीं। मिसाल के तौर पर वह एक घटना को कोई दूसरी घटना का नतीजा समझ लेता था, जिसका अस्तित्व केवल उसकी कल्पना में था। कभी-कभी उस पर चिंता की ऐसी दुखदायी और बीमार भावना छा जाती थी, जो बौखलाहट का रूप ले लेती थी। लेकिन उसे ऐसे पल भी याद थे, ऐसे घंटे, बल्कि पूरे-पूरे दिन, जब उस पर गोया पहलेवाली बौखलाहट के विपरीत भरपूर उदासीनता छा जाती थी, उसी बीमार लाचारी जैसी उदासीनता, जो कभी-कभी मरने से फौरन पहले कुछेक लोगों पर छा जाती है। उन अंतिम दिनों में, कुल मिला कर, ऐसा लगता था कि वह अपनी स्थिति को पूरी तरह और साफ-साफ समझने से कतराने की चिंता करता रहता था। उन दिनों तात्कालिक महत्व की कुछ ऐसी बातें दिमाग पर खास तौर पर बोझ बनी रहती थीं, जिनकी वजह को फौरन समझना जरूरी होता था। लेकिन उसे अपनी चिंताओं से बच निकलने से कितनी ही खुशी क्यों न होती रही हो, उसने इतना जरूर महसूस किया कि जो आदमी उस जैसी स्थिति में हो, उसके लिए उन चिंताओं की ओर एकदम ध्यान न देना लाजमी तौर पर तबाही का कारण बन सकता था।

वह खास कर स्विद्रिगाइलोव की वजह से चिंतित था, बल्कि यह कहना गलत न होगा कि उसके सारे विचार स्विद्रिगाइलोव पर केंद्रित थे। जब से स्विद्रिगाइलोव ने कतेरीना इवानोव्ना की मौत के समय सोन्या के कमरे में रस्कोलनिकोव के आगे उन धमकी भरे और उसकी नजरों में असंदिग्ध, शब्दों का इस्तेमाल किया था, तब से ऐसा लगने लगा था कि उसके विचारों का स्वाभाविक प्रवाह टूट चुका था। वैसे इस नई बात से रस्कोलनिकोव को बेहद चिंता हुई थी, फिर भी उसे इसका कारण जानने की कोई जल्दी महसूस नहीं होती थी। कभी-कभी जब वह शहर के किसी दूर-दराज, एकांत हिस्से में, किसी घटिया शराबखाने की मेज पर अपने आपको विचारों में खोया हुआ पाता और उसे ठीक से यह भी याद नहीं आता कि वह वहाँ पहुँचा कैसे, तब वह अचानक स्विद्रिगाइलोव के बारे में सोचने लगता था। वह अचानक हैरानी के साथ और बहुत स्पष्ट रूप से यह महसूस करने लगा था कि उसे जितनी जल्दी हो सके, उस आदमी के साथ मेल-जोल पैदा करना चाहिए, उससे कोई पक्का समझौता कर लेना चाहिए। अपने आपको एक दिन शहर के बाहर पा कर वह यह भी कल्पना करने लगा कि वह स्विद्रिगाइलोव का इंतजार कर रहा था, कि उसने उससे वहीं मिलने की बात तय की थी। फिर एक बार ऐसा भी हुआ कि पौ फटने से पहले उसकी आँख खुली, तो वह झाड़ियों के बीच जमीन पर पड़ा था और उसे यह भी याद नहीं आ रहा था कि वह वहाँ पहुँचा कैसे था। लेकिन कतेरीना इवानोव्ना की मौत के दो-तीन दिनों के अंदर वह स्विद्रिगाइलोव से कई बार मिला था, और लगभग हर बार सोन्या के कमरे में मिला था, जहाँ वह देखने में बिना किसी काम के जाता था। ऐसी हर भेंट लगभग हमेशा ही बस एक मिनट के लिए हुई। वे एक-दूसरे से कुछ शब्द कहते थे लेकिन

कभी उस चीज के बारे में बातें नहीं करते थे, जिसमें उन दोनों को सबसे ज्यादा दिलचस्पी थी, गोया दोनों के बीच अपने आप फिलहाल उस बारे में कुछ भी न कहने का फैसला हो गया हो। कतेरीना इवानोव्ना की लाश अभी तक ताबूत में रखी थी। स्विद्रिगाइलोव कफन-दफन के इंतजाम में लगा हुआ था। सोन्या भी बहुत व्यस्त थी। पिछली मुलाकात में स्विद्रिगाइलोव ने रस्कोलनिकोव को बताया था कि उसने कतेरीना इवानोव्ना के बच्चों का पूरा-पूरा बंदोबस्त और बहुत ही संतोषजनक बंदोबस्त कर दिया था। अपनी जान-पहचान के कुछ लोगों से पूछताछ करके उसने कुछ ऐसे लोगों का पता लगाया था जिनकी मदद से उन तीन अनाथ बच्चों को उचित संस्थाओं में फौरन रखा जा सकता था। उसने यह भी बताया कि उसने उनके नाम जो पैसा जमा कराया था, उसकी वजह से भी बहुत मदद मिली क्योंकि जिन बच्चों के पास अपना कुछ पैसा होता है, उनका बंदोबस्त कंगाल बच्चों की अपेक्षा कहीं ज्यादा आसानी से हो जाता है। उसने सोन्या के बारे में भी कुछ कहा था, एक-दो दिन में रस्कोलनिकोव से खुद आ कर मिलने का वादा किया था, और इस बात का जिक्र किया था कि वह उसकी 'सलाह' लेना चाहता है, कि वह उसके साथ 'सारी बातें सुलझा लेने' के लिए बहुत ही बेचैन है, और यह कि उसे उससे कुछ 'काम की' बातें करनी हैं। यह बातचीत ड्योढ़ी में या सीढ़ियों पर होती थी। स्विद्रिगाइलोव ने एक बार एक पल रस्कोलनिकोव की आँखों में आँखें डाल कर बड़े गौर से देखा और फिर अपनी आवाज नीची करके उसने अचानक पूछा :

'लेकिन रोदिओन रोमानोविच, तुम इतने परेशान क्यों दिखाई दे रहे हो तुम तो लगता है कहीं खोए हुए हो, सचमुच! सब कुछ देखते रहते हो और सुनते रहते हो लेकिन लगता है, तुम्हारी समझ में कुछ भी नहीं आता। चिंता छोड़ो यार, खुश रहो! हम लोगों की बातचीत होने के बाद देखना; अफसोस की बात है कि इस वक्त मैं खुद अपने और दूसरे लोगों के मुआमलों में बुरी तरह उलझा हुआ हूँ।' उसने अचानक कहा, 'हर इनसान को खुली हवा की जरूरत होती है, हवा की, हवा की! ...सबसे बढ़ कर बस इसी एक चीज की!'

अचानक वह पादरी और उसके सहायक को रास्ता देने के लिए एक ओर को हट गया। वे लोग मृतात्मा के लिए प्रार्थना करने सीढ़ियों से ऊपर आ रहे थे। स्विद्रिगाइलोव ने इसका बंदोबस्त कर दिया था कि रोज दो बार यह प्रार्थना हुआ करे। स्विद्रिगाइलोव तो अपने काम से चला गया लेकिन रस्कोलनिकोव कुछ पल खड़ा सोचता रहा और फिर पादरी के पीछे-पीछे सोन्या के कमरे में चला गया।

वह चौखट पर ठिठक गया। प्रार्थना शुरू हुई - मंद गति से, शांत और उदास भाव से। बचपन के दिनों से ही वह हमेशा यह महसूस करता आया था कि मृत्यु के विचार में और मृत्यु की उपस्थिति की चेतना में कोई बहुत ही मनहूस और रहस्यमय, डरावनी चीज थी। इसके अलावा यह बात भी कि किसी मृत के शोक की प्रार्थना में गए उसे बहुत दिन हो गए थे। पर यहाँ तो कुछ और भी था - कोई बहुत ही भयानक और बेचैन करनेवाली बात। उसने बच्चों की ओर देखा : वे सभी ताबूत के पास घुटनों के बल बैठे थे। पोलेच्का रो रही थी। उनके पीछे सोन्या चुपके-चुपके, डरते-डरते, रोते हुए प्रार्थना कर रही थी। 'बात क्या है,' रस्कोलनिकोव ने अचानक सोचा, 'कि पिछले कुछ दिनों से उसने मेरी ओर देखा तक नहीं और न ही मुझसे कोई बात की!' कमरे में धूप फैली हुई थी; लोबान के धुएँ के बादल उठ रहे थे; पादरी एक आयत पढ़ रहा था, 'हे प्रभु, इसे चिर शांति दो'। पूरी प्रार्थना के दौरान रस्कोलनिकोव वहीं मौजूद रहा। उन्हें आशीर्वाद देने और उनसे विदा लेने के समय लगा कि पादरी ने एक अजीब ढंग से मुड़ कर अपने चारों ओर देखा। रस्कोलनिकोव प्रार्थना के बाद सोन्या के पास गया और सोन्या ने अचानक उसके हाथ अपने हाथों में ले कर सर उसके कंधे पर टिका दिया। उसके जरा देर की इस दोस्ताना अदा से रस्कोलनिकोव हैरत में पड़ गया; उसे यह बात बेहद अजीब लगी। हे भगवान, तो क्या

उसके दिल में मेरे लिए जरा भी घृणा और तिरस्कार का भाव नहीं था उसके हाथ कतई काँप नहीं रहे थे... यह तो अपने आपको अपमानित करने की चरम सीमा है। उसने कम-से-कम इसे इसी रूप में समझा। सोन्या ने कुछ नहीं कहा। रस्कोलनिकोव ने उसका हाथ धीरे से दबाया और बाहर चला गया। वह बहुत कुढ़न का अनुभव कर रहा था। अगर वह उस पल कहीं चला जाता और वहाँ बाकी जीवन एकदम अकेला रहता, तो भी अपने आपको धन्य समझता। लेकिन मुसीबत यह थी कि इधर कुछ समय से यूँ तो वह निपट अकेला रहा, पर फिर भी वह कभी यह महसूस नहीं किया कि वह अकेला है। कभी-कभी वह शहर से बाहर निकल जाता, शाहराह पर चलता रहता, और एक दिन तो एक छोटे से जंगल में भी जा पहुँचा लेकिन जगह जितनी ही सुनसान होती थी, उसे पास ही किसी की डरावनी मौजूदगी का उतना ही अधिक एहसास होता था, किसी की ऐसी मौजूदगी का जो उसमें भय उतना पैदा नहीं करती थी जितना उसे झुँझला देती थी। तब वह जल्दी से वापस शहर आ जाता, भीड़ में घुल-मिल जाता, किसी रेस्तराँ या शराबखाने में जा कर बैठ जाता, या पैदल चलता हुआ कबाड़ी बाजार या भूसामंडी पहुँच जाता। वहाँ उसे अधिक शांति मिलती और वह अधिक अकेला भी महसूस करता। एक शाम एक शराबखाने में लोग गीत गा रहे थे। वहाँ वह लगभग घंटे भर बैठा गीत सुनता रहा, और उसे याद था कि उसे उसमें बहुत आनंद आया था। लेकिन अंत में वह फिर बेचैन हो उठा, गोया उसका जमीर उसे कचोके दे रहा हो : 'यहाँ बैठा मैं गाने सुन रहा हूँ जबकि मुझे यही नहीं करना चाहिए, क्यों?' वह बरबस सोचने लगा। लेकिन उसे फौरन लगा कि उसे अकेले यही बात परेशान नहीं कर रही थी। कोई बात ऐसी भी थी जिसे फौरन तय करना जरूरी था लेकिन बात क्या थी, इसे वह न तो साफ तौर पर देख सका और न शब्दों से व्यक्त कर सका। हर चीज कैसी बुरी तरह उलझी हुई मालूम होती थी। 'नहीं,' उसने सोचा, 'इससे तो लड़ना कहीं बेहतर होगा! इससे कहीं बेहतर यह होगा कि वह फिर पोर्फिरी से टक्कर ले... या स्विद्रिगाइलोव से टकरा जाए... या किसी समन का, किसी हमले का सामना करे!' वह शराबखाने से बाहर निकल गया और लगभग दौड़ने लगा। न जाने क्यों दुनिच्का और अपनी माँ का खयाल आने पर वह अचानक बौखला उठा। यह उसी रात की बात है जब उसकी आँख पौ फटने से पहले क्रेस्तोव्स्की द्वीप की कुछ झाड़ियों के बीच खुली थी, उसकी हड्डियों तक में सर्दी समा गई थी और उसे बुखार महसूस हो रहा था। वह घर की तरफ बढ़ चला था और बहुत तड़के वहाँ पहुँचा था। कुछ घंटे सोने के बाद उसका बुखार तो उतर चुका था, लेकिन वह काफी देर तक सो कर उठा था : तीसरे पहर के दो बजे।

उसे याद आया उसी दिन कतेरीना इवानोव्ना को दफन किया जानेवाला था और उसे इसी बात की खुशी थी कि वह उसके जनाजे में नहीं गया। नस्तास्या उसके लिए जब कुछ खाना लाई तो उसने जी भर कर खाया-पिया, किसी मरभुक्खड़ की तरह। दिमाग में पहले से ज्यादा ताजगी आ गई थी, और तब वह जितनी शांति अनुभव करने लगा था, उतनी उसने उससे पहले तीन दिन में कभी नहीं की थी। एक पल के लिए उसे उससे पहले के बौखलानेवाले खौफ के दौरों पर कुछ आश्चर्य भी हुआ। इतने में दरवाजा खुला और रजुमीखिन अंदर आया।

'खूब, तो खाना खा रहे हो... इसका मतलब है कि बीमार नहीं हो,' रजुमीखिन ने कुर्सी खींच कर मेज की दूसरी तरफ रस्कोलनिकोव के सामने बैठते हुए कहा। वह बहुत परेशान था और उसने इसे छिपाने की कोशिश नहीं की। वह स्पष्ट झुँझलाहट के साथ बोल रहा था, लेकिन बिना किसी जल्दी के बिना आवाज ऊँची किए हुए। साफ था कि वह किसी खास, बल्कि गैर-मामूली, काम से आया था।

'देखो,' उसने सधी आवाज में कहना शुरू किया, 'जहाँ तक मेरा सवाल है, मेरी बला से तुम सब लोग भाड़ में भी जाओ... लेकिन मैं अब उस जगह पहुँच चुका हूँ जहाँ मैं यह महसूस करने लगा हूँ कि मेरी समझ में कुछ भी नहीं आता। भगवान

के लिए, यह मत समझना कि मैं तुमसे जवाब माँगने आया हूँ! मेरी बला से! ऐसा करने का मेरा कोई इरादा नहीं! अगर तुम मुझे खुद अपनी सारी बातें, सारे मनहूस भेद, बताना चाहो तब भी ऐन मुमकिन यही है कि मैं सुनने के लिए न रुकूँ! मैं उठ कर फौरन चला जाऊँगा! मैं निजी तौर पर सबसे पहले और आखिरी बार जिस बात का पता लगाने आया हूँ वह यह है कि तुम सचमुच पागल हो कि नहीं। देखो, कुछ लोग तुम्हारे बारे में यही राय रखते हैं (यहाँ भी और वहाँ भी) कि तुम या तो पागल हो या पागल होनेवाले हो। मैं तुम्हें साफ-साफ बता दूँ, मैं खुद इस राय को मानने को तैयार था। पहली बात तो यह कि तुम्हारी बेवकूफी भरी और कुछ हद तक नफरत पैदा करनेवाली हरकतों की वजह से (मैं लगे हाथ यह भी कह दूँ कि उनकी कोई वजह समझ में नहीं आती), और दूसरी यह कि इधर हाल में अपनी माँ और बहन के साथ तुम्हारा बर्ताव ही ऐसा था। जैसा बर्ताव तुमने किया, वैसा तो महज कोई पिशाच, कोई नीच या कोई पागल ही कर सकता था। इससे साबित होता है कि तुम जरूर पागल हो...'

'क्या तुम उनसे हाल में भी मिले?'

'अभी-अभी। तो क्या उस दिन के बाद तुम उनसे नहीं मिले? तुम आखिर भटकते कहाँ रहते हो, मैं तो यह जानना चाहता हूँ। मैं यहाँ तीन बार पहले भी आ चुका। तुम्हारी माँ बीमार हैं। कल से उनकी तबीयत बहुत खराब है। वे तुम्हारे पास आना चाहती थीं। तुम्हारी बहन ने उन्हें रोकने की कोशिश की, लेकिन वह किसी तरह सुनती ही नहीं थीं। बोलीं : अगर वह बीमार है, अगर पागल हो रहा है, तो उसकी मदद करना उसकी माँ का फर्ज है। इसलिए हम सब यहाँ साथ आए क्योंकि उन्हें अकेले तो नहीं आने देते। रास्ते भर उनसे हम शांत रहने की मिन्नतें करते रहे। हम अंदर भी आए, लेकिन तुम कहीं बाहर गए हुए थे। वे दस मिनट तक यहीं बैठी राह देखती रहीं, और हम लोग चुपचाप पास में खड़े रहे। फिर वे उठीं और बोलीं : अगर वह बाहर गया हुआ है तो मतलब यह है कि वह चंगा होगा या अपनी माँ को भूल गया है। यह उसकी माँ के लिए बड़े अपमान की बात है और उसे यह शोभा नहीं देता कि माँ उसके दरवाजे पर खड़ी हो कर उससे प्यार की भीख माँगे। घर वापस आते ही उन्होंने चारपाई पकड़ ली। अब उन्हें बुखार है। कहती हैं : मैं देख रही हूँ, 'उसके पास अपनी छोकरी के लिए काफी वक्त है'। उन्हें विश्वास है कि तुम्हारी छोकरी वह सोफ्या सेम्योनोव्ना है और उसे वे तुम्हारी मँगेतर या रखैल, मुझे नहीं मालूम क्या समझती हैं। मैं फौरन सोफ्या सेम्योनोव्ना के यहाँ गया। बात यह है यार कि मैं एक पूरे मामले की तह तक पहुँचना चाहता हूँ। वहाँ पहुँच कर मैंने एक ताबूत रखा हुआ देखा। बच्चे रो रहे थे और सोफ्या सेम्योनोव्ना उन्हें मातमी कपड़े पहना रही थी। तुम वहाँ नहीं थे। मैंने एक नजर झाँक कर देखा, फौरन माफी माँग कर वापस चला आया और फौरन जा कर तुम्हारी बहन को सारी बात बता दी। लिहाजा यह सारी बात बकवास ही है। तुम्हारी कोई छोकरी नहीं है, और तुम शायद सरासर, पूरी तरह पागल हो। और अब तुम यहाँ बैठे उबले गोश्त से यूँ चिपके हुए हो जैसे तीन दिन से मुँह में कौर न गया हो। माना कि खाना तो पागल भी खाते हैं, पर मैं देख सकता हूँ कि तुम... पागल नहीं हो। हालाँकि तुमने मुझसे अभी तक एक शब्द भी नहीं कहा है! मैं कसम खा कर कह सकता हूँ कि तुम कतई पागल नहीं हो। इसलिए तुम सब जाओ भाड़ में क्योंकि जाहिर है इसमें कोई भेद है, कोई रहस्य है और अगर मैं तुम्हारे रहस्यों का पता लगाने में अपना सर खपाऊँ, तो मुझ पर लानत बरसे। इसलिए मैं तुमसे बस यह बताने आया हूँ कि तुम्हारे बारे में मैं क्या सोचता हूँ,' उसने उठते हुए अपनी बात खत्म की। '...अपने दिमाग पर से बोझ उतारने के लिए। इसलिए कि अब मुझे मालूम है कि मुझे क्या करना है!'

'तुम अब क्या करनेवाले हो?'

'तुमसे मतलब कि मैं क्या करनेवाला हूँ?'

'देखो, खबरदार! तुम शराब पीना न शुरू कर दो!'

'कैसे... तुमने कैसे अंदाजा लगाया?'

'हे भगवान, यह तो सीधी-सी बात है!'

रजुमीखिन कुछ पलों तक चुप रहा।

'तुम हमेशा बहुत समझदार रहे,' अचानक उसने जोश में कहा, 'और कभी पागल नहीं रहे... कभी नहीं। तुम एकदम ठीक कहते हो : मैं शराब ही पीने लगूँगा। तो लो, मैं चला।' यह कह कर वह दरवाजे की ओर बढ़ा।

'रजुमीखिन, मैं अपनी बहन से तुम्हारे बारे में ही बातें कर रहा था। मेरा खयाल है परसों।'

'मेरे बारे में! लेकिन परसों तुम उससे कहाँ मिले?' रजुमीखिन अचानक ठिठका। उसके चेहरे का रंग जरा उतर गया। साफ लग रहा था कि उसका दिल धीरे-धीरे लेकिन भारीपन के साथ धड़क रहा था।

'वह यहाँ अकेली आई थी। यहीं बैठ कर मुझसे बातें करती रही।'

'यह बात?'

'हाँ।'

'उनसे तुमने क्या बातें की... मेरा मतलब है, मेरे बारे में क्या कहा?'

'मैंने उसे बताया कि तुम बहुत भले, ईमानदार और मेहनती इनसान हो। हाँ, उसे मैंने यह नहीं बताया कि तुम उससे प्यार करते हो, क्योंकि यह तो वह आप ही जानती है।'

'आप ही जानती हैं?'

'बिलकुल! तो मैं कहीं भी जाऊँ, मेरा जो भी हाल हो, तुम उन लोगों के साथ ही रहना, उनकी देखभाल करना। यह समझ लो रजुमीखिन कि उन्हें मैं तुम्हारे हवाले कर रहा हूँ... कि मुझे पता है, तुम्हें उससे कितना प्यार है और इसलिए कि मुझे पक्का यकीन है कि तुम एक नेक इनसान हो। मुझे यह भी पता है कि अगर इस वक्त उसे तुमसे प्यार नहीं भी हो, तो भी आगे चल कर वह तुमसे प्यार कर सकती है। अब तुम खुद ही फैसला करो कि तुम्हें शराब शुरू करनी चाहिए या नहीं।'

'रोद्या... देखो... खैर... जाने दो यह बात! लेकिन तुम भला कहाँ जाने की सोच रहे हो मेरा मतलब है, अगर यह कोई भेद की बात है तो मैं जवाब के लिए तुम पर जोर नहीं डालूँगा। हाँ, मैं... मैं इस भेद का पता तो लगा ही लूँगा... और मुझे पूरा यकीन है कि यह सब खुराफात है... सरासर बकवास है, और यह सारा सिलसिला तुमने ही शुरू किया है। फिर भी, तुम आदमी बहुत अच्छे हो! बहुत अच्छे...'

'खैर, मैं तो आप ही तुम्हें बताने जा रहा था, लेकिन तुमने मेरी बात बीच में ही काट दी। अभी एक मिनट पहले तुम्हारे मुँह से यह सुन कर मैं बहुत खुश हुआ था कि तुम मेरे किसी भेद का पता लगाने की कोशिश नहीं करोगे। फिलहाल तो भेद को भेद ही रहने दो। तुम बड़े अच्छे हो, और उसके बारे में परेशान मत हो। वक्त आने पर हर बात तुम्हें मालूम हो जाएगी... मेरा मतलब है, जब तुम्हारे जानने का वक्त आएगा। कोई मुझे कल बता रहा था कि आदमी के लिए जो चीज जरूरी है, वह है ताजा हवा, हवा! मैं अभी उसके पास जा कर यही मालूम करना चाहता था कि इससे उसकी मुराद क्या थी।'

रजुमीखिन विचारमग्न और अंदर से हिला हुआ नजर आ रहा था। लग रहा था, वह किसी बात के बारे में सोच रहा है।

'यह एक राजनीतिक षड्यंत्रकारी है, इसमें कोई शक नहीं! और यह भी तय है कि यह जान की बाजी लगा कर कुछ करनेवाला है... इसके अलावा कुछ और हो भी नहीं सकता और... और दुनिच्का इस बात को जानती है,' उसने मन-ही-मन सोचा।

'तो तुम्हारी बहन तुमसे मिलने आती हैं,' उसने एक-एक शब्द पर जोर दे कर कहा, 'और तुम खुद ऐसे किसी आदमी से मिलने के लिए बेचैन हो जो कहता है कि हमें हवा की और ज्यादा जरूरत है, हवा की और... मैं समझता हूँ कि वह खत भी इसी तरह की कोई चीज है,' उसने अपनी बात खत्म करते हुए कहा, गोया अपने आपसे बातें कर रहा हो।

'कौन-सा खत?'

'आज सबेरे उनके पास एक खत आया जिसे पढ़ कर वे बहुत परेशान हो गईं। बहुत ही परेशान। मैं तुम्हारे बारे में बातें करने लगा तो मुझे लगभग डाँट कर चुप करा दिया। फिर... फिर बोलीं कि शायद जल्दी ही हमको एक-दूसरे से अलग होना पड़े। फिर किसी बात के लिए मेरा शुक्रिया अदा करने लगीं, और उसके बाद अपने कमरे में जा कर कमरा अंदर से बंद कर लिया।'

'उसके पास कोई खत आया था?' रस्कोलनिकोव ने कुछ सोचते हुए कहा।

'हाँ। तुम्हें नहीं मालूम हूँ!'

दोनों चुप रहे।

'तो रोद्या, मैं चला। देखो यार... एक जमाना वह भी था जब... खैर, चलता हूँ! मुझे जाना भी है। मैं शराब के चक्कर में नहीं पड़ूँगा, अब उसकी कोई जरूरत नहीं रही... खतरे की कोई बात नहीं।'

उसे जाने की जल्दी थी, लेकिन बाहर निकलते हुए जब वह दरवाजा बंद करने लगा तो अचानक दरवाजा फिर खोल कर रस्कोलनिकोव की ओर देखे बिना बोला :

'अरे हाँ, तुम्हें वह कत्ल तो याद है न पोर्फिरी और... वह बुढ़िया तो मैं तुम्हें यह बता दूँ कि हत्यारे का पता चल चुका है। उसने अपना अपराध मान लिया है और सारे सबूत भी बरामद करा दिए हैं। वह उन्हीं मजदूरों में से था जो घर की रंगाई-पुताई कर रहे थे। कमाल की बात है न? याद है, मैं यहीं पर, उन्हीं की पैरवी कर रहा था। तुम यकीन करोगे कि जिस वक्त

दरबान और दो गवाह सीढ़ियों से ऊपर जा रहे थे तब उसने जान-बूझ कर अपने पर से शक हटाने के लिए अपने साथी के साथ सीढ़ियों पर मार-पीट और हँसी-मजाक का वह नाटक रचा था। ऐसी नौजवानी में इतनी चालाकी ऐसी हाजिर-दिमागी! यकीन नहीं आता किसी तरह, लेकिन उसने हर बात की वजह साफ कर दी है और सब कुछ साफ तौर पर कबूल कर लिया है। पर मैं भी कैसा बेवकूफ बना! मैं तो समझता हूँ कि मक्कारी और सूझबूझ में उसका जवाब नहीं है। वह हमारे बड़े-बड़े कानून के पंडितों की आँखों में धूल झोंकने में उस्ताद है, सो ताज्जुब की कोई बात नहीं है इसमें! बहरहाल, ऐसे लोग भी इस दुनिया में क्यों न मिलें जहाँ तक इस नाटक को जारी न रख पाने और अपना अपराध कबूल कर लेने की बात है, तो यह भी एक वजह है कि उसका यकीन किया जाए। बात और भी यकीन के लायक हो जाती है... लेकिन उस दिन मैं कैसा बेवकूफ बना! उसकी पैरवी में जमीन-आसमान के कुलाबे मिला दिए!'

'आह... पर यह तो बताओ कि ये सब बातें तुम्हें कैसे मालूम हुईं, और तुम्हें इसमें इतनी दिलचस्पी क्यों है?' रस्कोलनिकोव ने साफ तौर पर उत्तेजित हो कर पूछा।

'हे भगवान, इसमें मेरी दिलचस्पी की भी एक ही कही! क्या सवाल है! मुझे यह बात औरों के अलावा पोर्फिरी से भी मालूम हुई। सच तो बल्कि यह है कि लगभग सारी बातें उसी ने बताईं।'

'पोर्फिरी ने।'

'हाँ, पोर्फिरी ने।'

'हूँ तो क्या... क्या कहा उसने?' रस्कोलनिकोव ने चौंक कर पूछा।

'अरे उसने तो सारी बातें बड़े ही खूबसूरत ढंग से समझाईं। मनोवैज्ञानिक ढंग से, अपने ही खास ढंग से।'

'उसने समझाया... तुम्हें उसने खुद समझाया?'

'हाँ, खुद उसने। तो मैं चला। बाद में तुम्हें और भी बातें बताऊँगा। माफ करना, अब मैं भागूँगा। देखो, बात यह है कि एक जमाना था जब मैं सोच करता था... पर जाने दो, अभी नहीं बाद में बताऊँगा... अब मैं नशे में चूर होना नहीं चाहता, तुमने तो मुझे शराब के बिना ही मदहोश कर दिया है। मैं नशे में हूँ, रोद्या! एक बूँद भी पिए बिना नशे में हूँ। खैर, फिर मिलेंगे। बहुत जल्द मैं फिर आऊँगा।'

वह चला गया।

'किसी राजनीतिक षड्यंत्र में यह शामिल है, यह तो तय बात है... एकदम पक्की,' रजुमीखिन ने धीरे-धीरे सीढ़ियाँ उतरते हुए आखिरी तौर पर सोचा। 'और इसने अपनी बहन को भी उसमें घसीट लिया है। दुनिच्का जैसी लड़की के साथ ऐसा होना ऐन मुमकिन है। दोनों छिप-छिप कर मिलने भी लगे हैं... और उसने भी इशारे-इशारे में मुझसे यह बात कही! हाँ, उसकी बातों से... उसके हाव-भाव से... और उसके इशारों से तो यही लगता है कि यह बात सच होगी! वरना इस गुत्थी का और क्या हल हो सकता है मैं सोचता था... हे भगवान, मैंने ऐसी बात सोची कैसे! मैं पागल था कि मैंने इस तरह की बात सोची और इस तरह उसके साथ बड़ी ही ज्यादती की। उस दिन रात को गलियारे में लैंप के नीचे उसी ने मुझे ऐसा सोचने पर मजबूर किया। लानत है! कैसा बेहूदा, भोंडा और कायरता भरा विचार था! भला हो उस निकोलाई का कि

उसने अपना अपराध मान लिया! उसकी वजह से कितनी मदद मिली है सारी बात समझने में। इसकी बीमारी, इसकी अजीब-अजीब हरकतें... यूनिवर्सिटी में भी यह उखड़ा-उखड़ा और उदास रहा था... लेकिन उस खत का भेद क्या है मैं समझता हूँ, उसमें भी कोई बात जरूर है। किसका खत था? मुझे तो शक है... खैर, पता तो मैं लगा ही लूँगा!'

दुनिच्का का अजीब-गरीब व्यवहार याद करके उसका दिल डूबने लगा। वह तेज कदम बढ़ाता हुआ चलता रहा।

रजुमीखिन के जाते ही रस्कोलनिकोव उठा, खिड़की की ओर घूमा और कमरे में एक कोने से दूसरे कोने तक टहलने लगा, गोया उसे यह याद भी न रहा हो कि कमरा कितना छोटा था, और... वह एक बार फिर सोफे पर बैठ गया। लग रहा था, वह बिलकुल बदल गया है। तो आगे एक संघर्ष और भी है... मतलब कि बाहर निकलने का रास्ता भी है!

'हाँ, रास्ता तो है! हवा की बेहद कमी हो रही है... काफी घुटन है यहाँ!' उसे लगा, वह किसी बहुत बड़े बोझ के नीचे दबा हुआ है जो उसे जमीन से उठने नहीं दे रहा, गोया उसे किसी ने नशीली दवा पिला दी हो। उस दिन पोर्फिरी के दफ्तर में निकोलाई के साथ जो कुछ हुआ था, उसके बाद से वह बहुत जकड़ा हुआ, घुटा-घुटा महसूस करने लगा था उसी दिन निकोलाईवाली घटना के बाद सोन्या के कमरेवाली बात हुई थी। उस घटना में उसने जो कुछ किया और अंत में जो कुछ कहा, उसकी उसने पहले से कल्पना तक नहीं की थी... हाँ, वह कमजोर हो गया था, और सो भी अचानक और पूरी तरह! एक ही झटके में! उस वक्त वह सोन्या की इस बात से सहमत था कि अपने अंतःकरण पर ऐसी चीज का बोझ ले कर वह चल नहीं सकेगा! और स्विद्रिगाइलोव? स्विद्रिगाइलोव एक पहेली था... यह सच था कि उसे स्विद्रिगाइलोव की वजह से काफी चिंता रहती थी, लेकिन न जाने क्यों यह उस तरह की चिंता नहीं थी। शायद उसे स्विद्रिगाइलोव से भी टकराना पड़े। शायद उसके लिए स्विद्रिगाइलोव को पछाड़ देने की गुंजाइश भी बहुत थी। लेकिन पोर्फिरी की बात एकदम अलग थी।

तो पोर्फिरी ने रजुमीखिन को सारी बात समझाई। मनोवैज्ञानिक ढंग से... उसने फिर अपना वही मनहूस मनोविज्ञान घुसेड़ा! पोर्फिरी उस दिन उसके दफ्तर में उन दोनों के बीच जो कुछ हुआ था उसके बाद, और निकोलाई के आने से पहले उन दोनों में जो झड़प हुई थी उसके बाद, जिसकी बस एक वजह हो सकती थी... क्या यह मुमकिन था कि पोर्फिरी एक पल के लिए भी यह यकीन कर ले कि निकोलाई अपराधी था! (पिछले कुछ दिनों में रस्कोलनिकोव को पोर्फिरी के साथ उस झड़प के अलग-अलग टुकड़े कई बार याद आए थे; पूरी घटना को याद करना उसकी बर्दाश्त से बाहर था।) उस दिन ऐसी बातें भी कही गई थीं, दोनों के बीच इस तरह के इशारे भी हुए थे, दोनों ने ऐसी नजरों से एक-दूसरे को देखा था, ऐसे लहजे में बातें कही गई थीं और आखिर में यहाँ तक नौबत पहुँच गई थी कि इतना सब कुछ होने के बाद निकोलाई (जिसे पोर्फिरी ने उसके पहले ही शब्द और उसकी पहली ही मुद्रा से एक खुली किताब की तरह पढ़ लिया था) उसके विश्वास को डिगा नहीं सकता था।

पर कमाल तो यह था कि अब रजुमीखिन भी शक करने लगा था! उस दिन गलियारे में लैंप के नीचे जो कुछ हुआ उसका भी असर पड़े बिना नहीं रहा इसीलिए तो वह भागा-भागा पोर्फिरी के पास गया था। ...लेकिन पोर्फिरी क्यों उसे धोखे में रखना चाहता था? रजुमीखिन का ध्यान निकोलाई की ओर मोड़ने के पीछे उसकी क्या चाल थी? उसके मन में कोई तो बात होगी। उसके कुछ इरादे तो होंगे! तो वे इरादे क्या थे? वह सच है कि उस सुबह के बाद से बहुत सारा वक्त गुजर गया था - बहुत अधिक वक्त - और पोर्फिरी की तरफ से कोई भी बात नहीं कही गई थी। यह यकीनन कोई बहुत अच्छा संकेत

नहीं है...' रस्कोलनिकोव गहरी सोच में डूबा हुआ था। बाहर जाने के इरादे से उसने अपनी टोपी उठाई। इतने दिनों में पहली बार उसे महसूस हुआ कि उसके दिमाग पर जो बादल छाए हुए थे, वे छँट गए हैं। 'मुझे स्विद्रिगाइलोव से तो निबटना ही होगा,' उसने सोचा, 'हर कीमत पर और जल्द से जल्द निबटना होगा। शायद वह भी इसी की राह देख रहा है कि मैं उसके पास आऊँ।' उस पल उसके थके हुए मन में इतनी नफरत भर गई कि वह उन दो में से किसी को कत्ल भी कर सकता था : स्विद्रिगाइलोव को या फिर पोर्फिरी को। उसने कम-से-कम यही महसूस किया कि अभी नहीं तो बाद में तो वह ऐसा कर ही सकता है। 'देखेंगे... देखेंगे,' वह बार-बार मन ही मन कहता रहा।

लेकिन उसने अभी दरवाजा खोला ही था कि उसकी मुठभेड़ पोर्फिरी से हो गई। वह उससे ही मिलने आ रहा था। एक पल के लिए रस्कोलनिकोव भौंचक रह गया, लेकिन बस एक पल के लिए। अजीब बात है कि उसे पोर्फिरी को देख कर ताज्जुब तक नहीं हुआ और उससे कुछ खास डर भी नहीं लगा। वह बस चौंक पड़ा लेकिन जल्द ही, लगभग फौरन ही, अपने आपको इस बात के लिए तैयार कर लिया कि जो भी होना हो, वह हो ही ले। 'शायद यही अंत है! लेकिन वह इस तरह, चूहे की तरह चुपके-चुपके ऊपर कैसे आया कि उसकी आहट तक मैंने नहीं सुनी! कहीं छिप कर कान लगाए सुन तो नहीं रहा था!'

'तुम्हें एक मेहमान के आने की उम्मीद तो रही नहीं होगी, दोस्त' पोर्फिरी जोर-से हँस कर बोला। 'मैं एक अरसे से तुमसे मिलने का इरादा कर रहा था। इधर से गुजर रहा था तो सोचा कि क्यों न पाँच मिनट के लिए मिलता चलूँ और देखूँ कि तुम्हारा क्या हाल है। बाहर जा रहे हो? मैं ज्यादा वक्त नहीं लूँगा। अगर तुम्हें एतराज न हो तो एक सिगरेट पी लूँ'

'कृपा करके आसन लीजिए पोर्फिरी पेत्रोविच, तशरीफ रखिए!' रस्कोलनिकोव इतनी शिष्टता और मित्रता के भाव से मेहमान से बैठने को कह रहा था कि वह खुद अगर देखता तो उसे ताज्जुब होता। तो अब टकराव का वक्त करीब आ रहा है! आदमी आध घंटा किसी कातिल के साथ बिताता है और उसकी साँस अटकी रहती है, लेकिन जब छुरा उसकी गर्दन पर रख दिया जाता है तो उसे कतई कोई डर नहीं लगता। रस्कोलनिकोव पोर्फिरी के सामने आन बैठा और पलक झपकाए बिना उसे देखने लगा। पोर्फिरी ने आँखें सिकोड़ कर देखा और सिगरेट जलाने लगा।

'खैर, तो कहिए, कुछ कहिए तो सही!' लग रहा था कि शब्द रस्कोलनिकोव के दिल से फूटे पड़ रहे थे। 'आप कुछ बोलते क्यों नहीं, जनाब!'

अपराध और दंड : (अध्याय 6-भाग 2)

'इन सिगरेटों को ही देखो,' पोर्फिरी ने सिगरेट जला लेने के बाद धुआँ फूँकते हुए कहना शुरू किया। 'मुझे पता है कि ये मेरे लिए अच्छी नहीं हैं लेकिन इन्हें मैं नहीं छोड़ सकता। हर वक्त खाँसी आती रहती है, गले में खराश रहती है, दम फूलता है। तुम जानते ही हो, मैं जरा डरपोक किस्म का बंदा हूँ। अभी उस दिन मैं एक स्पेशलिस्ट के पास गया था - डॉ. बोतकिन के पास। वे हर मरीज को देखने में कम-से-कम आधा घंटा लगाते हैं, लेकिन मुझे देख कर बस हँस पड़े। ठोक-बजा कर देखा, सीने पर आला लगा कर देखा। फिर मुझसे बोले, तंबाकू तुम्हारे लिए बुरी है, फेफड़ों पर असर हो गया है। लेकिन मैं इसे छोड़ूँ कैसे... इसकी जगह ले सके, ऐसी क्या चीज है मुसीबत यह है कि शराब मैं छूता नहीं, हा-हा-हा! मैं तो

समझता हूँ सारी मुसीबत यही है। देखो, बात यह है कि अपने आप में कोई भी चीज अच्छी या बुरी नहीं होती; आदमी-आदमी की और वक्त-वक्त की बात होती है!'

'अपनी वही कानूनी चालें फिर तो नहीं चल रहा?' रस्कोलनिकोव ने झुँझला कर सोचा। पिछली मुलाकात का सारा दृश्य अचानक उसकी आँखों के सामने आ गया और एक बार फिर उसने उसी भावना को तेजी से उभरता हुआ महसूस किया जिसे उसने उस समय महसूस किया था।

'परसों भी तुमसे मिलने आया था मैं, शाम को,' पोर्फिरी कमरे में चारों ओर नजरें दौड़ाते हुए कहता रहा। 'तुम्हें पता नहीं, यहाँ आया था, इसी कमरे में। इधर से हो कर गुजर रहा था... आज ही की तरह, सो दिल में सोचा, क्यों न एक मिनट के लिए मिलता चलूँ सो मैं आया। तुम्हारे कमरे का दरवाजा भाड़ के मुँह जैसा खुला हुआ था। मैंने इधर-उधर देखा, तुम्हारी नौकरानी तक को नहीं बताया, और वापस चला गया। तुम दरवाजे में ताला नहीं लगाते, क्यों?'

रस्कोलनिकोव का चेहरा और भी गंभीर हो गया। लगता था, पोर्फिरी ने उसके विचारों को भाँप लिया था।

'मैं तुमसे ही बातें करने आया हूँ, दोस्त! लेकिन सिर्फ बातें करने! यहाँ आने की वजह बताना मेरे लिए जरूरी है, बल्कि मेरा फर्ज है,' वह कुछ मुस्कराते हुए कहता रहा, और उसने धीरे से रस्कोलनिकोव का घुटना थपथपाया। लेकिन लगभग उसी पल उसका चेहरा गंभीर और विचारमग्न हो गया। रस्कोलनिकोव को यह देख कर आश्चर्य हुआ कि उसकी भंगिमा में उदासी की भी जरा-सी परछाई थी। उसे उसने कभी ऐसा नहीं देखा था, बल्कि कभी सोचा तक नहीं था कि वह कभी ऐसा भी नजर आ सकता है। 'मैं समझता हूँ पिछली मुलाकात के वक्त हम दोनों के बीच झड़प जैसी कोई बात हो गई थी। यह सच है कि पहली मुलाकात में भी हम दोनों के बीच कुछ झड़प-सी हुई थी... लेकिन अब एक ही बात करनी है। अब मैं तुमसे बस इतना कहना चाहता हूँ कि मैंने तुम्हारे साथ शायद ज्यादती की है। हाँ, मुझे यही खयाल आता रहता है कि मैंने ज्यादती की है। तुम्हें याद है, हम लोग पिछली बार किस तरह एक-दूसरे से अलग हुए थे, कि नहीं याद है तुम बुरी तरह झुँझलाए हुए थे। तुम्हारी टाँगें बुरी तरह काँप रही थीं, और मेरी भी। देखो, मैं समझता हूँ कि उस दिन जो कुछ भी हुआ वह बहुत भद्दा था; उसमें शरीफों जैसी कोई बात नहीं थी। हम लोग तो शरीफ ही हैं, कि नहीं कुछ भी हो जाए हम सबसे पहले और सबसे बढ़ कर शरीफ ही रहेंगे। यह बात ध्यान में रखनी चाहिए। लेकिन तुम्हें याद होगा, हम लोग किस हद तक आगे बढ़ गए थे... सच पूछो तो बेहूदगी की हद तक।'

'कहना क्या चाहता है? यह मुझे समझता क्या है?' रस्कोलनिकोव आश्चर्य में पड़ा सोचता रहा, और सर उठा कर नजरें जमाए हुए पोर्फिरी को घूरता रहा।

'अब मैंने तय किया है कि हमारे लिए यही बेहतर होगा कि हम दोनों एक-दूसरे से दिल खोल कर बातें करें,' पोर्फिरी अपना सर थोड़ा पीछे करके कहता रहा, गोया उसे अपने पुराने शिकार को परेशान करना अच्छा न लग रहा हो और जैसे उसने तिरस्कार के साथ अपने पुराने तरीकों और तरकीबों को दूर फेंक दिया हो। 'तो इस तरह की झड़पें और शंकाएँ बहुत दिन तक नहीं चल सकतीं। वह तो कहो कि निकोलाई ने आ कर उस झड़प को खत्म करा दिया, वरना हम दोनों के बीच न जाने क्या हो जाता। वह कमीना पूरे वक्त मेरे कमरे के पीछे ही जमा रहा... कभी तुम सोच भी सकते थे जाहिर है तुम्हें भी यह बात मालूम है, और मैं यह भी जानता हूँ कि वह बाद में तुमसे मिलने आया था। लेकिन उस वक्त तुम जो समझते थे, वैसा कुछ भी नहीं हुआ था। मैंने किसी को नहीं बुलवाया था और उस वक्त किसी तरह का कोई हुक्म नहीं दिया था। तुम

पूछोगे -क्यों नहीं पर मैं तुम्हें क्या बताऊँ इस सबका असर मुझ पर भी पड़ा था। दरबानों को भी मैं मुश्किल से बुलवा सका था। (मैं समझता हूँ, तुमने बाहर जाते वक्त दरबानों को देखा होगा।) देखो, बात यह है कि उस वक्त मुझे कोई बात सूझी थी - बिजली की तरह ही वह विचार मेरे दिमाग में कौंधा था। जैसा कि तुम देखोगे दोस्त, मुझे तो उसी वक्त पक्का यकीन हो चुका था। मैंने सोचा, क्यों न आजमा कर देखूँ। हो सकता है कोई चीज थोड़ी देर के लिए मेरे हाथों से निकल जाए, लेकिन आखिर में यकीनन कोई दूसरी चीज हाथ लग जाएगी, और दोस्त, कम-से-कम मैं जो चीज चाहता हूँ उसे हाथ से निकलने नहीं दूँगा। मैं समझता हूँ दोस्त, कि तुम स्वभाव से ही चिड़चिड़े हो। तुम्हारी दूसरी खूबियों को देखें तो जरूरत से कुछ ज्यादा ही चिड़चिड़े हो और इसे मैं अपनी बहुत बड़ी कामयाबी समझता हूँ कि मैंने कुछ हद तक उसकी थाह पा ली है। तो यह बात मुझे उसी वक्त समझ लेनी चाहिए थी कि आदमी उठे और अपने बारे में सारी सच्चाई उगल दे, ऐसा हमेशा नहीं होता। कभी-कभी जरूर होता है, अगर आप किसी तरकीब से उसे इतना गुस्सा दिला दें कि वह आपे से एकदम बाहर हो जाए, लेकिन आमतौर पर ऐसा नहीं होता। यह बात मुझे समझ लेनी चाहिए थी। खैर, मैंने सोचा था कि मुझे तो असल में एक छोटे से तथ्य की, एक बहुत ही छोटे-से तथ्य की, कुल जमा एक तथ्य की जरूरत है, किसी ऐसी चीज की जो मेरे काम आ सके, कोई ऐसी चीज जो ठोस हो, बस निरा मनोविज्ञान न हो। इसलिए कि मैं सोचता था, अगर कोई आदमी अपराधी है तो वक्त आने पर आपको उससे उसी के बारे में कोई ठोस नतीजा हासिल होना चाहिए; और आपको ऐसा कोई नतीजा मिलने का भी भरोसा रखने का हक है, जिसकी आपको कतई कोई उम्मीद न हो। मैं आपके स्वभाव पर उम्मीद लगाए बैठा था जनाब, सबसे बढ़ कर आपके स्वभाव पर। लेकिन मैं समझता हूँ, मुझे उस वक्त तुम्हारा जरूरत से ज्यादा भरोसा था।'

'लेकिन... लेकिन आप अभी भी उसी तरह की बातें क्यों ठोंके जा रहे हैं,' रस्कोलनिकोव ने आखिर बड़बड़ा कर पूछा। उसे ठीक से यह भी नहीं मालूम था कि उससे पूछा क्यों जा रहा है। 'यह भला किस चीज के बारे में बातें कर रहा है,' उसने कुछ भी न समझ कर अपने आपसे पूछा। 'क्या यह मुझे सचमुच बेकुसूर समझता है?'

'तो मैं इस तरह की बातें क्यों कर रहा हूँ? बात यह है कि मैं अपनी सफाई देने आया हूँ; यूँ कहो कि मैं इसे अपना फर्ज समझता हूँ। तुम्हें मैं सब कुछ बता देना चाहता हूँ, हर बात जिस तरह से हुई ऐन उसी तरह। मैं समझता हूँ, मेरे दोस्त, कि मैंने तुम्हें बहुत तकलीफ पहुँचाई है। मैं कोई दानव नहीं हूँ। मैं अच्छी तरह समझता हूँ कि उस आदमी के लिए इन सब बातों को झेलने का क्या मतलब होता है, जो निराश होने के बावजूद स्वाभिमानी हो, होशियार हो और बेचैन, खास कर बेचैन हो। बहरहाल, मैं तुम्हें बहुत ही इज्जतदार समझता हूँ, बल्कि तुम्हारे स्वभाव से उदारता की एक झलक भी है। वैसे मैं तुम्हारी हर राय से सहमत नहीं हूँ, और यही मुनासिब समझता हूँ कि मैं फौरन तुम्हें साफ-साफ और पूरी ईमानदारी के साथ यह बात बता दूँ, क्योंकि सबसे बड़ी बात तो यह है कि मैं तुम्हें धोखा देना नहीं चाहता। यह पता लगा लेने के बाद कि तुम किस तरह के आदमी हो, मुझे आप ही तुमसे कुछ लगाव जैसा हो गया। शायद मेरे इस तरह बातें करने की वजह से तुम मुझ पर हँसोगे! खैर, इसका तुम्हें अधिकार है। मैं जानता हूँ, मुझे तुम शुरू से ही नापसंद करते थे, क्योंकि सच तो यह है कि तुम मुझे पसंद करो भी तो क्यों करो! मेरे बारे में तुम चाहे जो सोचो, मैं अपनी तरफ से कोई कोशिश उठा रखना नहीं चाहता कि मेरे बारे में तुम्हारी जो राय बन गई है, उसे मिटा दूँ और तुम्हें बता दूँ कि मैं एक ऐसा आदमी हूँ जिसके दिल में भावनाएँ भी हैं, जिसके पास एक जमीर है। सच कह रहा हूँ मैं!'

391

पोर्फिरी गरिमा के साथ ठहर गया। रस्कोलनिकोव के दिल में अचानक एक नया डर समा गया। वह अचानक यह सोच कर सहम गया कि पोर्फिरी उसे बेकुसूर समझता है।

'मैं सारी बातें तुम्हें उसी तरह सिलसिलेवार बताऊँ जिस तरह कि वे हुईं, यह तो शायद ही जरूरी हो' पोर्फिरी कहता रहा। 'मुझे डर है कि अगर मैं चाहूँ भी तो मैं ऐसा नहीं कर सकूँगा। भला बातों को विस्तार से कैसे समझाया जा सकता है शुरू में तरह-तरह की अफवाहें फैली थीं। वे किस तरह की अफवाहें थीं और उन्हें कब या किसने फैलाया था, किस तरह... फैलाया था तुम किस तरह इस चक्कर में आ गए - यह सब भी बताने की, मैं समझता हूँ, कोई खास जरूरत नहीं है। जहाँ तक मेरा सवाल है, पूरा सिलसिला इत्तफाक से शुरू हुआ, जो हो भी सकता था और नहीं भी। कौन-सा इत्तफाक मैं समझता हूँ इस बात की चर्चा करने की भी कोई जरूरत नहीं है। इन सब बातों से - इन अफवाहों और इत्तफाकों से - मेरे मन में एक विचार उठा। मैं साफ-साफ मानने को तैयार हूँ - क्योंकि अगर मुझे मानना ही है तो सारी बातें ही मैं क्यों न मान लूँ - कि मुझे सबसे पहले तुम पर शक हुआ था। बात यह है कि गिरवी रखी गई चीजों के साथ बुढ़िया जो सुराग छोड़ गई थी वे बिलकुल बेकार हैं। इस तरह के तो सैकड़ों सुराग मिल सकते हैं। पुलिस थाने में जो कुछ हुआ, उसका ब्यौरा भी मुझे उसी वक्त मालूम हुआ। वह भी बिलकुल इत्तफाक से। लेकिन ये बातें मुझे ऐसे आदमी से मालूम हुईं जो ऐसी बातों को बयान करने का खास गुर जानता है और जिसने, खुद इस बात को जाने बिना, मुझे उस घटना का एक बहुत ही उम्दा ब्यौरा दिया। यह सब भी बस ताबड़तोड़ हुआ। एक चीज से दूसरी चीज निकलती गई, मेरे दोस्त, यहाँ तक कि मेरे लिए अपना ध्यान एक खास दिशा में मोड़ने के अलावा कोई चारा नहीं रह गया। सौ खरगोशों से जिस तरह एक घोड़ा नहीं बन सकता, उसकी तरह सौ शुबहों को मिला कर एक सबूत नहीं बनता। मैं समझता हूँ यह अंग्रेजी की एक कहावत है, और यह सीधी-सादी समझदारी की बात है। लेकिन किसी आदमी को जिस चीज की धुन हो जाए, उस पर वह काबू नहीं पा सकता... खुद अपनी धुन पर। फिर छानबीन करनेवाला वकील भी तो आदमी ही होता है। मुझे उस पत्रिका में तुम्हारा लेख भी याद था। तुम्हें याद होगा, तुम जब पहली बार आए थे तो हम लोगों ने उस पर विस्तार से बहस की थी। उस वक्त मैंने उसका मजाक उड़ाया था, लेकिन वह मैंने तुम्हें उकसाने के लिए किया था कि तुम मुझे कुछ और बातें बताओ। मैं एक बार फिर कहता हूँ, तुम जरूरत से ज्यादा बेसब्रे हो, मेरे दोस्त, और बीमार भी... बहुत ज्यादा बीमार। तुम बहादुर हो, स्वाभिमानी और जिद्दी हो, गंभीर विचारोंवाले हो, और... और भारी मुसीबत झेल चुके हो। यह सब कुछ मुझे काफी दिनों से मालूम है... मेरे लिए भी ये भावनाएँ अनजानी नहीं हैं, और इसलिए मैंने तुम्हारा लेख अपनी किसी जानी-पहचानी चीज की तरह पढ़ा था। वह सब तो तुमने अपनी रातों की नींद हराम करके, बहुत उत्तेजना की हालत में, धड़कते दिल से और अपने उत्साह को दबा कर सोचा होगा। पर नौजवानों के लिए यह दबा हुआ, स्वाभिमान से भरा उत्साह बहुत खतरनाक होता है! उस वक्त मैंने तुम्हारे लेख का मजाक उड़ाया, लेकिन इतना मैं बता दूँ कि साहित्यप्रेमी होने के नाते नौजवानों की सच्ची लगन से की गई इन पहली साहित्यिक कोशिशों के बारे में मेरे अंदर एक कमजोरी भी रही है। धुआँ, कुहासा, और उस कुहासे में एक टूटती हुई तान की आवाज। तुम्हारा लेख कल्पनातीत और बेतुका है, लेकिन उसमें सच्ची लगन की कैसी ताजगी है, कितना निष्कलंक, नौजवानों जैसा स्वाभिमान है... सब कुछ दाँव पर लगा देने का साहस है। वह एक बीभत्स लेख जरूर है, लेकिन इससे कोई फर्क नहीं पड़ता। मैंने तुम्हारा लेख पढ़ा और अलग रख दिया और... और उसे अलग रखते ही सोचा : यह आदमी किसी दिन मुसीबत में पड़ेगा! इसलिए तुम्हीं बताओ कि पहले जो कुछ हो चुका था, उसे देखते हुए यह कैसे मुमकिन था कि बाद में जो कुछ हुआ मैं उसकी धारा में न बह जाता लेकिन भगवान जानता है, मैं कुछ नहीं कह रहा। इस वक्त मैं किसी भी खास बात का दावा नहीं कर रहा। मैंने तो बस उस वक्त अपने

दिमाग में कुछ टाँक लिया था। मैंने सोचा, आखिर क्या है इसमें कुछ भी तो नहीं है, मेरा मतलब है कतई कुछ नहीं। शायद रत्ती भर भी नहीं। फिर मेरे जैसे छानबीन करनेवाले वकील के लिए यह ठीक भी नहीं कि वह इस तरह की बातों की धार में बह जाए। मुझे तो उस आदमी, निकोलाई से निबटना है और मेरे पास ऐसे ठोस तथ्य हैं जिनसे उसके अपराधी होने का संकेत मिलता है... और कोई कुछ भी कहे, तथ्य तो तथ्य ही होता है। वह भी तो मेरे पास अपनी मनोदशा ले कर ही आया था। मुझे उससे इसलिए निबटना है कि यह जिंदगी और मौत का सवाल है। इस वक्त मैं यह सफाई क्यों दे रहा हूँ इसलिए कि मैं चाहता हूँ तुम्हें हर बात मालूम हो जाए, और यह भी मैं नहीं चाहता कि उस मौके पर मैंने तुम्हारे साथ दुश्मनी का जो सुलूक किया था, उसकी वजह से तुम्हारे दिल से मेरे खिलाफ कोई शिकायत बनी रहे। मैं तुम्हें यकीन दिलाता हूँ कि उसमें दुश्मनीवाली कोई बात नहीं थी... हा-हा! क्या खयाल है तुम्हारा उस वक्त तुम्हारे कमरे की तलाशी ली गई थी, कि नहीं ली गई थी... हा-हा! सो भी उस वक्त, जब तुम बीमार थे। लेकिन याद रखना, सरकारी तौर पर नहीं... तलाशी भी मैंने खुद नहीं ली थी, लेकिन तलाशी ली गई थी। तुम्हारे कमरे की एक-एक चीज, एक-एक तिनके को उलट-पुलट कर देखा गया था, और सो भी उस वक्त जब मामला अभी ताजा-ताजा था, लेकिन बेकार। मैंने सोचा, अब वह आदमी मेरे पास आएगा, खुद मेरे पास आएगा, और बहुत जल्द आएगा। दोषी होगा तो जरूर ही आएगा। कोई दूसरा होता तो न आता, लेकिन यह जरूर आएगा। तुम्हें याद है किस तरह तुम्हारे साथ अपनी बातचीत के दौरान रजुमीखिन ने सारा भेद उगल दिया था... यही सोच कर हमने यह मंसूबा बनाया था ताकि तुम भड़को। इसीलिए जान-बूझ कर अफवाहें फैलाईं ताकि तुमसे बातें करते वक्त रजुमीखिन सारा भेद खोल दे, क्योंकि वह ऐसा शख्स है कि अपने गुस्से पर काबू नहीं रख सकता। तुम्हारे गुस्से और खुली ढिठाई का निशाना सबसे पहले बना जमेतोव : समझ में नहीं आता, शराबखाने में तुमने उसके सामने साफ-साफ कैसे कह दिया कि उसे मैंने मारा है! बेहद हिम्मत और ढिठाई की बात थी, और मैं मन में यह सोचने पर मजबूर हो गया कि यह आदमी अगर सचमुच अपराधी है तो डट कर लड़ेगा! तब मैंने यही सोचा था। इसीलिए मैं इंतजार करता रहा... बड़ी बेचैनी से तुम्हारा इंतजार करता रहा। रहा जमेतोव तो उस दिन तो तुमने उसकी धज्जियाँ उड़ा कर रख दी थीं, और... देखो, मुसीबत यह है कि यह सारा कमबख्त मनोविज्ञान... इसकी भी काट दोहरी होती है! तो मैं तुम्हारा इंतजार करता रहा, और इतने में क्या देखता हूँ कि तुम आ गए! मेरा दिल धक से रह गया। आह! मैं पूछता हूँ, उस दिन सबेरे तुम्हारे आने की जरूरत ही क्या थी तुम क्यों आए तुम्हारी हँसी... जिस वक्त तुम अंदर आए उस वक्त की हँसी... याद है मैंने तो फौरन ही उसके पीछे छिपा हुआ भेद ताड़ लिया था। लेकिन अगर मैं उस तरह तुम्हारा इंतजार न कर रहा होता तो तुम्हारी उस हँसी में मुझे कभी कोई खास बात न दिखाई देती। सही दिमागी हालत का मतलब यही होता है... रजुमीखिन... अरे हाँ, वह पत्थर! तुम्हें उस पत्थर की याद है वह पत्थर जिसके नीचे चीजें छिपाई गई थीं पूरी तरह ऐसा लगता था कि मैंने किसी के बगीचे में उसे देखा है... किसी के बगीचे की बात तुमने जमेतोव से कही थी, और फिर दूसरी बार मेरे दफ्तर में कही थी, कि नहीं फिर जब हमने तुम्हारे लेख की छानबीन शुरू की, जब तुमने उसका मतलब समझाना शुरू किया, तो तुम्हारे हर शब्द में मुझे दो अर्थ नजर आने लगे, जैसे हर शब्द के नीचे कोई दूसरा शब्द छिपा हो! तो मेरे दोस्त, इसी तरह से मैं मील के आखिरी पत्थर तक पहुँचा और उससे जब मैंने सर टकराया तब मुझे होश आया। हे भगवान, मैंने अपने आपसे कहा, मैं कर क्या रहा हूँ! इसलिए अगर कोई चाहे तो इस पूरे सिलसिले को सर के बल खड़ा कर दे और वही स्वाभाविक लगने लगेगी। मैं परेशान हो कर तड़प उठा। मैंने अपने मन में कहा : नहीं, इससे काम नहीं चलेगा। मेरे पास कुछ ठोस होना चाहिए जिसका मैं सहारा ले सकूँ। इसलिए जब मुझे दरवाजे की घंटीवाली बात पता चली तो मैं सन्न रह गया। अंदर ऐसी खलबली मची कि मैं काँपने लगा। मैंने दिल में सोचा, आखिरकार कोई ठोस

चीज हाथ आई। यही है वह! तब मैंने इस बात पर पूरी तरह सोच-विचार करने की भी जरूरत नहीं समझी। बस जी ही नहीं चाहा। उस पल काश मैं अपनी आँखों से देख पाता कि तुम किस तरह सौ गज तक उस कमबख्त के साथ गए जिसने तुम्हारे मुँह पर तुम्हें 'हत्यारा' कहा था और रास्ते भर तुम्हें उससे एक भी सवाल पूछने की हिम्मत नहीं हुई! ...रीढ़ की हड्डी में ऊपर से नीचे तक सिहरन का दौड़ना! और दरवाजे की घंटी बजाना! क्या यह सब कुछ उस वक्त हुआ था जब तुम बीमार थे जब तुम नीमबेहोशी की हालत में थे? इसलिए, मेरे दोस्त, तुम्हारे साथ मैंने जिस तरह के मजाक किए थे, उन पर तुम्हें कोई ताज्जुब नहीं होना चाहिए। पर तुम ठीक उसी वक्त क्यों आए क्या, एक मानी में ऐसा नहीं था कि गोया कोई तुम्हें भी पीछे से धकेल रहा हो! धकेल रहा था न? अब अगर निकोलाई हम दोनों के बीच में न आया होता... निकोलाई की याद तो है न? अच्छी तरह याद है न? उसकी गोया आसमान से टपक पड़ा था! तूफानी बादल से बिजली टूटी हो! कड़कती हुई बिजली! और मैं उससे मिला किस तरह था बिजली के टूट कर गिरने पर मेरा कोई यकीन नहीं था। रत्तीभर नहीं! तुमने खुद भी देखा था! लेकिन, भगवान जानता है, बाद में भी... तुम्हारे चले आने के बाद भी, जब वह मेरे कुछ सवालों के समझदारी भरे ऐसे जवाब देने लगा कि मुझे भी उस पर ताज्जुब होने लगा, तब भी मैंने उसकी किसी बात का यकीन नहीं किया! अटल रहने का मतलब यही होता है। नहीं, मैंने मन में सोचा, ऐसा नहीं हो सकता! इसमें निकोलाई का कोई हाथ नहीं।'

'रजुमीखिन ने मुझे अभी-अभी बताया कि आपको अभी तक निकोलाई के ही अपराधी होने का यकीन है और यह भी कि रजुमीखिन को खुद आपने यकीन दिलाया है कि निकोलाई ही अपराधी है...'

उसकी साँस फूलने लगी। अपनी बात वह पूरी नहीं कर सका। एक अवर्णनीय उत्तेजना के साथ वह उस आदमी की बातें सुनता रहा था, जिसने उसके भेद का पता लगा लिया था पर जो अब अपनी ही पिछली बात से मुकर रहा था। वह इस पर यकीन कर भी नहीं पा रहा था और उसे यकीन था भी नहीं। उसके शब्दों में, जो अभी तक अस्पष्ट थे, वह किसी ठोस, अकाट्य चीज की लगातार तलाश कर रहा था।

'मिस्टर रजुमीखिन!' पोर्फिरी चिल्लाया, गोया रस्कोलनिकोव के मुँह से, जो अभी तक बिलकुल चुप था, यह सवाल सुन कर उसे बहुत खुशी हुई हो। 'हा-हा-हा! अरे! मुझे मिस्टर रजुमीखिन को रास्ते से तो हटाना ही था : दो आदमी हों तो संगत कहलाती है, तीन हों तो भीड़। मिस्टर रजुमीखिन का इस मामले से कोई संबंध नहीं है। बाहर का आदमी है वह। मेरे पास वह भागा-भागा आया था, चेहरा बिलकुल उतरा हुआ... लेकिन, छोड़ो भी उसे, इस मामले में उसे क्यों लाते हो रहा निकोलाई, तो क्या तुम जानना चाहोगे कि वह किस तरह का आदमी है... मेरा मतलब उसके बारे में मेरी क्या राय है पहली बात तो यह है कि वह अभी बच्चा है, अभी बालिग भी नहीं हुआ... मैं यह तो नहीं कहूँगा कि वह सचमुच बुजदिल है, लेकिन मेरा मतलब है... यूँ समझ लो... कि वह एक तरह से कलाकार है। उसके बारे में मेरी इस तरह की राय पर हँसो मत। वह मासूम है और जल्द ही किसी भी बात के असर में आ सकता है। बहुत ही भावुक है... कमाल का आदमी। गाना जानता है, नाचना जानता है, और किसी ने मुझे बताया कि परियों की कहानियाँ तो इतनी अच्छी सुनाता है कि लोग मीलों दूर से सुनने आते हैं। अभी तक स्कूल जाता है, और तुम उसकी ओर उँगली भी उठा दो तो हँसते-हँसते उसके आँसू निकल आते हैं। शराब इतनी पीता है कि उसे कुछ सुझाई नहीं देता। इसलिए कि शराब पिए बिना नहीं रह सकता, बल्कि जब मौत आती है तब पीता है। इसलिए कि लोग उसे शराब पिलाते हैं। एकदम बच्चों जैसा है! उसने कानों की बालियाँ तो चुरा ली थीं लेकिन यह नहीं समझा था कि वह कोई गलत काम कर रहा है... उसका कहना तो यह है कि जो चीज पड़ी

मिल जाए उसे रख लो! जानते हो, वह पुरातनपंथियों में से है, और पुरातनपंथी भी क्या, बस किसी पंथ का है। उसके परिवार में कुछ लोग 'भगोड़े' भी थे, और अभी हाल में वह खुद गाँव में दो साल तक किसी पहुँचे हुए फकीर का मुरीद रह चुका है। ये सारी बातें मुझे खुद निकोलाई से और उसके जरायस्क साथियों से मालूम हुई। अरे, एक वक्त तो ऐसा भी था जब यह आदमी भाग कर जंगल में चले जाना और संन्यासी बन जाना चाहता था। बड़ा जोश था उसमें, रात-रात भर पूजा-पाठ किया करता था, पुरानी 'सच्ची' किताबें पढ़ता रहता था और उनके पीछे सब कुछ भूल जाता था। पीतर्सबर्ग ने उस पर बहुत असर डाला। खास तौर पर यहाँ की औरतों का असर पड़ा और जाहिर है, शराब का भी। बहुत जल्दी ही असर में आ जाता है। सो फकीर-वकीर सब कुछ भूल गया। मैं पक्के तौर पर जानता हूँ कि उसे एक कलाकार बहुत पसंद करने लगा था, उससे मिलने जाया करता था, और इसलिए वह इसी चक्कर में फँस गया। तो हुआ यह कि उसके दिल में ऐसा डर समाया कि उसने फाँसी लगा कर मर जाने की कोशिश की फिर उसके बाद भाग जाने की भी कोशिश की। हमारी कानूनी कार्रवाइयों के बारे में आम लोगों में जो विचित्र धारणाएँ बुरी तरह फैल गई हैं, उनका भला कोई क्या करे! कुछ लोग तो अदालत के ही नाम से डरते हैं। मुझे नहीं मालूम कि इसमें किसका कुसूर है। मैं तो बस यह उम्मीद किए बैठा हूँ कि हमारी नई अदालतें इस हालत को बदलेंगी। मैं भगवान से भी यही मनाता रहता हूँ कि वे ऐसा कर सकें। खैर, लगता है निकोलाई को जेल में उस फकीर की याद आई। वह बाइबिल भी पढ़ने लगा। क्या तुम्हें मालूम है दोस्त, कि कुछ लोग तकलीफ उठाने का क्या मतलब समझते हैं सवाल किसी की खातिर तकलीफ उठाने का नहीं होता, बल्कि महज तकलीफ उठाने की खातिर तकलीफ उठाने का हो जाता है। मतलब यह कि आदमी को तकलीफ तो उठाना ही चाहिए, और अगर तकलीफ हाकिमों की तरफ से मिले तो फिर क्या पूछना! मुझे एक कैदी का मामला याद आता है... बहुत ही सीधा-सादा आदमी था बेचारा, जेल में पूरा साल आतिशदान पर बैठ कर रात-रातभर बाइबिल पढ़ते हुए काट दिया और बाइबिल पढ़ने का ऐसा असर हुआ उस पर कि एक दिन उसने ईंट का टुकड़ा उठाया और बिना किसी वजह के जेलर को दे मारा, जिसने उसे किसी तरह का नुकसान नहीं पहुँचाया था। और ईंट फेंका भी तो कैसे! जान-बूझ कर उससे कई गज दूर-इस बात का पक्का हिसाब लगा कर कि उसे कोई चोट न लगे। यह तो तुम जानते ही हो कि कोई कैदी अगर जेल के किसी अफसर पर घातक हमला करता है तो उसके साथ क्या सुलूक किया जाता है। तो उसने 'तकलीफ' उठाई और... इसीलिए मुझे शक होता है कि निकोलाई भी उठाना चाहता है... या इसी तरह की कोई और बात है। मैं यह बात पक्के तौर पर जानता हूँ... ठोस सबूतों की बुनियाद पर। लेकिन उसे यह नहीं मालूम कि मैं जानता हूँ। तो क्या तुम यह नहीं मानते कि इनमें से ऐसे अनोखे लोगों का निकल आना पूरी तरह मुमकिन है अरे... ऐसा तो जहाँ देखो, वहीं होता रहता है। अब वह फिर उसी फकीर के चक्कर में पड़ रहा है... फाँसी लगा कर मरने की कोशिश के बाद उसे उसके बारे में सब कुछ याद आने लगा। लेकिन मुझे यकीन है कि मुझे वह खुद ही सब कुछ बताएगा। खुद आ कर मुझे बताएगा। क्या तुम समझते हो कि वह ऐसा नहीं करेगा? बस देखते जाओ... अपराध स्वीकार करते हुए उसने जो बयान दिया है, उसे वह वापस ले लेगा! मुझे उम्मीद है कि अब वह किसी भी वक्त आ कर ऐसा कर सकता है। मुझे यह निकोलाई बहुत ही अच्छा लगने लगा है, और मैं उसे बखूबी समझने की कोशिश कर रहा हूँ क्यों, क्या खयाल है तुम्हारा? हा-हा-हा! तो कुछ बातों के बारे में उसके जवाब सचमुच समझदारी के थे। साफ जाहिर है कि उसने सारी जरूरी जानकारी जमा कर रखी थी और काफी होशियारी से तैयारी की थी। लेकिन कुछ दूसरी बातों के बारे में वह एकदम कोरा मालूम होता है; उनके बारे में उसे कुछ भी नहीं मालूम और उसे शक भी नहीं होता कि उसे कुछ नहीं मालूम। नहीं, दोस्त, यह करतूत निकोलाई की नहीं है! हमारा साबका एक पूरी तरह अनोखे मामले से पड़ा है, एक बहुत ही निराशाजनक मामले से, बिलकुल आजकल के मामले से, एक ऐसे मामले से जो ठेठ हमारे इस जमाने का है, जब लोगों के दिलों में खोट और बदी पैदा हो गई है, जब

बार-बार हमें यह सुनने को मिलता है कि इससे खून में नई जान पड़ जाती है, जब ऐश-आराम को जिंदगी में काम की अकेली चीज समझा जाने लगा है, इस मामले में हमारा साबका पड़ा है किताबी सपनों से, एक ऐसे दिल से जो सिद्धांतों के चक्कर में पड़ कर छलनी हो चुका है... हमारा साबका पड़ा है पहला कदम उठाने के पक्के संकल्प से, लेकिन यह एक खास किस्म का संकल्प है; उस आदमी ने यह काम करने की ठानी, और फिर गोया कि वह किसी पहाड़ी से नीचे गिर पड़ा, या गिरजाघर की मीनार से नीचे कूद पड़ा, और अपराध के स्थल पर इस तरह प्रकट हुआ, गोया उसको उसकी मर्जी के खिलाफ वहाँ लाया गया हो। वह सामनेवाला दरवाजा बंद करना तो भूल गया लेकिन कत्ल कर दिया... एक सिद्धांत की खातिर दो जानें ले लीं। उसने उन्हें कत्ल तो कर दिया लेकिन दौलत समेटने की अक्ल नहीं आई... तब जो कुछ उसने लिया भी उसे भी पत्थर के नीचे छिपा दिया। जब बाहर से लोग दरवाजा भड़भड़ा रहे थे और घंटी बजा रहे थे, दरवाजे के पीछे खड़े उसने घोर कष्ट के क्षण बिताए। पर वे भी उसके लिए काफी नहीं थे - नहीं, वह आधी बेहोशी की हालत में एक बार फिर उसी खाली फ्लैट में गया... एक बार फिर उसे घंटी की आवाज को याद करने और एक बार फिर रीढ़ की हड्डी में ऊपर से नीचे तक सिहरन की लहर महसूस करने की जरूरत महसूस हुई... हो सकता है यह सब उसने बीमारी के दौरान किया हो; लेकिन इसके बारे में तुम क्या कहोगे... उसने कत्ल किया है, लेकिन अब भी अपने आपको ईमानदार समझता है; दूसरे लोगों को नफरत की नजर से देखता है; उतरा हुआ चेहरा लिए शहीद बना फिरता है। नहीं रोदिओन रोमानोविच, ये सब बातें मैं निकोलाई के बारे में नहीं कह रहा। निकोलाई का इन सबसे क्या लेना। इससे पहले जो कुछ भी कहा जा चुका था, वह सुनने से लगता था कि कोई आदमी अपनी ही बातों का खंडन कर रहा है। इसलिए उसके बाद ये अंतिम शब्द बहुत ही अप्रत्याशित थे।' रस्कोलनिकोव बुरी तरह काँप उठा, गोया उसके दिल में किसी ने छुरा उतार दिया हो।

'फिर कौन... कौन कातिल है?' उसने हाँफते हुए पूछा, गोया वह अपने आप पर काबू न रख पा रहा हो। पोर्फिरी को इस सवाल पर इतना गहरा ताज्जुब हुआ कि वह अपनी कुर्सी में धँस कर बैठ गया, मानो उसे इस सवाल की उम्मीद भी न रही हो।

'मतलब क्या है तुम्हारा कि कातिल कौन है...?' उसने रस्कोलनिकोव की ही बात दोहराई, मानो उसे अपने कानों पर विश्वास न हो रहा हो। 'क्यों, कातिल तुम हो, दोस्त! तुम हो,' उसने रस्कोलनिकोव के कान में फुसफुसा कर विश्वास के स्वर में कहा।

रस्कोलनिकोव सोफे से उछल पड़ा, कुछ पलों तक स्थिर खड़ा रहा, और फिर एक शब्द भी बोले बिना फिर बैठ गया। चेहरा रह-रह कर फड़क रहा था।

'तुम्हारे होठ पहले की ही तरह फिर फड़क रहे हैं,' पोर्फिरी कुछ सहानुभूति के साथ बुदबुदाया, 'मुझे लगता है, प्यारे कि तुम मेरी बात ठीक से नहीं समझे,' कुछ देर रुक कर उसने फिर कहा। 'इसीलिए तुम इतने हैरान हुए हो। मैं यहाँ जान-बूझ कर तुम्हें सब कुछ बताने और अपने सारे पत्ते तुम्हारे सामने रखने के लिए ही आया था।'

'मैंने नहीं किया यह काम,' रस्कोलनिकोव ने शरारत करते हुए पकड़े गए और सहमे हुए बच्चे की तरह बहुत ही धीमे लहजे में कहा।

'नहीं, दोस्त, यह तुम्हारा ही काम है। कोई दूसरा हो ही नहीं सकता,' पोर्फिरी ने कठोरता से और अटल विश्वास के साथ कहा।

दोनों चुप हो गए। उनकी यह खामोशी एक असाधारण देरी तक बनी रही, कोई दस मिनट तक। रस्कोलनिकोव ने अपनी कुहनियाँ मेज पर टिका दीं और चुपचाप अपने बालों में उँगलियाँ फेरने लगा। पोर्फिरी चुपचाप बैठा उसकी ओर देखता रहा। अचानक रस्कोलनिकोव ने तिरस्कार के साथ पोर्फिरी की ओर देखा।

'आप फिर वही खेल शुरू कर बैठे, पोर्फिरी पेत्रोविच' वह बोला, 'वही पुराने हथकंडे ताज्जुब होता है कि आप उनसे तंग क्यों नहीं हुए।'

'हे भगवान, हथकंडे इस वक्त मेरे किस काम के अगर यहाँ गवाह मौजूद होते तब कोई बात भी होती, लेकिन हम लोग तो दबे-दबे लहजे में एक-दूसरे से अपने दिल की बात कह रहे हैं। तुम देख ही रहे हो कि मैं यहाँ तुम्हारा पीछा करने, तुम्हें खरगोश की तरह पकड़ने नहीं आया। इस वक्त मुझे इससे कोई फर्क नहीं पड़ता कि तुम अपना अपराध मानते हो कि नहीं। अपनी हद तक तो मुझे वैसे भी पक्का यकीन हो चुका है।'

'अगर ऐसी बात है तो आप यहाँ आए किसलिए थे?' रस्कोलनिकोव ने चिढ़ कर पूछा। 'मैं आपसे वही सवाल एक बार फिर पूछना चाहूँगा : अगर आप समझते हैं कि मुजरिम मैं हूँ तो मुझे गिरफ्तार क्यों नहीं कर लेते?'

'मुनासिब सवाल है। मैं एक-एक बात करके इसका जवाब दूँगा : सबसे पहली बात तो यह है कि मैं नहीं समझता, तुम्हें फौरन गिरफ्तार करने से मुझे कोई फायदा होगा।'

'मतलब क्या है आपका कि आपको कोई फायदा नहीं होगा? अगर आपको पक्का यकीन है कि मैं अपराधी हूँ तो आपका फर्ज बनता है कि...'

'आह, इस बात से मेरे पक्के यकीन का क्या लेना-देना? इस वक्त तो ये अटकल की बातें हैं। मैं तुम्हें आराम करने के लिए जेल में क्यों डालूँ? तुम अगर खुद मुझसे ऐसा करने को कह रहे हो, तो यह बात तुम जानते होगे। मिसाल के लिए मैं अगर अभी उस कमबख्त कारीगर से तुम्हारा सामना करा दूँ तो तुम्हारे लिए उससे बस इतना कहना काफी होगा कि 'पिए हुए तो नहीं हो? मुझे किसने देखा तुम्हारे साथ? मैंने तो तुम्हें बस शराब के नशे में चूर समझा था, और तुम सचमुच पिए हुए थे!' तो इसके जवाब में मैं तुमसे कहता तो क्या... खास तौर पर इसलिए कि तुम्हारे बयान पर उसकी बात के मुकाबले ज्यादा आसानी से यकीन किया जा सकता था। इसलिए कि उसकी बात के पक्ष में मनोविज्ञान के अलावा कुछ भी नहीं होता, जिसकी उस तरह के आदमी से बहुत उम्मीद नहीं की जाती, जबकि तुम्हारा तीर ठीक निशाने पर बैठता, क्योंकि वह बदमाश पीता तो पानी की तरह है और सारे इलाके में पक्के शराबी के रूप में बदनाम है। इसके अलावा मैं खुद तुम्हारे सामने साफ-साफ मान चुका हूँ कि यह मनोविज्ञान दोधारी तलवार है, जिसकी एक धार दूसरी से ज्यादा पैनी है। इसके अलावा अभी तक तुम्हारे खिलाफ कोई भी सबूत मेरे पास नहीं है। हालाँकि मैं तुम्हें गिरफ्तार तो करूँगा, और सच तो यह है कि मैं - कायदे-कानून के खिलाफ जा कर - तुम्हें इसकी चेतावनी देने के लिए ही यहाँ आया हूँ, फिर भी मैं तुमसे साफ-साफ कहता हूँ - और यह भी कायदे-कानून के खिलाफ है - कि ऐसा करने से मुझे कोई फायदा नहीं होगा। दूसरे, मैं यहाँ इसलिए आया कि...'

'यह 'दूसरे' किसलिए?' रस्कोलनिकोव अब भी हाँफ रहा था।

'इसलिए कि, जैसाकि मैं पहले ही बता चुका हूँ, मैं तुम्हारे सामने अपनी सफाई पेश करना अपना फर्ज समझता हूँ। मैं नहीं चाहता कि तुम मुझे राक्षस समझो, खास कर इसलिए कि, तुम मानो या न मानो, मैं सच्चे दिल से तुम्हारा भला चाहता हूँ। इसी वजह से मैं यहाँ, तीसरी बात, तुम्हारे पास एक बहुत दो-टूक और सीधा सुझाव ले कर आया हूँ - तुम पुलिस के पास जाओ और सारी बातें साफ-साफ मान लो। इससे तुम्हारा भला तो होगा ही, मुझे भी खयाल है, फायदा होगा क्योंकि मुझे इस सारे लफड़े से छुटकारा मिल जाएगा। मैं तुमसे दिल खोल कर साफ बात कह रहा हूँ कि नहीं?'

रस्कोलनिकोव एक मिनट तक सोचता रहा।

'देखिए,' वह बोला, 'आप खुद ही मान रहे हैं कि आपने मेरे खिलाफ जो भी मामला बनाया है, उसकी बुनियाद सिर्फ मनोविज्ञान पर है। लेकिन फिर भी लगता ऐसा है कि आप अचानक गणित में घुस पड़े हैं। अगर आप इस वक्त गलती कर रहे हों तो...।'

'नहीं दोस्त, मैं गलती नहीं कर रहा। मेरे पास एक सुराग है, एक छोटा-सा सुराग जो अचानक मेरे हाथ लग गया था। तकदीर ने साथ दिया!'

'किसी तरह का सुराग?'

'मैं नहीं बताऊँगा। बहरहाल, अब मुझे और ज्यादा ढील देने का कोई हक भी नहीं। मुझे तुमको गिरफ्तार करना ही पड़ेगा। इसलिए देखो, अब मुझे इससे कोई फर्क नहीं पड़ता, और मैं जो कुछ भी कर रहा हूँ वह तुम्हारी भलाई के लिए कर रहा हूँ। मैं तुम्हें यकीन दिलाता हूँ दोस्त, कि यही बेहतर होगा।'

रस्कोलनिकोव एक कड़वी हँसी हँसा।

'यह हँसी की बात नहीं, सरासर ढिठाई है। समझ लीजिए कि मैं अपराधी हूँ (जिसे मैं कतई नहीं मानता), तो मैं आपके पास आ कर अपना अपराध क्यों मानूँ, जबकि आप खुद कह रहे हैं कि अगर मुझे जेल भेजा भी गया तो यह ऐसी ही बात होगी जैसे मुझे वहाँ आराम करने के लिए बिठा दिया गया हो?'

'आह, मेरे दोस्त, शब्दों पर पूरी तरह यकीन मत किया करो। जेल जाना शायद आराम के लिए तो नहीं ही हो! बहरहाल, यह तो बस एक सिद्धांत है, और सो भी मेरा सिद्धांत; और तुम्हारे लिए मेरी बात कोई प्रामाणिक तो है नहीं! हो सकता है मैं इस वक्त भी तुमसे कुछ छिपा रहा हूँ। तुम कहीं यह उम्मीद तो नहीं करते कि मैं तुम्हारे सामने अपने सारे पत्ते खोल कर रख दूँगा हा-हा! दूसरे, इस बात से तुम्हारा क्या मतलब कि तुम्हें क्या फायदा होगा यह बात तुम्हारी समझ में नहीं आती कि अगर अपना अपराध मान लोगे तो तुम्हारी सजा कितनी कम हो जाएगी जरा सोचो तो सही कि तुम अपना अपराध कब स्वीकार कर रहे होगे... किस वक्त सोचो! ठीक उस वक्त जब एक दूसरा आदमी मान चुका है कि अपराध उसने किया है और सारे मामले को बुरी तरह उलझा कर रख दिया है। मैं तुमसे भगवान की कसम खा कर कहता हूँ कि मैं 'वहाँ' ऐसा बंदोबस्त कर दूँगा कि तुम्हारा अपराध स्वीकार करना सबके लिए एक अचंभे की बात बन जाएगा। हम लोग मनोविज्ञान के बारे में सब कुछ भूल जाएँगे और मैं तुम्हारे बारे में सभी शुबहों को बेबुनियाद बताऊँगा ताकि तुम्हारा अपराध एक तरह का दिमागी उलझाव मालूम हो; सच पूछो तो वह उलझाव ही था। मैं ईमानदार आदमी हूँ, दोस्त, और अपना वचन पूरा करूँगा।'

रस्कोलनिकोव चुप रहा। उसने उदासी के साथ अपना सर झुका लिया, देर तक कुछ सोचता रहा और आखिरकार फिर मुस्कराया। लेकिन इस बार उसकी मुस्कराहट बहुत उदास और फीकी-फीकी थी।

'मुझे यह सब नहीं चाहिए,' उसने कहा, मानो वह पोर्फिरी से अपना अपराध छिपाने की कोशिश भी न कर रहा हो। 'ऐसा करने से कोई फायदा नहीं! मुझे सजा में आपकी यह कमी नहीं चाहिए!'

'आह, मुझे इसी का डर था!' पोर्फिरी ने अनायास ही सहृदयता से कहा। 'मुझे डर था कि तुम अपनी सजा में कमी करवाना नहीं चाहोगे।'

रस्कोलनिकोव ने उदासी और गंभीरता से उसकी ओर देखा।

'जिंदगी को इस तरह मत ठुकराओ, दोस्त,' पोर्फिरी कहता रहा, 'अभी तो तुम्हारे सामने सारी जिंदगी पड़ी है। यह कहने का भला क्या मतलब कि तुम अपनी सजा कम करवाना नहीं चाहते तुम भी बहुत बेसब्रे हो!'

'अभी क्या चीज मेरे आगे पड़ी है?'

'जिंदगी! पैगंबर बने फिरते तो हो पर तुम्हें मालूम क्या है? ढूँढ़ो और तुम्हें मिलेगा : शायद यह ईश्वर का तुम्हें अपने पास तक पहुँचने का रास्ता बताने का ढंग था। फिर यह कोई हमेशा के लिए तो होगा नहीं... मेरा मतलब है, पाँवों में बेड़ियाँ...'

'आप मेरी सजा कम करवाएँगे...?' रस्कोलनिकोव हँसा।

'आह, कहीं बदनामी का बुर्जुवा विचार तो तुम्हें परेशान नहीं कर रहा? मैं समझता हूँ तुम इसी बात से डर रहे हो, चाहे तुम्हें खुद इसका पता न हो, क्योंकि तुम अभी नौजवान हो। तो भी, कम-से-कम तुम्हारे लिए अपना अपराध मान लेने में डर या शर्म की कोई बात नहीं है।'

'भाड़ में जाए!' रस्कोलनिकोव ने तिरस्कार और घोर विरक्ति के भाव से धीमे स्वर में कहा, जैसे वह इस बारे में बात भी करना न चाहता हो। वह एक बार फिर उठा, गोया कमरे से बाहर चला जाना चाहता हो, लेकिन फिर बैठ गया। उसके चेहरे पर घोर निराशा का भाव एकदम स्पष्ट था।

'भाड़ में जाए, क्यों यही बात है न... तुम्हारे साथ मुसीबत की बात यह है कि तुम्हें अब किसी चीज पर भरोसा नहीं रहा, और शायद तुम यह समझते हो कि मैं खुल्लमखुल्ला तुम्हारी खुशामद कर रहा हूँ। लेकिन तुम्हें जिंदगी का अभी तजरबा ही कितना है तुम सचमुच कितनी बातें समझते हो... बस एक सिद्धांत गढ़ लिया, और अब यह सोच कर शरमा रहे हो कि वह गलत साबित हो गया और बहुत मौलिक भी नहीं निकला। वह भले ही पक्का दुष्ट निकला हो लेकिन तुम तो ऐसे दुष्ट नहीं हो! तुम कतई ऐसे दुष्ट नहीं हो। तुम कम-से-कम अपने को एक अरसे से धोखा तो नहीं देते आ रहे हो... तुम तो एकदम से राह के आखिरी छोर पर जा पहुँचे। जानते हो, तुम्हारे बारे में मेरी क्या राय है? मेरी राय में तुम इस तरह के आदमी हो कि आँतें भी बाहर निकाल ली जाएँ तो वह अपने सतानेवालों को मुस्करा कर देखेगा... मानो उसे कोई ऐसी चीज मिल गई हो जिस पर वह विश्वास रख सकता हो या उसे भगवान मिल गया हो। तो, उसे खोजो और तुम जिंदा रहोगे। तुम्हें बहुत अरसे से जिस चीज की जरूरत रही है वह है, हवा-पानी में बदलाव। लेकिन तकलीफ उठाना भी कोई ऐसी बुरी बात नहीं। उठाओ तकलीफ! अगर निकोलाई तकलीफ उठाना चाहता है तो शायद ठीक ही चाहता है। मैं जानता हूँ किसी

चीज पर विश्वास रखना इतना आसान नहीं है, लेकिन बहुत ज्यादा चालाक मत बनो। अपने को बिना सोच-विचार किए जिंदगी के हवाले कर दो, चिंता मत करो, और जिंदगी तुम्हें सीधे किनारे पर पहुँचा देगी, तुम्हें अपने पाँव खड़ा कर देगी। किस किनारे पर यह मैं क्या जानूँ, मैं तो बस इतना जानता हूँ कि अभी तुम्हारे आगे काफी लंबी जिंदगी पड़ी है। मैं जानता हूँ, तुम इस वक्त मेरी बातों को एक रटे-रटाए उपदेश का हिस्सा समझ रहे हो, लेकिन बाद में चल कर शायद तुम्हें इनकी याद आएगी, शायद ये ही बातें किसी दिन तुम्हारे काम आएँ। इसीलिए मैं तुमसे इस वक्त बातें कर रहा हूँ। मैं समझता हूँ, यह अच्छा ही हुआ कि तुमने एक बुढ़िया की जान ली। अगर तुम्हें कोई और सिद्धांत सूझा होता तो शायद तुम इससे भी हजार गुनी बदतर कोई हरकत कर बैठते। तुम्हें भगवान का उपकार मानना चाहिए। कौन जाने, शायद भगवान किसी काम के लिए तुम्हें जिंदा रखे हुए हो। तुम्हें अपना दिल छोटा करना नहीं चाहिए, न इतना डरना चाहिए। या ऐसा तो नहीं कि तुम्हारे सामने जो महान प्रायश्चित है उससे डर रहे हो... नहीं, उससे डरना तुम्हारे लिए शर्म की बात होगी। ऐसा कदम उठाने के बाद तुम्हें हिम्मत रखनी चाहिए। अब यह न्याय का सवाल बन चुका है। इसलिए वही करो जो न्याय का तकाजा है। मैं जानता हूँ तुम किसी चीज में विश्वास नहीं रखते, लेकिन मेरी बात मानो, जिंदगी तुम्हें हर मुसीबत से बाहर निकाल ले जाएगी। कुछ वक्त बीतेगा तो वह तुम्हें अच्छी भी लगने लगेगी। तुम्हें बस जिस चीज की जरूरत है वह है हवा, हवा, हवा!'

रस्कोलनिकोव न चाहते हुए भी चौंक पड़ा।

'आप हैं कौन?' वह जोर से चीखा। 'आप भला कहाँ के पैगंबर हैं? आप शांति के किस ऊँचे शिखर पर खड़े हो कर मुझसे ये भविष्यवाणियाँ कर रहे हैं?'

'मैं कौन हूँ मैं ऐसा आदमी हूँ जिसे जिंदगी से अब और कुछ नहीं चाहिए। ऐसा आदमी जो फिर भी महसूस करता और हमदर्दी रखता है... जिसे शायद कुछ बातें मालूम भी हैं, लेकिन जिसे जिंदगी से अब कुछ और नहीं चाहिए। मगर तुम्हारी बात बिलकुल दूसरी है : भगवान ने तुम्हें जिंदगी दी है। (यूँ भगवान ही जानता है कि कहीं तुम्हारी जिंदगी भी तो महज एक धुआँ बन कर खत्म नहीं हो जाएगी और तुम्हारा कुछ भी नहीं बनेगा।) अगर तुम अपने आपको दूसरी ही श्रेणी के लोगों में गिनते हो तो इससे क्या होता है? तुम्हारे जैसे आदमी को इसका अफसोस तो हो नहीं सकता कि तुमसे तुम्हारा ऐश-आराम छिन जाएगा। कोई अगर बहुत दिनों तक तुम्हें नहीं भी देखे तो क्या हो जाएगा असल चीज समय नहीं बल्कि खुद तुम हो। सूरज बनो, हर आदमी तुम्हें देखेगा। लेकिन सूरज को सबसे पहले सूरज तो होना पड़ेगा। अब तुम किस बात पर मुस्करा रहे हो कि मैं शिलर जैसा कोई आदमी हूँ... मैं दावे के साथ कह सकता हूँ, तुम यह सोच रहे हो कि मैं तुम्हारी खुशामद करने की कोशिश कर रहा हूँ। शायद ऐसा ही हो... हा-हा-हा! बेहतर शायद यही हो दोस्त कि तुम मेरी हर बात ज्यों का त्यों न मान लो! शायद तुम्हें मेरा यकीन करना नहीं भी चाहिए - पूरी तरह तो हरगिज नहीं - मैं हूँ ही ऐसा शख्स। लेकिन इतना मैं और कहना चाहूँगा : मैं समझता हूँ, तुम खुद इसका फैसला कर सकते हो कि मैं ईमानदार हूँ या नहीं।'

'आप मुझे कब गिरफ्तार करेंगे?'

'मैं समझता हूँ, डेढ़ या दो दिन तुम्हें मैं और आजादी से घूमने दूँगा। सोच लो, दोस्त! भगवान से प्रार्थना करो और याद रखो कि इससे तुम्हारा भला ही होगा। मैं इसका तुम्हें यकीन दिलाता हूँ।'

'और अगर मैं भाग जाऊँ तो?' रस्कोलनिकोव ने कुछ विचित्र ढंग से मुस्करा कर पूछा।

'नहीं, तुम नहीं भागोगे। कोई किसान होता तो भाग जाता, कोई फैशनेबुल समाज का होता तो भाग जाता, वह किसी दूसरे के विचारों का गुलाम है, क्योंकि उसकी तरफ तुम अपनी कानी उँगली से भी इशारा कर दो तो वह जिंदगी भर किसी भी चीज पर विश्वास करने को तैयार हो जाएगा। लेकिन तुम अब अपने सिद्धांत पर विश्वास नहीं रख सकोगे, इसलिए अपने साथ क्या ले कर भागोगे और भागते रहने से भी तुम्हें क्या मिलेगा... भागते रहना बहुत ही गंदा और मुश्किल काम है, और तुम्हें जिस चीज की सबसे ज्यादा जरूरत है वह है जिंदगी में एक खास हैसियत... और मुनासिब हवा। जिस तरह की हवा तुम चाहते हो, क्या वह तुम्हें वहाँ मिल सकेगी? तुम भाग भी जाओ तो अपने आप वापस आओगे। हम लोगों के बिना तुम्हारा काम नहीं चलेगा। मैं अगर तुम्हें कालकोठरी में डाल दूँ तो वहाँ तुम महीने, दो महीने, या शायद तीन महीने रहोगे, और तब तुम्हें याद आएगा कि मैंने तुमसे क्या कहा था। तब तुम खुद मेरे पास आओगे, और बहुत मुमकिन है कि तुम खुद भी इस बात पर ताज्जुब करो। आने से एक घंटा पहले तक भी तुम्हें यह पता नहीं होगा कि तुम मेरे पास अपना अपराध स्वीकार करने आ रहे हो। सच... मैं यह सोचे बिना नहीं रह सकता कि आखिर में तुम 'तकलीफ ही स्वीकार करने' का फैसला करोगे। तुम इस वक्त मेरी बात नहीं मानोगे, लेकिन यह बात खुद तुम्हारी समझ में आ जाएगी क्योंकि मेरे दोस्त, तकलीफ उठाना बहुत बड़ी बात है। इस तरह मुझे मत देखो। मैं जानता हूँ, मैं मोटा हो गया हूँ लेकिन कोई बात नहीं। मैं जानता हूँ - मेरी बात पर हँसो नहीं - कि तकलीफ उठाने में कोई बात जरूर है। हाँ, निकोलाई ठीक कहता है। नहीं दोस्त, तुम नहीं भाग सकोगे।'

रस्कोलनिकोव उठ खड़ा हुआ और अपनी टोपी उठा ली। पोर्फिरी भी उठ खड़ा हुआ।

'खुली हवा लेने जा रहे हो? सुहानी शाम है, बस आँधी न आए। लेकिन आई भी तो कुछ खास बुरा न होगा। हवा साफ हो जाएगी...'

पोर्फिरी ने भी अपनी टोपी उठा ली।

'कहीं यह न समझ लीजिएगा,' रस्कोलनिकोव ने कठोर स्वर में जोर दे कर कहा, 'कि आपके सामने आज मैंने कोई अपराध स्वीकार किया है। आप बहुत अजीब आदमी हैं और मैंने आपकी बातें कौतूहल के मारे ही सुनी हैं, कोई अपराध नहीं स्वीकार किया है। याद रखिएगा।'

'जाहिर है, जाहिर है, इतना मैं जानता हूँ... याद रखूँगा मैं। देखो तो सही कितना काँप रहे हो। फिक्र न करो दोस्त, जैसा तुम चाहोगे वैसा ही होगा। थोड़ा-बहुत घूम-फिर लो; लेकिन यह याद रखना कि मैं तुम्हें बहुत दिनों तक इस तरह घूमने नहीं दूँगा। बहरहाल, मैं तुमसे मेरे साथ एक एहसान करने को जरूर कहूँगा,' पोर्फिरी ने अपनी आवाज नीची करते हुए कहा। 'बात कुछ टेढ़ी है, लेकिन है जरूरी। मेरा मतलब यह है कि अगर कभी तुम यह फैसला करो (याद रहे, मैं एक पल के लिए भी ऐसा नहीं समझता कि तुम ऐसा फैसला करोगे, और सच तो यह है कि मेरी राय में तुममें इसकी क्षमता भी नहीं है), लेकिन अगर तुम अगले कोई चालीस या पचास घंटों में यह फैसला करो कि तुम इस मामले को किसी दूसरे तरीके से खत्म करना चाहते हो - मेरा मतलब है, अपने आपको खत्म कर देना चाहते हो (एकदम बेतुका विचार है, और मैं माफी चाहता हूँ कि मैं इस तरह का इशारा कर रहा हूँ), तो मुझे बहुत खुशी होगी अगर तुम एक छोटी-सी पर्ची पर पूरा

401

ब्यौरा लिख कर मेरे लिए छोड़ जाओ। बस दो लाइनें - दरअसल, दो छोटी लाइनों से ज्यादा मुझे कुछ चाहिए भी नहीं... और बराय मेहरबानी उस पत्थर की बात लिखना न भूलना। इसी में तुम्हारी सज्जनता होगी। अच्छा, तो मैं चलता हूँ। कोई बुरी बात न सोचना और कोई गलत फैसला न करना!'

पोर्फिरी झुक कर, रस्कोलनिकोव से नजरें चुराता हुआ बाहर चला गया। रस्कोलनिकोव खिड़की के पास जा कर चिड़चिड़ाहट के साथ और बेसब्री से उस वक्त तक इंतजार करता रहा जब तक उसके हिसाब से पोर्फिरी काफी दूर न चला गया हो। फिर वह भी जल्दी से कमरे के बाहर चला गया।

अपराध और दंड : (अध्याय 6-भाग 3)

उसे स्विद्रिगाइलोव से जल्द से जल्द मिलने की बेचैनी थी। उस आदमी से वह क्या पाने की उम्मीद कर सकता था, यह तो उसे भी नहीं मालूम था, लेकिन लगता था उस पर उस शख्स का किसी न किसी तरह का दबाव था। इस बात को एक बार समझ लेने के बाद वह अब चैन से नहीं बैठ सकता था। अलावा इसके, अब वक्त भी आन पहुँचा था।

रास्ते में एक सवाल उसे खास तौर पर परेशान करता रहा : क्या स्विद्रिगाइलोव पोर्फिरी से मिलने गया था?

जहाँ तक वह समझ पा रहा था - और यह बात वह कसम खा कर कहने को तैयार था - वह नहीं गया था। उसने एक बार फिर ध्यान से इस सवाल पर सोचा, पोर्फिरी के साथ अपनी मुलाकात की छोटी से छोटी बात को भी याद किया, और इसी नतीजे पर पहुँचा : वह नहीं गया था; कतई नहीं गया था!

लेकिन अगर वह पोर्फिरी के पास अभी तक नहीं गया था तो क्या अब जाएगा या नहीं?

उस वक्त उसे पूरा-पूरा यकीन था कि वह नहीं जाएगा। क्यों... इसकी कोई वजह वह नहीं बता सकता था, लेकिन अगर बता भी सकता तो इस वक्त वह इस पर ज्यादा वक्त खराब करने को तैयार नहीं था। ये सारी बातें उसे परेशान तो करती थीं, पर न जाने क्यों ऐसा लगता था कि उसे इनकी कोई परवाह नहीं है। यह एक अजीब बात थी, और इस पर शायद कोई यकीन भी न करता, लेकिन उसे न तो अपनी वर्तमान स्थिति की बहुत चिंता थी और न अपने निकट भविष्य की। उसे चिंता किसी और ही बात की थी, एक ऐसी बात की जो कहीं अधिक महत्वपूर्ण थी, एक ऐसी बात की जो खास अहमियत रखती थी। एक ऐसी बात की जिसका किसी दूसरे से कोई संबंध नहीं था; लेकिन वह बिलकुल ही दूसरी बात थी और उसका महत्व भी बहुत खास था। अलावा इसके वह एक गहरे नैतिक पतन का एहसास भी कर रहा था, हालाँकि आज उसका दिमाग जितनी अच्छी तरह काम कर रहा था, उतनी अच्छी तरह इधर हाल में कभी नहीं किया था।

खैर, जो कुछ हो चुका था उसके बाद इन छोटी-मोटी कठिनाइयों पर काबू पाने का क्या सचमुच कोई फायदा था... मिसाल के लिए, क्या इस बात का कोई फायदा था कि स्विद्रिगाइलोव को पोर्फिरी से मिलने से रोकने की योजना बनाई जाए और उसके लिए कोई साजिश की जाए या स्विद्रिगाइलोव जैसे आदमी को समझने, उसके बारे में मालूम करने की कोशिश करने और उस पर वक्त खराब करने का

आह, इन सब बातों से वह कितना तंग आ चुका था!

फिर भी, इन तमाम बातों के बावजूद वह स्विद्रिगाइलोव से मिलने के लिए भागा चला जा रहा था; कहीं ऐसा तो नहीं था कि वह उससे किसी नई बात की उम्मीद रख कर जा रहा था कुछ हिदायतों की बच निकलने के किसी रास्ते की डूबते को तिनके का सहारा होता है! क्या नियति या कोई सहज भावना, उन दोनों को एक-दूसरे के करीब ला रही थीं? शायद वह सिर्फ महसूस कर रहा था। शायद यह घोर निराशा थी। शायद उसे स्विद्रिगाइलोव की नहीं, किसी दूसरे ही आदमी की जरूरत थी और स्विद्रिगाइलोव तो बस रास्ते में आ गया था। सोन्या की लेकिन अब वह सोन्या के पास क्यों जाए? एक बार फिर आँसुओं की भीख माँगने? अलावा इसके उसे सोन्या से डर भी लग रहा था। उसकी निगाह में सोन्या एक निर्मम भर्त्सना की, एक अटल निर्णय की प्रतीक थी। वहाँ तो बस यह था कि या तो सोन्या का रास्ता हो या उसका अपना। खास तौर पर उस समय वह अपने को उसने मिलने के लिए तैयार नहीं कर पा रहा था। इससे कहीं अच्छा शायद यह होता कि वह स्विद्रिगाइलोव को आजमा कर देखे और यह मालूम करे कि वह किस किस्म का आदमी है। वह अपने दिल की गहराई में इस बात को मानने पर मजबूर था कि उसे बहुत अरसे से किसी वजह से उसकी जरूरत थी।

तो भी ऐसी क्या चीज थी जो उन दोनों के बीच एक जैसी थी उन दोनों ने जो कत्ल किए थे वे भी तो एक ही तरह के नहीं थे। अलावा इसके वह आदमी बेहद आपत्तिजनक, बेहद अनैतिक, परले दर्जे का कमीना और धोखेबाज, और शायद कीने से भरा हुआ भी था। उसके बारे में कैसे-कैसे भयानक किस्से कहे जाते थे। यह सच था कि कतेरीना इवानोव्ना के बच्चों के लिए वह अपनी तरफ से पूरी कोशिश कर रहा था, लेकिन कौन जाने उसका मकसद क्या था या इन बातों के पीछे रहस्य क्या था उस आदमी के पास तरह-तरह के मंसूबों की कभी कोई कमी तो रही नहीं।

उन दिनों रस्कोलनिकोव के दिमाग पर एक और विचार छाया हुआ था जिसने उसे बहुत परेशान कर रखा था, हालाँकि उसने उसे अपने दिमाग से निकालने की पूरी कोशिश की थी क्योंकि वह उसके लिए बहुत कष्टदायक था। कभी-कभी वह यह सोचे बिना रह नहीं सकता था कि स्विद्रिगाइलोव उसका पीछा करता आ रहा था और अब भी कर रहा था, कि स्विद्रिगाइलोव ने उसका भेद पा लिया था, कि स्विद्रिगाइलोव के दिल में दुनिया के बारे में भी कुछ मंसूबे रह चुके थे। और अगर ये मंसूबे अब भी हों तो यह लगभग तय था कि उसके दिल में ऐसे मंसूबे अब भी थे। अगर उसका भेद पा लेने और इस तरह उसे अपने शिकंजे में कस लेने के बाद, वह इसे दुनिया के खिलाफ एक हथियार की तरह इस्तेमाल करे तो क्या होगा?

यह विचार जो उसे सपने में भी सताता रहता था, उसके मन में कभी इतने जोरदार ढंग से नहीं उठा था जिस तरह इस वक्त उठ रहा था जबकि वह स्विद्रिगोइलोव के पास जा रहा था। इस विचार के उठते ही वह गुस्से से पागल हो उठता था। पहली बात तो यह थी कि इससे हर चीज बदल जाएगी, उसकी अपनी स्थिति भी। उसे अपना भेद दुनिया को फौरन बता देना होगा। उसे शायद पूरी तरह आत्मसमर्पण कर देना होगा ताकि दुनिया को कोई नासमझी का कदम उठाने से रोका जा सके। वह खत दुनिया को उसी दिन सबेरे कोई खत मिला था। पीतर्सबर्ग में भला उसे किसने खत भेजा होगा (शायद लूजिन ने?), यह सच था कि रजुमीखिन वहाँ नजर रख रहा था, लेकिन रजुमीखिन कुछ नहीं जानता। क्या उसे रजुमीखिन को फौरन अपना भेद बता देना चाहिए? यह विचार रस्कोलनिकोव के लिए काफी अप्रिय था।

बहरहाल, उसे स्विद्रिगाइलोव से जल्द-से-जल्द मिलना होगा। उसने मन-ही-मन अंतिम निर्णय किया। खैरियत की बात यह थी कि इस बारे में ब्यौरे की बातों का उतना महत्व नहीं था जितना मुख्य बात का। लेकिन अगर... अगर वह सचमुच ऐसा कुछ कर सकता हो, अगर दुनिया के खिलाफ स्विद्रिगाइलोव सचमुच कोई मंसूबा बना रहा हो तो...

पिछले एक महीने की घटनाओं से थक कर रस्कोलनिकोव इतना चूर हो चुका था कि इस तरह के सवालों का एक ही फैसला कर सकता था - 'फिर तो मैं उसे मार डालूँगा।' उसने क्रूर निराशा के भाव से यह बात सोची। और बेहद उदास हो गया। यह देखने के लिए कि वह किधर जा रहा था और कहाँ तक पहुँच चुका था, वह सड़क के बीच में रुक गया। वह ओबुखोव्स्की एवेन्यू में था, भूसामंडी से कोई तीस-चालीस गज दूर, जहाँ से वह चला था। बाईं ओर के मकान की पूरी दूसरी मंजिल में एक रेस्तराँ था। सारी खिड़कियाँ पूरी खुली हुई थीं। खिड़कियों के रास्ते जो कुछ नजर आ रहा था उससे पता चलता था कि रेस्तराँ खचाखच भरा हुआ है। खाने के कमरे से गाने की; एक वायलिन और क्लेरिनैट की आवाजें और एक तुर्की ढोल की ढम-ढम की आवाजें आ रही थीं। औरतों की चीखें सुनाई दे रही थीं। यह सोच कर कि वह ओबुखोव्स्की एवेन्यू में मुड़ा ही क्यों था, वह वापस जाने ही वाला था कि उसे अचानक स्विद्रिगाइलोव दिखाई पड़ गया। रेस्तराँ की एक सबसे दूरवाली खुली खिड़की के पास वह मुँह में पाइप लगाए, चाय की मेज के सामने बैठा हुआ था। इस संयोग पर उसे बेहद आश्चर्य हुआ, बल्कि यूँ कहिए कि वह धक से रह गया। स्विद्रिगाइलोव उसे चुपचाप देख रहा था। रस्कोलनिकोव को यह बात बरबस खटकी : उसे ऐसा क्यों लगा कि स्विद्रिगाइलोव उठना चाह रहा था ताकि इससे पहले कि उसे देखा जा सके, वह वहाँ से चपुचाप खिसक जाए। रस्कोलनिकोव ने भी फौरन यूँ जताया कि जैसे उसने उसे देखा न हो, बल्कि किसी दूसरी ही दिशा में किसी दूसरी ही चीज को देख रहा हो, लेकिन वह कनखियों से बराबर उसे देखे जा रहा था। उसका दिल बेचैनी से धड़क रहा था। उसका अनुमान ठीक था। स्विद्रिगाइलोव साफ तौर पर यह नहीं चाहता था कि कोई उसे देख सके। उसने मुँह से पाइप निकाला और छिपाने की कोशिश करने लगा। लेकिन ज्यों ही वह उठा और अपनी कुर्सी पीछे खिसकाई, उसे जरूर यह एहसास हुआ होगा कि रस्कोलनिकोव ने उसे देख लिया था और लगातार उस पर नजर रखे हुए था। इस समय उन दोनों के बीच जो कुछ हुआ वह बहुत कुछ उस दृश्य जैसा ही था जो रस्कोलनिकोव के कमरे में उनकी पहली मुलाकात के समय सामने आया था, जब रस्कोलनिकोव सो रहा था। स्विद्रिगोइलोव के चेहरे पर एक कमीनी मुस्कराहट उभरी जो धीरे-धीरे फैल कर चौड़ी होती गई। दोनों को ही मालूम था कि दूसरे ने उसे देख लिया है और उस पर नजर रख रहा है। आखिरकार स्विद्रिगाइलोव ठहाका मार कर हँसा।

'खूब! जी चाहे तो अंदर आ जाओ... मैं यहाँ हूँ!' उसने खिड़की में से पुकार कर कहा।

रस्कोलनिकोव सीढ़ियाँ चढ़ कर रेस्तराँ में जा पहुँचा।

उसने देखा, स्विद्रिगाइलोव खाने के बड़े कमरे से लगे और उसके पीछे एक बहुत ही छोटे कमरे में बैठा था जिसमें बस एक खिड़की थी। खाने के बड़े कमरे में कई व्यापारी, सरकारी नौकर और बहुत से दूसरे लोग जान लड़ा कर गानेवालों की टोली के शोर के बीच बीस छोटी-छोटी मेजों पर बैठे चाय निगल रहे थे। कहीं से बिलियर्ड की गेंदों के टकराने की आवाज आ रही थी। स्विद्रिगाइलोव के सामने मेज पर शैंपेन की एक खुली बोतल और एक आधा भरा गिलास रखा हुआ था। उसी कमरे में हाथ में छोटा-सा आर्गन लिए हुए एक लड़का था और कोई अठारह साल की, तंदुरस्त और लाल-लाल गालोंवाली एक लड़की भी थी, जो धारीदार स्कर्ट उड़स कर पहने हुए थी और सर पर फीतों से सजी टाइरोलियन हैट लगाए हुए थी। बगलवाले कमरे में गाने के शोर के बावजूद वह आर्गन की धुन पर ऊँची भर्राई हुई आवाज में कोई बाजारू गाना गा रही थी...

'अच्छा, अब रहने दो!' रस्कोलनिकोव के अंदर आते ही स्विद्रिगाइलोव ने उसे टोकते हुए कहा।

लड़की ने गाना फौरन बंद कर दिया और बड़े अदब से खड़ी इंतजार करती रही। बाजारू गाना गाते समय भी उसके चेहरे पर आदर और गंभीरता का यही भाव था।

'फिलिप, एक गिलास लाना!' स्विद्रिगाइलोव ने आवाज दी।

'मैं शराब नहीं पिऊँगा,' रस्कोलनिकोव ने कहा।

'जैसी तुम्हारी मर्जी, लेकिन गिलास तुम्हारे लिए माँगा भी नहीं। लो पियो, कात्या! आज मैं कोई और गाना नहीं सुनूँगा। तुम जा सकती हो!' उसने कात्या के लिए एक गिलास भरा और एक पीला नोट निकाल कर उसे दिया। कात्या ने एक घूँट में गिलास खाली कर दिया, जैसा कि औरतें आम तौर पर करती हैं यानी बीस चुस्कियाँ लेने के लिए बीच में रुके बिना, नोट लिया, स्विद्रिगाइलोव का हाथ चूमा, जो स्विद्रिगाइलोव ने बड़ी गंभीर मुद्रा बना कर उसे करने दिया, और कमरे के बाहर चली गई। लड़का भी आर्गन लिए हुए उसके पीछे-पीछे चला गया। उन दोनों को सड़क पर से लाया गया था। स्विद्रिगाइलोव को पीतर्संबर्ग आए अभी मुश्किल से एक हफ्ता हुआ था, लेकिन इन थोड़े दिनों में ही उसके सारे तौर-तरीके एक खास ढंग के बन चुके थे। वेटर फिलिप जल्द ही उसका 'पुराना दोस्त' बन चुका था, और बड़ी मुस्तैदी से उसका हर हुक्म बजा लाने को तैयार रहता था। खाने के कमरे में जानेवाला दरवाजा आम तौर पर बंद रहता था। इस छोटे कमरे में स्विद्रिगाइलोव को हर तरह की सुख-सुविधा मिलती थी और वह शायद पूरा-पूरा दिन उसी में काट देता था। रेस्तराँ बहुत गंदा और सस्ता था; शायद दूसरे दर्जे का भी नहीं था।

'मैं आप ही से मिलने जा रहा था,' रस्कोलनिकोव ने कहना शुरू किया। 'आपकी खोज में। लेकिन न जाने क्यों मैं भूसामंडी से ओबुखोव्स्की एवेन्यू की तरफ मुड़ गया। मालूम नहीं, किसलिए। मैं इधर कभी नहीं आता। आम तौर पर भूसामंडी से दाहिनी ओर मुड़ जाता हूँ। फिर यह आपके यहाँ जाने का रास्ता भी तो नहीं है। सड़क का नुक्कड़ मुड़ते ही आप पर मेरी नजर पड़ी! अजीब बात है!'

'साफ-साफ क्यों नहीं कहते कि चमत्कार है?'

'इसलिए कि शायद यह महज इत्तफाक है।'

'आह, तुम लोग भी अजीब हो,' स्विद्रिगाइलोव ठहाका मार कर हँसा। 'मानोगे नहीं, हालाँकि दिल में चमत्कारों में विश्वास रखते हो। तुमने अभी कहा कि 'शायद' यह इत्तफाक था। पर मेरे दोस्त, जब खुद अपनी राय जाहिर करने का सवाल आता है तो तुम यहाँ के लोग इतने बुजदिल हो जाते हो कि सोचा भी नहीं जा सकता। मैं तुम्हारी बात नहीं कर रहा। तुम अपने दिमाग से सोचते हो और इस बात से डरते भी नहीं। यही वजह है कि मेरे मन में तुम्हारे बारे में जानने की इच्छा पैदा हुई।'

'इसके अलावा और कोई बात नहीं थी?'

'क्यों, क्या इतना काफी नहीं है?'

स्विद्रिगाइलोव सचमुच तरंग में था, हालाँकि थोड़ा ही था। उसने आधा गिलास शराब ही पी थी।

'मुझे तो लगता है कि आप जिस चीज को मेरा अपना दिमाग कहते हैं उसका पता लगने से पहले ही आप मुझसे मिलने आए थे,' रस्कोलनिकोव ने अपनी राय जाहिर की।

'खैर, दूसरी ही बात थी उस वक्त। हर किसी का काम करने का अपना ढंग होता है। जहाँ तक चमत्कार का सवाल है, तो मैं तुम्हें इतना ही बता सकता हूँ कि तुम पिछले दो-तीन दिन से सोते रहे हो। इस रेस्तराँ के बारे में मैंने खुद तुम्हें बताया था, और यहाँ तुम्हारे आने में ऐसी कोई चमत्कार की बात नहीं है। मैंने तुम्हें यहाँ आने का रास्ता बताया था, इस जगह के बारे में बताया था, यह बताया था कि यह जगह कहाँ है और यह भी बताया था कि मैं यहाँ किस वक्त मिल सकता हूँ। याद नहीं?'

'मुझे याद नहीं पड़ता,' रस्कोलनिकोव ने हैरान हो कर जवाब दिया।

'चलो, तुम्हारी बात माने लेता हूँ। मैंने दो बार तुम्हें इसके बारे में बताया था। सो पता अनजाने ही तुम्हारे दिमाग में चिपका रह गया होगा और तुम आप ही मेरे बताए हुए रास्ते पर चलते हुए इस सड़क पर मुड़े होगे, हालाँकि यह बात तुम्हें खुद मालूम नहीं रही होगी। तुम्हें इसके बारे में अभी उस दिन जब मैं बता रहा था तब मेरे खयाल में तुम समझे नहीं थे। दोस्त, तुम खुद अपना भेद बहुत ज्यादा खोलते चलते हो। एक बात और। मुझे पूरा यकीन है कि पीतर्सबर्ग में ऐसे बहुत से लोग हैं जो चलते-चलते अपने से बातें करते रहते हैं। यह आधे पागलों का शहर है। अगर यह वैज्ञानिकों का राष्ट्र होता तो हमारे डॉक्टर, वकील और यह दार्शनिक यहाँ पीतर्सबर्ग में अपने-अपने क्षेत्रों में बहुमूल्य खोजें कर सकते थे। तुम्हें पीतर्सबर्ग जैसी जगह आसानी से नहीं मिलेगी जहाँ आदमी के दिमाग पर इतनी सारी विचित्र, कठोर और निराशाजनक चीजों का असर पड़ता रहता है। जरा सोचो, अकेले यहाँ की जलवायु का ही कितना असर पड़ता होगा! और यह रूस के प्रशासन का केंद्र भी है, और इसके चरित्र की झलक हर चीज में दिखाई देना लाजमी है। लेकिन इस वक्त मैं यह बात समझाना नहीं चाहता। बात यह है कि तुम्हारे जाने बिना ही मैं अब तक कई बार तुम्हें गौर से देख चुका हूँ। जब तुम अपने घर से निकलते हो, तब तुम अपना सर ऊँचा किए रखते हो। बीस कदम के बाद तुम्हारा सर झुक जाता है और तुम अपने हाथ पीठ पीछे बाँध लेते हो। आँखें खोले चीजों पर तुम नजर तो डालते हो लेकिन साफ मालूम होता है कि न तो अपने सामने की कोई चीज देखते हो और न अपने दोनों तरफ की। आखिर में तुम्हारे होठ हिलने लगते हैं और तुम खुद से बातें करने लगते हो। इसके ही साथ अकसर तुम अपना एक हाथ दूसरे से छुड़ा कर कविता-पाठ जैसा कुछ करने लगते हो। आखिर में तुम बीच सड़क रुक जाते हो और देर तक वहीं खड़े रहते हो। पर जनाब, बहुत बुरी बात है यह। मेरे अलावा दूसरे लोगों का ध्यान भी इस बात की ओर जा सकता है, और हो सकता है कि तुम ऐसा न चाहो। जाहिर है, मैं इसकी जरा भी परवाह नहीं करता, न ही यह उम्मीद करता हूँ कि मैं तुम्हारी यह बीमारी ठीक कर सकता हूँ। अलबत्ता तुम मेरा मतलब समझ गए होगे, कि नहीं?'

'आप क्या यह बात जानते हैं कि मेरा पीछा किया जा रहा है?' रस्कोलनिकोव ने पैनी नजरों से स्विद्रिगाइलोव को देखते हुए पूछा।

'नहीं, मुझे इस बारे में कुछ भी मालूम नहीं,' स्विद्रिगाइलोव ने इस तरह जवाब दिया, गोया उसे यह सुन कर ताज्जुब हुआ हो।

'खूब, तो मुझे मेरे हाल पर छोड़ दीजिए,' रस्कोलनिकोव माथे पर बल डाल कर बुदबुदाया।

'अच्छी बात है, तुम्हें तुम्हारे हाल पर छोड़ देते हैं।'

'मुझे तो आप यह बताइए कि अभी जब मैं सड़क से ऊपर खिड़की की ओर देख रहा था तो मुझसे आप छिप क्यों रहे थे। आप अगर यहाँ आम तौर पर पीने आते हैं और दो बार मुझसे यहाँ आ कर मिलने को कह चुके हैं तो आपने मुझसे नजर चुरा कर यहाँ से खिसकने की कोशिश क्यों की? मैं सब देख रहा था।'

'हा-हा! और जब मैं तुम्हारे चौखट पर खड़ा था और तुम आँखें बंद किए सोफे पर पड़े थे तो सोने का बहाना क्यों कर रहे थे, जबकि तुम सो नहीं रहे थे। मैंने भी अच्छी तरह सब कुछ देखा था।'

'हो सकता है कि... मेरे ऐसा करने की कोई वजह रही हो, जैसा कि आप खुद जानते हैं।'

'मेरे पास भी ऐसा करने की वजह हो सकती है, हालाँकि तुम उसे नहीं जान सकोगे।'

रस्कोलनिकोव ने अपनी दाहिनी कुहनी मेज पर टिका ली और दाहिने हाथ की उँगलियों से ठोड़ी को नीचे से सहारा दे कर गौर से स्विद्रिगाइलोव को घूरने लगा। वह लगभग एक मिनट तक उसके चेहरे को नजरें जमा कर देखता रहा, क्योंकि हमेशा से ही वह उसके चेहरे से बहुत प्रभावित था। वह एक अजीब किस्म का चेहरा था जो देखने में मुखौटे जैसा लगता था : सफेद चेहरा, लाल गाल, गहरे लाल होठ, हलके रंग के सन जैसे बालों की दाढ़ी और सुनहरे बाल जो अभी तक काफी घने थे। लेकिन उसकी आँखें जरूरत से कुछ ज्यादा ही नीली लगती थीं, और नजर जरूरत से ज्यादा बोझिल और निश्चल थी। इस खूबसूरत चेहरे में, जो उसकी उम्र को देखते हुए बेहद नौजवान चेहरा था, कोई बात ऐसी जरूर थी जिससे नफरत पैदा होती थी। स्विद्रिगाइलोव की पोशाक गर्मियोंवाले हलके कपड़े की बनी हुई थी और लगता था, उसे अपनी कमीज पर खास गर्व था। उसकी एक उँगली पर बड़ी-सी अँगूठी थी, जिसमें कीमती नग जड़ा हुआ था।

'मुझे क्या आपके पीछे भी वक्त बर्बाद करना होगा?' रस्कोलनिकोव ने अचानक बेसब्री से कसमसाते हुए सीधे मतलब की बात कही। 'हो सकता है आप कोई मुसीबत खड़ी करना चाहें और बहुत ही खतरनाक साबित हों, लेकिन आपकी वजह से मैं अपनी जिंदगी में कोई उलझाव पैदा करने को तैयार नहीं हूँ। आपको मैं साफ-साफ बता देना चाहता हूँ कि मुझे अपनी उतनी चिंता कतई नहीं जितनी आप शायद समझते हैं। इतना समझ लीजिए जनाब, मैं आपसे साफ-साफ यह कहने आया हूँ कि अगर आप अभी भी मेरी बहन की तरफ वही पहलेवाले इरादे रखते हैं, और अगर यह समझते हैं कि आपको अभी हाल में मेरे बारे में जिस बात का पता लगा है उसे इस्तेमाल करके आप अपनी मंशा पूरी कर लेंगे, तो इससे पहले कि आप मुझे जेल भिजवाएँ, मैं आपको जान से मार दूँगा। मेरी कोरी धमकियाँ देने की आदत नहीं है और मैं समझता हूँ, आप यह जानते ही होंगे कि मैं अपनी बात का पक्का हूँ। दूसरे, अगर आपको मुझसे कोई बात कहनी है -क्योंकि मुझे हर वक्त ऐसा लगता रहता है कि आपको मुझसे कोई बात कहनी है - तो वह बात आप मुझे फौरन बता दीजिए। इसलिए कि वक्त बहुत कीमती है और बहुत मुमकिन है कि जल्द ही देर हो जाए और वह बात बताने का वक्त न रहे।'

'ऐसी जल्दी क्या है? कहीं जाना है क्या?' स्विद्रिगाइलोव ने हैरानी से उसे देखते हुए पूछा।

'हर आदमी का काम करने का अपना ढंग होता है,' रस्कोलनिकोव ने बेचैनी से और गंभीर हो कर जवाब दिया।

'अभी तुमने खुद मुझे ललकारा था कि मैं तुमसे साफ-साफ बातें करूँ और अब तुम मेरे पहले ही सवाल का जवाब देने से इनकार कर रहे हो,' स्विद्रिगाइलोव ने मुस्कराते हुए अपनी राय जाहिर की। 'मुझे हमेशा ऐसा लगता है कि तुम समझते हो, मेरे मन में कोई बात है, और इसीलिए तुम मुझे शक की नजर से देखते हो। खैर तुम्हारी हालत को देखते हुए यह बात पूरी तरह समझ में आती है। लेकिन यह चाहते हुए भी कि मैं तुम्हारे साथ दोस्ती निभाऊँ, मैं तुम्हें यह समझाने की कोशिश नहीं करूँगा कि ऐसा समझना तुम्हारी भूल है। मैं तुम्हें यकीन दिलाता हूँ कि यह कोई ऐसी बात नहीं जिसमें दिमाग खपाया जाए। सच तो यह है कि तुमसे किसी खास बात के बारे में चर्चा करने का मेरा कोई इरादा भी नहीं था।'

'तो फिर आपको मेरी इतनी क्या जरूरत पड़ी थी आप ही तो मुझे तलाश करते घूम रहे थे, कि नहीं?'

'तुम्हें बस देखने-समझने की एक दिलचस्प चीज मानते हुए। तुम्हारे लिए मेरे मन में सिर्फ इसलिए दिलचस्पी पैदा हुई थी कि तुम जिस हालत में थे, वह अजीब थी। जी, यही बात थी! अलावा इसके तुम एक ऐसी नौजवान महिला के भाई हो जिनमें मेरी काफी दिलचस्पी रही है और जिनसे मैंने तुम्हारे बारे में इतना कुछ सुना था कि मैं लाजमी तौर पर इसी नतीजे पर पहुँचा कि उन पर तुम्हारा गहरा असर रहा है। क्या इतना काफी नहीं है? हा-हा-हा! तो भी मैं यह मानने को तैयार हूँ कि तुम्हारा सवाल कुछ टेढ़ा है और उसका जवाब देना मेरे लिए मुश्किल है। मिसाल के लिए, तुम मेरे पास न सिर्फ एक खास मकसद से आए हो, बल्कि इसलिए भी आए हो कि तुम कोई नई बात जानने के लिए बेचैन हो। है न यही बात है न?' स्विद्रिगाइलोव काइयाँ मुस्कराहट के साथ बार-बार अपना सवाल पूछता रहा। 'अच्छा, तब तुम क्या कहोगे अगर मैं कहूँ कि यहाँ आते वक्त रास्ते में रेल पर मैं यही आस लगाए हुए था कि तुम मुझे कोई नई बात बताओगे और मुझे तुमसे कोई अनमोल चीज मिलेगी देखा न, हम दोनों किस कदर दौलतमंद हैं!'

'आप मुझसे क्या पाना चाहते थे?'

'मैं भला क्या बताऊँ सच पूछो तो मुझे खुद मालूम नहीं। तुम देख रहे हो न कि मैं किस तरह के गंदे होटल में अपना वक्त बिताता हूँ, और यह मुझे अच्छा भी लगता है या शायद यह कहना बेहतर होगा कि यह जगह मुझे उतनी अच्छी नहीं लगती है जितनी यह बात लगती है कि कोई ऐसी जगह हो जहाँ मुझे सुख मिल सके। मिसाल के लिए, उस बेचारी कात्या को लो-तुमने देखा था न उसे ...अगर मैं कोई पेटू होता, या क्लबों में अच्छा खाने का शौकीन होता तो कोई बात भी होती, लेकिन यह रहा वह खाना जो मैं खाता हूँ' (यह कह कर उसने कोने में रखी एक छोटी-सी मेज की तरफ इशारा किया जिस पर टीन की एक तशतरी में बहुत ही बुरी बीफस्टेक का बचा हुआ टुकड़ा और आलू के कुछ कतले पड़े थे।) 'अरे हाँ, तुमने खाना खा लिया है क्या? मैं अभी थोड़ा-सा खा चुका हूँ, अब कुछ खाने को जी नहीं चाहता। मिसाल के लिए, मैं शराब नहीं पीता। शैंपेन छोड़ कोई हल्की शराब भी नहीं पीता और उसका भी पूरी शाम में एक गिलास। उतने से ही मेरे सर में दर्द होने लगता है। इस वक्त तो मैंने बस अपना हौसला बढ़ाने के लिए थोड़ी-सी मँगा ली थी, क्योंकि अभी मुझे किसी से मिलने जाना है। इसीलिए तुम मुझे एक खास किस्म की दिमागी हालत में देख रहे हो। मैंने स्कूली लड़कों की तरह छिपने की कोशिश इसीलिए की थी कि मुझे डर था, तुम इस वक्त मेरे लिए मुसीबत बन जाओगे। लेकिन,' उसने घड़ी निकाल कर देखा, 'मैं समझता हूँ तुम्हारे लिए एक घंटे का वक्त अभी मेरे पास है। इस वक्त साढ़े चार बजे हैं। देखो, बात यह है कि मेरा बहुत जी चाहता है कि मेरे पास करने को कुछ होता। काश, मैं जमींदार होता, या बाप होता, या घुड़सवार

फौज का अफसर होता, या फोटोग्राफर होता, या पत्रकार होता... लेकिन मैं तो कुछ भी नहीं हूँ... मुझे कोई काम भी नहीं आता। कभी-कभी मैं बेहद ऊब जाता हूँ। मैं सोच रहा था कि तुम मुझे नई बात बताओगे।'

'लेकिन आप हैं कौन और यहाँ किसलिए आए हैं?'

'मैं कौन हूँ क्यों, तुम्हें मालूम नहीं? मैं एक शरीफ आदमी हूँ, दो साल तक घुड़सवार फौज में नौकरी की, उसके बाद कुछ समय तक यहाँ पीतर्सबर्ग में भटकता रहा, फिर उस औरत से शादी कर ली जो अब मर चुकी है और देहात में रहने लगा। मेरी जिंदगी की कहानी बस यही है!'

'मैं समझता हूँ आप जुआरी भी हैं!'

'नहीं, भला किस तरह का जुआरी मैं हो सकता हूँ! मैं पत्तेबाज हूँ, जुआरी नहीं।'

'आप सचमुच पत्तेबाज रह चुके हैं?'

'हाँ, पत्तेबाज भी रह चुका हूँ।'

'और कभी आपकी पिटाई भी हुई है?'

'हुई है। क्यों?'

'खूब, तो मैं समझता हूँ कि आपके सामने ऐसे मौके भी आए होंगे जब आपने किसी को द्वंद्व के लिए भी ललकारा होगा... आम तौर पर इस तरह की बातों से जिंदगी में आदमी की दिलचस्पी बनी रहती है।'

'मैं तुम्हारी बात को झुठलाना नहीं चाहता। इसके अलावा मैं दार्शनिकों जैसी बातें करने में भी कोई माहिर नहीं हूँ। लेकिन यह मान लेने में मुझे कोई एतराज नहीं है कि यहाँ मैं खास तौर पर औरतों की वजह से ही आया।'

'कुछ ही दिन पहले अपनी बीवी को दफन करके यहाँ आए, क्यों?'

'हाँ, तो,' स्विद्रिगाइलोव निहत्था कर देनेवाली मुस्कान मुस्कराया। 'तो क्या हुआ मुझे लगता है, तुम यह सोचते हो कि औरतों के बारे में मेरा इस तरह बातें करना कोई बेहूदा बात है। क्यों?'

'आपका मतलब यह है कि मैं बदकारी को कोई बुराई समझता हूँ कि नहीं?'

'बदकारी तो तुम यह सोच रहे हो! लेकिन पहले मैं आम तौर पर औरतों के बारे में अपनी राय साफ-साफ बता दूँ। तुम जानते हो, इस वक्त मेरा थोड़ा दिल खोल कर बातें करने को जी चाह रहा है। अब तुम ही बताओ, मैं किसलिए अपने आपको काबू में रखूँ अगर औरतें अच्छी लगती हैं तो मैं उन्हें क्यों छोड़ दूँ कम-से-कम मेरा वक्त तो कट जाता है।'

'तो आप यहाँ सिर्फ बदकारी की उम्मीद ले कर आए हैं?'

'अच्छा, तो क्यों नहीं? इसी को रटने से फायदा! तुम्हारे दिमाग पर बदकारी ही सवार है। हाँ, मैं बदकारी को पसंद करता हूँ। सवाल कम-से-कम सीधा तो पूछा गया। इस बदकारी में कोई चीज ऐसी है जो हमेशा रहती है। कोई ऐसी चीज जिसकी बुनियाद प्रकृति पर होती है, जो महज कल्पना की उड़ान की पाबंद नहीं होती। कोई ऐसी चीज जो खून में हमेशा एक दहकते अंगारे की तरह मौजूद रहती है। कोई ऐसी चीज जो ऐसी आग भड़काती है जिसे उम्र गुजरने के साथ भी एक अरसे तक बुझाया नहीं जा सकता। तुम्हें मानना पड़ेगा कि यह भी वक्त काटने का एक ढंग है, क्यों?'

'इसमें इतना खुश होने की क्या बात है यह एक बीमारी है, सो भी खतरनाक बीमारी।'

'अच्छा, तो तुम यह सोच रहे हो मैं मानता हूँ कि यह एक बीमारी है, हद से आगे बढ़ी, हर चीज की तरह और इस तरह के सिलसिलों में कोई भी आदमी हद से आगे बढ़े बिना रह नहीं सकता। लेकिन पहली बात तो यह है कि इसका दारोमदार इस पर होता है कि कौन किस किस्म का है। दूसरे, हर बात में आदमी को कुछ-न-कुछ संतुलन, कोई-न-कोई हिसाब तो रखना ही पड़ता है, चाहे वह हिसाब कितना ही बुरा हो! अगर ऐसा न हो तो आदमी अपने भेजे में गोली मार कर मर जाए। याद रखना, मैं इस बात को पूरी तरह मानता हूँ कि शरीफ आदमी का कर्तव्य होता है ऐसी ऊब झेलना, लेकिन बहरहाल...'

'तो आप अपने भेजे में गोली मार कर मर सकते हैं?'

'हे भगवान!' स्विद्रिगाइलोव ने उकता कर उसका सवाल टालते हुए कहा। 'मेहरबानी करके इसकी बात न करो,' उसने जल्दी से कहा। उसमें अब वह पहलेवाला डींग मारने का भाव नहीं था; चेहरे का भाव भी बदला हुआ लग रहा था। 'माफ करना, लेकिन मुझे डर है कि मैं एक ऐसी कमजोरी का अपराधी हूँ जिसे माफ नहीं किया जा सकता। मेरे दिल में मौत का डर है और मैं नहीं चाहता कि लोग उसकी चर्चा करें। क्या तुम जानते हो कि मैं थोड़ा-सा रहस्यवादी हूँ?'

'खूब! और वह आपकी बीवी का भूत! वह अब भी आता है?'

'भगवान के लिए उसकी चर्चा न करो! पीतर्सबर्ग में तो वह अभी तक नहीं आया है। लानत है उस पर!' उसने अचानक चिढ़ कर जोर से कहा। 'नहीं, बेहतर हो हम लोग कुछ और बातें करें... लेकिन... अफसोस कि मेरे पास वक्त नहीं है। मैं तुम्हारे पास अब और ज्यादा देर नहीं रुक सकता। वक्त होता तो मैं तुम्हें कुछ-न-कुछ बताता।'

'जा क्यों रहे हैं? कोई औरत है?'

'हाँ, एक औरत है। इत्तफाक से ही मुलाकात हो गई थी... लेकिन मैं उसकी बात नहीं कर रहा था।'

'लेकिन इस सारे घिनौनेपन का आप पर क्या कोई असर नहीं होता? क्या आपमें इस सिलसिले को रोकने की काबिलियत नहीं रही?'

'तुम काबिलियत की बात कर रहे हो? हा-हा! मानना पड़ेगा, दोस्त, कि तुमने मुझे हैरत में डाल दिया, हालाँकि मैं पहले से जानता था कि ऐसा ही होगा। तुम मुझसे बदकारी और जिंदगी की खूबसूरती की बातें कर रहे हो! तुम शिलर हो... आदर्शवादी हो! खैर, यह सब कुछ वैसा ही है जैसा कि होना चाहिए। ताज्जुब तो तब होता जब ऐसा न होता। फिर भी

जब जिंदगी में इस तरह की किसी चीज से पाला पड़ता है तो ताज्जुब होता है... अफसोस है कि मेरे पास बहुत थोड़ा वक्त है, जबकि तुम बहुत ही दिलचस्प आदमी हो! अच्छा, यह बताओ, शिलर तुम्हें पसंद है क्या? मुझे तो बेपनाह पसंद है।'

'हे भगवान, आप भी किस कदर शेखीबाज हैं!' रस्कोलनिकोव ने कुछ बेजारी से कहा।

'नहीं दोस्त,' स्विद्रिगाइलोव ने हँसते हुए जवाब दिया। 'लेकिन मैं बहस नहीं करूँगा। शेखीबाज शायद मैं हूँ। अगर किसी को कोई नुकसान न हो तो थोड़ी-सी शेखीबाजी में हर्ज क्या है? देखो, मैंने अपनी बीवी के साथ सात साल देहात में बिताए हैं। इसलिए अब जबकि मेरी मुलाकात तुम्हारे जैसे होशियार, समझदार और बेहद दिलचस्प आदमी से हुई है, तो मुझे बातचीत करके खुशी हो रही है। अलावा इसके, मैंने आधा गिलास शराब भी पी रखी है, और मुझे लगता है वह मुझे कुछ चढ़ भी गई है। सबसे बड़ी बात तो यह है कि एक ऐसी बात हुई है जिसने मेरे अंदर काफी जोश भर दिया है, लेकिन जिसके बारे में मैं... एक शब्द भी नहीं कहूँगा। तुम चले कहाँ?' स्विद्रिगाइलोव ने अचानक घबरा कर पूछा।

रस्कोलनिकोव उठने ही वाला था। वह न जाने क्यों उदास हो गया था। उसका दम घुट रहा था और वह कुछ अटपटा-सा महसूस कर रहा था। मन-ही-मन वह पूछ रहा था कि वह यहाँ आया ही क्यों। अब उसे पक्का यकीन हो चुका था कि स्विद्रिगाइलोव दुनिया का सबसे निकम्मा और सबसे बेकार, दुष्ट आदमी था।

'ऐ भले आदमी, भगवान के लिए बैठ भी जाओ! कुछ देर तो और ठहरो,' स्विद्रिगाइलोव ने गिड़गिड़ा कर कहा। 'मुझे कम-से-कम चाय पिलाने का मौका तो दो। थोड़ी देर और बैठो मेरे साथ, और मैं कोई बकवास नहीं करूँगा... मेरा मतलब है अपने बारे में। मैं तुम्हें कुछ और बातें बताऊँगा। चाहो तो मैं तुम्हें यह बताऊँ कि किस तरह एक औरत ने, तुम्हारे शब्दों में, मुझे 'बचाने' की कोशिश की थी... यही सचमुच तुम्हारे पहले सवाल का जवाब होगा क्योंकि वह औरत तुम्हारी बहन थी। तुम्हें बताऊँ वह बात? इससे वक्त काटने में भी मदद मिलेगी।'

'अच्छी बात है, लेकिन उम्मीद है कि आप...'

'अरे, तुम परेशान मत हो! मेरे जैसे गंदे और खोखले इनसान के दिल में भी अव्दोत्या रोमानोव्ना के लिए भरपूर गहरी इज्जत के अलावा और कोई जज्बा नहीं हो सकता।'

अपराध और दंड : (अध्याय 6-भाग 4)

'शायद तुम्हें पता हो (मैंने तो तुम्हें खुद ही बताया था!),' स्विद्रिगाइलोव ने कहना शुरू किया, 'कि मुझे यहाँ कर्ज न चुकाने पर जेल भेज दिया गया था। मेरे ऊपर बहुत बड़ा कर्ज था पर उसे चुकाने के न तो साधन थे न इसकी कोई उम्मीद थी। शायद विस्तार से यह बताना मेरे लिए जरूरी नहीं कि मेरी बीवी ने किस तरह मेरा कर्ज चुका कर मुझे छुटकारा दिलाया था। तुम्हें मालूम है क्या कि औरत कभी-कभी मुहब्बत में कितनी पागल हो जाती है वह बहुत ईमानदार औरत थी और कुछ खास नासमझ भी नहीं थी (हालाँकि वह पढ़ी-लिखी हरगिज नहीं थी।) अब जरा सोचो : इस ईमानदार और ईर्ष्यालु औरत ने रोने-धोने और कहा-सुनी की कई भयानक वारदातों के बाद मुझ पर एक बड़ा एहसान करके मेरे साथ एक तरह का करार कर लिया, जिसे उसने हमारे विवाहित जीवन में हमेशा निभाया। मुसीबत यह थी कि वह उम्र में मुझसे बहुत बड़ी थी। अलावा इसके हर वक्त वह लौंग चबाती रहती थी। पर मैं भी कुछ हद तक पाजी था और मैंने उससे साफ-साफ कह

दिया कि मैं उसके साथ पूरी वफादारी नहीं बरत सकता। इस बात को मेरे मान लेने पर वह आग-बगूला हो उठी। लेकिन लगता है, मेरा दो-टूक बात कह देना उसे एक तरह से अच्छा ही लगा, क्योंकि उसने सोचा कि मैंने उसे पहले से ही आगाह कर दिया था और इसका मतलब यह था कि मैं उसे धोखा नहीं देना चाहता था। ईर्ष्यालु औरत के लिए सबसे बड़ी बात यही होती है। आँसुओं की नदियाँ बहाने के बाद हमने आपस में एक अनकहा समझौता कर लिया - पहली बात यह कि मैं कभी उसे छोड़ कर नहीं जाऊँगा और हमेशा उसका शौहर रहूँगा। दूसरे, मैं उसकी इजाजत के बिना कभी कहीं नहीं जाऊँगा। तीसरे, मैं हमेशा के लिए कभी कोई रखैल नहीं रखूँगा। चौथे, इसके बदले में मेरी बीवी कभी इस बात पर एतराज नहीं करेगी कि मैं कभी-कभार अपनी किसी नौकरानी के साथ कोई चक्कर पाल लूँ, लेकिन इस तरह कभी नहीं कि मेरी बीवी को अंदर-ही-अंदर उसका पता न हो। पाँचवें किसी भी हालत में मैं अपने वर्ग की किसी औरत के चक्कर में नहीं पड़ूँगा। छठे, भगवान न करे, अगर कभी मुझे किसी से बहुत गहरा प्यार हो जाए तो मुझे अपनी बीवी को बताना होगा लेकिन इस आखिरी शर्त के बारे में मेरी बीवी को कभी कोई खास चिंता नहीं हुई। वह समझदार औरत थी और इसलिए मुझे ऐसे ऐयाश और बदलचलन के अलावा कुछ और समझ ही नहीं सकती थी, जो किसी से संजीदगी से प्यार नहीं कर सकता था। लेकिन समझदार औरत और ईर्ष्यालु औरत दो अलग-अलग चीजें होती हैं, और सारी मुसीबत यही थी। मगर कुछ लोगों के बारे में एक निष्पक्ष राय कायम करने के लिए सबसे जरूरी यह होता है कि हम अपने चारों ओर की परिस्थितियों और अपने चारों ओर के लोगों के बारे में अपने पहले से कायम किए गए विचारों को और उनकी तरफ अपने आम रवैए को छोड़ें। मैं समझता हूँ, मैं दूसरे किसी भी आदमी के मुकाबले तुम्हारे फैसले पर कहीं ज्यादा भरोसा कर सकता हूँ। तुमने मेरी बीवी के बारे में बहुत से दिलचस्प और बेतुके किस्से सुने होंगे। यह सच है कि उसकी कुछ आदतें बेतुकी थीं, लेकिन मैं तुमसे साफ-साफ कहता हूँ कि मेरी वजह से उसे कई बार जो बहुत गहरी निराशा हुई, उसका मुझे बहुत ही अफसोस है। खैर, मैं समझता हूँ कि एक बेहद प्यार करनेवाली वफादार बीवी के मरने पर एक बेहद प्यार करनेवाले वफादार शौहर की तरफ से भावपूर्ण श्रद्धांजलि के रूप में इतना कहा जाना काफी है। झगड़ों के दौरान मैं ज्यादातर चुप रहता था और पूरी-पूरी कोशिश करता था कि किसी तरह की चिड़चिड़ाहट न दिखाऊँ। अपने शराफत के रवैए की वजह से इसमें मुझे लगभग हमेशा ही कामयाबी भी मिली। उस पर इसका न सिर्फ असर होता था बल्कि वह इसे यकीनन पसंद करती थी। सच बात तो यह है कि ऐसे भी मौके आए, जब वह मुझ पर गर्व तक करती थी। लेकिन इसके बावजूद तुम्हारी बहन की तरफ मेरे झुकाव की बात वह बर्दाश्त न कर सकी। यह बात तो मैं कभी समझ ही नहीं सका कि उसने उस बेपनाह खूबसूरत लड़की को बच्चों की देखभाल के लिए गवर्नेस रखने का जोखिम कैसे मोल लिया! मेरी समझ में इसकी एक ही वजह आती है : कि मेरी बीवी एक भावुक और जोशीली औरत थी, और उसे खुद तुम्हारी बहन से लगाव हो गया था - सचमुच उससे लगाव हो गया था। अव्दोत्या रोमानोव्ना भी कमाल की लड़की थी! जवाब नहीं था उनका! उन्हें देखते ही मैं अच्छी तरह समझ गया कि इस बार मेरी खैर नहीं है और जानते हो, मैंने जी में ठान लिया था कि उनकी तरफ देखूँगा भी नहीं। लेकिन मानो या न मानो अव्दोत्या रोमानोव्ना ने खुद पहल की... और क्या तुम इस पर यकीन करोगे कि शुरू में मेरी बीवी खुद ही मुझसे नाराज होती थी कि मैं तुम्हारी बहन के सामने कभी जबान तक नहीं खोलता था और वह अव्दोत्या रोमानोव्ना की शान में जो कसीदे लगातार पढ़ती रहती थी, उनकी तरफ कोई ध्यान नहीं देता था। मुझे नहीं मालूम कि वह क्या चाहती थी। जाहिर है, मेरी बीवी ने अव्दोत्या रोमानोव्ना को मेरे बारे में सब कुछ बता दिया था। उसकी यह बहुत बुरी आदत थी कि वह सभी को हमारे परिवार की तमाम गुप्त बातें बता देती थी और हर आदमी से मेरी शिकायत करती थी। सो भला वह इस सिलसिले में अपनी इस नई और खूबसूरत दोस्त को कैसे नजरअंदाज कर सकती थी! मैं दावे के साथ कह सकता हूँ कि वे दोनों मेरे अलावा किसी और चीज के बारे में बात ही नहीं करती थीं, और मुझे इसमें भी शक नहीं

है कि अव्दोत्या रोमानोव्ना को जल्द ही उन शर्मनाक और रहस्यमय भयानक किस्सों का पता चल गया होगा जिन्हें लोग मेरे नाम के साथ जोड़ते हैं... मैं शर्त लगा कर कह सकता हूँ कि तुमने खुद भी इस तरह की कुछ बातें सुनी होंगी।'

'सुनी हैं। लूजिन ने आप पर इल्जाम लगाया था कि आपकी वजह से एक बच्ची की मौत हुई। यह सच है क्या?'

'मुझ पर इतना एहसान करो कि इन बेहूदा किस्सों की चर्चा न करो,' स्विद्रिगाइलोव ने नफरत से इस विषय को पक्के तौर पर टालते हुए कहा। 'अगर तुम खास तौर पर इस बेतुके किस्से के बारे में जानना ही चाहते हो, तो मैं तुम्हें किसी और वक्त बता दूँगा, लेकिन अभी...'

'मैंने लोगों को गाँव में आपके एक नौकर की चर्चा करते भी सुना है और यह कि आपकी ही वजह से उसके ऊपर भी कोई मुसीबत आई थी।'

'छोड़ो इस बात को, तुम एक भले आदमी हो!' स्विद्रिगाइलोव ने एक बार फिर साफ-साफ बेजार हो कर उसे टोका।

'यह वही नौकर था क्या जो मरने के बाद आपके पास आपका पाइप भरने आया था ...मुझे इस बारे में खुद आपने बताया था।' रस्कोलनिकोव की चिड़चिड़ाहट बढ़ रही थी।

स्विद्रिगाइलोव ने रस्कोलनिकोव को गौर से देखा। रस्कोलनिकोव को लगा, कि एक पल के लिए बिजली की लपलपाहट की तरह स्विद्रिगाइलोव की आँखों में एक दुश्मनी की चमक पैदा हुई थी।

'वही था,' स्विद्रिगाइलोव ने अपने आपको सँभाल कर शिष्टता से जवाब दिया। 'मैं देख रहा हूँ कि तुम्हें भी इन सब बातों में काफी दिलचस्पी है, और इसलिए मैं यह अपना फर्ज समझता हूँ कि पहला मुनासिब मौका मिलने पर इन सब बातों के बारे में तुम्हें वह सब कुछ बता दूँ जो तुम जानना चाहते हो। लानत है, अब मेरी समझ में आ रहा है कि कुछ लोगों को मैं सचमुच रोमांटिक लगता रहा हूँगा। तुम खुद समझ सकते हो कि इसके बाद मैंने अपनी बीवी का, जो अब मर चुकी है, कितना एहसान माना होगा कि उसने तुम्हारी बहन को मेरे बारे में बहुत-सी रहस्य भरी और दिलचस्प बातें बता दी थीं। यह तो मैं नहीं कह सकता कि तुम्हारी बहन पर उसका क्या असर हुआ लेकिन इससे मुझे बहरहाल फायदा ही हुआ। अवदोत्या रोमानोव्ना को मुझसे जो कुदरती दुराव था उसके बावजूद और मैं हमेशा जो गुस्से और चिढ़वाली मुद्रा बनाए रहता था उसके बावजूद, आखिरकार उनके दिल में मेरे लिए तरस पैदा हुआ, एक पूरी तरह गए-गुजरे आदमी के लिए तरस पैदा हुआ। पर जब किसी नौजवान लड़की के दिल में किसी के लिए तरस पैदा होता है तो यह बात उस लड़की के लिए बहुत ही खतरनाक साबित होती है क्योंकि ऐसी हालत में वह लाजिमी तौर पर उसे 'बचाने' की कोशिश करती है; इसकी कोशिश करती है कि वह आदमी अपनी गलतियों को समझे। वह उसे एक नया इनसान बनाना चाहती है, उसके दिल में ज्यादा ऊँची चीजों के लिए दिलचस्पी पैदा करना चाहती है, और उसे एक नई जिंदगी के लिए नए कामों के लिए उभारना चाहती है। यह बात तो हम सभी जानते हैं कि एक नौजवान लड़की के मन में किस तरह के सपने होते हैं। फौरन ताड़ गया मैं कि यह प्यारी खूबसूरत चिड़िया उड़ कर सीधे मेरे जाल में आ रही है, और मैं भी इसके लिए तैयार हो गया। लगता है दोस्त, तुम्हारी त्योरियों पर बल आ रहे हैं। परेशान न हो, जैसा कि तुम जानते ही हो, इन बातों का कोई नतीजा नहीं निकला। (लानत है, मुझ पर, लगता है बहुत ज्यादा शराब पीने लगा हूँ!) बात यह है कि मैं शुरू से ही हमेशा यही सोचा करता था कि अफसोस तुम्हारी बहन दूसरी या तीसरी सदी ईसबी के किसी राजे-रजवाड़े, किसी सूबे के गवर्नर, या

एशिया-ए-कोचक के राजदूत के घर में क्यों नहीं पैदा हुईं। तब वे यकीनन उन लोगों में से होतीं जिन्हें शहीद कर दिया गया, और जब उनके स्तनों को दहकते चिमटों से दागा जाता तब भी वे यकीनन मुस्कुरातीं। वे हँसी-खुशी शहीद होने को तैयार हो जातीं। और अगर वे चौथी या पाँचवीं सदी में होतीं तो संन्यास ले कर मिस्र के निर्जन रेगिस्तान में चली गई होतीं और वहाँ तीस साल तल कंद-मूल खा कर ध्यान-तपस्या में अपने दिन काट दिए होते। वे इस चीज के लिए तड़प रही हैं, किसी की खातिर भी शहीद होने को तुली बैठी हैं, और अगर उन्हें शहीद होने का मौका न मिला तो बहुत मुमकिन है कि वे खिड़की से छलाँग लगा कर अपनी जान दे दें। मैंने रजुमीखिन नाम के किसी आदमी के बारे में सुना है। सुना है कि वह समझदार आदमी है। (इसका अंदाजा आप उसके परिवार-नाम से ही लगा सकते हैं, क्योंकि वह जिस शब्द से बना है उसका अर्थ 'विवेक' होता है। मैं समझता हूँ, वह धर्मशास्त्र का विद्यार्थी होगा।) खैर, वह अगर तुम्हारी बहन को खुश रख सके, तो काफी अच्छी बात है। मतलब यह मेरा खयाल है, मैं तुम्हारी बहन को अच्छी तरह समझता था और यह मेरे लिए बहुत इज्जत की बात है। लेकिन इसके साथ ही, जैसा कि तुम जानते हो, किसी से भी जान-पहचान की शुरुआत में हर आदमी कुछ ज्यादा ही नादान और नासमझ होता है। हमेशा गलत सिरा पकड़ लेता है। उसे सामने की चीज नहीं दिखाई देती। आखिर वे इतनी खूबसूरत क्यों हैं यह मेरा कसूर तो नहीं है। तो बात यह है कि जहाँ तक मेरा सवाल है, यह सारा सिलसिला मेरे दिल में वासना की एक ऐसी लहर से शुरू हुआ, जिसे दबा सकना मेरे लिए नामुमकिन था। अव्दोत्या रोमानोव्ना बेहद पवित्र और सच्चरित्र हैं, इतनी कि समझना और यकीन करना मुश्किल है। (याद रहे, मैं तुम्हारी बहन के बारे में यह सब कुछ एकदम सच-सच बता रहा हूँ। उनकी पवित्रता और सच्चरित्रता बीमारी की हद तक पहुँच चुकी है, बावजूद इसके कि वे बहुत समझदार हैं, और इसकी वजह से उन्हें बहुत-सी मुसीबतों का सामना करना पड़ सकता है।) तो हुआ यह कि उन्हीं दिनों हमारे यहाँ एक नई नौकरानी आई - पराशा। काली आँखोंवाली पराशा। वह ऊपर के कामों के लिए रखी गई थी। नई-नई किसी दूसरे गाँव से आई थी और मैंने उसे पहले कभी नहीं देखा था। बला की खूबसूरत थी, लेकिन हद दर्जे की बेवकूफ। एक हंगामा ही खड़ा कर दिया उसने, चीख-चीख कर आसमान सर पर उठा लिया... और छीछालेदार कितनी हुई! अफसोस की बात कि आखिर एक दिन दोपहर के भोजन के बाद अव्दोत्या रोमानोव्ना ने कोशिश करके मुझे बाग के छायादार पेड़ोंवाले एक रास्ते पर खोज निकाला और गुस्से से चमकती हुई आँखों से मुझसे माँग की कि मैं बेचारी पराशा का पीछा छोड़ दूँ। यह शायद पहला मौका था, जब हम दोनों ने बिलकुल अकेले आपस में बातचीत की थी। जाहिर है, मुझे उनकी इस प्रार्थना को पूरा करके बेहद खुशी हुई। मैंने अपनी तरफ से यह जताने की पूरी कोशिश की कि मुझे उनकी बात से ताज्जुब हुआ था और मैं काफी अटपटा महसूस कर रहा था, और सच तो यह है कि मैंने यह नाटक काफी अच्छी तरह खेला। इसके बाद हम दोनों छिप-छिप कर मिलने लगे; गुपचुप बातें होतीं, उपदेश दिए जाते, नसीहतें की जातीं, शिकवे-शिकायतें होतीं, और कभी-कभी आँसुओं तक की नौबत आ जाती... क्या तुम यकीन करोगे... आँसुओं की! दूसरों को सुधारने की धुन कुछ लड़कियों को कहाँ तक पहुँचा देती है! जाहिर है, मैंने हर बात के लिए अपने अभागे सितारों को दोषी ठहराया, यह जताया कि मैं इस अँधेरे से बाहर निकलने के लिए रोशनी की तलाश में तड़प रहा हूँ, और आखिर में औरत का दिल जीतने के सबसे अच्छे और अचूक तरीके का सहारा लिया, उस तरीके का जिसने अभी तक किसी को कभी निराश नहीं किया और जो हर औरत के सिलसिले के एक कारगर साबित होता है। वह जाना-पहचाना तरीका खुशामद का था। दुनिया में साफ बात कहने से ज्यादा मुश्किल कोई काम नहीं और कोई काम चापलूसी से ज्यादा आसान नहीं। अगर आपकी दोटूक बातों में सौवाँ हिस्सा भी झूठ का हो तो फौरन कोई मनमुटाव पैदा हो जाएगा और उसके तुरंत बाद झगड़ा शुरू हो जाएगा। लेकिन, दूसरी तरफ, अगर खुशामद में शुरू से आखिर तक झूठ हो, तब भी वह काफी सुखद होता है और संतोष के साथ सुना जाता है... बहुत भोंडे किस्म का संतोष होता है लेकिन होता तो है।

और खुशामद कितना ही भोंडा क्यों न हो, कम-से-कम उसका आधा हिस्सा तो हमेशा ही सच मालूम होता है। यह बात हर तरह के और हर वर्ग के लोगों के बारे में सच है। चरित्रवान से चरित्रवान कन्याकुमारी को भी खुशामद के जरिए शीशे में उतारा जा सकता है। जहाँ तक मामूली इनसानों का सवाल है, वे इसके आगे एकदम बेबस हो जाते हैं। मुझे तो हँसी आती है जब मैं याद करता हूँ कि मैंने एक बार किस तरह समाज में ऊँची हैसियतवाली एक ऐसी महिला को फँसा लिया था जिसे अपने पति, अपने बच्चों और अपनी सच्चरित्रता से बड़ा लगाव था। कितना मजा आया था। और कैसी आसानी से सब कुछ हो गया था! वह महिला भी सचमुच और सही माने में सच्चरित्र थी; कम-से-कम अपने ढंग से तो थी ही। मैंने तो सिर्फ यह दाँव खेला कि यह जताया कि मैं उनकी सच्चरित्रता से पूरी तरह प्रभावित हूँ। मैं बड़ी बेशर्मी से उनकी खुशामद करता था, और ज्यों ही उनसे कुछ पाने में सफल हो गया, यानी कभी मैंने उसका जरा-सा हाथ दबा दिया या कभी उसने मेरी ओर कनखियों से देख लिया, तो मैं फौरन अपने आपको धिक्कारने लगता था कि मैंने जो कुछ पाया था, वह जबरदस्ती पाया था। मैं हमेशा उसे यह बताता रहता था कि वह तो लगातार डट कर मेरा विरोध करती रही थी, इतना डट कर कि अगर मैं बदचलन न होता तो मुझे कुछ भी मिल नहीं पाता। अपने भोलेपन में वह मेरी मक्कारी को पहले से समझ नहीं पाई और इस बात को समझे बिना या किसी तरह का शक किए बिना, अनजाने ही मेरे हथकंडों का शिकार हो गई थी, वगैरह, वगैरह। जो कुछ मैं चाहता था, आखिर मुझे मिल गया, और उन देवीजी को आखिर तक यही पक्का विश्वास रहा कि वह निर्दोष और सच्चरित्र थी, कि उसने अपने किसी कर्तव्य और दायित्व का हनन नहीं किया और यह भी कि उसका पथभ्रष्ट हो जाना बस संयोग की बात थी। तुम तो सोच भी नहीं सकते कि तब वह कितना नाराज हुई, जब मैंने उसे यह बताया कि पूरी ईमानदारी के साथ मैं तो यही समझता था कि आनंद लूटने के लिए वह भी उतनी ही बेचैन थी जितना मैं था। मेरी बीबी बेचारी भी बड़ी आसानी से खुशामद की शिकार हो जाती थी, और अगर मैं चाहता तो उसकी जिंदगी में ही उसकी सारी जमीन-जायदाद अपने नाम लिखवा सकता था। (मुझे डर है कि मैं अब बेहद पीने लगा हूँ और जरूरत से ज्यादा बातें करने लगा हूँ।) मुझे उम्मीद है कि अगर मैं तुम्हें अब यह बता दूँ कि यही बात अव्दोत्या रोमानोव्ना के साथ भी होने लगी थी तो तुम नाराज नहीं होगे। लेकिन मैंने ही अपनी नासमझी और बेसब्री की वजह से सारा बना-बनाया खेल बिगाड़ दिया। हमारी दोस्ती की शुरुआत में ही तुम्हारी बहन ने कई बार (एक बार तो खास तौर पर) उनमें एक ऐसी रोशनी रहती थी जिसकी चमक लगातार ज्यादा तेज और ज्यादा बेझिझक होती जाती थी। यहाँ तक कि उन्हें उस चमक से डर लगने लगा, और आखिर वे उससे नफरत करने लगीं। मैं तफसील की बातों में नहीं जाऊँगा, लेकिन हम दोनों की अनबन हो गई। और इस मंजिल पर पहुँच कर मैंने फिर बेवकूफी की। मैं उनकी आदेश देने की और मुझे सुधारने की कोशिशों का बेहद बदतमीजी से, खुल्लमखुल्ला मजाक उड़ाने लगा। पराशा एक बार फिर मेरी जिंदगी में आ गई... और अकेली वही नहीं, और भी कई आईं। मतलब यह कि एक काफी बड़ा बखेड़ा खड़ा हो गया। मेरे दोस्त, काश तुम अपनी जिंदगी में एक बार भी देख पाते कि तुम्हारी बहन की आँखें कभी-कभी किस तरह चमक सकती हैं! इस बात की कोई परवाह मत करो कि मैं इस वक्त नशे में हूँ, या मैं शराब का एक पूरा गिलास चढ़ा चुका हूँ - मैं तुमसे सच बात कह रहा हूँ। मैं तुम्हें यकीन दिलाता हूँ कि तुम्हारी बहन की नजर मेरे सपनों में मुझे सताने लगी। फिर एक ऐसा वक्त भी आया जब उनकी पोशाक की सरसराहट भी मेरे लिए बर्दाश्त के बाहर हो गई। मैं सचमुच सोचने लगा कि मुझे मिरगी का दौरा पड़ जाएगा। मैंने कभी सोचा भी नहीं था कि मुझ पर ऐसा जुनून सवार होगा। मेरे लिए तुम्हारी बहन के साथ सुलह-समझौता बहुत जरूरी हो गया था लेकिन अब यह मुमकिन भी नहीं रह गया था। तो फिर तुम्हारी समझ में मैंने क्या किया होगा? गुस्सा आदमी को कितना निकम्मा बना देता है! जब तुम्हें बेहद गुस्सा आ रहा हो तब कोई काम मत करना, मेरे दोस्त! इस बात को ध्यान में रखते हुए कि अव्दोत्या रोमानोव्ना हर एतबार से कंगाल थीं। (माफ करना, मैं यह बात कहना नहीं

चाहता था... लेकिन क्या फर्क पड़ता है!), दरअसल इस बात को देखते हुए कि उन्हें अपनी रोजी कमाने के लिए काम करना पड़ता था और अपनी माँ के लिए और तुम्हारे लिए भी बंदोबस्त करना पड़ता था (तुम्हारी त्योरियों पर फिर बल पड़ गए!), मैंने अपना सारा पैसा उन्हें इस शर्त पर दे देने का फैसला किया (उस वक्त भी मैं तीस हजार रूबल जुटा सकता था) कि वे मेरे साथ भाग चलें - अगर उनका जी चाहे तो पीतर्सबर्ग ही सही। इस सिलसिले में यह बताने की तो जरूरत नहीं कि उन्हें मैं उम्र भर प्यार करने का वचन देता, उन्हें यकीन दिलाता कि उन्हें सुखी रखूँगा, वगैरह, वगैरह। यह जानो कि उस वक्त मैं उनके प्यार में इतना पागल हो गया था कि अगर वे मुझसे कहतीं कि मैं अपनी बीवी की गर्दन काट दूँ या उसे जहर दे दूँ और उनसे शादी कर लूँ तो मैं फौरन यही सब कर बैठता! लेकिन, जैसा कि तुम्हें मालूम ही है, सारा किस्सा जिस तरह खत्म हुआ, वह बहुत ही बदनसीबी की बात थी। तुम सोच सकते हो कि तब मुझे कितना ताव आया होगा, जब मैंने यह सुना कि मेरी बीवी ने उस लुच्चे वकील लूजिन को पकड़ कर उसके साथ तुम्हारी बहन की शादी कराने में कोई कसर बाकी नहीं रखी थी। सच पूछो तो यह वैसी ही बात होती जैसी कि मैंने उनके सामने सुझाव के तौर पर रखी थी। है न यही बात, है कि नहीं मैं देख रहा हूँ, मेरे दिलचस्प नौजवान दोस्त, कि तुम मेरी बातें बड़े ध्यान से सुनने लगे हो...'

स्विद्रिगाइलोव ने बेचैन हो कर मेज पर जोर से मुक्का मारा। उसका चेहरा तमतमा उठा। रस्कोलनिकोव समझ गया कि अनजाने ही चुस्कियाँ ले-ले कर और घूँट-घूँट करके वह जो डेढ़ गिलास शैंपेन पी गया था, उसका उस पर बुरी तरह असर हुआ था, और उसने इस मौके का भरपूर फायदा उठाने का फैसला किया। वह स्विद्रिगाइलोव को बहुत शक की नजर से देखता था।

'खैर, इसके बाद मुझे तो और भी पक्का यकीन हो गया है कि आप यहाँ मेरी बहन की वजह से ही आए हैं,' उसने स्विद्रिगाइलोव से कुछ भी छिपाए बिना, खुल्लमखुल्ला कहा ताकि वह और भी चिढ़ जाए।

'नहीं, भगवान की कसम, ऐसी बात नहीं!' यूँ लगा कि स्विद्रिगाइलोव ने अपने आपको सँभाल लिया है। 'मैं तो तुम्हें बता ही चुका हूँ ...इसके अलावा, तुम्हारी बहन मेरी सूरत तक देखने को तैयार नहीं हैं।'

'मुझे यकीन है कि ऐसी ही बात होगी, लेकिन अब सवाल इसका भी नहीं रहा।'

'अच्छा, तो तुम्हें यकीन है कि वे कभी ऐसा करने को तैयार नहीं हो सकतीं, क्यों?' स्विद्रिगाइलोव आँखें तरेर कर उसका मजाक उड़ाने के अंदाज से मुस्कराया। 'तुम एकदम ठीक कहते हो। वे मुझसे प्यार नहीं करतीं। लेकिन भरोसे के साथ कुछ नहीं कहा जा सकता कि शौहर और बीवी के बीच, या किसी आशिक और माशूक के बीच कब क्या हो जाए। एक कोना हमेशा ऐसा होता है जो दुनिया की नजरों से छिपा रहता है और उसका पता बस उन्हीं दोनों को होता है। क्या तुम्हें यकीन है कि अव्दोत्या रोमानोव्ना को मुझसे सख्त नफरत है?'

'आपकी कुछ बातों और कुछ शब्दों में मुझे लगता है कि दुनिया के सिलसिले में अभी तक आपके कुछ इरादे हैं, जाहिर है, वे शर्मनाक ही हैं, और आप उन्हें पूरा करने पर तुले हुए हैं।'

'मतलब क्या है तुम्हारा? क्या मैंने ऐसी कोई भी बात कही है या ऐसा कोई भी शब्द इस्तेमाल किया है?' स्विद्रिगाइलोव ने निष्कपट विस्मय से और उसके इरादों के बारे में जो विशेषण इस्तेमाल किया गया था, उसकी ओर ध्यान दिए बिना, चीख कर कहा।

'आप अभी भी इस्तेमाल कर रहे हैं। मिसाल के लिए, आप इतना डरे हुए क्यों हैं, अचानक इतना सहम क्यों गए हैं?'

'मैं और डरा-सहमा हुआ? किससे? तुमसे मेरे दोस्त, डरना तो मुझसे तुम्हें चाहिए। लेकिन यह भी क्या सरासर बकवास है... मैं कुछ नशे में हूँ, यह मैं समझ रहा हूँ। एक बार फिर एक ऐसी बात मेरे मुँह से निकलते-निकलते रह गई, जो मुझे नहीं कहनी चाहिए। लानत है इस शराब पर। वेटर, पानी लाओ!'

उसने बोतल उठा कर खिड़की के बाहर फेंक दी। फिलिप पानी ले कर आया।

'सब बकवास है!' स्विद्रिगोइलोव ने तौलिया भिगो कर सर पर रखते हुए कहा। 'लेकिन मैं बड़ी आसानी से तुम्हारी सारी उलझन दूर कर सकता हूँ; तुम्हारे सारे शक मिटा सकता हूँ। मिसाल के लिए, क्या तुम्हें मालूम है कि मेरी शादी होनेवाली है?'

'आप मुझे बता चुके हैं।'

'बता चुका हूँ मुझे याद नहीं। लेकिन तब मैंने पक्के तौर पर नहीं बताया होगा क्योंकि मैंने तब तक लड़की को देखा भी नहीं था। मेरा बस एक इरादा था। लेकिन अब बाकायदा मँगनी हो चुकी है, सब कुछ तय हो चुका है, और अगर अभी मुझे एक जरूरी कारोबारी काम से न जाना होता तो मैं तुम्हें फौरन वहाँ ले जाता क्योंकि मैं तुम्हारी राय जानना चाहता हूँ। लानत है, मेरे पास अब सिर्फ दस मिनट का वक्त रह गया है। टाइम देख रहे हो? मैं समझता हूँ मैं तुम्हें उसके बारे में बता ही दूँ... मेरा मतलब है अपनी शादी के बारे में, क्योंकि वह अपने ढंग का बहुत ही दिलचस्प सिलसिला है। तुम चले कहाँ जा रहे हो?'

'नहीं, अब नहीं जाऊँगा।'

'तुम्हारा मतलब है कि बिलकुल नहीं जाओगे... देखा जाएगा। मैं तुम्हें वहाँ ले जाऊँगा और अपनी मँगेतर से मिलाऊँगा लेकिन अभी नहीं, क्योंकि शायद तुम्हें जल्द ही जाना पड़ेगा। तुम दाहिनी ओर जाना और मैं बाईं ओर जाऊँगा। मादाम रेसलिख को तो जानते ही होगे? वही औरत जिसके यहाँ मैं रहता हूँ। सुन रहे हो कि नहीं... मेरा मतलब उस औरत से है जिसके बारे में लोग कहते हैं कि वह छोटी बच्ची उसी के घर में डूब कर मर गई थी - इसी जाड़े में... हाँ, तो तुम सुन रहे हो न, भले आदमी खूब! तो, यह सारा किस्सा मेरे लिए उसी ने तय किया है। उसने मुझसे कहा, तुम उकताए हुए रहते हो, तुम्हारा जी भी थोड़ा बहल जाएगा। और यह बात ठीक ही है : मैं बहुत उदास और नीरस आदमी हूँ। क्यों, तुम यह तो नहीं समझते कि मैं बहुत खुशमिजाज हूँ। अरे नहीं, मैं बहुत ही उदास आदमी हूँ। किसी को मैं कोई नुकसान नहीं पहुँचाता, बस एक कोने में बैठा रहता हूँ, और कभी-कभी तो तुम तीन-तीन दिन तक मेरे मुँह से एक बात भी नहीं सुनोगे। लेकिन वह औरत... वह मादाम रेसलिख बड़ी चालाक कुतिया है, इतना मैं बताए देता हूँ। जानते हो, उसके मन में क्या बात है वह सोचती है कि मैं अपनी बीवी से उकता जाऊँगा और उसे छोड़ कर चला जाऊँगा। तब मेरी बीवी उसके कब्जे में आ जाएगी और वह उसे जिस तरह चाहेगी इस्तेमाल करेगी, उसे हमारे वर्ग के लोगों के बीच, या शायद और भी ऊँचे लोगों के बीच, घुमाना शुरू कर देगी। उसने मुझे बताया कि लड़की का बाप सरकारी नौकर था, अब पेन्शन पाता है और अपाहिज है, उसकी टाँगों को लकवा मार गया है और पिछले तीन साल उसने अपाहिजोंवाली कुर्सी पर ही काटे हैं। उसने मुझे बताया कि लड़की की माँ बहुत समझदार औरत है। उनके एक बेटा भी है जो किसी दूसरी जगह रहता है, किसी

सरकारी नौकरी से लगा हुआ है, और उनकी कोई मदद नहीं करता। एक बेटी की शादी हो चुकी है लेकिन वह उनके यहाँ नहीं आती। उनके दो छोटे भतीजे भी साथ ही रहते हैं। (जैसे उनके अपने ही बच्चे कम हों।) अपनी दूसरी बेटी को उन लोगों ने पढ़ाई पूरी करने से पहले ही स्कूल से निकाल लिया था। एक महीने बाद वह सोलह साल की हो जाएगी और तब कानूनी तौर पर उसकी शादी हो सकती है। यानी कि मेरे साथ। तो हम लोग उनसे जान-पहचान पैदा करने गए। खूब चहल-पहल रही और हंगामा रहा। मैंने अपना परिचय दिया - मैं जमींदार हूँ, मेरी बीवी मर चुकी है, अच्छे घराने का आदमी हूँ, दूर-दूर तक पहुँच है और अपने बल पर अच्छा खाता-पहनता हूँ। क्या हुआ कि मैं पंचास साल का हूँ और वह अभी सोलह साल की भी नहीं है कौन इसकी परवाह करता है लेकिन मुँह में पानी तो आ ही जाता है, कि नहीं? बहुत मजेदार बात है, हा-हा! तुम मुझे उसके माँ-बाप से बातें करते देखते! उस वक्त मुझे देखना... पैसा खर्च करके देखने लायक तमाशा था। वह अंदर आई और स्कर्ट के दोनों छोर पकड़ कर बड़ी अदा से झुक कर सलाम किया। जानते हो, वह अभी तक ऊँचा स्कर्ट पहनती है, बहुत प्यारी-सी मुँहबंद कली, डूबते सूरज की लाली की तरह लजाती हुई (जाहिर है, उन लोगों ने उसे बता दिया होगा। मालूम नहीं औरतों के चेहरों के बारे में तुम क्या राय रखते हो, लेकिन मुझे तो सोलह साल की लड़की - वे छोटी-छोटी बचकानी आँखें, वह लजाना, और संकोच के आँसू - मुझे तो यह सब कुछ सुंदरता से कहीं ज्यादा अच्छा लगता है... और वह तो देखने में है भी तस्वीर जैसी। खूबसूरत सुनहरे बाल, छोटे-छोटे घूँघर पड़े हुए। भरे-भरे कोमल लाल होठ। नन्हे-नन्हे प्यारे-प्यारे पाँव। खैर, हम लोगों का परिचय हुआ। मैंने उन लोगों को बताया कि मुझे बहुत जल्दी है क्योंकि मुझे अपने परिवार के बहुत से मामले निबटाने हैं, और अगले ही दिन - यानी परसों - हमारी बाकायदा मँगनी हो गई। अब मैं जब भी वहाँ जाता हूँ, उसे फौरन अपनी गोद में बिठाता हूँ और वहीं बिठाए रखता हूँ। तो होता यह है कि वह शर्म के मारे डूबते सूरज जैसी लाल हो जाती है, और मैं उसे चूमता रहता हूँ। जाहिर है, उसकी माँ उसे बताती है कि मैं उसका होनेवाला शौहर हूँ और जो कुछ हो रहा है वह ठीक ही है... मतलब यह कि बड़ा मजा आता है! सच पूछो तो इस वक्त मेरी मँगेतरवाली हैसियत शौहरवाली हैसियत से अच्छी है। इस वक्त तो मेरे पास वह चीज है जिसने फ्रांसीसी में la nature et la verite 1 कहते हैं। हा-हा! मैंने उससे बात की है, एक या दो बार, और वह किसी भी तरह नासमझ लड़की नहीं है। कभी-कभी वह नजरें बचा कर मुझे इस तरह देखती है कि एक तीर दिल के पार निकल जाता है। सच कहता हूँ, उसकी सूरत देख कर मुझे रफाएल की मैडोना का चित्र याद आ जाता है। सिस्टीन की मैडोना का चेहरा बिलकुल अनोखा है, एक उदास धर्म-विभोर स्त्री का चेहरा। तुमने तो देखा है न बहरहाल, कुछ उसी किस्म की चीज। मँगनी के अगले दिन मैंने उसे पंद्रह सौ रूबल के तोहफे खरीद कर दिए। हीरों का एक जड़ाऊ सेट, मोतियों का एक सेट और एक काफी बड़ा चाँदी का सिंगारदान, जिसमें तरह-तरह की चीजें थीं। उन्हें देख कर उसका प्यार-सा, भोला-सा चेहरा, उस मैडोना का चेहरा खिल उठा। कल मैंने उसे अपनी गोद में बिठाया था, लेकिन मैंने शायद जरूरत से ज्यादा बे-तकल्लुफी से काम लिया था। लाज से उसकी कान की लवें तक लाल हो गईं और आँखों में आँसू छलक आए, लेकिन वह नहीं चाहती थी कि किसी को इसका पता चले। खुद उसके अंदर एक आग सुलग रही थी। वे सब लोग एक मिनट के लिए बाहर चले गए और वह अचानक मेरे गले से लिपट गई (खुद अपनी मर्जी से पहली बार), अपनी

1. स्वाभाविकता भी और निष्कपटता भी!

छोटी-छोटी बाँहों में मुझे जकड़ लिया और मुझे बार-बार चूमने लगी। उसने कसमें खा-खा कर मुझसे कहा कि वह हमेशा मेरा कहना मानेगी, मेरी अच्छी और वफादार बीवी बनेगी, मुझे सुखी रखेगी, अपना सारा जीवन, उसका एक-एक पल

मुझे अर्पित कर देगी, हर चीज त्याग देगी, और इसके बदले में वह सिर्फ इतना चाहती है कि उसे मेरी तरफ से सम्मान मिले। बोली, 'मुझे कुछ नहीं चाहिए, इससे ज्यादा कुछ भी नहीं चाहिए, किसी तरह का कोई भेंट-उपहार नहीं चाहिए।' यह तो तुम्हें मानना ही पड़ेगा कि अकेले में सोलह साल की ऐसी फरिश्तों जैसी लड़की के मुँह से, जिसके गालों पर कुँआरेपन की मासूमियत की लाली हो और जिसकी आँखों में अथाह खुशी के आँसू हों, ऐसी दिल से निकली हुई बात सुन कर जी तो ललचा ही उठता है। क्या खयाल है तुम्हारा, है न यही बात? इसे कहते हैं कि कोई बात हुई, कि नहीं क्यों अच्छा... सुनो तो... खैर, मैं तुम्हें अपनी मँगेतर के पास ले चलूँगा... लेकिन अभी नहीं!'

'मतलब यह कि आप दोनों की उम्रों में और मानसिक विकास में जो भारी अंतर है, उसी की वजह से आपके मन में वासना जागती है! क्या आप सचमुच इस लड़की से शादी करनेवाले हैं?'

'क्यों नहीं? मैं यकीनन उससे शादी करूँगा। हर आदमी अपने काम की बात सोचता है, और जो अपने आपको सबसे अच्छी तरह धोखा देना जानता है वही सबसे ज्यादा सुखी भी रहता है। हा-हा! पर तुम अचानक ऐसे सदाचारी क्यों बन गए मुझे बख्शो दोस्त, मैं एक अभागा पापी हूँ। हा-हा-हा!'

'लेकिन कतेरीना इवानोव्ना के बच्चों का सारा बंदोबस्त भी तो आपने किया। पर... मैं समझता हूँ कि आपने किसी खास वजह से ऐसा किया होगा... अब सब कुछ मेरी समझ में आ रहा है।'

'मुझे बच्चे आम तौर पर बहुत अच्छे लगते हैं, बहुत ही अच्छे लगते हैं,' स्विद्रिगाइलोव ठहाका मार कर हँसा। 'इस सिलसिले में मैं एक बहुत ही मजेदार किस्सा सुनाता हूँ जो अभी तक खत्म नहीं हुआ। यहाँ आने के बाद पहले ही दिन मैंने कई बदनाम अड्डों का चक्कर लगाया, और... मेरा मतलब यह है कि सात साल बाद मैं एक धारे में बह निकला। तुमने देखा होगा कि मुझे पुराने दोस्तों और मिलनेवालों से फिर से नाता जोड़ने की कोई खास जल्दी नहीं है। सच मैं तो उम्मीद यही करता हूँ कि जितने दिन भी हो सकेगा, उनके बिना ही काम चला लूँगा। बात यह है कि मैं जब अपनी प्यारी बीवी के साथ देहात में रहता था, तो मन बहलाने की उन छोटी-छोटी रहस्यमय जगहों की याद मुझे सताती रहती थी, जहाँ किसी जानकार आदमी को दिलचस्पी की कितनी ही चीजें मिल सकती हैं। लानत है! आम लोग नशे में धुत हो जाते हैं। पढ़े-लिखे नौजवान, जिनके पास कुछ उपयोगी करने को नहीं होता, कभी पूरे न हो सकनेवाले ऐसे सपनों और कोरी कल्पनाओं में खो कर घुलते रहते हैं। जरूरत से ज्यादा सिद्धांत बघारने की वजह से उनकी बढ़त भी मारी जाती है। न जाने कहाँ से ये यहूदी भी एक मुसीबत की तरह आ धमके हैं और पैसा बटोर रहे हैं, जबकि बाकी लोग बदकारी और बदचलनी की जिंदगी बिता रहे हैं। तो हुआ यह कि शहर में पहुँचते ही मेरी नाक में जानी-पहचानी खुशबुएँ समाने लगीं। मैं एक जगह गया जिसे नाच-क्लब कहा जाता था। बदकारी का भयानक अड्डा था वह भी। (मुझे तो यही अच्छा लगता है कि ये अड्डे गंदे हों।) खैर, लोग वहाँ कैन-कैन नाच इस तरह से नाच रहे थे जिस तरह वह कहीं और नहीं नाचा जाता। हमारे जमाने में तो यह नाच कहीं देखने को भी नहीं मिलती थी। हाँ साहब, इसी को तरक्की कहा जाता है। अचानक मैंने तेरह साल की एक लड़की को देखा। बहुत ही खूबसूरत कपड़ों में एक उस्ताद के साथ नाच रही थी, और एक दूसरा उस्ताद सामने था। लड़की की माँ दीवार के पास एक कुर्सी पर बैठी थी। अब तुम ही सोचो कि वह किस तरह का कैन-कैन नाच रहा होगा। लड़की बौखला उठी, शर्म से लाल हो गई, और आखिरकार इतनी बुरी तरह शर्मिंदा हुई, इतनी दुखी हुई कि फूट-फूट कर रोने लगी। लेकिन उस्ताद ने उसे कस कर पकड़ा, उसे ले कर तेजी से चक्कर काटने लगा और उसके सामने

अपनी कला दिखाने लगा। हर आदमी जोरों से चिल्ला-चिल्ला कर हँसने लगा और - इस तरह के मौकों पर मुझे कैन-कैन नाच देखनेवाली अपनी यह जनता भी बहुत अच्छी लगती है, तो सब लोग हँसते रहे और चिल्लाते रहे, इसकी सही सजा है। यहाँ बच्चों को लाना ही नहीं चाहिए! खैर, मुझे उनकी रत्तीभर परवाह नहीं थी। अलावा इसके, मुझे क्या मतलब कि लोग जिस तरह से अपना मन बहला रहे थे वह समझदारी से भरा तरीका था या नहीं। मैंने फौरन उसकी माँ के पास एक खाली कुर्सी देखी और झपट कर उस पर आसन जमा लिया। मैंने बताना शुरू किया कि मैं अभी शहर में नया-नया आया था, कि यहाँ के लोग बहुत ही उजड्डू हैं जो न सच्चे गुण को पहचानते हैं और न ही उसका उचित सम्मान करना जानते हैं। यह भी जता दिया मैंने कि मेरे पास ढेरों पैसा है और उन्हें अपनी गाड़ी में घर तक पहुँचाने का वादा किया। मैं उन्हें उनके घर ले गया और उनसे जान-पहचान पैदा की। वे लोग हाल ही में आए थे, और किसी किराएदार से एक छोटा-सा कमरा ले कर उसमें रहते थे। मुझे बताया गया कि माँ और बेटी दोनों मुझसे जान-पहचान पैदा करना अपने लिए बहुत बड़ी इज्जत की बात समझ रही थीं। मैंने यह पता लगा लिया कि उसके पास फूटी कौड़ी भी नहीं थी और वे किसी मंत्रालय से कुछ पैसों की मदद लेने लिए शहर आई थीं। मैंने इस काम के लिए अपनी सेवा और पैसों की मदद देने की पेशकश की। पता चला कि वे उस जगह गलती से, यह समझ कर चली गई थीं कि वहाँ सचमुच नाचना सिखाया जाता है। मैंने फौरन उस लड़की को फ्रांसीसी भाषा और नाच सिखवाने के लिए अपनी सेवा पेश की। उन्होंने फौरन मेरा सुझाव मान लिया, इसे अपने लिए भारी इज्जत की बात समझा, और मैं अब भी उससे मिलता रहता हूँ... चाहो तो मैं तुम्हें भी वहाँ ले चलूँ... लेकिन अभी नहीं।'

'आपकी बेहूदा और शर्मनाक कहानियाँ मैं काफी सुन चुका! नीच, बदकार, लंपट!'

'शिलर को तो देखो जरा! एकदम शिलर जैसा! O·u va-t-elle la vertu se nicher?1 जानते हो, मैं सोच रहा हूँ कि मैं तुम्हें ये किस्से सुनाता रहूँ ताकि इनके खिलाफ तुम्हारी झल्लाहट भरी बातें मुझे सुनने को मिलती रहें। मजा आता है!'

'क्यों नहीं! क्या मुझे नहीं पता कि इस वक्त मैं कैसा जोकर लग रहा हूँ,' रस्कोलनिकोव गुस्से से बुदबुदाया।

स्विद्रिगाइलोव की हँसी गूँज उठी। आखिरकार उसने फिलिप को बुलाया, बिल चुकाया और उठने लगा।

'कमाल है, मैं सचमुच नशे में हूँ,' वह बोला। 'खैर, बातचीत काफी अच्छी रही हमारी, मजा आया!'

'मैं समझता हूँ, आपको मजा आना ही चाहिए था,' रस्कोलनिकोव ने भी उठते हुए ऊँची आवाज में कहा। 'आप जैसे घिसे हुए अय्याश को इस तरह के कारनामे बयान करने में मजा तो आएगा ही, जबकि वह वैसी ही परिस्थितियों में और उतने ही बेहूदा किसी और कारनामे की बात सोच रहा हो, तो मुझ जैसे शख्स से बयान करने में... मजा क्यों नहीं आएगा!'

'आह, अगर ऐसी बात है,' स्विद्रिगाइलोव ने रस्कोलनिकोव को गौर से देखते हुए कुछ आश्चर्य से कहा, 'अगर ऐसी बात है तो तुम भी पूरी तरह इनसानों से बेजार हो। कुछ नहीं तो तुम्हारे अंदर ऐसा बनने की संभावनाएँ तो जरूर मौजूद हैं। तुम बहुत कुछ समझ सकते हो, बहुत कुछ... और बहुत कुछ कर भी सकते हो... कर सकते हो न लेकिन, बस बहुत हुआ। मुझे अफसोस है कि मैं तुम्हारे साथ और ज्यादा देर बातचीत नहीं कर सका। लेकिन अभी तो तुम हो ही, बस थोड़ा इंतजार करो...'

स्विद्रिगाइलोव लंबे-लंबे कदम रखता हुआ रेस्तराँ से बाहर निकल गया। रस्कोलनिकोव भी उसके पीछे चल पड़ा। लेकिन स्विद्रिगाइलोव ज्यादा नशे में नहीं था। शराब बस थोड़ी देर के लिए उसे चढ़ी थी और उसका असर तेजी से हर मिनट कम हो रहा था। वह किसी बात के बारे में काफी परेशान था, किसी बहुत जरूरी बात के बारे में... उसकी त्योरियों पर अभी तक बल पड़े हुए थे। साफ था कि उसे किसी ऐसी चीज की फिक्र थी जो उसे परेशान कर रही थी। पिछले कुछ मिनटों के दौरान रस्कोलनिकोव के प्रति भी उसका रवैया अचानक बदल चुका था, हर पल उसके साथ और भी ज्यादा रुखाई से पेश आ रहा था और उसका और भी ज्यादा मजाक उड़ा रहा था। रस्कोलनिकोव का ध्यान इन सब बातों की ओर गया और वह भी कुछ डरा-डरा-सा हो गया। उसके

1. सदाचार कहीं भी डेरा जमा लेता है। (फ्रांसीसी)

दिल में स्विद्रिगाइलोव के बारे में काफी शक पैदा हो रहा था और इसलिए ही उसने उसका पीछा करने का फैसला किया।

वे दोनों सड़क की पटरी पर पहुँचे।

'तुम दाहिनी ओर जाओ और मैं बाईं ओर... या चाहो तो हम आपस में दिशाएँ बदल लें... लेकिन इस वक्त तो हमें अलग होना पड़ेगा, दोस्त! फिर मिलेंगे!' इतना कह कर वह दाहिनी तरफ, भूसामंडी की ओर चल दिया।

अपराध और दंड : (अध्याय 6-भाग 5)

रस्कोलनिकोव उसके पीछे लग गया।

'यह क्या?' स्विद्रिगाइलोव ने पीछे घूम कर देखा और चीख कर बोला। 'मैंने कहा था न...'

'इसका मतलब सिर्फ यह है कि आपको अब मैं आँखों से ओझल नहीं होने दूँगा।'

'क्या...या?'

दोनों रुक कर एक-दूसरे को एक मिनट तक देखते रहे, गोया एक-दूसरे की थाह ले रहे हों।

'आपने आधे नशे की हालत में जो किस्से सुनाए हैं,' रस्कोलनिकोव ने तीखेपन से जवाब दिया, 'उनसे मैं पक्के तौर पर इसी नतीजे पर पहुँचा हूँ कि मेरी बहन के सिलसिले में आपने अभी तक अपने बुरे इरादे नहीं छोड़े हैं, बल्कि उन्हें पूरा करने में और भी मुस्तैदी से जुटे हुए हैं। मैं जानता हूँ, आज सबेरे मेरी बहन को एक खत मिला है। इस पूरे दौरान आप चैन से नहीं बैठे... मैं समझता हूँ, बहुत मुमकिन है कि आपने इस बीच अपने लिए एक बीवी भी जुटा ली हो, लेकिन इसका कोई मतलब तो नहीं है। मैं खुद ही पक्का भरोसा कर लेना चाहता हूँ...'

रस्कोलनिकोव खुद नहीं जानता था कि वह क्या चाहता है या किस बात का भरोसा कर लेना चाहता है।

'तो यह बात है! तुम यह तो नहीं चाहते हो कि मैं पुलिस को बुलवाऊँ?'

'बुलवा लीजिए पुलिस को!'

दोनों फिर एक मिनट तक आमने-सामने खड़े रहे। आखिरकार स्विद्रिगाइलोव की मुद्रा बदली। यह महसूस करके कि रस्कोलनिकोव उसकी धमकी से कतई नहीं डरा, उसने अचानक हँसी-मजाक और दोस्ती का रवैया अपना लिया।

'अजीब आदमी हो तुम भी! मैं तो जान-बूझ कर तुम्हारे मामले की चर्चा करने से कतरा रहा था, हालाँकि कुदरती बात है कि मैं उसके बारे में जानने के लिए बेताब हूँ। कमाल की बात है। उसे मैंने किसी दूसरे वक्त के लिए उठा रखा था, लेकिन तुम तो बड़े-से-बड़े संन्यासी को भी उकसा कर उसका मौनव्रत भंग करा सकते हो... तो अच्छी बात है, चलो। लेकिन मैं इतना बता दूँ कि मैं सिर्फ एक मिनट के लिए कुछ पैसे लेने घर जा रहा हूँ। उसके बाद मैं अपने कमरे को ताला मार दूँगा, एक गाड़ी लूँगा और पूरी शाम द्वीपों पर बिताऊँगा। बोलो, अब भी मेरे साथ आना चाहते हो क्या?'

'मैं तुम्हारे साथ तुम्हारे घर तक चलूँगा लेकिन अंदर नहीं आऊँगा। मैं सोफ्या सेम्योनोव्ना से मिल कर जनाजे में न आ पाने की माफी माँगना चाहता हूँ।'

'जैसी तुम्हारी मर्जी, लेकिन सोफ्या सेम्योनोव्ना घर पर नहीं हैं। वे बच्चों को ले कर मेरी पुरानी जान-पहचान की एक वृद्ध महिला के पास गई हुई हैं। ऊँचे लोगों में इन महिला का बड़ा नाम है और वे कुछ अनाथालय भी चलाती हैं। जब मैंने कतेरीना इवानोव्ना के तीन बच्चों की देखभाल के लिए इन महिला को पैसे दिए और साथ ही उनके अनाथालयों के लिए भी चंदा दिया तो वह मुझ पर लट्टू हो गईं। फिर मैंने उन्हें सोफ्या सेम्योनोव्ना का पूरा किस्सा ब्यौरे की पूरी भयानकता के साथ सुनाया। इसका जो असर उन पर हुआ, उसे बयान नहीं किया जा सकता। इसीलिए सोफ्या सेम्योनोव्ना को आज उस होटल में बुलाया गया है जहाँ यह महिला गर्मी बिता कर वापस आने के बाद कुछ दिन के लिए ठहरी हुई हैं।'

'कोई बात नहीं। मैं फिर भी चलूँगा!'

'जैसी तुम्हारी मर्जी लेकिन मुझे साथ ले चलने की जिद न करना। बाकी मुझे कोई परवाह नहीं। लो, हम उसके पास तक पहुँच ही गए। खैर, यह बताओ, मेरा यह सोचना ठीक है क्या कि मुझ पर इतना शक इसलिए कर रहे हो कि मैंने समझदारी से काम ले कर अब तक तुमसे एक भी सवाल नहीं पूछा... मेरी बात समझे न तुमने सोचा होगा कि आम तौर पर ऐसा होना नहीं चाहिए था, क्यों मेरा दावा है कि तुमने यही सोचा होगा। खैर, इससे बस यही साबित होता है कि बहुत ज्यादा समझदारी से काम लेना भी गलत है।'

'आपको छिप कर लोगों की बातें सुनने में संकोच तो नहीं होता न?'

'आह, तो तुम यह कहना चाहते थे... क्यों?' स्विद्रिगाइलोव हँसा। 'खैर, मैं समझता हूँ इतना सब कुछ होने के बाद मुझे ताज्जुब तो तब होता अगर तुमने यह बात न कही होती। हा-हा! हो सकता है, जो कुछ तुम करते रहे हो, जिसके बारे में तुम सोफ्या सेम्योनोव्ना को बता भी रहे थे, उसकी कुछ भनक मेरे कानों में पड़ी हो। लेकिन उन सब बातों का भला मतलब क्या निकलता है? शायद मैं वक्त से बहुत पीछे हूँ और कुछ भी नहीं समझ पाता। भगवान के लिए, मुझे कुछ समझाओ मेरे दोस्त। मेरे दिमाग का अँधेरा भी जरा दूर हो। मुझे बताओ कि तुम्हारे सबसे हालिया सिद्धांत क्या हैं।'

'कुछ भी नहीं सुना है आपने! झूठ बोल रहे हैं आप!'

'लेकिन उसकी बात तो मैं कर भी नहीं रहा था, हालाँकि थोड़ा-बहुत सुना जरूर था। नहीं, मेरी मुराद इस वक्त तुम्हारे लगातार आहें भरने और कराहने से है। तुम्हारे अंदर जो शिलर छिपा हुआ है, वह रह-रह कर बेचैन हो उठता है और तुम मुझे अब यह बता रहे हो कि छिप कर दूसरों की बातें न सुना करूँ। अगर ऐसी बात है तो तुम जा कर पुलिस को क्यों नहीं बता देते कि तुम्हारे सिद्धांत में जरा-सी कमी रह गई। अगर तुम्हारा विश्वास यह है कि छिप कर दूसरों की बातें सुनना बुरा है, लेकिन जो कुछ हाथ लगे उससे बूढ़ी औरतों की खोपड़ी खोल देने में कोई हर्ज नहीं है तो तुम्हारे लिए फौरन अमेरिका चले जाना ही बेहतर है। भाग जाओ मेरे नौजवान दोस्त, भाग जाओ! शायद अभी भी इसका वक्त बाकी हो। मैं सच्चे दिल से कह रहा हूँ। तुम्हारे पास पैसा है कि नहीं... किराया मैं दूँगा।'

'मैं इस बारे में कतई नहीं सोच रहा हूँ,' रस्कोलनिकोव ने झल्ला कर बीच में टोकते हुए कहा।

'मैं समझता हूँ (अगर तुम्हारा जी नहीं चाह रहा तो बहुत ज्यादा बातें करने की कोशिश न करो) मैं समझ रहा हूँ कि किस तरह के सवाल तुम्हें परेशान कर रहे हैं... शायद नैतिक सवाल समाज में मनुष्य की स्थिति के सवाल बेहतर है तुम उनसे अपना पीछा छुड़ा लो। तुम्हें उनकी जरूरत भी अब क्या रह गई? हा-हा! इसलिए कि तुम अभी तक एक इनसान हो और एक नागरिक हो लेकिन अगर ऐसी बात है तो तुम्हें यह सिलसिला शुरू ही नहीं करना चाहिए था। तुम्हें ऐसे काम का बीड़ा नहीं उठाना चाहिए था जिसे तुम पूरा नहीं कर सकते थे। तुम अपना भेजा गोली मार कर क्यों नहीं उड़ा देते या ऐसा करने को जी नहीं चाहता?'

'मैं समझता हूँ, आप मुझे जान-बूझ कर उकसाने की कोशिश कर रहे हैं ताकि मैं आपका पीछा छोड़ दूँ...'

'अजीब आदमी हो! लो, हम लोग पहुँच भी गए। आओ, ऊपर चलें। देखा यह रहा सोफ्या सेम्योनोव्ना के कमरे का दरवाजा। कोई भी अंदर नहीं है। तुम्हें मेरी बात का यकीन नहीं आता? कापरनाउमोव से पूछ लो : वे अपनी चाभी आम तौर पर उसी के पास छोड़ आती हैं। लो, मादाम कापरनाउमोव खुद ही आ गईं तो (वे कुछ ऊँचा सुनती हैं।) क्या बाहर गई हैं? कहाँ? हो गई तसल्ली? वे जा चुकी हैं और रात तक वापस नहीं आएँगी। चलो मेरे कमरे में चलो। तुम मुझसे मिलने भी तो आनेवाले थे तो लो, आ ही गए। मादाम रेसलिख घर पर नहीं हैं। यह औरत हमेशा किसी न किसी चक्कर में रहती है लेकिन, सच कहता हूँ, है बहुत अच्छी औरत... अगर तुम कुछ और समझदारी से काम लेते तो वह तुम्हारे भी काम आ सकती थी। यह देखो, मैं दराज में से पाँच फीसदी सूदवाली एक हुंडी निकाल रहा हूँ। (देखते हो न अभी मेरे पास और भी हैं?) आज इसे मैं भुनाऊँगा। देख लिया न... माफ करना, मेरे पास ज्यादा वक्त नहीं है। देखो, मैंने दराज में ताला लगा दिया, फ्लैट में भी लगा दिया और यह लो, हम लोग फिर सीढ़ियों पर आ गए। चाहो तो हम लोग एक गाड़ी कर लें : मैं तो द्वीपों की तरफ जा रहा हूँ। तो चलोगे सैर करने? मैं गाड़ी को येलागिन द्वीप तक ले जाना चाहता हूँ। क्या मेरे साथ नहीं आना चाहते? हिम्मत न हारो, चलो सैर करने चलते हैं। मैं समझता हूँ बारिश होगी, लेकिन फिक्र मत करो, छतरी चढ़ा लेंगे...'

स्विद्रिगाइलोव गाड़ी में बैठ चुका था। रस्कोलनिकोव इस नतीजे पर पहुँचा कि कम-से-कम इस वक्त उसके सारे शक बे-बुनियाद हैं। वह कुछ भी कहे बिना पीछे मुड़ा और वापस भूसामंडी की ओर चल पड़ा। अगर उसने एक बार भी पीछे चेहरा घुमाया होता तो देखता कि स्विद्रिगाइलोव ने मुश्किल से सौ गज जा कर गाड़ीवाले को पैसे दे दिए थे और अब सड़क की पटरी पर चला जा रहा था। लेकिन वह नुक्कड़ पर मुड़ चुका था और अब कुछ भी देख नहीं सकता था। एक गहरी नफरत

उसे स्विद्रिगाइलोव से दूर, और दूर खींचे लिए जा रही थी। 'क्या एक पल के लिए भी मुझे उस घिनौने बदमाश, अय्याश और लुच्चे से सचमुच कुछ पाने की उम्मीद थी?' वह अनायास ही चीख उठा। यह सच है कि रस्कोलनिकोव ने अपना यह मत बहुत जल्दी में, बिना कुछ सोचे-समझे जाहिर कर दिया था। स्विद्रिगाइलोव में कोई बात तो ऐसी थी जो उसके व्यक्तित्व में रहस्य का नहीं तो कम-से-कम मौलिकता का एक पुट पैदा कर ही रही थी। रस्कोलनिकोव का यह विश्वास भी कायम रहा कि स्विद्रिगाइलोव उसकी बहन का पीछा छोड़नेवाला नहीं था। लेकिन अब सब कुछ उसकी बर्दाश्त के बाहर होता जा रहा था और वह महसूस कर रहा था कि इस बारे में सोचते रहना उसके लिए पीड़ादायक बनता जा रहा था।

जैसा कि हमेशा होता था, अकेले रह जाने पर वह कोई बीस गज ही चलने के बाद गहरे विचारों में डूब गया। अपने आपको पुल पर पा कर वह रेलिंग के पास जा कर खड़ा हो गया और पानी को देखने लगा। इसी बीच दुनेच्का भी चलती हुई पुल पर आ चुकी थी और उसके पास ही खड़ी थी।

पुल शुरू होते ही वह उसके पास से गुजरा था लेकिन उसे देख नहीं सका था। दुनेच्का ने उसे कभी सड़क पर इस हालत में नहीं देखा था। इसलिए वह बुरी तरह सहम गई। वह चौंकी पर उसकी समझ में यह नहीं आया कि उसे पुकारे या न पुकारे। अचानक दुनेच्का ने स्विद्रिगाइलोव को देखा, जो पुल के दूसरी ओर से जल्दी-जल्दी आ रहा था।

लग रहा था वह बड़े रहस्यमय ढंग से और होशियार रह कर आगे बढ़ रहा था। वह पुल पर नहीं आया बल्कि एक तरफ हट कर पटरी पर ही रुक गया। वह पूरी कोशिश कर रहा था कि रस्कोलनिकोव उसे न देख सके। स्विद्रिगाइलोव ने दूनिया को कुछ देर पहले ही देख लिया था और उसकी तरफ इशारे कर रहा था। दुनिया को लगा, वह उसे इशारा कर रहा है कि अपने भाई को वहीं खड़ा रहने दे और उससे न बोले। इसके साथ ही वह दूनिया को अपने पास भी बुला रहा था।

दूनिया ने ऐसा ही किया। दबे पाँव अपने भाई के पास से हट कर, उसकी नजरें बचाती हुई वह स्विद्रिगाइलोव के पास जा पहुँची।

'जल्द आओ,' स्विद्रिगाइलोव ने दबी आवाज में कहा। 'मैं नहीं चाहता कि तुम्हारे भाई को हमारी मुलाकात का पता चले। मैं तुम्हें इतना बता दूँ कि अभी मैं उसके साथ यहाँ से थोड़ी ही दूर एक रेस्तराँ में बैठा था, जहाँ वह खुद मुझसे मिलने आया था। बड़ी मुश्किल से मैंने उससे पीछा छुड़ाया। लगता है, मैंने तुम्हें जो खत लिखा था उसकी उसे कुछ सुनगुन मिल गई है और उसके मन में किसी बात का शक पैदा हो चुका है। उसे तुमने तो नहीं बताया इस बारे में? लेकिन तुमने अगर नहीं बताया तो फिर किसने बताया होगा?'

'चलो, हम लोग मोड़ तो घूम चुके,' दूनिया ने बात काटते हुए कहा। 'भैया अब हम लोगों को नहीं देख सकते। मैं आपके साथ अब और आगे नहीं जाने की, जो कुछ बताना है, यहीं बताइए। ऐसी कोई वजह नहीं कि आप मुझे यहाँ सड़क पर न बता सकें।'

'पहली वजह तो यह है कि मैं वह बात यहाँ सड़क पर नहीं बता सकता। दूसरे, मुझे तुमको सोफ्या सेम्योनोव्ना की बात सुनानी है और तीसरे, तुमको कुछ दस्तावेज दिखाने हैं... अच्छी बात है, तुम मेरे साथ अगर नहीं आना चाहतीं तो मैं कोई सफाई नहीं दूँगा और फौरन यहाँ से चला जाऊँगा। पर यह न भूलना कि तुम्हारे जान से प्यारे भाई का कोई भेद पूरी तरह मेरे हाथ में है।'

दूनिया चौंकी और पैनी नजरों से स्विद्रिगाइलोव को देखने लगी; उसकी समझ में नहीं आ रहा था कि करे तो क्या करे।

'डरती किस बात से हो तुम?' स्विद्रिगाइलोव ने शांत भाव से कहा। 'यह शहर है, कोई देहात नहीं, और वहाँ देहात में भी मैंने तुम्हें जितना नुकसान पहुँचाया था, तुमने मुझे उससे ज्यादा ही नुकसान पहुँचाया, जबकि यहाँ...'

'क्या आपने सोफ्या सेम्योनोव्ना को बता दिया है?'

'नहीं, मैंने उनसे एक बात भी नहीं कही। सच तो यह है कि मुझे यह भी भरोसा नहीं है कि वे इस वक्त घर पर होंगी। वैसे मुझे उम्मीद है कि घर पर ही होंगी। वे आज अपनी सौतेली माँ के जनाजे में गई थीं, और ऐसे दिन वे शायद ही किसी के यहाँ जाएँ। फिलहाल मैं किसी को उसके बारे में नहीं बताना चाहता, और मुझे अफसोस है कि मैंने तुम्हें बता दिया। इस तरह के मामले में जरा-सी भी लापरवाही हो तो पुलिस को यकीनन पता चल जाएगा। मैं यहीं रहता हूँ, इस घर में। लो, हम पहुँच ही गए। वह रहा हमारे घर का दरबान। मुझे अच्छी तरह से जानता है। देखा... झुक कर मुझे सलाम कर रहा है। वह देख रहा है कि मैं एक शरीफ औरत के साथ हूँ, और मुझे यकीन है कि उसने तुम्हारी सूरत भी देख ली है। अगर तुम मुझसे डरती हो और मुझ पर किसी तरह का शक है तो यह बात आगे चल कर तुम्हारे काम आएगी। माफ करना, मैं इस तरह साफ-साफ खुल कर बातें कर रहा हूँ। मैं खुद एक किराएदार से कमरा ले कर रहता हूँ। सोफ्या सेम्योनोव्ना बगलवाले कमरे में रहती हैं। वे भी किराएदार हैं। यह पूरी मंजिल ही किराएदारों को उठाई गई है। तुम बच्चों की तरह क्यों डर रही हो क्या मैं सचमुच डरावना लगता हूँ?'

स्विद्रिगाइलोव का चेहरा तौहीन भरी मुस्कराहट से ऐंठ गया : उसका जी मुस्कराने को नहीं चाह रहा था। उसका दिल जोर से धड़क रहा था और वह साँस भी मुश्किल से ले रहा था। अपनी बढ़ती हुई उत्तेजना को छिपाने के लिए वह जान-बूझ कर जोर-जोर से बोल रहा था। लेकिन दूनिया का ध्यान उसकी इस खास किस्म की उत्तेजना की ओर नहीं गया। वह उसकी यह बात सुन कर बेहद बौखला उठी थी कि वह उससे बच्चों की तरह डर रही थी और वह उसे बहुत डरावना लगता था।

'यूँ तो मैं अच्छी तरह जानती हूँ कि... कि आप कोई शरीफ इनसान नहीं हैं लेकिन आपसे मुझे जरा भी डर नहीं लग रहा। आप जरा आगे-आगे चलिए,' उसने कहा। देखने में वह एकदम शांत लग रही थी लेकिन उसके चेहरे का रंग उड़ा हुआ था।

स्विद्रिगाइलोव सोन्या के कमरे के सामने पहुँच कर रुक गया।

'मैं देख लूँ कि वे घर पर हैं कि नहीं। नहीं, वे नहीं हैं। बहुत बुरा हुआ। लेकिन मैं जानता हूँ कि वे जल्द ही लौट आएँगी। अगर वे बाहर गई हैं तो अनाथ बच्चों के सिलसिले में ही एक महिला से मिलने गई होंगी। उन बच्चों की माँ मर चुकी है। मैंने अपनी ओर से उनकी मदद करने की पूरी कोशिश की और सारा जरूरी बंदोबस्त कर चुका हूँ। अगर सोफ्या सेम्योनोव्ना दस मिनट में वापस नहीं आतीं तो, अगर तुम कहो तो, मैं आज ही उन्हें तुम्हारे पास भेज दूँगा। तो, यहाँ रहता हूँ मैं। ये रहे मेरे दो कमरे। इस दरवाजे के पीछे मेरी मकान-मालकिन मादाम रेसलिख रहती हैं। अब इधर देखो : मैं तुम्हें अपना ज्यादा महत्वपूर्ण दस्तावेज दिखा रहा हूँ। मेरे सोने के कमरे के इस दरवाजे से हो कर दो बिलकुल खाली कमरों में रास्ता जाता है, जो अभी किराए पर नहीं उठे। ये रहे वे कमरे... मैं चाहता हूँ कि तुम इन्हें खास तौर पर, गौर से देखो...'

स्विद्रिगाइलोव दो काफी बड़े कमरों में रहता था जिनमें जरूरत का हर फ़र्नीचर मौजूद था। दूनिया संदेह भरी नजरों से चारों ओर देखने लगी लेकिन उसे न तो फर्नीचर में ही कोई खास बात दिखाई पड़ी, न उन कमरों की स्थिति में। वैसे कोई बात जरूर ऐसी थी जिसकी ओर शायद उसका ध्यान न गया हो - मिसाल के लिए, यह बात कि स्विद्रिगाइलोव के कमरों के

दोनों तरफ के फ्लैट लगभग खाली थे। उसके कमरों में जाने का रास्ता सीधे बाहर के गलियारे में से न हो कर मकान-मालकिन के उन दो कमरों में से था, जो लगभग खाली थे। अपने सोने के कमरे के एक दरवाजे का ताला खोल कर स्विद्रिगाइलोव ने दूनिया को एक और खाली फ्लैट दिखाया जो अभी किराए पर नहीं उठा था। दूनिया ठिठक कर चौखट पर ही खड़ी हो गई। उसकी समझ में नहीं आ रहा था कि उससे क्या देखने को कहा जा रहा है। लेकिन स्विद्रिगाइलोव ने उसे जल्दी से समझाना शुरू किया :

'जरा इस दूसरेवाले बड़े और खाली कमरे को देखो। वह दरवाजा देखती हो। उसमें ताला पड़ा है। उसके पास एक कुर्सी रखी है... इन दोनों कमरों में सिर्फ यही एक कुर्सी है। यह कुर्सी मैं अपने कमरे से ले कर आया था ताकि आराम से बैठ कर सुन सकूँ। इस दरवाजे के ठीक पीछे सोफ्या सेम्योनोव्ना की मेज है। उसी के पास बैठ कर वे तुम्हारे भाई से बातें कर रही थीं और मैंने इस कुर्सी पर बैठ कर लगातार दो रातों को, रोज लगभग दो-दो घंटे, उनकी बातें सुनीं। क्या खयाल है तुम्हारा मैं कुछ पता लगा सका हूँगा कि नहीं?'

'आप छिप कर, चोरी से बातें सुन रहे थे?'

'हाँ, मैं चोरी से बातें सुन रहा था। अब आओ, मेरे कमरे में वापस चलें। यहाँ तो बैठने को भी कुछ नहीं है।'

वह दूनिया को ले कर अपने बैठने के कमरे में वापस गया और उसे बैठने को एक कुर्सी दी। खुद वह मेज के दूसरे सिरे पर, उससे कोई सात फुट की दूरी पर, बैठा लेकिन शायद उसकी आँखों में वही ज्वाला धधक उठी थी जिससे दूनिया किसी जमाने में बेहद डरती रहती थी। वह चौंकी और एक बार फिर संदेह भरी नजरों से कमरे में चारों ओर देखने लगी। वह यह सब कुछ अनायास ही कर रही थी और यह नहीं चाहती थी कि उसका संदेह किसी पर प्रकट हो। लेकिन स्विद्रिगाइलोव के कमरों का बाकी कमरों से इस तरह अलग-थलग होना उसे खटक गया। वह उससे पूछनेवाली ही थी कि कम-से-कम उसकी मकान-मालकिन तो घर पर हैं, लेकिन स्वाभिमान के मारे नहीं पूछा। अलावा इसके, वह अपने लिए जो खतरा महसूस कर रही थी, उससे भी बड़ी कोई तकलीफ उसके दिल को खाए जा रही थी। वह बेहद चिंतित थी।

'यह रहा आपका खत,' उसने मेज पर खत रखते हुए कहना शुरू किया। 'आपने जो कुछ लिखा है, वह क्या मुमकिन है? आपने किसी ऐसे अपराध की तरफ इशारा किया है जिसके बारे में यह समझा जा रहा है कि वह मेरे भाई ने किया है। आपका इशारा पूरी तरह साफ है, और आप उससे मुकर नहीं सकते। पर मैं आपको इतना बता दूँ कि आपके यह खत लिखने से पहले भी मैं यह बेसर-पैर का किस्सा सुन चुकी हूँ और मैं इसके एक शब्द पर भी विश्वास नहीं करती। यह पूरी तरह बेतुका और बेहूदा शक है। मुझे यह पूरा किस्सा पता है और यह भी पता है कि इसे कैसे और क्यों गढ़ा गया था। आपके पास कोई सबूत तो हो ही नहीं सकता। आपने इसे साबित करने का वादा किया था... तो, कीजिए साबित! लेकिन इतना मैं आपको पहले से बता दूँ कि मैं आपकी बात का यकीन नहीं करती...'

दूनिया ने ये सारी बातें जल्दी-जल्दी, हाँफते हुए कहीं और एक पल के लिए उसके चेहरे पर लाली दौड़ गई।

'अगर तुम्हें मेरा यकीन न होता तो कभी यहाँ अकेले आने का जोखिम मोल न लेतीं। तुम यहाँ आईं क्यों? अपनी जिज्ञासा मिटाने?'

'मुझे सताइए मत! बताइए मुझे!'

'मुझे इसमें कोई शक नहीं कि तुम बहादुर लड़की हो। मैंने तो यह सोच रखा था कि तुम मिस्टर रजुमीखिन को साथ ले कर आओगी। लेकिन वह तो न तुम्हारे साथ थे और न ही कहीं आस-पास थे। मैंने देखा था... सचमुच बड़ी हिम्मत की तुमने। इससे पता चलता है कि तुम्हें अपने भाई को बचाने की फिक्र है। तुम हर तरह से एक देवी जैसी हो... जहाँ तक तुम्हारे भाई का सवाल है, तो मैं तुम्हें क्या बताऊँ तुमने खुद अभी उनको देखा है। तुम्हारा क्या खयाल है उनके बारे में?'

'आप सिर्फ इसी बात को तो उनके खिलाफ अपने इलजामों की बुनियाद नहीं बना रहे?'

'नहीं, इसे नहीं, बल्कि खुद उनकी कही हुई बातों को। देखो, वे यहाँ सोफ्या सेम्योनोव्ना से लगातार दो रातों को मिलने आए। मैं तुम्हें दिखा चुका हूँ कि वे कहाँ बैठे थे। उन्होंने उसको सारी बात बताई। सब कुछ साफ-साफ मान लिया कि उन्होंने कत्ल किया है। उन्होंने ही उस सूदखोर बुढ़िया का कत्ल किया, जिसके यहाँ उन्होंने खुद भी कुछ चीजें गिरवी रखी थीं। उन्होंने उसकी बहन लिजावेता का भी कत्ल किया, जो पुराने कपड़े बेचती थी। वह इत्तफाक से अपनी बहन के कत्ल के वक्त वहाँ आ पहुँची थी। उन्होंने उन दोनों का कत्ल एक कुल्हाड़ी से किया था जिसे वह अपने साथ ले कर आए थे। उन्होंने यह कत्ल डाका डालने के इरादे से किया था और उनके यहाँ डाका डाला भी। उन्होंने वहाँ से कुछ रकम और कुछ दूसरी चीजें भी... उन्होंने खुद ये सारी बातें, एक-एक शब्द, सोफ्या सोम्योनोव्ना को बताईं, और यह भेद सिर्फ उसी को मालूम है। हाँ, कत्ल में उसने किसी तरह का हिस्सा नहीं लिया था; उसने न कुछ कहा न कुछ लिया, बल्कि जब उसने पहली बार इसके बारे में सुना तो वह भी उसी तरह सहम गई जिस तरह इस वक्त तुम सहम गई हो। फिक्र न करो, वह उनका भेद किसी को नहीं बताएगी।'

'नामुमकिन!' दूनिया बुदबुदाई। उसके होठ मुर्दों की तरह सफेद पड़ चुके थे और वह ठीक से साँस भी नहीं ले पा रही थी। 'एकदम नामुमकिन है! ऐसा करने के लिए कोई भी मकसद नहीं था, कोई भी वजह नहीं थी... यह झूठ है! झूठ है!'

'उन्होंने उसके यहाँ डाका डाला, यही मकसद था। उन्होंने वहाँ से कुछ रकम और कुछ चीजें लीं। यह सच है, जैसा कि उन्होंने खुद माना है, कि उन्होंने उस रकम और उन चीजों का इस्तेमाल नहीं किया, बल्कि उन्हें किसी जगह पत्थर के नीचे छिपा दिया, जहाँ वे अभी तक पड़ी हुई हैं। लेकिन अगर उन्होंने उनका कोई इस्तेमाल नहीं किया तो वजह सिर्फ यह है कि उनकी हिम्मत नहीं हुई।'

'लेकिन यह क्या मुमकिन है कि वे चोरी करें या डाका डालें? वे ऐसा करने की बात क्या सोच भी सकते हैं?' दूनिया जोर से चीखी और अपनी कुर्सी से उछल पड़ी। 'आप तो उन्हें जानते हैं... आपने उन्हें देखा है... क्या आप यह समझते हैं कि वे चोर हो सकते हैं?'

लग रहा था, वह गिड़गिड़ा कर स्विद्रिगाइलोव से प्रार्थना कर रही है। उसके दिल में जो डर था, उसे वह एकदम भूल चुकी थी।

'मुमकिन तो हजारों और लाखों बातें हैं, अव्दोत्या रोमानोव्ना। चोर चोरी करता है, लेकिन अच्छी तरह जानता है कि वह बदमाश है। पर मैंने एक बहुत ही इज्जतदार आदमी का किस्सा सुना है जिसने डाक लूटी थी, और ऐन मुमकिन है, उसने यही सोचा हो कि वह ठीक कर रहा है। जाहिर है कि अगर मुझे भी यह बात किसी और ने बताई होती तो तुम्हारी ही तरह मैं भी यकीन न करता। लेकिन खुद अपने कानों पर विश्वास तो मुझे करना ही पड़ा। उन्होंने सोफ्या सेम्योनोव्ना को सब कुछ

समझाया था कि ऐसा क्यों किया। उसे भी शुरू में अपने कानों पर यकीन नहीं आया लेकिन आखिरकार यकीन करना ही पड़ा। देखो न, उन्होंने खुद उसे बताया था।'

'क्यों... उन्होंने यह काम आखिर क्यों किया था?'

'यह एक लंबी कहानी है। बात यह है... मैं कैसे समझाऊँ तुम्हें ...यह एक तरह का सिद्धांत है, एक तरह की ऐसी चीज जिसकी वजह से मुझे यकीन करना ही पड़ता है कि, मिसाल के लिए, एक अकेला अपराध करने में कोई हर्ज नहीं हैं, बशर्ते वह किसी अच्छे मकसद के लिए किया जाए। एक बुराई और सौ नेकी! जाहिर है, वह एक बहुत ही गुणी नौजवान है, उसके हौसले बहुत बुलंद हैं, और उसे यह सोच कर ताव आता है कि अगर उसके पास मिसाल के लिए सिर्फ तीन हजार रूबल होते तो उसकी जिंदगी का पूरा ताना-बाना उसका पूरा भविष्य, कुछ और ही होता, और वे तीन हजार रूबल उसके पास नहीं हैं। साथ ही यह भी जोड़ लीजिए कि ठीक से खाना न मिलने की वजह से, अपने बिल जैसे कमरे की वजह से, अपने फटे-पुराने कपड़ों की वजह से वह हरदम झुँझलाता रहता है, इस बात को साफ तौर पर महसूस करता है कि समाज में उसकी हैसियत की वजह से और साथ ही अपनी माँ और बहन की बेहद बदहाली की वजह से उसे कितनी कठिनाइयों का सामना करना पड़ रहा है। यह सबसे बढ़ कर स्वाभिमान और अहंकार की बात है। हालाँकि कौन जाने उसमें बहुत-सी अच्छाइयाँ होते हुए भी शायद... देखो, मैं उन्हें दोष नहीं दे रहा। ऐसा न सोचना। इसके अलावा मुझे इससे कोई सरोकार भी नहीं तो उनका अपना अलग ही एक सिद्धांत था, जो कोई ऐसा बुरा भी नहीं था। इसके अनुसार सारे लोग समझ लो कि दो हिस्सों में बँटे होते हैं, आम लोग और खास किस्म के लोग। तो एक तरफ हैं वे लोग, जो अपनी ऊँची हैसियत की वजह से कानून से परे होते हैं, जो बाकी सभी इनसानों के लिए, आम लोगों के लिए इनसानियत के कचरे के लिए, खुद कानून बनाते हैं। यह एक अच्छा-खासा, छोटा-सा सिद्धांत है; une theorie comme une autre.1 नेपोलियन से वे बुरी तरह प्रभावित थे, बल्कि यह कहना ज्यादा सही होगा कि वे जिस बात से प्रभावित थे वह यह थी कि ये मेधावी महापुरुष बुराई की मिसालों की ओर कोई ध्यान नहीं देते थे, बल्कि उनके बारे में सोचे बिना ही आगे निकल जाते थे। मैं समझता हूँ, उन्होंने भी यही सोचा होगा कि वे भी एक मेधावी महापुरुष हैं - मतलब यह कि कुछ अरसे के लिए उन्हें इस बात का पूरा-पूरा यकीन रहा होगा। उन्होंने बहुत मुसीबतें उठाई हैं और यह विचार अब भी उन्हें सता रहा है कि कोई उनमें एक सिद्धांत ईजाद करने की क्षमता तो थी, लेकिन संकोच किए बिना सीमा को पार कर जाने की क्षमता नहीं थी, और इसलिए वे मेधावी महापुरुष नहीं हैं। पर यह बात बुलंद हौसलेवाले नौजवानों के लिए, खास तौर पर हमारे इस जमाने के नौजवानों के लिए बहुत ही अपमानजनक होती है...'

'लेकिन उनके जमीर को क्या हुआ? उनके जमीर ने क्या उन्हें धिक्कारा भी नहीं होगा क्या आप इस बात से इनकार करते हैं कि उनको नैतिकता का एहसास है... क्या वे ऐसे आदमी हैं?'

---

1. सदाचार कहीं भी डेरा जमा लेता है। (फ्रांसीसी)

'लेकिन, अव्दोत्या रोमानोव्ना, इस वक्त हर चीज बेहद उलझी हुई है। मेरा मतलब यह है कि खास तौर पर बहुत ठीक तो वह कभी भी नहीं रही। रूसी आम तौर पर बहुत ही खुले और उदार स्वभाव के होते हैं, उतने ही खुले और विशाल हृदय जितना कि उनका देश है। जो चीज कल्पनातीत हो, जो अस्त-व्यस्त हो, उसकी ओर उनका बेहद झुकाव रहता है। लेकिन दुर्भाग्य की बात तो यह है कि आदमी का स्वभाव तो इतना खुला और उदार हो, लेकिन उसमें मेधावी प्रतिभा की कोई झलक न हो। तुम्हें याद है, हम लोगों ने रात के खाने के बाद बाग से लगे बरामदे में बैठ कर इसी सवाल के बारे में कितनी बातें की थीं। तुम्हीं ने मुझे मेरे खुले और उदार स्वभाव पर लताड़ा था। तुम वह बात उसी वक्त शायद कह रही होगी, जब वे यहाँ लेटे हुए अपने विचारों की उधेड़बुन करते रहते थे। देखो, बात यह है कि हम पढ़े-लिखे लोगों की कोई ऐसी खास परंपरा नहीं होती जिन्हें हम पवित्र मानते हों, जब तक कि उनमें से कोई शख्स अपने लिए किताबों में से निकाल कर एक परंपरा गढ़ न ले, या किसी पुराने वृत्तांत से उसकी नकल न करने लगे। लेकिन ज्यादातर ऐसे लोग विद्वान होते हैं, एक तरह से सबकी तरह बेवकूफ, यहाँ तक कि किसी भी व्यावहारिक, दुनियादार आदमी को उनके जैसा होना शोभा नहीं देता। लेकिन तुम मेरे विचार तो मोटे तौर पर जानती ही हो। मैं किसी को दोष नहीं देता, किसी को भी नहीं। मैं खुद ही निकम्मे रईसों में से एक हूँ न काम करता हूँ और न काम करने का कोई इरादा है। लेकिन इस बात पर हम लोग पहले भी कई बार बहस कर चुके हैं। मैं अपने आपको बहुत भाग्यशाली समझता हूँ कि अपने विचारों के बारे में तुम्हारे मन में दिलचस्पी पैदा कर सका! ...तुम्हारा चेहरा बहुत पीला पड़ रहा है!'

'उनका यह सिद्धांत मुझे पता है। मैंने ऐसे लोगों के बारे में उनका वह लेख पढ़ा था जिन्हें अपनी मर्जी का कोई भी काम करने का अधिकार होता है... रजुमीखिन ने मुझे वह पत्रिका ला कर दी थी जिसमें वह लेख छपा था...'

'मिस्टर रजुमीखिन ने? तुम्हारे भाई का लेख किसी पत्रिका में... इस तरह का कोई लेख छपा है क्या? मुझे पता नहीं था। दिलचस्प तो बहुत होगा! लेकिन तुम कहाँ चलीं?'

'सोफ्या सेम्योनोव्ना से मिलना है,' दूनिया ने मरी-मरी आवाज में कहा। 'रास्ता किधर है उनके कमरे का शायद अब वे आ गई हों। मुझे उनसे मिलना ही पड़ेगा। वे खुद...'

दूनिया अपनी बात पूरी न कर सकी। साँस ने साथ नहीं दिया।

'सोफ्या सेम्योनोव्ना देर रात गए तक वापस नहीं आने की। मैं नहीं समझता कि आएँगी। चूँकि वे सीधे लौट कर नहीं आई, इसलिए मैं समझता हूँ कि रात को देर से ही आएँगी...'

'खूब, तो आप झूठ बोल रहे थे! अब मेरी समझ में आया... आप झूठ बोल रहे थे... आप पूरे वक्त झूठ बोलते रहे हैं! मुझे आपकी बातों का यकीन नहीं रहा! नहीं, बिलकुल नहीं!' दूनिया पूरी तरह अपना मानसिक संतुलन खो कर उन्मादियों की तरह चीख उठी। वह लगभग मूच्छिर्त हो कर उसी कुर्सी पर धम से गिर पड़ी, जिसे स्विद्रिगाइलोव ने जल्दी से उसकी ओर बढ़ा दिया था।

'क्या हुआ अव्दोत्या रोमानोव्ना भगवान के लिए, होश में आओ। लो, यह पानी पी लो। थोड़ा-सा...'

उसने जरा-सा पानी दूनिया के मुँह पर छिड़का। दूनिया चौंक कर उठी।

'ज्यादती हुई इसके साथ,' स्विद्रिगाइलोव भौहें सिकोड़ कर धीम से बुदबुदाया। 'फिक्र मत करो। यह न भूलो कि उनके बहुत से दोस्त हैं। हम लोग उन्हें बचा लेंगे... उनकी मदद करेंगे। कहो तो उन्हें ले कर मैं विदेश चला जाऊँ। मेरे पास पैसा है, तीन दिन में टिकट का इंतजाम कर सकता हूँ। जहाँ तक कत्ल का सवाल है, तो वे बहुत से नेक काम करेंगे और लोग सब कुछ भुला देंगे। फिक्र न करो, वे अब भी बहुत बड़ी हस्ती बन सकते हैं। जी कैसा है ठीक तो हो न?'

'नीच, पापी, मेरा मजाक उड़ा रहा है तू? मुझे जाने दे!'

'लेकिन कहाँ भला किधर जाओगी तुम?'

'उनके पास। कहाँ हैं वे... मालूम है... यह दरवाजा बंद क्यों है? हम इसी दरवाजे से अंदर आए थे, और यह अब बंद है। तुमने इसमें ताला कब लगाया?'

'हमें जो बातें करनी थीं वे बहुत ही निजी किस्म की थीं... कि नहीं? दरवाजा तो बंद करना ही पड़ता... और मैं तुम्हारा मजाक तो बिलकुल नहीं उड़ा रहा... बस भारी-भरकम शब्दों में बातें करते-करते उकता गया हूँ। लेकिन तुम ऐसी हालत में कहाँ जाओगी क्या तुम चाहती हो कि उनका भेद सबको पता चल जाए? तुम उन्हें पागल कर दोगी और वे अपने आपको पुलिस के हवाले कर देंगे। मैं समझता हूँ, मुझे यह बात तुम्हें बता ही देनी चाहिए कि उनके ऊपर निगरानी रखी जा रही है। उनका पीछा तो इस वक्त भी किया जा रहा है। तुम बस उनका भेद खोलोगी, और कुछ नहीं। जरा सब्र करो। कुछ ही देर पहले मैं उनसे मिला था और उनसे बातें की थीं। उन्हें अब भी बचाया जा सकता है। जरा ठहरो और बैठ जाओ, इसके बारे में हम लोग मिल कर कुछ सोचें। मैंने तुमसे यहाँ आने को इसीलिए कहा था कि तुमसे इस बारे में बातें करना चाहता था, इस बारे में ठीक से विचार करना चाहता था। बैठो!'

'बचाएँगे कैसे? उन्हें बचाया जा सकता है क्या?'

दूनिया बैठ गई। स्विद्रिगाइलोव भी उसके पास बैठ गया।

'इसका दारोमदार तुम पर है, सिर्फ तुम्हारे ऊपर,' उसने बिजली की तरह चमकती हुई आँखों से, लगभग कानाफूसी में कहना शुरू किया। उत्तेजना के मारे वह कुछ शब्दों का ठीक से उच्चारण भी नहीं कर पा रहा था।

दूनिया सहम कर दूर हट गई। वह भी सर से पाँव तक काँप रहा था।

'तुम... बस एक शब्द तुम बोल दो तो वे बच जाएँगे! मैं... मैं उन्हें बचाऊँगा। मेरे पास पैसा है, बहुत से दोस्त हैं, मैं उन्हें फौरन यहाँ से कहीं बाहर भिजवा दूँगा। मैं खुद पासपोर्ट बनवा दूँगा... दो पासपोर्ट। एक उनके एक अपने लिए। बहुत से दोस्त हैं मेरे, काम के लोग हैं... कहो तो तुम्हारा पासपोर्ट भी बनवा दूँ... और तुम्हारी माँ का... रजुमीखिन भला तुम्हारे किस काम का है? मैं तुमसे उतना ही प्यार करता हूँ जितना वह करता है... तुम्हारे प्यार में पागल हूँ मैं। मुझे अपने लिबास का दामन ही चूम लेने दो। चूम लेने दो! चूम लेने दो! मुझसे उसकी सरसराहट नहीं सही जाती। जो भी करने को कहोगी, मैं करूँगा। कोई भी काम करूँगा। अनहोनी से अनहोनी भी करके दिखाऊँगा। जिस बात पर तुम विश्वास करोगी, उसी पर मैं भी विश्वास करूँगा। मैं कुछ भी करने को तैयार हूँ, कुछ भी! इस तरह मुझे मत देखो! मत देखो इस तरह! तुम मुझे मारे डाल रही हो! पता है तुम्हें...'

वह पागलों की तरह बड़बड़ाने लगा था। उसे अचानक कुछ हो गया था, जैसे अचानक उसका दिमाग चल गया हो। दूनिया उछल कर दरवाजे की ओर भागी।

'खोलो दरवाजा, दरवाजा खोलो!' वह दरवाजे को हिला-हिला कर चीखने लगी जैसे किसी को मदद के लिए पुकार रही हो। 'दरवाजा खोलो! अरे, कोई बाहर है क्या?'

स्विद्रिगाइलोव उठा और अपने आपको सँभाला। उसके होठों पर, जो अभी तक काँप रहे थे, धीरे-धीरे एक दुष्टता भरी मुस्कान फैल गई।

'घर में कोई नहीं है,' वह शांत स्वर में, एक-एक शब्द को तौलते हुए बोला। 'मकान-मालकिन बाहर गई है... तुम इस तरह चिल्ला कर अपना ही गला खराब कर रही हो। बेकार ही इस तरह झल्ला रही हो।'

'चाभी कहाँ है दरवाजा फौरन खोल दे, कमीने... फौरन!'

'लगता है मैंने चाभी कहीं रख दी है और अब मिल नहीं रही।'

'अच्छा तो तू जबरदस्ती करना चाहता है!' दूनिया ने चिल्ला कर कहा। उसका चेहरा पीला पड़ गया था। वह कमरे के कोने की ओर भागी वहाँ एक छोटी-सी मेज की आड़ में हो गई जो संयोग से उसके हाथ लग गई थी। अब वह चीख नहीं रही थी बल्कि आततायी पर नजरें जमा कर गौर से उसकी एक-एक हरकत को देख रही थी। स्विद्रिगाइलोव भी अपनी जगह से नहीं हिला, बल्कि कमरे के दूसरे सिर पर उसकी ओर मुँह किए खड़ा रहा। कम-से-कम देखने में यही लगता था कि उसने फिर से खुद पर काबू पा लिया था, लेकिन चेहरे का रंग पहले की तरह ही उड़ा हुआ था। वैसे चेहरे पर उपहास भरी मुस्कान अब भी खेल रही थी।

'तुमने अभी-अभी जरबदस्ती की बात कही थी। पर अगर मेरा इरादा तुम्हारे साथ जबरदस्ती करने का रहा होगा तो तुम्हें यह भी मालूम होगा कि मैंने पहले ही हर तरह की सावधानी बरत ली होगी। सोफ्या सेम्योनोव्ना घर पर हैं नहीं, कापरनाउमोव परिवार यहाँ से काफी दूर रहता है, बीच में पाँच कमरे हैं जिनमें ताला पड़ा हुआ है। आखिरी बात यह कि मैं तुमसे कम-से-कम दोगुना ताकतवर हूँ। इसके अलावा किसी बात का डर भी मुझे नहीं है क्योंकि यह तो चाहोगी नहीं कि मैं तुम्हारे भाई का भेद खोल दूँ... क्यों वैसे तुम्हारी बात पर कोई विश्वास भी नहीं करेगा : आखिर कोई तो दूर... लड़की किसी को साथ लिए बिना किसी अकेले आदमी के कमरे में गई ही क्यों? तुम अपने भाई को कुरबान भी कर दो, तब भी कुछ साबित नहीं कर पाओगी; बलात्कार साबित करना बेकार की बात है।'

'कमीना कहीं का!' दूनिया ने गुस्सा से लाल हो कर धीमी आवाज में कहा।

'जैसी तुम्हारी मर्जी। लेकिन इतना याद रखना कि यह सब मैं सिर्फ इस तरह कह रहा था कि मान लो ऐसा हो जाए। निजी तौर पर मैं मानता हूँ कि तुम बिलकुल सही कहती हो : बलात्कार एक घिनावनी हरकत है। मैं तो बस यह कहने की कोशिश कर रहा था। कि अगर.. अगर अपने भाई को बचाने के लिए तुम अपनी खुशी से मेरी बात मान लो, जैसा कि मेरा सुझाव है, तब भी तुम्हारा जमीर साफ ही रहेगा क्योंकि उस हालत में तुमने परिस्थितियों से मजबूर हो कर ही किया होगा। वैसे तुम चाहो, और हमारे लिए इस शब्द का इस्तेमाल जरूरी ही हो, तो तुम इसे जबरदस्ती भी कह सकती हो।

431

सोच लो तुम्हारे भाई और तुम्हारी माँ की तकदीर का फैसला तुम्हारे हाथों में है। मैं तो तुम्हारा गुलाम ही रहूँगा... जिंदगी भर। मैं यहाँ बैठ कर तुम्हारे फैसले का इंतजार कर रहा हूँ...'

स्विद्रिगाइलोव इतना कह कर सोफे पर, दूनिया से लगभग आठ कदम की दूरी पर बैठ गया। दूनिया को उसके पक्के इरादे के बारे में जरा भी संदेह नहीं था। और फिर, वह उसे जानती भी तो थी...

अचानक उसने अपनी जेब में से रिवाल्वर निकाला, उसका घोड़ा चढ़ाया और जिस हाथ में रिवाल्वर था उसकी कुहनी मेज पर टिका दी। स्विद्रिगाइलोव उछल कर खड़ा हो गया।

'आहा! तो यह बात है!' वह चौंक कर बोला, लेकिन उसके होठों पर दुश्मनी से भरी मुस्कराहट थी। 'यानी कि अब तो परिस्थिति एकदम बदल गई है। तुम मेरे लिए हर चीज बहुत आसान बनाए दे रही हो, अव्दोत्या रोमानोव्ना! लेकिन तुम्हें रिवाल्वर कहाँ से मिला मिस्टर रजुमीखिन ने तो नहीं दिया हे भगवान! यह तो मेरा ही रिवाल्वर है! मेरा पुराना दोस्त! और मैं इसे ढूँढ़-ढूँढ़ कर थक गया... मैं देख रहा हूँ कि देहात में गोली चलाने का अभ्यास बेकार नहीं गया।'

'यह रिवाल्वर तेरा नहीं पापी, तेरी बीवी का है जिसे तूने मार डाला। मैंने इसे उसी वक्त ले लिया था जब मुझे यह शक होने लगा था कि तू क्या-क्या कर सकता है। अब अगर एक कदम भी आगे बढ़ाया तो मैं कसम खा कर कहती हूँ कि तुझे मार डालूँगी।'

दूनिया पर भूत सवार हो गया था। वह रिवाल्वर का निशाना साधे हुए थी।

'और तुम्हारे भाई का क्या होगा? मैं तो बस यूँ ही, जानने के लिए पूछ रहा हूँ,' स्विद्रिगाइलोव अब भी अपनी जगह से हिले बिना बोला।

'बता दे पुलिस को, तेरा जी चाहे तो! हिलना भी मत! एक कदम भी आगे बढ़ा तो गोली चला दूँगी! तूने अपनी बीवी को जहर दे कर मारा है, यह मुझे मालूम है। तू खुद ही हत्यारा है...'

'तो तुम्हें पक्का यकीन है कि मैंने अपनी बीवी को जहर दिया था?'

'हाँ, तूने दिया जहर! तूने खुद यह बात मुझसे इशारों में कही थी... मुझसे जहर की बात कही थी। मैं जानती हूँ तू जहर लेने शहर गया था... वह तेरे पास तैयार था... तूने दिया जहर... यकीनन दिया, कमीने!'

'लेकिन अगर यह बात सच भी हो, तब भी मैंने तुम्हारी ही खातिर तो ऐसा किया होगा... इसकी वजह तो फिर भी तुम ही रहोगी।'

'झूठ बोलता है तू! मुझे तुझसे हमेशा नफरत रही है, हमेशा...'

'आहा, अव्दोत्या रोमानोव्ना! लगता है तुम यह बात एकदम भूल चुकी हो कि मुझे सुधारने के जोश में तुम कैसे नरम पड़ने और पिघलने लगी थीं। मुझे तुम्हारी आँखों में यह बात साफ-साफ दिखाई देती थी। वह रात याद है... चाँदनी रात, जब बुलबुले चहक रही थीं?'

'झूठा है तू!' दूनिया की आँखें दहकने लगीं। 'तू झूठा है! सरासर तोहमत लगा रहा है!'

'मैं झूठा हूँ, क्यों अच्छी बात है... मान लो मैं झूठ ही बोल रहा हूँ। ठीक, तो मैं झूठ बोल रहा हूँ। औरतों को कम-से-कम यह तो नहीं चाहिए कि किसी को इस तरह की बातों की याद दिलाएँ' वह खीसें निकाल कर हँस पड़ा। 'मुझे यकीन है कि तुम गोली चलाओगी। अच्छी बात है, चलाओ गोली!'

दूनिया ने रिवाल्वर ऊपर उठाया। उसका रंग एकदम सफेद पड़ चुका था, नीचेवाला होठ सफेद हो कर काँप रहा था, और बड़ी-बड़ी, काली आँखें अंगारों की तरह दहक रही थीं। गोली चलाने का पक्का फैसला करके, बीच की दूरी का अंदाजा लगाते हुए और उसकी हरेक हरकत पर सावधानी से नजर रखते हुए वह उसकी ओर देखने लगी। स्विद्रिगाइलोव को वह इतनी खूबसूरत कभी नहीं लगी थी। जिस क्षण उसने रिवाल्वर ऊँचा किया था उसी समय उसकी आँखों में धधक रही आग में वह झुलसने लगा था। उसका दिल तकलीफ के मारे बैठने लगा। वह एक कदम आगे बढ़ा। गोली चलने की आवाज गूँजी और गोली उसके बालों को छूती हुई, पीछे दीवार में जा कर धँस गई। वह रुका और धीरे से हँसा :

'भिड़ ने डंक मार दिया! और निशाना भी सीधा मेरे को बनाया। यह क्या खून!' उसने दाहिनी कनपटी पर बह रहा खून पोंछने के लिए रूमाल निकाला। गोली उसकी खोपड़ी की खाल को छूती हुई निकली होगी। दूनिया ने रिवाल्वर नीचे कर लिया और स्विद्रिगाइलोव को घूरने लगी। दहशत से कम और गुस्से व हैरानी से ज्यादा। लग रहा था, उसकी समझ में खुद नहीं आ रहा था कि उसने क्या कर दिया था और क्या हो रहा था।

'खैर, निशाना तो चूक गया! अब फिर गोली चलाओ, मैं इंतजार कर रहा हूँ!' स्विद्रिगाइलोव ने अब भी खीसें निकाल कर हँसते हुए, लेकिन थोड़ा उदास हो कर धीमे से कहा। 'तुमने अगर जल्दी न की तो तुम्हें रिवाल्वर का घोड़ा चढ़ाने का वक्त मिले, उससे पहले ही मैं तुम्हें दबोच लूँगा।'

दूनिया चौंक पड़ी। उसने जल्दी से रिवाल्वर का घोड़ा चढ़ा कर उसे ऊपर उठाया।

'मुझे छोड़ दे!' दूनिया घोर निराशा से चिल्लाई। 'मैं कसम खा कर कहती हूँ, फिर गोली चला दूँगी... मैं... मैं तुझे जान से मार डालूँगी...'

'खैर, तीन फुट की दूरी से तो निशाना नहीं चूकेगा, क्यों लेकिन अगर चूका... तो मैं...' स्विद्रिगाइलोव की आँखें चमक उठीं। वह दो कदम और बढ़ आया।

दूनिया ने घोड़ा दबाया, लेकिन रिवाल्वर ठीक से नहीं चला।

'उसे तुमने ठीक से भरा ही नहीं था। कोई बात नहीं, मैं समझता हूँ उसमें एक गोली अभी और होगी। ठीक से तैयार कर लो। मैं खड़ा हूँ।'

वह दूनिया से बस दो फुट की दूरी पर था। जुनून से भरे पक्के इरादे के साथ उसे देखते हुए वह इंतजार करता रहा। वह उसे उत्तेजना से भरी, दहकती हुई नजरों से घूर रहा था। दूनिया इतना समझ गई कि वह भले मर जाए, उसे नहीं छोड़ेगा और... यकीनन वह उसे मार डालती... बस दो फुट की ही दूरी तो थी...

अचानक उसने रिवाल्वर फेंक दिया।

'फेंक दिया!' स्विद्रिगाइलोव ने हैरान हो कर कहा और गहरी साँस ली। लगा, अचानक उसके दिल पर से एक भारी बोझ हट गया हो। लेकिन यह मौत के डर का बोझ शायद नहीं था, क्योंकि यह डर तो उसने उस समय महसूस भी नहीं किया होगा। उसे किसी दूसरी ही, अधिक भयानक और घिनावनी भावना से छुटकारा मिल गया था, जिसकी तीव्रता की वह स्वयं भी व्याख्या नहीं कर सकता था।

वह आगे बढ़ कर दूनिया के पास गया और नरमी से उसकी कमर को अपनी बाँह में लपेट लिया। दूनिया ने विरोध नहीं किया, लेकिन बुरी तरह काँपते हुए विनती भरी नजरों से उसे देखती रही। वह कुछ कहना चाहता था, लेकिन उसके होठ फड़के और वह एक शब्द भी नहीं बोल सका।

'मुझे जाने दो,' दूनिया ने गिड़गिड़ाती हुई आवाज में कहा।

स्विद्रिगाइलोव काँप उठा। दूनिया की आवाज में एक अजीब-सी अपनाइयत का पुट आ गया था, जो पहले नहीं था।

'तो तुम मुझसे प्यार नहीं करती?' उसने धीरे-से पूछा।

दूनिया ने सर हिला दिया।

'और... कर भी नहीं सकतीं कभी नहीं?' उसने निराश हो कर, धीमी आवाज में कहा।

'कभी नहीं!' दूनिया ने भी धीमी आवाज में कहा।

स्विद्रिगाइलोव के दिल में पलभर तक एक भयानक मगर खामोश संघर्ष चलता रहा। उसने दूनिया को अकथनीय पीड़ा से देखा। अचानक उसने अपनी बाँह खींच ली, पीछे मुड़ा और जल्दी से खिड़की के पास जा कर उसके सामने ठहर गया।

एक पल और बीता।

'यह लो चाभी!' कोट की बाईं जेब से उसने चाभी निकाली और दूनिया की ओर मुड़ कर देखे बिना ही अपने पीछे मेज पर रख दिया। 'यह लीजिए और फौरन यहाँ से चली जाइए!'

वह नजरें जमाए खिड़की से बाहर घूरता रहा।

दूनिया चाभी लेने मेज के पास गई।

'फौरन! जल्दी!' स्विद्रिगाइलोव ने दोहराया। वह अब भी न अपनी जगह से हिला और न ही पीछे मुड़ कर देखा। स्पष्ट था कि उसके उस 'फौरन' में एक भयानक खतरा छिपा हुआ था।

दूनिया समझ गई, चाभी ले कर दरवाजे की ओर लपकी और जल्दी से ताला खोल कर कमरे से बाहर निकल गई। एक ही मिनट में वह बाँध पर पहुँच चुकी थी। इस बात से बेखबर कि वह कर क्या रही है, वह पागलों की तरह... पुल की ओर भागी जा रही थी।

स्विद्रिगाइलोव कोई तीन मिनट तक खिड़की के पास खड़ा रहा। आखिरकार वह धीरे-धीरे मुड़ा, अपने चारों ओर देखा और माथे पर हाथ फेरा। एक अजीब-सी मुस्कराहट से उसका चेहरा विकृत हो गया - दयनीय, उदास, कमजोर मुस्कराहट

से, घोर निराशा की मुस्कराहट से। हाथ सूखते हुए खून में सन गया। उसने बेहद क्रोध से उसे देखा। फिर उसने एक तौलिया भिगो कर अपनी कनपटी पोंछी। अचानक उसकी नजर दूनिया के फेंके हुए रिवाल्वर पर जा टिकी जो दरवाजे के पास पड़ा हुआ था। उसने उसे उठा लिया और उलट-पुलट कर देखा। वह तीन गोलियोंवाला पुराने ढंग का एक छोटा-सा रिवाल्वर था। अब भी उसमें दो गोलियाँ बची हुई थीं, और गोली दागने की एक टोपी भी। एक गोली तो अभी और दागी जा सकती थी। उसने पलभर तक कुछ सोचा, रिवाल्वर को जेब में रखा, अपना हैट उठाया और बाहर निकल गया।

अपराध और दंड : (अध्याय 6-भाग 6)

स्विद्रिगाइलोव ने दस बजे तक पूरी शाम घटिया मनोरंजन के एक से दूसरे ठिकाने तक, एक शराबखाने से दूसरे शराबखाने में जा कर काट दी। फिर कहीं से कात्या भी आ टपकी और किसी बेदर्दी साजना के बारे में एक बाजारू गाना गाने लगी, जो 'कात्या को चूमने लगा' था।

स्विद्रिगाइलोव ने कात्या, आर्गन बजानेवाले, गानेवालों की टोली और उन दो क्लर्कों के लिए शराब खरीदी जिनसे उसने सिर्फ इसलिए दोस्ती कर ली थी कि दोनों की नाकें टेढ़ी थीं - एक की दाहिनी ओर, दूसरे की बाईं ओर। स्विद्रिगाइलोव को यह बात कुछ अजीब लगी थी। आखिरकार दोनों ने उसे राजी कर लिया कि वह उसे किसी मनोरंजन पार्क में ले चलें, जिसमें जाने का टिकट उसने ही खरीदा। इस पार्क में सिर्फ एक पतला-सा, तीन साल पुराना फर का पेड़ था और तीन छोटी झाड़ियाँ थीं। इसके अलावा वहाँ एक 'स्टेशन' भी था, जो दरअसल एक तरह का शराबखाना था पर उसमें चाय भी पिलाई जाती थी। उसके बाग में कुछ हरी मेजें और कुर्सियाँ भी पड़ी हुई थीं। वहाँ गानेवालों की एक टोली और म्यूनिख का शराब के नशे में चूर एक जर्मन, जो जोकरों जैसा लगता था और जिसकी नाक लाल थी, लेकिन जो न जाने क्यों देखने में बहुत उदास लगता था, दर्शकों का मनोरंजन कर रहे थे। दोनों क्लर्क कुछ दूसरे क्लर्कों से उलझ पड़े और उनके बीच लड़ाई शुरू हो गई। स्विद्रिगाइलोव को बीच-बचाव के लिए चुना गया। वह पंद्रह मिनट तक उनके बीच समझौता कराने की कोशिश करता रहा, लेकिन उन लोगों ने ऐसा हंगामा खड़ा किया कि कुछ भी समझ पाना नामुमकिन था। तमाम बातों से बस यह पता चलता था कि उनमें से एक ने कोई चीज चुराई थी और उसे किसी यहूदी के हाथ बेच दिया था, जो इत्तफाक से वहाँ मौजूद था, लेकिन उसे जो पैसा मिला था, उसमें से वह अपने दोस्तों को उनका हिस्सा देने को तैयार नहीं था। आखिरकार यह बात सामने आई कि वह चुराई गई चीज चाय का एक चम्मच थी जो उस 'स्टेशन' की संपत्ति थी; उसके गायब होने का पता चल गया था और अब सारा मामला एक अप्रिय मोड़ ले रहा था। स्विद्रिगाइलोव चम्मच के दाम चुका कर उठा और बाहर चला गया। उस वक्त लगभग दस बजे थे। खुद उसने एक बूँद शराब भी नहीं पी थी, और 'स्टेशन' में महज दिखाने के लिए अपने लिए चाय मँगवा ली थी। अँधेरा हो चला था और उमस बढ़ रही थी। दस बजते-बजते आसमान पर डरावने बादल घिर आए। अचानक बिजली कड़की और जोरदार बारिश होने लगी। ये बूँदें नहीं थीं बल्कि पानी की मोटी धार गिर रही थी। हर पल बिजली के कौंधे लपक रहे थे और हर बार बिजली कई-कई सेकेंड तक चमकती थी। स्विद्रिगाइलोव सर से पाँव तक तर-बतर घर लौटा। अपने आपको उसने कमरे में बंद कर लिया, मेज की दराज खोली, अपना सारा पैसा निकाला और दो-तीन कागज फाड़ कर फेंके। फिर, जेब में सारे नोट रख कर वह अपने कपड़े बदलने जा रहा था कि खिड़की के बाहर देख कर और बिजली की कड़क और बारिश की आवाज सुन कर उसने अपना इरादा बदल लिया और हैट उठा कर, कमरे में ताला बंद किए बिना ही बाहर निकल गया। वह सीधा सोन्या के पास गया। वह घर पर ही थी। पर वह अकेली नहीं थी; कमरे में कापरनाउमोव के चार बच्चे भी उसके पास थे। वह उन्हें

चाय पिला रही थी। उसने चुपचाप, सम्मान के भाव से स्विद्रिगाइलोव का स्वागत किया, उसके तर-बतर कपड़ों को आश्चर्य से देखा, लेकिन कुछ बोली नहीं। बच्चे डर कर भाग खड़े हुए।

स्विद्रिगाइलोव मेज पर जा बैठा और सोन्या से भी पास ही बैठने को कहा। वह सहमी-सहमी उसकी बात सुनने को तैयार हो गई।

'मैं शायद अमेरिका चला जाऊँ, सोफ्या सेम्योनोव्ना,' स्विद्रिगाइलोव ने कहा, 'और हो सकता है यह हमारी आखिरी मुलाकात हो। लिहाजा मैं जाने से पहले कुछ बातें निबटा जाना चाहता हूँ। तुम आज उन महिला से मिली थीं... मुझे मालूम है, उन्होंने तुमसे क्या कहा। वह सब मुझे बताने की कोई जरूरत नहीं।' (सोन्या कसमसाई और शरमा गई।) 'उनकी तरह के लोगों का चीजों को देखने का अपना ही एक ढंग होता है। रहे तुम्हारे छोटे भाई-बहन तो उन्हें अच्छी संस्थाओं में रख दिया गया है। उन्हें बाद में चल कर जो पैसा मिलना है, वह मैंने भरोसे के लोगों के पास रखवा दिया है और उनसे बाकायदा रसीदें ले ली हैं। ये रसीदें तुम रखो; शायद बाद में जरूरत पड़े। यह लो! तो अब वह बात तो तय हो गई। ये रहीं पाँच फीसद सूदवाली तीन हुंडियाँ, जो कुल मिला कर तीन हजार रूबल की हैं। इन्हें रखो और जैसे जी चाहे खर्च करो, पर यह बात सिर्फ हम दोनों तक ही रहे, ताकि बाद में चल कर तुम चाहे जो सुनो, यह बात किसी को मालूम न हो। तुम्हें इस पैसे की जरूरत पड़ेगी सोफ्या सेम्योनोव्ना, क्योंकि तुम जिस तरह की जिंदगी बिता रही हो, वह बहुत बुरी है पर अब इस तरह की जिंदगी बिताती रहने की कोई वजह नहीं रही।'

'आप मेरे लिए, बच्चों और कतेरीना इवानोव्ना के लिए पहले ही बहुत कुछ कर चुके हैं,' सोन्या ने जल्दी से कहा, 'मुझे सचमुच इतना मौका नहीं मिला कि मैं ठीक से आपका शुक्रिया अदा कर सकूँ, लेकिन आप यह न सोचिएगा...'

'यह सब कहने की कोई जरूरत नहीं!'

'जहाँ तक इस पैसे का सवाल है, मैं आपकी बहुत ही एहसानमंद हूँ, लेकिन मुझे अब इसकी जरूरत नहीं। मैं अपना पेट पालने भर को कमा ही लेती हूँ, लिहाजा अगर मैं इसे लेने से इनकार कर दूँ तो यह मत समझिएगा कि मैं आपकी एहसानमंद नहीं रही। आप अगर उपकार करना ही चाहते हैं तो यह पैसा...'

'तुम्हारे लिए है, सोफ्या सेम्योनोव्ना तुम्हारे लिए, और अब इस बारे में ज्यादा बातें न करो। मुझे जल्दी है। तुम्हें इसकी जरूरत पड़ेगी। रोदिओन रोमानोविच के सामने दो ही रास्ते हैं : या तो वे अपने भेजे में गोली मार लें या साइबेरिया जाएँ।' (सोन्या ने फटी-फटी आँखों से स्विद्रिगाइलोव की ओर देखा और सर से पाँव तक सिहर उठी।) 'फिक्र न करो, मुझे सब मालूम है। उन्होंने मुझे खुद बताया है। मैं बातूनी नहीं हूँ; मैं किसी को नहीं बताने का। उस दिन तुमने उनसे ठीक ही कहा था कि वे अपने आपको पुलिस के हवाले कर दें और साफ-साफ सब कुछ मान लें। इसमें उनकी कहीं ज्यादा भलाई है। अगर उन्हें साइबेरिया जाना पड़ा तो मैं समझता हूँ कि तुम भी उनक पीछे-पीछे ही जाओगी, कि नहीं फिर तो तुम्हें यकीनन इस पैसे की जरूरत पड़ेगी। तुम्हें उनके लिए इसकी जरूरत पड़ेगी; यह बात तुम्हारी समझ में नहीं आती क्या? तुम्हें ये पैसे दे कर मैं दरअसल उन्हीं को दे रहा हूँ। इसके अलावा तुमने अमालिया इवानोव्ना से भी तो किराए का बकाया चुकाने का वादा किया था; मैंने तुम्हें उनसे वादा करते हुए सुना था सोफ्या सेम्योनोव्ना, ये सारी जिम्मेदारियाँ और ये सारे भुगतान बिना सोचे-समझे तुम अपने ऊपर क्यों लेती जा रही हो? तुम्हारे ऊपर उस जर्मन औरत का कोई कर्ज तो है नहीं, कतेरीना

इवानोव्ना के ऊपर था। लिहाजा तुम्हें तो उस जर्मन औरत से साफ कहना चाहिए था कि वह भाड़ में जाए। इस तरह तो दुनिया में तुम्हारी जिंदगी नहीं चलेगी। खैर, तुमसे अगर कोई कभी मेरे बारे में पूछे - कल या परसों - (और लोग तुमसे पूछेंगे जरूर) तो यह मत कहना कि मैं इस वक्त तुमसे यहाँ मिलने आया था। भगवान के लिए, उन्हें यह पैसा भी मत दिखाना, न यह बताना कि मैंने तुम्हें ये पैसा दिया है। तो मैं चलता हूँ,' उसने उठते हुए कहा। 'रोमानोव्ना रोमानोविच से मेरा सलाम कहना। और हाँ, यह पैसा फिलहाल मिस्टर रजुमीखिन के पास रखवा देना। मिस्टर रजुमीखिन को तो जानती होगी... जरूर जानती होगी। आदमी सही हैं। उनके पास कल चली जाना, या... जब भी वक्त आए। तब तक के लिए इसे किसी ऐसी जगह रखो, जहाँ यह सुरक्षित रहे।'

सोन्या कुर्सी से उछल कर खड़ी हो गई और उसे भयभीत हो कर देखने लगी। उसका कुछ कहने, कुछ पूछने को बहुत जी चाह रहा था लेकिन हिम्मत नहीं पड़ रही थी। अलावा इसके उसकी समझ में यह भी नहीं आ रहा था कि बात किस तरह शुरू करे।

'ऐसी बारिश में आप... आप जाएँगी कैसे?'

'अरे भई जिन लोगों को अमेरिका जाना होता है, वे बारिश से नहीं डरते, हा-हा! तो अब चलूँ, सोफ्या सेम्योनोव्ना! लंबी उम्र हो... दूसरों का तुमसे काफी भला होगा। और हाँ... मिस्टर रजुमीखिन से भी मेरा सलाम कहना। कहना, मिस्टर स्विद्रिगाइलोव ने बहुत-बहुत सलाम भेजा है। भूलना मत।'

वह सोन्या को उसी तरह बौखलाया, सहमा हुआ छोड़ कर बाहर निकल गया। सोन्या के दिल में तरह-तरह के धुँधले और बेचैनी पैदा करनेवाले संदेह उठ रहे थे।

बाद में पता चला कि उसी रात, ग्यारह के बाद स्विद्रिगाइलोव, अपनी सनक में इसी तरह अप्रत्याशित ढंग से कहीं और भी गया था। पानी तब भी बरस रहा था। बुरी तरह भीगा हुआ, वह ग्यारह बज कर बीस मिनट पर, वसील्येव्स्की द्रीप पर मली एवेन्यू के पास तीसरी लाइन में, अपनी मँगेतर के माँ-बाप के छोटे से फ्लैट में गया था। उसे देर तक दरवाजा खटखटाना पड़ा, तब कहीं वह अंदर जा सका। उसे वहाँ देखते ही काफी हलचल मची थी। लेकिन स्विद्रिगाइलोव की खूबी थी कि जब उसका जी चाहता, वह भलमनसाहत से पेश आ कर दूसरों का मन मोह लेता था। लिहाजा लड़की के समझदार माँ-बाप ने पहला अनुमान यह लगाया था। (जो बहुत गहरी सूझबूझ का अनुमान था) कि स्विद्रिगाइलोव ने शायद इतनी पी रखी थी कि वह कर क्या रहा है, उसे यह भी नहीं पता फिर उसके गलत निकलने पर उसे फौरन छोड़ दिया गया। दयालु और समझदार माँ अपाहिज बाप की पहिएदार कुर्सी धकेल कर वहाँ ले आई और अपनी आदत से मजबूर स्विद्रिगाइलोव से तरह-तरह के बेतुके और गोलमोल सवाल करने लगी। बात यह भी थी कि वह औरत सीधा सवाल पूछ ही नहीं सकती थी। वह हमेशा शुरू में मुस्कराती थी और अपने हाथ मलने लगती थी। फिर जब, मिसाल के लिए, यह मालूम करना जरूरी होता कि स्विद्रिगाइलोव शादी कब करना चाहता था, तब वह उत्सुकता से पेरिस और फ्रांस के राज-दरबार के बारे में बेहद दिलचस्प सवाल पूछती थी। फिर और कहीं जा कर वह धीरे-धीरे, धरती पर और वसील्येव्स्की द्रीप की तीसरी लाइन पर उतरती थी। अगर कोई दूसरा वक्त होता तो जाहिर है, उसके इस व्यवहार को देख कर सम्मान की भावना जागती, लेकिन इस समय अर्कादी इवानोविच कुछ असाधारण रूप से अधीर मालूम हो रहा था। उसने फौरन अपनी मँगेतर से मिलने का आग्रह किया हालाँकि उसे शुरू में ही बता दिया गया था कि वह सो चुकी है। लेकिन जाहिर है कि वह आखिर आ ही गई। स्विद्रिगाइलोव ने उसे बताया कि उसे किसी बहुत ही जरूरी काम से कुछ समय के लिए पीतर्सबर्ग से जाना पड़

रहा है, और इसलिए वह उसके वास्ते पंद्रह हजार रूबल लाया है। उसने उससे अनुरोध किया कि वह इस रकम को उसकी ओर से उपहार समझ कर स्वीकार कर ले, क्योंकि बहुत दिन से उसकी यह इच्छा थी कि वह शादी से पहले कोई तुच्छ रकम उसे उपहार में दे। उसके इस उपहार और आधी रात को जोरदार बारिश में आने की तात्कालिक आवश्यकता के बीच कोई तर्कसंगत संबंध दिखाई नहीं देता था। फिर भी सारा मामला संतोषजनक ढंग से निबट गया। आश्चर्य और सहानुभूति की घोर अनिवार्य अभिव्यक्तियाँ भी असाधारण सीमा तक दबी-दबी और सीमित ही रहीं। लेकिन, दूसरी ओर अत्यंत प्रशंसा भरे शब्दों में कृतज्ञता का भाव व्यक्त किया गया, और उसकी पुष्टि बेहद व्यवहारकुशल माँ के आँसुओं से की गई। स्विद्रिगाइलोव उठ खड़ा हुआ, हँसा, अपनी मँगेतर को चूमा, उसके गाल को थपथपाया, एक बार फिर कहा कि वह जल्द ही वापस आएगा और अपनी मँगेतर की आँखों में न केवल बाल-सुलभ जिज्ञासा बल्कि एक तरह का खामोश और गंभीर प्रश्न भी देख कर कुछ देर तक सोचता रहा। उसे उसने एक बार फिर चूमा और मन में यह विचार आते ही झुँझला उठा कि उसका वह उपहार व्यवहार कुशल माँ तुरंत ताले-चाभी में बंद कर देगी ताकि वह सुरक्षित रहे। वह उन लोगों को बेहद गैर-मामूली बेचैनी की हालत में छोड़ कर चला गया लेकिन उस दयावान माँ ने इस रहस्यमय मुलाकात की कई एक महत्वपूर्ण गुत्थियों को बहुत धीमी आवाज में जल्दी-जल्दी बोलते हुए, यह कह कर सुलझा दिया कि स्विद्रिगाइलोव बहुत ऊँची सामाजिक हैसियत का आदमी था, उसके जिम्मे बहुत बड़े-बड़े काम थे, उसकी दूर-दूर तक पहुँच थी, और वह बेहद अमीर आदमी था, और भगवान ही जानता था कि उसके दिमाग में क्या-क्या मंसूबे पल रहे थे। अगर वह अपने जी में ठान लेता था कि पीतर्सबर्ग से जाना है, तो बस चला जाता था और अगर उनके जी में आता कि किसी को पैसा दे दें तो बस दे डालता था; इसलिए इसमें ताज्जुब करनेवाली कोई बात नहीं थी। यह बात बेशक कुछ अजीब थी कि वह सर से पाँव तक भीगा हुआ था लेकिन मिसाल के लिए, अंग्रेज तो इससे भी ज्यादा सनकी होते हैं। अलावा इसके, जो लोग दुनिया में पहुँच चुके हैं, वे इस बात की परवाह नहीं करते कि लोग उनके बारे में क्या कहते हैं। वे बहुत ज्यादा औपचारिकता से काम नहीं लेते। शायद वह जान-बूझ कर यह दिखाने के लिए भीगे कपड़े पहने हुए फिर रहा हो कि उसे किसी की परवाह नहीं है। लेकिन सभी लोगों को याद रखना चाहिए कि किसी को कानोंकान इसकी खबर न हो, क्योंकि भगवान जाने इसका क्या नतीजा हो और पैसा फौरन ताले-चाभी में बंद कर दिया जाए। अरे, यह तो अच्छा ही हुआ कि फेदोस्या तमाम वक्त रसोई में रही और भगवान के लिए, कोई उस कुलटा औरत मादाम रेसलिख से एक शब्द भी न कहे, वगैरह-वगैरह। वे लोग दो बजे रात तक बैठे कानाफूसी करते रहे। लेकिन स्विद्रिगाइलोव की मँगेतर बहुत पहले सोने चली गई। वह भौंचक और कुछ उदास-उदास लग रही थी।

इस बीच स्विद्रिगाइलोव ठीक बारह बजे तुचकोव पुल पार करके पीतर्सबर्ग के एक उपनगर की ओर चला जा रहा था। बारिश रुक चुकी थी लेकिन हवा अभी भी तेज चल रही थी। वह काँपने लगा था और एक पल के लिए उसने छोटी नेवा के गहरे रंग के पानी को कुछ खास उत्सुकता से, बल्कि कुछ सवालिया अंदाज से भी, देखा। लेकिन पुल पर जल्द ही उसे सर्दी लगने लगी। वह मुड़ कर बोल्शोई एवेन्यू की ओर चल पड़ा। बड़ी देर तक, लगभग आधे घंटे तक वह अंतहीन बोल्शोई एवेन्यू पर चलता रहा। अँधेरे में कई बार वह सड़क की, लकड़ी के फर्शवाली पटरी पर लड़खड़ाया भी, लेकिन लगातार सड़क के दाहिनी ओर किसी चीज को देखने की कोशिश करता रहा। कुछ ही समय पहले, गाड़ी पर उधर से गुजरते वक्त यहीं कहीं उसने लकड़ी का एक बड़ा-सा होटल देखा था और उसे कुछ-कुछ याद आ रहा था कि उसका एद्रियानोपेल जैसा कोई नाम था। उसका खयाल गलत भी नहीं था। शहर के उस सुनसान इलाके में वह होटल ऐसी चलती जगह पर थी कि अँधेरे में भी उसे न देख पाना असंभव था। लंबी-सी, लकड़ी की मैली-कुचैली इमारत, जिसमें इतनी रात गुजर चुकने के बावजूद अभी तक बत्तियाँ जल रही थीं और जिंदगी की कुछ चहल-पहल भी दिखाई दे रही थी। वह अंदर

गया। गलियारे में फटे-पुराने कपड़े पहने जो वेटर उसे मिला, उससे उसने एक कमरे के बारे में बात की। वेटर ने एक नजर उसे देखा, अपने आपको झिंझोड़ कर होश में लाया और फौरन उसे बहुत दूर, सीढ़ियों के नीचे एक कोने में, गलियारे के छोर पर एक छोटे-से, घुटन भरे कमरे में ले गया। कोई दूसरा कमरा खाली नहीं था; सब भरे हुए थे। फटे-पुराने कपड़ोंवाले वेटर ने उसे सवालिया नजरों से देखा।

'चाय मिलेगी?'

'जी।'

'कुछ और?'

'बछड़े का गोश्त है साहब... वोदका और चाय के साथ खाने के लिए थोड़ी-बहुत चीजें भी हैं।'

'तो गोश्त और चाय ले आओ।'

'और कुछ नहीं, साहब?' फटी वर्दीवाले वेटर ने कुछ आश्चर्यचकित हो कर पूछा।

'नहीं, कुछ और नहीं।'

फटी वर्दीवाला वेटर निराश हो कर चला गया।

'काफी अच्छी जगह है!' स्विद्रिगाइलोव ने सोचा। 'अजीब बात है कि मुझे इसका पता भी नहीं था। मैं समझता हूँ, मैं ऐसा आदमी दिख रहा हूँगा जो किसी कॉफी-हाउस में गाना-वाना सुन कर आ रहा था और रास्ते में कहीं मजा लूटने के लिए रुक गया। लेकिन, यहाँ रात को आ कर न जाने टिकता कौन होगा?'

उसने शमा जला कर कमरे को और ध्यान से देखा। कमरा इतना छोटा था और छत इतनी नीची थी कि स्विद्रिगाइलोव के लिए उसमें सीधे खड़ा होना भी मुश्किल था। कमरे में एक खिड़की थी, बिस्तर बहुत गंदा था, और रंगी हुई छोटी-सी मेज और कुर्सी ने लगभग सारी जगह घेर रखी थी। दीवारें ऐसी गोया लकड़ी के तख्तों की बनी हुई हों। दीवारों पर चिपका हुआ कागज इतना फटा हुआ, धूल से इतना अटा हुआ था कि उसका शुरूवाला पीला रंग मुश्किल से ही पहचाना जाता था। उस पर बने बेल-बूटे तो अब दिखाई भी नहीं दे रहे थे। कमरा देखने में अटारी जैसा लगता था जिसकी ढालदार छत की वजह से एक दीवार बाकी सब दीवारों से नीची थी, लेकिन इसकी वजह यह थी कि उसके ऊपर से हो कर सीढ़ियाँ जाती थीं। स्विद्रिगाइलोव शमा नीचे रख कर बिस्तर पर बैठ गया और विचारों में डूब गया। लेकिन उसका ध्यान बगलवाले कमरे से लगातार आ रही कानाफूसी की एक अजीब-सी आवाज ने खींच लिया जो बीच-बीच में ऊँची हो कर जोर की आवाज ले लेती थी। जब से वह कमरे में आया था, यह कानाफूसी कभी रुकी नहीं थी। वह सुनने लगा : एक आदमी लगभग रुआँसी आवाज से किसी दूसरे को फटकार रहा था। लेकिन उसे बस एक ही आवाज सुनाई दे रही थी। स्विद्रिगाइलोव उठ खड़ा हुआ; उसने शमा पर हाथ से आड़ की और उसे फौरन दीवार में एक पतली-सी दरार नजर आई जिसमें से हो कर बगलवाले कमरे की रोशनी आ रही थी। वह उठ कर दरार के पास गया और आँख टिका कर उसमें से देखने लगा। बगलवाले कमरे में, जो उसके अपने कमरे से कुछ बड़ा था, दो आदमी थे। उनमें से एक आदमी के सर के बाल बहुत घुँघराले थे और उसका चेहरा लाल और सूजा हुआ था। वह सिर्फ कमीज पहने हुए संतुलन बनाए रखने के लिए दोनों टाँगें

एक-दूसरे से काफी दूर टिकाए किसी वक्ता की मुद्रा में खड़ा था। अपना सीना पीट-पीट कर वह अपने दोस्त को लताड़ रहा था कि वह एकदम कंगाल था और उसकी निचले दर्जे के सरकारी नौकर तक की हैसियत नहीं थी। उसने अपने दोस्त से कहा कि वह उसे कीचड़ में से बाहर खींच कर लाया था, चाहे तो उसे किसी भी वक्त निकाल बाहर कर सकता है, और यह कि यह सब कुछ तो बस भगवान ही देखता और जानता था। उसका दोस्त कुर्सी पर बैठा फटकार सुन रहा था। देखने में वह ऐसे आदमी जैसा लग रहा था जो जोर से छींकना चाहता हो पर छींक न पा रहा हो। थोड़ी-थोड़ी देर बार वह बौखला कर भीगी बिल्ली की तरह वक्ता की ओर देखता था, लेकिन साफ पता चल रहा था कि उसकी समझ में कुछ भी नहीं आ रहा था कि उसका दोस्त किस बारे में बातें कर रहा था। बहुत मुमकिन है कि वह कुछ सुन भी न रहा हो। मेज पर धीमी लौ में एक शमा जल रही थी। मेज पर ही वोदका की एक काँच की सुराही थी जो लगभग खाली हो चुकी थी। शराब के कुछ गिलास, रोटी, पानी पीने के गिलास, खीरे और एक खाली चायदानी भी वहाँ थे। इस पूरे दृश्य को ध्यान से देखने के बाद स्विद्रिगाइलोव ऊब कर दीवार के पास से हटा और एक बार फिर आ कर पलँग पर बैठ गया।

फटी वर्दीवाले वेटर ने चाय और गोश्त ले आने के बाद एक बार फिर स्विद्रिगाइलोव से पूछा कि उसे और कुछ तो नहीं चाहिए। जब उसने एक बार फिर इनकार कर दिया तो वेटर वहाँ से चला गया। स्विद्रिगाइलोव ने शरीर में कुछ गर्मी पैदा करने के लिए गिलास में फौरन चाय उँड़ेली। उसने गिलास भर चाय तो पी, लेकिन कुछ खा न सका। भूख बिलकुल मर चुकी थी। उसे कुछ-कुछ हरारत महसूस हो रही थी। अपना ओवरकोट और कोट उतार कर, वह कंबल लपेटे बिस्तर पर लेट गया। वह झुँझला रहा था। 'तबीयत इस वक्त ठीक ही रहती तो अच्छा होता,' उसने सोचा और मुस्करा पड़ा। कमरे में घुटन थी, शमा मद्धम रोशनी बिखेरती हुई जल रही थी, बाहर तेज हवा गरज रही थी, किसी कोने में एक चूहा जमीन को पंजों से खुरच रहा था, सारे कमरे में चूहों और चमड़े की बू बसी हुई थी। वह विचारों में डूबा पलँग पर लेटा रहा। एक के बाद दूसरा विचार दिमाग में आ रहा था। लग रहा था, वह किसी चीज पर अपना ध्यान केंद्रित करने को बेचैन था। 'खिड़की के नीचे बाग होगा,' उसने सोचा। 'पत्तियों की सरसराहट सुनाई दे रही है। कितनी नफरत होती है तूफानी रात के अँधेरे में पत्तियों की यह सरसराहट सुन कर! कैसा भयानक महसूस होता है!' उसे याद आया कि अभी कुछ देर पहले जब वह पेत्रोव्स्की पार्क के पास से गुजर रहा था तो नफरत से उसने इसके ही बारे में सोचा था। उसे तुचकोव पुल और छोटी नेवा नदी की भी याद आई और उसे एक बार फिर सर्दी सताने लगी, ठीक उसी तरह जैसे तब लगी थी, जब वह पुल पर खड़ा था। 'अपनी जिंदगी में कभी मैं पानी को बर्दाश्त नहीं कर सका।' उसने सोचा, 'प्राकृतिक दृश्यों के चित्रों में भी नहीं।' दिमाग में कोई अजीब विचार आते ही उसने एक बार फिर खीसें निकालीं : 'ऐसा लगता है कि आराम और कोमलता की अनुभूति की मुझे अब जरा भी परवाह नहीं होनी चाहिए, फिर भी ठीक इसी वक्त मुझे इन बातों का खयाल सताने लगा है। ठीक इस जानवर की तरह जो... इस तरह के अवसर के लिए सही स्थान चुनने में बेहद सावधानी बरतता है। मुझे पोत्रोव्स्की पार्क में चले जाना चाहिए था! लेकिन वहाँ तो बहुत अँधेरा था और सर्दी थी, हा-हा! लगता है जैसे मुझे सुखद अनुभूतियों की जरूरत है... अरे हाँ, मैं शमा को बुझा क्यों नहीं देता' (उसने फूँक मार कर शमा बुझा दी।) 'बगलवाले कमरे के लोग शायद सो गए हैं,' उसने दीवार की दरार में से रोशनी न आते देख कर सोचा। 'ओ, मार्फा पेत्रोव्ना यही वक्त है जब तुम्हें अपने प्यारे शौहर से मिलने आना चाहिए। अँधेरा हो चुका है, जगह भी मुनासिब है, और वक्त भी बेहद मुनासिब है। लेकिन इस वक्त तो तुम आओगी नहीं...'

उसे न जाने क्यों अचानक याद आया कि कुछ देर पहले, दिन में, दूनिया पर जाल फेंकने से लगभग घंटा भर पहले, उसने रस्कोलनिकोव को सलाह दी थी कि वह दूनिया को रजुमीखिन की निगरानी में सौंप दे। 'मैं समझता हूँ मैंने यह बात, जैसा

कि रस्कोलनिकोव ने अंदाजा लगा लिया था, अपने आपको उकसाने के लिए कही होगी। लेकिन यह रस्कोलनिकोव भी एक ही बदमाश है! बहुत कुछ झेला है उसने। अगर वह अपने बेवकूफी भरे विचारों से छुटकारा पा ले, तो आगे चल कर बहुत बड़ा धूर्त बन सकता है, लेकिन अभी तो उसे जीने की बेहद लालसा है। इस मामले में ये लोग तो सचमुच बदमाश होते हैं। जो उसका जी चाहे करे, मुझे क्या मतलब?'

वह सो नहीं सका। दूनिया की शक्ल धीरे-धीरे उसकी नजरों के सामने उभरी। उसने उसे उसी रूप में देखा जैसी वह कुछ घंटे पहले थी। उसके शरीर में अचानक सिहरन दौड़ गई। 'नहीं' उसने होश सँभालते हुए सोचा, 'मुझे ऐसी बातों से अब छुटकारा पा लेना चाहिए, और किसी और बारे में सोचना चाहिए। कैसी मजे की बात है यह और कितनी अजीब, कि मैंने कभी किसी के लिए कोई खास नफरत महसूस नहीं की, और कभी किसी से बदला लेने की बात नहीं सोची। यह तो बहुत बुरा संकेत है, बहुत ही बुरा! मुझे कभी किसी से झगड़ा करना अच्छा नहीं लगा, कभी ताव भी नहीं आया - यह भी तो एक बुरा संकेत है! और मैं उससे अभी कैसी-कैसी बातों का वादा कर रहा था, हे भगवान! शायद वह किसी न किसी तरह मुझे एक दूसरा ही आदमी बना देती...' वह फिर शांत हो गया और दाँत कस कर भींच लिए। एक बार फिर दूनिया की तस्वीर उसकी नजरों के सामने आई। ठीक वैसी ही जैसी कि वह उस वक्त लग रही थी जब पहली गोली चलाने के बाद बेहद डर गई थी, रिवाल्वर नीचा कर लिया था और उसकी तरफ इस तरह देखने लगी थी जैसे वह जिंदा से ज्यादा मुर्दा हो, यहाँ तक कि वह आसानी से उसे दो बार पकड़ सकता था और उसे अपना बचाव करने के लिए हाथ उठाने का भी मौका न मिलता, जब तक कि वह खुद उसे याद न दिलाता। उसे याद आया, उस पल उसे किस तरह दूनिया पर तरस-सा आया था और उसका मन मसोस उठा था... 'उफ, लानत है! फिर वही विचार... मुझे इन सब बातों को अपने दिमाग से निकाल फेंकना होगा, निकाल फेंकना होगा...'

उसे अब नींद आने लगी थी और बुखार की कँपकँपी कम होने लगी थी। अचानक उसे ऐसा लगा जैसे कोई चीज कंबल के अंदर उसकी बाँह और टाँग पर दौड़ रही है। वह चौंका :

'लानत है! कोई चूहा तो नहीं है' उसने सोचा। 'मुझे मेज पर गोश्त नहीं छोड़ना चाहिए था...' उसे कंबल उतारने और उठ कर ठिठुरने के विचार से ही नफरत हो रही थी, लेकिन अचानक फिर कोई चीज तेजी से उसकी टाँग पर दौड़ गई। उसने झटक कर कंबल उतार दिया और शमा जला दी। बुखार की सर्दी से काँपते हुए उसने झुक कर पलँग को ऊपर-नीचे अच्छी तरह देखा-कहीं कुछ भी नहीं था। उसने कंबल को झटका और अचानक एक चूहा उछल कर चादर पर आ गिरा। उसने उसे पकड़ने की कोशिश की, लेकिन चूहा पलँग पर से भागा नहीं। इसकी बजाय वह चकमे दे कर पलँग पर इधर-उधर भागता रहा, उसकी उँगलियों में से बार-बार फिसलता रहा, उसके हाथ पर दौड़ता रहा और अचानक तीर की तरह भाग कर तकिए के नीचे जा छिपा। उसने तकिया नीचे फेंका। उसे फौरन महसूस हुआ कि कोई चीज तेजी से उसकी कमीज के अंदर घुसी है और तेजी से उसके सारे बदन और उसकी पीठ पर दौड़ रही है। वह घबरा कर काँपने लगा और उसकी आँख खुल गई। कमरे में अँधेरा था। वह पहले की ही तरह कंबल लपेटे पलँग पर लेटा हुआ था और खिड़की के नीचे हवा साँय-साँय चल रही थी। 'उफ, क्या बकवास है!' उसने झुँझला कर सोचा।

वह उठा और खिड़की की ओर पीठ करके पलँग की पट्टी पर बैठ गया। 'बेहतर होगा कि मैं जागता रहूँ,' उसने तय किया। खिड़की से ठंडी और नम हवा आ रही थी। पलँग से उठे बिना ही उसने कंबल खींचा और अपने चारों ओर लपेट लिया। शमा उसने नहीं जलाई। वह न तो किसी चीज के बारे में सोच रहा था और न सोचना चाहता था, लेकिन दिमाग में एक

के बाद एक हर तरह की कल्पनाओं की भीड़ जमा होती जा रही थी। विचारों के बिखरे हुए टुकड़े जिनका न कोई ओर था न छोर, और न ही जिनमें कोई आपसी संबंध था। वह फिर ऊँघने लगा था। चाहे सर्दी की वजह से हो या अँधेरे की वजह से, नमी की वजह से हो या खिड़की के नीचे साँय-साँय चलती और पेड़ों को झिंझोड़ती हुई हवा की वजह से हो, लेकिन वह कल्पनातीत चीज़ों के प्रति बेहद ज़ोरदार और लगाव-झुकाव का, लालसा का अनुभव कर रहा था। फिर भी उसे हर जगह फूल दिखाई देने लगे। उसकी कल्पना में फूलों से भरा एक मनोरम प्राकृतिक दृश्य उभरा। धूप निकली हुई थी, थोड़ी-थोड़ी गर्मी थी, बल्कि काफी गर्मी थी, छुट्टी का दिन था - त्रिमूर्ति का दिन गाँव में एक आलीशान, अंग्रेजी ढंग का बँगला। चारों ओर फूलों की क्यारियाँ जिनमें ढेरों खुशबूदार फूल खिले हुए; सामने बेलों में मढ़ी हुई एक बरसाती और उसके चारों ओर गुलाब की क्यारियाँ। सीढ़ियों पर, जिनमें काफी रोशनी और ठंडक थी, शानदार मोटा कालीन बिछा हुआ, और दोनों और चीनी फूलदानों में देश-विदेश के फूल-पौधे लगे हुए। खिड़कियों पर पानी से भरे गुलदानों में उसे नरगिस के सफेद, कोमल और सुगंध से बोझल फूलों के गुलदस्ते नज़र आए जो अपने मोटे, चटकीले, गहरे रंग के लंबे-लंबे डंठलों पर झुके पड़ रहे थे। उसका उनको छोड़ कर जाने का जी नहीं कर रहा था, लेकिन वह सीढ़ियाँ चढ़ कर ऊँची छतवाले एक कमरे में पहुँचा। वहाँ भी हर जगह फूल ही फूल थे -खिड़कियों में, बड़ी-सी बालकनी में जानेवाले खुले दरवाजों के पास, और बालकनी पर भी। फर्श पर ताजा कटा हुआ, सोंधी खुशबूवाला पुआल बिछा हुआ था, खिड़कियाँ खुली हुई थीं, कमरे में ताजी हवा के हल्के ठंडे झोंके आ रहे थे, खिड़कियों के नीचे चिड़ियाँ चहचहा रही थीं, और कमरे के बीच में कई मेजों को जोड़ कर और उन पर सफेद साटन की चादरें बिछा कर एक ताबूत रखा गया था। ताबूत नेपिल्स के सफेद रेशमी कपड़े से ढका हुआ था, जिसके किनारे-किनारे चारों ओर सफेद जाली की मोटी झालर टँकी थी। ताबूत फूलों के हारों से सजा हुआ था। सफेद जाली की फ्राक पहने, फूलों से लदी एक नौजवान लड़की ताबूत में लेटी थी। हाथ उसके सीने पर रखे हुए थे और ऐसे लग रहे थे जैसे संगमरमर से तराशे गए हों। लेकिन उसके खुले हुए हलके सुनहरे रंग के बाल गीले थे। सर पर गुलाब के फूलों का ताज था। चेहरे को, जिसकी मुद्रा कठोर थी और जो निश्चेत हो चुका था, बगल की ओर से देखने पर लगता था जैसे उसे संगमरमर को काट कर बनाया गया हो। लेकिन उसके मुर्दा पीले होठों पर जो मुस्कराहट थी, उनमें अथाह उदासी थी और शिकायत का गहरा भाव था, जो बाल-सुलभ नहीं लग रहा था। स्विद्रिगाइलोव इस लड़की को पहचानता था। आसपास न कोई प्रतिमा थी और न ही ताबूत के पास कोई शमा जल रही थी। प्रार्थना के स्वर भी सुनाई नहीं दे रहे थे। इस लड़की ने आत्महत्या कर ली थी... वह पानी में डूब कर मरी थी। वह अभी चौदह साल की थी, लेकिन उसका दिल टूट चुका था। एक अपमान का उसे ऐसा गहरा सदमा पहुँचा था कि उसका बच्चों जैसा भोला मन चीख और कराह उठा था। उसकी फरिश्तों जैसी निष्कलंक आत्मा एक ऐसे अपराध पर शर्मिंदगी के दुख में डूब गई थी जो उसने किया ही नहीं था, और उसके दिल से बरबस घोर निराशा की अंतिम चीख निकल गई थी। सबकी ओर से उपेक्षित रह कर और निर्लज्ज कुकर्म की शिकार हो कर उसने अपनी हस्ती को मिटा दिया था - एक ऐसी डरावनी काली रात में जब चारों ओर घोर अँधेरा छाया हुआ था, भारी सर्दी पड़ रही थी, बाहर बर्फ पिघल रही थी और हवा साँय-साँय चल रही थी।

स्विद्रिगाइलोव की आँख खुल गई। वह बिस्तर से उठा, खिड़की के पास गया, टटोल कर चिटकनी ढूँढी और खिड़की खोल दी। तेज हवा का झोंका दनदनाता हुआ छोटे से कमरे में घुस आया और उसके चेहरे और सीने पर, जो सिर्फ उसकी कमीज से ढका हुआ था, पाले की तरह चिपक गया। लगता था, खिड़की के नीचे सचमुच कोई बाग था, एक तरह का मनोरंजन पार्क। यकीनन वहाँ भी दिन में गानेवालों की टोली गाती होगी और छोटी-छोटी मेजों पर बैठ कर लोग चाय पीते होंगे। लेकिन इस वक्त तो झाड़ियों और पेड़ों से बारिश की बूँदें खिड़की के अंदर आ रही थीं; चारों ओर तहखाने जैसा

अँधेरा था और मुश्किल से ही कुछ चीजों की काली-काली रूपरेखा देखी जा सकती थी। स्विद्रिगाइलोव नीचे झुका और खिड़की की सिल पर हाथ टिका कर पाँच मिनट तक अँधेरे में घूरता रहा। अचानक रात के अँधेरे में तोप की आवाज गूँजी, और फौरन बाद दूसरी बार यही आवाज आई।

'आह, खतरे की चेतावनी है! पानी चढ़ रहा है!' उसने सोचा। 'सबेरे तक शहर के निचले हिस्सों की सड़कें पानी में डूब जाएँगी, तहखानों में पानी भर जाएगा, डूब कर मरनेवाले चूहे पानी की सतह पर तैरने लगेंगे, और इस आँधी-पानी में सर से पाँव तक भीगे हुए लोग गालियाँ दे-दे कर अपना काठ-कबाड़ ऊपर की मंजिलों पर पहुँचाने लगेंगे... इस वक्त भला क्या वक्त होगा?' उसने यह सवाल अपने आपसे पूछा ही था कि पास ही कहीं तेजी से टिक-टिक करती घड़ी ने तीन का घंटा बजाया। 'हे भगवान, अभी घंटे भर में उजाला फूट निकलेगा! मैं भला किस बात की राह देख रहा हूँ? क्यों न यहाँ से अभी निकल चलूँ, सीधे पेत्रोव्स्की पार्क में जाऊँ, वहाँ बारिश के पानी में नहाई हुई कोई बड़ी-सी झाड़ी चुनूँ जिसमें कंधा लगाते ही सर पर अनगिनत बूँदें बरस पड़ें और...' वह खिड़की के पास से हट आया, खिड़की बंद कर दी, शमा जलाई, अपना कोट पहना, फिर ओवरकोट पहना, हैट लगाया और शमा ले कर उसी फटी वर्दीवाले वेटर को ढूँढ़ने के लिए गलियारे में निकल आया जो इस वक्त शायद दुनिया भर के कूड़े-कचरे और शमा के जले हुए टुकड़ों के बीच किसी कोने में सो रहा था। वह उसे पैसे चुका कर होटल छोड़ देना चाहता था। 'सबसे अच्छा वक्त तो यही है! इससे अच्छा वक्त चुनना मुश्किल है!'

देर तक वह शैतान की आँत जितने लंबे उस सँकरे गलियारे में चलता रहा लेकिन उसे कोई दिखाई नहीं पड़ा। वह वेटर को पुकारने ही जा रहा था कि उसकी नजर अचानक एक पुरानी अलमारी और दरवाजे के बीच एक अजीब-सी चीज पर पड़ी, जो जिंदा मालूम होती थी। शमा हाथ में लिए वह नीचे झुका और उसे एक बच्ची नजर आई - कोई पाँच साल की छोटी-सी लड़की जो काँप और रो रही थी। उसके कपड़े फर्श पोंछने के झाड़न की तरह गीले थे। ऐसा नहीं लग रहा था कि वह स्विद्रिगाइलोव को देख कर डरी हो, लेकिन वह उसे अपनी बड़ी-बड़ी काली आँखों से असहाय हैरानी के भाव से घूर रही थी। बीच-बीच में वह सिसक उठती थी, जिस तरह तब बच्चे करते हैं, जब वे रोना बंद कर देते हैं, कुछ तसल्ली महसूस करने लगते हैं, लेकिन फिर भी रह-रह कर सिसकियाँ लेते रहते हैं। बच्ची का चेहरा पीला पड़ चुका था। वह निढाल और सर्दी से ठिठुरी हुई लग रही थी। लेकिन 'यह यहाँ पहुँची कैसे? जरूर यहाँ छिप गई होगी और रात भर सोई नहीं है।' वह उससे पूछने लगा। उस लड़की में अचानक जैसे जान आ गई, और वह बच्चों की भाषा में तुतला कर तेजी से बोलने लगी। वह अपनी 'अम्मा' के बारे में कुछ बता रही थी और कह रही थी कि 'अम्मा मुझे मालेंगी'। वह किसी प्याले के बारे में भी बता रही थी जो उसने 'तोल' दिया था। बच्ची धाराप्रवाह बोले जा रही थी। उसकी बातों से स्विद्रिगाइलोव ने मुश्किल से ही यह अनुमान लगाया कि वह प्यार की भूखी थी। उसे उसकी माँ, जो शायद उसी होटल में खाना पकाने का काम करती हो और शराबी हो, बुरी तरह पीटती रहती थी और वह सहम कर रह गई थी। उसकी समझ में यह भी आया कि लड़की ने अपनी माँ का कोई प्याला तोड़ दिया है और इतना डर गई है कि शाम को भाग आई, जोरदार बारिश में घंटों तक आँगन में कहीं छिपी बैठी रही और आखिरकार रेंग कर उस कोने में पहुँच गई और अलमारी के पीछे छिप गई, जहाँ उसने रोते-रोते सारी रात काट दी थी। वह सर्दी और सीलन से काँप रही थी और इस डर से भी कि उसने जो कुछ किया था उसके लिए उसे मार पड़ेगी। स्विद्रिगाइलोव ने उसे गोद में उठा लिया, अपने कमरे में ले जा कर उसे बिस्तर पर बिठाया और उसके कपड़े उतारने लगा। उसने अपने नंगे पाँवों पर जो फटे हुए जूते पहन रखे थे, वे इतने भीग चुके थे कि लगता था,

रात भर पानी के किसी गड्ढे में पड़े रहे हों। उसने बच्ची के कपड़े उतार कर उसे सुला दिया और कंबल खींच कर उसे अच्छी तरह सर तक लपेट दिया। वह फौरन सो गई। यह सब करके वह एक बार फिर अपने उदास विचारों में डूब गया।

'मैं भला इस पचड़े में पड़ा क्यों?' उसने अचानक खुद से सवाल किया। वह झुँझला रहा था और अपने आप पर गुस्सा खा रहा था। 'कैसी बेवकूफी की मैंने!' झुँझलाहट में उसने शमा उठा ली। वह फौरन उस फटी वर्दीवाले वेटर को खोज कर होटल ही छोड़ देना चाहता था। 'हे भगवान, इस लड़की का क्या होगा?' उसने दरवाजा खोलते हुए सोचा। लेकिन यह देखने के लिए वह फिर कमरे में चला गया कि बच्ची सो रही है या नहीं। उसने सावधानी से कंबल उठाया। बच्ची चैन से गहरी नींद सो रही थी। कंबल से उसके शरीर में कुछ गर्मी आ गई थी; पीले गालों पर कुछ-कुछ लाली दौड़ने लगी थी। लेकिन यह कितनी अजीब बात थी! बच्ची के गालों का रंग बच्चों के चेहरे के आम रंग से ज्यादा गहरा और खुला हुआ लग रहा था। 'बुखार की तमतमाहट है,' स्विद्रिगाइलोव ने सोचा। लगता था वह नशे में चूर हो, जैसे किसी ने उसे गिलास भर के शराब पिला दी हो। उसके लाल होठ गर्म हैं और तप रहे हैं। लेकिन यह क्या? अचानक उसे लगा, उस बच्ची की लंबी काली पलकें काँप और फड़फड़ा रही थीं। गोया उसके पपोटे धीरे-धीरे खुल रहे थे, जैसे दो छोटी-छोटी चंचल, तेज आँखें ऐसे अंदाज से आँख मार रही हों जो बच्चों जैसा अंदाज तो हरगिज नहीं था। लग रहा था कि बच्ची सिर्फ सोने का बहाना कर रही थी। हाँ, हाँ, ऐन यही बात थी : उसके खुले हुए होठ मुस्करा रहे थे; मुँह के दोनों कोने फड़क रहे थे, गोया वह अब भी अपने आपको रोकने की कोशिश कर रही हो। लेकिन अगले ही पल उसने यह नाटक करना बंद कर दिया। वह हँस रही थी! हाँ, वह हँस रही थी। उसके चेहरे में, जो अब बच्चों जैसा नहीं रह गया था, कुछ बेशर्मी जैसी, कुछ उकसानेवाली बात थी। उसमें वासना थी। वह वेश्या का चेहरा था, किसी फ्रांसीसी वेश्या का छिनाल चेहरा। अब उसने कुछ भी छिपाने की कोशिश किए बिना, दोनों आँखें खोल दी थीं और उन आँखों ने स्विद्रिगाइलोव पर एक दहकती हुई, निर्लज्जताभरी नजर डाली, जिनमें निमंत्रण था, वे हँस रही थीं... उसकी हँसी में, उन आँखों में, बच्चों जैसे चेहरे के उस तमाम घिनौनेपन में कोई बेहद भयानक और शर्मनाक बात थी। 'क्या पाँच साल की लड़की!' स्विद्रिगाइलोव ने बुदबुदाहट के लहजे में खुली नफरत के साथ कहा। 'क्या... क्या है भला!' लेकिन अब वह उसकी ओर पूरी तरह घूम कर देख रही थी। चेहरे से लपटें निकल रही थीं और वह अपनी दोनों बाँहें उसकी ओर फैलाए हुए थी... 'लानत है!' स्विद्रिगाइलोव डर कर चीखा और उसने बच्ची को मारने के लिए हाथ उठाया... लेकिन उसी पल उसकी आँख खुल गई।

वह अभी तक उसी बिस्तर पर लेटा हुआ था, अभी तक उसका शरीर कंबल में लपेटा हुआ था। कोई शमा जल नहीं रही थी, और खिड़की से दिन की रोशनी आ रही थी।

'मैं रात भर कोई डरावना सपना देखता रहा!' वह झुँझला कर उठा। लग रहा था कि वह बिलकुल टूट चुका है। एक-एक हड्डी में दर्द हो रहा था। बाहर घना कुहरा छाया हुआ था और उसे कुछ भी दिखाई नहीं दे रहा था। लगभग पाँच बजे थे; उसे बहुत देर हो चुकी थी! वह उठा और अपना कोट और ओवरकोट पहना जो अभी तक गीले थे। जेब टटोल कर उसने रिवाल्वर बाहर निकाला और गोली दागने की टोपी ठीक की। फिर उसने बैठ कर अपनी जेब से एक नोटबुक निकाली और उसके पहले पन्ने पर, जिस पर सबसे जल्दी नजर पड़े, बड़े-बड़े अक्षरों में कुछ लाइनें घसीटीं। उन्हें एक बार फिर पढ़ने के बाद वह मेज पर कुहनियाँ टिका कर विचारों में खो गया। रिवाल्वर और नोटबुक पास ही मेज पर पड़े थे। मक्खियों के झुंड अभी तक मेज पर रखे, बचे हुए गोश्त पर मँडला रहे थे। वह कुछ देर मक्खियों को देखता रहा और फिर दाहिने हाथ से, जो खाली था, एक मक्खी को पकड़ने की कोशिश की। देर तक वह इसी काम में व्यस्त रहा, लेकिन सफल न हुआ।

आखिरकार उसे होश आया; वह चौंक कर उठा और पक्के संकल्प के साथ कमरे से बाहर निकल गया। एक मिनट बाद वह सड़क पर आ निकला था।

सारे शहर पर घना दूधिया कोहरा छाया हुआ था। स्विद्रिगोइलोव सड़क के किनारे लकड़ी की बनी गंदी फिसलनी पटरी पर चलता हुआ छोटी नेवा की ओर बढ़ा। उसने अपनी कल्पना में छोटी नेवा को देखा जिसका पानी रात में ऊपर चढ़ आया था, पेत्रोव्स्की द्वीप को देखा, गीले रास्तों, भीगी घास, भीगे हुए पेड़ों और झाड़ियों को और आखिरकार उस झाड़ी को देखा... वह मकानों को गौर से देखने लगा। वह अपने आप पर झुँझलाता हुआ किसी दूसरी चीज के बारे में सोचने की कोशिश कर रहा था। चौड़ी सड़क पर कोई घोड़ागाड़ी नहीं थी; कहीं कोई आदमी दिखाई नहीं देता था। बंद खिड़कियोंवाले, छोटे-छोटे, चटकीले पीले रंग के लकड़ी के मकान उदास और गंदे दिखाई दे रहे थे। उसके शरीर में सर्दी और सीलन समा रही थी और वह काँप रहा था। थोड़ी-थोड़ी देर बाद वह किसी बिसाती या किसी सब्जीवाले की दुकान के सामने से गुजरता और हर एक साइनबोर्ड को ध्यान से पढ़ता। सड़क किनारे की लकड़ी की पटरी अब खत्म हो चुकी थी। वह पत्थर के एक बड़े से मकान के सामने जा पहुँचा। एक छोटे से गंदे कुत्ते ने, टाँगों के बीच दुम दबाए, सर्दी में ठिठुरते हुए उसका रास्ता काटा, ओवरकोट पहने एक आदमी सड़क के आर-पार मुँह के बल मदहोश पड़ा था। स्विद्रिगाइलोव ने उसकी ओर देखा और आगे बढ़ गया। फिर उसे बाईं ओर एक ऊँची मीनार नजर आई। 'अरे,' उसने सोचा, 'मैं इसी जगह को तो ढूँढ़ रहा था। पेत्रोव्स्की द्वीप जाने की क्या जरूरत यहाँ कम-से-कम सरकारी गवाह तो होगा...' यह सोच कर वह लगभग खीसें निकाल कर हँसा और स्नेजिंस्काया स्ट्रीट में मुड़ गया। यह रहा वह मीनारवाला, बड़ा-सा घर। नाटे कद का एक आदमी सिपाहियोंवाला भूरे रंग का कोट अपने शरीर पर कस कर लपेटे सर पर यूनानी सूरमा एकिलीज जैसी पीतल की टोप पहने उस मकान के बड़े से बंद फाटक पर कंधा टिकाए झुका खड़ा था। उसने स्विद्रिगाइलोव पर अलसाई-सी, उचटती, नजर डाली। उसके चेहरे पर चिड़चिड़ेपन और उदासी का वही चिरंतन भाव था जो बिना किसी अपवाद के यहूदी नस्ल के हर आदमी के चेहरे पर कड़वाहट के साथ छुपा हुआ रहता है। वे दोनों, स्विद्रिगाइलोव और एकिलीज, एक-दूसरे को कुछ देर तक चुपचाप घूरते रहे। आखिरकार एकिलीज को यह बात अजीब-सी लगी कि एक आदमी जो नशे में भी नहीं था, उससे गज भर की दूरी पर खड़ा, एक शब्द भी कहे बिना, उसे घूरता रहे।

'तुमको क्या माँगटा, सा'ब' उसने अपनी जगह से हिले बिना या अपनी मुद्रा बदले बिना कहा।

'कुछ नहीं, बड़े मियाँ,' स्विद्रिगाइलोव ने जवाब दिया। 'सलाम!'

'यह भी आपका आने का कोई जगह होटा!'

'मैं विलायत जा रहा हूँ, बड़े मियाँ।'

'विलायत?'

'अमेरिका।'

'अमेरिका?'

स्विद्रिगाइलोव ने रिवाल्वर निकाल कर उसका घोड़ा चढ़ाया। एकिलीज ने भौंहें तान कर देखा।

'क्या माँगटा तुमको... यह मसखरी करने का ठिकाना नई!'

'काहे नहीं, यह तो बताओ!'

'काहे को का जगह... यह नहीं होने का।'

'मुझे क्या फर्क पड़ता है, बड़े मियाँ। जगह तो ठीक ही लगती है। कोई तुमसे पूछे तो कह देना, अमेरिका गया है।'

उसने रिवाल्वर अपनी दाईं कनपटी पर रखा।

'यह काम इधर करने को नई माँगटा - यह जगह नई होता इसका!' एकिलीज बुरी तरह चौंक कर चीखा और उसकी आँखें फटती चली गईं।

स्विद्रिगाइलोव रिवाल्वर की लिबलिबी दबा चुका था।

अपराध और दंड : (अध्याय 6-भाग 7)

उसी दिन शाम को, लगभग सात बजे, रस्कोलनिकोव उस फ्लैट की ओर जा रहा था जहाँ उसकी माँ और बहन रहती थीं। बकालेयेव के मकान का यह फ्लैट उनके लिए रजुमीखिन ने किराए पर ले लिया था। सीढ़ियों पर जाने का रास्ता सड़क की तरफ से था। पास पहुँच कर रस्कोलनिकोव ने अपनी रफ्तार धीमी कर दी, गोया झिझक रहा हो कि अंदर जाए या न जाए। लेकिन उसने अपना इरादा पक्का कर लिया था। अब दुनिया की कोई भी चीज उसे अपने कदम पीछे लौटाने पर मजबूर नहीं कर सकती थी। 'और फिर,' उसने सोचा। 'उन लोगों को अभी तक कुछ मालूम भी तो नहीं, और ये तो मुझे सनकी समझने की आदी हो चुकी हैं...' उसके कपड़ों की हालत बहुत बुरी थी। उसने सारी रात बारिश में भीगते हुए बिताई थी, और हर वह चीज गंदी थी और फट कर तार-तार हो गई थी जो वह पहने हुए था। थकान के मारे, खुले में रहने की वजह से, शरीर से चूर-चूर हो कर, और लगभग चौबीस घंटे से उसके मन में अपने ही खिलाफ जो द्वंद्व मचा हुआ था, उसके चलते उसका चेहरा भयानक लग रहा था। पिछली रात भर वह अकेला रहा... भगवान जाने कहाँ। लेकिन, बहरहाल, उसने अपना इरादा पक्का कर लिया था।

उसने दरवाजा खटखटाया जो माँ ने खोला। दुनिया घर पर नहीं थी, नौकरानी भी कहीं गई हुई थी। पुल्खेरिया अलेक्सांद्रोव्ना पहले तो उसे देख कर खुशी और आश्चर्य के मारे अवाक रह गईं; फिर उसका हाथ पकड़ कर उसे कमरे में ले आईं।

'तुम आ गए!' उन्होंने खुशी के मारे हाँफते हुए कहा।

'रोद्या नाराज न होना बेटा कि मैं आँसू बहा कर इस तरह बेवकूफी से तुम्हारा स्वागत कर रही हूँ। मैं रो नहीं रही, ये तो खुशी के आँसू हैं। तुम समझते हो, मैं रो रही हूँ नहीं बेटा, मैं तो बहुत खुश हूँ। यह मेरी नादानीवाली आदत है कि रोने पर मेरा बस नहीं चलता। जब तुम्हारे बाप मरे तभी से जरा-जरा-सी बात पर मेरे आँसू निकल पड़ते हैं। बैठ जाओ बेटा, थक गए होगे। देख रही हूँ कि तुम कितना थके हुए हो। तुम्हारे कपड़े कितने मैले हो गए हैं!'

'कल बारिश में फँस गया था, माँ...' रस्कोलनिकोव ने कहना शुरू किया।

'नहीं, नहीं!' पुल्खेरिया अलेक्सांद्रोव्ना ने जल्दी से उसकी बात काट कर कहा। 'तुम समझे मैं फौरन तुमसे सवाल-जवाब शुरू कर दूँगी, क्यों मैं जानती हूँ, बुढ़ियों की तरह मेरी भी यही बेवकूफी की आदत थी। लेकिन बेटा, तुम चिंता मत करो। मैं समझती हूँ, सब समझती हूँ। यहाँ तुम लोग जिस ढंग से काम करते हो, उसकी मुझे अब आदत पड़ गई है। मैं सचमुच मानती हूँ कि वह कहीं ज्यादा समझदारी का तरीका है। देखो बेटा, अब मैंने हमेशा के लिए फैसला कर लिया है... तुम्हारे विचार मेरी समझ में आ नहीं सकते, सो मुझे भी तुमसे कोई जवाब तलब नहीं करना चाहिए। शायद तुम्हारे दिमाग में तरह-तरह के विचार हैं, न जाने क्या-क्या मंसूबे हैं, या तुम्हारे दिमाग में तरह-तरह के और भी विचार आ सकते हैं। इसलिए यह मेरी नादानी ही होगी अगर मैं हर वक्त तुम्हें यह पूछ-पूछ कर तंग करती रहूँ कि तुम सोच क्या रहे हो। देखो, बात यह है कि मैं... लेकिन हे भगवान! मैं इधर-उधर पागलों की तरह भाग क्यों रही हूँ ...देखो, रोद्या, मैं अभी उस पत्रिका में तुम्हारा लेख तीसरी बार पढ़ रही थी, द्मित्री प्रोकोफिच ने मुझे ला कर दिया था। तुम अंदाजा लगा सकते हो कि उसे पढ़ कर मुझे कितना ताज्जुब हुआ होगा। मैं भी कितनी नासमझ और बेवकूफ हूँ, मैंने मन में सोचा। तो वह यह कर रहा है! और यह है सारी बातों की वजह! हो सकता है, उसके दिमाग में कुछ नए विचार भी हों। वह उनके बारे में सोच रहा है और मैं उसे तंग करती रहती हूँ, उसकी बातों में टाँग अड़ाती रहती हूँ! मैं तुम्हारा लेख पढ़ रही हूँ बेटा, और उसमें जाहिर है! ऐसी बहुत-सी बातें भी हैं, जो मेरी समझ में नहीं आतीं। लेकिन इसमें ताज्जुब की क्या बात मैं समझ ही भला कैसे सकती हूँ।

'मुझे तो दिखाओ, माँ।'

रस्कोलनिकोव ने पत्रिका ले ली और अपने लेख पर सरसरी-सी नजर डाली। यह बात उसकी मौजूदा हालत और उसकी मानसिक स्थिति से कितनी ही बेमेल रही हो, लेकिन उसके मन में भी अनायास वही कड़वी-मीठी भावना पैदा हुई जो हर लेखक के मन में अपनी कोई रचना पहली बार छपी हुई देख कर पैदा होती है। इसके अलावा वह तो अभी तेईस साल का ही था। लेकिन यह भावना पल भर ही रही। कुछ पंक्तियाँ पढ़ने के बाद उसने अपनी भवें सिकोड़ीं और चुपके से उसके हृदय में घोर निराशा की भावना जाग उठी। उसके दिमाग में फौरन उसका पिछले कुछ महीनों का आंतरिक द्वंद्व उभर आया। उसने अरुचि से झुँझला कर लेख मेज पर फेंक दिया।

'लेकिन रोद्या बेटा, मैं कितनी ही नासमझ सही, इतना तो समझ ही सकती हूँ कि जल्दी ही तुम हमारी वैज्ञानिक दुनिया में सबसे बड़े आदमी न सही, सबसे बड़े लोगों में से एक तो जरूर होगे। और उन लोगों की यह मजाल कि उन्होंने तुम्हें पागल समझा! हा-हा-हा! तुम्हें यह बात तो नहीं मालूम होगी, लेकिन उन लोगों ने सचमुच ऐसा समझा था! उफ, कैसे-कैसे नीच लोग हैं! उससे असली प्रतिभा को पहचानने की उम्मीद ही भला क्या की जाए! और दुनिया... जानते हो, दुनिया भी लगभग ऐसा ही समझने लगी थी तुम्हारे पापा ने दो बार पत्रिकाओं में छपने के लिए चीजें भेजी थीं - पहली बार कुछ कविताएँ (अभी तक मेरे पास रखी हैं, कभी दिखाऊँगी तुम्हें), और फिर एक पूरा उपन्यास (मैंने उनकी बड़ी मिन्नत की थी कि मुझे उसको नकल कर लेने दें), और हम दोनों कितना मनाते रहते थे कि वे स्वीकार कर ली जाएँ! लेकिन उन लोगों ने उन्हें स्वीकार नहीं किया। जानते हो रोद्या, जिस तरह तुम रहते थे, जैसे कपड़े तुम पहनते थे और जैसा खाना तुम खाते थे, उसे देख कर अभी छह-सात दिन पहले तक मैं बहुत परेशान हो रही थी। लेकिन अब मेरी समझ में आ रहा है कि यह मेरी कितनी बड़ी नादानी थी क्योंकि, बेटा, जैसा दिमाग तुमने पाया है और जैसे गुण तुम्हारे अंदर हैं, उन्हें देखते

हुए तो तुम जब भी कुछ चाहोगे वह तुम्हें मिल जाएगा। मैं समझती हूँ तुम इस वक्त कुछ चाहते ही नहीं हो, क्योंकि तुम्हें बहुत-सी दूसरी, बड़ी-बड़ी बातों के बारे में सोचना है...'

'दुनिया क्या घर पर नहीं है, माँ?'

'नहीं बेटा, वह नहीं है। वह इधर कुछ दिनों से काफी बाहर रहने लगी है और मुझे घर पर अकेला छोड़ जाती है। द्मित्री प्रोकोफिच, भगवान भला करे उसका, आ कर कुछ देर मेरे पास बैठ जाता है। हमेशा वह तुम्हारी ही चर्चा करता रहता है। वह तुमसे बहुत प्यार करता है बेटा, और तुम्हारी काफी इज्जत करता है। लेकिन मैं तुम्हारे मन में यह खयाल उठाना नहीं चाहती कि तुम्हारी बहन मेरा ध्यान नहीं रखती। मैं शिकायत नहीं कर रही। उसके अपने ढंग हैं, मेरा अपना ढंग है। इधर कुछ दिनों से वह न जाने कितनी बातें छिपाने लगी है, लेकिन मैं तुम दोनों से कोई बात नहीं छिपाती। यह मुझे पता है बेटा, कि दुनिया बेहद समझदार लड़की है। इसके अलावा, वह तुम्हें और मुझे प्यार भी बहुत करती है... लेकिन न जाने इस सबका नतीजा क्या होगा, मुझे बहुत खुशी हुई रोद्या कि तुम इस वक्त मुझसे मिलने आए; लेकिन उससे मुलाकात नहीं हो पाई। वह आएगी तो मैं उससे कह दूँगी कि जब वह सारे शहर में तितली की तरह उड़ती फिर रही थी, तब उसका भाई यहाँ आया था। बेटा मुझे दुलरा कर मुझे बिगाड़ मत देना। जब आ सको, आ जाया करना और न आ सको तो कोई बात नहीं। मैं इंतजार कर लूँगी क्योंकि देखो बेटा, यह मैं जानती हूँ कि तुम मुझसे प्यार करते हो, और इतना ही मेरे लिए बहुत है। जो कुछ तुम लिखोगे, वह मैं पढ़ा करूँगी, सबके मुँह से तुम्हारी चर्चा सुनूँगी और बीच-बीच में तुम खुद भी तो मिलने आया करोगे। इससे अच्छी बात और क्या हो सकती है तुम इस वक्त भी तो अपनी माँ का कलेजा ही ठंडा करने आए हो मैं क्या इतना नहीं समझती...'

पुल्खेरिया अलेक्सांद्रोव्ना की आँखों से अचानक आँसू बह निकले।

'लो; मैं फिर वही सब करने लगी। बुरा न मानना बेटा, मैं तो एक नासमझ बुढ़िया ही ठहरी! हे भगवान!' वह अचानक चिल्लाई और कुर्सी से उछल कर खड़ी हो गई। 'मैं यहाँ बैठी क्यों हूँ। कॉफी बनी रखी है और तुम्हें देती नहीं! देखो न, बूढ़ी औरतें कैसी स्वार्थी होती हैं। मैं अभी आई, बेटा!'

'कॉफी रहने दो, माँ। मुझे अभी एक मिनट में जाना है। मैं यहाँ इसलिए नहीं आया हूँ। मेरी बात ध्यान दे कर सुनो, माँ।'

पुल्खेरिया अलेक्सांद्रोव्ना डरते-डरते उसके पास आ गई।

'माँ, वाह कुछ भी हो जाए, तुम मेरे बारे में चाहे जो कुछ सुनो, लोग मेरे बारे में चाहे जो कुछ बताएँ, क्या तुम मुझे उसी तरह प्यार करती रहोगी, जैसे अब करती हो?' उसने अचानक पूछा। ये शब्द उसके दिल की गहराई से सहज भाव से निकले थे, गोया वह अपने शब्दों के बारे में न सोच रहा हो, न ही उन्हें बोलने से पहले तौल रहा हो।

'रोद्या, मेरे बेटे, बात क्या है मुझसे तुम ऐसी बात क्यों पूछ रहे हो? क्यों?, मुझसे तुम्हारे बारे में कौन कोई बात कहेगा मैं तो किसी की बात पर विश्वास ही नहीं करूँगी, वह कोई भी क्यों न हो। उसे तो मैं खड़े-खड़े निकाल दूँगी, सचमुच।'

'मैं तुम्हें यही बताने आया हूँ कि तुम्हें मैंने हमेशा प्यार किया है और मुझे खुशी है कि हम यहाँ अकेले ही हैं। मुझे इसलिए भी खुशी है कि दुनिया भी अभी यहाँ नहीं है,' वह उसी रौ में बोलता रहा। 'मैं तुम्हें साफ-साफ बताने आया हूँ... तुम्हें

दुख तो होगा लेकिन मैं चाहता हूँ, तुम यह जान लो कि तुम्हारा बेटा अब जितना प्यार तुझसे करता है, उतना वह अपने आपसे भी नहीं करता... यह भी कि तुम मेरे बारे में जो कुछ भी सोचती थी, कि मैं निर्दयी हूँ, मैं तुमसे प्यार नहीं करता, वह सच नहीं है। मैं तुम्हें हमेशा प्यार करता रहूँगा। बस इतना ही काफी है, माँ। यह बात तुम्हें बताना मेरे लिए जरूरी था... इसलिए मैंने यहीं से शुरू करने का फैसला किया।'

पुल्खेरिया अलेक्सांद्रोव्ना ने उसे चुपचाप गले से लगा लिया, कस कर सीने से चिपका लिया और चुपके-चुपके रोने लगीं।

'तुम्हें न जाने क्या हो गया है, रोद्या,' वे आखिरकार बोलीं। 'मैं तमाम वक्त यही सोचती रही कि तुम हम लोगों से तंग होते जा रहे थे; लेकिन अब हर तरह से मेरी समझ में यही आता है कि तुम्हारे ऊपर कोई बहुत बड़ी आफत आनेवाली है, और इसीलिए तुम इतने दुखी हो। मुझे बहुत दिनों से ऐसा लग रहा था कि ऐसा होनेवाला है, बेटा। बुरा न मानना बेटा, कि मैं इसकी चर्चा कर रही हूँ, लेकिन मैं हमेशा इसी के बारे में सोचती रहती हूँ, और रात भर बिस्तर पर पड़ी जागती रहती हूँ। तुम्हारी बहन भी कल रात बिस्तर पर पड़ी करवटें बदल रही थी। उसे बुखार-सा था और वह लगातार तुम्हारी ही बातें कर रही थी। मैंने कुछ सुना जरूर लेकिन समझ में कुछ नहीं आया। सबेरे मेरी बड़ी बुरी हालत रही बेटा... मैं किसी बात का इंतजार करती रही। मुझे लग रहा था कि अब कुछ होनेवाला है, और वही बात हुई। तुम जा कहाँ रहे हो, रोद्या कहीं बाहर जा रहे, बेटा?'

'हाँ, माँ।'

'यही मैं भी सोच रही थी। मगर बेटा, तुम चाहो तो मैं भी तुम्हारे साथ चलूँ! और दूनिया भी! वह तुम्हें बहुत प्यार करती है, बेटा। और अगर तुम चाहो तो सोफ्या सेम्योनोव्ना भी हमारे साथ चल सकती है। देखो बेटा, मैं उसे खुशी से अपनी बेटी बना लूँगी। द्मित्री प्रोकोफिच हम सब लोगों के जाने में मदद करेगा... लेकिन... तुम जा कहाँ रहे हो, बेटा?'

'अच्छा, अब चलूँगा माँ।'

'हे भगवान, तुम आज ही तो नहीं जा रहे हो।' वे चीखीं, गोया वह हमेशा के लिए बिछड़ रहा हो।

'मुझे अफसोस है कि मैं रुक नहीं सकता, माँ। मुझे जाना ही होगा।'

'लेकिन मैं तुम्हारे साथ क्या नहीं चल सकती, बेटा?'

'नहीं माँ, तुम नहीं चल सकतीं। बेहतर यही होगा कि तुम घुटने टेक कर मेरे लिए प्रार्थना करो। शायद तुम्हारी प्रार्थना सुन ली जाए।'

'खैर, कम-से-कम तुम्हें आशीर्वाद तो दे दूँ और तुम्हारे ऊपर सलीब का निशान तो बना दूँ, बेटा! ऐसे... ऐसे। हे भगवान, यह हम लोग क्या कर रहे हैं?'

वह बहुत खुश था, बहुत ही खुश था कि वहाँ कोई नहीं था, कि वह अपनी माँ के पास अकेला ही था। लग रहा था इस पूरी दुखदायी मुद्दत के बाद उसका दिल अचानक पिघल गया था। वह माँ के पाँवों पर गिर पड़ा और उन्हें चूमने लगा। फिर दोनों एक-दूसरे से लिपट कर रोते रहे। माँ को भी कोई आश्चर्य नहीं हुआ; उसने इस बार बेटे से कोई सवाल भी नहीं पूछा।

उसने बहुत पहले ही समझ लिया था कि उसके बेटे के साथ कोई बहुत ही बुरी बात होनेवाली है और यह कि अब वह भयानक घड़ी आ गई है।

'बेटा रोद्या, मेरे लाडले,' माँ ने सिसक-सिसक कर रोते हुए कहा, 'तुम अब भी बिलकुल वैसे ही हो जैसे बचपन में थे। आ कर इसी तरह मेरे कलेजे से लग जाते थे और मुझे प्यार करते थे। जब तुम्हारे बाप जिंदा थे और हमारे ऊपर बुरा वक्त पड़ा था, तब तुम हमारे पास रह कर हमें धीरज बँधाते थे। इसके अलावा बेटा, तुम्हारे बाप के मरने के बाद कितनी ही बार हम उनकी कब्र पर जा कर रो चुके हैं और तब भी हमने एक-दूसरे को आज की ही तरह गले लगाया था। अगर मैं तमाम वक्त रोती रही हूँ तो उसकी वजह सिर्फ यह है कि एक माँ के दिल ने यह महसूस किया है कि तुम किसी मुसीबत में हो। उस दिन शाम को जब मैंने तुम्हें पहली बार देखा था, याद है, जब हम लोग यहाँ पहुँचे ही थे... तभी तुम्हें देख कर मुझे सारी बातों का अंदाजा हो गया था। मेरा दिल तो उसी वक्त डूबने लगा था... और आज भी जब मैंने दरवाजा खोला और तुम्हें देखा तो मैंने फौरन सोचा कि जिस घड़ी का मुझे डर था, वह घड़ी आ चुकी है। रोद्या, तुम अभी, इसी वक्त तो नहीं जा रहे हो, बेटा?'

'नहीं, माँ।'

'तुम फिर आओगे न?'

'हाँ... आऊँगा।'

'रोद्या, नाराज न होना, बेटा। मुझे तुम्हारी बातों के बारे में पूछने का कोई अधिकार नहीं है। मैं जानती हूँ, मुझे यह अधिकार नहीं है, लेकिन बेटा, मुझे... बस इतना बता दो कि तुम क्या कहीं बहुत दूर जा रहे हो?'

'हाँ, बहुत ही दूर।'

'वहाँ क्या करने जा रहे हो? वहाँ कोई नौकरी मिली है क्या... या कोई रोजगार?'

'अभी ठीक से कुछ पता नहीं माँ... बस मेरे लिए प्रार्थना करना...'

रस्कोलनिकोव दरवाजे के पास गया, लेकिन माँ ने उसे पकड़ लिया और निराशा से उसे देखने लगी। उसका चेहरा डर के मारे विकृत हो गया था।

'बस, अब रहने दो, माँ,' रस्कोलनिकोव ने कहा। उसे अब अफसोस होने लगा था कि वह यहाँ आया ही क्यों।

'हमेशा के लिए तो नहीं जा रहे, बेटा हमेशा के लिए तो नहीं न कल आओगे न?'

'आऊँगा, आऊँगा। अच्छा, अब चलता हूँ।'

आखिरकार उसने अपने आपको छुड़ा लिया।

शाम खुशगवार थी, उसमें हल्की-हल्की गर्मी थी और चमक थी। सुबह के बाद से मौसम खुल गया था। रस्कोलनिकोव वापस अपने कमरे में जा रहा था। उसे जल्दी थी। सूरज डूबने से पहले वह सब कुछ खत्म कर देना चाहता था और तब तक किसी से मिलना नहीं चाहता था। आखिरी सीढ़ियाँ चढ़ते वक्त उसने देखा कि नस्तास्या समोवार छोड़ कर निकल

आई थी और उसे ऊपर चढ़ते हुए गौर से देख रही थी। 'कोई मेरे कमरे में तो नहीं है?' वह सोचने लगा। यह सोच कर उसे नफरत-सी हुई कि शायद पोर्फिरी बैठा राह देख रहा हो। लेकिन जब वह कमरे में पहुँचा और दरवाजा खोला तो दूनिया दिखाई पड़ी। वहाँ वह सोच में डूबी हुई, अकेली बैठी थी, और लग रहा था बहुत देर से उसकी राह देख रही थी। वह चौखट पर ही रुक गया। वह हैरान हो कर सोफे से उठी और उसके सामने आ कर, सीधी खड़ी हो गई। उसकी आँखों में जो रस्कोलनिकोव पर जमी हुई थीं, दहशत और बेहद उदासी झलक रही थी। उसके इस तरह देखने से ही वह समझ गया कि वह सब कुछ जानती है।

'मैं अंदर आऊँ या चला जाऊँ?' उसने ढिठाई से पूछा।

'मैं दिन भर सोफ्या सेम्योनोव्ना के साथ रही। हम दोनों तुम्हारी राह देखते रहे। हमने सोचा था कि तुम उसके पास जरूर आओगे।'

रस्कोलनिकोव कमरे में आ कर बैठ गया; वह बेहद थका महसूस कर रहा था।

'मुझे काफी कमजोरी महसूस हो रही है, दूनिया। बहुत थक गया हूँ। इस वक्त तो सबसे बढ़ कर मैं यही चाहता हूँ कि अपने आप पर काबू पा लूँ।'

दूनिया ने अविश्वास से उसकी ओर आँखें उठाईं।

'कल सारी रात कहाँ रहे?'

'ठीक से याद नहीं। देखो दूनिया, मैं कोई पक्का फैसला कर लेना चाहता था और कई बार नेवा किनारे गया। इतना तो मुझे याद है। मैं सब कुछ वहीं खत्म कर देना चाहता था, लेकिन... कोई फैसला नहीं कर पाया...' उसने कानाफूसी में कहा और उसे फिर अविश्वास से देखा।

'प्रभु की दया है! हम लोगों को भी यही डर था... सोफ्या सेम्योनोव्ना को और मुझे भी! तो जिंदगी पर तुम्हें अभी तक भरोसा है प्रभु की दया है! प्रभु की!'

रस्कोलनिकोव कड़वाहट के साथ मुस्कराया।

'मुझे कभी कोई भरोसा नहीं था, लेकिन कुछ ही मिनट पहले माँ और मैं एक-दूसरे के गले लग कर रो रहे थे। मैं ईश्वर में विश्वास नहीं रखता, फिर भी मैंने अपने लिए माँ से प्रार्थना करने को कहा। न जाने ऐसा क्यों होता है, दूनिया मेरी समझ में नहीं आता।'

'माँ के पास गए थे तुम! तुमने उन्हें बता दिया?' दूनिया चिल्ला उठी। 'क्या सचमुच तुममें उन्हें बताने की ताकत थी।'

'नहीं, उन्हें नहीं बताया... साफ-साफ शब्दों में तो एकदम नहीं। लेकिन मेरा खयाल है कि वे बहुत कुछ समझती हैं। कल रात उन्होंने तुम्हें सोते से बड़बड़ाते सुना था। मुझे यकीन है कि उन्हें सच्चाई का कुछ-कुछ अंदाजा हो चुका है। मैंने शायद वहाँ जा कर ही गलती की। मालूम नहीं, मैं क्यों वहाँ गया था। मैं बहुत नीच हूँ, दूनिया।'

'नीच और फिर भी तकलीफ उठाने को तैयार हो! है न?'

'हाँ, तैयार हूँ। मैं अभी जा रहा हूँ, इसी वक्त। इस कलंक के मारे मैं तो डूब मरना चाहता था, लेकिन जब वहाँ नदी पर खड़ा था तो सोचा कि अभी तक अगर मैं अपने आपको इतना मजबूत समझता रहा तो मुझे कलंक से भी नहीं डरना चाहिए,' उसने जल्दी-जल्दी कहा। 'स्वाभिमान क्या यही है, दूनिया?'

'हाँ, रोद्या स्वाभिमान ही है।'

लग रहा था गोया रस्कोलनिकोव की बेजान आँखों में एक ज्वाला धधक उठी हो। वह इस बात से खुश लग रहा था कि उसमें अभी तक स्वाभिमान बाकी था।

'तुम यह तो नहीं समझती दूनिया, कि मैं महज पानी से डर गया?' उसने एक भयानक मुस्कराहट के साथ उसके चेहरे को गौर से देखते हुए पूछा।

'आह रोद्या, रहने दो अब!' दूनिया ने कड़वाहट के साथ चीख कर कहा।

अगले दो मिनट तक कोई नहीं बोला। वह सर झुकाए, जमीन पर नजरें गड़ाए बैठा रहा और दूनिया मेज के दूसरे छोर पर खड़ी दुख के साथ उसे देखती रही। अचानक वह उठ खड़ा हुआ : 'बहुत देर हो चुकी; मुझे अब चलना चाहिए। मैं इसी वक्त आत्मसमर्पण करने जा रहा हूँ। अलबत्ता मुझे नहीं मालूम कि मैं क्यों ऐसा कर रहा हूँ।'

दूनिया के गालों पर आँसू बह चले।

'रो रही हो दूनिया लेकिन मुझसे हाथ तो मिलाओगी न?'

'तुम्हें इसमें शक था?'

भाई के गले में बाँहें डाल कर दूनिया उससे लिपट गई।

'तुम्हारा आधा अपराध क्या बस इसी बात से धुल नहीं गया कि तुम तकलीफ उठाने को तैयार हो?' उसने रोते हुए कहा। रस्कोलनिकोव को कस कर उसने सीने से लगा लिया और उसे प्यार करने लगी।

'अपराध कैसा अपराध?' वह अचानक एक तरह के जुनून में बोला, 'यह कि मैंने एक घिनौनी, नुकसान पहुँचानेवाली, शैतान जूँ को मार डाला, एक सूदखोर खूसट बुढ़िया को एक ऐसी औरत को जो किसी का भला नहीं कर सकती थी ऐसी कि उसकी हत्या करने पर बीसियों पाप माफ कर दिए जाने चाहिए एक ऐसी औरत को, जिसने इस धरती पर गरीबों की जिंदगी को नरक बना दिया था... तुम इसे ही अपराध कहती हो मैं तो इसकी बात सोच भी नहीं रहा, और इसे धोने की बात भी नहीं सोच रहा। और उन लोगों का मतलब क्या है, जो चारों ओर से मुझ पर उँगली उठा रहे हैं : अपराध, अपराध! अब जा कर मुझे अपनी बुजदिली की सारी बेवकूफी साफ दिखाई दे रही है - अब जबकि मैंने इस बेकार के कलंक को स्वीकार कर लेने की ठान ली है! मैंने यह फैसला सिर्फ इसलिए किया है कि मैं एक कमीना और घटिया शख्स हूँ, और इसलिए भी कि शायद यही मेरे हित में हो, जैसा कि... जैसा कि पोर्फिरी ने कहा था!'

'कह क्या रहे हो रोद्या... तुमने खून बहाया है, कि नहीं?' दूनिया निराशा से चिल्लाई।

'जो सभी लोग बहाते हैं,' उसने लगभग पागलपन की हालत में कहा, 'जो बहाया जा रहा है, दुनिया में इतना बहाया गया है कि कई समुद्र भर जाएँ... जो शैंपेन की तरह उड़ेला जा रहा है, और जिसके इनाम के तौर पर लोगों को मंदिर में ले जा कर ताज पहनाया जाता है और फिर उन्हें मानवता का उद्धारक कहा जाता है। तुम कुछ और ध्यान से देखती और सोचती क्यों नहीं! मैं लोगों का भला करना चाहता था, और इस मूर्खता के बदले, जो कि सच पूछो तो ऐसी कोई मूर्खता थी भी नहीं, मैं नेकी के हजारों काम करने को तैयार था। यह पूरा विचार ऐसा कोई मूर्खता का विचार था भी नहीं, जैसा कि अब नाकाम होने के बाद लग रहा है। नाकाम होने के बाद हर बात मूर्खता लगती है! ...नादानी की यह हरकत करके मैं खुद को स्वतंत्र बनाने का पहला कदम उठाने की, आवश्यक साधन जुटाने की कोशिश कर रहा था, और बाद में चल कर जो तुलनात्मक दृष्टि से अपार लाभ होते, उनसे हर बात ठीक हो जाती। लेकिन मैं... मैं तो पहला कदम भी नहीं उठा सका, क्योंकि... क्योंकि मैं निकम्मा हूँ! इतनी-सी बात है बस! लेकिन इसके बावजूद मैं इस पूरी चीज को उस तरह नहीं देखूँगा जैसे तुम सब देखते हो। मैं अगर कामयाब हो जाता तो हर तरफ मेरी वाह-वाह होती, लेकिन अब... जेल में सड़ने दो इसे!'

'ऐसी बात नहीं है, रोद्या! तुम कह क्या रहे हो?'

'समझा! तो यह तरीका ठीक नहीं है! किसी की सौंदर्य प्रेम की भावना इससे संतुष्ट नहीं होती! खैर, मेरी समझ में यह नहीं आता कि लोगों को गोली से उड़ा देना या बाकायदा घेरेबंदी करके बमों से मार डालना ज्यादा इज्जतदार तरीका क्यों है अच्छा न लगने का डर ही बेबसी की पहली निशानी है... यह बात पहले कभी इतने साफ ढंग से मेरी समझ में नहीं आई थी जितनी कि अब आ रही है। यह बात भी अब जा कर मेरी समझ में नहीं के बराबर आ रही है कि मैंने जो कुछ किया वह अपराध क्यों है। इसका मुझे इतना पक्का यकीन कभी नहीं रहा जितना कि अब है...'

उसके पीले, मुरझाए हुए चेहरे पर लाली दौड़ रही थी। लेकिन अंतिम वाक्य कहते-कहते उसकी आँखें दुनिया की आँखों से चार हुईं। बहन की आँखों में इतनी पीड़ा थी कि वह सहम कर सँभल गया। उसने महसूस किया कि उन दोनों बेचारी औरतों को उसने यकीनन बहुत दुख पहुँचाया है। सही हो या गलत, उनके दुख का कारण निश्चित रूप से वही था।

'दुनिया, मेरी बहन! मैं अगर अपराधी हूँ तो मुझे माफ कर देना। (मैं वैसे अगर अपराधी हूँ तो मुझे माफ किया भी नहीं जा सकता।) अब मैं चलूँगा! झगड़े से अब कोई फायदा नहीं! वक्त हो गया है; अब जरा भी देर करना ठीक नहीं। मेहरबानी करके मेरा पीछा न करना। मुझे अभी कहीं और पहुँचना है... अच्छा यही होगा कि तुम फौरन जाओ और माँ के पास रहो। मेरी बात मानो; मैं तुमसे यह आखिरी और सबसे बड़ी गुजारिश कर रहा हूँ। उन्हें अकेला बिलकुल मत छोड़ना। अभी जब मैं उनके पास से आया तो वे इतनी परेशान हो गईं कि मैं नहीं समझता, वे इसे बर्दाश्त कर पाएँगी : वे या तो मर जाएँगी या पागल हो जाएँगी। इसलिए मेहरबानी करके उनके साथ ही रहना! रजुमीखिन तुम लोगों के साथ रहेगा; मैंने उससे कह दिया है... मेरे लिए रोना मत। मैं हत्यारा सही, लेकिन मैं जीवन भर साहसी और ईमानदार रहने की कोशिश करूँगा। हो सकता है तुम किसी दिन मेरी चर्चा सुनो। मैं तुम लोगों के माथे का कलंक नहीं बनूँगा, देख लेना। उन लोगों को मैं अब भी जता दूँगा! लेकिन अभी मैं चलता हूँ,' उसने जल्दी-जल्दी अपनी बात खत्म की। उसे दुनिया की आँखों में अपने शब्दों और वादों पर फिर एक अजीब-सा भाव दिखाई दिया। 'रो क्यों रही हो? इस तरह रोओ मत। मेरा कहा मानो, रोना क्या हम लोग हमेशा के लिए तो अलग नहीं हो रहे! ...अरे हाँ, जरा ठहरो! मैं तो भूल ही गया...'

वह मेज के पास गया, एक मोटी-सी धूल भरी किताब उठाई, उसे खोला, और उसके पन्नों के बीच से हाथीदाँत पर जल-रंगों से बनी एक तस्वीर निकाली। किसी की छोटा-सी तस्वीर थी। यह उसकी मकान-मालकिन की बेटी की तस्वीर थी, जो बुखार से मर गई थी, उस अजीब लड़की की तस्वीर जो किसी मठ में जा कर रहना चाहती थी। एक मिनट तक वह उस भाव भरे, नाजुक चेहरे को गौर से देखता रहा, फिर उसने तस्वीर को चूम कर दूनिया को दे दिया।

'उससे मैं उसकी बहुत-सी बातें किया करता था, सिर्फ उससे,' उसने यादों में खो कर कहा। 'बाद में जो कुछ इतने भयानक ढंग से सामने आया, उसका बहुत-सा हिस्सा मैंने उसे दिल खोल कर बताया था। परेशान मत हो,' उसने दूनिया की ओर घूम कर कहा, 'वह भी तुम्हारी ही तरह मेरी बात से सहमत नहीं थी, और मुझे इस बात की खुशी है कि वह अब हम लोगों के बीच नहीं है। असल बात सिर्फ यह है कि अब हर चीज एकदम बदल जाएगी, दो टुकड़ों में टूट जाएगी,' वह एक बार फिर घोर अकेलेपन की मनोदशा में अचानक चिल्लाया। 'हर चीज, हर एक चीज... मैं क्या इसके लिए तैयार हूँ मैं क्या खुद ऐसा चाहता हूँ? मुझसे कहा जाता है कि मेरे लिए यह इम्तहान जरूरी है! लेकिन क्यों, ऐसे बेमतलब इम्तहान... भला क्यों? इनसे फायदा क्या है? बीस साल की बामशक्कत सजा काटने के बाद, जब मुसीबतों ने और मूर्खता ने मुझे कुचल कर रख दिया होगा और मैं बुढ़ापे से कमजोर हो जाऊँगा, तब क्या मैं जिंदगी को आज के मुकाबले में बेहतर समझ सकूँगा और तब मेरे पास जिंदा रहने के लिए बचा ही क्या होगा पर इस वक्त मैं इस तरह की जिंदगी बिताने को राजी क्यों हूँ उफ, आज सबेरे भोर में जब मैं नेवा किनारे खड़ा था, तब मुझे मालूम था कि मैं एक कमीना हूँ।'

आखिरकार वे दोनों घर के बाहर निकले। दूनिया के लिए यह सब बर्दाश्त करना काफी कठिन था, लेकिन वह उसे प्यार करती थी! वह चलते-चलते उससे दूर होती गई लेकिन कोई पचास कदम के बाद उसने मुड़ कर एक बार फिर उसे देखा। वह अब भी उसे नजर आ रहा था। सड़क के मोड़ पर पहुँच कर उसने भी पीछे घूम कर देखा। आखिरी बार उसकी आँखें मिलीं। लेकिन यह देख कर कि वह उसे देख रही है उसने बेचैन हो कर, बल्कि कुछ झुँझलाहट के साथ, हाथ के इशारे से उससे चले जाने को कहा। फिर वह तेजी से मोड़ पर मुड़ गया।

'यह मैंने बहुत ही बुरा किया, मैं जानता हूँ,' पलभर बाद ही दूनिया पर इस तरह झल्लाने पर खीझ कर उसने सोचा। 'लेकिन ये लोग मुझसे इतना प्यार ही क्यों करते हैं, जबकि मैं इस तरह के प्यार के काबिल भी नहीं हूँ... काश! मैं अकेला होता, कोई मुझसे प्यार न करता होता और मैंने भी कभी किसी से प्यार न किया होता! तब यह सब भी नहीं होता! लेकिन कहीं अगले पंद्रह-बीस साल में मेरे स्वभाव में इतना दब्बूपन तो नहीं आ जाएगा कि मैं लोगों के सामने गिड़गिड़ाता फिरूँ, और हर बात पर अपने को अपराधी कहने लगूँ हाँ, यही बात है! वे लोग मुझे इसीलिए साइबेरिया भेज रहे हैं। वे लोग यही तो चाहते हैं... देखो तो उन्हें! सड़क पर कैसे चूहों की तरह इधर से उधर भागे फिर रहे हैं... इनमें से हर कोई स्वभाव से ही बदमाश और अपराधी है, बल्कि उससे भी बदतर इनमें से हर कोई मूर्ख है! अब अगर मैं साइबेरिया भेजे जाने से बच भी गया, तो वे सब बहुत ही शरीफ बन कर सारा गुस्सा मेरे ऊपर उतारेंगे! उफ, कितनी नफरत है मुझे इन सबसे!'

वह सोचने लगा ऐसा कैसे हुआ कि वह विरोध किए बिना ही उन सबके सामने हीन बनने को, दंड भुगतने का अपमान सहने को तैयार हो गया लेकिन क्यों नहीं होना भी ऐसा ही चाहिए! क्या लगातार बीस साल का उत्पीड़न उसे कुचल कर नहीं रख देगा पानी भी तो पत्थर को घिस देता है। फिर उसके बाद किसलिए जीना, किसलिए? वह इस वक्त आत्मसमर्पण करने क्यों जा रहा था, जबकि वह जानता था कि ऐसा ही होगा, मानो यह सब कुछ किसी किताब में लिखा हुआ हो!

पिछली रात के बाद उसने अपने आप से शायद सौवीं बार यही सवाल पूछा था। फिर भी वह जा रहा था।

अपराध और दंड : (अध्याय 6-भाग 8)

उसने जब सोन्या के कमरे में कदम रखा तो अँधेरा हो चला था। दिनभर सोन्या बेचैनी से उसकी राह देखती आ रही थी। उसके साथ दूनिया भी उसकी राह देख रही थी -स्विद्रिगाइलोव की यह बात याद करके कि 'सोन्या को सब कुछ मालूम है', वह सबेरे ही वहाँ आ पहुँची थी। हम उन दोनों लड़कियों की बातचीत का या उनके आँसुओं का वर्णन नहीं करेंगे, न ही इसका कि उन दोनों में कितनी गहरी दोस्ती को गई। इस मुलाकात से दूनिया को कम-से-कम एक बात की तसल्ली तो हो गई थी, कि उसका भाई अकेला नहीं रहेगा। वह अपना अपराध स्वीकार करने सबसे पहले उसी के पास, सोन्या के पास, गया था। जब उसे इस बात की जरूरत महसूस हुई कि कोई इनसान उसके साथ हो तो उसको वह इनसान उसी की शक्ल में मिला था। लिहाजा वह जहाँ भी जाएगा, वह उसके साथ रहेगी। उसने यह बात पूछी तक नहीं : वह जानती थी कि ऐसा ही होगा। उसके मन में सोन्या के लिए एक तरह की श्रद्धा थी। शुरू में जब उसने सोन्या के प्रति अपनी श्रद्धा दिखाई थी तो सोन्या के कुछ अटपटा भी महसूस हुआ था, यहाँ तक कि उसकी आँखें भर आई थीं। इसलिए कि वह अपने आपको इस लायक भी नहीं समझती थी कि आँख उठा कर दूनिया की ओर देख भी सके। जब रस्कोलनिकोव के कमरे में पहली बार उन दोनों की मुलाकात हुई थी, दूनिया का उस वक्त का चित्र उसके मन पर हमेशा के लिए, जब उसने लगाव और सम्मान के भाव से झुक कर उसका स्वागत किया था, अब वह उसके जीवन की सबसे सुंदर सबसे अंतरंग स्मृतियों के रूप में अंकित था।

आखिरकार दूनिया के सब्र ने जवाब दे दिया और वह अपने भाई के ही कमरे में उसकी राह देखने के लिए सोन्या को उसके अपने कमरे में अकेला छोड़ कर चली गई। उसे लग रहा था कि वह पहले वहीं जाएगा। जैसे ही सोन्या अकेली रह गई, यह विचार उसे सताने लगा कि वह आत्महत्या कर लेगा। इसका डर दूनिया को भी था। लेकिन दिनभर वे दोनों एक-दूसरे को तरह-तरह के तर्कों के सहारे ढाँढ़स बँधाती रही थीं कि वह ऐसा नहीं कर सकता। लिहाजा जब तक वे दोनों साथ रहीं, तब तक वे बहुत ज्यादा चिंतित नहीं थीं। लेकिन जैसे ही वे एक-दूसरे से अलग हुईं, दोनों में से कोई भी इसके अलावा कुछ और सोच भी नहीं पा रही थी। सोन्या इस बात को भूल ही नहीं पा रही थी कि स्विद्रिगाइलोव ने कल उससे कहा था कि रस्कोलनिकोव के सामने दो ही रास्ते थे -साइबेरिया का या... इसके अलावा वह यह भी जानती थी कि वह कितना अहंकारी, घमंडी, स्वाभिमानी और अविश्वासी था। 'कहीं ऐसा तो नहीं कि बुजदिली और मौत का डर ही ऐसी चीजें हैं जो उसे जिंदा रख सकती हैं...' आखिरकार उसने घोर निराशा में डूब कर सोचा। इसी बीच सूरज डूब चला था। वह उदास मन से खिड़की के सामने खड़ी बाहर देख रही थी, लेकिन उसे बस सामने के घर की बे-पुती दीवार ही दिखाई दे रही थी। आखिरकार जब उसे उस अभागे की मौत का लगभग पूरा यकीन होने लगा था, तभी उसने उसके कमरे में कदम रखा।

सोन्या के मुँह से खुशी की चीख निकल गई। लेकिन इसके चेहरे को गौर से देखने के बाद उसका रंग अचानक पीला पड़ गया।

'लो,' रस्कोलनिकोव ने मुस्करा कर कहा, 'मैं तुम्हारी सलीबें लेने आ गया, सोन्या। तुम्हीं ने तो मुझसे चौराहे पर जाने को कहा था... इसलिए अब जबकि उसका वक्त आ गया है, तुम डर क्यों रही हो?'

सोन्या ने उसे हैरत से देखा। उसका लहजा कुछ अजीब-सा लगा। सोन्या की रीढ़ में सिहरन की एक लहर दौड़ गई। लेकिन पलभर बाद ही उसने महसूस किया कि न उसका लहजा सच्चा था, और न उसके शब्द। वह उससे बातें भी आँखें चुरा कर कर रहा था और कोशिश कर रहा था कि सीधे उसके चेहरे की ओर न देखना पड़े।

'देखो सोन्या, मैं तो इसी नतीजे पर पहुँचा हूँ कि यह रास्ता शायद मेरे लिए ज्यादा फायदेमंद रहे। अलबत्ता एक बात है... लेकिन वह एक लंबी कहानी है और उसकी चर्चा से अब कोई खास फायदा भी नहीं। जानती हो, मुझे किस बात पर गुस्सा आ रहा है... मुझे इस बात पर झुँझलाहट हो रही है कि सारे बेवकूफ जंगली जानवर मुझे घेर कर खड़े हो जाएँगे, मुझे घूरेंगे, मुझसे अपने बेवकूफी भरे सवाल पूछेंगे, जिनका जवाब मुझे देना ही पड़ेगा - मुझ पर उँगलियाँ उठाएँगे... उफ! जानती हो, मैं पोर्फिरी के पास नहीं जा रहा हूँ; मैं उससे बेजार हो चुका हूँ। मैं समझता हूँ, बेहतर तो यही रहेगा कि मैं अपने पुराने दोस्त, उस लेफ्टिनेंट बारूदी के पास चला जाऊँ। कैसे चकराएगा वह मुझे देख कर! कैसी सनसनी फैलेगी! लेकिन मुझे शांत रहना होगा। मैं इधर कुछ दिनों से चिड़चिड़ा हो रहा हूँ। जानती हो, अभी-अभी मैंने अपनी बहन को लगभग मुक्का दिखा कर इसलिए धमकाया कि उसने आखिरी बार मुड़ कर मेरी ओर देखा था। ऐसी हालत में रहना ही कितना भयानक है! उफ, कितना पतन हो चुका है मेरा! तो लाओ, कहाँ हैं तुम्हारी सलीबें...'

लग रहा था वह अपने होश में नहीं है। वह किसी एक जगह मिनट भर शांत खड़ा भी नहीं रह सकता था और न ही किसी बात पर अपना ध्यान केंद्रित कर सकता था। उसके विचार एक-दूसरे को दबोच कर आगे निकलते जा रहे थे। वह ऐसी बातें कह रहा था जो उसे नहीं कहनी चाहिए थीं। हाथ थोड़े काँप रहे थे।

सोन्या ने चुपचाप एक दराज में से दो सलीबें निकालीं। एक साइप्रेस की लकड़ी की और दूसरी ताँबे की। उसने उँगलियों से अपने सीने पर सलीब का निशान बनाया, फिर उसके सीने पर सलीब का निशान बनाया, और साइप्रेस की लकड़ी का सलीब उसे पहना दिया।

'तो यह प्रतीक है मेरे सलीब उठाने का हा-हा! जैसे मैंने अभी तक काफी मुसीबतें नहीं झेली हैं! साइप्रेस की लकड़ी का सलीब - जैसी कि आम लोग पहनते हैं। ताँबेवाली लिजावेता की है, और उसे तुम अपने लिए रखोगी! लाओ, देखूँ तो जरा। यानी कि इसे वह पहने हुए थी... उस वक्त इस वक्त मुझे ऐसी ही दो चीजों की याद आ रही है - एक चाँदी का सलीब और एक छोटी-सी मूर्ति। उस दिन उन्हें मैंने उस बुढ़िया की लाश पर फेंक दिया था। दरअसल इस वक्त तो मुझे उन्हें ही पहनना चाहिए था... लेकिन मैं बकवास कर रहा हूँ। असल बात मुझे नहीं भूलनी चाहिए। शायद मैं पूरी तरह खब्तुलहवास होता जा रहा हूँ! देखो सोन्या, मैं तुम्हें पेशगी बताने आया हूँ ताकि तुम्हें मालूम रहे... बस इतना ही कहना है मुझे... मैं इसीलिए आया था (मैं सच-सच बता दूँ, मैंने सोचा था कि वैसे कुछ और भी कहूँगा) लेकिन तुम तो खुद ही चाहती थीं कि मैं चला जाऊँ। तो मैं जेल भेजा जाऊँगा, और तुम जो चाहती थीं वह पूरा हो जाएगा। तुम भी रो रही हो... रहने भी दो! रोओ मत। उफ कितनी नाकाबिले-बर्दाश्त बात है!'

लेकिन उसकी भावनाएँ उबल पड़ीं; सोन्या को देख कर उसका दिल खून के आँसू रो उठा। 'आखिर क्यों,' उसने सोचा, 'वह आखिर इतनी परेशान क्यों है? उसका मैं कौन हूँ? भला वह रो क्यों रही है? मेरी माँ या दुनिया की तरह मुझसे विदा क्यों ले रही है? आगे चल कर वही तो मेरी देखभाल करेगी!'

'अपने सीने पर सलीब का निशान बना कर कम-से-कम एक बार तो प्रार्थना कर लो,' सोन्या ने काँपती हुई, डरी-डरी आवाज में उससे विनती की।

'क्यों नहीं, जरूर, तुम जितनी बार कहो! और बड़ी ईमानदारी से सोन्या, सच्चे दिल से...'

दरअसल वह कुछ और ही कहना चाहता था।

उसने अपने सीने पर सलीब का निशान कई बार बनाया। सोन्या ने झपट कर शाल उठा ली और अपने सर पर डाल ली। हरे रंग की ऊनी शाल थी-शायद वही जिसका जिक्र मार्मेलादोव ने रस्कोलनिकोव से किया था, 'उस परिवार की शाल।' यह विचार बिजली की तरह रस्कोलनिकोव के दिमाग में कौंधा, लेकिन उसने कुछ पूछा नहीं। सचमुच वह खुद ही महसूस करने लगा था कि वह कितना अनमना और किसी वजह से काफी चिंतित रहने लगा था। वह डर गया। अचानक उसके दिमाग में यह बात भी आई कि सोन्या उसके साथ जाने का इरादा रखती है।

'कहाँ? तुम कहाँ जा रही हो? यहीं रहो तुम, मैं अकेला ही जाऊँगा!' उसने झुँझला कर डूबते दिल के साथ कहा और जोश में आ कर दरवाजे की ओर लपका। 'मैं वहाँ पूरी फौज ले जा कर क्या करूँगा...' बाहर जाते-जाते वह बुदबुदाया।

सोन्या कमरे के बीच में खड़ी रही। रस्कोलनिकोव ने उससे विदा तक नहीं ली। वह गोया उसे भूल चुका था। एक कड़वाहट में डूबी विद्रोही और शंका उसे झिंझोड़ रही थी।

'मैं ठीक कर रहा हूँ क्या? यह सब मुझे करना चाहिए क्या?' सीढ़ियों से नीचे उतरते हुए उसके मन में ये सवाल उठे। 'क्यों न मैं यहीं रुक कर सारा किस्सा निबटा लूँ... और न जाऊँ?'

लेकिन इसके बावजूद वह गया। अचानक यह विश्वास उसके मन में बैठ चुका था कि सवालों का समय बीत चुका है। बाहर सड़क पर पहुँच कर उसे याद आया कि उसने सोन्या से विदाई का सलाम भी नहीं कहा था और उसे हरी शाल ओढ़े कमरे के बीच में खड़ा छोड़ आया था। बेचारी की हिलने तक की हिम्मत नहीं हुई थी क्योंकि वह उस पर चीख पड़ा था। यह याद आते ही वह पल भर को ठिठका। लेकिन उसी पल उसके दिमाग में एक और विचार उठा। लगा कि यह विचार उस पर अंतिम और घातक वार करने की ताक में दुबका बैठा था।

'भला इस वक्त मैं उससे मिलने गया ही क्यों? मैंने उससे कहा कि मैं काम से आया हूँ। भला कौन-सा काम? उससे काम तो मुझे कोई भी नहीं था! यह बताने के लिए कि मैं जा रहा हूँ... क्यों? यह जरूरी था क्या? क्या मैं उसे प्यार करता हूँ? एकदम नहीं! अभी तो मैं उसे कुत्ते की तरह दुतकार कर आया हूँ! या मैं सचमुच ही वे सलीबें लेना चाहता था उफ, मैं भी कितना पतित हो चुका हूँ! नहीं! मुझे जरूरत थी तो उसके आँसुओं की। मैं उसको दहशत में गिरफ्तार देखना चाहता था; यह देखना चाहता था कि उसका दिल कैसे दुखता है और कैसे खून के आँसू रोता है! मुझे किसी ऐसी चीज की जरूरत थी, जिससे मैं चिपक सकूँ ताकि मुझे कुछ और मोहलत मिल सके, ताकि मैं किसी इनसान को देख सकूँ! और मुझे अपने आप पर इतना भरोसा था! मैं अपने आपको भल समझता क्या था। मैं हूँ एक भिखारी, एक नीच अभागा जो किसी काम का नहीं है, जो कमीना है।'

वह नहर के बंध के किनारे-किनारे चला जा रहा था। उसे अब बहुत दूर नहीं जाना था। लेकिन पुल पर पहुँच कर वह एक पल के लिए रुका और इरादा बदल कर, पुल पार करके भूसामंडी पहुँच गया।

वह उत्सुकता से चारों ओर देख रहा था। कभी दाहिनी ओर देखता, कभी बाईं ओर। रास्ते में पड़नेवाली हर चीज को वह गौर से देखने की कोशिश कर रहा था, लेकिन किसी भी चीज पर ध्यान केंद्रित नहीं कर पा रहा था। हर चीज उसकी पकड़ से निकल जाती थी। 'हफ्तेभर में या महीनेभर में मुझे जेल की गाड़ी में बिठा कर इसी पुल से हो कर कहीं ले जाया जाएगा... तब मैं इस नहर को किस तरह देखूँगा... क्या यह सब मुझे याद आएगा?' उसके दिमाग में यह विचार बिजली की तरह कौंधा। 'मिसाल के लिए, वह साइनबोर्ड। उन अक्षरों को उस वक्त मैं किस तरह पढ़ूँगा उस पर लिखा है : कंपनी। अगर मैं इस अक्षर क को याद कर लूँ, और महीनेभर बाद इसी को, इसी अक्षर क को, फिर देखूँ तो उस वक्त इसे मैं किस तरह देखूँगा मैं तब क्या महसूस कर रहा हूँगा और क्या सोच रहा हूँगा... हे भगवान, यह सब कुछ कितना तिरस्कार योग्य लगेगा। इस वक्त की ये सारे... अंदेशे कैसे लगेंगे। अलबत्ता यह सब काफी दिलचस्प है... एक तरह से (हा-हा-हा! जिन चीजों के बारे में मैं इस वक्त सोच रहा हूँ) ...मैं भी एक बच्चे की तरह हूँ - अपने मुँह मियाँ मिट्टू बन रहा हूँ लेकिन अपने आपको मैं ताना किस बात का दे रहा हूँ? हे भगवान, ये लोग धक्का क्यों देते हैं! उस मोटे ने - शायद जर्मन है - अभी मुझे धक्का दिया - उसे मालूम है क्या कि उसने किसे धक्का दिया? बच्चे के साथ उस किसान भिखारिन को देखो, शायद वह मुझे अपने से ज्यादा भाग्यशाली समझ रही होगी। इसे कुछ दे क्यों न दूँ, बस यह देखने के लिए कि वह करती क्या है अच्छा, यह रहा पाँच कोपेक का सिक्का मेरी जेब में। समझ में नहीं आता कि यहाँ पहुँचा कैसे... लो माई, यह लो!'

'जुग-जुग जियो साहब, भगवान तुम्हारा भला करे!' भिखारिन की काँपती आवाज सुनाई पड़ी।

वह भूसामंडी में गया। उसे लोगों के बीच घिरे होने से चिढ़ थी... सख्त चिढ़। लेकिन इस वक्त वह जान-बूझ कर उसी जगह गया जहाँ सबसे ज्यादा भीड़ थी। तनहाई पाने के लिए वह सारी दुनिया की दौलत लुटा सकता था, लेकिन अभी वह यही महसूस कर रहा था कि वह एक मिनट के लिए भी तनहाई को झेल नहीं सकता था। भीड़ में एक आदमी, शराब के नशे में चूर, अपनी हरकतों से सबका ध्यान अपनी ओर खींचे हुए था। वह नाचने की कोशिश कर रहा था, लेकिन हर बार जब वह ठुमका लगाने के लिए पाँव चलता था, तो धड़ाम से गिर पड़ता था। लोग उसके चारों ओर भीड़ लगाए खड़े थे। रस्कोलनिकोव भीड़ को चीरता हुआ आगे बढ़ा, कई मिनट तक उस शराबी को देखता रहा, और अचानक जरा-सा हँसा। एक ही पल बाद वह उसके बारे में सब कुछ भूल चुका था और वह उसे दिखाई भी नहीं दे रहा था, हालाँकि वह अपनी नजरें उसी पर जमाए हुए था । आखिरकार वह वहाँ से चला गया... उसे यह भी याद नहीं था कि वह कहाँ था। लेकिन जब वह चौक के बीच में पहुँचा तो यकबयक उसे एक जोरदार जज्बे ने आ दबोचा और पूरे शरीर पर उसकी आत्मा पर छा गया।

अचानक उसे सोन्या के शब्द याद आए : 'जाओ, चौराहे पर खड़े हो जाओ, लोगों के आगे सर झुकाओ, धरती को चूमो क्योंकि तुमने उसे अपवित्र किया है और फिर सारी दुनिया के सामने चीख कर कहो कि मैं हत्यारा हूँ!' ये शब्द याद आते ही वह सर से पाँव तक काँप उठा। तब वह अपनी निराशा और अपनी तनहाई की भावना के, उन तमाम दिनों के लेकिन खास तौर पर पिछले कुछ घंटों की उस गहरी चिंता के भारी बोझ के नीचे इस कदर दब चुका था कि उसने झपट कर इस नए और अदम्य जज्बे की पनाह ले ली। इस जज्बे ने उसे इस तरह यकायक दबोच लिया था जैसे उसे कोई दौरा पड़ा हो। यह उसकी आत्मा में एक चिनगारी की तरह भड़का और फिर एक शोले की तरह उसके पूरे शरीर में छा गया। उसके अंदर हर चीज अचानक पिघल गई और उसकी आँखों में आँसू उबल पड़े। वह जहाँ खड़ा था, वहीं जमीन पर धड़ाम हो गया...

उसने चौक के बीच घुटनों के बल बैठ कर धरती पर सर झुकाया और आनंद और मस्ती में आ कर वहाँ की गंदी धरती को चूम लिया। फिर वह उठा और एक बार फिर सर झुकाया।

'पिए हुए है,' पास खड़े एक लड़के ने कहा।

लोग कहकहे मार कर हँस पड़े।

'यरूशलम जा रहा है, छोकरो, और अपने बच्चों से और अपने देश से विदा ले रहा है। सारी दुनिया के आगे सर झुका रहा है और राजधानी सेंट पीतर्सबर्ग को, उसकी धरती को चूम रहा है,' एक शराबी ने मस्ती में आ कर टुकड़ा लगाया।

'अभी तो कमउम्र नौजवान ही है!' कोई तीसरा बोला।

'लगता तो किसी शरीफ घर का है,' किसी ने गंभीर स्वर में कहा।

'कोई नहीं बता सकता आजकल कि शरीफ घर का कौन है और कौन नहीं है।'

इन सब टिप्पणियों और वक्तव्यों को सुन कर रस्कोलनिकोव रुक गया, और उसके मुँह से 'मैं हत्यारा हूँ' के जो शब्द निकलनेवाले थे वे उसके होठों तक आ कर ही दम तोड़ बैठे। फिर भी वह इन टिप्पणियों को सुन कर शांत रहा, और अपने चारों ओर देखे बिना ही वह थाने की ओर एक गली में मुड़ गया। रास्ते में उसकी नजर किसी ऐसी चीज पर पड़ी जिससे उसे कोई हैरानी नहीं हुई। उसे पहले से ही एहसास था कि ऐसा ही होगा। भूसामंडी में जब वह दूसरी बार धरती पर झुका था तब उसने बाईं ओर निगाह जाने पर देखा था कि सोन्या कोई पचास कदम पर खड़ी थी और चौक में बनी लकड़ी की झोंपड़ियों में से एक की आड़ ले कर उसकी नजरों से छिपने की कोशिश कर रही थी। तो वह उसके इस पूरे दुखदायी रास्ते में उसके साथ-साथ रही! उसी पल रस्कोलनिकोव ने महसूस किया और समझ लिया कि सोन्या हमेशा उसके साथ रहेगी, कि उसकी किस्मत उसे दुनिया के जिस कोने में भी ले जाए, सोन्या उसके पीछे-पीछे आएगी। उसका दिल मसोस उठा... लेकिन - अब वह अपनी मंजिल पर पहुँच चुका था...

काफी तेजी से चलता हुआ वह दालान में जा पहुँचा, जहाँ से उसे सीढ़ियाँ चढ़ कर तीसरी मंजिल पर जाना था। 'ऊपर जाने में तो और भी वक्त लगेगा,' उसने सोचा। आमतौर पर उसे लग रहा था कि वह जानलेवा पल अभी बहुत दूर है, कि अभी उसके पास बहुत सारा वक्त है, और यह कि इसी बीच वह सारे किस्से पर सोच-विचार करके अपना इरादा बदल सकेगा।

फिर वही कचरा, चक्करदार सीढ़ियों पर फिर वही अंडों के छिलके, फिर वही फ्लैटों के पूरे खुले हुए दरवाजे, फिर वही रसोईघर जिनसे खाना पकाने की बदबू और भभक आ रही थी। रस्कोलनिकोव उस दिन के बाद से यहाँ नहीं आया था। उसकी टाँगें सुन्न पड़ गईं और जवाब देने लगीं। लेकिन वह आगे बढ़ता रहा। दम लेने के लिए, अपने आपको सँभालने के लिए, मर्द की तरह अंदर जाने के लिए वह एक पल को रुका। 'लेकिन क्यों? किसलिए?' यह महसूस करके कि वह किसलिए रुका था, उसने अचानक सोचा। 'अगर मुझे जहर का प्याला ही पीना है, तो क्या फर्क पड़ता है जितनी ही दुर्गति हो, उतना ही अच्छा।' एक पल के लिए लेफ्टिनेंट बारूदी की शक्ल बिजली की तरह उसके दिमाग में उभरी और गायब हो गई। 'क्या मुझे सचमुच उसके पास जाना चाहिए? क्या मैं किसी और के पास नहीं जा सकता मिसाल के लिए, पुलिस सुपरिंटेंडेंट के पास क्यों न मैं अभी लौट पड़ूँ और सीधा पुलिस सुपरिंटेंडेंट के घर चला जाऊँ... कम-से-कम, वहाँ सब

कुछ दीवारों के पीछे तो होगा... नहीं! बारूदी... लेफ्टिनेंट बारूदी के पास! अगर उसे पीना ही है, तो यह सारा जहर एक ही घूँट में पीना होगा...'

कातर भाव से उसने थाने का दरवाजा खोला। उसे ठीक से पता भी नहीं था कि वह क्या कर रहा है। उस वक्त वहाँ कम ही लोग थे - बस एक दरबान और एक मजदूर। चौकीदार ने अपनी ओट के पीछे से झाँक कर भी नहीं देखा। रस्कोलनिकोव अगले कमरे में चला गया। 'शायद अब भी मौका है कि मैं कुछ न कहूँ,' वह सोचता रहा। फ्राककोट पहने वहाँ का एक क्लर्क यानी कि जो पुलिस की वर्दी में नहीं, मेज पर बैठा कुछ लिख रहा था। कमरे में कोने में एक दूसरा क्लर्क अपनी मेज पर बैठने जा रहा था। जमेतोव वहाँ नहीं था, और जाहिर है पुलिस सुपरिंटेंडेंट भी वहाँ नहीं था।

'कोई नहीं है क्या?' रस्कोलनिकोव ने उस क्लर्क से पूछा जो मेज पर बैठा कुछ लिख रहा था।

'मिलना किससे है?'

'आ-ह! किसी ने उसे कभी सुना नहीं, कभी देखा नहीं, लेकिन रूसी अंतरात्मा ...परियों की कहानी में यह बात कैसे कही गई है ...मैं भूल गया!'

'कैसे हो तुम?' एक जानी-पहचानी आवाज ने अचानक जोर से कहा।

रस्कोलनिकोव चौंका। लेफ्टिनेंट बारूदी उसके सामने खड़ा था। वह तीसरे कमरे से निकल कर वहाँ आया था। 'इसे होनी कहते हैं!' रस्कोलनिकोव ने सोचा। 'यह यहाँ क्यों है?'

'तुम? क्या काम है?' सहायक सुपरिंटेंडेंट ऊँची आवाज में बोला। (वह बहुत जोश में मालूम होता था; शायद उसने थोड़ा-सी पी हुई भी थी।) 'अगर किसी काम से आए हो, तब तो अभी समय भी नहीं हुआ। मैं तो यहाँ इत्तफाक से ही मौजूद हूँ... लेकिन मैं खुशी से कोई भी मदद करने को तैयार हूँ। एक बात माननी पड़ेगी, मैं... क्या था... क्या था माफ करना, मैं...'

'मैं रस्कोलनिकोव...'

'जानता हूँ, तुम रस्कोलनिकोव हो! तुम समझे कि मैं तुम्हें भूल गया यह न समझना कि मैं ऐसा हूँ... आँ... रोदिओन रो... रो... रोदिओनिच, यही नाम है न?'

'रोदिओन रोमानोविच।'

'अरे हाँ, रोदिओन रोमानोविच... रोदिओन रोमानोविच! यही मैं याद करने की कोशिश कर रहा था! जानते हो, मैं तुम्हारे बारे में जाँच भी कर चुका। सचमुच मुझे बेहद अफसोस है कि तब हम-तुम... आँ... बात मुझे बाद में समझाई गई, मेरा मतलब है, मैंने पता लगाया कि तुम एक नौजवान लेखक हो... और विद्वान भी हो... मैं समझता हूँ, अभी शुरू ही कर रहे हो... भगवान जानता है, कौन-सा साहित्यकार... आँ... विद्वान ऐसा है, जिसने शुरू-शुरू में कोई ऐसा काम न किया हो! तो साहब, मेरी बीवी और मैं साहित्य को इज्जत की नजर से देखते हैं और मेरी बीवी पर तो उसका काफी जोश सवार रहता है! ...साहित्य और कला की! असल शर्त तो बस यह है साहब कि आदमी शरीफ घर का हो, बाकी सब कुछ तो

बड़ी आसानी से प्रतिभा, विद्या बुद्धि और मेधा से हासिल किया जा सकता है! मेरा मतलब... मिसाल के लिए हैट को ही ले लीजिए। हैट क्या चीज है कुछ भी नहीं। आप जिस हैट का भी नाम लें, मैं जिम्मरमान के यहाँ से खरीद सकता हूँ। लेकिन जो चीज हैट के नीचे होती है, साहब हैट जिस चीज को ढक कर और सुरक्षित रखता है, उसे मैं नहीं खरीद सकता... सच बताऊँ, मैं तुम्हारे यहाँ आ कर तुमसे माफी भी माँगना चाहता था, लेकिन... आँ... सोचा कि शायद तुम... आँ... लेकिन, भगवान जाने, मैं तुमसे यह क्यों नहीं पूछता कि तुम भला किसलिए आए हो... सचमुच तुम्हें कुछ चाहिए? मैंने सुना है कि तुम्हारे परिवारवाले तुमसे मिलने आए हैं।'

'जी हाँ, मेरी माँ और बहना'

'तुम्हारी बहन से मिलने का सौभाग्य मुझे मिल चुका है... बहुत ही सुशील, पढ़ी-लिखी और खूबसूरत लड़की है। सच कहता हूँ, मुझे बेहद अफसोस है कि उस दिन हमारी झड़प हुई। बहुत ही अजीबोगरीब बात थी! और फिर मैं... आँ... तुम्हें गश आ जाने की वजह से एक अजीब-सी बात मेरे दिमाग में बैठ गई और मैं तुम्हें कुछ... आँ... बहरहाल, बाद में सारी गुत्थियाँ काफी अच्छी तरह सुलझ गईं। जुनून और कट्टरता! तुम्हारा गुस्सा मैं पूरी तरह समझ रहा हूँ। परिवार के लोगों के आने की वजह से पता बदलवाने तो नहीं आए?'

'न-हीं, मैं तो यूँ ही आ गया था... मैं पूछने आया था... सोचा था, जमेतोव शायद यहीं हो।'

'ओह, तो यह बात है! तुम्हारी और उसकी दोस्ती हो गई है, है न मैंने सुना था इसके बारे में। मगर जमेतोव तो यहाँ नहीं है। तुम जरा देर से आए। मुझे अफसोस के साथ कहना पड़ता है कि वह अब हमारे यहाँ काम नहीं करता। कल से उसने यहाँ काम करना छोड़ दिया। उसने अपनी बदली करवा ली... और मुझे अफसोस के साथ यह भी कहना पड़ रहा है कि जाने से पहले वह जम कर यहाँ सबसे लड़ा... एक ही बौडम आदमी था, और कुछ नहीं। पर एक बात है, आदमी था होनहार... लेकिन बस! बस हमारे आजकल के इन होनहार नौजवानों का कोई क्या करे! सुना है वह किसी इम्तहान में बैठना चाहता है; लेकिन मैं समझता हूँ कि वह इसकी चर्चा कर-करके सबका दिमाग चाटेगा, इसके बारे में डींग हाँकता फिरेगा और फिर यहीं उसका इम्तहान खत्म हो जाएगा। हाँ... तुम्हारी या तुम्हारे मिस्टर रजुमीखिन दोस्त की बात दूसरी है! तुम लोगों को आगे चल कर विद्वानों का जीवन बिताना है... एक या दो बार नाकाम हो जाने से यकीनन तुम लोगों की हिम्मत नहीं टूटेगी! तुम लोगों के लिए जिंदगी की... आँ... ये सारी सजावटी चीजें गोया कि हैं ही नहीं कि नहीं, जिसे कहते हैं तुम लोग जोगी हो, साधु-संन्यासी हो! ...तुम्हें तो बस इसकी फिक्र रहती है कि किताब हो, कान पर कलम हो, और शोध का काम हो, यहीं तो तुम्हारी आत्मा को उड़ानें भरने का मौका मिलता है! मैं खुद थोड़ा-थोड़ा... तुमने लिविंगस्टन का यात्रा-वृत्तांत पढ़ा है?'

'नहीं।'

'मैंने पढ़ा है। मगर आजकल बहुत से शून्यवादी घूमते रहते हैं। लेकिन, जाहिर है, और उम्मीद ही क्या की जाए मैं तुमसे कहता हूँ, हम लोग जिस तरह के जमाने में रहते हैं उसे देखो। फिर भी, मैं तुमसे एकदम साफ कहता हूँ... आँ ...तुम खुद तो शून्यवादी नहीं हो? मुझे साफ-साफ बता दो, एकदम साफ-साफ!'

'न-हीं...'

'नहीं न! तो देखो, तुम मुझसे खुल कर बातें कर सकते हो। किसी तरह का कोई संकोच महसूस करने की जरूरत नहीं, मुझसे वैसे ही बातें करो जैसे खुद से करते। नौकरी एक चीज है और... तुम समझे, मैं कहने जा रहा हूँ कि दोस्ती है न नहीं, यह बात नहीं है! नहीं, दोस्ती नहीं, बल्कि इनसान की, एक नागरिक की भावना, इनसानियत की भावना और ईश्वर की लगन। भले ही मैं अफसर की हैसियत से ड्यूटी पर हूँ, लेकिन मुझे हमेशा यह बात याद रखनी चाहिए कि मैं भी एक इनसान, एक नागरिक हूँ, और मुझे अपने हर काम के लिए जिम्मेदार होना चाहिए। तुमने अभी-अभी जमेतोव का जिक्र किया। तो जमेतोव के बारे में तो यकीन के साथ कहा जा सकता है कि वह किसी बदनाम अड्डे में शैंपेन या रूसी शराब पीते वक्त फ्रांसीसी ढंग से स्कैंडल जरूर खड़ा करेगा... यह जमेतोव है ही ऐसा! लेकिन मैं, तो जनाब हमेशा, समझ लीजिए, अपने फर्ज का भी पाबंद रहा हूँ और मेरी भावनाएँ भी हमेशा बहुत ऊँचे दर्जे की रही हैं। इसके अलावा मेरी कुछ हैसियत भी है, मेरे पास ओहदा है और नौकरी है! बीवी-बच्चे हैं। मैं एक इनसान की हैसियत से और एक नागरिक की हैसियत से अपना फर्ज निभा रहा हूँ, लेकिन क्या मैं पूछ सकता हूँ कि वह कौन है? मैं यह बात इसलिए कह रहा हूँ कि शिक्षा ने तुम्हारी भावनाओं को निखारा है। इसके अलावा इधर हाल में ये दाइयाँ भी तेजी से बढ़ती जा रही हैं।'

रस्कोलनिकोव ने जिज्ञासा से अपनी भौंहें सिकोड़ीं। सहायक सुपरिंटेंडेंट के मुँह से-जाहिर था कि अभी वह खाना खा कर आ रहा था - शब्द इस तरह धाराप्रवाह निकल रहे थे कि रस्कोलनिकोव को ज्यादातर खोखली आवाजों जैसे लग रहे थे। लेकिन उनमें से कुछ का मतलब थोड़ा-थोड़ा उसकी समझ में जरूर आया। उसने अफसर को सवालिया नजरों से देखा क्योंकि वह समझ नहीं पा रहा था कि वह कहना क्या चाहता था।

'मैं छोटे बालोंवाली उन नौजवान लड़कियों की बातें कर रहा हूँ,' बातूनी सहायक बोलता रहा, 'मैंने उनको दाइयाँ नाम दिया हुआ है, और मेरी समझ में यह नाम बेहद मुनासिब है। ही-ही! वे अकादमी में भरती हो जाती हैं और शरीर-रचना विज्ञान पढ़ती हैं। तुम क्या सचमुच यह समझते हो कि मैं कभी बीमार पड़ा तो अपना इलाज कराने के लिए इनमें से किसी को बुलाऊँगा... ही-ही!'

सहायक सुपरिंटेंडेंट दिल खोल कर हँसा। अपने इन छोटे-छोटे मजाकों पर उसे खुद ही बहुत मजा आ रहा था।

'देखो, मैं मानता हूँ कि ज्ञान की प्यास कभी नहीं बुझती; सो थोड़ा-सा ज्ञान प्राप्त करके ही संतोष लेना चाहिए! उसका दुरुपयोग क्यों किया जाए? इज्जतदारों को बेइज्जत क्यों किया जाए, जैसा कि वह लुच्चा जमेतोव करता है मैं पूछता हूँ जनाब, उसने क्यों भला मेरी बेइज्जती की? फिर आए दिन ये खुदकुशी के मामले भी आते रहते हैं... तुम सोच भी नहीं सकते कि इधर हाल में ये कितने बढ़ गए हैं। ये लोग अपनी आखिरी कौड़ी तक फूँक देते हैं और फिर अपने भेजे में गोली मार कर मर जाते हैं। लड़के, लड़कियाँ और बूढ़े, सभी... आज सबेरे ही इसी तरह का एक मामला हमारे सामने आया। एक साहब अभी कुछ ही अरसा हुआ इस शहर में आए थे; निल पेत्रोविच!' उसने दूसरे कमरे में किसी को पुकार कर पूछा, 'निल पेत्रोविच, क्या नाम था उस बंदे का जिन्होंने आज सबेरे पीतर्संबर्गस्की द्वीप में अपने को गोली मार ली थी?'

'स्विद्रिगाइलोव,' किसी ने दूसरे कमरे से लापरवाही के लहजे में, भर्राई हुई आवाज में जवाब दिया।

रस्कोलनिकोव चौंक उठा।

'स्विद्रिगाइलोव!' वह चीखा। 'स्विद्रिगाइलोव ने अपने को गोली मार ली!'

'क्यों?' तुम इस स्विद्रिगाइलोव को जानते थे क्या?

'हाँ... मैं जानता था... वे यहाँ कुछ ही अरसा हुआ आए थे...'

'ठीक वही। मैं जानता हूँ, वे यहाँ कुछ दिन पहले ही आए थे। उनकी बीवी अभी हाल ही में मरी हैं। सुना है, बहुत बदचलन आदमी थे, और अब अपने को गोली मार ली। सो भी ऐसी शर्मनाक हालत में कि कोई सोच भी नहीं सकता... अपनी नोटबुक में एक छोटा-सा संदेश लिख कर छोड़ गए हैं कि जब मरने जा रहे थे तो पूरी तरह होश में थे। उन्होंने किसी को अपनी मौत के लिए दोषी भी नहीं ठहराया है। सुना है बहुत पैसेवाले आदमी थे। तुम उन्हें कहाँ से जानते हो?'

'मैं... जानता था... मेरी बहन उसके यहाँ बच्चों को पढ़ाने का काम करती थी...'

'खूब! क्या कहने! तब तो हमें तुम उसके बारे में कुछ बता सकते हो। तुम्हें किसी तरह का कोई शक तो नहीं था?'

'मैं उनसे कल ही मिला था... वे... शराब पी रहे थे... मुझे तब इस तरह का कोई खयाल भी नहीं था।'

रस्कोलनिकोव को लगा, कोई भारी बोझ उसके ऊपर आ गिरा है और उसने उसे जमीन पर गिरा कर बुरी तरह दबा रखा है।

'लो, तुम्हारा रंग फिर उड़ गया। यहाँ शायद घुटन काफी है...'

'जी हाँ, मैं समझता हूँ, अब मुझे चलना चाहिए,' रस्कोलनिकोव ने बुदबुदा कर कहा। 'माफ कीजिएगा, मैंने आपको तकलीफ दी...'

'बिलकुल नहीं! मैं तो कहूँगा कि मुझे बड़ी खुशी हुई...' सहायक सुपरिंटेंडेंट ने अपना हाथ तक आगे बढ़ा दिया।

'मैं... मैं तो जमेतोव से मिलने आया था...'

'मैं समझ गया, और मैं... खुशी हुई तुमसे मिल कर।'

'मुझे भी बहुत हुई... तो मैं चला,' रस्कोलनिकोव ने मुस्करा कर कहा।

वह बाहर निकल गया। उससे सीधे चला नहीं जा रहा था। सर चकरा रहा था और टाँगें सुन्न पड़ रही थीं। दाहिने हाथ से दीवार का सहारा ले कर वह सीढ़ियाँ उतरने लगा। उसे एहसास हुआ कि एक दरबान, हाथ में रजिस्टर लिए हुए उसे धक्का दे कर सीढ़ियाँ चढ़ता हुआ ऊपर थाने की ओर चला गया। उसे यह भी एहसास हुआ कि नीचे कहीं पहली मंजिल पर एक कुत्ता भूँक-भूँक कर कान खाए जा रहा था। एक औरत ने उसे बेलन फेंक कर मारा था और अब चीख रही थी। सीढ़ियाँ उतर कर वह नीचे दालान में पहुँच गया। वहाँ, फाटक के पास, सोन्या खड़ी थी। उसका चेहरा मुर्दों की तरह पीला था और वह फटी आँखों से उसे देख रही थी। वह उसके सामने जा कर रुक गया। सोन्या के चेहरे पर निराशा का दारुण भाव उभरा। वह अपने दोनों हाथ उठा कर रह गई। रस्कोलनिकोव के होठों पर एक फीकी-सी और लिजलिजी मुस्कराहट मँडरा रही थी। वह पलभर चुपचाप खड़ा मुस्कराता रहा, और फिर थाने में चला गया।

सहायक सुपरिंटेंडेंट अपनी मेज पर बैठा कुछ कागज उलट-पुलट रहा था। वही दरबान, जिसने सीढ़ियों पर रस्कोलनिकोव को धक्का दिया था, उसके सामने खड़ा था।

'अ-रे! फिर आ गए! यहाँ कुछ भूल गए थे क्या? लेकिन बात क्या है?'

रस्कोलनिकोव के होठ पीले पड़ रहे थे और वह निश्चल आँखों से सामने घूर रहा था। धीरे-धीरे आगे बढ़ता हुआ वह मेज के पास पहुँचा, एक हाथ उस पर टिका कर झुका, कुछ कहने की कोशिश की, लेकिन कह न सका। मुँह से कुछ उखड़ी-उखड़ी आवाजें ही निकलीं।

'तुम्हारी तबीयत ठीक नहीं है! कुर्सी! यह लो, कुर्सी पर बैठ जाओ! पानी!'

रस्कोलनिकोव धम से कुर्सी पर बैठ गया, लेकिन उसने अपनी नजरें सहायक सुपरिंटेंडेंट पर से नहीं हटाईं, जिसके चेहरे पर बेजारी और हैरत का भाव झलक रहा था। पलभर दोनों एक-दूसरे को चुपचाप देखते रहे और इंतजार करते रहे। पानी आ गया।

'मैंने ही...' रस्कोलनिकोव ने कहना शुरू किया।

'लो, थोड़ा-सा पानी पी लो।'

रस्कोलनिकोव ने हाथ से गिलास दूर हटा दिया और धीमी आवाज में लेकिन साफ-साफ, हर शब्द पर ठहरते हुए कहा :

'उस सूदखोर बुढ़िया और उसकी बहन लिजावेता का कुल्हाड़ी से खून मैंने ही किया था और उनके यहाँ डाका डाला था।'

सहायक सुपरिंटेंडेंट हक्का-बक्का रह गया। लोग चारों ओर से दौड़ पड़े।

रस्कोलनिकोव ने अपना बयान फिर दोहराया...।

अपराध और दंड : (समापन-भाग 1)

साइबेरिया। एक सुनसान चौड़ी-सी नदी के किनारे एक शहर है, जो रूस का एक प्रशासन केंद्र है। उस शहर में एक किला है और उस किले में एक जेल है। उस जेल में दूसरे दर्जे का एक कैदी1 नौ महीने से बंद है। रोदिओन रस्कोलनिकोव। जब अपराध किया गया, तबसे लगभग अठारह महीने बीत चुके हैं।

मुकदमे के दौरान कोई खास कठिनाई नहीं हुई। अपराधी दृढ़तापूर्वक सही-सही और साफ शब्दों में अपने बयान पर कायम रहा। उसने परिस्थितियों को न तो उलझाया, न उनके बारे में कोई गलतबयानी की, न ही अपने हित में तथ्यों को तोड़ा-मरोड़ा, न ही कोई छोटी-से-छोटी बात भी बताने में कोई कसर छोड़ी। उसने अदालत को बताया था कि उसने कब और कैसे हत्या करने की योजना बनाई थी, कैसे उसे पूरा किया था। उसने गिरवी रखी गई चीज का रहस्य समझाया था (लकड़ी का वह छोटा-सा, चपटा कुंदा जिसके साथ धातु की पट्टी जुड़ी हुई थी), जो उस औरत के हाथ में पाया गया था, जिसका खून किया गया था। उसने पूरे विस्तार के साथ बताया कि उसने किस तरह मरी हुई औरत के पास से चाभियाँ ली थीं, चाभियों का वर्णन किया, संदूक का और उसमें जो चीजें थीं उनका वर्णन किया, बल्कि उनमें से कुछ के नाम भी गिनवाए। उसने लिजावेता की हत्या का रहस्य समझाया। उसने बताया कि कोख ने किस तरह आ कर दरवाजा खटखटाया था, और उसके बाद वह छात्र आया था। उसने उनकी बातचीत का ब्यौरा दिया और बताया कि किस तरह वह (हत्यारा) बाद में सीढ़ियों पर नीचे भागा; कब उसने निकोलाई और मित्का को चिल्लाते हुए सुना और किस तरह एक खाली फ्लैट में छिप गया था और बाद में घर चला गया था। अंत में, उसने उस जगह का ठीक-ठीक वर्णन किया जहाँ वोज्नेसेंस्की एवेन्यू में वह पत्थर पड़ा था जिसके नीचे बटुआ और दूसरी चीजें पाई गईं गरज कि सारा किस्सा एकदम साफ हो कर सामने आ साफ हो गया।

---

1. पहले दर्जे का कातिल 12 साल की उम्रकैद की, दूसरे दर्जेवाला 8 से 12 साल तक की और तीसरे दर्जेवाला 4 से 8 साल तक की कैद की सजा पाता था।

अलबत्ता, छानबीन करनेवाले वकीलों और जजों को इस बात पर ताज्जुब हुआ कि उसने उस फ्लैट से जो बटुआ और दूसरी चीजें ली थीं, उन्हें इस्तेमाल करने की कोई कोशिश किए बिना, उन्हें पत्थर के नीचे छुपा दिया था। फिर उन्हें इस बात पर भी ताज्जुब हुआ कि उसे पूरी तफसील के साथ यह भी नहीं याद था कि चीजें थीं कितनी। वास्तव में यह बात किसी तरह उनकी समझ में ही नहीं आ रही थी कि उसने बटुआ कभी खोला ही नहीं और उसे यह भी नहीं मालूम था कि उसमें कितना पैसा था। (पता चला कि बटुए में तीन सौ सत्रह रूबल और साठ कोपेक थे और कुछ नोट, खास तौर पर बड़ी रकम के नोट, जो ऊपर रखे थे, इतने दिनों तक पत्थर के नीचे पड़े रहने की वजह से बुरी तरह खराब हो गए थे।) उन्होंने यह पता लगाने की कोशिश में काफी वक्त लगा दिया कि अपराधी ने जब बाकी सारी बातें अपनी मर्जी से और सच-सच मान ली थीं तो इसी एक बात के बारे में वह झूठ क्यों बोल रहा था। आखिरकार उनमें से कुछ ने (खास तौर पर जिन्हें मनोविज्ञान की थोड़ी-बहुत जानकारी थी) इस बात को माना कि मुमकिन है, उसने बटुए को कभी खोल कर देखा भी न हो और इसलिए उसे यह न पता हो कि जब उसने उसे पत्थर के नीचे छिपाया, तब उसमें क्या था। लेकिन इससे

उन्होंने यह नतीजा निकाला कि अपराध वक्ती पागलपन के दौरान किया गया; दूसरे शब्दों में, ऐसे वक्त जब अभियुक्त किसी पक्के मकसद के बिना और निजी लाभ के किसी विचार के बिना केवल हत्या करने और डाका डालने की खातिर हत्या और डाके के उन्माद का शिकार रहा होगा। यह बात वक्ती पागलपन के उस प्रचलित सिद्धांत से काफी अच्छी तरह मेल खाती थी, जिसे आजकल अकसर कुछ खास किस्म के अपराधियों पर लागू किया जाता है। इसके अलावा कई लोगों की गवाही से यह बात पक्के तौर पर साबित हो चुकी थी कि रस्कोलनिकोव को विषाद की पुरानी बीमारी थी, जिसकी वजह से वह हमेशा उदास रहता था। इनमें डॉ. जोसिमोव हत्यारे के पुराने सहपाठी, उसकी मकान-मालकिन और उसकी नौकरानी शामिल थे। ये सब बातें इसी निष्कर्ष की ओर संकेत करती थीं कि रस्कोलनिकोव किसी आम हत्यारे, चोर और डाकू जैसा कतई नहीं था, बल्कि यह कि इस मुकद्दमे में उन लोगों का पाला एक बिलकुल ही दूसरी तरह के आदमी से था। इस सिद्धांत के समर्थकों को यह देख कर निराशा हुई कि अभियुक्त ने अपनी तरफ से कोई सफाई पेश करने की कोशिश नहीं की। अंतिम प्रश्न ये थे - किस चीज ने उसे हत्या करने पर मजबूर किया और किस चीज ने उसे डाका डालने के लिए प्रेरित किया इनके जवाब में उसने बिलकुल साफ-साफ और बुरी लगनेवाली स्पष्टता के साथ कहा कि इनकी वजह उसकी दयनीय भौतिक स्थिति, उसकी गरीबी और लाचारी थी, और उसकी यह इच्छा थी कि कम-से-कम तीन हजार रूबल के सहारे वह अपने जीवन की पहली मंजिल के दौरान तो अपनी माली हालत मजबूत कर ले। इस बारे में उसे पूरी उम्मीद थी कि जिस औरत का खून किया गया था, उसके फ्लैट में इतनी रकम तो मिल ही जाएगी। लेकिन उसने हत्या का फैसला खास तौर पर अपनी विवेकहीनता और कायरता के कारण किया था, और इसलिए भी कि वह अपनी मुसीबतों और असफलताओं में तंग आ चुका था। जब उससे पूछा गया कि उसने अपना अपराध स्वीकार क्यों किया, तो उससे साफ-साफ जवाब दिया कि उसने जो कुछ किया था उसका उसे सचमुच अफसोस था। यह सब कुछ थोड़ा लट्टूमार भी लग रहा था...

खैर, अदालत ने जो सजा सुनाई, वह उसके मुकाबले में बहुत कम थी, जितनी कि अपराध को देखते हुए दी जानी चाहिए थी। इसकी अकेली वजह शायद यही थी कि अपराधी ने अपने काम को उचित ठहराने की कोशिश करने की बजाय बढ़-बढ़ कर गोया कि अपने आपको उसका दोषी ठहराने की उत्सुकता दिखाई थी। अपराध के सभी विचित्र और विशिष्ट लक्षण ध्यान में रखे गए। अपराध से पहले कैदी के बुरे स्वास्थ्य और उसकी दरिद्रता के बारे में कोई संदेह भी नहीं रह गया था। जो चीजें उसने चुराई थीं, उनका अगर उसने किसी भी तरह इस्तेमाल नहीं किया था तो एक तरह से इसकी वजह यह बताई गई कि उसमें पश्चात्ताप की भावना जाग उठी थी, और यह भी कि जिस वक्त अपराध किया गया उस वक्त उसके हवास पूरी तरह ठिकाने नहीं थे। पहले से योजना बनाए बिना जिस तरह लिजावेता की हत्या की गई थी, उससे इस अंतिम सिद्धांत की पुष्टि ही होती थी : एक आदमी दो हत्याएँ करता है और यह भूल जाता है कि सामने का दरवाजा खुला है! आखिरी बात यह थी कि रस्कोलनिकोव ने अपना अपराध ऐसे वक्त स्वीकार किया था, जब उदासी के दौरे की हालत में एक धर्मोन्मादी (निकोलाई) के झूठा अपराध स्वीकार करने की वजह से मामला बेहद उलझ गया था, और सो भी ऐसे में जबकि असली अपराधी के खिलाफ कोई पक्का सबूत नहीं था, न उसके खिलाफ किसी तरह का शुबहा था। (पोर्फिरी पेत्रोविच ने अपना वचन पूरी तरह निभाया था।) सजा कम दिए जाने में इन सब बातों का बहुत बड़ा हाथ था।

कई दूसरी परिस्थितियाँ भी अप्रत्याशित रूप से सामने आ गई थीं और वे बड़ी हद तक कैदी के पक्ष में थीं। भूतपूर्व छात्र रजुमीखिन ने कुछ ऐसी जानकारी खोज निकाली थी, जिससे साबित होता था कि कैदी रस्कोलनिकोव जब यूनिवर्सिटी में पढ़ता था, तब उसने अपने एक गरीब और तपेदिक के बीमार साथी की मदद की थी और अपने बहुत ही मामूली साधनों

से छह महीने तक उसका लगभग पूरा खर्च उठाया था। जब वह छात्र मर गया तब उसने उसके अपाहिज बाप की (जिसकी देखभाल रस्कोलनिकोव का वह दोस्त लगभग तेरह साल की उम्र से करता आया था।) तब तक देखभाल की जब तक कि उसे अस्पताल में भरती नहीं कर लिया गया। फिर उसके मरने पर उसके कफन-दफन का खर्च भी रस्कोलनिकोव ने ही दिया था। इन सब बातों को अदालत के फैसले पर बहुत अच्छा असर पड़ा। अलावा इसके, रस्कोलनिकोव की पहलेवाली मकान-मालकिन विधवा जरनीत्सिना ने, जो मुलजिम की मँगेतर की माँ थी, गवाही दी कि जब वे पंचकोण में एक-दूसरे मकान में रहते थे, तब रस्कोलनिकोव ने दो बच्चों को एक जलते हुए घर में से निकाला था और इस कोशिश में खुद बुरी तरह जल गया था। इस बात की पूरी तरह जाँच की गई, और कई गवाहों ने पक्के तौर पर इसकी पुष्टि की। गरज कि अंत में अपराधी की केवल आठ वर्ष के दूसरे दर्जे के कठोर कारावास की सजा दी गई। अदालत ने अपराधी के स्वयं अपराध स्वीकार कर लेने को और उसके अपराध की गंभीरता को कम करनेवाली कई दूसरी परिस्थितियों को पूरी तरह ध्यान में रखा था।

रस्कोलनिकोव की माँ मुकद्मे की शुरुआत में ही बीमार पड़ गई थीं। दूनिया और रजुमीखिन ने मुकद्मे के चलने तक के लिए उन्हें पीतर्सबर्ग से बाहर भिजवा दिया था। इसके लिए रजुमीखिन ने पीतर्सबर्ग के पास ही एक रेलवे जंक्शन का चुनाव किया था ताकि वह मुकद्मे की पूरी कार्रवाई पर नजर रख सके और दूनिया से भी ज्यादा से ज्यादा मिल सके। पुल्खेरिया अलेक्सांद्रोव्ना की बीमारी बहुत अजीब किस्म की थी। तंत्रिकाओं की किसी तरह की गड़बड़ी थी, और उसके साथ ही उनका दिमाग अगर पूरी तरह न सही, कुछ हद तक तो खराब हो ही गया था। जब दूनिया अपने भाई से आखिरी बार मिल कर लौटी, तब उसने अपनी माँ को बहुत बीमार पाया। उन्हें बहुत तेज बुखार और सरसाम हो गया था। उसी दिन शाम को दूनिया और रजुमीखिन ने तय कर लिया कि माँ उसके भाई के बारे में जो सवाल पूछेंगी, उनके वे लोग क्या जवाब देंगे। रजुमीखिन की मदद से दूनिया ने एक पूरा किस्सा ही गढ़ लिया था कि रस्कोलनिकोव किसी निजी काम से रूस से बाहर जा रहा था, जिससे वह अंत में बहुत सारा पैसा और बहुत नाम कमाएगा। लेकिन जिस बात पर उन्हें ताज्जुब हुआ वह यह थी कि पुल्खेरिया अलेक्सांद्रोव्ना ने उनसे इस बारे में कभी कोई सवाल पूछा ही नहीं। न उस वक्त, न बाद में। इसके विपरीत उन्होंने अपने बेटे के इस तरह अचानक चले जाने के बारे में खुद एक किस्सा गढ़ लिया था। उन्होंने रो-रो कर उन लोगों को बताया कि वह कैसे उनसे विदा लेने आया था; साथ ही उन्होंने यह भी संकेत दिया कि ऐसी कुछ बहुत महत्वपूर्ण और रहस्यमय बातें भी थीं, जो सिर्फ उन्हीं को मालूम थीं और यह कि रोद्या के कई ताकतवर दुश्मन थे, इसलिए वह उनसे छिप कर रहने पर मजबूर था। जहाँ तक उसके भविष्य का सवाल था, उन्हें इसमें जरा भी संदेह नहीं था कि जब कुछ विरोधी प्रभाव काम करना बंद कर देंगे, तब उसका भविष्य बहुत ही उज्ज्वल होगा। उन्होंने रजुमीखिन को यकीन दिलाया कि उनका बेटा एक दिन बहुत बड़ा राजनीतिक विचारक बनेगा, जैसा कि उसके प्रकाशित लेख और उसकी साहित्यिक प्रतिभा से प्रमाणित हो चुका था। वे लगातार उसका लेख पढ़ती रहती थीं। कभी-कभी जोर से भी पढ़ती थीं, लगभग उसे पढ़ते-पढ़ते ही सो जाती थीं, लेकिन शायद ही कभी यह पूछती थीं कि रोद्या कहाँ है -बावजूद इस बात के कि वे लोग खुले तौर पर उनसे उसकी चर्चा करने से कतराते थे, और इसी एक बात से उनके मन में संदेह पैदा हो जाना चाहिए था कुछ बातों के बारे में पुल्खेरिया अलेक्सांद्रोव्ना की अजीब-गरीब खामोशी पर आखिरकार उन लोगों के मन में कुछ आशंका पैदा हुई। मिसाल के लिए, अब वह कभी शिकायत नहीं करती थीं कि उसका कोई खत नहीं आया, जबकि पहले जब वे लोग एक छोटे से कस्बे में रहते थे, तब वह अपने प्यारे रोद्या का पत्र आने की उम्मीद पर ही जिंदा रहती थीं। इस बात की कोई वजह समझ में नहीं आती थी और इसलिए दूनिया बहुत चिंतित रहती थी। वह यह सोचने पर मजबूर हो जाती थी कि उसकी माँ को कहीं यह तो पता नहीं था कि उनके बेटे के साथ कोई भयानक बात हुई है और वे उसके बारे में पूछने

से डरती थीं कि उन्हें कोई उससे भी भयानक बात न मालूम हो जाए। दुनिया को साफ दिखाई दे रहा था कि माँ के हवास पूरी तरह ठिकाने नहीं थे।

एक-दो बार ऐसा भी हुआ कि पुल्खेरिया अलेक्सांद्रोव्ना ने बातचीत को खुद कुछ यूँ मोड़ दे दिया कि इस बात का जिक्र किए बिना कि रोद्या उस वक्त कहाँ था, उनके सवाल का जवाब देना नामुमकिन हो गया। जवाब जब कुछ गोलमोल असंतोषजनक और संदेहजनक होते थे, तब वे अचानक काफी दुखी, उदास और चुप हो उठती थीं, और यह सिलसिला काफी लंबे अरसे तक जारी रहा। दुनिया ने आखिरकार महसूस किया कि झूठ बोलना और कहानियाँ गढ़ना बहुत मुश्किल है, और वह इस नतीजे पर पहुँची कि कुछ बातों के बारे में चुप्पी साध लेना ही बेहतर होता है। फिर भी यह बात अधिक से अधिक स्पष्ट होती जा रही थी कि बेचारी माँ की समझ में कोई बहुत भयानक बात हुई है। दुनिया को याद आया, उसके भाई ने बताया था कि उसकी माँ ने स्विद्रिगाइलोव से उसकी मुलाकात के बाद रात को, रस्कोलनिकोव के आत्मसमर्पण से ठीक पहलेवाले दिन, उसे सोने में बड़बड़ाते सुना था। कहीं माँ को तब तो किसी बात का पता नहीं चला अक्सर, कभी-कभी तो कई दिनों तक यहाँ तक कि कई हफ्ते तक बहुत दुख और उदासी में चुप रहने के बाद उस बीमार औरत में अचानक इतनी जान आ जाती थी कि जैसे उसे हिस्टीरिया का दौरा पड़ा हो। माँ तब ऊँची आवाज में अपने बेटे, अपनी उम्मीदों और भविष्य के बारे में बातें करने लगती थीं... उनके भ्रम कभी-कभी बहुत अजीब होते थे। वे लोग उन्हें खुश रखने की कोशिश करते, उनकी हाँ में हाँ मिलाते (वे स्वयं अच्छी तरह समझती थीं कि वे लोग महज उन्हें खुश करने के लिए ऐसा कर रहे हैं और उनसे सहमत होने का ढोंग कर रहे हैं), लेकिन वे फिर भी बातें करती रहती थीं।

रस्कोलनिकोव के अपराध स्वीकार करने के पाँच महीने बाद अदालत ने अपना फैसला सुनाया। जब भी मुमकिन होता था, रजुमीखिन उससे मिलने जेल जाता था। सोन्या भी। आखिरकार बिछुड़ने की घड़ी आ पहुँची। दुनिया ने कसमें खा-खा कर भाई को यकीन दिलाया कि उनका यह बिछोह हमेशा नहीं रहेगा; रजुमीखिन ने भी ऐसा ही किया। रजुमीखिन ने जवानी के जोश में पक्का फैसला भी किया कि वह अगले तीन-चार वर्ष अपने भविष्य को कमोबेश सुरक्षित बनाने और ज्यादा से ज्यादा पैसा बचाने में खर्च करेगा ताकि जा कर साइबेरिया में बस सके, जो विपुल प्राकृतिक साधनों का देश था और जिसे अधिक लोगों, मजदूरों और पूँजी की जरूरत थी। उसने योजना बना ली थी कि वह उसी शहर में जा कर बसेगा, जहाँ रोद्या था और... वे सभी एक साथ एक नई जिंदगी की शुरुआत करेंगे बिछुड़ने के समय वे सब रोए! आखिरी कुछ दिनों के दौरान रस्कोलनिकोव खयालों में खोया-खोया रहने लगा था। वह अपनी माँ के बारे में पूछता रहता था और लगातार उनके बारे में चिंतित रहता था। वह उनके बारे में असामान्य सीमा तक चिंतित लगता था, जिसकी वजह से दुनिया भी परेशान रहती थी। अपनी माँ के स्वास्थ्य के बारे में सारी बातें मालूम होने पर वह बहुत ही उदास हो गया। किसी वजह से हमेशा वह सोन्या से बहुत कम बातें करता था। स्विद्रिगाइलोव ने उसे जो पैसा दिया था, उसकी मदद से सोन्या ने बहुत पहले ही कैदियों की उस टोली के साथ, जिसमें रस्कोलनिकोव शामिल था, साइबेरिया जाने की तैयारियाँ पूरी कर ली थीं। उसने रस्कोलनिकाव से कभी इसकी चर्चा नहीं की, और उसने भी इस बारे में कुछ नहीं कहा, लेकिन दोनों जानते थे कि ऐसा ही होगा। आखिरी विदाई के समय जब उसकी बहन और रजुमीखिन ने उत्साह से उसे आश्वस्त किया कि जेल से उसके छूटने के बाद वे सब लोग एक साथ रहेंगे और उनका भविष्य बहुत सुखमय होगा, तो वह जवाब में बड़े विचित्र ढंग से मुस्करा पड़ा और यह डर जाहिर किया कि उसकी माँ इस बीमारी की वजह से जल्द ही मर जाएँगी। आखिरकार वह और सोन्या रवाना हो गए।

दो महीने बाद दूनिया और रजुमीखिन की शादी हो गई। बिना किसी धूमधाम के बहुत उदास वातावरण में। लेकिन पोर्फिरी पेत्रोविच और जोसिमोव भी आमंत्रित मेहमानों में थे। इस पूरे अरसे में रजुमीखिन एक ऐसा आदमी लगता था जिसने अपने मन में कुछ ठान रखी हो। दूनिया को विश्वास था कि वह अपनी सारी योजनाएँ पूरी करेगा, और वह उस पर विश्वास करने के अलावा कुछ और कर भी नहीं सकती थी : हर कोई जानता था कि उसका संकल्प पत्थर की लकीर है। और हाँ, उसने अपनी पढ़ाई पूरी करने के इरादे से यूनिवर्सिटी में फिर से नाम लिखा लिया था। वे दोनों लगातार भविष्य की योजनाएँ बनाते रहते थे और दोनों ने साइबेरिया में बस जाने का पक्का इरादा कर लिया था। तब तक के लिए उनकी सारी उम्मीदें सोन्या के साथ जुड़ी हुई थीं...

रजुमीखिन और दूनिया को उनकी शादी पर अपना आशीर्वाद दे कर पुल्खेरिया अलेक्सांद्रोव्ना बहुत खुश थीं लेकिन शादी के बाद वे और भी उदास और परेशान रहने लगीं। उनकी उदासी दूर करने के लिए रजुमीखिन ने उन्हें उस छात्र और उसके अपाहिज बाप के बारे में बताया, और यह भी कि साल भर पहले रस्कोलनिकोव किस तरह जलते हुए घर में से दो बच्चों को निकाल लाने में खुद बुरी तरह जल गया और घायल हो गया था। पुल्खेरिया अलेक्सांद्रोव्ना, जिनका दिमाग तो कुछ-कुछ खराब हो चला था, बेटे के बारे में नई बातें सुन कर खुशी से पागल हो उठती थीं। वे लगातार उसके बारे में बातें करती रहती थीं, यहाँ तक कि सड़क पर अजनबियों को रोक-रोक कर भी उनसे बातें करने लगती थीं। (वैसे दूनिया हमेशा उनके साथ रहती थी।) राह चलते या दुकानों में जो भी उनकी बातें सुनने को तैयार हो जाता, उसे वे पकड़ कर उससे अपने बेटे के बारे में, उसके लेख के बारे में बातें करने लगती थीं, यह भी कि उसने किस तरह एक गरीब छात्र की मदद की थी, किस तरह वह आग में जल गया था, और इसी तरह की न जाने कितनी दूसरी चीजों के बारे में, दूनिया की समझ में नहीं आता था कि उन्हें कैसे रोके। इस तरह की दिमागी उत्तेजना के अपने खतरे थे। उनके अलावा इस बात की भी संभावना थी कि किसी को रस्कोलनिकोव का नाम और उसके मुकद्दमे की याद आ जाए और वह उसके बारे में बातें करने लगे। दूनिया को लगता था कि उसकी माँ के स्वास्थ्य पर इसका घातक प्रभाव पड़ सकता है। पुल्खेरिया अलेक्सांद्रोव्ना ने उन दोनों बच्चों की माँ का भी पता लगा लिया था, जिन्हें उनके बेटे ने बचाया था, और वे उससे मिलने जाने की जिद करती रहती थीं। आखिरकार उनकी चिंता अपने चरम पर जा पहुँची। कभी-कभी वे अचानक रोने लगती थीं। वे अकसर बीमार रहने लगीं, उन्हें तेज बुखार चढ़ जाता था और सरसाम हो जाता था।

एक दिन सुबह उन्होंने जोर दे कर ऐलान किया कि उनके हिसाब से रोद्या जल्दी ही घर लौट कर आनेवाला है। उन्होंने कहा कि उन्हें याद था, उनसे विदा होते समय उसने कहा था कि नौ महीने में उसके लौटने की उम्मीद की जा सकती है। वे फ्लैट की सफाई करने लगीं और अपने आपको उसकी वापसी के लिए तैयार करने लगीं। उसके लिए उन्होंने खुद ही अपना कमरा सजाना, फर्नीचर पर पालिश करना, पर्दे धोना और नए पर्दे टाँगना वगैरह शुरू कर दिया। दूनिया बहुत चिंतित थी, लेकिन उसने कुछ कहा नहीं, बल्कि अपने भाई के लिए कमरा तैयार करने में उनका हाथ ही बँटाती रही। बेलगाम कल्पनाओं, सुखद सपनों और आँसुओं के साथ एक कष्ट भरा दिन बिताने के बाद रात को वे बीमार पड़ गईं। सबेरे उन्हें तेज बुखार चढ़ा और सरसाम हो गया। बुखार उनके दिमाग को चढ़ गया था। वे दो हफ्ते के अंदर चल बसीं। सरसाम की हालत में वे बीच-बीच में कुछ ऐसे शब्द बोल देती थीं जिनसे पता चलता था कि बेटे के भयानक अन्जाम के बारे में उन्हें कहीं उससे ज्यादा पता था जितना कि वे लोग सोचते थे।

रस्कोलनिकोव को अपनी माँ के मरने की खबर बहुत दिनों तक नहीं मिली, हालाँकि साइबेरिया पहुँचने के कुछ दिनों बाद से ही उसे नियमित रूप से पीतर्सबर्ग से खबरें मिलने लगी थीं। यह पत्र-व्यवहार सोन्या के माध्यम से होता था : वह हर महीने पीतर्सबर्ग में रजुमीखिन को पत्र लिखती थी और हर महीने उसके पास जवाब आ जाता था। शुरू में दूनिया और

रजुमीखिन को सोन्या के पत्र बहुत नीरस और बेमजा लगते थे, लेकिन आखिर में वे दोनों इसी नतीजे पर पहुँचे कि उसके पत्र इससे बेहतर हो ही नहीं सकते थे, क्योंकि उनमें तो दुनिया के अभागे भाई की जिंदगी की पूरी तस्वीर होती थी। सोन्या के पत्रों में बेहद नीरस ब्यौर होते थे और जेल में रस्कोलनिकोव के जीवन की परिस्थितियों का एकदम स्पष्ट विवरण होता था। उनमें सोन्या की अपनी उम्मीदों या भविष्य के बारे में उसकी अपनी आशाओं का कोई बयान या स्वयं अपनी भावनाओं का कोई इजहार, नहीं होता था। साधारण ढंग से रस्कोलनिकोव की मानसिक दशा तथा उसके विचारों और भावनाओं के बयान की कोशिश करने की बजाय वह केवल तथ्य लिख कर भेजती थी। यानी उनमें उसके अपने शब्द होते थे और इन बातों का विस्तृत ब्यौरा होता था कि उसका स्वास्थ्य कैसा है, जब वह उससे मिलती है तब वह क्या पूछता है, वह उससे क्या करने को कहता है, वगैरह-वगैरह। वह ये सारी बातें काफी विस्तार से लिख भेजती थी।

लेकिन दूनिया और रजुमीखिन को इन खतों से कोई तसल्ली नहीं मिलती थी, खास तौर पर शुरू में। सोन्या लिखती थी कि वह उदास और चुप-चुप रहता था। हर बार उससे मिलने जाने पर सोन्या जब उसे घर का हाल बताती थी, तो वह कोई दिलचस्पी नहीं दिखाता था। वह कभी-कभी माँ के बारे में पूछता था, और जब सोन्या ने यह देख कर कि उसे कुछ-कुछ शक होने लगा था, उसे आखिरकार माँ के मरने की बात बताई, तब उसे यह देख कर ताज्जुब हुआ कि यह खबर सुन कर भी उस पर कोई गहरा असर नहीं पड़ा - कम-से-कम उसने किसी तरह की कोई भावुकता नहीं दिखाई। सोन्या ने उन लोगों को यह भी लिखा कि देखने में वह खुद में ही बहुत ज्यादा खोया हुआ लगता था, लेकिन अपने नए जीवन की तरफ उसका रवैया एकदम सीधा था। उसे अपनी स्थिति के बारे में किसी तरह का भ्रम नहीं था, वह निकट भविष्य में हालात के किसी भी तरह से बेहतर होने की उम्मीद नहीं रखता था, उसके मन में कोई मूर्खतापूर्ण आशा नहीं थी (जो उसकी स्थिति में स्वाभाविक ही था), और लगता था उसे अपने नए परिवेश की किसी भी चीज पर कोई आश्चर्य नहीं होता था, हालाँकि यह परिवेश उन सब चीजों से एकदम भिन्न था, जिनसे वह अब तक परिचित था। उसने यह भी लिखा था कि उसका स्वास्थ्य संतोषजनक था। उसे काम पर बाहर भेजा जाता था पर वह न तो काम से जी चुराता था और न ही माँग-माँग कर काम लेता था। खाने की ओर से वह लगभग पूरी तरह उदासीन था। खाना भी इतवार को और छुट्टी के दिनों को छोड़ कर बाकी दिन इतना बुरा होता था कि आखिर में वह खुशी-खुशी सोन्या से कुछ पैसे लेने पर राजी हो गया था ताकि अपने लिए रोज खुद चाय बना लिया करे। जहाँ तक बाकी बातों का सवाल था, वह सोन्या से कह देता था कि वह उसकी चिंता न करे, क्योंकि उसे इस बात से भी उलझन होती थी कि कोई उसकी चिंता करे। सोन्या ने यह भी लिखा था कि जेल में वह दूसरे कैदियों के साथ एक बड़ी-सी बैरक में रहता था। सोन्या ने उन बैरकों को अंदर से तो नहीं देखा था लेकिन उसने यही नतीजा निकाला था कि वह जगह खचाखच भरी हुई, बहुत तकलीफदेह और गंदी होगी। उसने लिखा था कि वह लकड़ी के एक तख्त पर सोता था जिस पर एक कंबल बिछा रहता था और वह इसके अलावा कुछ और चाहता भी नहीं था। लेकिन तकलीफ और तंगी की हालत में वह इसलिए नहीं रह रहा था कि उसने ऐसी योजना बनाई थी या वह यही वह चाहता था, बल्कि इसलिए रह रहा था कि वह अपने अन्जाम से एकदम बेखबर और बेपरवाह था। सोन्या ने उनसे यह बात भी नहीं छिपाई कि खास तौर पर शुरू-शुरू में उससे मुलाकात के लिए उसके वहाँ आने में उसने कोई दिलचस्पी नहीं दिखाई थी, बल्कि वह इस बात पर बहुत झुँझलाया था, बहुत ही कम बोल रहा था, और उसके साथ बड़ी रुखाई का बर्ताव कर रहा था। लेकिन अंत में सोन्या का उससे मिलने जाना रस्कोलनिकोव के लिए एक आदत और लगभग जरूरत जैसी चीज बन गई थी। इसलिए जब वह कुछ दिन बीमार रही और उससे मिलने नहीं जा सकी तो वह बहुत निराश हुआ था। वह उससे आम तौर पर इतवार और छुट्टी के दिन मिलती थी - या तो जेल के फाटक पर या गारद के कमरे में, जहाँ उसे उससे मिलने के लिए कुछ मिनट के वास्ते लाया जाता था। सप्ताह के बाकी दिनों में वह उससे कारखानों में, ईंटों के

भट्ठों में या इर्तीश नदी के किनारे बने शेडों में मिलती थी, जहाँ वह काम करने जाता था। खुद अपने बारे में सोन्या ने यह लिखा था कि शहर में उसने कुछ लोगों से जान-पहचान पैदा कर ली थी और कुछ लोग उसका हाल जानने में दिलचस्पी भी लेने लगे थे। वह वहाँ सिलाई का काम करने लगी थी और चूँकि शहर में कोई पोशाक मिलनेवाला नहीं था इसलिए कई घरों में उसके बिना काम ही नहीं चलता था। जो बात उसने नहीं लिखी, वह यह थी कि उसी के असर से रस्कोलनिकोव को अधिकारियों की ओर से कुछ सुविधाएँ मिल गई थीं और उसे कम मेहनत का काम दिया जाता था। आखिरकार यह खबर पहुँची (दूनिया को पिछले कुछ खतों में ही एक असामान्य बेचैनी और फिक्र का एहसास होने लगा था) कि रस्कोलनिकोव सबसे अलग-थलग रहता था, कैदियों के बीच लोकप्रिय नहीं था, कई-कई दिनों तक बोलता नहीं था और बहुत पीला पड़ गया था। अचानक एक खत में सोन्या ने लिखा कि वह बहुत बीमार हो गया है और अस्पताल में कैदियों के वार्ड में भरती करा दिया गया है...

अपराध और दंड : (समापन-भाग 2)

वह बहुत दिनों तक बीमार रहा। लेकिन जेल के जीवन की भयानक परिस्थितियों से नहीं उसकी हिम्मत टूटी, न कठिन काम की वजह से, न बुरे खाने की वजह से, न इस वजह से कि उसका सर मूँड़ दिया गया था, और न ही उन चीथड़ों की वजह से जो उसे पहनने पड़ते थे। इन सारी कठिनाइयों और मुसीबतों से उसे फर्क ही क्या पड़ता था! उलटे, कड़ी मेहनत के कामों से वह खुश होता था : काम करते-करते जब उसका शरीर थक कर चूर हो जाता था, तो कम-से-कम कुछ घंटों तक उसे शांति से नींद तो आ जाती थी। खाने से भी उसे क्या फर्क भला पड़ता! बंदगोभी का पतला शोरबा, जिसमें काले-काले झींगुर तैरते रहते थे। जिन दिनों वह पढ़ता था उसे कभी-कभी यह भी नसीब नहीं होता था। उसके कपड़े गर्म थे और जिस तरह का जीवन वह बिता रहा था, उसके लिए मुनासिब थे। वह पाँव की बेड़ियों का बोझ भी महसूस नहीं करता था। क्या लाजिम था कि वह अपने मुँडे हुए सर और दो रंगों के कोट पर लज्जित हो! किसके सामने? सोन्या के सामने? सोन्या तो उससे डरती थी... फिर क्या जरूरी था कि वह उसके सामने लज्जित हो।

लेकिन भला लज्जित क्यों न हो? वह सोन्या के सामने भी लज्जित था, जिसकी तरफ रुखाई और तिरस्कार का रवैया अपना कर वह उसे तकलीफ पहुँचाता था। लेकिन वह अपने मुँड़े हुए सर या बेड़ियों की वजह से लज्जित नहीं था। उसके स्वाभिमान को गहरी ठेस लगी थी और वह स्वाभिमान को चोट पहुँचने के कारण बीमार पड़ा था। आह, अगर वह अपने को सचमुच किसी अपराध का दोषी समझ पाता तो कितना खुश होता! तब तो वह सब कुछ सहन कर लेता... अपना यह कलंक और अपमान भी। लेकिन वह अपने आपको सख्ती से परखता था, और उसके जिद्दी जमीर को उसके अतीत में कोई ऐसी बात नहीं दिखाई देती थी जो कुछ खास भयानक हो, अलावा शायद इसके कि उसने एक मामूली-सी भूल कर दी थी, जो किसी से भी हो सकती थी। वह जिस बात पर लज्जित था, वह यह थी कि वह, रस्कोलनिकोव, तकदीर के किसी अंधे फैसले की वजह से पूरी तरह, निराशाजनक सीमा तक, और मूर्खता के मारे एकदम मिट गया था और यह कि अगर वह जरा भी मन की शांति चाहता था तो उसे इस तरह के फैसले के 'बेतुकेपन' के सामने झुकना पड़ेगा, उसे सर पर धारण करना पड़ेगा।

वर्तमान में बेमतलब और बेकार की चिंता और भविष्य में आत्म-बलिदान का ऐसा जीवन जिसके बदले में उसे कुछ भी मिलने वाला नहीं था - उसका सारा जीवन ऐसे ही चलेगा, भला इससे क्या फर्क पड़ता था कि आठ साल बाद वह सिर्फ

बत्तीस साल का होगा, और यह कि वह नए सिरे से जीवन शुरू कर सकता था। किस चीज के लिए वह जिंदा रहे... जीवन में उसका मकसद क्या होगा... उसका लक्ष्य क्या होगा... केवल अस्तित्व बनाए रखने के लिए जीवित रहना... इससे पहले तो वह एक विचार के लिए, एक आशा के लिए, एक स्वप्न के लिए हजार बार अपना जीवन कुरबान करने को तैयार रहता था। केवल अस्तित्व कभी उसका लक्ष्य नहीं रहा; उसने हमेशा कुछ इससे अधिक चाहा था। शायद इसलिए कि उसकी इच्छाएँ प्रबल थीं। किसी समय वह अपने आपको ऐसा शख्स समझता था जिसे किसी भी दूसरे शख्स के मुकाबले कुछ अधिक बातों की छूट थी।

काश कि भाग्य ने उसे पश्चात्ताप ही कराया होता - अंगारों की तरह दहकता हुआ ऐसा पश्चात्ताप जो उसका दिल छलनी कर देता और उसकी रातों की नींद उड़ा देता, ऐसा पश्चात्ताप जिसके साथ ऐसी भयानक तकलीफ जुड़ी होती है कि आदमी फाँसी लगा लेने या नदी में कूद पड़ने के लिए भी तैयार हो जाता है! अगर उससे ऐसा पश्चात्ताप हो पाता तो वह कितना सुखी होता! पीड़ा और आँसू - यह भी तो एक जीवन है! लेकिन उसे अपने अपराध का कोई पछतावा नहीं था।

तब वह कम-से-कम अपनी मूर्खता पर खुद से नाराज तो हो सकता था, जिस तरह पहले अपनी बेतुकी और नादानी की हरकतों पर हुआ करता था जिनकी वजह से वह आज जेल में बैठा था। लेकिन अब जेल में आ कर, इस आजादी में, उसने अपने दिमाग में एक बार फिर अपने किए पर विचार किया। उसमें उसे ऐसी कोई बेवकूफी या नादानी नहीं दिखाई पड़ी जैसी कि पहले उसे उस घातक, निर्णायक पल में दिखाई पड़ी थी।

'किस तरह,' उसने सोचा, 'भला किस तरह मेरा विचार उन दूसरे विचारों या सिद्धांतों के मुकाबले ज्यादा नादानी का विचार था जो सृष्टि के आदिकाल से इस दुनिया में थोक के भाव प्रचलित रहे हैं और आपस में टकराते रहे हैं अगर कोई इस चीज को सिर्फ गंभीरता से देखे, उसके बारे में एक व्यापक दृष्टिकोण अपनाए, ऐसा दृष्टिकोण जो परंपरागत दुराग्रहों से मुक्त हो, तब मेरा विचार बिलकुल ऐसा इतना विचित्र नहीं लगेगा...। अरे, तुम लोग जो हर चीज के बारे में सवाल उठाते हो, दो कौड़ी के दार्शनिकों, तुम भला आधे रास्ते में क्यों रुक जाते हो?'

'मेरा यह काम उन्हें इतना घिनावना क्यों लगता है?' वह मन ही मन कहता रहा। 'क्या इसलिए कि वह कुकर्म था? कुकर्म का भला क्या अर्थ होता है? मेरा जमीर साफ है। बेशक मैंने अपराधियों जैसा काम किया है। बेशक कानून में जो कुछ लिखा है उसका मैंने हनन किया है और खून बहाया है। अच्छी बात है... तो कानून में जो कुछ लिखा है उसकी खातिर उतार दो मुझे मौत के घाट... खत्म करो किस्सा। अलबत्ता, अगर ऐसा है तो मानवता का उद्धार करनेवाले उन बहुत से लोगों को, जिन्हें सत्ता उत्तराधिकार में नहीं मिली बल्कि जिन्होंने सत्ता छीनी थी, उन्हें उनके गौरव के दिनों के आरंभ में ही मौत के घाट उतार दिया जाना चाहिए था। लेकिन वे लोग सफल रहे और इसलिए सही थे, जबकि मैं सफल नहीं हुआ, सो मुझे यह कदम उठाने का कोई अधिकार नहीं था'

वह सिर्फ इसी एक बात को अपना अपराध मानता था : कि वह इस काम में सफल नहीं हुआ और इस बात को उसने स्वीकार कर लिया।

यह विचार भी उसे सताता रहता था कि उसने अपने आपको मार क्यों नहीं डाला था वह नदी में कूद पड़ने से क्यों झिझक गया था, क्यों? इसकी बजाय उसने पुलिस के सामने जा कर सब कुछ मान लेने को बेहतर समझ लिया था! क्या जिंदा

रहने की ख्वाहिश सचमुच इतनी जोरदार थी कि उस पर काबू पाना भी कठिन था? क्या स्विद्रिगाइलोव ने, जो मौत से डरता था, उस पर काबू नहीं पा लिया था?

वह इन सवालों को ले कर परेशान होता रहा, और यह न समझ सका कि जब वह आत्महत्या करने की सोच रहा था, शायद तब भी उसे अपने अंदर और अपने पक्के विश्वासों में छिपे हुए एक बहुत बड़े झूठ का एहसास था। वह इस बात को नहीं समझ सका कि वह अस्पष्ट-सी भावना उसके अतीत से भावी जीवन के पूरी तरह संबंध-विच्छेद की, उसके भावी नवजीवन की, जीवन के प्रति उसके नए दृष्टिकोण की अग्रदूत हो सकती थी।

उसकी समझ में अधिक संभावना इस बात की थी कि वह भावना सहजवृत्ति का एक मुर्दा बोझ रही हो, जिस पर वह अपनी कमजोरी और अपने निकम्मेपन की वजह से काबू नहीं पा सका या जिसे पार करके वह आगे नहीं बढ़ पाया। वह अपने साथ के दूसरे कैदियों को देखता और अनायास ही उन पर हैरान होता। उन सबको जीवन से कितना प्यार था! वे उसे कितना मूल्यवान समझते थे! उसे ऐसा लग रहा था कि बाहर के मुकाबले जेल में लोग जीवन से कहीं अधिक प्यार करते हैं, उसे अधिक कीमती समझते हैं। उन लोगों ने - मिसाल के लिए, आवारागर्दों ने - कैसी-कैसी तकलीफें सही थीं, कैसी-कैसी यातनाएँ झेली थीं। क्या धूप की एक किरण का या युगों-युगों से खड़े हुए जंगल का उनके लिए भी इतना ही महत्व है या किसी दूर-दराज के किसी वीरान इलाके में उस शीतल जल-धारा का, जिसे तीन साल पहले उस जैसे आवारागर्द ने देख कर मन में अंकित कर लिया था और उसे दोबारा देखने के लिए वह उसी तरह ललचाता रहता था जैसे कोई अपनी प्रेमिका से मिलने को ललचाता रहता है, लगातार उसके स्वप्न देखता है, उसके चारों ओर की घास के झाड़ी में गाती हुई चिड़ियों के भी सपने देखता है। वह जैसे-जैसे जेल के जीवन से अधिकाधिक परिचित होता गया, वैसे-वैसे उसके सामने इसी तरह की और भी मिसालें आती गईं जिन्हें वह समझ नहीं पाता था।

तो भी जेल में और उसके चारों ओर बहुत कुछ ऐसा था जिसकी ओर उसका ध्यान नहीं जाता था। वह तो उसकी ओर ध्यान देना भी नहीं चाहता था। वह गोया नजरें झुकाए हुए रहता था। यह सब कुछ उसे बर्दाश्त से बाहर और घिनावना लगता था। लेकिन अंत में उसे न चाहते हुए भी बहुत-सी चीजों पर आश्चर्य होने लगा, और एक तरह से अनमनेपन से वह उन चीजों की ओर ध्यान देने लगा जिनके वजूद का पहले उसे गुमान भी नहीं था। लेकिन उसे आम तौर पर जिस चीज पर सबसे अधिक आश्चर्य होता था, वह उसके और उन सभी दूसरे लोगों के बीच की भयानक दूरी थी, जिसे मिटाया नहीं जा सकता था। उसे लगता था, वे किसी दूसरी ही नस्ल के लोग हैं। वह उन्हें और वे उसे अविश्वास और शत्रुता की भावना से देखते थे। वह इस अलगाव के आम कारणों को समझता और जानता था, लेकिन पहले कभी वह इस बात को स्वीकार न करता कि इन कारणों की जड़ें इतनी गहरी और मजबूत थीं। जेल में कुछ निर्वासित पोल भी थे - राजनीतिक कैदी। वे आम कैदियों को अनपढ़ भूदास समझते और नफरत करते थे। लेकिन रस्कोलनिकोव उन्हें इस नजर से नहीं देख सकता था : उसे साफ नजर आता था कि ये जाहिल किसान कई बातों में उन पोलों से ज्यादा समझदार थे। वहाँ कुछ रूसी भी आम कैदियों से उतनी ही नफरत करते थे। एक भूतपूर्व फौजी अफसर था और दो धर्मशास्त्र के छात्र थे। रस्कोलनिकोव को उनकी गलती भी साफ दिखाई देती थी।

सभी लोग उसे नापसंद करते और उससे कतराते थे। अंत में वे उससे नफरत तक करने लगे थे। क्यों यह उसे नहीं मालूम था। वे उससे नफरत करते और उस पर हँसते थे। जो उससे कहीं बड़े अपराधी थे, वे भी उसके अपराध पर हँसते थे।

'तुम तो किसी शरीफ घर के हो,' वे कहते।

'तुम्हें कुल्हाड़ी से किसी का खून नहीं करना चाहिए था; यह कोई शरीफ घर के लोगों का काम नहीं है।'

लेंट (उपवास) के महीने के दूसरे सप्ताह में उसकी अपनी बैरक के दूसरे कैदियों के साथ प्रार्थना के लिए गिरजाघर जाने की बारी आई। गिरजाघर जा कर उसने दूसरों के साथ प्रार्थना की। उसे कुछ एहसास भी नहीं था कि वह सब कैसे हुआ, लेकिन एक दिन झगड़ा हो गया। वे लोग मिल कर पागलों की तरह उस पर टूट पड़े।

'तू नास्तिक!' वे चिल्लाए। 'तू ईश्वर को नहीं मानता! तुझे तो मार डालना चाहिए!'

उसने उन लोगों से ईश्वर या धर्म के बारे में कभी कोई बात नहीं की थी, लेकिन वे उसे नास्तिक कह कर मार डालना चाहते थे। वह चुप रहा और उन लोगों का कोई जवाब नहीं दिया। एक कैदी वहशियाना क्रोध से पागल हो कर उस पर टूट पड़ने को तैयार था। रस्कोलनिकोव शांत भाव से चुपचाप उसकी अदा देखता रहा। वह उसे नजरें गड़ाए देखता रहा, और उसका चेहरा निश्चल रहा। ऐन वक्त पर संतरी उन दोनों के बीच में आ गया, वरना खून-खराबा हो जाता।

एक और सवाल जिसका वह कोई जवाब नहीं दे पाता था, यह था कि वे लोग सोन्या को इतना पसंद क्यों करते थे। वह उन लोगों को खुश करने की कोई कोशिश नहीं करती थी और उनकी भेंट भी कभी-कभार ही होती थी - जब वे काम पर जाते और सोन्या कुछ मिनटों के लिए उससे मिलने आती। लेकिन वे सभी उसे जानते थे, यह भी जानते थे कि वह उसके पीछे-पीछे आई है, और यह भी कि वह कैसे और कहाँ रहती है। वह न उन्हें पैसा देती थी, न उन पर कोई खास उपकार करती थी। सिर्फ एक बार क्रिसमस के अवसर पर वह उनके लिए तोहफे में मीठी टिकियाँ और सफेद डबल रोटी लाई थी। लेकिन धीरे-धीरे सोन्या के साथ उनके संबंध घनिष्ठ होते गए। वह उनकी तरफ से उनके परिवारवालों के नाम पत्र लिख कर डाक में डाल देती थी। देश के कोने-कोने से उनसे मिलने उनके रिश्तेदार जब आते तो उनके कहने पर सोन्या के पास पार्सल और पैसा तक छोड़ जाते थे। उनकी बीवियाँ और प्रेमिकाएँ सोन्या को जानती थीं और उससे मिलने जाती थीं। जब वह काम के वक्त रस्कोलनिकोव से मिलने आती या काम पर जाते हुए कैदियों की टोली से रास्ते में उसकी मुलाकात हो जाती, तब वे सब टोपियाँ उतार कर उसका स्वागत करते थे : 'हम लोगों के साथ तू बड़ी नेकी और उपकार करती है, बिटियारानी! तू तो हम लोगों के लिए एक छोटी-सी माँ की तरह है!' उजड्ड, दस नंबरी कैदी उस दुबली-पतली, छोटी-सी लड़की से ऐसी ही बातें कहते थे। वह मुस्करा कर उनके सलाम का जवाब देती, और जब वह उन्हें देख कर मुस्कराती तो हर आदमी खुश हो जाता। जिस तरह वह चलती थी, वह भी उन्हें बहुत अच्छा लगता था, और वे मुड़-मुड़ कर उसे चलता हुआ देखते रहते थे, उसकी तारीफें करते थे। वे इस बात के लिए भी उसकी तारीफ करते और उसके गुन गाते थे कि वह इतनी छोटी-सी थी। सच तो बल्कि यह है कि और किस-किस बात के लिए उसकी प्रशंसा करें, वे यह भी नहीं जानते थे। वे उसके पास अपनी बीमारियों का इलाज तक कराने जाते थे।

लेंट के महीने के अंतिम सप्ताहों में और ईस्टर के सप्ताह में रस्कोलनिकोव अस्पताल में रहा। बीमारी के बाद जब वह आराम कर रहा था, तब उसे वे सपने याद आए जो उसने तेज बुखार और सरसाम की हालत में देखे थे। उसने सपना देखा था कि एशिया के सुदूर भागों से शुरू हो कर एक अज्ञात भयानक महामारी सारे यूरोप में फैल गई, जिसने सारी दुनिया को तबाह कर दिया। कुछ चुनिंदा लोगों को छोड़ बाकी सब मौत के मुँह में चले गए। एक नई तरह के कीटाणु, मनुष्यों के शरीर में रहनेवाले सूक्ष्म जीव पैदा हो गए थे। लेकिन ये जीव विवेक और इच्छा-शक्ति से संपन्न थे। जो लोग इनका शिकार होते, वे तुरंत पागल और हिंसक हो उठते थे। लेकिन सत्य की खोज में लोगों ने कभी अपने आपको इतना बुद्धिमान और शक्तिशाली नहीं समझा था जितना कि ये रोगग्रस्त लोग अपने को समझ रहे थे। इससे पहले उन्होंने अपने निकाले हुए

परिणामों को, अपने वैज्ञानिक निष्कर्षों को और अपनी नैतिक आस्थाओं को कभी इतना अटल, इतना अकाट्य नहीं समझा था। पूरी-पूरी बस्तियाँ और पूरी-पूरी जातियाँ इस बीमारी की शिकार हो कर पागल हो गईं। लोग लगातार भयभीत रहने लगे। वे एक-दूसरे की बात भी नहीं समझ रहे थे। उनमें से हर कोई यह समझता था कि सत्य का वास केवल उसके अंदर है। दूसरों को देख कर वह चिढ़ उठता था, छाती पीटने लगता था, रोता था और हाथ मलता था। उनकी समझ में नहीं आता था कि किस पर मुकद्मा चलाएँ, किस तरह फैसला सुनाएँ, क्या अच्छा है और क्या बुरा है। उनकी समझ में नहीं आ रहा था कि किसे दोषी बताएँ और किसे दोष-मुक्त करें। लोग एक तरह के बेमानी जुनून में एक-दूसरे की जान ले रहे थे। वे एक-दूसरे के खिलाफ पूरी-पूरी फौजें जुटाते, लेकिन ये फौजें कूच के दौरान ही अचानक आपस में लड़ने लगतीं, उनकी कतारें बिखर जातीं, सिपाही एक-दूसरे पर टूट पड़ते, एक-दूसरे को संगीनें और खंजर भोंकते, एक-दूसरे को काटते और खा जाते। शहरों में दिनभर ढिंढोरा पीटा जाता था, लोगों को जमा किया जाता था, लेकिन किसी को यह पता नहीं था कि उन्हें किसने बुलाया है या किसलिए बुलाया है। सभी के दिलों में गहरी दहशत समाई रहती थी। सबने रोजमर्रा के कामकाज भी छोड़ दिए, क्योंकि हर आदमी अपने ही सिद्धांतों का प्रचार कर रहा था, अपने हल पेश कर रहा था, और लोग किसी बात पर सहमत नहीं हो पाते थे। जमीन जोतना भी छोड़ दिया गया था। जहाँ-तहाँ लोग भीड़ लगा कर जमा हो जाते, कोई फैसला कर लेते, एक-दूसरे का साथ न छोड़ने की प्रतिज्ञा करते, लेकिन फौरन ही कोई दूसरी बात करने लगते - जो उन्होंने फैसला किया था उससे एकदम अलग। वे एक-दूसरे पर आरोप लगाते, लड़ते और एक-दूसरे को मार डालते। जगह-जगह आग लगी, अकाल फैला धरती पर मुकम्मल तबाही का नंगा नाच हो रहा था। यह महामारी बढ़ती गई; दूर-दूर तक फैलती गई। सारी दुनिया में कुछ ही लोग अपनी जान बचा सके। ये शुद्ध और चुनिंदा लोग थे, जिनकी तकदीर में लिखा था कि वे इनसानों की एक नई नस्ल, एक नई जिंदगी की बुनियाद रखें, धरती को नया रूप दें और शुद्ध करें। फिर भी उन लोगों को अब तक किसी ने देखा नहीं था, किसी ने उनकी बातें या उनकी आवाज नहीं सुनी थी।

जो चीज रस्कोलनिकोव को परेशान करती रहती थी, वह थी कि यह बेमानी डरावना सपना बेहद उदास और बेहद पीड़ाजनक ढंग से उसकी यादों में रह-रह कर उभरता और बुखार की हालत में देखे गए उन सपनों की छाप काफी अरसे तक बनी रहती। ईस्टर के बाद का दूसरा सप्ताह था। गर्मी बढ़ने लगी थी और रोशनी तेज होती जा रही थी। बसंत के दिन थे। कैदियों के वार्ड की खिड़कियाँ खोल दी गई थीं। (खिड़कियों में लोहे की छड़ें लगी थीं और उनके नीचे एक संतरी इधर-से-उधर चक्कर लगाता रहता था।) सोन्या अस्पताल में उससे मिलने सिर्फ दो बार आई। दोनों बार उसे खास इजाजत लेनी पड़ी; और यह बहुत मुश्किल काम था। लेकिन शाम के वक्त वह अकसर अस्पताल के आँगन में आ कर खिड़कियों के नीचे खड़ी हो जाती थी, कभी-कभी तो सिर्फ इसलिए कि आँगन में एक मिनट के लिए सही, खड़े हो कर दूर से वार्ड की खिड़कियों को देखती रहे। एक दिन शाम को रस्कोलनिकोव जो उस वक्त तक काफी ठीक हो चला था, सो गया। जब वह सो कर उठा तो यूँ ही टहलता हुआ खिड़की के पास चला गया, और अचानक बहुत दूर, अस्पताल के फाटक पर सोन्या को देखा। वह वहाँ खड़ी थी, और लग रहा था कि किसी चीज का इंतजार कर रही है। उस समय उसे ऐसा लगा, जैसे कोई चीज उसके दिल में छुरी की तरह उतर गई हो। वह चौंका और जल्दी से खिड़की के पास से हट गया। सोन्या अगले दिन नहीं आई, और न उसके अगले दिन। रस्कोलनिकोव ने महसूस किया कि वह बेचैनी से उसकी राह देख रहा था। आखिरकार उसे अस्पताल से छुट्टी मिली तो वापस जेल पहुँचने पर कैदियों से मालूम हुआ कि सोन्या बीमार हो गई थी और बाहर निकल नहीं पा रही थी।

वह बहुत परेशान हो गया और किसी को भेज कर उसका हाल पता कराया। जल्द ही उसे पता चल गया कि सोन्या की बीमारी खतरनाक नहीं थी। उधर जब सोन्या को पता चला कि रस्कोलनिकोव उसके बारे में परेशान और फिक्रमंद रहता है, तो उसने उसके पास पेंसिल से लिख कर एक परचा भिजवाया, जिसमें उसने बताया कि वह अब पहले से बहुत अच्छी है, बस उसे मामूली-सी ठंड लग गई थी और वह जल्द ही काम के वक्त आ कर उससे मिलने की उम्मीद कर रही है। यह परचा पढ़ते वक्त उसका दिल जोरों से धड़क रहा था।

दिन आज फिर बहुत सुहाना था। हलकी गर्मी और तेज रोशनी। बहुत सबेरे, लगभग छह बजे वह नदी के किनारे एक शेड में काम करने गया, जहाँ सिलखड़ी जलाने का भट्टा था और उसे पीसा भी जाता था। वहाँ सिर्फ तीन कैदी थे। एक कैदी संतरी के साथ कुछ औजार लेने किले गया हुआ था और दूसरा लकड़ी काट-काट कर भट्टी में झोंक रहा था। रस्कोलनिकोव शेड से निकल कर नदी के किनारे पहुँच गया। वह शेड के पास लट्ठों के एक ढेर पर बैठ गया और नदी के चौड़े, सुनसान फैलाव को देखने लगा। नदी के तेजी से ऊपर उठते हुए किनारे से एक बहुत विस्तृत दृश्य उसकी आँखों के सामने फैल गया। नदी के दूसरे किनारे से किसी गीत के टुकड़े हवा में हौले-हौले तैरते हुए उसके पास तक पहुँच रहे थे। धूप में नहाए हुए स्तेपी के अपार विस्तार में उसे खानाबदोशों के काले-काले तंबू छोटे-छोटे धब्बों की तरह दिखाई दे रहे थे। वहाँ आजादी थी। वहाँ दूसरे लोग रहते थे और वे उन लोगों जैसे कतई नहीं थे, जिन्हें वह जानता था। लगता था वहाँ समय भी ठहर गया है। गोया हजरत इब्राहीम और उनकी भेड़ों के गल्लों का जमाना अभी बीता न हो। रस्कोलनिकोव वहाँ बेहिस और बेहरकत बैठा उस विस्तृत दृश्य को एकटक देखता रहा। उसके विचार अब दिनसपनों का चिंतन का रूप लेने लगे। अभी वह किसी चीज के बारे में नहीं सोच रहा था, लेकिन घोर सूनेपन की भावना उस पर छा गई और उसे परेशान करने लगी।

अचानक सोन्या चुपके से आ कर उसके पास बैठ गई। अभी बहुत जल्दी थी; सुबह की ठिठुरन अभी कम नहीं हुई थी। वह अपना पुराना कोट पहने और हरी शाल ओढ़े हुए थी। चेहरे पर बीमारी का असर अभी तक बाकी था : वह बहुत दुबला और पीला था। उसे देख कर वह खुशी के साथ प्यार से मुस्कराई लेकिन, हमेशा की तरह, उसकी ओर उसने अपना हाथ बहुत डरते-डरते बढ़ाया।

वह अपना हाथ उसकी ओर हमेशा ही बहुत डरते-डरते बढ़ाती थी, और कभी-कभी तो बढ़ाती ही नहीं थी, गोया डर रही हो कि कहीं वह उसका हाथ झटक कर न हटा दे। वह हमेशा बेजारी के साथ उससे हाथ मिलाता था, उसके मिलने पर हमेशा झुँझलाया हुआ लगता था, और कभी-कभी तो उसके साथ मुलाकात के पूरे दौरान हठधर्मी के साथ चुप रहता था। कभी-कभी वह उससे भयभीत भी हो उठती थी और फिर दुखी हो कर चली जाती थी। लेकिन इस बार उनके हाथ मिले तो फिर अलग नहीं हुए। उसने जल्दी से एक नजर सोन्या को देखा, लेकिन कुछ कहे बिना नजरें जमीन की ओर झुका लीं। वे अकेले थे और कोई उन्हें देख नहीं रहा था। उस वक्त संतरी ने भी दूसरी ओर मुँह फेर रखा था।

यह कैसे हुआ, उसे मालूम नहीं था। लेकिन अचानक उसे लगा किसी चीज ने उसे पकड़ कर जमीन पर पटक दिया है। वह सोन्या के घुटनों से लिपट कर रोने लगा। पहले तो वह बहुत डरी और उसके चेहरे पर मौत का-सा पीलापन छा गया। वह झटक कर उठी और सर से पाँव तक काँपते हुए उसे देखती रही। लेकिन उसी पल उसकी समझ में सब कुछ आ भी गया। उसकी आँखें बेपनाह खुशी से चमक उठीं। वह समझ गई थी, और इसमें उसे जरा भी संदेह नहीं रह गया था कि वह उससे

प्यार करता है, उससे बेहद प्यार करता है, और यह कि जिस घड़ी की वह इतने दिनों से राह देख रही थी, वह आ गई थी...

वे दोनों कुछ कहना चाहते थे लेकिन कह न सके। दोनों की आँखों में आँसू डबडबा आए थे। दोनों का रंग पीला पड़ गया था, दोनों बहुत दुबले हो गए थे, लेकिन उन बीमार और पीले चेहरों में एक नए भविष्य की, एक नए जीवन की सुनहरी सुबह जगमगा रही थी। प्यार ने उन्हें एक नया जीवन दिया था : एक के हृदय में दूसरे के लिए जीवन के अक्षय स्रोत थे।

उन्होंने समय के गुजरने और सब्र रखने का फैसला किया। उन्हें अभी और सात साल इंतजार करना था। तब तक उन्हें कितनी पीड़ा सहनी होगी और कितनी बेपनाह खुशी मिलेगी! उसे एक नया जीवन मिल गया था, वह इस बात को जानता था और वह अपने इस नए वजूद के कण-कण में इस बात को महसूस कर रहा था। और वह तो उसके ही लिए जी रही थी!

उस दिन शाम को जब बारकों में ताला लगा दिया गया तो रस्कोलनिकोव तख्त पर लेटा उसके ही बारे में सोचता रहा। उस दिन उसे लगा कि जो कैदी उसके दुश्मन थे, वे उसे आज कुछ दूसरे ही ढंग से देख रहे थे। वह आप ही उनसे बातें भी करने लगा था, और उसकी बातों का जवाब भी उन्होंने दोस्ती के भाव से दिया था। उसे वह सब कुछ याद आ रहा था। लेकिन उस समय तो सब कुछ वैसा ही था जैसा कि होना चाहिए था क्योंकि अब तो सब कुछ बदलनेवाला था।

वह उसके ही बारे में सोचता रहा। उसे याद आ रहा था कि वह किस तरह लगातार उसे सताता उसका दिल दुखाता रहा। उसे उसका मुरझाया हुआ, दुबला-पतला, छोटा-सा चेहरा याद आया, लेकिन अब उसे इन यादों से कोई खास तकलीफ नहीं हो रही थी। वह जानता था कि अब वह सोन्या की तकलीफों की भरपाई कितने अथाह प्यार से करेगा।

अब बीते दिनों की सारी तकलीफों का महत्व ही क्या रह गया था अब, भावनाओं के इस पहले ज्वार में, उसे हर चीज-यहाँ तक कि अपना अपराध भी, अपना कारावास भी और अपना दंड भी, एक ऐसा अजीब और बेमानी वाकिया लग रहा था जो शायद उसके साथ कभी घटा ही नहीं था। लेकिन उस शाम वह किसी भी चीज के बारे में देर तक और लगातार नहीं सोच पा रहा था, न किसी बात पर ध्यान केंद्रित कर पा रहा था। इसके अलावा, अब वह अपनी किसी भी समस्या को चेतन ढंग से शायद ही हल कर सकता था; उसे वह सिर्फ महसूस कर सकता था। तर्क-वितर्क की जगह जीवन ने ले ली थी, और अब किसी एकदम नई चीज को उसके जेहन में पनपना था।

'नया विधान' (न्यू टेस्टामेंट) उसके तकिए के नीचे रखा हुआ था। उसने यूँ ही उसे उठा लिया। यह किताब सोन्या की थी; इसी में से उसने लैजरस के फिर से जिंदा होने का किस्सा पढ़ कर सुनाया था। अपने जेल जीवन के शुरू में उसे लगा था कि वह अपनी धर्म की बातों से उसे पागल बना देगी, लगातार बाइबिल की ही बातें करेगी और अपनी किताबें जबरदस्ती उस पर थोपेगी। लेकिन उसे यह देख कर हैरानी हुई कि उसने कभी इसकी चर्चा भी नहीं की, कभी उसे नया विधान देने की बात तक नहीं छेड़ी। अपनी बीमारी से पहले खुद उसी ने उससे यह किताब माँगी थी लेकिन अभी तक उसे खोल कर देखा भी नहीं था।

उसे तो उसने अब भी नहीं खोला लेकिन एक विचार उसके दिमाग में बिजली की तरह कौंधा : 'ऐसा हो सकता है क्या कि अब उसकी आस्थाएँ मेरी आस्थाएँ भी बन जाएँ या उसकी भावनाएँ, उसकी आकांक्षाएँ ही...'

वह भी दिन भर बहुत बेचैन रही और रात को बीमार भी पड़ गई। वह बेपनाह खुश थी, और इस खुशी की उसे कभी उम्मीद तक नहीं रही थी। उसे अपनी इस खुशी से डर भी लगने लगा था। सात वर्ष, केवल सात वर्ष! उनकी आनंद की स्थितियों में कुछ पल ऐसे भी आते थे, जब वे दोनों सात वर्षों को सात दिन मानने लगते थे। रस्कोलनिकोव ने इस बात को महसूस ही नहीं किया था कि यह नया जीवन उसे मुफ्त नहीं मिला था बल्कि उसे इसकी भारी कीमत चुकानी होगी, भविष्य में कोई बहुत ऊँचा काम करके उसे इसका दाम चुकाना होगा...

लेकिन वह एक नई ही कहानी की शुरुआत है : धीरे-धीरे एक मनुष्य के पुनर्जन्म की कहानी, उसके पुनरुत्थान की, एक दुनिया से दूसरी दुनिया में उसके संक्रमण की, एक नई और अभी तक अज्ञात वास्तविकता से उसके परिचय की कहानी। अब वह एक नई कहानी का विषय अवश्य बन सकता है, अलबत्ता हमारी यह कहानी तो यहीं समाप्त होती है।

www.ingramcontent.com/pod-product-compliance
Lightning Source LLC
LaVergne TN
LVHW090218180726
843492LV00012B/1140